山东省作家协会 编

Shandong
Zuojia Zuopin Nianxuan

2021
综合卷

山东作家
作品年选

济南出版社

图书在版编目（CIP）数据

山东作家作品年选 . 2021 卷 / 山东省作家协会编
. — 济南：济南出版社，2023.10
ISBN 978-7-5488-5924-6

Ⅰ.①山… Ⅱ.①山… Ⅲ.①中国文学－当代文学－
作品综合集－山东 Ⅳ.① I218.52

中国国家版本馆 CIP 数据核字（2023.）第 181678 号

山东作家作品年选 **2021** 卷
SHANDONG ZUOJIA ZUOPIN NIANXUAN 2021JUAN
山东省作家协会 / 编

责任编辑 范玉峰　董傲囡　尹海洋
封面设计 胡大伟

出版发行 济南出版社
地　　址 山东省济南市二环南路 1 号（250002）
总 编 室 0531-86131715
印　　刷 山东新华印务有限公司
版　　次 2023 年 10 月第 1 版
印　　次 2024 年 1 月第 1 次印刷
开　　本 155 mm×230 mm　1/16
印　　张 68.75
字　　数 830 千
印　　数 1-1250 册
书　　号 ISBN 978-7-5488-5924-6
定　　价 398.00 元（全两册）

如有印装质量问题 请与出版社出版部联系调换
电话：0531-86131736

目　录

诗　歌

散　文

诗 歌

抚琴桥（组诗选二）

朱建霞

抚琴桥

是一种仪式吗
三桥伫立。大地的琴弦
庄严而又神秘

乐符穿过水面
飘向我时，我是晨露洗过的一朵
卸下人世的尘埃
飘向我时，我是攥紧方寸的根
因为用力，微微战栗

无需知道造琴的人是男是女
无需知道
抚琴的是手指，还是流水
我饱含弥河汁液的躯体
时常隐身于云朵
只因倾听了你七彩的音符

我的翅膀也就五颜六色

还有啊，我该用怎样的姿势
才能捕捉到，那弥漫着深远悠长的
穿透灵魂的一记绝响
……

藏书桥

青石的桥面上，去往高处的
是台阶，是书
是写满智慧的土壤
连接着过去、现在和未来
是甲骨文、金文、篆书
隶书、草书、楷书、行书……
递藏有序的骨骼和年轮
给予生命滚烫的养分

一汪清泉
在横竖撇捺之间诞生
藏书桥凹凸的线条
是血脉相连的根，颤抖的唇
告诉我们
该向哪里走，该在哪儿留

原载《绿风》2021 年第 1 期

清　淤

李克利

水已逃离，隔了多年
湖底又重见天日。来不及逃离的鱼
死不瞑目，眼神里透着绝望和焦灼
破碎的蚌壳，废弃的渔网
对经历的疾苦和幸福缄口不言
这么多厚厚的淤泥，体内残留的湖水
风带走一些，阳光带走一些
我们认为的肮脏和陈旧
曾经是一些鱼类的天堂
如今是花草树木需要的营养
必须接受现实，挖掘机、推土机
是舞台的主角，而铁锹和镢头
成了看客，偶尔能搭上把手
晴空下的飞鸟，夜晚的星月
耐心地等待它们美丽的倒影
用不了多久，时间这位魔术师
就能给鱼和船，给我们的肉体和灵魂

变出一片澄澈的宽阔的水域
风起时，可以枕着波浪入眠

原载《辽河》2021年第1期，《诗刊》2021年第10期转载

山的外面是群山

时培建

木质的时间有些凉，文字里生出
杂草。蝉的胸膛变成一座空城
清淡的叫声，呼应着我抬高的体温

树林里有灯，我早已不肯远望
虫鸣配合着光，隐约成岁月的密码
我再也不会去费力地揣摩咒语

风起，绿水澎湃着大地
若有若无的醉梦变成故事里的
细节，让我拱手而立
等待一个个词语消逝后的静谧
让它们构成一首诗，或不知名的
赞美。蒲公英飞过头顶
它飞向哪里，就成为哪里的母体

哪怕孕育出一种自卑，或者欺骗
用来治愈我体内疯长的旧疾

原载《辽河》2021 年第 1 期，《诗刊》2021 年第 10 期转载

我是被厚爱的

翠　薇

一大早，停在树下的车顶上落满槐花
我的喜悦无法言表
像个得到奖赏的孩子
望着突如其来的礼物嘴角上翘
槐花的嫩黄看起来像清浅的微笑
——上帝把车顶当成了花篮

我不舍得拂掉，一朵一朵捏进香囊
头顶的槐花还在继续飘着
有的斜着插在我发际
有的在我裙摆缀上花边
我深深地知道，我是被厚爱着的
这一枚枚小小的光，都是我的福祉

原载《辽河》2021年第1期，《诗刊》2021年第10期转载

下　山

罗兴坤

送我下山的，有匆忙的流水，缓慢的落日
和慌里慌张的羊群
一颗平静的心
重又泛起生活的尘土，暮色漫过
我和它们一样，都有着一颗世俗之心

而流水里有流水的虚妄
落日有落日的不甘
暮色里，多少脚步迷失
在半途，多少翅膀不肯垂下
沉寂的深山，喧嚣的人世
我有着遁世的来路
我有重返梦想的归途

爬过山顶的，那半个明晃晃的月亮
多么像我丢失的游魂

载于2021年1月《诗刊》，被《诗刊》社中国诗歌网选为"每日好诗"，
被漓江出版社《2021中国年度诗歌》选收

我没有三月没有十二月（组诗选二）

李　庄

我没有三月没有十二月

我没有三月
上帝已将它拿走
将我的母亲和童年以及春天
突然拿走
甚至不让我再看一眼
三月是一块空白
即使是一块空白
上帝也要再次拿走
将我母亲一样的妻子母亲一样拿走
将我的女儿的童年和春天一块拿走
再次
将空白变成虚无

我没有十二月
上帝在冬至的这一天
拿走了我的父亲，拿走了

这个给我姓名和骨头的人
上帝怜悯我
在第三天
将他的骨灰还给我
我没有十二月
却有一场命中注定的
亲爱的雪

昆虫的趋光性及其他

我有一位亲密的写小说的邻居
总对我说：你有将自己的缺点
说成优点的能力
我点头，说：这取决于一个人的
天性，和他对标准答案的怀疑

我和他谈起昆虫的趋光性
昆虫趋光是正常的，这可以
算作昆虫的优点
比如飞蛾扑火，这也是它的天性
你将几条草履虫
就是那种像我们人类穿的
草鞋样子的小虫子，放入
平躺的透明玻璃瓶中
在瓶底方向点亮一根蜡烛
你看它们就集体向瓶底冲去
没有一只虫子回头，它们爬，爬

它们隔着玻璃望着烛光死在瓶底
狭窄的瓶口始终敞开着，但瓶口
黑暗。它们死于自己的趋光性

像我这种有缺点甚至有缺陷的人
总是一意孤行——也就是你说的
一条路走到黑的人——也许
就找到了生路
哦，你要试着去理解走夜路的人
他的心——自己就会发光

原载《人民文学》2021 年第 2 期，被《诗刊》2021 年 12 月（下）选载

海 葬（组诗选二）

铄 城

海 葬

想好了
死后就和大海在一起
这样的棺椁，最值得信赖

一起澎湃，一起安静
一起拥有日出和日落
所有岛礁和沙滩，都有温度，都应一再守护

如果你遇到一条最强壮的鱼儿
你要相信，它的脊骨里
会有我残留的钙元素

会有一滴温暖而又咸涩的雨水
落在你的脸上
你要相信，眼泪也有来世

如果赶巧在春天里遇见一场冰雹

那是我从骨灰中，再次取出的舍利

请原谅，它还带着罪

不死的铁

菜刀老了，像我母亲

崩掉的豁口，缺了的牙齿

菜刀是幸福的，去掉锈仍旧是锋利

母亲是不幸的，老年斑在不停长出来

于是给母亲做饭时，我把刀磨了又磨

那些源源不断的斑，可以慢下来

锈，却还在刀口涌出

母亲的体内，还存着那把用了一辈子的菜刀

生出的锈，我剜不出的疼痛

这病让我一天一天画出标记

我剔除着那些斑的病灶

用一些死去的铁，撑起母亲的脊梁

原载《上海文学》2021 年第 2 期

又一块麦地，在喊我（组诗选二）

王德席

又一块麦地，在喊我

与花儿听鸟鸣，与鸟儿一起看花开
内心灌满了星辰
醉在青山绿水下
黛青的风吹起柔水三千的河流
一任光鞭抽打着我
一任群羊穿过牧神的田地
这是麻雀和喜鹊收翅的地方
这是桃树和麦地安顿的村庄
听鹧鸪，疑是故人来
搓一株麦穗轻揉慢捻，吹去麦壳
露出晶亮性热暖暖的暖暖的
一小把麦粒。是雨滴还是牧笛
风中吹来故乡的味道——
麦子绿在哪里，水就流在哪里
爱你，就在这块麦地开始
麦地的上空划过长长的思念

此时，爱上风响的门环

爱上月照蛙鸣，犬吠灯火

爱上马蹄踢痛的乡愁

隐隐作痛的是远逝的岁月

那世代相传的炊烟啊

已化作心上的鞭痕

和我千山万水的疼

母爱千叠，拈草为香

又一块麦地，在喊我

看呵，快看呵：

一只公牛躲开盛开的野花

却在她的旁边吃草

以土地的名义

以土地的名义

为何我的心中握着那么多无岸的河水

多年后，苍老的祖母点亮的

那盏油灯还亮着虫鸣的光阴

沧桑的划痕，远处幽暗的麦穗

一声清瘦的回音，几颗泫然的星光

雨细、巷深桐花散着故乡淡淡的甜味

是那炊烟、月色、花生、蔬菜、玉米、麦子

和老屋、土墙、柴禾、山坡、河流拼接

聚拢成奶奶的身影、爷爷滚烫的胸脯

有人指着那旷野之蓝那气定神和终极的善

让我倾心笨拙地去爱内心坚守的胞衣水土

在故土隐秘的角落依然爱着人间的滋味

那些蟋蟀、蚯蚓的叫声是任谁也捏不死的蚂蚁

那原汁原味母性十足的乡音总让人泪流满面

内心却藏着一个连血带肉的神

在孩子的心上汹涌着上帝

在我们耕耘的大地上有一个誓言

破晓——

在梦想开始的地方向大地深处提出第一桶黎明

原载《北京文学》2021 年第 3 期

养蜂场（组诗）

路　也

养蜂场

灰绿色帐篷追随着天空
没人能告诉，养蜂人去了哪里

秋已深，鼠尾草、雏菊和牵牛
以最后力气绽放着
为了采到蜜，蜜蜂不惜
把一朵花麻醉

风吹过蜂箱垒排而成的住宅区
当苦闷得以降解
那里便成了幸福信托公司

阳光散淡地照着万物，也照着空无
养蜂人不知道去了哪里
整个山坳都在嗡嗡嗡的赞美之中
震颤着

种玫瑰的人

种玫瑰的人坐在江边长堤上
等待渡轮

行囊破旧，衣衫粗劣
双腿外侧隔着粗布裤子扎出血痕
手上结着怀旧的老茧
可是，他们种的是玫瑰

背井离乡，把玫瑰种在异乡，种在一条江水中央
一个小岛上
种在祖国的后院

笑声朗朗，面朝黄土背朝天地种玫瑰
日出而作日落而息地种玫瑰
在田埂上写十四行

与世隔绝，只跟玫瑰待在一起
挽起袖子，向泥土里的带刺灌木讨生活
而生活的意义，广大的玫瑰田，一个露天剧院

耕耘玫瑰田与耕耘玉米田
究竟有什么不同

玫瑰满园，是花朵的纯粹和形而上

种玫瑰的人，男人是亚当，女人是夏娃
既不大于玫瑰也不小于玫瑰
他们与玫瑰相等

成千上万的玫瑰从小岛向外扩散
乘轮船、火车和飞机
赶赴象征或隐喻的约会
所有终将逝去的美好都值得用玫瑰去纪念

玫瑰靠什么也不做来征服世界
而他们是种玫瑰的人

跟随种玫瑰的人一起乘上渡轮
一条大江在玫瑰内心低语
为什么你总是不快乐？因为你没有栽种玫瑰

临海的露台

从人群走失，甚至不与自己相伴
我离陆地很远，离大海很近

心悬于海面，海面伸展在臂弯之中
太阳从左臂升起，从右臂落下
面朝大海，本身就是一场伟大的对白

整整一天，在露台上看海
空着手，什么也没有带

即使怀着轮船的征服之心
也无法与大海等观

改签车票，改签人生终点站
推迟了班次，推迟了整个大海

走过的路既远又偏
我深爱着我的孤单
背包里塞满无用和不确定
放着一碗泡面和一本《奥德赛》

走在山间公路上

走在山间公路上
山崖在左，溪水在右
转过两座山，山崖到了右边，溪水来到左边

偶有汽车驶过
胸中也有一条江河

一个人占有一条公路
一个人从清晨走到傍晚

孤零的红柿子高悬，衬着蓝天
缀满果子的山楂树枝越过了护栏
雏菊蔓延，环绕着脚踝

草树从危岩之间长出
山峦献出一条叫作瀑布的哈达

一座水库顶着一大朵白云
它用泄洪闸克制着激情

路过一座村庄，寂静里有一丝哀伤
碧水中的鹅鸭最先看见了我
老石磨在村口，用自言自语对付漫长时光

一个人不知往哪里去地走了一程又一程
一个人用双脚走完这个秋天

风吹送着我走在山间公路上
阳光照耀着我走在山间公路上

就这样越走越轻快
边走边卸掉心中积压多年的石块
这是一条不在意人世的道路
偶尔停下来，只是为了等等我自己

晚 秋

这晚秋的萧索和淡漠
犹如世态炎凉

河底石头，露出了真相

山林静寂，仅剩溪水的潺潺和落叶的簌簌
一只灰喜鹊的扑棱吓我一跳

偶见一个荷锄老汉独行，身后的小狗
眼神落寞

所有搂抱都松开了
大地的遗言，挂在老柿树上
垅上一排晚栽的高粱
在冷风里放弃了抽穗的打算

秋天的末了，辉煌的尽头
洗劫一空的后院
绝交式的凋零多么宽广

背影越来越远，漂泊已经启程
西北风有必胜的意志

仅剩下几棵白杨，奉献纯金
为整个山野提色，为一个王朝壮行

这晚秋犹如世态炎凉
在山间行走，只要别停，别停下来
悲伤就无法把我压倒

高铁穿过秋天

高铁驶过孤独的山东半岛
穿过秋天的长廊
丘陵、河流、平原、海岸、田畴
都从口袋里掏出了真理
每棵树都遇上了债主
落叶纷纷，在空中划着句号
一排枯干的玉米，仍挺立垅上
冷风盛赞着它们的壮举
至于稗草，从一开始就看到了结束
决定弯腰顺服命运
大片的芦花，背后有一轮落日
静穆来自灵魂深处
一只山雀飞出稀薄的林间
飞出自己的苦闷
高铁像子弹穿过苹果那样
穿过半岛的深秋
西风吹走了十月
油画正褪色成水墨
海岸线，陆地的褶皱，出现得有些突然
变凉了的海水
横卧在转暗的天空下
倚窗而坐，世上没有比乘坐高铁更好的
穿过秋天的方式
是的，大地在道别

速度为场面增添了悲壮
一个不合群的人
正奔向版图尽头
高铁将至终点，一切皆成强弩之末

暮色中的河流

我终于找到了那条河流
它在地图上有名有姓
此刻正急急赶路
去跟不远处一条更大的河相会

赶在天黑之前，我找到了
这片仰躺在大地上的河水
它有一个被秋风吹透的身体

我来到岸边，近得能听见河流的呼吸
它清澈得可以映照出我的心情

流水的神经紧紧抓住砂砾的两岸
河道中，鹅卵石宽恕着波浪
一小片绿洲渴望被带走
芦花摇曳出苍茫

暮色正把天地封起
走了很远的路，找到这条河流
它也走了太远的路，无法回返，只能一个劲地向前

在暮色里，这条河流把我拦住
要我把悲伤交付于它
我问它为何不息地流淌，它说为了自由

谷　捆

谷捆被绑上独轮车，垂着头，伸展着秸秆
仿佛被钉在了十字架上

其中好几株谷穗想把脖颈回转，抬起头颅
再望一眼自己长大的那块梯田

它们在秋风里被推下山坡
在阳光照耀下，走完最后一程

金黄的谷捆泛着微绿，镀了阳光的时间
一粒粒，钻入了谷穗

谷捆被全部运走之后，田地有无法承受之轻
只好靠头顶的一朵白云来救赎

晚　归

在末班公交车
临窗而坐，靠过道的座位上
端坐一只南瓜
与我肩并肩

从山中往城里返

瓜蒂被拧断的那刻

它还在乡村屋顶做白日梦

与阳光交换意见

跟西风打了个平手

离开秧子之后，像失散多年的亲人

它被我搂抱在怀中

这个深秋的傍晚，山峦、溪流、森林、桥梁

正在放下它们的百叶窗

在命运的暮色里，我的心迢遥

这辆越来越空荡的公交车

正快速行驶

顺着盘山路下坡

仿佛从云端降落

我在胸中轻轻按压着制动器

身旁的南瓜，一声不吭

只是坚定地

陪伴着我

原载《人民文学》2021 年第 3 期

一目了然

孟宪军

养蜂场

专注　深不可测
另一只眼睛
永远地沉睡
读不懂
如同 90 岁的奶奶在煤油灯下
往针鼻里穿一根发丝
难道这就是专注
找不出答案的谜底
是灵魂出窍
还是在凝望一位雨中
撑着油纸伞的江南女子
伞柄里写满困惑和烦忧
伞骨里蜷曲着秘密
村东头的鸡鸣
唤醒了你的虚拟
终于　你的眼神变柔

长出一口气
打火机的火苗变蓝
多谢香烟调戏视觉世界
你从混沌中逃离

原载《诗刊》2022 年第 5 期

踩藕者说（组诗选二）

王二冬

踩藕者说

深秋的东河西营，落日略大于其他季节
踩藕者在荷塘中重复着逝去半生的动作
深一脚、浅一脚，弯腰、伸手……
藕的面前，他的脸庞是夕阳下最黑的斑点
而淤泥依旧沉在水底
任凭谣言向未来无限蔓延
这一次，极少走神的他弄断了莲藕
在一滴水下落的过程中，抓一把黑泥糊在断口处
从他眼神的不安中，我看到他的秘密：
二十年前，对于爱情，藕断了丝没有连
十年前，对于亲情，一朵花终没能抵过风雨的
摧残
而如今，他成了一根独立于寒风中的荷叶秆
深一脚浅一脚地走入即将到来的黑夜
跌倒时，他用尽最后一把力气抓起黑泥
糊在莲藕的断口处，也糊在生命的伤心处

昆虫记

秋虫聒噪起来，成群地跑着
有时像一团火，在肉身熄灭之前
仿佛可以燃烧掉昨日丰饶的旷野
更多时候，这些昆虫是东河西营的
配角，它们卑微、沉默
飞翔也只是悄无声息地扇动翅膀
像极了村里的老人，偶尔甩几下衣袖
空空的风吹过，恰似他们空空的一生
即将到来的冬天，是最难挨的季节
大雪覆盖下的土地，将睡满我的兄弟
——我们都是上苍撒在人间的孩子
所有孤独的发声中，都有神在言语
那些在雪夜走远的老人
也必是听到了另一个世界的呼唤
我已听不到他们的脚步声
只有风恒久地吹着，我的天空
星星逐渐增多——那些住进我心中的
昆虫啊，依旧活着，用我的嘴巴
在大地上，吐出点点星火

原载《北京文学》2021 年第 4 期

秋风吹

英 伦

别转过头来，小孩
就这样看着
羊群低头吃树下散落的桑叶；看着
秋风在桑林中奔跑，直到它撞进
一棵老桑树的怀里，直到爹妈
用一根长长的桑树杆子
打光所有的桑叶，为羊群准备下
一大堆过冬的干粮
这样桑树来年长得更旺，直到
你看见我正看着你，发呆：
恨不能把你的羊群赶到天上
剪下的羊毛，让白云收购
招呼头羊的手也招呼秋风
宽大的袖口藏着鞭子，也藏着石子
一颗颗都投向了天空和水塘
作为答谢，羊群一边吃落下的桑叶
一边想着早晨出来时路过的一座座大门

想着天黑回家，别忘了叫你
只把我留下，再想想
你复学和你家建沼气池的事情
也让风再多吹我一会儿

原载《诗刊》2021 年第 4 期

春山在望

田　暖

我感到几个我，正在冬夜发芽
茂盛的根须如怒发
冲冠：富足、张扬又隐忍
一个想挣脱了生活局限
只为自由和美奔去
一个痴愣呆傻
沉溺在不能自拔的默哀里
其实没有谁死去，更没有谁能逃出
我一直隐没在多重的隐身人中
像一组矛盾体
一座废弃的灯塔
立在广袤、荒芜、无边无际的生机之中
一个世界泥泞的画像
仿佛牛头马面驾驭着一个人的身体
灰雁正迎接它的沼泽
它的叫声清越、响亮
而春山在望
山谷张大惊讶的嘴，始终向着未来开放

原载于《诗潮》2021 年第 6 期，《诗选刊》2021 年 11-12 期转载

雨下了一整天

管清志

米水河依旧有着母亲的静谧
三叶草连夜抽芽，连翘花次第开放
去年的艾草下，掩盖着许多昆虫的尸体
桃树下饮酒的人，突然掩面而泣
是不是要等的人最终还是没来？
还是零落的桃花，击穿了他的泪腺
桃树深处黄鹂的啁啾
把他的心，一点一点啄出了血
雨，下了一整天，一切生灵不易喧哗
曲面的天空下是苍茫的人间
在人间，谁不是把命运赋予了流水
把魂魄交给了桃花

原载《星星》2021 年第 7 期

大提琴

周蓬桦

忧郁的大提琴声啊，又一滴滴响起了。
像雨点打击在黑黢黢的窗棂上。
炊烟飘处，是你在点燃木柴，烧水，煮饭。
傍晚的灶火映着你愈发憔悴的容颜。
是你，提着木桶，穿越爆开的油菜花地，
满满的清水摄下你左额头上的痣。
一只大黄蝴蝶盯了你一眼，
又飞走了。但当你无意中抬头的瞬间，
却发现它已贴在你的门框。

原载《星星》2021 年第 9 期

顿悟（组诗选二）

马　累

顿　悟

三十年前，我刻在
浮桥边那棵杨树上的
小图案，如今已经
大过了我臃肿的
脸庞。

三十年了，黄河水
不犯。它只是懒散地
计数着岸边墓园里
一列列增加的
木牌残碑。

有些顿悟并非要
历经斧锯刀劈，时光
的电流也会捎来
真相：大地养人，

只因储存了如此之多的
骨殖和血水。

一个人来到黄河边

一个人来到黄河边，
像一列火车穿过记忆中
黑暗的隧道。
它遗留在隧道外的
青烟，满足了我对无名
世界的想象。

泥沙蜿蜒，万物
并不保持固定的形状。
生活一如既往的
漫漶，像耶胡达·阿米亥的
一首诗，"秋天是
思念父母的季节"。

那无名的父母，
像河面上孤零零的
漩涡。许多年，
我渴望从河面上看见
自己的影子。那被
大千世界忽略的浑浊，
正是我追索安静的
源泉。

我追随过秋风和
秋风中无名的背影。
此刻旷野沉寂，乌鸦
收起了内心的狂暴。
终于可以确定，就是
那首诗抑制住了
缄默，和我有限的
凛冽。

原载《诗刊》2021 年第 10 期

在栈桥上

孙方杰

刮在栈桥上的风，纯爽而馥郁
这些来自海上的风，像一杯甜酒
我没有看到它们的形成
它们走了很远的路，来去匆匆，从不停留
那么多的人，在栈桥上穿梭，照相
我没有看到他们的来处
也不知道他们的归程。他们带上了景色
也带上了风，像喝了一杯甜酒
仿佛就是这些风，来无影，去无踪
在栈桥上，我爱上了这些风
它们携着一些清凉，让我终得片刻安宁
让我的焦躁化为了灰烬，我的哀伤逐渐停息
像在干渴中，喝下了一杯甜酒
人过中年，我的身体里
埋下了太多的抱怨、愠怒和痴狂
正需要有一些微凉，吹进偾张的血脉
我喝呀，喝呀，直到藏在内心深处的风暴
——静止不动

原载《诗刊》2021 年第 10 期

站台上的老人

田浩国

雨水不停地敲着
将站台
钉在老者脚下。伞，一个劲儿摇晃
雨滴跳进来
几根哆嗦着的睫毛挤在了一起
远远望去，伞和坟有着同样外形
南去的列车带走了全部的绿
一个人需要咳嗽多少声
才能镇住汽笛中迁徙出来的雷鸣
眼前这些打伞的，伞下的
地里那些填坟的，坟里的
他们不会点长明灯
也不会把云剪成佛塔的形状

原载《诗刊》2021 年第 10 期

分界线

闫殿才

菩提寺的钟，声音依旧浑厚
正是立春。北风渐渐将往日的
狂躁，阴冷。一丝一丝，剥茧般抽去
像一个临近暮年的人，开始小心翼翼地
怀念那些发生过的故事
而海浪，却日渐汹涌地
跃上堤岸。它在寻找昨日抵达的地方
后山的白玉兰，慢慢打开，毛茸茸的花骨
新鲜的蕊，如晨曦中涌动的生命
像在努力睁开迷蒙的双眼

这些生活中的事物，让中年的我
一边享受清晨日影喷薄而出的暖
一边回忆，那枕于山巅的夕阳

原载《诗刊》2021 年第 10 期

白露之夜

李鲁燕

一定有什么发生了变化
尽管我们还未曾察觉
黑的还是黑的，白的还是白的
快的和慢的都踩在自己的节点上

牵着女儿的小手走在安静的夜路上
心像被露水洗过
月亮正在稍稍抬头就可碰触的地方

女儿说月亮好大、好美
她震慑在它的柔和里
而我，更愿意看到此刻背向它的高空

它们干净、深邃，拥抱着这轮明月
和众多沉潜的星辰

原载《诗刊》2021 年第 10 期

自白书

紫藤晴儿

像一阵风吹过自己，似乎要交出一些棱角或软肋
岩石被海水击打，一个人也会有退无可退的爱
在一张白纸上写诗，也可以在诗中想一个人
那么春天可以漫长
柔软的人间也可以无限于那些草长莺飞；
像一面镜子，走进去，我看到了我，或另一个我
风席卷着光阴
一张脸模糊，一张脸又在清晰
我只是一贯喜欢用爱作答世界
我和我之间又有无数的我在蝶变
我也会有时候陌生于自己，但又会被那个自己左右
趋向于灵魂的呼喊，那些声音划过镜面
我好像正抱着孤独；
好像流水的经过，我还原了我
站在低处看事物，看天空，交出的心境
又接近了真理。我有如流水的洁净之身
跌宕和倾覆也都因为爱
跟随和顺从也都像命运

原载《诗刊》2021 年第 10 期

夜晚，穿过城市街区（组诗选二）

臧海英

夜晚，穿过城市街区

指着一棵树你告诉我，那是合欢
开一种伞状的粉色花
路灯下，看不清树冠
依靠记忆，我搜索出合欢的样子
风吹过脸
你又让我闻空气中的潮腥
伸着脖子，我深深地嗅着
那是泥土、草木、霜露
杂糅在一起的味道
—— 一种很久没有闻到的荒野气息
等荒野慢慢返回的过程
我们不再说话，只是感受……
不远处一个打电话的人
我猜测他是打给恋人

庆祝日

这一天，我暗中修改了自己的生日
经过我的允许，我才是我
这一天，我举杯
庆祝自己的出生
庆祝，我终于可以决定自己的死亡

原载《诗选刊》2021 年第 10 期

倒闭的表厂（组诗选二）

弓　车

倒闭的表厂

我曾认为　这座城市的太阳
从表厂东边的厂房升起
落入西边的车间
驭日的羲和或者阿波罗
就是这里的工人了
他们调试着太阳和月亮的快慢
丈量着这座城市的脚步
给自豪上着发条
多么精确

今天我路过它
我看到驾驭时光者已被时光抛弃
我看到废弃的厂房里
布满了时光的尘埃
我看到它的错误就在于
它总想往前走

而且要走得精确无误

我看到分针秒针和时针

现在是三把利刃

在追杀着用泥土果腹的人

和最后的贵族

我看到大门口一位苍老的看守

正把皱纹从脸上卸下来

羲和的鞭子打在我的身上

可我没有向前，没有

我向后走去，就像一枚脱落的分针

小牛肉拉面馆

一定是被一阵呼啸的西北风吹来的

从乡下，黑水河边

肮脏，破旧，吹到了这座城市

这一间的小黑屋，随时还会被风吹走

在小街的里头不敢大声喘气

烟囱怯怯地冒着。一对夫妇躲在烟尘中

为那些引车卖浆、贩夫走卒，盛上

一大碗乡村的诚实，再加上少许城市的佐料

屋子太小，这对夫妇的汗水

不能掉在地上，要保证每一滴

都要落进锅里去，掺进碗里去

男主人，也就是老板，抻起面条

一根根地，想紧紧拴在这座城市的身上

我听到客人高叫：多加点牛肉和辣子！

女主人将她疲惫的笑

浇进了一只只碗内

炉膛内的熊熊大火，被乡下的大风吹着

能否为这座城市消消毒？

我看到他们吃得真香甜，那些下苦力的人们

他们纷纷从这里加满最便宜的热量

这间又黑又脏的屋子，城市很难将它消化

在这条街，乃至整个得了热病的城市身上

我想，它也许恰好是最好的一个胃

我还看到，这些从屋里出来的

引车卖浆者、贩夫走卒是一根根的柴禾

被填进了这座城市的炉膛内

原载《诗选刊》2021 年第 11-12 期

栖山或者余烬（组诗选二）

王夫刚

栖山或者余烬

诗歌朗诵会的露天舞台长满了
青草和疾风；篝火
是唯一的灯光尚未点燃

夏日的寒冷不肯妥协时
藏袍挺身而出；若尔盖撞身取暖时
扎西措也叫作白玛措

星空下面，有人念了一首短诗
献给命运；星空下面
有人走向游子般的空旷——

不过是余烬，不过是孤独
不过是年久失修的膝盖
挣脱了遗产、备胎和纪念品的束缚

天池画像

美的说明书。大马力摆渡车的暗恋。
水墨画的素材，云雾的纱巾湿了，
晾在树上。雪线下的深渊。
百度地图无法放大的失踪对象。
形容词破产以后的证据。
虚拟的实景舞台上雪山的伤口永不结痂。
云朵的小镜子，孤独不计费。
落叶的明信片，漫游不限速。
把天池视为微信里的飞机场，
山河没兴趣；把微信里的飞机场当作天池，
电信局不答应。比喻失效了，
雨，不再承担彩色雨披的责任。

原载《诗刊》2021 年第 15 期

她一定还深爱着人间（组诗选二）

许春蕾

她一定还深爱着人间

又梦见逝去的祖母，那样真实，她坐在
我的房间里，讲述雨天与病痛，讲述
右边靠后牙齿的脱落，让她无法再咀嚼食物
甚至，我扶她迈过破旧的门槛
摸到她，后背上奇异的肉感

她一定还深爱着人间，深爱着现已颓圮的老屋
甚至包括倒了的南墙上，刚刚开花的南瓜藤
她一定也记得，掉了牙的祖父爱吃煮南瓜
所以，才变成一只鸟
收获时分，在最大的果实上，啄了一个洞

万物静止

在冬天，万物仿佛是静止的
包括你在人群中偶然瞥见的某个人
他站在你的面前或离开，都成为了

你心事中，静止的一部分
只有空气在体内微微颤抖
只有，一棵树在阳光下默默反刍

在冬天，光亮也是静止的
我走进岩石的裂缝里，发现了一朵
掉落枝头的蜡梅，它的黄色比阳光的黄色
更多些香味，在静止的光下
我们久久地坐在石头上，互相
辨认彼此的体味
并以此相认，我们在人间相同的部分

在冬天，带有故乡属性的事物
也是静止的
远望当归的路上，万物静默
直到，我在梦里看到——
黄昏从我身旁走过，带着一声咳嗽
吱呀一声，门板开了
母亲从梦的门缝里走了出来

原载《诗刊》2021 年第 16 期

倾听玉米的声音

韩宗夫

秋天总是在某个时候，以白霜的嘴
封锁了玉米的消息，它们全体缄默
面朝土地深藏了不倦的眼睛
也有几个不甘寂寞的，面向天空
数着来来往往的鸟儿
安静、自勉，秋风已掏空了整个平原的腹腔

哦，玉米。坐着光棍老侯的马车
集体的脸上永远洋溢着一种感恩的光泽
感谢秋天。感谢黄土。感谢老侯
哦，你马车的马，就是你的老婆
它终究会为你而老，你难免为此痛惜

十月的雨水，总是在催促潮湿的鞋子
疯狂地赶路。它们是一群
无法流浪的流浪者；是一束不能点燃的绿焰
离开秋天，越走越远的玉米

我是否能超越植物世界的心灵之光
成为一名普通带路者？

曾经梦见了一大垛一大垛阳光的玉米地
是一块好玉米地；
曾经照亮了一大片玉米地的灯光
是智者手里的灯光

深夜，蚂蚁们并没有休息，蚂蚱还在逡巡
平原月亮的美丽。玉米和我一样
有凡人之爱，有一个小小的心愿
走在苍茫大地上，我被迫承认：
我被霜白秘密锁住的心
是一颗玉米心；我在黑夜中疯狂燃烧的身体
是一棵玉米的身体

原载《诗刊》2021 年第 18 期

勘探大卡车颠簸在太行山上（组诗选二）

马　行

勘探大卡车颠簸在太行山上

大卡车把春光颠簸到
树梢上了
大卡车把一朵朵白云颠簸到
山外面了

大卡车翻过三道梁
离开木瓜乡
跟着一条小河谷
继续向前

大卡车累了
大卡车死里逃生
大卡车遇到了一座古庙
大卡车会老吗？

如今又过了二十年

我已到中年
不经意回首，才发现当年的那个我
并没有跟上来

我与我的距离
越来越远了
唉，那个我啊，多么孤单，他依然颠簸在
太行山上

在柴达木的一个孤坟前

天上有多少星星
柴达木啊，就有多少勘探队员

孤坟多安静。他不过是扔空酒瓶一样，把柴达木扔在这里
他飞了
像鹰一样

原载《人民文学》2021 年第 12 期

等待那盏灯亮成橘黄（组诗）

苇青青

等待那盏灯亮成橘黄

大海是一位宽厚的母亲
盛满寂寞的皱纹和孤独的心
星星挂在天空凝望着大海
它们原是海的星孩子

太空的美丽引起星孩子们好奇
在腾空而起的浪花中飞落走失
离家太久忘记了回家的路
思念的眼神穿越夜空扑朔迷离

想家的星孩子蒙着云朵哭泣
闪闪泪花滴答成一阵阵星雨
落成海雾弥漫，罩住渔火点点
礁石老人蹲在海边望眼欲穿

老人等待远去的帆船归来
等待归来的消息插上风的翅翼
等待鸥鸟衔来蓝色浪花
等待那盏雾茫茫的灯亮成橘黄

让我们再说起星星

说起童年大海的沙滩，那些缥缈的
像影子一样遥远的夜晚
海风吹拂，送来海带味的夏天
一张凉席铺上沙滩

世界找到与星星最近的距离
你对着满天星斗说着耳语
从你口中飞出雪片一样哗哗飘落的精灵
长着蓝色翅膀，飞啊飞啊闪着星光
你不停地说啊说，像浪花不愿停歇
那些飞翔的精灵，正把一条语言秘道打通

月亮打着呵欠隐去
银河腾起的浪花也停下来
云朵像纱巾罩住嫦娥姐姐的脸
你小手仍不停地数着星星

说给星星，说给海边夏夜
你在外祖母的拍打声中睡去
海浪涌来，一个美丽的梦境

驮着星星从沙滩启程

假如时光能够倒流

假如时光能够倒流
屋北的围堤下水草依然茂盛
我会找出那个荆条编拧的筐子
还有那把生锈的镰刀
跟在哥哥后面
去割刈那些青青的饥饿
那些未长成的泪水
那支随着夕阳一起滑落的歌谣

假如时光能够倒流
那排童年的课堂没有推倒
我会跟在哥哥后面，趴在窗外
去听那些琅琅的读书声
去看那些看不到的面孔
去想象那些翻来翻去的书包
哥哥哭了，我捏一个泥人
给！哥哥，不哭
那个泥人，是我，一个妹妹

假如时光能够倒流
我会捧起那些丰厚的作品
当哥哥酸楚袭来的时候
我说，哥哥，不哭

课堂里读书，咱写书
那些儿时的伤口，很痛，可那些血
一滴一滴，凝成了文字
早已筑起人类精神的金字塔

原载《中国校园文学》2021 年第 24 期

散文

文 遗

流　浪
——文学的八个关键词之五

张　炜

　　我们全部的尊严就在于思想。我们必须在这方面，而不
是在我们所无法充填的空间和时间方面提高自己。因此我们
要努力好好地思想，这就是道德的原则。

——布莱瑟·帕斯卡

杰作常有流浪的气质

　　我们从文学史中发现，流浪的内容或流浪的气质，存在于许多杰
作之中。有的作品直接写流浪的生活，有的虽然没有，但整个的精神
气质也常常给人这种感受。这些文字的背后总有一个不安的、游走徘
徊和寻觅不已的灵魂。有一种生命无论在顺境或逆境，总不能长久地
停留在一个群体当中，而会以各种方式疏离或挣脱。这并非是他的性
格缺陷所造成的，而是出于其他更深层的原因，比如对外部世界永不
满足的探求欲望、对心灵深处的自我寻索、对孤单和静处的深刻需要。

所以流浪一般是与寻找的需求联系在一起的，这样做的客观结果就是不断地打破庸常和惯性、冲破生活中有形和无形的封闭。

当然一个人的出走，理由会千差万别，有时候甚至没有什么明显的缘由可寻。许多人是出于不得已，也就是被迫；有的则是欣然离去，身体听从了心灵的召唤。但只要上路了，所谓的流浪也就开始了，一个人就此处于不再安居的状态。这种游走的生活或长或短，有的能够驻足回返，有的一生都不能停下来。有的只是身体回归故地，一颗心却留在了路上，从此就变成了一个张望者和回想者。我们所读过的文学书写中，有着各种各样的故事和生活，它们当然是由写作者的心绪和精神、人生经历引发的复杂感触投射出来的。可以说，大多数作家是敏感的和充满梦想的，他们不可能截断自己的远方，那个远点既牵引着当下生活，与之互为补充，同时又迥然有别。

一般来说，流浪是不确定也是不安全的。一个人如果待在一个固定的地方、一个熟悉的环境中，生活起来似乎更好也更方便。但这种日常的内容和熟悉的节奏也会把一个生命磨钝，让他终有一天不再耐烦，抬腿走开。现实生活中是经常发生这种事的，没有谁会觉得特别奇怪。但作为当事人是一回事，作为一个旁观者则是另一回事。我们大多数时候能够理解这些行为，只是不能去做，更多的还是迁就于日常。几乎每个人都曾经有过远行的冲动，但具体实施起来就不那么容易了。这其实是一种意志的软弱和妥协，因为就生命与现实环境的关系而言，终生固守一隅的生存状态并非自然合理，也就是说不一定理所当然，有可能是因时因人而异的。关于人生追求，无论从心理还是身体的意义来说，都需要我们"在路上"。这才是一种正常的生活。这种真实生活的再现，其实也是一种生命的谦卑，体现了积极向上、多思和寻找的品质。

但流浪或游走与现实生活是经常发生冲突的。因为这有悖于人类长期以来形成的群居习惯、一种相对稳定的社区结构。群体与个体的责任是连在一起的，打破一种结构就意味着摆脱一份责任，这要牵涉到其他人。加入一个群体或摆脱一个群体，有时候不是个体所能决定的。也就是说，流浪的合法性需要有一些前提条件，甚至需要某种裁决。因此通常是这样的：有的流浪能够得到认可，有的则要受到谴责。有的流浪直接就是一种逃匿。可见离去者可以是英雄，也可能是胆小鬼，还会是"二流子"，即通常意义上的无所事事的懒汉。人们习惯于将"流浪"赋予游手好闲的内容，然后才具体分析它们的不同。固定的职业和居所，通常是一个人安全可靠的标志。人们不太相信一个居无定所的人，也不太相信一个从远处到来的陌生人。

尽管流浪给人造成了无数的苦恼和不便，甚至是苦难，但它的魅力仍旧是无法抵挡的。对一些个体来说，这个世界太大了也太复杂了，充满了各种可能与机会。从物质到精神，人们都希望到远处去观察和寻索，然后加以印证。文学的大部分表达内容，无非是这种印证的过程。就游走本身来看，一个农耕民族显然与游牧民族是不同的，这在现实生存和精神上都有很多差异。文学对于传统的固守和出走也是同样的道理，进入现代之后，东西方都有一批作品渴望走出传统，从观念和形式上做出反叛，但在表达中却是各不相同的。西方不缺少游走的传统，所谓的现代主义不过是反抗后工业社会的秩序，形成一次次观念上的出走，当然也伴随了表现形式的创新。

中国古典文学中曾经写过大量的流浪，有一些代表人物可以说一直在路上，并且把一路行吟写到了极致。他们有的是因为不再安定的生活造成的，有的则出于个人的心志和趣味。李白和杜甫游走了一生，苏东坡基本上是走一路吟一路。最早的一位大流浪者是因为被放逐，他就是诗人屈原，为我们留下了最瑰丽的吟唱。唐代大诗人孟浩然曾求仕，也曾是四处游走的"孟夫子"。这种行吟气质是古典文学中最可宝贵的，可惜没有一直延续下来。庙堂中的大部分诗人缺少辗转跌宕的人生，他们害怕远行。

　　总体来看，与西方工业化、后工业化这一时间段对应的东方，在文学表达上是比较封闭的，这种情形一直持续了很久。到了文学史上的所谓"现代"时期，一种"出走"感才逐步增强，然而这种活泼的状态基本上随着战乱的结束而结束。在物质主义和娱乐主义时代，比如今天，写作者更多地胶着于人事机心之类，醉心于描述庸俗的世俗竞争。作家更容易专心于市场和读者，被消费主义的微小目标所吸引，被商业主义所左右和腐蚀。这样的情形之下不再可能奢谈精神的远行，也不可能上路。

　　当代文学往往被世俗和庸俗纠缠不前。一些所谓的社会历史的"大视野"，所谓的"宏大叙事"，在精神方面也是相当狭窄的，实际上不过重复着一些概念化的表达，甚至连最基本的个人见识都没有。这种由于封闭所造成的极端化的机械复制，由套语和大词组成的毫无生命气息的篇什，会在一个时期充斥于出版物中。每个时期都会出现一批振振有词的作家，他们写得慷慨激昂，似乎很有社会性和道德性，但仔细看下来才发现只是重复一些蹩脚的公文说辞，与小报上那些敷衍文字同样廉价。

　　激昂并不总是感人的和有意义的。人们会记得鲁迅笔下的那个"红眼睛阿义"，那是一个愚昧而冲动的角色。据说这个人还有一身好拳脚，对夏瑜这样的革命青年既不能理解也不能容忍，当时就施展了一番。鲁迅创造这个角色之绝妙，在于不会轻易过时，总是呈现出很强的当代性。我们的一部分"文学"用了很大篇幅，许多时候歌颂的就是类似"红眼睛阿义"这样的人物。"阿义"们在堕落的物质主义时代已经走到极致，并在娱乐至死的昏昏欲睡中扮演起正面的角色。以这样的人物为写作对象是卑微而屈辱的。当代文学正面临着一次新的上路，第一步是将门窗打开一道缝隙，呼吸一口田野上吹来的新风。

说到西方的流浪文学，人们会记起凯鲁亚克的《在路上》，它已经是国内年轻人口中的一部经典。谈到文学描述的流浪和出走，一定会谈到那个不安的美国青年凯鲁亚克。这个满不在乎满口粗话痞气十足的后工业化时代的都市青年，成了一部分跌跌撞撞进入现代的东方人的迷爱，甚至是学习创作的入门课程。那个大大咧咧的年轻人松松垮垮的腰带都让人着迷。都知道他不是规规矩矩的好青年，一路上并没干多少好事，但依然向往和模仿。因为这是一部惊世骇俗的作品，是那个时期及后来很长时间被人谈论的生猛之作。它有一些名言，如"我还年轻，我渴望上路，带着最初的激情，追寻着最初的梦想，感受着最初的体验，我们上路吧"。

这样的率性，一扫几个世纪以来欧洲洛可可艺术的纤弱和精巧，让文学变得粗野奔放、不拘小节，让青春折腾起来，让梦想试试运气。洛可可艺术的装饰性，它的烦琐典雅和贵族的奢靡连在一起，从根本上讲并不属于劳动阶层。在资产阶级的梦想实现之前，人们的生活其实并不幸福，一切都在路上，在折腾中。中产阶级的安逸支持下的艺术，影响了很长一个时期的绘画、文学、戏剧、建筑。美国是一个崭新的移民国家，它在艺术上长期沿袭欧洲的传统，渐渐也让人烦腻了。这与生活中许诺的不兑现合在一起，到了唾弃的时候。而凯鲁亚克的《在路上》，就将那样一种艺术和精神的均势给打破了。这好比一场现代摇滚，粗野却也生命力十足，吸引了美国年轻人的目光。最后，很久之后，居然还能回响在古老的中国。

美国当时的本土文学，包括日本、韩国和较早开放的东亚其他地区，甚至更远一些的非洲小说，都有人模仿了《在路上》《裸体午餐》《嚎叫》《祈祷》这样的写作，而且有的更放肆、更大胆。然而它们当中的一大部分缺少那种独特的生命品质。形式上的模仿可以走远，但是内在的原生力量，那种对当年美国社会最大公约数的精神状态和意识形态的冲决力，却很难觅得。跟随它的作品更多在形式上打转，或在一个貌似熟悉的地方急急奔走，实际上是无法"上路"的。这样做的结果除了在精神上的进一步颓丧，并没有带来好的结局。刚健的生命、成长的生命，反而让位于颓废和欲望主义、玩世不恭与油嘴滑舌。没有现代青年的焦渴和痛苦，没有生气勃勃的生长，远行不过是懒惰的借口。经过了这轮沮丧的尝试，他们更快地投入和加入后工业时代的物质主义、欲望主义的潮流。人们最终发现，他们所嘲弄的恰恰是这个时代里所剩无几的勇气、同情心、勤劳和怜惜等最珍贵的东西。

一个时期的模仿者的确发生了本末倒置的现象，甚至走入了悲剧。因为他们没有模仿的对象所立足的土地，更没有他们的经历。比如一战以后的那批协约国的年轻人，一群朝气勃发的青春面孔，打量自己的家园，发现为之而战不惜流血的这片土地，与理想和期待中的差距是那么大。他们在热望和等待中失去了最宝贵的时间、健康的身体，等来的是混乱的城市，令人厌恶的老旧的生活。这里没有年轻人的位置，一切都无从谈起。他们在精神上是非常苦闷的，即将丢失青春，却仍旧看不到出路。这样的一批人先后离开，其中的一批去了巴黎，他们是一些无所事事者，画家，文学家，表演艺术家。他们在那里租船屋、狭小的阁楼，过着清苦的生活，思考和摸索，试图找到改变命运的方法。艺术家们寻找新的出路，想在欧洲艺术传统里发现和学习，着迷于当时的艺术中心兴起的新的艺术流派，参加到全新的艺术实验中来。

他们来自北美新大陆，在继承和学习欧洲艺术传统的同时，酝酿着一次反叛与创新。然而这对于欧洲艺术庞大的体量而言，在数量上是微乎其微的。打破这个传统的有两类人，一是从各地会集到欧洲的一些艺术家，再就是早就感到厌烦的欧洲本土上的革新派。他们走到了一起，集聚起一股力量，比如画家毕加索和勃拉克那一些艺术家，都应该是这个阵营里的人。他们看到并参与了欧洲文化的蜕变，保持了上升时期的蓬勃冲力，显示出空前的锐利和生气。绘画艺术只是其中的一个支脉，一些小说家特别是诗人，也像画家们一样活跃。

凯鲁亚克、威廉·伯罗斯、艾伦·金斯堡比他们稍晚一点，走得更远也更放肆，却是那些人的继承者，一个绝望时代的代表。他们带着新的基因，混合以颓丧、不屈和冒险精神，开着一辆随时可以扔掉的破车摇摇晃晃上路了。凯鲁亚克的这部有点疯狂的文学书写，开始是打印在一条长长的卷状纸上。没完没了没日没夜地打字，常常处于疯癫状态，卷纸上满是呓语和醉语，是天才和小丑的混合文体。一种新的格调正在生成，嚎叫和垮掉，坏青年，不可复制的标本和榜样，时代的新病毒，就这样面世了。后来的情况我们都知道了，《在路上》虽然并未成为真正意义上的文学杰作，混乱而松弛，但在美国新文学史上仍占有重要地位，在欧洲和东方影响都很大。

这部垮掉派的代表作尽管对中国影响晚一点，还需要等到"改革开放"之后，随着中文译本的出现，年轻人开始阅读。还有其他类似的一些文学和艺术作品，如金斯堡的诗，也都陆续出现在这片板结的大陆上。这种文学和精神的病菌扩散得比想象的还要快，几乎在一夜之间不声不响地占据了私聊的话语空间。一批赤脚文青出现在街头，但命运似乎没有当年的赤脚医生那样好，得不到庙堂的鼓励，只受到侧目。这种效果也许更好，是新的艺术最好的出生方式。果然，连边远小城也有人追随他们，涌动着凯鲁亚克式的上路冲动。冲动有了，到哪里去则是另一个问题，一旦踏上新的旅途，走了一会儿也就四散而去了。这种交错混乱一直延续了很长时间，至今余波仍在。本土传统，切近的和遥远的，古典主义和我们这里特有的"现代派"，都拥挤在不太宽敞的二十一世纪的街区上。

本土经验、民族性格，这一切都是无法超越的。从农业社会到工业时代、后工业时代，如果存在未能连续的空白和跳脱，就会呈现奇特的错位感。许多社会问题，物质与精神的特异性，决定了一种艺术不能落地的悬空感。急躁地移植《在路上》，以及金斯堡式的嚎叫、冲决和反叛，就显出了贫瘠和苍白。尽管从语气上做到了惟妙惟肖，但因为缺乏中气，从高调往下滑落的时候很快出现破音。这是非常遗憾的。

毕加索、海明威、米勒和菲茨杰拉德，都大致被算作"迷惘的一代"，是这当中比较典型的代表人物。他们怀疑自己在生活中的位置，也怀疑生活本身，因而陷入了"迷惘"。尽管海明威本人对这个命名并不满意，甚至有些轻蔑，但人们还是表示认可。文学史家总是图个方便，找不到更好的命名，也只能这样用了。反正他们出走了，离开了母语，离开了土地，不管主动或被动，终究是做出了选择。他们的艺术独辟蹊径，自成一格，而且很难在同一向度上被超越。这就是出走和流浪的收获，从那时到现在，都是被一再证明了的。可见出走总有代价，但也有不菲的收获。

印裔作家奈保尔写出"印度三部曲"和其他小说；拉什迪出生于印度，后来到了英国，因为歌颂撒旦而触犯伊朗，不得不逃避。这两位都带着古老文明的印记，在欧洲取得了成就。他们身上发生的超越是不同的，同样是印度血统，奈保尔好像比拉什迪更内在，给人的阅读体验也更加瓷实，语言意象和思维更绵密。拉什迪在题材和观念上十分灵动，动作幅度很大，是颇具挑战性的选择，成为移民作家中引人注目的一位。

巴尔加斯·略萨和马尔克斯这两位杰出的拉丁美洲作家同样离开家乡，远赴欧洲，到西方文化艺术的中心浸泡多年。略萨出走更早，四十多岁就具有世界影响，当过国际笔会主席，较之马尔克斯成名更早。马尔克斯和略萨的区别很大，但他们都有拉美大陆的野性，有让欧洲人惊叹的生活内容，并勇于在形式上做出革新和创造。马尔克斯的内在力道更大，有密致超绝的细节，奇异的想象，令人入迷。略萨在题材和形式上更为大胆泼辣，色彩斑斓，令人有一种眼花缭乱之感。他的《绿房子》《胡丽娅姨妈和作家》等作品，都是聪明与妙设的典型。与马尔克斯不同，他的文字也许经不起反复阅读。同时看两位来自同一地区、有相似经历、在某些方面非常接近的作家，会发现许多妙趣。我们可以思考他们的异同、各自的实践得失、对当代文学和本土写作的启示。

略萨的写作异巧被称为"结构现实主义"，强调结构上的创新。他能够做到不同时空的穿插自如，多重内容糅合一体，并有一种缜密感，并不涣散。这一点《绿房子》做得最好。然而形式创新也有一种危险，读者一旦意识到这种方法成为一种模式和定式的时候，形式的意义也就淡化或走向了反面。创新变成了老旧和成规之后，读者要求的就是内容上的硬通货，是更持久的东西。人物、语言、细节，以及洞见和发现，对人生经验的拓展和延长，是这些。就译本所见到的，深思与缜密、异质与奇幻，略萨逊色于马尔克斯。所以后者的影响力更持久也更内在。但是略萨在文学理论方面的造诣，议论之优异，常常让人叹为观止。

从本土出走的作家，他们对原来的文化一定会发生反思，视野和参照也就显然不同了。但并不是人人都能通过出走抵达新的高度，这是另一回事。对一般的作家而言，体验不同的环境是至关重要的；对另一些作家而言，也可能越走越坏。有的人需要满世界跑，越跑越开阔，思路越灵活，越能焕发出个人的想象力和创造力。但也的确有一部分人需要固守土地，以便更深地扎根，从这土地中吸取营养，在恒常古老的天地里放飞自己的灵魂。比如福克纳的行走就不多，一生写了近二十部长篇，好像特别依赖那片"土地"上的萌发。可见情况是复杂的，总是因人而异。

写作《汤姆·索亚历险记》《哈克贝利·费恩历险记》的马克·吐温，是一个步履不停的人，他常去海外周游，即便在国内也南北颠簸，各处旅行和演讲。他笔下的人物也不能安分，绝对是野性的。许多西方文学杰作都涉及流浪的内容，流浪的气息挥之不去，这是一种很长的传统。谈到这些，忘不了哈克贝利·费恩出走时坐的竹筏，忘不了堂·吉诃德骑的瘦马，"竹筏与瘦马"，这在西方文学中成为重要的道具和象征，它们意味着游走、远方和上路。

从某种意义上来说，文学即人的"一路所闻"。具体到一部作品，有的内容可能只涉及几天或几个小时，却凝聚了作者半生或一生的见闻，复杂的人生经历都浓缩在方寸之中。

俄罗斯的巴乌斯托夫斯基一直强调流浪的意义，他自己也在践行这样的理念。他说自己每一本书都意味着一次旅行的展开，没有旅行就不能成文。周游一场，归来即能成书，有时直接就是一路纪实。他的大量素材和灵感都来自旅行，以此维持整个创造生命的激活状态。许多作家的灵感都产生在火车上、飞机上。在游走中，无限新事物刺激出无穷的新念头，引发很多联想，新的创作也就产生了。巴乌斯托夫斯基经常在穷乡僻壤写作，他的《金蔷薇》是中国人熟悉的文学教科书，尤其在二十世纪八十年代初，人人都读，里面包含了许多非凡洞见。《金蔷薇》中有一篇《夜行的驿车》，写安徒生一生常在旅行之中，总是随身带着写作的行头，许多故事都产生在旅行中。他对旅行生活的描述充满了诗意。

狄更斯一生酷爱旅行，游遍欧洲大陆，去美国时还自制了一张随身携带的小桌子，在轮船上供写作之用。毛姆足迹遍布世界，很多小说都以旅途为背景，如以南太平洋岛屿和马来半岛、以中国内地和香港为背景。

有一部影响广泛的电影《走出非洲》，讲一个丹麦女子在肯尼亚辽阔蛮荒的土地上挣扎生存的故事，她在那里打猎、经营庄园、遇险、婚姻破裂、失去所爱。给人的感觉是，很多时候仅仅是异域风情，就已经极具艺术价值了。远方，新大陆，最早的见闻，这些总是宝贵的。这有点像中国历史上的西域游历、美国和欧洲的见闻录，就曾经因为新鲜和稀有而颇受重视。现在从网络上见识新事物变得十分方便，但写作者仍然不能满足于斗室网游，仍然还要亲自到异地去。行走对于文学永远都是重要的。

人生的单程旅行

世上不存在绝对静止之物，从宏观到微观，都在不停运动之中，比如我们居住的地球，实际上也是在宇宙中不停地移动。人生并无静止，实际上只是一次流浪或放逐。一个人从出生那一刻就开始了远行，从某种意义上可以说是一次悲壮的行程。即使一个人有故地、有居所、有相对稳定的职业，偶然间因事从一地到另一地，生活中的空间腾挪是局部的、能够控制和感受的，但人生旅程的真相却并非如此。我们需要正视生命的本真，对人生单程旅行的实质有一些具体的认知。这种觉悟对于精神的成长来讲非常重要。

人大部分时间渴望安定，但仍有另一种渴望，想到远处去看一看。世界很大，人也难以一厢情愿地静止不动，总是要自觉不自觉地移动。人的一生无论怎样选择，说到底都是一次单程旅行，无人能够例外。这种认知和发现，属于成熟的大人。人是否明白一个道理、感受一种真实，将导致看待世界的眼光不同。总体看，在文学表达上，潜在或显在的放逐感从来都是自然和深刻的。这种感觉常常来自真实的生命体验。只要是朴素自然的、不矫情的，就一定是有意义的。

人生是一场单程旅程，这是命运的规定。每个人自出生开始就持有一张单向里程的车票，然后上路。

一个勤奋的作家进入老年的时候，可能会出版数十卷文集，以记载这一生的旅程。旅途越长记录越多，托尔斯泰文集有一百卷，是何等漫长的记录。大量的人生细节，读来令人沉醉或唏嘘。

人要考察自己，考察他人，考察流浪和故乡之间的关系。通过游走寻找精神的家园，探究一个合理的、可能的归宿。人对他乡的好奇，对故乡的不满足，常常与疑问相伴，总之种种因素都会推动他的游走。我们的文学中不乏描述大家族中不安出走的作品，如颇具代表性的长篇小说《家》。"出走"是一种文学题材，也是被反复书写的主题。它的发生正是源于对故土、对原有生活的不安，以及对外部世界的好奇。出走有时，回返有时，在一个地方待过了或者失望了，还会返回故乡。从地理意义上看一个人是"回来了"，但在精神和生理层面上，他既然经历了那么多新事物，身心都有了多次更新，已不再是原来的自己。人不可能两次踏进同一条河流，经历了出走，对脚下这片土地的认识也就不同了，心灵的里程已经向前延伸了，生命本身也就改变了。

就文学进程来讲，现代主义已经从古典主义的故园中出走，并且再也难以折返了。今天无论是文学形式、主题、塑造人物的倾向和语言风格，统统远离了古典主义，那只是一片回望的"旧景"。绘画也是如此，十九世纪之前的古典主义绘画，笔触细致，色调偏暗，内容大多写实，而现代画家下笔粗犷，色调鲜亮。将油画按照创作时序排列在同一个展厅中，观者便能感受到艺术的路径和速度，怎样变异，领会艺术如何从古典的故园里一路出走。它真的再也不能返回了。一旦走入了明媚的现代主义画廊，便再也看不到古典主义的凝重，所有画面都变得明亮、鲜艳，更具刺激感。秩序经历了打乱重组，艺术生命经历了再次归置，然后以全新的面貌呈现在我们面前。

文学艺术是生活在时间流水中的倒影。一些映象在波纹中起伏，宛如希望的破碎。生活并没有像原来期待的那样不间歇地向前，也没有趋向完美，而是不断遭到阻遏和破坏，甚至走向万劫不复。现代主义艺术会表达这样的情绪，表达苍凉和绝望。仅仅从形式上看，这就是一次出走，绘画和文学方面的表现都异常明显。现代主义文学再也不复古典主义时期的沉稳，也不会像那个时期一样奢侈地使用文字、按部就班地展开情节。古典主义的故事、人物和结构稳定而苍老，曾经产生强大的撼动人心的力量，但以现代人的眼光去看又会觉得不耐烦。作为读者，现代人自以为预知和通晓全部事物，不需他人絮叨，只想捕捉某种状态，获取一些信息；作为作者，他们想抓住最想说、最急于说出的那些尖厉、响亮和刺耳的语言，在最短的篇幅里解决一切，哪怕是匆匆而行。写作变得更直接，如果不得不曲折，也属于现代的暧昧，仍然远离了古典主义清晰确定的元素和色调。

现代艺术在形式上无所不用其极，打碎、再打碎、审丑、荒诞、梦幻、意识流，所有的可能与所有的元素一拥而上。绘画艺术像毕加索后期的那种绝望和冷漠，则表现得更加直露。毕加索说自己十几岁时就可以画得像拉斐尔一样好，古典绘画的完美技能已经掌握。而他说一辈子的愿望，就是能够画得像儿童一样稚拙："我花了四年时间画得像拉斐尔一样，但用一生的时间，才能像小孩子一样画画。"这里在说艺术与生命的单纯关系，这是很深刻的道理；还有一个原因，便是他发现了古典主义的伟大成就是难以超越的，一场重新出发在所难免。毕加索在蓝色时期、粉色时期画得是何等完美。在他未成名时于巴黎船屋中烧掉自己的画作取暖，想尽办法度过巴黎严冬的时候，他的创造力是多么强盛。今天看来，他那个时期的作品既有古典主义的完美和力量，又有现代主义的革新和冲击。画马戏团小丑，一个孩子站在大球上，那么生动传神；画猴子、演艺人员，从技艺到神采都登峰造极。这个时期的毕加索中气充盈、健旺，心力集中，洋溢出极大的生命活力。

后来人们对他议论最多、最为瞩目的，却是那些"后现代"作品。变形，夸张，狂躁，甚至是色情。盛名之下的毕加索不受谴责，作为一个"胜者"，好像已经不被追究。这是世人可怕的庸俗与势利，是丛林法则在艺术领域的表现。毕加索凭借巨大的才能，利用漫长的艺术训练形成的深厚功底、常人难匹的想象力，可以无所不至，无往不利。他随便一个线条都意味着不可超越的高度和意义，最终成为无人能比的最具市场价值的现代画家。这一切包含了多少艺术的色盲、无知与麻木、人云亦云，时间一定会给出答案。他的后现代艺术名声是极为可疑的，虽然并非没有价值。时代的混乱失序催生了后期的毕加索，人们错待了一个天才的绝望和疯狂。毕加索的伤绝在于永远不可能超越自己，他的疯狂在于自杀式的摔打和毁坏，甚至构不成一场放肆的革命。这其中凝聚的劳动远远不够，它向市场和庸众的妥协、它的沮丧和苍白，其实同样明显。

文学的发展史与毕加索的艺术历程大体是一致的。毕加索个人继承、发展、改变、绝望、颓唐和疯狂的历史，恰好对应了文学艺术这一路的进程。毕加索式的作家太多了，不过不如画家那么成功而已。美国亨利·米勒的代表作《北回归线》，其笔法较之劳伦斯的《查泰莱夫人的情人》更恣肆，除了在法国，这本书皆列入禁书行列。它是如此的放肆与无耻，欲望与恶被描绘得淋漓尽致。与《在路上》和《嚎叫》之类稍有不同，沦落到了这一步，已经没有功勋可以建立。这只是作为污脏的肉欲表达，颓废、放荡和狂欢的套路，被人谈论和列举。

现代主义创作的一部分，总会突出所谓的"认识价值"，这也是被一部分人肯定和讨论的依据。我们常常因为一些"认识"而非"审美"价值，对一些肮脏不堪的宣泄大加赞许。这种赞许是有快感的，是冒险和向下的快感，是开明和激进的标榜，是物质主义时代包赚不赔的一笔买卖。将"认识价值"独立于"审美价值"，将二者分割开来，当然是荒谬的、不会成立的。以《金瓶梅》为例，它在历史上一直都是禁书，却被今天的一部分人释放出来，好像历史上的一切文明与禁忌全都大错特错。甚至有这样的论者，开始热情洋溢地将其判为超越《红楼梦》的"伟大杰作"。好像正因为格调低下、趣味丑浊，才要被推至这样的位置。他们的理由是，这些作品不仅在艺术上"绝妙"，而且拥有真正的"认识价值"。

市井生活的鲜活逼真，细节的绵密与人物的生动，这样历数它的优长还可以有很多语言。这些自然不争。但是他们努力强调和挖掘的不在于此，而是它的另一面：人性的糜烂。好像只有这样的书写才足够无畏和真实，已近旷世之大勇。就此，在文学艺术的价值论辩中，已经将审美、教育、认识诸项功能分割开来，把所谓的"认识价值"提高到空前的地位。殊不知一部文学作品离开了其他价值，抽离出来的某种价值根本不会存在。如果能够抽离，那么社会与历史中发生的任何至丑至恶的事件与事物，都拥有这种"价值"。

《金瓶梅》当然有"认识"价值，正如我们生活中的所有恶性事件一样。事实上凡是大恶，皆有大的"认识"价值。然而这并未妨碍我们的价值判断。这本来不是什么问题。然而艺术评判复杂许多，故而留下了诡辩的空间。这里其实不再是道德评价问题，也不是什么"道德理想主义"的问题，而是一个诗学问题。谁也不能把某种元素从价值体系中剥离，更不能以任何理由和口实来代替审美，因为文学艺术的价值判断只能是一个整体。

只有一个奇特的时期才会发生如此混淆。失去坐标的评判是危险和荒谬的，它表现出人的软弱、对恶俗的妥协和机会主义。在物质主义和娱乐至上的时代，紊乱的艺术判断并不让人惊讶，因为它比一般意义上的社会判断更难。我们需要面对难以表述的复杂内容，倾听心灵深处的各种回响。一个人要调度全部的人生经验、综合全部的文明修养。

论说《金瓶梅》与《红楼梦》的文字很有一些，有人认为没有前者就没有后者，以此证明前者的"伟大"。随着消费社会的来临，数字狂潮的推拥，有人对《金瓶梅》《北回归线》这一类作品的评价越来越高，不乏玩味和沉迷。《北回归线》问世之初，诗人艾略特、庞德、写《一九八四》的奥威尔、写《刽子手之歌》的梅勒，都曾有过一些正面评价。他们是令人信任的作家，可能并非简单。现代主义走入了自己的单程旅行，需要寻找一些极端化的榜样，当然不是幸事。事实上当代雅文学缺乏一条接续的链条，无法对接自己的传统，这是真正令人惋惜的。

东方"现代主义"的盲目性，集中呈现的后工业时代的颓废，实际上与西方的厌倦无关，因为无论在文化传统还是物质和精神层面，都较少相似的经历。形式上的模仿未能击中要害，只能是虚浮无力的。杰作一定是"现代"和"先锋"的，这不可能有什么例外，但绝非是一次简单的移植。真正意义上的"现代"是从本土和传统出发的一次远行，是可以追溯故地和渊源的长旅。它回不到原来，只能一直走下去，终其一生。

从这样的意义上讲，原地踏步的"乡土小说"同样很难成立，因为它没有出走的经历。"乡土小说"并非不好，但在长达几十年的时间里踞守，没有流浪，没有接受二十世纪的一路风雨，也就成了一个问题。语感、形式、意识、结构，还一直停留在幼稚的工具论中，是畸形、贫血和虚假的。真正的乡土艺术一定是饱满和质朴的，而虚假的乡土艺术不仅吸饱了通俗元素，而且迁就了肤浅的社会功利。这种写作说到底，与某些"现代主义"互为表里，基本上是同根同源的。

"乡土文学"并非指乡村题材，写城市与知识分子也可以是这样的文学。乡土意识贯穿在价值观、结构、语言、格调、韵致和整体氛围中。一个时代的写作者要保持生机，就要从中出走。有人将《古船》划入"乡土小说"范畴，作者也许难以接受。它显然不是经验中的"乡土小说"，也未能与那种传统靠近，尽管仍然使用了乡村和原野的元素。

　　文学须保有尊严，它常常在出走之路上。一路追求的最大事物，可能就包括了尊严。既告别了自己的"乡土"，又不能一头扎入地球的另一面。有一年春天我到安徽，第一次看到了无边的油菜花，它是那么鲜亮迷人。后来我在国外也看到了，恍惚迷离，但知道它们是不同的。天空不同，气候不同，同行的伴侣不同，油菜花也不同。我们喜欢卡夫卡，但是否一定要变成一只大甲虫赖在床上，却要慎重。卡夫卡生活在奥地利，距今已有一百多年了。

精神远游的重要方式

　　身体的移动会带来关注力的转移，因为心思会随步履远游；而身体居家不动，思虑却不会停止。踏上远方的道路，一路的遭遇会迫使自己回答一些猝不及防的问题，这就是平常说的"有感而发"。与这种情形相似的大概就是阅读了，他人的文字也能引发精神的远游。读书之外便是写作，这都是精神业务。写作和读书彼此关联，互相印证，彼此牵拉。可以说，阅读是另一种旅行。

　　尽管如今获得信息的方式多到不可胜数，但行走与否，对大多数人而言还是极为不同的。许多书本上的内容，唯有通过现实接触才能活化，变得立体起来。"纸上得来终觉浅，绝知此事要躬行。"（南宋·陆游《冬夜读书示子聿》）读书一旦与行走结合，心中的知识网络便会密织起来。路上景物对思维的启迪和开拓，不可替代。古人讲读万卷书行万里路，就是这个道理。我们现在讲阅读的意义，更多是从精神远游的角度去认识的。

我们经常谈到的古人中，苏东坡是旅行与阅读并重的一个突出标本。他的游历有自愿的也有被迫的，一生没有停止。他在后半生不停地受皇家驱赶，有时在一个地方为官刚刚五天又要挪动，甚至走在赴任路上，新的任命就追上来了。苏轼直到六十多岁还要不停地迁徙，这对一个老人而言真是不幸。然而他生性乐天，爱好山水，听说某处好玩便一定要去看看。月光、竹影、水流、花香、荒寺、野地，他都能从中找出格外的情趣。名花、异人趣事、新鲜饮食，他都不想错过。这是一个具有极大好奇心的人、多趣的人。

苏东坡四处奔走，北至边陲定州，向南穿过海峡流放到海南儋州，还曾在西部边境凤翔和东部海角登州为官。在今天看来他的行迹不算出奇僻远，但在当年就不同了，一个人去过那么多地方简直就是一个奇迹。最让人惊讶的还不是身体的流浪，而是精神的远游。他可以终日偃坐，不停地阅读。少有比他读书更多的人，从诗文中可见，他对经史子集的熟悉程度、记忆之深刻，真正达到了随手拈来的地步。典籍在他手中的活化转用处处闪现，以至于同代注解者个个为难，认为要诠释他简直是不可能的。

"古人学问无遗力，少壮工夫老始成。"（南宋·陆游《冬夜读书示子聿》）读写需要"童子功"。苏东坡从少年时代就逐字抄写过《汉书》，中老年再次抄写，一生竟然抄过三遍。以他超人的记忆力和理解力，却要下这样的功夫，实在不可思议。他拥有最活跃、最聪灵的天资，尚且如此，可能不是他太过笨重，而是一般人太过轻松了。这样一个人在阅读上如此死磕，结果也就可想而知了。他的精神远游被标记下来，以诗，以文，以长卷，以短章，这就是我们今天看到的《苏东坡全集》。其实还远远不止这些，他在实际生活中的无数劳迹，包括庙堂作为、地方事功，都属于心力外化，而凡心力都不能脱离见识、不能离开精神的蓄养。

人的精神远游并非呆坐呆想，而要求助于阅读，这是对他人心情的跟随和默对。文字的大功用不仅是直接告知，而是留下许多空隙让人用想象去填补，阅读者越是具有丰富见识，就越是能够想得准确和遥远。除了阅读，有一部分人还能再进一步，这就是写作。用文字记下心思的活动，更有一些打算和计划、欣悦和忧伤、发生或未发生过的事情。有些想法可以交流，有些只留给自己。这些心绪平时无迹无痕，一旦写下来，也就存在了那里。

我遇到的好多读者和作者，也包括自己，在记录心情和思绪方面有许多难题不能克服。这就是平时说的写作之难。没有什么比心灵再难以表达的了，它许多时候是难以说清的，我们不过是努力地接近它。一般来说我们总是觉得自己在文字上所见世面太少，也就更加求助于阅读。这种方法大致是可靠的。写下一段文字，自己认为已经写得很好了，可是一旦读到更好的文章，就会自愧不如。我们自以为巧妙的想法，一些事情，一些情致和人物，一些显而易见的道理，一旦打开视野便会发现它们早就被人表达过了，而且人家做得更好。在这种境况下，最好是把无数的时间用来阅读，大概这就是那些大读者产生的原因。我遇到的这种读者太多了，他们简直无所不知。这些人当中如果有一个写作者，那么他将是很优秀的作家。

如果在阅读上浅尝辄止，只顾得记下自己的所见所闻和心中的想象，有一天会沮丧的。因为他发现自己常常在拙劣地重复，语言，思想，谋篇，情趣，都只在一个不大的范围内打转。自己的行走发生在一个小小的院落中，或者离居所三百多米。是的，那一场远游还没有开始，放下手头的事情，出发吧。

我们的阅读和写作是难分难解的，写作是不得已而为之，用符号标记走过的地点。精神地图的建立，物质空间的记号，都需要坐标。

人会自觉不自觉地绘制出一张地图，上面密密麻麻，最后还画了等高线，涂了颜色。在这幅斑斓的地图上，他人不可能读懂的隐秘或清晰的记录，全都杂糅一起。一个人不知疲倦地标记，的确是重要的和不可替代的。一个写作者回头看自己写下的文字，如同回溯自己的生命地图，按住这些曲折的线条，辨认走过的道路，直到天涯海角。这幅"地图"有物质和精神的双重意义。它记录了实际经历，如同雁过留声；在精神层面，则包括了想象中的抵达、期望和幻想。

精神旅行的长度与阅读的深度有关，也与个人记录频率相一致。每一次深入阅读都是与某个灵魂的相逢和对话，时而停顿和耽搁，发出一连串问询，并不时地驻足回望。一个人能够实际经历的风景是有限的，要领略更多的风景也只有阅读了。如果没有他人的文字记录，生活会多么寂寞。我们所倾听的他人的讲述，其丰富和深刻程度要超过自身经历数倍，尽管二者性质不同。将阅读放在这样重要的位置，不过是对仅有一次的人生的最大珍惜。一个人无论精力多么充沛，寿命多么漫长，所能亲历的也就这些有限的部分。扩充生命容量的唯一方法便是阅读。尤其是阅读经典，它们是更坚实、更紧密、更深邃之物，有大贮藏、大奥秘。如果与一些不同凡俗的生命擦肩而过，将是多么可惜。

读一个人，领受一个世界；遇到一个重要的人，就是领受一个独特的世界。

随着年纪的增长，我们越来越愿意读作家的全集。有一套全集放在书架上，仿佛靠近了一个长长的人生。即便随手翻阅，也能粗粗地摸到一些节点，看到他曾经有过的闪回和游移、他所经历的斑斓风景。像歌德、托马斯·曼、雨果、托尔斯泰、陀思妥耶夫斯基这样的经典作家，他们的一生很长，留下的文字也长。我们不仅想了解他们的经历，还想窥见内心的波澜，找到一些大痛苦和大情感。他们微小的情趣更有意思。赫尔岑的《往事与随想》百读不厌，一遍遍抚摸细密的文字，唯恐遗漏。一旦进入他的语言系统，即不再觉得烦琐。这么精准有力。世界上原来有这样的人生，它离我们所熟悉的人事情怀并不遥远。

《随想录》是赫尔岑的一生、半生、生命之躯上掉下的碎片、时远时近的剪影或素描。这真的是他而不是别人，是属于他的风景。

阅读的确是对生命的最大珍惜，是只赚不赔的度日之方。苏东坡和陆游留下的文字可真多，他们无疑是大生命。索尔·贝娄何等诡谲，奇特无测的异人。哲学家海德格尔竟然写了几千万字，他的玄思和爱情一样浪漫深长。巴尔扎克研究了很多钱的事情，他大把地使用文字，并用这许多文字赚钱。了解他们斑驳的一生，对比我们的一生，就像蹲在河岸上看对面的房子，盯着屋顶上出神。

会阅读的人，越是身处嘈杂的时代，越是自我封闭，有时不见客不开手机，尽可能减少杂务，腾出精力，与一些杰出的生命好好相处起来。这就如同经历了一场伟大的友谊、深刻的交往，或者一场惊心动魄的爱情。我们真的要想办法找一段完整的时间，将自己塞进一个角落。我们不必太过匆促，不能以简单和草率的方式度过复杂不测的人生，这太遗憾了。要沉浸于阅读，就必须拒绝网络时代的碎片化。我们遇到了严重的人生问题。

古今行走之大不同

人在路上的遭逢大都不是预先设定的，是不期而遇。迎面而来的一切都要或深或浅地留在心中，这些具体的感知和印证、切实的欢乐与困苦，都不是室内生活所能给予的。古人一开始只能步行，后来才有车船代步，那时人的身体与大自然有更贴近、更实在的关系，摩擦多，实感强，所以收获是不同的。人有了现代交通工具如飞机、高铁和快轮之后，也就很少有机会体验那种辛苦跋涉的感受了，关于行路艰难、流离辗转的体味，只从书本上才能看到。如果不是出于具体目的，一般人是不会对大自然下一番实勘功夫的，因为这需要时间，而现代人对时间有特殊的分配方式。今天的人更愿意直取物利，为了节省时间，做任何事情都要选择最短的路线。留下时间享乐，而到底什么才是享乐，又取决于不同的价值观、不同的嗜好和性格。

因为价值观的区别，我们对各种各样的行走，比如我们对书中所记载的这些行走，有时是极不理解的。历史上发生的远途奔走，不畏艰险，甚至是以命相搏的事迹，显得多么遥远、多么陌生，简直近似于编造出来的神话和传奇。这些故事好像只为了留下来供人惊叹和讲述，不可能真的发生过。但它们全是真的，因为那些记述是无法怀疑的。比如探险家们九死一生的极地之行，比如为了一个热烈的想念而不惜穿越枪林弹雨。这些事件和目标很大，或者还容易理解；不好理解的是有人为了见朋友一面，为了能有一场谈叙，竟然会苦苦奔走千里。

说到远行的古人，我们会想到玄奘。他的漫漫西行后来被演绎成了小说《西游记》。还有更多往来于西域北国的人，无比艰辛或冒生命之危，有的为了求法，有的为了国事，有的说不清楚。北魏郦道元写下《水经注》四十卷，被认为是中国游记文学的先驱，全书记述了一千多条河流，还有大量掌故和传说遗迹等。明代徐霞客从二十二岁开始直至五十四岁离世，一生基本上是在旅行考察中度过。他留下的《徐霞客游记》据说有二百六十多万字，今天我们看到的六十多万字只是一个零头。威尼斯商人马可·波罗十七岁来到了元代都城，在中国游历近二十年，写出了《马可·波罗游记》。

中外这一类触目的行迹，近一点有契诃夫的萨哈林之旅、马克的黑龙江流域勘察，还有达尔文登上贝克尔舰、阿蒙森南极探险，数不胜数。这些人物身上有着令人震撼的勇气，个个都是大行动者，身与心的生猛让他们不再犹豫，一气呵成。这是一个人对未知的探索，想见证和考察，想对这个世界推敲一番，留下自己的意见，并认为这些意见十分重要。极其看重自己的意见并付诸行动的人，都是坚强执拗的人，这样的人有一股很高的心气，把非物质的精神与意义看得高于一切。这样行走的动力与物质主义激励之下的拼搏相比，不知要大多少倍。其实人与动物最深刻的区别，不过是对真理追求的意志力，是一种精神力量。

不同时代的远行由于方式不同、花费的成本不同，目的与结果也大为不同。流浪与旅行，探求与投奔，流亡与迁移，同样是在路上，内容和性质的差异又该多么大。有一些行走半是探索半是观赏，还有一些人在路上，开始是信心满满的追逐，最后却变成了辛苦的游荡。无家可归者、风餐露宿者、逃亡者，都是我们能够想象的最不幸的人，旅途上有各种各样的艰辛在等待他们。这些人形形色色不一而足，有一点是相同的，就是都在路上，都在移动，都没有一个长期固定的居所。他们分别在路上享受、在路上奢华、在路上泣哭，或在路上瑟瑟发抖，痛不欲生。旅途上倒下的人太多了，他们统称为"路倒"。

前边说过的苏东坡是一个少年得志的罕见人物，也是一个高官，最初上路是因为发达、因为荣耀，后来却一度变成了被皇家驱赶的丧家之犬，十分狼狈。他多半生都在路上，名义上是一个赴任的官员，实际上是在催命般的转任和放逐中流转与漂泊。他在经受颠簸折磨的同时也领受了旅途上的快乐，只不过越到后来快乐越少，最后死在了从南海北归的半途。今天的行旅方便了许多，不必像苏东坡一样在车马舟船上转折。当时坐船就算最舒服的了，戴罪之身在流放途中不能坐船，如年老多病的苏东坡为了能改走一段水路，还要专门乞请皇帝的恩准。

人与道路的关系是人生大事，这其中发生的任何一点改变都关乎到人的心灵，其中有一些变化是让人始料不及的。比如交通工具的便利，一再提高的速度，从甲地到乙地所需要的时间和方式，竟然会引起生命的变异。而这变异也将引起整个世界的改变，因为维系人类社会的情感结构发生了变化。一段路程、一个消息，它们与时间的关系已经发生了翻天覆地的变化。一千年或几百年，从历史刻度看不过是一瞬，可是人类对速度的追求却取得了惊人的进步。即便是工业时代的轮渡，从亚洲到欧洲也需要几个月的时间，而今只不过几个小时。一封信函从地球的一面到另一面，今天只需光标一点。

速度的贪求是无止境的。所谓的进步主要指提速，它几乎决定一切，快的被更快的战胜，所以现代人只有更快，没有最快。但是什么会被慢的战胜，会有相反的道理？我们知道，因为匆忙，很多事情被办砸了；因为过于追求速度，我们铸成了追悔莫及的大错。我们终于知道：一个正确的方向比速度更重要。人的道德感、理性深度，都需要与速度相匹配，一旦失去了这种平衡，就会出现灾难性的结局。我们不得不向自己发出呼唤：慢一些，再慢一些吧，请给我们一点时间。可怕的是时间根本不等人，它飞驰而去，奔向一个目的地，不论前面是光明或黑暗、生存或死亡。时间让我们害怕了。

除了如上的一些忧虑，我们发现更令人悲哀的是，时间让我们在许多方面，比如说最致命的道德品质方面，变得更加复杂难测了。道德是时代的，它随时间而变化，不过有一些元素是永远不变的，是永恒的。比如爱和怀念，比如真诚，比如认真和质朴，类似的有许多。我们发现飞快的速度让一颗心变得麻木，常常连死亡都不能使人动容。不是我们变得无情无义，而是情感消耗太多，已经快要流失净尽。人与人相会太易，分别也就不难，今天的人再也不会因为思念而远行千里，只求一晤。

世上的一条条道路还在，怎么走则是另一回事。现代人更急切、更贪婪，他们要以更快的速度追求物质、追求享受，也更难以专注和耐心。速度的催逼之下，人也更加想得开，更加懂得利益的互换和对接。如果今天做一下速度与伦理关系的研究，大概会是一门沉重的学问。现代交通工具的便利化，信息高速公路的建成，人们考虑问题的方式和角度发生了根本性的变化，原有的道德伦理需要重新打量和界定。

在古代，要见到千里之外的一位朋友是一件大事。道路坎坷，行走缓慢，一路上要不断地改乘，旱路水路交替，翻山越岭辗转。经过这样一番苦程才能见到好友，友谊的分量也就自然不同。两个人有多少话要说，这番话的代价也太大了，所以才要句句珍惜，要与之交心。王昌龄"忆君遥在潇湘月，愁听清猿梦里长"，王维"劝君更尽一杯酒，西出阳关无故人"，李白"孤帆远影碧空尽，唯见长江天际流"，杜甫"今夕复何夕，共此灯烛光"，苏东坡"但愿人长久，千里共婵娟"，表达的都是心中的恋惜和不舍，是别离的伤感。有万水千山的阻隔，哪里有说走就走的便利。那时候仅仅是行旅的艰难，就避免了许多现代的轻率。

现在人们熟悉的是这样的场景：两个相隔千里的朋友相见，从微笑握手到分手，十分轻松，就像什么都没有发生。相见时易别更易，再亲密的朋友也不过如此。回想二十世纪八十年代的笔会，那时候难得相见的朋友聚在一起，都舍不得独处，通常要围坐一起谈个不休；中途听说谁要先走，实在是难以割舍。现在开类似的会议，大都是各自关在自己房间里，吃饭的时候发现少了几个人，才知道他们早走了。

人的情感变得这样稀薄。过去一位朋友去世，会引起多大震动。而今相知多年的文友突然离世，悲伤淡淡若有若无。各种信息太多了，好像所有的幸福与痛苦都层层叠叠地推拥过来，堆在身边，谁如果有足够的泪水，那就淌出来吧。不可能了，因为眼泪的贮存也就那么多。

频繁的信息打扰、现代科技压缩的时空，使人类伦理发生了深刻的改变。如此下来，人类将更有希望还是相反？见恶不恶、见善不善的麻木感十分普遍，最后只有一种可能，就是一起跌落混乱污浊的深渊。也许到那时候，我们才会猛醒，但一切都来不及了。速度影响了人类的价值判断，这真是始料未及。关于道德的基本标准一旦发生变化，世界即发生巨变。我们在应对灾难，对待弱者和强者、真理和艺术的时候，会变得轻浮，甚至寡廉鲜耻。

强烈的爱恨消失在生活和写作中，也就不必再对道德的"二元对立"感到痛心疾首了，因为世上已经没有黑白。人们不必努力追究，也不会因爱恨而激越、寻找和救赎。像《卡拉马佐夫兄弟》那样，出于对罪恶的恐惧而彻夜辩论、热泪盈眶的人与事，再也不会出现。

还是要说到好友去世，这总是让人震栗：即使手足一样的深情，也会木木然转瞬释怀。记忆中一位文学兄长去世，那是二十世纪九十年代初，事情已经过去了几个月，有人还是抑制不住，独自在僻静的山里按住一棵老树痛哭不已。类似的情形越来越少了，在信息时代，人的情感紊乱了也单薄了。是的，世上条条道路还在，只是行走的人变了。

那么，今天的人可否依靠"复古"的方式找回一点？于是就出现了现代的徒步旅行者，或骑着自行车去西藏，或溯源而上走黄河。这是一些个案，他们希望以身体的摩擦，重塑不可替代的记忆和感受。我曾不止一次建议年轻人利用假期去山区考察，听人讲述，用眼睛和笔去记录，固执地认定行走的意义。尽管今天可以通过多媒体便利地"看到"和"知道"，但这些风物人事与自己是没有多少关系的。要一步一步走，一个一个看，富裕之地和贫穷之地、幸运者和伤痛者，都要看。即使在最著名的富裕地区也会发现家徒四壁的人，他们的整个家当就是一个破柜子、一个粮囤子、一小堆地瓜。

我们常常探寻经济"快速发展"的秘密，其实最大的秘密，就是我们有这么多绝对贫困的人，他们为了活下去而不惜代价、不知疲劳，将生死置之度外。这不是秘密，这不过是人类求生的本能。我们只有在路上才能看到这个世界的真实：相对贫困和绝对贫困。是的，他们什么都没有，而有的浑蛋什么都有。

古典主义和现代主义时期，行走方式上存在根本的差异。今天浮光掠影所导致的破碎印象显然更多，速度让印象破碎。这么多的变形、幻觉、荒诞以及怪异。对比现代的畸形和扭曲，古典主义是确凿的、肯定的、坚实的，也是有力的和积极的。古典艺术的产生需要一个人立定、专注，身心不再飘忽。如果人类总是处于脚不沾地的转移中，那么视野里就不仅是稀薄和淡漠，而是拉扯和变形，是一些重要描述对象全部或部分的丧失。这里不是否定现代主义艺术，而是指出时代与艺术的变异及其得失。杜甫式的融情于景、托物咏志，契诃夫和屠格涅夫式的景物描写，再也难以出现。人们舍不得时间感受景物，感受空气和温度，细看树叶的形状，看它在风里摇动的样子。托尔斯泰所看到的景物不仅是准确细致，更在于一个生命对它们满溢的感激之情。一个人那样看待高加索夜晚的月下山峰，山的轮廓，那样捕捉天籁之音，也只有发生在那样的时空之中。有人评价《复活》是一部主题先行的作品，有太多的宗教宣谕。然而我们除了倾听这不顾一切的忘情述说，还会记得聂赫留朵夫和玛丝洛娃在月下的追逐、新鲜麦草的气味、麦草划过身体发出的嚓嚓声。这一切直到阅读几十年后还是楚楚如新的感受。如此深刻的共鸣和记忆，只会发生在最高级的文学中。

当代文学与速度是绕不过的命题。苏东坡"共婵娟"的缱绻、清美，祝祷的深情，今天无论如何都难以寻觅了。现代人不会像苏轼一样享受林中月影，不会于竹叶筛下的斑点之间寄托情怀。有人说这是他心情的闲适和清幽，可这是在他刚刚从死亡的阴影里走出、在初踏黄州的夜晚发生的事情。

现代人行路，只需一梦醒来，就可以穿越从亚洲到美洲那样的远程。我们固然要享用现代的便利，只是要警惕这其中的变质和堕落。

一些流亡的作家

从古到今，有许多作家因为种种原因不得不出门，远离安居的生活。屈原、李白、杜甫、韩愈、刘禹锡、李商隐、苏东坡、陆游、辛弃疾、荷马、雨果、兰波、米沃什、黑塞、茨威格、索尔仁尼琴，古今中外的这个名单可以开得很长。一般来说，这种生活更多的还因为迫不得已。有主动和被动的流放，一些人会把追求真理当成一生最大、最终的归宿。

流亡是一种生命现象、一种生命需求，关键在于如何理解和思考流亡的意义。但流亡不是一种资本，要能够质朴地对待这种迁移，要诚实，对自己、对他人都是同样。做到这一点并不容易。像"吉卜赛人"、犹太人，都来自著名的流放和流浪的民族。这些群落中产生了许多很了不起的人，对人类的生存发展做出了重大贡献。

屈原算得上是一位流亡作家，苏东坡和李白也是这样。他们的行走与诗歌的关系都非常紧密，甚至可以说没有这种特别的生活方式，也就没有了他们的大部分吟唱。在安史之乱的奔窜中，杜甫差点死去，从西部一路流离，奔往河南。这都在他的诗中留下了浓重的痕迹，并深刻地影响了他的人生和写作。李商隐为生计所迫，从少年时代就在天南地北奔波，直到去世的前一年才回到家乡河南。杜甫实在走得疲惫，几次要安静下来，好不容易才有了几年草堂生活。李白也是一样，王维和白居易更是如此。王维有一点钱就建起辋川别业，在终南山下建了庄园，在泉边竹下写诗，到了老年以后辞掉官职，只为了回到一个地方安居："晚年唯好静，万事不关心。"白居易五十八岁结束宦游，直到七十五岁离世，吏隐于洛阳："不如作中隐，隐在留司官。"（唐·白居易《中隐》）"驿吏引藤舆，家僮开竹扉。往时多暂住，今日是长归。"
（唐·白居易《归履道宅》）

不少大作家一生没有安居，原因多种多样。看看中国古代诗人、文学家的大事年谱，会发现这些人大多少有安宁。像李清照、陆游、辛弃疾这些著名词人，一生都是大腾挪大开合，就像他们的手笔一样。李清照幼年在济南，青年在开封，婚后在青州，因为战乱辗转南方、再嫁。辛弃疾也是济南人，当时北方沦为金国统治，他起兵抗金，南渡归宋，最后死在南方。陆游生于北宋灭亡之际，随父辈从京城汴梁逃回故乡绍兴，一生怀有恢复中原的壮志，宦游四方，临终之时留下绝笔《示儿》："死去元知万事空，但悲不见九州同。王师北定中原日，家祭无忘告乃翁。"读他们的作品，将其中的思想轨迹和一生流离的痕迹两相对照，会获得无穷的人生滋味。

雨果在英属泽西岛上的杰作也与他的流亡生活分不开。一个人在路上的述说，会有强烈的动感，有一种远距离打量的清晰，有一路印证的理性关照。特别是这其中的"动感"，是生命激活状态下的呈现，实在太重要了。没有动感的文学是呆板的，仅从这一点，我们就会感受他们的不同。我们太熟悉刻板无趣的、视野褊狭的文字，这样的文字往往与世俗功利的狭隘连在一起。人死死守住眼前的一块地盘，专注局部利益，目不转睛，直至终老。这种生活会产生一种依赖，然后习惯和接受下来，心理上失去其他需求，再也不想挪窝。盯紧眼前这一亩三分地，精神和肉体也就不太可能流浪。

在二十世纪上半叶及中后期，世界发生了空前的文人流亡浪潮。"二战"前后流亡国外的有茨威格和聂鲁达，苏联与其他东欧国家也先后有一批人走开，包括纳博科夫、索尔仁尼琴、布罗茨基、别尔嘉耶夫、茨维塔耶娃等。作家们虽然背井离乡，但是对祖国的关注始终没有中断。特别是波兰的米沃什，始终能够持守独立的人格。一般来说一个人被迫去了远处，难免引发深深的悲伤。所以，自立独守的气质本身也就格外动人。流浪和流亡的性质大同小异，但自我认知上绝不能有情感的夸张。鲁迅曾经戏谑说，有人在十里二十里的范围内走了一通，就看成了一场悲凄的流浪。

这种"为赋新词强说愁"的伤感，并不独属少年。这样的情感夸张，在当代游走中也会发生。有时难免从社会层面、物质层面、感受层面，尤其是心理和精神上，做出极端化的表述。演变成功利也是无聊的，这时候所讲述的伤痛、觉悟、悲愤乃至于勇气，实际上并不是足斤足两的。最为难能可贵的，还是始终如一地将真理和真实作为追求的目标。屈原、李白、杜甫、陀思妥耶夫斯基、雨果、聂鲁达、马尔克斯、科塔萨尔、米沃什、米兰·昆德拉、海明威、尤瑟纳尔，这些古今中外的流亡者，他们在寻求，也在忍受、反省和书写。这跟一些地方性很强的作家有什么不同？比较中会发现，所有的杰出者，都需要质朴、诚恳和真实。那些没有流亡的人，会有另一种相依和厮守的本土美，像陶渊明、福克纳、哈代和汉姆生一类，就是这样。

如果把流亡迁徙和博闻多见的世界主义者看成最重要的甚至是唯一的方式和道路，那也是一种浅薄。在二十世纪八十年代初，海外见闻本身就能在读者中产生很大的吸引。在一次笔会上，一位作家不断地讲述自己外轮上的经历，常说的一句话就是："我吻过西班牙女郎。"这让大家无言，好像有一种挫伤感。重要的还是写出好的作品，哪怕展示异域风情也好。一路见闻对写作来说，只是诸多条件之一。

极少数天才不需要旅行

有极少数天才不需要旅行。有一句老话说："秀才不出门，便知天下事。"可见足不出户而广知天下的人很多，像康德、梭罗就是这样的人。梭罗嘲笑旅行，但为考察之故，去过一些较近的地方，并到过加拿大。诗人狄金森几乎闭门不出，去世之后，人们从她的诗稿中发现，她几乎什么都懂，简直是一个全才。康德在那个小镇上安居静思，除了散步基本上不出门，但我们读他的哲学著作便知，他对世上万事万物及形而上的思索，不仅毫无闭塞，而且还无所不知、无所不晓，真是一个洞悉的天才。

　　天地无处不在，永恒的启示也就无处不在，大天才对永恒拥有超越时空的觉悟力。这些人的身体并无流浪，却是一个精神的大流浪者。他们具有特别的、超越而强大的领悟力，一般人既不具备也不可学习。对大多数人而言，增加见闻的办法不外乎多走多看、多问多思。

　　这些出现在现代主义前期的天才，足不出户却无所不晓，实在是特异的生命现象。到了后现代，因为信息渠道的多样性，许多时候不是知道得太少，而是被满满塞入的消息所烦扰，一个人要不出门而知天下事似乎很容易办到。不过事务缠身，交通便利，现代人不可能不出门，而是要经常出门。相反的是，现在要找一个一生固守在小镇上、村庄里，或一座城市的人，恐怕是极不容易了。尽管如此，人生类型古往今来还是一样的，可以说现代也仍然有这样的大天才，他们不出门也能知道很多、知道一切。

　　我遇到一个诗人，他腿脚不便，所谓的"不良于行"。他的旅行当然不易，几乎不太出门，但读他的诗，会觉得这个人什么都知道，比到处走的人传达的新鲜事物还要多出几倍。那时可不是现在的网络时代。他有超强的悟性，什么都懂，那些南来北往东奔西走各处旅行的人，都乐于听他谈话。听他谈人生，谈对事物的一些看法、对世界的观察，会觉得他的见识无人能比。相反的是，有些天天在外面奔跑的人，因为接受力和感悟力差，行遍天下依然闭塞，看不懂也听不明。人的差异真大。

　　还有一些隐士，半生都是"岩穴之士"。这样的人中国古代就有，胶莱河以东的半岛上至今仍能看到高士们留下的岩洞。他们在洞中偃坐，一坐就是半辈子。这种静默产生了觉悟，留下了著作，记录了独到的认识，信息量巨大。奇怪的是人有时候的确需要封闭起来，这样才能有更多的知晓。可见并不是游荡就好，也不是看谁走得更偏更远。悟想的力量有时真的要来自封闭。如德国哲学家海德格尔，这是个见过大世面的学者，"谈笑有鸿儒，往来无白丁"，在希特勒时期还一度掌握重要的文化权力。海德格尔到了八十多岁的时候，要找个地方封闭起来，因为他觉得有许多重要的事情，得独自安静地想一下了。这算是繁华落尽以后的事，他在法国普罗旺斯的山林里找了一座小石头房子住下了。我去看过这座小房子，它小到几乎只能住一个人。当地人介绍说，当年石屋附近的村民见他很久没有出门，怀疑他是不是死掉了。两个老太婆悄悄靠近石屋，从窗户上一看，见那个老头儿仍在里面独坐。

普鲁斯特写《追忆似水年华》的时候，要将房间的窗户全部堵上，墙壁装了隔音的软木，只为了营建安静和孤独的氛围，静静地回忆。

许多人的自我封闭是为了求知，而不是为了无知。现代人对信息有一种可怕的迷信，唯恐遗漏了重要消息。其实一个人时时在奇迹中，面对山脉、树林、星月、大水、动物，需要问的永远是心灵的包容力和感受力够不够。天才与一般人的区别就在这里。一个人真的面对树木、大海、星空，看到一棵树，涌起感动之情，突然哭了，可能并不是精神有问题，而是其他。他哭泣，因为听到了永恒的鸣奏，而我们没有。

现代人懒于实勘，所以才对虚拟信息过度依赖。现代人对于永恒启示的漠然，即表现在严重缺乏独处的能力。独处作为人的一种能力，它并不比行走更容易获得。少数的天才必然具备这种能力，那看似没有来由的哭泣，便是发源于丰富的感情之中，发生在超验的聆听之中。

迄今为止，我遇到三位善哭的人，而且都是男性。俗话说"男儿有泪不轻弹"，但这三位却恰好相反。有一位，我请他帮忙找一些树苗，他答应"好，好"，一边说一边背过身去。等他转过头来时，竟然满脸是泪。他握住我的手说："你放心，一定放心啊！"还有一次去参加一位词作家的讨论会，刚刚落座，词作家就哭了："多不容易啊，你们都来了！"他哭了，而且不能停止。还有一位老画家，讲起前几天哪位领导来看过他，一边说一边呜呜地哭。

他们的泣哭让我想到了许多。这可能是一种特殊的能力，能在极短的时间里陷入深深的感动。

我们是喜静的民族

中国汉民族的文明属于农业文明，总的来看习惯于安居。整体看我们是一个喜静的民族。孔子说"父母在，不远游"，但他自己却是一位漫游者，当然那时父母都不在了。我们也说"读万卷书，行万里路"，民间还说"人挪活，树挪死"，并出过徐霞客这样的大实勘家和大旅行家。可见关于行走之益，虽有一些理性的思考，但能否尝试和实践则是另一回事。历史上的大诗人，很多是无法安居乐业的人，一辈子总是东跑西颠。这通常被视为苦难。西方的某些人是马背上的民族，和汉民族的明显区别，就在于天然的流徙性格。汉民族乐于建立田园，不太愿意向外扩张，所以很少侵犯性。

汉民族特别适合生长山水诗人，也容易产生老庄的信徒，而不太有堂·吉诃德式的冲动人物。汉民族具有马背性格的人不多，古代齐国人在精神气质上虽有不同，也不属于游牧民族。齐国腹地深入大海之中，地处海角，齐国人是边地夷人后裔。胶莱河以东的半岛地区有一部分人，可能是血脉的关系，看上去眼神别是一路。曾有一位作家，个子矮小，却有一副生利的眼神，有人开玩笑说他可能是金兀术的后代。金兀术是女真族人，少数后人迁徙到海角未得回返。金兀术在民间演绎中是反面角色，上了戏台就是两条野兽尾巴挂在身上，其实是有大能的人。

东部半岛人多是东夷后代，祖先就在海边渔猎，经受大风大浪。齐国人是东部异类，文化与中原地区大为不同。这里在战国时期就极不安分，冒险精神代代不绝，大概是血脉所决定。古齐国人最能开拓，他们两千多年前有船队去海外，近代则开发了东北，并南下江浙一带。上海二十世纪五十年代的管理者中有很大一部分半岛人士。传统记载中，农耕民族只有受到逼迫才会游走，比如贫困和战乱引起的流浪。《九月寓言》写到一个小村整体流浪远乡，到了海边再也无法往前，就说"停吧"。有人从谐音中读出了"鲯鲅"二字，那是一种令人畏惧的毒鱼。这是一场古怪的迁徙，也是一场悲剧的命运。

书中写到的小村人真的走了一千多里，流浪到海边，然后定居下来。那个只有二十多户的村子，怀念祖辈传下的煎饼，就派出一个人徒步跋涉，翻山越岭，从千里之外背回一个鏊子。这个人就像圣徒一般。

千里背鏊子的人叫金祥，生活中实有其人。

对中国人而言，安居真是一件大事。动荡的生活，在许多时候是极大的伤害，对于一个农耕民族来说，流浪是不可接受的。我们一旦放逐他乡，就会日夜思念故土。

讨论

流浪与失群 / 文学的被放逐 / 绝非一走了之

今天说的流浪，也可以叫行走。不管出于自愿或被迫，人在路上都会回答心中的一些好奇，有一些发现。对永恒和未知的发现，对无限的向往，所以流浪与行走是没有尽头的。

任何流浪的意义，最终都需要归结到心灵，最后一定是这个归宿和目的。古典意义上的行走在今天有两个方面被改变。一是代步工具改变，上路不难，观念和感受也就不同。看起来现代人走得更远，实际上却是浮光掠影，印象碎片化了。二是现代人精神远游的能力较差，表面上看知道得越来越多，信息拥堵，却难以引起深长的思索，没有个人沉湎的空间。

流浪是一次出走，有时也是一次放纵，其意义不仅就自然环境而言，也是对群体和个体关系而言。一个人告别了原来的群体，却很难归于其他群体，这样的"出走"似乎才是彻底的。这样的一生是孤独的。有一部分人在群体中艰难生存，有强大的被压迫感与被排斥感，最终投向了新的群体；或者不被接纳，发生了新的冲突，然后又一次出走。

一个卓越的人，受到放逐的可能性极大。而一个真正意义上的漫游者、杰出的人、坚守自我的人、追求真理的人，一旦离开某个群体，并非意味着一定要归附另一个群体。这里我们想起了索尔仁尼琴，出走之后，另一个群体很快也不喜欢他了，他不得不再次出走。后来的俄罗斯欢迎这位流亡者，他坐上火车穿过西伯利亚，很像当年高尔基的归来。可是让他大为失望的是，这仍然不是理想的家园。有人代表国家向他颁发勋章，他拒绝着说："这不是我心中的俄罗斯，我不能接受一个破败、衰落的祖国给予的荣誉。"他再次选择了孤独。

米沃什也是如此。他不是简单地从一个群体到另一个群体。米兰·昆德拉《生命不能承受之轻》中有一个重要的情节：一群人拟定了一份宣言请主人公签字，他却发现宣言的部分内容非己所愿，因而拒绝。

无论被迫还是自愿，出走仍然要保持强大的自我性。满足于"做硬币的另一面"似乎容易，而要"做另一枚硬币"却是困难的。出走并不像想象的那样容易，因为一路上随处都有考验，绝非一走了之。

安居与流浪各有利弊／流放和奔走的本质

仅就写作而言，安居者也可以留下丰厚的著作，一生主要生活在一个地方，体会和见识却不一定是狭隘的。比如上面谈到的康德与狄金森这一类人。我们也看到大量流浪迁移者写出的杰作，这些人的足迹踏遍广大地区，见到了不同的景致和人，经历了更多的事。但他们还需要饱读，在精神与肉体两个方面都要发生远游。这样的人很多。出走也具有两面性，不只是良性的。一个写作者假如生活安定，也是创造的有利条件。如果把生来就喜欢安居的人抛到旅途上，这对他来说将是严重的伤害。不过这种伤害也有可能给他带来更深入的认识，让他产生强烈的诗情。康德一生住在柯尼斯堡，即现在的加里宁格勒。而海明威这样的人，不管让他留居古巴还是美国，他都会抑制不住地到处游走，去非洲，去西班牙。两次世界大战他都参加了，第一次世界大战时他还在上中学，就去前线开救护车。第二次世界大战期间他陪新婚妻子玛莎到了中国重庆，接触过蒋介石和周恩来。这是一个不得安宁的生命，折腾的过程即成为写作的内容。

人和人之间不能简单地模仿，有人适合的，有人却会视为大害。就像中医治病一样，需要因人而异。我们不能一味地提倡流浪，而要一切顺其自然，听从命运。有的作家出走后的创作质量远逊于以前，这也可以理解：离开了母语环境，要熟悉很多陌生的东西，不利的条件陡然增多。我这一段时间只不过从济南到了武汉，也有一些水土不服的感觉。

可以肯定的是，人的一生就是一次流浪，而且不能回返。认识这个可能也很重要。

移民作家的成就 / 走出去和走进来

英国的移民作家"三剑客",通常指奈保尔、石黑一雄和拉什迪,其中两位是印度裔。石黑一雄是近年才有许多读者知道,他的文字如轻音乐,风味难得。他的《残日》,译本读来语言极其讲究,语感把握是极敏锐极有分寸的。衡量一个作家的水准,还是看语言,离开了对语言的判断,其他也就无从说起。当代文学判断面临的问题,往往是离开了语言,上来就抓"大事",什么历史和变革,全是无关痛痒的套话。文学的一切都蕴含在语言中,好在哪里,哪里有温度,哪里有幽默,哪里动人,细腻还是粗糙,都在语言中。

那些高屋建瓴式的社会道德批评其实是伤害文学的,会把写作引向概念化、非艺术化、非诗化。这种批评其实是不成立的。

文学"走出去"和"走进来"的道理一样,须看是否优秀。有些被过分关注的社会性,并没有太大的意义。对文学本身的尊重,才是对一个民族的尊重。有些强势地区,认为不必与某些地区谈文学,对方似乎"不配",真是可怕的误解。这是妄自尊大者的自我羞辱,其实是自卑的小家子气,一种机会主义。

上面说到的"三剑客"大致沉浸在自己的诗意中,其社会意义和认识价值也包含其中。他们重视艺术本体,享受语言、趣味和细节,给予读者的享受也很大,幽默感,爱和恨,一切都在细部。没有诗性的社会化写作,"走出去"再远也没什么意义,无论写得多么惊悚。

米沃什曾经这样谈文学:有些作品是极具反抗性的,但除了单一的愤怒什么都没有,打开一看,就像一个干瘪的核桃。是的,只有愤怒是不够的。石黑一雄幼年离开日本,融入了英国社会,父母都是日本人。他的《残日》细致地刻画了典型的英国庄园,写出了醉人的风味。他写人的自尊,也写到了第一次世界大战的外交博弈,但重点不是后者。

奈保尔和拉什迪也洞悉两种文化。地区文化差异拉开了个人的精神空间。心理空间和物理空间的变化是连在一起的，拉什迪从东方到西方，奈保尔来自中美洲，心理怎能没有改变？这种移动是有后果的，它推动人向前或向后。人与人是不同的，各种可能都有，也可能有人因此而变得惶惶不可终日。

大艺术家的不安／与艺术冲动相匹配的冒险

《月亮与六便士》是毛姆的代表作，是为他赢得名声的一部好书。它是我年轻时候印象最深的书之一，给予的感动不亚于后来欧文·斯通的《渴望生活》。毛姆是一位流行作家，很受读者欢迎，作品介于雅俗之间。他的短篇写得更好一些。大概很少有一个作家的作品像他那样得到广泛传播，改编成那么多影视剧。他在市场层面上是非常成功的，更难得的是某些作品还具备很高的文学价值。

刚才说的这部小说，会帮助我们深刻地理解艺术与人生。我第一次通过它，知道第一流的艺术家心中想些什么、什么是致命的诱惑。安居于日常生活的艺术家，大概心里都有一颗高更的灵魂，它平时待在角落里，有时醒来有时睡去，有时会奋起一跃，远远地走开了，自我流放去了。

也有许多大艺术家终生过着安定的生活，子女众多，家业丰裕，似乎是富足而庸常的。然而这中间有一个问题，即他们花费了多大的力量去建设安定的生活，生活对艺术的损害又是什么，一切都不为外人所知。他怎样把这种平庸的生活给予的物质援助，转化为艺术创造的巨大能量，是另一个隐秘。像高更一样始终不安，忍受不了富裕安逸的生活，需要追求更大的、跟自己的创新和不凡的艺术冲动相匹配的冒险，也是可以理解的。假如高更不去孤岛，就没有后来的杰作。

毛姆写出了一个艺术家的冲动和痛苦，心理和精神的蜕变，全部的亏欠和喜悦。

这真是一本好书。二十多岁读了，至今还要向人推荐。我们常常难以理解那种富裕的、体面的中产阶级生活，它对一个时常渴念的艺术家造成的损害和腐蚀，在书中得到了令人信服的诠释。高更内在的性格逻辑、生命逻辑，乃至于艺术逻辑，交织一体。毛姆和欧文·斯通都写出了关于艺术家的杰作，他们面临的任务是艰巨的，因为大艺术家不好写。

原载《天涯》2021 年第 1 期

北方有所寄

宋长征

我从公共汽车上下来,一脚踏进了冰天雪地。大风刮着,大片大片的雪花飞舞,让人睁不开眼睛,看不清楚眼前白茫茫的世界。我收了收那件破旧的军大衣衣领,风还是从领口、袖口灌了进去,冰凉,刺骨。有倒骑驴的三轮车夫围了上来,一张嘴哈出一口白气,很快便烟消云散。"去哪?到谁家?找谁?我拉你,便宜。"我尽管有些茫然,到底还是心里有底气,好像一场做了多年的长梦,终于到了苏醒的一天。

大哥和二哥,都在这片荒寒之地。打从最小时候的记忆开始,我就知道了世界上有这么一个地方,在极北之地,在远到站在树梢上也看不见的地方有我们的亲人。大哥第一次返乡,那时二哥还在老家,有人从县城捎信回来,说大哥来了。去县城的路有些远,自行车尾巴上绑着一架板车,板车上驮着一床老粗布棉被和我。大哥后来说,多亏了那床棉被,一看就知道是我们家的。那次的到来,给我的童年增添了许多回忆。院子里的老椿树还在,大哥带来的有着一根背带的半导体收音机在老屋里响着。快到年关，院子里放着劈好的木柴和同样作为烧柴的树根。侄女小我三岁，扎着长长的辫子，拎着一截长长的树根满院子追着我跑，一边跑一边嘴里喊着"小羔，小羔"。其他人在院子里看着笑。母亲总说，大哥走的时候十七岁，啥也不懂的毛孩子，就这样跟着我唯一的舅舅去了东北。

接下来是漫长的回望，接下来只有一封封书信作为母亲思念的出口。我上三年级的时候，已经开始学会写信，以母亲的口吻，写给大哥，写给舅舅，信里全然看不到我的影子，但一定处处都是我。

二哥返乡，也是有一年接近年关的时候，在厨房盘了一铺炕，那时侄女微微刚刚出生。我记得二哥走关东之前的日子，在所谓的给他盖的那处院子里，轧棉花，榨油，用碱面点棉油的味道难闻，溢满了整个院落。和他年龄相仿的几个男青年，大多结了婚，晚上会打牌到很晚。白天去，会看到满地狼藉：倒在地上的酒瓶子，剥了一桌子的花生壳，吃剩的还有一截驴大肠放在报纸里。我在众多的花生壳里寻找遗落的一粒或半粒花生。我把那截香味悠远的驴大肠放进嘴里，不舍得一下子咽下去，我站在院落里看满满当当的轧花机、弹花机、柴油机和用来生产棉油的锅灶。再没有什么了。二哥追随大哥去东北的时候，只给家里留下一辆大金鹿自行车和一台缝纫机，这样正值青春的二姐和三姐就可以用缝纫机来制作衣服。二哥他们来了，且生了一个可爱的小姑娘，母亲自然是欢喜，忙前忙后，一直张罗到过年后的那个春天，二哥骑着自行车，前面是我，后面是二嫂抱着还在襁褓里的婴儿微微，又返回了这片极寒极北之地。

我在脑子里搜索，有关东北的记忆竟然荡然无存，只有模糊的想象，北大荒，一眼望不到边的黑土地；北大仓，在课本上学到的——改造之后的良田与石油；黑土地，流着油一样肥沃的土地，一定可以安放梦想与希望。倒骑驴车夫倒是干脆，在我说出舅舅的名字时说出了大哥二哥的名字，而我还纠结于地址的正确与否。三轮车逆着风，风雪也不见小一点，树上是雪，墙上是雪，屋顶上也是厚厚的积雪。脚下更不用说，那位热情的中年车夫屁股离开了车座踩着脚蹬子。我不忍心，说："下来吧，我走着，钱不少你。"他并不应声，口鼻里呼出的白气照旧随风而散。那座村庄离下车的地方并不远，二哥家租的房子，靠近一条大路；大哥家就在二哥家后面，多年不曾修缮的老屋低矮，上面苦着一层乌拉草，一匹老马在偏房里咀嚼稻草，一群鸡鸭在露天的圈里，安静躲在窝里打盹、望天，一群羊也在里面挤着，干巴巴叫了几声便待着再也不动，看雪一片片落下，覆盖了整个院落。

鬼使神差，我也不知道究竟为了什么来到这里。过年之后，我和发小一起回到打工的大连，那时他已经从一家歌舞厅辞职到了另外一家酒店；我在水泥厂的活不想干了，虽然承诺三年后可以转正，但想起来仍觉渺茫，谁知道中间有没有变数。发小找酒店老板商量，问我能否在后厨学厨师，老板答应了，可以试试，可以从切墩开始。我穿着胶皮靴子在后厨走来走去，如果逢上忙的时候，大厨会抢着手中的马勺边骂边喊，那时也不知道从哪读来的一篇小说，说一个小学徒跟着师傅学手艺受尽了侮辱，不仅是尊严，连身体和精神也受到了极大伤害。我看着大厨一脸的横肉，手中锋利的菜刀落下，切下了小半个指甲。在一顿臭骂后，跟发小说我要辞职，去更北的地方。

在我幼年的意识里，所谓亲人就是可以无条件依靠之人，家就是由很多个个体的分子组成，这些分子之间又互为关联、影响，每一句话都可以作为誓言。我开始厌倦上没有前路的漂泊，我开始更深地理解自己，一定不是一个可以长时间离开家乡离开亲人的人；但老家是不能回的，如果硬要说原因的话，就是不能囊中空空如也返回，面对父母愁苦无奈的眼神。这是我唯一可去的地方，这种念头一霎时扎下根来，毫无动摇。

北方，北方，火车在北方大地上奔驰：普兰店，瓦房店，熊岳城，大石桥，海城，鞍山，辽阳，沈阳，铁岭，开原，昌图，四平，由南而北，贯穿整个东北三省。在这些熟悉或陌生的地名里，有我破败的青春记忆，有些地方至今也难以忘记。有时会想，如果有一天我简装出行，再一次回到那些曾经留下青春记忆的地方，会是什么感觉？是慨叹，是怅然，还是或许遇见曾经相熟的人时某些情绪在瞬间复活？很难说，无根的浮萍路经之地没有风景，时光的不可逆在于往事只能存在于个人记忆之中。

我还是迷失了方向，在下了倒骑驴之后，迷失了方向感。这种感觉很让人头疼，原本的方位已不存在，剩下的是一个被自己无意改变的世界，日出与日落，房屋的朝向，道路的能指，全在脑子里颠了一个个儿。齐齐哈尔，在达斡尔族语系中原指"边疆"或"天然牧场"，从字面即可看出地域的辽阔与荒寒；而梅里斯是"有冰的地方"之意，是齐齐哈尔下辖的一个市区。我在信封上很多次写到梅里斯达斡尔族区，却并不知其中含义。这个村落也叫梅里斯，若干个村小组分布在道路两旁。我舅算是我们家族第一个来到这个村子里的人，也是我母亲的唯一兄弟，几年前，因为一场疾病将尸骨永远留在了这里。我见过一次舅舅。那年他去我家，有着和母亲仿佛的面容，在听到我跟母亲要五毛钱买本子时，他掏出了五块钱。我有些受宠若惊，就像手里拿着一块烫手的山芋。我只要五毛钱。而今那个给我五块钱的亲人已经埋进了异乡的泥土。

舅舅的骨血还在。即便后来我唯一的表哥也患病死去，我的几个表姐还生活在这座村庄里。二表姐最熟，因为表姐夫的父母都在老家，每到年关时会回来，到我家做客；即使他们不回老家，表姐夫的兄弟也会代替他们来串门。表姐夫的兄弟，一个是浪迹各处的修鞋匠，善饮善吹，在和其他亲戚遇到一个酒桌上时终于原形毕露，略带几分江湖气息将一顿酒喝到不欢而散，从此再没登过我家的门。二表姐家在二哥后来置办的一处院落后面，没有院墙，前院种植生活所需的菜蔬，后院种植玉米，养了一群大鹅，在夏天的某日被人挖开土墙全部偷走。四表姐家在大哥家的东面，很小的时候在老家牵着我的手去拜访她的干爹——我们村一个和舅舅同辈分的人，而现在除了因岁月老了几分面容几乎没有改变。三表姐家日子过得相当殷实，表姐夫出外包活，家里房屋也盖得体面，就在前几天我们加了微信，正住在昆明儿子家里，因为疫情的原因暂缓回东北。大表姐不知所踪，或许是我的记忆出现了偏差，也住在离她们不远的村子里。

这是一个家族的血脉，先是舅舅一个人来到这个"有冰的地方"，瓜瓞绵延，才有了更多的亲人。虽然后来因为房产的原因几个表姐和大哥二哥之间出现了嫌隙，但毕竟骨子里流着同样的血并不显得太过生分。我在村子里穿梭，以一个陌生而熟悉的身份在他们中间游走，或许因此为这个家族的关系增添了几分牢固，同时也弥补了我和他们因年龄差异所造成的疏离。

关里关外，是我很早听到的一个词汇，那时村里忽然多了很多操着东北口音的人，无论大人小孩，一口浓浓的大碴子味儿，但不时又从嘴里蹦出来熟悉的方言，证明这里无疑是他们的根脉。二十世纪八十年代初期，分田分地，他们的到来让村庄热闹了许多，也多了几分揣测，是走是留，对于村庄里的人们来说很是重要。如果留下来，本就紧张的土地每个人都会分一杯羹出去；但留下来也顺理成章，毕竟他们都是村庄里的人，只不过在过了多年之后重返故里。

我也在记忆中重返，五娘是母亲提及最多的一个人，一座老屋，五娘矮矮的个头，头上盘着一个发量很少的发髻。五娘的到来只为女儿的终身大事，两个女儿都相继嫁到离我们村不远的村庄。母亲说起五娘的好，就像在说起自己血脉相亲的姐妹，说父亲当年脑梗，家里没钱，多亏了一封电报跟五娘家借了三百块钱，才拉回了一条命，那钱到底也没能还上。五娘和母亲坐在暖暖的灯光里，就像时代留下的真实剪影，她们说及往年，她们说及各自的家庭，而我作为一个若有若无的时间记录者，在用儿时的记忆将这一切刻进未知的光阴。

还有我的大姑，也在很早的时候和姑父一起去了东北，北安，红星林场，我在写信时可以毫无差池地写出来。我在想象那是一个什么样的地方，广阔的森林，密林中奔跑的野兽，空中盘旋的飞鸟，大姑一家人，就住在树林旁的一片空地上，木屋，木篱，房屋上方袅袅升起的炊烟。人的想象有多么好，可以把陌生之地想象成自己需要的影像，可以把远方的亲人瞬间拉回身边，感受久别的暖意。但这些都没有，也从来不曾真实发生过。我和父亲交替拉着板车在土路上行走，如此可以节省一个人的体力，大姑的老家，也就是和姑父共同的老家（在另外一座村庄），家里只有两位年迈的老人，是姑父的父亲和母亲，女儿都出嫁了，平常只有两位老人在一起生活，很大的一座院落，青砖瓦房，说明他们家在早些时候也曾经辉煌过。我和父亲，打着走亲戚的幌子，每年来他们家吃几次饭。只是后来两位老人相继死去，那座房屋包括宅基地也被姑父卖掉；姑父善饮，一喝多的时候嗓音如锣鼓，母亲说那叫吹牛，到底姑父还是死在了酒上，酒精肝，腹水，最后脸色蜡黄，只剩一副空空的皮囊。

大姑还在，大姑是我最后的一位长辈亲人。

闯关东，一个闯字让字面的含义丰富起来。之所以叫闯，就有闯的理由。柳条边，也叫条子边，纳兰性德写过一首叫《柳条边》的诗："是处垣篱防绝塞，角端西来画疆界。汉使今行虎落中，秦城合筑龙荒外。龙荒虎落两依然，护得当时饮马泉。若使春风知别苦，不应吹到柳条边。"广义上的东北，原为边塞之地，柳条边其实就是一种形式上的疆界，将满汉从地域上进行分割，宽三尺，高三尺，土堤上栽植柳条，以防他人擅自闯入。

但防又怎能防得住，如果说历史是一条浩浩汤汤的大河，那么写下闯关东这条大河历史的人就是千千万万的关里人。自乾隆年间始，关内的人口开始迅速膨胀，尤其是山东，人多地少，加之土地兼并严重，人口压力增大，而视为"龙脉"的关东地区又地旷人稀，形成了清时期的第一度移民大潮。但这样的情况并没有持续多久，《黑龙江述略》载："而雇值开垦，则山东省为多。每值冰合之后，奉吉两省，通衢行人如织，土著颇深恶之，随事辄相欺凌。"随着人口的增加，关里人与当地土著的矛盾也在日益加深，为维护东北固有的风俗和保护满蒙计，康熙七年（1668 年）清廷下令"辽东招民授官，永著停止"，这与当时的清廷组织移民时颁发的诏令"招至百者，文授知县，武授守备"形成极大反讽。幸而守边人并不太执意阻止闯入者，睁一只眼闭一只眼，看浩浩荡荡的移民队伍闯过柳条边，继续填充着这片广漠的冰雪之地。如此，延续到民国时期，由于铁路和公路交通日益发达，山东人闯关东的人数一度达到 1830 万余。"闯"过之后也不过是投亲靠友，打工学艺，靠一己的体力混口饭吃，不用详述，在每个闯关东者的背后一定有着更为漫长的艰辛，或种地为生，或在当地人的夹缝中找到一项适合自己谋生的行当。

时间到了二十世纪五十年代中期，母亲常常念叨的 1958 年发大水让人心悸，大水一日一日漫上来，我们家是村里最高的地方，也就成了最为安全的避水场所，连片的庄稼倒伏在水中，房屋倒塌，耕牛、家禽也都顺水而去。接着是连续几年的天灾人祸，让刚刚体会到解放的人们进入了艰难的挣扎之中，以至于很大一部分青壮年劳力，或只身一人，或拖家带口，再一次踏上闯关东之路，投奔远在东北的亲友，以求活命。而我唯一的舅舅，就是这支逃荒大军中的一员，再往上溯，我并不能找到舅舅投奔的源头。那些旷远的时代已经深埋于黑土之下，冰封于白山黑水之中。

　　我有一种尴尬之感，在没有任何邀约或者没有任何打算之时，贸然闯入这片陌生的土地。雪隔三差五落下，风是雪的近亲，时常拍打着窗户。二哥家买来的院子极为破旧，甚至连一截低矮的土墙也没有。想象有时是骗人的，并非他人承诺，只是你自己选择性想象某些美好的事情，没有我惦念的窗明几净的房屋，没有在梦中出现过的草原与河流，甚至没有一种像样的生活。我从里屋的另一铺土炕上醒来，炕洞里的热气已消失殆尽，日常两顿饭食，并不能塞饱我的肚皮，只能转移到大哥家混最后一顿。大哥执拗，属于男人中的犟人，从年轻时养成的简直可以叫酗酒的习惯从未改变，他不吃大渣子，也不吃玉米面做的饼子，要白面，要大米，和大嫂分锅而食，几个孩子穿得破旧，成为惯常的打骂与吵闹让他们的性格变得怯懦、忧郁，侄女再也不是当年那个拿着树根追着喊我"小羔"的小女孩，见人羞怯、害怕，甚至走路时也很少抬头。我在极力复原自己当年的感受，或者企图从中可以找到一些温暖的印象。但没有，有的只是愁苦的面容和破旧的院落，有的只是在风雪中飘摇艰难行走的家的驳船。

　　风雪停住之后，大哥家东面院落里的一位老妪时常会坐在门口，目光呆滞，眼睛茫然地望向远方，望向老家所在的南方。夜里，是绝望的呼喊与哭泣，她要回家，要回那个几千里之外的只存在于记忆中的老家，她知道那里有她此生耕种的土地，有她每天相遇的村人与亲邻，有她一生所有的回忆和守望。但现在那位年迈的妇人已白发苍苍，风湿让她几乎失去了行走的能力，只能拍着窗户对着夜空喊，对着无望的冰天雪地喊，喊出心中的绝望与忧伤。大哥说，她的老家在离我们村不远的郭村，家里一儿一女，原本跟着女儿生活，后来女儿得病死了不得已从关里接到关外。我远远地站着，她坐在轮椅上的样子像一截枯木，甚至在听说我是从关里来的时候眼神中忽然发出光芒——带我走哇，我要回家。分不清是在跟我说话，还是在喃喃自语。等我下次从一个工地回来时，听说老人已经死去，死在了春天，异乡的春天。

我不是来探亲，也不是来观光旅游的，我是在青春时期的某个时段突然闯入到这里的人。但在某个层面上，我的身份并没有丝毫改变，并没有从那条自清朝开始就绵延的逃荒者或者闯入者的队伍中分割开来，尽管这时已经到了二十世纪九十年代中期，北方人开始加入南下的狂潮，逆向而行，在东北地区日渐衰落的黄昏下投奔市场经济的主战场。

我什么都没有，一无手艺，二无所长，有的仅仅是一股子蛮力，或者只待日后才能慢慢萌生的梦想与渴望。所谓的建筑队就是临时组织起来的一帮人，有河北人、山东人、河南人，也有当地人。包工头是河北老马，当过兵，长着一身硬朗的腱子肉，建筑队分为两班：一班在市区，或者富拉尔基等附近的城市；一班在乡下，活动在以梅里斯为中心的各个乡镇之间，由老马的小舅子一个姓鄂的达斡尔族人带领。

我把菜刀压在枕头下。所有人都睡了，或者有的只是在暗夜中睁开疲惫的眼，建筑队的活不轻，几乎全靠人力，上砖，上梁，上瓦，大概十几天就能完成一座砖瓦房。这时已到初夏时节，我们休息的地方在一个叫卧牛吐的达斡尔族村，时间太久了，当地人和汉民几乎已经完全融入，通过联姻等各种方式形成了一体。他们衣着相似，口音相同，生活方式乃至习俗也在时间的流逝中达成一致。一位姓敖的人家，上梁结工，剩下一些零散的小活儿，安排几个人留下就好。为了犒赏，也为庆祝，主家送来一条狗，煮了一锅狗肉汤，准备了烧酒和啤酒。房间外是一片偌大的园子，园子里的小葱长势旺盛，狗肉，狗肉汤，小葱黄瓜蘸酱，每个人很快就进入熏熏然之中。这时，鄂队长开始安排，说让二哥和另外一个人留下来，处理工地上的善后事宜，不知怎么就打了起来。动手的是一个叫大国子的年轻人，和我二哥，大国子的师傅老吴也在旁边，顺手把手中的汤碗向二哥甩去。我终于没能忍住，在第一时间加入了混战。

异乡，是一个不知名的地方，一个外来者的加入从来没那么简单。所有的闯入者几乎都有一个相同的名字：盲流，没有目的的盲目流浪者。自从咸丰十年（1860年）正式开禁放垦，东北地区再一次打开虚掩的大门，"东三省之开放设治，遂如怒箭在弦，有不得不发之势矣"。伴随着关东地区的逐渐开放，流民出关谋生的人越来越多，每年都在增长，山东、直隶流民更是"闻风踵至"，"终年联属于道矣"。此种情况一直延续到民国，延续到建国后期，使东北终于成为一个移民社会。移民社会的典型特点就是融入与接纳之间的矛盾，就是要向一滴水混入时间的河流。大哥不止一次提起当年的壮举，手举一把铁锹将当地的一个小混混拍在地上，方在第一时间为自己的存在树立了尊严。二哥性格温和，早已适应了多年的东北乡村生活，在很快的时间内学会了泥瓦活，找到了一个糊口的营生。

那天夜里，我的神思始终在半梦半醒之间游移。我想，如果大哥二哥没有当年的出走会是什么样？在村庄里耕种，在父母身旁陪伴，也就不会有眼下所遭受到的欺负与侮辱。老吴是大国子的师傅，也是迁来了很多年，放弃了老家的妻儿，在当地重又组织了一个家庭。老吴在咆哮，二哥和大国子扭抱厮打在一起，我几乎没有犹豫，瞅准了机会将大国子放倒。鄂队长和其他人拉开了我们，唯独老吴还在咻咻不已。我想，无论是作为防备还是在战火重起时报以颜色，都应该收好那把锋利的菜刀。此时的菜刀非为凶器，而是一种抗拒与拼争的象征。

嫩江发源于内蒙古辖区伊勒呼里山中段南侧，自南瓮河（南北河）、二根河(也称根河)汇合点起，由北向南，流经呼玛县、嫩江县、讷河市、富裕县、齐齐哈尔市、泰来县、杜尔伯特，至吉林省松原市三岔河(原属扶余县，对岸为肇源县)汇入松花江，也就是嫩江下游，因水色黝黑成为白山黑水中的"黑水"。此地属嫩江平原的北部，一年一收，旱田与水稻间作。关里与关外，来到这里的山东人几乎很难改变骨子里的勤俭，小时候，当大哥说起他们家二三十亩田地时会觉得咋舌——怎么可以拥有这么多土地！但是真实的情况并不让人乐观，虽说一年一收，但缺乏灌溉设施一亩田收不了多少粮食，加之谷贱伤农，很多人已经抛弃了耕地或者出租出去，外出打工。春天时节，我曾跟随大哥二哥去荒芜的田野里打茬子，就是将去年收割后遗留在田里的玉米根节挖下来，作为烧柴，既用来做饭也可让炕更暖。漫天遍野的雪已经融化，斑驳的雪水渗透进脚下的黑土地，远处几株在风中挺立的白杨树的树皮已经泛青，这是一片怎样的土地啊，两百多年来吸引着大批大批的流民奔逐到此，为之哭泣，为之欢喜，为之付出一辈又一辈的努力，而今还在泥土中匍匐。

幸好有水作陪，幸好还有乌拉草。乌拉草的盛名是在初中课本上见识的，东北有三宝，人参、貂皮、乌拉草，前两者富贵，到现在我也难得一见，后者亲切而宽容，就苫在大哥家的屋顶上。我们来到嫩江畔的时候，还看见有人将河滩上长有乌拉草的地皮切成坯块状，几乎每家人房屋的土墙就是用这种草坯垒砌而成，舅舅死后坍塌的房屋是，大哥家的房屋是，就连二哥新转到手的那座破旧的房屋也是，仲夏之后新苫了一层草，以迎接雨季的到来。

卧牛吐就在嫩江左岸，相距也不过七八公里，村里最后一座房屋即将结工。鄂队长提议，去江边野餐。无边无际的野草，一条大河在流经一片草地时形成很多支流，野生的芦苇茂盛，水鸟在其间栖息鸣叫，野火燃起，锅中沸腾的是嫩江之水，嘎啦和鱼，一种野味的香飘溢出来，让人暂时忘记了家在何处。而这样的时间是短暂的，除了每天繁重的劳作，很难再有其他想法。当年的高中同学已经毕业，顺利升入了大学，在来信中提及家里的窘境，看我是否能帮衬一下。当然，我没有任何迟疑，将汇款地址清清楚楚写好，寄了过去。

我似乎一下深陷昨日与今天的时空，在跳跃的叙述中很难分清当年和现在的自己，这之间有着一条若有若无的线索，看起来早已失去了彼岸消息，却又时时牵惹着神经。翻开影集，一张照片跳入眼帘：倒梳的发型，一件青白色夹克衫，嘴唇上的胡子已经初露端倪，显示出一个蓬勃青年的形象。旁边是两个侄子，大侄子大运，十二三岁光景；小侄子小利个子很矮，有着多数少年的羞怯模样。侄女大红已经上了初中，长长的头发，脸上有少女独有的羞涩。那是我临走时候留下的一张照片，我们去梅里斯镇街的照相馆拍的。尽管从那之后，我们再没有相见，我知道一条血脉的河流从来不曾断过。

血脉，家族谱系延续的另一种方式，隐秘而深邃，流淌在时间的背面。有些事物是会遗传的，比如长相，比如走路时的动作，比如——某些隐疾就像被遗忘在某个角落，在你猝不及防的时刻突然到来。江南第二附属医院，这是二〇一九年的冬天，刺眼的灯光打在医院粉刷的白色墙壁上，大哥蹲在病房的一角，面前一包榨菜，馒头是侄女大红刚从医院食堂买来，他的脸上沟沟壑壑，与母亲去世那年判若两人，他的行动有些迟缓，就连吞咽的动作也显得机械而麻木。多少年了，他始终保留着吃馒头的习惯，他说大碴子拉嗓子，不如馒头好嚼好咽。十七岁离开老家，吃过狗肉猫肉，吃过一切能搜罗到的可以吞咽的食物，最早的生活还算殷实，在梅里斯一家浸油厂上班，所谓上班，也就是扛大包，将沉重的装有大豆油葵的麻包扛到榨油机前，每次下班回家时，可以从军大衣里抖搂出瓜子、黄豆。他的那匹马还在，二十几年了竟然没舍得卖掉，帮人运送蔬菜和粮食，有时一天也能赚到一二百元。只是现在大哥的脸上显现出困顿的神情，大概一周了，儿子大运脑出血躺在床上，上肢下肢都不能动弹，从家里带来的钱已经花光，二儿子小利从工作的西安赶来带来了部分，第二次手术仍有很大的缺口。

心脑血管疾病的遗传性几乎已成定论，祖辈里的基因不会在短暂的时间里有所改变。父亲偏瘫的时候也是中年，三哥在几年前开始嗜睡，经检查亦有这方面的隐疾，而现在已经延及到孙辈，这多少让人感到突然。大运，我该怎样界定这个我们家的孩子：年逾四十，常年在外打工，至今尚无婚姻。没有生病时跟着当地的一个女包工头来到无锡，在工地上做架子工，卡上的三万多块钱已经全取出来交给医院，女包工头来了一次再没露面，小利和大红去工地找了几次，不是推诿就是被从工地上赶出来，没有劳务合同——成了一个致命的环节。我也曾试图联系当地法律援助中心，最后仍然无果。

大哥在终于坚持不下的一刻给三哥打了电话，三哥来找我商量，坐在理发店的长椅上无言抽烟。在乡间，最怕的就是病，就是突如其来的事故或灾难，钱当然是有一些的，儿子准备买房，孙子上学，也不能完全满足看病的需要，最后商议一人先拿出一些帮大哥渡过眼前的难关。我几乎透支了这些年因写作而结下的交情，在电话中指点大红如何操作做一个筹款的帖子，帖子发出，几乎全国各地的亲朋好友伸出了援手，很多是我尊敬的老师，他们的书写曾经给我指引了方向，而今又用实际行动感动着我们。我在想，每一个真正的书写者的身体里一定住着一个干净善良的灵魂，在文字中捕捉善念，在行动中彰显真诚。

三哥去东北的时间要稍微早一些，也在去年，视频中几乎所有的亲人都在场：大哥二哥，大嫂二嫂，还有几个表姐表姐夫，这边是从未改变的乡音，那边是一口纯正的东北味儿，饭菜在餐桌上冒着蒸腾的热气。过了许多年，很多旧年留下的嫌隙也已消弭，一个家族，分岔为两条支流，而后又隔岸相望。三哥去了北安红星林场的大姑家，大姑尽管有些耳背还是能认出自己的侄子；三哥去了在拜泉的堂兄家，堂兄堂嫂都已六十几岁，家境生活尚好；三哥去了当年在父亲生病时汇来救命钱的五娘家，虽然两位老人都已离去，但后人仍情意暖暖……这是一次遥远的探望，从关里平原腹地的纵深到极寒之地的松嫩平原北部，三哥或许已不能详细记住自己的行程，却会在想起某个细节时说个不停。

我在下半年被安排到市区建筑工地，那些新建立的楼群耸立，没有一户会成为我们未来家族的居所。有时我想，是不是时间久了他们已经忘记了家族基因中勤劳的传承，在一日日消耗着时间和体力，而或当地寒冷的气候所造成的每年只有少量出工的时间终致贫穷，或者因为没有文化基础，在漫长的漂流中失去了生命的锐性？我找不到答案，当时间进入二十一世纪时他们仍然一无所有，仍然为贫病所桎梏，问题到底出现在哪里。

北方工业的落败几乎很早已成定局，大批大批像当年一样有着"流民"身份的人开始向南方汇集，仅仅两百多年的时间，就发生了天翻地覆的变化。日本小越平隆《满洲旅行记》载："于昨三十一年五月，由奉天入兴京，道上一山东妇女拥坐其上，其小儿啼号，侧卧辗转，弟挽于前，兄推于后，老媪倚杖，少女相扶，踉踉跄跄，不可名状。有为丈夫之少妇，有呼子女之老妪，逐对连群，惨声撼野。有行于通化者，有行于怀仁者，有行于海龙城者，有行于朝阳镇者，肩背相望焉。"而现在，仅海南三亚一个城市就"有几十万因就业、经商、就读、度假等原因流入的东北人，他们为三亚的 GDP、人口素质、城市文化贡献着"（澎湃新闻）。

生存，生存，当人类如候鸟般迁徙或集散，一定有着历史深层的原因，骨子里求生的欲望或本能，驱使一个地域或家族不得不从此地迁往彼地。我能想象当年舅舅和家族中其他亲人的心情，在漫漫风雪中一步步走向那个陌生的所在："有冰的地方"，而后扎下根来，在权衡中或留下，或在未来的某个时日返回故乡。二哥不曾一次提起。再过几年回到老家，二哥当年的院落还在，自从母亲走了之后空了下来，长满了野草和三嫂种植的葡萄、枣树和青菜。

我也要回去的，一年的时间很快就过去，时空交换中，我仿佛看见当年的自己，站在一座尚未完工的建筑顶层，看着城市里的万家灯火。嫩江左岸的草已经开始枯萎，江水在日夜流淌中越来越寒凉，一九九四年的第一场雪落下来，像来时一样，落在了莽莽的原野，落在了孤寂的村庄，落在我旧时的记忆，白茫茫的大地，白茫茫的归途，似有所寄。

原载《野草》2021 年第 1 期，《散文·海外版》2021 年第 5 期转载

彩云易散琉璃脆

燕燕燕

一

　　在考古发掘报告中，经常有这样的描述：某个地方的一位或一群村民们，或在地里日常劳作时，或在山上采石时，或在自家院子里打井取水时，忽然看到泥土里有一个闪着微光的物件，忽然铲到了一块不寻常的石头，忽然挖出了大堆陶片。于是，未央宫里的竹节熏炉被发现了，马王堆汉墓被发现了，秦始皇兵马俑被发现了。历史就这样劈面而来，一个重大的考古事件选择了某个人，躲也躲不过去。而我每当听说这样动人的奇遇，总是心生羡慕，很希望自己也能是一位发现了什么的村民。比如，那位河北磁县的村民，二十世纪七十年代的一天，他拿着一把普通的锄头锄地时，神奇地锄到了茹茹公主墓的墓顶。

　　茹茹公主墓虽早已被盗过，那一次仍出土了大量精美文物。早听说它们被放在邯郸博物馆展出，并且展厅里还复原了墓葬的样貌，心里一直想去看。有一回，恰逢去正定参加活动，结束后直奔邯郸，到了博物馆，才发现展览不在。问工作人员，说以前只是借展，现已交还给磁县。我又向磁县相关单位打电话咨询，接电话的人也语焉不详。邯郸有一位接待我的李姐姐，见我失望，立即就要开车带我去磁县实地寻访，可我的心思随即就淡下来了，没有再执着此事。后来的事情也更能证实，人与人，人与物，能否见面，皆是因缘。有一年我曾专程去看满城汉墓，窦绾墓出土的长信宫灯是绝世国宝，存放于河北博物院，墓里原先的位置上摆放了一个替身。我看了替身后，很希望今后能去看看真身。隔了两年，终于有机会去河北博物院时，它却出差到国家博物馆参加亚洲文明展了。面对它的另外一个替身，我只能深深叹惜这样的擦肩。不过也正是那一次，在河北博物院的北朝壁画厅里，意外看到了茹茹公主墓的壁画，虽然也是临摹的替身，但是对刚与长信宫灯生生错过的我，对早以为和茹茹公主再无机缘的我，着实是一个很好的安慰。

由于茹茹公主墓曾被盗墓者纵火焚烧过，摹本上显示一些局部已漫漶不清，观其神韵依旧能想见原物的风貌。神兽炽烈活泼，人物生动如真。画师所用颜色并不烦琐，只以红、白、绿为主，搭配出来也能极显富丽。墓道与甬道的墙壁上，绘有方相氏、青龙、白虎、朱雀、羽人，它们负责守护墓主的安稳，亦有祥瑞之意。这都是汉代以来墓葬中常见的题材，但一代有一代的画风，形态要比汉代石刻上的更威武张扬。除了神界的护卫者，壁画上还绘有仪仗队列，侍卫们身着红色或白色衣衫，那衣衫有宽袖的，也有窄袖的。头上有的戴平巾帻，有的扎巾。身体姿态不一，有人握戟站立，有人拥盾端坐。个个都生得阔脸圆目高鼻，神态肃穆庄严。

在墓室的北壁，是一幅地位重要的侍奉图，重要是因为主人出现在了上面。画上共有七个女子，两边各三个，手里分别拿着华盖、团扇、杯盏等物，皆是头梳双丫髻，长眉杏眼直鼻，唇形丰满。唯有中间那位，样子与众人不同。她头戴峨冠，手持笏板，五官略平，眉毛较短，眼睛细长，眉眼之间距离很近，相貌明显具有异族人的特征。她应该就是茹茹公主，幼年从塞外嫁到中原，十三岁时染病死去。画中她的六个侍女都显得很不快乐，站在右边的三个面色尤其悒郁，她的脸上则无哀无乐，淡然平和，似乎对自己的命运并没有什么感慨。

我在这幅壁画前凝视许久，几近恍惚。它就像一张奇妙的照片，来自黄泉之下幽冥之中，向观看的人传递着古老又忧伤的讯息。

二

起初，我是在一篇论魏晋南北朝时期墓葬形制的文章中得知茹茹公主的。茹茹，这两个字叠在一起，样子好看，念起来含有可爱的气息，人若如其名，应是一个俏丽的女子，再加上"公主"这么一个华丽的后缀，又让人生出一些深宫重闱之中恩怨情仇的浮想。还有，她在死去千年后又由古墓里出土，被世人所识，这更添了几分诡异的色彩。种种元素合在一起，使我对她产生了莫大的好奇，连忙去查阅资料，想知道这位神秘公主到底是谁，她的平生又有着怎样的一番阅历。

却原来，茹茹并不是公主的名字，她的命运的确不同常人，但也没经历过什么荡气回肠的爱恨故事。一千四百多年前的南北朝，是一个极其混乱的时代，北朝的北魏灭亡后，分成东魏与西魏两个政权，茹茹公主就出生在这个时期的北方柔然部落，她的祖父是阿那瑰可汗。关于柔然，史书中曾称其为"蠕蠕"。《北史·蠕蠕传》中记载："太武帝以其无知，状类于虫，故改其号为蠕蠕。"柔然为了改变这个充满侮辱意味的名称，自己想出了"茹茹"这个译法，所以茹茹其实是国号。在她的墓中出土了一盒墓志，志盖上刻的是"魏开府仪同长广郡开国高公妻茹茹公主闾氏铭"。她本姓郁久闾，简称闾，名字叫叱地连，号邻和。这个封号赋予了她伟大而沉重的使命，她生命之意义即是促成四邻睦和。随着柔然国势的强大，东魏和西魏争相与其联姻，欲借柔然之力来牵制对方的政权。古代女子能为政治效的力，就是和亲。除了叱地连，还有两位茹茹公主也与中原和过亲，分别是她的两个姑姑——阿那瑰的长女和次女。长公主十四岁时嫁给了西魏皇帝魏文帝，两年后难产死去。二公主嫁给了东魏丞相高欢，也就是叱地连的公公，一年后，高欢去世，按照柔然的习俗，她又嫁给了高欢的大儿子高澄，在生下一个女儿之后病死，年仅十八岁。

出生在草原的女孩，自小骑马射箭，天性热爱自由，无奈身为公主，难有自由意志。为了国家的利益，须委身于一桩政治婚姻，嫁了比自己大数十岁的异族男子，语言不通，文化殊异，哪里有什么恩爱情好。为两国关系的稳固，她们需尽快生育后代，可是家乡迢遥，没有亲人来关照，还要应付身边各种争斗，提防意想不到的危险与阴谋。两位公主均在妙年之时倏然而灭，病起未必不是缘于心力用尽。

再说回叱地连——还是称她为茹茹公主吧，我更喜欢这个名字。公元542年，她奉祖父之命出嫁，丈夫是高欢的第九个儿子高湛。彼时，她五岁，他八岁。

公元550年，高欢的次子高洋废了东魏孝静帝，建立北齐，追其父高欢为神武帝，高湛后来成为北齐的第四位皇帝，史称武成帝，史书中说他生得"仪表瑰杰，神武尤所钟爱"。关于他和茹茹公主的婚事，《北史·齐本纪》描述："神武方招怀荒远，乃为帝娉蠕蠕太子庵罗辰女，号邻和公主。帝时年八岁，冠服端严，神情闲远，华戎叹异。"八岁的高湛在婚礼上举止成熟淡定，俨然大人模样，参加这场跨国政治婚姻的宾客有中原人也有胡人，大家皆被他的风度折服。作为"招怀荒远"的政治工具，这可能是茹茹公主在史书中唯一的一次被提及。她的故事很快就结束了，他还有一些后续。

无从得知两个孩童的婚姻生活，或许因为年纪还小，茹茹公主比两个姑姑幸运一些，暂且不用有生育的责任，而在成年之前死去，依着之后历史的发展来看，反倒因此少了多少劫难，因为她那位曾经让人敬爱的小丈夫，长成了一个荒淫暴烈的君王。高湛在位期间，虽是"风度高爽，经算弘长。文武之官，俱尽谋力，有帝王之量矣"，同时却又"爱狎庸竖，委以朝权；帷薄之间，淫侈过度"。他心狠手辣，全无人伦，陷害兄弟，霸占皇嫂，虐杀亲侄。他耽于享乐，在对朝政彻底厌倦后，将皇位让给儿子高纬，自己不分日夜纵情酒色，寿命到三十二岁止。

　　如此想来，茹茹公主即使活着，与高湛在一起，未必会得到善待，未必会有善终。倒是高湛后来立的皇后胡氏，一向以作风奔放著称，很适应当时的宫廷风气。在北齐亡了，丈夫和儿子都死了之后，胡皇后与儿媳一起在长安城里开了一家妓院，自己既当老板又当员工，称得上是一位奇女子。

三

　　茹茹公主死时，东魏为了安抚柔然，体现对她的痛惜，决定厚葬她。她墓中的壁画，前面已经说过，堪称南北朝壁画的代表作。她墓里的陶俑，更是蔚为壮观。先秦时期多用奴仆陪葬，俑的出现，代替了残忍的人殉制度，可谓是一项温情的发明。不过孔子对此依然不满，批评"始作俑者，其无后乎"！他心地柔慈，认为俑太像真人，还是不忍用来殉葬。但没有人理会他的话，陶俑在很长一段时期里都是墓室中重要的随葬品，其功能是供主人在另一空间驱使。所以俑虽是泥塑凡胎，却被认为能具备灵性，待葬礼毕，墓门合，便会齐齐复活，恭顺地侍奉主人的生活起居。在茹茹公主墓里共出土了1064个彩陶俑，类别详尽，各司其职。动物俑里有镇墓兽、牛、羊、猪、狗、鸡、马、驴、骆驼，驴和骆驼身上还驮着行李褡裢，挂着酒瓶野兔兽腿之类的物品，极富生活气息。人物俑里有威风凛然的按盾武士俑、甲骑具装俑、负箭箙俑、侍卫骑俑，也有展现岁月静好的伎乐俑、奴仆俑等，每一个都姿态匀称，神形具备。其中有两个特别生动的，一个是头梳双髻神情活泼的小丫头，一手藏于宽袖中，抬在胸前，另一只垂下的手里提着一只靴子，样式像极了现在的雪地靴，不知是她自己的还是主人茹茹公主的，又为什么只有一只，令人费解；另一个是挽着高髻的中年女子，蹲在地上，双手持一只簸箕，正在扬物，和善的圆脸上带着质朴的微笑。簸箕是我小时候常见的生活用品，看到东魏时的人就在使用，真有一种岁月绵长生生不息的亲切感。此外，还出土了陶井、陶磨、陶灶、陶仓、陶臼、陶编钟、陶厕，以及碗罐勺杯这些模型器具。古代人注重葬仪，竭尽所能做到荀子所说的"大象其生以送其死"，模仿活着时候的样子来安葬死者，皆因心里的信仰：死亡不是终结，相反是新世界的起始。由此，墓室里的日常用度，一应俱全，务必使每一天都过得如生前一样。

她墓里52件金器中的两枚拜占庭金币，应是陪嫁之物，也是东魏时期雄踞北方草原的柔然与西方贸易连接的证明。一枚是东罗马阿那斯塔一世皇帝时所铸，正面有半身皇帝像，头戴皇冠头盔，身披战袍铠甲，右手持标枪，左手持盾，背面是胜利女神像，右手持长柄十字架，左手持盾，头部与十字架之间有一颗八芒星。另一枚是查士丁一世皇帝执政时所铸，正面是其胸像，背面是天使立像。两枚金币四周都刻有罗马铭文。茹茹公主生活的年代与金币铸造年代差距不过二三十年，可见当时丝路交通已十分畅达。

还有她的墓志铭，字体舒畅流丽，被印成字帖，成为魏碑书法临摹的范本。至于内容，古代墓志文大多都是锦绣文章，她这篇写得尽管也是优美典雅，字句端正，我总觉得缺少了一点真情。其中有一段写她的品德："公主体弈叶之休征，禀中和之淑气，光仪婉嬺，性识闲敏，四德纯备，六行聿修，声穆闺闱，誉流邦族。若其尊重师傅，访问诗史。先人后己，履信思顺。庶以为模楷，众媛之所仪形。"我知道称颂是文体所需，不过这些闪着高光的词语，如何能够准确描画那个五岁时远嫁的女孩。这篇悼文读下来，总让人想到她死在了与她并不亲的夫家，并没有贴心贴肺的人为她悲伤。

遥想昔日，从塞外草原出发，带着一队车马骆驼，一路跋山涉水的女孩，在漫长路途中，她一定是哭了的。她的小手里握着两枚黄澄澄的金币，那是所有嫁妆里她最喜欢的物件，也许是临行前母亲所赠，当作一个念想，日后看着它们，会忆起柔然的草原和亲人的怀抱。她是否知道，此一去，再无归期。渐渐地，空气温柔起来，景色越来越清秀，东魏的别都晋阳到了。她不会知道，生命的句点潜伏在八年之后，时辰到时，她将同两个姑姑一样死在这眼前的异乡。这一趟生命之旅，似梦似烟，来得可值得？可是生在这样的朝代，家族女子的宿命已被注定，除了迎上去，又能怎样。她睡在距离家乡万里之遥的地下，死亡反倒让她获得了荣耀与安宁。某年某日，曾有盗墓者前来造访，无法想象他们拿走了些什么，因为留下的尚且如此贵重。在那把锄头将天光彻底唤醒之前，她握着两枚温热的金币，在长夜中继续沉睡。

四

茹茹公主死去的五十年后，公元608年，京兆长安县的万善尼寺内，一位伤心的妇人埋葬了她的外孙女。女孩名叫李静训，时年九岁。此时，历史已进入隋朝。

知道李静训，是第一次去国家博物馆看展时。那天，在门前排了长龙般的队伍，才迈进阔大的厅堂。古代中国陈列展是国博的常设展览，两千多件类别各异的文物，显尽百工之巧，看过一回便像读了一部以物代字的古代史。由新旧石器时代渐次往后走来，眼中的器物也从朴拙天真慢慢变得精雕细凿。它们大多都曾在红尘里与黄泉下辗转，都有一个辉煌的身世，如今，像沧桑历遍的老人，博物馆是其最后的安养所。行走在它们之间，也仿如被搁置在了时光的深远之境，身上的尘世气息在慢慢收敛，心里变得很静很定。

上万年的历史罗陈面前，若是脚下仓促些，一眼不及恐怕就会漏掉几百年。幸好，我没有错过与那条项链的照面。那是在隋代文物展厅里，女孩陪葬的金项链垂在一面洁白的展柜中，同它摆在一起的，还有一只金杯和一对小小的镶绿松石的金手镯。

下方的说明牌上写着：

嵌珍珠宝石金项链，手镯，高足金杯

隋，大业四年（公元 608 年）

1957 年陕西西安李静训墓出土

项链自然是三件金器中的主角，我停驻目光，细细端量。它的链身由小金球组成，每个金球表面各镶嵌着数颗小珍珠，项链顶端搭扣处嵌了一颗圆形的青金石，青金石面上凹雕了一只大角鹿。下端中间嵌一粒硕大鲜红的红宝石，宝石四周有一圈小珍珠，左右两侧各有一金饰，里面各嵌一颗蓝珠，再左右两侧又各有一圆形金饰，里面四周各镶嵌一圈小珍珠，中间是蓝珠。项链最下端的项坠是一颗椭圆形的火蛋白石。

这条具有异域风格的项链，工艺繁复，营造华美，产地据说是阿富汗或巴基斯坦。向来奢华容易流俗，它经过年份的沉淀，却愈发显得典丽，任何女子看了都会惊羡不已。

每次参观博物馆，首饰类的文物是最有兴趣的，会想到它曾是古代某位女子的心爱之物，见证和陪伴过她生命中的重要时刻，所以遇到了不光要细赏，还要探明它的身世。比起青铜礼器所陪葬的王侯将相们，我更想知晓这一钗一佩的主人是谁。那么，李静训，她是谁？如此绝美的项链，会不会是爱人所赠？我心里几乎已经有了一个凄婉的故事。我又想错了，我没想到，这又是一个早夭的女孩。

后来，在西安碑林博物馆里，我见到了李静训的石棺。它陈列在展厅一角，小巧别致，看上去像一座袖珍宫殿。样式采用了殿堂式建筑，棺盖是由一块整石雕成的歇山式屋顶，正中间刻了一只宝瓶，四周是浮雕的筒瓦与莲花纹瓦当。棺壁两面均刻有两扇门，其中一面门上雕有数颗门钉，两个侍女分别立于门旁，另一面门旁则是两个相对站立的男侍。两面门两侧刻有直棂窗，窗下有青龙和朱雀。四周的柱子和墙上都装饰着花草云纹的图案。

这是外祖母为她精心打造的冥界居所，不仅要使它温暖芬芳，还要安全不容侵犯。因此制棺的石匠奉命加上了两道咒符，在棺盖上的一块筒瓦上面，刻下了触目惊心的四个字——"开者即死"，石棺出土时外面还套有一具石椁，椁盖由石板组成，在其中的一块石板上刻着同样的四个字。

埃及一位年轻法老的墓中也有类似的诅咒："谁扰乱法老的宁静，死神之翼就会降临到他的头上。"诅咒原本是对盗墓者无力的威胁，但是一千多年来，李静训的墓果然未被扰乱过。直到1957年，建筑工人在此施工时发现了异常，经考古队员发掘清理后，呈现在世人面前的是一座保存完好规格极高的隋代墓葬。

棺盖打开时，小小的李静训，仰面躺在棺内，两只小手抱在胸前，姿势安静乖巧。她的头部有玉钗和木梳，还有一顶用细金丝编织的花冠，已散乱变形，修复之后，层层叠叠的花冠上方立着一只金蝴蝶，美轮美奂。金项链和金手镯戴在她的颈上和腕上，金戒指和玉戒指也还戴在手上。只是她曾经娇嫩柔软的身体，早已经变了模样。血肉之躯溶解风化在时空中，流光溢彩的金玉首饰配着雪白的骷髅，有种说不出的凄然。用物来装点死亡，想令死亡变得惊艳，可惜论起天荒地老，终究是人不如物。

<h2 style="text-align:center">五</h2>

李静训的墓中也出土了墓志，墓志仿佛一张逝者的名片，上面首先介绍："女郎讳静训，字小孩，陕西成纪人。"静训听起来是个成熟稳重的名字，与之形成鲜明对比的是她的字，居然叫"小孩"。这别出心裁的小名，我猜测是她的外祖母所取。当小孩伏在她的怀中撒娇时，她抚摸着她的头发，就这么柔声地唤着：小孩，小孩，小孩。我又想起汉代江都王刘非的一个妃子，名叫淳于婴儿。听说刘非爱极了她，她墓中出土的"长毋相忘"银带钩是二人情深的物证。小孩，婴儿，叫起来都是娇滴滴的，充满怜爱的，很适合用在富贵人家的孩子身上。

李静训正是出身贵族之家的天之骄女。她的祖父是曾为隋文帝立下无数战功的上柱国李崇，父亲是光禄大夫李敏，外祖父是北周宣帝宇文赟，外祖母是皇后杨丽华，杨丽华的父亲是后来的隋文帝杨坚。此般家族确实无比显赫，显赫的背后也往往藏着一些不堪，以及难以道出的委屈。

杨坚曾是北周的大司马，位高权重，他的女婿宣帝一直对他心存疑忌，他便韬光养晦，隐而不发。宣帝荒废朝政，沉湎酒色，只活到了二十一岁，之后七岁的静帝即位，封杨丽华为皇太后，杨坚也被重新任用，官至丞相。古来许多开国之君，都曾是前朝权臣，杨坚的时机已成熟，遂迫使静帝禅位给了他。父亲夺了夫家的江山，建立新朝，杨丽华对此始料未及，她的荣华富贵没变，只是身份转换，由北周皇太后变成了隋朝乐平公主。

处境尴尬的杨丽华，对父亲的这一番作为，想来是心意难平的。

虽然宣帝生前荒淫，对她并无真情，连她在内共立了五个皇后，又因对杨坚不满，时常迁怒于她，甚至逼她自尽，但从李静训的一段墓志"幼为外祖母周皇太后所养，训承长乐，独见慈抚之恩；教习深宫，弥遵柔顺之德。于是摄心八解，归依六度，戒珠共明珰并曜，意花与香佩俱芬"中可以看出，杨丽华认定的仍是自己在夫家的周皇太后这个身份。史书上记载她"性柔婉，不妒忌"，她的柔婉，不止是对身边的人，更是对命运，柔婉其实是一种强大的隐忍。她只有一个女儿，名叫宇文娥英，李静训就是宇文娥英与李敏的第四个孩子，自幼随她在宫中生活。墓志文中的八解、六度、戒珠都是佛教用语，被丈夫辜负羞辱，又被父亲蒙骗利用，枯寂的日子里，杨丽华除了虔诚礼佛之外，就只与外孙女相伴，她的天真烂漫，足以安慰她半生心伤。

若能一直如此过下去，人间总算还有眷恋和希望。偏偏，愈是喜爱的，愈是留不住。"既而繁霜昼下，英苕春落，未登弄玉之台，便悲泽兰之夭。大业四年六月一日，遇疾终于汾源之宫，时年九岁。"李静训染病而殁，杨丽华生命中唯一的喜悦也消散了。深宫内苑，朝暮都是思念；日出月落，此身如露如电。"魂归祇阁，迹异吴坟，月殿回风，霜钟候晓。砌凝阴雪，檐悲春鸟，共知泡幻，和嗟寿夭。"比起茹茹公主的墓志铭，李静训的这篇文采更丽，心意更悲，一读之下，低回不已。

既然纵有泼天的富贵，也换不来至爱小孩的性命，那就把富贵打点成行李，郑重地打发她远行。杨丽华决定举全力来置办这场葬礼，她的弟弟隋炀帝杨广也送来了丰厚的赙赗。墓地位置选在北周嫔妃出家之地的万善尼寺，每日有众尼为女孩守护祈祷，这里离宫城又近，心理上也能觉得未曾远离。坟墓上要修建重阁宝塔，石棺更要做得雕梁画栋。她又在棺椁内放置了各种金银器具、陶瓷陶俑、玛瑙贝壳、水晶玻璃、玉杯铜镜、银币铜钱，还有丝织品、玉小刀、玉小兔、玉小鱼，还在一个青釉的八系瓷罐里装了几枚小核桃。最后，亲手为李静训戴上了花冠、戒指、手镯，还有那条举世无双的项链，看着她躺在棺中，被奇珍异宝环绕着，美丽如小仙子。棺盖慢慢合拢，熟悉的小脸消失在眼前，从此再不相见。此时此景此情，肝肠寸断。

长安的风吹拂着灰色的老城墙，吹拂着灞桥旁离别的柳。那个名叫小孩的小孩，她将永远都是一个小孩了。

次年，杨丽华随杨广出巡张掖，途中病逝，临终之前，请求杨广将她名下食邑都转给宇文娥英和李敏。五年后，杨广疑心李敏谋反，将其诛杀，之后又赐外甥女宇文娥英一杯鸩酒，令她自尽。至此，曾属于北周那个朝代的人和事全已灰飞烟灭。

江山如画，江山亦如梦。李静训死后的第十一年，隋朝亡了。

六

"大都好物不坚牢，彩云易散琉璃脆"，这是白居易《简简吟》里的诗句。诗中写的是一个名叫简简的女孩，善针绣，能调琴，云髻如花，衣袖飘香，气质殊丽，姿态非凡，不料还未成年就离开了人世。读到这两句时，我想起了茹茹公主和李静训。她们来到世界上的时间，也宛如一朵彩云轻倩飘过。两相比较，茹茹公主尚且度过了一段看似真实的尘世生活，她去到了远方，见到了另外一些人，在人间有过自己的地位；李静训未出深宫，不谙世事，一直被长辈捧在手心里爱着护着，生为金枝玉叶，奈何命若琉璃。

一个被写入历史的人，生前必有一番不寻常的际遇，而一个被写入考古史的人，无论生前际遇如何，死后必定还有一番际遇。茹茹公主和李静训的墓葬规格都逾越了自身的等级，当时是出于政治的考量和亲人的深爱，却因此使她们成了研究魏晋南北朝和隋朝考古时避不开的两个名字，并将在后世的考古研究中不断被书写，被提及，被引用。

她二人生死的时间相隔了几十年，彼此本来并无任何交集。然则奇妙的是，似乎任何的两个人细细追溯起来，总能探出极其曲折幽微的关联。公元534年，北魏分成东魏和西魏，之后，高氏和宇文氏又分别篡夺了东魏和西魏的政权，各自称帝，建立北齐和北周。北齐高家的男子，个个容貌俊美，却一个比一个荒唐，一个比一个暴虐，也一个比一个短命。后主高纬，更是淫乱昏庸到了极致，据说他痴迷妃子冯小怜，为此做出许多不可思议的行径。与大臣议事时，也要将她抱在膝上，又把她的身体摆在朝堂几案上，让众人一同欣赏。君王至此种境地，国运已呈末象，灭亡只在早晚之间。北齐历经六代皇帝，享国只二十七年。

　　"小怜玉体横陈夜，已报周师入晋阳"，北齐终被北周灭。茹茹公主的丈夫高湛是北齐的皇帝，高纬是高湛的儿子，而当年灭北齐的是李静训的曾外祖父宇文邕。这样数算起来，是李静训的先祖灭了茹茹公主夫家的国。不过，这些事情与她们又有什么相干呢，她们对身外的世界是无知无觉的。彼时，天下动荡，干戈四起，隔一段时日就换一次天地。易散的不只是彩云，还有更迭频仍的朝代，脆弱的也不只是琉璃和小女孩，亦是自以为稳固的皇权。

　　两个女孩，不同朝代，不同命运，同样短暂的生命，又同样在深埋黄泉下的千余年后再与崭新的时代打了个照面。偶然间，我遇到了她们的故事，我惊叹那绮丽的陪葬和哀艳的身世，忍不住一次次从书里和博物馆里对她们踮足张望。或许考古的魅力也正在于此：每一次发掘，都能找到历史的印痕，每一件出土的文物，都会勾出一段旧时逸事。如果将历史比作一个美人，文物恰似美人头上的珠花，二者交相辉映，煞是好看。

原载《天涯》2021年第1期，《散文海外版》2021年第4期转载

大地芬芳

孙继泉

逆时针

麦收之后，我把拖拉机、联合收割机、薯类收获机、卷扬机、水泵等机械放在家后的一片空地上，就出去打工了。玉米快成熟的时候，我回来了，歇了两天，我来到放机械的地方，想收拾一下，好使用。我的机械上爬满了各种植物，有拉拉秧、牵牛花、马兜铃、莴萝、绞股蓝、栝楼、葫芦……它们像一根根绿色的绳子把我的机械一道道地捆起来了，像一件等待发运的货物。秧蔓有的从机子的这边环绕到那边；有的从机身底部的空隙里伸出来，漫到机尾；有的穿越整个机体再把秧子缠在烟筒上。总之，那些壳子上、轮子上、滚筒上、管子上、皮带上都是蔓子了。机身底下则是一片草——车前草、牛筋草、马唐、问荆草、曼陀罗……在绿色的叶子上，粘着一片片白花花的鸟粪，鸟儿肯定经常光顾这个地方，兴许还在这儿做了窝。可不，在电机里边的一个旮旯里，我看到了一个精致的鸟窝，草叶、草梗混合着布条、尼龙线、棉线、羽毛，做得很结实。窝儿像幼儿吃饭的碗那么大，这不是麻雀的窝，里面住的什么鸟我一时不知道。不过这个鸟窝已经不用了。用着的鸟窝和不用的鸟窝是不一样的，就像住人的房子和不住人的房子不一样一样，一眼就能看出来。不知道鸟儿为什么离开这个地方。这儿是村后，再往后就是玉米地了，玉米地的尽头是望云河，孩子们一般不到这里来。是蛇把它们赶走的吗？妻子打电话给我说，今年夏天，她在院子里两次看到了蛇，把她吓坏了，催着我快回来。其实它们离开就对了，不然的话，等到今天我回来，也得走。我仔细地检查了一遍，发现机子都好好的，除了有点锈，哪儿都没毁。以前，我放在村里的健身广场旁边，那儿是一片水泥地，倒是没有爬上什么草，却爬上去一些小孩，他们在这儿"占山为王"，先上去的不让其他的小孩上去，上不去的却拼命地想上去，他们攀着连杆上，踏着轮子上，像攻山头一样。有时候他们在上面动真格的，一个孩子在这边拎着棍子大声喊叫着"啪"一下砸在链盒上，那边的也不示弱，握着一块砖头，"哐"一下砸在卷筒上，弄得上面坑坑洼洼，不是挤住了皮带，就是压坏了管路。每次再使用的时候，总得重新配几个滑轮、几条皮带。

我返回家里拿来镰刀，刷刷刷，拦腰将这些草削断，然后把它们再一一地拽下来。它们的秧子像在这些铁器上生了根，难拽得很。后来我找到了技巧，就是拽的时候得顺着它们的劲儿。它们怎么绕上去的，我就怎么把它们扯下来。慢慢地，我发现它们的缠绕方向都是一致的，而且都是按逆时针方向向上攀爬的。怎么这样惊人地一致呢？我大吃了一惊。

后来，我仔细观察其他秧蔓植物的攀爬方向，我发现凌霄、紫藤、葛藤、盘龙香、葡萄、山药、苦瓜、丝瓜、黄瓜、南瓜、佛手瓜、芸豆、刀豆、豌豆、眉豆、豆角、何首乌、绿萝、瓠子都是这么爬的。没有一个相反的。

我好把一个小得不能再小的事连续思想好多天，想得脑仁疼。直到把这个事情想透、想清楚才放过自己。我还好把动物的事植物的事和人的事连起来瞎琢磨。我忽然想到，在这个逆时针的问题上，人也是这样。我说的是人也在按逆时针活动。比如推磨、轧碾，都是逆时针。以前，人们在打麦场套上牲口轧场，一切准备就绪，主人把鞭子一扬，牲口就沿着逆时针方向开始转圈儿。汽车轱辘、摩托车轱辘、自行车轱辘、电动车轱辘、轮椅轱辘、童车轱辘、玩具轱辘，是按逆时针方向滚动的。滑轮、倒链是按逆时针方向转动的。电扇是按逆时针方向转动的。离心式风机、离心式水泵是按逆时针方向转动的。飞机上的螺旋桨是按逆时针转动的。正常人的心电图显示是逆时针旋转，标准用语叫：逆钟向转位。

人的其他活动也是这样，总是按照逆时针方向展开。卸开一瓶酒、一瓶矿泉水、一瓶醋、一瓶香水，是逆时针。人散步的时候也按逆时针。镇上有个运动场，周边是一圈椭圆形的 6 人跑道，那上面标注的跑步方向是逆时针的。不知是它的引导还是人的习惯，不仅比赛，人们在那上面慢跑或散步的时候也是按照这个方向。

昨天去村小学，从教学楼后面的实验菜地，隔着窗玻璃，我看到了校长摆在桌子上的地球仪，校长室里没有人，但我似乎看到地球仪在缓慢地转动。这个时候，我的这个困惑终于解开了。地球不就是一直在转着吗？而且地球的自转和公转都是自西向东，逆时针。月球的自转和公转也是自西向东，逆时针。洋流和大气环流也是逆时针。植物的生长方向和咱的这些习惯还不是叫地球给甩的？

因为地球转，所以地上的东西都在转。你如果细心观察，也许会发现：一棵新生的幼苗，它的始生叶昨天是东西向的，而今天却成为南北向的。而它的次生叶今天是南北向的，明天却成了东西向的。

想想，我这个人也像一根青藤一样一直在寻找缝隙往上缠绕。有时大概妨碍了别人的去路，被人无端地拽下来，扔在地下。但只要一有机会，我又开始了攀爬。我整个的一生就是按着一个方向螺旋式上升的，就好像被一根钢丝绳吊着往上提，我一边转圈一边上升（谁知道究竟是上升呢还是下降？有时候自己晕着呢，只感觉到在转），像在空中拧麻花。由于我在不停地旋转，所以，即使最亲近的人，也不可能看清我的真实生活，他们有时候看到我的正面，但是，在他们还没有看清的时候，我的身子就转过去了，这样他们就只能看到我的侧面，接着是背面。他们只有把我的正面侧面和背面加起来琢磨一番，才模模糊糊地了解了我这个人。

我想，我的旋转方向肯定是逆时针的。一开始的时候，自己不懂事，曾经逆着什么硬顶，就被无情地甩下来，摔在地下，半天爬不起来。慢慢地我知道方向不对，就改过来了。这些年，我之所以过得顺顺溜溜，没出事，没受伤，就是路子对了，没有逆着走。那些逆着走的人，不知道什么时候就会和迎面而来的什么东西撞着，有时候伤了胸，有时候伤了背。也有人被打着了致命的地方，立马完活了。

大地的穴位

地耕了近两天，我摘下旋犁，换上犁铧开始起垄。先用犁铧拱起一道土垅，然后再迎面覆上一道土垅，两道土垅合成一道地瓜垅。地瓜垅是这片闲了数年的土地上的第一件"作品"。

当地瓜垄起了十多条的时候，我回望了自己创作在地上的"作品"，顿时产生了成就感。这个时候，我拱起瓜垄来更加细心，也更加含情。整块地都拱完垄，我没有接着回家。我把拖拉机停在地头上，沿着地边来回走了两三趟。整个起垄过程中，我都没有休息。现在，我一边休息，一边欣赏自己的"作品"，竟有些流连，有些激动。这三十亩地叫我拱起了多少垄，我不记得，我也没有数。拱着垄的时候，哪有心数这个，拱完垄也没有人数这个。那不是闲的？你问一问每一个栽地瓜的庄稼人，甭管他家栽了三亩五亩还是十亩八亩，也甭管趟子长还是趟子短，你只问他家地上的地瓜有多少垄，保证没有人能说出来。不仅说不出来，而且他还会轻轻地一笑，心里想，你怎么会问这样的问题，呵呵，真是蹊跷。

地瓜垄贴着路边的那几垄是笔直笔直的，然而十垄左右以后，中间偏南的地方开始有点弯，快到地头又不弯了，随后的十多垄在同样的地方也随着弯，弯了一大片。像被风吹的。弯过那一片，后来又调直了。我没有看出那弯儿的怀里有多少空隙，也没有看出那弯儿的背上有多么拥挤。这真是怪了。现在，我没法开着拖拉机再去纠正它们。也不需要。谁家的地垄像墨线打出的一点弯曲没有啊？很少。我从东边走到西边，发现在西半部也出现了这样的一片带弯儿的地瓜垄，这片弯儿偏北，弯的幅度比那片稍大一些。我还惊奇地发现，这边的弯儿和那边的弯儿正好对着，两个正对着的弯儿恰好形成了一个向四周扩散的圆圈儿，像是这块地的中间有一个看不见的"穴儿"。这些弯儿是那个"穴"发散的，同时这些弯儿又被那个"穴"吸引，紧密而又适度，若即若离，相互依存。我耕过这么多的地，也拱过数不清的地瓜垄（还有花生垄、土豆垄），原先，我还从来没有注意过这个事情。是不是每一块相对独立的地都有一个穴位？是不是每一块地都由这个穴位决定着收成甚或这块地的吉凶？肯定是的，我这样想。夏天，一场风雨过后，有的庄稼倒了，有的没倒，有的倒向这边，有的倒向那边，这是为什么？人如果有一双慧眼，再像一只鸟一样，能够站在高处好好地望一望，大概能够看出其中的奥妙。

我也耕过一些不大的地块。人都懒了，原先用镢刨锨剜的地现在动不动就用拖拉机。我回想起来，在那些小一些的地块里，也会出现一些隐隐约约的几何图形和物理弯曲，有的通过地垄就能清楚地看出来，有时是通过庄稼站立的阵势看出来。它们有的是一个弧形，有的是扇形，还有的是伞形、菊瓣形、鱼鳞形、鱼尾形、栅栏形、波纹形，还有的像交叉的双臂、像反剪的鸟翅、像抖擞的马鬃、像发散的叶脉……我就想，是不是这些小地块和几个、几十个差不多大小的地块共有一个穴位？一小块地只是这个穴位区域里的一部分，它得随着整个穴位运动和变化。

或许，从高空看，这个山坳里的千把亩地就是一个大动物——一匹马、一头骆驼或者一只鹰。它是活的。闭上眼睛想象一下，十年前、二十年前、三十年前，周遭的景象根本不是这个样子，那是"这匹马"驮着你来到了一个崭新的地方。再闭上眼睛想象一下三十年或者五十年之后，这儿又会是一个什么模样，注定让你感到十分陌生和惊讶，那是"这只鹰"把你带到了一个另外的疆域。"这匹马""这头骆驼"或"这只鹰"有自己的骨骼、血管和神经，也有心肺、肝胆和许多重要的穴位，咱这块地不知道是在这个动物的什么部位，头上？背上？蹄上？尾巴根上？翅膀梢上？喉部？裆里？都不知道。哪块地丰产或者歉收那是从整体上决定的，如果这个"动物"善跑，那么"腿部"肯定健壮。如果善飞，则"翅膀"灵活。如果它正处在生长期，那么几块"腱子"会首先发育。如果它正是发情期，则"阴部"最为旺盛。如果人为地阻碍了血液的通畅，那么就可能造成某个部位供血不足，致使"肌肉"萎缩，"毛发"枯朽。

还有——我忽然都想起来了。一块地今年的形状和去年的形状又是不同的。今年看起来整块地是一个"撇"，而去年却是一个"捺"，谁知道明年后年会是什么样子？那个穴位肯定变地方了。穴位变，是因为地块变了。因为河流有时候改道了，树林有时候消失了，村庄有时候搬迁了，坟地有时候平整了。有时候平地上兀地竖起一片楼房，又兀地立起几座烟囱，或者猛地伸过来一条硬邦邦的管道，兀地修过来两条宽阔的柏油路，还有嗡嗡响的高速和哞哞叫的高铁。还有高压线和光缆。还有看不见的微波和信号。更有甚者，突然从远处流过来一沟脏水……这些都改变了地块的结构，因而改变了"动物"的种类，有时由一匹马变成一只兔，有时由一只鹰变成一只雀或者一只鸡。因此，它的"心脏"挪窝了，"大动脉"挪窝了，"穴位"也减少了或者挪窝了。都重组了。都易位了。地里的事儿我们一下子都找不清了。

我想把那个"穴儿"找到，那可是一个神秘而又敏感的地方。它在哪里？找着找着，我的头皮一阵发麻。原来，我看到了耸在地中间的几个毛茸茸的坟堆。耕地的时候，我没有刻意躲过这几个坟堆。埋在别人地里的坟堆，没有人给你长久地留着，除非新坟，能留上一年，第二年也保不住。都这样。但是，定睛一看，那几个坟堆又似乎不在这两片重叠的单括号一般的"弯儿"的正中间，但那个"正中间"离坟堆并不远。这是王家的林地，什么时候拔的林，又是为什么拔在这里，我不知道，也许林地叫王家用了几十年或者几百年，林地不会轻易变动。林地也会随着岁月而改变形状，它像一棵生长着的树。后辈一般都是埋在祖辈的前怀里，三个或者五个，一字摆开。儿辈、孙辈依次类推。哪一个晚辈绝了后，他的这一枝儿就停止了生长，而人丁昌旺的那一枝则慢慢地往前伸展、延长。有的林地是直着朝前走的，比如几代单传。有的向东南，比如长枝旺达。若末枝兴旺，则偏向西南。王家林是向西南"走"的。看来是因为王家这几辈末枝比较旺。那个"穴位"之处肯定也要埋上人的，埋的就是现在蒸蒸日上的王家人。现在，王家有三四十口人，都在风风火火地干着事业，有做买卖的，有出去打工的，有镇上的一个干部，还有一个刚刚大学毕业就考上了北京的公务员，据说前途无量。我不知道王家人哪一个先来，我也不知道王家坟地的变化对这块地有没有影响。

太阳西斜，日头由白变红，渐渐失去了热度，风凉爽起来。旁边的小路上，哩哩啦啦行走着出去办完事回村的人。有的驮着小孩，有的车把上挂着农药。有的老远和我打招呼，我支应着。不知怎么，干了一天活的我，这时倒没有感到多么累，倒是有一种隐隐的不悦。我蹲在地头上吸了一支烟，拍拍身上的尘土，小心翼翼地发动拖拉机回去了。

源　头

小路干净、洁白，铺满厚厚的落叶。落叶多是杨树叶，在这条线形的山谷里，长满茁壮的杨树。树叶落光了，光滑的树身反射着太阳的光，树更显得挺拔。小路傍着一条夏日的山溪，它们两个像捉迷藏，小路一会儿躲在溪水的左边，一会儿闪到溪水的右边，一段儿离溪水近一点，一段儿又离溪水远一点。如果站在高处往下看，小溪和小路如同一阴一阳两条蛇在谷底缠绕交欢。现在，溪水已经断流，裸呈着一片片洁净柔软的沙滩，整条小溪恰如一条完好的蛇蜕横陈在山沟里。而小路则愈发清晰和刚硬。它寸步不离地守候着这条托生的蛇，等着它慢慢地活过来，重温昔日的幸福生活。隔不很远，在有落差的地方，总会有一汪溪水，这是小溪尚存的体温。小溪知道，在冬天，虽然树木停止了生长，花草枯干，昆虫谢世，但是，这条溪谷里还生活着众多的鸟兽——喜鹊、山鸡、鹁鸪、鹰、黄鼬、蛇、獾、田鼠、松鼠、野兔、刺猬……这一汪汪清水就是留给它们饮用的。这些野物，有的已经冬眠，有的储备了相当多的食物准备在洞里消受，而有的和人一样，在寒冷的冬天活泼如常。在行进途中，我们就不时惊动一只只矫健的野兔和机灵的山鸡，引得大家一片惊呼。在一片杨树林里，我们还发现一堆灰白的羽毛，大概是一只凶猛的山鹰在这儿掳获了一只斑鸠并将它吞食。

夏天，我来过这个地方，曾经沿着这条溪水逆流而上。当时是想一直往上，找到它的发源地，结果没找到。那个时候，暑气蒸腾，草茂水丰，蝶舞蜂飞，树上蝉鸣，野花遍地开，虾蟹随处游。我脱下鞋子，赤脚踏过水中的乱石，不时跌滑到水中，溅得一身清凉。

这是一条河的源头。河叫大沙河。它的名字太过直白，没有多少诗意，但是会给一些上年纪的人留下美好的记忆。他们会想起年轻的时候在河里捕鱼的情景，还有，夏天的傍晚，扯一片凉席在沙滩上乘凉，繁星满天，清风吹拂，四肢舒展，劳累顿消。这样的感受变成了永远的回忆。如今，大沙河里没有清水，也没有沙滩了。大沙河徒有虚名了。

一条光鲜靓丽的河流为何变得容颜不再、污秽不堪？因为它无可逃避地经过一座三十万人（我也藏身其中）的城市。河从城东进入，从城西出来，像一条白布续进染缸里又捞出来，你想想它成了什么颜色。城市人身体的脏污和心灵的病毒都一股脑地倾倒进这条河，以期让河水带走，岂不知，河水无法消化和稀释这超量的污浊。它以另外的方式又还给了人们。我的一个朋友住在城西河北岸，就因为忍受不了夏天正午从河道里漫溢过来的气味而被迫搬家了。

一条河检验着人的行为方式和道德水准。你往河里望一眼，就能清楚地知道岸上人的心地。在内地，一条河只要穿过一座城市，这条河基本上就完了。我去过云南的古城丽江和新疆的边城布尔津，两座河流上游的城市，两座被河流孕育而又知道感恩的城市，金沙江和额尔齐斯河分别流经两座城市奔向远方，流淌在那儿的水清得让我们吃惊。我们不由得对生活在那儿的人充满敬意。

大沙河算不上一条独立的河，它是白马河最大的支流，白马河注入微山湖。

深秋，我去过微山湖岸边的鱼台县。作家李新军带着我，乘一条机动船穿过繁复的水巷，来到湖里的一片湿地。开船的是他姐夫的朋友，名叫长安。长安瘦瘦的，黑黑的，穿一身和水草一样颜色的迷彩服，蹲在船头，在隆隆的机声中眯缝着双眼吸烟，像一只鱼鹰。长安在湿地旁边承包了几十亩水面，在那儿养鱼、养蟹、种藕。经营了三年，成本还没有收回。长安不声不响，从塘里捕了一条大鱼，又穿上水衩踩藕，水没到他的脖子。我们从他脸上的表情猜到他的双脚怎样在泥中用力。一袋烟工夫，长安踩出两根藕，其中一根踩断了，落下一节在泥里。"没踩好。"长安说。一边把裹着淤泥的藕在水里洗，直至洗得发白。一会儿，长安夫妻俩就把菜饭端上木桌——清水煮蟹、炒湖虾、鲤鱼炖藕、锅饼。长安很少动筷，只是不时地翻翻菜底，让好菜露在上面，叫我们吃。酒后，我对新军说，要是早些，我们可以下水游一圈儿。长安说，游啥啊，水脏。这么一片硕大的水面是怎么脏的呢？这里面肯定有大沙河的水！这水里面的脏肯定有我身上的脏！我不知道长安热情的背后对从上游来的人有没有敌意，但是我却实实在在地有几分羞赧和愧疚。

前方是一处塘坝。塘里的水清得发绿。暮春时节，摄影爱好者在这里无意中拍到了一只桃花水母，一时成为新闻，媒体争相报道，称"标志着环境改善"云云。有人在塘边建起房子，种菜养鸡，过起世外桃源般的日子，还安装了风力发电机。在这条河的上游，有五六处塘坝，城市的上游还有一座大型水库。幸亏人们留住了这一汪汪清澈的水，不然的话，流到下游，也会变成脏的。

阿朵提议在这儿扎营、用餐。我们三五成群，打开背包，掏出各自的菜肴和干粮。用餐完毕，又仔细地清理垃圾，装进背包里带走。这是户外活动的纪律，已经化为驴友的自觉行动，不少驴友还主动捡拾沿途垃圾，真正做到了"走一线，净一片"。因为大家明白，在我们日用的饮食中，有些作物和菜蔬就是用大沙河里的水直接灌溉的。整个大沙河流域生活着几十万人，而整个微山湖湖域生活着几百万人。

这里面有我们的弟兄姊妹和父老乡亲。

在我们即将离开的时候，另一拨人迎面走来，进入这条山沟，其中还有一个孩子。被大人裹得只露出两只眼睛的孩子扯掉白色的口罩和炭灰色的围巾，来到塘边，伸出双手掬起一捧水泼到脸上，还一个劲儿地叫着："啊，凉！啊，爽！"我们为什么在这个冬天的周末走出暖气房间，来到寒冷的风中？又为什么在这儿长时间地踯躅和流连？我想起水中逆流而上的鱼。特别是初秋，水瘦，却流得劲猛，一些刚刚出生的幼鱼顶着哗哗的水流向前，那么急切，那么迫不及待。它们游得很慢。有时候，它们的力量和水的力量相当，它们虽然不停地摇着尾巴，却被"定"在水中。有时候持续几分钟，它们在水中坚持并用力，终于它们还是冲破了水力，从水中穿过。它们为什么从宽阔之处费力地游往窄浅之处？一准是由于泥沙俱下，下游的水已经日益浓稠，把它们呛得透不过气来。

走着到镇上去

镇上有我们一个朋友，我们打算去找他，顺便买回几样东西。村子到镇上不通车，我和向野决定：走着到镇上去。

村子在水库旁边，出了村子就走在了水库大坝上，大坝很宽，坝的左边是水，右边是沟，坝顶就是一条路。两天前这里下过一场大雨，库里的水有些混浊。坝上长着一棵我们没有见过的树，叶子像枫，树身像栗，我问了一个晒网的中年人和一个放羊的老汉，都不知道它是什么树。老汉说，二三十年了，不知不觉就长大了。我想，这棵树萌芽的时候，坝顶或许就是坝顶，并不是路，后来是路了，但是大家都步行，树不妨碍人走路，人也不妨碍树生长，所以它就慢慢长大了。后来，路上开始有了摩托车、三轮车、拖拉机，树好像有些碍事了，在齐胸高的树身上有几处被硬物碰出的伤痕。但即便它有些碍路，他们也没有把这棵搞不清名字的树刨掉，要是换在别的地方，说不定早就被人干掉了。

下坝的时候，正遇上这几天一直陪着我们的老贾推着自行车上来，他知道我们要走着到镇上去，怎么也不愿意，他拦住我们就往后推，一边说着我找车我找车，结果我们费了好多口舌才说服了他。

路是土路，含沙，洁净，平坦。这是这片丘陵中罕见的一片狭长的小平原，是镇上的"粮仓"，路的两边是平原上才有的玉米。这里靠近水库，再加上今年雨水多，地里湿漉漉的，玉米长得很好。有两块地闲着，长满了草，这是谁家的地？是什么原因让好端端的地荒芜？我们不知道。路上的人这会儿多是朝镇上的方向去的，骑自行车的，骑摩托车的，开农用三轮、四轮车的。没有走着的。他们一边走路，一边歪头看看我们，很纳闷的样子。一辆三轮车冒着黑烟从我们身旁驶过，一个少年站在车斗里，他的上衣被风吹展，头发全都竖起来了，他捏着自己的下唇冲我们欢快地吹了两声口哨，接着又朝天吹了两声，像一只快乐的小鸟。路边的沟崖上长着一丛粉团花，红艳艳的花朵立在枝梢，花蕊排列得非常规则。花下有几棵节节草，翠绿的草秆儿究竟是茎还是叶？旁边有一棵蒺藜，柔长的秧子贴在沟壁上，像一件挂在墙上的蓑衣，秧条上开满浅绿色的小花，这时候正有一只蜂子在花间采蜜，不远处可能来了放蜂的。我喝过槐花蜜、枣花蜜，却不知道蜜蜂采了蒺藜花酿的蜜会是一种什么味道。几步之外，有一棵枯在那里的梧桐，根部蹿出的幼苗已经长到半人高，叶子鲜嫩、肥大，看得出这棵树其实底气还特别旺，梧桐叶上粘着一片白花花的鸟粪，大约夜里有一种什么鸟在这棵枯树上停留过，或者就在这里过夜，思想一些事情。

……走着到镇上去。那个时候，我在镇上读书，每个星期都从学校到村子，从村子到学校，走着。我记忆最深的还是从村子出发到镇上去，我走的是小路。出了村子就走在地里了，路有的宽有的窄，挨近村子的一段路上长满紫穗槐，这种灌木有一种煤油味，据说牛吃了它的叶子会中毒。春天的时候，路两旁生出一丛丛肥嘟嘟的地黄，地黄开花以后，我们摘下花朵放进嘴里吮吸，很甜，所以地黄在我们那里又叫一口蜜。地黄吮不够，就走到了红河子。红河子是从南山发源的一条溪流，这条溪流在村西扎入望云河，望云河汇入白马河，白马河流到微山湖里去。红河子只是夏天才有水，有水的时候就有鱼，引得我们在那里逗留和玩耍。如果刚刚下过雨，水深，就得往上走，从水流窄的地方跨过去，水再大，只好回去，走大路。红河子是个界，过了红河子，就是另一个村的地了。当时我觉得只有过了红河子才算出了村。离镇四五里路的地方，有一片苹果园，果园四周长满了刺槐，刺槐的缝隙里，是苦枳，这些都是挡人的。果子将熟的时候，园子的四个角都有人看着，但毕竟果园南北向太长，有时候我们也能放下背上的煎饼，溜进果园里，摘一两个苹果。十几里路被红河子、被果园切成了三段儿，就感觉不到远了，三年时间，从没有因走着到镇上去而打过怵怯过步。前段时间，我从老家出发，沿着上学时的路，走着到镇上去，走到苹果园那个地方。红河子由于四季都没有水，如今被填平了，种上了庄稼，往远里看，只能看出一道低出地面的浅浅的痕迹。苹果园里果树都刨光了，露出一片坟丘，周遭的槐树剩得不多了，苦枳一棵也没有了。园子深处掘出两个大坑，原来几年前这里建了一座砖瓦窑。果园南端有一排瓦房，是管理园子的人吃饭睡觉的地方，瓦房还在，只是显得低矮、破旧，似乎危在旦夕。房前窜出几棵楝子树，树冠高过房顶……当时是个中午，天气晴朗，玉米静静地生长着，没有一丝风，青草在太阳下散发出很浓的气味。一路上没有碰上一个人。

走完这段土路，就随上了一条穿越镇子的柏油路。这条路叫济徐公路，济南通往徐州的。路上汽车、卡车、中巴都有。一辆客运中巴看见我们，将车子减了速，并往右靠了靠，售票员把头从车窗里伸出来，问我们到哪儿去。我们向她挥挥手，她一脸失望地把头缩回去，车子提速开走了，甩下一股尘土。

……那时，村里没有几辆自行车，人们把自行车叫"洋驴"。那个冬天，寒风凛冽，我在村外的打麦场上，歪歪扭扭地学骑自行车。自行车是从家里偷出来的。学会自行车就不用步行了，想想诱惑有多大吧。裤脚扯开了，手冻僵了，并摔破了，但仍然紧紧攥住车把不放，像握住了一个多年未见的老朋友。教我骑车的是小月。正学得痴迷时，父亲从村里急匆匆走来，小月吓得溜掉了。我怔在那里，等待着一顿呵斥，然后交出自行车。可是没有。父亲走过来，扶住货架，教我怎么掌把，怎么用力。父亲深知自行车的重要啊。正是因为有了这辆组装的破"洋驴"，我家的做事效率高出好几倍，父亲栽种的烟叶能够及时地卖出去，能够走远路卖好价钱，天冷之前，我们穿上新棉衣。

第一次坐汽车的时候，我已在乡里上班了。那次乡里要开会，乡长派我到城里买红布。我上车的时候，座位都满了。我站在车上，手握铁杆。我站了一路，幸福了一路。感觉自己飘飘然然，像飞一样。

从那以后，我没有步行过太远的距离。总是车——自行车、摩托车、客货车、汽车、火车、船、飞机……有时候三百里地两个小时就到了，就和没出门一样。有时候步行需要 10 分钟的路却要等 20 分钟的车，好像离得很远似的。

从什么时候开始厌恶和拒绝这些曾经给自己带来方便和快捷的交通工具？我找不出一个明确的界限，它是逐渐的。其原因是这些"工具"给自己带来的欣喜被更大的失落和茫然冲抵得荡然无存。就像一个手握镰刀去收获的人，一路上却洒落许多金灿灿的麦粒。一个自作聪明的猴子得意扬扬地搭乘快车来到一片人工林，吞下几枚青涩的果子，而一路被太阳烤熟的红彤彤的浆果却随风飘落，烂进土里。

很长时间以来，我到远方旅行，总是避免乘坐飞机，而愿意搭乘火车。我喜欢像一条蛇一样贴着地面行走，喜欢走一走停一停看一看想一想。上班则步行。自行车在棚里兀自生锈，以至每一次动用它都得给瘪了的车胎充气。

来到镇口了。今天是集市，山里人的贸易正在大街上进行，嘈嘈嚷嚷。离城远，生活中的许多事情都得在集市上解决，所以山里的集市显得特别热闹。已有不少办完事情回来的人，和刚从村里来到的人打着招呼，有的下车打听一下某种东西的价格。这几年，他们要买的东西总是涨价，要卖的东西又总是差价，他们无奈地摇摇头，叹息一番，埋怨一番，又埋头走路。那个刚出村时冲我们打口哨的少年，此刻坐在三轮车后厢满载的一摞豆饼上，车在回返，他托着下巴在沉思，不知他在想什么心事。我们要找的朋友在镇上开书店，到他那里得穿过半拉集市，嘈杂的市声将把我们的声音吞没。

地　盘

来过我家的人，站在大门口一瞧，都说：嗬，你的地盘可真大呀！

其实，我的地盘一点都不大。这块地盘不仅是我的，还是树的，花的，草的，鸟的，蝶的，虫的，仅属于我的只有室内。室内也不绝对，苍蝇蚊子壁虎蜘蛛蚂蚁都进来了。妻子不仅讨厌苍蝇蚊子，尤其恐惧蚂蚁。特别是蚂蚁一片片或一队队地行动，爬到餐桌上、橱柜上或青菜上，她简直要发疯。为此她想出了一个环保的办法，把五香面儿撒在门前，阻止蚂蚁，还真有效，除了通过其他物品带进来，从地面上再也没来过蚂蚁。

我对妻子说，这块地方本来就是它们的，咱不能不给它们留地步。

我清楚地记得，很早以前，这儿是一片庄稼地，有时候种麦子，有时候种地瓜，还种过菜。地头上有一棵黑杨，两棵槐树，沟里有一片紫穗槐。夏天，树上蝉声激越，沟里蛙声一片。除了播种、管护和收获，平时没有人到这里来。田野上的风吹来吹去，鸟雀和蜂蝶到处飞舞，昆虫在地上地下自在活动，还有山鸡和野兔来回穿梭。后来，从这儿修通了一条路，我家在这儿盖了房子，是三间瓦房，父母带着我们姊妹四个从老街那个逼仄的老宅搬过来。十几年以后，翻盖了四间平房。这期间，我们兄弟三人陆续成家，妹妹出嫁。父母、哥哥和弟弟搬出去，这个院子归了我。我进城之后，院子曾经闲置了好多年。里面长满了荒草，也成了鸟雀的世界，使这儿恢复了往日的生机。几年前我回到老家，推倒平房，建起了二层楼房，院子硬化的面积越来越大，致使这儿的空间越来越小。

我们留下了那棵黑杨，几次翻盖新房都没有刨掉。这是一棵小叶杨，不是速生杨，它长得慢，但由于年岁久，也很粗了。槐树和紫穗槐都刨净了。不过，不断地从院落里生出小槐树来，不知是老槐树遗留的根还是种子生发的。我在合适的位置上留了一棵，每年它都开出一串串粉嘟嘟的花。其余的裸土都叫我栽上了树和花草，有皂角、合欢、栾树、杜仲、连翘、海棠、木瓜、石榴、紫荆、玫瑰、无花果……不下二三十种。为了驱蚊，还特意栽种了艾蒿和薄荷。它们在这儿长得很快，树身和树冠都在一点点膨大。但无论怎么长，它们所占用的空间都是固定的。而鸟雀和虫蝶们就不固定了，因为它们是动物，会爬，会跑或飞。

每年的春夏秋三个季节，我都在这儿度过。今年停暖的第二天，我就从城里搬过来。气温还不是很高，昆虫多半没有醒来。收拾好东西之后，我发现裤脚上伏着一只斑蝥，这是我今年见到的第一只昆虫。我轻轻地跺了一下脚，斑蝥就掉到地上，六足朝上，不住地踢蹬。它自己翻不过来，它没有这个力气。我找了一截木棒，递给它，它用六足死死地攥紧，不松开。后来我把它引到一棵树上。等我忙活完，再来找它，怎么也找不见了。

没几天，燕子来了。燕子是好几只。它们在院子里荡来荡去，考察了好几天，决定在二楼阳台的檐子下做窝。我自然高兴。平素我喜欢冲一杯茶，搬一把藤椅，坐到二楼的阳台上看书。怕影响它们，我一个春天都没到阳台上去，也没怎么到紧邻的那间屋子里去。为主做巢的是两只燕子，一对燕子夫妇。它俩一趟又一趟到地里衔来新泥，佐以自己的唾液和羽毛，忙活了好几天，把一只小巧结实的燕窝做成了。夏天的时候，它们在这个窝里孵出三只小燕子，秋天把它们带到南方去了。

与此同时，喜鹊也在黑杨树的树冠上营巢。喜鹊是留鸟，有一窝喜鹊一直住在黑杨树上，这个春天，它们大概要把爱巢修整一下，或者为即将出生的小生命做些准备。夫妇俩从附近的地上捡拾细小的干树枝，捡起来之后衔在嘴里，飞到院墙上，左右看看，没妨碍，就飞到一棵别的树上，再看看，没妨碍，飞到黑杨的一个别的树枝上，再看看，没妨碍，才飞到巢里，把树枝放好，再出去。直到把窝做好，它们嘎嘎叫着欢快地在院子上空翻飞，很骄傲的样子。

留鸟除了喜鹊，还有麻雀、戴胜、鹁鸽、斑鸠、黑卷尾、白头翁。麻雀是离人最近的鸟，在冬天会把窝做在空调机的角落里，有时它们会顺着管道钻到中央空调的风道里出不来。还有的在抽油烟机的排气孔里搭窝。这样的做法最终都会付出惨重的代价。但是它们仍然不离不弃，在房子四周换个地方继续搭窝。其他的鸟只在院子里活动，不知道它们住在哪里。

几场雨之后，气温升高，花草精神抖擞起来，陆陆续续开花，油菜花、虞美人、木瓜、玉兰、连翘、锦葵、商陆。再往后，海棠、紫叶李、金银花、梧桐、楝子、石榴、月季、枣花……昆虫多起来，蝴蝶、蜜蜂、胡蜂、瓢虫、蜻蜓在花间翔舞，好不热闹。雨季，蜗牛爬出来，在地上蠕动，不小心就会听到脚下嗞啦一声，坏了，一只蜗牛在脚板下碎了。于是，雨后走在院子里就得格外注意。有的蜗牛扯着一道白色液体往墙上爬，往树上爬，往石头上爬，总之，往高处爬。可是，往往爬到高处下不来，就无缘无故地干在那里，过一段时间，只剩下一个空空的壳儿。还有曲鳝，从泥里出来，在光滑的地上扭动，因为走得太远，等太阳出来，再也回不到泥里，就蜷曲着干在地上，成了鸟的食物。

天气渐凉的时候，有些昆虫刚刚出世，像萤火虫、金龟子、蝈蝈、蟋蟀、螳螂、豆娘、蚂蚱、草蜢，它们在夜间发出各种叫声，直到把秋意一点点叫浓。

早晨的鸟声，晚间的虫鸣，给我的乡间生活增添了无穷乐趣。

大地安静下来，夜行动物来了精神。刺猬迈着方步，在院子里不慌不忙地寻找吃物，遇到动静就停下来，看看没有危险，就继续行走。还有黄鼬，多数时候，它们像闪电一样往来行走，有时候也会悠闲自得地观察和思考。我经常在夜间一个人默默地坐在院子里，看远处黛青色的凫山，看星星，入定一般，不弄出任何动静，好几次看到黄鼬走到离我一米左右的地方停住，愣一愣，看看我，然后从容不迫地走开。子夜时分，万物安然，但是，偶尔也会听到惊心动魄的打斗和争战，那或许是鸟窝里发生了内讧，或者猫头鹰抓住了可口的美味。第二天，我在院子里时常会看到几片羽毛，在风中轻轻地摆动。

你看，院子就是这样。看似是我的，其实是它们的。我只是过客，是暂住的。我看着它们和我相遇时惊慌地走开、逃离，真有些不好意思。羞愧之余，经常对它们说：对不起啊，我还会把这块地儿还给你们的。等我老了，也会立下遗嘱，入土之后，坟墓不砌砖石，只留一个土包，让各种花草在上面生长，让虫蝶和鸟雀在上面自由自在地飞。

原载《绿洲》2021年第1期，《散文选刊》2021年第5期转载

一个村庄与一条河流

张克奇

一

村叫赵庄，河曰汶河。

村是普通的村，河是普通的河。

村与河相互依存着，在鲁中山区的一隅过着自己的日子，倏忽已经六七百年。

据《临朐县志》记载，赵庄于明朝由赵氏立村。可不知为什么，时至今日，村里的赵姓人丁已全无踪迹，让人匪夷所思。倒是姓张的人家如青草般蓬蓬勃勃地发展起来，颇有些"鹊巢鸠占"的味道。以至于如今的人说起来都认为这村名纯粹是"挂羊头卖狗肉"。

记得小时候在学校里学到"名不副实"这个成语时，那个满口之乎者也的老学究就摇头晃脑地举我们的村名作例子，惹得同学们哈哈大笑。有几个调皮蛋居然还一边笑一边不怀好意地用手指我，窘得我真想找个地缝钻进去。

那是我第一次意识到自己和赵庄的密切关系。

二

赵庄的张姓是什么时候被哪个方向的风刮来的呢?

《族谱》有记,赵庄张氏的始祖于元末明初自河北河间府东光县斑鸠店庄逃难而来,胡服戎装,为元朝功勋,后韬迹隐匿,初居双山之阳,再居高家庄,释甲胄而勤农桑,尚淳朴以立基业。其后一子东迁汶水之西白塔之北锹土诛茅,以就口食。

由于居无定所,他们只好砍伐一些树枝搭成简易的窝棚遮风雨避寒暑,故称"窝铺"。后又开枝散叶,有迁到庙山村、白塔村的。到明末清初年间,十一世祖张甲又从白塔村迁入赵庄。

不论是窝铺,还是白塔、赵庄,都紧邻汶河。自古以来,为了生存和繁衍,人类就学会了逐水而居。中国的黄河流域、埃及的尼罗河流域、巴比伦的两河流域以及印度的恒河流域,不仅为人类的生生不息提供了必要的物质条件,也培育了人类的古老文明,这是世人皆知的事实。

看来,我们这支张姓的始祖,也是智慧的。

隐居于鲁中山区的汶河,虽然无法与这些"人类文明的摇篮"相媲美,却也倾尽自己的乳汁养育着沿河的子民。一开始是花草树木、虫鱼鸟兽,后来又加入了人。

即使瘦小,她也是一条伟大的母亲河。就像是一个女人的瘦弱并不影响她成为一个伟大的母亲一样。

三

汶河发源于素有小泰山美誉、被尊为"中华五大镇山之首"的沂山,流经著名的世界风筝都——潍坊,最后逶迤注入渤海。

从沂山法云寺出发，到达赵庄时，汶河已走了 30 多公里。

一开始，赵庄是紧紧地偎依在汶河身边的。村里的人们在睡梦里都能听得到汶河哼唱的歌谣。在这块东西两道山岭夹裹的小小平原上，赵庄人日出而作，日落而息。因为有水，他们不愁吃，不愁喝，男不愁娶，女不愁嫁，小日子过得滋滋润润，宛若世外桃源。

对于汶河的庇护，赵庄人感激不尽，自设了许多禁忌，比如不论大人小孩，绝不能往河里倒脏水、扔垃圾、大小便，也不能在河边吵架、说脏话。

对于个别不守规矩的人，族人决不会轻饶。轻则罚他跪在河边专设的青石板上赎罪，重则打他个皮开肉绽。

为了表达对汶河的感恩和敬畏，每年的新麦打下来后，村里都要举行一次庄重的仪式，给河神过生日。

那是村里的每户人家都自觉参与的，场面相当壮观：村子有多少人家就有多少张摆放祭品的供桌，有多少份祭品。

据说，不只赵庄这样，沿汶河的所有村子都是如此。

因此，汶河的水从来就没有浑浊过。

四

二十世纪五十年代末，为了充分利用汶河的水资源，国家决定兴建大二型水库——高崖水库，设计库容为一亿五千万立方米。

这个举措一下子打破了汶河隐士般的生活，也彻底改变了赵庄与汶河的关系。

赵庄人不得不挥泪告别与之紧紧相依相偎了六百多年的母亲河，迁到村西的那道山岭上。

听奶奶说，迁村的头一个晚上，全村都失眠了，男人们坐在河边抽了一夜的纸烟，妇女们也抱着孩子陪爷们干坐了一夜。

黎明时分，人们默默地、小心翼翼地把河边和村子都打扫得干干净净的，比过新年还要打扫得仔细。

迁村时，走着走着，村里几位最年长的老人突然掉转身，朝汶河的方向重重地跪了下去。一时间，全村人都扑通扑通跪下了，原先的啜泣立即变成了号啕大哭。

这里有他们朝夕相处的母亲河，有他们经营了许多年的家园，这里的每一棵花草，每一间房屋，每一方宅院，每一条街道，都凝结着多少感情，记载着多少念想。

一棵已经在汶河边生长了六百多年的大树，一下子要连根拔起，是多么的伤筋动骨！

五

对于赵庄来说，搬迁还带给了他们另一个巨大的伤痛。其实，这个伤痛并不仅仅是赵庄的，更是白塔村的，乃至整个张氏家族的。

伤痛源于汶河西畔那个巨大的坟冢。大坟冢里居住着一位伟大的老婆婆，那位老婆婆用自己的生命和大爱演绎了一个惨烈的故事。

据有关碑文记载，十一世祖张甲和原配王氏共生育了四个孩子，继室陈氏没有亲生儿女。张甲和王氏故去后，陈氏视王氏所生四子犹如己出，百般呵护。其时，陈氏和老大老二住赵庄，老三和老四住白塔。

清顺治六年（1649年）正月十二，一伙贼寇将老大老二绑架，索要财物，却因家贫一无所获。失落至极的贼寇怒火中烧，竟然动了杀人之心。危急时刻陈氏挺身而出，对贼寇说：我家的金银财宝都藏在白塔村两个小儿子那里，只要你们放了老大老二，我就带你们去白塔拿，全都给你们。这家我说了算，你们不要担心。

贼寇闻听此言，看老婆婆的神情不像撒谎，就放了老大和老二，押着老婆婆向白塔村走去。走到赵庄和白塔的中间地带，老婆婆停下来，对贼寇们说："实话跟你们说，我白塔的那个儿子也是穷得叮当响，去了也白搭。要杀要剐，你们看着办吧！"

贼寇气急败坏，朝陈氏胸口一刀捅去，老婆婆立即倒在了血泊里。正是傍晚时分，夕阳把天空涂得通红通红的，就像是用老婆婆的鲜血染红的一样。

六

陈氏的悲壮让孩子们肝肠寸断，倾尽所有为她举行了隆重的葬礼，将她埋葬在了遇难的地方，并且立下了一块石碑，记录下了这段人世间动人的义母壮举。

据说，老婆婆出殡那天，附近村子的男女老少们都不约而同地停下手里的活儿，加入到了送行的人群中。送葬的队伍因此前不见头，后不见尾，浩浩荡荡，蔚为壮观。

老婆婆下葬后，人们还久久没有离去，有的用铁锹，有的用双手，无声地往坟头上撒土，以此表达对她的敬重。到夜幕降临时分，小小的坟头已变成了一个大坟冢。

此后每逢清明、过年和老婆婆忌日，十里八村的许多人都来为她上坟、添土。

也有不少人遇到了愁事难事，就在晚上来到老婆婆坟前，跟她说说话，或者在她的怀里哭一哭，寻求一种精神上的慰藉。临走时不忘磕几个头，捧几捧土撒到坟上。

老婆婆的坟冢于是越来越大，最大的时候足足有三四亩地。

难怪有传言说老婆婆的坟自己会长。

凭着一份博爱与忠烈，老婆婆就这样活在了人们心里。

安睡在肥沃的土地上，接受着人们一年又一年的敬奉，再加上汶河日日夜夜的陪伴，老婆婆也该感到欣慰了吧。

七

高崖水库开工建设后，老婆婆的坟冢剧烈地揪痛了人们的心。

有人提议要给老婆婆迁坟，但立即遭到了否决。在普通老百姓的思想里，人一旦入土为安，就不能再迁移了。否则，会惊扰了她的魂灵，让她成为找不到家的野鬼。

对于老婆婆，人们越是爱戴就越是谨慎。赵庄和白塔两个村的老人们拖着苟延残喘的身体，接连召开了好几次会议后，最终决定让老婆婆继续安息在原地不动。

他们开导那些不理解的年轻人说：兴建水库是一件造福更多人的好事，老婆婆是不会埋怨的，就让她住进"龙宫"，同龙王爷一起管制水里的虾鳖鱼蟹吧。

话虽这么说，当有一天眼睁睁地看着汶河水因了大坝的截流而慢慢淹没了老婆婆的坟冢时，人们不禁又一次哭了起来。

泪水滴进汶河，滴进高崖水库，也滴进了老婆婆的坟冢和自己曾经的家园。

从此以后，对于老婆婆，便没有了具体的纪念物。

但她仍旧活在人们相互传诵的故事中，活在人们的心里，触手可及。

八

高崖水库 1960 年开始蓄水后，昔日的大片良田顿时变成了浩渺的水面，沿河老百姓的眉头因此拧成了一个个疙瘩。

虽然赵庄和大坝相距二十里地，但她与汶河的关系也从此变得异常微妙。有时候，她们依然缠缠绵绵，卿卿我我，仿佛一对蜜月中的小夫妻；有时候，她们横眉冷对，剑拔弩张，像极了苦大仇深的冤家对头。

水库的水位是赵庄与汶河关系的晴雨表。雨水少的年头，水库的水面是延伸不到赵庄村东的，因此，赵庄的大片粮田依旧为村里的人们提供着丰硕的小麦、玉米、高粱、大豆、稻谷等等，馋煞了那些窝在丘陵上、只靠山岭薄地养家糊口的小山村。

在我小时候，家里共种着七口人的十来亩肥沃之地。这十几亩地在库底同左邻右舍的土地一起，结伙从村东出发，嬉笑着一路跑出去，一直跑出四五里地撞到汶河怀里才停了下来，就像一个个顽皮的孩子比着赛铺开的一块块细长的大毡垫。人们在这块大毡垫上面种五谷杂粮，种庄稼人自己的日子。

由于是库底，土地肥沃，人们根本就不用施肥，只按时节撒下种子，庄稼就蓬蓬勃勃地成长起来。

九

高粱是名副其实的长颈鹿，茎粗得像镢柄，穗大得像蒲扇。每一棵玉米都是一个幸福的妈妈，怀抱着大胖小子坐着幸福的月子。

大豆在个头上比不过玉米高粱，就努力地走内涵发展之路，每一颗豆粒都出落得珠圆玉润。每到冬天农闲季节，家家都要做上几次细豆腐，时不时地切上一些同大白菜、粉皮一锅炖了，一家人咪溜咪溜地吃个欢畅。有些好喝口的爷们图省事，每次做好豆腐后都吩咐婆娘别别地割下一大块撒上盐腌了，一凑堆就就着腌豆腐来上几口老白干，那个自在劲就甭提了。

小麦和稻谷能长得一人高，每一个麦穗和稻穗拿在手里都感觉沉甸甸的，粒子饱胀得似乎一不小心就会从褓褓里掉出来。小时候我最爱吃的是奶奶做的小米干饭，里面掺着绿豆，不软不硬，香香的，真是说不出的好吃。不仅我爱吃奶奶做的小米干饭，我们全家人都爱吃。

这也是足以让奶奶感到自豪的一件事。小米干饭不仅好吃，还长力气。每到农忙时节，奶奶就踮着一双小脚天天做小米干饭，我们上坡回家，一大瓷碗一大瓷碗地往肚子里填，怎么吃也吃不厌。

那些年，我家每年都要种三亩多稻谷，把我们一家人养得壮壮实实的。奶奶曾经不止一次地对我说："等你长大娶了媳妇生了娃，就用我们自己种的小米侍候你媳妇月子，保管大人小孩都白白胖胖的。"我就不知羞地据此断定自己未来的媳妇一定是个有福的人。

肥沃的田地不只喂养庄稼，也喂养形形色色的小动物，野兔啦，蚂蚱啦，都在她的怀抱里欢蹦乱跳。有的乐极生悲，蹦着跳着就稀里糊涂地进了人们的饭锅，成为庄稼人饭桌上的一道美味。

十

雨水大的年月，汶河里的水就像脱缰的野马一样往下泻，高崖水库的水面便可着劲儿往上涨，毫不留情地把赵庄的"粮仓"淹个片甲不留。赵庄的日子就这样一年不如一年。

有些年头的春季里，看土地离水库的水面还远，一开春人们便急不可待地把土地收拾好，大刀阔斧地点播上种子，精心呵护着，期冀老天能带给他们一个丰收年。但事实往往是，庄稼正铆着劲长得郁郁葱葱，雨季就不期而至，把人们辛辛苦苦的侍弄淹个一干二净。

为了与水争夺庄稼，全村的男女老少一起上阵，一连几天泡在水里捞。因为地里灌了水，许多来不及逃跑的老鼠、蜥蜴、蛇都在庄稼稞上潜伏着，伺机逃命，有的竟然在本能的求生欲望支配下胆敢往人身上爬，猛然间就把人吓个魂飞魄散，田野里到处都充斥了女人和孩子的尖叫。

尽管如此，人们还是毫不退缩，含着泪摸庄稼，含着泪用筐子、篓子把摸上来的庄稼往岸上拖，直到水深得能没人才无可奈何地放弃。

这些庄稼真是让人心疼啊，玉米刚刚抱子，稻谷刚刚秀穗，大豆刚刚怀胎，即使捞上来也只能喂牛喂羊。

后来我才明白，人们之所以这样拼命地跟水抢夺不成用的庄稼，很大程度上只是以此来祭奠自己付出的辛勤劳动，表达自己的愤怒无奈和不甘心罢了。

面对这些瞬间夭折的庄稼，一向感情粗糙、大大咧咧，再重的担子也能咬牙挑起、再浓的苦酒也能一饮而尽的大老爷们也禁不住泪水滂沱。那其中，就有我的父亲。也就从那时起，我第一次懂得了劳而无获的悲痛。

尽管如此，人们还是不死心，如果第二年春天退了水，他们仍会按时把庄稼种上，演绎着十年九不收的悲壮。即使庄稼不收，他们也会感到一丝丝欣慰：自己并没有辜负土地。

十一

近年来，高崖水库大坝屡次加高，蓄水量越来越大，一万多亩沃土便常年沉睡在了水下。原本养活着几百人、几千人、万余人的膏腴，如今只成为虾鳖鱼蟹的温床。昔日蜿蜒而下、曲线优美的汶河，也被淹没在了水面以下，成为一条难见天日的暗流。

赵庄人对"粮仓"的希冀彻底绝望了。

但活人总不能让尿憋死，曾经养尊处优的赵庄村民，就像那些家境破败下来的贵族子弟一样，不得不放下架子，在困境中无可奈何地扬起镢头、挥动铁锨，涎着脸开辟山岭薄地，延续着有气无力的烟火。

虽然政府每年也都拨给村里一些救济粮，但实在是杯水车薪，还不够塞牙缝的。更可气的是，即使是这么点救命的粮食，也还居然被一部分阎王不嫌鬼瘦的贪官污吏变着法地克扣或卖掉。

由于赖以生存的土地被淹没，曾经倍受钦羡的赵庄彻底衰败了。

最明显的事实是：自二十世纪九十年代开始，赵庄的小伙子连找对象都成了难题。于是，赵庄人开始埋怨起汶河来了，骂她拖累了赵庄，害苦了赵庄。

面对人们的责骂，汶河不言不语，但她心里一定在流泪。高崖水库每一平方毫米的水面上，都有她的泪光闪动。

其实，高崖水库自开工之日起，就遗留了一个极大的问题。那就是赵庄连同水库两岸的大部分村庄都隶属临朐县，而高崖水库却归下游的昌乐县。这样一来，水库淹掉的是临朐县的土地，受益最大的却是昌乐县。据说库存的河水不仅为下游的田地提供了有力的庇护，使得昌乐县的几万亩庄稼旱涝保收，还源源不断地供应着世界风筝都——潍坊市区的用水，哗哗的河水换回了大把大把白花花的钞票。

围绕这个问题，临朐县政府每年都和昌乐县政府进行无休止的协商，要求昌乐县加大对水库两岸隶属临朐的村庄的救济力度，结果却总是不理想。

十二

缺吃少穿的日子真难过啊，它不仅时时让一些鸡毛蒜皮的小事膨胀成大矛盾，比如为一把粮食亲兄弟反目成仇啦，因了男人偷着给了老人一个鸡蛋两口子真刀实枪地干架啦，因为老人分给孙子孙女的零吃不太均匀而引发一场"世界大战"啦，也剥掉了人最起码的尊严。

二十世纪八十年代初，县里向村民发放救济服的情景至今仍清晰地印在我的记忆里。那时已经是初冬了，加上阴天，天气湿冷湿冷的。中午时分，村里下通知让村民到大队院领救济服。这个天大的好消息迅速传播开来，村民以百米冲刺的速度蜂拥而至，把胡乱堆在地上的救济服围了个里三层外三层。

寒风中，那个穿着棉衣棉裤，外面还披着黄大衣的县里来的干部并不急着发衣服，而是拖着一副官腔口若悬河地开了讲。那语气和眼光里充满了鄙夷，仿佛赵庄的村民们都是游手好闲、好吃懒做、只会伸着手向政府索要的社会残渣一样。

老百姓虽然没什么文化，但也不是傻子，谁都听得出那位狗干部满嘴的贬损。但谁都没有表示出丝毫的抗议，呆呆地揣着手出通着鼻涕佝偻着身子在寒风中瑟瑟地站着。

尊严算什么？它能当饭吃还是能当衣穿？对于穷得食不果腹、衣不蔽体的村民们来说，只要能分到衣服，不比维护那虚无的尊严要强上一万倍？对于那些大老爷们来说，即使自己有志气冻死了也不穿那救济服，可家里的老人孩子总不能冻死吧。

更可悲的是，分衣服时，一开始还井然有序，可很快就乱了套，人们一哄而上，像饿极了的野兽争夺食物一样，片刻就风卷残云把衣服抢了个一干二净。有的为了争抢一件衣服而大打出手，多年的玉帛化作了干戈；有的妇女因为抢得少而当众顿足捶胸，号啕大哭。赵庄人世代传承下来的淳朴与敦厚，就这样在贫穷面前瞬间土崩瓦解，竟然显得如此苍白和不堪一击。

我想，就在那一刻，汶河一定会落泪的，曾经被人们尊为精神旗帜的老婆婆的在天之灵也一定会落泪的。如果不是亲眼所见，她绝不会相信自己的子孙竟然会变得如此刁蛮和狰狞。

其实，那都是些什么衣服啊，拿到现在白给收破烂的他都不会要。

十三

被贫穷折磨得死去活来的村民们，开始琢磨着另谋出路。

那些外面有亲戚的和有头脑的，被贫穷逼着小心翼翼地迈开步子到外面打工或做小买卖贴补家用，渐渐地脱离了土地的束缚。在他们的带动下，一批又一批的人迅速逃离家园，到外面去谋生，并且越走越远，甚至一直走到北京、上海。他们当中混得好的，后来干脆把全家都接了出去，开始了一种全新的生活，羡慕得别人不得了。也有被骗被诈的，到头来竹篮子打水一场空，落魄回乡，令人嘘唏。

那些老实巴交、除了种地什么也不会的庄稼汉，对自己失去了信心，就把希望全押在了孩子身上。他们狠命地在自己的山岭薄地上劳作，自虐似的省吃俭用，供备孩子上学，希望他们将来能实现鲤鱼跳龙门式的一跃，跳出"农门"，远走高飞。

从小就被贫穷吓怕了的后生们自然不敢懈怠，头悬梁锥刺股，学习十分用功。二十世纪八十年代初，赵庄的一个女娃考入了山东医药学校，成为村里第一个中专生。从那以后，赵庄几乎每年都能飞出一只"金凤凰"。1985年，村里一户人家的两个孩子竟然双双中榜——儿子考入了昌潍师专（大专），女儿考入了益都卫校（中专）。每一只"金凤凰"的横空出世，都会让绝境中的赵庄焕发出一抹耀眼的光芒，激励着更多的后生们为此不懈奋斗。

1992年，赵庄创造了一个轰动全乡的奇迹——一年竟考中了五个中专生！那时的中专含金量高，比现在的大学还难考得多，一旦考上就意味着吃上了"皇粮"，端上了"铁饭碗"。于是，他们的母校白塔初中的领导来贺喜了，乡教育组的领导来贺喜了，乡政府的领导来贺喜了。赵庄因此沸腾了，于破败颓废中再次成为十里八村关注和钦羡的焦点。

为了这个历史性的纪念，村里特意请乡里的放映队到村里放了场电影。电影开演前，村支部书记还代表村干部和全村的老少爷们向我们表示了热烈祝贺！那掌声虽不如雷鸣，却也持续了很长一段时间。

不是吹，如今活到四十多岁，我也没再听到过那么真诚和激动的掌声。

十四

这以后不长时间，就有一个据说是颇有些名气的风水先生专程慕名而来，围着赵庄转了一上午，然后煞有介事地说赵庄因为东有汶河活水，正好占据了一条龙脉，原本就是出才子的风水宝地，并且保证这里将来必定能出个大人物。

此言一出，立即一传十、十传百地蔓延开来，以至于此后的好些年里，外村的人都削尖了脑袋攀赵庄这门穷亲戚，目的就是要把上学的子女送到赵庄住宿，沾一下赵庄的灵气。真是听风就是雨！

就这样，已被人们千唾万骂了好多年的汶河，重新在村民心里变得神圣起来，再也没人敢明目张胆地埋怨她了。

时至今日，仅仅400来口人的赵庄已考出了60多名大中专学生，其中仅升入重点本科院校的就有20多人，读到硕士、博士、博士后的也有好几个。赵庄因此成了名扬四乡的"状元村"。

跳出"农门"的后生们就像蒲公英妈妈撒出去的一个个孩子，在天南海北的大小城市里落地生根，有的已开始力所能及地反哺家乡。尤其是每年春节，携妻带子回乡过年的一个个小家庭简直羡煞人，成为山村一道最亮丽的风景，把赵庄的腰杆挺得直直的。

说起来也奇怪，赵庄如此人才辈出，与赵庄紧邻的村子飞出的"金凤凰"却不多。这下，汶河又惹得其他村不满了，认为她偏向赵庄，把灵气全都给了赵庄。

至于赵庄的学子们是否真如那位风水先生所说的是沾了汶河的灵气，我说不上来。我所知道的是，自从村里考出第一个中专生后，其他的后生们就暗暗较上了劲，比着赛学习，形成了日益浓厚的求知氛围。

十五

在汶河与赵庄的恩恩怨怨里，在经过了好多年反反复复的研究、汇报后，一个历史性的时刻到来了——1996 年 6 月 28 日，赵庄连同附近的 28 个库区村一齐划归了昌乐县。

虽然土地还是原先的土地，家园还是原来的家园，但赵庄人一时在感情上难以接受，总觉得有点像再次"背井离乡"一样。

这是可以理解的。不用说他们，就连已在外地工作了多年的我第一次蓦然发现乡政府大门口的牌子由原来的"临朐县白塔乡"换成"昌乐县白塔镇"时，还恍惚了好一阵子，怀疑自己是不是走错了地方。

再后来，又不叫白塔镇了，改成了高崖水库库区。

不管是叫乡也好，镇也罢，还是如今的区，当地政府都在为老百姓能过上好日子做了大量工作，父老乡亲的生活相比起以前一天天变好着。

但是在简单的表象背后，很多的难言之痛也在日益增多着。包括生态旅游区打造、村庄集体搬迁上楼、库底清淤与河沙倒卖，总是磕磕绊绊、步履维艰。

甚至是，肥了个别人，瘦了整个村庄。

就这样，在扑朔迷离的变迁里，赵庄与汶河的关系也越来越淡漠了。河水的清与浊、水量的大与小，水里的鱼虾和沙子，似乎都与他们无关了。

村里的人也越来越少，空房子越来越多。四处流浪的父老乡亲们相互之间也越来越陌生了。也有的，一出去就是好多年杳无音信，甚至有的再回来时已经变成了一个小小的骨灰盒。

还好，在外漂泊辛苦了那么多年，最终还有一个叫老家的地方接纳着他们。

一想到这些，我就有些扎心的疼。

当然，这不能只怨当地政府。毕竟，"三农"是一个全国性的大课题，任重而道远。

十六

如今，我也离开赵庄二十多年了。

当初那个瘦弱单薄的少年，转眼就到了油腻腻的不惑之年。

但所有的过往，依然历历在目。

每次回去，我都会在村子里转一转，或者沿着河岸走一走。感慨一番后回到栖身的小县城里继续自己的生活。

前几天做了一个梦。梦到自己回到赵庄，看到家乡依托高崖水库发展起来的旅游业正蓬蓬勃勃，青山绿水，白墙红瓦，仙境一般，惹得大批游客蜂拥而至。

穿行其中，我发现了很多已经陌生了好多年的面孔，他们有的开起了农家乐，有的经营了游乐场，有的正驾舟载着游客在高崖水库里徜徉……

我们热情地打招呼、握手、开怀畅饮……

不知不觉竟然笑出了声。

要不是妻子将我推醒，这梦不知道还会有怎样的精彩呢！

再也难以入睡，梦是好梦，也许一时半会很难实现，但还有梦可做总是好的吧。

如果真到那时，昼夜奔流不息的汶河带给人们的福分，该有多大啊！

此时写下这些文字，心有余而力不足的我满腹五味杂陈。那么就在这里许上一个心愿吧，祝愿饱经沧桑的汶河与赵庄永如母子，乘着乡村振兴的东风，携手把未来的日子酿造得红红火火，让留守家园的父老乡亲幸福安康，让出门在外的游子时时都想回家。

　　除此之外，我没有更好的方式安慰自己。

原载《山东文学》2021 年第 1 期

县城的背后

刘星元

磨坊顶端的旗杆朽了

事实上，是一座郊区磨坊。

位于县城西南方位的郊区磨坊，像一架孤独的风车或一个被遗忘的稻草人，在广阔而空洞的平原之上矗立着。多少年了，我无数次从磨坊的一角穿行而过，偶尔会擦出一点儿感性的火花。

令我感兴趣的是它的神秘。当然，也有可能是故作神秘。我曾在一段文字里讲述过它的神秘——作为窥伺和被窥伺的通道，磨坊的那扇窗户似乎从未被打开过，如一部叙事糟糕的悬疑书，它将本身的神秘已经渲染得有些故作神秘。窗户之外，蜘蛛画蛇添足，又悄悄为它糊上了一层窗户，好似在防备谁的不期而至……

事实上，没有谁会不期而至。这是一座无人惦记的荒废磨坊，几近坍塌，里面没有劳作的工人，更没有机器的轰鸣声。作为一座被人遗忘的粮食改造所，它已经没有了一丁点儿生活的气息。

与磨坊擦肩多少年之后，我终于注意到了那杆竖立于磨坊头颅之上的旗杆。在此之前，它的确未能植入我的视野。那木质旗杆，就好像是磨坊凭空多出来的一只触角。木头已经朽了：腐烂像一种易于传染的皮肤病，一点点侵蚀着它的躯体。它的身体发黑、发软，如墓碑或旧抹布，唯有底部的几块白斑还在做着宁死不屈的挣扎。显然，那些油漆质地的白斑在告诉我，旗杆也曾拥有天使一般圣洁的白。我无法接近它，只能从低处和远处看。我看到，旗杆的上端已经开裂为两片半圆的触手，就像在向着天空以示友好或者是在索要什么。其实它不明白，天空对它始终是排斥的，它最终会被天空的轻给重重压倒，它将隐藏到大地的某处，以居高者的自傲，继续体会低处的寂寞，直至大地将它腐蚀、溶解。现在，它已经在高处站了那么久，一定是疲惫了，以至于它的底端也倾斜了起来，整个身子，看起来就要向着和我相反的方向扑倒。

　　一杆旗杆，它将自己举在空中，显得那么吃力。或许，它的生命，只取决于一场风。

　　当旗杆成为我无聊生活里的一部分的时候，我有幸充当了它的观察者和解读者。就像生活对于我们每一个人的观察和解剖。当然，任何观察和解剖都因事物本身的意义和无意义以及观察者与解剖者的视角，而折射出不同的镜像。而我所观察和解读的旗杆，也仅仅是我眼中的旗杆。

　　我看到的是，一只麻雀在它身上停下来，又飞走了；一只鸽子在它身上停下来，又飞走了；一只喜鹊在它身上停下来，又飞走了。日暮时分，我还曾看见一只通体乌黑的乌鸦在它身上停下来，它凄惨地叫了几声，也飞走了。不同的鸟类，一样的动作，一样的神情，就像是在向依附在旗杆上的虚拟的神灵，供奉一种来自异域的仪式，而这轻巧的仪式，它们恰恰认为是庄重的。唯一让我不解的是，它们为何要向人类的旗杆，供奉出那么多鸟屎——那些白色的、灰色的、杂色的鸟屎，沾着羽毛的鸟屎，干瘪或湿软的鸟屎，顺着旗杆，滑向人间。

我看到的是，那些聚散无常的云朵，总是喜欢在旗杆的头顶飘过，更有甚者，竟会在它头顶上的那一片小小的天空中稍作停留。有一次骑车路过磨坊，小雨缠缠绵绵的，下个不停，而颜色最浓、储雨最多的两片云彩，一片正不疾不徐地追着我走，另一片则安静地浮在旗杆的顶端。

平原之上的暮色似乎也很愿意贴近这座郊区磨坊，贴近这架陈旧的旗杆。暮色日复一日地贴近它、吞噬它、修饰它，但旗杆那么陈旧，即使牵来整个平原上的暮色以及暮色延展出的广阔，也无法修饰它因衰老而越来越把持不住的肃穆。

我的很多胡思乱想，都是在与旗杆的互为观察中完成的。我渐渐发现，当我以观察者的身份去解读它的时候，它或许也在以自己的视角和方式，去阐释我存在的意义。也就是说，我们在以不同的标准思考彼此——这是我们之间最融洽的联系，也是唯一的联系。

作为驻扎在郊区的两个思想者，我和它是天马行空的仇敌。我们的目光对峙多年，内心却彼此皈依。这是一种十分奇特和绝妙的皈依，我们皆是弱者，却要互为信仰。我已经觉察出来了，有时候，为了让我低头向它认罪，它会向我盘点生活的悲苦，将思想的尖刀插入我的肉体。作为反击，我则会借助异教徒的遭遇，向它历数它所谕指的过错。

事实上，在被众人忽略的郊区，任何一方自身的信仰都是不堪一击的。我的生活和它的命运都已背弃了他们最忠贞的信徒。作为自欺欺人的思想富有者，我们其实只拥有用孤独支撑起来的落日和彼此，我们只能把自己的信仰寄托在彼此身上。

我们彼此为镜，它在高处的身份，恰好映照出我在世间的位置。

五岔路口的第五个岔道

所谓县城，不过是几座村落拼凑而成的更为大一些的村落。只不过，它比村落多了几座楼、几条街而已。

无论怎么说，那条东西走向的街道都是县城最重要的一条动脉。那条街道像根扁担，被一条南北流向的河流担起来，扁担的东侧，担着县政府大楼，担着东城区的肃穆；扁担的西侧，担着五岔路口，担着西城区的喧嚣。位于西城区的五岔路口，是县城最为喧嚣的所在，小城里最大的购物商场、最老的批发市场、最时髦的高仿品牌店，大多坐落于此。作为一座小城仅有的几处被集体认同的坐标，五岔路口被人们一次次提及，在波澜不惊的生活里，左右着许多人的脚步。

长久以来，我对"五岔"这个命名是质疑的。站在车水马龙的路口，分明是一条南北道和一条东西道在交会，分明是一个十字架在延展，分明是四个方位割据而治，分明应该被叫作十字路口，哪里来的"五岔"？

我不是本地土著，少年时代只是在县城的另一角读了三年中学；我不是本地土著，只是在大学毕业后才又回到此处安家落户。因为不是土著，这县城里很多的典故，我其实是陌生的，当我决意在这座小城安顿下来的时候，我开始关注它的每一条街，每一棵木，每一处值得或不值得深究的所在，而五岔路口中的"五岔"是迎面而来的第一条疑问。但我不喜欢别人以一个饱学者的身份对我的疑问立下结论，不喜欢别人强加给我一个空洞的答案，因为那只是他们的县城。我希望能用自己的视线抚摸这座县城，用自己的躯体深入这座县城，用自己的内心感知这座县城。无论如何，想要了解一座城，自己才是最恰当的工具。

事实证明，这件工具是有效的。我很快用自己的脚步弄清楚了，这条路口的确拥有第五岔道。当我在一条不知晓名字的小道行进的时候，我并未预料到它的指向竟是那条被称之为五岔路口的十字街；当我从那条小道走出来与那条被称为五岔路口的十字街喧嚣的人流交汇的时候，人流中也没有人知晓我内心的欣喜。五岔路口就这样在我无意的脚步中合拢，成为一个密不可分的整体。以胜利者的姿态回顾来路，只见窄小的巷道隐藏于楼宇之间，就像里面只住着两户人家的死胡同，绝不会有人想到曲径通幽、别有洞天。那一刻，我为自己一次次从那条十字路口经过却从未发现第五岔道的过失找到了绝妙的借口。

现在，请让我为这条岔道正名；现在，让我们走进这第五条岔道。第五条岔道就位于十字路口向西五六十米的路南方位。以此方位为起点，它一路向西南方向奔爬，直插与县城的喧嚣为邻的城中村。与十字路口的喧嚣相比，岔道竟然出奇的安静。岔道里行人很少，只有几个五六十岁的半老汉子和婆娘在自家门前支起桌案，以打牌来消磨时光。岔道两侧的营生也极富特点，远离商业区的那一侧，坐落着二三十家算命馆，墙上、门上、玻璃窗上，处处张贴着麻衣神相、指点迷津、加持人生这样的大字，并且，每个算命馆内都安坐着一位白发老者。以此看来，第五岔可以称得上是"民俗文化"一条街了。毗邻商业区的那一侧，却是另一番景象。这一侧也坐落着二三十家商铺，只不过它们被称为洗头房。洗头房的墙上、门上、玻璃窗上，也处处张贴着各种大字，那些大字读起来是：红色玫瑰、迷醉人生、夜色撩人……洗头房一律有门帘，帘子一律放下来，透过帘子的缝隙，隐隐约约可以瞥见商铺里的景象：房间里设置简单，能够说得出的家什，似乎仅有一张沙发和一台老式电视机，沙发上坐着一位或者两位穿着暴露的女子，她们在用电视剧消磨时光。再往里，是一条浅色布帐，它将不大的商铺分割成两部分，据说，它拦在商铺最里面的家什也非常简单，简单到只有一张简易的床。

我曾骑着单车，无数次从第五岔道穿行而过，左右两侧每次都呈现出它们的不同侧面给我，但有一个侧面是相同的：两侧的生意都很冷清。

但这看似相同的冷清仔细想想其实也是不同的。是商铺总要开张，总有客来，只是客人造访的时间不同而已。民俗街这一侧，客人大多选择白日来访。白日的巷道里，偶尔会看见几辆颜色不一的小汽车或电瓶车杂乱地停放在几家商铺门前。车子的主人从巷道外的喧嚣区而来，他们在人生的路途中遇见了过不去的坎，遭逢了解不开的结，来求隐居在此的半仙指点迷津。和庙宇的神佛菩萨们相比，或许是因为在宗教界的地位低下，半仙们并不高高在上，他们和颜悦色地引导迷途之人坐下，认认真真仔仔细细地倾听来访者内心的不安，像是和蔼的老祖父。老祖父轻轻地和缓地点着头，用满是皱纹的手一会儿捻捻自己的须，一会儿摸摸他们的额，真像是位德高望重的老中医面对他百里求医的患者。等到来访者将自己的症状和愿望表达完毕，半仙沉吟片刻，这才道出解救或破解之法。为了佐证他的处方是正确的、合理的、出自名门的，他还搬过那一堆泛黄的卦象书，从中抽出一本，手法熟练地翻到某一页，指给来访者阅览。那本书来访者其实是看不懂的，看了也只是求个心安，看完之后，必是千恩万谢，急忙从钱夹里抽出卦金，双手呈到半仙面前，然后满面春风地和半仙告别，坐上自己的车子，在颠簸之中驾车离开第五岔道，汇入巷道外的人流、车流。半仙送他们出去，是不会送出门口的，他依然像是老祖父一样和蔼中带着几分自持自重，面对儿孙们的离去，礼节点到为止。

洗头房这一侧，客人大多选择黑夜来访。黑夜里对面民俗街的灯盏依次熄灭，与此同时，洗头房的灯盏依次点燃。洗头房的灯光很有看头，暗红、暗黄、粉红、浅蓝，一路走过去，这些灯光像是喝了点小酒儿，昏昏暗暗地亮着，漫不经心地亮着，安安静静地亮着，让人想起元宵节灯会上光怪陆离、姿态各样的观赏灯。客人多是四五十岁的中年男子，看衣着，有穿西装的体面人物，也有穿工装的底层小民，洗头房姑娘对他们一视同仁，热热乎乎地将他们引入商铺里，这和喧嚣区里的大多数商家的嫌贫爱富不同。我曾刻意观察过那些客人，发现他们大多都很小心、敏感。驾驶汽车的客人会把车子停放在喧嚣区的地下停车场，徒步而来。骑电瓶车或自行车的客人，则会把车子锁在喧嚣区的某一户商家门前，也是徒步而来。在即将转入第五岔道时，客人们会变得愈加小心谨慎，频频巡顾四周，以防发生变故，直至确认一切正常，这才加快脚步，向着闪烁着暧昧灯光的巷道走去。他们前脚刚走进洗头房，洗头房的姑娘后脚就立刻将铺门关闭，原本懒洋洋的灯光便会立刻被黑暗吞噬，四周一片宁静。其实，宁静只是相对的，往大了说，第五岔道宁静的对立面是县城的喧嚣区；往小了说，洗头房门口的宁静只是为了衬托铺子的最里面那一场接一场的风暴。极个别的时候，里面的风暴还在进行，外面更为剧烈的一场大风暴已经聚集完毕，大风暴的指向当然是小风暴，我的一位高中同学正是这大风暴中的一员，他在城区的派出所工作，酒桌上，给我们添油加醋地讲述过是如何带着一帮便衣摸入第五岔道，如何将洗头房砸门而入，如何将一场小风暴扑灭在洗头房的床铺上。我的高中同学讲到兴奋处又喝了一大口啤酒，他笑嘻嘻地环视我们一圈，说有一次他还遇见一个人，那个人我们都认识。至于是谁，他不说。

　　第五岔里的半仙都是本地人，商铺也都是自己的产业，说起地方方言来，敦敦实实落地有声。洗头房里的姑娘们她们的商铺是租来的，她们都是外地口音，说起话来，飘飘荡荡甜甜腻腻，听得人骨头发软。以职业论，以年龄论，以籍贯论，以语言论，半仙老者和洗头房的姑娘似乎都可视为一对矛盾，再不及，也应该是各过各的，各活各的，不相往来，但实际却并非如此。第五岔道的夏日黄昏，大家都有空的时候，你常会看到他们各自坐在自己的商铺门前乘凉。坐在自己的商铺门前，看似是一种隔离和对峙，其实不是，走近了，你能听见他们在闲聊。有时候是半仙在讲本地掌故，对面竟听得津津有味；有时候是姑娘在诉说自己的家乡，对面也能听得潸然泪下。

后来打听到，我小学三年级的语文教师竟也住在"民俗街"，竟也做了一名半仙。初听消息有些诧异，后来就释解了：可不是嘛，我许多年前就知道他家住在遥远而神秘的县城，他教学之余确实是喜欢在办公室里看一些古怪的旧书。我曾数次去拜访这位恩师，忘了是哪一次了，他竟提到了对面洗头房里的姑娘。他说那姑娘命真苦，他说她父亲死得早，他说她母亲改嫁了，他说她得养活自己的爷爷奶奶，他说她得供自己的弟弟上大学，他说她爱上了她的一位客人，他说那位客人给了她诸多承诺，他说她被那些承诺感动了，他说她拿出自己的很多积蓄给那位客人，他说那位客人最终消失了。他说，她是一位好姑娘。恩师口中关于这姑娘的故事，一点儿都不新鲜，我读过的那些烂小说里，这样刻意引人流泪的段落比比皆是，我对恩师报以同情的态度不置可否。但有一件事，要让我在心里置一声可否了——那天早晨，骑着单车穿过第五岔道，正好遇见恩师口中的那个姑娘，她竟然微笑着对我说了句，早上好。那天的早晨的确很好，阳光明亮地铺在岔道颠簸的路面上，阳光明亮地裹在我的身上，阳光就像是一个没有交集的人的一声问好，阳光透过问好飘进了心里。我在心里不停地想，一个向早晨问好的人，一个向早晨的陌生人问好的人，应该是个好人。即便，即便她的故事都是虚构的。

很久之后，又路过第五岔道，发现恩师对门的洗头房改了名字换了门面，往里瞥了一眼，先前的那个姑娘已不知去向，而那坐在里面的姑娘，有一张陌生的脸。按恩师的话，我猜想，这也是一位好姑娘，不知被哪阵邪恶的风，吹到了我们这个地方。

县城里的三个诗人

整座县城只住着三个人。他们一个叫作齐贞，一个叫作鲁甲，最
邋遢的那一个叫作刘星元。他们是一群诗歌的奴仆、人间的疯子和精
神病患者。

他们很少正面示人。更多的时候，人们看到的是他们的身影。他
们躲在一盏灯的下面，与一把椅子、一张桌子保持着某种平衡。灯光
微而不弱，像神灵般笼罩着它的信徒，像火焰般抚摸着它的信徒。有
时候，灯光也会像纷纷下落的尘埃，它穿过他们的身体，并以他们为
模型，把他们的轮廓复制在地板上。地板上的身影，拉长，扭曲，像
一幅抽象主义的不朽画作，在潦倒不堪的酗酒画家手中诞生，又迅速
夭折于画家呕吐出的酒精。

桌子上平放着一张白纸。白纸上，汉字被一种神秘的力量组合在
一起。那些原本自卑、颓废的汉字，因为这样的排列而饱满起来。它
们仰着头，像一只只螳螂，摩擦着自己的刀锋。其实，那是一首未完
成的残诗，它最精彩的部分还藏在生活里，等着他们提着思想的灯盏，
与它相遇。事实上，这三个人穷得连一盏思想之灯都买不起了。他们
的灵魂在伸手不见五指的黑暗中穿行，黑暗把他们也涂抹成了黑色，
让他们迷失在无尽的黑洞里。

这注定是一首永难完成的诗篇。余下的日子里，他们终将一一离
去，不知所终。那张白纸以及那纸上被排列成出征军队的文字，将会
被永远地拦截在那里，与桌子，与椅子，与灯光，与尘埃，一起老下去。
它们将会在时光里泛出越来越浓的黄色，它们组成的军队在永远保持
着冲锋姿态的气焰中化为尘土，被风发表到世界上的每个角落。而人
类的书籍上，那些原本应该被齐贞、鲁甲和刘星元占据的位置，将会

有他人补上。要说占据，这三个被人遗忘的妄想者，也只能占据墙上的一张相框和大地上的一座墓碑。

这只是我安排文字出演的一小段倒叙。事实上，他们三人都还没有写下那首残诗。在我写下这些文字的时候，他们还像一个没有任何规则可言的三角形一样，隐藏在这座不大不小的县城里，隐藏在县城的夜晚。

齐贞住在城西。那是老城区，在时光的发酵中，时常会折射出腐败、溃烂的气息。齐贞将自己埋入一块块被叫作书籍的砖头里。砖头深处，道路纵横交错、曲径幽深，以他为起点，一直延伸到他的目光无法触及的远方。在砖头里，一路向西，他会遇见名字叫作马尔克斯、福克纳、艾洛特、乔伊斯、博尔赫斯的农夫，并向他们问路；他会和那个叫作荷马、托尔斯泰或者雨果的固执的老头儿，陷入莫名其妙的争论；他会与被叫作歌德、席勒或茨威格的绅士并排站在多瑙河的秋天里，等待黄昏的降临。有时候，他也会向东走，在想爱上春天的时候，就随那个叫作屈原的贵族子弟，去辨识大地上的那些花花草草；在想做梦的时候，就怂恿那个叫作庄周的落魄书生，一同去做化蝶游戏；在什么都懒得想懒得做的时候，就蹲在一个古老王朝的图书馆里，看着那个叫作李耳的图书管理员慢慢老去。砖头里还有一处叫作"北平原"的所在，他将一次次抵达那里，去探寻祖先、姓氏、生存、死亡以及山川、河流的来源和去向。

鲁甲住在城东。那是新城区，占据着报纸最为光鲜的版面和电视最为虚假的时段。除了诗人、小公务员，他的另一层身份是小偷。他是一个野心勃勃的盗贼，在成功偷过了小城的褶皱和时光的片羽之后，将目光瞄向了距离县城西北二十里外的安乐庄。那个轻飘飘的村子，住着他摆脱了时光的父亲和仍受时光折磨的母亲，住着一个始终长不大的灰孩子。他们镇守着村庄，让鲁甲在白日里无从下手。只有到了夜晚，乘着镇守者因沉睡而松懈的空隙，他才拿起那支被称为笔的作案工具，一个人潜回安乐庄。他先是一点点地偷，前晚偷一草一木，昨晚就偷一砖一瓦。后来，他偷上了瘾，偷大了胆，就大批大批地偷——今晚他偷走了一座院子，明晚他打算偷走一座水库。安乐庄在他的阴谋的覆盖下，被源源不断地运往县城，运入他县城的房子里，运到他的笔下和纸上。他依然不敢松懈，他得继续争分夺秒，他害怕村庄里流传已久的神话提前实现，害怕神话里的仙人在他未能完成偷盗大业之前，将这座村庄放入鸟笼作为宠物豢养，害怕仙人提着鸟笼乘风踏云，飞向他方。

刘星元住在城北。城北是一个几乎不存在的地方。我是说，它在这座县城的地位，约等于无。这个住在城北的半吊子诗人，除了写下了一些不痛不痒的文字，实在没有什么值得肯定的。除了那些劣质的诗篇，如果非要去介绍他，也应该是在许多年之后了。许多年后，后人将写下以下文字，作为他的墓志铭：他教了半辈子书，打过二十三个学生，他死的时候，只有这二十三个学生怀着恨意来到城北，参加了他的葬礼，为他盖棺定论。他教过的其他三百多名学生，如今都散布在这座县城的东西南各个方位，他们今生的使命之一，就是负责把他遗忘。

截至目前，这三个混迹于县城的诗歌的奴仆、人间的疯子和精神病患者，他们都还活在人世。偶尔，他们会在县城里的小酒馆、大排档或者其他某个角落相遇——齐贞遇见了鲁甲，鲁甲遇见了刘星元，或者刘星元遇见了齐贞。像落难的胞兄胞弟，他们的眼里又重新被彼此点燃起灯火。他们只喝酒，不谈诗。他们把一座城的悲伤和颓废均分到各自的胃里，等它燃烧，等它冷却。

更多的时候，他们就散落在这座县城的某处，如微尘一般偶尔随风飘动，"偶尔"之外的时间，便守住自己的那个小角落，如顽石般静止不动。如果爬上县城中心的那座小山丘，如果爬上小山丘中心的那座塔，如果站在塔的最高处往下看，如果没有雾霾遮蔽，不大的县城就可尽收眼底。

俯瞰之下，县城就像一本铺展开来的没落史诗，街道和房屋就是它的行、它的句、它的章，而这三个隐藏其中的诗人，就是三个毫不起眼的汉字或标点。

作为汉字和标点，他们实在不足为诗。

作为汉字和标点，他们本身就属于诗。

那场戏刚刚落幕

买这个怎么样？要不买这个？最后他说，你总得买点什么吧？

看见我摇头，他眼睛里闪烁着的微弱的灯光渐渐熄灭了。他问，有烟吗。他问，有火么。沂蒙山牌的香烟在他嘴里燃起来后，他就一言不发了。他叼着我递给他的烟，干起了自己的活儿——柳编的物件就放置在水泥地面上，水泥地面和物件之间，铺了一层皱巴巴的篷布。柳编的小筐，柳编的簸箕，柳编的花瓶，杂乱地摆在那里，等人问价。他坐在摊子边角处的路沿石上，低着头，一心一意编制手中的簸箩。他的手上，柳条儿白生生里带着油光，软绵绵里透着韧劲，它们像是一群高妙的舞娘，在他的手轻巧的弹动中，忽而向前，忽而向后，忽而向左，忽而向右，最后一段段地被排列在初成形的物件之上……

县城西郊的农贸市场里人来人往，我视而不见。我的目的单一、固执，只是想验证坐在我面前的这个人，是不是我长久以来所要追寻的那个人。就在昨天，路过这里的时候，同行的一位从文化部门退休的长者提醒我注意这个人。长者以无限惋惜的口吻叫出了他的名字，他的名字就在我脑中延展开来，搭成了一座时光之桥。

坐在我面前的这个人，腹微凸，背微驼，脸上干涸的河床纵横交错，显得邋遢、苍老。我不相信他就是那个名字被印在本地志书里的人，不相信就是那个二十年前草戏班子里的名角儿，不相信就是那个甩着水袖就能把人的眼甩花、人的心搅乱的人。从他身上，我看不到一丝那个与他同名同姓者的神韵。

那个与他同名同姓的人，在本地的戏曲史上，绝对是个人物。倘若再将意义缩小一点，他的重要性依旧可以寻到落脚之处——在我少年时代的心里，县城这个概念的所指就是他，而他就是一整座县城。

当他还是个人物的时候，他的身份是本县最后一支草戏班子的台柱子。他唱的是花旦，最拿手的是《贵妃醉酒》。那场戏，我是从一碟放映片中看到的。屏幕上，劣质的雪花夹杂着嗤嗤的声音纷纷扬扬舞了起来，纷纷雪花里，慵懒懒地站着一位盛装华服的贵妇人，在酒精和妒意的发酵中，贵妇人眼眸微闭，低沉沉地唱了起来。那时尚小，听不懂唱什么，只是惊异于屏幕上这个袅袅飘动的女子，她的身段是那么的柔软，声音是那么的连绵，就像是村前的流水，流起来的时候始终那么轻，始终流不尽。因此，当长辈们说她其实是个男人的时候，我在很长一段时间里是不相信的。

饰演唐明皇的那个女人，我倒是一眼就看出来了。纵然穿戴着男性帝王的装束，纵然唱出了男性的腔调，也难以掩饰那装束之下纤细的腰肢，脸庞之上俊俏的眉眼，以及刻意压出的粗犷的声音里柔软的女腔。

屏幕上的那两个人站在一起，唱在一起，总是会让人想起"珠联璧合"这个词。确实是这样的，在长辈们边品边评的闲聊里，我听出来这确实是一对处于热恋中的神仙伴侣。显然，观众对他们俩恋人的关系是认可的。他们认为，再没有比这两个人放在一起更为合适了：一个男扮女、一个女扮男，一个柔弱、一个英武，一个知音、一个懂律，他们不在一起，真是天理难容。

什么是天理？副县长就是天理。我且隐去那位副县长的名字，来叙述从长辈义愤填膺的言辞中得到的信息。仿佛是一夜之间的事，草戏班子说不行就不行了，有本事的人各找出路，没本事的人看着别人找出路。本地丧偶的一位副县长恰在此时高升到邻市的某县任职，他走的时候，顺便带走了女扮男相的唐明皇。副县长在本地的政绩，已经不可考，可考的是，听闻此事的乡党们，是在心里口里骂着他的。当然，这都是事不关己的传闻，他们骂完就骂完了，像一阵风吹过日子后又吹向远方，日子决不会因风而变。

　　变的是他。先前提到的那位从文化部门退休的长者，曾向我讲述过这段经历。长者说，恋人离去之后，"杨贵妃"从此在本地的戏曲界中消失，再难寻迹。他的离去具有一种落日般的悲剧感，他最后的那场演出便是明证。依然是《贵妃醉酒》，并不是华服出场，但却恰恰应了"醉酒"二字。那一日，晚上，月光满天满地，须发凌乱、醉意朦胧的他不知从哪里摇摇晃晃地踱到了县城的广场上。他旁若无人地迎着那轮圆月沉默地看了良久，看了良久圆月的他竟然喉咙一响，唱了起来。先是低低地含糊不清地唱，继而又高高地撕心裂肺地唱。他唱起来无章无句，不给自己留下任何喘息的机会。他唱的是：见玉兔玉兔又早东升那冰轮离海岛乾坤分外明皓月当空恰便似嫦娥离月宫奴似嫦娥离月宫好一似嫦娥下九重清清冷落在广寒宫……终于，他被自己这"文不加点"的唱法憋倒在那里，昏死了过去。从此，他在本县的踪迹消逝于无——就像这些年在这座县城里消失的那些建筑、物件和手艺。

　　多少年后观看电影《霸王别姬》。电影里，程蝶衣在历尽沧桑之后又一次与同样历尽沧桑的师兄段小楼同台，程蝶衣扮演的虞姬唱罢最后一句、最后一字，从段小楼饰演的霸王的腰上抽出了那把剑，接下来，观众们都在心中暗想："她"就要饰演"虞姬自刎"的桥段了。

而人们想不到的是，那是一把真正的剑，那是"她"曾送给霸王的一把带有悲剧意义的宝剑。"她"死了，死在戏里，也死在戏外。舞台上，"她"的霸王，"她"的师兄，终于紧紧地抱住了"她"。幕，落了下来。

多少年来沉浸于程蝶衣的恩怨情仇之中，我的眼前常常浮现的却是他的身影。而此刻，我却觉得这种联想是荒谬的，没有道理的。程蝶衣和他，终究是不一样的。于观众而言，程蝶衣是戏，他们不过是看到了"她"的生生死死、哀哀戚戚。而对程蝶衣而言，"她"却将别人的故事认作了自己的命运，这戏中的戏，像洋葱，一层层剥开，深入，最终，"她"将自己囚入了戏中人的躯体里。

而他呢？他抛弃了戏和戏中人，用接近二十年的时光，活成了我面前的这个人。我有些失望：我宁愿我的偶像像扑火的飞蛾，在火中覆灭，也不愿意他慢慢老去，慢慢死去，慢慢变得平庸。我又有些欣慰：他还活着，带着我少年时代的诸多记忆，像一个亡命天涯的人，用自己的余生，保留下最后的火种。更多的时候，我的脑中没有只言片语，只留下一座戏台，他无比慵懒地唱完最后一个词，贵妇人般地斜卧在戏台上，让世界陷于无声。

在无声的世界里，万物静止，只有幕布在下落。隔了近二十年的时光，幕布终于落了下来。

原载《安徽文学》2021 年第 2 期，《散文选刊》2021 年第 4 期转载

瓮：新麦地

周蓬桦

墙上的洞

中午，绕过西厢房，我去屋后的青草垛里看小人书。阳光强烈，只能眯起眼睛走路。像往常一样，我在草垛上半躺下来，翻开画册，进入故事叙述的情节中。但当无意间抬头，我发现远处的土墙壁上突然出现一个黑洞，像一只黑眼睛，正十分诡异地盯着我，似乎还翻着一个白眼珠。

这时候，人身上天生的好奇心发生效力，于是，我轻手轻脚地朝黑洞走去，欲看究竟。那一刻，我如履薄冰，心怦怦直跳，整个世界都静下来，可以听得见远处有一只昆虫正开足马力撞击窗棂的声音。我脚底绵软，朝黑洞目标悄然靠近。整个过程中，我的脑海里兀自冒出许多画面，它们与传说中的金银财宝有关，或者与某一桩秘密事件有关。

阳光把周围的一切照得更加幽暗，晒干的草垛芬芳四溢。

经过两天的观察，我发现墙壁上的洞里似乎有一些细微的响动，窸窸窣窣，就像从水缸里发出的声音，那声音是如此弱小而又神秘，类似于深夜被风掀动的一片落叶。不知怎的，我一边感觉兴奋，一边又心怀惧怕。

在童年的乡村，一个偶然发生的事件足可以改变人的命运，比如南街的一个孩子在老屋的地下挖出满满一大坛银圆，主动上缴了大队部，他因此获得村里的表彰，免试上了镇中学，成了全镇孩子的仰慕对象。

有一年夏天，村里一位叫朱八的青年人，从沙河里捞出一条会唱歌的怪鱼，有人说朱八捞上来是极其罕见的美人鱼。消息传开，一下子轰动了周边三四个村庄，人们络绎不绝地前来观瞻，精明的朱八一家早已把怪鱼藏匿起来，排队购票后才能饱一下眼福。虽然票价只有区区五分钱，但在那个年代也让他一家人迅速发了一笔小财。在那一段时期，人们经常看到朱八家的烟囱里炊烟袅袅，三天两头的烀牛头、炖猪下货，肉香弥漫村庄，惹得村民们无端地流了许多涎水，其直接后果是眼瞅着去沙河里捞鱼的人多了起来，一度达到了“哄抢”的地步。当然，除了几条泥鳅和一些小鱼小虾，再也没有人捞上怪鱼，幸运的朱八只有一个，仿佛世上的怪鱼只有一条。

事实表明，神灵对万物所持的态度是公正的，人的贪欲越强，幸运之星降临的机会就越少。而在整个童年时代，天生胆小如鼠的我历来感觉幸运与我无缘，对世间的事从不敢作非分之想，即便是面对墙壁上出现的一个神秘黑洞，也不敢独自享用——万一是个天大的秘密呢，一旦被我捅破，无论是福是祸，我都无力承受。

每天，除了照例去草垛里读小人书，我都会悄悄地来到墙洞下，静静地谛听和观察一会儿，仿佛黑洞里隐藏着另一个世界，它或许比现实的世界更加单纯、明亮、温暖，如一场细雨对小草的呢喃。

就这样，在狐疑了七天之后，我决定把这件事悄悄告诉哥哥。

我哥哥当时正端着一只海碗喝玉米粥，他长得健壮如牛，食量也大得惊人，他一顿饭可以喝五碗粥，因此人们看到他的肚皮总是胀得圆圆的，像一面牛皮鼓，无论敲击或弹奏都会发出一阵激荡人心的声音。而且，他喝起粥来也动静很大，旁若无人，像一台强力收割机横扫一片庄稼地。见我支支吾吾了半天，他忽然听出了什么，瞪大眼睛问："什么洞？在哪里？"当然，手里的碗仍是没有放下，半碗粥还冒着热气，散发一丝蒸熟的胡萝卜味道。

我说："在西屋后面，草垛旁边。"

我哥哥眨巴了一下眼睛，迅速放下了手中的碗，起身转向灶火间，找出一把掏炉灰用的铁钩子，拉起我的胳膊就来到了西厢房，双脚站立在了那个折磨了我一周的黑洞下。

他吩咐我把院子里的一个树墩子搬过来垫在脚下，踩上它就能俯视黑洞口里的一切。只见他手持铁钩子，探入洞中，三下五除二地就把一个"惊天"的秘密破解了：原来洞里隐藏着一个鸟窝——两只老麻雀和五只小麻雀。

奇怪的是，两只老麻雀进进出出地哺育幼儿，墙根下竟然没有留下一粒鸟粪，也没有发出暴露目标的鸟叫声。这让我觉得，这是很聪明的一家子，如果不是墙上的黑洞，没有人会想到这里隐藏着一个正在繁衍的家族。

哥哥哈哈大笑，一面从树墩上跳下来。

望着散落一地的草茎和羽毛，我在心中泛起阵阵懊悔，顺手捡起两只碎裂的蛋壳。

瓮：新麦地

除了池塘里的蛙声，村前还有一片新麦地，我爷爷是这片新麦地的主人。印象里，他起早贪黑，肩扛锄头，往来于池塘旁边的家与新麦地之间，把一条小路踩得又白又亮。

那时候，村里人要先从事集体劳动，大家一起干活挣工分，大片的田地是集体的，人们一年四季都在耕种，秋天收了粮食分给村民一部分，余下的用来缴公粮。而新麦地则属于自留地，是集体之外分给个人的土地。每家每户都有几分这样的自留地，有的种烟叶，有的种瓜菜，也有的用来荒着，长满了芦荻草。

我爷爷是个闯过关东见过世面的人，他太爱惜土地了，舍不得让一寸土地荒废掉。因此，他总是聪明地充分利用季节的时间差，在麦地里再套种其他植物：黄豆、玉米、西瓜之类。他最擅长的是在麦地里套种西瓜，以一米左右为一带做畦，在大畦上种植六行小麦，再在小畦上种植两行西瓜。

现在想来，土地在爷爷手里，就是一块泥巴团，可以任意由他揉搓和摆弄，像一只碗打碎了再和成粉末，放到火窑里烧成一只新碗，或者一只烛灯台。

当六月麦收过后，西瓜也进入了生长成熟期，空气里到处弥漫着甜丝丝的气息。爷爷便在新麦地里搭上一间草棚，晚上睡在新麦地里看守西瓜。当时，西瓜地是最容易招贼的了，在一些毛贼眼里，偷一只西瓜远比偷一袋粮食有趣得多，即便抓到了也不太丢人——在他们看来，西瓜圆滚滚的模样这么好看，原本就该是被盗了吃的。另一个重要的原因是，西瓜们长在荒天野地，比较容易得手，人在月光下趴在西瓜地里，朝一只西瓜匍匐前行的感觉也比较刺激。

是的，话说至此，正是在那个时期，我无意中发现了爷爷平添了一个新毛病——那天中午，我提了饭篮子去新麦地给他送饭，穿越池塘边的一片花楸树，绕过一道小溪水，远远地看到了亲切的茅草棚，草棚外两根黑漆漆的木桩像两个人影子，晾衣绳上晒着西瓜秧和爷爷的老汗巾，而从风中飘来一阵呜里哇啦的人语：

"嗯嗯，好着哩，俺好着哩！""大娥子，你和孩子们都好吧？……那就好。嗬嗬。"

我一听顿时惊呆了，手中的饭盒差点失手落地。因为大娥子是我在东北吉林公主岭生活的一位姑奶奶，是爷爷最小的一个老幺妹，她的居住地与故乡沙河镇相距近两千公里。难道她从东北回来了？唔，不可能。我当即摇头。慢慢走近草棚子，才发现是他一个人在嘀嘀咕咕地说话，还很投入地打着手势。——自那以后，我知道世界上还有一种人会在孤独时自言自语，呼朋唤友，或怀念故交。这种人我在后来的人生中又遇到过几位，他们多半神经不太好，但我爷爷属于健康正常的一类。事后得知，因为看守瓜园要吓跑小偷，他才平添了这个毛病的。有时他睡着了，还仍然可以磨磨叨叨地说话，远远地听上去，像是一群人在说话。

岂止说话，他还能在昏睡状态下讲述一个长长的故事，故事里反复出现的物象是一口瓮。

马灯里的雨

春天里，有个病男孩原本就睡得迷瞪，面对一场雨的到来没有任何预防，他甚至还以为是在梦境中行走，穿山入林。推开窗棂，天空很及时地打下一道闪电，它照亮了村庄里的一切：荒凉的土地，苏醒的河流，稀疏的树林，低矮的屋舍，简陋的马槽，一条正在惊恐逃窜的草狗——狗在转过头来朝向他的刹那，他看到了一双琥珀色的泪眼。

而当他睁大的眼睛企图搜索更多的事物时，闪电熄灭了。

好在，第二道闪电很快被神灵点燃，雷声也鞭炮一样炸响，雨水倾泻而下。在第二道炬光的照耀下，他看到天空有一块镶着金边的乌云，乌云里有一辆马车。马车从天而降，飘落到村头那条最宽敞的乡路上，拉马车的是一匹英俊的白马，车厢里是几麻袋棉籽饼。

是的，你猜到了——在时间的深处，黑黢黢的村庄里，这个手扶门框耽于幻想的七岁男孩就是我。

一大早，人们照常出工，到田里劳作，春天的农活无非是给麦苗浇水施肥，或者用犁耙翻弄土地，远处的树林里传来阵阵布谷鸟的叫声。这时候，太阳突然隐匿了，屋内比黑夜更黑，散发一股腐烂麦草的气息。雨让天空暗了下来，人们出现了视觉上的错位。雨让整个村庄都笼罩在一片模糊的阴影里，磨坊和蛛网都在轻轻摇摆，像一幅荡开涟漪的水墨画。

我还记得在雨的背后，是隐秘的花蕊，枝头的青杏和沟畔柔弱的穗芒，以及房前屋后的荠菜花、紫地丁和车前草。当然，春雨过后，田野里的事物也被随之改变：坟茔被雨水冲刷，有的长满了青草，有的则露出了棺材板和白骨。

而我当时正在生病，被爷爷圈在家里不许出门。印象中是比感冒更严重的疾病，具体的名称却忘记了。我只是感觉头比平时大出一倍，像戴上了一顶漏斗，还嗡嗡响，有成千只蜜蜂在我耳边飞翔。因为感觉头大，走路便跌跌撞撞地打趔趄，有几次撞在院子里的梨树上，撞得眼前金星四溅。

人生病了便格外嘴馋，什么都想吃却又吃不下，尤其要命的是，再好的食物也变了味道，吃到嘴里根本不香。在生病期间，前街的二婶送来了烙鸡蛋饼，那可是我平时做梦都想吃的食物，但我吃了几口就吐了出来。爷爷和二爷急得团团转，生怕他们的孙子性命不保，那样他们将无法向在外地工作的儿子交代。在那些天，他们整天趴在我耳朵旁边问："想吃啥？吃啥就说。"我咳嗽着，小脸蜡黄，只是摇头，他们的眼睛里便流露恓惶和担忧。

有一次，我突然馋一种食物："燎麦穗"——就是麦子还未成熟时，用火烤熟的青麦粒。

两个爷爷一听就傻了眼，因为时令刚过惊蛰，田里的麦子刚刚抽穗，而催熟术当时还没有诞生。

另一次，是突然想吃棉籽饼，爷爷们听了都表示不解，齐声说："有毒呢！"我就说是去年村里的张二驴吃着一块棉籽饼故意馋我，老远就闻着香。这一次，爷爷们妥协了，连夜冒雨分头去寻找棉籽饼，最终是二爷披着蓑衣进屋，手里拿着半块饼。爷爷看他全身都是泥水，就问："摔倒了？"二爷咧咧嘴，说："回来路上，雨太大了，一跤跌到水沟里了。"爷爷骂了一句："笨！马灯呢？""被水冲走了。"二爷一脸沮丧。

当晚，我拿着二爷从生产队仓库保管员处要来的棉籽饼，只吃了手指肚大的一小块，就拒绝再吃了。坚硬的棉籽饼实在难以下咽。

值得一提的是，第二天，爷爷从水沟里捞出了二爷丢失的那盏马灯，它被我收藏至今，摆放在书房的一角。马灯里有时间和一场雨的较量。

原载《散文》2021 年第 2 期，《经典美文》2021 年第 3 期转载

隐藏在乡间的瓷

瓔　宁

　　啪的一声，我的后背上挨了一个巴掌，与巴掌同时降落的还有母亲的呵斥声："吃饭的时候，手要扶碗，把食物端到嘴边去吃，手不扶碗会穷苦一生，吃要有吃相，不能垂下双手，把嘴巴凑到碗沿上。"我愣怔半天，忍住泪水，双手捧起了一生的饭碗。但是事实证明，我也没有因此富足。不愿意穷苦只不过一种愿望而已。

　　作为瓷，坚硬冰冷，空着时它们被摆在一起成为瓷本身，安静沉默，在暗处保持自己的硬度和光芒。因为食物才有了味道，酸甜苦辣咸，都能承载。譬如一个粗瓷大碗一直盛着苦药或者盐粒。时间久了，那苦或者咸便也浸入瓷本身，用舌头舔一下，依稀记起一个喝药汤的苦夏或者吃馒头就盐粒的冬天，大雪盐粒一样泛着白光，大风刮了一夜又一夜似乎无法停止。它的味道就是吃食的味道。它的满也是食物带来的。它所承载的地瓜、萝卜、玉米、高粱或者咸菜，或者药汤，喂养着一个乡村，喂养着许多普通的人命。因此它们不仅是鲁北平原乃至大地上的人们的一种器皿，更是一种期待。那个时候，敢爬屋上墙掏鸟蛋，下河下沟捉鱼摸虾，也敢在小伙伴的怂恿下撕破邻居家的粉连纸窗户，却不敢轻易打碎一个粗瓷大碗。

打碎一个碗是一件很要命的事。我们全家围坐在院子里喝面汤的某天黄昏，乌鸦拖着难听的嗓音在院子上空飞来飞去。我到锅台边端起了一碗面汤，那是用白色的面做成的汤糊，黏稠透亮，太有诱惑力了。我甚至想多喝一晚白色的面糊，自己就会越快出落成一个美丽少女。我端着一碗温热的面糊，还没有送到嘴边，一个小土坑让我打了一个趔趄，汤碗掉到了地上，砰的一声碎成了两瓣。母亲的巴掌迟于碗碎的声音几秒后，降落到我的屁股上。我嘤嘤地哭泣，衬托得乌鸦们呱呱的叫声更加瘆人凄惨。看着破碎成两瓣的大瓷碗再也无法复原，也因为没能喝到面汤，我伤心难过。那个黄昏，因为一个大碗而灰暗，也因为犯了不可饶恕的"错误"而沮丧。打碎了饭碗是不吉利的，好似，粗瓷大碗是一种寓言，能预知生活的未知似的。

碎成两瓣的碗没被丢弃，半个用来喂鸡，半个再摔碎当瓦片使用，刮去土豆或者丝瓜上的皮。使命转换依然和人处在同一个屋檐下。它们从厅堂退到了墙旮旯、窗台上、泥洼里……然而并没有因为地位的改变而改变作为瓷的特质。由一片瓦，依然想起一个碗、一个家、一个村庄炊烟袅袅的日子。

半碗小醋鱼，半碗炸货，或者半碗肥肉……日子清苦，有半碗食物已经令人满足。然而祭日月鬼神的时候，粗瓷大碗一改往日"容颜"，冒尖满盈。水饺、月饼或者炸货，摆在月光下的桌子上，散发食物的香气，有着庄重的仪式感。

这时的粗瓷大碗承载着一个仪式重要的部分，白色的釉发着清幽的光。小圆形的碗底有着坚定的弧线。祭拜的人双膝跪下，烧香磕头，嘴里念念有词。那种神秘感，让人感觉世界上真的有鬼神，而人如果做了不该做的事，鬼神就会附身来惩戒。

祭拜时，除了祭拜人，其余的人要远离现场，以示尊重。如果祭拜的时候碰了碗或者碗里的食物，祭拜便不再灵验，失去了意义。我们知道大人祭拜时的庄重和禁忌，总是躲到门道或者灶屋，离着"祭坛"很近的地方。祭拜一旦结束，我们便会蜂拥而至，抱起一个大碗躲到一边狼吞虎咽。因为大人们常说吃了祭拜的食物长寿。我们对长寿的定义尚且模糊，但是对于食物却垂涎三尺。

　　鲁北农村办喜事的八大碗，顾名思义，以碗承装，上笼蒸煮，故名蒸碗。一般是炸肉、烧白条、丸子和鱼块搭配几个素菜。八个大碗使用的也是专门的瓷碗，碗口大，瓷的亮度高，有的还有简单的蓝色花纹。端八大碗的人小心翼翼，神情庄重，一边走一边吞咽着口水。吃八大碗的人，嘴上冒着油花，神情和悦满足，是为坐席。

　　碗口说着酸辣苦甜，也输送朴实和诚信。邻居端来半碗包子，你得端满碗扁食还礼。借粮食也是。我常常看见母亲把一个大碗的麦粒堆得冒尖，用手护着穿越深深的巷子去还给邻居，回来时也常在碗底看到几枚水杏或者一块熟地瓜。

　　我们家有一个豁口大碗为一个女疯子专属。那个大碗跟着母亲从黄河西岸到东岸认祖归宗安家落户。经过很多年的使用磕碰得有些泛旧了，一个大豁口露着白茬子。釉彩变成了暗黄色，边缘上细小的缺口密密麻麻，属于使命即将结束的一个大碗。母亲常用它装些吃食送给流浪来的疯女人三三吃。疯三吃完母亲送的食物后，母亲再把碗拿回家单独放置在窗台上。这个残破的大碗让我感觉有了某种不快。我时常爬到窗台边偷看，母亲是不是又把什么吃食放到了大碗里去，让我一度气恼疯三的特殊待遇。因为我不止一次从大碗里拿走母亲放置的地瓜干或者槐花窝头。有时我怀疑大碗有性别，属于母性女性的多。她们拿得起，放得下。内心像烹制的食物一样香甜和柔软，骨质如瓷坚硬有光辉。她们在苦涩的碗里加上糖，在寡淡无味的岁月之碗中加入盐。碗，像女性的盆腔和乳房承载繁衍生息的要义。碗里的天地宽广无边，碗里的日子温暖悠长。

人故去时，用瓷碗装满泥土，插上香烛，送别。孝子的头顶上也顶着一个瓦片，"一声瓦罐碎，红尘转瞬别"。一声清脆，逝者忘却今生的哀愁苦痛，轻松上路。那一声响，那瓦片的碎，意味着以后再也无法见到逝者，无论多么不舍，人生终将离别。母亲去世时，大姐用右手摔碎的那片粗瓷的碎片，至今仍然布满我的心房。破碎组合，然后又破碎。

人的寿命有限，可是一块瓷却有强大的生命力，坚硬粗粝。如果没有外界的力量，它们会一直存在下去。

前年春天，我又到故乡的旷野里游荡，想寻觅什么或者回忆起什么，让我的游荡变得具有意义。哪怕一朵苦菜花、一棵藜藜也好，也算我抵达过春天。我蹲下来，世界缩小为我和一棵蒲公英，它刚钻出地皮不久，锯齿边缘带箭头的叶片紧贴泥土，像土地的孩子抓紧自己的胎衣。两朵黄色火把样的花朵一高一低在黄昏的余晖里微微颤抖。我的右边脚心忽然有什么扎入，刺疼传来，一股液体流到鞋底上。我脱下鞋子，一个正三角形的碎瓦片还在鞋底薄弱的地方保持入侵的姿势。锋利的尖对准了脚心，很久没有体验过的锥心的疼，竟然来自一块碎瓦片。我脱下鞋子，拔下了它，并仔细端详，它熟悉又陌生，像一段用旧的时光，像我使用过的瓷碗上的一片。我再次蹲下向四周扩大寻找的范围，并没发现其他碎片的存在。显然，这是一片粗瓷大碗的碎片，因破碎而分离。碎片的三个边缘锋利尚存，两道蓝色的线条隐约可见，是那个时代粗瓷大碗的标记。

那么，它来自哪里，上古还是现代？如此在泥土里辗转流离不肯消失。它光洁明亮，白色略微发黄，抚摸一下，冰凉的质感传到肌肤。轻轻转动，还有光亮射向四周。透过微弱的光亮，我看到了那个扎着羊角辫，流着鼻涕虫，正在哭泣的孩子。她靠在饭屋的墙边上，孤单而瘦小，她的爹娘和其他的孩子都围在桌子周围捧着碗吸溜吃食，而她的脚下躺着一个碎了的粗瓷大碗，一些白面糊糊还在大碗的碎片上冒着热气，很快成了糊状。无疑，这个孩子因为摔碎了一个碗而受到了"惩罚"，因为这惩罚，她的晚饭泡汤了，也定格了那个饥饿很深的夜晚。以后每想到这个夜晚，她都莫名地战栗。她实在想不通，无意间摔碎的一个瓷碗，榨取了她那么多委屈的泪水，让她初次体验到了成长的疼痛。

直到去年故乡拆迁，大姐在老屋里转来转去，很难抉择该把什么带到新楼上，最后用一个包袱包裹了几个粗瓷大碗背走，寓意饭碗不能丢，我的心方才释怀。粗瓷大碗，坚硬与柔软，深与浅，苦与甜，爱与恨，生与死都在瓷的世界里交织碰撞，破碎融合。我为新家置办的碗也不再全是瓷制的，还有不容易碎的树脂碗，不锈钢碗，甚至还有塑料碗。那些粗瓷大碗，作为一段历史，完全退出了乡间的生活，它们或被遗弃，或者与故乡的破屋烂墙一起归于了泥土。

被大姐带回来的几个粗瓷大碗，躲在明窗净几的厨房里，暗淡无光落满尘埃，会一直空下去。然而只要伸出手去，就会触摸到过去生活的烟火。

原载《文艺报》2021 年 3 月 12 日，《散文·海外版》2021 年第 7 期转载

星　空

黛　安

一

　　繁密，清亮，诡异。星星，摇落的大露珠般，坠我一身。

　　一圈都是山。天落在山顶上，像是落在了铡刀上，切出一个浑圆。午夜，踏着木质楼梯往上走。楼顶是一个露台。面朝高黎贡，身后是怒山；面朝怒山，身后是高黎贡。朝哪，都是置身横断山脉。两山之间的深峡里，奔淌着翡翠一样幽绿的怒江。远，看不出江水马鬃一样飘扬流动，也听不到哗哗的仿佛晴空里下暴雨一样的轰鸣声，只有一线窄窄的绿，静静地斜横在那里，一段看见，一段看不见——这是白天。那天午夜，我独立楼顶，极目远望，青绿山水都被夜晚庞大的黑包袱裹起来不见了，天地间只有浩荡的星空。我像受到了某种神谕，久久仰着头。

　　这是僻远的深山里一户藏民开的小客栈。农历腊月二十九，万家团圆的日子，已过了凌晨十二点，除夕了。小村像闲置在山坳间的一块墨玉,静谧,深黑。人们睡实了。牛、羊、猪、狗、鸡、鸭、鹅、猫,都睡实了。一声声呼吸如看不见的缕缕烟雾,从家家户户的屋顶和院落升起,高过村庄,高过群山,在山间回荡。尘世里,能与花开的声音媲美的,大概只有人畜深夜里安宁而自由的呼吸了。藏家小院在村外三五十米处,错错落落十几间房,除了主人一对夫妻和他们六岁的儿子,只住了我一个人。我们各自守着一小团夜色。他们在做梦。我打开了门。

星光满天。

房前一角空地上,一棵黑黢黢的老梨树,枝枝丫丫把天空隔成了碎块,把几颗星星划成了两半。白天晒衣服我知道,二楼露台空无一物。我于是摸索着往露台走。咕嘎。咕嘎。经了风雨的木质楼梯,在午夜,发出树木独有的气息,像它早年在深山密林中存储的某种鸣禽的叫声。它托举着我的双脚,让我一步一步,仿佛步入天堂,接近星空。

满天星辰,满目清辉。

群山之上,浑圆黑蓝的夜幕上,布满了单颗的、成簇的、连缀成星座的、挤成片的、汇成河的星星。稠密,水亮。每一颗都发着清透的水仙花似的白光。有一条宽阔的白茫茫的拱形星域——是自东而西,还是自南而北,我粗服乱头的,一时难辨经纬——纵横苍穹,密密匝匝的星星,像澜沧江底的野生银鱼,不可数计。这无疑是银河了。多少年,一条本应时常横亘在头顶的河流,却一直深藏在童年的目光与日后的书页间,只在这样一个不期然的夜晚,倏然涌现。人对阳光,对美,对痛楚,如对上帝,常无端心怀敬畏。对银河亦应如此。在地球的某些地方,它越来越像濒于灭绝的珍稀物种,难见其踪。这给了我一种错觉,以为就像脚下不止一片大海,头上也不止一片天空。有的天空丰裕到拥有一条璀璨的银河,而有的则缺星少月,贫瘠如荒漠。我始终憧憬那个神话并梦想拥有其中的两个关键词语:王母娘娘、簪子。按照神话里讲的，王母娘娘大手一挥，簪子一划，一条银河登时出现，波涛汹涌。那簪子只用过一次，想必已锈蚀得面目可憎。倒也无碍。天下多铁匠、银匠、金匠，几番打磨便又锐利如初，在那些银河消失了的夜空，再划一条条出来……多年不见，我大睁着眼，目光欢喜、贪婪。"铭刻于心，记住它。"我告诫自己。唯恐一转身，又是此去经年。那串大而亮的星我识得。天枢、天璇、天玑、天权、玉衡、开阳、摇光，大熊座中的北斗七星，春夏秋冬，一勺一勺，舀尽雪月风花。这是苍茫夜空中我唯一熟知的七颗星星。我为自己的孤陋而羞愧。多年间我并非没有在夜间找寻过其他星座，但目光总是在半空熄灭、折断，那儿凭空压下来一堵人类以文明为名义以尘霾为原料垒筑的铜墙铁壁。穿不透的视线像一把废弃的伞，折叠，收起，放下。庄子曰，夏虫不可语冰。一个鲜见星辰的人，无异于一只见不到严冬的夏虫。天宇黯淡，不独我，人类都应羞愧。

　　望星空。深冬，农历一年的最后一天，距黎明尚有两个多时辰，正是寒凉最深的时候，我把这个动作长时间地定格在高黎贡与怒山之间一方狭小的屋顶上。仰。望。两个遗落太久的动词，重新捡拾起来时，陌生、新鲜而倍觉珍惜。目光之箭，终于穿透夜空畅通无阻地飞抵了它应该射中的地方。真好。大概，这是眼睛最朴素的理想吧。初春新韭，秋末晚菘，是讲味觉的理想。天地万物，谁还没点理想呢。倘若在古代，比如李白，如此良宵，如此欢愉，必酒之醉之诵之咏之弦之歌之舞之蹈之。我无酒无弦，亦不手舞足蹈，唯心雀跃。

　　星星就是这时候开始让我感到惊异的。许是仰望得太久了，天空骤然间成了三维的，立体起来。无数柔软的藤条，从中间呈放射状倒挂着披垂而下，所有的星星都白果一样结缀其上，有大有小，有高有低，有明有暗。藤条骤然伸长，星星跟着下落，低处的，已经坠在了院子里另一株高出平台的老梨树枝丫上。更多的星星则静静地悬在我头顶丈把远的地方,只需举根竹竿,就能像小时候夏夜粘知了一样,把星星一只只粘下来。天空不再只是个意象。不再只是太阳东升月亮西落星星闪烁的遥远的地方,它活了。它在向我投掷星星。它要把一天空的星星都送给我这个来自城市的贫穷的人。它要用一条银河的星星来喂养我焦渴的魂灵。这是我未曾想到的。我愕然,同时害怕,惶恐不已。我收回目光,转身四望,起伏的群山深浓如墨,巨大逼人的黑影把我圈在中间。高黎贡山上一路跌宕而下的溪水就在身畔轰鸣。时间凝固,万物消隐,天地间只有墨黑的群山、垂悬的繁星和我。我被圆圆地罩在其中。那一刻,我恍惚洞穿了什么。遥远的古希腊众神齐聚,传说中,Astrios 是群星之神。我确信我与星空存在着一种神秘而奇妙的联系。我一定是被群星之神 Astrios 眷顾了。我属于星空,星空同时属于我。我们彼此拥有。再次仰望,星星诡异地脱离了藤条,晃落的夜明珠般纷纷往下掉,眼看就要跌进我眼里落到我身上了,我慌乱地低下头,晕眩中抓着楼梯扶手跟跟跄跄往下走。

房门关上,仍惊魂未定。

——满天的星星,怎么说落就落下来了呢?

怀揣着巨大的不安和秘密迟迟睡去。我以为会有一个非同寻常的梦。比如,长了翅膀的我在群星之间天使一样自由飞翔。然而没有。星空,它只在我凝神遥望时真真切切地靠近我,不肯入我虚妄无着的梦。醒来时鸡在叫。几十米外是小村人家。一个村庄的鸡鸣,高高低低,长长短短,错错落落,一层叠着一层往天上飘。房门大开,空气清冽。客栈的男主人若瑟经常去山里挖野花回来栽,哪一棵在开,香幽幽的。我拢起长发,布衣麻衫,轻上露台。天空深蓝、宁静,新鲜得像是刚刚舒展开的一片花瓣。黛青的群山清碧可触。时光尚早,太阳在山后还没上来,白雾在山腰荡,几大团白云静躲在山坳。不远处的田野里,几树桃花已爆满了花朵,嫣红粉白的一片。小院里,夜里落满星星的老梨树，树皮黑褐、皲裂，枝杈细碎纷繁，一只长尾鸟突然扑棱棱飞起来，转眼就不见了。

在山中的藏家小院客栈，每天睁开眼就能看到怒江，对一个久居都市的人来说，是一件不可思议的事。但这是真的。它就在不远处的峡谷里，闪着绿幽幽的光。怒江的绿是一种说不出的绿。幽绿、豆绿、墨绿都不确切。什么绿都不能精准无误地将怒江的水色框定并描摹出来。它能从青藏高原唐古拉山南麓的吉热拍格跑出来，一路狂奔三千多公里，像一匹桀骜的骏马消弭于草原一样注入印度洋的安达曼海，就没想拘泥于任何一种具体的颜色。它只是经过色谱色系。何况，绿，只是它在冬日的呈现，夏季连绵的雨使得暴涨几十米的江水挟泥带沙浩浩汤汤，那时的它是浑黄。黄我尚未见识，只是听闻。冬日的怒江，人的所有关于绿的词语，都只是无限接近，从未真正抵达。我想，怒江自有独属自己的绿，就叫怒江绿。赤橙黄绿青蓝紫的分类潦草、粗糙，每一色又可细分无数，同一色，这一秒与下一秒，光线的明暗，温度的高低，心境的悲欢，眼神的忧喜，又不尽相同。大自然千种万种颜色，人类穷尽想象与词汇，仍不能一一表达。人在自然面前，永远有局限。在露台上远眺怒江，总忍不住想拿根长竹竿把它挑起来，让一段江水轻绸般静悬半空，随风飘摇，就像午夜想拿竹竿去粘星星。

除夕了。这是云南怒江傈僳族贡山县丙中洛村。我第一次在他乡与客栈的主人一起过年。女人叫阿妮，藏族，自小笃信天主教。阿妮是她的教名。她从碧罗雪山的那一边嫁到了这一边。山是她人生的分水岭。她的嫁妆里，除了世俗的寻常物，还有一个星空。我看到的星星，以前在她娘家的屋顶上，现在在她自己家的屋顶上。我无事可做，很想与她聊聊星星。她正准备火锅。她把山药、土豆、豆皮、竹笋、蕨菜、腊肉、藕、香菇、芸豆、猪脚统统放了进去。星星。我想说。

她转身去了厨房，炸花生米，拌海带丝，煎土豆饼，炒魔芋和西红柿肉末，盛在盘里一一摆上桌。星星。我想说。她转身又去了厨房，倒了两搪瓷缸子浑浊的黄色米酒端出来。星星。我想说。她拿出了一挂鞭炮交给男人若瑟。若瑟牙痛，一直捂着腮不言语。鞭炮炸响，青烟里，红屑乱飞。不远处小村里也次第响起了鞭炮声。放完，"路加！路加！"阿妮大声喊她六岁的儿子。星星。我想说。下午三点半，五个人——包括阿妮的母亲——坐在了餐桌边，年夜饭开始。我们喝着米酒，从火锅里捞菜，不时说几句话。四点半就吃完了。星星。我想说。阿妮开始换正式藏服。里一套外一套。头饰，项链，手镯，腰佩。星星。我没提星星。始终没有。除夕，什么都紧锣密鼓，不可或缺，唯独没有一个时刻空闲到可以从容地与人谈论星星。那是一件有关天空的奢侈的事，适合放在心里。除夕，一年的最后一天，像一口大锅，适合装喧哗、骚动与欢喜。那才是大地上的人间的事。只有我这个闲人，才不合时宜地混淆天地、昼夜、忙暇，在本该放声大笑的时候，还小心翼翼地想着满天空的星星。

但我亦欢喜，且是双重的。一个心里同时装着天空和大地的人，比常人还要欢喜异常。六点，阿妮出门去重丁天主教堂。我跟着去过，我知道弥撒所有的细节。告解。念经。唱经。讲经。领圣体。祈祷。所以，她问我要不要去时，我回绝了。我有另外的事要做。她一走我就进房间读书了。我确信读书与写作是我今生最虔诚的信仰。我从一首诗里提取了一些重要的意象：露珠、岁月、杜鹃、热血、星球、鱼群、时代、河流、族人、群山、文化、物种、大陆、星光，还提取到一些重要的动词：病卧、奔跑、灰心、爱、凝视、飞走、出生、召集、蒙难、沉沦、沉默、歌唱、呼吸、行走、闪烁。我不得不承认，我与诗人在不约而同地使用着一些相类的词汇。也就是说，有过那样的时候，我们几乎思考着同样的事情。有过同样的焦虑和欢喜，只是时间不同，地点不同。他是在八年前的初夏，一个城市里；而我是在八年后的除夕，一座小山村——这都不重要。重要的是，他忧虑过的，我依然在忧虑。一个诗人，除了自己的内心，几乎，什么都没改变。我呢，亦如此吗。像西西弗斯，我们都在推着石头往山上走，疲惫不堪而又不厌其烦。这显然是另一重忧虑。但我顾不得那么多了。总要做点什么。除夕之夜，我把他提炼过的一串词语再次提纯。落到纸上的过程，是酿一杯酒的过程，是点亮灯盏的过程。九点，做完弥撒的阿妮回来了，我到院子里与她说话时，星星已经白丁香一样开满了青蓝的夜空。她回她的房间，若瑟和路加在等她。我回我房间，在文字里，一个人浅斟深酌，一个人张灯结彩，一个人欢天喜地，一个人等待深夜降临。

凌晨十二点，小村响起了一波鞭炮声，有点沸腾的意味。若瑟忍着牙痛，也放了一挂。这是迎接新年了。一颗坏牙，使得若瑟几天来口腔里都像在放鞭炮，痛的硝烟无声地弥漫。他烦躁，寡言，阴郁着脸。他说十年他没牙痛了。他几乎忘了有这样一颗牙。我们让他吃药，他始终不听，他就要忍着，在心里跟一颗牙打架。若瑟进屋后，客栈小院里便再没有了声息。很快，山村也安静下来。我知道，此刻，属于我的良宵正式开始。我起身，轻掩房门，在咕嘎咕嘎鸟鸣般的木梯声中，像从有限走向无限，从囚禁走向自由，一寸一寸，接近神灵一般的苍穹。我等了漫长的一天了。我要去看星星。

依旧是满满一天空。若无边旷野里白色野菊花，盛大，奢靡。

独立午夜的群山中。凝神，久久仰望。

重复并保持这个动作，把身心和盘托出。像野外的一株草，一棵树，一块石，一头小兽，裸露在星空下，与自然融为一体，成为自然的一部分。夜风如水，里里外外涤洗着我。凡尘中的冗赘，解甲卸胄散落一地，我只觉整个人澄澈清纯起来，目光明亮鲜润起来，耳膜清晰灵敏起来。人一旦空明轻盈了就梦想飞翔。唯有飞翔才对得起天空。此刻，是该生一双羽翅了。生一双庄子赋予的由鱼而鸟由鲲而鹏的若垂天之云的羽翅，御兮风，驾兮云，忽而天池，忽而天宇，自由自在，无绊无羁。这无疑是妄想。然有了神灵就不是。神从未离开过人间。它们就在眼前的峡谷、山峰、星辰中，在我每一个词语后面。可是，这么多年，韶华逝去，本应置身天地万物的我，却始终一粒微尘一样湮没在巨大的尘埃里，待在坚硬的城市森林里，像待在深井里，沉默，隐忍，倔强，不甘，等待，祈盼。还好，终于，在行走中有了这样美妙的夜晚。我想，只要我还心存向往，我就有救。这是高于一切的星空对我的救赎。真好，我还活着，又见到了最初的、天真的夜空。否则，我岂不白来世间，徒手而归，草木弗如。

仰。望。仰。望。仰。望。简单，机械。还能怎么样呢。但毕竟不同了。昨晚是让星星吓了一跳，而此刻，当古希腊神话里的群星之神 Astrios 再次眷顾我，浩瀚的宇宙里群星再次扑向我，我在惊惶的同时，深深遗憾——我没有一片海，一个湖，一汪池塘，或一座庙宇，把这些落向凡间的星星接住，盛起来，在日后无数黯淡的日子里细数。甚至，我连一只小小的陶罐都没有。我除了一双手，一无所有。但指望手捧显然不可靠。这些年，我捧过的东西，最初的爱情、坚挺的乳房、细腰、黑发、雄心、父亲的生命、母亲眼里的光泽……都水一样从指缝间一一漏掉了。或者，我越想去捧住据为己有的，比如盛名、安逸，越得不到。指缝的空隙，差不多等同于岁月的河流和我的虚荣。它们看不见，却都致命。所以我半生平庸。我只有闭上眼，用深深的渴望，迎接盛大的星群，让星星漫天大雪一样一层层落满全身。我分明感觉到头发白了、眉目白了、唇颈白了、衣衫白了、鞋袜白了。天地浩茫，披满星斗的我，像一只巨大的璀璨的水珠。

这是初一。新年的第一天。

二

"你有过那种体验吗，真是吓人啊！"

"星星都掉下来了！"

"天空三维立体的感觉好诡异啊！"

后来有一天，我与一位朋友聊天时这样说。粗拙的言辞直抵少年般按捺不住的激动和迫切。这样的时刻弥足珍贵。这是我平生第一次急不可耐地向人描述星空，而且，仅凭直觉，没有写在纸上，过分依赖词语。那样一个我，仿佛新生，初见天日，仿佛天地刚刚分离，星空初现。对于言辞，我一向极尽精简，那是我少有的一次喋喋不休。神奇的夜空像一张迷途中的地图，被我反复折叠、舒展。他只不作声，静静地听。最后，等我把所有的惊叹都表达完，他才慢悠悠地说：

"我从小到大都这样看啊。"

这次轮到我不作声了。他土生土长在云南大山深处的一个小村子，读大学才离开。我的一次惊叹不已的奇遇，只是他曾经的日常。这句话的后面，仿佛一间密室，陈列着他的年少时代的天空：白天的云彩以及夜晚的星星。

他的家乡我去过。不是偶然，是追寻。自然，几乎与所有的村子一样，小到在地图上无迹可寻。说是跑县城的车经过，路边下来，还有不近的一段路要走。时隔月余，许多的所见已经渐渐漫漶为模糊的背景，我只记得走向那个小山村时，油菜花已经开了，田野里这里一片黄，那里一片黄，剩下的印象里，全是天空。我边走边撒望，我是掉进山窝里了，目光所到之处都被山挡了回来。正午，山顶之上的天空，蓝到几近绿。白云彩一大团一大团从山后奔涌出来，翻滚着，直至铺满整个绿汪汪的晴空。关于天空的颜色，这些年我所亲历的，越来越趋近于灰、灰白、灰蒙蒙，甚至灰黄，最好的也不过是蓝，那还得是仲秋前后短短的一个月。至于绿,那一向属于青草的、树木的、庄稼的。在这里,原来也可以属于天空。这超出了我对天空的定义与想象。我站住,恍惚间有种不真实感,好像那样瑰丽的天空是用釉彩涂出来的。不时有人从我身边走过,无一例外地,他们都会好奇地盯着我看上几眼,看这个仰头呆望天空的人。天上有什么?当发现不过是他们日日见惯的,并无新鲜处的蓝绿的天空,再看我,就多了几分兴致和怀疑。大约,一个盯着天空不放的人多多少少是有点傻气的吧。我向着村子走去。它在山脚下,在天的边上。一朵一朵的云彩低低地俯冲下来,与远处成片的油菜花连在一起。学校就在这一带的镇子上,曾经年少的他,在无边无际的光阴里,无数次地把时光消磨在这条路上,上学,往西,走进西天的云彩里;放学,往东,走进东天的云彩里;周末,抓鱼,走进北天的云彩里;假期,砍柴,走进南天的云彩里。那些零零散散的闲暇,则用来打发东北、东南、西北、西南丝丝缕缕的云。天空与云彩成了他日常生活的一部分。有一片天空,只有他经过,有一些云,只有经过他,才能到达彼此想要去的地方。他年少的时光是一个匣子,有一半,盛的是天空。

他说,他认识很多很多星座。上小学时,有一次竞赛,有关天文方面的,他考了全县第一。我信。山里的孩子都是野生的。一个又一个繁星满天的夜晚,少年,千万次地仰望苍穹。一定也有过无数皓月当空的时候,但那样的明亮使得夜空太显而易见,远远不能满足一个少年目光里想要捕捉的更丰富的内容。只有星空。星星连缀着星星,光芒连缀着光芒,无边而神秘。飞马座、大熊座、小熊座、天鹰座、天鹅座、天猫座、虎豹座、蝎虎座、猎犬座、狐狸座、海豚座、巨蛇座……原来,地上有的,天上都有。少年从小就懂得了天地间两两相对的道理。在他长久的仰望中,夜空一定向他敞开了自己,星星暴雨般倾泻而下。这是星空赐予青睐它的每个生命的礼物。星空不说话,它会直接给予,倾其所有。白天，他奔跑时山也奔跑，他驻足时云也驻足；夜晚，星星落满身，落满院落，落满二楼的平台，落满村子，落满山。这不足为奇。不如此，倒反而怪了。山里的孩子都有两身衣服，一身白天穿，保暖避体就够了；一到了晚上，他们披星戴月，全都换上了一身星辉与月光做的衣服。那是人间的华服。它们洁净，无需浣洗，只需敬畏与热爱。

三

　　虽然不同，然而少年时代的我，也是有天空的人。那是平原上的天空。白天，风吹麦浪，也吹着云彩。但是——我相信并非我的记忆出现了偏颇，虽然人的记忆与言语都不可靠——我似乎没见过，就像麦子或玉米把田野铺满，野花把草原铺满那样，云彩把天空铺满的时候。现在忆起，大多数时候，不知为什么，没有云彩或云彩很少，蓝天有一种简单到几近单调的空阔。万物生长，天空没有一粒土、一棵草、一株苗，只有云彩的涌动、飘荡，大雁的飞翔，鹰从高处的一冲而下，才能让天空活起来。然而，土地的贫瘠与生活的困厄使得年少的我们显然顾不得那么多，干净清透的蓝天似乎无疑已经是对某种缺失的意外补偿。很多次，四月吧，春天，当我爬到高高的树杈上准备摘食槐花或榆钱时，我的手曾有片刻的犹疑。我看到了枝叶间一小块一小块的蓝天。它就在一嘟噜一嘟噜的槐花和一串一串的榆钱之后，很蓝，给白槐花和绿榆钱都罩上了一圈蓝莹莹的光芒；很近，几乎紧贴着那香甜的花，似乎，我手一伸，就能掰下一块，像吃黄色的玉米饼子或黑色的地瓜饼子一样，把那块蓝饼子吃下去，嚼得细细碎碎的，让我单薄到前胸贴后背的身体温暖并欢愉起来。仿佛是天狗吃月亮，这当然是痴心妄想。一个想把蓝天摘下来吃掉的女孩，当懂得有些事永远也无法企及的时候，比如，让狂风停下，让暴雨静止，让死去的奶奶活过来，让生了四个闺女被人瞧不起的娘生个男孩……她只有呆立在树杈上，像一只大鸟，长久地望着蓝得惊心动魄的天空，手足无措。不能吃的蓝天，她用眼睛的刻刀，刻在了心里。

夜空中也必定有明亮的星星。天上星，亮晶晶，青石板上钉银钉……我很小的时候就会唱这首歌谣。它是我人生中学到的第一个美妙修辞。原来句子可以这样。原来有一种丝线一样的东西，可以把天空和青石板、星星和银钉连起来。我从此迷恋于对丝线的找寻。如果我的语言不那么干瘪，尚有些许的文采，一定与星星有直接的关系。但平原的星星不像深山里的，会摇落的露水珠一样掉在仰望它们的人身上。平原的星星，是白亮的灯盏，照着一村人夜晚琐屑的生活与同样琐屑的梦。夏夜星星多，然而，我深深记得的，是春夜的星星。春天青黄不接，那段时间，我们的食物里，有一部分就是十里春风。如我一样大的孩童，七岁，八岁，九岁，十岁，甚至再大一点的少年，把乍暖还寒的春风大口大口灌进胸腔，依旧每日追逐着，嬉闹着，等待麦田黄熟。麦粒裹在麦皮里，它由白而青、由青而黄的美好过程，我不是用眼看到的，而是用耳朵听到的。繁星夜，我们捉了半夜的迷藏空着肚子回到家，夜晚仍没被我们用完。天亮尚早。我们必须空着肚子躺在剩下的一多半月夜里。十万颗星星亮在天幕，十万亩麦穗睡在田野。我在天地之间，在几间茅草苫覆的屋顶下，听到了麦粒咕咚咕咚的灌浆声。那是真正的天籁，整个人间最动听的声音，气势宏大，妙不可言。它让我的耳朵长出触须，植物长长的藤蔓一样，从枕上伸出，戳破糊在窗户上的粉连纸，穿过天井与街巷，直抵星空下的田野。麦子的灌浆声混合着虫叫，喧腾，鼎沸。每棵麦子都挺拔、昂扬，一地的麦子意气风发。那是一株麦子一生中最好的时光。浆液里有太阳、月亮、星星、晨曦、黄昏、微风、鸟鸣。一粒灌满了。一株灌满了。一亩灌满了。一地都灌满了。大地逐渐富足，几株麦子，就能搓出一捧青绿的麦粒，清润有如宝玉。隐隐的麦香在麦芒间缭绕。村里人开始骚动，夜不能寐。我听见一棵麦穗率先黄了，紧接着，黄色奔跑起来，一地连一地的青麦穗都黄了。村里人都知道，这时候万不敢在地头擦火柴点烟，一个火星飞溅，一地的麦子就噼噼啪啪点着了。我在深夜的困顿中听见布谷鸟明亮的脆叫，迷迷瞪瞪的，好像流星划过夜空，一声比一声远，终于不知落到哪里去了。

多年后，当我在墨尔本的一场名为"四季"的画展中看到梵高笔下的麦田，一点不为其明艳的黄色所动。那是艺术的夸张，未必是麦田的本来面目，然而却是年少的我无数次在星空下听到过的样子，再真实不过。我确信，时空相隔，在荷兰那片陌生的土地上，一个落寞的画家，在他举起枪对准自己的脑壳让一粒子弹开启生命的另一段以死亡命名的旅程之前，一定与一个世纪后才出现的我有过相似的心境。煎熬。恐惧。爱。祈盼。渴望。我们都热爱麦田，深切地祈盼过麦子成熟。当我们一遍又一遍在意念里让麦子熟了又熟时，黄色一层叠加一层，越来越厚，越来越亮，最终，在我的月夜，在他的笔下，连金子都不得不把自己全部的色泽交给麦穗，大片的麦田，在深深的渴望中，光芒万丈。

有过那样春天的夜晚，年少的我匆匆走在星光下小村朦胧的胡同里。农历四月初四，天很黑了奶奶才突然想起来那天是我的生日。娘连声说嚯嚯嚯怎么忘了。乡间的孩子无异于草木，谁没事老记着哪天的生日呢。然而毕竟是想起来了。孩生日娘苦日，挂在嘴边的话是常常听得到的。我早有准备。我把牙膏皮攒起来卖了几毛钱。现在想来，对于重要事件，我也是从小就有心的。一支牙膏，让父亲与村里其他男人区别开来，卓尔不群。父亲是读过书上过学的人。会跳交谊舞，会弹脚踏琴。会在黑色算盘珠的七上八下中完美地打出村里人闻所未闻的乘方与开方。当然，人生的境遇逼迫得他同样学会了熟练地握锨使耙，驾车犁地——他把鞭子高高地扬起来，一甩，啪！像一声爆竹在空中炸响。那时我以为，所谓学问与教养，就是在大家都拮据到无力顾及唇齿这类奢侈的部位时，他仍能在生活的缝隙中每月挤出一支牙膏，让他整齐匀称的牙齿始终闪着星星一样的光。父亲每天刷牙，那样亮，在黯淡的村庄里，很有些耀眼的。每次看父亲，我都觉得那光是从他身体内部流露出来的。奶奶一说我的生日，我就从土炕的草苫子底下摸出卖牙膏皮挣到的几毛钱跑了出去。我家住在村子最北头，最南端有一家肉铺。我顺着胡同循着香味跌跌撞撞小跑着去。我们一群孩子虽然常常一只只小兽一样在胡同里面蹿来蹿去，但我们是三生产队，肉铺在七生产队，且香味是高高飘浮在生活顶端的看不见的一种稀有气体，那必定不是我时时光顾的地方，是我的陌生地带。胡同又长又窄，杂物堆积，然而那晚我的脚上像是长了眼，轻易就绕开了所有障碍，简直是飞奔着到达了肉铺跟前。还好，没关门。一个系着围裙、满手闪着油光的男人正在吸烟。常年的杀猪卖肉，使得他全身上下弥漫着一股奇异的肉香。铺子里点着一盏罩子灯，火苗笼在玻璃罩里，不再跳，安安静静地，发着明亮香甜的光。那男人看我一眼，立刻，一道香味，仿佛一条柔软的鞭子甩到我身上，我攥钱的手不由颤了一下。整个肉铺，切肉的长刀，剔肉的尖刀，挂肉的钩子，铺肉的案板，包肉的纸，称肉的秤杆、秤砣、秤盘……每个家什物件，凡与肉有关的，都被肉香浸透了。桃花，杏花，月季，茉莉，绣球，野菊，都香。但是，再深浓的花香都没法与一块肉散发出来的香气相比，花香只在鼻子里盘旋，而肉香则顺着嗓子眼，简直像一把小小的匕首，插进胃里，搅得人肚子疼。香如张开的一张大网，把我捕获了。我和那些家什一样，都无一例外成了它的猎物和俘虏。那时我想，什么时候，家里能时时有一块肉吃，日子一定暖和而从容。我一连打了几个喷嚏后，说明了来意，那男人把烟头扔地上，用鞋底碾碎，说了句，嗨！这闺女没白养！竟多割了一小块肉给我。他的语气里有肉香一样的赞赏。我捧着那一小团肉转身急急地往回走，心里一直揣着一句话：孩生日，娘不苦。影影绰绰的胡同里一个人都没有。身后传来咻咻的喘息声，我知道那是一条尾随着的狗。它一年到头啃不到几次骨头，我手捧的肉一定像一梭子弹袭击了它。我能想象它耷拉着舌头流口水的样子。我把肉抱紧，生怕一条狗像人一样一念之差变成了强盗。晚风吹得谁家的秫秸垛唰啦啦响，有如鬼魂出没。我不敢四下里看。我抬起头，繁星满天。星星不大，细细碎碎的，像田野里开的一簇一簇的荠菜花。最亮的一颗，就在不远处我家上方。我望着它，像获得了某种指引，壮着胆子回头跺脚把狗撵跑，径直穿过整条长胡同，打开木栅门走进天井。再抬头看，我家槐树梢上、枣树梢上、香椿树梢上、石榴树梢上、北屋顶上、饭屋顶上、驴棚子顶上、猪圈顶上、鸡窝顶上，全是亮汪汪的星星。它们齐齐地聚到我家院子上空，是来给我过生日的吗。而今，多少年过去了，多少过生日的细节都忘了，却始终记得，那一晚，当我大步跨进屋，昏暗的油灯旁，三下两下打开被油渍透了的纸，把手伸出时，一家人全都惊异地看着我的样子。喜悦迟迟没有出现。先是疑惑。是的，一个孩子获得一块肉的过程是极为可疑的。一路来回的小跑使得我脸红且说话上气不接下气，可我还是原原本本一五一十地说清楚了。

——然后，我看到了星星。星光在每个人睁大的眼睛里闪闪烁烁，狭小的屋子里明亮起来，仿佛星空降落。

四

深山中，栖居藏家客栈，星空的存在成了巨大诱惑。每夜看星星到很晚，早晨，一睁开眼就隐隐盼着天黑。山里的天，黑得晚，亮得也晚，而一旦亮起来就成了醇醇的宝蓝色，清透无比。客栈照旧没来什么人，一院子的花花草草，日光云影，倒成了我一个人的。寂静如此丰沛。白天，不出门也不写作的时候，我喜欢端杯咖啡去露台，晒太阳，看风景。上楼梯时，杯子一台阶一漾，一漾就荡起一小股香。每个人都同时有两个自我，一个有形，一个无形。无形的往往更真实。我听从那个无形的自我，把自己一株植物一样交给深山里的自然。天蓝成大海，也蓝成深渊的样子。绿色的怒江就在眼前的峡谷中。怒山与高黎贡形成的这一段峡谷没有巨石，没有七高八跌，水面平缓，一路见惯了大世面的怒江，流经此地，即使拐了几个弯，也不慌不忙，甚至有几分疏懒。但我没有见过星光下的怒江。星星能落到我身上，也能落到怒江里。落了一江繁星的江水，盛满了星星的江水，不知，该闪着怎样亮晃晃的光？不得而知。我在山水间，盼着星夜来临。

我曾一度喜欢几米的漫画。他总爱用俯瞰的视角，先画浓密的树冠从四面八方涌向画面的中间，青绿的叶子层层叠叠，再画一个少年，躺在树冠没遮住的一小片绿色的空地上，枕着双手，仰望天空。那是都市人的理想。天上有什么？飞鸟？流云？雁阵？鸽哨？少年面无表情。几米所有的人物都面无表情。没有表情是都市人的表情。很多年后，当他经历了病痛，当他年过半百，当他敌不过内心的渴望，他终于把目光与笔伸向了星空。一个少女，在越来越看不到星星的都市里住倦了，突然十分想念小时候与爷爷一起住过的山间小屋，那里，能看到又大又亮又多的星星。于是有一天，与另一个同样孤单的男孩，离开城市，去了山里。那时爷爷已经去世。两个少年，像爷爷活着时带女孩去看星星一样，穿过幽静的森林，将小船划到湖心，静静地躺在船里随波荡漾。浓雾散去，他们如愿看到了梦想中美丽的星空。我清晰地记得那些画面。星星落下来，像一朵朵盛开的黄菊花飘在湖面，两个少年，跳进水里，仿佛两条小小的鲸鱼，游来游去，去捞花朵一样的星星，累了，仰面躺在水中，周围全是花朵一样的星星。回来不久，男孩转学走了，女孩再也没见过他。但她永远都忘不了那个夏夜，两人一起看过的最灿烂最寂寞的星空。

——我就是那个少年。

就是那个男孩转学后又独自一人跑到深山里看星星的少年。我不是在大山里的湖心，而是在怒江边。那位从小认识很多星座考全县第一的朋友，自从离开小山村去到都市，已经十几年没看到原始而纯粹的星空了。我们离开了故园、星月，到尘埃里去生活。我们都是几米漫画里的少年。人有时候走得太远太快，会把自己丢掉。想起星星，像种子发芽，有一种春天的气息，按也按不住。但终究只是想想。火焰在身体里升起，又在身体里熄灭。他差不多一年回家一次。飞机从一片天空飞向另一片质感完全不同的天空。只有那时，重新置身山里，交出自己，与深夜在一起，与晚风在一起，与草木在一起，与露水在一起，与寒冷在一起，与缓慢在一起，与卑微在一起，与天真在一起，像我现在一样，抬头仰望：星空依旧，繁星还是从小到大看惯的那一大片白玫瑰，一直开放，从未凋零。

我不知道梵高在创作《星空》时究竟处在一种什么状态。那是一八八九年六月，彼时他正住在法国圣雷米的一家精神病院。我宁愿揣度他是被一种疯狂的魔力支使着，不然，不会有那样疯狂的星月夜。在蓝、深蓝、紫罗兰的夜幕上，金黄的月亮和大小星星全都湍急的漩涡一样打着旋，夜空像被巨浪搅动的海水，不安，动荡，汹涌，不可一世。有着尖顶教堂的圣雷米镇安详宁静，而一株暗褐色的松柏却如熊熊燃烧的火焰，直抵夜空——这样的松柏我后来的确看到过。在渤海湾长山列岛的一个小岛上，一树树绿色的火焰像要把小岛点燃——

鲜明的静与动，蓝与黄，远与近，点与线，不可思议却又恰到好处地同时充斥着画面，魔幻而动人心魄。画完这幅画，仅仅十个月后，梵高就随一粒子弹而去。他死后，他的星空成了人类的星空。"如果生活中不再有某种无限的、深刻的、真实的东西，我将不再眷恋人间。"梵高说。他死时不过三十七岁。那么匆忙地结束自己，生活于他，是没有某种无限的、深刻的、真实的东西了吗？

无限的、深刻的、真实的东西，星空是其一吧。我们多么渴望啊。

初二夜。我在星空下。

初三夜。我在星空下。

后来，月亮出来了。我在星月下。

再后来我走了。我在尘埃下。

我在深山里住了十天。只有这么多。

原载《青年文学》2021 年第 3 期，《散文选刊》2021 年第 6 期转载

海上书

王月鹏

成为一座岛

　　这里曾是一座孤岛。河流入海沉积下来的泥沙日渐堆积成了伸向海里的一截陆地，最终把孤岛变成陆连岛。有人一直向东走，走到他们以为的"天尽头"，在这里住下来，成为最初的岛民，日出而渔，日落而归，开始了岛上的生活。距离古登州不远处，散布着大大小小的三十多个岛屿，就像茫茫海路上的"驿站"，为那些驾一叶小舟穿越渤海海峡的渔民提供休憩补给、躲风避浪的处所。当他们向别人讲述海上遭遇的时候，难免添加一些神秘成分，渐渐地，这里成为世人眼中的仙境。海上奇遇，终究只是少数人的事，关于海上的诸多神话就是诞生在这少数人的讲述中，他们有意或无意地发挥想象和揣测，让自己的讲述绘声绘色，更具传奇色彩。那些传说一代代传了下来。有个渔民在海上遇见传说中的"巨人"，那巨人大声喝道："不准再往前走了。"

这样的所谓"巨人",其实在任何领域都是存在的。他们是先行者的障碍,也是检验勇者与懦夫、小成与大成的"试金石"。在他们所限定的"不准再往前走了"的地方,有的人并没有停步,哪怕流汗流血,以命相抵。前路对他们来说已经不仅仅是一个去处,而是一种信仰,一抹召唤。

茫茫人海中,我也时常会有"不准再往前走了"的遭遇。那种时刻我是犹豫的,我承认我缺少足够的勇气,总想寻找一种可以兼顾更多可能的方式,把所谓伤害和风险降到最低限度。而在艺术领地,我没给自己留下任何后路,梦想自己的写作可以走向大海,成为海一样宽广的书写和表达。客居北京的那段日子,我曾写下这样的句子:"飘落北京的这场雨,是站立起来的海。"人海茫茫,无论身在何处,我的心里始终装着另一个海……

他是海一样的人。他的胸襟,他的视野,他的关怀,让我对海有了更深的认知。他的理想中的写作,是成为一座岛。

岛在海中,与此岸和彼岸都保持一段距离。似乎没有太多人在意一座岛与海浪的关系,海浪与一只鸥鸟的关系,一只鸥鸟与一艘沉船的关系。它们被写进大海,并不被岸边的人所看见。它傲立海中,体验风与浪,接纳来自大海最深处的力,给风浪间穿行的人提供"路标"。那些远航者,那些在海中迷失方向的船,才会真正懂得岛屿的价值。很多望海兴叹的人,他们站在岸边,只是把大海视为风景,把岛屿视为风景中的风景。

他留给这个世界的最后的文字,是纪念那些没有从海上归来的人。那是他一生的惦念。他的心里有更多的风浪,有此岸也有彼岸。他坦然面对一切,没有潮汐,没有浪涌,平静的表情看不出任何悲喜。再大的事,再激烈的情绪,到了他这里就像一粒石子投进大海,波澜不惊。这是一个心中有海的人。他说他希望自己的写作成为一座岛。一座孤独的，岛。它珍视每一艘从身边驶过的船，珍视每一个深情凝望的人。它不属于此岸，也不属于彼岸。它只属于这海，属于一片巨大的水。它看到海面的风浪，也深知海底的祥和。它透出海面，带着关于海底的一部分秘密。它是洞悉海底全部秘密的。

然而它不说。它只是在海的波浪中仰起了头，像是一个倔强的表情。

它只是站立成了一座岛的样子。

作为一个并没有经历太多风浪的"水手"，我的幸运在于读懂了岛的沉思默想。这个沉默的人，他知道太多关于海的秘密，那些帆船，那些远航，甚至那些沉沦的梦想，他都装在心里。文学理想在他这里不需要所谓坚守，因为坚守总是有些刻意的，文学早已融入他的血液之中。在他生命的最后时刻，在被病痛折磨的间隙里，只要稍能开口说话，所谈必是文学。这座岛，让他所关注与关心的年轻水手们真正认识了大海。

他留在了那里。以一座岛的姿态，目送更多的水手从身边经过。

海一直在涌动。岛是不动的，像一个站立海中的人，阅尽海面风光，也承受潜隐在海底的激流。岛不需要做太多，它只需站在那里；岛也不需要面对太多的人，它只需面对水手，面对那些真正走向大海的人。茫茫大海中，岛是一个独立世界。它坦然接受波浪的蚕食，把自己一点点地交付大海，如果有一天粉身碎骨，那是它以另一种形态成为海的一部分。

地球也是有生命的，海河是血液，山脉则是骨架，有的高出地面，有的埋在大洋深处，露出水面的部分成了岛屿。世界上大大小小的岛屿共有十多万座。还有另一种"岛屿"。譬如巨大的浮冰，抑或是一些海中的"异物"。有的渔民曾在饥寒中登上一座岛，他们生火取暖，岛却开始下沉，这才发觉踩在脚下的并不是岛，而是一只巨鲸。一只鲸鱼，宛若一座游动的岛屿，它的若隐若现的青色脊背，还有巨大的沉默，把海衬托得更为浩大。

我曾若干次做过同一个梦：走过漫长的旅程，在一座无人居住的岛上，野花疯长，海草房里烛光摇曳，马修·连恩的曲子若有若无，一个影子深情地凝视另一个影子。这是青春的底片。那时觉得一座远离尘世的岛才是浪漫的。等到年岁渐长，岛在我的眼中更像是一种人生态度，是自己的另一种"现实"——远离现实的"现实"。他不满足于既有的现实，更想创造一个可以在时光中缓慢释放内涵的现实。所谓"冰山理论"，更多未曾写出的是在海面之下，需要借助想象来完成。这是对艺术的解读。岛屿也是如此，与想象有关。很多岛屿是常人难以看见的，而那些发现岛屿的人，在他们的讲述中有意无意地加入了自己的想象。

每一座岛，都是在海中扎根的一座山。它的隐忍成长，让它终有一天从海中昂起了头。

曾见过一幅照片，是一艘英国沉船，竟然成为一座绿意盎然的岛。这种强旺的生命状态，却让我更深地体会到了生命的苍凉。他的冷峻表情在我的心中浮现，渐行渐远，直到成为大海深处的一座岛。

无字钟

风从海上来。再桀骜的岩石，在海浪日复一日的撞击下终将成为沙粒。一些写在沙滩上的文字很快就被海浪抹平，犹似浪花的绽放，转瞬即逝。它们想要表达什么？它们表达了什么？那个在海边远眺的人，还有那个从海上归来的人，他们心里装着的并不是一码事。人们习惯于面朝大海抒情，却不懂得海的倾诉，不甘心做一个倾听者。他们只想把自己的话说给整个世界听。

我走在海边，时常是沉默的。听海潮涌动的声音，就像在听内心的叹息，它并不是来自我的体内，而是来自一个遥远而又陌生的地方。海从来没有明确地告诉你什么。你是知道海一直在试图告诉你一些什么的。我对海的理解，伴随了自我成长的整个过程。海不再是一个隐喻。它是一个巨大的存在，它所讲述的和它所隐匿的，都与我们有关。只是，我们未曾真的听懂。

《福山县志》记载了这样一件奇事：一口无字钟从海里浮出，被渔民打捞上岸，挂到县衙的门前，后来又移到东城楼上，有两个人在楼下仰脸看钟，钟落了下来，一个人被盖到钟里，另一人被当场砸死……

这个无字钟真是让人浮想联翩。一口大钟，在漂洋过海的途中，船只遇险，大钟坠海，后来又浮出海面……这个故事，我视之为民间传奇，是对历史的另一种讲述。一口大钟在海中沉浮了若干年，它从哪里来，要到哪里去？它的身上，凝结着关于昨天、今天和明天的历史。因为"无字"，这个故事变得越发神秘，被赋予太多的想象和阐释，具有寓言色彩。巨钟沉浮，宛若历史的某种表情。在海的涛声中，辨得出隐约的钟声，悠远，沉郁，像是来自地层深处，带着海的咸涩气息。它在遥远的昨天就讲述了今天的事，预言了更为遥远的明天。不着一字，这是神秘的书写，唯有海浪才可破解它们。有些东西，看似沉入了"海底"，终有一天它会浮起，被世人重新发现与评说。

无字钟看起来更像一个倒置的容器，它不盛放任何东西，不占有任何事物。甚至，它拒绝任何文字和意义被附加到自己的身上。它的唯一使命，就是发出自己的声音，让更多的人听到这个声音。

它等待那个敲钟的人。一直在等。

当它被装到船上，漂洋过海，它的体内是积蓄了另一种声音的。翻船，坠海，所有的声音都沉入海底。它听到了海的声音。直到有一天它浮出海面，被渔民打捞上岸。一口来自海底的钟，与一口民间的钟，在世人眼中似乎并无异样。钟是沉默的。人们在钟下谈论这口钟。没有敲钟人。也没有听见钟声的人。只有看钟的人，他们比钟更沉默。它经历了那么漫长的沉默，不想再容忍这沉默。它在等待那个敲钟的人。它漂洋过海，几经沉浮，只为见到那个敲钟的人。然而他没有出现。他们像路人一样经过它，谈论它，没人以为它是与自己有关的。他们谈论这口钟，就像在谈论别人的历史。

这世间的事，都是可以与这口钟发生关联的。它可以解释一切，警示一切。它的身上没有铭刻任何文字，但它记录了一切。它的沉默和声响，都是一种表达。

而我的所谓书写，仅仅只是一个人的感慨，它在更为漫长的时间面前是无意义的。

因为"无字"，让一口钟在若干年后获得新的解读，也让当年的那些讲述和言说都变得暗淡与尴尬。

海水不停地涌向岸边。海要对岸讲些什么呢？海把无字钟推向岸边，它一定是想说些什么的。听懂了海与岸的对话，才谈得上真正懂得了生活。所谓大海的召唤，不过是人类一厢情愿的解读。海明威笔下的老渔民在海里与大鲨鱼搏斗，我从中看到的与其说是勇气，不如说是巨大的孤独和恐惧。我曾采访过若干老渔民，他们对大海的普遍感受即是恐惧，因恐惧而心生敬畏。这是真正懂海的人。之所以常常把人置于海的背景中体现他的勇敢，这恰恰是因为对大海的恐惧感的存在。不同的视角，不同的心理需求，可从同一事物中解读出不同的东西。人类对大海的所谓征服，被视为一种精神，这是对人与海的双重误读。人与自然万物的关系，是需要以敬畏之心来看待的。

我是在一个很普通的工作场合见到他的，很早就听说过他，那天是第一次相见。他的语速很慢，满脸的温和与平静。这个城市的很多人都知道他的经历，最初在机关里工作，仕途顺畅的时候却辞职下海，走过常人没有走过的路也吃过常人没有吃过的苦，他最终得到了常人望尘莫及的成功。这些在他看来都不过是人生的一个过程。他的抱负，不是穿越大海抵达彼岸，而是成为一个"海"，包容所有的风与浪，成与败。那天第一次见到他，他的大海一般的沉静，给了我太多震撼。他似乎没有讲太多的话。这样的相认与相处，犹如一种阅读关系，并不需要太多讲述，精神的汲取与理解是自然而然发生的，不刻意，不夸张，不迎合甚至也不拒绝。我从他的身上看到了我所向往的那种境界，我希望自己也能活成那个样子。

我在写作很多的文字。我知道有些东西是不必行诸文字的，那些最深的爱，那些最真的牵挂，那些最值得珍藏的秘密，还有那些关于明天的忧思，它们是与所谓表达无关的。

一些没有写到纸面的文字，被刻在了心上。

一些没有说出口的话，被那个渐行渐远的人听到。

风从海上来。无字钟随风而来，它并没有铭刻任何文字，只是向世人呈现了锈迹斑斑的样子。作为一个旁观者，我从一段传奇与一段现实的对视中，看到了既不同于传奇也有别于现实的一种东西。我说不出它究竟是什么。我听到了无字钟的声响，它曾被大海的涛声湮没，如今越来越被辨析出来。无字钟以及它所携带的历史，并没有被世人理解，他们以为这只是一些奇遇而已。围绕这口钟所发生的那些事被记录下来，若干年后有个人从浩繁的史书中读到，他的心咯噔了一下。

无字钟以"无字"的方式说出了它所亲历的关于这个世界的秘密。它带着时光的斑斑锈迹，来到你和我的面前。

它说出了那句古老的话。

夜宿渔村

是在某个夏日午后，我们去到那个叫作初旺的渔村。住处被安排在镇上，距离渔村有段距离，说是条件相对好一些。我们住了一晚，感觉并不好，执意要搬到村里去住，文化馆老仲于是陪我们去考察了渔村可住的几个地方，最后选定一家招待所，我们戏称这是村里的"五星级酒店"。

招待所的房间有些暗，潮湿。没有书桌，老仲临时从学校借来了两张课桌，桌面上是厚厚的汗渍，想擦一擦，越擦越脏，我用几个牛皮纸信封铺在上面，就开始伏案工作了。

一种异样的感觉，激荡在我的内心，不知道接下来一个多月的时间里，我在这个渔村会看见什么，写下什么。坐在招待所的屋子里，时常就会听到一声闷响从远处传来，脚下的地面随之颤动，有下沉感，房屋也似乎有些摇动。据说渔村附近在搞一项填海工程，需要把一座小山挖空，爆炸的声响不时地传来，有时强烈，有时悠远，说不清跟自己以及自己所在的渔村是否有关系。村人似乎早就习以为常。大地在爆破声中颤动，他们看起来很淡定，除了牢骚几句，似乎并不真的介意。

房间隔壁住了四个河北民工，他们是来渔村的工厂安装粉尘设备的，开着一辆夏利车，每天早晨出发，夜里归来。我想跟他们聊一聊，又觉得他们属于我的文章主题之外的话题，实在无暇顾及。当我想要跟他们说说话的时候，他们已经搬走多日了。在渔村，在这个招待所的院落里，我们保持了城里人的生活习惯，房间与房间不相往来，心怀警惕。午夜时分，我在招待所院子里踱步。招待所的大门紧锁，门外偶尔有车辆呼啸而过。院子里的狗，起初因为我的踱步而狂叫，一会儿就适应了。院子里安安静静的。

渔村的夜晚，是以海为背景的。

海成为一个巨大的看不见的背景。我有时候觉得自己是浮在这夜色中的，身边的一些细小的恐惧，会随时侵袭我。比如，像蜈蚣一样的虫子，常从脚底下倏忽溜过。书桌上偶尔可以看见爬行的小蚂蚁。我不伤害它们。它们在我的书桌上跋涉，我们也许是同路的人。午夜时分是不能临窗远望的，因为一抬头常常就看见一只壁虎正在身前的窗玻璃上与你对视，白色的肚皮在灯光下格外清晰。朋友告诉我，在厕所里他曾看见一只蝎子在疾走。夜里解手，是需要去到院子里的，我恨不得眼神变成两条线，只看到该看到的，除此之外一律视而不见。我不知道我会看见什么，我缺少看见的勇气。我总觉得在我的身前身后有另一种存在，就像无边的夜色里隐藏着巨大的喧哗。

　　把白天见到的事，在夜里逐一回想。渔村之夜，像是一个巨大的过滤器，将我白日的所有杂念过滤掉了。一直以为自己还算是有定力的，在渔村，我才知道自己其实是多么浮躁，只是这浮躁被一种所谓思考和忧虑的面孔给掩饰了。住在渔村，我觉得我的心并没有真正在这里停栖，我一直记挂着的，其实是村外的事情，难以抵挡来自渔村之外的巨大惯性。手机在遥控着我。微信朋友圈，不知疲倦地传递外面的消息。身在渔村，我每天需要拿出大块时间处理渔村之外的现实冗务。想到这个广大的世界有那么多的琐事在等待着我们，有那么多的遭遇在等待着我们，茫然的情绪就在心底涌动。

　　渔村的夜晚是安静的。远远地传来狗吠声，越发地衬托了渔村的安静。早晨四五点钟的时候，窗外的声音就渐渐有了。村人说话的声音越来越大，起初以为是在吵架，侧耳听了一会儿，很大的嗓门里其实夹杂了夸张的玩笑，也就释然，这是渔民的说话习惯，普遍嗓门大，大约是因为海上风浪大，说话的声调在不知不觉中就高了起来，以至于成为一种习惯。

　　早晨四点半起床，去海边码头。果然，看到众多船长聚在码头，大约分成了六帮，随意地聊天。这已成为每天的"功课"。每天早晨天刚蒙蒙亮，船长们就陆续走向了码头，不管是否出海，他们都要到码头聚一下，看看船，聊聊天，风雨不误，越是有风有雨的坏天气，越是要到码头看一看，他们惦记着自己的船。

填海的石头，堆在海边。年初筹备"中国渔灯文化之乡"授牌仪式的时候，我曾长时间站在这些填海的石头跟前，感慨，抚摸，似乎听到石头内部涌动着大海的潮汐。遥看守海人的龙山庄园，依然是彩旗飘飘。不远处是大片的海参养殖房。在路的拐弯处，才发现老龙山脚下被挖出了一块巨大的空地，看去竟有悬崖感。猜想大约与当年建渔港有关，但又说不准，改日问一下，想要弄明白。

人的力，在改变很多的东西。这些被改变的东西，同步也改变了人的某些部分，已知的和未知的。我对渔灯文化的书写，随着采访的不断深入，越发体味到了其中的复杂况味。这注定是一种消逝的事物。我的书写，对这种注定消逝的事物或许并没有什么意义，但是做这个事情的过程对我是有意义的，这也是我为什么要从现实冗务中挣脱出来，与渔村和渔民朝夕相处那么多日子。我所收获的，比我所想到的更多，它们必将影响到我以后的生活与写作态度。我觉得我的书写并不仅仅是一种表达，它更多的是一种留存。在轰轰烈烈的城市化进程中，这种留存颇有几分悲壮意味。

那天傍晚下起了雨，一辆北京牌照的小车开进招待所院子。他们来自北京，是自驾游的，从网上找到这个渔村。我不知道，他们是不是也会像我这样，在这里度过一个日子，或者度过一些日子，然后带着自己的体会，离开这里。对于一个村庄，对于这个世界，其实任何的人都是这样的。这是一个多么简单的道理，可是很多人倾其一生也难以懂得。包括我，也是这样的。我常常以为自己已经懂得了人生，其实任何人在抵达终点之前所看到的，永远只是自己的某一部分，他永远看不到完整的自己。我与他们的区别在于，我在某些时刻是信的。

也许，我该与招待所的主人聊一聊了。采访了半个村子，我却很少与他说说话。直觉告诉我，他是一个有故事的人。我对身边的故事，却迟迟没有去了解，潜意识里似乎觉得身边的故事太近了，即使对于我这样的驻村体验者，也很快就把招待所当作了自己的"地盘"，我的目光更多地用在搜寻散落渔村四周的故事，他们的隐秘和不确定性，对我具有更大的吸引力。我把昨天的我复制到了今天，无论思维方式还是处事态度，原样地复制到了今天，虽然我所面对的人与事都已迥异。

我犯下了一个常识性的错误，在我看来的那些所谓神奇物事，不过是渔村和渔民的日常。我被日常的力量击中。

这样的日常，被忽略被抽空已经很久了。

发现日常的力量，也许这该是我在渔村的最深发现。当我试图描述和表达这份日常，我才感到了那些既定语言的无力。我已经被它们操控很多年了。也曾想过，即使从中突围，脱身，又可去往何处？

那么多的信息垃圾一直储存在手机里，我竟然不曾有过清理的意识，以至于手机负重越来越大，到了无法正常运转的份上。这对我来说像是一个隐喻。在渔村，我遥遥地打量我的过往，以及我的未来的可能的生活，我懂得了该如何自己动手清理，让自己变得更轻松一些。

走在渔村，不管是村人，还是打工者，只要是静止在某处，站着，或者坐着，几乎都在低头看手机。手机已经奴役了所有的人。在渔村，可以看到移动公司的若干个充值业务处，甚至连渔民家的春节对联，也是移动公司印制的。我们的生活方式，已经复制到了这个世界的每一个角落。渔村也不例外。

不采访的时候，我与友人在各自的房间里埋头写作，互不干扰。渔民只看到了我们的散步，像某类闲杂人员，在村子里到处晃荡，听他们"说瞎话"。他们不知道，夜深的时候，这两个人伏在招待所闷热的小屋里，跟自己较劲，跟整个世界较劲。这在他们看来，显然是吃饱了撑的。有几个晚上，我与友人因为对某个问题的看法不同，竟然争论到了下半夜，这丝毫没有影响隔壁房间的酣睡声。我们的争论，与渔村有关，却不被渔村所知，这样的争论在渔民看来是可笑的。

驻村之前，有几件必须要做的事，没来得及落实。在渔村的日子里，我一直惦念在心，一个月下来竟然渐渐地淡忘了那些事，想要再去落实的时候，又觉得其实是没有必要的。生活中的很多事，大抵如此。看似务必去做的，其实未必重要。有些事，不做，即是态度。这与躲避是两码事。

我所期待的理想状态，是拥有一套自我封闭系统，它对于这个世界时刻是开放的，但是在独自的时候，又是懂得自我封闭的。而渔村，世世代代都在向着大海讨生活，如今它除了面对大海，还在面对大海之外的世界。渔村的意象，由零星的、分散的，渐渐地有了一条隐秘的线索，渐渐地汇聚，形成一个看法，变得越来越清晰。我说不清楚这该是好事还是不好的事，当我终于从迷乱中形成一个稳固的看法，同时很多具体的事物在我的看法中被遮蔽被清除掉了，至少从这一个多月的观察和记录来看，这样的变化未必是好事。我不希望一个月的驻村生活最后仅仅归结为一个看法，就像人的一生，不是为了一个所谓的评价和结论。我更看重的，是这个过程的打开与拓展，一段生活是这样的，人的一生也是这样的。这里的陌生感，这里的无序状态，都在精神上给了我很多意外的收获。对于渔村之外的世界，渔村是一个思考的过滤器。在渔村，我理解了整个世界。当我离开这个渔村，重新回想和打量，抑或故地重游，也许会生出一些另外的感受。那是以后的事了。

网里或网外的海

渔村招待所的南面是一家网厂，房间的窗户正对着网厂的院子。

看门的是个老人，走路迈着外八步，腰间别着收录机，他在院子里一高一低、亦左亦右地蹀步，腰间的收音机总是响着各种音乐，他什么都听，并不挑剔，似乎从不做任何的选择。我猜测他只是喜欢听到各种各样的声音，他是孤独的。想起我们住进这家招待所的第一天，已是凌晨一点多了，我躺在床上辗转难眠，从窗口斜对面的网厂传达室传来电视机的声音，夸张，无拘，像是一台戏正在上演。我越是难以入眠，就越是觉得受到了那声音的搅扰，以至于有些愤愤不平了。天亮了转念一想，又觉得或许网厂看门老人的听力不太好，夜里又睡不着，只能靠电视打发时间。我的心里生出顾虑，此后我在渔村要住一个多月，假若那个老人的传达室每天都传出如此巨大的声响，我恐怕只能另觅住处了。我跟招待所的主人说起这事，他说那个老家伙啊，没事的放心吧。第二天夜里，窗外就安静了。我对这安静，感到有些不适，也有些歉意。招待所老板找到我，说看门老头昨晚喝醉了，睡前没关电视。当天我们去网厂采访，径直走了进去，看门老人并没有出来阻拦我们，也没有询问找谁。我朝他点点头，摆摆手。他也朝我点点头，摆摆手。我们从没说过一句话，却是早就认识了的，每天我写累了，就站到窗前，看天，看地，看网厂的院落，有时他会一高一低、亦左亦右地从院里走过，看我一眼，继续蹀步。更多的时候，我看到他在织网。蓝色的线绳铺在地上，他跟另一个人将顺着那线绳，在我的窗前走来又走去，速度并不快，穿梭似的，隔个三五天就堆起了小山一样的网线，然后会有货车开进网厂的院子，把网拉走。

雨一直在下。网，齐整地摊在地上。雨水从西往东顺势流淌，流经这些网，然后继续流下去，就像海水从网中漏出的样子。有什么东西留在了网中？在目力之外，我看到时光的另一种形态。

我也想到了我自己。来这个渔村住段时日，对比渔村之外的那张现实之网，我的选择更像是一种逃离。我在"隔岸观火"。透过一片巨大的水，去看火，火的烧灼感被淡化了。我的对于"火"的理解，是因为水的存在而发生了改变。彼岸的存在，是"异"于此岸的。

网厂的黑狗是用绿色网绳拴着的。黑狗无所事事，见了陌生人也一声不吭，看它百无聊赖的样子，我心里装着的那些事更加纠结起来。

雨连续下了两天。雨是容易让人滋生乡愁的。此刻，我在渔村，我的乡愁指向了三十公里之外的城市，那里有我的家，我的妻女和父母。网厂传达室老人的收音机正在播着音乐，音乐的声音和雨声混在一起，像是一些莫名的情绪。这雨声一直延续到了梦里，时而清晰，时而模糊。我竟然疲倦得没有力气醒来，只觉得雨一直在下，把网厂的院子淹没了。院里的网飘散开来，像被撒进大海的样子。我站在招待所的窗前，看眼前的海，以及海里的网。记得渔村招待所大门的两侧是被金色瓷砖包装起来的，其中一侧隐约有"网具厂"的字样露在外面，看来这个招待所从前也是网厂的一部分。走在渔村，可见各种残破的网用来做了门前菜园的围挡，到处弥漫着海的味道。

海的味道，大约是咸涩的。在高原，她随身携带了一小罐氧气，我问她用得上吗？她说没什么，就是想尝一尝装在罐里的氧气。那是海拔 3000 米的大西北藏区。我们并不相识，是来参加一次笔会的。她身穿米黄色 T 恤衫，清秀洒脱，言谈举止都是青春的气息。"尝一尝装在罐里的氧气"，这是多么生动的讲述，让我想到从大海里被分离出来的，且装进了某种器皿中的水。当海水脱离了大海，它还是海水吗？

我来自海边。我从没想过尝一尝大海的味道。我熟悉大海的咸涩气息，觉得它们是无需确认的存在，犹如这大海，是不必质疑的。海如此博大，谁有资格质疑大海？

一张网，是不甘心的。

网里留下的，那是海的馈赠。网之外的海，永远在看着那张网和撒网的人。听老船长讲，以前一网下去可以收获上千斤的鱼，如今海瘦了，休渔期有人还在偷偷撒网。他说网扣越来越小了，连产卵的鱼都不放过。他说海瘦了。这个瘦弱的老人，他说海瘦了。

一个又一个的"结"，拼成了一张网。想起结绳记事。每个人都有自己储留记忆的方式。我们都是在与各种"结"相处的。在渔村，一个老渔民可以随手打出若干的"结"，用来应对不同的状况。生活是一张网，我直到中年以后才算真正理解了这个比喻。网，看似相同的格子，并立于同一平面，而只有亲历了一些事，才会懂得格子与格子是不同的，正如城市的万家灯火，同样的窗口闪着不同的梦。一张网，筛掉一些事，留下一些事。网是由一个个的"结"构成的，那么多的事交织在一起，用来比对和筛选那些后来的事。在渔民心里，是信赖"经验"的。他们的很多经验是从风里来，从浪里淘的，甚至是用命换来的。

一张网，是人与海打交道的工具。从一张网可以窥见人的内心，网扣的大小，决定了人与海的关系，这里面有最起码的伦理和道德。人类与大海之间，不仅仅是征服与被征服，赞美与被赞美，想象与被想象，还应该有更为平和与久远的东西介入进来。而我们，常常忽略了这些。

海在我的心目中，是有人的性格的。我时常想象，石头之间也是有语言的，无非我们听不懂而已。鱼类之间的交流，比如一条普通的鱼，如何与一只鲸鱼产生对话。当那条鱼进入鲸鱼的体内，距离更近了，真正的对话是可能的吗？

海里的资源越来越少。一张面对大海的网，让我觉得整个思绪漏洞百出。

我看到网里的海与网外的海，被一只看不见的手在操控着。网厂的那个看门老人，我觉得他是渔村的智者，他同时懂得了网里的海与网外的海。

我们所看到的，只是海面。海底是另一个世界。海洋里的生物如此丰富，必然是有着自己的规则与内环境的。我们所看到的海面与风浪，并不是海的全部。海的全部并不被我们所看到和认知。莫里曾经说过："海洋是个巨大的哺乳室。"海底是一种均衡和稳定的生物世界。

一个如同大海一般的人，他的内心深处一定是沉静的。无论他如何表现，无论他表现出了什么，他的内心是无法被洞悉和被理解的，很难有人走进。它们深邃，不可言说。

水成为一道阻隔。水中的世界，成为区别于我们所在的世界的另一个世界。因为未知，因为不同，当若干的水汇聚成海，面对这个巨大的未知和不同，我们首先想到的是恐惧，其次才是所谓的审美。美，在保持距离的时候更易产生，比如海边漫步，岸边观海，等等。当一个人深入到大海内部，他更多感受到的是恐惧。这是我的切身体验。这种体验让我对所有抒情和比喻保持一段距离。

海覆盖了地球的大部分。多少人类的秘密，隐在海底。因为探测的艰难，所以都视之为宝藏。所谓海底世界，因为它沉淀了太多，包括那些海难，那些在海上的一切，海底世界在他们眼中是神奇和神秘的。

一张网，把大海分成了网里与网外两个世界。比大海更为宽广的，是人的心灵。而最能透视人的心灵的，是一张网的密度。我曾在老渔民的家里见过一幅旧照，是上个世纪八十年代渔村的情景：海，是青涩的；船和人，也是青涩的。渔市边缘的那栋老宅，一个年轻人坐在自家平房上垂钓，飞溅的浪花，径直落进院里。有鱼，也随着浪花跃进院里。

那个小小的院落，是一张朝向天空的网。

原载《散文》2021 年第 3-4 期，《散文选刊》2021 年第 7 期转载

清　明

刘庆祥

　　明天清明，晚上又失眠了，失眠是近几年才有的事。清明节回老家上坟，是多年定例，习以为常，夜里所思，无非家庭旧事，无兴奋或牵念可言。思绪一如疯长的藤蔓，触须蔓延，无以收敛。每每至此，我便专注于墙上钟表的"嘀嗒"，或者悉心倾听自己的心跳，保持气定神闲，与"睡神"耐心周旋，以期将它骗入睡梦的"魔瓶"。凌晨两三点钟，蒙眬入睡，梦到了母亲，她坐在小时候老屋的炕沿上。我心想，母亲不是去世了吗？怎么又回来了？悲喜交集，我双膝跪地，趴在母亲双腿上，无声地痛哭。此时心情，不是悲，不是喜，是释放一种痛。

　　曾经有一个时期，认为上坟形式重于内容，添坟、压坟头纸、烧纸钱，女人们号哭，男人们跪地磕头。对此旧俗遗风，多少有些排斥。上坟，只是借此家人见面，叙旧谈今，为亲情添续些温度，这种认识，因父亲去世有了改变。

　　父亲病逝，父子阴阳两隔。一场剧烈的痛悲过后，心绪平复，生活如旧。不觉间，心底苦涩不断渗出、积蓄，心情渐有不堪重负。也是清明前的一天，恰逢妻子不在，工作原因不能回家上坟，自感郁闷。晚饭，自斟一杯酒，酒意上来，再添半杯，酒至微醺，拨通七弟电话，对清明不能回家作以解释。酒使话多，心生内疚，动情处居然不能自持，以至声泪俱下，泣不成声。那次上坟缺席，成了一个心结。

清明因寒食节繁盛。寒食节，始于晋文公重耳与介子推故事。肱股之臣介子推，"割股啖君"轶事，经儒家文化滋养发酵，成为忠君典范，被摆上历史祭坛，符合儒学"大道"。介子推火焚之日，禁火寒食，设庙堂公祭，便是"州官放火"百姓"寒食"节日的由来。在庙堂烟火熏陶下，清明这一普通节气，日渐隆盛，它何以由公祭演变为民间祭祀祖先，不得而知。寒食节香火，由庙堂引向荒野坟场，使源自禁火规矩的香火，经常引发火灾，反倒有些值得玩味。

清明前两天，黄河口民间称作大寒食、二寒食，清明节当日是三寒食。大寒食、二寒食是上坟的日子，此后，人间香火（发给先人的"钱粮"），便无法送达天界，借此，祭奠活动框定为介子推焚死日。一缕烟火的故事，牵曳起一条2650年前关于介子推的一条文脉，昭示出中华文化的博大精深。禁烟火、吃冷食，据传曾经被曹操废止，如今已无人恪守。清明，这个春和景明的日子，人们祭祀完祖先，带着身心清净，踏青赏春、放风筝、踢蹴鞠，渐以成风，约定俗成，丰满了寒食节日，成就了清明，此中是一缕文脉的渐进。

清明假期制度，使城里人得以回乡上坟祭扫，远离烟火的人们回归，少有忌讳，家人将就，寒食上坟变得随机，一些家庭有时也在清明当日上坟。时光荏苒，旧时规矩正坍塌进时间的河流，逝者如斯，心境迁延，令人心生落寞。

小时候，爷爷的坟，是一个地理标志，这一片地域，还有个名字叫"三扣"。方言中，抓阄称作"抽扣"，后者说法，大约是生产队时期，重新规划地亩留下的叫法。不管是"爷爷的坟"还是"三扣"，在我心目中，没有任何感情色彩。幼年时的心，像荒野里小小的旋风，没有负累，轻灵地飘来飘去。

那时候，家族墓地里东西并列两座坟，一座埋着爷爷奶奶尸骨，另一座埋着从祖籍捧回的一抔黄土。一抔黄土象征曾祖的灵魂，把他埋入祖坟，为了缅怀，也为记住被黄河水漂走的家园。爷爷的坟，是我挖菜时经常的去处。坟地四周是大片荒地，遍生野草，想必那是我家的祖地，大约因为贫瘠，在生产队时期已经荒废。父母提及爷爷极少，他古怪的脾气，是我通过母亲提到的一件事知道的。大概是一个春夏之交，天气燥热，爷爷下地干活回来，因稀饭不够喝，对着母亲大发光火："没看到今天刮西南风吗？"

爷爷是把种地的好手。定居荒洼以后，父亲很长一段时间，担任公职，爷爷靠一己之力，起早贪黑，开垦出了这片土地，供养家人，个中滋味，只有长眠此地的爷爷，那位单身大半生的男人冷暖自知。

后来祖坟迁入公墓，在家的男人们参加了那次迁坟仪式，我在南方当兵，没能亲眼见证。我的同辈人，第一次见到传说中的奶奶。这位只活了 37 年的女人，已经是一堆尸骨。父亲亲自从一汪泥水中，摸索着捞起爷爷奶奶的尸骨，父亲在奶奶腿的部位停顿半天，取出两截腿骨时满脸泪水。据父亲说，他摸到，奶奶因风湿病不能伸直的一条腿，数十年后依然弯曲着。也许，奶奶的残腿勾起了父亲伤心的记忆，当爷爷奶奶再次下葬时，父亲在坟前长哭不起，父亲嘴里不提爷爷，只哭"亲娘"。

自打记事，很少见父亲到爷爷奶奶坟前。唯一一次听到父亲哭声，却是在为爷爷奶奶上坟的时候，那次父亲哭得悲痛欲绝，同样只哭"亲娘"。这个自小失去母爱的独生子，哭的是什么样的心声呢？是感慨颠沛流离的生活，是自幼丧母的孤独，还是父子生活的委曲呢？相信父亲哭声里，不知饱含了多少难言之隐。

私家车和高速路，让回家的路不再漫长，七八十公里路程，不过一个小时，举足之劳，却没有使回家变得更频繁。父母离世，兄弟情分似难以拴住高飞的那个风筝，哥嫂家，再不像父母那方大炕，让一颗漂泊半生的心得以安静。以往，每逢春节，兄弟姊妹都有走动，随着年龄增大，尤其大哥已经无力操持家庭聚会事务，团聚渐少。人生，就是一辆驶向终点的列车，兄弟姊妹从一个起点出发，却各自走向不同归宿，相行渐远，也属必然。

近几年回家，喜欢走黄河大堤。过胜利黄河大桥，到黄河右岸，自桥头右后转，从桥下穿过，上坡便是黄河大堤。如今，黄河大堤变成了一道风景。清明时节，春风轻抚，柳丝摇曳，万物复苏中，似有朦胧的慵懒，却处处充满生机。大堤两坡，密密实实的护坡草，平展展、绿意盎然，细密草尖上的露珠，晶莹剔透。雾霭沉落坡下，坝壕里草木缥缈可见，远处的黄河，无声地流向大海。眼前的柏油路，夹在两行绿柳中间，带着清晨的潮润，更显漆黑。一条鲜明的黄线，从公路正中蜿蜒开去，使大堤宛如美丽画廊。沿黄河大堤前行，六七公里处下坡，穿过一个村就是直通门前的道路。我选择了一直往前，前方不远处，就是记忆中的引黄灌溉闸。约略在它曾经的位置停车，此处已是一座新建的小闸。小闸背靠黄河，正面是那条引河，引河把老家村庄分割成了东西两部。我审视半天，发现了大闸废弃的残迹，两个桥墩仡立前方不远处，变成小闸放水的通道。记忆里的大闸，如今成了曾经的传说，不知它的残存还能站立多久。时光无声，一切将被它带走，人生旅程结束的时候，记忆就会消散，心里掠过一丝惆怅。突然，生出一种冲动，想一直往前走，走到小时候下洼拾草的槐林，随即，冲动又潮水般退去。"心马"如箭，几年前就发现，脚步已经跟不上心的驰往，想法与冲动经常被迫交由将来，将来又是什么时候呢？

站在黄河大堤，顺引河望去，五百米处是我家老宅。老宅是一个家族的根基，生长于斯，它便是你一场人生旅行的起点，又是归宿。人到中年，它在心中分量越来越重。老宅上的土屋，在一场大雨中破败，拆除老屋，似拆走了浸润在老屋泥土里的温暖记忆，氤氲其中的情感也随之消散。经姊妹八人商议，合力重建新房，在老宅上留住一份念想，用以牵挂那缕情思。新建的红色砖房，赫然在我目光的驻留处。房子平时无人居住，大约只是清明、十月一日（农历）两个上坟日子，亲人回家时的落脚点。想必，它的寿命会比我长，必将也会因没人陪伴很快老去，对它的命运我不愿多想。砖房冷硬，少了土坯房的绵腻温厚，好在它保留了老式民宅面貌。细心的七弟，在正房东侧设计了偏房，盘起锅灶，房子格局，恢复了我和两弟弟记忆起始时的模样。新房建好，使断炊十四年的老宅重现炊烟。

　　黄河口，文化根基陋薄。自小，没见上坟旧礼，所见所闻，也算庄重肃穆。购买"纸钱"，一般不托人代办，即使不得已请托他人，钱再少都要奉还。所购"纸钱"，要经过精心打理，先用大钞，在整摞"纸钱"上排布摁压，再整理成一打打扇状，而后对折，叠放整齐，置备酒菜吃食，一同放入白色柳条埝子。准备过程静穆严谨，精细入微，用这种程式和态度，表达对神明敬畏，以此虔诚，唤回天堂的神明，倾听后人心声，护佑他们命运。

　　"头顶三尺有神明。"神明近在咫尺，给人以抚慰，也让人有所敬畏，由此达成阴阳贯通。血亲纽带下的宗法制，营造的法外柔情，把最酷烈的法制传统，浸润得礼法相容，儒化成柔可绕指的文化体系，成为社会稳固的基础，世所无双。

　　如今上坟，不同以往。一人手揽埝子，众人尾随，脚碾黄土，微尘轻扬，默然走往坟地的景象，不复存在。去往公墓的路上，绵延逶迤，是一排车辆。商人打通了"阴阳"阻隔，世间奢靡之风，在阴间蔓延。

祭品顿然丰富，有黄表纸、食品等"钱粮"与纸马，还有"豪华大楼""奔驰轿车""金元宝"及各色奢侈品牌，大面额冥币竟达 10000 亿元，"天堂"净土，变得烟熏雾绕。

家族墓地，是一块三角形坟场。顶端是曾祖，其后并排三座坟墓，分别安葬着爷爷、大爷爷、三爷爷，父母的坟在第三排。父母"身后"，将是我们七兄弟，空间甚为局促。四哥，故去两年，坟头的野草告诉我，他已安眠地下，再不醒来。大哥是要操心的，他嘟哝着用脚画出了自己的位置，然后用步幅丈量着整个空间，每走一步，便是一位兄弟的"归宿"。我排行第五，不由瞄一眼四哥坟墓旁边，那里是一隅荒草，那个位置属于我。记得二哥说过，他将来要葬于家族墓地，回家"守祖"。对于后事，我还没有想好，也不去多想。在这里，第一次感受到，生死相隔如此之近。

家里上坟，持守简约。基本采用传统祭品，只有姐姐会买少量冥币。祖坟上的"纸钱"，都是大哥亲自点燃，女人们围拢在父母坟前，单独点燃父母的一份，再将火苗引向其他坟前纸槽。

在女人们一片哭声中，烟火袅袅，忽隐忽现，缭绕升腾中，一缕青烟直上云天。缕缕烟雾，是去往天堂的信使，将人间供奉交付先人，勾连起了天地间的思念与牵挂。这一刹那，眼泪模糊了我的视线，顿生肃穆与敬畏。我双膝跪地，身形直立，而后躬身俯首，将头点地，在对先人的敬畏中，寻找自己的灵魂的归属。

原载《青岛文学》2021 年第 5 期，《散文·海外版》2021 年第 7 期转载

在丽莎餐厅围炉白话

简　默

一

出格尔底寺，桑吉驾车拉着我，沿着来时的路，重新回到郎木寺镇上。

在郎木寺，无论四川的格尔底寺，还是甘肃的赛赤寺，都居于海拔比较高的山间平地，它们是附近藏族同胞的精神海拔和信仰高度，他们抬头便能望见格尔底寺的银顶和赛赤寺的金顶，世上所有的阳光，来自四面八方，这一刹那，仿佛都凝聚在了这些银顶和金顶之上。他们虔诚地闭紧双眼，纯净的泪水如果核砰然坠落，不由自主地双手合十，举过头顶，仰望蓝天，念念有词，五体投地，匍匐前行……

在郎木寺，穿绛红色袈裟的僧侣，似乎比穿民族服饰或普通装束的藏族同胞多。僧侣当然也是藏族同胞，他们中从老年、中年到青年，甚至少年和儿童都有，从他们的脸上，你可以看见岁月沧桑、淡定、成熟、平和、稚嫩等各种各样的神情，许多这样的神情以时间为顺序，连缀在一起，就是一个僧侣在寺庙的一生。在这儿，没有一家藏族同胞会排斥和拒绝将自己家的孩子送往寺庙当僧侣，相反，成为一个僧侣是一件令他的家庭倍感荣耀的事情。他将走出家门，沿着那条不断上升的路，一步一步地，走进寺庙，守着一盏属于自己的酥油灯，以自己的声音诵经礼佛。而等他再回到家里，原本由父母坐的首席位置，此刻已经换作了他。

我是一个凡夫俗子，来自滚滚红尘，对于寺庙和酥油灯下的日常生活，我都是匆匆过客，比如说此刻，我在瞻佛过后，除了若有若无的脚印，被一阵风吹得无影无踪的呼吸，啥都没留下，我依然要从佛的莲台边，沿着那条不断向下的路，一步一步地，回到我的尘世。

二

已是午后两点多钟了，寒冬正月的郎木寺游客稀少，曾经热闹的街道上来往着几个人，他们孤独的影子像短短的时针印在青石板上，衬得街道愈加空空荡荡。上午我来时飘起了雪，起初雪不大，纷纷扬扬的，中间停了一阵子，等到我和桑吉从郎木大峡谷往回走时，雪又下了，上来就是猛烈的鹅毛大雪，迎面封住了眼睛，迷茫了道路。这样下下停停，仿佛有规律似的，其实没啥规律，下不下，停不停，都掌握在老天爷的手中，他翻手便下，覆手就停，全凭自己的心情，根本不用看谁的脸色，就是这么简单。至中午，老天爷玩够了这套把戏，换了种表情，阴沉渐渐地漂白了，甚至绽开了一角角浅蓝，出太阳了，尽管太阳的体力正在恢复中，阳光有些有气无力，你大胆地与它对视着，它却刺痛不了你，但已经足以让包括我在内的人们欢欣鼓舞了。

藏歌执着地从青石板下的土地长出，像浓重的炊烟，源源不断地涌上天空，化作一朵一朵的云彩，又像骑着一匹骏马，仅仅是一眨眼，就将不长的街道跑了个来回，"嗒嗒"的马蹄声回旋在我的头顶之上。

藏歌当然是嘹亮的。世上真正嘹亮的歌声并不多，如果哭声也算一种歌声的话，婴儿的第一声啼哭就是这样的歌声。你想想看，在静静的产房，在场的人能够听见彼此的心跳，婴儿没等睁开眼，就拼了力气喊出了自己一生中的第一声哭，这声音沾着血迹，甚至挂着某些黏稠的汁液，仿佛在向这个世界宣告：我来了！而真正的藏歌像这样的哭声一样，也是自胸腔里带了血渍，从充血的嗓子冲决而出。在电影《塔洛》中，独身一人的牧羊人塔洛，遇见了理发店女店主杨措，面对一场看似突如其来的爱情，塔洛在歌舞厅封闭的包间里，唱出了自己唯一会唱的一首拉伊。这首拉伊是他在荒无人烟的山里放羊时经常唱的，连绵起伏的群山不同于狭小暧昧的包间，在山里他无论坐着、躺着抑或站着，想唱就唱，开口便唱，他在云彩似的羊群中间唱，淘气的羊们一齐抬起头，湿漉漉的眼珠一动不动地盯着他，心想自己的主人昨天还好端端的，今天咋犯癔症了？吼来吼去的，让它们听了难受。只有远方的雪山，和住在山巅的神懂他。他的歌声从他矮小结实的身体里迸发和奔突出来，撞到崖壁上，一连串回声，像滚雪球越来越大，抱着风一溜烟攀上了雪山。神听见了他粗粝而低沉的歌声，他自孤独中央生长的孤独，他沸腾的热血和近乎原始的心跳，像万千青稞长长的芒刺，刺疼了纯洁的神。山被施了咒语动弹不得，云刹不住自己流浪的脚步，草一年又一年地青了黄了又青，拉伊冲泻出一个又一个天生五音不全的嗓子……

我的脑海中盘旋着塔洛的拉伊，它像从平坦的河谷上升起，攀上了高山之巅，久久地伫立不动，头顶大朵大朵的云彩随心所欲地拼搭着积木，眼前大风驾驭着一万匹白马呼呼跑过，终于借助电波似的起伏跌宕的花腔，重新回到了河谷之上。我所在的这片地域，有一种地方戏叫柳琴戏，戏中女角为了表达自己欢快的心情，也有类似戏剧化的花腔唱法，俗称"打花舌"。即使藏歌在歌唱忧伤如水的爱情，你也听不出悲哀，在它静静流淌的水面之下，惊心动魄地奔涌的仍然是轻松与明快。当我们的生存极限只是藏族同胞的生存底线时，我们或许才能渐渐地理解，他们在如此高的海拔之上，面对最寒冷的气候，努力呼吸着最稀薄的空气，没有比高原更高的健康乐观的心态是活不下来的。我们踏上高原，由此开始，每一条道路都通往藏歌的天堂和海洋，你路上遇见的每一个藏族同胞都会以热烈的歌喉和奔放的舞步，为你搭起一座云上客栈。

　　这些有的是我曾经听到的，更多的是来自我的想象。事实上，当我和桑吉下车走向郎木寺那条两旁商铺林立的街道，就听见了随风飘来的藏歌。这歌声飘自左边的某间商铺，它不像我费尽心思地描述的那样，它属于那种经过"包装"用于表演的声音，失去了原汁原味的天籁之声，添加了学院的改良和训练，加以电子合成器意乱神迷的伴奏，使它距离高原、雪山、湖泊等自然的存在越来越远，而离舞台、光碟、音像店等人工的操作越来越近。我想起我们五年前初到日喀则的那个夜晚，对方设宴欢迎我们，青稞酒酣之际，对方领着一对身着藏民族盛装的男女，介绍是地区歌舞团的演员来向我们祝酒，他俩一开口就镇住了我们中的绝大多数人，此前我们很多人仅听过《青藏高原》《天路》等流行歌曲，而从未身临其境地听过藏族同胞演唱的真正的藏歌。因此，当他俩高亢洪亮的歌声冲破胸腔，喷出喉咙，撞击向屋顶，就要将屋顶掀去时，我们的确大都受到了感染，纷纷端起斟满青稞酒的杯子，仰脖一饮而尽。我不得不承认，他俩的配合是如此默契，他们的嗓音同样尖厉而响亮，仿佛浑然天成地交织在一起，这是他俩日常训练和无数次在现在这种场合磨合的结果。在这样嘈杂的环境中，我看见了他俩落落大方之下残存的局促与羞涩，听到了他俩冲口而出的歌声中掩饰不住的惯性与流丽。不知为什么，我老是觉得我们是一群不称职的听众，而他俩走下舞台来到我们中间，他们的歌声，他们的表情，他们的动作，甚至他们在日常生活中从未穿过的盛装，都具有了表演的性质，所有这一切，只不过代表热情好客的主人，烘托和渲染着现场的氛围，劝我们多饮几杯青稞酒而已。我只是可惜那两副歌喉，我想，如果他俩不是如此衣着光鲜地出现在这儿，而是穿着日常最普通的藏装，手中捏着一条乌尔朵，在高原上驱赶着自己的牛羊，想唱了张口就唱出来，那是一个多么迷人充满诱惑的场景啊……

三

桑吉领着我走进丽莎餐厅，凑巧的是，那家飘出藏歌的音像店，就在餐厅的隔壁。餐厅的玻璃推拉门和两边的橱窗上，信手涂着红色的英文，张贴着各色各样奇思妙想的贴纸，餐厅内是那种路边小吃店的格局，装修简单，桌椅吧台普通，但让初来者眼花缭乱的是四面墙上贴着的各国纸币，来自世界各地游客的留言条，上面写着不同的祈福语和各自的感受，钉在墙间的签字 T 恤衫，还有照片、名片、手帕等你想到或想不到的物件，头顶上悬挂着五颜六色的户外联盟的队旗，一把藏刀收敛了自己汹涌的锋芒，隐藏在装饰精美的刀鞘中，斜挂在墙柱上。所有这些，各归各位，看上去随意、花哨，甚至有些凌乱，互相之间也不搭，却体现了这间餐厅的包容。是的，包容，下面我还要写到它。

餐厅中央，立着一座铸铁大火炉，锃亮的白铁烟囱矗立，炉火烧得正旺，炉身被烧红了，像是喝醉了酒，源源不断地散发着热量。三把烧水壶静静地坐在火炉上，它们周身都被煤烟熏黑了，有一把壶嘴吐着丝丝袅袅的水雾，现在它们是安静的，用不了多久，它们都会咕嘟咕嘟地沸腾自己，湿润的水雾迷蒙一片。桑吉和我，各搬了一把椅子，坐在炉子的两头，餐厅的女主人丽莎也拉过一把椅子，坐在我的斜对过。今天丽莎穿着花袄黑裤，头戴黑色花头巾，周正的脸庞红润如山里红。来之前我听熟悉丽莎的朋友介绍过她，她是附近临潭县的回族同胞，没读过啥书，十八岁嫁到郎木寺，二十多年前与同为回族人的丈夫在镇上开了间小饭馆，主营包子、饺子和酿皮等，来光顾的几乎全是郎木寺人。三年后，慕名来到郎木寺的外国游客逐渐增多，美国游客教会了丽莎做汉堡和炸薯条，欧洲游客教会了她做苹果派、意大利面等，就这样，来一个外国游客教会她做一道西餐，小饭馆的西餐种类越来越丰富，来自各国的游客都能在这儿找到自己舌尖上的美味，从胃口出发，这弥合了他们在异国他乡的缺憾，使他们得到了一种既熟悉又陌生的认同。小饭馆也更名为"丽莎餐厅"这一听上去有些洋气的名字（其实丽莎姓吴，名丽莎），漂洋过海摇身进入国外的一些旅游指南之中，成为各国游客来郎木寺就餐的首选和必选餐厅。丽莎自嫁到郎木寺便几乎没出过小镇，也没吃过地道的西餐，但她是一个聪明有心的女子，外国游客来到郎木寺，想吃家乡的饭食了，在丽莎的小饭馆自己动手做，丽莎在旁边悄悄地学会了，这不是啥偷学手艺，而是凭着自己的专心和细致，光明正大地学会的。她还在与外国游客打交道中，学会了许多英语、法语、德语等外语的基本用语，能够与各国游客直接对话交流。作为一名虔诚的穆斯林，三年前她和同为穆斯林的丈夫跨出国门，实现了赴麦加朝觐的夙愿。

　　我和桑吉一人要了一杯酥油茶，丽莎起身去给我们倒。我又环视了一圈四周，对桑吉说，这儿挺有小资情调的。桑吉说，情调个毛，就他们家那个菜，你是没吃过……眼看丽莎一手捏着一纸杯酥油茶回来了，我赶紧截断了桑吉的话。我此前与桑吉通过多次电话，却是第一次见面，这次跟随着他一路走来，基本是我问他答，作为郎木寺附近土生土长的藏族同胞，他有自己执着坚定不可动摇的宗教信仰，他也对藏民族文化习俗熟稔于心，如数家珍，都有令我信服的解读。但在一些问题上，他却对我保持着警惕和戒备，这当然与我的汉族身份和他对我的不了解有关，我们的交谈有时会因此而中断，每逢此时我总岔开正在进行的话题，另寻一个话题进行下去。事实证明，这是一个明智之举，如果我咬住某个话题不放，打破砂锅问到底，只会叫桑吉为难、难堪甚至厌恶，让我们自初次见面开始的交往变得困难重重，戛然而止。而作为一名"80后"，桑吉至少比我小了十几岁，这让我们在看待事情的角度和立场等方面，都有诸多分歧，当我说出自己的认识和见解时，他有时不置可否，猛不丁地来一句"你以为呢"，实际上是肯定了我，却是以反诘的语气，包含了玩世不恭的意味在里面。比如说此刻，他的玩世不恭再次占了上风，我清楚接下来他会彻底否定这儿的菜，毫不留情地大加挞伐，我相信他会是这样的，于是我从喉咙中探出一柄利剪，及时剪断了他的话头。

丽莎重新落座，桑吉和我一人捧一杯酥油茶，埋头小口地啜着。我问起丽莎对过去郎木寺的印象，这勾起了她怀旧的兴致，她打开了话匣子。她有些兴奋又有些向往地说，我很喜欢那时的郎木寺，漂亮得很呢。我家的房子是空心砖垒的，很小的样子，像帐篷一样，房子后面遍地盛开着格桑花，白龙江就在房子旁边一刻不停地流淌着；水力转经筒，藏族同胞叫"曲克尔"，隔上几米就有一座，它们高一米左右，是用木头做的；一座绳索搭的软桥，人走在上头摇摇晃晃的。对了，还有两座水磨坊，藏族同胞叫"曲达阔"的那种，在我们的房子后面，那些藏族同胞都背着青稞来磨成粉，做糌粑。那时白龙江水清着呢，河里的水能吃，一眼看得见成群的鱼，伸手就能抓到。我很怀念那个年代，我是一个小姑娘，到山上连根拔下来格桑花，扎成把，一把五块钱，卖给中外游客，它们能存活一个月。格桑花你见过吗？郎木寺的格桑花不止一种，有多种，有黄色的、紫色的、红色的、白色的，它们一年开三次花，六月初至八月底开得最多、最旺盛，到处都是。丽莎完全沉浸在了回忆当中，白龙江水昼夜潺潺流淌不息，带动着水力转经筒和水磨不知疲倦地追撵着液态的时间——水流,格桑花这儿一簇,那儿一簇,连成了片,缤纷如星辰,将自己高高举过头顶,成为湛蓝天幕下最美的眼睛……

桑吉插话道,说到格桑花,大家都知道的说法是,第七世达赖喇嘛的法号叫格桑嘉措,他转世在四川理塘,离开理塘时他将某种花的种子带到了拉萨,种在布达拉宫周围,格桑花之名由此而来。格萨尔王你知道吧?我们藏族也有个传说,战士格萨尔王骑马走过的地方,马蹄印处都会长出格桑花。格萨尔王是世界上最长的英雄史诗《格萨尔王》中的主人公。因为《格萨尔王》长,一般人看不完,桑吉说,藏族还有句谚语,如果你想虚度光阴,你就去看《格萨尔王》。他解释道,这其实是说过去藏族同胞不注重教育。在作家次仁罗布家,闲聊中我曾听他说过,根据藏族传统,"神授"是成为《格萨尔王》说唱艺人的方式。在雪域高原,类似奇异而真实的事情时有发生,比如一个一字不识的牧羊少年,白天追随着他的羊群,在自家牧场里放牧,天黑了将羊群赶回圈中,生活像这样日复一日地被惯性推动着向前。突然有一天,他躺在荒凉静谧的山间睡着了,睡着睡着做了一个梦,梦中一位天神骑着一匹白马,从天降临,来到他身边,对他说,我是格萨尔王的大将,你被我们选中了,你要珍惜自己的好嗓子,在世间说唱传播格萨尔王的功绩。醒来后,他便能用语言说唱《格萨尔王》,甚至说唱上几天几夜也不会觉得累。这样的过程,就是《格萨尔王》说唱艺术传承中的"神授",它超越了自然和人为的力量,仿佛在冥冥中,借助藏民族的宗教信仰,与藏民族崇仰的神灵声气互通,神灵附在他身上,来到现实人间,通过他的嘴巴来说唱这个神灵或其他神灵的功绩,他在凡人和神灵之间搭起了一座桥,他也因此获得了说唱英雄史诗的非凡能力。在一定程度上,我们也可以说,他是神灵在世间选定的代言人。同样因此,《格萨尔王》通过说唱艺人的嘴巴和广大藏族信众的耳朵，在草原上传唱至今，成为活着的英雄史诗。

我没有缘分和福气在现场凝神聆听艺人说唱《格萨尔王》，但我想象这一定是一段令我一生难忘的经历。在甜茶馆里，不，应该是在广袤的羌塘草原上，只有羌塘草原宽广的胸怀，才足够格萨尔王的坐骑天马江噶佩佩布尽兴驰骋，才能配得上旷世英雄格萨尔王的故事。大家围成一圈，艺人站在中央，他通神的灵性又一次如格桑花灿然绽放了，格萨尔王被他从雪山之巅迎请了下来，像雄鹰君临草原。头顶的天蓝如羊卓雍措的水，没有一丝皱纹似的涟漪，调皮的云彩都不知躲到哪儿捉迷藏去了，温暖的阳光像佛祖盛大浩荡的慈悲，一刹那洒遍了整个羌塘草原。他的双眼像两泓山泉，深邃清澈，此刻贮满了慈悲的汁液，有金色的光芒在上头跳跃和舞蹈，他那双眼睛像被突然拨亮的灯捻，愈加明亮了，所有与他对视的眼睛都被刺得睁不开了；他浑身发抖，激动不已，格萨尔王纵马驰骋在他的脑海中，他清晰地听见了牦牛号角的召唤，愈来愈近的"嗒嗒"马蹄声，他控制不住自己，他要讲述，他要吟诵，他要歌唱，刚这样想，他就情不自禁地开口了。大家追随着他的歌声，就像追随着格萨尔王到处征战降魔，他们深深地陶醉了，站累了，就一齐盘腿坐在草地上，仰头注视着他，只有他，一个人站着，手舞足蹈，说唱不停，似乎他只会保持这样一种状态。大家陪着他，忘记了牛羊，忘记了吃喝，不知不觉地，三天三夜过去了……我仅在荧屏上看见过一个年轻人说唱《格萨尔王》，那个房间好像是录音间，年轻人披挂着格萨尔王的装束，走上为他一个人而设的舞台，坐定了，就像内地茶馆曾经有的说书人，只差一块醒目。在他的面前，立着一架漆黑的摄像机，它将忠实地记录下他的一言一行。他开口说唱了，唱腔像江河水在流淌，中间没有停顿，也没有阻隔，顺畅地一流到底。平心而论，他有一副好嗓子，浑厚嘹亮，他也熟稔自己说唱的内容，他自小便崇拜格萨尔王，他和他的故事已经挺立成他的脑干，任谁也抽不去。但在这狭小封闭的空间，没了那些草原上站着或盘腿坐着的听众，他只能说唱给自己听，说唱给那架冰冷生硬的摄像机听，这白白浪费了他的一副好嗓子，表演也让一切变得形迹可疑，虚假夸张……

丽莎继续说下去，她说那时外国游客真多呢，他们在郎木大峡谷搭起帐篷露营，白天闲逛到了镇上，肚子饿了，推开她的小饭馆找吃的，就教会了她做西餐。白龙江水在她和邻居们的房前屋后哗哗流淌，这条发源于大峡谷的小河是那么清亮，仿佛流经她们的心田，她们的生活离不开它，她们每天来到它身边照着它梳妆打扮，浣洗衣裳，淘米洗菜，烧开饮用。她们没有饮水安全的概念，水一直是流动的，昨日的水已经不是今天的水，此刻的水也不是彼时的水，水在不停流动中净化了自己，保持了新鲜和纯净。附近的藏族同胞也来一趟趟地背起它，浇灌地里茁壮生长的青稞，喝下这水的青稞磨成粉做糌粑总是那么香甜。说着说着，丽莎开始变得愤怒，她看上去有些激动，挥舞着双手，大声说当地政府没头脑，不会规划，一句话，啪啪啪，全部拆掉了！小房子没了，水力转经筒没了，水磨坊没了，软桥没了……全没了。一座座楼房盖起来了，做生意的人来了，他们往白龙江里排放污水，白龙江水变脏了，不能洗衣服了，不能吃也不能喝，只能涮拖把，越来越臭。再加上乱收费和高收费，游客都不敢来了。先是外国人不来了，人家国家有那么多高楼大厦，跑你郎木寺来看啥？就为了看这些楼房吗？紧接着中国人也不来了，他们被宰怕了。说心里话，我喜欢以前的郎木寺，没有这么多楼房，我不喜欢大楼，高楼大厦没意思，我干了几十年了，钱我有，我去年修的房子，原来只有二层，又被逼着加盖了一层。她无限伤感地说，现在郎木寺完蛋了，除了寺庙没有变，其他全变了，你看那些个宾馆越盖越高，游客却越来越少。今天你们来，我在晒太阳，餐厅里是空的。说到这里此她不再往下说了，叹了一口气，撂下我和桑吉，起身走了。

四

我理解丽莎对郎木寺发自内心的热爱，也清楚她对郎木寺日益凋敝的失落。从推门进来围炉坐下至今，一个多小时了，我一直注意着来就餐的顾客，只有两个藏族同胞坐在左边靠墙的桌子前，两个人并肩而坐，一人点了一碗炮仗面，很快吃完结账走人，这就是此时丽莎餐厅的经营状态。丽莎比我大一岁，我们经历了共同的年代，有着类似的记忆，但她比我幸运，她看见了那个年代的郎木寺，在它温馨而诗意的怀抱里生活过，她也因此懂得啥是青山绿水一片，啥是人与自然和谐相处，这给她留下了深刻的印象。待我被各种花样文字和视频煽情与怂恿着来到郎木寺时，它却不是那时的郎木寺了，它已经被以开发和建设的名义折腾得死去活来。和丽莎一样，我也热爱和向往那时的郎木寺，我曾有过类似的记忆，清澈见底的小河，鱼虾活泼地窜来窜去，口渴了双手掬捧河水喝个痛快，与稻田和鱼塘比邻的老磨坊，漫山遍野的映山红和山茶花……它们都永远活在我遗忘在黔南的童年记忆中，止步于我的十四岁。等到我怀着一颗被沧桑包裹的中年的心，以寻旧的心情再来时，它们都已经变得覆水难收，面目全非了。是眼前的商机和其中唾手可得的利益，让这片土地的主人失去了理智，被席卷入了财富发动的飓风，他们自以为是地认为，河流、稻田、鱼塘、老磨坊，甚至祖先似的至少站立了上千年的山野，都是不靠谱的存在，是不切实际的无用之物，只有将它们每一寸立锥之地，像插栽水稻秧苗似的种植上房屋，等待被征收和补偿，才能让他们觉得踏实、心安理得。他们这样想时，就已经这样做了，到处"种"满了楼房，一座更比一座高和大，人走在狭窄的通道中间，仿佛进入了一座迷宫，抬头只望得见屋檐，却看不到天空。而像郎木寺这样的地方，虽然养在深闺似的僻远之地，但一旦声名远播，先被不同肤色和语言的外国游客欣赏与流连，后是国内游客纷至沓来，看上去似乎有无限的商机和利益，散发着腥膻，诱惑和吸引着当地与远方的人来此追逐投资的最大化，以文化旅游的名义或是其他名目的开发不可避免。开发是一把双刃剑，它一方面发展和繁荣了郎木寺的经济，带动了各族群众致富，改善了他们的居住环境，提高了他们的生活质量，使郎木寺迅速膨胀为一个热闹富庶的地方；另一方面它打破了人与自然和谐共生的平衡，改变了人们的生活方式和习惯，使过去世外桃源般的郎木寺，在表面的光鲜喧嚣和生机勃勃之外，也暴露无遗了它的混乱、矛盾与丑陋。

我从我所在的这座内陆城市出发，沿着高速公路，一路狂奔到成都，由此正式踏上了318国道。行驶在这条最负盛名的老国道上，我经常会与高速公路和铁路，甚至高速铁路并驾同行，它们中有很多都是近年修建的，奔跑在上面的汽车和火车，以藐视我的速度朝着相反的方向绝尘远去。与它们相比，我感到了时间的限度、缓慢和停滞，我觉察到我与时间的关系正在变得纠结、拧巴和错乱，我陷入了时间带给我的恐慌和焦虑当中。在我的面前，一个由过去、现在和未来共同构成的三维图景，正在飞速地展现着，变幻着，没等看清楚，我已经被排斥在了图景之外。而在有些地方的一些东西，却一直没有改变，比如郎木寺上的信仰。在丽莎餐厅，墙上醒目地张贴着英文世界地图，外国游客进门，迎接他（她）的是一句英文问候，然后递上的是一份英文菜单，这些都说明丽莎餐厅和它所在的郎木寺，已经融入了全球化的滚滚浪潮之中，成为地球村里的一道风景，但餐厅女主人丽莎和她丈夫的信仰仍旧坚如磐石。我遇见过格尔底寺的一位年轻僧侣，他看上去有十八九岁，已经飘上两朵高原红的脸庞稚气未脱，洋溢着朝气和活力，我问他，你天天这样诵经不感觉枯燥和无聊吗？他答，我每天都在寺庙里学习佛法，感觉十分充实和快乐。我又问他，如果叫你脱下这身袈裟，到外面的世界去看看，你去不去？他毫不迟疑地回答，不去。当他回答我"不去"的那一刻，我正盯着他的眼睛，他的双眼是那么清澈、安静和纯净，而在内地，像他这个年龄的年轻人，我从他们的眼睛里看见的更多是冲动、迷惘与欲望。我敢肯定，他的眼神，甚至他的心灵，都与几十年前乃至几百年前格尔底寺为数众多的僧侣重叠而吻合，什么都没改变。我必须承认，这位年轻僧侣与我素昧平生，但我清晰地捕捉到了他身上打着的鲜明烙印，它与传统、文化和信仰水乳交融，这直接影响与决定了他的思维习惯和思维方式，也使我感受到了一种绵延不断、执着温暖的力量。

五

丽莎的丈夫坐上了丽莎的椅子，继续陪我和桑吉说话。我觉得这次我的运气不错，来前有人跟我说，吴丽莎是郎木寺镇上数一数二的厉害女人，这样说一是说她能力强，做成了许多人做不了的事情；二是说她强势，脾气火暴，说话很冲，不好打交道，据说有时脾气上来了，连丈夫都敢打，一副天不怕地不怕混不吝的样子。但这个下午，我和丽莎之间的谈话很融洽，她对我说出了自己的心里话，有些话她肯定不会对人都这么说，比如她说当地政府没头脑，不会规划等，她却对我说了，也许她觉得我只是一个与郎木寺毫不相干的过客，她也实在从内心里对郎木寺的现状不满已久，碰到我这个陌生人就随口倾吐了出来。而在我眼中，这个几乎与我同龄的女人，有着西北高原女人的泼辣、真诚、坦率与粗犷，说到过去的郎木寺时，她又是忧伤的、细腻的、敏感的，这些听上去有些冲突的词语，组合成了一个活生生的、懂得爱恨情仇的丽莎，她不加遮掩地活在自己的真实中。面对眼前的她，我无法不怀疑那些关于她的印象，包含着偏见、傲慢与片面。对于过去，我和丽莎有着类似的追忆和感触，我当然认为那个年代单纯而美好，像一张黑白分明的照片，居于中心的、值得回忆的，是那张被定格的永远年轻光洁的面孔，我们所谓的怀旧和回忆，意义大抵在此，我没跟丽莎交流过这个想法，但她的眼神告诉我，她认可我的想法。

丽莎的丈夫姓丁，名学文，这是他的学名，听上去挺文雅。他还有一个名字，不知应该算小名还是教名，叫绿腿。当他说出这个名字时，我正端起那杯酥油茶，我确实弄不清从他口中吐出的是哪两个字，又问了他一遍，随后我喝了一口酥油茶，他一字又一字地向我说清了，我含在口中等待下咽的酥油茶差点喷了出来，但我忍住了，我是真的想不到世上竟有叫这个名字的。细细想想，这似乎还真是一个有色彩、含诗意的名字。丁师傅高高的个儿，长长的脸盘，灰白的络腮胡，头戴白色小圆帽，身穿藏青色长工作服，背后印着某调味品的广告语。据丁师傅说，丁氏家族自他爷爷一辈共三家因经商来到郎木寺，传至今已历五代，成为镇上回族大家族。从兰州一路进入甘南州，我坐在车里，看见公路两边凡有村庄处，就有清真寺，一个村庄至少有一座，有的村庄甚至两三座，都是那种浑然高阔的圆顶建筑。在郎木寺，随着回族同胞来此经商，同时带来了他们的信仰，渐渐地建起了清真寺，就在格尔底寺的入口处右边，几经重建和维修，却始终在这个位置。从格尔底寺出来，桑吉在车上等我，我特地到清真寺近前看了看，这座逊尼派清真寺去年刚维修过，看上去焕然一新，大门色彩明艳，古朴宽阔，两边镂刻着繁体汉字长联，与兰州到甘南州一路所见截然不同的是，它一改司空见惯的圆顶，高高的叫醒楼，尖顶冲天，覆以六角重檐彩瓦。此时不逢礼拜，大门紧闭，我朝里面望了望就走了。

郎木寺有着丰富的宗教文化，藏传佛教与伊斯兰教在这儿相互包容，却又保持着各自的独立，即使同为藏传佛教格鲁派寺院，格尔底寺和赛赤寺供奉的佛像与僧侣所学的经文也不同。在这片以藏族同胞为主的藏回混居区，藏族同胞诵自己的六字真言，煨自己的桑，转自己的经，回族同胞念自己的清真言，做自己的礼拜，他们互相尊重对方的历史和存在，谁都没想过干扰谁，更没想过改变谁。就像丁师傅说的，藏族同胞与回族同胞在这儿称兄道弟，他们各自信仰的宗教也默默地互相包容。包容是我在这个下午听见的频率最多的一个词语，我理解的包容不仅有宗教，还有文化、风俗，甚至饮食习惯，它们之间相互融合，你中有我，我中有你。最初是从舌尖上开始的，回族同胞开的小吃店有藏族同胞光顾了，他们坐在回族同胞中间，没觉得拘谨和生分，酣畅淋漓地吃上一碗炮仗面；回族同胞也来到了藏族同胞开的藏餐吧，喝酥油茶，吃风干牦牛肉，自己动手抟糌粑。在郎木寺镇上，我看见了令我感动的一幕，在一间藏族同胞开的酸奶吧，一位内地游客来买牦牛酸奶，她不会说藏语，脸庞黝黑的藏族店主也听不懂她说的汉话。这不要紧，他端出一只小塑料桶，又找出一只木碗，提起桶倒了满满一碗酸奶，正视着她，漾开淡淡的笑意，将碗推到她跟前，又指了指左手玻璃瓶里的白糖，应该是在说，这是自家养的牦牛挤的奶做的，有点儿酸，如果你嫌酸就自己放点糖吧。他的脸上迅即浮起一丝羞涩。我觉得这样真好，此时语言是多余的，一切都在默然无声地进行着，问和答都悄然藏在了心里，但一切又都是那么熨帖和到位，仿佛心有灵犀。我宁肯相信，那笑容，那羞涩，便是最好的语言。就连丽莎餐厅的饭菜为了适应不同国籍和民族的胃口，也有了包容性，所有的舌尖都能在这儿找到自己的故乡，丁师傅还别出心裁地自创了牦牛肉汉堡，让向往藏族传统文化的外国游客来到郎木寺之后先从味道上过把瘾。

丁师傅跟我讲了这样一件事情，那是五年前，几个美国基督教信众，在一个来自北京的中国翻译陪同下，来到丽莎餐厅就餐。应该说他们是有备而来的，他们也许是看中了郎木寺不同宗教共存的环境，也许是因为丽莎餐厅广泛的影响和包容，或是二者兼而有之。席间他们拿出一本《圣经》送给丁师傅，他婉拒了，他们又塞给他一个精致的十字架，他也拒绝了，最后他们提出来可以给他五十万元，条件是要他帮助在郎木寺传播基督教。丁师傅不假思索地摇头回绝了，那个翻译不解地问，为什么不行呢？那么多的钱！也许在他看来，这么一笔从天而降的巨款，在这个偏僻的小镇上，对任何一个人都有着难以抗拒的诱惑，但偏偏这个看上去憨厚朴实的回族男人，眼睛不眨就拒绝了，翻译迫切地想知道他内心究竟是怎么想的。丁师傅答，我喜欢钱，我凭我的双手挣钱，我吃得放心，但你给我五十万元，要我放弃我的信仰，你这个钱就是脏钱，我不喜欢吃这个钱。翻译追问道，你还能再考虑考虑吗？丁师傅继续说，别说是五十万，就是拉上一车钱也不可以，因为我是穆斯林，给再多的钱我都不可能出卖我的先人。翻译将这些话原原本本地翻译给他们听，他们当中一个老太太听后将手中叉子一扔，起身气冲冲地走了。

第二年，还是这些人，他们又来了。他们看见丁师傅和丽莎和和气气的，这次他们也绝口不提上次那个要求了。最耐人寻味的一幕是，这些基督教信众吃饭前都要祷告，当丁师傅给他们做好饭食并端上桌时，丁师傅不转身出去他们不祷告，只有目送他彻底离开了，他们才开始祷告。他们已经从内心里懂得包容丁师傅信奉的宗教，尊重他的信仰，他们清楚这信仰执着而坚定地扎根在他血肉中，是永远无可更改的。

丁师傅痛快地讲完了这些，我感觉他有些兴奋，甚至有点儿骄傲。他的目光转向桑吉，说，我们穆斯林有信仰，你们藏族同胞也有信仰，给你，你同样不会吃的。桑吉点了点头，肯定地说，我认识的所有藏族同胞中没有一个不信佛的。

半个多世纪以前，美国传教士和藏学家罗伯特·彼·埃克瓦尔曾经来到郎木寺，他说："藏地支配着我的传教思维。"他试图继承父辈的使命，在这片藏传佛教和伊斯兰教已经根深蒂固的土地上传播基督福音，使基督教成为这儿多元宗教之一元，经过先后两次七八年的努力，他失败了，至今郎木寺附近已经找不到一点有关基督教的痕迹。这位虔诚而执着的传教士马背上的身影，连同他不辞劳苦地跋涉奔波的足迹，都被风吹雨打得干干净净，他本人却凭一部《西藏的地平线》，阴差阳错地成了一位藏学家。我曾到过西藏芒康县盐田镇上盐井村，一百多年前，一位法国传教士在这儿建起了西藏第一座也是唯一一座天主教堂，此前他有了第一批寥寥无几的信众，这在众神肃立的青藏高原，已经是一件非常不容易的事。信仰作为一个民族传统文化中最根源、最核心的部分，贯注在人们的血液之中，扎根在他们的身心深处，是支撑他们肉体和精神的骨骼，更是轻易动摇不得和改变不了的。因为，它已经渗透入这个民族的文化形态和日常生活的方方面面，主宰着这个民族的价值取向、思维习惯和行为准则。我的理解是，信仰作为一种传承已久的文化传统，其实是从内心深处出发，对自然和生命永葆始终如一的敬畏。正是因此，无论罗伯特·彼·埃克瓦尔，还是他的后来者，来到地处青藏高原东部边缘的郎木寺传教，都水土不服无功而返，是信仰像一道坚固高耸的藩篱，将任何改变、动摇和替换，决绝地挡在了内心和生活之外。

我问丁师傅知道罗伯特·彼·埃克瓦尔吗？我正是读了他的《西藏的地平线》后，才萌发了寻找他的足迹的冲动而来到郎木寺的，我向桑吉和丽莎也打听过他，他俩都说没听说过他，我感到有些失落，也有些悲凉，据说当年这儿的人们都熟知他，他在带来他的信仰的同时，还带来了西药和医疗技术，为郎木寺附近的人们缓解和祛除病痛。仅仅过去七八十年，当年这儿的人们的后代就忘却了他，这主要归因于他那失败的传教生涯。我是说，如果他成功地将基督福音传播到了这片土地上，使基督教牢牢地扎根成为这儿某些人的信仰，那么，至少有人会沿着自己信仰的藤蔓，找到系在十字架上的他。遗憾的是，丁师傅也不知道他。我向丁师傅大致介绍了罗伯特·彼·埃克瓦尔的情况，他说，你说的那时候，我的爷爷他们三兄弟就住在郎木寺，我的父亲也是在这儿出生的，他们都是穆斯林，他传给谁去？显然，丁师傅考虑问题的角度和立场，总爱从自己最亲近的人，和他们的信仰出发。

就这样，信仰成为继包容之后，在这个下午出现频率最多的另一个词语。此刻，在餐厅，丁师傅、桑吉和我围炉而坐，丽莎正站在吧台前，我们四个人，桑吉信奉藏传佛教，丽莎和丁师傅信仰伊斯兰教，只有我，我的信仰是什么？《现代汉语词典》对词条"信仰"的解释如下：对某人或某种主张、主义、宗教极度相信和尊敬，拿来作为自己行动的榜样或指南。以此标准对照自己，我更加迷惘了，简直无地自容。丁师傅突然说，有信仰真好！桑吉不自觉地看了我一眼，在去往大峡谷的路上，我和他讨论过信仰问题，他仿佛一眼洞穿了我似的，说，你没有信仰。又补充道，你们汉族人中有许多人对宗教是假装信着玩，不是真的信。我不想否认他说的话，我也跟他说我的一个朋友有一天忽然对大家说他受洗了，似乎他受洗就意味着他有了信仰，成了一个真正的信众。但通过相当一段时间的观察，我发现他从思维、言语到行动，其实和过去那个他没啥根本改变，我想他大概就是桑吉说的那种假装信着玩的人，或者他只是将此当作了一种标签。说到我自己，我必须承认，当我面对庄严慈悲的佛像礼佛时，我是有求于佛的，它们有的是一些渺小卑微如尘土的心愿，有的是一些鲜明地指向急功近利的祈祷，无不与我内心骚动的欲望有关，为此我需要在佛面前燃香"贿赂"他。佛却一眼穿过缭绕如云的青烟，认清看透了我，他清楚我对他的顶礼膜拜，只是为了借助他无形的力量，来实现我自己有形的各种欲望。而一旦我的愿望落空，或是没有得到相应的回报和好处，我便怀疑佛的力量，即使曾在那些神圣的场合也不例外。我们当中总有一些人，因为看破红尘而出家为僧入道，而在桑吉这儿，在丽莎和丁师傅看来，他们的身体只是盛装他们信仰的寺庙，他们的信仰才是他们生活的日常与全部。

原载《雨花》2021年第5期

临渊起舞

李登建

一

我再次提出把手术日期延后一天。我有这样一种感觉，前面是一条深渊，我被推上了悬崖，丛生的乱石锋利如刃，我必须小心翼翼，倘若走错一步，就可能倒在这里，甚至坠入万丈渊底。

好在他们也不着急，还没有一个戴着深度近视眼镜、两鬓斑白、一脸凝重和悲悯的老医生郑重其事地检查我的病，仔细地看一看患部。一个年轻医生对照门诊记录询问过病情，在病床边站了不到五分钟，手机一响就走了。两个小护士出出进进，试体温、量血压、挂吊瓶，反复催我老伴补办住院手续，往卡里充钱。

一个其貌不扬的中年医生倒是每天上午下午都来病房里转悠，滴溜着眼，像个侦探。他不说话，我也懒得理他。

怎么也想不到，仿佛是一夜之间，我的天空风起云涌，境况发生180度的逆转，好端端一个人住进了医院，等待手术。我完全被搞蒙了，嘴里只会重复一个词："世事无常。"

半月前，屁股上出现拳头大的肿块，我以为还是那老毛病，不予理睬，等它闹够了，自行消失。可是这肿块竟越来越兴奋、蓬勃，我便去附近沿街诊所医治，老中医开了三包草药，让我煮沸半小时坐浴，一天一包，他晃着脑袋说这种疗法可直接作用于病灶，见效快。我照办，头一包用后疼痛即得到缓解，可是见鬼，剩下的两包药却找不到了，当垃圾扔掉了？不翼而飞？我幻想明天它们会自己乖乖地跑出来，急急忙忙去黄河大饭店赴宴。不想次日早晨得到休养生息的肿块，得意扬扬，"还乡团"一样反扑过来，不得已我又去诊所。那位老中医休班，小大夫给我使用抗生素左氧消炎。谁料万能的输液这回却不见疗效，三天后改用更厉害的头孢，并由一天输一次增加为早晚各一次，然而，难道那杀菌小分队从高高的药瓶下来经由长长的塑料管弯弯曲曲的血管到达病灶已筋疲力尽、无能为力？这窝在偏僻山沟里的家伙竟置若罔闻，全然不听招呼，而如同脱缰的烈马，一路狂奔，在一周后那个暮色聚拢的傍晚，它长啸着腾空而起——溃破了！

点开百度，搜索有关词条，资料显示这种病肿块溃破性质就已改变，转化为一种阴毒的顽疾，一个刁蛮凶悍、面目狰狞的魔鬼。

我被这魔鬼追逐着，无处可逃，病房是赖以藏身的堡垒吗？

二

像乡村的大集，长长的通道里人头攒动。吊着打了石膏板的胳膊的，渗血的纱布缠着半只脑袋的，重霜着脸踽踽独行的，被二三亲友搀扶着的，身子靠双拐支撑的，坐在轮椅上的……这是看得见的，更多也更重的患者装在病房的肚囊里。这家中小城市的医院，病房大楼就如此巍峨、气派，一座连一座，有多少病房，都住满了病人。还有病人住不下，普外科走廊里也加支了病床。来到医院你不能不确信，世界是由痛苦组成的，天下的病人这么多！它像一个可怕的"黑洞"，神秘莫测；它又不假任何掩饰，毫不扭捏，赤裸裸地把生活中最残酷的一面撕开给你看。但是有一点，这里人人平等，不论贵贱都是病人，疾病从不向权力和金钱献媚取宠。耳闻某富豪正当盛年得了癌症，家产亿万却救不了命，绝望至极（他号啕着，从窗口把一捆捆百元大钞抛撒出去，纷纷扬扬，满天是黑蝙蝠），生命终点"活明白"了：人这一辈子，只有健康是真正的财富；贫穷、低微都无所谓，从出生到老去能无病无灾顺顺当当，就是最大的幸运和福气。在医院，这套理论是铁的真理。这里，还时常看到人们同病相怜、互相关照的情形，有很多感人的故事，不免让人感喟在生老病死面前、在危难时刻，善良、美好的人性才凸显出来，那闪闪发光的真诚、温暖并不稀缺、并不吝啬，这是外面世界罕见的、不可企及的。

我着一身蓝道道病号服，戴着采集了我姓名、性别、年龄等信息的腕带，以一个标准的病人的身份裹挟其中，心电图室、彩超室、核磁共振室……逐一"闯关"——他们过多依赖声、光、电技术，不论青红皂白先把你扔给冰冷、生硬的设备，没有了切脉问诊的手掌的温热。

"闪一闪，闪一闪！"喊声急促，穿白大褂的医生、护士拥着一个危重病人呼啸而过，人流被担架车划开一道沟。

所有的常规化验结果、仪器检测结果都出来了，主治医师才和我见面，啊，是那个"侦探"医生——护士尖着声叫：手术确有把握，俺主任做核磁共振阶段就介入了，俺主任是远近有名的"一把刀"哎——我快速瞄了一眼，重新"界定"这个四十多岁的男子，短发，目光锐利，一举一动显得很干练。"侦探"医生坐在桌子那边，我像犯人一样坐在这边。他铺开核磁共振的胶片，手指在一个地方画圈儿、敲打，说我的病属于这类病中很复杂的一种。我向他说明病史，他一边记录，一边插话深究某个细节。但末了，他翘起的嘴角流露出对我所患疾病的极大的蔑视。我的心一沉，直觉告诉我，他不是我要的医生——这几天除了上网查资料，我还四处拜访同类病人，我已大致知晓，它虽未跻身于大病之列，实则比大病也难对付，疼痛之惨烈，刀口之难以愈合，可谓病中之最。治疗起来非常麻烦，稍有不慎还将留下后遗症，后果无法挽回。我老伴的同事Z先生就是这种病，就是在这家医院做的手术，做了两遍都失败了，转院到北京，在北京的手术还算成功，但住院时间长达三个多月。有一天北京电视台"养生堂"节目谈这个病，说中日友好医院收治的一个病人反反复复做过七次手术。看完电视，整个晚上我心惊肉跳。也许是我生性怯懦，可是我对面的这个医生也太"轻敌"了，特别是说到手术复发率高达50%时，他是哈哈笑着说的，没皱一皱眉头，他没有联想到病人的痛苦，缺少同情心。这也难怪，人家天天接触病人，见多了，熟视无睹，变得冷漠，很正常。第一个手术还是给人做，第一千个、一万个手术就是割牲畜的肉了。这好像是医生的"职业病"，有一部分医生患这种病，病入膏肓。我们患病医生治，医生患"病"谁能医治？

在现代化医院，没有治不了的病，医生张嘴就是"我给你割掉"！——多快好省——至于割掉之后怎样，好像不是他关心的事情。衡量一个外科医生水平高低，好像更多地是看他在手术台上的"表演"，刀把子耍得溜不溜，而不是看最终病治得如何，是否帮患者消除了病痛和苦难，患者是否感受到有爱。医院也在患病。

恍惚中，我看见一把闪着寒光的刀正伸向我。

三

对主治医生的不信任，刚进医院时抓住的那根救命稻草折断了，浓重的黑色悲观情绪淹没头顶，透不过气。如果手术真的做不成功，像 Z 先生一样在病床上备受折磨，再留下后遗症……我不敢往下想。要不，手术不在这里做，去济南？去北京？犹豫不决。

同室的病友是个年轻人，在建筑工地干活得了急性阑尾炎，要求快做手术，但住进来三天了手术还排不上，想托关系"走后门"，却找不到"门"，牢骚满嘴。白天他在床上躺不住，晃过来晃过去，光着膀子，发达的肌肉像块块石头。晚上他翻翻电视频道就睡觉，鼾声如雷，排山倒海。

我神经衰弱，呼噜声搅得无法入睡，老伴说多花点钱换个单间，护士问我是什么级别。我是正高三级，政府文件上说正高三级待遇时用了一个括号，括号内"正厅、正师级"。现在我要享受一下这个待遇了，护士却说这不算数。我亲眼见过那份文件，但我不能理直气壮地同她争论（我还没蠢到自取其辱），我们社会对知识分子的尊重很多时候只是高悬在文件上。我听说我的邻居感冒输液也来医院要个单间，他是处长。市政办公大楼上这样做的大有其人，人民医院好像是他们的"后花园"。

睡不着，那个十分"简单"却困扰我大半生的问题又蹦出来，一个人的命运究竟由谁主宰，有没有一只无形的大手捏着它？比如眼下这一劫是不是我命中注定就有的？这病加重得很是蹊跷，如果我早一点警觉，如果那两包药不奇怪地消失（后来它们竟在后阳台被我发现，我百思不解，它们是怎么蹿到那里去的），如果那晚我不在宴会上大快朵颐吃海鲜、不见了久别的老友动了感情，破例喝两杯高度白酒（平日我基本不吃海鲜、不喝酒），结果肯定不会这样。恰恰这时候，一位久不联系的朋友忽然寄来一箱烟台樱桃，颗颗红艳、诱人，老伴胃不好，望而却手，我独自以风卷残云之势全部干净消灭之。后来得知，樱桃是热性的，最能发毒助火。还有，一向对茶不感兴趣的我，心血来潮置了紫檀木茶盘，开好宜兴作家唐老师赠送我的正宗紫砂壶，乐此不疲地下功夫练习下午茶，掉土渣的农民的儿子发誓提升为雅士、贵族，饮的正是这病忌讳的红茶！而肿块膨胀大如发馍，半壁屁股沦陷，午夜我在水深火热中饱受煎熬，苦苦挣扎，嗷嗷叫，老伴手足无措，情急之下拿盐包给我热敷，她腿疼腰酸就这样做，可对我的病无异于火上添柴！

　　胡思乱想，又想到释迦牟尼和观音菩萨那里去了——我的书房里有一尊释迦牟尼铜像，一幅观音菩萨画像，最初是当艺术品欣赏的，那尊释迦牟尼铜像造型古朴、浑厚，佛祖结跏趺坐于莲台上，通肩大衣线条流畅，法相分外庄严，神情很安详，左手下垂，右手平肩，掌向前，手指向下指，作施无畏印，以示使众生安心。观音菩萨则取站姿，双目俯视，用悲悯慈爱的眼神注视着人间，体态微微呈Ｓ线型，风姿绰约，白衣飘飘，美极了。我知道观音菩萨本是男儿身，是印度的一位钢铁直男，《华严经》中曾说"勇猛丈夫观自在"，在我国唐代以后才一步步化身为女相。可是我还是愿意把他视为一个美丽的女人，是天下最美的女人。当然欣赏观音菩萨时我要竭力使心灵洁净，就是动一动画轴我也不忘净手。夜晚，一天的事情做"完"了，我都要再静静地欣赏一遍这两件艺术作品，才安然入睡。后来却由艺术欣赏滑向了实用主义——遇到困难或者灾难，我弱小孤单，举目无亲，叫天天不应叫地地不灵，荒寒无边如抛入大漠，就想到他们，求他们保佑我渡过难关，并认定在多灾多难而又冷酷无情的世界上，只有他们才是我可以依靠的、保护我的神，恭恭敬敬地站在他们面前，双手合十默默祈祷，若遇大难则跪下咚咚地磕头。火焰状佛光四射，满屋红彤彤，我沐浴在圣辉里，顿时周身暖流浩荡。可是一旦渡过难关就不再拜，就把他们的大慈大悲丢在脑后——他们恼怒了，要惩罚我这不虔不诚、忘恩负义的势利小人？

　　偶然归偶然，但总的说，偶然之中有必然，有果必有因。近来一切都乱套了，不对头了，野了，欲望变大了，嘴巴和心、肉体和灵魂都"开戒"了，对天地缺少敬畏、与自然法则对着干了，再不是原来那个中规中矩、有板有眼的我。"正气存内，邪不可干；邪之所凑，其气必虚。"——根子应该在这儿。《大宝积经》云："假使经百劫，所作业不亡，因缘会遇时，果报还自受。"一句句背诵如流却又充耳不闻的佛经劝化名言，如滚滚惊雷在我头顶轰鸣。

　　涉过"不惑""知天命""耳顺"之年，我自我审视、评价的视角趋于客观。年少时觉得自己浓眉大眼，不输现代京剧《沙家浜》里的英雄郭建光，现在看模样虽说不像坏蛋胡传魁那么丑陋，但也极其一般；过去一度自命不凡，现在看不过平庸之辈。那么我究竟是个什么样的人呢？认识我的人几乎都说我老实、厚道、稳重、正直、善良、仁义、谦和，还有甘为人梯奖掖后人等等，听到这串璎珞一样的词汇我羞臊得不行，其实我性情有点孤僻、孤傲，还有点偏执、刻薄，有一点胸怀但不够宽广（我不用狭窄一词），乐于成人之美但嫉妒心不算不强，易冲动却思想守旧，好为人师却孤陋寡闻，疾恶如仇却常直言伤人，自诩善识人又叹遇人不淑。长过歪心动过邪念，只是没付诸行动；也偶有卑鄙勾当，只是别人不曾察觉（现在还不到公布于众的火候，等我有了勇气再交代）。我不止一次做噩梦杀了人，案件告破，警察要对我执行死刑，惨叫，吓醒，愣愣怔怔，搞不清到底杀过人没有，好像杀过又好像没杀过，可见我心底深埋着罪恶感。"鸟之将死，其鸣也哀；人之将死，其言也善。"我还没有垂垂老矣，已陷于内疚、悔恨之中，痛苦不堪。"只要想起一生中后悔的事，梅花便落满了南山。"读到张枣的这句诗，我拍手称绝，这不是写我吗？或曰"此乃吾之诗也"。我想，这次"火山爆发"就是上天和我算总账的，要我偿还欠下的孽债，我罪有应得，我必须对我不尊重生命的行为，为我的过失和错谬付出代价。

四

随着一股旋风，病房门"吭当"被撞开，担架车载着做完手术的邻床病友"闯"进来，医生、护士、病人家属，五六个人联手，喊着号子，好不容易把他移到病床上。这个昨天还挥着拳头骂骂咧咧的铁塔汉子，身上插着氧气管、引流管、导尿管，在微弱地呻吟。

一阵忙乱、嘈杂过后，病房里只剩下心电监护仪刺耳的嘀嘀声。

我像一只惊悚的小兔儿，瑟缩在床角，竟没上前帮他们一把。

不是说做"微创"吗？"微创"就能把一个壮汉击倒？——我缺少医学常识——生命太脆弱了，脆弱得就像洗手间那块半边碎裂如蜘蛛网的镜片（医院不换一块完整的镜片，保留着它，是不是一个隐喻）。

我手术后也是这种惨状吗？或者比这更可怕？我的手术不是微创，而且医生明确说成功率只有50%，如果一而再、再而三地"开刀问斩"，任人宰割，"人为刀俎，我为鱼肉"……我能顶得住吗？

走廊里，一个拎着引流水封瓶的病人来来回回走，走得很慢、轻，轻得像冬天里的一片落叶；一个扶着墙挪动的病人，挪两步歇一歇，木偶似的；一个形容枯槁的病人倚着门框喘息、张望，脸色灰暗，眼睛发呆。

空气沉闷，一片死寂，一个消息在悄声扩散：这层楼上43床的病人忍受不了病痛夜间跳楼了。

我第一次真真切切感受到距离死亡是这么近！恐怖、惶惑、焦虑、纠结，我萌生了"逃跑"的念头，可是逃到哪里？我能逃出这个恶魔的手心吗？病根不除，它会不断发作、纠缠我，会束缚住我的手脚，活活地把我困死！

而我正准备出征啊——退了休，卸下了工作的重载，有了属于自己的大块时间，猎猎东风在胸腔鼓荡，雄心勃勃，作出"远足"的计划：搞一个大东西，写一部可以当枕头的纪实文学，写纪实文学需要调查、采访，需要到处跑，可我这状况还如何远行？

就在六月上旬，省出版社编辑部夏主任打电话邀请我参加他们八月份拟在青州举办的文学活动。青州有我的好朋友，有我分别多年的大学同窗，正好见见面。我的老乡范仲淹在青州做过官（范仲淹四岁时随改嫁的母亲来到我的故乡邹平长山，在邹平生活了十八年，二十三岁求学去了应天府），范仲淹是一代名相，是东方人格形象的典范，我尤其敬佩他"自奉薄而侍人厚"的品格。言传身教，他的次子范纯仁境界也很高，曾有名言"惟俭可以助廉，惟恕可以成德"。为他们父子写点文字是我久存的心愿，三年前我去过青州，时间仓促只拜谒了位于青州城内的范公亭，没来得及到民间寻访范公的足迹。放下电话，我就扳着手指一日日地等待，可是会期在即了，却不得不取消这个行程，我的双脚迈不过横在青州城边的云门山。

突然意识到，我成了一个上不了战场的人！

哀莫大于心死，心不死身先"死"哀尤甚。

外面天色转暗，要下雨的样子，团团黑云气势汹汹扑向窗玻璃，像长鬃飞扬的猛狮；又凝结为铅，沉沉地砸过来。

"你就这样服输，缴械投降？"是哪里的声音？谁在嘲笑我？周围并不见人。

"唉——"又是一声疼痛的叹息——它暴露出长长的尾巴，被我揪住了，原来它们是从我心里发出来的！

要在过去，一句高亢、坚硬的话会迅速盖过它们，可是此刻我却明显气力不足，我没有勇气面对。

村上春树曾说："人不是慢慢变老的，而是一瞬间变老的。"虽然年龄一岁岁增长，皱纹刻满额头，嘴上也自我调侃"老朽"，但内心深处从未承认自己衰迈，从没放弃过自己，是疾病张开獠牙大口吞噬了我。

五

炎症迟迟消不下去，我半忧半喜，"喜"的是，炎症不消手术无法进行。上午输液，下午无事，我给朋友发微信，继续打听哪家医院有治这病的良方、名医，同时是寻找精神援助。朋友们也通过手机宽慰我，其中有些微信留言很有哲理——我奇怪，谈到疾病、生与死的时候人们最智慧，这实际是积淀了一代代人、人类同疾病斗争的经验的认识。

抄录几条：

立君："老兄，没有什么可怕的，疾病、衰老乃至死亡，是生命的必然，谁都要经过这个过程。"

建元："疾病当然会带来痛苦，可是生命的本质就是痛苦，抵抗痛苦、战胜痛苦才彰示人的力量，才成就了人。从这个角度说，疾病是大自然赐给人类的礼物啊！"

月新："人一生一个重要内容就是和疾病斗，假如没有疾病、痛苦，人生可能显得单调乏味，病痛应该是人生一种不可少的滋味。"

一鸣的微信留言简直是柏拉图式的，简洁凝练，包含着丰富而深刻的思想："我从产房走来，向太平间走去，我是一个病人。"

以往，我习惯有病赶紧治好，治彻底，干干净净，一身轻松，以仅仅服安眠药其他药与我无缘而骄傲，如今得了这病就想根除它，不根除心里不踏实，忧心忡忡。听我这么说，电话那端公进的语气弥漫着嘲讽与鄙夷："你怎么还这么幼稚？儿子是哲学博士，可他爸却太不哲学了！生活中提及最多的是什么？是一个'病'字，疾病是与生俱来的，生命与疾病分不开，有生命就有疾病，没有疾病的肉体根本不存在,谁身上没有病?谁不是带病生存、与病和平共处?"

"憨大个"公进竟笑我"幼稚",可他的质问却让我哑口无言,表弟金山的面影闪现在眼前。金山小时候饭吃不饱,营养不良影响发育,长成鸡胸,挤压心脏发生病变,动不动就胸闷,呼吸困难。病渐重,不得不到市人民医院就医。医生说他是先天性心脏病,必须手术,手术费一万元,不手术最多还能活十年(医生中不乏这样的预言家,他们说得那么随意而又不容置疑)。金山刚三十岁出头,他老婆一听泪水止不住地往外涌流,流着流着,猛地一把抹干,对医生说:"俺不做手术,没钱做不说,做了手术就不能干重活了,俺全家还指望他养活!"手术没有做,金山从医院径直回到麦田,其时麦子已经黄梢,如果收不进粮仓,一年的工夫、投资就白搭上,一家人就得喝西北风。这时候他哪里还是个病人?拿起镰刀,弯下腰,很凶狠地割起来。虽然割一铺就停下喘一会儿,但连续作战,整整三天,硬是把四亩半麦子割完。听说这两年金山托人谋到一份轻快活——给人家打工还能有轻快活?——到张三的建筑队当电工,顺电线,从这房间顺到那房间,爬梯子,上上下下。他今年五十多岁了(没有像医生预言的那样死去),干一天活回到家,就像一具干尸一样"挺"在床上,嘴里冒沫:"干不动了,干不动了,老天爷咋还不叫我死呢?"可是第二天天不亮,又骑着那辆破摩托去工地了。

金山老婆的牙硬、要强、能吃苦也是出了名的,小时候还长得像林黛玉,杨柳腰,细皮嫩肉,可庄稼地生长这样的娇花吗?她十三四岁就给棉花喷药、锄地、推车、挖河,练出一副铁骨架。这样一个人不到中年却得了一种怪病,腿不能受凉,三伏天热如蒸笼也得穿保暖内衣,要不就酸痛如百虫钻骨。她不来人民医院看医生,说自陪金山治病一提这个地方就打怵,再说这还叫病吗?她也跟从金山出去打工了,在建筑队做饭烧水,守着毕毕剥剥的炉灶,火舌热辣辣地抚摸她,脸上汗水成溪，身上衣服呱呱湿，可她从来没旷过工。

在我的故乡梁邹平原上，像金山和他老婆这样的苦命人有很多很多。他们就是这样无声地倔强地活下去，生命与疾病就是这样胶着着，缠绕着，贴着地面匍匐，在泥水里跋涉。这是生命的伟大，生命的奇迹，可是它们又寻常得像大地上的野花，随处灿烂……

六

曾经，一想到金山夫妻我就心如刀割，今天想起来又多了几分震撼，还有几分羞愧，但我也从他们身上得到启示——我哪能和他们相比，他们是为生存同疾病、同命运抗争，我只不过苟活而已——我也可以不做手术，采取保守疗法，带病生存，与病和平共处。

我把这个想法说给承亮老兄听，承亮老兄交际广，阅历深，为人随和而低调，不事张扬，但绝对是一个智者，是一个可信赖的人。他正在海南旅游，话筒送来海风的湿润和浓浓的鲜腥味，他怪我不早征求他的意见，他说他认识一位民间高人，在昌乐县城开诊所，运用经络疗法，不用动刀就治好你的病。怀揣绝技，在当地被"传"为神医。

我按照承亮老兄发来的电话号码立刻与那位神医联系，那边的声音温和、亲切，语速很慢，像一个老奶奶的话语。一听这声音我就觉着暗夜里迸出一道亮光：我有救了！那一刻，不知为什么，像一个受了委屈的孩子，我的泪水骨碌碌滚出眼眶。

这是下午三点多，我急于去请她给我治病，但她阻止了我："你距离昌乐三百多里路，赶过来得晚上六七点，光线不好，找不准经络，甭白跑一趟。"

翌日，我仿佛一只被霞光染红翅膀、迎着朝阳奋飞的鸟儿直取昌乐县城，见到了她，果然是个奇人，满月似的脸盘儿，一头银发，慈眉善目，我说不清哪一点很像我书房里那幅画上的观音菩萨。我基本上是一个唯物主义者，可是有时候又宁愿相信有的人原来是天上的神，受佛祖的指派到人间来消灾解难，因为人间的灾难消除不尽。

小诊所里，煦风扑面，她和蔼地看着我，从日常生活问起，饮食、嗜好，问得很细，时而停下凝思。然后，戴上老花镜，在我背部反射区搜寻湿热下注形成的郁结，用针挑开肌肉纤维，一个一个地把"淤泥"排出来，使血脉畅通。在我左右手腕上方各下两枚泻火的银针，过二十分钟捻一下，酸麻胀……

疼痛一天天减轻，病情慢慢好转。至此，那压在我胸口的梦魇终于被驱散了。

这段痛苦、悲壮而又充满戏剧性的经历值得记录下来，毫无疑问记录这段经历得写到她，我又去了昌乐，采访她，或者说闲聊。我了解到她的医术是跟婆婆学的，婆婆是跟婆婆的父亲学的。说起来也是一段佳话，她嫁到高家，多少带点爱屋及乌的味道——恋爱之前，从小喜欢中医的她却早早就"爱"上了走街串巷、祛病拿邪、名满乡里的婆婆，为之倾倒。她一过门就看婆婆给病人针灸、拔罐。婆婆见她灵透、入迷，也用心教她，手把手地教，把祖传的秘诀点点滴滴传授给她。

接触多了，熟悉了，就没了神秘感，再看她，不再是神，也是一个普普通通的人。她医术高明，一半是天赋，一半是肯钻研，善学习。练针灸在自己身上试验，背上的穴位没法定，就借丈夫的背用，头一回借吓得丈夫躲进厕所，她就在厕所门口等，等了一个多小时，不扎了针，这一夜睡不着觉。婆婆的经验已不够她"吃"，四十七岁那年，她又考入昌乐卫校，和一群十七八岁的孩子坐在同一个教室里听课，同学们还认为她是老师呢，等弄清真相哄笑声险些掀掉屋顶子。她不在乎，把工作调为上夜班，白天去上课，一堂课没落下。学得认真，实践和理论结合，她有了两只金色的翅膀。

她的名字也是一个普普通通但又很美很雅的女人的名字——王丽琴。

古时候鲧禹治水，鲧修筑堤防堵截，水害不息；禹疏导河道，水驯服如羔羊。悠悠五千年一脉相承，王丽琴母女肯定是得了大禹治水的真传，二者法门有异曲同工之妙。

王丽琴大夫治我这种病除了疏而不堵，绝招中还有一"绝"：要求严格忌口——忌口是中医的法宝，中医的奥秘、精髓所在——发物不能碰。嘴能管得住？谁能抵挡美食的诱惑，面对山珍海味、琼浆玉液不为所动？要做到这点得舍弃多少东西，舍弃多少物质的享受！起初我也觉得太严苛，可是逐渐地也适应了，并非不吃大虾、海参就无法活，粗茶淡饭更养人。深思之，这又不只是个管住嘴的问题，其中"藏"着一个大道理——遏制欲望、贪欲，欲望、贪欲是人的本性，是人性的阴暗面，是万恶之源，也是人生诸般痛苦的根源。而人有多少欲望？口腹之欲、肉体之欲、灵魂之欲无不葳蕤如草，古今圣贤皆以消弭它们为使命。《孟子》《大学》就宣扬"养心""寡欲""正心"，亚圣说："养心莫善于寡欲，其为人也寡欲，虽有存焉者，寡矣；其为人也多欲，虽有存焉者，寡矣。"佛家则不惜用"万事皆空，万物皆无"的"狠话"从反面告诫人们冲淡去欲。中医却更聪明机智，也更"实惠"有效，把这一哲学思想融入治病过程，从"逼"你不得不忌口入手，进而断你的欲望、贪欲，断了它，疾病、罪恶的根就断了。王丽琴大夫管这叫"釜底抽薪"。

智慧在民间。

七

市人民医院只做了我临时的避难所，我到底是放弃手术，选择了王丽琴大夫的经络疗法。

也许，没有把病灶割掉，隐患犹在，只要"气候"适宜，这冬眠的硕鼠会突然睁眼、翻身，爬出洞穴作祟作恶，但我有信心缚住它，不使它逞凶。我要让它在我的体内沉下来，成为我身体的一部分。也许，未挖出的"地雷"随时会引爆，我随时又被推上悬崖，但这正好提醒我不能有一丝一毫的麻痹、懈怠，不能失于检点，放纵自己，更不能穷奢极侈，我必须战略上藐视敌人，战术上重视敌人，朝乾夕惕，枕戈待旦，卧薪尝胆，与它做持久的对阵和艰苦的较量；这也时时考验着我的意志，帮助我一步一步坚强、成熟起来。这样我就有理由认为，直面手术是一种勇敢，不做手术、迂回周旋、不屈不挠也是一种勇敢。我不是一个逃兵，我要与我的敌人战斗到底！

　　"痛苦就像一张犁，它一面犁破你的心，一面掘开了生命的新起源。"在我津津有味地咀嚼罗曼·罗兰这句名言的时候，中国作家协会通知我参加"见证新时代，书写新辉煌"庆祝新中国成立 70 周年主题采访团，深入甘南农村考察、采风。我隐瞒病情报了名，我知道此一去意味着遭遇千山万水、千难万险，但我不怕，我能行！我要向自我挑战，带病出征，与疾共舞！

原载《山东文学》2021 年第 7 期，2021 年第 9 期《散文·海外版》转载

它们都曾来过

刘月新

清晨到北海公园散步，疾步快走绕湖两周，欣赏四季景色，呼吸新鲜空气，放飞天马行空的思绪，什么都可以想，什么都可以不想，自由自在，好不惬意。但也有例外，就是在看到跟我一样自由自在的流浪猫时。走着走着，忽见前面路肩石上坐着一只猫，见人到来也不躲闪，有时还与你对视。有的在路上大摇大摆走着猫步，高兴了就伸个懒腰或打个滚，用肢体语言告诉你，我也刚刚睡醒。它们是觉得安全才这样放松吧。看到这些毛色各异，肉嘟嘟毛茸茸的精灵，我的神经就被触动，它像我家的哪一只？

据说猫的平均寿命是十三四年，屈指算来，我的小家养猫也有十三四年的光景，先后养过四只猫，可没有一只终老在家里。猫给全家带来了欢乐，带来了无尽的回忆，于我还多了份惆怅，甚至是自责。

记得结束寄居、租住的日子搬进新盖的平房不久，邻居英姐送我一只小花猫，那正是我想要的。年迈的婆婆虽然有孙女绕膝撒欢儿，但孩子一上幼儿园，她就开始想念在家有鸡有猫的热闹日子，女儿对养一只小猫咪当然也充满了向往。

　　猫的妈妈是个优种，它传承了好基因，长长的毛黄白相间，五官俊俏又精神，有贵族气。称奇的是在两个白眼圈中间有一个黄圆点，像是精心描上去的，恰似印度女人眉间的吉祥痣。小花猫团团着像个球，在人们脚下骨碌碌滚过来滚过去，好玩极了。女儿为它取名球球。球球刚来家时很拘谨，不敢走路，不敢撒欢，不敢往人前凑，有时瞪大眼睛轻喵几声，像是提醒人们它的存在。我用馒头就虾皮或虾酱嚼了喂它，也给它小鱼和骨头，这有点仙女落凡间的味道吧。或许它体悟了人们的友好和真诚，几天就习惯了这环境，跟人们亲近起来。只是拉撒让人头疼，你看不见它在哪里解决，忽然不知从屋子哪个角落就飘来一股骚臭味，这也是我抱养它之前最犹豫的事。

　　时令已是暮秋，让球球睡在院子里不忍心，睡屋里又不放心。我用旧脸盆收了半盆沙土，放在烧土暖气的屋里，抱着球球到盆前如此这般地教导了几次，它竟然领会我的意图并很快适应，真是个聪明的小家伙！拉撒问题一解决，我如释重负，接下来就是与它建立感情了。这个不用多费心思，女儿放学回到家，扔下书包先从沙发上抱起熟睡的球球，又亲又逗玩个不停。球球也愿意同她玩耍，伸伸懒腰醒醒盹，睁开惺忪的眼就开始应战啦。它伸出小爪跟女儿你一下我一下地拍打，一会儿又叼起书包带子连撕带扯，当然是轻轻的，一边扯还一边观察小主人的动静，如果女儿一扬巴掌，它当即就停止，佯装败逃跳到沙发背上，鞴在那里像个小偷在窥视女儿的反应，一会儿又把女儿辫梢上的蝴蝶结当绣球，两只爪子交替着挠个没完。只有婆婆一人在家时，球球又成了她的开心果和小玩伴。老人搬把椅子坐在院子里晒太阳，球球就围着她的裤脚转来转去，伸出爪来拍一下，又跳起来叼一口，扔给它个皮球它能饶有兴趣地玩半天，常逗得老人开怀大笑。饭桌上，往往就多出一个全家人分享球球新举动的沙龙来。冬去春来，球球长成一只大猫，见识越来越多，也越发漂亮可爱了。

女儿喜欢小活物，跟我去商场时买回几条小金鱼。围着放鱼缸的茶几，婆婆，女儿，球球，常常一齐伸过头去，三个大小脑袋凑在一起的样子很可笑。鱼儿发觉有这么多异类关注它，愈发欢快地游动起来。一天女儿放了学，带着哭腔跑进厨房跟我说，鱼缸里的小金鱼不见了。我看着空荡荡的鱼缸恍然大悟，球球先于我的教导下了手。婆婆则在一旁笑了，说怪不得见它常坐到茶几上歪头看鱼缸里的鱼呢。

看着一家老小与猫嬉戏的快乐样子我就想，这，就是人们所说的有烟火气的日子吧。

一天，爱人的侄子来家吃饭，说他几个月大的女儿让邻居家的猫抓破了手，正在打狂犬疫苗。爱人担心年迈的婆婆与年幼的女儿迟早也要吃亏，当场就提出把球球送人。女儿一听就哭了，撂下碗筷抹眼泪，被父亲训斥几句吓得不再吭声，婆婆可不信这个邪，说哪有这些邪毛病，我在家里喂了半辈子猫，也没见哪个被猫抓挠了发疯。爱人急了，真到那一步就晚了。婆婆毫不妥协，晚嘛晚，还能死人吗？饭桌上空气紧张起来。饭后，固执的爱人从沙发上一把抄起无辜的球球，我和女儿都害怕了，他要把猫怎样？我一边上前阻拦一边劝说，千万别伤害它，好歹是个性命。他抱起猫思量了一两秒，然后急匆匆去了对门李姐家。后来李姐跟我说，当时她家正好有客人，客人喜欢那猫，如获至宝，欢欢喜喜就带走了。

爱人的这一举动不想惹怒了婆婆。他下班回到家，像没事人似的叫娘问安，婆婆理都不理，劈头就问把猫弄哪里去了，爱人再三解释，说猫带病毒，如果让它抓挠破了会怎样怎样。婆婆可听不进那些淡话，下了最后通牒，说要找不回来我就走，离开这个家，说着竟呜呜地哭起来。天哪！婆婆是小脚，如果真因为猫的事离家出走，还不成了惊天动地的事件？我一边哄劝婆婆，说猫就在李姐家，等她下了班我就去抱回来，一边低声提醒爱人，赶快给娘道歉。爱人那边总算被压服下了，可婆婆怎么也劝不好，哭得眼睛像铃铛，晚饭也不吃，倒在床上生大气。我硬着头皮到李姐家说明原委，李姐倒爽快，说没事，赶紧骑车去了亲戚家把猫抱回。真难为了李姐！

家庭又恢复了往日的平静。

经历了那场风波，爱人对球球反倒日益亲近起来。我一时摸不到头脑，他到底是亲近人呢还是亲近猫？或许是时间长了对猫的看法有了改观？

两年后的一天，球球突然失踪，事先毫无征兆。全家人到处找寻。找球球议球球成了一家人的中心话题。在焦急中度过了一周多，蓬头垢面、瘦骨嶙峋的球球突然出现在院子里。球球从天而降，全家人可乐不起来，那样子实在让人心疼。人们又是抚摸又是检查，喂水喂饭，细心调养，继而是愤怒，弄不清它在哪里遭了黑手。可怜的球球！

渐渐恢复了元气的球球又一次失踪，再也没有回来。

人是感情动物，球球是动物，也懂感情，况且它跟我们那么亲，一起和谐生活了两年多，怎么说走就走？平时坊间说"狗是忠臣，猫是奸臣"，我起初的理解是，猫离开主人的前提是你对它不够好，它又遇到了对它更好的主人，可这在我家对不上号啊！

那它又是为了什么呢？

它就一点也不留恋这个家？

到底是它的原因还是有其他不为人知的因素？

在早等晚等等它不归的日子里我就胡思乱想，隐隐中有种不安，球球可能是得了什么病，它第一次回家来是拖着病体来向我们告别，当它明白爱与温存也挽救不回它的性命时，为了不给一家人添悲伤，就选择决然离开。果真是这样吗？想到这里，涌起一腔悲凉。唉，多情的球球！

半年多后的一天，本院一个侄子送来一只小猫。打开自行车前面的篮子，两只毛茸茸的小爪子顶着一颗很精神的小脑袋。一家人欣喜若狂，围拢上来像接一个宝贝。有猫的美好日子又回来啦！这只刚出满月的小猫，白色皮毛上点缀着几朵黑花，活像球球的孪生姐妹，女儿声明依旧叫它球球。有了上次养猫的经验，球球很快在我家安顿下来。她很灵性又通人性，听到胡同里有熟悉的脚步，就颠颠地跑到门外去迎接，像是它的一份职责，做得主动又快乐，如果大门是关着的，它就用爪子一个劲地挠。

在它来家之前，在女儿的央求下，我从胡同口的宠物市场给她买回两只荷兰鼠，也叫荷兰猪。有一拃长，毛色发亮，没有猪的长相，倒像极了鼠（女儿说，妈妈给我买只猪吧，很小的，能装到口袋里。当时把我笑喷）。随着新来的球球日渐长大，我们对它的警惕性也日渐增强。我把鼠关进一只不大的铁丝笼，放在院子的花架下。鼠在笼里，猫在外边，人们时常发现六只眼睛对峙。猫越来越大胆了，它把爪子伸进笼里去抓鼠。后来，只有婆婆一人在家时，她干脆把两只荷兰鼠放进纸箱再藏进衣橱里。

有球球陪伴的日子，一年多的光阴一晃而过。这是一只母猫。有些日子球球天天往外跑，夜里也不再安分睡觉，声嘶力竭地叫，似小孩子在哭，引来一个个同类在院墙上，南房屋脊上，咕咚咕咚一阵阵乱跑。球球终于安静下来了。几个月后下了七只小猫仔。它的生产能力可真强！球球却很快瘦了下来。女儿说，球球当妈妈了，该给她增加营养了，我表示赞同，于是球球的餐盘里就多了鱼、肉和火腿，婆婆不置可否地笑着。来家的亲朋看上了那些绒球似的满地滚动的小猫咪，纷纷指点着要领养。女儿有些心急，私下对我说希望能留下那只个儿大的欢欢。女儿早就根据小猫们的长相、毛色、性格分别取了名字。我说，还是留下那只个头最小的小花吧，女儿马上理会，点头说行。接下来的日子里，我发现她总是多抚摸几下欢欢，拍拍头同它小声说着什么。

小花在妈妈身边吃着奶长得很快，转眼成了半大猫，跟妈妈学会了接迎我们回家，还学会了捕捉蜻蜓、蚂蚱等小昆虫的本领，上树爬花架也很溜，常弄得院子里的花七斜八歪。一大一小两个尤物整天在院子里上下跳跃着，追逐嬉戏着，像到了花果山。

一天爱人下班回家，一推院门，把正跑去接迎他的小花撞出去老远，小花被弹回后在水泥地上打起滚来。看着它哀叫着满院子乱滚的惨象吓得我不行，以为它要没命了，可慌里慌张又帮不上什么。它挣扎了好一会儿终于趴在地上不再乱动，肚子一鼓一鼓的，心想定是撞坏了。可怜的小花！待它慢慢起身走路时，发现真是受了伤。我和女儿把它抱到宠物医院，实际是一家卖兽药的门诊，医生检查后无奈地告知，猫的大梁神经受了伤，只能慢慢调养。可怜健康活泼的小花，年纪轻轻落下残疾，走路一歪一扭成了"吊腰儿"。爱人为此常常自责，说如果当初推门不那么猛，可是后悔药哪里有呢？

球球和小花玩得很好，像母子又像姐弟，相互依偎又常嬉戏打闹。后来，球球又生了两窝小猫仔，我们一只也没有再留，尽管非常喜欢。

那一年夏天，我住的家属区要拆迁，暂时住进哥哥的平房，他家已搬进新楼。搬家的日子尽管很忙乱，但我们首先想到要带上球球和小花。正式搬家那天，两只可爱的小家伙见一下子来了那么多人，还七手八脚向外搬东西，不知家里发生了什么，瞪着惊恐的眼睛远远张望着。搬北屋家具时，它们跑到南屋躲起来；搬南屋家具时，它们钻到柜子底下说什么也不出来。最终逮着了小花，球球则从我的腋下逃窜了。

连续两晚上，我和爱人步行二三里回来找球球，我们知道它不会远离，可一直不见踪影。第三天下午，在市中学读书的女儿突然回家，扬言说什么也要找到球球。晚上，我们带着吃剩的炖鱼去找它，开了大门，把盛鱼的塑料袋打开，就开始对着房前的小河，小河旁的灌木花丛一声声召唤。听出女儿的呼唤声焦急，迫切，那么真诚，后来都带了哭腔。不知过了多久，上弦月也困了，有些撑不住地在西天边摇摇欲坠。女儿可没有回家的意思，她呼唤一阵，就蹲下来使劲儿往灌木丛里瞅，像是有火眼金睛，能透过那茂密漆黑发力吸引球球。精诚所至，金石为开，球球终于在花丛里现身了。

球球和小花对新家适应很快，是因为有我们在的缘故吧。哥哥的平房东窗下有一棵很大的香椿树，夹在正房与影壁中间，树冠伸到天空，为我们和东邻撑起一片绿荫，每年的春天也为两家乃至整个胡同提供着美味。这棵大树又是球球闲时磨爪子练本领的训练场，爬上爬下，乐此不疲。小花有伤爬不了树可能气馁吧，也不看妈妈的表演，自己在院子里该干吗干吗。不久，一件意想不到的事发生了，球球与小花闹起了别扭。本来两个合用的餐盘被球球独自霸占，小花一往前凑球球就生气地吼它拍它。大声训斥球球，它低眉顺眼老实一会儿，一离开人们的视线就又霸道起来。这个当妈的搭错了哪根神经？无奈，我们只好给小花另起炉灶，分餐而食。

球球突然不见了。找了一天不见踪影，我们着急了。那个小区很大，狗也多，经常看到三五成群的狗在胡同口打闹。难道球球被狗咬伤了？凭球球的机灵劲它是不该出状况的，莫非对小花厌烦了？爱人如是说。我们在焦急中等待了十多天，球球终于回来了。它是爬着回家来的。腿上被撕掉了一大块皮肉，鲜血染湿了整条腿和半边身体。爱人抱起球球心疼地捏捏这摸摸那，他突然下结论似的，说球球被人逮过。我凑近一看，球球的趾甲（大刀）全被剪掉。天哪！猫趾甲被剪，就是鹰折翅膀虎囚笼，看着心酸眼涩。球球遭遇如此不幸，它是多么渴望主人去救它啊！婆婆就大骂那祸害猫的是畜生。遍体鳞伤的球球趴在为它特备的大纸箱里，一动不动，任我们一遍一遍给它清洗伤口，上药，包扎。换药时它特别温顺，看着露出白骨的伤口我颤抖着手几次落泪，可球球却坚强，一动不动地坚持着，用眼神给我以鼓励。

小时在家也养猫，印象中几乎没有中断过。家里除了养猫还养狗，养猪养羊，有几年母亲还养过蚕。奶奶把它们统称为生灵。我当时不解其意，因了奶奶的说法，以为生灵就是专指那些畜生，长大后才慢慢明白奶奶的话饱含了对一切生命的敬畏。百度说，生灵是指有生命的东西。照此讲，人是生灵，狗、猫、猪、羊、蚕和小鸟、虫子都是生灵。当然了，那是个经济困乏的年代，人们绝没有闲情逸致养宠物，大都是养狗为了护院，养猫为了逮鼠，养猪养羊是为了积肥和卖钱，总之都是为了生计。现在，我越发觉得不识字的奶奶好有学问哪。

伤口愈合了的球球却元气大伤，它再也上不了院墙爬不了树，像只病虎只能在屋里屋外走动。待球球终于完全康复，小花又不见了。唉，这到底是怎么啦？摁下葫芦起来瓢，一家人又忙乱了一阵子。几天后的一个晚上，小花在门外喵喵地叫，像久别亲人的孩子终于找到了家。我赶紧打开大门，小花吊着腰儿快步挤了进来。小花在外流浪的日子也不好过，看它那戋毛戋刺的样子和扁扁的肚子就能说明一切。

失而复得使全家人对它们倍加爱怜。越是上心就越出事，球球和小花在几个月以后又先后失踪，任我们怎么召唤，怎么找寻，都没有再回来，哪怕是回家看一眼也没有。

爱人喃喃道，肯定是被狗给祸害了，一个有病一个残疾哪里是一帮狗的对手呢？我不语，但也不得不认可这个可怕的推测。

失去了猫咪的家空落落的，每天出出进进总觉得少了什么。婆婆唠叨，爱人念叨，女儿星期天回家后也像丢了魂，一家人都盼望再有奇迹出现。然而，奇迹终究没有来。

在经历了几次失去猫咪的打击后，一家人痛定思痛，终于达成共识，以后不再养猫。

时光老人可不管你有没有烦心事或是高兴事，斗转星移，四季更迭，都按照它特定的规律，任谁也不会阻挡或是加快其步伐。又是大半年过去，一天，家也住城里的爱人的二姐，用篮子携了两只猫来。之前家里关于猫的变故她是知道的，可此时的我们，都不敢再对猫咪用感情。二姐像个说客，说这是从一窝猫仔里挑了两只顶机灵漂亮的，不知底细的人家想要还舍不得给呢。经她这么一说，我这个立场不坚定者先动了心，继而说服婆婆和爱人，留下了一只小猫。

出于习惯，一家人还叫它球球。球球在我们的精心呵护下长得很快。又是一只很有灵性的猫。此时年已九旬的婆婆，对猫已不太上心，女儿一个月回家一次，爱人就主动担起了喂养和训练的重任。他给球球梳理毛发，洗澡，逮跳蚤，空闲时还教它打滚，教它两腿匍匐着向前爬。结果是，教的见识大都学会了，没教的见识自己也长了不少。

正房与门洞之间搭了一个厦檐，平时是放零碎东西的，我把纸箱倒放在架子上给球球搭了个窝，里面铺上棉垫，很像那么回事。晚上睡觉前，我们开始洗漱，眯在沙发上的球球知道此时该离开了，才依依不舍地走出屋子去它的猫窝。清晨，它早早起来，坐在我和爱人卧室的窗台上，不动也不喵，就那样静静地坐着，还不时地探头向屋里瞅一眼。里边一有动静，就马上跳下，跑到屋门前喵喵地叫门了。我下床第一件事是先给球球开门，它进了屋第一件事是先跑进卧室叫爱人起床。它把两爪扒在床头上，在爱人的脸前喵喵地叫，意思是你这个懒虫，该起床了。爱睡懒觉的爱人惺忪着睡眼就跟它搭讪，知道了知道了，就你家伙勤。光说不行，还得看行动。只有爱人从床上坐起，球球这才大功告成似的放下两爪，大摇大摆从里屋走出来，跳到沙发上去睡它的回笼觉了。

球球与爱人的感情越来越深，简直形影不离。那时小区的胡同口都有公共厕所，他去厕所，球球一准伴在左右，或者先他几步跑在前面，像个护兵。爱人进了厕所，它就蹿到小路对过的树上，等他出来立马再跳下，颠颠地跟着跑回家。如果爱人晚上去散步，它会一直送到大路旁，待他回来时，球球不知从哪棵树上蹭地跳下跑到他的跟前，好像说你看，我早在这里等你了。如果爱人出差几天，回来后球球整个身子在他的腿上蹭啊磨啊，他就心花怒放，一个劲地说你看球球多懂事，像个孩子，知道想我了。

我们要搬新楼了。共同生活了两年多的球球的安置成了难题。说实话，我不是痴迷宠物的人，更不会整日牵着狗或是抱着猫到处遛弯，每天有那么多的事要做，我想即便是退了休我也不会的，尽管我也很爱它们。住到楼上去，伺候它的拉撒肯定不是件容易事。送人吧，又怕别人照顾不好，不放心。这件事让我为难了好多日。一天，妯娌来我家，待了解了情状就两肋插刀帮我解难题，说抱回老家去养吧，省得你们挂心。也只好这样了。这件事有了眉目，我心里一块石头落了地，搬家的事似乎就轻而易举了。

算盘挺美，刚烈的球球却不领情，这是我事先没有料到的。后来听妯娌说，侄子把球球带回家，从纸箱子里放出来，它像个泥鳅味溜就蹿到柜子底下去了，怎么叫怎么引也不出来，后来不知瞅了个什么空给溜了。

我几次专程去妯娌家，想碰碰运气，看球球见我去了有没有感应。我也多次去曾经住过的哥哥的平房，那也是球球曾经的家啊，希望它能回家看看，就像几年前寻找那一只球球一样，盼着再有奇迹出现。都说"狗认千里，猫认八百"。妯娌就住在城郊，几里地的路程，就凭球球的聪明机灵，闭着眼也会跑回来的。但每次都让我失望。我们搬走以后，哥哥的平房就出租了。新来的住户同情我，说只要猫一回家就给你打电话。

球球始终没有回来，它到底去了哪里呢？它是对我们无情无义的抛弃给予报复吗？

以前，对于流浪猫的来处我始终捉摸不透，责怪它们的主人为何这么狠心，对自己的爱物说弃就弃，自从最后一只球球离家出走，我对流浪猫才多了份理解。

有人说过，你和他的缘分，就是今生今世不断地在目送他的背影渐行渐远。亲人之间是这样，人与动物又何尝不是如此。我的世界，它们毕竟都来过。

原载《海燕》2021 年第 8 期，《散文·海外版》2022 年第 2 期转载

博物是鲁迅精神世界的基石

刘宜庆

"诸君的所以来邀我，大约是因为我曾经做过几篇小说，是文学家，要从我这里听文学。其实我并不是的，并不懂什么，我先正经学习的是开矿，叫我讲掘煤，也许比讲文学要好一些。"1927年4月8日，鲁迅应广州黄埔军校之邀讲《革命时代的文学》，开场白如是说。

这并不是鲁迅自谦。1902年，鲁迅毕业于江南陆师学堂附设的矿路学堂。功课是以开矿为主，造铁路为辅，期限三年毕业。周作人在《鲁迅与中学知识》一文中确认，学矿物是鲁迅的专业，到南京附近的煤矿，下矿洞学习。鲁迅在南京求学时，恰逢西方博物学勃兴，赫胥黎的天演论、达尔文的进化论在中国影响深远。鲁迅的知识体系是生物学和医学。矿物、动物、植物，带着现代科学的曙光，进入鲁迅的精神世界。可以这样说，博物是鲁迅精神世界的基石。假如鲁迅没有成为文学家，恐怕会是爱写科普文章的生物学教员。

鲁迅先生在《科学史教篇》一文中，特别注重对"本根""根源"的探寻。凡事追根究底、探索本源，是鲁迅科学思维的特点，从博物学获得"研索自然""冥契万有"的体验。同时，他又具有传统文人的情趣和情怀。

1909 年夏，鲁迅从日本留学归来。先后在浙江两级师范学堂和绍兴中学教书。在绍兴中学，他教博物学和生理学课程。在杭州和绍兴教书之余，鲁迅用了大量的时间四处采集植物、制作标本，并根据德国恩格勒的分类法，对植物进行严格的分类、定名，鲁迅博物馆至今保存着鲁迅指导学生制作的植物标本。穿过岁月的烟云，在西湖采集的木槿和马蓼定格了一段时光，这些标本失去了自然的生命，但因为与鲁迅有关，被赋予了另一种生命。干枯的花朵，清晰的叶脉，储存着科学精神，对抗着时间的洗礼，趋于永恒。

鲁迅告别百草园的草木，从故乡出发，到日本留学归来，已识乾坤大，犹怜草木青。有了西方科学的素养，观照周遭的一切，再承接传统文人的审美趣味，萌发出新文学家的神思。这种灵会，使得鲁迅笔下的植物、动物，有了别样的意蕴。

只有梅花是知己。鲁迅珍藏着一枚印章，是他的叔父周芹侯篆刻的。这枚印章，不圆不方，天然形状，文字排列也颇得文人意趣。鲁迅对花木的持续热爱，是终生的。他收集《梅花喜神谱》《竹谱详录》，抄写稀含的《南方草木状》，品赏《北平笺谱》中的花鸟，案头摆着日本人森本东阁的《虫类画谱》。这些藏书是鲁迅爱好植物、动物的体现，这些藏书堆积成小山，也构建了他的精神世界。

鲁迅还具有迥异于传统文人的兴趣与爱好。

就在绍兴会馆"补树书屋"居住的那段时间，孤独的鲁迅逮了一只壁虎，当作宠物来养。据章衣萍《窗下随笔》载，鲁迅告诉章衣萍，壁虎确无毒，有毒是人们冤枉它的。章衣萍把这话转述给孙伏园，孙伏园说："鲁迅岂但替壁虎辩护而已，他住在绍兴会馆的时候，并且养过壁虎的。据说，将壁虎养在一个小盒里，天天拿东西去喂。"

每天鲁迅从教育部下班，抖落一身的疲倦，打开小盒，看看壁虎。做好饭后，不忘投入小盒之中。壁虎吃饱之后，闪亮黑漆漆的眼睛望着低头探望的鲁迅先生，似乎在感谢。这幽暗的小动物，成为另类的主人的宠爱，成为人间奇异的一景。养壁虎的鲁迅让人感到他的愤世嫉俗，他的如黑夜一般无垠的孤独，那个小盒中的壁虎，伴着鲁迅在一灯如豆的窗前抄写古碑帖。

很快，鲁迅的孤独有了一个火山喷发一般的出口。新文化运动席卷神州，鲁迅在《新青年》开始了铁屋里的呐喊。

鲁迅偏爱的动物，也是另类的。惯于长夜过春时，他对昼伏夜出的猫头鹰青眼有加。猫头鹰惯常被视为不祥的象征，但在西方是智慧的代名词。对于鲁迅来说，以杂文划破浓郁的黑暗，发出独立而清醒的声音，这是启蒙。在杂文集《坟》中，鲁迅将自己的画作"猫头鹰"置于《坟》的扉页上。沈尹默回忆说，有人给鲁迅起绰号就叫"猫头鹰"。

《野草》中有一首拟古打油诗《我的失恋》，诗中"爱人"的四样赠品皆是精美的爱情信物：百蝶巾、双燕图、金表索、玫瑰花，而"我"的回赠却俗不可耐：猫头鹰、冰糖葫芦、发汗药、赤练蛇。回赠的这四种，的确是鲁迅喜欢的东西。

养壁虎，喜欢猫头鹰与蛇，这些在时人看来有点怪异而另类的动物，其实是鲁迅的精神符号。具有了西方博物学的素养，才会发现自己与所处的这个世界的联系。尊重个体，崇尚个性，保护弱小，万物平等……鲁迅在他的作品中，赋予植物文学色彩和内涵，借助动物传达自己的个性和趣味。

"无穷的远方，无数的人们，都和我有关。"周遭的万物，也都和我有关，都令人感受到生存和生命。如果让我挑一种，作为鲁迅精神世界的符号，我选择项圣谟《大树风号图》。图绘古树一株，参天独立于空旷的原野之上，一老者拄杖遥望远山。作者自诗曰："风啸大树中天立，日薄西山四海孤。短策且随时旦暮，不堪回首望菰蒲。"

　　鲁迅将这首题诗书写赠予南宁博物馆和杨霁云（《集外集》的编辑），项圣谟的这幅画与题诗，道出了鲁迅的心声，是他精神世界的写照：生命顽强，独立苍茫，铮铮风骨，屹立大荒。

原载《光明日报》2021 年 9 月 11 日

远去的河流

于　蓉

　　再也不会有那样的一条河流了。在我的一生中。它只能从我的一生中流过一次。它穿过我，穿过辽阔的鲁东南大地，穿过我整个的童年和少年时代，它日夜川流不息，穿过浩渺的苍穹与宇宙，穿过无垠的时间与空间，带着无涯的萧索与寂寞，虚幻与孤绝，滔滔东流入海。

　　这是时间的大河也是幽冥的幻灭之河，它存在于虚无与真实之间，若有若无，若即若离，而我们，其实都是在左岸苦苦挣扎等待的渡河之人。

　　一小段月光惊醒了我。我躺在土炕上，月亮从东边天上走到西边天上。它把月光洒在山峦、大地、河流以及林子中院子里，又穿过窗棂洒在我身上。月光是银白色的，照着银白色的大地，银白色的河流，银白色的天井以及银白色的我。

　　我听到大姨窸窸窣窣起床的声音。表姐睡得正沉，我醒着，然而一动不动装作酣睡的样子。大姨给我掖了掖裹着的棉单，还在我脸颊上轻轻亲了一下，我几乎要跳起来搂住她的脖子撒娇，然而我忍住了，继续装作熟睡的样子。我听到大姨穿上鞋，拉开厢房门，在堂屋停留了一会，打开堂屋的门又轻轻带上，门轴发出吱扭一声响。

我爬起来，趴在窗上，从窗户纸的缝隙里看到大姨从墙角找出扁担，一边勾上一只桶推开木柴拴成的院门，沿着西边的小路走上山岭。院墙很矮，我看着她的影子慢慢爬上山坡，拐过山坳，消失在岭那边的山谷里。山谷里有一眼清泉，南山上的雨水雪水汇涌于此，村人以青石砌成泉水井，那一眼清泉，像是南山清澈的眼睛。大姨生命中的每一个清晨都是从一担水开始的，在微渺的晨曦中，她挑月光、星光，也挑水。月亮清冷单薄地挂在天上，它有时是圆的，有时是弯的，有时像一只温暖的眼睛，有时又如一道冰凉的伤口冷冷地挂在天上。月亮不说话，它望尽了人世间所有的悲欢。在颠簸桶水细碎的光影里，它看到了一个人微渺的一生。

小时候，因为父母工作忙，曾将我寄养在大姨家一段时间。大姨所在的村子在鲁东南沿海的一个小山村，村子背靠青山，东临大海。山不高，海拔仅三四百米，属丝山余脉，村人称为南山。南山虽矮，然而林深草密，清奇俊逸。

村子在山脚下铺陈开来，整个村庄呈西高东低走势，一条清澈的小河从山谷流下穿过整个村庄，迤逦东去入海。村庄沿着河沟岸两边排开，错落有致。

我大姨家住在村子的最西头，半山腰上，远离整个村庄，推门即见青山，东望可以观海。院子外有大片大片的青石薄板台，绵延几里。夏天的夜晚村里的人都会成群结队地到薄板台纳凉。每个夏夜晚饭后，我都会和表哥表姐早早来薄板台占好地方，找一块平坦的青石台将凉席铺下，舒惬地面向着星空躺下，隔着席子尚能感觉到薄板台的温热。

宇宙永恒，亿万颗星子组成的星河悄然出场，那深蓝色的夜幕，深邃，辽阔，每一颗星子都像被擦拭过一样干净、明亮。也正是在那样的夜晚，在薄板台上，月明天阔，银河流溢，我们离天空那样近，尘世退却，永恒出场，在那样的时刻，我曾无限接近星空，我也曾无限拥有星空，在那样的夜晚，我知道了寰宇之中，尘世之上，有着那样一条宽广无垠的银河，在那条大河的两岸，有着另外的世界。

山风徐徐吹来，带来松脂的香味，带着远古的气息，我枕在大姨的怀里，大姨轻轻摇着手中的蒲扇给我打蚊子，不知不觉地我睡着了。多么奇怪啊，在这尘世之上竟然还有着另外一个空间，有另外的一种我们全然未知的生活，那是多么令人神往。当我们在夜里抬头看到天上的那条大河时，是不是天上的他们也正在俯首打量着尘世上的我们？而在尘世之上的那条大河，日夜滔滔，川流不息，在那些寂静的夜晚，天上的大河与地上的河互相映照，彼此惺惺相惜。滔滔不息的大河之水抚育世间一切的生命，也给予贫瘠的人世以辽阔的慰藉。深夜了，喧嚣与讲述声渐渐止息，薄板台上响起此起彼伏的鼾声，困顿劳作了一天的人们慢慢进入梦乡，有人在睡梦深处发出幽深绵长的叹息声。这长长的人世，多么像一个谜啊。

大姨早年毕业于沂水师专，毕业后曾做过小学教师，后又被安排在县里的银行工作，在银行工作期间认识了后来成为我大姨父的那个男人。大姨父早年曾经是抗日敌后武工队队员，建国前老党员，新中国成立后安排在县税务局工作。后来在困难时期，两个人双双回了老家。

人生于世，一定有些路比另一条路会更艰辛一些，即使是时代跨越到如今，城乡之间也依然横亘着巨大的鸿沟。大姨的六个孩子除了大表哥考上大学走出农村之外，其余的几个孩子都在家里务农。按世俗的看法，大姨和姨夫无疑做了不明智的选择，那么一生务农的大姨和姨父，有没有后悔过当年的选择呢？

很多年以后我曾经问过大姨。大姨说，在当时处于那样的环境，好几个孩子嗷嗷待哺，回老家就是最好的选择，毕竟家里还有几亩薄田，辛苦耕作，总还能勉强糊口。平凡人无法瞭望到更深远的未来，只能先从眼前的困顿走出来。站在人生命运的十字路口，谁又能判断出更好和更坏的结局呢？事实上，每个人都被羁固在个人有限的认知里，更何况如果不是走到时间的深处，谁又会知道什么才是最好的选择呢？在时代滚滚洪流下，在命运之手的掌控下，每代人有每代人的困顿，每一代人都在自己的命运里苦苦跋涉，渴求突围，等到生命终结的那一刻，或许才会恍然，原来这漫长的人世不过是一个长长的梦而已，而我们所以为的幸福、欢愉其实不过是掩藏在那些芜杂的日常生活的罅隙里啊。

大姨和姨夫自由恋爱，一生相濡以沫，令我深感佩服的是，无论生活如何，无论命运的河流将他们带向何方，他们都从来没有抱怨过当年的选择。

大姨父幽默豁达，性情开朗，回到农村老家以后一直在村里担任调解村民纠纷的工作，他善于调解，总是将大事化小小事化了，很受村民的尊重。

姨父彼时还担任着看山的工作，他有一杆猎枪，每次巡山的时候，姨父都会带着我和家里的一条大黄狗——大黄一起进山。

最难忘巡山时我和大黄在山间小路奔跑着追逐嬉戏，山风从耳边掠过，空气里都是青草与松脂的味道，初夏时节，野花漫山遍野，林间的树上爬满了青青的葛蔓，树下的野草绿得逼人的眼，布谷鸟在林间清唱，鹰隼在高天盘旋，我们在山野里漫无目的地游荡，累了姨父就会铺下随身带着的蓑衣让我在树下躺着休息，天很蓝，阳光从栎树阔大的叶子空隙里洒下，林下野径幽暗，光阴斑驳。风一吹，整个山林簌簌作响，时间漫漶无穷，人与光阴日月同在。

那时候，山里野物也多，巡山时我们常常还会有意外的收获，每次姨父端起枪，枪响处，被击中的有时会是一只野兔，有时会是一只山鸡，我和大黄抢着扑过去，大黄纵身一跃往往抢到我的前头，我也不恼，快乐地在旁边拍手蹦跳。每当有野物收获，那就是一家人打牙祭的日子。兔子红烧，切上几片萝卜。山鸡清煮，扔上几颗山里采来的松茸，那鲜香！每每此时，姨父都会温上酒。锅屋里大锅的炉火烧得通红，大姨在拉风箱，"呼踏、呼踏"，表姐在一边帮着往灶口续柴火，我们几个小的蹲在门槛上。炉火映着我和表哥表姐们通红的小脸，香气从木制大锅盖缝隙丝丝缕缕地溢出，馋得我们直咽唾沫。大姨笑着说："快熟快熟，门口坐着几个馋嘴驴。"那时我们还不知"馋嘴驴"就是说我们，还都笑得前仰后合地也跟着说。清贫而简单的日子，却似乎刻骨铭心地印在脑海里，印在记忆的深处。饭做好了，一大家人围在院子里橡树下的木桌子旁，在日日瓜干果腹的清苦日子里，能吃上这么一大锅煮山鸡简直隆重得像过节，大姨家里人口多，看着满满一大锅鸡汤每人也只能分到一小碗，鸡腿我一只，姨父的母亲一只，三哥和四哥虎视眈眈地看看彼此的碗，生怕对方比自己碗里的鸡肉多一点，姨父说一声快吃吧！一家人就都捧起碗吸吸溜溜地吃得不亦乐乎，咂嘴抹舌。

晚饭过后，坐在院子里，目光穿过低矮的院墙，群峰逶迤，夕阳已经落下，西天还残留一抹淡淡云霞，给山峰镀上金边。

这金色的山峰随着季节的变幻而变化着。夏日晴空里大山苍翠欲滴，秋日草枯木衰，暮霭重重，斜阳残照。最是雪后初晴，青山覆了白衣，四野庄严，宛如亘古，鸿蒙初开。四时不同四时之景亦不同，晨昏交割，每一刻的变幻也是不同的。天地辽阔，自然宏伟，在大姨家的院墙外青山葳蕤、光影变幻，每天都会有不同的壮丽图画波澜壮阔地呈现在我面前。那些时间的画卷，就这样不经意间留在一个孩子的脑海里。

那些干净而温暖的岁月啊！在大姨家寄居的那一年，我度过生命中最难以忘怀的时光。

等到夕阳西沉，黑夜笼罩南山，山林里偶尔会传来野物低低的长嗥，夹杂猫头鹰瘆人的叫声，那时我们会早早闩了门，再用顶门棍顶住，爬到东屋的大炕上，在一盏忽明忽灭的油灯下，团团围坐在大姨身边。大姨喜欢读书，她会讲很多故事，红楼，水浒，三国，说岳全传，秦琼卖马，杨家将，呼家将，梁山伯与祝英台。在大姨家，几乎每一个夜晚我都枕着大姨的故事进入梦乡。每一个夜晚都值得期待。窗外月明如水，群山壁立，低矮的茅屋内一灯如豆，那缓缓燃烧的尘世之光，照亮一个孩子的来路与归途。在那时，时间的大网悄无声息地落下，南山隐逸于无边的月夜中，远处浩瀚的海面上波涛汹涌，海浪拍打着海岸。群山默默，苍穹深处发出轻微的叹息。

时间过去很久了吧，还是我只是在夏夜的薄板台上做了一个清浅的梦而已呢？

大姨还在，可是她的记忆却日渐凋零，连曾经最爱的外甥也认不出来了，被阿尔茨海默病折磨的大姨迷惘地笑着，眼神穿过我，落在遥远的另外的时空里。大姨曾亲手为我的童年燃起一盏灯，她处处照拂我幼小敏感的心灵，让我不因为没被父母带在身边而有被遗弃的荒凉感。她会给我读爸爸妈妈从青岛寄来的每一封信，告诉我他们对我的思念，以及他们上班忙无法照顾我的无奈，她将信纸摊开在小炕桌上，一个字一个字指给我看，虽然我什么也看不懂。而当大姨坠入黑暗中，我却无力为她做什么，只能眼睁睁看着她一步步走进那遗忘的深渊。我看到时间的狰狞与残忍，看到时间的真相，却无能为力。这多么令人悲伤。时间的大风刮过，它带走了那条童年的河流。银河隐遁。星空失却。河流消失。

　　大姨家的老屋还在，只是早已经易主他人，大姨父前年去世了，这一次，这个大个子乐观豁达的男人永远留在了他热爱的南山上，与草木为伴，与山风为邻，与自然合而为一，这一次，他将得到永恒的休憩与安宁。大姨搬到山下的表哥家里。小菜园不在了，薄板台也不在了，被开山打了石头，变成幽深的石头塘子。山还在，只是好像也矮了很多，山上林子树木稀稀疏疏，看了让人心里难受，是山老了吗？是不是我们一年年长高了，山就一寸寸矮下去了呢？那么等到我们老了的时候，背一寸寸驼下去，深深地驼到土地里，是不是山就又会长回来呢？

　　大姨家的院子里有一棵硕大的橡子树，夏天的时候会投一地巨大的阴凉，光阴轻柔地从叶子间的空隙里落下来，斑斑驳驳，落在橡树下那个小女孩乌黑的发辫上，落在她绣着小鸭子图案的衣襟上，落在她仰起的白皙的面庞上，落在她微微眯着的双眼以及轻颤的睫毛上，也落在她永恒的难以磨灭的记忆里。她坐在那里，乖巧，柔顺，虽然是小小的年纪，也有着与年龄不相称的小小的忧愁。

　　秋天的时候，橡子熟了，秋风吹落一地橡子，小孩子们在树下争抢着捡拾橡子，做成旱烟枪的样子，叼在嘴里，弯腰弓背，倒背双手，咳嗽着学老汉吸烟的样子。他们还未谙世事，苍老对于他们来说，还是很遥远的事情吧？那双还没有被尘世浸染的眸子清澈见底，即便生活是清苦的，在长辈慈爱的荫庇下，日子也还是像南山上的泉水，细细品咂，有着丝丝缕缕的甜。

　　时间过去了。橡子树下的女孩却好像一直没有离开过，她坐在树下的小板凳上，她坐在光阴深处，微仰着头，早晨的阳光穿过橡树叶子温柔地洒在她身上，时光轻柔，风也轻柔，有一瞬间她好像想起什么难过的事情，微微蹙起眉头，然而只是一忽儿的工夫，又有什么事情重新吸引了她的注意力，她扭过头看了看从山上挑水回来烧好早饭，又煮好猪食正在院子西北角忙碌着喂猪的大姨，那个有着六个孩子的母亲，那个日夜不停披星戴月操劳忙碌着的女人，那个饱读诗书却一生清贫的女人却将那么多的柔情与爱给了她这个外甥，大姨多么好啊，她在心里想着，一只大猪从猪圈的墙上探出头来，大姨挥着手里的长瓢轻轻拍了一下它的头，她看着眼前的这一切，情不自禁地笑了起来。

原载《散文·海外版》2021 年第 9 期

日出禾木

米 兰

如果我得到我所爱
我便绝处逢生
——保尔·艾吕雅

夜晚从一堆篝火开始

在人生旅程的中途，我千里迢迢进入北疆，寻寻觅觅抵达一个叫禾木的村庄。当汽车颠簸着冲下山去，转了一个弯，又转了一个弯，前方依稀可见灯火阑珊——禾木村到了。

在村头下车后，我拖着行李一边走一边寻找格萨图家的木屋，"禾木 A21 号"，那是我今晚即将栖息之处。"禾木村有个护林员，我忘了他的名字，有一年参加全国登山滑雪比赛，也就是徒步攀登雪山比赛，轻轻松松拿到了冠军奖杯……"下车前，后座一位男士对他女伴说的话，我也听到了。一个护林员参加专业比赛，并且拿了冠军？我对此将信将疑。

时间已近丙夜，外来客杂沓的脚步声被浩瀚夜空和静谧山林稀释殆尽，空气中只剩下露水和青草散发的香甜。不过，禾木村仍未入睡，不远处一堆篝火还在熊熊燃烧，火堆四周彩灯闪烁，人影、音乐和烤肉的香味一起涌过来，我听到肚子里咕噜咕噜的叫声，像一只鸽子立在墙头左右逡巡，饥饿感顿时袭来。

　　在村道以西、接近村尾的地方，终于找到禾木 A21 号。

　　檐下亮着一盏灯。门前的木栈道缝里有野花伸出来。栈道外侧是野地，露水和青草散发的香甜，味道更浓了。

　　放下行李，我朝那堆篝火走去。

　　火堆旁垛着一堆木头，两个身穿长袍的汉子在火炉前忙着为客人烤串，头也来不及抬一下。一位长发男子抱着吉他，斜靠在柴垛旁抽烟，脚下横七竖八放满了空酒瓶。坐在火堆边吹口笛的是一位老者，心无旁骛，似乎正沉湎于对往事的追忆，那笛声像风在白桦林里呜咽前行，盘桓流连，依依难舍。两位跳舞的图瓦族姑娘都有着细细的腰身，目光清澈而明亮，如同两朵暗自盛放的花，在笛声中兀自摇曳。我并不了解图瓦人的生活，就像我不知道那位老者吹的其实不是口笛，而是图瓦族特有的一种传统乐器——苏尔一样，只有苏尔的音质才能发出如此低沉深邃的声音，犹如牧师布道，每一声都悠长高远，直至传入村外的松林并引发回响，如同一个人对另一个人的呼唤。透过火光，我看到对面喁喁私语的两个人，应该是大巴车上坐在我后面的那对伴侣。一路同行，我发现他们不像夫妻，也不像情侣，两个人亲密中掺杂着客气，默契中显露着生分——并不是我有窥私欲，我只是喜欢想象神秘夜空中星星的轨迹和它们在白昼里的去向。

　　夜风很凉。除了从山上传下来的松香，风也传来牛羊粪的味道。火堆那边的两个人相视不语，我能感觉到黏稠、缠绕、似火山熔浆涌流的爱意在他们体内翻滚，哪怕这一刻，我自己眼前的酒杯是寂寞的。

带着酒意，我回屋睡觉。已是丁夜时分，露水更浓了，在一棵低矮的栗树下，我与它撞了个满怀，它亲切地拍打着我的头发和肩膀，如老友重逢。就着一身湿气和冷香，我在松木床板上和衣而卧。禾木村外，除了静谧山峦，即是河流之声。我想象着自己是个古人，走出木屋，到深山里与鸟兽交谈，或者听风、听雪，在月光下步行回家——如果一个人简单纯朴，那么所有事情就都谈不上复杂，除了爱。

"春天过去了，可是我还十分想念……"木屋后面，禾木河奔腾不息，石头在疾飞，那只鸟也是，就如我的青春落进这个夜晚的声响。

我得承认，在那段最隐秘的爱里，我是孤独的。

日出禾木

禾木村的黎明来得早，五点钟不到，黑夜就从大地上飞走了。窗外一阵嘚嘚马蹄声响过，我从床上爬起来，简单洗漱后，抓了件棉衣出门，哈登平台上的日出无论如何是不能错过的。

节气已近小暑，一件棉衣仍不能抵御禾木村清晨的湿冷。跺着脚做了几下伸展运动，在蒙蒙晨雾中，沿木栈道走出去，右转，顺着栅栏往前不远，就是禾木河大桥。

河水的翻滚声越来越响。

禾木桥头搭建了门拱和双开木板门，顶部有两个方形窗口，窗口内用木条分别搭成"禾、木"二字。桥面很宽，中间走牛、马、羊、车，两边辅路稍高，是人行道。扶着栏杆听大河滔滔，心生感慨：自由欢快、无拘无束飞奔向前的河流，在我个人的人生经历中屈指可数，时至今日，禾木河即是最响亮的那一条。

走过禾木桥，东方露出鱼肚白的时候，沉睡的村庄开始苏醒，炊烟在星罗棋布的木屋间升起来，骑马的牧民吆喝着、驱赶着牛羊群流向村外。

哈登平台在后山上。崎岖的山路走来吃力，尤其那些身背摄影器材的人。骑马的村民则挺胸耸肩，把马打得飞快，倏忽一闪就从身边跑过去了。接近哈登平台的一段山路更加陡峭，好在铺砌了台阶，台阶两边也有用原木搭建的扶手。

当我气喘吁吁在哈登平台上站定，东边天幕上，青白、橙白、橙青、橙红的色彩依次呈现，一朵一朵浮云由远及近，散发出油画般的质感。云彩下面村庄安详，流动的牛羊群在炊烟中若隐若现，尖顶木屋和流线型围栏、山林和野地，笼罩在一片清幽里。二十公里外中俄边境的友谊峰上雪光闪闪，西伯利亚的风就是从那里吹进来，随着地势降落变得温和，禾木村四周从而孕育出一片又一片浓密的山林。

等待日出间隙，我绕哈登平台上的草场跑了一圈。草场四周用矮木桩围住，一棵蓝铃花隐身花丛中，羞答答垂着头，可我一眼就认出了她，万紫千红中，她的柔弱与娇媚反而更加醒目。

站在哈登平台上俯瞰禾木村，可以看到一个大致东西走向的村落——图瓦人依照河谷的走向建造了他们的村庄。当太阳从东山那边霍然而出，大地瞬间被照亮，禾木村顿时笼罩在万斛金光中。我身披薄薄的霞光，像披着一件霓裳羽衣。举目四望，群山连绵，白桦林、绿松林、草场和烟村，重叠起伏，禾木河奔流的声音汇入其中，眼前一派勃勃生机。

林中时光

太阳升起后，观看日出的人陆陆续续下山去了。蜜汁一样丝丝缕缕飘游在禾木村上空的雾气也渐渐散去。天空变蓝，气温上升，我脱掉棉衣坐在草地上，四肢自由舒展，仿佛我也是草地上自由恣肆的一朵花。一只蝴蝶飞过来，扇着翅膀在我肩头上盘旋，最终停留在我右手臂上，我抬起左手刚想捏住它，它就飞走了。

从哈登平台另一端，我往山下走去。窄窄的台阶不时被繁茂灌木遮挡，常常需要俯下身子才能钻过去。山上有很多野蔷薇，多为白色和黄色，花朵稍小。另有一种康藏荆芥，除了黄色花，那种玫瑰红色更加鲜艳。"不要去踩踏脚边那烂漫野花，因为爱的芬芳得之不易。"哼着即兴创作的歌曲，我独自回到禾木河边。

禾木河右岸生长着白桦林。树林里因虫害、病害、雷击等灾害倒下来的桦树随处可见。在树林深处，我看到一丛野草莓，几个小小的红草莓干净鲜美。半蹲在地上，我先用手机微距拍了几张特写，然后摘下红透的果实放进嘴里，酸酸甜甜的感觉真像一场青春期的恋爱啊。"她明白人并不能为爱情而死。在她的一生中曾有过一次为爱情献身的大好时机。然而，她并没死在内韦尔，从那时起直至今日，身在遇到这个日本男人的广岛，她都犹如获准缓刑的人怀着'淡淡的哀愁'，缅怀着那次决定命运的唯一机会。"突然想起《广岛之恋》中，丽娃趴在死去的初恋身上悲痛欲绝的样子。而此时，我孤身一人待在树林里，不远处禾木河水哗啦啦流淌，一个影子始终跟随我在林子里徜徉，与我对视，令我战栗。树林外人来人往川流不息，我听到的不是喧哗，不是滔滔之声，我听到的，是记忆和幻觉，它们不在这里，它们在"那里"。就在那里，持续的高温没有点燃绝望中的希望，恰恰相反，它渗透到乌云和阴影之间，形成连绵淫雨，我与一个影子出入相随，懦弱而卑微地试探、倒退，无所谓乐观或绝望，至少在人前，我们有说有笑；当长期潜伏在心底的、日积月累的情愫，像云层中蓄积的雷声一样滚滚而动之时，除了忍受，我暂时逃避到这里，在陌生的人群中寻求无需开口说话的自由。至此，半夏已过，桦树林里空空荡荡，我在草地上曲曲折折的脚印也很快隐去，一两声鸟鸣之后，林中愈加寂静。

在树林边缘，两匹枣红马默默站在风中，树杈上挂着一件衣服，但左右无人，河流的声响从不远处传过来，我决定走出树林，到河边去。

世界上哪一条河流不是倾诉的对象？热恋者、失恋者，欢欣或哀愁，每一条河流都是最好的陪伴。壮阔的禾木河从哪里来，要到哪里去，我是知道的——抬头可见的雪峰那边，看不见的冰湖、冰斗，一定就是禾木河的源头。它在一个叫奎汗的地方，与北向而来的喀纳斯河合并成布尔津河，一路曲折蜿蜒，又与从大山深处奔涌而出的喀拉额尔齐斯河、克兰河、哈巴河、别列则克河一起，汇聚成桀骜不驯的额尔齐斯河，咆哮着奔出阿尔泰山脉，浩浩荡荡涌向戈壁、绿洲、大山……它从哪里来，要到哪里去，我是知道的。一个人的情感走向却总是摇摆不定，始终难以把握。"衰老的过程是冷酷无情的。我眼看着衰老在我脸面上步步紧逼，一点点侵蚀，我的面容各有关部位也发生了变化，两眼变得越来越大，目光变得凄切无神，嘴变得更加固定僵化，额上刻满了深深的裂痕。"到了今天，我终于被时光吓倒，做不到像杜拉斯那样，这时候仍饶有意味地阅读衰老在脸上肆虐，就像津津有味读一本书一样。但我明白，命运到目前为止，待我不薄，如果能用等待错过一个人，我暂时还不想用伤害失去他。

栅栏是一道隐喻

格萨图和他的家人在村道以东的木屋内居住。屋西头一间敞棚下放着些桌椅，供旅人休息或用餐，他是这家小餐馆的主人。格萨图另有几间木屋用出租，我从网上预订的禾木 A21 号，即是其中的一间。午饭前，我在他家长长的栅栏外散步，脚边是开满野花的小路，溪流不知从哪儿冒出来、将去往何方。村头山岗上，一辆观光小火车正斜斜地爬上山顶。纵深里望去，更远处一层一层的山峦仿佛永无尽头。

虽然是夏天，阳光很好，却丝毫没有燥热之气，阳光就像是从田地里长出来的，淡淡的青草气息弥漫其中，将人与大自然包裹覆盖——生命的一切奥秘都藏在大自然当中。

在禾木村，长长的流线形栅栏是一番必读的景致。图瓦人对他们房前屋后的栅栏很是重视：房前的栅栏围起他们的院落，院子里全是野花。那些野花的名字是不好分辨的，只好被统称为格桑花；屋后的栅栏用作牲口圈。格萨图家开着小餐馆，也许人手有限，无人放牧，牲口圈里只有一匹白马孑然而立，神情落寞。湛蓝天空下，修长的马头和脖颈，健美的四肢，飘洒的鬃毛——如果骏马要奔向远方，栅栏怎么能够阻挡？

关于栅栏，图瓦人有着自己的讲究，他们从来不砍伐活树做栅栏，他们到松林里找寻死去的松树，拉到自家门前，锯成一截一截的木桩，一根一根打好钳口，然后一一卡住，一道优美的栅栏很快做成了。"栅栏之为栅栏而非遮蔽或彻底隔绝的城墙，就在于栅栏虽然形成隔绝，但目光仍旧可以穿透。"栅栏是一道隐喻，暗示图瓦人略显戒备的心理，同时意味着他们并未放弃对美好愿景的渴望和梦想——我在孤独中对此有所领悟，那就是人类情感的共通性尚未得到理解，有些感情的存在仍是一种得不到答复的哀求。

在菜地边缘，一瞥之间看到栅栏上缠着一条青蛇，吓得我抱头逃去。小时候在祖母家后院看到过一条小蛇，祖母说，蛇是灵异之物，会保护家人，预示好运将至。但我对无声无息贴地爬行的蛇，有一种天生的恐惧。还有壁虎，它们身上那股悄然散发的阴冷之气每每让我不寒而栗，不管祖母怎么说，我都不希望看到它们狡猾的身影。

时间已过午时。从栅栏中间的活动门进入格萨图家用餐。经过正屋的时候，门是开着的，对着门的墙壁上，一幅挂毯看上去有些年岁，画布上有人物组像，有树、石头、大河和天空，也有小鸟和山鹰，它们一起用委婉的声音，把图瓦人引入现代生活轨道，只不过雨水降临大地、草木萌发、奶酒和苏尔，更接近图瓦人的生存本质。

简单午餐后回屋休息。

一觉醒来，太阳已经偏西。从行李中拿出一撮白茶，端着茶杯坐到门前木栈道上，准备与野花一起度过黄昏前这段时光。还记得清代画家汪士慎，他泡茶只用三种水：山泉水、花须水和雪水。禾木河水自然来自雪山，雪水浸泡白茶，淡淡茶雾一缕一缕升起，像图瓦族姑娘圣洁的舞姿。

夕阳西下。吸纳了禾木村的纯洁、纯净和纯美的一天就要结束了，眼前的花草、木屋，栅栏外的小路，还有正在迫近的夜晚，一起散发宁静气息。回屋取了一本书，我朝河边走去。那里有一家咖啡馆，我打算去喝一杯。

咖啡馆之歌

咖啡馆在禾木河左岸。早上去哈登平台看日出，一瞥之间发现了安安静静的它。

这个时段，村路上行人不多，村民放牧尚未归来，旅人还在山野间游荡，咖啡馆的彩灯还没有亮起来。走到门前，"佐岸咖啡馆"字样让我想到曾经酷爱的法国文学，乔治·桑、爱弥儿·左拉、马塞尔·普鲁斯特、罗曼·罗兰以及大小仲马，当然还有玛格丽特·杜拉斯，他们似乎都曾在塞纳河左岸的咖啡馆里写作或交流，咖啡因此在我的潜意识里隐含着一种无形的精神，代表着一种深沉的人文气质，爱情也在其中氤氲缭绕，萨特与波伏娃就是例证。

——1929 年的一个夜晚，萨特与波伏娃订立了一个既坦诚又有伤风化的契约，该契约的前提是，他们之间的爱是生命中不可或缺的，在此基础上，第一，允许对方有"偶发爱情"，即：彼此保留爱上他人的权利；第二，绝不互相欺骗、隐瞒。萨特还补充道："如果哪天有人反悔，那么就向对方寄一封挂号信。"这份契约，双方维持了半个多世纪，直到萨特去世。"他的死让我们分离，而我的死将使我们重逢。"萨特离世六年后，波伏娃追随他而去，两人合葬，永远地相伴在一起。

作为女性，波伏娃在超越婚姻的伴侣关系中，与作为男人的萨特，创造了一种新的平等关系，如愿成为一个具有自身历史和未来的人。而我，直到此时才突然明白，成为自己，比获得爱情更重要。

佐岸咖啡馆里面空间很大，松木梁架裸露在外，抹了白灰的壁炉里塞满木块，碎花图案的桌布和防锈铁艺吊灯，营造着工业时代的复古风格，轻柔的萨克斯音乐在室内低回，如果没有听错，这是那首《望春花》："翻过那一座又一座山，我要回到你身旁，花香引诱着我，幸福在望……"咖啡馆东墙那里开着一扇门，门板敞开着，可以看到外面不大的院子里开满野花，与村民家的院落没什么两样。

除了我，咖啡馆里只有两个客人，一个在墙角那里看手机，另一个在北窗下发呆。吧台前一个男孩笔直站着，看到客人进门，他急忙向前一步问道，女士，您喝点什么？"一杯啤酒。"在西边靠窗的位置，我坐了下来。临河的这个窗口开得很大，禾木河以及河那边的白桦林尽收眼底。但丁《神曲》中有一句"在人生旅程的中途"——在人生旅程的中途，我在困顿中走进这间咖啡馆，冥冥中受了怎样的指引，孤独的、神秘的境遇意味着什么，我全不在意；看到山间奔跑的骏马如此富有韵律，看到照耀禾木的太阳与照耀我们的太阳是不一样的，也不令我惊诧。

我独自一人，一切都沉入虚饰。

　　度过一生——并非走过原野。

　　鲍利斯·帕斯捷尔纳克的诗句适于所有生活者，包括我。"除了爱，我与我的生命在一起。"摊开安德烈·纪德那本《人间食粮》，我在页眉处写道。纪德懊悔自己在青春年代，看重虚构的而轻视现实的东西，懊悔自己背离了生活，以至于在风华正茂的年纪，从心灵到肉体都落落寡欢。我有时也作如是想，比如这一刻。

　　窗外，禾木河水滚滚流逝。白桦林里无数只眼睛审阅着的，就要远去。

　　咖啡馆里陆陆续续坐满了人，音乐分贝高起来。

　　我起身去吧台要点心。吧台后面的墙上挂着一些照片，一位年轻女子背着双肩包，在布达拉宫前、在埃菲尔铁塔下、在富士山脚、在喀纳斯湖边……其中一张，就在我刚才坐着的位置，她身穿布袍，笑容淳朴，一种健康开朗的美扑面而来。我问服务生照片上的人是谁，他说，那是我们老板娘。

　　要了两个芝士蛋挞和一碟腰果，回到座位上继续看书。"人就是为幸福来到世间，自然万物无不这样指点。正因为努力寻求欢乐，植物才发芽，蜂房才酿蜜，人心才充满善良。"纪德将自己在北非和意大利的漫游经历，写成沉甸甸的《人间食粮》，以独白的方式在纸页上歌颂生命和自由，并提醒读者：不要放过生活的任何可能性。纪德走在大地上，他的头脑却在天空中、在太阳边上，我怎敢相信他。

　　天完全黑下来。窗外的景色被淹没。咖啡馆里的音乐什么时候换成了流行歌曲？我听到一个熟悉的声音："多少年以来你一直看着窗，看见窗子里你变老的模样，你的眼睛泪汪汪，还要穿那件花衣裳……"

扎西平措的唱词再度让我黯然神伤，我知道那件"花衣裳"不是我该穿的，我一辈子都得不到它。

从咖啡馆出来的时候，禾木河上月色灿烂，遍地明媚，白桦林的倒影如墨倾洒。禾木村的夜色延伸到群山之外，参差峰峦的凹处，传来另一个世界的光。

原载《散文》2021 年第 11 期

苹果红了

刘致福

　　过了白露，天气开始转凉。苹果树叶在秋风中蝴蝶般翻飞飘舞，苹果的颜色已经由青变红，而且红得越来越娇艳。早上走出家门放眼南山，苹果园已经红透了一片，有如一抹红云，飘逸在南山半腰间。秋风乍起，浓郁的甜香气息飘散过来，撩拨着每一个人的味蕾。

　　苹果红的时候大田里秋收刚刚开始，玉米、花生、地瓜都到了收获的时候，哪一样似乎都比苹果重要。果树队长很是着急，告诉父亲苹果熟了，该派劳力进园收摘了。父亲从山上回来总是很晚，见了果树队长便火辣辣地挥手撵他，没劳力给你，再等几天。果树队长悻悻地往外走，嘴里不服气地嘟哝，再等熟透就落果减产了。父亲没好气地回他，再等几天成色更好！

　　果树队长不高兴，我和小朋友们也都很失望。等了一年，终于闻到苹果成熟的香甜气息，多么盼望早点开园，可以不受限制地冲进果园，开心地采摘、品尝。但是身为支书的父亲不同意，不派劳力，果树队就不能开园，那些熟透了的苹果只能红艳艳地悬挂在枝头，任凭风吹日晒，和我们一样地耐心等待。

不断传来邻村果园开园采摘的消息，父亲始终不为所动。父亲的注意力在粮食，粮食地是主业，苹果园是副业。周围十里八疃果园不论面积、产量还是苹果的质量都无法和我们村相比。村里果园足有几百亩，占了河南岸半座山，每年都是县里果品站收购出口的大户。原本满山都是荒草桲椤棵子，是父亲带着村里乡亲苦战几个冬天，挖出几千个"果树窝子"。那些年，父母在家使用频率最高的词就是"果树窝子"。南山坚硬如石的砂岩土质，挖一个坑要几天工夫，有时还要放雷爆破。每一个"果树窝子"都是二米见方一米半深度，填上熟土，施上有机肥，第二年春天栽上果树苗子。我上小学时，南山果园已经形成规模，果树主干长到胳膊粗，已经到了盛果期。每到春天，果树开花，南山便像裹上了一层绿中透白的轻纱，清新、白亮而又透出满山满坡的生机，阵阵清香惹得蜜蜂从四面八方飞过来，嗡嗡嗡嗡的蜂音恰如最美的音乐，整个山乡都要醉了。

到了夏天，绿绿的叶片下面，结满了青绿油亮的果子，整个果园用木栅栏和铁丝网围裹起来，有如一个充满诱惑的绿色城堡。孩子们放了学便不自觉地往南山跑。隔着栅栏看着青脆的果子，眼里放光，垂涎欲滴，幻想着如何能够钻进去，大快朵颐。有胆大的选一个角落，从铁丝网下边贴着地皮向里钻，头刚伸进去，便有几只大狗嗷嗷叫着扑过来，吓得赶紧缩回身，屁滚尿流地跑下山去。果树队里有四五个看园人，养着好几只据说是纯种的狼狗，使得孩子们紧张之余愈发感到果园的神秘。多少孩子心底里发愿，长大后要当一名果树技术员。最终多数人都没有如愿。被选进果树队是一种荣耀，果树技术员是村里少有的技术工种，要求极高，要懂林果技术，要能吃苦，春冬修枝剪枝压枝，春夏打药施肥浇水，果树坐果后要离家住在果园，尤其是果实临近成熟，要昼夜巡视看护，还要无私不贪，不偷摘偷吃一只果子。

也有人想走捷径，厚着脸皮找父亲，无一不是碰壁而归。

天越来越凉，庄稼地里也收得差不多了，父亲终于同意从各小队抽调劳力去果园摘苹果。这可是美差事，大家都争相报名，但最终还是抽调相对年长的妇女和劳动能力相对弱一些的男劳力。摘苹果虽不似大田收秋那么紧张劳累，但也要攀梯上树，持续半个多月，也很辛苦。

母亲有幸被选中，我和姐姐都很兴奋。母亲去果园摘苹果，给孩子们带来无穷的想象和希望，似乎那些红艳艳的大苹果就在眼前，每天都期盼着母亲早点从果园回来。母亲在果园的活计除了树上树下摘苹果，还要拣苹果。将摘好的苹果，按照果品公司的要求，将符合尺寸、外观漂亮的苹果挑选出来，放到出口专用的果笼中。果园管束极严，虽然满眼都是红艳甜香的苹果，但是谁也不敢吃一口动一只。除了果树队的人监督，摘苹果的妇女们互相也在监督，发现谁偷吃偷拿轻则扣掉一天的工分，重则撵回生产队。但是母亲们总有办法，果园外的草地上不时会有苹果滚出来。收工走出果园大门，妇女们经常要在果园周围草地拔猪草捎回家，意外的收获是她们秘而不宣的默契。每次母亲回家，我和姐姐都眼巴巴地看着母亲，希望她能变戏法似的变出几只苹果，哪怕一只也行。但母亲总是让我们失望。终于有一天，母亲回家抖搂开猪草，里边竟然真的滚出一颗苹果来。我以为自己是在梦中，直到母亲将圆圆的苹果塞到我手里，我才如梦方醒，惊喜万分。苹果不大，但是滚圆通红。母亲说是草地里拣的，舀水将苹果洗净，切成两瓣让我和姐姐趁父亲没回来抓紧吃了，再三嘱咐不要告诉别人，更不能告诉父亲。

大半个月后，果园的苹果全部采摘完毕，果品公司收购完，剩下的落果和不符合标准的要按人头分给每一位社员。

分苹果喽——

果树队长村头一阵吆喝，满村里便沸腾了。大田里也早早地收工，大人孩子们从四面八方往苹果园赶。像赶集，又像是过年。分苹果，这是秋天里大人、孩子最高兴的事，是盼了一年的狂欢。家家户户推着车子，带上麻袋筐篓集中到果园卧棚外边的空地上。空地足有两个篮球场大，中间从东到西一大堆红艳艳的苹果，像一座苹果的小山。旁边一张长条桌一座地磅，果树队队长坐在桌后按账簿大声喊着一家一家户主的名字，户主和女人、孩子一齐答应着拎着家什跑过来。旁边的队员七手八脚地用簸箕往磅秤底座上的大筐里倒苹果。果园这时候完全放开了，不论大人、孩子随便进出，苹果可以随意品尝，大人们手里攥着苹果边啃边忙活着分苹果，孩子们人手一颗苹果边啃边在空地和果树间追逐打闹。分到苹果的装上车欢天喜地地驾车往山下赶。每个人的脸上都如熟透了的苹果，红扑扑的，充盈着幸福与甜蜜。

这一年苹果大丰收，家家户户分到的苹果比往年翻了一番。母亲把里屋原本盛粮食的大缸腾出来放苹果，母亲高兴，孩子们也高兴，两大缸苹果，可以吃到明年春天。晚上回来母亲告诉父亲，父亲不仅不高兴反而一脸阴云。父亲说你懂什么，不是收成好，是果品公司收得少。原来我们村的苹果全是小国光，品种老化，果品公司大幅压缩了收购的数量。这就意味着年底收入的减少。父亲愁，母亲也跟着叹气。父亲说该换品种了。

换品种，就要砍了原来的老树，重新移栽果品公司推荐的红富士等新品种，花钱买新品种树苗不说，更意味着几年没有收成。第二天，父亲来到果园，抚摸着一棵棵长了十几年，已经牛腿般粗的果树潸然泪下。几千棵啊，全都砍了，父亲不舍得，果树队也不舍得。

一个秋天，父亲都在唉声叹气。父亲领着大队干部在果园里开了几天会，多数人都不同意砍树换苗。到了冬天，父亲终于下了决心，不能再等了，必须换！父亲一拍板大家也都不争了。雪花飘起时，父亲带领乡亲们上山，含泪砍了那些老树。一冬天全村人都在南山凿山挖"树窝子"，第二年春天改栽了几千棵红富士。

二年桃三年李，四年苹果挂满枝。寄托着全村人希望的南山果园，第一年无收，第二年新苗开始开花，第三年开始挂果，第四年红艳艳的红富士终于挂满枝头。

这时候我已离开村子到山外读书。秋假回村，放眼南山，果园重新披上了红装，硕大的红富士如一盏一盏点亮希望的灯笼，挂满枝头，红透满山满坡……

原载《光明日报》2021年11月19日15版

报告文学

沂蒙壮歌

厉彦林

抱犊崮下日子红火

二〇二一年五月十一日，我再次怀着虔诚的心情，小心翼翼地走进陕西延安杨家岭中共七大会址。来自全国各地接受党史学习教育的党员们，正在听讲、宣誓、合影留念。我仔细品读每一个物件，眼前仿佛再现延安时期那惊心动魄、艰苦卓绝的历程和场景。大会主席台两侧张挂的贺幛，左侧是陕甘宁边区的，右侧是山东分局和一一五师及山东纵队的。这充分说明中共中央对山东抗日根据地为中国革命事业作出历史性贡献的肯定。

这让我想到远方的沂蒙山区，包括在山东根据地初创期作出过历史性贡献的抱犊崮地区。当地曾流传过这样一首歌谣："正月里来正月正，东进支队到山东……"

一九三八年，抗日战争进入相持阶段，党中央提出"巩固华北，发展华中"的战略，毛泽东从全国抗日战争全局战略考虑，提出"派兵去山东"。一九三八年十二月十九日，罗荣桓等率一一五师从晋西交口县双池镇一带出发东进，与八路军山东纵队并肩战斗，巩固扩大山东根据地。一九三九年三月六日渡过运河，进入泰山以西地区，五月初发生在泰山西的陆房战斗毙伤日寇一千三百余人，是继平型关大捷之后取得的又一次重大胜利，促进了冀鲁豫抗日根据地的迅速发展。九月直插到抱犊崮山区，在这里，他们放手发动和解救群众，开展各种形式的对敌斗争。十一月在抱犊崮西麓的王家湾（今山亭区凫城镇）成立鲁南第一个红色政权——峄县抗日民主政权。紧接着，鲁南山区根据地基本连成一片。

这里的地势险要，纵深和回旋余地大，像插在日本侵略者脊梁上的一把钢刀，是华北连接华中的枢纽，也是华中地区通往太行山和延安的红色通道。后随着斗争形势和任务的发展变化，党政军机关逐步走向沂蒙山腹地。

山亭区地处沂蒙山区西南麓，境内有"天下第一崮"抱犊崮。抱犊崮位于枣庄和临沂两市所辖的山亭、苍山、费县三县交界处，海拔五百八十四点三米。据《峄县志》载：昔有王老汉抱犊耕其上，后仙去，故而得名"抱犊崮"。景区四季分明：春季桃李争奇斗艳，夏季绿叶成荫，秋季红叶似火，冬季银装素裹。尤其是秋季的红叶，依山势起伏，色彩浓郁，呈现出层林尽染的绚丽景观。

受交通、自然条件等因素制约，"十二五"期间，山东省枣庄市山亭区还有八十六个村被列为省级扶贫重点村，十一个村被列为市级扶贫重点村，占全区村居总数的三分之一以上；至二〇一六年初，仍有精准识别贫困户两万零三百五十六户、三万五千六百八十六人，贫困人口占枣庄市全市的百分之五十点六，精准扶贫任务十分艰巨。山亭区立足当地自然禀赋，挖掘地方特色资源，以产业扶贫为重点，落实精准措施，下足"绣花功夫"，圆满完成了脱贫攻坚任务。

山东省枣庄市山亭区北庄镇双山涧村是一个红色山村，重点展现着抱犊崮抗日革命根据地的历史场景，建有八路军第一一五师纪念馆、一一五师政治部、一一五师司令部、王麓水纪念馆、鲁南区党委、鲁南行署、鲁南军区七个历史展馆，还建有抱犊崮剧社、八路军抗日夜校、八路军被服厂、枪械所、八路军食堂、八路军军粮作坊等功能性场馆。同时，这也是一个典型的山区贫困村。这几年，村党支部以抗日战争红色文化，激发党员干部群众脱贫致富、走共同富裕的积极性，依托红色资源，发展乡村旅游。利用抱犊崮国家森林公园和八路军一一五师抱犊崮抗日纪念园，领办抱犊人家农家乐旅游专业合作社，流转闲置民宅，为游客提供居住、就餐、体验农家生活等服务。另一方面，相继引领创办果蔬种植专业合作社、抱犊金土地流转合作社，流转土地一百亩发展暖棚蔬菜，主要种植黄瓜、辣椒等。通过调优种植结构，打破了过去以小麦、玉米种植为主的单一的传统农业种植模式，形成了以蔬菜为主的产业发展新格局。全村劳动力百分之七十实现转移再收入，人均增收达四千元，村民和村集体"双增收"。短短几年时间，双山涧村就发生了蝶变，跨入先进行列。在抱犊崮景区西门，从杭州返乡创业的青年王松桥和家人一起修建了君山人家饭店，他的梦想就是让红色旅游更有味道、更持久。他高兴地说："红色旅游不仅让我吃上饭、吃饱饭，还让村里的其他人增收。村民们春天卖野菜，秋天卖五谷杂粮和山鸡蛋，冬天卖柿饼干货，一年四季都有收益。老百姓的日子越过越红火。"

一一五师旧址院子的楸树和梧桐树历经近百年风雨，走过峥嵘岁月，依然枝繁叶茂。这些树有生命、有感知，虽没有遮天蔽日的树冠，但坚定地凝望着抱犊崮山区日新月异的巨变，不亢不卑地绽放生命的姿态和光彩。

《跟着共产党走》这歌越唱越顺口

一九四〇年一月，在抗日战争最艰苦的阶段，抗大一分校近四千名干部和学员到达山东省沂南县孙祖镇东高庄村。为了迎接建党十九周年，文工团决定创作一首新歌，向党的生日和抗大一分校党代会献礼。由王久鸣作曲、沙洪作词的《跟着共产党走》（又名《你是灯塔》）就诞生在这里。沂蒙人民在抗日战争最困苦、最艰难的危急时刻，用生命和热血谱写的这首歌曲，铿锵有力、气势磅礴，成为中华人民共和国开国大典的伴奏曲。

二〇二〇年十二月一日黄昏时刻，我们一行追溯《跟着共产党走》凝重高亢的旋律，赶到了山东省沂南县孙祖镇东高庄村正南，金马河桥南二百米处的"《跟着共产党走》诞生地"。此时，奔跑在马路上的汽车已经打开了尾灯，村庄保留如初的驼背老房子披上了一层薄纱，田地的小麦长得郁郁葱葱。村党支部书记张克利介绍说，本村建档立卡享受政策贫困户一百一十八户一百八十三人，已经全部实现"两不愁三保障"，过上了富裕知足的好日子。乡亲们觉着《跟着共产党走》这首歌越唱越顺口。

据记载，这两位年轻人创作这首歌曲时只用了十分钟。也许创作者本人也想不到，这短短的十分钟留下了传唱恒久的红色旋律。历经八十多年的风雨，只见山坡上建有一座灯塔，一块刻着歌谱、歌词的花岗岩纪念碑等。茅草亭前，坐在上边创作这首歌的那块岩石风雨如磐，冷峻如初。我走向前，轻轻抚摸，周边几棵粗壮高大的椿树和楸树正在静心倾听我们交流什么。

一个民族最深沉的精神追求，一定要在其薪火相传的民族精神中进行基因测序。红色基因就是要传承。党带领人民经历了多少坎坷，创造了多少奇迹，要让后代牢记。村民住着用石头垒砌、本地称为"干茌墙"的老房子，有的已近百年历史，保留着一丝原始古朴的神韵。

淮海战役，是一九四八年冬打响的。人们在询问：到底是什么力量，能在短短几天就消解敌军优势、弥补我军劣势？

当年在淮海战役后方，各解放区人民掀起了一场轰轰烈烈的支前运动，其规模之巨大、任务之浩繁、动员人力物力之众多，为古今中外战争史上罕见。据统计，淮海战役中，华东、中原、冀鲁豫、华中四个解放区前后共出动民工五百四十三万人。一九四八年秋，开战时，正值山东解放区迎来丰收年。沂蒙革命老区的广大农民兴奋地收割完自家的秋季粮食，便扛起扁担，推起独轮车，顶着敌机的狂轰滥炸，毅然加入支前队伍，高喊着："部队打到哪儿，我们就跟到哪儿！"残酷的战争，力量的对比不但是军力和经济力的对比，更是人力和人心的对比。

沂蒙精神是临沂创造各种发展奇迹的精神密码。饱经苦难的沂蒙人，不忘救他们于水火的中国共产党和党领导的人民军队。在战争年代，以红嫂为代表的沂蒙人民，与党荣辱与共、生死相依——"最后一口粮做军粮，最后一块布做军装，最后一个儿子送战场"。中华人民共和国成立后，沂蒙人民成为土地的主人。为改变贫穷落后的自然面貌，像支援淮海战役一样，肩挑人扛，建起岸堤、跋山、许家崖等大大小小九百零一座水库，接着又镢刨锨铲土筐抬、削高填洼垒石沿，硬把倾斜的山地整成层层梯田。

二〇一七年七月初，我曾专程到山东省沂南县乔家庄看望当年一百零八岁的离休干部徐乃荣同志。那是一个普通的农家小院，他正在用竹扫帚打扫大门口。他一九三九年二月加入中国共产党，曾在抗大一分校、北海区抗联等地工作。这位经历抗日战争烽火考验的老人，胸中有段军号催心的激情岁月，日子如潺潺流水一般波澜不惊，生活规律，乐观知足，身体硬朗，精神矍铄。"我生活幸福的根和源，在于一辈子跟党走。"一切苦难经过岁月的洗礼沉淀，都在那微笑之间淡然融化，心中涌动着美好与感激的浪花。

凡被后人景仰和追崇的历史人物、英雄先烈，都是胸怀天下、心系苍生，小我而大天下。很多时候，他们面前并没有鲜花和掌声，而是面对常人难以忍受的困难、难以忍耐的寂寞，却能始终保持进取状态、奋斗姿态，心中始终有一团燃烧的火焰。

"天下至德，莫大于忠。"沂蒙精神在这场脱贫攻坚的伟大战役中得到升华。有的党员说："面对脱贫这场大战、硬仗，对党忠诚，就得打冲锋、当先锋、不掉队。"许多贫困群众说："有党的领导，我们一定能搬掉贫困这块大石头。"

二○一五年，山东省临沂市开启了为期五年的脱贫攻坚行动。全市上下牢记习近平总书记视察临沂市"要紧紧拉住老区人民的手，决不让他们在全面建成小康社会进程中掉队"的殷切期望，把脱贫攻坚作为重大政治任务和头号民生工程，坚持战时思维、战斗理念和战胜决心，坚持"摘穷帽"与"拔穷根"并举、村集体增收与村民致富并重，坚持点面结合、长短衔接、多方融合、启动内力，注重因地制宜、科学规划、分类指导、精准施策，走出了一条具有临沂特色的精准扶贫、精准脱贫、融入乡村振兴的新路，努力取得扶一人带一户、扶一村带一片的多赢效果。一张张沉甸甸的绿色发展和脱贫攻坚成绩单，一户户脱贫的坎坷历程和实况记录，书写下一段段感人至深的生动故事，谱写了一曲曲迈向全面小康的壮丽凯歌。

走进山东临沂，享受的是田园秀美、岁月静好。沂南县竹泉村是"中国十大最美乡村"，徜徉在这个桃花源般的古村落，享受着洋溢时代气息和品质的风光，可以看到山、泉、竹、村相映成趣，感受绕泉而居的怡然自得和"家家泉水，户户竹林"牧歌式的田园生活，品读一部厚重的沂蒙民俗风情史，这种景色在地处中国北方的沂蒙山区更显得珍贵。漫步椿树沟，可以卷一张刚烙好的煎饼，在流水潺潺中，品味沂蒙山村的质朴与醇厚。跨进兰陵县农企园，让我大开眼界，真实感受农产品高品质和农业 4.0 时代的神奇魅力，真给农业插上了科技的翅膀。我拿起一枚二百元一斤、市场供不应求的"白雪公主"草莓，仔细观赏，掂一掂现代农业科技的分量。兰陵县委常委（挂职）、代村社区党委书记、村委会主任王传喜说："在群众眼里，它代表着党的形象。通过我们去组织带领广大党员群众，党的声音'一竿子到底'，群众跟着党走，这就是最好的效果。"凭一股子"傻劲"治好了"老大难"村的王传喜，一九九九年上任时，村集体负债近四百万元。他立志带领乡亲们"拔穷根、摘穷帽"，带领党员群众把代村发展成为集体经济强、村民生活富的先进村，成为乡村振兴的领头雁。二〇一九年村集体经济总产值达到三十亿元，村集体纯收入一点三亿元。村民人均纯收入达到六点九万元，是二十年前的三十多倍。王传喜带领群众坚持边发展边巩固扩大脱贫攻坚成果，二〇一二年以来，先后建设"印象代村"等六个产业扶贫项目，实施了党建、科技、资金、人才等多种扶贫办法，帮助二百多个村、一万多个贫困户稳定脱贫，扶贫总投资超过一亿元。王传喜充满自信地说："我们在中央二十个字乡村振兴战略总要求的基础上，加了一个'更'字，就是让群众生活更幸福、更有获得感和安全感，努力建设一个'宜居、宜业、宜游'而且'生产美、生活美、生态美'，最后达到'农村美、农业强、农民富'的乡村振兴样板区、先行区。"

二〇二一年四月二十七日，我们来到位于山东省新泰市东部龙廷镇北九顶凤凰山脚下的掌平洼村。该村因四面环山，山涧沟底聚成洼地，形似手掌而得名。这里的人祖祖辈辈缺水吃，真得靠天吃饭。大旱年份，人畜吃水都得到十几里之外的山下去挑。二十世纪六十年代，村党支部合计着凿石打井时，村里几乎所有人都摇头，认为是异想天开。

水，记载着掌平洼村几代人的艰辛血泪；水，托举着掌平洼村几代人的祈求梦想；水，演绎着掌平洼村美丽而神奇的传奇。

水利技术员经过周密勘探，摇着头说："这地下肯定有水。但是，打这口井太难了！"

"只要有水就行！为了老少爷们儿，为了子孙后代能喝上水，再难，也得豁上命干！"村干部意志坚定。

那个年代物资匮乏、条件艰苦。没有机械，铁锤钢钎也买不起，只能靠镢刨锨挖，血水汗水泪水融为一体，感人的故事每天都有。

村里那口螺旋井真的让我震撼。只见井体为直壁式、螺旋形、漏斗状的石砌结构，在井壁上砌着一百零八级石头台阶，一直延伸进深深的"地宫"，接近底部处的台阶还是穿岩而过，增加了几丝神秘感。井上口周长二十六米，深二十八米。在井的边缘建造了一条"水龙王"，龙头在上，龙尾盘旋而下，深入地宫，非常壮观。此井始建于一九六七年，一九七七年完工，历时十一年。这口井的建设史、全村人打井的奋斗史感天动地。如今，掌平洼村已经发展成为以"杏梅古村"为特色的乡村旅游示范村。

"红色群落"遍沂蒙

二〇一一年七月初，在建党九十周年的重要时刻，山东省日照市莒县在山东省博物馆举办《本色——老党员"红色群落"》大型纪实图片展，展出了近二百幅沂蒙革命老区老党员的生活照，引起很大轰动。

这是一群脚踩泥巴、头顶国家的人，

这是一群为党尽忠、为民舍命的人，

这是一群胸口有火、眼里有光的人，

这是一群朴实厚道、感天动地的人，

这是一群散发光芒、给人力量的人！

莒县属沂蒙革命老区，是山东省建立党组织较早的县之一，党的基础和群众基础好。中华人民共和国成立前入党的老党员最多时曾达到一万三千三百四十一人。截至二○二○年十二月二十五日，尚健在三百一十九人，平均年龄为九十一点七三岁，年长者已过一百岁。这些老同志平静的乡村生活，昭示着一种淡定与从容，无论什么情况，他们对党忠诚不变色、不变质、不变心。小店镇盛家垛庄村夫妻老党员盛佃忠、戴还秀，夏庄镇北汀水村夫妻老党员肖善有、田香廷，结婚前分别在各自村里入了党，结婚后仍严格保守党的秘密，彼此都不知道对方是党员。直到中华人民共和国成立后党员身份公开，才相互知道实情。这些老党员在战争年代踊跃参战支前，不怕流血牺牲；建设时期，抢着干苦活累活，没有任何怨言。中华人民共和国成立后，这些老同志如果出来工作，都会享受到国家离休干部或职工政策，但他们热爱家乡，担心给国家添麻烦，毅然留在了农村，为建设家乡贡献着力量。给我印象最深的是龙山镇杨家沟村九十岁的卢翠秀老人，她十七岁入党，是当时日照市年龄最大的在任村党支部书记。她说："我是党的人，就要听党的话。"她在村支书岗位上，带领群众治山、治水、修路、致富，一干就是六十多个春秋。到了安享晚年的年纪，子女们都不愿再让她连任了，可村里党员群众还是坚定地推选她。这些老同志耄耋之年仍然不忘责任。村党组织开展活动时，只要健康状况允许，他们总是去得最早；村里有矛盾纠纷时，他们总是热心调解，有的自发成立了调解委员会、"夕阳红"巡逻队，在他们的有生之年发挥余热，用自己的品行影响带动年轻党员和青年。这次我委托当地的同志看望请教了几位老同志，他们说："党带领我们闹革命，让穷人吃饱穿暖过上了好日子，如今国家不让一户贫困家庭掉队，这是多么了不起呀！"

"微光汇聚，终成星河"，没有人生来就是英雄，是平凡成就了伟大。平凡人的微光，能为每一个陷入困境、身处危难的人照亮前方的路。这些老党员都是带光的人，虽然看起来微不足道，但一直努力地亮着，照亮自己，也照亮家人和众人。在黑暗中寻找光明，我们享受光明时不能忘记昨天经历的黑暗，也不能忘记凝聚光明的微光。

岁月更迭，"听党话、跟党走、服务人民"的基因一脉相承。山东省莒县峤山镇大朱家庄村是省定贫困村。朱长庆是有五十五年党龄的老党员，已经七十六岁了，儿女均早已成家立业，老两口衣食无忧。可朱长庆把党员这份责任看得比天大，对村里和老少爷们儿的事一直很热心、很上心。他主动承担了本村三户年老体弱贫困户的卫生清理工作。二〇一七年中央彩票公益金项目确定要为该村修建三公里长的环山路，并新建和维修塘坝四座等。消息传来，全村人特别高兴，朱长庆义务当起了质量监督员。一有空儿，他就拎着个马扎，提着茶杯，坐在工地上监督施工，严把质量关。一次施工方拉来三车石子，他发现车上的石子当中有渣土，不符合质量标准，就站在车跟前不让卸车，任凭施工方怎么解释也不行，最后施工方只好将石子退回。还有一次，朱长庆发现施工方在搅拌混凝土时有偷工减料现象，他立刻跑到电闸前拉闸断电，直到施工方拌料整改合格。"国家拿钱给我们贫困村治山治水，你们绝不能糊弄俺们。"施工方知道朱长庆是一个犟脾气，私下跟他商量："我雇你给我看工地，按照一个整劳力的标准每天给你一百二十块钱。"朱长庆把头一扭，十分生气地说："修路这可是关系子孙后代的大事，不能有半点儿马虎。我可不稀罕你的钱，你是看错人啦！"

遍布沂蒙山区的党性教育基地，各有千秋，异彩纷呈。鲜活真实的历史实物、人物、故事、场景感天动地，看着、听着、想着，感情的潮水经常喷涌而出，让我泪如雨下。这些星罗棋布的基地、场馆，日益成为激发爱国热情、凝聚人民力量、弘扬民族精神、传承红色基因的重要场所，成为中国共产党人的精神殿堂、中国人民的精神家园、中华民族的精神高地，极大地增强了党员群众的神圣感、仪式感、参与感、时代感。

二〇一八年十二月二十日清晨，一百零四周岁的沂蒙红嫂张淑贞在山东省沂南县马牧池乡东辛庄村家中病逝。她一九一四年九月十三日生于沂南县马牧池乡西官庄，后嫁到东辛庄，一九三九年三月加入中国共产党，是百岁沂蒙红嫂、"沂蒙母亲"王换于的儿媳妇，沂蒙红嫂精神传承人于爱梅的母亲。她也是临沂市党龄最长、年龄最长的沂蒙"红嫂"。

说到张淑贞，就联系到她的婆婆王换于大娘。王换于一九三八年冬就加入了中国共产党，她家是著名的抗日堡垒户。王换于和儿媳妇张淑贞一起在当地党组织的协助下办起战时托儿所，先后收养了四十一个孩子，抚养了一批革命后代。这些孩子最大的七八岁，最小的才出生三天。在烽火连天的抗战岁月，贫瘠的沂蒙山区缺衣少食，生活异常艰难。王换于经常教育她的儿媳们："让烈士的后代吃奶，让咱的孩子吃粗的。咱的孩子就是死了你们还能生育，烈士的孩子死了，可就断根了！""是，咱不能让烈士断了根！"为了养育好这些革命后代，张淑贞和弟媳妇把奶水让给那些年龄小、体质差的寄养孩子。战时托儿所的孩子个个健康成长，张淑贞和弟媳妇的孩子却因营养不良先后有四个夭折。

张淑贞离世前，她让女儿于爱梅帮助找出一直惦记着的那个首饰盒。首饰盒里有三枚熠熠生辉的党员徽章。张淑贞嘱咐于爱梅："我当了一辈子党员，马上就八十年党龄啦，是党给了我一切。你记着可别把我的党员'挂'（耽误）了。一定要帮助我把党费缴（交）了。"老人过世后，于爱梅激动地说："让我最震惊、最感动的是，母亲直到离世，左手一直攥着一枚党员徽章，要求我一辈子跟党走。正因为如此，我母亲走得很平静、很安详。"

乡亲们得知张淑贞逝世的消息都惋惜不已。不少人聚集到张淑贞的家门口，来送最后一程。远在几百里之外，作为沂蒙后代，为了表达崇敬之情，次日下午，我专程赶往沂南县马牧池乡东辛庄村悼念这位百岁红嫂，向这位经历战火洗礼和血泪浸泡的革命母亲深情地三鞠躬……

俺不给"地下党"丢脸

我被赵娟平凡的故事打动了。

山东省莒南县十字路街道戴家扁山村的贫困残疾人赵娟，逢人便诉说自己对党和政府的感激之情。

她出生在远近闻名的虎园村抗日模范家庭，当年她的三个舅舅、大舅母和她母亲，全家五位"地下党"，她姥姥、姥爷和二舅母、三舅母也积极地支前、做军鞋、送军粮。二十世纪六十年代初出生的赵娟自幼患有先天性脊椎裂，瘫痪在床，父母花光所有积蓄，为她求医治病，保住了生命，能勉强行走。一九九五年她组建了自己的家庭，生育了两个女儿。由于身体残疾，夫妻俩务农收入微薄，再加上长年累月的医药费和孩子上学的费用，生活的艰辛一度让赵娟一家愁苦不堪。二〇一六年九月，赵娟抱着"俺不给'地下党'丢脸"的心态，在大家的帮助下，借助富民农户贷资金，利用自家院子北侧的空地，建起了一处四百平方米的蔬菜大棚。她每天忙碌在棚内棚外，春节期间蔬菜上市，就赚了三千多元。她手握在家门口挣到的钱，感觉生活一下子有了奔头。接着，医疗扶贫和教育扶贫也一齐发力，解决了医疗费和孩子学费这两大开支难题。

刘贤友是山东省莒南县十字路街道戴家扁山村的第一书记，他了解到赵娟家的特殊情况，在帮助解决赵娟的医疗、经济收入等家庭基本困难的同时，重点关注两个孩子的学习。他多次向赵娟说："让两个孩子把我当亲叔吧。有经济困难我给解决，一定别打击了孩子学习的信心，只要孩子肯学，咱就坚决不要下学（辍学）。"两个女儿张爱玲和张溶梅真争气，先后在山东司法警官职业学院（济南）和中国石油大学胜利学院（东营）读专科和本科。二〇一七年，考虑到蔬菜大棚有了一定的收入，赵娟一直琢磨如何用自己的微薄之力，帮助村里的剩余劳动力找点活儿干，就成立了一个生蒜加工点。当年，两个女儿也受她的影响，利用寒暑假开设学习班，把自己在学校学到的知识教给村里的孩子们。

饮水思源，二〇二〇年春，新冠疫情防控期间，赵娟的两个女儿请缨到村里抗击疫情第一线，白天在村值守点执勤，夜间巡逻值班，还主动总结村里抗击疫情的做法。姐妹俩省吃俭用，每人捐出二百元奖学金，支持抗击疫情。她们找到驻村第一书记刘贤友说："叔，我们全家特别是我们姐妹俩，得到国家和乡亲们的大力帮助，真是感激不尽。如今疫情给国家出了难题，别嫌少，这是我们姐妹俩的一点儿心意！"姐妹俩说这话时，眼里没有自怨自艾的悲伤，只有坚强和刚毅，看不出一丝贫困家庭孩子的痕迹。这句话感动得村支书流出泪水，他十分动情地说："你这俩懂事的好孩子呀！"

我听到这个故事的一刹那，泪水也禁不住在眼眶里涌动。那天我们座谈结束后，赵娟要求合张影，我欣然同意："你了不起呀，不仅自己脱了贫，还培养了两个好孩子。"

我又开玩笑说："你要不是留这种齐肩短发的话，肯定会'小辫朝天'（方言，比喻骄傲）呀！"

姐妹俩去年都相继报考了研究生。从小经历和见证家庭变迁的风雨，就不是温室里的花朵。树的种子埋进大地，就有长成参天大树的可能。二〇二一年四月十七日晚十点半，莒南县扶贫办的同志打来电话，兴奋地告诉我："赵娟报考研究生的俩女儿都被录取了！姐姐张爱玲是贵州大学法律专业，妹妹张溶梅是西南政法大学民法专业。"我期待这个消息很久了，高兴得噌地站起来："请你一定转达我的祝贺！"

冯德英在《苦菜花》中写道："苦菜的根虽苦，开出的花儿，却是香的。"我感觉用此话比喻赵娟的心境非常恰当。

人生路上有风有雨是常态，风雨无阻是心态，风雨兼程是状态。在与贫困作斗争的路上，赵娟等人身上展现出的自强不息和积极奉献精神，正是她对革命家庭红色家风的一种传承。"我是贫困户，但我思想上不贫穷，精神上很富有。与其祈求生活富足点儿、安稳点儿，还不如自己强大点儿。"是啊，人的一生会邂逅很多维系命运所需的状况甚至缘分，需要用心发现和坚守。不管道路多难走、多崎岖不平，只要每天努力一点点，都会比站在原地不动，更接近自己渴望的高度。

那天，夜幕四合时，路旁那两排参差不齐的树，在晚风中低舞着。大街上，路灯下的行人脚步匆匆，一辆驴车叮叮咚咚地跑过，若倦鸟返途。我看见一对夫妇，女人疲惫地用手牵着虎头虎脑、蹦蹦跳跳的孩子，一手用塑料袋提着大白菜、卷纸还有洗衣粉什么的。男人扔掉烟头，顺手接过了妻子手中的货物。妻子陪孩子在前面跑起来，孩子仰头大声喊着什么……这时村口传来家长呼唤小孩回家吃饭的声音，还有轻轻合大门的响声。晚归的路途，感到的不是孤独，而是亲人的等待和温暖的团聚。人们都在默默地努力拼搏，平凡地生活着。

远处路口的那盏灯一直亮着，没有行人，那灯在为它自己亮着。

位于山东省平邑县流峪镇东南八公里的下崮安村，明朝建村，因坐落在马家崮山坡下而得名。早年，在下崮安村建了大型水库，村里大部分适宜栽种的土地被水库占用了。没想到，水库建成后，下崮安村成了受害村。天旱时，需要放水浇地，水库水位下降，而本村的地却浇不上水；到了雨季，雨水一多，水位上涨，又把下崮安村的庄稼淹没了。村里没电没路，吃水全靠人抬肩挑。当时人均收入只有八十六元。后来，帮扶干部帮助解决了电的问题、路的问题、吃水的问题，组织群众养鹅、养羊，还建了一个河库汊浇地养鱼。第二年，人均收入就达到二百多元，解决了温饱问题。当年的村支书袁本兴说："一九八七年五月，俺下崮安村的截水大坝完工，村里的庄稼有了水浇，村民脸上露出了笑容，高兴得像过大年。"脱贫后，村里自发为扶贫工作立了功德碑，上面刻着两行字："脱贫不忘扶贫人，致富全靠党指引。"

沂蒙山不仅是沂蒙儿女出生、成长的地方，更是坚定信念和人生方向的精神家园，因为血管里流淌着父辈的热血和祖先的遗传密码。奥秘无穷的真理如天空的闪电，如自由飘舞的风，如粲然绽放的花，也如田野上质朴的庄稼，鲜活、真实，深藏着无穷无尽的精神动力。

沂蒙山脱贫攻坚和乡村振兴的鲜活实践，不仅佐证了中国共产党人"从哪里来"的问题，而且诠释和回答了"要到哪里去"的时代之问，为全面建设社会主义现代化国家注入了无穷的信心与自强不息的磅礴力量。

"三生融兴"沂蒙样板

中国是农业大国，农业生产总值在国民经济中的比重曾一度较高。农业、农村和农民为中国革命胜利提供了物质支撑、广阔空间和雄厚的力量源泉。在新的条件下，共产党人带着初心和使命继续前行，同样离不开农业、农村和农民。需要更多地惠及农业、惠及农民，重新改变农村的面貌。

桃花源里的沂蒙小调

二〇二一年三月二十七日午饭后,儿子开车带我们全家直奔"高颜值"的山东沂源桃花岛。刚下高速,就望见山东财经大学乡村振兴学院和万亩优质桃示范园的宣传牌,杏花正盛,漫山遍野的桃花含苞待放,龙子湖畔正在举办"齐鲁论语研读第101次公益活动",台下是本地村民和参加活动的学子。在大都市里司空见惯的博物馆、艺术馆、文学馆,搬到了乡亲们的房前屋后、田间地头。这是不切实际的纯艺术行为还是文化振兴的大胆尝试?如果翻翻沂源的历史,就能找到一种必然。沂源平均海拔四百零一米,是山东省平均海拔最高的县,被誉为山东屋脊。"系沂水之发源地,故名沂源。"沂源县鲁村镇南端龙子峪村山前那股涓涓溪流,就是纵穿沂蒙山区南北的临沂母亲河——沂河的源头,承载着丰润的文化内涵。沂河由此顺流而下,沿岸有鲁山溶洞群、"沂源猿人"头骨化石、大贤山织女洞、东安故城、北寨汉画像墓、阳都故城、金雀山银雀山汉墓群、郯国故城等古迹。

山东省沂源县是典型的山区农业县,田园综合体覆盖刘家庄村、姬家峪村、刘家坡村、鹿角山村、北徐家庄村、西徐家庄村、龙子峪村七个村,正在建设高标准农田,已经重点打造了龙子峪村和刘家坡村。核心区桃花岛,面积约一百六十亩,山水相依,绿水青山,山湖环绕,络绎不绝的游客悠然地享受美景美食,品尝轻松闲适的生活味道。

"我一生忙于城市建筑,一定要留一件作品给中国的农民。"二〇一七年六月六日,法国世界建筑设计大师、我国国家大剧院设计者保罗·安德鲁与北京东方君公益基金会董方军先生签订合作协议,共同打造"艺术振兴乡村"项目。日本设计师安藤忠雄、宫岛达男、北川富朗等世界级大师亲笔勾勒,山东财经大学张凌云教授的文化产业管理团队精心设计，本地农民和匠人勤劳巧妙垒砌。遍地的石头复活了魅力，获得新生。就连昔日的牛圈，也摇身变成游客流连忘返的"陌上花开"景点。

早饭后，董方军带我们去龙子峪村东南感受正在按规划打造的"哲学小道"。这是一条蜿蜒在山峪间的小路，一切都顺其自然，路两旁是零散的农田、树林和祖坟，不久将建起观天台和"墨"两座地标性建筑，凭吊远古，倾听天籁，无穷的忧虑、哲思与灵感伸展进沂河源头静谧的丛林和欢唱的溪流中，顿悟人生的真谛。

正值仲春时节，花果山艺术区、孔雀谷、梅花山谷景点在热火朝天地建设。村民们从拒绝、观望到接受，然后积极热情参与，经历了几年的磨合与领悟。每一块石头、每一道墙、每一座房子，都传递老人与孩子的欢声笑语，袅袅炊烟飘浮着希冀。

远远望去，梯田在山岭丘壑间绵延起伏，蜿蜒山路两旁的树木恰若五线谱波动的音符，田间到处是正在挖坑移栽梅花、樱花、海棠的村民，沉睡多年的镐和锹开始弹奏轻快悠扬的田园牧歌。晶莹剔透的春雨正与漫山遍野的桃树对白，讨论何时绽放桃花盛宴。前人栽树后人乘凉。我和妻子、儿子、儿媳、小孙女全家也体验栽树的快乐，在桃花岛上挖坑、移栽下几株梅花，还坐在红梅峭岩上迎着山风小憩，翻阅散发缕缕墨香的书籍，恣意体验历代文人墨客崇尚的耕读生活。

董方军当年为了跳出这山峪而拼命读书，当商海拼搏成就人生后，故乡的山峦、溪流和遍地的石墙、石屋、石街、石垛震撼着他的心灵。文化遗存正在坍塌废弃和流失，村庄正在无声无息地消瘦，焦灼的故乡情结唤醒他点亮梦想的灯火。

在品尝美食时，响起优美动听的《沂蒙山小调》，这是历史、风俗、自然的自觉传承和亲近，营养悄然渗透进我们的胃口和血脉中。

进村的路口正在搭建"龙门"，村头的"土地庙"保存完整，街巷全是石板路，弱电下地，雨污分流，街巷口的公共厕所也承包给了农户管理，许多农家办起了民宿。夜晚的龙子峪村灯火和星光交汇，远处"绿水青山就是金山银山""推动乡村振兴 打造齐鲁样板"的灯光字清晰夺目。白天我执意去村里走访，妻子帮我去敲门。因还没到午饭时间，家家闭门锁户，只有门前的花草迎接远方的来客。孩子们去了学校，年轻人外出打工创业，六十岁左右的老人都去山峪栽树了，一天至少能挣上百元。没拜访到有劳动能力的农民，虽说有些遗憾，但村民们有活干、有钱挣，各得其所，日子过得红火，更令人欣慰。我拜访到了一位九十四岁的老大娘和一位八十八岁的老大爷。他们说："地入了合作社，不用自己种了，也种不动了。"说这话时其实脸上绽着笑容。现代都市的时尚与舒适，分明已镶嵌进这世外桃源般的田园风光和百姓生活。眼下，梅花谷二十万株规模的生态林已基本移植完成。董方军笃定而动情地说："碧水蓝天，山清水秀，田园风光，幸福生活，这是历代祖宗的梦想，是我们这代人的责任，也是我们应当留给后人的家业。除了成功，我们无路可走！"

我们去董方军的老宅子品茶。茶室是在原来盖草垛的地方改造而成的阳光屋。一碗水还没喝完，得知他回家的邻居，送了一竹笸箩用盐粒炒的花生米和一包刚从老杨树上摘下的杨树花。我品尝花生米时，还烫手呢。烫手的是花生米，暖心的是邻里乡情。

我们返程时，不到四岁的小孙女，上车就迫不及待地喊着："我还来！我还来！"

"三生融兴"绽花朵

党中央着眼中华民族伟大复兴，在对世情、国情、民情冷静深刻分析把握的基础上，提出全面实施乡村振兴战略：坚持农业农村优先发展，把生活富裕作为实施乡村振兴战略的中心任务，按照健全城乡融合发展机制和政策体系，加快推进农业现代化。这一战略不仅指明了中国乡村高质量发展的辉煌前景，也必将给全球农村发展提供中国智慧和中国方案。坚持农业现代化和农村现代化一体设计、一并推进，以产业兴旺作为解决农村一切问题的前提，以生态宜居为内在要求，以乡风文明为紧迫任务，以治理有效为重要保障，以生活富裕为主要目标，探索中国特色社会主义乡村振兴道路。

二〇一九年初，山东在全国率先推出《乡村振兴战略规划（2018—2022年）》和乡村产业、人才、文化、生态、组织振兴五个工作方案，与省里当年"1号文件"一起，构建起"1+1+5+N"乡村振兴政策规划体系，区分胶东、鲁中、鲁西南、鲁西北四大风貌区、十条风貌带，培育三百个美丽村居示范村，全力打造乡村振兴"齐鲁样板"。

"科学布局生产空间、生活空间、生态空间，给自然留下更多修复空间。"二〇二一年山东省临沂市政府工作报告明确提出："围绕'农业高质高效、乡村宜居宜业、农民富裕富足'目标，统筹、融合、有序推进'五个振兴'"。提出"三步走"总体路径："打造长三角地区农产品供应基地、休闲旅游'后花园'和产业转移'大后方'。"

绿色生态是沂蒙山区的最大财富、最大优势。实施乡村振兴战略不能千篇一律，要避免"一刀切"。山东省临沂市从实际出发，认真落实"绿水青山就是金山银山"理念，把绿色发展作为"顶门炮"，牢固确立生态、生产、生活"三生共融"的发展思路，坚持以人为本、乡村一体、城乡统筹，全力打造山青水绿、蓝天洁净、土壤清洁的绿色生态，建设农业高质高效、农村宜业宜居、农民富裕富足、文明健康的美好家园，努力走一条具有山东特点、沂蒙特色的农业农村现代化发展道路，在打造乡村振兴齐鲁样板中走在前列。

农业产业转向高质量、重效益。我国农业正在从偏重规模和数量的"吃饭农业",向更加注重质量和效益的"品牌农业"迈进。一棵庄稼为什么能从土壤里长出来?因为它的根扎在土壤里。农业要成为有奔头的产业,农民要成为有吸引力的职业,农村要成为安居乐业的美丽家园,这一切都取决于农民在乡村有体面的就业机会。纯粹种地,一亩地纯收入不足千元。如果小两口进城打工,一年收入五万元很轻松。工作可能累、忙、苦,但收入确实可观。事实上,农民工收入看似不低,其实家庭社会成本很高,或孩子失去父母的爱,或夫妻两地分居,或老人无人照料,其中的酸楚都装在自己心里,美好时光更是用钱买不回。历史上,沂蒙山区山多岭多,土地单块面积小,交通不便,传统农村规模小,分散,产业不融合,成本高,很不利于推动乡村振兴。山东省临沂市按照区域化布局、专业化生产的要求,建立专业化生产基地,全市形成了六百万亩商品粮生产基地、一百万亩花生生产基地、一百万亩高效蔬菜生产基地、一百万亩优质果品生产基地、三百万头生猪生产基地、二百万只肉羊生产基地、五千万只肉鸡生产基地、一千五百万只兔生产基地、一万亩淡水鱼生产基地,以及一大批规模不等的名优土特产品生产基地,使全市的农业结构进一步优化,区域布局更趋合理,产业特色进一步彰显,产业化水平进一步提高。如兰陵县的蔬菜,临沭县的白柳条,郯城县的银杏,莒南的花生、板栗,沂水的黄烟、果品,平邑县的金银花,蒙阴的桃和兔,兰山区的花卉等生产基地,其生产规模、品牌质量在山东全省乃至全国都享有盛誉。

　　大力开展农业标准化建设,优质农产品基地建设取得重大进展,"生态沂蒙、优质农产品"的品牌影响力显著提升,山东省临沂市供应上海世博会农产品基地数量占全省一半以上。加大科技兴农力度,逐步实现农业的良种化、机械化和精准化。"汗水"农业、传统农业开始向机械、智能、智慧转向,目前市级以上农业产业化龙头企业四百四十七家，其中国家级三家，省级五十四家。"三品"认证累计达到七百九十八个，认证地理标志农产品二十八个。总的来看，临沂的农业农村布局正由散到聚、规模由小到大、层次由低到高、发展由弱到强，实现着华丽转身。

生态从优先保护转向同生共荣。纵观历史，人类与自然界一直在失衡与再平衡之间徘徊前行。

我国正处在从工业文明转向生态文明的转型期。这些年全社会环保意识不断增强、环保措施扎实推进、污染治理成效日益彰显，生态文明建设成效明显，大气、水、土壤等环境质量明显改观。还自然以宁静、和谐、美丽，"给子孙后代留下天蓝、地绿、水清的生产生活环境"，开创社会主义生态文明新时代，建设美丽中国，已成为党和国家的奋斗目标，也成为人们的思想和行动自觉。

当然，我国现代化与西方发达国家有很大不同。西方发达国家是一个"串联"的发展过程。我国后来居上，工业化、信息化、城镇化、农业现代化同步推进并且叠加发展，是个"并联"的模式。从工业化的农业角度来看，一棵麦子、玉米有效的部分不仅仅是麦穗和玉米棒，茎秆和根部同样是有效益的，不再是焚烧产生污染的源头，可以喂牛，牛粪还田都能产生效益。运用信息化赋能，还能节省人力和物力成本。

天蓝、地绿、水清的美好家园，是千万沂蒙人民祖传的记忆和美好期盼；绿色循环低碳发展之路，是临沂科学跨越发展的不懈追求。山东省临沂市高耗能、高污染、资源型企业曾一度数量多、分布广，导致环境空气质量整体比较差。自二〇一五年春，临沂市以壮士断腕的决心治理大气污染，打响了一场空气治理保卫战。市委明确提出：在新时代背景下，发展工业绝不能走过去那种单纯追求数量和规模的低层次发展的老路，必须大力发展科技含量比较高、质量效益比较好、符合节能环保要求的新型工业，把蓝天白云还给沂蒙百姓。以这样的气魄、力度和干劲恢复并成就绿水青山的地域特色，根据各个区域、村庄的基础条件和资源禀赋，深入挖掘乡村内涵，保持和恢复乡土气息、田园风光、民俗特色，打造独具沂蒙山区特色的乡村振兴样板，持续把推进农村人居环境整治和农业绿色发展作为抓手，努力做到"内秀外美"，让老百姓在家门口吃上"生态饭"，逐步跨进生态农业。像敬畏生命一样敬畏生态环境，尊重自然、顺应自然、保护自然，努力把生态环境内化为生产力、生活质量的内生变量与价值目标。二○一一年和二○一七年，山东省委、省政府两次在蒙阴县召开全省生态文明乡村建设现场会，推广了临沂经验。

农村出现人力和人才回流潮，人气开始回聚，更多的"燕归巢"，意味着什么呢？既是生命力、生产力、消费力，又是市场和资产价值。"增绿""护蓝""休闲""生态"正成为热词，与钢铁、水泥的城市形成反差，具有诱惑力的是，乡村田园扑面而来的是泥土气息和花草的芳香。一望无际的山峦田野，纯朴善良的农夫，还有琳琅满目的绿色食品，这是理想的家园栖息地该有的景观。

伴随城乡面貌的变化，群众的吃饭、住房、行路、喝水等设施条件有了大幅度改善，人民生活水平实现了由吃饱穿暖向生活富足、稳步迈入小康的巨大变化。就说吃吧，已经不再满足吃饱，开始为控制体重和如何减肥犯愁，讲究吃少、吃好、吃出营养和健康。

消费早已升级换代。中华人民共和国成立至改革开放前，农村居民家庭基本没有什么耐用消费品，到二十世纪八十年代，手表、自行车、缝纫机、收音机成为部分家庭婚嫁必备的"四大件"，到九十年代，冰箱、洗衣机、彩色电视机、电话成为农村居民青睐的"四大件"。如今彩电、冰箱、洗衣机、手机都已是普通的生活用品，汽车、楼房也已成为农村青年谈婚论嫁的大件了。

人们更多地追求绿色食品消费和充实的精神生活。过去"小病拖、大病扛"，随着新型农村合作医疗制度的建立和完善，农民也开始讲究医疗保健，闲暇遛遛弯、跳跳广场舞，活得有滋有味。

土地和家园是乡亲们灵魂的永久住所。朴实勤劳的乡亲们，在这熟悉的村庄里生存、生活几十年，留下生命神秘的遗传和互为亲人的缘分。土地、树木与农民生死不离，庄稼一茬茬地播种收割，农民在一茬茬地更迭。山岭，梯田，山路，小桥，溪水，树木，庄稼，秋草，牛羊，房屋，弯把犁，赶牛调，土地庙；太阳，月光，炊烟，锣鼓乡戏，嫁妆；高跷，唢呐，秧歌，对联，窗花，鞋垫，舞龙狮……这些村庄里熟悉而亲切的景物，散发出纯正缠绵的自然与文化光泽，融入生命，甚至成为生命的组成部分。蓦然回首，山山水水、一草一木，包括一棵树、一条狗、一眼井、一座破庙，甚至挂不上嘴的逸闻趣事都那么珍贵，青山绿水涵养着刻骨的乡愁，拴系着生命的根脉。

村庄的夜幕蓝得透明，中天点缀着一轮圆圆的皓月，山顶有一片眨眼睛的星星，家家透出昏黄的灯火，飘散着淡淡的酒香和菜香。脚步声、说笑声、狗吠声、碰杯声、婴儿啼哭声，上演着温馨优美的村庄协奏曲……

解读乡村振兴样板公式

山东省临沂市通过生产、生活、生态三者有机融合，相互平衡，同步兴旺。以发展生产、产业为基础，生产和产业发展会增加物质财富，从而使生活富裕，当然也会带来环境问题。以提高生态环境质量为保障，能促进产业的升级提档，实现绿色发展，以改善村民生活、提高生活品质为目的，引导和推动村民积极参与，自我造血，从而促进乡村可持续发展。不合理的生产发展会破坏生态环境，不利于生活富裕，也不可持续。处理好生产、生态与生活的辩证统一关系，在产业发展的过程中，与生态环境和生活改善紧密衔接、浑然一体，实现绿色发展、循环发展、低碳发展，最终会守住蓝天白云、绿水青山。功在当下，利在千秋后代。

到底怎么表述呢？我想用这个公式来解读："生产·生态·生活 ×N＝乡村振兴样板"，其中生产、生态、生活是最核心的平行、平等三元素，"N"是指现代、时尚、科技、信息、文化等赋能元素，实现乡村在农耕文明与时代因素的推动下榫卯契合与觉醒重构，不断发育、生长和成熟，复活与提壮农耕文明的基因、智慧与密码，建设人与自然和谐共生的美丽家园，撰写具有中国特色、沂蒙特点、适合国情民情和农业现代化发展方向的乡村振兴方案。因为是"×"，不是简单的"＋"，能产生想象不到的叠加效应、裂变效应，甚至是乘数效应，或许我们能从这种公式中寻找到更多、更有特色的沂蒙山区脱贫攻坚、乡村振兴的思路与对策。这就像沂蒙山区地道的羊肉汤、辣炒山鸡一样，不同的区域，土壤和水不同、火候和味道不同，故事与味道和我们的感觉也会有差异……

上述"三生融兴"乡村振兴平面蓝图，其实背后支撑它的因素很多，譬如"一张蓝图绘到底，一任接着一任干"——不"翻烧饼"；因地制宜、因势利导、创新求变——不教条；保持历史耐心，锲而不舍、积小胜为大胜——不急躁。乡村振兴的样板，应当重在拉长板、补短板、固底板，搭起支撑乡村振兴的"三支点"，产生出稳固平衡的"三脚架"效果。

第一支点：硬件先行。概括地讲，我国乡村振兴的根本出发点和落脚点是让亿万农民生活更美好。进入二十一世纪，伴随国家对乡村基础设施投入的加大，以高速公路、铁路、机场、港口等主要交通方式为代表的基础设施建设突飞猛进，尤其是农村公路、电网改造等，扭转了长期以来乡村基础设施落后的状况，为城乡融合发展创造了条件，特别是互联网、手机、电脑的普及和电商平台的呈现，不仅让农村和农民及时高效、便捷、低成本地获得各类信息，与城市站在了同一起跑线上，解决了乡村社会信息"孤岛"制约发展的问题，也为推进新型工业化、信息化、城镇化、农业现代化同步发展，扩大内需和促进产业升级，创造了重大历史机遇，拓展了无限空间。冷静地综合分析，群众致贫或低收入的主要原因是：因病、因残、因学、因灾和缺技术、缺劳力、缺资金及交通条件落后、自身发展动力不足等。基础设施缺失是一个重要因素。

党的十八大以来，以习近平同志为核心的党中央把脱贫攻坚摆在治国理政的突出位置，对近一亿人口的脱贫作出了战略性考量、全局性安排，把贫困人口脱贫作为全面建成小康社会的底线任务和标志性指标，在全国范围全面打响了脱贫攻坚战。经过八年持续奋斗，如期完成新时代脱贫攻坚目标任务。党中央及时提醒，打赢脱贫攻坚战是终点更是新的起点，脱贫攻坚取得全面胜利不能产生"船到码头车到站"的懈怠思想，而是要坚决守住脱贫攻坚成果，并在此基础上全面推进乡村振兴，确保工作不留空档，政策不留空白。脱贫攻坚与乡村振兴衔接的进程、节奏和质量，既关系到全面建成小康社会目标实现的质量和可持续性，也在很大程度上影响着乡村全面振兴乃至全面建成社会主义现代化国家目标实现的进程和质量。

在"十四五"开局之年，习近平总书记多次强调，改善城乡居民生产生活条件，加强农村人居环境整治，培育文明乡风，建设美丽宜人、业兴人和的社会主义新乡村。加快乡村振兴，建设美丽乡村，必须对乡村的基础设施建设和公共服务保障予以必要投入，这就涉及人力和资金的协调，涉及政策和制度的配套等。改善农村人居环境，重点做好垃圾污水处理、厕所革命、村容村貌提升等。软件主要是社会服务和乡村治理。近五年，临沂的农业基础设施、农村生活环境显著改善，新改建农村公路一点一万公里，通户道路硬化三千二百五十四个行政村，改造危房三点五万户、厕所一百余万户，五百六十七万人饮水安全问题得到解决。以民生"温度"标注出百姓的幸福"刻度"。全国"四好农村路"养护、山东省推进乡村振兴暨脱贫攻坚等现场会先后两次在临沂召开，"好山好水好风情，美丽乡村看沂蒙"名片更加亮丽。

许多村级组织通过发展产业、增强村集体经济收入，通过自身力量发展村内公益事业，提升改造村内水、电、路、教育、医疗等公共基础建设水平。莒南县大店镇许家滩井村领办的初心果蔬专业合作社，每年集体增收的十多万元，主要用于村内路渠疏浚、建设荷花湿地、硬化道路等民生工程，村容村貌焕然一新。

山东省临沂市把美丽乡村建设作为乡村振兴战略的重要载体，把"美在农家"活动作为推进美丽乡村建设的重要内容，按照"串点成线、连线成片、集片成群"的总体思路，由市妇联发挥"娘家人"作用，牵头主抓"美在农家"活动，引导广大妇女弘扬沂蒙红嫂精神、助力乡村振兴，推动了农家富起来、绿起来、美起来。虽然农村经济社会发生了很大变化，但一些落后的生活方式和陋习仍然根深蒂固，"村庄环境美如画，家里依然脏乱差"，农村家庭中"一院子杂物、一桌子碗筷、一床底鞋袜、一绳子衣服"等现象还不同程度存在。打造沂蒙美丽乡村，农民家庭怎么办？临沂市妇联坚持"以人为本尊重民意""因地制宜分类指导""富美同步协同发展""弘扬美德倡树新风"原则，实施良好卫生习惯、推广健康生活方式、培育良好家风、抓好示范带动、建立爱心超市、加强志愿服务，引导广大农村妇女发扬红嫂精神，对美好生活的向往从"求生存"到"求生态"，从"盼温饱"到"盼环保"，推动"美在农家"提档升级。她们将"美在农家"工作融入精准脱贫、乡村振兴工作大局，标准完善提升为"四美"（庭院美、居室美、厨厕美、家风美）、"室内五净"（门窗净、地面净、床铺净、灶台净、厕所净）、"院内五无"（无柴堆、无粪土、无垃圾、无污水、无散养）、"家中五有"（有合理布局、有花草树木、有文化氛围、有家风家教、有生活品位）。从二〇一八年至二〇二〇年，每年从建档立卡的贫困户中优先扶持一千户"美在农家"薄弱户，既给予必要的生活用品扶持，又帮助他们整理家居环境卫生，干净整洁的生活环境改变了人的精神面貌，增强了贫困群众的自信心和战胜困难的勇气。沂南县朱家林村通过开展"美在农家"，许多农家小院提升为民宿，村里很多妇女到民宿当了管家，月月拿工资，每年增收两万余元。目前，全市有约一半的农村家庭创建为达标户。广大农村妇女实现了富与美的结合，在家庭中的话语权不断提高。广大妇女的幸福感、成就感、家庭地位明显提高，由此也带来了家庭和谐、家风良好。

让老百姓生活越来越称心、越来越幸福，好日子没有终点，只有连续不断的新起点。如何破解城乡区域发展不平衡，提升城乡居民收入水平，增加优质基本公共服务供给，是实现"百姓富"必须破解的难题。

为什么一些人外出打工把土地撂荒了？一个重要原因是集中不起来，有的人宁愿把自己的地荒着，也不愿租给大户集中经营。当然也有个别人认为别人家过得好了，自己家就会过不好，说不出口的是见不得别人家过得比自家风光自在。破除思想观念短板不仅仅是一个认识问题，更是一个实践问题，说到底是个文化问题。

第二支点：支部顶天。人是生产力中最活跃的因素。"给钱给物，不如给个好支部""分田到了户，更离不开党支部""乡村振兴，离不开过硬党支部""群众看党员，党员看支书"。厉家寨、爱国村、九间棚、后峪子、代村等村庄，都是中华人民共和国成立以来沂蒙山区不同历史时期的先进模范村，最关键的因素是有一位优秀支部书记。还有像沈泉庄等发展乡镇企业的崛起村等。

随着时代的发展进步，特别是信息技术的广泛应用，机械化农业、绿色农业、休闲农业、农村电商等如雨后春笋般纷纷涌现；机器人摘黄瓜、云端放养管理、智慧农业大数据平台等"互联网＋"的农业应用层出不穷，强化乡村振兴人才支撑显得更为紧迫。一些外出创业的人在外闯荡数载，也有了回家乡发展的意愿和实力。

山东省临沂市为破解乡村振兴人才短缺、活力不足等难题，制定出台了《关于实施"四雁"工程强化乡村振兴人才支撑的实施意见》。在全市大力开展以配强村班子为核心的"头雁工程"、以推动人才回乡为核心的"归雁工程"、以培育乡土人才为核心的"鸿雁工程"、以壮大新型经营主体为核心的"雁阵工程"，打出了一套乡村人才振兴的组合拳。

一朵浪花，只有汇入大江大河才不会干涸。一名干部，只有紧跟时代节拍、融入为人民服务的伟业才能闪烁光芒。

这几年，郯城县村党组织普遍感到支部书记这个岗位"当得体面、干得有劲"。党支部由"弱"变"强"，干群关系由"疏"变"亲"，农村基层治理由"难"变"易"。二〇一九年以来，全县共选配一百七十一名村党组织书记，其中一百二十六名为高中以上学历、二十二名为复退军人，实现了党组织书记缺职村历史性的清零。

兰陵县量身制定一千万元财政扶持资金、二十九个金融产品，开辟绿色通道，提供保姆式服务等措施，累计吸引一百零八名"归雁人才"回乡投资创业。临沭县青云镇一个镇挖掘统计乡贤人士四十八人、高学历人才一百六十七人、高技能人员一百三十六人。鼓励他们利用多种方式创业创新，先富带后富，最终实现共同富裕，在乡村振兴中展示才智。这些党员干部和村里的能人，用脚下的泥浆、身上的汗水、心中的真情，助力脱贫攻坚和乡村振兴，换来贫困群众脱贫致富的喜讯和更加殷实美好的生活，自己心里舒坦，群众也交口称赞。

山东省新泰市为解决村干部年龄整体偏大、文化层次相对偏低，部分村干部思想观念、思维方式偏旧，还有受个人和宗族派性等影响

"压苗保位"的问题，自二〇一七年实施"育苗升级"工程。越来越多的返乡大学生充实到村级后备力量中，成为农村发展的"中流砥柱"。截至二〇二一年四月底，全市有三百八十五名大学生回村任职，通过换届，已有二百五十七人进入"两委"班子，其中三十八人担任了村党组织书记。

山东省新泰市东都镇酒台村党支部书记王云龙，就是第一批响应号召返乡创业的大学生。以前的酒台村是远近闻名的乱村、穷村。多年来，"两委"班子换了一茬又一茬，可村设施还是落后，经济发展依旧缓慢，群众的日子总是没有起色。二〇一一年换届选举，村内三派明争暗斗，选举一度从柿子树开花选到了柿子熟透落地。村委会一连四次都没选成功。于是镇党委动员本村在外民营企业家王安仁回村参选，他高票当选。几年下来，村庄发生了很大变化。二〇一五年六月他儿子王云龙大学毕业，被青岛某广告公司录用。父亲并不多么高兴，却委婉地表达了让他留在村里的意向。最终一波三折，王云龙还是留在了酒台村。眼下，村风村貌焕然一新，王安仁正带领全村整体打造梨仙谷、康王寨、醉卧酒台等项目，让更多村民实现家门口就业，吸引更多在外学子回乡发展。那天，他领我们缓步去梨仙谷的梨园，看望树龄近二百岁的"梨王"和"梨后"，远远看去像是两把撑开的绿伞，尤其是"梨后"的树枝斜探向沟底，若优美的绿长发，煞是漂亮。梨花刚谢，无数小梨躲在树叶下窥视着我们。

过去有人认为"本地姜不辣"。本地乡土人才生在农村、长在农村、根在农村，对脚下的大地感情深厚，对周边环境和乡土风情熟悉。像农民企业家、回乡的大中专毕业生和村中的种植高手、养殖能人和能工巧匠等，无疑是宝贵的财富。多年来，乡土人才培养使用一直是弱项，客观上基层人才数量不足、层次不高、结构不合理，管理也不规范，缺少有效的政策机制，特别是开发使用不够，培养途径还比较单一。

近年来，各地开始注意把乡土人才"挖"出来，让本乡本土的人才"香"起来。一大批懂农业、爱农村、爱农民的高校毕业生、退伍军人、机关企事业单位优秀党员干部到村任职，尤其是许多外出打工的年轻人返回家乡，发挥自己情况熟、人头熟的优势，大显身手，把农民重新凝聚组织起来了。培育适应现代农业发展的新型农民和职业农民，鼓励引导更多大学生和在外务工人员回乡创业的想法和举措方兴未艾，陆续落地开花结果。

第三支点：治理断后。农村稳，方能天下安；农业兴，方能基础牢；农民富，方能国家盛。"人心齐，泰山移。"乡村振兴这幅美丽画卷，需要你我他参与共绘共享。改革开放四十多年来，党领导人民创造了世所罕见的经济快速发展和社会长期稳定"两大奇迹"。"中国之制"是"中国之治"的根本支撑。国家是这样，村庄也是如此。乡村振兴的动力，蕴藏在每个乡村和每位乡亲对美好生活的向往之中。

这就提出了"乡村治理的动力变革问题"：坚持党建引领、培育多元治理主体，构建协同治理体系。

山东省临沂市针对乡村社会结构和人员结构的变化，推动乡村治理重心下移，形成民事民议、民事民办、民事民管的多层次基层协商格局。

围着问题转、围着群众转，以小切口解决大问题，有效解决了一批多年积压、久拖不决的基层治理难题，组织乡贤积极参与乡规民约制定，移风易俗，化解乡里纠纷，以其自身所具有的人文道德力量维护乡村社会秩序，传承和引领以文化人、以德润心、崇德向善的乡村人文精神。临沂市委明确提出，重视信访化解，结合领导干部"结案连心"，对诉求合理的一律解决到位，对诉求不合理的一律解释到位，对违规缠访闹访的一律依法处理到位，对生活困难的一律帮扶到位。真正把问题解决掉，把信访量降下来。伴随党员干部进一步转变作风，党群干群关系更加融洽，党组织的威信在联系服务群众中得到加强，人民群众更加自觉地热爱党、跟党走，逐步形成神清气爽和谐友善的乡风民风大生态。临沂市入选全国首批市域社会治理现代化试点市，"兰陵首发"社会治理项目获评全国政法智慧治理优秀创新案例，罗庄区"文明实践＋社会治理"路径在全国推广。莒南、临沭、费县入选山东省乡村治理典型案例。

社会治理如同"瓷器店里打老鼠"，方法必须精准得当，既要捉到影响社会和谐稳定的"老鼠"，也要保护好社会和谐、百姓安居乐业的"瓷器"，以最小的代价获得最佳效果。

郯城县为山东南大门、齐鲁之通衢，是齐鲁大地与江淮地区交往的重要交通要道，富庶的"鲁南粮仓"。码头镇，在当地曾有"小上海"之称。

由于交通便利，经济繁荣，人流量大，郯城人的思想现代，参与意识和监督意识也比较强。据说"郯人好诉"，前几年一度上访量比较高，搞得上级批评、群众埋怨。

症结在哪里？经过调研分析，聚集到群众正当利益的维护上。维权意识和监督意识强是积极因素，事实上，当个人既得利益或维护个人利益的行为遭受他人争夺或者阻碍时，作为"经济人"的利益主体自然产生自我保护的想法和冲动，因此导致相关利益主体各方面的矛盾和冲突。人的欲望是无止境的，而社会资源和财富总是有限的。马克思认为："人们奋斗所争取的一切，都同他们的利益有关。"利益既是人们奋斗的目标，又是人的一切活动的内在动力，对利益的追求推动人们进行各种活动，进而推动人本身的发展，也推动了社会的发展。正如恩格斯所指出的："人们创造历史的活动，如同无数力的平行四边形形成的一种总的合力。"社会上一些人向东，一些人向西，社会最终的演变方向必定是所有人的合力，一切都是不以个人的意志为转移的。问题是我们如何引导和调节，形成最大公约数，同向而行？

郯城县在构建"共建共治共享"的基层社会治理体制时，首先把实现好、维护好、发展好最大多数人民的根本利益作为工作出发点、着力点和落脚点，回应社会主要矛盾发生深刻变化的客观事实，回应利益格局的新变化和新问题，民生支出已占到一般公共预算支出的百分之八十四点一。一方面建立闭环式运转机制，集中治理信访突出问题和历史积案，另一方面狠抓源头治理，防患于未然。对涉及老百姓切身利益、最容易引发老百姓意见的村级小微权力，对当前村干部日常工作中内容最重要、使用最频繁的村级重大决策、"三资"管理、工程招投标、救助救济、扶贫惠农等八大类权力事项，划出"十个不准"的"边界"。为各村统一安装党建可视化信息平台、无线网络、"三务"公开栏、LED 电子显示屏等，组织群众全员监督，全员参与村务事务管理，及时发现问题，把问题解决在"家门口"。县委要求村党支部书记每月固定一天，入户走访村内孤寡老人、残疾人、贫困户等群体，党的声音一步到户，群众意见和问题直接装在支部书记心里。同时，组织村庄外修颜值、内修气质，动员农家在大门口挂"家训"标识，既倡导环境美、生态美、自然美，更注重心灵美、姿态美。老百姓尝到了共管村级事务、共享成果的甜头。

在二○二○年度山东省群众满意度调查中，郯城县总分九十五点八分，跃居全省一百三十六个县市区第十三名、临沂市第一名。五项指标中，基础教育、医疗卫生、生态环境、文体生活四项指标排名临沂市第一，社会治安指标排名全市第二，实现了历史性的突破。这是国家治理体系和治理能力现代化水平在基层落地扎根的生动探索与实践。

事实证明，乡村社会治理的主体是广大村民，村民踊跃参与方能见效。

社会治理的最终目标，是要创造公平公正的社会环境，童叟无欺，践君子约，实现公共利益最大化。社会如果有一天没有了约束，善良人也可能变成恶人，弱者也会变成暴力的魔鬼。善治是人类社会管理的最佳状态和最有效的方式，也是百姓生活安宁的现实期盼。乡村治理在坚守"法治"的规范下，充分发挥"德治"的最广泛群众基础作用，把许多规范村民行为的事情由群众"自治组织"去做，在村干部的引导下，让更多人参与到乡村治理工作当中来，让群众在"德"的感召下，自觉接受"法治"规范，产生更良好的"自治"效果，畅通"堵心路"，推倒"隔心墙"，增强感召力、塑造力和自我约束力，最终达到"善治"的目的，培养出独立自主、自由平等、尊重个性、具有公共人格的现代公民，成为乡村振兴的主导和骨干力量。

江山如画

习近平总书记强调："历史充分证明，江山就是人民，人民就是江山，人心向背关系党的生死存亡。"突出强调了人民群众的主体地位和作用，深刻阐释了新时代中国共产党治国理政为了谁、依靠谁、发展成果由谁享有的重大时代课题。

江山与人民是一体的，是统一的，同命相连，生死与共。

在全党上下、全国人民庆祝中国共产党成立一百周年这个神圣而庄严的时刻，我们重新学习和领悟习近平总书记这段话，能感受到中国共产党从人民中汲取的磅礴力量和以人民为中心的炽热情怀，不仅感到温暖，更坚定了我们对未来的信心和方向，周身充满力量。

历史雄辩地证明：每个政权的命运，都由民心决定。得民心者得天下，这是一个亘古不变的真理。

中国共产党人把老百姓放在心中最重要的位置，把老百姓的利益高高举过头顶，把"人民对美好生活的向往"作为奋斗目标，心无旁骛地拼搏奋斗，初心纯洁，责任闪光，成效显著。

这也就是沂蒙人民为什么铁心跟党走，甚至不惜牺牲个人生命的根本原因所在！

这也就是沂蒙精神为什么历久弥新，在新时代发出更加耀眼夺目光芒的原因所在！

百年大党，风华正茂；百年沂蒙面貌巨变惊天下，英雄传奇震古今。

二〇二一年，是建党100周年，是"十四五"开局之年，也是乡村振兴的世纪元年。

翻开中国近代史，我们每位中华儿女无不义愤难平，而今天醒来的中国睡狮，正站在实现"两个一百年"奋斗目标的历史交汇点，统筹中华民族伟大复兴战略全局和世界百年未有之大变局，以自信的战略定力，自强不息地走自己的路，再铸新辉煌。

越是接近中华民族伟大复兴的目标，越充满风险挑战乃至惊涛骇浪。这必将是一个不平凡的年代，开启沧海桑田的深刻变革和历史嬗变，在中华民族历史上、人类历史的长河中也许只是一个瞬间，却是天下大势、历史必然，是向着人类文明巅峰的又一次登攀。

我们铭记中华民族百年的屈辱史，更铭记中国共产党成立一百年来带领中国人民攻坚克难的奋斗史和辉煌史。

说到中华人民共和国的发展，每个中国人心里都有一本账。如果以时间为"经"，以民生故事为"纬"，中华人民共和国七十多年特别是步入新时代快速前行的脚步，就是亿万中国人收获改革奋进、创造美好生活的巨幅画卷，每一个家庭、每一个人同样是精彩的长轴画卷。

人类文明的潮流，历史前行的脚步，中国的和平崛起，不可抵挡。

原载于《人民文学》2021年第7期

遍地英雄下夕烟

铁 流

一、行动

（一）

1929 年 2 月的上海，尽管已经是初春，可空气里还夹杂着一丝寒气，没多久，风和煦了，马路两旁粗壮的梧桐树，显得更富有生机了。路上很热闹，人力车夫为了生计，在一刻不停地奔跑着。王进仁是在夜幕降临时找到中共中央住处的，这位土生土长的崂山人，少小就在四方机厂学徒，出徒不久去了沧口钟渊纱厂（现青岛国棉六厂前身）打工。王进仁心灵手巧，很快就成了车间的技术能手，工厂主很看重他，给他加了薪水。后来发现王进仁不仅参加了罢工，竟然还是工人的主心骨，担心他有朝一日会招来麻烦，工厂主就开除了他。

王进仁在去年的年底就到了上海，一路辗转，身上早已经分文全无，为了填饱肚子，同时也是打探消息，他去了码头扛大包，有一天染病高烧，他咬咬牙还是坚持上了码头，一件大包刚扛到半路，突然一阵头晕目眩，最后从高处跌了下来，一下子摔断了右腿。从此以后，大上海弄堂里的人们，经常看到一个瘸着腿的年轻人，身着破衣烂衫，在沿街乞讨，额头上凌乱的长发，几乎遮住了他的双眼。谁能想到，眼前这位面庞消瘦一脸污垢的乞丐，竟是中共山东省委临时负责人王进仁。他一边乞讨，一边寻找党组织，晚上就露宿在街头。

在这个夜晚里，当中共中央负责人周恩来向王进仁伸出双手的时候，王进仁又下意识地缩了回来，是啊，他的手太脏了，就像刚刚摸过灶膛一样。周恩来微笑着又上前一步，一把拉起王进仁的手紧紧握着说：进仁同志，你一边讨饭，一边找我们，可真是不容易呀！王进仁瘦长脸，本来就身单力薄，连日的艰辛奔波，让他的面庞瘦得更是如刀削一般，他望着周恩来亲切的笑容，像个受了委屈的孩子一样，泪水一下子涌了出来。

听完王进仁对山东党组织的汇报，周恩来浓眉紧蹙，一时没有讲话，当听到王复元叛变革命的消息后，他腾地站了起来，大声说：王复元兄弟二人的叛变，确实给我们党带来很大损失，尤其是王复元，还是党内的一个腐败分子，为了党的纯洁性，我们更不能容忍，必须马上除掉这两个叛徒，否则，你们山东的党组织还会遭受更大的破坏，也不利于今后开展工作！王进仁道：这样最好了，请中央派人帮助我们。周恩来点点头道：我们会的！

1927年大革命失败后，中共中央机关由武汉迁至上海，为了应付突发事件，保证党中央的安全，1927年11月，中共中央成立了中央特别行动科，简称中央特科，由周恩来直接领导指挥。周恩来当年曾以"伍豪"为笔名发表文章，在隐蔽战线的战斗中，他都以"伍豪"的名义。这次，把暗杀王复元的行动命名为"伍豪之剑"。

为了除掉原中共山东省委组织部部长王复元，周恩来做了周密布置，他对陈赓和顾顺章说：你们两个务必配合好，确保万无一失。顾顺章有点自负地笑笑，说：一定手到擒来！陈赓有些不屑地看了顾顺章一眼。周恩来很快就发出了锄奸命令，"伍豪之剑"高悬在了叛徒王复元、王天生的头上。

（二）

春节过后不久的青岛，年味还没有减多少，正月十五的红灯笼，就悬挂在了家家户户的门上，紧接着，正月十六的庙会也开始了。崂山太清宫的下院海云庵，正面为大殿，东西两端配殿遥相呼应，钟楼、鼓楼与那株粗壮的银杏树相映相衬，使这座建于明朝的古建筑，更显得厚重肃穆。当年海云庵落成之初，开始还大都是附近的村民、渔民来进香祈福，后也有了远方来者，而且人数每年剧增，久而久之，便有了远近闻名的海云庵庙会。

早饭过后，庙会就形成了阵势，海云庵被人潮慢慢包裹了。戏台子几天前就扎好了，这边唱的是即墨的柳腔，那边台上是高密的茂腔。民间杂耍你来我往，让各有喜好的庙客眼花缭乱的。很多人都边走边看，还边啃着一串串用料不同的冰糖葫芦，冰糖葫芦是每年庙会的主要内容，有的在地摊上卖，还有的扛着冰糖葫芦，走着叫卖。那木棍顶端绑着一捆齐整的麦秸，上面插满了一串串摇摇摆摆的冰糖葫芦，小贩一路走，一路喊：冰糖葫芦了，冰糖葫芦了！随着一声声有韵味的叫卖声，棍子上方的冰糖葫芦也牵走了大人小孩的目光。红心萝卜也是每年庙会上的一道景观，皮有白的、绿的、紫红的、粉红的，切开了，也都透着鲜鲜的红。

在茂腔戏台前的人群中，有几位汉子，一面吃着红心萝卜，一边在看着戏，偶尔还不自觉地四处打量几眼周围的面孔。其中一个身着长衫的人，身材健硕，头顶短发，一张轮廓分明的方脸膛，两条长眉，眼睛虽然不大，可炯炯有神。他就是中央特科三科的队员张英。

张英原名马宗显，1902年生于潍县。少时有一次跟着父亲从一家武馆走过，刚好武馆师傅在门前喝茶，他看了张英一眼，就脱口说道：这小子真是块天生练武的料，说着，他走上前来，也不管对方有什么反应，上来就抻了抻他的胳膊，又摸了摸他的脚踝，最后说：小子，来我武馆吧，要不就可惜你这身板了。张英正不知所云，他的父亲马上道：小子，还不快给这师傅跪下！张英听了，就稀里糊涂地跪倒在地上。师傅这一句话，张英自此走上了习武之路，练就了一身好功夫。1923年寒冬，张英告别父老，成了西北军的一名新兵。训练不久，恰逢冯玉祥到此，那天天气昏黄，尘土飞扬，冯玉祥眯着眼睛对传令兵道：去，把里面那个最直溜的兵给我叫来。传令兵顺着冯玉祥手指的方向看去，见新兵队伍里有的弓着腰，有的驼着背，都松松垮垮的模样，唯有一个兵，就像一棵挺拔的青松立在那里一动不动。传令兵跑到队伍前，把那个兵拽了过来。听说眼前的人是个大官，这兵更是抖起了十分的精神。冯玉祥围着他转了一圈，抬头问道：叫什么名字？哪里人？张英胸脯一挺，大声道：报告长官，俺叫马宗显，是山东人！请长官训示！冯玉祥一下子笑了：训示？好，太好了！冯玉祥拍拍马宗显的肩膀：我看你这眉宇间有一股英气，还不如换一个名字，就叫张英吧！如何？！马宗显愣住了：报告长官，男子汉大丈夫，行不更名，坐不改姓。那传令兵急了，一脚就向马宗显踹去，马宗显稍一扭身，顺势抬起了右脚，眨眼工夫，那传令兵就飞了出去，倒在了几丈开外的地方。

冯玉祥一下子怔住了，随后仰天大笑，笑毕，他道：小子，还有两下子呀，你跟我走吧！冯玉祥说完，扭头就走，刚走几步，又转过身来说：记住，以后别老是俺俺俺的，要说我。马宗显说声是，不好意思地笑了。就这样，刚当兵没多日的张英，成了冯玉祥的贴身警卫。冯玉祥也是有意培养马宗显，不久就任命他中尉排长下放到部队带兵，两年过后，他又派马宗显到苏联基辅红军军官学校骑兵班学习。临行前，冯玉祥说：好好学，别给老子丢脸，将来我就把骑兵队交给你了，这可是重任！冯玉祥没有想到，马宗显到苏联不久，就加入了共产党。学成归来后，马宗显并没有回到西北军，而是直奔上海而去。周恩来见他武艺超群，又智勇双全，就让他去了中央特科三科。就这样，马宗显成了一名专门锄奸的红队队员，同时还负责周恩来的安全。为了开展工作，顾顺章让他起个化名，张英想起过去冯玉祥给自己起的名字，就遂用张英，周恩来知道后，说这名字对你来说名副其实。在中共山东省委临时负责人王进仁与周恩来会面的第二天，周恩来就把锄奸任务交给了张英。没出几日，张英和王进仁以及他的助手王昭功就乘船来到了青岛。

这天晚上，三人就和青岛市委书记王景瑞见面了，简单寒暄过后，王景瑞说：张英同志，目前青岛还在北洋政府手里，王复元的手一时还没有伸过来，估计这里很快就是国民党的了，到时候他会马上现身的，咱们先做好准备，等他一到，就关门打狗！张英道：他一时不过来，咱们就多一份损失，我们还是赶到济南吧，来一个上门打狗！王景瑞道：马上就逢海云庵庙会了，王复元很喜欢高密茂腔，听说他还要带着一个女人来听戏呢。张英道：这是一个好机会！张英说着看了一眼王景瑞，又接着说：我们出发前，为了安全，路上就没有带家伙，得想办法搞几支。另外，我们还都不认识王复元呀！张英话音未落，站在王景瑞身后的一位长相俊朗的年轻人马上道：我认识他！王景瑞点点头：对，王复元是他的入党介绍人。

这位年轻人叫徐子兴，即墨大吕哥庄人，生于 1899 年 1 月，是中共青岛市支部委员。他浓眉大眼，双目中透着一股灵气。张英不禁多打量了他几眼。王景瑞说：让他配合你们行动。张英一把握住了徐子兴的手说：子兴同志，这太好了！王进仁说：我们要尽快行动！

张英、徐子兴他们在海云庵庙会上转了几天，可是一直没有发现王复元的踪影，王昭功对张英说：我先回济南摸摸他的行踪吧，狗是改不了吃屎的，他肯定要出来活动。张英同意王昭功的想法，说：对，这样也为咱们下一步的行动计划有个准备。你一定要小心，王复元对咱们的一举一动太了解了。

其实，王昭功是中共山东省委的保卫干部。他1903年出生在潍县（今潍坊市奎文区）茂子庄村，后来考上了济南省立甲种商业学校，读书期间就经常参加共产党组织的秘密活动，毕业后回到家乡开展革命工作。王昭功敢打敢冲，有一股子虎劲，在当地百姓中很有声望。大革命失败后，中共潍县地委执委建立了革命武装，王昭功成了赤卫队的大队长，他带人砸过税局子，在一个月黑风高之夜又把地主王全干打死在床上，还顺手拿走了他压在枕头底下的手枪。王全干是国民党的铁杆，他的死很快震动了整个潍县。后来，中共山东省委选拔保卫干部，省委负责人刘子久点了王昭功的名，于是他就去了济南。王昭功前脚刚走不久，国民党的潍县县长就派人抓走了他的父亲和两个弟弟，最后王昭功的父亲被枪杀在狱中，王昭功得到消息的时候，正在上海接受中央特科三科的锄奸训练，听到这一噩耗，对着家乡方向磕了三个响头，直磕得鲜血淋淋的。随后不久，他就随张英回到山东执行锄奸任务。

二、工人运动的"好苗子"

（一）

傅书堂是在一个春寒料峭的夜晚离开高密的。那天晚上，站在院子里的傅书堂，抬头看看夜空中那轮明月，对妻子李淑秀道：月亮越来越圆了。说完他沉默了一阵，又声音低沉地说：我这一去，最少恐怕也得有个几年。李淑秀听了，心好像被丈夫的话狠狠拽了一把，她看着夜空，月光落在她脸上，她又低头看看襁褓里的婴儿：孩子他爹，你就放心走吧，这家交给我。说着她声音有些变了，一下子把脸贴在了襁褓上。

院子里一下子静了下来，傅书堂看看父母，噗通跪在了二老脚下，他磕了几个响头，站起身来，对弟弟妹妹们说：照顾好咱爹咱娘！你们要好好跟着共产党走下去，再苦再难也要永不变心！

在高密北关一带，甚至更大的范围内，打铁焗盆的傅家是有些名声的，外人都叫傅家为"傅锢炉子"，谁家有打铁焗盆的事项了，都会说：去傅锢炉子家吧！傅锢炉子成了傅家的代名词。当年，傅书堂并没有继承祖辈传下来的衣钵，父亲傅炳勋对此耿耿于怀。1919 年春天，14 岁的傅书堂高小刚毕业没几日，就在父亲的呵斥声中跑到了高密火车站找活干，工头看他还小，就把他派到了车头房，车头房聚了一帮像他一般大小的孩子，还有摞得一人高的盆子，他们这些人是专司擦车的。每当擦车的时间到了，孩子们就人手一盆一布，盆里还盛着水，接着一窝蜂似的拥上去，等散去后，车皮就擦得锃亮了。傅书堂力气大，勤快聪明，还关心小伙伴，不久就成了领头的。他和邓恩铭应该是一见如故的，不久邓恩铭就介绍他加入了共产党。1925 年春天，胶济铁路工人全线大罢工不久，又发生了青岛日纱厂大罢工，领导人就是邓恩铭、李慰农和傅书堂等人。罢工受到镇压后，5月1日，傅书堂到广州参加中国共产党举行的首次全国劳动代表大会时，向时任中华全国总工会副委员长刘少奇报告了青岛的工运的情况，刘少奇听了很高兴，对他说：你们的经验很好，将来你们还要发动更多的工人加入到我们的队伍来。这次我跟你到青岛去，看看你们那里的形势。傅书堂听了非常高兴，说：这太好了！大会一结束，刘少奇就与傅书堂到了青岛，富有斗争经验的刘少奇很快就察觉到了笼罩在青岛上空的火药味，时隔不久，军警就砸碎了挂在各工会门前的牌子，在刘少奇的领导下，青岛纱厂工人遂举行第二次罢工。傅书堂率领四方机厂1700多工友发起了游行，队伍举着牌子喊着口号，如长龙般一路到了中山路大窑沟，胶澳（青岛）警察厅长陈韬带一干人马拦住了游行队伍，陈韬举着枪吼道：谁要是冲过去，我就让谁丢了吃饭的家伙（指脑袋）。面对黑洞洞的枪口，工人放慢了脚步，傅书堂高大威猛，外号叫傅大杠子，他不信邪，几步就走到了陈韬的面前，他瞪着眼站在那里犹如铁塔一般。傅书堂挥手高声喊道：你们和日本人一个鼻孔喘气，和日本人穿着一条裤子，还有那北洋政府，都一块来欺负中国人！我们工人拼死累活地干，到头来养家糊口都很难，我们都强烈涨工资，这有错吗？我们工人是人，不是牲口！大家都跟着喊起来：工人是人，不是牲口！工人是人，不是牲口，承认工会！给我们涨工资！打倒军阀，打倒帝国主义！陈韬吼道：傅书堂，我告诉你，张宗昌张督办说了，出头的橡子先烂，出头鸟就要先打！陈韬话音刚落，有个警察冲上前来抡起警棍劈头盖脸砸在了傅书堂的头上，傅书堂顿时血流如注，其他几个警察架起傅书堂就往警车里拉，工人纠察队队长纪子瑞见势不妙，喊了声警察打人了，带着人涌了上来，双方你来我往，最后工友又把傅书堂给抢了回来。是军阀张宗昌勾结日本人镇压了这次工运，酿成了史上有名的"青岛惨案"。被王尽美称为"工人运动好苗子"的傅书堂，一时无处藏身，只得在一天夜里潜回家乡高密，后来跟着父亲以打铁为掩护，继续从事革命活动，不久就成立了高密县党组织，傅书堂担任党支部书记。

傅书堂走后没几天，一位叫丁惟尊的年轻人来到了傅家。丁惟尊是日照县（今日照市）人，他早年跑到青岛求学，在青岛职业中学毕业后不久，就被高密火车站录用了，成了一名铁路工人。那时候，共产党在高密火车站比较活跃，带着工人常搞一些运动。这年丁惟尊刚刚20岁，自己一人独身在外，形影相吊，倍感孤单，他也加入了运动中，每天下来，感到很充实，慢慢就对革命有了热情，王复元来高密时，见丁惟尊聪明能干，又有一股子革命劲头，就介绍他加入了中国共产党。傅书堂在高密开展活动时，丁惟尊表现积极，是傅书堂家里的常客。他每次见了李淑秀，嘴都很甜，一口一个大嫂地叫着。

李淑秀见丁惟尊上门，很高兴，急忙倒了碗热水，端到他面前，问道：俺孩他爹咋样了？丁惟尊高兴地说：嫂子，你放心吧，已经安全离开了！李淑秀长长吁了口气：这些日，俺的心都一直悬在半空里，这下可好了。丁惟尊道：是组织专门让我来告诉你的，另外，还交给你一项任务，要把这两支手枪送到青岛去。丁惟尊说着，从后面腰里摸出两支匣子枪来。李淑秀点点头，把枪放在了被子下。丁惟尊沉默了片刻，搓了搓手，低声问：大嫂，玉真不在家吧？李淑秀看着丁惟尊，突然意识到了什么，笑着说：她还没下工呢。丁惟尊端起水喝了几口，不好意思地笑了。

（二）

傅书堂妻子和弟弟妹妹都是在傅书堂的影响下支持革命的，大妹傅桂兰，二妹傅玉真，三妹傅秀云，还有弟弟，都是傅书堂的好帮手。

特别是傅玉真，胆大心细，行事果断。傅书堂的父亲傅炳勋虽大字不识几个，但对子女念书却从不含糊，他对子女们说：你们只要脑子开窍，我砸锅卖铁也供你们读书，可你们要是像咱家猪圈追不肥的猪，那我也没办法了。玉真上完小学后，本想继续读下去，可傅炳勋再也无力，玉真见无所不能的父亲也没了主意，不禁伤心大哭，最后只得辍学。穷人家没有闲人，玉真为了给家里分担困难，13岁就到网子作坊里打工，有时体力不支，手脚慢了就被工头揪住辫子摔倒在了门外。有一次，刚从青岛回到家中的傅书堂见妹妹鼻青脸肿回来，不禁大怒，赶到作坊把那个瘦脸工头结结实实地揍了一顿。玉真第二天一大早再去上工的时候，才知自己已经被开除了，她一下子哭倒在地上。

　　傅书堂回到家乡不久，傅家炉子就成了高密党组织的活动中心。玉真除了站岗放哨，夜里还跟着哥哥一起刻蜡板印刷宣传单，半夜里又和姐姐桂兰一起去贴传单。高密大集人气很旺，十里八乡的人都来。每到大集的前一晚，玉真就把埋在后院里的传单取出来，用两个包袱包了，姐妹二人一人挎一个披着夜色赶到集市上，再分头把传单贴到树上、墙上，还有每一个角角落落里。第二天，满集市的人就都看到写有各种内容的宣传单了。有一天，傅书堂带回来一本《共产党宣言》，他对玉真道：小妹，这本书是教给咱们革命道理的，前些年王尽美来青岛的时候，就专门讲起过它。可这书太少了，咱们印一些。玉真接过书端详着，思忖片刻道：这书有点大，放在身上不好藏，咱们把它印成巴掌大小，口袋袖子里都能装，多好！傅书堂摸摸玉真的头，哈哈笑道：真是个鬼丫头。之前，山东《共产党宣言》的油印版，就出在他们兄妹之手，刘少奇来青岛的时候，傅书堂还专门送给他一本。不久，青岛的共产党员，每人又拿到了《共产党宣言》的油印袖珍本。

　　1927年，十六岁的傅玉真已经出落成了亭亭玉立的姑娘，一笑一鬟,都散发着青春的气息。丁惟尊每次到傅书堂家,都会多看玉真几眼。玉真也感觉到了这个年轻人火辣辣的目光,她的心里荡漾一阵阵甜蜜。就在这一年,傅书堂当上了中共山东省委常委,还兼任着工人部部长,为了协助傅书堂,李淑秀和傅玉真也一同到了济南。傅书堂在普利门外大窑后专门租了一处房子,门口右手挂一牌子,上书"张公馆"。这时候,傅书堂已经化名张山峰,成了车队队长。傅玉真见了,就和他开玩笑:哥,你不是常说行不更名坐不改姓吗?要是让咱爹知道了,他不打你才怪?傅书堂哈哈一笑道:为革命死了都无所谓,还怕改姓?爹不会生气的!在这期间,玉真负责送情报,李淑秀专门保管文件、枪支。每次有情报传来,玉真拿了个棉花棒蘸了药水一抹,空白的纸上就显出一行行文字来。

三、假夫妻

(一)

1929年的3月,惊蛰过后没几天,民间俗称的二月二龙抬头就到了。这天早上,李淑秀和玉真就迎着温暖的朝阳登上了开往青岛的火车。小脚的李淑秀怀抱孩子,同样是小脚的玉真提着点心盒子。火车开动了,先是慢吞吞的,出站后打着响,跑得越来越快。玉真探出头看了看,火车像条长龙一样行驶在原野上,窗外的树木一晃而过。田野上的麦苗也已经返青了,春天的脚步也像眼前的火车一样,在人们不经意间加快了步子。这是姑嫂二人第一次坐火车,惊奇中又感到新鲜,她们一路说说笑笑,偶尔玉真那双美丽的眼睛还向身旁和过道瞟几眼。

路途并不遥远,目的地在人们的春困中到了,都是约定的车次和时间,当傅玉真和李淑秀走出车站的时候,徐子兴就笑吟吟地迎了上来，嘴里喊道：弟妹，玉真！大家握了握手，徐子兴若无其事地接过了玉真手里的点心盒子。玉真低声问：大哥，咱们去什么地方？徐子兴指了指不远处的几辆人力车说：车都等着咱们了，坐车过去。

人力车拉上三人，一前一后飞奔而去，行至四川路一小院，车子停下来，徐子兴先下了车，伸手把钱递给车夫，又向为首的那个车夫示了一下眼色，就带着姑嫂二人走到一处房子前，他打开门，大家走了进去。徐子兴道：这是刘子久同志让我给你们租的这个房子，生活用品都准备好了，从今以后你们就住在这里吧，特务已经盯上了你们的家。玉真点点头，打开点心盒子，两把匣子枪露了出来。

夜晚，月明星稀，处在城市边缘的四川路，寂静一片，远处偶尔传来几声零散的鞭炮声，这可能是那些调皮的孩子过年攒下来的鞭炮，如今又拿出来放了。这时，几个男子来到了四川路玉真的住处，前边的人轻轻敲了三下门，声音一长两短，门开了，大家闪身而进。

来人是中共青岛市委书记王景瑞，还有张英，大家还没说几句话，门又响起了，玉真急忙打开门，徐子兴和一个年轻人跨了进来，玉真觉得他有些面熟，正看着，这位年轻人笑着说：老乡，怎么忘了？中午的时候你可是坐过我的车呀！是你呀！玉真噗嗤笑了。徐子兴也笑笑，说：他叫田泗，是高密人，还是你的老乡呢！玉真点点头，急忙给大家倒水。徐子兴坐下后就对王景瑞道：刚刚得到的消息，王昭功被敌人抓住了，还有一位是省里的同志，最近王复元很猖狂。张英闻言，从凳子上一下子站了起来：没想到王昭功同志这么快就被他抓住了，看来王复元真不是吃干饭的呀，他一时不来，我们就上门去找他，必须尽快除掉这个大叛徒！

王景瑞听了徐子兴的话，抽了口烟，看着张英道：看来你得尽快要赶到济南去了，王复元这对兄弟一日不除，我们随时都有损失。说完，王景瑞转身对淑秀、玉真说：张英同志马上就要到济南去了，现在那边查得很紧，只有夫妻才能租房住上客栈，为了能够顺利除掉叛徒，得找一位女同志和张英扮上夫妻一起去完成这个任务。王景瑞说着，目光落在了玉真的脸上。玉真看看王景瑞，脸一红，道：王书记，要是你们觉得我合适，我就去，绝不含糊！王景瑞摇摇头：本来是有这个打算的，可你站在张英面前更像个小妹妹。说着，他看了张英一眼。张英点点头：是这样！玉真一听急了：那可怎么办？李淑秀突然道：对了，俺们家的桂兰合适，让桂兰去吧，她个头高，身子也比玉真粗，肯定和张同志般配！玉真拍拍手，连声说道：对，对，她还真行，我怎么一时没想到呢，明天我就回去把她叫过来。

王景瑞看了张英一眼，笑笑，说：这样就太好了！

张英对玉真说：那就辛苦你跑一趟了，你姐姐会同意吗？玉真道：她肯定同意，我们虽然不是党员，可也是革命的积极分子呢！

玉真回到高密叫姐姐傅桂兰的时候，并没有告诉她给张英当妻子的事，玉真知道，姐姐面皮薄，害羞，有时候被男人看一眼，脸就能红上半天，要是知道让她去干这事，也许说什么都不会跟着自己走了。

在这天晚上，当这个叫傅桂兰的姑娘被几个男人上下打量的时候，竟然窘得一时不知该怎么办才好了，她先是两手交织在一起搓揉着，后又把背上那条黑油油的大辫子拽到胸前扯来扯去的。王景瑞见她这样，笑笑说：桂兰同志，你不要紧张，也不要害羞，玉真都和你说了吧？桂兰一时没明白王景瑞说的是什么，就摇摇头。玉真噗嗤一声笑了，说：让你给张英同志当老婆呢。桂兰脸色一下子变了，瞪着玉真道：在人家面前，你这是胡说什么呢？王景瑞见是这种情形，知道桂兰还不知就里，就对她说：桂兰同志，张英同志是中央派来执行锄奸任务的，王复元叛变后，出卖了我们很多的同志，这里面就包括你的哥哥，如果不把他尽快除掉，会有更多的同志受到伤害的。说到这里胡景瑞停顿了一下，又接着道：刚才玉真同志说得不准确，可不是让你去当张英的妻子，是假扮他的妻子，当然了，要一定装得像，越像越有利于完成任务。你还有你的嫂子、妹妹虽然都不是党员，可这些年一直都在帮着我们做事，我代表党组织感谢你们！

桂兰看了张英一眼，欲言又止，脸一下子变得绯红了，她低着头一时没有说话，玉真急了，说：姐，平日里干革命你可是很积极的，怎么这回就这么不干脆了？可真有你的，让你是去当假老婆，又不是真的！桂兰照着玉真的胳膊拧了一把，疼得玉真直吸气。

张英见状说：我看也不要难为桂兰同志了，我们再想想别的办法吧。

桂兰听了，一下子抬起头，含着眼泪说：我去！

（二）

1929 年的 4 月的一天，张英和化名单娟的桂兰到了济南，人力车拉着这对年轻人一路向前赶着。春风已经绿了马路两边的杨柳，张英身着长衫，戴着礼帽，桂兰搭在背上的那条粗黑的辫子不见了，脑后绾了一个大大发髻，一看就是个刚刚出阁不久的新媳妇。人力车拐进一条街后，又跑了没多远，就在悦来客栈停下了，二人下了车，走进客栈里。孤男寡女独处一起，桂兰既紧张又害羞，一时不知该怎么办才好，张英显得也有些局促，但很快就平静了一下，他倒了一杯水放在桂兰手上，轻轻说：桂兰，你不要紧张，你就是我的妹妹。桂兰看看张英，眼前这个粗壮的男人朴实亲切，眉眼中还带着笑，就像自己的哥哥傅书堂一样。在张英转身忙着开箱子的时候，这个还待字闺中的少女不禁偷偷打量了他几眼。

清晨，窗外的鸟叫声越来越多，也越来越响亮，桂兰一觉醒来，发现躺在地板上的张英已经不在房里了。这个时候，张英已经早早地来到了济南剪子巷铁匠铺，正和一位粗壮的汉子说着话，那汉子叫赵大锤，是张英村里的，赤着个上身，脖子上还挂着件厚厚的围裙。他一边抽着张英给他的烟，一面伸出铁钳从炉火夹出一截烧红的铁块放在铁砧上，旁边的徒弟扬起大锤就砸了起来，那声音在寂静的早上格外刺耳。

赵大锤敲着小锤，就像是给徒弟伴奏一样，手在忙活，可嘴也没闲着，他说：兄弟，听说我来济南没几年你就当兵走了，算算时间也不短了，你爹你娘肯定也天天念叨你呢，弟媳一个人在家操持着日子不会容易的，这兵就不当了？回家看看了没？过了这些年，我老家也没什么人了，也就没再回去，多年没见老家的人了。张英沉默了片刻说：铁打的营盘流水的兵，不当了，我这刚从外边回到咱山东，还没回去呢，有时候想一想，真对不起他们。赵大锤放下锤子，又说：该回去看看了，这日子一晃就过去了，可别留下什么遗憾。张英说了声是，又递给赵大锤一支烟，赵大锤用火钳点了，美美吸了一口说：我在济南待了好多年了，也多多少少认识几个人，有啥让大哥帮忙的，你就开口！张英笑笑说：大哥，这些年我在外面漂泊够了，还是觉得咱们山东好，以后就在济南落脚了，你弟媳也从老家来了，我琢磨着得抓紧寻条生计，现在还没地方住，就打算租个房子，可到处盘查得紧，没有担保的不行。赵大锤向掌心吐了口唾沫，又抢起了锤子，嘴里说：这国民党不是善茬，弟妹要是不来，你住不下，房子也没敢租给你的，就是这样，还得有个坐地户担保呢。兄弟，你别为难，大哥给你当这个保，这点事我要是办不了，就白在济南城混了这些年了。说完，他扯起围裙擦了把汗，徒弟则夹起那截被锤打过的铁块伸进水桶里，只听呲的一声，一股白烟蹿了上来。

赵大锤给张英写好了保书后，张英就离开了剪子巷，接着又去了几个地方，下午才回到了悦来客栈，他敲了敲门，门开了，他刚走进去，一张大网就把他突然罩住了，接着上来几个大汉把他扑倒在地上。

张英面对猝不及防的袭击，一时有些蒙了，他挣扎着抬起头，周围站着数个便衣和军警，桂兰也被绑了，嘴里塞着枕巾，双眼含着泪，脸都憋红了。张英立刻明白了什么，只是他想不到自己这么快就被捕了，这才是到济南的第二天呀！领头的特务松了一口气，笑着说：王队长说你是一个会飞檐走壁的人物，没想到一张渔网就把你擒了！为了拿你，费了我们多少心机呀！

张英自然不知道，在昨天下午，王复元带着捕共队的队员直奔纬七纬八路间的八卦楼省委秘书处，省委秘书张子英正在急急忙忙地焚烧文件，门被撞开了，特务一头闯了进来，他们见地板上正燃烧着一堆纸，立刻明白了什么，急忙冲上前去三脚两脚就把火踩灭了，特务伸手拿来一根棍子在火堆里翻腾了几下，从里面找到了一张纸条，上面是张英来济南的时间和悦来酒店的房间号。特务在房间里又翻腾了一阵，见再没有什么有价值的东西，就押着张英走了。王复元看到这张纸条时，不禁仰头笑了，笑得淋漓尽致。

看来，张英就是被王复元按图索骥找到的。

张英和傅桂兰被五花大绑地押出了悦来客栈，周围都是很多看热闹的人。桂兰的发髻在挣扎时散了，长发披在了肩上，被迎面而来的春风缭乱了。警车把他们一路送到了济南三元宫看守所，国民党济南党部主任黄僖棠闻风赶来，马上提审了张英，张英被上了手镣脚镣，站在那里冷眼看着，一言不发。

黄僖棠笑了笑，让身旁的女秘书给张英端来一杯茶水，张英也不客气，接过来一饮而尽。黄僖棠慢悠悠地说：你是周恩来身边的人，我们不会为难你的，只要一五一十地好好交代，今晚你就自由了，往后就留在我们济南党部，要什么有什么，绝对不会亏待你的。张英大笑，大声说：你真是狗眼看人低呀！我马宗显是个一口唾沫砸一个坑的汉子，岂能受你蛊惑！黄僖棠阴下脸来，跷起二郎腿说：马老弟，你还年轻，来日方长，千万不要感情用事！

　　黄僖棠命人把张英又关进了牢，接着又来到了另一间屋子，一个看守正朝桂兰吼着：还不快招，是不是又想吃鞭子了？黄僖棠看了一眼桂兰，马上道：胡闹，这么漂亮的一个女人你们也下得去手？警察局长郭大鹏走到黄僖棠身边，悄声对他说，刚刚才抽了几鞭子，就疼得不行了，估计再来几下就招了。黄僖棠听了，喜上眉梢，慢悠悠地走到桂兰身边说：这就对了，一个女人家怎么能跟着共产党起哄呢？说着他和善地问桂兰：你叫什么名字呀？桂兰道：单娟！黄僖棠又问：这个共党分子是你什么人？单娟说：他是俺男人！黄僖棠干笑几声说：你没有说实话，还有，只要你交代出共产党的重要分子，马上就放了你，我也看出来了，你只是受共产党一时蛊惑才被他们摆布的，对你们这样的人，特别又是女人，本党是区别对待的。单娟带着哭音说：他就是俺男人，他不是共产党，俺也不知道你说的重要分子是什么。黄僖棠生气了，说了声嘴还很硬呀，接着用力一挥手，一旁的看守心领神会，他把鞭子伸进水桶里泡了又泡，接着又抽出来在空中甩了几下，一声声噼里啪啦的闷响从桂兰头顶上滚过，鞭子上的水被抖落下来，纷纷落到桂兰的头上、脸上和身上，桂兰捂着脸，惊恐地大叫着，一股液体从桂兰的裤腿里流了出来，黄僖棠看在眼里，喜在心里，他不温不火地说：小姑娘，看你细皮嫩肉的，怎经得起这沾了盐水的鞭子抽呀，早交代了早就免于皮肉之苦呀，否则连命都没有了。旁边的一个叫宋子文的看守，一直冷脸看着桂兰。桂兰低下头沉默一会，又抬起头来说：俺都说了，他就是俺的男人，他不是共产党，俺也不是，其余的俺什么都不知道。黄僖棠眼一瞪，大着嗓门说了声打，那看守早就按捺不住了，一鞭就抽在了桂兰的背上，桂兰发出一声尖厉的惨叫。一下、两下，鞭子像密集的雨点一样落在桂兰的身上，一会工夫，桂兰已是皮开肉绽，鲜血染红了她的衣裳，她慢慢晕了过去。宋子文揉了揉眼睛，转过身去。

一盆凉水又浇醒了桂兰。

黄僖棠又让她说，桂兰一声不吭，她头垂在胸前，头发散乱在脸上。

给我继续打！黄僖棠狠狠说完这话，先抬脚走了。宋子文看了一眼黄僖棠的背影，低声对郭局长说：我看这女人胆子很小，刚才尿都吓出来了，这么打都不开口，看来她确实什么都不知道，要不早就招了！郭局长抬眼看看桂兰，点点头道：我看也是，共产党是拿着这个女人打掩护罢了。说完他摆摆手，又吩咐道：先关起来再说！

三元宫看守所终于在夜色中慢慢平静了下来，张英坐起身来，摸着伤痕累累的胳膊，抬头看着窗外，外面月色皎洁明亮。看守来给他送饭了，张英复又躺在地上，故意发出一声声痛苦的呻吟，看守把碗放在牢门前，看了张英一眼说：起来吃饭了，你要是早招了，还能受这份罪？！张英不说话，还是大声哎呀着。到了半夜，张英说肚子疼，喊着要出去大便，看守走过来哼了几下鼻子，眼也不睁地说：你他妈的怎么这么多事？！张英道：管天管地，你小子还管人拉屎放屁了？你再不开门我就把屎拉到里面了！说着，就要去解裤腰带。狱警听了，睡意全无，几步就赶到了门前，说：娘的，你真是个活宝，快去快回！

门开了，张英扶着墙壁一步步向外挪着，嘴里说道：兄弟，我被你们打得走不动了，你就不能扶我一把吗？看守眼一瞪：啥？你怎么不说让我找顶轿子抬着你去呢？张英叹口气：再慢了就拉到裤子里去了。说着，步子就快了。张英走进院子，回头看看，那看守正站在远处抽烟，嘴里还哼着小曲。

张英虽受了一些刑，可凭着他深厚的内功，并没有伤着筋骨。他到了墙角，没有解腰带就蹲在了地上，接着伸手从鞋底摸出一根铁丝，几下就捅开了脚镣，转眼间又打开了手镣。他深吸了一口气，一个旱地拔葱，飞身跃上了院墙，眨眼工夫就落到了墙外。

等张英跑出了很远，三元宫庙内才传出一阵尖厉的哨声。

他仰首看看天空，月明星稀，他松了一口气，又大步向前赶去。

据当年参加审讯张英和傅桂兰的地下党宋子文回忆：张英是条响当当的硬汉子，怎么打也宁死不开口。我好像记得光用杠子就压了他3次，还灌了不少辣椒水。他是个练家子，要不后来就枪毙他了。尤其让我敬佩的是那个叫单娟的同志，开始她很害怕，都吓哭了，疼得也不停地叫，我担心她撑不住会招的，可没想到她最后还是经受住了考验。后来听说她叫傅桂兰，傅书堂的妹妹，还不是一名党员。

张英当夜就赶到了赵家铁匠铺，赵大锤见他衣服破了，上面还有血迹，不禁吃了一惊，急急地问他：兄弟，你这是咋了？张英说：大哥，我落难了，今晚得在你这地方住一夜，明天我就离开。赵铁锤道：看你这一身伤，怎么会是这个样子？张英说：和一帮人谈生意没谈拢，就动手了，没关系，都是些皮肉伤。张铁锤道：我这里还有点治皮外伤的药，先抹上点，明天咱们再想办法。第二天上午，赵铁锤找来了郎中，给张英处理了一下伤口，重的地方又给他做了包扎。等郎中走后，张英道：大哥，我得尽快离开济南，来日咱们再见。赵铁锤赶忙让老伴给张英找了身衣服换上，又塞给他几张票子，送张英走了。

四、姑嫂锄奸

（一）

1929 年的 4 月末，刚刚返回青岛没几天的张英，在李村路得胜里见到了王景瑞，张英面色苍白，还没说几句话，就从凳子上歪倒在地下。王景瑞急忙把他扶到床上，问：张英同志，你这是怎么了？除掉王复元了吗？张英叹口气道：说来惭愧呀，我和桂兰刚到济南的第二天就被捕了，最后我从他们的看守所里逃了出来，也不知桂兰现在怎么样了。因为我的大意，没能及时除掉王复元，还连累了桂兰同志，请组织上处分我吧。王景瑞说：张英同志，你先不要自责，我看你身体很虚弱，得先抓紧找个地方给你养伤，听子兴同志说，你逃出来后，济南、青岛两地的特务和军警都在搜查你，医院是不能去的了。

王景瑞沉思片刻道：另外，不知桂兰姑娘能不能过了这一关呀？你被打得这样，她恐怕也轻不了呀！王景瑞皱起了眉头，看了一眼张英说：我们不能不做最坏的打算，万一傅桂兰顶不住，我们还会有损失的。这样，先把她的嫂子和妹妹转移了，其他同志也都要注意些。

两人正说着话，外面传来了敲门声，响了三下，接着又是猫叫声，一长两短。王景瑞一下子站起来，高兴地说：是王科仁同志来了！王景瑞说着，急忙打开屋门，两位老朋友的手紧紧握在了一起。

王科仁是青岛浮山后村人，与王进仁是同村，王进仁还是王科仁的入党介绍人，后来王科仁被调到中共山东省委担任交通员。看来他有急事，跑得满头大汗的，还没坐下他就急急忙忙地说：景瑞同志，我是来传达省委指示的。他咕咚咕咚喝了几口水，又对王景瑞道：组织决定让你到淄博工作，要尽快动身，你走后，先由曹克明代理书记。再就是根据情报，王复元近期就要来青岛了。王景瑞说：科仁同志，我会尽快赶到淄博的。国民党马上就接管青岛了，这个叛徒无缝不钻，他也该来了。躺在床上的张英高兴地道：兔子敲门，送肉来了，太好了！王景瑞说：你先抓紧把身体养好了再说，说到这里，他扭头对王科仁道：张英同志受伤了，我们正打算给他找个地方养伤。王科仁笑了：他受伤的事省委也知道了，我这次过来，也是说这事的。我有个姐夫，在金指一郎家做饭，把你送到他家养伤如何？这日本人也喜欢中国武术，他肯定会同意的！张英有些疑惑：金指一郎？王景瑞道：他是邮政局局长，这太好了，藏在他家也安全！王科仁道：省委书记刘谦初同志让我给张英同志当助手，争取早点除掉这个叛徒！说到这里，王科仁面色沉重下来：听打入敌人内部的同志说，傅桂兰同志最后还是撑住了，什么都没有说，最后竟被警察局的局长送到了他的老家诸城，说是给他的瘸腿儿子当媳妇，这小子太缺德了！张英听了连声说：我对不起她！对不起她！说完一阵哽咽。房里静了，大家再没有说一句话，只是都感觉有一股说不出的滋味涌上心头。

王景瑞到淄博还没几个月，就遭到国民党特务的逮捕，之后在济南被关押了5年，后因病重被家人保释出狱。这时他已经与党组织失去了联系，身体刚见好后，他就拖着病体四处寻找党组织，他对家人说：傅桂兰不是党员都能挺住，何况我还是个男子汉大丈夫呢！要是我叛变了，找个地方躲起来了，将来傅桂兰知道后会怎么想？！

王景瑞不知，就在他1933年初寻找到党组织并恢复了党籍的时候，那个远在诸城的女子傅桂兰，已经化作了田野上的一座芳冢。

解放后，已经担任轻工业部办公厅副主任的王景瑞，对家乡党史办的来人说：我这一辈子最对不起的就是傅桂兰同志，她太可惜了！说完这话，王景瑞已是泪流满面。

金指一郎就住在青岛八大关一处独门小院里，这天中午，身着日本和服的金指一郎对张英的到来有些疑惑，他觉得眼前这位英气逼人的年轻人背后应该不简单，一时有些犹豫，王科仁的姐夫曲学尧见状急忙指着旁边的王科仁说：局长，这位兄弟是我小舅子介绍来的，自己人，错不了。另外，他也是个练家子，你不是让我找一个这样的人吗？我正四处打听着，人就上门了，这就是来得早不如来得巧。前些日子他跑生意受了点伤，等他养好伤你们切磋一下。金指一郎闻听，很高兴。一边说着幸会，右手突然伸了过来，张英明白他的用意，胳膊一挡，用指头弹了一下他的手腕，金指一郎疼得嘴角都歪了，张英又顺势握住他的手道：还等请局长多多关照。金指一郎这一探，知道张英的功夫绝不是皮毛，立刻眉开眼笑，说：您就安心住下来吧，以后咱们好好切磋一番。就这样，张英留在了这位日本人家中。王科仁也时常相伴左右，跟着张英学到了一些功夫，手里的双枪也能百发百中。张英对他说：你很有悟性，锄奸的时候就能派上用场了。王科仁听了，双手一抱道：谢谢师傅！两人相视一眼，哈哈大笑起来。

绵绵的细雨已经连续下了三天，这个季节本来就潮湿的青岛，现在变得就像刚从大海里捞出来的一样，到处都湿漉漉的，那些用石板铺就的旧街道，泛着青色，好似长出了青苔一样，王景瑞就是踩着这样滑溜溜的街道走上大马路的，随后他很快离开了雨中的青岛，向着他新的工作岗位而去了。王景瑞刚走没几日，王复元就带着随从来到了青岛。作为原中共山东省委组织部部长的王复元，自然知道，青岛一直是共产党活动猖獗的地方，只是，在这座各种力量交织的殖民城市，他的手迟迟还没敢伸过来，在国民党从日本人手里接管青岛那天，王复元心花怒放，他对哥哥王天生说：大哥，我做梦就等着这一天了，从今以后，青岛也是咱们的天下了，咱们随时能去，也随时能走，让青岛的共党分子尝尝咱们兄弟二人的厉害。

王复元还没出站口，右手就贴在腰间，他知道，对这座复杂的城市，自己还不能掉以轻心，共产党随时随地都会要自己命的。他瞪着那双小眼睛，正四面看着，突然发现了人群中的徐子兴，王复元从腰里拔出手枪，对几个随从说，盯着前边那个小子！话音未落，令王复元没有想到的是，徐子兴竟然冲着他一笑，径直走了过来。王复元大惊，枪口一下子对准了他。徐子兴道：王部长，我是徐子兴呀，你不认识我了？王复元看他一眼道：不要再叫我部长，你可是共党重要分子呀，怎么？自投罗网来了？徐子兴握着王复元的手说：我称你部长，是没忘了你对我的栽培呀。老话说得好，识时务者为俊杰，以后我还是跟着你干。今天，我就是专门来接你的。王复元听了，枪口一下子顶在徐子兴的胸口上，他警觉地说：你是给我来灌迷魂汤的吧？共产党这两下子我还能不知道？徐子兴亲热地道：王部长，你可是我的入党介绍人呀，现在这种局势，我能不给自己找条好路吗？什么时候我都跟定你！王复元笑了，他收起手枪说：共产党现在就是秋天的蚂蚱，蹦跶不了几天了，你这是聪明之举，跟着我绝对没错。

丁惟尊的到来让玉真感到一阵喜悦，她已经很久没有看到丁惟尊了。在这个春日的夜晚，丁惟尊的突然出现，让这位早就对他心生好感的年轻的姑娘心里，漾起一阵阵甜蜜。丁惟尊放下手中的水果，迎着玉真的目光，热辣辣地看着她。玉真莞尔一笑，双颊泛起了淡淡的红晕。

傅玉堂走后没有多少日子，丁惟尊也离开了高密，到了青岛铁路局印刷厂当了一名排字工人。来厂里没多久，他就从王景瑞那里知道了傅玉真的住处。这天一下班，他就赶了过来。这个夜晚，这对情投意合的年轻人，在李淑秀的撮合下，定下了终身。

丁惟尊非常高兴，很快在青岛云南路汇兴西里找到了一处房子，房子一门两间，一间作为新房，另一间李淑秀居住。不久，丁惟尊就和傅玉真举行了婚礼。

王复元初到青岛，徐子兴就投在了他的门下，这让王复元高兴万分，他突然想到，丁惟尊也是自己介绍入党的，为何不把丁惟尊拉到身边来呢？在一个阴沉的黄昏，他让手下把丁惟尊请到了中山路的一家酒馆。丁惟尊见到王复元时，一阵心惊肉跳。王复元笑笑，给他倒上了一杯酒，说：小丁呀，我们应该很久没见面了吧？当年我是很看重你的。来，喝了！丁惟尊端着酒杯急忙站起身来，恭恭敬敬地说：部长，是有些日子没见面了，感谢你当年对我的提携，我敬你。说着碰了一下王复元的酒杯，一饮而尽。

王复元放下酒杯，招招手让他坐下，手下给王复元斟了酒，又给丁惟尊倒上，王复元推心置腹地说：现在国共形势一目了然，天下是国民党的了，1927年，老蒋一下子就砍掉了多少共产党的脑袋呀，那真是血流成河，你我能在这里喝着小酒，那是上天给咱们的福分呀，如今军阀算是都完了，老蒋的江山越来牢固，共产党也只能在背后里搞些小活动，喊喊口号，说不定哪天就被赶尽杀绝了。说到这里，王复元看看窗外，故作神秘地道：知道吧？徐子兴也跟着我干了，他是聪明人，能看出个眉眼高低来，现在这情况，要是还一门心思地跟着共产党干，那就是死脑筋了！说完，王复元点了点头，身旁的随从把一个钱袋子放了丁惟尊面前。王复元道：这是100块大洋，以后随时都会有的。丁惟尊听说徐子兴叛变了，不禁吃了一惊，王复元看在眼里，他又端起酒杯直视着丁惟尊说：小丁，我听说你找了傅大杠子的妹妹做老婆，那娘们我见过，俊着呢！有这样的好媳妇，再有个好日子，你就全了，来祝贺你。说着用力碰了一下丁惟尊手中的杯。丁惟尊见状，急忙说：我一切都听大哥的！明天我就宣布和共产党脱离关系，从今以后就跟着你奔前程了！王复元摇了摇头：不行，你还得耐心地留在他们身边，随时向我提供他们的情报。丁惟尊把酒干了，头就像鸡啄米一样点着，说：我听你的吩咐，听你的吩咐！

1929年7月15日，调到山东没几个月的中共山东省委书记刘谦初被捕，山东省委再次遭到破坏，由于济南形势严峻，为了避其锋芒，共青团山东省委和青岛市委紧急商定，在青岛市组成了临时山东省委，成员有曹克明、党维蓉、徐宝铎。

这天夜里，省委交通员王科仁参加了在青岛的中共临时省委第一次会议。曹克明问王科仁：张英同志的身体怎么样了？王复元已经在青岛了，咱们要想办法尽快铲掉他。王科仁说：他的身体已经恢复得很好了，昨天我们还商量了一下行动方案，就等着下手的机会了！曹克明道：抓紧想办法弄清王复元的行踪，这次不能让他活着离开青岛了。王科仁说：这小子猴精，外出都前呼后拥，一直还没找着机会！

（二）

丁惟尊回到家里后，把徐子兴骂了一顿，说他叛变了革命，不得好死。玉真也很愤怒：真没想到徐子兴这个样子，听我哥哥说，徐子兴干革命很积极。他在邮政局上班，一个月就能拿几十块钱，日子应该过得不错，可家里还经常揭不开锅，原来是把一部分钱都交给组织当活动经费了。有一次，家里断顿了，他把一件平时不舍得穿的衣服送到当铺换了点钱，最后才有了米下锅。他做事也很勇敢，怎么骨头就一下子变得这么软了？！丁惟尊叹了口气：刀架在脖子上，有几个不眨眼的？玉真瞪了他一眼：你可千万别学他这样子，往后不知会有多少人戳他脊梁骨呢！丁惟尊连忙说：你小看我了，我可是个响当当的男子汉，要不你怎么会看上我！玉真柔情地看了丁惟尊一眼，脸上泛出了幸福的笑容。

傅玉真没有想到，自己深爱着的丈夫，一边花言巧语，信誓旦旦，可背后把自己知道的党组织秘密，都源源不断地提供给了王复元。1929 年的盛夏，蝉鸣如潮，正在路边行走的中共青岛市委军事特派员田泗，突然被两个路人拦住了去路，为首的竟是自己的同学李庆霖。田泗狠狠瞪了他一眼，冷冷一笑，说：李庆霖，你这个叛徒，你今天终于盯住我了！面对田泗愤怒的目光，李庆霖有些慌张，他说：连徐子兴都投靠他们了，咱们还硬撑啥？

这一幕，恰恰让人群中的李淑秀看在了眼里。

田泗本来也是配合张英锄奸的，早上丁惟尊谎称让他到四川路五号和一个人接头，最后中了李庆霖和特务于兰亭的埋伏。二人把田泗押到青岛市警察局，局长朱斌训大喜，田泗指着李庆霖和于兰亭道：

局长大人，这俩人想立功邀赏想疯了，我不叫田泗，也不认识他们，我姓张，叫张丰收。李庆霖气得直瞪眼，嘴里说道：局长，我们是同学，扒了他的皮我也认识他。说着他踹了一脚田泗，指着他道：你连我都不认识了，真会装！你是不见棺材不落泪，你等着吧！说着他凑到朱斌训面前耳语了几句，快步走了出去。

田泗没有想到，李庆霖最后竟把丁惟尊带来了，朱斌训道：丁惟尊，这人你认识吗？丁惟尊笑笑：他？就是化成灰我也能认出来。朱局长，他叫田泗，参加过什么广州起义，在黄埔军校读过书，是共产党的铁杆分子！他左腿有块伤疤，是他参加起义时被枪打的！朱斌训听了一挥手，一旁的警察上来就脱去了田泗的裤子，果然有处伤疤。朱斌训见了，放声大笑，对丁惟尊说：你也算是立了一功。正当丁惟尊洋洋得意时，田泗一口浓痰吐在了他的脸上：你这个叛徒，真没想到让你给算计了，你不会有好下场的！

丁惟尊回到家时，已是深夜，见玉真和李淑秀坐在那里等自己，姑嫂二人看到他，都板着脸，丁惟尊有些愕然，随后生气地说道：田泗这小子也叛变了，你们可能没想到，是直接到警察局自首的。玉真白了一眼丁惟尊说：你早上刚去找过他，怎么这么快就叛变了？李淑秀说：他自首？好像是被特务抓走的吧？丁惟尊见面前这两个女人话里带刺，不禁脱口说道：你们是在怀疑我吧？玉真说：没做亏心事，不怕鬼敲门！说着两眼紧紧盯着丁惟尊，丁惟尊笑笑道：我是没做亏心事，怕什么？说完，一下子躺在了床上。

在丁惟尊回来之前，玉真姑嫂议论着，二人回忆起这段时间以来丁惟尊的一些举止，都觉得有些不正常。田泗明明是在大街上被捕的，丁惟尊为什么睁着眼说瞎话呢？玉真听着丈夫的一阵阵呼噜声，辗转难以入眠，难道他对共产党三心二意了？是他听别人说的，还是有意在撒谎？聪明的玉真越想越不安。想起丈夫平日里对自己的好，玉真心里一阵绞痛。

1929年8月初的一天傍晚，青岛市委书记党维蓉来到大康纱厂找到了傅玉真。王景瑞调离青岛后，由曹克明代理市委书记，不久中共中央就派了党维蓉来青岛担任市委书记。党维蓉是陕西人，身材高大，时年才21岁。他见玉真从厂子里走出来，这位陕西汉子朝她挥了挥手，几步就走到了马路旁的一棵大树下，玉真紧跟着也赶了过来。党维蓉看看玉真，欲言又止，最后还是很快就开口了：玉真同志，据我们的同志讲，丁惟尊叛变了，你得有个思想准备。玉真连日的猜测最后竟是真的，她只觉得一阵头晕目眩。玉真低下头咬着嘴唇一时没有说话，最后她带着哭音说：党书记，这是真的吗？党维蓉点点头：是真的！党维蓉本来还要说什么，可他见玉真眼里裹着泪珠，就沉默了。玉真道：党书记，有啥事您就说吧，我是坚决不会和这个叛徒站在一起的。党维蓉道：玉真同志，我们已经对丁惟尊做出决定了。玉真睁着一双泪眼看着他，党维蓉说不下去了，他的家乡口音竟一时变得越来越浓，甚至有点拿腔捏调了。党维蓉平静了一会，终于说道：我们决定马上除掉丁惟尊这个叛徒，希望你和你的嫂子配合好，我知道这样做对你来说太残酷了。我们党是绝对不允许一个党员背叛人民，并与人民为敌的！玉真听了，如五雷轰顶，两腿一软倒了下去，党维蓉见了，急忙扶住她。玉真放声大哭，她突然意识到了什么，一下子收住了哭声，抬头看看周围，捂住嘴哽咽起来，两个肩头剧烈地抽搐着。

党维蓉眼里也闪着泪光，他咳嗽了几声说：最近，丁惟尊出卖了我们很多同志，有些同志已经牺牲了。对他一日不除，就会后患无穷。过几天张英同志会来联系你的，你一定要配合好的。另外，一定要保密，有什么事我会和你单线联系的。玉真平静了下来，她擦了擦眼泪，说：党书记，放心吧，丁惟尊叛变了革命，就不是我的丈夫了，就算是我爹我娘，我也听从组织决定，坚决把这个叛徒消灭掉。党维蓉点点头，说：你这样说我就放心了，你和你嫂子一定注意安全，要保护好自己。要是哪天我有事了，跟你接头的人会说，明天出海吗？你说，海上风大，不出了。党维蓉说完，抬头看了看周围，快步离去了。

大雨终于从阴沉的天空落了下来，密集的雷声好像就响在头顶上。站在树下的玉真，浑身上下很快就被浇透了，她仰着头，目光呆滞，任由雨水和泪水在脸上流淌着。连玉真自己都不知道是怎么走回家的，看到她这个样子，嫂子李淑秀不禁大吃一惊，刚要开口问她，玉真却扑通一声倒在了地上，李淑秀急忙把她扶在床上，又给她换上衣服。

躺在床上的玉真醒了过来，她怔怔地看着李淑秀，突然大声哭道：嫂子，丁惟尊这个狗东西果真叛变了！说着一下子扑进了李淑秀怀里。李淑秀轻轻地拍着玉真的后背，难过地说：我就知道会有这一天，没想到还真是来了，这个狗东西，可把俺玉真害苦了。玉真哽咽着说：组织上要我和张英杀了他，一日夫妻百日恩，何况他对我这么好，嫂子，你说我怎么下得去这个手呀！

姑嫂二人相拥大哭。

丁惟尊回家了，见傅玉真躺在床上，就从口袋里掏出了一个发卡，他温情地说：老婆，你看我给你带回了一个什么？你肯定会喜欢的！玉真一时无语，可心里恨恨的，她想起了党维蓉临走时嘱咐自己的话：在丁惟尊面前一定要装出无事的样子，不要打草惊蛇。玉真转过身来，强颜欢笑地看着丁惟尊，问他：你能给我买什么好东西？丁惟尊晃了晃手道：你看，发卡，我看着很漂亮，就给你买回来了。你脸色怎么这样难看？怎么了？病了？丁惟尊说着，伸手试试玉真的额头，又给玉真倒了一杯水。接着又说：好像有点低烧，喝了这些水，再睡一觉就好了。李淑秀敲了敲门走进来，手里端着一碗姜汤，她说：喝了这碗姜汤，出出汗就好了。说完，她看了丁惟尊一眼，扭头走了。丁惟尊道：还是嫂子细心呀。玉真喝了姜汤，转过身去，泪水夺眶而出，她想对丁惟尊破口大骂一番，可又忍住了，双唇被牙齿咬出了一个个深印。

玉真第二天上班走的时候，站在门口犹豫了一下，回头对李淑秀道：嫂子，这几天让他吃得好一些。玉真说不下去了，站在那里一时没动。好——好——李淑秀带着哭音答应着。一连几日，玉真的心都交织在理不清的矛盾中，她盼着张英的到来，可又希望他来得晚一些。每一个夜晚，对玉真来说都是痛苦而又漫长的。她曾经一次又一次地憧憬着未来，想着在不久的日子，很快就会有宝宝的，一个、两个甚至是多个，每想到将来一个个美好的日子，玉真对丈夫就充满了浓浓的爱意，可如今，她面对着丈夫睡梦中的那张原本可爱的脸，感到既憎恶而又气愤，可她还是忍不住地看了一遍又一遍。

从《中共青岛地方史》中知道：丁惟尊是在8月10日夜被处死的。

这天中午，玉真正在车间里来回忙碌着，一个姐妹过来告诉她，说有人找你。本来一句很平常的话，可在玉真听来不啻于一声炸雷，她知道是什么人，也知道对方是为什么事而来。玉真觉得脑子里一片空白，又感到很茫然。后来玉真回忆：我知道这一天肯定会来的，当时，我只觉得自己的两腿都不听使唤了，很久才走出车间，又一步步挪到大门口的。

来人果然就是党维蓉提到的张英，他低声对玉真说：见到你我就想起你的姐姐，我没有保护好她。玉真听了一阵难过，她轻轻说道：张大哥，这不能怨你，现在也不知道她怎么样了。张英说：她很勇敢，没有出卖我们的同志，可是——玉真看了张英一眼，急忙问：她怎么了？张英难过地说：她被那个警察局长送回老家给他儿子做媳妇了。玉真泪水奔涌而出，她捂着脸哭了起来。张英轻轻拍了拍玉真抽动的肩膀，说：玉真妹妹，不要难过了，我们还要谈正事呢。玉真听了，一下子停止了哭声，抬头看着张英。一连串的打击，对这个年轻的女孩来说，确实有些残酷了，先是亲爱的姐姐桂兰，如今不知身在何处，又会受到什么样的摧残和折磨，紧接着又是亲爱的丈夫叛变革命，而且即将要受到应有的惩罚。张英说：玉真同志，关于除掉丁惟尊的事党书记已经告诉你了，组织上决定，我们今天晚上就动手，你一定要沉住气，想方设法稳住他。玉真不置可否地点了点头，她有些麻木了。张英见她这样，有些着急了，他说：玉真同志，你这个样子可不行，你想一想桂兰的遭遇，再想一想那些被出卖的同志——玉真听了张英的话，好像一下子醒了过来，她说：你放心吧，我一定会配合你们除掉丁惟尊的。是在家里动手吗？张英道：把他引到外面去，在家里动手会连累你们的。张英说完，很快就走远了。玉真在烈日下站了很久，两眼茫然地望着远处。

玉真的双腿就像灌了铅一样的沉重，她流着泪，一步步终于走回了家。这时嫂子正要炒菜，她走过去说：嫂子，让我来吧，今晚我亲手给他炒几个菜。李淑秀见状，问：玉真，看你失魂落魄的样子，咋了？玉真伤心欲绝地说：组织上说了，今晚就要送他走。李淑秀伸手给玉真理了理散乱的头发，说：妹子，早晚都会来的，别难过了。一会，丁惟尊回来了，见桌子上摆了几个菜，就说：这不过节不过年的，怎么搞了这么多菜？玉真笑了笑说：你这些日子很累的，好好养养身子吧。说完，玉真还给他倒了一杯酒。丁惟尊见了，很高兴，用筷子夹了口菜放到嘴里，又喝了口酒，吧嗒着很享受的样子。张英来的时候，丁惟尊躺在床上已经昏昏欲睡。玉真强忍住泪水，对张英道：你们说话吧，组织上的事我不能听，我到嫂子的房间去了。

张英走到床前，对丁惟尊说：惟尊同志，中央派人来了，要找你了解一些情况呢，专门让我来通知你，咱们走吧。丁惟尊坐了起来，端详了张英几眼，复又躺下，嘴里说道：我又不是什么负责人，找我能了解什么？张英说：你有文化，对问题看得也透，自然就想到你了。

张英笑笑说：很快就结束了，耽误不了你睡觉的。丁惟尊推脱道：我头有些疼，让别的同志去吧。玉真知道丁惟尊会找理由不去的，她从嫂子房间走了过来，故作轻松地对丁惟尊说：快去吧，中央同志召集的会你怎么能不参加呢？丁惟尊听妻子这么说，就坐了起来：对，我忍着疼也得去，不然咱对不起组织。

丁惟尊跟着张英走出了家门，玉真看着他们消失在夜幕中，虽然脚步声远了，可玉真还站在门前倾听着，最后她转过身扑在床上放声大哭。李淑秀顾不上玉真，她敲开邻居孙玉亭的门，对他说：玉亭大哥，要是有人问起来丁惟尊的事，你就说他一夜都没回来，可千万记住了。孙玉亭也是工运积极分子，平日里对姑嫂二人照顾很多，他听了这话，先是愣怔了一下，随后用力点点头说：我明白了！

夜幕越来越浓，街道上已经空无一人。两人行至滋阳路口，眼前更是漆黑一片，丁惟尊有些不安地问：张英同志，怎么到这里来了？黑咕隆咚的！张英道：就在前边的房子里，另外，明天市委组织游行，到时候你也要参加。丁惟尊听了这话，放心了，继续跟着张英往前走。进了小巷不远，张英突然道：丁惟尊，你这个叛徒，你的末日到了，我代表人民处死你。说完，枪口一下子对准了丁惟尊的胸口，还没等丁惟尊反应过来，张英就扣动了扳机，一声枪响，丁惟尊倒在了地上。张英蹲下身来，把手指贴到丁惟尊的鼻下一会，随即起身离去。

第二天清晨，一帮警察就赶到了傅玉真的住处，领头的叫金旺，他开口就道：丁惟尊被共产党杀了！说着两眼盯着玉真和李淑秀，玉真听了，心里顿时五味杂陈，不禁放声大哭。邻居们一个个都围了上来，有的说，两口子平日里恩恩爱爱的，这下可苦了玉真了，多好的丫头呀。孙玉亭对一个警察瓮声瓮气地道：这两口子关系好着呢，恩恩爱爱的。金旺横挑鼻子竖挑眼的，嘴里嚷嚷着，最后玉真和李淑秀还是被带到了警察局，无论警察局长朱斌训怎么问，姑嫂二人只是哭。朱斌训火了，一把拽住玉真的头发：你家都是什么人去过？玉真哭着说：就是王复元去过一次，其他的再没人去了。朱斌训又问：你知道不知道丁惟尊是共产党员？玉真摇摇头：我一个妇道人家，从来不敢问男人的事，他有事也不告诉我。说完又哭。李淑秀道：俺孩子还在邻居家里呢，快放俺回家吧！

警车又把姑嫂二人送到家中，王复元也在车上，进了家门，王复元对着丁惟尊的照片就鞠了三个躬，嘴里说道：你们看到了吧，共产党就是这样六亲不认的，连自己人都杀，咱们得替他报仇呀。我和你哥哥傅大杠子是好朋友，我还是丁惟尊的入党介绍人，你们落难了，我不能坐视不管，从今以后，你们两个的开销都由国民党济南党部负责了，玉真，你以后就到党部上班吧！玉真摇摇头：丁家怎么能让一个寡妇抛头露面呢？我的命可真苦呀。说完，玉真啜泣起来。王复元又转头对李淑秀说：傅大杠子去了苏联就连一点音讯都没有了吗？快写信让他回来吧，苏联那边的共产党也都不是什么好东西，可别把小命再丢到国外了，他要是有什么消息，你们就马上告诉我，我会善待他的。李淑秀道：他这一走就没影了，等他来信后俺就去信就让他回来。

狡猾的王复元暗地里让工厂开除了玉真，以逼她去济南国民党济南党部。这样，一家三口很快就断了顿，组织上派王臣亭给送来了钱。王臣亭说：这点钱太少，是买不了多少粮食的，我们再想办法。市委的领导说了，绝不能饿着你们。玉真和李淑秀很感动，可又坚决拒绝了，玉真道：这里三天两头都有特务人，千万不要往火坑里跳了。王臣亭没再说什么，急急走了。玉真和淑秀商量，为了不给组织添麻烦和连累其他人，姑嫂二人决定离开这里。

丁惟尊被除后，王复元行动更加谨慎，每次露面，都有两个随从紧跟左右，每次都来去神秘。张英和锄奸队员王科仁、牟鸿礼都没见过王复元，必须尽快搞到他的肖像。这天中午，打入王复元内部的地下党员，在邮政局几个工人的帮助下，终于找到了王复元的照片。这位地下党员就是青岛市委委员徐子兴，他立刻派人把王复元的照片送到了青岛市委。

张英看了一下照片，说：虽说有点模糊，但王复元的大体模样咱们都清楚了，一有消息，咱们马上行动。说话间，玉真匆匆来了，她对张英道：王复元明天下午还要到我家。张英听了，一拍桌子：太好了，想办法拖住他。

王复元一直对傅书堂"念念不忘"，他知道这是一条大鱼，他曾对徐子兴说，一旦把傅书堂争取过来，或者是抓住他，咱们的前途会更加光明。这天中午，王复元果然来到了玉真家里，除了两个随从，还有几个军警。张英、王科仁、牟鸿礼坐在马路边的茶馆里正悠闲地喝着茶，一边等待时机。玉真给嫂子使了个眼色，说到对面的茶馆里打些水过来给客人喝。她提着水壶来到茶馆，若无其事地走到张英身边，低声说：刚才你们看到了吧？那个穿白绸子衣服的就是王复元。张英喝了口水，思忖片刻道：今天很难动手，我们先撤了！

可是，当张英再次寻找机会时，王复元已经返回了济南。王复元叛变后，讲派头也摆阔气，他走之前，特地在青岛中山路110号新盛泰皮鞋店登记订做了一双皮鞋，又在四方路实业所量身订做了一套西装。回到济南后，他对此还念念不忘，情妇也整日闹着要到青岛看风景，可王复元顾忌到青岛暗藏的"杀机"，又不敢轻举妄动。恰恰这时徐子兴来济南邮政局办事，夜里请王复元吃饭，几杯酒下肚后，徐子兴道：王队长，从今往后青岛就是您的天下了。王复元翻翻眼：怎么说？徐子兴并不急着回答，又端起酒杯来。王复元说：你别拐弯抹角的，说吧。徐子兴笑笑道：青岛的共产党起内讧了，张英被杀了。王复元一下子来了精神：啥？娘的，这太好了！说完，王复元又看看徐子兴：不可能吧？怎么会出这事？徐子兴道：听说共产党中央派来的人和当地的不和，张英也是那边来的，所以他们就动手了，中央来的人也脚底下抹油，溜了！现在他们群龙无首，个个泥菩萨过河，谁也顾不上谁了。王复元听了，不禁大喜：这太好了，我还正想去呢。

徐子兴回到青岛后，马上报告了青岛市委。

王复元听了徐子兴所言，果然动了心思。他要带着情妇到青岛走一走，还要把定做的皮鞋和西装取出来。只是，他来青岛的时间、车次几个心腹都不知道。

张英派锄奸队员分头守在火车站、四方路实业所，几个拉黄包车的地下党员等候在旁，一有风吹草动拉上队员就能出发。张英率王科仁、牟鸿礼在皮鞋店一隅蹲守。

1929年8月16日，王复元带着情妇和两个随从在青岛火车站出站口现身了，一个队员负责跟踪，另两个队员坐上黄包车分头向皮鞋店和实业所赶去。

王复元出了站口，四下里看看，接着说道：咱们先到四方路实业所一趟，把西装取了。说着就和情妇上了一辆黄包车，两个随从每人一辆黄包车，一个在前开路，一个殿后。王复元看看马路两旁，都有军警来回走动着，心里一下子踏实了许多，他伸手就把黄包车的帘子拉上了。

当随从拿着西服安然走出实业所的时候，王复元露出笑容，他迫不及待把西装穿在了身上，接着又上了黄包车，在去皮鞋店的路上，他没有再把黄包车的帘子拉上。在他看来，青岛的共产党确实像徐子兴所说的一样，已经奄奄一息了。

20世纪20年代的青岛中山路，商业气息就已经很浓厚了。在这条并不宽阔的马路两旁，是鳞次栉比的店铺，每天都有很多的人进进出出的，各类商贩的叫卖声彼此起伏。1922年12月10日，时任鲁案善后督办的王正廷在青岛总督府大楼，代表中国终于从日本人手里接下了青岛的主权，这座由小渔村成长起来的殖民城市回归不久，这条马路就易名为山东路了。到了1929年5月22日，为了纪念革命先驱孙中山先生，又改为中山路，直到今天。

王复元赶到中山路后，直奔新盛泰。一直跟踪他们的锄奸队员看到，黄包车跑着跑着停下来了，王复元和情妇都下了车，一路繁华的街景，让王复元的情妇高兴得手舞足蹈。锄奸队员只听王复元说道：走，先去把皮鞋取了，这次也给你订做几双，让你穿上美一美。

青岛有不少的老字号，除了中山路的新盛泰皮鞋店，盛锡福帽子店，亨得利表店，还有北京路的谦祥益服装店。青岛的上流人眼中，如果一个人头顶盛锡福帽子，脚上再蹬着新盛泰皮鞋，身着谦祥益的衣服，手腕上戴着亨得利手表，那就是很有身份的人了。王复元今天再穿上皮鞋后，就是这样响当当的人上人了。

到了鞋店前，王复元抬头端详了一下门匾上那三个"新盛泰"大字，一副心满意足的样子。他走进店里，看到店老板和一个顾客说着什么，还有两个客人正为挑选什么样子的鞋子在争论着。见王复元来了，店老板忙说：王队长，你先到会客室稍等一下，皮鞋已经做好了，一会就拿给您。王复元呵呵几声，指着情妇说：老板，等会也给她定做几双。店老板连声说好，一会就办。王复元很高兴，转身就向会客室走去。王复元没有想到，正在热烈讨论鞋子的客人，就是张英和王科仁。这时，牟鸿礼已经把在了门前。王复元进了会客室还没坐下，身后陡然响起一声喊：王复元！你的死期到了！王复元浑身打了个激灵，还没等他转过身来，王科仁抬手就给了他三枪，王复元应声倒地。张英双枪左右开弓，两个随从也被击毙。王科仁担心王复元未死，又上前看了看，说：已经彻底完蛋了！随即和张英快步离去。枪声过后，新盛泰店前，聚集的人越来越多，警哨一阵阵响个不停。

丁惟尊刚死不长时间，中共地下党又很快除掉了叛徒王复元，这令国民党济南党部、青岛市党部的特务们大为震惊。连续几日,国民党青岛市的市长吴思豫家都不敢回来,带着老婆孩子就躲在了军舰上,警察局一干人员都受到了处罚。

翌日,全国发行量最大的上海《申报》在显要位置发表了消息:自首共党王复元十六日下午六点二十五分在中山路被人暗杀,中三枪,当时殒命,凶手逃逸,云云。

之后张英又赴济南,打算伺机除掉王复元的哥哥王天生,但王天生工于心计,与弟弟王复元行事迥异。自从他叛变后,大都躲在幕后,行踪飘忽不定,尤其是王复元命丧青岛后,他更是谨小慎微。张英多番寻找,竟都没有他的下落。直到 1957 年,王天生才被群众揪出,由于连惊带吓,当年就病死在了济南的监狱中。

几个月后,也就是 1929 年的初冬,寻找王天生未果的张英回到上海复命。周恩来很高兴,对他说:你的任务完成得很出色。另外,你不要回特科了,组织上对你另有安排。不久,张英被派往鄂豫皖革命根据地,出任红三十二师长,化名刘英。

张英离开家乡时,名字是马宗显,后来化名张英。牺牲前,又更名为刘英。正是因为这样,他的去向曾一度成谜,连他的结发妻子马张氏都不知丈夫是生还是死。1960 年,潍坊有关部门征集革命史料,潍北是当年革命斗争火热的地方,征集办主任陈慕虹专门到了潍北双杨店镇寻找线索。在接下来召集的老党员会上,说起往事,老党员们都如数家珍。一位老党员道:往北不远的马家村,就出了个厉害人物,这个人叫马宗显,听说当年他在青岛还杀过大叛徒王复元呢。作为党史工作者,陈慕虹自然知道王复元,可不了解王复元后来是怎么死的。他一下子来了兴致,竖起耳朵准备刚要听一听原委,可老党员说他就知道这些。陈慕虹记住了马宗显这个名字,回去后多方查找打听,史上确有中共特科红队人员到青岛锄奸一事,此人叫张英非马宗显。一晃到了1961年夏天，陈慕虹骑车去了马家村，进了小巷，找到了马宗显家，可院门紧闭，邻居说：娘俩一大早就去地里干活了，也该回来了。正说着，邻居突然向远处一指：这不，那娘俩来了。陈慕虹打眼看去，老人佝偻着腰，满头的白发，旁边那个病恹恹的汉子想必就是她的儿子马玉泉。听说县里来了人，张氏慌得不行，忙往家中让，落座后，陈慕虹就开口提起了马宗显，张氏听了，撩起衣襟抹开了眼泪，她哽咽着说：他是1920年走的，我至今都记得清清的，现在一想起来就在眼前，那年冬天，俺和他结婚没几天，他就说要去当兵，这话说完没两天，他就没影了。孩子他爹是个牛脾气，说啥就是啥的。他走时俺也还没怀上孩子，婆婆急得直瞪眼，说俺是不下蛋的鸡，俺有什么办法？幸亏他走后没几年回来过一次，这才怀上这个儿。张氏看看马玉泉，呜呜大哭：俺对不起这个儿，他有病，家里又穷，到现在也没给他说上个媳妇。俺盼着他爹回来，盼了几十年呀！至今俺也不知他干的到底是共产党还是国民党的差事，俺也不敢去问政府。要是他干了不好的事，俺去说那不就是苍蝇豁了鼻子没脸了呀，就这样一年又一年过来了。陈慕虹道：大娘，据我们初步了解，马宗显参加的应该是共产党。张氏听了，高兴地说：这就好，这就好！陈慕虹问：大娘，他还有别的名字吗？张氏道：俺记得他那次回来时说改了个名字叫张英，俺公公听了就脱了鞋子就打他，说他出去几年怎么就把祖宗给忘了。

陈慕虹早年也参加了革命，离开马家后，一连几天，他心里都很沉重。为了帮助这对不幸的母子，陈慕虹多方奔走，最后给马玉泉找了一份工作。陈慕虹还没有停下寻找马宗显，可马宗显青岛锄奸后又到哪里去了呢？20年后，陈慕虹才知马宗显当年辞别山东去了鄂豫皖革命根据地，当了红军师长，可是，费尽周折查找红军团以上的干部，竟然都没有马宗显或张英的名字。

1980 年 10 月，中央军委发接到潍坊党史办求助信函，时隔不久，潍坊党史办就收到了"军办信发字（80）第 320 号"信函，回文简要介绍了马宗显的一生并给予了很高的评价。从中知道，马宗显、张英、刘英都为同一个人。后来家乡专门立碑纪念，徐向前元帅特地为自己这位爱将题写了碑文：赤胆忠心，刘英烈士千古。

　　原来，也就是 1932 年初，在一场恶战接近尾声的时候，骑在马上的张英被流弹击中了头部，由于大脑神经中枢受损，他很久不能说话。同年 10 月，组织上把张英送到了上海治疗，痊愈后返回武汉时被捕，很快就被国民党枪杀。这年他才 30 岁。

　　陈慕虹端详着军委的回信，禁不住老泪纵横，最后长吁了一口气说：虽然我们寻找了 20 年，可为了刘英烈士，值得！陈慕虹突然想起了什么，又急急说：马上给他家里报喜！可当陈慕虹他们来到马家村时，才知张氏母子早已去世了，陈慕虹闻听泪如雨下，过了一会，他对同事道：你马上去买些纸钱。同事一时不解，问：做什么？陈慕虹道：到坟头烧些纸钱把喜事告诉他们娘俩，要不他们合不上眼睛！

　　张氏和儿子的坟头相拥着，就犹如他们在世时相依为命一样。

　　一缕青烟在旷野中升了起来，九月的天空一片湛蓝。

（三）

　　锄奸队的王昭功被关进监狱不久，徐子兴就借口来看他，王昭功很生气，往他脸上啐了一口痰。徐子兴擦擦脸，说道：王昭功，这是你不想活了吗？说着，一下子握住了王昭功的手，又很快塞到他手里一个东西。然后狠狠瞪了王昭功一眼，气咻咻地走了。王昭功找了个角落，打开徐子兴手里的纸团，上面写道：省委同意第二次越狱。王昭功这才知道，徐子兴还是自己的人。

　　在邓恩铭等人组织的第二次越狱中，王昭功本来是有希望脱险的。

那天夜晚，正在疾跑的王昭功，突然看到邓恩铭向几个军警走去，他几步就赶了上来，还没等他开口，枪声响了，王昭功受伤一下子倒在了地上。

狱中的共产党再次越狱，激怒了国民党济南党部的头头。1929年8月4日，一批共产党员在济南南圩门外被杀，其中就有王昭功。这一年，他26岁。

拉黄包车的地下党田泗是在叛徒王复元、丁惟尊被除一个月后被枪杀的。自从王复元死后，国民党青岛市长吴思豫和那些被处理的警察、特务，对青岛共产党组织更是恨之入骨。吴思豫对警察局局长说：凡是共党分子，能杀则杀，绝不手软。这是杀鸡给猴看，以儆效尤。为了震慑共产党和老百姓，杀田泗的时候，是大张旗鼓的。警察一边敲着锣，一边大声喊：当局要处决共党分子田泗了！那锣声在大街小巷响着，起起伏伏地响了很长时间，有个警察把手里的锣都敲破了。这天，老百姓说田泗死得很惨，胸口被子弹打成了筛子眼，最后还把头割下来示众。

玉真听到消息后，抱头大哭。她伸手摸摸头发，接着把丁惟尊送给自己的那枚漂亮的发卡抓下来，她先是犹豫了一下，最后一把扔进了臭水沟里。傅玉真姑嫂二人转移后，辗转多地，不久就与党组织失去了联系，只得和嫂子冒险回到家乡。

五、寻找傅桂兰

（一）

1932年的秋天，玉真决意要寻找姐姐桂兰，她来到诸城数日，终于在一个秋风瑟瑟的下午找到了郭局长的老家，玉真走上前敲了几下门，里面有人问了声谁，接着门就开了，一个年轻的丫鬟站在了面前，她看看玉真，问：你找谁呀？玉真道：我找傅桂兰，她是我姐姐。丫鬟闻听，很是惊讶，大声说道：傅桂兰？她突然意识到了什么，一下子捂住了自己的嘴，眼泪紧跟着流了下来。她向后看了看，说：你先等一会。说着转身回去了，不长时间丫鬟又匆匆走出门来，把玉真拉到旁边，从怀里摸出一个手巾，打开后是一缕头发。丫鬟哭道：少奶奶已经死了！玉真听了，一屁股坐在了地上，随后大哭。

丫鬟蹲下身子，轻声说：姐姐，你声音小点，别让他们听到。你姐姐自从结婚后，整天愁眉苦脸的，从没见过一次笑模样。傅玉真不会知道，姐姐桂兰到了郭家后，不让出门，不让回老家，还经常受那个瘸子丈夫的大骂，最后愁肠百结，郁郁而死。临闭眼前，桂兰让贴身丫鬟剪了一缕头发，嘱咐她将来一定交给前来寻亲的娘家人。玉真哭着，把头发装进自己口袋里：人埋在哪里了？丫鬟摇摇头：他们半夜里偷偷埋了，谁也不知在什么地方。玉真再也控制不住自己，腾地站起身来，大声喊道：他们郭家太欺负人了！说着一路冲进了郭家的院子里，跟他们理论，郭瘸子听说是傅桂兰的妹妹，先是一愣，最后吼道：这臭娘们自从来到我家，没给我一天好脸色看，她死了是她命薄，命贱！玉真听了，气愤交加，她扬起手要打郭瘸子，郭瘸子一声喊，几个壮丁架起玉真，把她摔在了门外，玉真被跌得鼻青脸肿的。随后门哐当一声关了。

玉真买了厚厚一摞烧纸，夜里到了郭家门前烧了，嘴里念叨着：姐啊，我苦命的姐呀，妹妹也不知道你的坟头在哪里，你要是有灵，就自己来拿纸钱用吧。玉真说不下去了，泪水扑簌簌地落在燃烧的纸里。秋风越来越大，把还夹杂着火星的灰烬慢慢吹散了，又卷到了空中。

玉真跪在地上，磕了三个响头，接着站起身来，很快消失在夜色里。

傅玉真这次诸城之行，竟与原中共高密县委监察委员马馥塘相遇了。马馥塘是傅书堂的朋友，过去常到傅家开会，国民党开始大肆搜捕共产党时，马馥唐被调往诸城邮政局工作。生活总会有着这样或那样的巧合，就像是专门设定的一样。在傅玉真准备返回高密当天，她突然看到了正在匆匆行走的马馥塘，她连忙喊了几声，马馥塘停下脚步，见是玉真，先是惊讶，后是喜悦，两人他乡相遇，真是又惊又喜。不久，这对年轻人走到了一起。后来，玉真跟随丈夫参加了山东人民抗日游击队第四支队。解放后，玉真在水电水利部工作，1997年10月17日离世，享年86岁。

（二）

李淑秀无论如何都没有想到，自己的丈夫，被同志们称为傅大杠子的傅书堂，一走竟有数年的时间，这是李淑秀无论如何都没想到的，其实，傅书堂也没有想到。傅书堂最初的每一封来信，都是高密邮政局的地下党张玉堂送到傅家，后来邮政局引起了特务的注意，傅玉堂后来的信件就被国民党高密县党部截获了，傅家由此劫难不断。特务知道傅家上下都支持共产党后，竟把傅书堂年迈的双亲抓进了监狱。当时玉真、淑秀还躲避在他乡，几个特务听说傅书堂三妹傅秀云还上学，又赶到学堂带走了她，还是少年的秀云在监狱里受了不少皮肉之苦，连惊带吓，时间不长就精神失常了。

傅书堂的父亲傅炳勋出狱后，偷偷托人给儿子写了一封信，让他从今以后再也不要给家里写信了。也许因为此，或是其他原因，从此傅书堂再无音讯。每当月亮升空的时候，淑秀都对孩子念叨：你爹当年就是在这样的月亮底下走的。说完这话，淑秀就会盯着月亮看半天。她年年重复着，在她的絮叨中，孩子也渐渐长大了。淑秀还不知道，这时候，远在苏联的傅书堂蒙冤被关进了监狱，1943年才被释放，后来苏方安排一个叫列别杰娃的护士与傅书堂结了婚。1955年，离开家乡 26 年之久的傅书堂带着战斗民族的妻子回到了高密，傅书堂以为淑秀早已不在人世，两人相见唏嘘不已。傅书堂走时只有 24 岁，归来已经年过半百，皱纹都爬满了面庞。

淑秀一直记着丈夫那句话，跟着共产党走没错。她参加了锄奸，送过情报，后来还掩护了众多抗日壮士。1940 年寒冬，她带着儿子去送情报，儿子一脚踩空，摔死在山沟里，从此她孑身一人，婆婆不忍心，对她说：老大家，那个东西走了这些年，活不见人死不见尸，你快找个人嫁了吧，别等他了。淑秀眼泪汪汪地说：我活是傅家的人，死是傅家的鬼。一年又一年，淑秀都无怨无悔地侍奉公婆，不离不弃，那头原本乌黑的头发，也慢慢熬成了银丝。

当傅书堂顶着白发走进家门的时候，傅母抱住他一下子哭出了声，哭着哭着，她发现儿子后面竟还站着一个高鼻梁满头金发的女人，老人吓了一跳，问：老大，你这是从哪里领来的？咱这地场可没长得这样的。列别杰娃张开双臂抱住傅母，喊了声妈，竟然还叫了一声娘。傅母一下子明白了，她把淑秀叫到面前，又一下又一下地捶打着儿子的后背，哭道：你看看你这媳妇，头发差点都白了，你咋就这么狠心？你咋就这么狠心？列别杰娃看看淑秀，一脸的沧桑，她好像麻木了，还低头忙碌着，无一句怨言。列别杰娃不禁心生感动，她对傅书堂说：傅，她是最值得你爱的女人，你应该和她生活下去，要不你对不起她。

列别杰娃很快就离开了中国。

临别，她拥抱了淑秀，很久都没有放开。

原载《人民文学》2021 年第 7 期

风云一举到天关

——泰山岱顶智慧供电服务站建设纪实

司马谦

2020 年 11 月 16 日,泰山天街上的人们看到了这样一幕:60 余名挑山工,喊着"嘿呦嘿呦"的号子,背负着一个"庞然大物"往山顶走去。山上气温已是零下十几度,他们却挥汗如雨。总指挥刘晓东跑前跑后,不时地拿着喇叭喊:"往左,对,往左一点!""注意脚下、注意脚下!"挑山工呵出的热气化成一团团白雾,与缥缈的云气融在一起。他们似乎能听到自己的心跳,比以往任何时候都更紧张,更急促。的确,挑山这么多年来,他们从未想过,有朝一日肩上会扛这么一个大家伙。足足 2400 公斤!就是拆解开,每个也有 600 多公斤。昨天,头儿就精心地挑选人员,找来两根专用大扛,不断地设计队形和间距……平时练就的脚力和耐力接受着极限考验。他们稳住心,拿住步子,一点一点,像蚂蚁扛大米那样挪动着。游人已围了好几圈,有的还掏出手机拍照。也许他们也很少见到这样"壮观"的场面。有人止不住好奇,问抬的是啥。有人答:"是供电公司的变压器,听说要换新设备了!"那人便竖起一个大拇指。

事实上，这已不是挑山工们第一次挑这样的设备了。国网泰安供电公司 10KV 岱顶开关站有 5 面低压开关柜、17 面高压开关柜都是通过这种方式运了上去。为了提升服务水平，国网泰安供电公司专门成立了岱顶智慧供电服务站，并对岱顶开关站进行升级改造。改造完成后，泰山景区将真正迈入"不停电"的时代，供电将得到最为安全、可靠的保障。

咱要做新时代的"电力挑山工"

2020 年 1 月，梁作宾总经理调任国网泰安供电公司。甫一上任，他就马不停蹄，对泰安电网开展了全面调研。

在泰山景区调研时他发现，景区的供电可靠性还需要进一步提升——

2018 年，为了泰山消防安全，泰山景区管委会提出了"煤改电"计划。但因为电力变压器容量受限，这一计划还存在未完全落实的情况。举个例子来说，神憩宾馆就有一台备用的汽油发电机，储存油罐达 10 吨左右。有的饭店仍使用燃气灶做饭。一个电磁灶消耗 30 千瓦，两个就是 60 千瓦，而一个饭店至少需要配备两个，用电紧张时，有可能出现跳闸。泰山上最大的古建筑群——碧霞元君的祖庭碧霞祠，因为常年需开着电暖机、除湿机等设备，一天用电需要 1200 多度。逢到用电高峰，只好平衡着开放机器。

而泰山，自上古时代始，就承载着太多的精神和人文之思。"岱宗穹崇，梁甫盘崛"，"史亦莫古于泰山"。它不仅仅是五岳之尊，更是中国书法名山、世界地质公园、国家级海峡两岸交流基地……是世界自然与文化双重遗产。可以说，"泰山安，则四海皆安"绝不是一句夸张的话语。

梁作宾当即要求，一定要站在泰山的高度，优化网架结构，打造具有"泰山特色"的一流景区配电网，绝不使泰山供用电产生丝毫不虞！

然而，要对开关站实施升级改造，工程是极其浩大的，投入也难以估算。光设备的费用差不多就得 200 万，还不包括运输费、施工费等别的。

但"埋头苦干、勇挑重担、永不懈怠、一往无前"，向来是这些"电力挑山工"们的信条。他们拧着一股劲，就是要把沉甸甸的责任扛上肩，就是要担起泰山永恒的光明，哪怕山高水远，哪怕风雨如晦。

将军一声令下，三军齐上阵。在党的生日那天，国网泰安供电公司成立了泰山景区（旅游经区）供电中心，8 月 28 日又成立了岱顶智慧供电服务站。

之所以为"智慧供电服务站"，是指充分利用人工智能、移动互联等现代信息技术，综合气象、山火防控、客户负荷等 10 类监测信息，构建起全时域、立体式的智能监控机制，准确掌握电网的运行状态和客户用能需求。由此，岱顶智慧供电服务站将不仅保障 10KV 岱顶开关站的运维、泰山供用电业务办理、客户用电安全检查等信息监测分析，还将及时帮助客户做好设备巡视维护，开展主动抢修服务和用电宣传等。这座山东省内海拔最高（1489 米）的服务站，将努力成为山东供电服务的一面旗帜。

经过日夜酣战，泰山景区（旅游经区）供电中心仅用了 2 个月，就完成了工程的设计、生产、施工等全部环节。

我叫"乔训龙"，专来对付这"钻地龙"

千里之行，始于足下。要卓有成效地对开关站改造，首先要从基础做起。当务之急便是摸清家底，全面掌握景区电缆的走径情况。目前，泰山景区共有 3 条电缆线路，分别是 10 千伏泰山线、岱顶线和中尊线。8 月 28 日，岱顶智慧供电服务站对这三条线路展开了拉网式巡检，力争整理出最精确的电缆台账。

全程参与巡检的是景区供电所副所长兼岱顶智慧供电服务站站长乔训龙。这是个 1991 年出生的小伙子，8 月底才调到景区供电所工作。任务的棘手并没有让年轻人退缩，反而信心倍增，必争全胜。他和同事们穿好工作服，背上沉重的工具包，闯进了泰山腹地。

在人们眼中，泰山风景如画。杜甫说它"造化钟神秀，阴阳割昏晓"，杨辛说它"松石为骨，清泉为心"，李白则发出"凭崖览八极，目尽长空闲"的感叹……但当你真正进入它的内部，才会发现它之崔嵬奇崛，凌厉难攀。

8 月份，天闷得像蒸笼。林木繁茂，荆棘灌木丛生，草冒到了腰部以上。四五个人组成的小分队一点点巡视着。

长久的工作使他们对一切颇为自信，胜利似乎就在眼前。两个人拿着铁锹，在前头开路，一人握着 DL-3000 管线探测仪，另一人则负责记录。"噼里啪啦"，拦路的树枝和荆棘统统被赶到了脚下。鸟鸣不时地传来，景致幽深而美丽，他们边走边谈笑着。不过很快，泰山就给了他们一个下马威：刚走了没多久，忽听"哎哟！"一声，几个人停下脚步，发现陈旭痛苦地跌在地上，抱住脚踝，头上的汗珠子豆粒般滚下来。乔训龙连忙弯下腰，关切地问怎么了。陈旭皱皱眉头，指了指脚。原来一个不小心，他的脚崴伤了。掀开裤管，脚踝那儿通红一片。几个同事把他搀到较为阴凉的角落，待他舒缓一些。时间一分一分过去了，陈旭的脚却肿得越来越厉害，最后，竟像个馒头了。几个人不敢大意，连忙撤出山林，送他去了医院。

出师不利，几个人有些沮丧。他们领略到了泰山何以称为"泰山"。

然而——山高绝顶人为峰，越是困难，反而越激发出他们的自尊心和好胜心。在之后的巡视里，几个人小心翼翼，边走边时刻观察。几天后，终于适应了山林环境。然而接下来，一个更要紧的问题却出现了，有点让他们欲哭无泪：DL-3000管线探测仪对深埋地下的电缆基本无用！电缆一日日埋在地下，经过风吹雨润，竟似成了"精"。你把探测仪凑上了，一看，却是一根水管或任何可称之为"管"的数据。怎么办？这将直接导致结果的错误，也会严重影响接下来的一系列工作。

经过请示和协调，泰山景区（旅游经区）供电中心请来了河南四达检测公司的人员，带着专业的测绘仪前来相助。进军泰山的队伍多了几个外省客人。

肩上是大大的工具包，身上是蓝色工装，安全帽遮住额头，手里拿着棍棒和仪器，边走边交流。几个人在这深山里，还是有些醒目的。汗水雨点般落下来，他们边走边擦。蚊虫不时给他们以"甜蜜的"亲吻，他们无法拒绝。蝉卖力地嘶叫着，鸟儿尽情地讴唱，松鼠或山猫闪电般飞过眼前。他们一边测量，一边忽而跺脚，忽而扑打，忽而挠腮，好一副狼狈相。幸亏只有大山瞧见。

走一小段，心就跳得像敲鼓，身子也似冲了个澡。抬头看，赤日炎炎，天空也被蒸成了淡白色；低头望，藤缠树，树依藤，重叠交织，苍翠蓊郁，似乎永远也走不到尽头。

他们弯着腰，一点点挪动着。乔训龙对山林记忆尤深，他说："谦姐，你见过那种大蜘蛛没有？就是肚子像鸽子蛋大小的，爪子好长，带着钩，似乎一下子能把你钩过来！"我摇摇头。他吸一口气说："原先，我只在《动物世界》里看到过。这次巡线，可算见识了！走着走着，冷不丁眼前一阵明晃晃，千万条银丝挂在那里，就像一个八卦阵。仔细看，是张老大的蜘蛛网。一张网连着一张，纵横交错，仿佛一下子进了盘丝洞！那些大蜘蛛就蹲在网上，一动不动瞅着我们，感觉一个不注意，我们就会成为它的美餐。有时走得急了，不小心钩住丝，就会神经质地觉得身上越缠越紧，仿佛那蜘蛛精正发挥它无与伦比的威力……"

我笑起来，说山林真是适合神话生长的地方，不仅有妖，有仙，还有怪。乔训龙也笑了，说："谦姐，你不知道，还有那种大蚊子呢！个头儿像蜜蜂，身上布满奇怪的花纹。叮你一口，身上立刻鼓起老大一个包。我们就赶紧涂风油精。可涂了好几层，还是刺痒难忍，似乎是一种痒毒，钻进了心里。一直要好几天，才能消下去一些。"

"这么说，你们可是长了不少肉喽！"我打趣。

他打开手机，翻出一张照片。是两根裤管。裤管上粘了密密的绿点子，有些瘆人。乔训龙说，这些都是草种子，他从没见过这种草种子，似乎存心要扎到他们身上，要他们捎到不同的角落。他到现在才明白，为什么说"春风吹又生"，草的生命力实在太强了！你拂掉了，它们又立刻粘上来，就像赖皮的小孩。一天巡线下来，累得直想倒在床上，可还得一点一点捏掉裤上的种子。这可是一件顶费力的活儿。

"恐怕世界上最伟大的设计师也设计不出这样的'草籽裤'。"我笑着说。

就这样，几个人与自然相抗，又相亲。而更让他们疲累的，是三条线路有不下上万块盖板！每一块，他们都得掀开来看看，怕它松动，或者有老鼠、獾、蛇之类的钻进去咬坏电缆。

二十几天的巡线，使他们练就了一身好本领。夏天里雨水多，水沟也就多。遇到水沟，他们便袋鼠似的跳过去。有的水沟太深，又太宽，他们一跳，扑进了水里，溅起一阵阵笑声。几遭下来，他们一个个成了跳远冠军。

巡视岱顶线和中尊线的时候最为困难，因为面对的是悬崖峭壁。南天门那儿有一个大悬崖，接近九十度。乔训龙他们只好手脚并用，壁虎一样慢慢地往上攀。一个人上去了，另一个人接着爬，因为怕有落石，砸到脚下的同事。"要是有恐高症的人，还真干不了这活儿。"乔训龙唏嘘着，"底下就是万丈深渊，叫人一阵阵地眩晕。只好盯住上面，在心里不断给自己鼓劲：就快到了，快到了……等真的上去了，往下一瞅，妈呀，又是一阵眩晕，真不知自己怎么爬上来的，都有些佩服自己了！不瞒谦姐你说，咱也算个'飞檐走壁'的人了……"

9月21日，他们终于结束了对三条线路的巡视，之后，马上又对5条客户专线电缆进行了巡查。到消防中队那里的时候，还真发现了问题。消防中队的低压电缆因为投运时间较长，前期受过外力破坏，电缆受损十分严重。一碰上雨水天气，开关总会跳闸，叫他们头疼不已。他们很快给解决了这个问题。

至此，泰山电缆有了最为精确的台账，"钻地龙"在乔训龙一行人的努力下，终于被驯服了，精细地躺在了电脑里。

首战，终于告捷。

要干就干一流

我们到达岱顶开关站的时候，施工队长刘晓东正指挥着一干人忙忙碌碌。天气十分寒冷，配电室没暖气，他就穿着厚厚的羽绒服，戴着帽子，脸也被冻得像块斗牛布。他搓着手说，自施工那天起，他就是山上的常住民了，每天早上八点会准时坐第一班索道上来，一忙一整天，有时晚上也住在山上。

现在，正在切改的是低压用户，刘晓东介绍说，月底前就会完成切改工作。

刘晓东今年51岁了，一直从事电力施工。他说自己参加工作30几年了，亲眼见证着泰安电力的飞速发展。岱顶开关站始建于1994年，虽说2007年进行过一次设备改造，也是双电源供电，可一旦出了故障，还得人工切换。从山下上来，急急乎乎得两三个小时，遇到暴风雪等恶劣天气，得四五个小时；现在呢，一路电源失电，另一路马上就自动切换了，调度室里就能完成整个操作，不到一分钟的时间就能送上电，实在太牛了！

"咱供电公司，为了服务山上的用户，可真是不计成本的。"他指着一台变压器说，"你看，就说这设备吧，还有这低压开关柜、高压开关柜，全是 ABB 公司生产的。ABB 啊！那可是国内第一流的厂家，第一流的设备！这台变压器足足有 2430 公斤呢！能想象不？"

他瞧着我脸上的表情说："这么个大家伙——货运索道盛不下它，只好走客运索道到桃花源上站，再组织人手抬肩扛上来。光准备工作就耗了整整一天，挑到半路，天就黑了，只好守着它。第二天，鼓起劲接着挑。一个大家伙，用去三天时间。60 几号人，肩膀勒着，不能歇一口气，全凭着一股劲！"似乎回忆起了吃大力的时光，这个总指挥的脸上一阵凝然。他把胳膊抱在胸前，颇为自豪地告诉我："1 月底咱就会完成低压线路的切改，之后，就安装智能辅控系统！到时，可全是机器人巡检了，设备的状态、温湿度、含氧量等环境的变化、安防消防呀，全是自动监测，人工的压力小多了，甚至都没有巡检压力了。春节一过，咱还要上一台 630KVA 变压器。咱供电公司的服务，可真是做到'极致'了！"他不停啧啧着。

天这会儿有点阴了，太阳躲在了云后。一只喜鹊在窗外的枝丫上"喳喳"几声，一竖尾巴，飞远了。天地间弥漫着一股寒冷的气息。我跺了跺脚，以驱逐寒意。

刘晓东正一正安全帽。

想起他们施工时，正值夏季，那时，山上挺容易出现"云海玉盘"的奇景——雨后，一片片云像洁白的玉盘，浮荡在山峦间。浩浩渺渺，萦萦回回，一时间，似乎进入了传说中的蓬莱仙境。风骤起，云忽然化为条条巨龙，腾空飞舞，甚是壮丽。还有日出。清晨，一缕曙光撕破深沉的黑暗，天地相接处，首先出现一道淡淡的鱼肚白，之后，粉红、曙红、殷红，次第而进，像极了一幅油画。忽地一道金光迸射而出，一个火红的球转瞬跃到天上。大地一片光明，世界一览无遗。另有泰山佛光、黄河玉带两大景致，都是登山者们极意的追求。我问刘晓东看过这些美景没有。

刘晓东睁大眼睛，听着我的叙述，似乎有点赧然。说自己只顾忙前忙后，很少有心思看看外面。日出么，多年前倒是看过一次，还是陪家人来的。

刘晓东说，真的太忙了，施工的时候，最多有百十号人，最少也有十几号。咱电力行业不同于别的，安全是重中之重，决不能出现丝毫问题。咱们每个工人的背后，都有一个热乎乎的家庭，每个人都是家里的顶梁柱。所以每天、每时每刻，我们都在讲安全，讲质量。咱领导对这工程格外重视，时不时地上来看看，为我们鼓劲，我们心里也暖洋洋的，就觉得不是单支队伍在作战，背后是整个供电公司。

工人少的时候，他们和值班员一起吃饭，人要多了，便请山上的宾馆做一些来。这些施工工人，一个个红脸膛，壮腰身，吃饭也是三口两口，颇有山东大汉的风采。对工作，他们有着发自心底的热爱，一如对泰山的热爱，几口吃完，便匆匆忙碌去了。

"老靠在山上，难得回家吧？"我问刘晓东。

一提起家事儿，这个硬朗的汉子眼圈突然有点红了。说自己最担心父母了。老两口已经八十好几了，老说去看他们，一直没有时间。尤其干这个工程，更是常常住在山上。父母的身体不太好，尤其父亲，有严重的高血压，还有心脏病。他只好时不时地打个电话，说等活儿一干完，便去看他们。

在山上待久了，有时会突如其来地感到一种孤独，似乎天和地把自己包裹了，白昼和漆黑的夜把自己包裹了。

而世间事，多是如此吧。对一些人来说信手的事情，对别人可能就成了一种奢望。30多年来，刘晓东几乎没有歇过公休假。"公休假"三个字对他只是一个名词儿，他未享受过它的实质内容。不是公司不给假，而是他甘愿一心扑在了工作上。"刘晓东"这个名字，本身就是"优质工程"的代称。从从事电力施工的那一天起，他就兢兢业业，毫不放松，把工作当成自己的爱人和孩子，天天与它厮缠在一起。也正因为这种敬业和韧劲，他得到了大家的一致信赖，10KV 岱顶开关站改造这样重要的项目，自然也非他莫属了。

他说："咱干的就是这一行。虽然对家人有歉疚，但第二天一醒来，看到工程如期甚至超前进展，心里就会感到丝丝抚慰，觉得踏实了。咱泰山上一共有25个高压用户、28个低压用户。哪一户对咱来说都是顶顶重要的。咱们加班加点，就是为了让他们满意。他们满意，咱们也就放心了。10月13日那天凌晨1点一直到半夜11点，咱完成了10千伏中尊线 #2 岱顶支线的带负荷试验，监测了一个昼夜，验证了备用电源的可靠性；10月29日，完成了10KV 设备的改造；12月3日，完成了新增1台630千伏安公变布点的停电接入工作，一次就送电成功啦！"

他开心地笑着，皱纹里流淌着一丝疲惫，还有满足："1月底前，咱们将安装调试完低压线路的切改，装上智能辅控系统。"

门口贴着不少图纸，是岱顶 10KV 开关站改造工程的施工方案、各种报告和施工明白表，因为疫情期间，还专门增加了作业现场疫情防控措施卡。"对防疫，咱可是不敢有丝毫马虎的。我们严格按照公司要求，设了测温点，定期消毒，查验健康码；要是外地来的厂家人员，就更在意了！"

待的时间有点久了，刘晓东渐渐有了"逐客"之意。他看着工人们忙忙碌碌，转过身去。

再回头，刘晓东已隐在一群工人中了。

这是我的第二个"家"

从配电室拐到前头，就是岱顶智慧供电服务站的值班室。今天值班的是周涛和王子鸽。

周涛在景区供电所工作，在山下时负责外勤，常常出去巡视，排查各类隐患。来山上后，除去定期巡视外，基本坐在值班室。风呼呼地吹，间或听到松柏折枝的声音，鸟啾啾地叫，云飘过来又飘过去。世界似乎突然安静了下来。他坐在那里，开始还真有点不适应。不过后来，他发现这难得的清净，正是赐予他的好时机。他便打开电脑，一点一点细致地检查用户台账。

他是个略有些腼腆的小伙子。刚到山上巡视的时候，见人脸就发红。客户们给他端上热茶，亲热地称呼他"小周"。不久，他和他们打成了一片。聊电网，聊设备，有时，顺便聊聊人生……逢到国际登山节、节假日、迎峰度夏（冬）等重大节点，他就和岱顶彩虹共产党员服务队的同事们一起，高举着鲜艳的旗帜，跑前跑后。

跟周涛相比，王子鸽可算个"老山民"了。以前国网泰安供电公司还没有机构改革，他和菅茂两个人常年在山上值班，一年也下不去几回。一个人守着小小的值班室，看花开花谢，雨落雪飘。逢年过节，亲人们只好提上东西，爬上山来和他团聚。

"一山有四季，十里不同天。"但山上山下的环境更为殊异。山下飘小雪，山上就是鹅毛大雪，山下落小雨，山上则往往暴雨滂沱。王子鸽很怕雷电。他说山上的雷特别邪乎，带着火球滚来滚去的，似乎还啸叫着，像上帝在发火。有时一个雷滚到树上，树顷刻间就化为了灰烬。瞧得他胆战心惊。雷电一起，又得格外当心，因为容易引起电力故障。

自然的威慑他深深地记在心里，他因此吃过不少苦头。四五年前的一天，山上气温骤降到了零下二十几度，雪没完没了地下着，泰山覆了一层厚厚的棉被，之后，成了棉团子、棉甸子。林木消失了，山石消失了，模模糊糊的城市也看不见了。世界恍若只剩下了他一个人。他站在窗前，欣赏着这壮丽的雪景，发出一阵感喟。不过很快，他就心慌起来。——值班室一角的青菜吃完了，储备只剩下了一把细细的面条。那时景区管委会还没有配备铲雪车，想要下山？没门儿。而交班的同事也上不来山。雪真的把一切横阻了。他切切实实成了个"孤家寡人"。他坐在灶前，有点想流泪。肚子咕咕地叫，他不敢开火。饿得太厉害了，他打开火，看着幽蓝幽蓝的火苗，放几根面条进去。面条滚来滚去，他嗅到一股诱人的香味。他使劲咽下一口口水。吃这顿面条，他像享受一顿大宴，用了足足半个多小时。等几天后雪霁，同事终于上得山来，他们拥在一起，互相拍打着肩膀。那时，他的肚子已快贴到后背了。

"那时的条件太苦了。"王子鸽说，"不过现在，这种情况可再也不存在喽！服务站一成立，一切都有了巨大的变化。咱领导高度重视站里给养，最少也给配上一周的伙食，有菜有肉有干货，院子还专门辟了一小块菜地，种点韭菜之类，饮食绝对不成问题了。以前山上的信号弱，朋友有事找不到自己，只好把通讯录备份到妻子的手机上。现在站里给配了无线网络和闭路电视，真的跟家里一模一样了。而且，两个人一起值班，三天一轮，再也不会被那种巨大的孤寂压着。有时实在烦闷了，就聊聊天，交流一下工作。"

十几年山上的生活，使他对这里充满了依恋。一下山，他就莫名地想念这里。他熟悉这里的一草一木，一土一石，甚至熟悉每一只鸟儿每一只小兽儿。他是这个"家"真真正正的主人。

王子鸽说，在这里，他才真正体会到了身为供电人的意义，也让他对自己的人生价值有了更深的思考。

一天晚上，他像往常一样值班，山上起了浓浓大雾。如墨洇，如浪涌，能见度不达两米。门突然响起来，他打开一看，一个女孩泪汪汪地望着他，说自己想去山顶，结果绕了半个多钟点，好似进了迷宫，她求大哥哥给她带带路。王子鸽二话没说，锁上门，领着女孩，一直带她到一个再显眼不过的地方，指给她上山的方向。他回过身，听到女孩甜甜地说了声"谢谢"。"——大哥你是电力的吧？"女孩又追了句。"电力的"，这是普通百姓对"电力挑山工"们的称呼。电力挑山工，就像那山上的植物，植根于泰山，感受着春秋代序，四季冷暖。他们深以泰山人而自豪，一举一动也无不自觉地维护着泰山。后来，王子鸽又多次遇到过迷路的人，其中有老有少，有本地人也有异乡客。他都毫不犹豫地一一为他们带路。那些人说，是一星灯火，指引着他们来到了这里。王子鸽觉得，服务站的一星灯光，就像大洋里的一盏灯塔，引导着迷航的人们。这，也许是供电服务的另一种意义吧。

身边的"隐身人"

我们走出服务站，踏上石阶。韩军提了一袋生活垃圾，远远地跑在头里，投到垃圾箱。他的身形高大，穿着蓝色工作服，不时呵一下手。

若不是他动作迅速，又走在前头，还真不容易注意到他。虽然上山伊始，他就一直陪着。

李铭笑着说："咱韩所长呀，是供电中心的'隐身人'！"

传说中的"隐身人"，穿长城，透墙壁，走云端，淌大河，视一切如空气，众人只闻其名难见其人。李铭说："韩所长这隐身人，可不同于彼'隐身人'，他是做了多少大事儿都不肯吱声的！"

话刚刚说完，韩军又到了我们跟前。

听说，他在部队里待过。部队出来的人，在纪律性、执行力上往往与他人不同。他的眉宇有一股内敛，又透着一股自信。

"工程太大了，需要协调的事情忒多，进山申请车辆呀施工过程的协调甚至垃圾清运什么的，全是韩所长一个人跑！"

想起去年，远方亲友来爬山，游人如织，票务员一个个紧张地查验票证。而10KV开关站改造这么浩大的工程，走的程序想必有一箩筐。

"就说上山申请吧，得和南天门景区、中天门景区、管委会的综合部、规划部、文旅部等相关部门打交道，按正常程序走下来，怎么不也得三周时间？可我们韩所长亲自出马，三天就搞定了！"李铭笑着说。

韩军挠了挠头。

"还有车辆呢，起码十几辆车需要进山，这又得和票证稽查大队协调，验车、审车。而验好审好了也不是一劳永逸的，每个月都得重新来一次，也是韩所长一个人跑的……"

李铭还想说下去，韩军连连摆手，似乎当众被别人提起有点不好意思："哎呀都是应该的，应该的……我们所里每个人都像我一样呢，就说两个年轻的副所长李佩和乔训龙吧，每人的孩子才几岁，还不是舍了小家顾大家，光在山上就住过好几次呢！"

在山上施工，跟山下不同。虽然建材、运输等提前报备过，但施工时难免出现一些意外情况，需要和南天门执法大队他们协调。还有那次运变压器，太高了，又太沉，货运索道装不下，只好协调客索。而客索一般是不停运的。为了泰山的供电，经由韩所长和索道公司协商，专门暂停了一天为咱运送。上次ABB公司售后有一个急事儿需要上山，可大雪封山了，索道也停运了，也是韩所长去协调的……"李铭说。

韩军又挠挠头。突然，他的眉头紧一下，坐在一块石阶上。

　　风如利刃，刮过每个人的脸庞。云悠悠地被吹远了，天空显得愈加高邈。

　　李铭问他："腿好点了吗？"

　　韩军揉揉腿，霍地又站起来。

　　我这才知道，在干防爆武警的时候，他的腿受过伤。开关站改造后，他作为景区供电所所长、岱顶智慧供电服务站的负责人，一心想让工程好而快地进展下去，便天天上山，腿就给他提出了老大意见，叫他疼，叫他坐立难安。韩军不甘于受摆布，便贴了一些膏药，有时一天换好几贴。可腿还是疼得钻心，似乎一二十年的疼痛全涌到了这一会儿。李铭他们劝他去看医生，他嘴上答应着，却没有去。后来，他干脆揭掉那些膏药，赌气似的让腿慢慢适应。

　　我也皱了皱眉头，觉得要再这么下去，他的腿只会往更糟的方向发展。

　　韩军咧咧嘴，挥挥手："这点疼痛算什么？等工程结束，客户们都用上了放心电，咱也就放心了，腿也可以跟着沾光了！"

　　我们于是慢慢地往下走。

　　一个身影挑着两个担子颤悠悠而过。韩军若有所思地说："开关站这么大的工程，每天也会产生不少建筑垃圾，咱们就及时地清到山下。能扛的自己扛，扛不了的便请挑山工帮忙。小谦你想想，泰山可是老奶奶的治下，咱不能一边施着工，一边让泰山老奶奶瞧着一堆一堆的垃圾生产出来……"

　　从部队转业后，韩军先是到了国网泰安供电公司抢修公司工作，之后到了泰山供电部营业室，后来，又相继做过上高供电所、东部新区供电所、景区供电所的所长。但毫无疑问，景区供电所所长目前是他最可意的位置。

在泰山，我们就是"上帝"

"上太山，见神人，食玉英，饮醴泉，驾交龙，乘浮云，白虎引兮直上天。受上命，寿万年。"传说中，泰山是"直通帝座"之处。秦皇汉武，唐宗宋祖，历史上 13 代帝王曾亲临泰山封禅或祭祀，24代帝王遣官祭祀多达 72 次。而百姓们对泰山的崇拜更是日益深厚，逢年过节，或闲余时间，人头攒动，摩肩接踵，难以用语言述说。

山上寸土寸金，索道公司、碧霞祠、山东转播台、气象站、地震台……如菌菇，开在大山的山顶，又有宾馆、山庄如团团锦簇，为游客提供着各种服务。可以说，山上客户对电的需求，无异于对氧气的需求。

索道公司的经理宋建军对供电服务站的工作赞不绝口。他感叹说："服务站的朋友们总是上门提供服务，热情又周到。大家知道，索道可不同于其他设备，一旦停了电，游客们会被挂在半空。那绝对是一种恶劣的体验，有时甚至成为一辈子的阴影。所以，咱索道是无论如何不能出问题的，这不仅关系到泰山的形象，还有游客的安全。服务站的朋友们深知这一点，经常定期来帮我们检查线路，看有没有老化、受损啥的，还不时征询我们的意见，询问我们的用电需求。真是要多贴心有多贴心！要是碰上节假日或有重大接待任务时，他们就更不遗余力了，专门成立保电小组，派专人调配发电机到南天门和五大夫松那儿，提前演练，时时刻刻瞪大眼睛盯着。这么多年来，我们的索道运行一直安全、可靠，全是托了他们的福。听说最近设备又在升级，我们就更高枕无忧啦！"他哈哈地笑起来。

"都是应该的。前一阵子我们服务站运设备，索道公司也是出了不少力哦！在现场盯着，还帮着我们一起运呢，我们也是十分感动。"张圣富也有点感慨。

"咱们可都是老朋友了！"宋建军站起来，为他们又续了杯热茶，"我们还真的指靠着你们呢。就说上次吧，我们一个景点施工，不小心挖断了电缆，你们二话没说就赶到现场抢修，天寒地冻的，一直忙到深夜十二点半。人家说'顾客是上帝'，在泰山，我们可真真正正体会到了做'上帝'的感觉！"他的嘴角咧开，一直到了耳根。

　　路过云海山庄时，一个个头不高的男人在收拾东西，看到我们大声地打招呼。他是云海山庄的服务员老李。老李说："你们电力人辛苦啊！上次替索道公司排除故障，十几号人一直干到晚上十二点半多！你说说，山都快冻僵了，他们还干，一直干，俺老李都觉得心疼。后来他们干完了，就住在俺们山庄，是俺亲自为他们服务的……"

　　不知不觉，日头倾斜了，影子拖到了后边，已是下午两点来钟。南天门宾馆就餐的人依然络绎不绝。王涛经理瞅见韩军他们，忙不迭地过来握手，说："上次换设备，好家伙，那些个庞然大物，就是打他们门口过的。当时不少人在拍照，他也赶拍了一张。听说设备又要升级了，真是太好了！以前我们做饭还得用燃气灶，怕负荷不够啊，现在，再也不用担心这问题了，我得好好地谢谢他们！"

　　我们慢慢朝下走着。一棵棵红楸挑着一身红果向着来人，给萧索的泰山平添了不少喜气。残雪尚未融化，蹴在林木脚下、山石之间，形成一幅清淡的水墨画。忽地一个身影一闪而过，张圣富说，是只松鼠。

　　刚刚走到中天门变电站，一个粗大的嗓门就吓了我们一跳。是岱顶派出所的所长张连波，他来接水——中天门变电站有个水龙头，清澈的山水从这里流出，不少用户都跑来接——他快步过来，使劲地拍打韩军的肩膀，说："兄弟你们又上山啦！"张所长在山上干了11年了，经常看到韩军他们的身影，10KV岱顶开关站改造后，韩军和张圣富他们就更是他的目中人了。

　　韩军笑着说："咱张所长可是个名人儿——山东省的优秀人民警

察哩！"

听到表扬他，张连波哈哈笑起来，说："我的荣誉可离不开韩所长他们的支持！你们想，山上最怕什么？是火啊！我们景区分局和供电公司可是有联动机制的。电网一扩容，客户都改用电了做活，要多安全有多安全。用电安全了，消防也跟着安全了，我们也就安心了！你们说，我这军功章里是不是有他们的一半？……"

我们走出老远了，张所长的笑声还回荡在那里。

张圣富说："这些年来，和山上的用户太熟悉了，平时，我们会定期为他们检查线路，了解他们的用电情况和需求，及时消除故障。每个客户都有咱的联系方式，一旦有问题，24 小时都可以找到咱们。就说这次开关站改造吧，从电缆的普测，到设备运送，再到施工……他们也都一一看在眼里，对咱们也是极力配合和支持，真的有点像'鱼水一家亲'了。"

精兵强将，无往不胜

我们有必要来看看这些"电力挑山工"的步伐：

2020 年 7 月 1 日，国网泰安供电公司成立泰山景区（旅游经区）供电中心；

7 月 17 日，泰山景区（旅游经区）供电中心正式揭牌运营；

8 月 28 日，成立岱顶智慧供电服务站；

9 月 21 日，全面完成景区电缆普测工作；

10 月 29 日，完成岱顶开关站高压设备改造；

12 月 3 日，岱顶开关站新增 630kVA 变压器送电成功；

2021 年 1 月底前，将完成岱顶开关站低压线路切改、智能辅控系统安装调试；

2021 年 3 月底前，将完成岱顶开关站原 315kVA 变压器的增容改造工作。

　　昂首而行，意气风发。这么短的时间里完成如此卓有成效的工作，充分见证了泰安电力人一往无前、敢于攀登的精神追求和勇挑重担、攻坚克难的坚韧品质。而这一成就的取得，也得益于公司领导的支持。更重要的是，泰山景区（旅游经区）供电中心是一支敢打硬仗，勇于胜利的队伍。

　　该中心的主任张圣富之前在岱岳供电分中心工作，7月份被调过来，全面负责这一工程。

　　自19岁那年参加工作起，张圣富就下决心为泰安电力的发展奉献全部身心。刚毕业时，他被分到了修验厂，在肥城县上班。晚上闲余时间多，别人在打牌，他则在挑灯自学。仅仅过了一年半，他就因工作出色被调到了基建公司负责施工设计和管理。1997年基建部成立，他更是身兼数责，从计划组织，到现场的安全、质量和进度管控无一不殚精竭虑。后来，他又被调到生技部、腾飞公司。2007年2月，被提拔为腾飞公司副经理。之后，又相继担任过发展部副主任、经研所主任兼书记、配电运检室主任、岱岳供电分中心主任兼书记。几乎年年被评为公司先进生产者，多次被评为省公司先进生产者。可谓履历丰富，干将良才。

　　张圣富说，自己每天不到五点就起床了，6:20准时来到公司。

　　"这么早，不困呀？"我有点吃惊。

　　他说自己早都习惯了。起床后，他会首先为家人做顿早餐，之后到山下转一圈，来到办公室。现在公司上下铆足了劲，他可不能落后。

　　自开关站改造之初，他就几乎天天在山上了。第一次约采访，我便扑了个空。这项工程急难险重，对口部门多，面对的又是举世瞩目的泰山，他得时刻绷紧心中的弦，不敢有一丝马虎，一丝懈怠。他必得用尽全部心力，将其做到最好，交出一张满意的答卷。

一年一年，心思全扑在了工作上，对家人就难免疏忽了。1998年他在基建公司工作，儿子出生了。他东奔西跑，一天里难得见个人影儿。回到家夜幕已沉沉，星子都躲在了云后。他轻轻地推门，妻儿早已睡熟。第二天一大早，妻儿还未睁开眼，他又悄悄地去洗漱，赶往工地。2007年，他在腾飞公司分管生产，一天里要跑上400多公里，足迹几乎遍布整个泰安。司机跟着他疲于奔波，有时实在累得受不了了，就请求停下车，让自己眯上几分钟。孩子上学期间，他几乎很少参加他的家长会，更不用提辅导学习了。他都不知孩子怎么长大的，仿佛一夜春笋，他就成了个比自己高两个头的小伙子。他十分为儿子自豪，说起他总是一脸笑意。可儿子对他的缺席可时时记在心上。他感觉，自己的父亲简直是空气，是风。他为自己许下一百个诺言，一个都实现不了。父亲每天就像个负重前行的挑山工，一个脚印一个脚印的，不知什么时候才走到头。大学毕业后，他拒绝了父母的百般劝说，义无反顾去了重庆，开始了自主创业。他打心眼里不愿再重复父亲的生活，他想试试不一样的人生。

张圣富今年终于把80多岁的老母亲接到了家里。以往每次让她来，她总是摇摇头。她深知自己的儿子是个大忙人，不肯给他添麻烦。这次，耐不住他的软磨硬泡。一来，她就忙前忙后，忙东忙西。没过几天，就想着要走。

张圣富深感对家人的亏欠，也试图弥补。这些年来，妻子一个人任劳任怨，操持起了整个家。儿子大了，去了外地，家里冷冷清清的，只剩了他们两个人。每天一早，他就悄悄地踱到厨房，煎炸烹炒，做妻子最喜欢吃的几个菜。他希望妻子明了他的心意，懂得他的心情。可是，二十多年的操操劳劳，头发几乎白了一半，是几个菜能补偿的吗？

相比，刘继彦支部书记和李铭副主任的经历要简单一些，但两个人的能力却相当不简单。两人都是八零后，刘继彦在营销部工作过，是"国家电网公司技术能手""中央企业劳动模范""全国用户满意服务明星"，获过全国电力行业一等奖等各级创新奖励 27 项、国家实用新型专利 13 项、发明专利 3 项。李铭在党建部待过，多次荣获公司"优秀青年""先进工作者"等荣誉称号，是国网山东省电力公司的党群工作岗位能手。干将精兵，互为裨益，谈何不胜！

而他们，不过是泰安电力人的一个代表，他们的工作，也是国网泰安供电公司工作的一个缩影。2020 年以来，国网泰安供电公司各方面跨越式发展，实现了"14 开工、19 投产"，建成了山东省首个 220KV 智慧变电站，完成 254 条次输配电线路的市政迁改，助力 6 条高速、11 条市政道路通车。创新开发了泰山景区智慧供电服务平台，专注于打造"三办"服务样板，建立起人人叫好的供电服务指挥"马上办"、业扩快响"泰好办"、不停电"办最好"服务机制；仅仅用了 100 天，便提前满足了石横特钢产业群集的用电需求，高效完成了 1984 户"煤改电"清洁取暖配套电网的改造……

誉满而不骄，功成而不矜。泰安电力的挑山工们就是这样，一步一个脚印，始终坚持在路上，未敢有一丝停歇，未尝有一丝懈怠。他们弓着身子，一点点地攀登着，攀登着，走过十八盘，走向南天门，迈向天街，赶往玉皇顶。挑山工们用一根扁担，挑起了沉甸甸的货物，也挑起了远方的希望；而"电力挑山工"们，则用躬耕的姿态，服务大众的信念，挑起了千千万万户的光明，也挑起了社会赋予的责任和老百姓的信任。他们，就像泰山的一粒土，一棵松，早已化为泰山的一分子，与巍峨的泰山融为一个整体。

国网山东省电力公司将他们的工作看在眼里，专程来进行了督导和调研。尤其对岱顶智慧供电服务站，更是给予了充分肯定，认为这座省内海拔最高的服务站，是山东电力服务的一面旗帜，代表着山东电力服务的最高水平。

"远远的街灯明了，好像闪着无数的明星。天上的明星现了，好像点着无数的街灯……"想起了郭沫若那句诗。人间的璀璨迷离了银河，银河的流水汇入凡尘，一时分不清了是在仙界还是人间。而这些电力挑山工们用心血和汗水凝成的辉煌，也必将像泰山日出那样，磅礴永存，辉耀整个中鲁大地！

原载《中国作家》2021 年第 7 期

昆张支队

杨义堂

　　我的家乡位于鲁西南大平原的东北部，有一座像卧虎一样的名山，唤作水泊梁山。在一马平川的鲁西南大平原上，人们目之所及，都能够看到她秀美的身影，而她亿万年来，也十分忠实地护佑着这一片千里沃野，和沃野上的芸芸众生。

　　在梁山西北面有一条东西走向的大河，是"黄河之水天上来"的黄河，而在梁山的东侧，有一条南北飘逸的蓝色长练，那是碧波千里的京杭大运河。

　　在梁山一带的乡村里，流传着许多英雄好汉的故事，传得最多的，一种是《水浒传》中英雄聚义的故事，另一种就是八路军抗战的故事。我是二十世纪六十年代出生的，我在青少年时代，经常听父亲讲八路军打梁山的故事和昆张支队的故事。我的家乡那时候非常贫穷，到处是低矮的土房，所以，父亲讲的故事就和故乡的场景联系起来，在我的脑海里印象特别深。

　　后来我开始写长篇历史文学作品，写了反映"天下第一家"的《大孔府》，写了为大运河作传的《大运河》，写了鲁国八百年历史的《鲁国春秋》，写了德州苏禄王墓的《北游记：苏禄王传》，写了中国战地大救护的《抗战救护队》等等，作为一名作家，我一直感到特别内疚，怎么能不讲一讲家乡的故事呢？

这个故事发生在二十世纪四十年代初，那时还没有成立梁山县，这里属于山东、河南几个省的交界处，"七七事变"之后，日本侵略军开始大举侵略中国，河北、山东、河南相继沦陷，中原腹地的大片河山落入敌手。1938 年以后，八路军多次派兵出太行山，到河北、山东、河南建立抗日根据地。1939 年 8 月，八路军打了一场梁山歼灭战，八路军一一五师在梁山前的独山村设伏，毙敌三百余人，创造了在兵力与日军相等、装备上处于劣势情况下，全歼日军一个大队的模范战例，在这里建立了鲁西根据地，后来又发展成为冀鲁豫根据地。

黄河山东段是清末咸丰年间黄河改道来的，由于黄河经常摇摆，在修黄河大堤的时候，两条大堤之间留下了非常宽的黄河滩区。1938 年 6 月，蒋介石为了阻挡日军南下，炸毁了花园口大堤，黄河向东南改道，下游的山东段就干涸了，几年来，持续的干旱让黄河滩里的黄沙泛起，成为一道十几里宽的长长的大沙滩，寸草不生，一有风就刮得风沙弥漫。日军在这片根据地开展一次次的"大扫荡"和"治安强化"运动，冀鲁豫根据地不断缩小，最后就缩小到濮阳、范县、观城县三县交界处的黄河滩沙滩里，敌人称之为"一枪就能打穿的'破饭罐'"。

1942 年 9 月 29 日，日军从周围城市集中一万多兵力，加上周边十七个县的伪军两万余人，兵分八路合围濮范观中心区，妄想将八路军主力部队一举歼灭。我党政军民伤亡很大，损失数千人。

教三旅政委曾思玉带领七团、八团的勇士们在甘草堌堆被包围后，以血战到底的决心冲出了敌人的包围圈，翻过黄河河滩，越过古老的宋金河大石桥，来到了梁山西部的一个堡垒村——徐坊村。

徐坊村是远近闻名的富裕村，这个村东边是寿张大集，就是《水浒传》中李逵坐县衙的寿张县衙所在地，村里的徐姓人家祖祖辈辈踩曲酿酒，村名就以酒坊命名，称作徐坊。村民们这次看到八路军负伤的人很多，都心疼得不得了，一边热情地招呼战士们到自己家里去吃饭，一边照顾伤员。

刚过了三天平静的生活，10月2日一大早，日军从四面八方围了上来，他们从濮范观中心区"扫荡"回来时，实行"第二计划"，要对东平湖西来一次合击，把梁山、昆山、东平一带的共产党全部肃清。枪炮声由远到近，日军的飞机在天上飞来飞去，合击开始了！

八路军分成三路同时向黄河大堤上的敌人冲杀。枪声紧密，杀声一片，战士们前赴后继，死伤严重，终于夺得了一个大豁口，战士们用机关枪向两侧阻击，保护着豁口里的八路军和群众突围。没有来得及转移的县区干部准备向东突围，遇到了敌人轰隆隆的坦克车，根本过不去了。许多群众藏到东平湖边的芦苇丛里，日军的飞机看到了，向芦苇丛里投弹，许多人被炸得血肉横飞，鲜血染红了东平湖。

这次"铁壁合围"对梁山、昆山一带新成立的冀鲁豫根据地八分区破坏很大，数百人牺牲，八十多人被逮捕。一些经受不住严刑拷打的干部投降了，被逼着咬出身边的八路和党员。经此一役，梁山、昆山一带的革命力量几乎被清洗殆尽：1942年6月新成立的冀鲁豫第八军分区和八地委不存在了，共产党的昆山县委县政府也被打散了。

"铁壁合围"之后，为了切断梁山与西部濮范观中心区的联系，郓城县伪县长、大汉奸刘本功利用黄河南岸的南金堤，逼迫老百姓修了一条连绵100多里的黄河南金堤封锁线。沿金堤的底部挖成底宽五米、深七米的封锁沟，用挖沟的土筑成一条高十米的封锁墙。每隔十里左右留一个路口，在路口旁修筑碉堡，由伪军驻守。

日伪军还逼着各个村庄的百姓们自带砖瓦木料来修据点。平均三四个村庄就建一个据点，梁山一带修了五十多个据点，随便站在一个村子的房顶上，都能看到附近四五个敌人的炮楼。日伪军还逼迫百姓们修公路，架电话线。修起了从梁山到西小吴、梁山到郓城等四通八达的公路网。

日军在梁山东面的东平县设了宪兵队，队长是平井少佐。他三十多岁，很矮很壮，脸上长满了络腮胡子，戴着金边眼镜，虽然少佐级别不高，但是整个东平、梁山、汶上一带的日军、伪军、警察、特务、新民会都归他领导，他是一个中国通，谙熟中国人的心理，既对投降的汉奸封官许愿，也对抗日堡垒村"杀一儆百"。

日军还在梁山一带成立了新民会。新民会强行推广日本联合银行的钞票，控制我农村经济，向群众宣传什么"中日亲善"，各村还要建自卫团，安排人打更放哨，村里一有情况，必须向据点报告，否则全村百姓就要受惩罚。

平井知道梁山一带是土匪窝子，他对土匪头子进行招安，变成了他的"皇协军"，还利用梁山一带的红枪会、一贯道、三清帮等会道门，使其成为日军的外围组织。

八路军被挤出昆张地区以后短短两个月的时间，梁山一带已经完全变质，变成了一片水泼不进、针扎不透的敌占区。

冀鲁豫军区部队进行了一次精简整编，撤销了八地委和八分区，与二地委、二分区合并。二地委和二分区的首长们彻夜难眠，军分区政委曾思玉认为，梁山一带的昆张地区为冀鲁豫根据地的东大门，沦为敌占区后，隔断了濮范观中心区与东面沂蒙山山东根据地的联系，对中心区造成很大威胁。应该派兵到昆张地区去，从那里率先取得突破，解决根据地被封锁的严峻局面。

教三旅八团团长齐钉根接到了命令，带着全团700多人穿着八路军的军装，带着掷弹筒、轻重机枪，越过黄河大堤，沿着封锁沟西岸向梁山方向挺进。

在通过南金堤封锁线的时候，齐钉根率领八团向小吴据点的伪军发起了猛攻，战士们冲进炮楼，俘虏了伪军，迅速通过了封锁沟和封锁墙，进入了梁山西部，然后继续向东穿插。

郓城的刘本功听说八路军来了，率领1000多日伪军在后面追击。傍晚，八团战士们来到了梁山西面的吕垭口村，东面东平县的日军和汶上的伪警备队1000多人已经提前来到这里，设下了埋伏。

八团刚刚走进山垭，日伪军的机枪和掷弹筒就打响了，我们的战士被打死打伤了十几个，齐钉根团长一看不好，立即带领队伍向后撤退。这时候，刘本功的郓城伪军从后面开始进攻了，要把八团"包饺子"。八路军只好向西北方向边打边撤，日伪军已经合成一股，紧紧咬着八团，不肯松口。齐钉根团长看到日伪军实力强大，只好趁着夜色向北越过大沙河，回到颜村铺。这次行动失败了！

二地委和分区继续研究打回梁山老根据地的办法，这一次想到了昆山独立团，这支部队原来是小八区的地方军区，分区独立团牺牲巨大，缩编成了独立营，这支部队几乎都是梁山当地人，对当地的情况最为熟悉。曾思玉要求，独立营夜里出发，进入梁山地区，开展游击战争。

可是，仅仅钻进去一天，就被敌人赶了出来！

冀鲁豫党委和军区上上下下都笼罩在一片悲伤甚至绝望的氛围里，难道我们的鲁西老根据地就这样永远丢失了吗？难道我们真的就要被困死、饿死在被敌人称作"破饭罐"的濮范观地区了吗？

这时候，正是抗日战争进入了相持阶段，全国各地的抗日根据地如晋察冀根据地、山东根据地、华中根据地、鄂豫皖根据地等在日寇的包围和"扫荡"下，都遇到了重重困难。日军经过一次次"大扫荡""铁壁合围""治安强化"，在占领区的军事力量遍布城乡，治理已经深入乡村，根据地军民的生活几乎已经难以维持下去了。各个方面的人们都在怀疑，根据地的出路在哪里啊？共产党敌后抗日根据地还能继续抗下去吗？

昆张支队一进梁山

在冀鲁豫军区教导三旅八团中，有一名团作战参谋，名字叫吴忠。他1921年10月21日出生于四川东北部苍溪县。吴家是远近闻名的大地主，吴忠出生后7个月，父亲便因病去世了。吴忠4岁入私塾读书，9岁那年，国民党四川军阀田颂尧为了征收军饷，要吴家交出三千块大洋。吴家从此变得一贫如洗。9岁那年的家庭变故，让吴忠一下子长大了，复仇的种子在他心中深深地扎下了根，也形成了他刚烈正直、疾恶如仇、体恤百姓的性格。

1933年，红军第四方面军在四川征兵，还不到13岁的吴忠虚报年龄，参加红军。从此，吴忠踏上了革命的道路，他读过书，机灵勇敢，敢打敢冲，15岁就担任排长，加入了中国共产党。由于张国焘的错误领导，吴忠和战友们在长征中来来回回三过草地，历经了生死考验。到延安后，吴忠被编入抗大学习，他的思想觉悟大大提高。1938年春天，吴忠奉命奔赴抗日前线，先是在八路军一一五师晋西支队担任连长，在晋西南地区打游击，1940年5月，吴忠随着晋西支队来到山东抗战，番号改为教三旅八团，吴忠担任八团一营副营长。

八团整编之后，原来担任副营长的吴忠回团部当了一名作战参谋，经常带着一个连，在梁山地区打游击。因为他身经百战，经验丰富，有勇有谋，打了许多漂亮仗。吴忠在梁山一带名声很大，人称"活武松"。他来到梁山以后，个子也蹿得很快，他此时年方21岁，身高已经有一米八多，身材魁梧，浓眉大眼，虎虎有生气，是一名优秀的八路军指战员。

1942 年 11 月 1 日，冀鲁豫二地委和二分区召开干部联席会，研究怎么样才能突破敌人的封锁。会议学习了毛泽东给《解放日报》写的一篇评论文章——《一个极其重要的政策》。毛主席在文章中说："铁扇公主虽然是一个厉害的妖精，孙行者却化为一个小虫钻进铁扇公主的心脏里去把她战败了。柳宗元曾经描写过的黔驴之技，也是一个很好的教训。一个庞然大物的驴子跑进贵州去了，贵州的小老虎见了很有些害怕。但到后来，大驴子还是被小老虎吃掉了。我们八路军新四军是孙行者和小老虎，是很有办法对付这个日本妖精或日本驴子的。"

　　这次会议提出，八路军要变成小孙猴子和小老虎，想办法对付这个日本妖精或日本驴子。会议决定，派一支小部队深入敌后，开展游击斗争，把敌占区变成我们的游击区。具体的地点就是梁山所在的昆山以及附近的张秋、汶上、东平一带，在那里形成一道抗日的屏障，从而保卫我们的濮范观中心区。

　　二分区政委曾思玉第一时间想到了八团参谋吴忠，这个同志作战经验丰富，能打能拼，缺点就是太年轻了。曾思玉通知吴忠来见他，一见面就问："分区决定派一个小部队重返黄河以南的昆张地区开展游击战争，谁带队去合适呢，你说说看？"

　　"这还用问吗？当然我去是最合适了！"吴忠自告奋勇地抢着回答。

　　曾思玉严肃地问道："你倒是一点儿也不谦虚啊，如果让你去，你有把握取得成功吗？"

　　吴忠信心十足地说："我对昆张一带很熟悉，我有我的打法，我一定能够紧紧地扎根在那里，不达目的决不收兵。"

　　吴忠提议，这次回去，要全部换成便衣，因为到了十一月份，天气冷了，每人一件棉袍子，白天行军穿，晚上能直接穿着睡觉，一物两用，也不用打背包了。

寿张县委立即组织黄河北岸的清水河、袁楼村、王泵庄等几个村的百姓一起做棉衣。根据地的妇女们支援抗战那是真没说的，她们不分白天黑夜地干，一百多套新棉袍，一个星期就筹备齐了。

1942年11月8日，在靠近黄河北大堤的寿张县七区的王泵庄村，昆张支队的一百零八位好汉在这里换上当地百姓常穿的棉布袍子，外面再扎着一条大腰带，有的戴着瓜皮帽，有的戴着礼帽，大家对八路军的军装很有感情，你看看我，我看看你，都很不适应。

昆张支队支队长吴忠和特派员管学思也都换上了棉袍子，吴忠头戴一顶瓜皮帽，身穿黑布袍子，还扎着长长的布腰带，很像一个农村里的拾粪的老头，但是挺拔的身材、脸上的英气、眼睛里水灵灵的光芒却难以掩饰。管学思也是高大方正的身材，穿着长长的黑色棉袍，留着胡子，戴着宽沿的大礼帽，像一位家财万贯的买卖人。

这次出征，带的武器火力是很强的，支队领导、排长以及侦察班的战士带着盒子枪。三个排各有一挺轻机枪，机枪班还有三挺轻机枪、一支掷弹筒。各排的战士们都背着步枪，斜挎着米布袋，有的还背着铁锨。炊事班的战士们背着铁锅和三天的粮食。

吃过午饭，部队集合出发，支队长吴忠还是头前带路，向着风沙弥漫的黄河大沙滩走去。到了半夜时分，来到封锁沟附近，看到探照灯从墙上不停地转着照射过来，吴忠命令战士们赶紧卧倒！

等探照灯过去，队伍撤离沟沿，离得远远的，以免被探照灯照到。

他们来到探照灯的间歇处，吴忠带着战士们迅速靠近沟沿。郭瑞功带着一中队率先行动，挽起单裤腿，把棉袍子裹起来扎在腰里。

先用绳子将战士放到沟底，这时，对面墙上的探照灯转过来了，上面的战士们卧倒，下面的战士贴着墙站着，等探照灯过去，快速蹚水到了对岸，一个人爬到另一个人的肩膀上，才上到对岸，然后用绳子把下面的人拉上去，好在这次来的都是优中选优的好战士，不久都全部过了壕沟。

该爬大堤上的高墙了，这里是灯下黑，探照灯已经照不到这么近了，但是，这么高的墙，确实上不去啊。

这次跟着行动的寿张县武工队长马达来到吴忠和邵子言面前，平静地说："支队长、政委，别急，让我试试。"他让大家闪开一条道，后退十几米远，活动活动脚腕，双掌一击，说了声"上"！

只见他对着大墙飞快地冲刺过去，到了墙边，一步跨上了两米多高，"噔噔噔"三下，黑影像一只燕子，轻轻地落在了墙上面。

下面的人们发出一阵轻声的赞叹。

郭瑞功把绳子扔到上面，马达趴在墙上，拽住绳子一头，战士们拉住绳子，一个一个登了上去，然后又慢慢从另一侧下来。

吴忠带着战士们踩着芦苇荡里冰凉的积水向前走，离开大墙越来越远，前面出现了一片黑魆魆的村庄的影子。马达说："前面就是野猪淖村，相传是《水浒传》中鲁智深大闹野猪林的地方。"

吴忠一听，高兴地接过话来，绘声绘色地说："这个我知道，在梁山这几年，《水浒传》读了好几遍，说的是好汉林冲被刺配沧州，要经过这片恶树林子，两个公差将林冲绑到树上，拿起水火棍，要结果了林冲，花和尚鲁智深一路跟随保护，举起禅杖，打掉水火棍，救下了林冲。"

这时候，野猪淖村边的狗叫了起来，全村的狗都跟着叫起来，叫声此起彼伏，叫个不停。村庄里人点起灯光和火把，大声喊着："八路来了，拉家伙！"

"别让八路进村！"

吴忠带着队伍从张水坑村南绕过，又来到魏庄村北，这个村庄也是灯笼火把一片，人们大呼小叫，阻止八路进村。

队伍过了宋金河，吴忠领着大家一路前行，很快来到赵坝村外。

赵坝是一个明朝初年建村的老村，地势低洼，西边靠宋金河有一道拦河坝，村民大都姓赵，所以叫赵坝。这个村也是一个我们的堡垒村，杨勇旅长1939年打过梁山歼灭战以后，把旅部设在这里，在村里住了十八天，村民对八路军很有感情，至今都在传颂着杨勇的故事。

吴忠安排布置好岗哨，封锁消息，只准人进村，不准出村，免得有人走漏了消息。

吴忠和管学思商量，考虑到队伍折腾了大半夜，战士们太累了，决定就在这个村里宿营。

这时候，侦查班长孟昭德匆匆跑来了，大声说："数百名伪军从南、西、北三个方向包围过来了，大约有六七百人！"

吴忠对警卫员王林说："立即通知部队，准备战斗！"

三个排很快集合而完毕。吴忠对大家说："我们初进梁山，同志们跑了一夜，本不想打仗，但是，敌人已经把我们包围了，不打，甩不掉敌人，在这里依靠村庄打也行，但是村里的群众就要遭殃了，我看，还是要把战场摆在赵坝和杨营村、马营村中间的一片洼地里。郭副连长，你带领一排，藏在赵坝村围墙里外的土埂堆下，二排、三排，跟着我撤退到杨营村、马营村，等敌人钻到我们的包围圈，我反过来打响了，敌人要逃跑的时候，你们狠狠地截住，打死这些龟儿子！"

说罢，留下郭瑞功副连长带着的一排，吴忠立即带二、三排出村，从各路伪军的缝隙跳出了合围圈。吴忠边走边下达命令，一个口袋阵在行进中部署完毕。这时，敌军发现土八路离开了赵坝村，果然在后面紧追不放。

吴忠与管学思、郭志光带着二排边打边撤。敌军见八路人数不多，紧紧追赶。吴忠将计就计，指挥部队边打边撤，一副狼狈逃命的模样。

队伍退到马营村口，敌军也追到了杨营与马营之间的洼地，正好进入了吴忠布下的口袋阵。

吴忠说："好了，不走了，就在这里收拾龟儿子！"随即指挥部队依托村埝散开，趴在地上，而他自己则从身边的战士手里抓过来一挺机枪，爬到了对着道路的一块大石磙后面，看到敌人越来越近，他大喊一声"打"，对着敌军猛烈射击。

追击的敌军突然遭到阻击，丢下几具尸体，吓得向杨营村撤退。吴忠端起机枪，喊道："跟我上，冲啊！"带头向敌群冲去。

敌军疯狂逃跑，来到了杨营村外，不料又被早已等候多时的郭志光排候个正着，机枪、步枪一起扫射，敌军分不清敌我，辨不明南北，互相践踏。

躲在后面的伪军向着赵坝村奔跑，妄图借赵坝村的寨墙来抵挡，当他们跑到洼地之中，这时候，副连长兼一排排长、外号"小钢炮"的郭瑞功早已按捺不住，带着一排截住敌人，又是一阵猛烈的射击，这些伪军们见大势已去，无处可逃，只得放下武器，举手投降。

这次战斗，毙敌十余人，俘敌上百人，缴枪数十支，我无一伤亡。

一位叫马传功的老汉拉着一个十四五岁的男孩走了过来，走到吴忠跟前，"噗通"跪下，爷儿俩哭得说不出话来。在马传功老汉断断续续的叙述中，吴忠终于听明白了：一次日本鬼子和伪军来清剿八路军，包围了马营村。马传功的妻子和两个女儿正在家里纺棉花，三个女人遭到了日军的轮奸，然后，又被当场杀死。掩埋好亲人以后，爷儿俩整天以泪洗面，愤恨无助，看到八路军回来了，马传功让儿子马三妮儿参加八路。吴忠听完马传功的哭诉，也忍不住掉下泪来。但是听到这个孩子名叫"三妮儿"，知道是家里唯一的男孩，一定属于娇生惯养的那种，又摇摇头，说："这个孩子坚决不能收，八路军行军打仗太苦了，娇生惯养的孩子受不了！"

马三妮儿说："叔叔，带我走吧，原来娘和姐姐们疼我，娇惯我，如今娘和姐姐都没有了，还有什么可以娇生惯养的？我一定要当八路，给娘和姐姐报仇！"

吴忠叫过来三排长郭志光，说："这个叫马三妮儿的战士就编在你们排，你要好好带着他，既教给他打仗，又教给他学文化，一定把他给我带出来！"

吃过饭已经是下午，考虑到部队已经暴露，敌人马上就会来围攻，必须尽快转移。吴忠和管学思商量，决定继续深入敌后，向梁山东北部的一个叫四柳树的小村庄转移。

他们十分小心，先向北行军，然后向东转弯，再向东南方向前进，走了六十多里。来到了东平湖南岸的一个四面不靠的小村庄——四柳树村。

侦察班提前进村侦察，发现村里很安静，也没有打更的，吴忠带着战士们一起爬上村庄高高的房台。他让各排在村边等候，他带着管学思、赵效三、杨岗三个人进村，他们熟门熟路，找到村里那家有着高墙和大门楼的院子，轻轻地敲门。

门吱呀一声打开了："哎呀，真是你吴参谋啊！快快进来！还有同志们啊，一起进家吧！"

崔守道今年三十多岁，家境殷实，有二百多亩湖田，是村里最富的人家，平日好打抱不平，有梁山好汉的遗风，在湖西附近一带很吃得开。吴忠在梁山打游击的时候经常来这个村里，和崔守道很熟悉。

崔守道要给战士们安排住所，吴忠说："现在不比过去，形势严峻，不能都住在你家里，应该把三个排分别安排在村里不同的地方，咱们先去看一下地形吧，再来休息。"

崔守道带着吴忠和同志们一起在村里察看地形。村西是一个场院，场院里都是麦秸垛，四周有一圈矮墙，吴忠看着笑了，说："真是个既能睡觉，也能防守的好地方！"他安排郭志光的三排驻守在这里。

他们从村南转到村东，看到有一条大沟直通东面的大运河，沟边有一户人家，也有几个大圆麦秸垛，吴忠又笑了，说："这是个撤退的好地方，可以把一个排安排在这里。"

吴忠让郭瑞功带着一排战士睡在沟边的麦秸垛上。崔守道不忍心，说："哎呀，夜里太凉了，我叫开这家人家的门，让同志们到家里去睡吧！"

吴忠说："天还早，就不打搅群众了。"

这时候，侦察排长孟昭德闯了进来，说："四面都是敌人，还有日军，估计有上千人！"

吴忠说："快通知各排，迅速向村东集中，向大沟里撤退！"

这时候，村西传来了枪炮的轰鸣，驻守在村里场院里的三排已经打响了！

郭志光三排的值班战士发现敌人从房台下面悄悄地爬了上来，再去报告已来不及，就依靠场院边上的矮土墙向敌人射击！

攻上来的是西边寿张集据点陈玉镜的部队，就是他推算出了八路军可能藏在四柳树村，才组织对八路军的这次围歼，这个狡猾的家伙看到八路开枪射击，喊了声："卧倒！"其实，汉奸们早都趴在地上，不再向前，耐心地等待中路的日军往前冲。

从村南爬上来的日军开始向村中狂轰乱炸，村中的麦秸垛着火了，火光冲天，人们的哭叫、狗的狂吠乱成一团，日军宪兵队队长平井举着指挥刀，日军端着刺刀冲了过来，大喊着"呀——呀——"。

吴忠趁机带着二排迅速向村东撤退，和一排汇合后，向大沟转移。

吴忠带着二三排撤退到运河里之后，发现郭志光的三排没有跟上来，村西面枪炮声依然激烈地响着，看样子已经撤不出来了。

吴忠让一排、二排从后面冲上去，狠狠地打敌人的屁股。

在村西场院里的三排长郭志光听到村东枪声大作，小声说："我们赶快撤！可是村东是去不了了啊！"

宣传员于灿周此时正在跟随三排活动，他看看战士们都是外地人，对这里的村庄不熟悉，大声说："我的家就在这一带，大家跟我走！向北再向西，到我家侯集住下！然后再想法找大部队！"

于灿周带着这个排趁着夜色向北跑出了场院，溜下了房台，正好北面岱庙来的敌人距离较远，还没有形成包围圈。

于灿周带着战士们一路向西跑，马三妮儿扯着郭志光排长的衣角紧紧跟着，他们竟然跑出了敌人的包围圈，跟着于灿周向侯集方向跑去。

吴忠听听村西已经没有了动静，大声说："好了，快撤！"

战士们边打边撤，通过大沟跑到了运河边莽莽荡荡的芦苇荡里。

于灿周领着同志们来到自己家门口，叫醒父亲给开了门。于灿周向父亲和哥哥于亮周说起在四柳树和支队长吴忠分开的事，希望帮着去找队伍，哥哥于亮周去找村里的党员齐保民，齐保民听说自己的队伍回来了，高兴得不得了。齐保民自己开着馍馍坊，平常在家蒸那种梁山特有的高馍馍，非常筋道，很受欢迎，老百姓平常是舍不得吃，只有老人、孩子、病人或者红白喜事的时候才舍得吃。齐保民找了几个可靠的村民，让他们装扮成卖馍馍的，分头去找吴忠的队伍。

齐保民推着馍馍车子走街串巷，他来到陈庄，去给汉奸队送馍馍，想掏出良民证来接受检查，一看大门开着，伪军们都垂头丧气地坐在院子里，一伙便衣队端着枪看着，齐保民就去问伪军的司务长："老哥，今天是怎么回事儿？"

那个司务长说："一大早就被八路军缴枪了。这帮汉奸都在写保证书呢，写了保证书，就放他们回家。"

齐保民又问："八路里面有没有一个叫吴忠的？"

司务长苦笑着说："不是他还是谁呢？现在谁敢钻到日本人的地面上来啊？"

齐保民高兴地问哪个是吴忠队长，吴忠看了看这个送馍馍的人，不认识。齐保民问："你认识我们村的青年于灿周吗？让我来找您！"

吴忠高兴地叫起来："我们的三排找到了！"

下午，阴天了，太阳隐去，西北风慢慢地刮起来了。突然，有一个人急匆匆地闯进陈家祠堂，看到身穿便衣的昆张支队在这里，大声说："吴支队长，你们果然在这里啊？"

大家一看，原来是四柳树的崔守道，吴忠赶紧招呼："崔兄，怎么也赶到这里来了？"

崔守道头上在冒汗，气喘吁吁地说道："你们在四柳树被鬼子们包围了，一个排不知道去向，我能不着急吗？我去了好几个据点，都没有打听到咱们那一个排的下落，这不，我刚从梁山张坊钉子回来，没想到在这里遇到你们！"

吴忠问："梁山那一带敌人的情况怎么样？"

崔守道介绍说："梁山北面有一个青龙山，青龙山下有一个大村叫张坊，张坊钉子里的中队长田树太，外号叫'二老天爷'，这个家伙长得小鼻子小眼，既坏又刁，是个天不怕地不怕的愣头青，他的口头禅是'天爷爷老大我老二'，人们就送他外号，'二老天爷'。"

吴忠疑惑地问道："我原来怎么不知道这个龟儿子？"

崔守道说："这个地方原是寿张县的地盘，咱们共产党昆山县成立后，成了昆山县的地盘，八路军被赶走后，让郓城县伪县长刘本功给占领了，把他的一个营安插在这里，这个营长就是'二老天爷'田树太。这个家伙仗着有郓城刘本功撑腰，无恶不作，抢了十好几个民女做他的小妾，他和士兵到山下的集市上抢东西，从来不兴给钱的。这次我到张坊钉子里打探咱们小队伍的情况，他竟然说，早知道在四柳树包围八路军，我就派人去打仗了，根本不把我们八路军放在眼里，真要好好收拾收拾他一顿才行！"

吴忠说："好啊，我们要收拾这个龟儿子！"

傍晚，小村里升起了袅袅炊烟，郭瑞功带着三排的同志们高高兴兴地回来了，于灿周第一个冲进院子，大声喊着："吴支队长，我们回来了！"

院子里响起了一片欢呼，虽然才过了多半天，就像分别了几年一样，抱在一起打转转，看看是不是少了什么"零件"，结果当然是一根汗毛也没少。

天全黑了，开始下雪了，西北风吹起来，冷得厉害，吴忠安排集合起队伍，向着梁山方向挺进。

雪越下越大，飞舞的雪花落在战士们身上，渐渐地给他们披上了一层银装。在雪色的映照下，天地间不再那么黑暗了，能看到脚下通往梁山的官道。

吴忠恰好和宣传员于灿周走在一起，他对于灿周说："小于，我们这也是雪夜上梁山啊，你猜，我想起什么来了？"

于灿周想了想说："该不会是想起《水浒传》中林冲雪夜上梁山的情景吧？"

吴忠笑了，说："嘿，还真叫你给说对了，我还真是想起《水浒传》中林冲在雪夜中被逼上梁山的场景了。"

于灿周惊喜地说："是啊，《水浒传》我也很爱看，林冲大雪之夜被逼上梁山那一段写得真是活灵活现，咦，支队长为什么也喜欢看《水浒传》？"

吴忠说："我原来就看过，这两年不是在梁山抗战吗？也就爱上了这里英雄的土地和人民，把《水浒传》又翻来覆去看了好几遍，对《水浒传》中的一些故事记得比较深。当时作为八十万禁军教头的林冲得罪了高衙内，发配沧州，他在草料场看守时，又遭到陆谦、富安放火暗算。因大雪压塌了住处，来到一个破旧的山神庙暂住一宿，凑巧陆谦和富安、牢城管营也来到山神庙，林冲听见门外的谈话，得知自己被陷害的真相，恼怒中，提枪戳死三人，冒着风雪连夜投奔了梁山泊。"

于灿周的谈兴被勾起来了，大声说："对，对，我还记得《水浒传》中写的那些话：时遇暮冬天气，彤云密布，朔风紧起，又早纷纷扬扬下着漫天大雪。行不到二十余里，只见满地如银。"

吴忠说："林冲那是被逼着上梁山，落草为寇，我们是主动上梁山，去打鬼子和汉奸，意义不一样。"

于灿周说："对，说得太对了！"

不知不觉，队伍来到了梁山东北角的一个小村庄，管学思说："看，前面的这个村庄叫馍馍台，村南有一个像圆馍馍一样的大石头，相传是宋朝时期梁山好汉分馍馍的地方。这个小村庄很小，也就十几户人家，村庄的西边挨着还有一个小村，叫晒粮场，有一块很平整的大平台，相传是梁山义军在这里晾晒粮食的地方。"吴忠决定在馍馍台和晒粮场这两个紧挨的小村庄住宿，以便于警戒。看到村庄里的人们都已经休息了，黑灯瞎火，不便于再去打搅村民们。吴忠带着战士们来到村外的麦秸垛，让同志们倚着麦秸垛，挤在一起睡觉，这样能够暖和一些。

吴忠看看怀表，已经是凌晨四点多了，估计"二老天爷"要去陈庄，也该动身了，他带着三个排到张坊与晒粮场之间的小路两侧埋伏起来。吴忠安排一排埋伏在小路下方的荆棘丛中，三排埋伏在小路上方马家林的石碑后面，他和杨炳银的二排在后面堵住，单等着"二老天爷"的队伍过来。

天真冷啊，战士们蹲在地上，一动也不动，人都快冻僵了。新战士马三妮儿冻得流鼻涕，一个劲儿地打喷嚏，说："是不是敌人不来了呢？咱们走吧！"

这时候，南面传来一阵骚乱的声音，不一会儿，从山垭口那里冒出来一队人马，有一百多人，也不分队形，散漫着走来了，一边走路，还一边打打闹闹，一看就是土匪的做派。

等这些伪军们全部进入了埋伏圈之后，吴忠一把夺过来他身边战士的机关枪，从雪地里站了起来，高喊一声："打！"

二排的战士们都一冲而起，朝着伪军们射击，可怜这些伪军根本就没发现雪地里还藏着人，被打得无可躲避，死伤一片，后面的转身要跑，我昆张支队一、三排的战士拦腰截断，也开始射击，伪军们吓得朝荆棘丛中乱跑，也不怕树枝扎人，像兔子一样逃跑了。那些跑不了的，还有受伤的，跪在地上高喊："饶命啊，我们投降！"

"哎哟，别打了，我们缴枪！"

战斗很快结束，这次战斗成果丰硕，共打死打伤了三十多个敌人，有四十多人投降，其余的都从荆棘丛中逃跑了！

吴忠让战士们押着俘虏去馍馍台，和原来俘虏的伪军们合到一起，战士们把带有关公像的"优待俘虏证"发给这些汉奸，让他们带着，以后见了八路军，只要掏出来这个证，就会受到优待。

昆张支队特派员管学思要去家乡梁山东部一带发展情报人员，他和吴忠在梁山馍馍台分手后，一路向东，来到运河边，拉着渡船过了运河渡口，一挺东北，直接去了表哥唐绍增所住的唐楼村。唐绍增也是附近有名望的地主，虽然没有四柳树的崔守道土地多，但是比崔守道有文化。

见到表哥，管学思把吴忠带着昆张支队进来的情况说了一遍，唐绍增仿佛看到了光明，浑身增添了一种力量，他握着管学思的手，说："太好了，咱们的队伍赶快壮大起来吧。"

管学思希望在唐楼建一处情报站，让表哥唐绍增担任站长，唐绍增高兴地同意了，推荐自己的好友李铁拐担任情报员，管学思点头同意，给他俩讲情报站的工作任务。李铁拐过去整天跟着唐绍增混吃混喝，第一次有了受到重用的感觉，激动得不得了，一再发誓，一定要干好工作。

表哥唐绍增说了一个情况，大运河岸边的张庄村，村里读书人不少，被称作"文化张庄"。这个村有一个年轻人叫张子厚，中学毕业后在家里没事做，可以担任我们的情报员。管学思决定和表哥一起去见见他。他们一起来到张庄村，找到张子厚家。

张子厚长得眉清目秀、一表人才，戴着眼镜，穿着绸布棉袍，斯斯文文的，跟在父亲张兴让旁边，不停地诉说对当前世事的不满，抱怨自己生不逢时。

唐绍增指着管学思介绍说，这位是八路军的干部，听说子厚表弟下了学，来见见子厚。

张子厚看了一眼身穿便装的管学思，摇摇头说："当八路是要掉脑袋的，咱不干！"

唐绍增说："要不这样，靳口据点的伪军中队长王笃成一直想当靳口的区长，可伪县长张勉之和他不是一伙的，不愿意让他干，正物色区长人选呢。"

管学思劝说道："这个可以去，你去那里当区长，给我们送情报，我们一起阻挡鬼子在这个区干坏事、祸害老百姓，我把你的情况报告给共产党东平县委书记赵效三，你也算参加革命了。"

张子厚摇摇头，说："不干，别人不知道内情的，还认为我真的当了汉奸呢！"

还没等管学思、唐绍增说话，张老汉已经气得脸通红，腾地站了起来，大声嚷道："你个小兔崽子，气死你爹算了！整天说自己生不逢时，读书人没有出路，可你这也不能干，那也不能干，是咱梁山人的种吗？等着别人打下天下来，拥戴你当皇帝吗？"

管学思说："老表叔，你先别生气，也别骂这孩子了，这样干啥啥不行的人，咱共产党八路军还不要呢！"

张子厚站起来，红着脸说："我干，我干还不行吗？"

这件事就这样说定了，管学思和唐绍增、李铁拐一起回唐楼。

张兴让带着儿子去东平县拜访伪县长张勉之，很快，张子厚成了靳口区的伪区长，他第一时间前来报告管学思，管学思让他有情况及时和唐绍增、李铁拐联系。

唐绍增的妹夫李进航被靳口的汉奸中队长王笃成逼着做事，李进航不愿意，来找唐绍增。管学思说："我们在靳口镇有了张子厚，就不用你妹夫在靳口搞情报了，原来的共产党汶东县委书记张平叛变革命了，当了汶上县宪兵队队长，把汶上县的全部党员都出卖了，现在汶上县已经没有我们的力量，可以让你妹夫去找张平，说愿意跟着他干，他去汶上县最好！"

第二天，李进航、唐绍增、李铁拐一起去找张平，管学思装作牵驴的，也跟着一起去了解东平县敌人的情况。

汶上县是鲁西南的一个古老的大县，是上古时期兵神蚩尤部落生活的阚，周代鲁国的阚邑，孔子在这里做中都宰，就是汶上的第一任县长。抗战时期的汶上县最繁华的是西门大街，长长的大街两边都是各类店铺，鳞次栉比。

唐绍增一行来到了汶上县城，张平见了唐绍增、李进航、李铁拐三人，问明情况，得知是送李进航来找他做事的，十分高兴，一来他和李进航曾经是同学，李进航不愿意参加共产党，如今来投奔自己，可见他确实和共产党不是一路人。二来有唐绍增和李铁拐作证，他们过去都很熟悉，也可见李进航此次来是认真的。张平将李进航引为知己，立即委任他担任汶上宪兵队秘书主任，也一并给外面牵驴的管学思赏了两个馒头和几根大葱。

唐绍增他们一起参观了汶上县的主要街道，又到县衙、宪兵队、警备队各处去参观，李进航穿着宪兵队的军官服，又有张平的卫兵引领，走到各驻军的地方都有人打敬礼。

他们一行大模大样地对汶上县的军政要地和布防情况做了一个全面侦察，了解到汶上县城驻有日军的一个小队，37人；伪警备队一个大队，辖三个中队，共850人，大队长就是潘家的潘恒荣；伪宪兵辖三个剿共班38人，新民会武装特务18人，便衣特务22人；还有警察局看守班四个班56人，巡捕队三个班62人。

这一次任务完成得很好，吴忠带着昆张支队翻过黄河大堤，穿过黄河大沙滩，又翻越了北岸的大金堤，沿着金堤向西走，在傍晚的时候回到了冀鲁豫军分区总部所在地——颜村铺。

吴忠把这次到梁山地区的活动情况向曾思玉等首长进行了汇报，管学思也补充了到汶上侦察的情况。吴忠最后说："我们这次小部队去梁山侦察，说明派出小部队打进敌占区是完全可行的，越是在离根据地远的地方，敌人越麻痹。而且，梁山地区的老百姓对八路军是有感情的，一旦我们的部队在那里站稳脚，梁山人民还是向着咱们的！"

二进梁山地区

会议最后研究决定，昆张支队在根据地休整一个星期，接着返回梁山地区。这次带着两个连，八团四连和昆山独立营缩编的一个连。

会议还决定，昆张支队这次过去，要建立昆张支队的党政组织，邵子言担任支队政委，吴忠担任支队长，管学思担任特派员，二分区作战参谋常志义担任支队的参谋长，田平同志担任支队总支书记。

他们这一次还是趁着夜色从西小吴据点附近过去，每个排都准备了两架竹梯子，在竹梯子的一侧绑上脚踏车的内胎，防备发出声音，在过壕沟的时候，用一个梯子下，一个梯子上，过了壕沟，开始翻墙了，则是一个梯子上，一个梯子下，毫无声息地就翻过了敌人南金堤封锁线的壕沟和高墙，然后一个急行军，插入梁山腹地。

每当队伍经过村庄的时候，村庄里都会传来一阵阵叫喊声："拉家伙，打八路！"让人感到比夜风更冷的寒意。

吴忠带着战士们只好绕着村庄，在野外穿行，他们步行三十多里，在天将拂晓的时候来到刘普桥村。

村里静悄悄的，队伍在走到村口的时候，却惊醒了睡觉的打更人，打更人开始大喊大叫，并朝部队扔手榴弹，用土枪射击，战士们只好停止前进。

宣传员于灿周走过去朝村民喊话："乡亲们，我们是八路军昆张支队，知道吗？吴忠队长带领的昆张支队啊，我们是一家人！"

村里的人喊道："管你们是什么队？谁和你是一家人？"

"小钢炮"郭瑞功副连长急得咬牙，说道："这个村庄都成汉奸了，支队长，下命令吧，我们能冲进去！"

机枪手、"老虎"范广博也气得摘掉棉帽子，扔在地上，跺着脚说："不用冲，很简单，就一梭子子弹的事儿，我把他们都打趴下！"

邵子言摇摇头，说："这些都是咱们的老百姓啊！我们怎么能忍心动手呢？"

吴忠说："撤吧，我们到村外的大沟里休息。"

郭瑞功只好带着队伍向后转，垂头丧气地回到刚才经过的大河沟，如今黄河里没有水，这条小河沟也干了，战士们来到沟底，吴忠命令道："就地休息！"

土沟的北坡挡住了一些风，但是，雪却无法阻挡，已经铺了薄薄的一层，同志们有的躺在湿漉漉的雪坡上，有的蹲坐着打盹。

炊事班长白志明来找吴忠，说："这该做早饭了，这儿也没有柴火，怎么做早饭啊？"

吴忠说："知道了，容我再想想办法。"

小战士马三妮儿看见了这一幕，对三排长郭志光说："我姨家在这个村庄，我常来走亲戚，我去姨家找我姨父去。"

郭志光领着马三妮儿去找吴忠和邵子言，说明情况，吴忠赞赏地说："行，三妮儿长大了！会给咱支队操心啦！"

马三妮儿来到村口，看见姨父正拿着一根红缨枪站岗，大声喊道："姨父——我是三妮儿！"

他姨父走过来说道："你看，这里正乱腾着呢，你怎么来了？你爹好吗？"

马三妮儿骄傲地说："我当八路了，你不知道吗？姨父，八路军昆张支队是咱们老百姓自己的军队，就在村子里休息一天，怎么不让进呢？"

他姨父说："要是让八路进村，全村人都要跟着倒霉！大侯据点的仓二扁头太厉害了！"

马三妮儿说："仓二扁头厉害，八路军不厉害吗？八路军也有机枪、小钢炮，刚才你们得罪八路了，当兵的都架好机枪了，是政委邵子言和支队长吴忠不让开枪，说不能对老百姓开枪。"

马三妮儿的姨父说："好，好，我记得孩子你当八路了，这是咱自己的人来了，老少爷们，让这帮八路进村吧！"

马三妮儿说："是啊，现在八路军在村外的大沟里，没吃没喝不说，还没有柴草做饭，你们能忍心吗？"

村民们七嘴八舌地议论开了："从来没遇到过这样的军队，把八路赶走，这样不好，去大沟接他们来吧。"

马三妮儿完成了一件大事，高兴地领着村民来迎接八路军。

这时候，侦察班长孟昭德匆匆来到沟边，说："支队长、邵政委，大侯据点的伪军上来了！"

这时候，吴忠已经看到这伙伪军们从南边上来了，马上布置作战方案：二、三排埋伏在沟边的雪坡上，一排由郭瑞功带领爬出沟沿向南出击。

　　仓二扁头一看从沟里出来了五十多个穿便衣的土八路，高兴得不得了，他们有二百多人呢！于是，他扒掉一只膀子，光着胳膊，大声喊道："上啊，弟兄们，抓活的啊！能领皇军的联合券！不往前冲的是小舅子！"

　　伪军们也都兴奋得嗷嗷大叫："抓活的！抓活的！"

　　郭瑞功带着一排边打边撤，退到小石桥的北岸，伪军们有的已经过了河，有的拥挤到小石桥上，吴忠大喊一声："打！"

　　"老虎"范广博的机枪率先发动，二、三排开始两边包抄，前边的郭瑞功带领一排的战士们停下脚步，反过来朝敌人射击。

　　仓二扁头一看傻了眼："有机枪？这哪里是土八路啊？撤，快撤！"他把胳膊往袖子里一插，转身就跑，连手中的驳壳枪掉在地上，也顾不上捡。其属下更不含糊，个个跑得比兔子还快。

　　战斗不到半个小时，打死伪军十六人，重伤四十多人，二十多人被俘虏。八路军只有一人轻伤。

　　于灿周和战士们给伪军喊话，让他们不要死心塌地给鬼子卖命，并发放带有关公像的优待卡。

　　天已经快半晌了，马三妮儿和他姨父高高兴兴地领着昆张支队进村，昆张支队分到各家各户，借老百姓的锅灶做饭，这早饭和午饭就算一块吃了。

　　吃过饭，吴忠考虑到已经暴露了踪迹，决定带着队伍离开刘普桥。村民们拉着队伍不让走，许多群众一直跟着送出村外，队伍已经走了很远了，他们还在恋恋不舍地挥手致意。

　　昆张支队在经过王连坡村的时候，和一伙伪军走了一个迎面。

　　原来，在昆张支队翻越封锁线来到梁山之后，一些村庄就报告了寿张县伪县长孙广勋，大侯据点的伪军被打垮的消息也报上来了，孙广勋判断出来，这不是土八路，而是昆张支队又回来了，就向东平、郓城、汶上的伪县长们通报，相约联合一起行动，一举把昆张支队消灭。孙广勋安排各个据点的伪军都出来寻找昆张支队作战，王连坡据点的伪军出来挨村搜索，不料和昆张支队遇上了。

吴忠觉得刚刚打了一仗，战士们比较辛苦，不愿意再打仗，就命令战士们卧倒，让伪军们走过去。可是，这伙伪军觉得八路军胆怯了，地点又在自己据点附近，肆无忌惮地冲了上来。吴忠看到不打不行了，说了声："龟儿子，欺负老子好惹是吗？让你们瞧瞧我昆张支队的厉害！"他让战士们慢慢地散开队形，将敌人包围在中间，等敌人临近了，吴忠高喊一声："打！"

机枪、步枪、手榴弹一起打出去，伪军们猝不及防，被打得鬼哭狼嚎，丢下十几具尸体，向着据点方向疯狂逃跑。

吴忠看到这帮伪军进攻没有战法，但是逃跑却十分迅猛，如果往前追就到敌人的据点了，没有安排去追击。他们穿过已经干涸的宋金河，绕过孙佃言村，来到徐坊村南的田野里，不料，却又和寿张集据点外出巡逻的伪军遭遇上了。

这些寿张集据点的伪军是陈玉镜手下的，他们也是巡逻了一天，准备回据点，这一伙伪军军容严整，战斗力比较强，看到野外行军的昆张支队，立刻兵分三路，向昆张支队包抄过来。

吴忠看到这些敌人打仗有一套章法，不好打反击，让战士们用随身带的铁锹挖简易的工事，敌人一看八路军在挖工事，开始卧倒，匍匐前进。吴忠命令支好机关枪，手榴弹打开盖等着。等敌人临近了，手榴弹一起扔了过去，炸得敌人死伤一片，活着的鬼哭狼嚎，撒丫子往附近的郭楼村跑，从郭楼村转道逃回据点了。

吴忠和邵子言带着队伍来到徐坊村，召集村民开大会。政委邵子言介绍八路军昆张支队又回来了，一天打了三仗，把敌人都打得落花流水。村民们都非常高兴，不顾形势险恶，纷纷拉着战士们到自己家里吃饭，给战士们敬酒。

第二天，吴忠带着队伍越过大运河，继续向东前进，决心到东平的东部地区狠狠地闹腾它一番。

吴忠带着昆张支队在东平彭集乡吃完晚饭，在乡公所大院里休息，这时候，他们从搭在电话线上偷听的敌人电话中得知，东平伪县长张勉之调动东平、沙河站、后屯等附近的日伪军1000多人，要来彭集围堵昆张支队。吴忠决定带着队伍到北面的流泽沙区和敌人周旋。

在东平的东部有一条大清河，它的上游是泰山上下来的一条河，名叫大汶河，明朝时，为了借大汶河的水给大运河补充水源，在戴村建立一条大坝，上游叫大汶河，下游就叫大清河。大清河南岸，有一片神奇的地方，虽然离大清河这么近，却是一片飞沙之地。在这片沙海之中，有十几个小村庄，村庄的名字带着"流泽"两个字，有尚流泽、马流泽、孙流泽等等。

昆张支队从彭集向北走了不远，就进入了黄沙弥漫的沙区，大家只好低着头、用毛巾捂住鼻子慢慢地向前走。走一会儿就要停下来脱下鞋子，倒出灌进鞋里的沙土。

吴忠带领昆张支队来到尚流泽村，封锁消息，把战士们分到各家各户，让大家好好休息。

再说敌人从四面八方汇集到彭集村，发现昆张支队已经转移到流泽地区了，日伪军是从各路聚集来的，队伍庞大，八路到底去了流泽的哪里，情况不明，而且日伪军不习惯走夜路，只好住在彭集村。

第二天一大早，伪县长张勉之带着日伪军在几个流泽村寻找八路军，风沙弥漫，路上根本就没有留下什么痕迹，从孙流泽到马流泽，一路风沙吹得睁不开眼，脚下沉重，走走停停，累得像狗熊一样气喘吁吁，到了尚流泽村已经是下午，他们翻遍每一粒沙子，也没有找到昆张支队的影子。

其实，我们的昆张支队早已在上午就已经通过河里的石墩蹚过大清河，到了大清河的北岸。

侦察班长孟昭德带着侦查员们把大羊的情况侦察了一遍，吴忠决定带着战士们到大羊去赶庙会。

大羊村是由三个自然村组成的，有李大羊、冯大羊和丁家坞，敌人在丁家坞有一个据点，驻有伪军一个中队，一百多号人。

大羊庙会很热闹，不仅十里八乡的乡民，就连周围各县的买卖人也都来这里赶会。庙会上最热闹的有两处地方，一处是牛羊市，每年庙会上的斗羊大赛，场面十分壮观。一处是对着奶奶庙大门的三台大戏，第一台是梁山西侧大井班的山东梆子，第二台大戏是菏泽的两夹弦，第三台大戏是梁山的柳子戏，一方水土养一方人，山东梆子、两夹弦、柳子戏这些地方戏都粗犷高亢，又各有所长，是黄河两岸的老百姓最爱听的戏曲了！

吴忠和参谋长常志义、总支书记田平、东平县县长赵效三商量，将杨炳银的二排安排在丁家坞据点的对面，吴忠亲自给据点的伪军写了一封信，说八路军昆张支队来了，让他们老老实实在里面待着，如果出来捣乱，就拔了这个"钉子"。一排在斗羊的地方宣传，三排在三台大戏那里宣传。侦察班和机枪班在村外大路口负责保卫。支队首长们在乡公所召集大羊的伪乡长和乡绅开会。

二排长杨炳银带着吴忠的亲笔信，让听戏的群众送到"钉子"里去，这些汉奸们还真不敢和昆张支队作战，乖乖地拉起吊桥，装作看不见。

在斗羊现场，一排的队员们在一场公羊决斗后来到场中间，大声喊道："乡亲们，我们是八路军昆张支队，咱们的绵羊平时很善良，很温顺，就像我们中国人一样，但是对于穷凶极恶的日本鬼子，我们不能当温顺的小绵羊，要和他们坚决斗争！"

看斗羊的群众感到奇怪："八路军什么时候来的？太好了！"

"是啊！八路军来了，够小日本喝一壶的！"

在泰山奶奶庙前的广场上，郭志光找到大井班的班头井守俊，希望能借演出舞台给群众讲讲话。

一个演员唱完，井守俊拉着郭志光来到舞台上，大声说："乡亲们，静一静，咱们八路军也来大羊了，这位长官要讲话，大家要自觉维持好秩序啊！"

郭志光向台下听戏的群众拱手致意，说："乡亲们，我们八路军昆张支队来到了大羊了，支队长就是原来老八团的吴忠参谋！"

群众一听是老八路又回来了，都惊喜得不得了，想听听八路军讲什么，其他几个戏班子前面的人也都跑过来了。气得那些班主上台大叫："别跑啊！我们好戏还在后头呢！"

郭志光一看不好，对戏台旁边的马三妮儿说："快，你，再叫上一名同志到那边戏台上讲一讲吧。"

马三妮儿没听懂，说："我讲？"

郭志光说："对，就你讲，结合你个人的成长来讲！"

马三妮儿来到两夹弦的戏台上，戏班班主介绍说："乡亲们，都过来听吧，这是一个小八路，咱们鼓掌，请他来给我们讲话！"

马三妮儿脸涨得通红，不知道该讲什么，戏台下已经响起热烈的掌声，有人喊："小八路，你们是哪一支部队啊？"

马三妮儿自豪地说："我们是八路军昆张支队！"下面的掌声更响了。

讲出第一句话之后，马三妮儿倒不害怕了，他想起来吴忠支队长说的，结合自己的情况讲，也不紧张了，他说："大爷大娘们，我是一名八路军新战士，我娘和姐姐都被日本鬼子祸害死了！我爹和我整天哭啊哭啊！上个月昆张支队进梁山来的时候，我爹才送我参加八路，跟着吴忠支队长打仗，可带劲儿啦，每一仗都能打胜！"

戏台下的群众听了，都热烈鼓掌。也有妇女扯着衣襟抹眼泪，既为这孩子的遭遇而悲痛，也为他跟着八路军成长感到高兴。

也有热血青年开始喊口号："打倒日本帝国主义！"

吴忠支队长和参谋长常志义、总支书记田平没在庙会上看戏，他们在乡公所里开座谈会。邀请了伪乡长、村里的乡绅和大家族的代表。吴忠亲切平等的话语，让这些大羊的头面人物很高兴，最后都表示，以后要和八路军一条心，糊弄日本鬼子和汉奸。

昆张支队在这次大羊庙会上收获很大，人们把八路军昆张支队打回来的消息传播开了。

昆张支队在东平、汶上一带反复来回拉锯，瞅准机会就打击敌人，四十天后，看到战士们由于长期不脱棉袍子，身上长了疥疮，头上、衣服上生了很多虱子，奇痒无比，吴忠和邵子言研究决定，返回根据地，从东平湖东岸的北二十里铺坐船到清河门，然后过黄河故道，绕道回去。

孟昭德提前去找东平县委书记赵效三，让他准备好船只，在北二十里铺码头等候。

他们来到东平湖东岸，吴忠、邵子言、常志义、田平和几名战士上了第一条船，后面的战士们也都依次上了船。

冬夜的寒风吹打着昆张支队英雄们的面庞，吴忠坐在船头，听着湖水的歌唱，回忆起二进昆张以来一场场惊心动魄的战斗，心潮难平，不由得诗兴大发，吟诵道：

"勇士坐船头，
月在水中流。
大风吹波浪，

歼敌夜归舟。"

大家一阵欢呼："吴支队长的诗真不赖啊！情景交融！"

参谋长常志义说："我跟随昆张支队来梁山东平四十多天，收获很大，也和一首：

"武松千年后，
英雄夜归舟。
梁山建奇功，
热血逐浪流。"

此情此景，邵子言也想作诗了，他却批评道："吴支队长啊，你这样不好，给梁山留下一番英雄的故事已经足矣，为什么还要在船头留诗？这一大湖水，不能就只有这两首诗吧？我也为东平湖留一首新诗，你们听行不行？

"乘风破浪扬红帆，
梁山健儿凯歌还，
喜煞当年苏太守，
小洞庭兮展新颜。"

平常一脸严肃的总支书记田平急了，说："哼，你们梁山支队是拦路抢劫吗？为什么到了湖心才说要赛诗？我也来凑凑热闹：

"昆张支队实非凡，
水浒新秀超三阮。

军民同心杀倭寇，

　　喝令湖山换新颜。"

　　大家又是一阵叫好！

　　后面船上的人不知道首长们为什么这么开心，这些可爱的战士们开始唱歌了，这是憋了四十多天的喉咙，一起唱起了心爱的《八路军军歌》：

"首战平型关，

威名天下扬。

游击战，敌后方，铲除伪政权；

游击战，敌后方，坚持反'扫荡'。

钢刀插在敌胸膛！"

　　歌声和欢笑的时光是那么短暂，显得东平湖都变小了呢，清河门很快就到了。昆张支队翻过黄河故道的大沙滩，天明宿于黄河北岸的陶城铺村。

三进梁山地区

　　昆张支队一路风尘仆仆回到颜村铺，安排好战士们休息，吴忠、邵子言就去找首长汇报工作。

　　昆张支队的成绩得到了冀鲁豫军区首长的重视，要大张旗鼓地总结、宣传、推广昆张支队在敌占区的战斗经验，很快总结出了一份五万三千多字的《昆张支队活动初步总结》。冀鲁豫边区党委和冀鲁豫军区将这份报告印刷成单行本，掀起了学习昆张支队的高潮。

　　整个冀鲁豫军区七个军分区，都按照昆张支队的做法，派出了小部队挺进敌占区。其中第二到第六军分区共派出按照昆张支队模式组建的百人左右的小部队一百四十二个，一分区因为处于泰山西部和运河以东，是敌占区的纵深处，根据那里的实际情况，结合昆张支队的经验，把小部队变得更小更灵活，组建了一百零四个二十人左右的小部队。春节过后，这二百四十六个小部队就像孙悟空的猴毛变的小孙悟空，一起挥舞着竹梯子做的双杆"金箍棒"，向着敌占区的日伪"妖精们"狠狠地打过去。

昆张支队在濮范观根据地过了一个热闹的春节，冀鲁豫军区二分区召开中共昆张工委会议，决定派昆张支队再次进入梁山地区，昆山独立营整编的二中队即一个连的兵力也一起进去。

在这次会上，曾思玉明确提出了昆张支队第三次行动的任务：进一步扩大战果，从隐蔽斗争向半隐蔽半公开转变，出其不意地歼灭薄弱之敌，打击坏中之坏，开创游击斗争的新局面，全面恢复和重建我鲁西抗日根据地。

1943 年 2 月 14 日、农历正月初十的下午，北风呼啸，虽然已经立春了，可是天气依然奇冷无比。昆张支队指战员穿着干净的棉袍子，扛着竹梯子又出发了。

这一次，他们没有再从西小吴附近的壕沟和高墙翻越，而是来到寿张县的老黄河孙口渡口，从这里过了黄河大沙滩，昆张支队从雷口向南跨越封锁沟，来到了宋金河最北端的一个大村——楚桥村。

昆张支队进村以后，吴忠、邵子言与村里的农会会长、枪班队长商量，为了把附近据点的伪军吸引过来，干脆把附近村庄的民兵枪班一起叫来，搞一场枪班大会操。

第二天一大早，天上飘起了雪花，大地一片银白。会操的通知下给了附近的张博士集、胡那里、孔那里、黄那里、潘那里等村庄的枪班，这些枪班刚刚恢复，还没有打过仗呢！

从各个据点的"两面人物"传来消息，大路口、小路口和戴庙据点的伪军都没有出动，只有东面杨岱据点的伪军竟然全体出动，向楚桥村奔袭而来。

这个据点的伪军中队长是周庆丰，是我昆山县敌工部长杨岗结拜的仁兄弟，他曾经是寿张集据点的伪军中队长，最近换岗，来到了杨岱据点。

吴忠说："可能是八路军走了以后，周庆丰又动摇了，无论什么情况，敌人来了，你不打他，他就打你，必须打，狠狠地给来犯之敌一个教训！"

很快，昆张支队在楚桥村外摆好了战场，一排在村东北部宋金河的堤坝里侧，二排在村东南的堤坝里侧，三排在东寨墙外面的壕沟里面。

上午九点多钟，杨岱据点的伪军们来到楚桥村东面，村里民兵们会操的哨子声、杂乱的口号声此起彼伏，伪军们一听是毫无作战经验的民兵，兴奋地端着枪、嚎叫着向楚桥村冲来，他们刚刚过了石桥，进入了昆张支队的伏击圈，吴忠大喊一声："打！"

北、南、西三面同时开火，机枪吐着火舌，步枪也在一枪一个消灭着敌人！

伪军们一看这阵势，吓得到处乱跑。吴忠立即发起冲锋，战士们从雪野上一跃而起，刺刀上膛，冲向敌人。会操的民兵们也从村里冲出来，喊杀声响成一片。伪军们一看跑不了了，只好跪在地上把枪举过头顶，乖乖地缴枪投降。

整个楚桥战斗只用了半个多小时就结束了，除了打死打伤三十多个敌人，其余的一百六十多人全部被俘，我昆张支队和民兵则无一伤亡。战斗结束后，吴忠让民宣队长于灿周给伪军们上课，然后把这些伪军俘虏释放了，将缴获的步枪和子弹全部移交地方党政组织和民兵。

楚桥之战，八路军昆张支队竟然在大白天消灭了伪军一个中队，令梁山北部的伪军们大为震惊：昆张支队惹不起啊，还是躲躲风头比较好。

东平日本宪兵队队长平井着急了，他打电话催这个，骂那个，看到一个个都在敷衍塞责，大发雷霆，决定带着他的少年挺进队和伪警察队到湖西的戴庙据点，亲自坐镇指挥围剿昆张支队。

平井从东平县城刚刚动身，几个方面的情报就已经送到了昆张支队吴忠手里。谌公德以三友文具社做掩护在东平县城搜集情报，他从平井的翻译官杨子臣手里拿到了平井要窜到湖西的消息，谌公德专门让杨子臣画下了平井的画像，谌公德把情报和画像一起转交给昆张支队。

吴忠安排将平井的画像印了很多份，让每个战士都记住平井的长相。他们提前来到东西下坡村西南的一个小村——玄桥村宿营，封锁消息，决定拂晓前到东西下坡村打日军的伏击！

东西下坡村位于东平湖西、腊山山脚下的一片倾斜的山坡上，从斑鸠店到戴庙的公路经过村中间，东边的村子叫东下坡，西边的村子叫西下坡。支队长吴忠安排郭瑞功副连长带着一排埋伏在村外公路旁的一片柏树林里，二排埋伏在东下坡村村外，三排埋伏在西下坡村村外。

已经是早春天气，但是因为没有吃早饭，战士们饿得前心贴着后心，但是谁都没有说一声饿，都在为快要捉住平井这个大日本鬼子而感到兴奋不已。

平井看到两边村庄夹着一条公路，是个打埋伏的好地方，他突然停下不走了。敌人就地支好掷弹筒，朝村里和柏树林里发射炮弹，可是，吴忠仍然没有下达射击的命令。一发炮弹落在小战士马三妮儿身边，把他耳朵震聋了，但是他咬紧牙关强忍着，趴在地上一动不动。

掷弹筒发射过后，平井一看确实没有意外的情况，下令继续前进。这一次，敌人的行军就不再小心翼翼了，而是变得十分随意，一片乱糟糟的。

　　吴忠觉得在大白天打仗，敌人双倍于我，肯定不能全歼，必须把前面的伪军放走，专打中间的平井和日军少年挺进队才行。

　　等最前面的敌人尖兵班走过去了，第二部分的伪军也走过去了，穿着黄军装的日军进入了我们的伏击圈，吴忠突然山崩地裂般大喊一声："打！"

　　位于公路两侧的机枪步枪同时响了，手榴弹嗖嗖地扔到敌人的队伍里。埋伏在山坡柏树林里的一排战士在郭瑞功的带领下一边射击，一边冲下来。郭瑞功举着盒子枪冲在最前面，大喊着："抓平井！"一边跑，一边打。

　　中间的鬼子和后面的伪军胡乱抵抗，一看无路可退，都乖乖地举枪投降，当了俘虏。而前面的伪军看到后面打起来了，哪里敢还手，顺着山坡逃得无影无踪。

　　战士们大喊着："抓平井，抓平井！"

　　吴忠带着战士们挨个搜查，寻找穿日本军装的大胡子，可是，找来找去就是没有找到。怎么回事儿呢？大家都感到很疑惑，也感到很遗憾，气得把平井的画像撕了个粉碎。

　　被活捉的日军翻译官说，平井这个人很狡猾，他害怕遭到八路的埋伏，专门刮了胡子，今天早晨又换上了伪军的衣服，在伏击战打响之后，这家伙撇下军队拼命逃跑，只有他的那条大狼狗紧紧跟随着他。平井狼狈不堪地逃到了戴庙据点里，在戴庙伪军的护送下，回到了东平县城。

　　等战斗结束，各排集合，三排长郭志光才发现没有了小战士马三妮儿，战士们赶紧到埋伏的地方去找，发现马三妮已经昏迷过去了，吴忠和支队首长蹲在他身边一遍遍地呼喊："三妮儿，你醒醒！"

"三妮儿，你醒醒啊！"

一声声的呼唤从远而近，飘进了马三妮儿的脑海里，马三妮儿慢慢地睁开了眼睛，他慢慢地说道："抓——平——井！"

吴忠和指战员们虽然个个身经百战，这一刻也都感动得泪眼婆娑，多好的战士啊，一个从小娇生惯养的孩子，在昆张支队这个大熔炉里淬炼，已经在血与火的战斗中成长为一名钢铁般的八路军战士了！

各据点里的伪军中队长平常都对平井言听计从，平井吃了败仗，许多人就动摇了，晚上早早拉起吊桥，对八路军的活动不闻不问。

在冀鲁豫各分区派出的二百四十六个小部队中，有一个连的小部队在梁山南部、郓城北部活动，称作郓北支队，支队长是红军出身的原教三旅七团干部轮训队长王定烈，连长是郗晋武，都是身经百战的八路军。

支队长王定烈1918年出生，比吴忠大三岁，生于四川省宣汉县得胜场的一个农民家庭。他15岁参加红军，在长征途中，腰、头部等五处负重伤，几次历经生死鬼门关，幸而大难不死。王定烈性格十分开朗，自嘲是"地狱归来的人"。他额头上有一条长长的刀疤，非常明显，还有一颗子弹卡在了腰椎里，无法取出来，致使他走路的姿势看起来有些僵硬。他头戴毡帽，身穿长衫，还保留着红军穿草鞋的习惯，一年四季都穿着草鞋，夏天光脚穿，冬天的时候为了保护布鞋，就在布鞋外面再套上草鞋。

王定烈率郓北支队三个月打了薛屯、鱼王庄、林庄、徐庙、李虎、崔庄、孙村等十多次战斗，连连取胜，打开了郓北的抗战新局面。

1943年9月14日是中秋节，郓北支队同昆张支队正式合并，吴忠担任新昆张支队支队长，邵子言担任政委，王定烈担任副支队长。参谋长、总支书记等也重新任命。原来跟随支队活动的一连改编为一中队，原昆山独立营改编的二连为二中队，以倪楼民兵连改编的昆山基干大队为三中队，郓北支队的原七团二连为四中队，高廷甫投诚带过来的汶上县大队为五中队，队伍发展到八百多人，已经是一个团级的架子了。

这天晚上，部队集中到梁山北部昆山和腊山中间的山赵庄过中秋节，在做好附近几个据点伪军工作的基础上，举行昆张支队合并联欢晚会，新昆张支队下属的五个中队的干部战士，昆山、张秋、寿张、东平、汶上五个县的县区干部，还有附近村里的农救会、妇救会、青救会、儿童团以及群众在皎洁的月光下相互拉歌，进行唱歌比赛。

月亮在云层中穿行，歌声此起彼伏，自从进入梁山游击区以来，战士们从来没有大声唱过歌，响亮的歌声一直唱到半夜。

秋风萧瑟，大雁南飞。1943年10月，昆张支队接到了上级的命令：任命王定烈为昆张支队支队长，要求吴忠到冀鲁豫军区平原党校去学习培训。吴忠只好离开昆张支队，长途跋涉，到河南林县的党校学习去了。

1943年10月10日傍晚，王定烈带着昆张支队来到吴桃园村，正要宿营，东平县委书记赵效三派人匆匆送来一份情报，王定烈打开一看，上面写着：

10月12日，兖州日军第三十二师团师将对濮范观根据地进行大"扫荡"，东平县宪兵队和各个据点已经抽调伪军一千多人集结，从黄河北岸一路向西前进。

王定烈立即和政委邵子言、特派员管学思、参谋长常志义商量，一是派孟昭德去濮范观颜村铺传送情报，让根据地中心区提前做好迎敌的准备；二是要趁着东平县城空虚的时机，围魏救赵，集中力量攻打东平县城，把"扫荡"的敌人再调回来。

孟昭德、赵大牛二人换上伪军制服，拉出洋车就上路了。孟昭德歪戴着帽子，敞着怀，斜挎着盒子枪，一副满不在乎的样子，可是洋车却骑得飞快，而赵大牛则像一个卫兵，在后面紧紧追赶。他们一路向西，路上没有敢拦他们的。

他们来到颜村铺，找到二分区驻地，把情报辗转交给曾思玉司令员。曾思玉立即报告军区首长，组织根据地的军民转移。

在吴桃园村，攻城在紧张准备中，都知道东平县城的城墙高，我们的竹梯子够不着，王定烈让把各中队的竹梯子集中起来，两个梯子绑在一起，一架有六米多高，攀登东平的城墙肯定没问题了。

王定烈带着郄晋武的三中队来到东平南桥村的时候，赵效三书记已经带着游击队在村外等着了。赵效三详细介绍了东平城的防守情况：东平城位于东平湖的东岸，是一座水驮城，西、北、东三面都是水，只有南门向外通行。敌人防守很松懈，守卫城墙的伪军有一个排，但晚上一般都是在岗楼上睡大觉。

凌晨三点左右，五个中队全部到齐了，王定烈部署作战安排：一、三、五中队掩护，二、四中队攻城。

三、五中队来到城南门外，在赵效三的安排下，利用近处的房顶、厕所等地方，安置好掷弹筒、机关枪。二、四中队跑步过了石桥，来到城墙下，竖好了绑起来的高梯子，正好能够得着城墙的砖垛。

王定烈声如洪钟，一声令下："打啊！"

掷弹筒的炮弹飞向城楼上，"轰——轰——"炸弹的响声在寂静的夜晚传得特别远。十几枚掷弹筒炮弹不偏不倚落在城楼上，城楼顿时起火，炸碎的瓦砾和熟睡的伪军的血肉飞向空中，红红的火光照亮了夜空。

"哒哒哒——"一排排机枪清脆的响声特别密集，压得城墙上敌人不敢露头。

二中队的战士们从梯子上爬上了城墙，冲向城楼的岗哨，将两个正张皇失措的伪军抓住，让他们交出城门的钥匙，然后从里面下来城墙，打开了城门。外面的战士们一起呐喊着冲进城里。

王定烈带领着郄晋武的三中队冲向伪警备队在城西王坑洼的军营，这座军营是城中之城，营房四周有壕沟，围墙又高又厚，四角有高高的角楼，从上到下都有射击孔，易守难攻。郄晋武仔细地观察着地形，看看从哪里进攻，其实他的认真劲儿这次没有用得上，伪警备队都去濮范观"扫荡"去了，门口的岗哨吓得不知道跑哪里去了。战士们用竹梯子翻过围墙，在营房内搜了个遍，终于在厕所和马棚里搜出来几个伪军病号，这些汉奸吓得大叫："八路爷爷，饶命！"

参谋长常志义带领着二中队作为主攻的中队，他们沿着东平县城的中轴线向前冲，来到东平县宪兵队的军营，不料想日军宪兵队围墙上有多个碉堡，也有日军守卫，当二中队向宪兵队进攻的时候，碉堡里的机枪开始突出火舌，我战士只好卧倒，常志义看着这些碉堡确实难以攻打，决定放弃进攻宪兵队，转而进攻别的地方。

四中队在管学思的带领下，进城后直扑伪县政府，这里大门紧闭，战士们用竹梯子翻墙而过，打开了大门，大家蜂拥而进，伪政府警卫队二十多人看到八路军打进来了，乖乖地跪下缴枪投降。战士们在大堂、二堂等屋里到处寻找，没有发现其他人，接着又冲进了后院。战士们冲进堂屋，在里面捉到了惊慌失措的伪县长晏士英和包养的妓女赛红花。将作恶多端的伪县长晏士英击毙，赛红花一看不好，光着屁股撒泼，战士们不好意思了，只好退了出去。

五中队在邵子言的带领下，去攻打伪信用社，这里已经空无一人，战士们用脚踹开房门，到处找钱，结果只找到了两个保险柜，大家从来没见过这玩意儿，怎么打都打不开，搬又搬不动，只好作罢。

常志义带着二中队来到县城西北角的监狱，将看守的三十多名狱卒全部歼灭，打开监狱的各道门锁，救出来关押在里面的共产党员、被俘的战士和普通百姓二十多人。

　　进攻的各路队伍在街上会面了，看看天色已经大亮，王定烈与邵子言商量，决定退出东平县城。临出城，战士们又放火烧掉了伪县衙和南城门。

　　此时，早晨的太阳冉冉升起，那金光闪闪的太阳也在对勇敢的战士们笑脸相迎，又是一个秋高气爽的好天气。战士们迈着轻盈的步伐走出南门，继续向南行军，不远处，过来一溜长长的牛车队，王定烈一声令下，战士们冲了过去，将车队团团围住，押车的伪军一个班乖乖地缴枪投降。这些大车一共有32辆，拉的都是食盐，每辆车能拉1000多斤，共有32000多斤。

　　王定烈和邵子言商量，将一车食盐送给拉盐的老百姓，让他们拉到吴桃园村，分给村民一部分，然后想法送到我们的根据地。

　　东平的日伪军在平井的带领下，已经过了东平湖和黄河，正在向濮范观进军。夜里，东平城方向隆隆的炮声和红色的火光让他心惊肉跳，平井从附近一个据点打电话给东平县伪县衙、警备队和宪兵队，只有宪兵队能够接通，电话那边说，八路军主力正在攻打东平县城，有许多掷弹筒和机枪，势头很猛，快要守不住了。

　　平井知道这肯定是昆张支队干的，于是下令停止前进，返回东平城，消灭昆张支队。等他们回到东平县城的时候，看看被烧毁的城门、县衙和伪警备队，气得大发雷霆，却又无可奈何。

　　而此时，泰安、济宁、郓城、菏泽等地的八路军小部队也一起出击，战火在敌人的后院纷纷点燃，各地的日伪军自顾不暇，只好退守自保，一次对濮范观根据地的"大扫荡"以破产告终了。

　　东平日军宪兵队队长平井看到昆张支队力量越来越强，通过泰安伪道尹杜中找到伪山东省政府主席唐仰杜，从济南要来了山东省警备总队第一支队来支援东平。这支队伍有五百多人，支队长叫冯寿彭，脸上有一片大的胎记，外号叫冯二皮脸，他这支队伍是土匪起家，打家劫舍，强奸妇女，无恶不作。冯二皮脸下乡巡逻，看到农民们在春耕，他认为这些耕牛就是肉票，日军在济宁霸占了一家肉联厂，把耕牛卖给肉联厂，能捞到一大笔钱。冯二皮脸开始在田野里大肆抢夺农民的耕牛，他们只要看到地里的牛，一拥而上，夺了就走，然后在牛的右后大腿上，打一个大圆圈火印，里面有个"军"字，以表示是给日军专用的。

耕牛是农民的命根子啊，养一头牛多不容易啊，而且正是春耕大忙季节，怎么舍得让他们牵走呢？可是，只要是被冯二皮脸的伪警备队遇上，就算倒了大霉。如果农民不允许他们牵走耕牛，轻者被打，重者伤命。有许多农民手里还抓住牛缰绳，就被这些汉奸枪杀了。

昆张支队听说了伪警备队抢夺百姓耕牛的事情，人人义愤填膺，决心为老百姓夺回耕牛。王定烈了解到这支队伍还是土匪的那套打法，善于偷袭和远距离射击，但是不善于白刃战，一拼刺刀，就吓得四散逃命或者乖乖地投降。

4月1日，昆张支队得到情报：敌人第二天要押送一百六十多头牛去济宁。

王定烈和支队首长一起商议，向前迎上二十里，在敌二十里铺据点附近，打敌人一个不防备。于是，集中了在附近的一、三两个中队一起行动。当天半夜，昆张支队出发了，神不知鬼不觉地潜入二十里铺据点附近的一个小村——乔村，严阵以待。

4月2日上午9点左右，王定烈支队长站在乔村西北角的砦墙上，用望远镜一看，啊！敌人浩浩荡荡地从三官庙方向来了，队伍拖得很长，一路尘土飞扬。这次伪警备队是全体五百人一起出动，加上日军的一个小队严加护送。敌人把牛3头一组编在一块，160多头就是50多组，加上500多日伪军，成了一条足有二三里长的"长蛇阵"。

王定烈一看，坏了，没想到敌人来得这么多，我军力量明显不足，但是，如果不打，机会失去了，这些耕牛就再也夺不回来了。

王定烈这次也遇到难题了，他皱着眉头，犹豫不决，小声嘟囔道："怎么打啊？敌人和牛走在一起，可不能伤了老百姓的牛啊！"

敌人已经来到近前，再不打，就要失去机会了！"小钢炮"郭瑞功小声提醒道："支队长，咱拼刺刀吧！"

王定烈一听，豁然开朗，大声喊道："好！吹冲锋号，拼刺刀！"

冲锋号响起来，战士们高喊着："冲啊——"刺刀闪闪，从大路两旁奋不顾身冲向敌人！

伪军们看到从天而降的昆张支队，来不及上刺刀，有的倚着耕牛慌乱地打枪，小战士马三妮儿被敌人的子弹击中了胸部，郭志光排长跪下来扶他，马三妮儿摆摆手，说："别管我，你说过冲锋时不要救人，快冲啊！"

昆张支队冲进了耕牛阵，和敌人开始了白刃战，伪警备队这些"老烟枪"哪里是我八路军的对手呢？有的被刺死，更多的人跪在地上，举枪投降。

孟昭德带领身手矫健的侦察员们冲入牛群，砍断绳索。牛们好像明白自己解放了一样，翘起尾巴，狂奔起来。

在最后面压阵的冯二皮脸一看牛跑了，指挥他的十几名守卫人员去抢夺耕牛，郭志光排长带着战士们冲上去，迎头拦住这伙伪军，站着和敌人对射，吓得敌人赶紧跪下投降。不料想，藏在人群里的冯二皮脸举起手枪，一枪射中了郭志光排长，郭志光当场倒地牺牲。战士们急了，呐喊着朝这一小撮敌人射击，将他们全部消灭。

这一仗，我昆张支队损失严重，共牺牲了 21 名指战员，是三进昆张地区以来牺牲最多的一次。一中队三排长郭志光，一个有文化、会用脑子打仗的山西兵，在危险的时候，跑去拦截敌人，壮烈牺牲。

而那位从小娇生惯养的马三妮儿，被敌人击中后拒绝战友的救援，英勇牺牲！

昆张支队来到乔庄，孟昭德也带着耕牛群来到了村里，战士们把牛腿上的"军"字刮去，通知附近各村的老百姓，凡是被敌人抢走牛的，都来乔庄领回自家的牛。

来领牛的群众听说为了保护耕牛，牺牲了21名年轻的八路军，都心疼得不得了。他们找到自己家的耕牛，爱惜地抱着牛亲了又亲，然后却又使劲打牛："你这畜生，都是因为你，牺牲了这么多八路军！他们那么年轻，却再也活不了啦！"

21名英雄的遗体被抬到乔村外，邵子言到村里和村长协商，找棺材将牺牲的干部战士安葬，乔村的村长联合了附近五六个村庄，把给家里老人存放的棺木捐献出来，安葬八路军。找回耕牛的百姓们提议，要按照梁山当地最隆重的葬礼，给八路军出殡。

邵子言想起来一件事，马三妮儿是梁山西部马营村人，应该让他爹把他接回去安葬，就派人到马营去请马传功老人来。

梁山大井班的山东梆子戏班和梁山的柳子戏班也被邀请来唱戏了，全体演员都孝衣孝帽，在出殡现场唱大戏，他们坚决不要村里的钱，义务唱发丧专场——"白头戏"。

马传功老汉和村民赶着大车拉着一具棺材来了，马传功揭开被子，呆呆地看了半天，欲哭无泪。邵子言和王定烈、郭瑞功等人都眼含热泪来到他的身边，劝他起来，说："马三妮同志是我最勇敢的八路军战士，在为老百姓夺牛战斗中负伤，英勇牺牲！我们支队会为他报功！"

马老汉看到首长们都哭了，反倒劝慰这些八路干部，他说："打仗就要有牺牲嘛，我送他当兵的时候，早就有准备，好在孩子没给咱八路丢人，也算给他娘和姐姐报仇了，孩子死得值！"

我昆张支队五个中队全部到齐了，来保卫这场出殡仪式。20副棺材在村外摆放整齐，每一副棺材前都摆上了方肉、整鸡、整鱼的三牲供品，几班子唢呐一起吹奏，几个村庄的村民们披麻戴孝依次前来行礼。

男人行礼庄严肃穆，女人们则嚎啕大哭。

盛大的葬礼结束后，这些年轻的八路军被埋在了乔村东南的一处高坡上，这一片坟地，被称为八路林。

从那以后，每年清明节和农历十月一的"寒衣节"，乔村的老百姓在祭祀自家先辈的同时，都要来这一片八路林，祭奠这些八路军。

1944年初夏时节，冀鲁豫军区二分区根据昆张一带快速发展的形势，决定组织一场夏季攻势，由教三旅八团和昆张支队一起行动，全面解放梁山及昆张地区。

王定烈把分区首长的指示一说，大家都很振奋：终于迎来了重建根据地的这一天！邵子言提议，让杨岱据点的伪军中队长周庆丰率先投降，带动其他据点的伪军起义。因为杨岗和周庆丰是结拜的仁兄弟，决定让杨岗去做周庆丰的工作。

杨岗到杨岱据点来找周庆丰。杨岗给周庆丰讲了当前的形势，讲了八路军要全面恢复梁山根据地的决心，希望让周庆丰带一个好头，主动宣布起义。周庆丰这家伙却坚决不同意。

王定烈果断地说："夏季攻势就要开始了，我们没时间与他闲磨牙，可以来个调虎离山，杨岗你把他调出来，我们支队围攻杨岱据点。同时，县区的干部安排群众拆炮楼。"

傍晚，杨岗把周庆丰从据点里邀出来喝酒，杨岗和周庆丰接着一边划拳，一边喝酒。

这时候，我昆张支队一中队已经包围了据点，于灿周向据点喊话："伪军兄弟们，你们被包围了，快投降吧！昆张支队命令你们率先起义，八路军优待俘虏，愿意参加八路军的，我们欢迎，不愿意参加的，发给路费回家！"

伪军们大都有"关公卡"，他们纷纷说："八路军优待俘虏，我们投降！"

伪军们集合，把枪摞在一起，放下吊桥，排着队走出据点。

县区干部通知附近村庄的百姓来拆据点，群众大车小辆地都来了，一看八路军走进了据点里，跟着一拥而进，有的竖梯子上房揭瓦，有的用镢头开始刨炮楼的墙根，热闹得很。

最后一声"轰隆"的响声，三层多高的炮楼倒塌了，老百姓拆的拆，拉的拉，据点很快就夷为平地。

其他据点的伪军也都不敢再坚守，八路军送过去一个字条，让几点几分出来投降，他们就都乖乖地放下枪，排着队从炮楼走出来投降。同时，当地干部通知附近村民们来拆炮楼，群众都受够了日伪军的危害，热烈响应，大车、小推车一起上，拆的拆，拉的拉，几乎是一夜之间，炮楼碉堡和鹿寨就不见了踪影。

三天之内，昆张支队在地方武装的配合下，拔除敌伪据点二十多处，歼灭敌人八百多人，我无一人伤亡。

昆张支队经过一年零八个月的浴血奋战，打了大小战斗四百多次，平均每一天半打一次仗，除打了两次消耗战以外，没有打过一次败仗，几乎每次都是以少胜多，以弱胜强，还常常是在危急关头化被动为主动，由100多人发展到1100百多人，将被敌人占领的梁山根据地重新夺回，为冀鲁豫根据地的全面恢复和发展创造了经验，鼓舞了信心，也创造了我军军史上的奇迹。

时光远去，英雄不朽，这个昆张支队的英雄故事已经融入了梁山脚下、黄河两岸、大运河边这一片英雄的山河和土地，像一部新的《水浒传》，传播开来，激励着一代一代的后来人。

原载《人民文学》2021 年第 9 期

孤岛脱险记

郝炜华

关帝庙火车站，一个距离郑州火车站20千米，导航都找不到的四等小站，偏僻安静，平日只有四五名铁路职工上班。极目远眺，铁道线弯曲绵长，难见一个人影。车站不办理客运业务，只有如同长龙般的货物列车短暂停留，装上或卸下货物后，再次奔赴远方。乘载旅客的客车，总是风驰电掣般驶过车站。在这个以速度称霸的时代，不留心观察，根本感觉不到小站的存在。

K15次列车，济南开往重庆西的快速旅客列车，由中国铁路济南局集团有限公司济南客运段担当值乘，途经山东、江苏、安徽、河南、湖北、陕西、四川、重庆，全程2052千米，运行27小时26分钟，停留的26个车站里，没有"关帝庙"这个名字。

然而，2021年7月19日至7月21日，滂沱的暴雨中，K15次列车在关帝庙火车站整整停留了51小时23分钟。暴雨如注、洪水泛滥、交通受阻、水源和食物短缺……乘载着1333名旅客和41名铁路工作人员的列车如同一座孤岛飘浮在小站上。

走，不能走！退，不能退！怎么办？等待、观望还是放弃？

列车内外，铁路职工与来自天南海北的旅客众志成城，齐心协力，共同谱写了一曲抗击洪水、英勇脱险的列车大救援之歌。

一

张瑞联，济南客运段重庆车队队长、党总支副书记，54 岁，党龄 31 年。1991 年从部队退役来到济南客运段，从事列车乘务工作。在跟随火车，辗转大江南北，将旅客平安送达目的地过程中，他深知这份工作的酸甜苦辣。

"列车就是一个小社会，遇到的问题很多，每个问题都需要认真、谨慎地解决。"张瑞联说。

空间密闭、人员密集是列车的显著特点。旅客性格各异，身份复杂，旅途特别是长途旅行时容易出现各种各样的问题。有时，这些问题里还隐藏着凶险。30 年的工作历练，使张瑞联积累了丰富的经验，他自信能够应对各种异常情况。

作为车队长，张瑞联每月有 120 个小时的添乘任务。添乘就是到列车上，与列车长、列车员共同做好旅客服务工作，实际工作中，张瑞联添乘的时间远远超过 120 个小时。一有空，他就来到列车，一头扎到旅客中间。

7 月 19 日，张瑞联登上 K15 次列车。当天值乘的是重庆六组，列车长叫刘德鹏。

刘德鹏，43 岁，1999 年参加铁路工作，三年前调到重庆车队，担任 K15 次列车长，他像熟悉自己一样，熟悉线路和列车。

"K15 次列车运行时间长，路况复杂，过江跨河，穿山越岭。进入湖北后，列车横穿整个秦岭山脉，从湖北襄阳到重庆 885 千米的线路，列车要穿过 300 多个隧道。"刘德鹏介绍道。他身高 174 厘米，背有点驼，天生一副笑模样。一张嘴，一口地道的济南方言："19 号前，已经有四趟列车因为下雨无法到达重庆，从襄阳掉头，返回济南。"

早上 7 点 35 分，K15 次列车准时从济南出发。张瑞联与刘德鹏在车厢内巡视，硬座车厢、餐车、卧铺车厢，遇到重点旅客时，仔细询问。很快，他们就摸清了车厢里的孕妇、儿童、患有高血压等慢性疾病的旅客情况。这些都是值乘期间必须时刻关注的重点对象。

巡视结束，张瑞联来到餐车，厨房内已经开始忙碌，为今天的午饭做着准备。张瑞联伸手整理窗帘，目光看向窗外，不知何时，天下起了雨，远处的田野、庄稼、树木笼罩在了雨幕之中，一片迷蒙。

"今年雨水格外多。"张瑞联心里嘟囔了一句。他压根没有想到，一场由雨带来的严峻考验，正以雷霆万钧之势靠近、袭来。

下午一点多，列车驶离江苏进入河南境内，此时，窗外已是暴雨如注。疯狂的雨柱击打在车厢顶部，发出"噼里啪啦"的巨大声响。窗外的景色已经看不清楚，大雨水泼一般，一瓢一瓢地往车窗玻璃上倒。列车仿佛一条巨龙，撕开雨幕，在天地间驰骋。如果从高空俯瞰，这该是多么惊心动魄而又无比壮观的景象。

车厢内的旅客似乎被大雨震住，很多人拿出手机拍摄落雨的情景，还有人看着窗外默不作声。张瑞联与刘德鹏增加巡视车厢的次数，叮嘱列车员，发现异常情况立即上报。随后，又去检查防洪备品，应对难以预测的事情发生。

还好，一路通畅，列车经过民权、开封，到达郑州火车站。作为中原地区最大的火车站和中转枢纽站，郑州火车站正常情况下日接发列车 330 余趟，发送旅客 6 万余人。暴雨中，列车缓缓停靠站台，旅客有序乘降。大雨并没有阻挡人们出行的脚步，上车的旅客像往常一样，将近 600 名。列车定员 1207 人，此时，车内旅客已达 1333 名。

16 时 06 分，列车从郑州火车站正点发车。张瑞联透过雨幕向外张望，街道上已经有积水。有的道路上，汽车排成一条长队，红色的尾灯一眼望不到头。张瑞联心中暗自庆幸："还好，正点发车，等驶离河南，就放心了。"临行前，张瑞联了解到河南普降暴雨，他相信：只要驶出雨区，列车就可平安。

然而，仅仅运行了20分钟，列车就慢下来，小心翼翼地在暴雨中"摸索"前进。17时40分，列车停了下来。张瑞联与机车司机联系，得知司机接到调度命令：因为降雨，前方道路阻断，临时停车。

接天连地的雨幕中，连挂着18节车厢的K15次列车如同一条搁浅的长龙，无奈地停靠在了线路中间。与列车相隔一条铁道线的站台上，立着一块牌子，上面写着"关帝庙"三个大字。

二

临时停车。张瑞联与刘德鹏经常遇到。停车的原因很多，因晚点避让其他车辆、等待开车信号、铁道线出现故障……有时候，列车上方的高压电线缠上塑料袋或者风筝也会造成临时停车。停车的时间长短不一，有时几分钟，有时几个小时。

"印象中，停车时间最长的一次是48个小时。"张瑞联回忆道。那时，他值乘济南至乌鲁木齐的列车，因为暴风，列车停滞敦煌火车站。敦煌火车站是大站，可以上水、供应食品、处理垃圾，车内旅客大多是当地人，知道沿途有"百里风区"，很配合列车员的工作。

也许受过往经验的影响，列车刚在关帝庙火车站停车时，张瑞联没有感到紧张。虽然这次停车的地点有点特殊——关帝庙火车站位于河南省荥阳市豫龙镇关帝庙村附近，车站不办理客运业务，没有给列车上水的设备，没有补充食物的条件，没有处理垃圾的能力。车站外面就是田野，距离车站最近的关帝庙村在1.5千米之外，最近的集市在5千米之外。并且临时停车的自然环境非常恶劣——暴雨下个不停，铁路道岔已经被积水淹没，铁道线上的水还在不断地往上涨……

起初，旅客还算平静，但是半个小时过去，一个小时过去，列车依旧没有开动的迹象，他们着急起来。

停多长时间? 什么时候开? ……旅客将一个又一个问题抛到张瑞联与刘德鹏面前。

这同样是张瑞联、刘德鹏想问的问题。但是，没有人告诉他们答案。面对一张张探寻的、焦灼的、紧张的面孔，张瑞联、刘德鹏协同列车乘警徐淑田，一个车厢一个车厢进行安抚。原本就拥挤的车厢，因为旅客焦躁的情绪，似乎变得更加拥挤。有些旅客堵住道路，必须用手推开才能前行。张瑞联个子高，走在最前面，一面走一面说:"不要着急，一有开车消息，马上告诉你们。"

"脸上带着笑，说话的语气要比平时和缓。"张瑞联回忆道，"得让旅客和列车员心安。如果我们急了，不镇定了，列车员就没有了主心骨，旅客就跟着急了，乱了。"

此时，张瑞联他们不知道的是，受连日特大暴雨影响，中国铁路郑州局集团有限公司管内郑西高铁、陇海铁路、京广线等线路发生水浸钢轨、路基塌陷、路基下沉等水害险情，有的铁道线堆满了石块与树桩，多趟列车无法通行，停靠在沿途各个小站，涉及旅客达数万人。

等到旅客情绪稳定下来，张瑞联立即召开"三乘"人员紧急会议。三乘"人员分别是负责旅客服务工作的客运乘务员、负责列车设备安全的车辆检车员和负责列车治安、旅客安全的乘警。每趟列车上，"三乘"人员都会成立"临时列车党支部"，列车长担任党支部书记。每天每夜，铁道线上有无数趟列车来回穿梭，将城市与城市、山川与河流紧紧联系在一起。红色的党旗伴随着飞驰的列车，飘扬在祖国大地上。

因为添乘，张瑞联成为"临时列车党支部"的书记。他通报了当前的情况，做出安排：41名列车工作人员中有10名党员，党员要冲在前头，全力"应战"；"三乘"人员中的列车长、乘警长和检车长加上他本人即刻组成应急处置小组，全面掌握旅客动态，应对各种问题；各车厢乘务员严守车厢，不得擅自离开，时刻安抚旅客情绪，耐心解答问询，坚决做到打不还手、骂不还口；加强节约用水用电宣传，保证饮用水和列车照明正常；加强重点旅客服务，保证他们的身体健康；列车广播不间断播音，及时向旅客传递消息……

暴雨中，列车内，铁路工作人员立刻进入紧张的"战斗"状态。按照规定：列车长每两小时巡视一遍车厢，乘务员每半个小时巡视一遍车厢，现在他们每时每刻都在车厢里走动；车辆检车员巡视车辆设备，保证设施安全、供电正常、空调转运正常；各车厢乘务员不停地打扫卫生，不停地做节约用水、节约用电宣传，不停地解答旅客的问题。为了稳定旅客情绪，他们努力保持着微笑，最后脸上的肌肉实在太累了，怎么都笑不出来。怎么办？背过身，用手使劲搓搓脸，回过身来，还是咧嘴一笑。虽然笑得很难看，但终究是笑了。

列车停滞，保证水源和食物充足是重中之重。张瑞联、刘德鹏检查餐车内的食品，大米、肉、蔬菜，还可应付，水箱内的水也还能坚持一阵。如果列车明天一早启程，那么一切OK，万事大吉。

在美好的盼望中，夜慢慢地深了，旅客们逐渐进入梦乡。张瑞联、刘德鹏依旧在车厢内巡视。晕黄的灯光下，硬座车厢的旅客趴在茶几上，靠在椅背上或者相互依靠着入眠。没有座位的旅客就席地而坐。乘务员趁着这个空档，整理着车厢卫生。此时，已是7月20日凌晨3点左右，乘务员的脸上写满疲倦，见到张瑞联、刘德鹏招呼都不想打，只是默默地看他们一眼或是轻轻地点点头。

窗外，雨依旧在下。

三

　　王学东是乘坐 K15 次列车的旅客，坐火车，是他出行的第一选择。在王学东的心目中，火车安全、准时。飞机与汽车常常因为暴风、暴雨、暴雪等恶劣天气停运，火车却很少发生这样的事情。入睡前，王学东笃信列车会在他的睡梦中启程，等到睁眼醒来，迎接他的将是灿烂的阳光和一闪而过的窗外风景。

　　王学东的行程安排得不紧张，所以不在乎在列车上多待几个小时，他身边的一名男性旅客却烦躁不安。男性旅客的老父亲住进医院重症监护室，多耽误一分钟，就有可能见不到老父亲最后一面。夜已经很深了，男性旅客依旧在来回走动，似乎有红色的小火焰在他的胸中翻滚、升腾，烧得他坐卧不宁。

　　第二天，伴随着"哗哗"的雨声，王学东睁开眼睛，他惊讶地发现：列车待在原地一动不动。那名男性旅客已经站在车厢过道中央，大声喊着："我要下车，我要下车。"

　　饱含着焦急、焦躁、焦虑的喊声惊动或者说呼唤了其他旅客。先是夫妻二人加入"要求下车"的行列，他们质问列车员：两人带了一个孩子坐车，家里还有一个孩子，如果列车不开，家里的孩子出了事谁负责？更多的旅客挤到列车员身边，七嘴八舌地喊着："停了一晚上了，为什么还不开车？""我在巩义下车，离郑州也就一个多小时的火车路程，怎么十几个小时了，火车还一动不动？""你们铁路就这么无能吗？"愤怒的情绪如同洪水在车厢内蔓延，感染了更多人加入"声讨"的队伍中来。

　　年轻的列车员吓得变了脸色。

　　此刻，张瑞联、刘德鹏和徐淑田正在车厢内巡视。他们也被旅客围堵，无数只手指向他们，无数张嘴冲向他们，憋了一晚上的旅客，终于找到了"出气口",纷纷倾诉着自己的需求,发泄着心中不满。一名女旅客说自己的孩子要到重庆进行化疗,列车不开,孩子的病情怎么办?另一名旅客说自己要回家奔丧,这停在半路上不走,算什么事?一名男旅客大声喊道:"不管列车往前走,还是往后走,只要能走,不停在这里就行。"还有旅客打了"110"报警,说自己被铁路部门"软禁"在列车上……他们说着、哭着、喊着,唾沫星子喷到张瑞联等人的脸上,甚至伸手推搡张瑞联他们。车厢内严禁吸烟,可是吸烟的旅客越来越来多,烟头就扔在了脚底下。

张瑞联、刘德鹏、徐淑田耐心地劝解着旅客,脸上的唾沫星子顾不上擦,胳膊被拧红了,也感觉不到疼。看到地上的烟头,弯下腰,捡起来,掐灭,扔进垃圾箱……就在这个时候,他们接到了列车员的报告,马上赶到了王学东所在的车厢。此刻,旅客的愤怒情绪已经从洪水发展成了海啸,见到张瑞联,他们眼里几乎要冒出火来,大声质问道:"什么时候开车?"

一向喜欢笑的刘德鹏,此时,无论如何都笑不出来。他大声说:"我很负责任地跟大家讲,我们的列车要在确保安全的情况下运行,现在,你们可以拿手机上网,看一下咱们附近的天气状况。列车不具备开行条件,不能开车。我们要为你们的安全负责。"

"我们的安全不叫你管。""我们的安全自己负责。""开门,下车。""哪怕是脱了衣服游泳,我也要游回家去。"旅客依然声嘶力竭地喊着。

面对着"暴怒"的旅客,面对着蒸腾的"怒火",张瑞联、刘德鹏的大脑快速旋转,他们要想出最有效的办法,在最短的时间内,将旅客的愤怒压下去。否则,后果不堪设想。

办法有了!

张瑞联将父亲住进重症监护室的男性旅客和那对夫妻带到身前,

打开车门,与他们下了车。眼前的情景一下子震住了三个人,"哗啦啦"的雨声如同鼓点冲击着耳膜,铁道线全部被雨水淹没,停在站台上的汽车泡在水里,积水没过了汽车轮胎,火车站外更是一片汪洋……夫妻中的男子先开了口:"我们不走了。"

张瑞联用手机拍下了被暴雨淹没的火车站,又跑进积水中,试探水情。大雨淹没了他的小腿,再深处,就不敢走了。三名旅客回到车上,看到他们脸上的表情,其他旅客明白了雨势的严重。张瑞联又播放手机里的视频给旅客看:"大家可以上网查阅,郑州因为暴雨,汽车都冲到水里了。5号地铁线里的乘客也被困。为了保证你们的安全,坚决不能下车。"

看着张瑞联手机视频中的大水,看着网络中关于郑州暴雨的新闻,旅客们终于明白:列车不是不想走,而是实在走不了。列车工作人员不是跟他们作对,而是在保护他们的安全。

旅客们不再吵闹,各自回到座位,车厢里的气氛开始变得凝重、沉闷。

四

"队长,没有方便面了。""车长,存水不多了。""大米快用完了。""蔬菜只够两三个人吃的。"……刚刚安抚完旅客,此起彼伏的告急声直达张瑞联、刘德鹏的耳畔。还有旅客直接找到刘德鹏,说自己快要饿晕了,需要"120"救护。

张瑞联、刘德鹏赶紧检查贮备粮、贮备水,粮食所剩无多,硬席车厢滴水不存,至今没有接到开行命令,列车不知道还要停滞多长时间,1333名旅客要吃饭、要喝水……怎么办?

张瑞联打电话联系当地政府应急办公室。然而,当地政府正在紧张转移关帝庙村周边的居民,无暇顾及他们。想到自己的退伍军人身份，他又给当地驻军打电话，电话却始终打不通。

暴雨下个不停，积水不断上涨，救援联系不到，车内已经断水，马上断粮……怎么办？怎么办？怎么办？

"走，我们自己出去买水、买粮。"张瑞联下定决心。他给关帝庙火车站站长打电话，请求汽车支援。站长一口拒绝："外面什么情况，我们都不知道。这个时候出去，说句不好听的话，就是'找死'。"

"死哪有那么容易。"张瑞联调侃，努力调节紧张的气氛，在他的一再坚持下，车站终于派来一辆面包车。

得知张瑞联要冒雨外出采购，列车员纷纷阻拦。他们说："队长，您年龄大，不能去。""队长，我去。"列车员年龄不一，最小的二十岁，最大的五十八岁，张瑞联的年龄在他们中排第二，头发虽然理得短，白发依旧很显眼。

看着眼前的一张张面孔，听着一声声急迫的话语，张瑞联心想：外面情况未知，决不能让职工冒险，面对危险，党员干部必须冲在前面。他说："你们谁都不能去。我是队长，必须我去。"最终，一名列车厨师跟着张瑞联下了车，在暴雨中，登上面包车，向着洪水出发了。

"水真是太大了。汽车不是开而是漂在水里。"事后，张瑞联回忆道。关帝庙火车站所在的地区地势低凹，南水北调主干渠侧穿西南。面包车很快驶近南水北调水渠，眼前的大水无边无际，地上的洪水一下没过汽车引擎，面包车漂浮起来，左右剧烈摇晃，汽车司机咬紧牙关，努力维持着平衡。

张瑞联的手里一直攥着手机，此刻，一个念头突然闪过他的脑海：这条命难道要交代在这里吗？他打开微信，快速书写，老母亲八十七岁了，双胞胎孩子还未成家立业，妻子重任在肩……无论如何要给家里留几句话。"嘱托"写完了，他想着在最后关头发出去，希望家人能够理解自己。好在，司机技术高超，汽车安全驶过水渠，车体逐渐平稳下来。张瑞联看了一眼窗外，暴雨气势未减，洪水依旧肆虐，他的心猛地一紧，随即又感到庆幸："如果我出了事，属于尽职尽责，是'烈士'。如果要职工来冒险，出了事，怎么向领导、向他们的家属交代？"

"后面的每一个决定、每一个命令都要更加谨慎、细致，不能有任何闪失。"张瑞联暗暗提醒自己。

面包车在洪水中艰难前行，靠近关帝庙村时，停了下来，司机说："不中，过不去了，水太深了。"

汽车过不去，人过。张瑞联和厨师下了车，相互搀扶着，涉水而行。然而，终因水太大，两人无奈回返，去了另外的地方。终于，一家还在营业的超市出现在眼前，他们一头扎了进去，买米、买菜、买方便面、买卫生纸……一家超市买完了，再去另一家，村子里的超市买完了，就去集上、镇上。经过两个小时的跋涉，200斤大米、915斤蔬菜、2500个一次性饭盒、36提饮用水被他们装上了面包车，运到了火车站。

当汽车劈开洪水，驶进关帝庙火车站站台时，旅客们看到张瑞联和厨师的全身湿透了，衣服上沾着树叶子、草叶子、一块又一块污迹，不成个样子。

张瑞联通知值班的列车员严守车厢，其他列车员到站台搬运物资。铺天盖地的暴雨中，列车员们没有一个人穿雨衣，没有一个人打伞，从站台到铁道线到列车上，他们相互传递着，将米、菜、方便面……一样一样运上列车。58岁的韩玉忠一直站在车门口，往车内传递物品，雨水毫不留情地浇到他身上，从头顶到鞋底，韩玉忠身上没有一处干的地方。

一名旅客用手机拍下了眼前的场景，以抖音视频的方式发布到网上。他在视频上配了一段话：救命资源到了，列车员冒雨搬方便面、水，总算缓解了吃的问题。辛苦了。

五

米、面等采购来了，没有水怎么办？此时，车厢内不仅洗漱用水没有了，餐车用水和旅客饮用水也出现困难。

"从我们的小食堂接水。"关帝庙火车站站长想出了办法。关帝庙火车站总共16名职工，原本四班倒，因为暴雨，自19日起职工全部到岗到位，应对汛情。他们找来两根塑料管，连到一起，组成一根120米长的水管，一头接到水龙头上，一头拉到靠近餐车的站台上。没有盛水的工具怎么办？用锅。餐车里的大锅、小锅、铁锅、不锈钢锅……凡是能盛水的东西都搬到了站台上。水管长，水量小，接一锅水要用很长时间，列车员站在一旁耐心等待，手中的雨伞给锅遮着，自己就淋在雨里。一锅水接满了，赶紧抬着，下站台，迈过铁道线，运送到餐车上。列车车门狭窄，无法两个人同时作业，再大的锅也得一个人站在车门口弯腰、起身，一用力，拉到车里。列车员赵振江身板精瘦，面对一口装满水的大锅毫不怵头。韩玉忠站在他身后，插不上手，着急地问："这么大的锅，能端得动吗？你的腰行吗？"

"怎么不行。"赵振江脆声答道，"我这腰就是铁腰。"说完，弯下腰，两手抓住锅沿，一用劲，"哎吆"一声，将锅拉进车厢。

凉水有了，没有热水怎么办？

烧！

列车员将卧铺车厢的所有暖瓶集中起来，抱到了关帝庙火车站的小食堂和信号工区。他们用铁锅烧水，用电热壶烧水，灌满一暖瓶就端到列车上，倒进旅客的水杯。有的旅客直接将矿泉水瓶子递到列车员手里。列车员一手提着暖瓶，一手握着矿泉水瓶子倒水，热水烫得手指头生疼，可是硬是不松手。

与此同时，餐车里的两位厨师正以"十万火急"的速度烹制盒饭。

一千多名旅客等着吃饭，采购来的方便面远远不能满足他们的需求，在方便面的售卖过程中，已经出现了哄抢现象，两位厨师要在最快的时间内，使每名旅客吃上饭，消除缭绕在他们心头的"可能没有饭吃"的恐慌。

宿营车内，十几名忙碌了一个晚上、近一个上午的列车员正躺在床铺上休息。长途列车实行两班倒，一个班工作 8 小时。下了班后，他们又帮班，此刻休息了还不到一个小时，身体还没从工作状态中解脱出来。突然，他们接到了张瑞联的命令：放弃休息，到餐车帮班。

没有人问为什么，列车员迅速起身，来到餐车，择菜、洗菜、切菜、涮锅、盛饭……很快，一份又一份盒饭烹制出来了。列车广播通知旅客：列车员会送餐到车厢，一份盒饭，米饭和荤素菜品搭配，儿童免费，老人半价，成年人全价——十元。

"十元，是一份盒饭的成本价。"张瑞联说，"这个时候，绝对绝对不能坐地起价，绝对绝对不能趁机赚钱。"

虽然一再广播会送餐到车厢，但是还有大量旅客涌到餐车，挤在服务台前，提取或购买盒饭。服务台外的列车员接命维持秩序，生怕旅客挤伤或碰伤。服务台前的餐车长，快速地取送盒饭，尽最大能力满足旅客需求。那些在厨房帮了半天班的列车员全都饥肠辘辘，他们也万分渴望吃一口热乎乎的饭菜，但是看到眼前的场景，看着旅客一张张焦急的面孔，他们转身默默离开，走进车厢，清理卫生、倒开水或是安抚旅客情绪。

"我们很多列车员一天只吃了一桶面或一个鸡蛋，有的一口饭没有吃。所有吃的喝的都先让给旅客。"说起当时的情景，张瑞联的眼中泛起了泪花。

车厢里的旅客像餐车里的旅客一样焦躁。发放、售卖盒饭的小推车从餐车向列车两头出发，以保证最尽头车厢的旅客也能吃上饭。因为按照先孩子、孕妇，再老人、成年人的顺序发放、售卖盒饭，有的车厢出现了哄抢盒饭的现象。列车员一边发放、售卖，一边大声维持着秩序。随着盒饭的有序售卖，大部分旅客的情绪稳定下来。然而，餐车的服务台前依旧波澜起伏，餐车长正拿着盒饭往一位老年旅客手中递，一名中年男子扒开人群，冲到服务台前，将10元钱一下甩到她脸上，说："快点卖饭给我。"

剎那间，周围安静下来，大家的目光全都集中到餐车长身上。

年轻的，脸上挂满汗珠，累得都快说不出话来的女餐车长，"哇"地一声哭了。

六

挨骂，挨训，是列车员经常遇到的事情。特别是列车停运或因各种原因滞留铁道线上时，列车工作人员便成了旅客发泄愤怒的出气筒。他们几乎不辩解，只是默默地承受，将委屈和眼泪咽进肚里。

"任凭风云际会，我自不动如山，最艰难的时候正是考验我们综合素质的时刻。"张瑞联经常这样给列车员打气。

也许是餐车长的眼泪唤醒了旅客的同情心，也许是眼泪的清凉使蒸腾在旅客心头的怒火稍微降了点温。很多人将不满、指责，甚至是愤怒的目光投向那名中年男子。中年男子自觉理亏，转过身，悻悻离开。

餐车长顾不上擦脸上的眼泪，双手端起盒饭，递给面前的旅客。忙碌中，那泪水自己慢慢干了，在餐车长脸上留下两道难以察觉的泪痕。

吃饭、喝水问题解决了，新问题又来了——厕所污物箱全部满溢，无法使用。

不难想象啊，一千多人待在一个密闭空间里，要吃饭，要喝水，自然也要排泻。这是人体再自然不过再正常不过的迫切需求。虽然平日里大家都是含蓄而又隐晦地表达这种需求，但是此时此刻必须将这个问题摆在桌面上，堂而皇之地解决。

按照环保要求，列车不允许将积便排到铁道线上，必须在大车站，利用专用设备进行集中收集处理。然而，此时，列车已经在关帝庙火车站停滞了20多个小时，集便器内早已堆满了粪便，根本等不到开到大站上进行集中处理。张瑞联紧急联系关帝庙火车站站长，请求将粪便排到线路上。站长一听就急了："不行，排到这里，我们怎么处理？你们走了后，我们怎么办？"

"可是不排，又有什么办法？"

最终站长妥协，先解眼前燃眉之急，后续的困难，等他们再想办法解决。

暴雨中，两名车辆检车员下了车，一个车厢一个车厢地排积便，屎、尿、污水混杂着雨水溅到身上，他们浑然不觉。

围着列车转一圈，排一次积便需要一个多小时，列车停滞关帝庙火车站期间，他们整整排了四趟积便。

在等待、煎熬和紧张、忙碌中，夜色再一次来临。车站与站台的灯光亮了起来，车厢内的灯光亮了起来，雨水被灯光映照着，格外显眼，"哗啦啦"的雨声，此时此刻，格外的清晰，格外的刺耳。

依旧没有开车命令。

旅客的情绪再一次如同火山一般爆发了。

一名旅客声泪俱下地向刘德鹏和副列车长邢炜"控诉"：自己在车里待了这么长时间，早就分不出东西南北了。另一名旅客说自己的老婆在家里担心他都担心出病来了。一名旅客拉着孩子过来，问："孩子发烧了，怎么办？"一位中年女旅客说："我是癌症患者，吃的药没有了，如果病情恶化，可怎么好？"还有旅客说手机没有电了，有一家四口买的车票分布在四个车厢，夫妻与两个孩子不在一起，无法照顾……泪水、委屈、指责、求助，大大小小的事如同密集的雨珠滚滚而来，有一件处理不好，这雨珠就可能汇集成洪流，造成灾害发生。

邢炜与刘德鹏年龄差不多，为人老实，性格憨厚，做得多，说得少。列车停滞期间，他始终盯在车厢，处理各种问题。痛哭不止的旅客，帮助她擦干眼泪；被老婆担心的旅客要他抓紧给家里打电话；孩子发烧的旅客找退烧药，帮助孩子服下；药吃完的癌症患者，先冲一杯糖水递到她手里，稳定情绪；找充电器给旅客充电；将分散四个车厢的一家四口安排到餐车，坐到一起……虽然在尽最大能力疏解困难，但是意想不到的事情还是发生了。10号车厢一名男旅客突然抓起挂在车厢上的安全锤，就要往窗户上砸，试图砸破窗玻璃跳车。

列车员赵振江眼疾手快，一把抓住旅客的手，去抢夺安全锤。旅客就是不松手，赵振江大声喊道："你这是违法行为。你想过后果吗？违了法，你的家人怎么办？孩子怎么办？前程怎么办？"赵振江的话警醒了男旅客，他慢慢松开手。张瑞联与乘警徐淑田赶到车厢，将男旅客带到了软卧车厢的洗脸间。有旅客还声援男旅客："今天是他自己砸玻璃。列车再不开，明天就不是他自己砸玻璃了。"

人在情绪激动的时候，非常容易做出极端的事情，如果这种情形演变为群体行为，那么就是一场灾难。玻璃砸碎，旅客爬出车厢，在暴雨中、在铁道线上、在肆虐的洪水中四处奔跑……这是多么可怕的场景，他们的安全谁来负责？他们的生命谁来保护？必须坚决、彻底地制止这种行为。

张瑞联、徐淑田对男旅客进行了严肃批评教育，将他交到了车站派出所。这个时候，赵振江正在独自处理胳膊上的伤口。在争夺安全锤的过程中，他的胳膊被划出一道极大的伤口，鲜血直流。起初男旅客并没有意识到自己的错误，还满腔愤愤不平。张瑞联将赵振江的伤口拍成照片，给他看，告诉男旅客：他试图破坏公共设施，伤害了列车工作人员，已经触犯了法律。男旅客这才意识到问题的严重性，来到车厢，主动向赵振江道歉，请求给予赔偿。

赵振江说："我们理解你的心情，我受点伤不要紧，保证你的安全和平安是大事。"

因为赵振江的谅解，男性旅客没有受到处罚。

一场可能发生的群体破坏事件，就这样被处理好了。

七

"车长，我怀孕了，很不舒服，需要去医院。"

时间来到了 7 月 20 日晚上 8 点，雨势依旧未减。一名孕妇突然找到刘德鹏，请求帮助。此时，列车内，为了保证每名旅客夜间休息，卧铺车厢与宿营车厢全部开放，没有座位的旅客可以在卧铺车厢边座或宿营车厢的空铺休息。列车工作人员，全部放弃休息，在岗服务。

听着孕妇的话，刘德鹏有些紧张，他竭力保持着平静，脸上带着笑，安慰旅客。车外夜色如墨，暴雨不停，路况不明，出去便可能面临危险。然而，孕妇的面色开始变得苍白，呼吸也急促起来。刘德鹏不敢犹豫，立刻拨打"120"急救电话。关帝庙火车站周边的村镇不具备救助能力，救护车从十五千米外的荥阳市赶来。大雨中，刘德鹏协同医护人员将孕妇护送上站台，坐进车里。救护车仿佛一叶孤舟，亮着红色的尾灯，消失在了茫茫夜色之中。

雨，依旧在下。

一对夫妻带着两个孩子找到刘德鹏，告诉他：小儿子生病了，需要去医院治疗。与此同时，一名心脏病患者也来到刘德鹏面前，说自己随时有犯病的危险，也需要去医院。

患病旅客，是张瑞联他们关注的重点旅客。列车不具备医疗条件，平时不起眼的小病也可能危及旅客的生命安全。车外，伴随着夜色的加深，雨似乎下得更大了，可是，雨再大，也要想办法救助旅客啊。刘德鹏再次拨打了"120"急救电话。然而，关帝庙火车站外积水严重，救护车已经开不进来。刘德鹏又电话联系车站，最终一辆铲车开进车站，几名旅客坐在铲车斗子里，离开火车站。

眼前的情景，使旅客再一次意识到水患的严重。深深的忧虑笼罩在了每个人的心头。雨什么时候停啊？这车什么时候开？

焦灼与不安中，一个晚上过去了。第二天，在依旧倾泻而下的雨水中，在依旧静止不动的列车内，旅客们迎来了7月21日清晨。此时，列车已经停滞近40个小时。

列车工作人员又开始面临新一轮的困难。

"队长，餐车贮备不足，不能满足旅客需要。"一大早，餐车长就把紧急情况汇报给了张瑞联。

张瑞联再次冲进雨里，向着站外出发。然而，令他沮丧的是，当地居民大部分转移，商店、超市关闭，他只买到两箱方便面、3提水、11包卫生纸。拎着这可怜的"战利品"返回车站时，一名四十岁左右的女旅客正站在刘德鹏面前，强烈要求下车。

女旅客是一位密集恐惧症患者，此时已经临近崩溃边缘。刘德鹏立刻打开车窗，让她透气，平复心情。女旅客的弟弟紧跟其后，他打电话联系家人，得知家人要开汽车到关帝庙火车站接应，再次强烈要求下车。

车外路况如何？安全吗？

看着雨势小了一些，刘德鹏给关帝庙火车站站长打电话，站长告诉他，火车站外已经有汽车通行。刘德鹏稍微放下心来，等到旅客的家人赶到，他写好《客运记录》，再三确认安全后，才打开车门，将旅客交到他们的家人手中。

"她下车的时候，我很不安，害怕车上其他人也想下车。"回想当时的情景，刘德鹏说道。既要保证女旅客的安全，又要考虑其他旅客的心情。为了这个"两全其美"，真是操碎了心。

刚处理完患密集恐惧症旅客的事情，一位女旅客又拉住了刘德鹏，说："车长，我有精神病，药吃完了，感觉不好，睡不着觉，烦躁焦虑，随时随地会发病。"

在最初的车厢巡视中，这位女旅客就是张瑞联与刘德鹏关注的重点对象。听了她的话，刘德鹏不由得咬了一下牙，密闭车厢里，长途旅行、长时间滞留，最害怕的就是遇到精神病患者，他们一旦发病，会发生难以预料的严重后果。

刘德鹏急忙要来旅客的药盒，联系关帝庙火车站工作人员，委托他们买药。车站工作人员冒着大雨，辗转多家药店，费尽周折才买到了替代药品。

刘德鹏将药递到旅客手中，旅客问："多少钱？我给你钱。"

"给啥钱。"刘德鹏说，"这个时候，只要人平安就好。"

八

自认为工作经验丰富，能够应对各种困难的张瑞联，面对已经停滞了40多个小时的列车，面对着超员的滞留客流，面对着铁路系统规模最小的车站——四等站——关帝庙火车站，面对着刚解决完又不断出现的难题也开始犯开了愁。

列车工作人员连续作战，体力不支，疲惫不堪，很多人自从列车停滞，合眼休息的时间只有几个小时，这其中就包括他自己。列车还要停滞多长时间？是个未知数。还要应对、解决多少难题？也是个未知数。眼前以及即将来临的一切，仅靠他们自己难以支撑。怎么办？

成立志愿者服务队，发动旅客服务旅客。这个念头在张瑞联的脑中油然而生。他立即要列车广播员进行广播："旅客们请注意，旅客们请注意，因河南暴雨我们滞留在车上，目前困难较大，车上如果有人民子弟兵或爱心志愿者，请与列车工作人员联系。让我们一起努力，战胜这次灾害。"

很快，24名旅客通过5号车厢，汇集到了关帝庙火车站的活动室内，他们中有军校的学生、部队的战士、医生等。张瑞联问："你们中有党员吗？是党员的，把手举起来。"

一只手举起来了，另一只手举起来了，更多只手举了起来，整整齐齐的手臂，握紧的拳头如同一句句铮铮誓言坦陈在张瑞联的眼前。他的眼睛有些湿润，声音随即哽咽起来，说："我也是一名党员……"

志愿者面对面建立起了微信群——K15志愿者群。张瑞联要他们先将采购来的方便面、水等提到各车厢，发到旅客手中。"保证每个车厢都有，叫旅客看到我们还有食品、还有水。这样，他们才不慌。"志愿者分散到各个车厢，边走边宣传，很快24人变成了50多人。

"16号车厢总共有86名旅客，老人7名，小孩17名。""车厢里的旅客现在情绪稳定。""目前泡面和水都按计划下发。"……志愿者们不停地在微信群里通报车厢里的情况。他们统计旅客、老人和孩子数量，帮助分发食品，送水、倒水，进行宣传，稳定旅客情绪。会做饭的志愿者还到餐车厨房帮班。餐车厨房24小时不停歇地忙碌，没有志愿者的帮忙，根本挺不过来。即使这样，"小孩想要吃饭""饭好了吗""12、13、14、15、16、17号车厢的志愿者在门口等着拿饭"的信息不断出现在志愿者微信群里。刘德鹏回复"正在做""饭是够的""送饭时先给孩子、孕妇、老人"……有性急的旅客等待不及，坐在座位上四处张望，盼望盒饭快点出现在眼前。志愿者们安抚他们："不要着急，很快就送饭过来。我们大家在一起，有难一起担，千万不要慌。"几名有亲友在郑州的志愿者打电话联系亲友，请他们前来支援。还有志愿者联系当地企业，请求运送食品等物资。车厢内秩序变得井然，旅客的情绪不再像此前那样激动、烦躁与暴躁了。

突然，一名旅客指着窗外兴奋地喊："看，那是什么。面、方便面，还有水，矿泉水。"

站台外，一辆威武无比的铲车正满载着方便面、矿泉水，劈波斩浪而来。是当地政府来支援了。铲车先后往返四次，运来了200箱方便面，50提共计1200瓶矿泉水，600个一次性快餐盒。列车员与志愿者下车，将方便面、矿泉水、快餐盒搬上列车。

很快，方便面、矿泉水就分到了旅客手中。

每一个人都吃上了饭，每一个人都喝了上水，每一个人都能顺畅地上厕所。与人体相关的迫切需求全部解决，列车员将更多的精力投入卫生清扫工作中，他们不停地扫地、拖地，遇到难以清扫的垃圾就蹲下身用手捡。清理出的垃圾全部装进黑色塑料袋，紧紧扎上口，放到旅客触碰不到的角落，尽最大努力保持车厢的洁净。

困难一个一个地解决了，车厢内的气氛变得平稳、平和起来。车外的雨也慢慢地小了，小了，小了，终于停了。

张瑞联接到命令：家在车站附近的旅客，如有亲人接站，在保证安全的情况下，可以下车自行离开。

消息传到车厢，短途的旅客马上整理行李，与家人联系，准备下车。张瑞联与刘德鹏一个个核对旅客信息，家在什么地方？谁来接？联系电话是多少……仔细询问，详细记录，保证每个人安安全全离开列车，安安全全与亲人相聚。

因为K15次列车停留在线路中间，为了保证安全，列车只开了靠近站台的几个车门，列车员一步一岗，护送旅客下车、穿过线路、来到站台。一下子，将近500名旅客，在亲人的接应下，离开列车，离开车站。

伴随着一辆又一辆私家车的驶离，熙熙攘攘的站台一下子空了。

张瑞联与刘德鹏一直紧绷的神经第一次感觉松了一点，他们相伴坐在站台上，默默地看着前方。前方，与他们相隔一条铁道线的，是依然停滞的列车，几天几夜的雨水将列车冲刷得异常干净，车身上的绿色格外鲜艳、格外晃眼。将近500名旅客离开列车，意味着他们身上的担子减轻了40%。张瑞联与刘德鹏相互瞅了对方一眼，一样湿漉漉的衣服，一样被泡得走了形的鞋子，一样憔悴的面孔、起了泡的嘴唇……风吹了过来，身旁的树枝抖落下无数雨珠，洒落到他们身上，一只流浪狗从远处跑过来，趴到地上，静静地看着他们。

"哎。"张瑞联喊了刘德鹏一声，"弄瓶水吧，咱俩也该喝口水了。"

可是，水还没喝进嘴里，张瑞联就听到一名旅客在车厢里喊："为什么不让我走？"原来，有远途旅客，想在没有家人接应的情况下，自行离开。二十岁的列车员于子旭死死把住车门，不让旅客下车。那名旅客冲着他的后背"啴啴"就是两拳。

这时，一辆货运列车从旁边的线路上"咣当咣当"地开了过来。旅客们的眼睛亮了："外面有列车通过。"又大声问："我们的车为什么还不开？"

九

是的，已经有列车在铁道线上运行。客车还有货车好像炫耀一般，从K15次列车旁边"神采奕奕""神气活现"地开过去。在K15次列车全体人员英勇坚守的同时，无数铁路职工分布在铁道线上抗洪抢险，争取早一刻开通铁路线，争取让停滞的列车尽早发车，争取让旅客早一点回家。

K15次列车的旅客趴在车窗上，眼巴巴地看着通过列车从眼前消失，再一次质问张瑞联、刘德鹏："我们的车什么时候开？"

张瑞联与刘德鹏咬紧牙关，不愿说出眼下的困境。

列车停滞期间，他们接到好几次开行的命令。有一次，列车甚至挂好机车头，准备启程返回郑州了，突然又接到前方线路塌陷，取消运行的命令。那一次，线路塌陷的地点距离列车仅仅 500 米。

开行的命令一次次传来，又一次次取消，令张瑞联与刘德鹏的心无比焦灼、无比失落。他们比旅客更加盼望开车啊。开车不仅意味着可以安全完成运输任务，也意味着这扛了两天两夜的重担可以轻一些。他们不知道自己还能坚持多久，还能撑多久。

再难，也难自己，再焦虑也焦虑自己。张瑞联与刘德鹏达成了共识。"旅客的心情经不起大起大落的折磨了，没得到确切消息前，绝对不跟他们透露一点关于开车的信息。"

7 月 21 日 21 时 03 分，苍茫的夜色中，令人振奋的好消息终于来了，张瑞联接到确切命令：通往郑州的线路完全开通，列车原路返回，经郑州，回济南。

他第一时间将这一消息传递给了旅客，旅客激动起来，有的眼中泪花闪烁。"真的吗？是真的吗？""真的可以开车了？"张瑞联坚定地点点头，一名旅客立刻抱住了他。

动了！动了！动了！停滞了 51 个小时 23 分钟的 K15 次列车终于启动了，伴随着火车头发出的响亮长鸣，伴随着车轮碾压着钢轨发出的"轰隆隆"响声，列车启动，窗外静止的画面变成了活动的景象。旅客欢呼起来，他们跳起了舞，唱起了歌："2021 年的第一场雨，比往日来得更晚一些……"将"雪"改成了"雨"，记录了他们在列车上坚守、奋战的 51 个小时。

车窗外，关帝庙火车站的工作人员手拿信号灯，笔直地站在站台上，面含微笑，目送他们。

"再见了。关帝庙火车站。再见了，我亲密的亲爱的战友。"车厢内，张瑞联举起右手，默默地敬了一个礼。

从未感觉列车从钢轨上飞驰而过的声音是这样的美妙，从未感觉窗外流动的飞逝而去的风景是这样的美丽。张瑞联的心中无比快乐，无比欢畅。他与刘德鹏、徐淑田挨个车厢看望旅客，每个车厢都笑脸盈盈，每个车厢都欢声笑语，每个车厢都一片欢腾。

旅客不停地说："谢谢，谢谢。""你们受累了。""你们太不容易了。""你们做得很好！""你们很棒！"

张瑞联、刘德鹏、徐淑田拱手作揖："感谢大家对我们的工作支持。这一路大家辛苦了。在此，我们给大家伙鞠躬。"

深深的一个鞠躬，化解了所有的劳累、辛苦与委屈；深深的一个鞠躬，包含了多少坚守、忍耐与付出；深深的一个鞠躬，诠释了铁路人的勇敢、敬业和担当。

十

很快，列车到达郑州火车站，500余名旅客下车，通过别的方式，奔赴目的地。列车员守护在车门口，目送他们。张瑞联、刘德鹏在站台上送别旅客，握手、拥抱、告别。这些最熟悉的陌生人啊，这些并肩作战的战友，这些患难与共的生死之交，虽然不知道你们的名字，虽然就此一别也许永生不再相见，但是你们每一个人、每一张脸都永远镌刻在我们的生命里。

那曾经分散四个车厢的一家四口来到刘德鹏面前，什么话都不说，两个孩子弯下腰，冲着刘德鹏深深地鞠了一个躬。刘德鹏一直笑着的，那笑还灿烂地堆在脸上，可是眼泪"唰"地流了下来。

列车驶离郑州，不久，停靠在商丘火车站。站台上，张瑞联见到了济南客运段副段长李强。李强向张瑞联张开双臂，说："抱一个。"男人和男人的拥抱，真的是有分量！

接到列车停滞的信息后，李强就来到了商丘火车站，这是当时乘坐交通工具唯一能够到达的，靠近关帝庙最近的火车站。火车停运，李强试图乘坐汽车前往关帝庙，然而，出再高的价儿，也没有汽车愿意前往。

"无法到达现场，那才叫度日如年，才叫心急如焚啊，整整一个晚上没合上眼。"事后，李强回忆道。不仅是他，济南客运段所有在家的人都牵挂着 K15 次列车的旅客与工作人员。段领导跟张瑞联、刘德鹏他们一样，几天几夜睡不了几个小时。联系车站、客运部门，了解雨情，了解线路情况，分析困难，组织在家的乘务员成立应急小分队，随时准备去关帝庙接应……

"想给张瑞联打电话，又不敢打，怕影响了他们的工作。不打吧，又不了解列车内的情况，心里着急。真是矛盾啊。"段长于建国说，"坐在值班室里，感觉过去了很长时间了，抬头一看表，才过去两分钟。"

除了坐镇后方指挥，段领导还到 K15 次列车员的家里慰问，帮助解决生活困难，将了解到的信息，及时转告家属，叫他们放心、安心。

7 月 22 日中午 12 点 03 分，K15 次列车平安到达济南。

一下车，张瑞联的手便被于建国握住了。什么话都没有。"英雄凯旋、共克时艰……"所有阔大、壮美的词语，在 51 小时 23 分钟的决战里，在平凡、普通而又英勇的铁路人面前，全部黯然失色。于建国握着张瑞联的手狠狠摇晃了两下……兄弟……一切尽在不言中……

风和日丽、万里无云，天气好得令人感觉如在梦中。旅客依次下车，离开站台，离开车站，他们向每一名列车工作人员微笑、示意，表达感谢，还有人热烈地拥抱列车工作人员。这是我们的铁路人啊，这是最可信任、最靠得住的人。

经历了风雨磨砺的列车工作人员，经历了暴雨洗礼的列车工作人员，经受住了巨大考验与检验的列车工作人员，军人一般，挺胸立正在车厢门口，履行着最后的使命：等到全部旅客离开，他们才能结束任务，调整休息之后，重新踏上征程。

阳光穿透车站高大的防雨棚，投射到列车上，投射到列车工作人员的脸上。如同金子般闪耀的阳光映照着列车工作人员金子般的内心。

这些勇敢的、坚韧的、可敬的、可爱的人啊！令我们感受到了生活的美好，令我们感受到了世界的美丽。

谢谢你们！

原载《中国作家》2021 年第 12 期

儿童文学

季节组诗

张晓楠

开　春

是的，我们习惯
把立春
叫做开春

冰，炸开的开
雪，融开的开
芽，绽开的开

湖面，被鹅鸭
划开的开
天幕，被燕子
剪开的开

吱吱呀呀
柴门，被推开

晃晃悠悠
牛羊，被撒开

剪窗纸的姐姐
乐开了花
贴春联的爷爷
笑开了怀

还有，优雅的村庄
对着池塘
把倒影展开……

处　暑

就此，别过吧
我会记下
你的呼吸
你的葱茏
你的雨，你的风
你的拔节
有声的梦

树梢上的蝉蜕
显然不是
你的行囊
篱笆边的草帽
无论如何

成不了车轮

带上广阔的绿
就此别过
迎着辽阔的蓝
就此别过

自此，我将
以梦为马
再抓一把空气
也能拧下
金黄的原野上
自由驰骋

秋　分

干脆，把秋天
分了吧

把苹果的红
柿子的黄
把河水的绿
天空的蓝

把日头的燥
月光的凉
把收的喜悦

种的期盼

把晨的露珠
夜的虫鸣
展翅候鸟
抖落的农谚

甚至把牵挂
也分了
甚至把嘱托
也分了

是的，来一个
平分秋色
平静且温暖

冬　至

冬天到了
雪，还会远吗

在秋天里
就开始
拉直头发的柳
在祈祷

于小村外

已渐渐
绷直身段的河
在祈祷

在旷野中
始终在
望眼欲穿的井
在祈祷

于夜色下
疲惫且
迷乱的脚印儿
在祈祷

冬天到了
雪，还会远吗

原载《儿童文学》（选粹）2021 年第 1 期

小　寒

癫　丫

白酥手，白脸庞
只有攀上杉树的身，才可以
看清白纱裙形态
再给你一双白舞鞋就好了
这样你就可以凭借北风的力量
在光溜溜的水面上跳舞了

小寒，小寒
有人开始喊你的名字
你把手，缩回了袖口里
紧闭双唇不开口
让人揣测不出你下一个动作
会是什么

小寒，小寒
一群人在喊你的名字
你依旧咬紧嘴唇，不言不语

任由那一声声的呼唤
像风中的雪花
在空中慢慢飘荡之后
悄然飘落

小寒，小寒
我也轻轻叫了你一声
你"哧溜"一声缩进了被窝
温暖的小屋里响起
你轻轻的鼾睡声。屋外房檐上
倒垂下兽牙般的冰挂
慢慢咀嚼着房内炉灶上
熬粥的砂锅里
咕嘟咕嘟冒出的水雾

原载《少年文艺》2021 年第 4 期

赶　海

陈　馨

　　从海边走过，大海退潮了，退出大片沙滩，一个弯弯的月牙滩。滩上有几个人蹲在那里挖出了几堆淤泥，那是在挖蛤蜊，不知他们收获如何。现在海滩上的蛤蜊已经很少，但海边的人仍喜欢赶海。

　　"退潮了，赶海去！"望着赶海人，耳边仿佛又响起了这一声招呼。

　　海边人爱在大海露出一大片沙滩后，风风火火地相互招呼，然后带着工具拥向大海，去赶大海的集市。

　　大海的集市，货摊摆得随意，除了浅海的海菜会晾在礁石、沙滩上，大多数海货都悄悄藏在沙里、礁石缝缝里、卵石下面。大海喜欢玩捉迷藏。

　　只是无论藏得多么严实，赶海的人都能找到大海的宝贝。把圆头圆脑的鹅卵石一扒拉，藏在下面的小海螺就被发现了；用小钩子在礁石缝缝里抠一抠，小海螺打着滚儿就出来了；一把双齿钩在泥沙里挖呀挖，裹着泥的蛤蜊总能被认出来、拣出来；就连贴在礁石上的海蛎子，赶海的人也有办法把海蛎子肉完好无损地挑出来，挑到小陶罐里。

敲海蛎子的工具，一头尖尖的，用来"敲"壳，一头扁扁的，用来"撬"壳。赶海人在海蛎子壳处找准位置，尖头一敲，海蛎子像被击中要害，微微张开了口。敲壳的手趁机调转工具，用扁平的一头，插进壳里一撬，掀起了海蛎子上面的壳。也就在瞬间，工具又调转了，小尖头一挑，就把肥嫩的海蛎子肉挑进了小陶罐。海蛎子肉带着自身的汁液，裹着少量的海水，跳进陶罐，陶罐里鲜味、海腥味满得外溢，鲜透了。

曾站在礁石上看人敲海蛎子敲得眼馋心痒痒，央求敲海蛎子的阿姨借用一下工具。看明白了尖头和扁头，用尖头轻敲海蛎子壳，敲了半天没动静，稍一用力壳被敲黏了，倔强的海蛎子也没张张嘴。索性从敲烂了的壳里往外扒拉海蛎子肉，但是海蛎子肉像被磁铁吸住了一样，等到扒拉出来，肉和蛎壳粉末搅和成一团成了海蛎子酱。一旁的阿姨笑得蹲在礁石上，我则浑身冒汗，把人家的工具攥得发烫。

"拿得来人家的工具，拿不来人家的手艺。"老话说得真没错。

可是，与大海为邻，不能去赶一赶大海的集市，怎么甘心呢！不会敲海蛎子，还不能捡海螺、挖蛤蜊吗？我要去赶海，我要带个会用的工具，像模像样地赶一次海。

赶海的心闹腾腾的，天天叨叨。爸爸不得不用一根木棍、两条硬硬的铁条，做了一把挖蛤蜊的双齿钩来应付我。这把双齿钩比一般大人用的小一点，拿起来很顺手。

我开始盼望大海的集市——退大潮的日子。

大海的集市不像陆上的集市，由人安排好规定的日子就开集了。大海的集市啥时开市没准头，时早时晚，半夜凌晨，大海的脾气可真怪呢。虽说每天都有小潮小市，可那根本退不出大沙滩，过不了赶海的瘾。有时退大潮了，我们还在校园里。盼来盼去，到了暑假。

那天，刚吃过午饭，邻居小伙伴就来喊："退大潮了，赶海去！"

真的！我急忙找出那把双齿钩，拎起一个小篓子，就往海边跑。

"换件长袖衣服！"妈在身后喊。大热天，穿着小短裤和无袖上衣都嫌热，换什么长袖啊，短裤短褂，起来、蹲下多方便。为什么要换长袖？不听！

几个小伙伴一起，拎起小篓子，挎着小篮子，还有提着小瓶子的，几双小脚丫就像踩上了风火轮，火速旋转扑向大海。

到了海边才发现没有几个人来赶海。大概都不知道退潮了吧，我们开心地想，大海的集市是我们的了！

大家兴奋地匆匆脱掉鞋，在沙滩上撒欢儿，海浪花刚刚烫平的沙布印上了几圈脚印，像划出了地盘。大海家大业大，一点都不在乎几双小小的脚丫圈出的地盘，他安然地睡在阳光下，一声不吭。

我们开始在各自的小圈圈里挖蛤蜊。双齿钩可算派上用场了，用力地把它两根弯曲的齿挖向沙滩，沙下面就是淤泥，蛤蜊藏在淤泥里。黑色的淤泥紧紧糊住小钩子，也糊住视线，想尽一切办法隐藏他的宝贝蛤蜊。可是挖蛤蜊的眼睛尖着呢，蛤蜊壳上的花纹稍稍一露脸就无处可逃了。

挖呀挖，捡呀捡，大海平整的沙布一会儿就变成了大花脸。可再看看篓子里的小蛤蜊，连篓子底都没盖过来呢。

只一小会儿工夫，却不知怎么的，手火辣辣的，一摸，起泡了；肩膀火辣辣的，一看，晒糊了，通红通红。头顶的太阳大得看不清，伙伴们像趴在礁石上的海菜叶似的，软塌塌的。

期盼已久的一次赶海，匆忙结束，几个孩子好像被大海打败似的，蔫头耷脑地往回走。身后海浪哗啦啦地响，像在嘲笑我们这些手下败将：就你们还想来赶海！

大海慷慨地打开卷帘门，热情地拍着海浪花巴掌，欢迎所有赶海人，可他的货物不肯轻易让人带走。他不需要我们的货币。他悄悄与阳光合作晃眼睛，又悄悄与阳光手拉手晒脸晒胳膊晒腿晒全身，并且轻蔑地卷起浪花宣告：想带走我的海货，可不是件容易的事。

回到家，感觉大海的嘲笑追着来了，藏在脸和胳膊的深红色印迹里，火烧火燎，针扎一样的嘲笑。这才明白，妈为什么喊穿长袖。

回想在海边看到的赶海人，男人们走向齐腰深的海水里拉网捕鱼，大多会穿长长的皮衣皮裤。女人们赶个小海，头上也要戴头巾，头巾里圈个圆箍，撑起来，遮住脸，好似顶着一把小太阳伞。原来，赶大海的集市，需要全副武装。

从此后，赶海，不再选择大中午；赶海，一定要长袖长裤，戴着太阳帽；赶海，要做好脚趾被海水泡白，手指头上划出细微小口子的准备；赶海……

赶海的次数多了，知道大海的集日并非捉摸不定，每逢阴历的初一、十五，都是退大潮的日子。

又一个退大潮的日子，看见沙滩露出一大片，一群小伙伴便开始招呼去赶海。

经过多次磨炼，赶一趟海，我们从大海的集市上带走的东西越来越多，捡拾的海货已能装满一个小小的篓。

大海的慷慨引来了贪婪，我们的小脚丫走过海滩，就像开过一辆辆小型挖掘机，海滩上到处是一道道水沟，大大小小的水湾，一堆堆淤泥。我们提着小篮子、小篓子一个劲往里走，总想着大海深处秘密私藏了更多宝贝。

就在我们嘻嘻哈哈叫嚷着各自的收获，继续往前走时，海水悄悄拍打我们的脚踝了！

一个伙伴喊："快往回走吧，涨潮了！"

没人听，海滩没变小，还是原来的一大片；小螃蟹还在横行霸道，海带还慵懒地贴在礁石上，捡小海螺、小蛤蜊的手不想停。

又过了一会，再蹚水，惊奇地发现海水没过脚脖儿了！

又一伙伴喊："真的，真的涨潮了！"

大家起身、回头望着来时路。海浪轻轻地翻涌着，没有太大的声响，但是沙滩被浅浅的海水覆盖了。确实涨潮了，我们决定往回走。

往回走的脚步很不情愿，一点一点挪。脚下仍不忘和一个小海螺、小蛤蜊玩捉迷藏，眼睛忙不迭地瞅，小手捡着，欣喜地看着小篮子里喷喷响的海货，脚步不知不觉又放慢了。

"哗，哗！"海浪不讲客气了，发出了响声，海水直往我们的小腿肚子上靠。大家都有点慌了，如果海水没过腿弯儿，矮小的我们就迈不动步了！

顾不得小海螺、小螃蟹、小蛤蜊……几个孩子呼喊着、奔跑着、踩着浅水往岸上跑。

猛地，一个小伙伴跑丢了一只鞋，海水托起那只鞋得意扬扬地拽着走，翻卷的浪花狂傲地扭着头。丢了鞋的小伙伴哭号起来，挖蛤蜊的小钩子伸过去，奋力钩住了那只鞋……

连蹦带跳迈过近岸的礁石后，原先露着的海滩没了，眼前是一片海！

短短的几分钟，大海已填平了我们所有的挖掘工程，拉上了宽阔的门帘，连礁石也藏起来了。浪潮的舌尖正一舔一舔地伸过来，对着懒洋洋的岸放肆地狂笑，一颗颗小小的心怦怦地跳，畏惧地望着大海。

片刻，大海慢悠悠地卷起雪浪花，平静地把我们的惊恐揽在怀里，又平静地抚平沙滩，与堤岸碰了碰头。

我们站在堤岸上，比上一次的暴晒还要狼狈。有的脚趾因为走得太急，被礁石划出血；有的裤子湿了大半截，身上正滴着水；有的小篓子里甩出一些海螺，嘴巴气恼得鼓成了小海螺。

阳光把海浪闪成碎金，炫耀着大海的富有。

我们安静地坐在堤岸上歇脚，慢慢平复加快的心跳，在阳光下晾晒被海水泡得发白的双脚，脚趾肚已泡出了波纹。

潮涨满了，海浪轻轻润湿了近岸礁石的角角落落，把它含在嘴里。刚刚，我们要是跑得慢了，会不会被海浪吞下呢?

大海不作声，就像日日打磨礁石一样，用轻轻柔柔的浪花，对我们说了万语千言。

退潮涨潮，涨潮退潮，这是大海的日常。生活在海边的人，在大海的日常里讨生活、寻乐趣、长见识。

无论大海曾让还是小孩的我多么恐慌过，大海的集市仍是我最喜欢的游乐场。多年后，望着从容来去的大海，依然最想听到那一声招呼:退潮了，赶海去!

原载《十月·少年文学》2021 年第 8 期

赴一场春日之约

郭凯冰

　　四明山深处，藏着一个百花谷。春天百花盛开，香气飘出老远老远。多少采药人循着香味而来，总被倏忽飘来的雾气引入迷途，转好几圈，等雾气散了，却到了山脚。

　　弄雾的好手，当然是狐家族。百花谷，是狐家族的领地，更是他们最心仪的酿酒处。

　　每个春天，狐家族的儿孙们采来百花，送到狐爷爷的酿酒坊。狐爷爷在酿酒坊忙碌半个月，就让儿孙们把十个瓷酒坛滚到谷底那棵老松树下，放进刨好的深坑里，盖上含着松香的厚土，直等到明年白雪融化再取出来。

　　此刻，狐爷爷正提着瓷坛，带着小狐往山下走。小狐是去年春社日出生的，还从没见过祭社呢。

　　"爷爷爷爷快点啊，鼓敲了好一阵啦！"

　　狐爷爷笑呵呵回应："别急别急，社日要热闹一天呢！"

　　鼓声越来越近，小狐觉得心口也跟着鼓声"咚咚咚"使劲儿跳着呢。

村外地头边，十几个头缠红布条的小伙子，把手中的鼓槌敲得多带劲儿啊！

在他们旁边，是十几个白胡子的爷爷，跪在地上，烧着纸钱，口中还念念有词。小狐听哥哥们说起过，这是村里人在祈求丰年，这样的时刻最是庄严，万万不可打扰。小狐跟着爷爷停在远远一棵合欢树下，直等到白胡子爷爷们磕头站起身，才走过去。

一个老人迎上来，笑呵呵说："客人哪处来？盘桓一日，歇歇脚？"

哈，狐爷爷和小狐幻化成了人形，村里人当然认不出他们是狐族。

"从山那边来呢。"狐爷爷指一指四明山，笑呵呵说，"看这里热闹，正想叨扰一番。我这里有自家酿的酒，可以共饮。"

一桌桌酒菜摆好，村里人就在地头热闹起来。狐爷爷被请到上座，跟全村年纪最大的老人一桌。

狐爷爷拧开瓷坛上的松木盖子，最年长的吉爷爷抽抽鼻子，最先"咦"了一声。很快，一桌的白胡子爷爷你看看我、我看看你，又齐齐把目光聚到了狐爷爷身上。有一个爷爷，还到狐爷爷身后看了看。狐爷爷笑笑，抬起屁股给他看。

吉爷爷冲大家笑眯眯摆手，说："咱们十来年没喝这百花……好酒，来来来，今天陪客人一醉方休！"

小狐好奇地东张西望，几个小孩子过来邀请他斗草。

斗草？往年跟着爷爷来祭社的哥哥们都玩过，还教过小狐制胜秘诀呢！

小狐也像其他孩子一样，跑到沟沟坎坎处采花草。别人抱着花草回到合欢树下的时候，小狐也背着一包花草回来了。

先文斗？好啊。小狐痛快点头。

一个男孩出一支"飞来燕"，小狐出一条"地蜈蚣"；一个男孩出一支"水边蒲"，小狐出一支"山上松"……最后，他们的花草都出完了，小狐包里还有一半的花草哦。

武斗？好，就武斗！

一人一根皮筋草，四个孩子两两斗。歪着头，咬着牙，肉肉的小手使足了劲儿。闹出满头汗，小狐和长着一对小虎牙的男孩赢了。

小狐就跟小虎牙继续斗。五拉三胜哦，好，一言为定了！

用皮筋草斗，小虎牙胜了；用芊芊子斗，小虎牙胜了；用春柳皮斗，小虎牙又胜了。

小虎牙乐得，三颗小虎牙要飞出嘴巴。小虎牙高兴，小狐也高兴！

一弯月牙升起来。狐爷爷拉着吉爷爷的手，醉醺醺往山脚走。狐爷爷的长尾巴哟，在身后摆来摆去，谁也没注意。脚下不稳软了腿，他俩歪在了路边。哎哟哟，花花草草堆成了一堆。这堆花草里面，睡着现了形的小狐和三个男孩儿……

原载《儿童文学》2021 年第 9 期

小小船儿，摇啊摇

王文娟

一

渤海湾，蔚蓝的天空下，碧蓝的大海上，一艘绿色小型渔船上迎风飘扬着一面鲜艳的五星红旗。这艘渔船正随着起起伏伏的波涛在一摇一摇逐浪前行。它要载着缨子一家去海里捕捞毛虾，四五月份正是毛虾的盛渔期。

一阵阵"哗啦啦"的波涛声中，两只长着白色羽毛的海鸟偶尔飞过来，围着渔船转了几圈，留下几声清脆的鸣叫声，又飞走了。

"汪汪汪，汪汪汪……"几声怯生生的狗叫声传进船舱里来。

"妈妈，是小白，一定是小白！"缨子惊喜地对妈妈说。

"是啊，听着像，它是怎么上船的呢？"妈妈问。

"我去看看。"说着，缨子灵巧爬上出舱梯子，掀开舱盖，一步迈上甲板，循着声音四处张望着寻找小白。

小白是一只被遗弃在小岛河渔港的小型白色宠物狮子狗。据目击者"快嘴李婶"说,那天刮着大风,当时她看到一个小伙子抱着小白下了车,蹲在地上含泪抚摸了几下小白后,就开车走了。

渔港上的人们纷纷猜测小白可能是被一对分手的恋人给遗弃的。还别说,人们猜得还挺准。其实,被遗弃的前几天,小白就发现了种种异常。男女主人经常为各种日常琐事争吵不休。那天早上,他们更是爆发了一次空前激烈的争吵。之后,女主人便气冲冲收拾行李搬出了公寓房。就在那天下午,可怜的小白被遗弃了。

当时,小白奋力奔跑追逐着主人的车,它不明白刚刚发生了什么。汽车喷出的呛人尾气让奔跑之中的小白几乎窒息喘不过气来。追赶了一段路程,累瘫了的小白不得不停下脚步。看着远去的车,绝望的小白流下了伤心的眼泪,这时它心里逐渐明白是主人不要自己了。

从此,被遗弃的小白开始了它在渔港的流浪生活。小白这个名字是人们随口给它起的。再没人专门给它喂食洗澡,也再没人带它去做美容美发。流浪的小白现在靠吃渔民们给的剩菜剩饭为生。它原先像白缎子一样顺滑的毛,现在已经一绺一绺粘连脏污。原本像四瓣红梅花一样的小爪子现在也黑乎乎的。只有它那双大眼睛依然还是水汪汪的闪闪发亮,看着就令人怜惜不已。

白天,小白经常茫然地看着渔港上来来去去的船。晚上,它蹲坐在小卖部铁皮小屋旁边的木头箱子上,看着船上各家各户的温暖灯火,可没有一盏灯火属于自己。

每逢周末,渔港上那些调皮的男孩子经常拿着小石头或者棍棒追着搡着小白到处乱跑。幸好,女孩子们对它还好些。

八岁的女孩缨子就特别喜欢小白。有时候,缨子还从家里偷出火腿肠来偷偷喂给小白吃。缨子特别喜欢小白是有原因的。和小白一样,缨子知道自己也是被遗弃的。

当时,小小的缨子只有五个月大,被包裹在一个蓝底黄花的棉布小被子之中。小小的她知道肚子饿了的时候，只要自己大声哭一下，就会有甘甜的乳汁喝。可这次不一样，她哭了很久，也没有人来管她。直到她哭得有气无力时，一种不是乳汁，但也香甜柔滑暖暖的东西缓缓流进她的小嘴。她贪婪地喝着喝着，她的小肚子慢慢鼓了起来。吃饱后，她又有力气大睁着双眼四处打量了。眼前是两副陌生面孔，但那两双眼睛那么温暖慈爱足可以让她信赖。她放下心来，打了一个响亮的饱嗝。她身下那小小的船儿，就像一个大大的摇篮，在不停地摇啊摇，摇啊摇。在这个大摇篮里，缨子缓缓闭上眼睛，一会儿就睡着了。就这样，缨子一天天在船上被慢慢摇大了。

缨子是一个月以前偶然知道自己不是父母的亲生女儿的。那天，几个小伙伴一起玩跳绳。缨子弹跳好且动作灵活，每次和大家一起比赛跳绳都是第一名。总是比不过缨子的文轩涨红了脸嘟囔着："哼，缨子有什么了不起啊？不就是一个捡来的野孩子吗？"

"你说什么？你再说一遍。"缨子被文轩的话给惊呆了。

"说就说，反正这件事渔港上的大人小孩都知道。俺妈说了，你就是一个被人扔了的南方野孩子。"

"你瞎说！"缨子涨红了脸。

"俺没有瞎说，不信回去你直接问一下田叔田婶。"

缨子回家后并没有直接问爸妈这个问题。爸妈一向非常疼爱自己，她想如果自己这样问了，爸妈会不会很难过？问题虽然没有问出口，但缨子慢慢发现自己和爸妈哥哥在相貌上长得的确一点也不像。爸妈哥哥都长得粗壮有力，眼睛是单眼皮。可自己却长得细细弱弱，眼睛是双眼皮。并且，渔港上不少人早就说她长得像个"小南蛮子"了。这样一联系，缨子觉得自己就是爸妈给捡来的。

经历了这件事之后，缨子明显变了。眉宇之间多了几分忧郁，原本活泼爱说爱笑的她变得沉默寡言。因为文轩说的那句话"渔港上的大人小孩都知道"，缨子感觉老师同学们肯定也都知道了她是捡来的孩子，于是，学校她也不去上了。李老师几次三番打电话给她爸妈，问她为什么不去上学了，可缨子每次都是眼含泪花紧闭双唇，什么也不说。爸妈无奈也只能由她去了。

这一个月，缨子跟着爸妈出海捕捞，在船上天天风吹日晒，扎着两根小辫的缨子原本皮肤白皙，现在皮肤已变得黝黑发亮。不过，她那红彤彤的腮顶和嘴唇，依然把这个海边小姑娘的健康可爱与活力无限展现无遗。

每天，看着缨子眉宇之间忧郁日渐疏远的眼神，爸妈隐约也猜出了几分缘由。今天，听到小白的叫声，爸妈发现缨子难得开心地笑了起来。

在甲板上，缨子四处张望着寻找小白。

"汪汪汪，汪汪汪……"缨子朝狗叫的方向定睛一看，她惊喜地发现汪汪叫着的果然就是小白。

缨子欣喜地蹲下身子，亲热地用一只手抚摸着小白。小白则亲热地用它那嫩红的小舌头舔舐着缨子的另一只小手。缨子"咯咯咯"笑了起来，她的小手被小白舔得痒痒的麻酥酥的，感觉特别舒服。

二

缨子抱起小白，走进船舱。

对于小白的到来，正在准备做午饭的妈妈最先表态了："缨子，可千万别让它上你的床啊，你看它多脏啊。回渔港后，赶紧把它给扔下船去。"显然，妈妈并不喜欢小白。

爸爸只抬眼看了缨子和小白一眼，什么话也没有说。静静吸着烟，爸爸又回到他自己的世界里。渤海湾五个月的禁渔期马上就要到了。这次他们一家出海捕捞，是禁渔期前的最后一次。爸爸在考虑着今天晚上多下两网。若是幸运恰巧能遇上毛虾群，争取多打一点。正在上海读大学三年级的儿子康康花销大，昨天还打电话来说想报考研究生，那花销就更大了。爸爸知道，如今国家搞禁渔期是件有长远眼光的好事，非常有利于海产品的休养生息繁殖。但几个月捞不着海货，没有任何收入，也真够他发愁的。毕竟，一家四口的生活主要靠这条渔船的收入。

爸爸又在考虑，禁渔期时，先把渔船拖上岸，全面检修一下，再一一涂上红色的防锈漆。干完这些后，他打算约上丁大哥一起去渔港附近的海参池打打零工，赚点零花钱来补贴家用。

缨子拿上盆和洗头膏，从甲板上的储水箱里接了水，仔仔细细给小白洗了个澡。

洗完澡之后，在明媚阳光下晾晒着，干净清爽的小白现在浑身上下散发着一股好闻的玫瑰花香味。

"缨子啊，缨子，饭做好了，快下来吃饭了。"妈妈把午饭做好了，一人一碗鸡蛋西红柿面条。

"好来，妈妈，我这就下去。"缨子应声回到舱里。

"缨子，吆嗨，这是小白吗？原来它这么好看啊。"妈妈看了小白一眼，忍不住夸赞道。

缨子端起饭碗，走到甲板上去吃。机灵的小白一直紧紧跟在缨子的后面，也一颠一颠爬出了船舱。聪明的它看得出来，在这个船上，只有这个小姑娘拿它当好朋友看待。

缨子拨到甲板上几筷子面条，示意让小白也一起吃。小白边摇着小尾巴吃面条，嘴里边感激地哼哼着。

吃完面条，缨子把碗就地放在甲板上，她要和小白坐在甲板上晒会太阳。

搂着小白，缨子抬眼望向远方，海浪一波连着一波不知疲倦地在涌动着，不知它们从哪里来，也不知它们要到哪里去。缨子又抬头望向天空，一片白云正慢慢向远处飘动，这片白云要去找寻什么？一只海鸥"欧，欧，欧……"叫着飞远了，这只形单影只的海鸥也会感觉孤独吗？

缨子低下头，盯着小白那精巧好看的小脸仔细端详。缨子特别喜欢看小白那双亮闪闪的大眼睛，小白的眼神总是那么纯真那么清澈。小白也盯着她看，缨子突然有了一种奇怪的感觉。她感觉小白就像马上能开口对她讲话一样。

盯着小白的眼睛，缨子对小白说起了悄悄话："小白啊，你知道吗？其实咱们俩是同病相怜。我有一个小秘密，我从来没有对人说起过。可它憋在我的心里好难受啊。现在，我想对你说说。小白啊，你知道吗？不知道亲生父母是什么人也不知道他们现在在哪里，让我总有一种没有根的感觉。就像渔网上那些白色的水漂子一样，总是漂在水面上，一点也不踏实。我知道现在的爸妈亲我爱我。等我长大以后，我也会对他们好的。可是，小白啊，我太想找到我的亲生爸妈了。找到他们后，我想问问他们当年为什么要把我给扔了？就因为我是一个女孩吗？我也想知道他们到底长什么样子？也像我这样细细弱弱的吗？他们现在心里是否还在想着我呢？可是，小白啊，我不知道他们现在在哪里。我也不忍心去问爸妈，我怕他们难过……"

忠实的听众小白用它那一双水汪汪的大眼睛紧紧盯着缨子，偶尔歪一下小脑袋，它在一声不吭静静听着缨子的述说。小白听不懂缨子在说什么，但它看到缨子难过的神情，眼里满含着的泪水，小白心疼起缨子来，它凑近缨子，依偎在缨子的怀里。它要用自己小小的身子去温暖一下缨子。以前，女主人伤心难过的时候，它常这么做。

说着说着，缨子忍不住流下了眼泪。长长的睫毛上挂着晶莹的泪花，在阳光下闪闪发亮。

但她很快就擦干了泪水。因为她听到爸妈也来到甲板上。擦干眼泪后，缨子的眼睛还是红红的，她转过身子，她不想让爸妈看到自己哭过。

目的海域已到，爸妈要下网捕捞毛虾了。下完几个架子网，妈妈进舱休息去了。

望着碧蓝广阔的海面，爸爸又习惯性地点上一根烟吸起来。爸爸吸着烟在甲板上踱来踱去。深深的大海仅凭人的肉眼如何能看得透彻，不知道自己凭经验下网处毛虾多不多？爸爸祈祷着傍晚起网时，能有满满的收获。

三

事与愿违，傍晚起网时，除了挂在架子网上的几只小螃蟹在张牙舞爪以外，其他什么都没有。期望越高往往失望就越大，第一天没有收获，爸妈愁容满面，谁也不愿意说话。

妈妈没有心情做晚饭。给缨子泡了一碗黑芝麻糊，拿了几片面包和一根火腿肠。爸爸心情不好，没有胃口不想吃饭，照例在一旁吸着闷烟。

小白蔫蔫地趴在缨子床边上。趁妈妈不注意，缨子掰下一块火腿肠偷偷喂给小白吃。可小白只闻了闻，就把头转向了另一边。平时，火腿肠可是小白的最爱啊。今天它这是怎么了？

过了一会儿，小白竟然呕吐起来。

"妈妈，你看，小白它吐了，它这是怎么了呀？"

"它可能是晕船了吧。你带它去甲板上风凉一下就好了。"

缨子想，是啊，船舱里的烟味和柴油燃烧后的废气味混合在一起，浓烈呛人，再加上渔船在大海里不停地颠簸。缨子一家早已习惯了这一切，可小白还不习惯渔船上的生活，可怜的小家伙肯定是晕船了。

缨子抱着小白来到甲板上。

晚上，海上风大且凉。海风吹得缨子的褂子角快速地摇来摆去。缨子抱着小白坐下。可怜的小白有气无力趴在缨子怀里，缨子心疼小白，轻轻拍着它。剥开一个砂糖橘，缨子把剥下的橘子皮放在小白鼻子跟前。听大人们说，闻橘子皮味能有效缓解晕车晕船症状。缨子轻轻抚摸着小白。直到小白昏昏沉沉睡着了，缨子才抱着它回到船舱里。

可刚睡到半夜，小白又"汪汪汪"大叫起来。

"缨子，回渔港后，你赶紧把这烦人的东西给赶下船去。这天天白天晚上汪汪乱叫，也太烦人了，这还叫人怎么睡觉啊？"爸爸眼也没睁就生气地大声吼起来。

"爸爸，你快看，你快看，咱们舱里的电线着火了。"缨子惊呼道。

爸爸听了赶紧一骨碌坐了起来。

爸爸一看，果然冰箱旁边墙上老旧的电线正"哧哧"冒着蓝色的火花，把贴在墙上的一幅画都给烧着了。爸爸赶紧起身拧亮手电筒，关上电源，又用衣服把刚刚燃起的火给扑灭。一时，船舱里呛人的烟气四处弥漫。"汪汪汪，汪汪汪……"小白叫的声音更大了。

爸爸打开船舱门，让烟气尽快散散。妈妈听见声音，也醒了过来，问是怎么一回事。缨子把刚才发生的事情一五一十细细说了一遍。

"缨子，看来你是没白心疼它啊。如果火真大烧起来，后果不堪设想。关键时刻它救了咱们一家人的命。"妈妈说。

"嗯嗯，咱们小白这次算是立了大功一件喽。"缨子高兴地抚摸着小白说，眼睛却看向了爸爸。

拿着手电筒，爸爸在一旁收拾着被烧的垃圾，一句话也没说。

第二天早上，妈妈做了西红柿面条，还炖了香喷喷的鸡蛋粉条虾酱。虾酱是他们自己亲手打上来虾自己亲手做的，吃着放心。这次，妈妈特意给小白也盛了一小碗面条。现在，妈妈看小白的眼光里多了一份温柔与慈爱。缨子就着炖虾酱吃得津津有味。小白逐渐适应着船上的生活，晕船症状不太明显了，也吃了一点面条。

吃完早饭以后，爸妈和缨子又查看了一下昨晚下的网，结果还是一无所获。

缨子带着小白在甲板上晒太阳。突然，她听到船舱里传来一阵"叮叮当当"的声音。缨子抱着小白走进船舱一看，发现爸爸正拿着锤子在钉东西。

"爸爸，你在干什么呀？"缨子站在一边歪着头问。

爸爸抬头笑着看了缨子一眼什么也没说，继续干着手里的活。

缨子仔细一看，爸爸在她床头的地板上钉了一个木头小箱子。

"爸爸，这是你给小白做的狗窝吗？"缨子惊喜地问道。

"是啊，过一会，你再给它铺上件厚点的旧衣服。它躺着会更舒服一些。"爸爸边忙着手里的活计，边看了小白一眼笑呵呵地说。

"太好了，爸爸，你真好。小白啊，告诉你一个好消息，以后你可以住在咱们船上了。"缨子抱起小白高兴地喊着。

妈妈走进船舱，接上话茬说："缨子啊，我也同意，咱们可以留下小白，可你也要答应我和你爸爸一件事。"

"妈妈，只要你们能让我留下小白，我什么都能答应。"

"回去后，你要回学校去上学。咱们渔港，像你这么大的孩子都在学校里念书。你看你哥哥，现在上了大学，以后在城里找个旱涝保收的工作多好，就不用再像爸妈这样天天在海里漂泊水里捞食了。"

"妈妈……嗯嗯……这个……好吧，回去后我就去上学，周末我在家帮您织网补网。"

"还有，爸妈天天忙没有空伺候小白，以后你要常给小白洗澡。你看它现在洗干净了，是一只多么漂亮的小狮子狗啊，看着就让人喜欢。"

"好嘞，我一定会让它每天都干干净净的。"缨子高兴答应着。

小白也被这欢快的气氛感染，欢喜地摇着小尾巴，蹦来跳去。

缨子找来一件旧棉袄给小白铺好窝。小白一跳进窝，就舒舒服服盘着身子躺了下来，此刻的小白心安又知足。被人遗弃后，现在它终于又有了一个温暖的家。看着小白知足的样子，缨子若有所思。

"喂，您好，您是李老师吧？我是田红缨的家长。李老师，告诉您一个好消息，我们家红缨后天就回学校去上学了。这以后孩子回学校后还得让您多多操心啊。嗯嗯，她回学校后一定好好补补，您放心，一定，一定。"妈妈马上掏出手机，一脸兴奋地给老师打了一个电话。

缨子在一旁静静听着，心里感慨万千。这一个月以来，自己确实太让爸妈操心了。

四

很遗憾，下午缨子一家收网时，又是一无所获。

回到船舱，一家人愁容满面，谁也不想说话。如果明天还是这样的话，明天下午就要空着船回渔港了。

看着脸上布满疲惫与忧愁的父母，缨子的心在一丝一丝地抽疼。她心里很想像一个月以前那样去亲亲热热地抱一抱爸妈，给他们打打气安慰他们一下。可她心里是这么想着，手和胳膊却像是被魔法给箍住了，怎么也做不出这个动作来。

船舱里气氛压抑，缨子拿起妈妈的手机，抱着小白来到甲板上透透气。

缨子搂着小白，翻开手机相册一张一张翻看着。缨子对小白说："小白啊，你现在是咱们家的一员了，我给你介绍一下咱们家的人。

小白，你看，这是我小时候大约一周岁过生日时，爸妈抱着我拍的。你看那时候我的脸胖嘟嘟的，很可爱吧。这是我们一家人去县城赶集时，哥哥拉着我的手拍的。哥哥对我可好了，今年寒假回来时还给我买了漂亮的迪士尼洋娃娃呢，我可喜欢了。这个是我爸爸，就是上午给你做窝的那个人。别看我爸爸平时不怎么爱说话，但我知道他很疼我。有什么好东西总是先想到我。他知道我最喜欢吃砂糖橘，那天他一下子就买了十斤，让我随便敞开了吃。这是我六岁时，烫伤了大腿，妈妈在医院里陪着我。当时，为了能照顾好我，妈妈几天几夜都没捞着睡个囫囵觉……"

翻看着手机相册，对着小白说着，心里暖暖的缨子的眼睛湿润了。她突然有了一股想去抱一抱爸爸妈妈的冲动。

缨子起身慢慢走到舱口，听见爸妈在舱里说话。

"他爸，刚才收拾东西时，我又看到了这床小被子，想起缨子她亲生爸妈了。真快啊，他们走了已经快八年了。到现在我还清晰记着，当年他们在咱们渔港贩运海鲜，天天笑眯眯的，真是年轻又精明啊。大家都喊他们'南蛮子'。可惜他们不长命，可怜的缨子才五个月大，他们就出车祸走了。"

"是啊，小缨子够可怜的。她妈，咱们以后要对她更好一些。"

"这还用你说啊，缨子就是咱们家的宝贝疙瘩。明天回港后，你赶紧去县城给她买个带米老鼠的新书包去，和文轩那个一样的。缨子虽然没对咱们说，但以前我送她上学时，我看她摸了又摸文轩的书包，应该是非常喜欢。这样，她后天去上学时，正好背着新书包去。"

"行，没问题，只要咱们缨子高兴，让我干什么都行。以后，缨子在家时，可千万别说这个，万一让孩子听见就不好了。"

听了爸妈的话，缨子默然站在甲板上，任由泪水蜿蜒爬满两腮。看着眼前这一望无际碧蓝的大海，他们家的渔船渺小得就像森林中的一片树叶。她自己更是天地之间的一粒微尘。幸好，这片树叶收留了她这粒微尘，让她有了一个温暖的家。

擦干满脸泪水后，缨子才走进船舱。这一次，她很自然地抱着爸妈亲了又亲。爸妈笑得很开心，他们的小缨子好久没有和他们这么亲热了。

晚饭后，缨子建议一家人坐在一起讲讲故事。小白也依偎在缨子的脚边，静静地听。

爸爸先讲了一个关于小岛河的传说：传说小岛河附近在很久以前有一个岛。渔家的生活都围绕在这个岛的四周，靠山吃山，靠水吃水。人们出海捕捞，归航后上岛修船晒网，生活富足而安逸。可是不知道从什么时候开始，小岛的面积慢慢变得越来越小，直到最后完全消失在茫茫大海之中。先祖们为了不忘岛屿曾经为他们避风挡雨，便将现在的这片水域称作小岛河。

"原来如此，爸爸，我才知道咱们这里还有这么一个古老的传说啊。"

接下来，妈妈又讲了一个秃尾巴老李的故事，妈妈讲着故事还笑吟吟轻轻抚摸着依偎在缨子身边的小白。

一家人笑呵呵地讲故事，小白也听得津津有味。它喜欢新主人一家，他们的衣服一点也不光鲜靓丽，但他们黝黑脸庞上却有着最甜美的笑容。

"缨子，听够了吗？"

"没有，没有，我还想听老爷爷老奶奶移民时住地屋子的故事。"

"那就再讲一段。听老人们说当年那些日子是真艰难啊，咱们现在比起那时候来说，简直就是过着在天堂里一般的幸福日子啊。"爸爸又讲了几个移民故事，住地屋子吃不饱穿不暖，用没有发动机的小船出海打鱼更是险象环生等等。缨子抱着双膝听得津津有味。

"今天就讲这么多吧，咱们要向先辈们学习，顽强不放弃。我和你妈再去看看咱们下的网，万一有收获呢，咱们就不用空手而归了。"

讲完移民故事，精神为之振奋的爸爸说。

"好啊，好啊，我和小白也去帮忙。"

一家人穿上厚衣服，一起来到甲板上收网。

很遗憾，这一次还是一无所获，一家人又把网下到海里。

临进舱以前，抬头看着天上皎洁明亮的月亮，缨子双手合十，默默祈祷明天幸运降临，他们一家能收获满满。

五

第二天早上，日出东方，鲜艳的五星红旗依然迎风飘扬着。

收网时幸运降临，几个胀鼓鼓的架子网里满是浑身透明晶莹剔透的小毛虾。"哗啦"一声，"哗啦"又一声，一网一网的小毛虾被倾倒在舱板上。小毛虾湿漉漉的，在阳光的照射下闪闪发着银光。

看着满舱鲜活的小毛虾，缨子一家人笑得合不拢嘴，今天他们可以满载而归了。一家人赶紧马上忙活起来。

满怀喜悦的爸妈用海水和粗盐，一锅接着一锅地煮毛虾。毛虾下锅以后沸腾一次，就要马上捞出来沥干，然后厚薄均匀地铺在甲板上的苇席上晾晒。等回港后继续晾晒成肉质坚实的虾皮。

小白在缨子身边欢快地蹦来跳去。笑意盈盈的缨子也在干着她力所能及的活。她用竹竿细心地捣翻着湿乎乎的虾皮，好让它们干得更快一些。捣翻完成后，又蹲下身子在虾皮中仔细翻捡着，不时捡起那些混在虾皮里的小螃蟹和小海螺。如果不拣出来，会影响虾皮的品质和价格。

沐浴着温暖的阳光，这艘小小的船儿，正载着缨子一家迎风破浪，一摇一摇驶回渔港。

原载《儿童文学》2021 年第 11 期

编后记

　　编辑出版《山东作家作品年选》，是山东省作家协会按照省委、省政府关于加快新时代社会主义现代化强省建设的部署要求，为繁荣发展山东文学事业设立的一项系统工程，旨在全面展示全省作家年度创作成果，促进文学精品创作，为广大读者和文学评论工作者研究齐鲁文学和山东作家作品提供系统的翔实的资料。《山东作家作品年选》每年度选编一套，包括当年度山东作家发表的优秀中篇小说、短篇小说、诗歌、散文、报告文学和儿童文学等。

　　省作协领导对《山东作家作品年选》工作非常重视和支持，为《山东作家作品年选》的编辑出版给予了有力指导。编委会对作品的入选原则、入选条件、体裁布局、风格形式等进行了认真研究，制定了编辑出版办法，确定了编选方案，制定《山东作家作品年选编辑出版办法》，为《山东作家作品年选》编辑出版工作确立了标准和规范。

　　《山东作家作品年选（2021）》编辑出版工作，得到了各团体会员单位的大力协助和支持，由他们推荐了一批优秀作品。在广泛征集作品的基础上，对推荐作品进行认真审议论证。同时，对省内知名作家本年度创作情况进行调研摸底，确保重要作品不出现遗漏。最终，才确定了本年度入选篇目。入选作品既有在重要文学评奖中获奖的精品，也有在重要文学选刊上发表、转载的佳作。很多作品发表后，产生了良好的社会反响，受到文学界的广泛关注，比较全面地展示了全省作家 2021 年的创作成果。

山东省文学院全体同志在作品征集、调查摸底、统稿、对接联系出版社等过程中做了大量工作。济南出版社对本书的出版给予了大力支持，从编辑、排版到封面设计、装帧等，济南出版社都做得非常精细和细致。在此，对所有为《山东作家作品年选（2021）》编辑出版工作给予大力支持和付出辛勤努力的单位和个人，表示诚挚的谢忱。

　　《山东作家作品年选（2021）》分为小说卷和综合卷，小说卷主要包括中短篇小说，综合卷主要包括诗歌、散文、报告文学和儿童文学。入选作品按发表、转载和获奖的时间顺序排列，时间相同者，按作者的姓名笔画排列。

　　《山东作家作品年选（2021）》在编选过程中，尽量做到全面、客观，但难免会有各种疏漏，恳请大家批评指出，以利于在以后的编选工作中不断改进完善。我们愿意与全省广大作家、评论家一起，认真汇集全省的优秀文学作品，不断提高《山东作家作品年选》的编选质量和水平，努力把《山东作家作品年选》打造成经得起时间检验的文学品牌，为再创"文学鲁军"辉煌，建设社会主义文化强国做出新的贡献。

　　　　　　　　　　　　　　　　　　2022 年 11 月 28 日

山东省作家协会 编

Shandong
Zuojia Zuopin Nianxuan

2021
小说卷

山东作家
作品年选

济南出版社

图书在版编目（CIP）数据

山东作家作品年选 . 2021 卷 / 山东省作家协会编
. — 济南：济南出版社，2023.10
ISBN 978-7-5488-5924-6

Ⅰ.①山…　Ⅱ.①山…　Ⅲ.①中国文学－当代文学－
作品综合集－山东　Ⅳ.①I218.52

中国国家版本馆 CIP 数据核字（2023）第 181678 号

山东作家作品年选 **2021** 卷
SHANDONG ZUOJIA ZUOPIN NIANXUAN 2021JUAN
山东省作家协会 / 编

责任编辑　范玉峰　董傲囡　尹海洋
封面设计　胡大伟

出版发行　济南出版社
地　　址　山东省济南市二环南路 1 号（250002）
总 编 室　0531-86131715
印　　刷　山东新华印务有限公司
版　　次　2023 年 10 月第 1 版
印　　次　2024 年 1 月第 1 次印刷
开　　本　155 mm×230 mm　1/16
印　　张　68.75
字　　数　830 千
印　　数　1-1250 册
书　　号　ISBN 978-7-5488-5924-6
定　　价　398.00 元（全两册）

如有印装质量问题 请与出版社出版部联系调换
电话：0531-86131736

目　录

短篇小说

中篇小说

短篇小说

无　解

刘爱玲

　　黄莹瘦成了黄莺，门一开，秦丽张开怀抱想抱住这只黄莺，和预想的热烈像南极和北极的方向差，连彼此的脸还没有看清楚，黄莺接住的是秦丽的拉杆箱，她惊慌地飞走了。有人在呼喊她，"谁尿在我床边上？没擦干净，擦干净，黄莹……"

　　下午两点半钟，秦丽准时回到了银城，奶奶在睡梦中抓乱了自己的头发，像顶着无数错综的旋转楼梯。她坐在床上，婴儿一般，停住她的呼喊，空空地瞪着突然出现在卧室门口的秦丽。今天的午睡她早醒了半个小时，没人告诉她这件振奋人心的事情——她的孙女回来了。

　　秦丽回到银城不是因为在威海闯荡得只剩了一副残破的皮囊，连对银城严重的铝污染牵筋动骨的疼痛都失效了，她想把自己全部的爱施与他人（这里不是施舍，而是实施），同时却在离开家的时候告诉丈夫："一个电话都不要给我打，我想回来的时候自然会回来的。"这种"施爱"的生存方式除了跟09这个数字有致命的关系，也许还有个牢不可破的根基——她妈妈黄莹。

秦丽在威海一家医疗器械公司做质检员，据她自己反复说，公司生产的一根植入性接骨板断在了一个病人的大腿里，手术医师只得进行二次手术，但那个病人在持续的手术中竟然犯了心脏病，一根接骨板和一个人的死亡和 09 这个数字从此发生了微妙的联系，秦丽的质检号为 09。

她没有因此纵酒，但，上天的惩罚是必然的。一天清晨，那时她已经被解雇成了无业游民，天还在明暗交接的时刻，她从梦里惊醒，突然感到眼前所有的物件，包括躺在身边的丈夫都离她极其遥远。她伸手摸了摸丈夫肩胛骨处一颗黑色的痣，那是丈夫的妈妈赐予他的，说是成人后用来背他的爱人。秦丽还伸了伸手指，触摸了一下那颗黑痣，它柔软充满弹性，却又木讷讷的，如何能背得起一个人的重量。

现在，再怎么温暖的花言巧语也蒙蔽不了秦丽，心脏激烈跳动带来的巨大恐慌把她整个人都抽空了，她在自我消失的片刻得到了丝毫解脱，感到自己可以对躺在手术台上那个病人的无望感同身受，他完全可以在第一场手术中安全脱险。秦丽扳着手指数清了自己的年龄，已经活了四十年，这样数年龄并思考年龄的时刻极其突然而荒谬，就像那场医疗事故一样，数来数去，你会发现，除了四十这个数字，你一无所有，世界上的任何事物跟你毫无关系。

为了让自己跟世界有点关系，她记起妈妈黄莹在自己十岁的时候说起过一句话，那是在黑龙江红村冬季的夜里，他们刚刚逃离贫困到那里的第三年。妈妈坐在炕上已经哭了三天，哭声变化多端，一段激烈而尖细，她想把自己丈夫的身体穿透。一段柔和到像是夜里唱催眠曲，她想软化丈夫那颗石头心。一段颤抖不止，她想结束自己换来一种公平。都是因为远在银城的姥爷去世，而父亲只肯邮回 10 元钱作为葬礼费，并且不允许妈妈返回银城，因为路费的消耗代价是我们全家要喝两个月的西北风。妈妈哭到第三个夜晚，坐在幼小的秦丽身边扇着前呼后拥的蚊子，"有什么呢！"

"有什么呢，奶奶，小孩子的屋子里哪有没尿香味儿的！"

秦丽第一次抱住了这个有着一米七个头的奶奶，年龄再怎样让人的骨骼缩短，这个身体都处处充满着强壮，她心里不自然地和瘦小的黄莹对比着。

"孙女儿好，就会说俏皮话，哄我开心。"奶奶说这话的时候，恢复到她八十七岁之前绝对清醒的状态，语重心长，满是赞誉，还有对孙女的偏爱。

"说跑就跑回来了？"

"想你们了。"

重孙女可欣被黄莹从另一个卧室门口推到奶奶的卧室门口。自从可欣的爸爸妈妈被调到广西的铝厂上班，可欣就属于黄莹一个人的了。黄莹刚刚在客厅里给她梳了一个独辫子，细成一根手指，头顶上竖着一小根弹簧似的东西，秦丽辨认出来，那是一只黄色的小绒鸡，而不是一只绒毛鸭。卧室里就真的成了小孩子的屋子，"五天没上幼儿园了，"奶奶在讽刺她的重孙女，可欣把手掌做成六的样子，高高举到秦丽的眼前，"小姑，是六天，老奶奶又糊涂了。"

从半敞开的门缝望出去，黄莹顾不得说上一句话，已经钻到厨房里去了。在这个家里，其他的人和事物都像静止的，都有一种尊贵的等待气质，唯有黄莹在急速地流动，四处播撒着她的热情。门缝遮住了黄莹三分之一的身体，背更驼了，脑袋像探照灯一样探出身体，她在为她突如其来的女儿准备落脚面。这是银城再古老不过的习俗，每一辈人都听过做过，黄莹是最坚持的，这是一个人顽固的处世观。她坚持用手擀面条，面条机在橱柜里塑封成了出售样机，仅仅需要几分钟就压出的面条，黄莹要用上半个小时，和面、揉面、擀面、切面。小的时候，尤其是被饥饿缠绕的日子，秦丽和面板齐高，数次立在一边幻想将来能有一台联动机器，为了兼顾美观，面团儿从六角形入口放进去，在一个方形的铁桶里揉来揉去，然后会自动传送到另一个竖起的长方形铁板孔里，可以像幼儿园里的滑梯那样，面团从铁孔里挤过，一根又一根滑出来，最好直接能接到炉灶上的铁锅里。

秦丽从门缝里看到黄莹仍然在独自擀面条，竟然重新穿梭到童年毫无逻辑的幻想中，身体坐在床角陪着奶奶，毫无意识地把可欣搂过来，身体与身体接触之间，什么东西抚摸了秦丽的渴求，这个弱小的老年人和弱小的幼儿，还有那个在厨房里忙成团的女人，重新激起了她一败涂地的力量，她突然挺了挺身子，一种她要努力寻找的意义在笔挺的肩膀上生长出来。

能做的事情稀少，秦丽没有能力插进这个家的缝隙里，感到和在威海打拼一样徒劳，她只有像阳台上那群参差不齐、红绿相间的植物一样静止。那是属于父亲秦长寿的一小方领地，被搭建在半空的虚化空间里的实体空间中，这一方领地都是太过奢侈的。十四层高的窗外，天色一片灰蒙蒙。如果在威海，只要你还有一份生活的热情，早上奔到大海边，可以看到东方最早跃起的太阳，但，银城没有，太阳光比不过银城铝厂大烟囱熊熊吞吐烟尘的力量，这样灰色调子要日日持续，年年持续，她蜷缩在床上望了一会儿窗外，绝望开始萌芽，但她有责任必须把一些事情担起来，来抵御一些不可名状的东西的侵蚀。

这个家里的秩序是黄莹建立起来的，牢不可破。时间被有序分割，早上6点秦丽听到黄莹起床了，她养成了蹑手蹑脚的习惯，煮南瓜粥，煎鸡蛋，小炒两个小葱鸡蛋或者小白菜，声音和黄莹被封闭在几平米的厨房里，这样才能让两个卧室里的一老一少不易察觉，睡到七点整。

秦丽有着和黄莹一样的雄心，她要把自己身体里干瘪的气息充盈起来，为了明证一些本就存在的东西，比如她自己。洗漱完毕，她捉着一把扫帚轻轻打扫客厅，这是每天早上必做的事情。原本这件事情被父亲秦长寿瓜分，但，秦长寿回到老家边庄修复他那栋久未居住的砖瓦房，以备来年天暖时把老太太接回去。大家心里都明了，现在正是夏季暑热的时候，离来年转暖还有些时候，但，秦长寿还是回去了，因为老太太哭泣不止的时候告诉每一个人，包括极少谋面的邻居，"在这高楼上，她太痛苦了！"

连黄莹都吃了一惊，她推开厨房推拉门的时候，才看到秦丽也起来了，她脸上爬了一丝愧意，朝着秦丽吹了一口气，"还是把你惊醒了？"秦丽还没有练就这番轻功，她们彼此间隔着客厅中间的茶几、沙发，客套地笑了笑。

很神奇，七个钟点刚刚敲过，可欣睡眼惺忪蹭到餐桌前，眼睫毛上挂着几点白色碎屑，轻飘飘的，随着她扇动的眼睛起伏不定。她盯着她的老奶奶那双半大脚掌从卧室里挪出来，一直盯到座位上，也许，这也属于她未完成的梦的一部分，黄莹温柔具有杀伤力的声音把家里的人拉回到现实里，"吃早饭，还上学吗？"她趁着把鸡蛋递给老太太的空隙说："还出去找你的亲人吗？"

这话打在可欣和奶奶的额头上，像是落下滚烫的热吻。她们都装作若无其事，秘而不宣，沉浸在吃早饭的紧迫里。在回银城之前，在秦丽还没有犯下那个09号的罪责之前，秦长寿被自己的母亲折磨得精疲力竭，唯一的出口是给秦丽打通电话。他已经活到快七十岁，他告诉秦丽他不懂得自己的母亲在自己的家里会惊恐和痛苦，在自己的儿子面前要出门寻找自己的亲人。那时，秦丽把这一切归结为人类恒久的矛盾父与子或者母与子。

黄莹在为每个人剥白煮鸡蛋。黄莹没有打过一通电话，在她的世界里，只有接电话，接起电话等待着对方告诉她悲伤、快乐、平静、激愤，甚至长篇独白的一切消息。黄莹剥鸡蛋皮就像脱掉一件外衣，迅速、准确，只是右手的小手指有时会挡住连成串的鸡蛋皮，或者在乳白的鸡蛋清上留下划痕。秦丽看着那根高高翘着的小手指那样翘过了四十多年，若不是今天重新坐在同一张餐桌上，她已经彻底忘记了，她都忘记了痛苦的真正意义了。

秦丽吃饭喜欢细水长流，这不是秦长寿的性格，更不是黄莹的风格。她故意把速度放到最慢，来惩罚周边一切快速的事物。黄莹已经去送可欣上幼儿园了，每天骑着一辆白青色自行车，穿过枣香街，往返耗掉四十分钟，回来开始她一天的密集生活。奶奶一直不离开餐桌，盯着秦丽一口一口喝南瓜小米粥，"你在外边也这样吃饭？"

"黄莹可见不得这样吃饭。"

从出生以来，秦丽没有记得和奶奶在一个早上，坐在一起慢慢聊天。要么她太小太爱动，要么奶奶太勤劳，太老了。秦丽看了看奶奶，她没有什么话需要讲给奶奶的，她的心里装了很多的话。墙上的钟表敲过一个半点，奶奶告诉秦丽："黄莹要回来了。"

这是一天的初始，秦丽吃完漫长的早餐，主动把碗筷收拾到厨房里。整个厨房四面洁净为镜片，白色瓷砖墙，银色铝合金门，透明玻璃窗，连地面都莹亮亮的可以照穿你的鞋底，四处折射着黄莹捉着抹布擦洗这些完全可以懈怠的角落，而黄莹的热情从每一面镜片里渗出来，让秦丽感到窒息。

奶奶喊了一嗓子："放到水池里别动，那是黄莹的。"

秦丽重新坐回到奶奶身边，奶奶的乱头发还在膨胀，"我给你梳头发，奶奶。"

"你是找不到家里的梳子的。"

屋子里的寂静在此时才显现出来，奶奶顶着乱发，无望地望穿客厅里的玻璃窗，秦丽听得到电子钟表在墙上每走过一步发出的空洞声响。终于看到玻璃窗上一丝不洁净，那不洁净还在玻璃上变换着位置，从玻璃的西边向东边爬动，"那是只什么？"

奶奶兴奋起来，跑到阳台上，"丽丽，快来，是一只蜘蛛！"

奶奶召唤着秦丽，示意秦丽把茶几底下一张硬纸板的宣传单带过来，奶奶竟然站上了椅子，把颜色纷乱的宣传单斜放在蜘蛛的面前，"快上来吧，带你去个安全的地方，这里可不是闹着玩儿的。"那只迷途的蜘蛛被救了下来，重新回到父亲在阳台角落里建造的一方花草间。

秦丽把奶奶从椅子上扶下来，又把奶奶蹲在花盆前的身体扶起来，盯着那只蜘蛛爬进一棵浓密的绿萝下，奶奶松了口气，"快，去玩儿吧。"

秦丽感觉到这个家里被严重格式化，黄莹的爱意牢固地刻在各个角落，即使人不在家。她们重新坐回沙发里，奶奶还在自得，胜利的笑意一直从她的嘴角扯到雪白的两鬓，因为白，就产生了无限的延伸，秦丽听到奶奶直面她的眼睛说，"你妈擦得再干净，也挡不住从天上掉下来的东西（奶奶常把突如其来的东西比作上天的有意安排）。"

黄莹回来了，一种凛冽的亲切回来了，她占据了整个客厅，不知从哪里摸出一把桃核木梳子为奶奶梳头发。时间最先带走人的水分，头发为之最，如果是秦丽，至少要耗掉半个小时才能把这团干头发理出个头绪来，黄莹只用了三分钟，这是经验、方法和人持久不懈的爱才能完成的壮举。

秦丽惊异这种重复时间的积累，她还没有把意识收回来，奶奶已经浑身整洁地坐在沙发上看电视。她实在没有交流的去处，一档《有话就要说出来》解决家庭和情感纠纷的节目在每天上午10：00准时播出，它解决了不少人的孤独症和小心眼儿。

黄莹去整理奶奶的卧室了，秦丽想帮忙，作为一个孙女哪怕是端上一盆清水，可床脚已经放了一盆清水。黄莹把奶奶的尿盆倒进卫生间，奶奶永远都不习惯坐便器，尿壶是她们那个时代最亲切的生活器具，那是一种生活。刚住进这栋楼房里的时候，发生过一场"尿壶战争"，秦长寿把母亲的尿壶偷偷扔掉，害得自己的母亲在憋尿中整夜失眠。失眠的人焦躁易怒，第二天一早，他的母亲声嘶力竭，"如果在这里不可以用尿壶，我就回到边庄老房子里去！"人不可更改的习惯赢得了这场战争，是黄莹重新到附近的华联超市里买了一个红色小瓷罐，他母亲流着眼泪说给来家里的每一个人，几年过去了，她还会时不时地重复，"要不是黄莹，我在这里是待不下去的。"

　　黄莹跪在木地板上，擦溅在床腿上和尿罐周围的尿迹，尿骚味儿在擦拭中一点点淡化，尿罐的底座用尽全力在黑桃核色的木地板上留下了圆形的痕儿。多少个夜晚的尿液才能透过罐子侵蚀地板，多少尿液的热度才能令木地板褪色，黄莹的身体在这个房间里形成了无数个叠影，她跪着，累了，或许会坐着，也会起来站立一会儿，双腿可以盘坐，也可能会伸直，骨骼太坚硬和脆弱了。客厅里的电视声响很大，为了助听奶奶逐渐失声的世界，隐约可以听到主持人说到人与人的理解和包容，偶尔也会听到主人公的哭泣，接着是奶奶的哭声，在每一个房间里乱撞。

　　秦丽再也看不下去了，紧紧咬住自己的嘴唇，她一把夺过了黄莹手中的抹布，跪下，极速擦动，屋子里只剩了吱吱吱抹布和木地板的互害声。黄莹怯怯地立在一边，从来没有人如此强迫地夺走她要做的事情，秦丽的强迫满足了她持久的渴望，她笑了笑，又把涌上来的咸水吞进喉咙里，她本想着也哭一哭，把自己的哭声藏在客厅传来的嘈杂声里，但她用尽全力地憋了回去。

　　那一时刻，秦丽觉得自己真是一个龌龊的人，她是被咯咯咯的笑声吵醒的。那是奶奶的声音，秦丽并不知道奶奶的名字，奶奶这个称呼覆盖了她的一生。卫生间的门锁坏了，应该是等待着秦长寿回来后修理。留下了残破的洞，但门是存在的，也许正是因为这扇紧闭的门带来了神秘感，秦丽没有察觉自己接下来的举动。她听着笑声蹲了下来，视线刚好和空洞齐平，奶奶什么也没穿，坐在一个大澡盆里，她已经不能用淋浴了，不能站立一个人洗澡的时间里，她自由自在地坐在澡盆里捉着水泡，享受追逐和捏碎水泡的快乐。

黄莹坐在一个小马扎上，向奶奶身体上撩着水，每撩一次水，奶奶就开心地笑一笑，黄莹也跟着笑笑，"还笑，那晚上还哭？"奶奶笑得更凶了，黄莹一点一点为这个身体擦香皂，她柔软极了，满身的坚硬被水融化，她变成了水，正拨开奶奶腋下折叠的褶子，褶皱造成的沟壑像细线勒出来的缝隙，黄莹要把更多的香皂和水融进那里去，一厘一厘地把那些缝隙清洗干净。大暑将至，炎热会让那里的褶皱潮湿、发臭，会生出疹子来。

秦丽瞬间捂住了嘴，逃回到自己的卧室。这是下午，刚刚结束午睡的时间，她躺回到床上时就虚弱下来，她对自己施爱的想法产生了恐惧和厌倦。若不是看到奶奶裸露的身体，她几乎已经忘记了一个女人应有的女性特征，那是每个女人垂暮时的干瘪样子，她的上半身像是两条搭肩搭错了方向，占据整个胸膛的主体，那是一个女人伟大的部位。她突然再不敢直视人的衰老和丑陋。她想起对那个受害者痛苦的感同身受，只是瞬间，也是她个人制造的假象。

夜里，真的响起了哭声，秦丽朝哭声传来的门缝里窥探着，奶奶独自一人背对着门坐在床上，半截毛巾被搭在身体中间，两只干脚负气般撇成八字形，她的肩头在抖，悄无声息，悄无声息地抖，秦丽觉得那已经不是她的奶奶，在这一时刻，时代、地域、年龄、命运的不同都成了虚设，相同的是秦丽也曾独自坐在威海卧室的床上这样哭泣过，所有女人都这样背向世界独自哭泣过。

黄莹来了，可欣也来了，奶奶的哭声放肆起来。她愤怒地在几个人面前穿好自己的衣服、鞋子，告诉每一个人，"我要回边庄去，你爷爷等得烦了，我去找我的亲人去。"

黄莹把奶奶抱住了，"这就是你的家，还要跑到哪里去？"

秦丽抱住黄莹和奶奶，"亲人都在这里呢。"

可欣从缝隙里钻进去，抱住老奶奶的小腿，她不解，向上张望着三个女人抱成一个三角形，望一望，就继续抱紧一点儿。

奶奶又糊涂了，她坐在客厅里只静下来不足五分钟，突然号啕大哭，那一刻，奶奶充满了无法阻挡的力量，"黄莹你太没良心了，你不让我走，生产队里那些牛会饿死的，你爸还得种那些麦子！他会被累死的！"

奶奶指着黄莹，仇恨让她浑身发抖，可欣被吓哭了，秦丽把可欣揽在怀里，她突然重新看到生活是这样的无序与混乱，她无法控制自己，也无法控制生活。

黄莹恨得把牙齿磨得咔咔响，那是金属和金属直接厮杀发出的声音，属于她自己的牙齿也只剩了六七颗，其他的都是银色的不锈钢牙套。她磨了一阵子牙套，觉得把内心的一些仇恨磨碎了，高喊起来："你不想活，还有你儿子，你孙女，你重孙女，还有邻居！"

"你害了这么多人，跟着你哭，被你吵，被你骂！"

"你自私，只管你自己，你是非不分，善恶不明！"

"你就是个鬼！"

奶奶在疯狂的骂声中静了下来，她又一次看清了自己原来坐在家里的沙发上，而不是在过去坑坑洼洼、黑暗无边的饥饿路上奔跑，也不是在给自己的老头送葬的路上，每个人都围坐在她身边等着她重新回来。

她明白自己又把过去和眼前弄混了。她用了十分钟的时间把属于今晚的眼泪全部挤了出来，然后，眼巴巴地看一看盯着她的可欣，她不敢再多看一眼她的重孙女，连秦丽也不能看上一眼，捂着自己的嘴逃回到卧室里去了。

　　不知道是夜里什么时候，有门锁被转动的声音，向左转几圈，又向右，起初是耐心的，随后就激烈地不耐烦起来，左左右右，前前后后，有人想把整个门锁连根拔起。黄莹和秦丽都跑到了客厅里，奶奶正用整个身体晃动着门把手，她愤怒极了，"快让我出去！"

　　不止一次，黄莹会无奈地满足这个老太太最绝望的请求。三个女人开了门，黄莹最后一个，又返回去重新把可欣卧室的门关好。银城是个小县城，夏日里喝啤酒烤肉串的要热闹到十一点，现在，枣香街已经恢复寂静了。奶奶断定从枣香街一路向北，她的亲人们应该在最北端等着她。秦丽紧紧跟在后面，看着奶奶不知怎么成了一个年轻姑娘，脚步伶俐，除了踩着奶奶惊恐兴奋的呼吸声，她不停地望着一根又一根路灯，路灯两边闭门的街市都陌生不堪。枣香街是银城的南区，是新城区，它的样子早已和记忆中的面目全非。她惊异地发现，她回到家里这些天，没有迈出过一次家门，她所有的举动只是在一个卧室穿过另一个卧室，从客厅到厨房里去，从阳台上的那扇窗望到外面的银城。

　　秦丽后边追赶的是黄莹，在这条银城新建的最宽阔的大路上，她没有丝毫的焦灼了，步子轻快，像是一场最终抵达目的地的静步走，一个必然的结果。她甚至身心放松下来，保持前面两个人影在自己的视线之内，有时放慢步调，仔细看看路边新栽的法桐树，那是白天她匆匆途经时难以有时间看到的。

　　越接近北端，那群高耸的粗壮烟囱越来越高大粗壮，那些铝厂机器轰隆隆的声音越来越响亮，那大团大团浓密的灰白烟尘把星星盖住，黄莹的步子就越来越轻松缓慢，那些在边庄从未见过的东西会把老太太吓住的，然后在恐惧中变得清醒无比。

而秦丽还在努力地追，她在威海很久没有出门了，09 号的罪责不仅惩罚了她的精神，也惩罚了她的身体，像一团软棉花，一会儿的工夫，她流满了汗，她想着黄莹所做的一切就更加虚脱，她叫着奶奶，像百米冲刺一样，也正是她所需要的，咬紧牙关，闭紧眼睛，除了奔跑只剩了奔跑。

午夜，银城寂静的枣香街上，三个女人拉成一条线在奔走，他们朝着一个并不存在的亲人们的方向奔走。

秦丽很快决定返回威海，头一天下午，终于有两个小时的寂静时间，也许是为了分离而挤出来的。秦丽和黄莺坐在阳台的椅子上，她们还没来得及各自说说各自，仍然莫名地陌生，陌生就拘谨起来。秦丽握住了黄莹那根骨质凸出的小手指，这根手指在黑龙江寒冷的冬天被大架子山上的松木砸到过，从秦丽在摇篮里听着哼曲儿感到世界摇晃开始，这根手指总是向半空翘着，坚硬，扭曲，充满控制欲，弯曲处又携带着忧伤。秦丽再也担不住眼皮下的泪水，她叫了一声："妈！"这个世界给了一个"女"人如骡"马"的一生，让这个女人活成一个角色——妈。而秦丽终于在"女人"这条直线上和黄莹走到了一起。

秦丽和黄莺就这么静静地坐着，阳光不再泛白而热烈，柔软细腻地伸到各处。她们也都有些倦了，昨夜折腾到天明。她们一起看看花，看看窗外，从整个客厅向北望出去，看看银城北边继续生长的大烟囱，她们什么事情都不做，什么事情都解决不了。奶奶多午睡了二十分钟，也凑到阳台上来看看玻璃窗的洁净，遗憾的是，她没有再看到那些能够从天而降的不洁净。

秦丽握住了黄莹和奶奶的手，握了一会儿，她把她从威海带来的两个小盒子取出来，给奶奶戴上了一个戒指，又给黄莹戴上一个，戒指上不是蓝钻石也不是绿翡翠，是蚌贝里长出的珍珠。她们远远近近端详着珍珠戒指，快乐地把手心手背翻来覆去，珍珠亮晶晶地照着客厅，她似乎也只能做这最后一点事情，与她想象的气势汹汹的"施爱"简直是可怜到家了。所以，她泪盈盈的，还故作了一个惊喜的样子，"女人节快乐哦！"

奶奶激动极了，"女人节？"

黄莹诧异极了，"女人节？"

在银城的最后一个夜晚，四十岁的秦丽挤进了妈妈黄莹的卧室，最快乐的是可欣，她喜欢被拥挤着，还塞在怀里一只小猪佩奇，那是她每晚都要抱着的陪伴。在可欣熟睡之后，秦丽终于张开了嘴巴，张开了，就收不住了，半个夜晚，她讲述着自己在威海十几年从一个服装厂跳到一个鱼竿厂，又跳到一家医疗器械厂，讲述着她这个09号制造的死亡灾难，回忆自己当时在检验台上仔仔细细地检验产品，可能只是打了一个盹儿。她哭着，讲着，可欣细腻平和的呼吸声混在这里面，可欣每晚都会做梦，她的梦也会毫无察觉地搅进来。黄莹一直听着，她没有给秦丽递上一张纸巾，她弱化自己的呼吸声，给了秦丽更安全的自由。

秦丽停下来的时候，黄莹只轻声说了一句话："在黑龙江的时候，你还小，有些事说了，你也不会懂。"

奶奶的哭声又响了起来。

原载《广州文艺》2021 年第 1 期

万象有痕

艾　玛

一

何洛平走出小区，果然看见了一辆挂着绿色牌照的白色小汽车。新能源汽车都挂绿牌。他在网上下单时，注明不要燃气汽车。网约车公司来电咨询他，电动汽车可不可以？何洛平要去看李霁，李霁不喜欢燃气汽车。有一次，她乘坐的出租车被后车追尾，竟烧了起来，这可把她吓坏了。后来她才知道那是辆烧燃气的车。自那以后她再也不肯坐燃气汽车了，其他的车倒没什么。何洛平于是对客服说，电动汽车没问题。

司机是一位身材瘦小的中年女子，穿着一件黑色运动衣，头戴一顶棒球帽，脑后扎着根细细的马尾。她斜倚车门站着，指间夹着根香烟，不知低头在想什么。何洛平走到她跟前，她都没有察觉到。香烟马上就要烧着她的手指头了。

"你好！是莫师傅吧？"何洛平跟她打了声招呼。定好车后，网约车公司发来短信，告诉何洛平司机姓什么，电话和车牌号是多少。

"您好！"司机回过神来，连忙把香烟扔到地上碾灭。她把口罩戴好后，为何洛平打开了车门。

何洛平上车后，这个姓莫的司机赶紧把收音机音量调低。收音机里正播放新闻，某地新竣工一座大桥，某国新增死亡病例多少，又某地区重燃战火、人民流离失所。司机看了看后视镜里的何洛平，说："您好……想喝水的话，您自己拿。"语气里的迟疑透露出审慎和讨好的意味。何洛平道了声谢。他从未给过网约车司机差评，一般都会给个好评的，如果觉得服务实在太差，他就什么也不评。

两侧车门上都插着瓶装矿泉水，何洛平把口罩拉到下巴底下，拿起一瓶打开来喝。以往出门，多和李霁一起，何洛平什么都不用带，钱啊水杯啊，通通都是李霁准备。有时他的手机也放在李霁的随身小包里。想到这里，何洛平喝了一口水就不想喝了，拿着矿泉水瓶的手垂下来，落在大腿上。

李霁死于去年初秋，天气刚刚凉快下来。她没有经历后来的一切，也算是"死得其时"。

收音机里响起了音乐声，新闻结束了。何洛平听到司机叹了一口气。他以为她会跟他聊聊刚从收音机里听到的那些东西，一般司机都会愿意跟乘客聊聊这个的。然而这位女司机并没有。她默默开着车，仿佛开口说话就会有驾驶不专心的嫌疑似的。汽车驶上出城的那条滨海大道后，司机的电话响了起来，她把手机按到耳边。过了一会，她低声道："管得着吗？"声音冷得像是结了冰。又过了一会，司机又道："你敢！"听着每个字都像是从牙缝里挤出来。

何洛平看向窗外。

"随你们好了……"司机说。冰冷的语气里多了点无奈、悲凉。

司机把电话放回原处。很快，电话又响了起来，这回司机没有接，而是飞快地摁掉了。

　　汽车默默往前行驶了一阵后，司机开口说道："今年去那的人，比往年少多了。"

　　"那"是这个城市最大的一处陵园，坐落在郊外的一片山坡上，远眺能看到一个小渔港。

　　马路上车辆稀少，以往清明前后，这条路上常常是会堵车的。

　　"是啊。"何洛平简短地应道，"今年这情形……"

　　要不是昨夜梦里的哭声，何洛平此番也不会出门。过了半年几乎全隔离状态的生活，现在他已经习惯足不出户了。他发现许多事情其实都可以在家完成，当然也包括祭奠过世的亲人。可是，昨晚他又在睡梦中被婴儿的哭声惊醒了。李霁离世之后，何洛平时常在梦中听到隐隐的婴儿哭声。头一次是在李霁头七那晚，细若游丝的哭声，有随时断掉的危险，仿佛这婴儿正被重物压迫而处于极度危险中。他想循着这哭声去看看，可这哭声就像一条漆黑的隧道，他抬起脚来，却不知该迈向何处。他伸手摸索床的另一边，另一边是空的、凉的。他在黑暗中睁开眼，再也无法睡着了。他怀疑自己是不是把李霁墓上的盖板坐坏了，于是她在他梦中哭泣，让他误以为是婴儿的哭声。何洛平买的是个双人墓穴，李霁占了半边，另一边虚位以待。李霁头七那天，他去看她，就在属于他自己的那一边坐了半天。他坐在那喝水、晒太阳，直到落日的余晖洒满整个渔港才回家。墓上的盖板是花岗岩的，被坐坏的可能性很小，可是，他的体重已逼近九十公斤，"也不是没可能的事……"这么想着，第二天一早，他又打车出城去"那"。他跑了一趟，才知道自己多虑了。第二次是在入冬后，一个初雪之夜。同样的纤细哭声，若有若无，让人揪心。何洛平醒来后，静静地盯着黑漆漆的天花板躺了几分钟。他起床走到窗边，将窗帘往两边拉了拉，意外地发现外面正在下雪，昏黄的路灯下，雪花像是从空中倾泻而下，草地上、人行道上，还有楼前的栏杆上都已堆积起了两指厚的雪。何洛平默默注视着窗外的一切，雪落无声，四周一片寂静，他在这寂静里，看到的每一片雪花、每一棵树，甚至是每一盏路灯，仿佛都历经沧桑，就好像它们趁着夜深人静，卸下了白日伪装。

后来，何洛平就常在梦中被婴儿的哭声惊醒，他的睡眠越来越差，血压也上去不少，这严重影响到了他的生活，他只好把手头文稿整理的工作停了下来。他的学生毛利民知道后很着急，拉着他去医院去看专家，开了些利培酮口服液之类的药回来。

何洛平正在整理书稿，是他平生勘察过的案例的汇编，以及专业论文、随笔、讲稿的汇编。先是由毛利民带的几个博士生搜集编纂，再按时间先后装订成厚厚的三大本。这项工作已经进行了整整两年，还差一点就可以签字付印了。毛利民原本希望能在年底出版的，这个计划看来暂时是实施不了了。毛利民是东山大学法学院院长，二十多年前跟随何洛平研究过犯罪心理学、痕迹学。明年就是法学院建院五十周年，毛利民有很多院庆计划，《何洛平文集》的出版即是其中一项。

二

司机的电话再次响了起来。她看了一眼，又飞快地摁掉了。如此几番后，她把电话调到静音，将手机从粘在驾驶台上的手机架上摘下来，扔到了副驾驶座上。

"没关系的。"何洛平说。有的乘客会介意司机开车讲电话。

"骚扰电话。"司机开着车，说。过了一会，她问道："您一个人，去那？"

"是啊。"何洛平说。

"……今天天气不错。"

"可不。"

一个白发苍苍、腿脚不便的老头独自去上坟……这幅情景可能在别人看来够凄凉的。何洛平把头扭向窗外。大同不是得不得空的事，大同是根本回不来，国际航班都停了。现在人类互相躲避，各自画地为牢，多么荒谬啊！

汽车经过一个村庄，农民的红屋顶像是漂浮在果园里。坡地上的樱桃花还没有落尽，但颜色已显黯败，它们在短短的花期里就蒙上了岁月的风尘。"美好的东西从来就不长久。"这么想着，何洛平的心情就有些感伤起来。他不知自己为何还要跑这一趟，他和李霁都是无神论者，不信什么"地下有知"。但每次待在她的墓前，就像在拜访过往，他便不那么孤独了……李霁是他和这鲜活世界的一根脐带，她的离去差点使他的生活坍塌。尤其是阳历新年过后，整个城市就像停摆了一样，小区外面的菜店、小吃店都关门歇业了，钟点工不能前来给他做饭、打扫卫生。他不得不外出采购生活用品。没有了李霁，他对这座生活了大半辈子的城市是如此陌生，以至于他都有了一种羞于启齿的被抛弃的感觉。后来他到底振作起来，学着照李霁活着时那样去生活，也学会了通过电商采买食物，戴着口罩去小区外面的药店买降压药，叫外卖，早晚散步，也按时服用利培酮……像是从泥沼里挣出来。那专家，是对的。他梦里的婴儿哭声，可能是儿子大同的哭声，大同刚出生的那阵，是个家喻户晓的夜哭郎，那时年轻的他面对襁褓中哭泣不止的儿子心疼不已，却又手足无措。现在大同也是年近半百的人了。那么多年过去了，何洛平以为自己都忘了的。但记忆真是个奇怪的东西，它悄无声息地潜伏在这身体里，不知不觉就是半个世纪。

何洛平知道大同一直在自己家里备着一间空房间，在李霁活着的时候就是这样。大同曾经对李霁说："你们过来看看吧。"他说的是"你们"。是何洛平自己不想去面对。现在想去也去不成了。

何洛平想到这里，突然有些嫉妒起李霁来，无论如何，死去的人无需再面对这一切了。何洛平欠身看了看驾驶台上的时钟，蒙特利尔时间应该是下午，是儿子快要下班的点了，近来大同也在家上班。如果李霁还活着，他只消说句"不知大同在干什么"，李霁马上就会上网找儿子，跟儿子闲聊几句。何洛平常常装着看书，什么也不说，可等李霁一放下电话，儿子在干什么，他也就能知道个大概了。现在，这个会为他找儿子的人，没了。

李霁临终前有过片刻清醒，她对何洛平说，"别、别去看我啊，我不会在那的。"最初，他以为她是怕他路上辛苦，毕竟他的腿脚不太好了。后来他才慢慢领会过来，她是不想再见到他了。自从那年他将林次郎赶回日本后，李霁就开始用另外一种眼光看他了。偶尔，她不明缘由地嘲讽他，"教授的躯体里，还不是住着一个封建、顽固的旧灵魂！"或者，"你这可怜的老家伙！"语气里有种令人倍感羞惭的怜悯。这么些年来，在那件事情上，她从未说过他半个"不"字，但显然她也从未原谅过他。她的死，也终于结束了她对他的，怜悯。

三

汽车路过一座老年公寓，何洛平吩咐司机把车开了进去。

这是一座高达二十多层的大楼，楼前有一块漂亮的草坪，由一圈铁艺栅栏围起来，开着粉色和深红色花朵的蔷薇爬满栅栏，微风吹过，香气袭人。车道西侧有一个门球场，被修剪整齐的忍冬树丛环绕，绰绰疏影里，隐约可见一群老人在打门球。

何洛平告诉司机，他上楼去拿个东西就下来。李霁病中，何洛平计划等她出院，就带她住到这家叫"松鹤轩"的养老公寓里来。"松鹤轩"的院长是毛利民的高中同学，何洛平曾委托毛利民来交订金，办入住手续。他和李霁的退休金，倒是能负担得起这样一家养老公寓的费用。

公寓提供基本的护理，膳食也还过得去。可李霁不想。她最终如愿以偿地死在了家里。现在何洛平也不想了，他觉得自己还行。"还不到时候。"他对自己说。

退住手续办得很顺利。何洛平下楼来，远远地看见司机在讲电话，她挥舞着一只手，看上去有些激动。何洛平停下脚步，想等她打完电话再过去。门球场那边传来"哗哗哗"的喇叭声，夹杂着几声带着痰音的喝彩，大约刚有一个精彩的进球。天空很蓝，飘浮着几丝云彩。

司机讲完了电话，趴到了方向盘上。

何洛平走过去打开车门。司机直起身来。

何洛平上车后，司机开动汽车，说："养老院不是我们能住得起的。"语气自然平常，不像哭过。

何洛平看着后视镜，司机的帽檐压得很低，现在他连她的眼睛也看不到了。

汽车驶出养老院，回到了滨海大道上，司机看着前方，又道："我们也去不了那。"语气里多了一丝不易被人察觉的怨愤，车速也比先前快了许多。何洛平连忙提醒司机，这条公路是限速的。司机没有说什么，好在车速慢了下来。

何洛平看着司机。先前那个"我们"还不怎么明显，后面这个"我们"把他和她做了区分，何洛平听出来一点"我们不是一类人"的意思。"谁都会有点不顺心的事……"这么想着，他便打量起司机来……她戴的帽子是一顶款式老旧的棒球帽，后面有一个可伸缩的金属扣，一根细细的马尾从金属扣上方穿过来，耳朵和露在口罩外的腮帮都显得单薄。他从她头发的颜色、质感和露在口罩外的皮肤，判断她可能长期睡眠不足，也可能患有胃病。她插在杯架里的水杯，是一个很大号的玻璃杯，中药店里常用它来做三七粉的包装。"也许还有高血压……"何洛平想。玻璃杯上套了个棉布杯套，看不见里面泡着什么，何洛平猜应该是红枣、枸杞之类。他遇到过的许多司机都喝这个，充饥。也有喝浓茶的，为的是提神。

墓地是大同的意思。

李霁想把骨灰撒在中山公园的草地上，每年春天她都会去中山公园看樱花的。但他没法满足她这个愿望，没人能光明正大地把骨灰撒到中山公园的草地上去。他自己，倒是愿意葬于海里。这些年海葬很流行，省钱，省地，也给后人省了许多麻烦。至少每年清明，没必要舟车劳顿地跑去"那"，随便找处海滩静默三分钟，就算是一场祭奠了。海葬的话，大同将来也可以省些事，世界上的水是相通的，每年清明，他只要走到圣劳伦斯河边就可以了。但大同愿意他们有个看得见摸得着的墓，也许是他想给自己一个时不时回来看看的理由。何洛平不知道大同现在过着怎样的生活，有没有伴侣？他从未让人知道他有多害怕，害怕这些年，大同，他唯一的儿子，一直都是孤单一人……他害怕知道这个。以往，偶尔李霁会告诉他，大同在看电视，或者，大同在吃晚饭。他很想她多说一点，他盼望她能告诉他，大同不是一个人在吃晚饭，也不是一个人看电视。但李霁就像为了惩罚他，从来不提及这些。偶尔他会因此生气，生闷气，好几天都不想跟她说话。随着年岁的增长，他越来越明白当初他是何等粗鲁，像个暴君。如今他对大同的唯一希望就是，他的生活，没有被他这个残忍的父亲摧毁，他的生活里，仍然有爱……想到这里，何洛平只觉得心里一阵阵紧上来。他对司机说："死后去哪都不要紧，只要好好活过，就好。"

"可要是活着时就没怎么称心过，就会想着死后好歹得称心一回的吧？"司机把帽子往上推了推，露出一双微微有些发红的眼睛。她看了看后视镜里的何洛平，又道："就拿我父母来说吧，我妈说过要海葬，我爸是海员，可他坚持入土为安，他早早就在老家铁骑庄看好了个地方。"说着她笑起来，"先前我让他们商量好，要么都回老家，要么都去海里。我跟他们说，要是他们商量不出个结果，到时我就抓阄，抓到哪，就都去哪，谁也别怨我。现在可好，我妈痴呆了，也不知我爸怎么糊弄我妈的，现在你问她死了埋哪？她会大喊三声铁骑庄！"

何洛平也笑了。他看着后视镜里的司机，她应该和大同差不多的年纪，笑时额头现抬头纹，不笑时双眉间现川字纹，都颇深。去年，大同回来奔母丧，临走前他买了个钟，给他挂到书房里。"别睡得太晚。"大同说。说这句话时他端详着刚挂好的钟，手上还拎着把锤子，只把花白的后脑勺和略微有些佝偻的背对着他。何洛平再也无法忘记儿子的背影……深重的负罪感，使他不敢对视儿子的眼睛。他甚至都不敢问他过得好不好，有没有遇到合适的人。只是，他开始听儿子的话，再也不熬夜了，每到晚上十一点，墙上的钟"叮叮叮"一响，何洛平就起身洗漱、上床睡觉。可是大同哪里知道，对现在的何洛平来说，睡眠就像一杯愈喝愈少的水，早喝早没，晚喝晚没，早点睡和晚点睡，又有什么太大的区别呢？

四

收音机里开始播放药品广告。

听众一个接一个打进电台，多是老人，他们不厌其烦地描述自己的疼痛，或是不适，吃过什么药，服药后的反应，看医生的经历，这个药可不可以吃，那个药该如何吃才好。这给了何洛平一种错觉，仿佛这些老人其实是同一个人，只是每次他都换了不同的声音、语调来说同一件事，他不屈不挠地向收音机里一个并不存在的世界求助，经验丰富的主持人像打太极，回回以"让我们来接听下一个电话"代替"再见"，很轻松地把他打发了回去。

何洛平还记得，李霁确诊胰腺癌的那天，她挥了挥CT片，说："瞧，阎王爷给我写信了！"

现在，阎王爷还没有给他写信。

大毛病没有，但小毛病一个巴掌也数不过来了，最麻烦的就是这个幻听了。何洛平想起了那个给他看病的专家，一个快到退休年龄的男子，他是何洛平见过的最爱说话的专家了。那天，何洛平和毛利民走进他的诊室时，刚好有位老人坐在轮椅上被家人推出来。专家给何洛平做完检查后，说："还好、还好。刚刚出去的那位，"专家屈起一根手指叩了叩自己的太阳穴，"这里不好用了，听觉中枢系统功能衰退严重，白天他在家里和去世的老伴斗嘴，有来有往，煞有其事，把孩子们都吓坏了。晚上他会听到有人唱苏联歌曲，三套车啊喀秋莎啊莫斯科郊外的晚上，他常常整晚不眠，与唱歌的人互动应和。现在他只能靠大剂量的安定才能获得片刻安静，精神很成问题的了，他撑不了多久了。您这种情况嘛，还好，还好。"专家的意思，何洛平只是大脑听觉系统信息处理错误的问题，大脑从生活、从记忆中提取了些声音信息，潜意识里按主观意图加以改造，导致听觉幻化，就像一句成语，听风是雨。听觉系统捕捉到风声，大脑投人所好，把它改造成了雨声。"就是这样。这种情况很常见，随着我们渐渐老去，产生幻听是再自然不过的事情了。"专家说着把两手一摊，开了个玩笑："您这才是社会主义初级阶段，吃点药就能缓解。"何洛平没有笑。专家安静下来写处方。专家把处方递给毛利民时，以一种洞悉患者千疮百孔生活面貌的语气问道，没跟孩子住一起吧？毛利民答，没有。他们就这样当面谈论着他。何洛平觉得精神科医生和他这个搞犯罪心理学、痕迹学的人倒有些相似，他们都是密探，潜伏的领域不同而已。此后他再也不肯去见什么专家了。他知道自己为何会这样，那根本就不是幻听，那些哭声是如此真实，只不过是他过了二十多年才听到而已……

司机换了个台，一个不带一丝感情色彩的女中音在唱"蓝蓝的天上白云飘，白云下面马儿跑……"

司机关了收音机。她在座位上扭动了下自己的身体后，说："我妈五年前就痴呆了。"

何洛平没太听清，他往前挪了挪。

"我本想给她找家养老院来着，"司机说着，摇了摇头，"可都贵得要命，最便宜的养老院，我也负担不起！"她说她除了跑出租，还兼着一份钟点工，给人做家务。逢年节家政的生意特别好，她就专职做家政。这两年她父亲的身体也不大好了，她出车的时候，就靠父亲照顾母亲，为了让父亲省点力，出门前，她会把母亲绑在一张椅子上。

"我妈会一直骂啊骂，骂累了就睡，睡醒了再骂，什么难听骂什么。"

何洛平默默听着。

"有一天，我跑车回去，看到我妈一张脸肿得像个球，我对我爸说了一句话，就一句，"司机把头往后侧过来，大声说，"后来我妈的脸就再也没肿过！"语气里有一种不易为人察觉的病态的小兴奋。

说完这句话，司机并没有马上把头正回去。她好像在期待何洛平能问点什么，你妈的脸为什么会肿？或者，你妈的脸后来为什么再没肿过？

何洛平一直安静地听着，什么也没问，他对司机道了声"辛苦"。司机的身体微微抖动了一下，就好像被人捅了下胳肢窝。

何洛平问司机有没有孩子。

司机的声音一下变得平和起来。她说有一个女儿，马上高三了。

"平时都住学校里，很少回家，可听话了，长得比我还高。"司机说。

"多好啊。"何洛平赞道。想了想，他又问道："孩子的爸爸是做什么的？"

"哈，他呀！"司机沉默了一会后，才接着说道："现在他什么也用不着做咯……"

何洛平不说话，等着司机自己往下说。

去"那"要经过一条长长的隧道。汽车驶入隧道后，司机开口说道："他给汽车充电时，操作不当，被电死了。"就好像她才想起来孩子的爸爸是怎么死的。

何洛平没有说话。

汽车驶出隧道后，司机拍了下方向盘，说："今天天气真好啊！"

"可不。"何洛平说。过了一会，他又说道："充电桩啊。"他猜想，如果等一会再问司机，孩子的爸爸怎么死的？她大约会说是被车撞死的。

"可不。"司机又拍了下方向盘，说："充电桩。"

何洛平闭上眼，他从未听说过充电桩会漏电。

不过，在林次郎之前，他也从未做过那种事……

五

那年，日本友人、北海道大学法学院教授铃木直一郎给他写了封信。那时已经有电邮了，但铃木直一郎还是用毛笔手写了这封信，用的是关西雁皮宣纸，竖排、瘦金书小楷。何洛平小心地把信展开，念给李霁和大同听。铃木直一郎在信中说他的侄子铃木次一郎，中文名林次郎，喜爱中国文化，自幼习书道，多临王羲之、权迹，在北海道大学取得法学学士学位后，打算申请来东山大学跟随何洛平研习研习中国法。他还记得大同当时开玩笑来着，"这个小鬼子听上去不错嘛！"

铃木家自祖上铃木岬太郎以来，几代人都是日本有名的中国法专家。清政府曾花重金聘请日本法学博士松岗义正为修律馆的法律顾问，松岗义正来中国前与铃木岬太郎同为东京上诉法院推事，在为清政府修订《大清民律草案》期间，松岗义正与铃木岬太郎有多封书信往来，探讨与修律有关的学术问题。何洛平曾在铃木直一郎家见过这些书信，字里行间弥漫着学人的热忱追求，也曾深深打动过他。何洛平没有多想就欣然同意了。九月初开学，林次郎提前两个多月到岛城，吃住都是在何家。第一次见面，何洛平和李霁就都被林次郎的长相惊住了，这孩子，真的，初看你并不会觉得有什么，不过是个文静清秀的年轻人，但倘若你端详他超过两秒，就会被他不同寻常的风姿吸引。何洛平至今记得，他和李霁在家门口迎接林次郎，出租车上下来一个明眸皓齿的白衣少年。寒暄几句后，三人落座，林次郎低头饮茶，顿时给人低眉生慈之感，更加额前黑发半垂，衬得肤色如玉，他和李霁都不由呆了一呆。不是说他们以前没见过好看的男孩子，只是，林次郎的那种好看，和他身上沉静阴柔之美，的确是他们以前未曾得见的。李霁收拾出了一间空闲的房间给林次郎，和大同的房间门对门。那阵子大同正忙着硕士一年级的期末考试，鲜少回家。林次郎来何家一周后，大同带着他的小女友回家吃晚饭，他们才正式见了一面。三个年轻人，倒很谈得来的，后来他们就常一起出去玩，看电影，逛街什么的。大同学建筑设计，不善言辞，何洛平常因他的沉闷木讷颇感美中不足，觉得他身上少了些青年人的朝气。也不知是从什么时候起，大同变得爱笑，眼里有光，人也精神起来。他回家的次数明显比以前多了，起初多和小女友一起。渐渐的，就是他自己。大同和小女友好了有大半年，但这场恋爱像是在这个夏天才点燃了他……

何洛平发现异常，是在一个暴风雨的下午。

大雨来临前，他匆忙结束了与院里各学科带头人的碰头会，提前回了家。他家的客厅和书房是连着的，中间只有一个中式博古架相隔。那个下午，他一进门就感受到了一种异样的气氛，仿佛空气里有什么东西要炸裂开来，浓郁的危险的气息。他以为是天气的缘故，天空乌云密布，风越刮越大，闪电和惊雷马上就要来了。转身关门的一瞬，他眼角的余光扫到一个身影从书房的沙发上弹起，直奔窗边。他换了拖鞋，次郎飘然迎出来，身躯微屈，黑发从一侧脸颊垂下来。"您回来了。"他态度优雅、神情自若地跟他打招呼。大同则一动不动，立在窗边。有扇窗户没有关好，大同就像没有看见一样，任由狂风"砰"地将它关上，又"砰"地扯开……何洛平走过去关窗，看见大同双手撑着窗台，看向窗外乌云翻滚的天空，面颊赤红，目光散乱迷离，如在梦中……许多年过去后，何洛平还记得大同当时的样子，以及阴暗沉闷的雨天的印象，铺在书桌上的宣纸格外白，上面几个墨迹未干的毛笔字却格外黑，"踏花需及时，同惜少年春。"一看就知出自次郎之手，俊秀恣逸，有珠玉之辉。

他很快就解决了这件事，飞快地将林次郎遣送回了日本，也从此与铃木直一郎断绝了联系。

有很长一段时间，他只要想起那个下午的林次郎，每想起一次，就平添一份恨意。要是次郎留给他的印象不是如此的自如、优雅，哪怕他只流露出一点点大同那样的意乱情迷，他也不会这样地憎恨他。不只是憎恨，还有愤怒……他完全没有顾及到他雷霆般的做法可能会带给大同的伤害与羞辱。事情过了那么多年，现在他不得不承认，孩子们不是现行犯，那个下午也不是罪案现场，他的残忍，才是。

那件事过后，大同几乎是病了一场，羞愧、惶恐击垮了他。他休了一年学，当他宣布要出国继续学业时，何洛平和李霁都以为他缓过来了，心情难以言表。李霁一度更是泪如雨下。大同出国后，只是和家里还保持着时断时续的联系，几乎再没回来过。为使自己活得心安，他们对儿子的生活抱了最美好的想象与祝愿，像个胆怯的心怀侥幸的撑船人，不去直视那些激流、险滩。

李霁常会问大同，"近来怎样？"

"不错。"有时大同会这样回答她。

更多的时候，李霁放下电话，对何洛平说："说是还行，"她看着他，脸上带点讥讽的笑，"跟我们一样。"

何洛平一直懊悔。但只是在度过了这个有疫情的年份，他才开始怀疑自己，眼下正在经历的许多事，他都不能说自己看清了，经验并没有特别的魔力，有时它也不能将人直接指引向真理，真理如酒，需要时间发酵。可为何那时他会如此自信地觉得自己都是对的？他还记得，当大同说"怪我"时，他暴跳如雷，狠狠地扇了大同一耳光……如今想起来这些，他就会羞愧不已。他对自己的怀疑，也达到了空前的程度。在整理文稿时，他甚至删掉了自己在一篇旧文中引用的"首例血指纹"案。两百年前，阿根廷一位神探凭借一枚血指纹抓到了杀害两位孩童的真凶，他们年轻的母亲佛兰西斯卡。这桩案件被认为是历史上第一桩依据指纹侦破的刑事案件。"只有一个母亲才会不惧血淋淋的现场，去拥抱、抢救自己的孩子，谁知道这枚血指纹是不是事后留下来的呢？"何洛平心里疑云一起，世界如隐于荒芜，从前那些得意文章，竟变得不堪卒读了，文稿整理的工作完全进行不下去，像被什么东西卡住了。

六

司机把车停在山脚下的停车场上。她扭头看着山上，问何洛平道："上面是老人，还是老伴？"

何洛平答道："老伴。"

何洛平下车后，司机把座椅椅背调低，她摇下车窗，告诉何洛平，她不想跑空车，会在这等一阵子。"如果您确定什么时候能下来，我也可以再等等您。"

何洛平告诉她，他得下午才能回去。

司机挥了挥手，打着哈欠往后躺了下来。

何洛平走到陵园入口处，看到墙上张贴着一张"疫情期间注意事项"的招贴。何洛平看着那张招贴，摸出手机给毛利民打电话。何洛平问文稿的最后交稿日期是哪天。毛利民喜出望外地说了个时间。接下来何洛平不谈文稿，只是问毛利民有没有愿意做援助律师，又擅长离婚诉讼、业务精良的学生。毛利民在电话里笑起来，说，"何老师，这样式的我们有一大把啊，我们缺的是青年法学家！"何洛平没接他这话茬。他从口袋里摸出一支笔，在那张招贴的一角写下了毛利民报给他的电话号码。他把那点纸角撕下来捏在手里，又折了回去。

"姑娘，"何洛平弯下腰，敲着车窗对她说，"离了吧！"

司机坐起来，她把车窗摇下来，问道："您说什么？"

何洛平张了张嘴，他自己都没能听清楚自己在说什么。他把那张小纸片递给她，说："我有一个学生，是个律师，专攻离婚诉讼，你若有需要，就打这个电话吧。"

司机接过那小纸片，满脸惊诧地看着何洛平。

"如果我没猜错的话，今天你不应该跑车的，是吧？你答应和人去民政局的。"

司机张着嘴，看着何洛平。

"他搬出去住了，有了新的生活。"

司机点了点头。

"他也不给家用，不给孩子抚养费，想逼你尽快签字离婚。"

司机看着何洛平，还是点头。

"离吧，姑娘，律师会帮你要到抚养费的，孩子上大学，也要钱的不是?"何洛平拍了拍司机搭在车窗上的胳膊,说:"为了孩子,好好的,姑娘!"说完,何洛平就转身离开。

"好多年没人叫我姑娘了,"司机笑起来,"我说,大爷——"她把脑袋也探出窗外,好奇地问道:"您是怎么知道的?"

何洛平回头,冲司机摆了摆手,"多保重,姑娘!"

停车场上没什么车,也没什么人。司机看着何洛平,大声说道:"大爷,您也多保重!庚子年,年头不好啊!"

何洛平再次挥了挥手,转身往山上走去。他知道不仅仅是年头的事。

原载《长城》2021 年第 2 期

《小说月报》2021 年第 5 期转载

陀螺大师

高建刚

我经常从口袋里掏出一只鸽子蛋大小的金陀螺，让它在台面上旋转，边盯着它边思考问题。很奇怪，许多想不通的问题，这时候都迎刃而解。

那天，与我投契的同事在通往会议室的走廊窗前发现了我这一举动，问其究竟。他是研究激光物理的，我是搞哲学研究的，我们在同一个院里工作。起先我不想交谈这个话题，便说，没什么，玩而已。他说："我在故宫博物院见过几乎跟它一模一样的金陀螺。"我心里一动。他笑着说："应该是复制品吧。"并示意我给他看看。我递给他。他在手里掂了掂，然后在黑色大理石窗台上把金陀螺捻转起来。金陀螺好像格外卖力，飞速地旋转，无声无息，全身放射着金光。他说："好东西。"又说，"别小看了这玩意儿，它跟我们关系密切着呢，新石器时代就有了石、木、陶陀螺，南北朝时代称它'独乐'，现在激光、手机、飞机、航母、导弹、卫星都离不开它。"听他这么一说，我便来了兴致，说："还有比这更神奇的呢。"他说："此话怎讲？"我盯着窗台上旋转的金陀螺，想了想，说："算了吧，说了你也不信。""卖什么关子，不信你信谁？快说吧。"他说。此时金陀螺似乎特别欢快，旋起了华尔兹，想听我说似的。"好吧。"我说。于是我看着窗外无限深远的蓝天，讲起我的伯父和陀螺神秘奇幻的故事。

那是很久以前的事了。

我的童年和少年是在孤儿院度过的。孤儿院是一座带阁楼的三层德式建筑：一楼是办公区，二楼是教室，三楼和阁楼是宿舍，还有一层是地下室。地下室后门通往长满野草的后院，院子常散发出潮湿的泥土、茂盛的青草和腐朽废弃物的气味。听说前任院长——一位人类学家、达尔文的追随者死在这里。能看到他做研究用的人和动物的骨骼散落在爬墙虎覆盖的墙边。同学们都很怕去后院，到地下室仓库领取生活用品，经过后门时都提心吊胆，避之不及。去后院罚站也就成了孤儿院对学生违纪最严厉的处罚。不知为什么，我对后院不仅不惧怕且很好奇。一次我从阁楼爬房顶掏麻雀窝，被同学打了小报告，院长罚我去后院站一小时。我在后院待了两小时，趁机到处搜寻前任院长遗留的蛛丝马迹。在草丛里发现了一把朽烂的折叠木尺、一根锈蚀的铁锯、一双走废了的破旧军用皮靴。墙角上一个旧汽车轮胎后面，有一颗呲牙咧嘴的人头骨，紧挨着一颗模样相似，但前额扁平像是猿猴的头骨，两颗头骨上的两双眼洞茫然地望着我。我边寻索边想象前任院长生前在此的情景……临了我脱下外衣，将轮胎后面的两颗头骨裹起来，两只袖子扎紧作提手拎着，像拎着一个包裹，大摇大摆带回宿舍，摆在靠窗的床头柜上。本想等到夜深人静同学们熄灯上床时制造一次恶作剧，以"回敬"对我的告发。始料未及的是头骨竟是蟋蟀们的栖息之所，晚上它们发出昂扬激烈的鸣叫，我猜它们一定是在眼眶或耳道或梨状孔内狭路相逢而斗勇。据说尸骨里的蟋蟀都是亡命徒，斗起来不要命。我正畅快遐思，已有手脚轻快的同学循声而至，打开包裹的一瞬，同学们惊叫着四散奔逃，彻夜不敢回宿舍。第二天，院长永久封闭了地下室后门；因同学们拒绝与我同住，我被调到阁楼一间只能容纳一人的房间。我难捺欢喜——那是一个带天窗的房间。星空伴我入睡，鸟鸣唤我醒来；独享海边教堂的钟声那美妙的乐音；从此我拥有明亮的光线，一个人的自由自在，告别了楼下走廊的昏暗、空荡、阴冷、满是回声的肃静和不由自主压低嗓音的交流。

那些年一个让我称他伯父的人，几乎每个星期日都去孤儿院看我。他总是拎着黑皮箱出现在我的房间。黑皮箱神秘莫测，能变出许多我喜欢的东西。有时他也空着手，即便如此他也能变出让我惊喜的稀罕玩意儿。

每到星期日，我很早便起床，去走廊尽头的卫生间照着镜子刷牙、洗脸，把头发弄湿偏分成伯父的发型模样，然后回房间踩着方凳趴在窗上，边吹口哨边等待伯父的到来。伯父很瘦、很高，像一根黑木电线杆，头戴黑色礼帽，穿黑色长衫，蓄着浓密的胡须，眼神深邃，与众不同。伯父总有一种神秘感，我不知他从哪里来，做什么的，与我是一种什么关系。只知道他亲我，像父亲那样的亲，虽然我不知父亲和母亲是谁，没有父爱的体会。每当我看见他走进孤儿院门口的一瞬，便迅速从窗上撤下来，趴在桌上，埋头在事先准备好的写字本和课本之间，摆好写字的姿势；同时竖起耳朵等着听他跟传达室爷爷打招呼的低沉嗓音，听他上楼梯，拐进通往我房间的走廊那沉缓的伴着回声的皮鞋声。此时整栋楼变得低矮、充实、暖和了许多。

他进门总要摘下帽子，低一下头，以免碰着门框，然后把帽子旋转着一扔，帽子便按照螺旋的轨迹落在床上。他放下黑皮箱，张开双臂等我冲上去，然后把我举过头顶，快速转许多圈。若不是我缩着脖子，每次都要碰到屋顶。转完后，好长时间还是天旋地转，立不稳，不过我喜欢这种感觉。

他通常坐在我的小床上，双臂撑着后倾的身体，微笑着看我，看不够似的。看得我手足无措，不知该做什么。有时他坐在书桌前，皱着眉头看我的课本和作业本。有时打开我的刻着灯塔的铝制饭盒和印着"为人民服务"红字的白搪瓷茶缸看一看，嗅一嗅。有时捏起一只被我的脚趾顶破的袜子垂吊在手上打量着。有时给我讲好听的故事……一次，他在我的课本上发现我用铅笔画的两幅"插图"，一幅是人头骨和猿猴头骨的四个眼洞里各有一只蟋蟀在振翅鸣叫；另一幅是人头骨和猿猴头骨在接吻，两对蟋蟀分别在两只头骨顶上撕咬争斗，仿佛各为其主，一对为人头骨，另一对为猿猴头骨而战。伯父注视着我，沉默许久，他指着"插图"问："这是什么意思？"怕挨伯父批评，我说："是课后画的，随便乱画。"没想到伯父却夸我画得好。他从我的铅笔盒里找了支铅笔，在接吻的猿猴头骨和人头骨侧面各画了一只蝉蛹和一只蜕变的蝉，然后说："这样就更完美了。"伯父画得惟妙惟肖，有透明翅膀的那只蝉像要飞起来。不过我没有别的心思，总是盯着黑皮箱，一心期待伯父快点打开，看里面有什么宝贝。伯父坐在床上，把黑皮箱平放腿上打开，他总是让我看看并伸进手去摸摸，确认里面是空的。等他把黑皮箱往空中一抛，或在手中像转陀螺那样转几圈，再打开就能取出我喜欢的东西，比如一牛皮纸袋散发着糊香味的糖炒栗子或透明糯米纸裹着的几串亮晶晶的糖球；比如一网兜苹果或橘子。每次我都掩饰不住惊喜和垂涎，边吃边用膜拜的神情望着伯父。不仅是吃的，伯父的黑皮箱还能变出衣服、袜子什么的。他把变出的衣服让我穿上，退到远处，欣赏地注视着。记得有件铜纽扣的白色小站领上衣，他很满意，但我穿了不到一年就小得穿不上了，我感到自己的身体在暗地里模仿着伯父快速生长。

伯父没带黑皮箱时，也能变出好东西。一次伯父像是匆忙赶来的，没带黑皮箱。他坐在床上显出少有的疲态，常看手腕上的表，没坐多久站起身就要走，忽然想起什么似的，让我看着他，他运足了力气，双手缓慢、艰难地靠拢，仿佛在压缩强力弹簧，然后猛一用力竟从空气中掏出一盒彩色橡皮糖。他打开盒子，捏起一块红色橡皮糖扔进嘴里，然后递给我，让我跟孤儿院的同学们分着吃。我记得橡皮糖吃完了，漂亮的印着外文字母的小金属盒保存了好长时间。一年夏天，也就是中国第一颗氢弹爆炸成功的那一年，小金属盒丢失了。

下次来再变什么给你？伯父有时会这样问。一次我故意为难他，说："给我变个天堂吧。"伯父想了想说："知道开普勒吗？"我听一个爱好天文的高年级同学经常提到开普勒，他说起开普勒，眉飞色舞，浑身展扬，仿佛开普勒是他爸爸。我得意地回答："开普勒是天空的立法者，他创立了行星运动三大定律。"于是他在下个星期日来的时候，黑皮箱竟变出一只带咖色皮套的徕卡望远镜和一本旧书——开普勒的《梦游》。我是第一次见到望远镜，而且是徕卡望远镜，看上去高级、精致。对着窗外看远处的大海：海平线、邮轮和灯塔近在眼前，白色船体的锈迹、舷窗的暗影、灯塔的窗口……太清楚了。伯父指了指天窗说："晚上看看天堂吧。"于是望远镜成了我在同学中炫耀的资本，几乎每个同学都在晚上潜入过我的宿舍，借望远镜仰望星空，那个爱好天文的同学举着望远镜，以非常专业的架势，边和我们一起看，边给我们讲解，这是月球上的环形山、月溪、月海、陨石坑，我们只能看月球的正面，永远看不到它的背面；这是长庚金星，看，金星相位盈亏，是爱与美的象征，也称维纳斯；这是戴草帽的土星，土星光环、恩克缝、卡西尼缝，很明显它经历过创世和毁灭；这是木星云带，就像雾裹着一个金属球……同学们一律钦佩的表情望着他，洗耳恭听。而我更感兴趣的是开普勒的那本《梦游》。

记得伯父再一个周日来的时候，我正在看《梦游》。伯父坐在床上，端着我的白搪瓷茶缸喝水，手指有节奏地敲着搪瓷茶缸，像在弹奏一支乐曲。他问我："看到天堂了吗？"我笑着说："伯父哄我，我们看到的不是天堂，是平常看不到的星球。"伯父点点头，说："如果用心看，就能看到用望远镜也看不见的东西。"我边听边若有所思。伯父见我一直手捧《梦游》爱不释手的样子，便让我谈谈读后感。我说："我觉得开普勒一定是在1600年从梦中来过我们现在的世界，然后回去写成的这本书。唯有一点美中不足——月亮上没有月亮人。"伯父又问："知不知道开普勒的职业？"我摇摇头。伯父说："大部分人不知道，只知道开普勒对外的职业是皇家数学家，其实他是为鲁道夫二世占星算命的占卜师。1598年亨利四世宣布'南特敕令'时，他占卜过亨利四世将于1610年5月14日在马车上被刺。12年后的这一天，亨利四世要前往每个礼拜必去的教堂做弥撒，他的儿子提醒他星象预示他不要外出，亨利四世认为所谓星象占卜都是痴人说梦，他不仅去教堂做了弥撒，还要去附近探望一位大臣，就在赶往大臣住处的一条马牙石路上，在一家名为'利剑穿心'的客栈门口，他被一名狂热的宗教教徒冲进马车刺杀……"我很愿意听伯父讲故事，尽管当时像听天书。

伯父变出的所有东西中，最神秘莫测的是一只陀螺。那只陀螺形状、大小如柿子，周身透明如玻璃，看上去很轻，轻若空气，顶面是八卦图。它不仅能在地上旋转，还能在空中旋转，它旋转速度极快，仿如静止不动。旋转时陀螺顶面的八卦图不见了，周身放射着光芒，同时浮现出各种画面，你对着它说什么，它就会浮现相应的画面，比如我说太阳，就有太阳升起，我说月亮，便升起一轮明月，我说山川，群山毕现，江河奔流。所有画面都浓缩在陀螺内部，色彩斑斓地变换着。

在我情不自禁想要伸手触碰它时，伯父抢先双手把它拢住，收进黑皮箱里。那是最让我魂缠梦绕的东西。我到现在也分不清那是幻觉还是真实。

那天晚上，我在睡梦中透过天窗，看见夜空繁星密布，月亮呈现彩虹色的光晕，就像透明的陀螺在旋转。朦胧中伯父的面容也隐现其中，深邃的眼睛闪烁着星光，浓密的胡须如卷曲的灯丝。我蹬梯子攀上天窗，伸手去够那只透明的陀螺，伯父微笑着扶住我的手。我睁开眼，皎洁的明月正穿过天窗俯视着我，伯父的面容随之消逝……

伯父每次来看我，最长能待一上午的时间，最短个把小时。他离开的时候，小伙伴们从各个门口探头仰望着他，伯父边走边摸摸他们的脸蛋，有时从黑皮箱里掏出巧克力什么的分给他们，直到伯父消失在楼梯拐口，响起下楼梯的皮鞋声，他们又一齐把脸转向站在门口一直目送伯父、心里升起万丈光芒的我。然后一起涌进我的宿舍，七嘴八舌，问这问那，有的说你伯父像外国人，有的说像特务，有的说像资本家，有的说像神父。同学们都知道院长对伯父很敬重，我在同学中的威望无形中得到了提升。我得意忘形地靠墙站在凳子上，模仿电影《列宁在1918》中列宁被多拉行刺前在工厂的那次演讲的动作，一只手抄裤兜里，一只手臂展开，手心向下，说："安静一点，安静一点同学们。"我开始讲述伯父在我宿舍制造出的一个个神奇瞬间。尤其是讲到伯父变出美妙的不可思议的陀螺，我的演讲有声有色、活灵活现。我看到同学们就像莫斯科工厂的工人那样神情专注而激动。那个天文爱好者跟我接耳低声说："你伯父是天上的人。"我笑了，把它理解成赞美之词。

那一年，也就是首颗东方红卫星发射升空那一年，伯父已经很久没有来过。起初每个周日上午我都趴在窗上等待，徕卡望远镜不再用来遥望星空，而是遥望伯父的身影。后来我几乎绝望，不再趴窗上等待了。

一个周日的早晨，我冷得缩在被窝里瑟瑟发抖。昨晚发了一夜烧，服了孤儿院奶奶给的药，只舒服了吃一块橡皮糖的工夫。就在这时，伯父出现了，他坐在床边端详着我，冰凉的手试了试我的额头，又摘下帽子，俯身额头对额头试了试，似乎对我的发热有了某种判断。他起身掀开被子，把蜷缩着的我舒展成仰卧的姿势。一只手捂在我的胸口，另一只手伸出中指叩击这只手，手在胸腹部边移动边叩击，发出敲门似的声响。他凝神听着，好像在断定身体的问题所在。他拉上窗帘，脱下黑长衫盖住我的身体，弓着腰，双手伸开保持一定的高度在我身体上方震颤着游移，从头到脚，仿佛我是一团熊熊烈焰炙烤着他的手和脸，他的脸通红，沁出汗珠。他从黑皮箱里取出一个信封，小心翼翼揭下信封上的邮票，去桌子那边坐下。我听见伯父撕纸的声音，接着是写字的声音。然后他回过身，把信封放在我的脚背上，在舌尖上抿了一下邮票贴在一张写了字的纸上，双手托住纸，站在床头，从我头顶向脚的方向，嘟起嘴唇用力一吹，贴着邮票的纸便飞了起来。飞着飞着，就像飞机被炮弹击中，这张纸突然震颤了一下，从四周燃起火来。燃烧的纸继续飞行，我看到许多火星从火焰中迸溅出来，像无数萤火虫组成我的名字和不认识的字，环形的名字在空中旋转着、闪耀着，与此同时教堂的钟声响了，燃烧的纸顺着我的身体呈抛物线缓缓飘落，至脚背上的信封刚好化为灰烬。恍惚中，我感到那只透明的陀螺放射着彩色的光，旋转着进入我的身体。我出了一身的汗，突然从床上坐起，仿佛从睡梦中惊醒，喊着问："伯父，我刚才怎么了？"伯父没回答，笑着张开双臂，我从床上一跃而起扑进伯父的怀里，冤屈得哭个不停。伯父抱紧我，说："好了，没事的。"从那时起，我总感觉伯父就是我的父亲。

就在那一天，伯父去院长办公室办理了带我外出一天的手续。

我们出了孤儿院，向海边方向走去。我问伯父："去哪里？"伯父说："到了你就知道了。"我们路过山丘上的教堂时，有人正沿阶梯往尖顶教堂里走。到了海边，拐进一条小巷。这条路到现在我也说不清它的确切位置，方向难辨，交织着许多条弯路。走了大约二十分钟，在一条马牙石路口，伯父停下等我赶上来。一路上我兴奋得四处张望，看见一棵法桐树上坠满了黄绿色法桐果，便迅速攀上法桐树下的一个绿色邮筒，站在邮筒上摘下一颗法桐果，追上伯父，将毛茸茸的法桐果球递到伯父手里。伯父捏着法桐果根茎，在我头上轻轻敲了两下，说："这是法桐树的孩子。"他转身望一眼法桐树，双手捂住法桐果，嘴对着手缝往里吹了口气，嘴里念叨着什么，一只脚往前迈了一步，像扔保龄球那样对准那棵法桐树，用力一掷，法桐果蝌蚪一样欢快地游进法桐树茂密的树叶，不再出来，接着法桐树叶像被风吹过，哗啦啦一阵喧响。伯父说："好了，它回家了。"伯父深邃的眼神看着我，瘦高的身躯在远处尖顶教堂的衬托下，显得更加高深莫测。

我们沿着马牙石路行走，这是一条通往高处、坡度陡峭的路，弯弯曲曲，盘旋而上，如左旋海螺。马牙石被行人磨得锃亮，阳光下格外刺眼。我还记得路两旁多是两层的日本风格的红瓦房。伯父在一个拐弯处的路口停下，他指着掩映在松树冠中一座红瓦顶的二层楼说："到了。"伯父推开红漆斑驳的院门，一棵雪松的树冠占据大半个院子，靠墙有爬满葡萄藤的葡萄架。我跟着伯父往右拐到拱形的绿漆木门前，他转动黄铜的门把手，门开了，房间在松树的阴影里光线昏暗。伯父在前面引路，我们顺着侧面的红漆木质楼梯上了二楼。一进屋，我就被房间的布置吸引住。屋里到处是大大小小、不同样式、不同色彩、发出不同声音的陀螺，而且都在旋转，地板上、桌子上、凳子上、床头柜上、墙壁搁板上、窗台上……仿佛从未停止过。陀螺的材质有象牙、黄梨木、金属、竹子、潘石榴、龙眼木……形状有圆柱形、圆锥形、菱形、三角形、斧头形、倒钟体……发出的声音有蜂鸣、蝉鸣、鸟鸣，如同进入一座森林。

正面墙上挂满了齿轮和钟摆构成的许多个表芯，我屏住呼吸听见众多表芯发出连成一片的咔嚓声，像下雨的声音。这面墙的中心还有一幅爱因斯坦叼着烟斗的黑白肖像，他全白的乱蓬蓬的卷发，显得很醒目；另一面墙上挂着一张对开的八卦图和一幅同样大小的元素周期表。

眼花缭乱中我看见了那只让我魂缠梦绕的透明陀螺，它在吊灯下方旋转着，像旋转着一团彩色的光。我不知不觉被它吸引着走过去，踮起脚尖，想要伸手够着它。伯父在我侧面敲了敲五斗柜台面说："看这里。"我边看着那团陀螺彩光，生怕它消逝，边心不在焉移步过去。伯父又敲了敲台面，我才转过脸去。伯父让我闭上眼，伸开手。我闭上眼，伸开的手心便有种轻微的刺痒感。睁开眼，看到一只闪闪发光的金陀螺在手心里旋转，并沿着手纹移动。这只金陀螺，圆锥形，鸽子蛋大小，很奇异，攥在手里像活物往外顶撞，要求继续旋转的意思。陀螺应该是存放在五斗柜抽屉里，"养在深闺人未知"的那种。伯父关上半开的抽屉说："这是送你留作纪念的礼物。"我喜出望外，只想礼物，没想纪念的含义，摩挲着手中的金陀螺，在脸上蹭来蹭去，感觉它一直在挣脱着要去旋转，便蹲下，在暗红色地板上捻转起来。看着它发出金灿灿的光芒，仿佛自己也将具备伯父那样的法术似的。伯父说："这是 1644 年崇祯自缢，混乱中后宫遗失的那只陀螺的复制品。"我似懂非懂地听着，收起金陀螺攥在手中。再去看吊灯下的那只陀螺，已经不见了……

同事指着在窗台上旋转的金陀螺说："金陀螺就是它了。"我点点头。

伯父带我来到他的书房，透过书房窗能看见院里的葡萄架和绵延至大海的红房顶。玻璃台面的写字台上有个紫铜色地球仪，伯父随手转了一把，地球仪快速旋转起来。他像授课似的说："万物都在自转，同时也在公转，星球是这样，原子是这样，人也一样，所以世界就是个大陀螺。"伯父边说边看着我，眼里闪着慈父的目光。他说这段话时重音强调了"人"。我懵懂地听着，不知人是怎样自转和公转。他手搭在椅背上，让椅子的三条腿离地，一条腿撑地，好像随意间手按住椅背转了一下，椅子便开始旋转，而且越转越快，椅子已经不是椅子是一只造型奇特的陀螺。我盯着旋转的椅子问伯父："什么都能当陀螺转吗？"伯父没有回答，他从口袋里掏出一枚金币，食指按住让它立在写字台玻璃面上，他一直没说话，动作和表情告诉我，准备旋转金币了，他屏息敛气，另一只手的拇指和食指聚起爆发力，弹向金币的边缘。随着他的弹拨，金币飞快地旋转起来，旋转成一个金色的透明球体，像太阳。球体中间是它和玻璃上的反影燃起的对称的金光柱，高光点在顶尖放射着阳光般耀眼的光亮。我惊叹道："金钱的太阳。"伯父说："看见了吗？金币以玻璃为界，金光与金光在对等交换。"伯父话音刚落，金光与金光又燃起一簇新的光芒，仿佛金光在不断地诞生，层出不穷。

我被伯父营造的神秘气氛带入奇幻的世界，看见墙上挂着一把雪亮的银柄连环刀，便去取来，故意为难伯父，说："这也能转吗？"伯父接过连环刀，依然不说话，太极拳似的动作，缓慢地把刀立在旋转的金币旁边，刀柄作支撑点，手掌逼住刀尖，全身弯曲，嘴唇嚅动，仿佛在念咒语，另一只手在刀背上如拂弹琵琶猛一用力，刀立刻在玻璃面上旋转起来，转速越来越快，那银光透明的纺锤体像明月那样皎洁。伯父说："看见了吧，刀锋追逐着光和时间，光与时间交织成一体。刀斩不断光和时间，成了光和时间的同谋。"我像听天书一样听着。伯父摘下帽子，拔下一根黑发，捏住，靠近浑身银光的纺锤体，黑发从发梢到发根慢慢变白，随即被斩断，飘落在玻璃板上。金色球体与银色纺锤体相映成辉，相互吸引着靠近……

　　我看到写字台上方的墙上，有一张伯父和一个女人的照片。伯父手里拿着黑礼帽，穿着黑长衫站在湖边的草地上，女人穿着浅色长裙挽着伯父的手臂，两人都在深情地看着我。不知为什么我端详着女人的脸，总感觉这女人跟我有关。我指着照片问伯父："您身边的人是谁？"伯父没有回答，却指着对面墙壁上挂着的一排肖像问："你知道他们是谁？"我迟疑着把视线从那个女人身上移到这排肖像上，从左往右，一个眉毛、胡子特别长，穿长袍，双手叠握胸前的老人；一个被钉在十字架上的人；一个大胡子，高高的白领子，手握圆规的人；一个长发、手扶地球仪，手拿鹅毛笔在本子上写字的人；一个头戴礼帽盯着从很高的拱顶垂悬下来球摆，做实验的人；一个长长的白头发、白眉毛、白胡子的人；一个在实验室，从显微镜向密闭容器观察什么的人；一个穿衬衣，戴领带，在写有许多英文的黑板前讲课的人；一个穿西服，头发蓬乱站在擦得乱如麻的黑板前的人；一个大胡子、卷头发的人；一个头发后梳露出大脑门的人。这些肖像中有的认识，有的不认识。我不想转移话题，便说不认识。我下巴往上指了指那个女人，又接着说："我想知道她是谁？"伯父表情复杂，迟疑了片刻说："好吧。"他从侧面的书架上取下一本黑皮布面精装书，放在写字台上。我以为这本书跟照片上的女人有什么关系，便期待着伯父继续说下去。伯父把黑皮书封脊的底端作支撑点，立在玻璃台面上，一只手握住书的顶角，躬下身，一副虔诚的样子，嘴里念叨着什么，像在举行一个仪式，他握着书的手如同用力拧开一个锈死的开关那样转动了黑皮书。黑皮书旋转起来，随着速度的加快，逐渐旋转成一座水之上透明的夜色建筑。白的纸页随之打开，如拉开手风琴风箱。它越转越快，奇迹出现了，书上的文字脱离书页，密密麻麻互相追逐着黑皮书旋转，渐渐地组成这座建筑的地基、栋梁和墙壁。文字与文字不断组合，仿佛听从来自上天命名的指令，随之变幻出各种图像：在花园中的一男一女手拉着手奔跑，河流蜿蜒远去，山峦起伏，万树摇风，洪水方舟……伯父说："这是语言与图像在转换。"我即刻想到了那只顶面是八卦图的陀螺，那只陀螺呢？黑皮书会不会就是它的化身？伯父的魔法我是领教过的，一切皆有可能。就在我缓过神来，惊叹之际，伯父又从书架取下一本蓝皮书，他如法炮制，继续在黑皮书旁，让蓝皮书旋转起来，渐渐旋转成水之上透明的天蓝色建筑。旧黄的书页如折扇打开，随着极速旋转，文字挣脱纸面横冲直撞，逐渐地按序由点到线，由线到面，组成建筑的内在结构。词与词按照人类的律法组合，变换着一幅幅图像：巨坑里无数的骷髅、白骨，"小男孩"和"胖子"的蘑菇云在两座城市上空升起，长江万船齐发，戴袖章的男女云集……水之上，透明的夜色与天蓝色建筑相互排斥着，渐行渐远。

　　如同看了一场精彩电影不过瘾，我又从书架上取下一本与黑皮书紧邻的红皮书，递给伯父。伯父明白我的意思，他抚慰地摸了摸我的头，说："这个不行。"我问为什么？伯父盯着墙上的肖像，说："不行就是不行。"看到伯父如此严肃、坚定的神情，我不敢强求。

　　伯父到底是谁？这个让我困惑不解的问题还没有答案，又有了新的疑问：那个女人跟我有什么关系？伯父为什么总是闪烁其词不回答我，一连串的疑问驱使我把话题引到写字台上方的照片上，我说："伯父，您身边的人是谁，您还没有告诉我。"伯父第一次如此长久地注视着我，眼里闪烁着复杂的内容，慢慢地显出泪光。他回身把墙上的镜框摘下来，背对着我，面向窗外，仿佛在回忆什么，又似乎在躲避什么。过了很久，伯父转过身，将镜框一角也就是照片上的地面支撑在玻璃板上，表情凝重，眼里噙着泪水。难道伯父要旋转照片？我看着伯父的一举一动，不知下一步会发生什么，心跳莫名地加快。伯父左手轻按镜框顶角，右手捏住边角，缓慢地转动，越转越快，如同手摇发动引擎，逐渐加速，直至引擎发出轰鸣，镜框飞速旋转起来。伯父闭上眼，仿佛经受不住将要发生的事情。于是令我惊呆的画面出现了：伯父和那个女人从镜框中走了出来，女人手挽既高又挺拔的伯父在湖边草地上漫步。他们发现我在湖对面，女人向我挥手，伯父摘下帽子也向我挥手。女人张开双臂向我这边奔跑，全身透着母亲般的爱意，我禁不住潸然泪下，就在我要冲上去的那一刻，伯父紧紧地抱住了我，他的黑长衫像夜空一样笼罩着我，我什么也看不见……伯父最终也没告诉我他是谁，那个女人又是谁。他说，我们都是宇宙的孩子。

伯父送我回孤儿院的时候，已是深夜。孤儿院都熄了灯，唯有院长办公室的灯还亮着。他手里提着黑皮箱向院长办公室走去；我回到宿舍，趴在窗上，等着目送伯父。等了很久也没有等到伯父的身影，手里一直攥着那枚金陀螺。就在我准备从窗上退下来，熄灯上床时，看见伯父出现在孤儿院正门的通道上，院长办公室斜射出的灯光照亮他穿长衫戴礼帽的身影。他也看见我趴在亮着灯的窗上，他摘下帽子向我挥手，就像在他书房从照片上走出来那样……从此我再也没见到伯父。

同事伸手捂住还在大理石窗台上旋转的金陀螺，说："那些肖像我能想到的第三个是傅科，他是陀螺的命名者，'傅科摆实验'证明地球的自转。后面，没说错的话应该是物理大师伽利略、卢瑟福、海森堡。我只知道这些。"我说："那么久远的事了，记不真切。除了你说的，我猜是老子、达尔文、维特根斯坦。"我要继续往下说的时候，同事打断我，问："如果伯父是你父亲的话，他为什么不挑明？"我接过金陀螺，在手里抚弄着，不置可否。同事说："你伯父是一个灵异之人，过去有这样的人，现在已经没有了。"

　　同事说："后来你没再去你伯父的住处找他吗？"我说："去过，去过许多次，但找不到那个地方了。每次转到那条海螺似的马牙石路上，拐来拐去又回到了原点。一次问路，遇见一个好人，带我来到一座红瓦顶的二层楼院里。房子很像我来过的伯父家的房子，但没有了松树和葡萄架。敲敲门，里面蹒跚着出来一位满头白发，穿着红花裙子，看上去起码九十多岁的老太太，似乎已经糊涂得什么也不知道了……"

　　同事见我一副遗憾、难过的神情，便说："你已经很幸运了，不管他是不是你父亲或者伯父，他是天降的陀螺大师，这一点确凿无疑。"

　　我说："是的，我的确很幸运。"

原载《收获》2021 年第 1 期

《小说选刊》2021 年第 4 期转载

凤栖梧

王方晨

我们极像做了场大梦。

梦有多长？至今也没能做完，恐怕还要子子孙孙做下去。

在那样的缥缈大梦中，人人得其所哉，习与性成。所享尊荣，尽都来自老实街民俗淳厚。看那行住坐卧，不矜而庄者有之，怡然自乐者有之。

从祖先接过来的日子，一如天际草色烟光，绵绵见不着个首尾，端的时好时坏，这个却是不变，甚至老实街也像并未消失。

被拆的老实街是去了另一个地方、另一个时代。不想倒罢，一想便如神明，保准离你不远，近得能让你抬头望见一只大白馍馍。

不管流散何处，老实街人居家，馍馍一日不可无。闻不到馍馍气味，踏实得了吗？大白馍馍热腾腾、圆鼓鼓、光灿灿、芳馥馥，好像人世间本来就有，跟头顶的天，足下的地，跟老实街上清冽不歇的涤心泉一个样。

街南口的苗家，就是做馍馍的。

每日的某个时辰，馍馍房揭屉出笼，好看的白汽蒸腾而起。长长一条老街，流漾着新馍馍诱人的麦香。人们早就习惯了。从嘴含乳头的那点年纪，就开始对这馍馍香不陌生。说不准更早，从受孕之日也未可知。而在老实街人的记忆里，那馍馍房也像本来就有，一直都在。

恰恰好，人都说苗家住的是座废弃的土地祠，至少翻建过。祠门砖额上的字迹，尚隐约可寻。渊博如芈芝圃老先生，指认那是"福德神祠"四个字。

苗家馍馍房，就在原祠庙东耳房的位置。挨着老街呢。也是从很早，馍馍房的主人叫作苗凤三，及至老实街人离别故园，也依然叫作苗凤三。

搭眼看这人，不像个和面做馍馍的，倒像缙绅名流。看不出市井中一般人老想发财的意思。脾气也超好。

能这样和颜悦色的人，是认为世上没什么值得相争的。

再看，却还是个馍馍房师傅。从头到脚，干净，一星半点的面粉也沾不到身上。春去秋来，面庞总不见老，白里透红、润泽有光，像常去美容院做保养。馍馍房不缺蒸汽，日日浸濡，可比面膜管用！

馍馍房何曾衰败过？捎带着时刻免费美容，不怪苗凤三浑不知就把心底的快意给溢到了面孔上。

"不管到了哪个年代，你得吃，你得穿。"

不满足，就不会对人说这些话。

吃穿共两样儿，宽厚圆融的苗凤三占一样儿。民以食为天，这还是头一样儿。又不是高攀不起的山珍海味，单单是价廉而必需的馍馍。

作为一个与世无争、从不老想发财的人，没有理由不怡然自乐。春风得意马蹄疾，连他日常的脚步，都是翩然轻快的。

其实，身轻如燕才是苗凤三让人首先想起来的形象。

曾几何时，老实街苗凤三会轻功的传言就有。

三月三，放风筝。有孩子的风筝落到了李铨发制笙店的屋脊上。当时他还没成家。出老街会朋友，喝了几两烧酒回来，正巧遇到，二话不说，助跑几步，"噌噌噌"，蹬着墙皮就上去了。风筝丢下来，一个鹞子翻身，稳稳跳到地上。立在那里，利利落落，赛棵青松，几两烧酒当不得事！

这是老实街人唯一一次亲眼看他施展功夫，是对他会轻功的验证，后来也被大家越传越神。

人们没少撺掇他给大家重新展示，他却只笑说，"我怎会那个？"再不承认的。

越是不承认，人就越是认为他深藏不露，越是认为他功夫了得。连他怎么练出来的，都渐渐猜出个八九不离十。

苗凤三常会的好友，是后佛楼街上的，姓鹿名邑夫，就是他的同门师弟。两人一块儿去泰山桃花坞找了练家子拜师，回来后又一块儿苦练切磋。

后佛楼街人说了，练功的秘密场地，一个在城南佛慧山的黑风口松林，一个在鹿邑夫自己家。门一关，就是哥儿俩的世界。

细心人看过，他家屋梁都在发亮，桌子腿儿格外结实。

鹿邑夫练出了七七四十九招，自己笼统叫了"邑夫神气"，却又并不讳言，"邑夫七七盈天招，不及凤三易口诀。"

此中关节，也是两个。

非魔非道，动辄神啊气的，外行人不知为何。

人人生来沉重。刚满月的婴孩，久抱尚臂酸，更何况七尺男儿。不靠了盈虚神气，如何能将这俗浊赘重肉身提升？所以，名为练功，练神气才是关节。

神气自如，身子自然轻逸。

气从何来？那易口诀有多厉害，就全在这个"易"字上。当"易"

之时，可谓倏忽快哉，气息全出。气在起承转合之间流动，如潺湲之水、舒卷之云，方为佳境。

邑夫神气四十九招，相比于易口诀，招招都是笨法子！

既然鹿邑夫这么捧苗凤三，怎么不把易口诀学了？师出同门，不会也染了那没出息的小家子气，各自防备起来？

每逢此问，鹿邑夫便笑而不答。

若按投桃报李之说，苗凤三也该回捧鹿邑夫，但这济南老城里，听鹿邑夫说苗凤三是自己师哥的多，听苗凤三说鹿邑夫是自己师弟的少。可见世上有种情谊，是一般的头脑想不出的。

这鹿邑夫生得短小精悍、瘦骨嶙峋，却铁样的硬邦，不像一说起会轻功，就身手绵软。那小眼睛，黑油油，再浓的墨都描不出。

与苗凤三不同，他从不忌讳在人前"露一手"。

说着说着话，就有可能一下子蹦到山子石上去。只要是高处，不管是个小土堆，还是一个石阶，都会是他蹲踞的地方。题壁堂的高墙、佛楼屋脊、参天的大树，他都上去过。不知这算不算得飞檐走壁。

人们能看到这些，也知足了。真的飞檐走壁，好像只适于月黑风高的夜半。

他还常说练功最实际的好处，能去身心滞、闷、恶、阴、霉、浊之气，留下的只有沛然之清气。他已经收了两三个少年徒弟了。

说不定哪一天，他会捺不住把全套的功夫，将那飞檐走壁的本事全都当众展露出来。可是那一年，桃花坞的师傅犯案丢了命。他们想法子跟师傅见上了最后一面。

回来后他至少是沉默了。

他做了裁缝。

这老哥儿俩一个弄吃，一个弄穿，都过得无忧无虑。

鹿邑夫双手灵巧，裁缝上的名气渐渐盖过了武功。尽管趁着年少气盛欢实过一阵，天长日久，后佛楼街的人就忘了他的世界有过这段了。

逢年过节，苗鹿两家都会像亲戚一样走动。他来老实街，苗凤三好酒好菜款待。嫌屋里窄憋，常常小饭桌往院子里一放，哥儿俩就对斟对酌起来。

为助酒兴，免不了划个拳，猜个枚儿。俱各文雅，从不会大呼小叫的。一来二去，人们就看出这鹿邑夫喝酒不大节制。每喝必醉，起了酒意就围着院中一棵梧桐树乱转。

那老梧桐生得高大笔直，屋脊之上才有分枝。

顺树干仰望，疑似通天。他也就望望而已。

临走，苗凤三总会让他捎去十几个大馍馍。他喝得晃里晃荡，走不出街口就可能把馍馍撒落一地。为此，苗凤三让家人专为他缝制了一种布口袋。绳子一扎，口就收紧了。起初他不会再将口袋带来，苗凤三就为他备用一只。后来才形成了习惯，每回都是带了口袋来老实街，好装馍馍。

苗凤三送他馍馍，不为别的，就为"家里有"。

做馍馍用不着高深的技巧，不见得就比别家做出来的好吃多少。要说好吃，都好吃。保证了用水、用料，面揉得筋道，醒到火候，不是故意把馍馍"气死"，就不会太差。

故意把馍馍"气死"，希图什么呢？

做好裁缝的要求嘛，平心而论，比做馍馍要高。

不是苗凤三有意谦虚，是真心话。

"兄弟，你那把剪子，我使不来。"他对鹿邑夫说过，"我只会搋。"

他的膀子已有些圆了，不像鹿邑夫，还是那么精瘦。

从苗家馍馍房前走过，常能看到苗凤三光了半臂，在里面一心一意搋面。

揿！揿！揿……

水来自涤心泉，面选了合格的面粉，其余能下功夫的地方不多，得好好揿才是。

揿来揿去，馍馍房用上了机器，连揿也不用了。

机器多厉害，那揿面的胳膊算什么！每回干活，都得防着点儿。安全第一。

世上偏有迷手工馍馍的，但苗凤三决意不动手了。即便是手工做的，也还得放在电蒸笼里去蒸。手工馍馍是好，但时代往前走了，要真舍不得过去那点子口味，你就等着挨饿。

他这个馍馍房师傅，渐变为纯粹经营。

过去做过一斤一个的大馍馍。年节为摆供专用，做过五斤、十斤一个的。一般一斤出三个。后来人们肚里油水多了，主食减少，就出一斤五个。还出过袖珍型的，一斤九个，起名"馍丸子"，小孩能拿来当零嘴儿。又增加新品，蒸干饭。电蒸笼蒸出的大米干饭，瓷实又不失软糯，口感特优良，非那些忙碌人家的"急就章"可比。刷锅淘米的，费多少事，不如买来实惠。

苗家馍馍房兴旺，大有道理。

街上的芈芝圉老先生，主动给馍馍房写了块匾额。

原来，这馍馍房连正经店号都没起！早年间只在临街墙壁上用石灰水草草刷了"馍馍"字样，因在屋檐下，倒没被雨水淋去。

芈芝圉老先生写的，你猜都猜不着。

是什么？

"凤栖梧"三个字！

苗凤三不安，因他还从没这么招摇过。

"凤非梧桐不落。"芈老先生娓娓解释，"你是生逢其时，名字里又有'凤'字，院里又有梧桐，故曰'凤栖梧'。"

苗凤三到底羞了一段日子。

鹿邑夫来会他，他满心不想让鹿邑夫看到，而且准备好了一旦他看到，就连说三遍"这个不好"。当然不是说字体不好，是挂了招牌不好。

喝酒时照例少不了爽口的醋熘大明湖白莲藕，酒也是好酒。那天，邻家几只白鸽也来助兴，屋脊上"咕咕"叫了不算，又飞到梧桐枝上去叫，然后再飞下来，落到眼前的地上。

显见鹿邑夫酒兴未起。为诱他多喝，苗凤三反多喝了几杯，不觉间双目已蒙眬。

当年，他就是乘了酒意，跃上屋顶给小孩拾风筝的。

若不喝酒，就不拾了吗？

怎么忽然想起这个来？他摇摇头。

"咕咕咕。"一只鸽子吃饱了他刚才丢在地上的米粒，就展翅向树上飞去。他的目光追着它，眼睛里飞起了一道白色影子。

鹿邑夫这回没喝醉。对"凤栖梧"的招牌，自始至终，都像没看到。

苗凤三目送他拎着一口袋馍馍走出老实街，不由得心头泛酸。

近年，鹿师弟有些走下坡路。

人吃饱了是不是不用穿了？不是的。但去商店看看，卖布的柜台都快见不着了。左邻右舍的，不说扯布做裤子、大褂的绝迹，也已是极少见。馍馍、米饭买来吃实惠，家常衣服去买，也比扯布去裁缝店定做来得经济，样式又多。衣料子也结实，苗凤三有件蓝呢大褂，穿了四五年了，还是簇新。

同气相求，那鹿邑夫也不是老想发财的人。裁缝店冷清挡不住，他本可以看淡一些。但他来老实街，看不见"凤栖梧"，说明还是在意了。

他跟苗凤三情谊深厚，按说怎么着也得应付一下。心里不得劲儿，背后去体会。

还是那句话，世上有种情谊，是一般人用脑子想不出来的。

苗凤三不可能将那匾额摘了去，渐渐地，连他自己也像看不见了。

有夸那字的，他不随着看，嘴上说，"小本儿生意么。"这话好。

一个外地游客搭眼看见，竟问，"是斋号吧？"老实街人也蓦地一惊。

看那苗凤三，一团和气，虽衣袖半挽，却仍透着超逸，真的是配有斋号的名士样子。

馍馍房起斋号，新鲜。

但凡有夸字的，都会很快传到芈老先生耳朵里。

黄家大院一向深居简出的芈老先生，有时也会坐到大门口去了。他的眼睛不由得一次次乜向馍馍房。这一天，一个外来人引起了他的注意。街上好像突然变得特别安静。外来人光脑壳，壮实，走路勾着头。他从黄家大院门口走过去了，果真是要到馍馍房去的。

过了半个时辰，芈老先生已回屋里，年逾六旬的儿子走来告诉他，苗凤三今天遇上个难缠的。他马上想到了那个光头，"哦"一声。本不指望一个粗人会夸他的字。

"县东巷一个青皮，非要拜凤三为师不成。"

"学做馍馍？"

"不知从哪儿听来的传言，非要跟凤三学轻功，学飞檐走壁。"

芈老先生不知道这个人叫小丰。畏他的不只是老实街人。怪不得他一走进老实街来，霎时就一片寂然。

苗凤三怎会收徒弟？学做馍馍，不用拜师，自家爹娘就能教你。要学轻功，就是笑话了。苗凤三怎会那个？听谁说的？瞎掰。

小丰不像过去，到哪儿去都是神鬼惹不起的样子。这回来老实街还算知礼，没成群结伙，吆五喝六。在苗凤三跟前，也没一句不中听。他是藏着忐忑呢。既然认定苗凤三身怀绝技，断断不敢冒犯。既然要拜师，他这路人，也知道点讲究。

好不容易把他支走，苗凤三就暗自盘算。

无风不起浪，怎就把这路人招了来？多少年了，谈过往事和武艺吗？什么轻功，都是当年鹿老弟信口说的。说着说着就走了形，没边没际了。可是，多少年过去，鹿老弟也管住了嘴。不是夸，鹿老弟也精爽着呢。

想来想去，还是疑到匾额上。

至少，匾额是个引子。

头一次看到匾额，没有不夸那字的。夸了很多次的，也不罕见。

倒有不夸的，仅是他的师弟。师弟没夸，至今没夸。

他只是做了个小本生意，不想这么着。

再想想，这不是跑大街上插了草标吗？

苗凤三，真个是为了难。

这天夜里，他多少年头一次睡不着了。披衣下床，走到院子里，围着那棵老梧桐树，一声不响地来回转。

对鹿邑夫，苗凤三早看出了问题。他比自己能端。凭他那股灵巧劲儿，要是能再圆融一些，不至于弄到危机四伏。不过也不太晚。

他这样有经验的老师傅，即便做做老衣裳，也能拓出一片地土。偏他在这上面不怎么上心。老衣裳不做，旗袍、唐装不做，一应少见的奇装异服，都不大做。要么是不愿伺候死人——他鹿邑夫怎么能伺候死人呢？要么就是不想费心思。他愿做大众化的、家常的，且为活人做。街上流行中山装，他做中山装。一副样子，略加改动，就应付得了。女人的裙子，难不住他。流行西装、夹克，甚至喇叭裤，他也做得来。

一句话，他当裁缝只想过得去就行。

嗯，或许他认为这一切不值得他费心思。

人生在世，不费心思怎么行得通？

人人不费心思，回到初民时代，腰上围片破布就得，更用不着裁缝。

在愿做的上面，他却是下了功夫的。比如中山装，老城里没谁比他做得更合体板正。大氅什么的，不管男式女式，都没的说。

这是他的底线，他只能为人服务到此了。多一步，不能。

学徒他也收。那时候看不出他怪，人家也很愿意跟他学。

被人叫着师傅，他觉得有面儿。也是和颜悦色，也是生活满足。

只有苗凤三能看得出，他的身后还站着一个人。

一到夜深人静，那个人就会飞奔至幽暗的旷野上，闪展腾挪，神气盈天，上接星辰。

做活做到了形神合一，手起风生的意思自然会流露出来。

那时，人能看呆。苗凤三就知道，那个人啊，其实不是站在他的身后，是藏身在了他的衣服里面。

谁想得到，这样的衣服竟越穿越紧巴，快要藏不住了。

苗凤三有心劝他改，却说不出口。

"老弟，做点老衣裳吧。"不像话。

"以后什么活都收……"嘿！都这岁数了，不缺吃喝，争什么呢？

鹿老弟是对的。鹿老弟才是看得开。反倒是自己，活得过于用心了。为一块匾额，掂对来掂对去。

这么一想，苗凤三就心中有了数。

苗凤三寂寞不了，他担心鹿邑夫寂寞。为解鹿邑夫寂寞，不等到年节，就频繁去后佛楼街与他相会。自然，每回去都会带馍馍。

将来还能没馍馍吃？最低有馍馍，就没有怕的。那就开心起来。

这是发生在小丰求师之后两个月的事情。二人你来我往，四五天就能见一回。

小丰一去就没了消息，不然肯定会打搅到他们。

看他们往来，我们会想，幸好小丰死了心。若苗凤三有功夫，也不会收他这路人。

好东西，不是人人都配得上的。

我们眼光雪亮，因为我们有很多眼睛。这很多眼睛看了出来，不论他们是谁，从老实街上走过，脸上似乎都带了年轻人的腼腆呢。

往事并非如烟，我们老实街人从没忘记苗凤三从制笙店屋顶上一跃而下的洒落。老实街一个光辉的黄金时代眼看就要来临，绝不是我们哪一个人的预感，而我们更多的记忆也被纷纷勾了起来。

他们哪是走路？是操练起来了！不过是预热，蹚场子。

把场子蹚得更阔大，以后才好施身手。也是在暗聚混元之气，毕竟委屈了一些年，精气神儿走失了不少。

好戏，得稳着来。

当年看舞大刀的，哪个不是先弄番拳脚，连带向四方作揖告白？

亲眼所见，他们的面庞、身姿都显了年轻。那就是沉睡在身上的好东西，即将醒转过来的迹象，而我们也早已捺不住心底的蠢蠢欲动。有愿先看单练的，有愿先看过招对决的，暗地里免不了争论。

单练呢，鹿邑夫肯定先出手。有的说说苗凤三可能没有鹿邑夫好看。鹿邑夫套路多，法子笨，却欢腾。踢腿、翻跟头，眼到手到，黑眼珠"叭叭叭"往周边抛豆子。够刺激！但有的说，还是看苗凤三过瘾。

苗凤三念念有词，气动丹田，长身舒展，能摄了你的魂去。要不鹿邑夫也不会自言"不及凤三易口诀"。

倒不知这"易口诀""邑夫神气"久不熟习，被他们忘了没有。

一两个月就这么过着，一同吃馍馍，一同喝酒，一同闲谈。泉水、小吃、时事，都是话题，跟大明湖的莲藕、黄河的鲤鱼、划拳猜枚一样，都可助酒。

酒意上来了，原处坐着迷瞪一会儿，不妨。

以往，哪有过如此静好的时光。

可是，苗凤三每回都会感到鹿邑夫有什么要对自己说，特别是他来馍馍房的时候。他有一句什么话说不出口。他还是不看那匾额。

苗凤三实在想不出匾额能碍着他什么。

如不妨碍，怎会一眼不看，一字不提？

莫不是他也看作了草标？苗凤三暗暗颔首，有这可能。怎么成了卖的？他接受不了。可是苗凤三又不禁笑了。

卖，又有什么不妥？不过是卖馍馍。

芈老先生德高望重，专给他写了匾，算得他苗氏殊荣了。

不说老实街，外面的人去黄家大院求字的，时常见。哪个不跟得了宝贝似的。

都不白着。

在屋里坐不住了，他跑到街上，回头对着匾额瞧了又瞧。

他反倒坦然起来，不觉舒叫了一个字：

"好。"

匾额上的楷书，跟屋檐下那几个草草的白石灰字迹相比，果真熠熠生辉。

"凤栖梧，"他又兀自说，且连连点头，"好。"

他的声音飘入微风，随风散去了。屋脊上几只白鸽子，也跟着飞起。他感到身上投来一道目光，好像芈老先生正远远地盯着。

确实，匾额挂上了这么长时间，苗凤三还没夸过一次，也没正经对芈老先生表示过感谢。他失礼了。

他得补上。

没容他补情，就迎来了一个多年未见的仪式。

不知那小丰受了谁的指点，找了个懂世故的老头子请教。那老头子安排他备了一个黑漆食盒，装了肉干、芹菜、莲子等所谓"六礼束脩"，由他的两个狐朋狗友从县东巷抬了来。老头子陪着，干巴巴的一个人，远看活像鹿邑夫。及至近了，才发现没有鹿邑夫那样亮的脑门和黑眼珠。嘴上稀稀拉拉、有弯有直几根黄须，跟脸皮一个深浅。边走还边捻着，让人担心捻断。抬来的食盒，如今也不多见了。过去也是殷实人家才有。

小丰虽像上次来老实街一样还算规矩，仍旧没人敢去招惹，所以也就没人多问。他们径直走到了馍馍房。那老头子上前跟苗凤三说话，并递上一张名片。后来我们得知，他竟然还是济南市知名的民俗文化专家，上过电视。没想到真人跟电视上的差别这么大。

真新鲜啊，原来小丰鬼迷心窍，非要拜苗凤三为师不可，老头子也便为他设计了这么一出不伦不类的拜师仪式。

可想苗凤三该有多么不乐意。

那老头子巧舌如簧，撅起胡子，口吐飞沫，把"投师如投胎""生我者父母，教我者师父""薪火相传"以及"自行束脩以上者，吾未尝无诲焉"说了万遍，一再表明小丰的诚心。苗凤三站在馍馍房门口不动地方。老头子给小丰使个眼色，小丰就把由他事先撰写的投师帖往苗凤三手上送。苗凤三两臂张开，不接。老头子口上夸着小丰是个"有志青年"，心里也是着急。抬食盒的误会了他的眼色，就硬要往屋里闯。我们都看出来苗凤三也有些急了，老头子却把他们拦下，连声叫：

"走正门走正门。"

这差不多引起了我们的敬意。真个是知书达礼。抬食盒的和小丰匆忙转头去找院子正门。苗凤三见状无奈，只好由他们去了。

起初我们怀了担忧、好奇看热闹，但现在已不是。

天地君亲师，当不得儿戏。

此时此刻，抬头若见土地祠上空红霞喷吐、祥云缭绕，耳中若闻鸾凤和鸣。

我们也跟着涌入苗凤三家的院中。那苗凤三已从馍馍房的后门走进来。

　　想那民俗专家也是见机行事的人，情势不利，就给你来个"生米做成熟饭"。不管是拜祖师、拜师傅，先拜了再说。只听他在前面又连声叫：

　　"拜拜！快拜！"

　　小丰闻言，扑通跪地，低头就拜。

　　"且住！"苗凤三忙喝道。

　　那小丰登时停住了。

　　"我不会那个。"苗凤三说。

　　"您是真人不露相，露相不真人。"民俗专家说着，又急给小丰使眼色，让他拜了了事。

　　苗凤三已比刚才平静。这股静气却压住了小丰。

　　"我且问你，"他诚恳地说，"你要蹦那么高，做什么呢？"

　　别说小丰，就连我们也不由得仰起脖子，顺着梧桐树的树干往天上望去。祥云、红霞，哪儿去了？只是平时看惯的天空嘛。鸾凤也没有，几只鸽子在梢头"咕咕"叫，像是不解院子里会有这么多人。是啊，蹦那么高做什么呢？蹦得再高，高不过飞机。蹦再高也不过是个把戏，没得去做飞盗。玩把戏能成终生的事业，他怎会做馍馍？

　　望着望着，有人绷不住，笑了。

　　院子里随之哄堂大笑。

　　我们看见小丰似乎也笑了。"嘿嘿。"干笑。

　　"接着，爷们儿。"苗凤三随手向他投过一只馍馍。他没能接住，馍馍掉在了地上。苗凤三又接连给别人投了几只。

　　大家都嚼起来。

　　也别说，苗凤三家的馍馍就是好吃。

苗凤三扶起小丰。"我不会那个。"他又说。

小丰低着头默默向院外走，手里还拿着那个红色的投师帖。苗凤三又让他带来的人把礼盒抬了出去。

老民俗专家在院门口回看了苗凤三一眼，擦擦额头。他竟出了汗。又对苗凤三一笑，也不知什么意思，让人颇费猜疑。

至此，苗家院子里才重归安静。

一想起这天的事情，我们老实街人就忍俊不禁，特别是见到后佛楼街的鹿邑夫。估计鹿邑夫也很纳闷。

当时最逗的，无疑就是那个老民俗专家。

他长了什么样的胡子呀！黄不说，还有的直，有的弯，不是一个娘生的。听他说的那些话，一股子酸臭气。

"自行束脩以上者，吾未尝无诲焉。"

怪不得一个青皮也能把他招来。

不过，我们老实街人一向厚道，不会把不好的想法说出口。

实际上，我们对小丰的印象已大为改观。

不怎么可怕嘛。年轻人爱想入非非，但能放下身架学跑学跳，也是一种上进，而他只是让人虚惊一场，最终带着他的大食盒和投师帖，老老实实走掉。他要把苗凤三这么对他当成侮辱，那才像他以前的做派。

在我们老实街淳厚之风的浸染下，他或许就改邪归正了呢。

不知苗凤三跟鹿邑夫说没说过有人要拜他为师，估计是不说的。我们不禁设想，假如小丰退而求其次，去拜鹿邑夫，鹿邑夫会不会答应？

想来想去，觉得不会。

能结交一辈子，肯定是同路人。

这就有点可惜了。好东西不拿出来，不瞎了吗？

小丰品行有亏，但若被他们收了，再弯巴的树也给捋直了，岂不对社会有益？

隐隐地，我们至少对苗凤三有了点意见。人倒是离不开馍馍，可馍馍谁都能做不是？一个谜团，摆在了我们面前。

我们好像又看见那天老民俗专家对苗凤三的回眸一笑。

不能否认，苗凤三日子过得不错。芈老先生给他送匾额，人们也只差叫他一声"苗老板"。可是我们觉得，设若真像他说的那样，"不会那个"，这体面也足够了；设若不是，就不知哪里欠了。

人活一世，不是要能威风一些的吗？特别是男儿，不是要能建立起伟业，以豪强的义气和精粹的技艺赢得响亮的名声吗？

一辈子弄馍馍，可屈煞了英雄豪杰。

一辈子弄衣服，鹿邑夫活成了干巴老头子。加上几根黄须，能让人笑死。

只能说他们还在静等一个气冲云天的时机。快了，就快了。

苗凤三有大本事，不露而已。对小丰的拒绝，也是对他必要的考验。

接下来，就看小丰能不能争气了。他要狗改不了吃屎，神仙也帮不了他。

这样想着，我们觉得痛快一些。小丰来拜过两次，相信还会来拜第三次。终有一天，无比的执着和诚心会让苗凤三打开自己那个隐藏的神秘世界。

比民俗专家闪亮的干巴老头儿鹿邑夫，又走在了老实街头！

当然，一只布口袋照旧拎在手上。口袋显得沉坠，必定装了一瓶酒。

我们到底忍不住了，涌入苗家院子时赶上哥儿俩在静静猜枚。饭桌上一只酒瓶，竟写了"内部招待专用"字样。他是偶得了非卖品的好酒，就急来老实街分享。只见他们手上娴熟地翻着花样儿，却不大呼小叫。我们不客气，索性替他们叫出来：

"哥俩好啊！"

"三星照啊！"

"四喜财啊！"

"五魁首啊！"

……

苗鹿在家喝酒时猜枚划拳，以前见过，只觉说不出的舒坦，却并没怎么在意。这一回简直开眼，还不由得联想到那天苗凤三随手给小丰丢馍馍。当时小丰没接住。他能接住吗？

那动作，太快！底子在那儿呢。

我们叫得欢腾，但他们除了右手腕之下，全身就没动过。没谁做得到。那几根无声的手指，也快、也轻，似乎每根都有绝世神功。

渐渐有些恍惚，不知是要叫"八仙到"，还是给个彩。一两天过去，脑子里还全是这两人在扬眉瞬目间神出鬼没的手指。

而对小丰，也开始暗暗摇头。实话说，他配不上！苗凤三考验过他了，他显然没那灵敏的反应。说白了就是个市井俗物，在苗凤三面前不过是因不知底细才收敛一些。什么样的好东西，也不能落在这种人手里。若他有了神功，那就可着糟蹋吧。

我们又觉得痛快了一些，因已确信苗凤三对小丰的拒绝正合我意，但我们都低估了一个不良之徒的可恶，也从没想到，这个世上最不缺的就是杂碎。

喤喤喤！

一阵急促的堂锣声把我们从午睡中惊醒。

那是入伏后不久，天气热得穿不住衣服，正午时分更是日头揭头皮、石板烫脚底，没谁愿意在街上走。

堂锣声一响，像是空气里有什么东西碎裂了。很多人出门一看，馍馍房那儿立着一个铁塔般的大汉，光着膀子，露出一身疙瘩肉，穿一条缅裆裤子，叉巴着两腿，边敲锣边来回地疾走。我们脑子里马上想到这是练家子。

看那架势，不是叫阵来了吗。敲得够了，放了堂锣，紧紧腰身，架起胳膊，绷起胸脯，捏了双拳，瞪了俩牛眼，果真就听他对着馍馍房，声如闷雷地自报家门：

"老少爷们儿，在下高卫国，曹州人氏。行不更名，坐不改姓。牛皮不是吹的，泰山不是垒的，黄河不是尿的。不买不卖不舍不化，就为练几套玩玩！"

按说我们老实街人善避凶险，本不会主动靠近，但那是在苗凤三门前，有什么可怕？惹得苗凤三性起，不打你个满地找牙才怪。于是，呼隆隆，顾不得炎热，就从老街两头堵了过去，有的还放胆跟着吆喝了一两声，像是起哄。

那人也是闲话少说，往蒲扇大的手心吐了口唾沫，呼啦啦先练了一路拳，还说叫什么"美人照镜"。

我们见他打过来，就紧忙往后躲闪，不敢再出声。那拳脚砸在身上，估计没谁受得住。心里还想，这场景最好苗凤三能看到。

苗凤三这会儿还睡着吗？能睡得着吗？馍馍房门口只守着他家一个叫羽子的女工，怕是一时忘了去叫苗凤三。

那人将"美人照镜"收了势，随着大脚一跺，噗的一声，地上的石板颤三颤，馍馍房上的匾额，似乎也晃了两晃。

呀！石板缝里挤出了一股泉水。

外面动静这么大，苗凤三就听不到吗？故意的吧。

还没喘口气，那人就抄起了一杆长枪。朝空中猛一挑，红缨子舞成了一团，像阳光下刺啦蹿出了一朵红火绒。

枪尖不见了，只这朵红火绒把人的眼睛吸引了过去。忽上忽下，忽左忽右，带着风声，要么如蛇蜿蜒，要么如箭镞直射。看着红火绒扎在了天上，一忽儿又猛扑在地上，几乎钻进了石头里。

这长枪舞得煞是好，却听噼啪一响，人都不知是哪里发出来的了。

那人突然舞不动了。也许因为老街上空间有限，长枪卡在了墙上，他也只得往后一退。馍馍房被打得匾额随之掉落在地。看他的样子，我们认为这是他的失误。

在他将长枪收一收，又要去舞时，苗凤三出现在了门口。

他慌没慌？没有。他是上门叫阵，要的就是这个。

枪尖乱点，不但没有挪到别处，反而越是围住了苗凤三的身子。

那女工已吓得缩脖捂嘴，而苗凤三依旧不躲不闪，倒在我们意想之中。就等你挑衅够了，他只消伸出一根手指，轻轻一拨，那长枪就得当啷落地。

我们紧紧盯着。苗凤三没动。枪尖也没离开的意思，更来了兴头似的。眼睁睁看见，点得最近的，到了他的喉头，真让人替他捏把汗。

"哈哈哈！"那人不由得放出了笑声。

这就让他身手慢了些，那枪尖也终于掉转了方向。在他躬身跳跃之际，他还问人，"听没听过？'打得精，宋骏通。打出火，高卫国。'"

四下当然没人回答。

"宋骏通是我师傅。"他说。

那枪尖又游回来，从苗凤三跟前过去了，没停。

"引蛇出洞法！"

一腿向前大大一伸，一手持枪，跟着捅出去。反身回抽，长枪又落到了另一只手上。身子一旋，长枪就呼地抡了起来，再次从苗凤三眼前划过，又没停。

我们有些按捺不住。出手啊，凤三！人都这么激了。要真不行，就往后站站。万一那人闪失，伤着就不好了。

"打出火，高卫国！"

那人又快了。

可不，枪尖淹在那红火绒里了。

枪尖不是在苗凤三跟前没停，是当他不存在。

苗凤三，不要你使指尖将长枪弹出去，你就叫声"好"。你叫声"好"，我们也跟着叫声，想必不会惹着那人。

红火绒在明亮的空气中燃透了，那人也戛然将这路枪法收了势。枪头下只是长长的红缨子飘起来。

我们不管苗凤三的反应，给了那人一片彩声。

如果到此为止，我们可能还不会有那被羞辱的想法，或许他真是为求切磋。不料放下枪，又拎了颤悠悠的大刀。本以为后有更唬人的，他却只是拿大刀这里扑一下，那里扑一下。虚张声势地扑了四五下的样子，就住了，从地上捡起衣服，掏出一块手表。

他在看时间！

然后，抹一把头上的油汗，将大刀、长枪和衣拢在肩上，拎起堂锣，扬长去了。

刚才的事情就像没发生过。我们愣了大半天。

后来我们得知这家伙竟是小丰给弄来的。他能找来民俗专家，弄个家伙来想必也没什么难。他按时间给钱。那家伙当着我们的面看表，我们马上就想到他是掐着点儿来的。

他一个刀片子也不肯多扑。

我们老实街人就像被耍了。

苗凤三有什么表现呢？指望他用指尖打掉长枪，妄想。不但一句话没说，还在那人走后，没事人一样把打落的匾额给挂了上去。

小丰这样的人，守不住让他得意的秘密。老实街的苗凤三是怎样被他买来的高手肆意戏弄，那些老实街人不光干瞪眼，还看得起劲儿呢。苗凤三会鸟毛？就一个做馍馍的。这样的话通过不同渠道被我们听到。

初冬的一天半夜，一个短小的身影从南走进空寂的老实街来。他就是鹿邑夫。

苗鹿二人单独坐在打烊的馍馍房里。

"我出手了。"鹿邑夫对苗凤三说。

苗凤三脸上虽没表现出惊异，手上却微微发起颤来。

馍馍房里存有酵着的面、没卖完的馍馍、和面机、电蒸笼。他四下扫了一眼，什么也没看见。

"饿了，给几个馍馍吃。"鹿邑夫说。

他是真饿了。他大口大口地吃起来。

"我没听师傅的话。"他说。吃一口，就对馍馍看一眼，好像苗凤三藏身在了馍馍里，藏得严严实实。

他吃饱了，打了一个嗝。

"我还没全忘。"

苗凤三俯身收拾吃剩的馍馍。他骤然一翻掌抓住了苗凤三的手腕，同时苗凤三也紧抓住了他。

当年江湖上飘扬着他们师傅的传说，"周身坚硬如铁，长于跳荡。"又"身不满五尺，赧然如无能者，及试其技，则灵巧若猿"。

双目相对，感受对方的铁硬。

真个寂天寞地苗凤三的手先松了。轻暖的一股气，从各自手腕上游开。

鹿邑夫的黑眼珠，还在对着苗凤三。又深又小，悄悄闪了一下微光，好像在说"你总让人"。苗凤三立起身，找出口袋，给他装馍馍。

"够了。"他说。

苗凤三给他多装了几个。

这个季节，馍馍能多放两天。

鹿邑夫告辞走到门外，又停下来，转过头，仰起了脸。

苗凤三相信他看到了门上那块匾额。他的黑眼珠，是很适合夜间的。

"我比不过你。"

当时鹿邑夫只是低头咕哝了这样一句让人迷惑至今的话。不响亮。服输吗？以前就比不过，还用再说？是比生意还是比别的？交手了吗？都是疑问。

但我们很快得知，其实鹿邑夫在这天的下午赢得了一次前所未有的胜利。

苗凤三并不追着问。从鹿邑夫一来，就没问过一句。好像他有只神眼，能把另一个人的一举一动全看到。

本来要送出街口的，却只是眼看那短小且铁硬的身影，独个儿闪入夜色。

多年后，苗凤三安安分分，还做馍馍。

做同一件事，面对的却已不全是同样的人。将来怎样？会不会有馍馍厂？那是将来的事。将来的事将来再说。再好的东西，也总得丢。丢得早，丢得晚，总得舍得。都不用做馍馍，都解脱。做什么，也另说。

他也很少去老城，尽管后佛楼街幸存。

鹿邑夫裁缝铺的招牌，只一个"功"字。

去四五趟，见不着他一趟。家人都说不出他去了哪儿。

每次回到现在住的东郊友谊苑小区，苗凤三都会恍然若失。半夜里，他不能再去老梧桐树下转圈了，目光也再不能悠然跃到树梢上去。

偶尔，还可听到鹿邑夫在佛慧山黑风口以一当十的豪举。

那几年，谁不晓得后佛楼街鹿裁缝的厉害？"手腕子一抖，啪，撂倒一个！"市井中从不忌讳夸大。"老爷子一抖，人去哪儿了？嘿，树顶上！想捉他？捉不到！"

鹿邑夫把小丰一伙给约到松林，结结实实教训了一顿。至少，小丰从此老实了，口风出人意外地紧，过了将近一年才为人所闻。那时，大"功"字已挂在裁缝铺门上。

七七四十九招，鹿邑夫没全忘，或许一招也没忘。

信不信，苗凤三易口诀，他也忘不了！他只是终归没露出来。一手没露。在初冬的馍馍房，鹿邑夫又说输，好像出手是败。鹿邑夫确实又露了。

既是好兄弟，又何分彼此。

整个老城已少有人知苗凤三是鹿邑夫的师兄。来访故交，却常会有人指着他后背说，"那老头儿，脚快着呢。"

每次来都是徒步。足下行云流水，他还能一口气走上个一二十里。

一个和暖的日子，鹿邑夫走迷了路，误至一个陌生小区。到底是有些年岁的人，身子觉乏了，就想靠着一棵树歇会儿，不料一靠那树，竟瞑目睡了过去。

醒来时，日已西斜。背后，梧桐。

原载《北京文学》2021 年第 5 期

《新华文摘》2021 年第 14 期、《小说月报》2021 年第 6 期、

《长江文艺·好小说》2021 年第 11 期、《作品与争鸣》2021 年第 7 期、

《思南文学选刊》2021 年第 3 期转载

阳光刺眼

王　威

　　涓水家园在德村的最西边，属于老破旧。作为一名行窃老手，不应该选择这样的小区。一是住在里面的都是穷人，没吃到荤还会惹上一身腥；再个说兔子还不吃窝边草呢，德村大酒店就在德村的东边，虽然离涓水家园有一段距离，毕竟都在德村地界。更何况是短时间内进来两次。可下午三点十五分，诺米又从涓水家园晒得滚烫的 3 单元楼顶滑到五楼阁楼外的露台，从窗户淡定地跳进去了。他穿着灰色运动装，戴着黑口罩和肉色手套，像一名传染病医生那样全副武装。

　　诺米在德村大酒店的后勤部上班，主要修理客房内的马桶、瓷砖、墙皮、下水道什么的。由于他的右手食指有残疾使不上劲，大活指望不上他，他的工资比其他修理工低不少。事实证明，这些年他也没有指望那点工资。

　　他第一次进涓水家园很偶然。前天轮休，他到德村敬老院看二姨。自从母亲半年前在这里去世以后，二姨的老年痴呆越发严重，现在已经认不出诺米了。诺米看着自说自话的二姨很郁闷，只待了不到十分钟就出来了。出来后他骑着电动车在街上胡乱转，很快就看到了这个门脸破败、没有门卫的涓水家园。那会是下午三点十五分，正是太阳毒辣的时候，路上行人很少。

说不上出于什么心理，也许是因为 3 单元五楼窗户上贴的一溜大红喜字吸引了诺米。他从楼顶跳进阁楼的小露台，用钢针拨开了那个形同虚设的插销。那是他从业以来第一次空手出来，并不是里面没有值钱的东西，而是因为一盘象棋残局。

没人记得诺米热爱象棋，包括父母。只有诺米自己记得，德村后面的涓河底，还躺着他的"天鹅"造型的水晶奖杯。那是上初中时他代表学校参加市里的象棋比赛，获得的金奖。当时颁奖给他的老评委很激动，一再说象棋界后继有人了。可这只"天鹅"很快被他扔进了涓河。因为父亲有次醉酒用它把母亲的头敲出一个洞。诺米的右手食指也是在那次争执中被他自己用"天鹅"砸废的。那次以后，诺米再也没有摸过象棋。

站在那盘残局前，诺米很激动。很长一段时间，他忘记了自己是个小偷，一个劲琢磨棋局。他轮流当黑军和红军，跟自己较量到最后，也没有办法走出个明朗局势。是楼下的汽车喇叭声惊醒了他，他匆匆跳窗走了。

今天屋子里依然静悄悄的，他直奔残局而去。令他失望的是，棋局没人动，保持着前天的状态，上面还落上了一层灰尘。他怏怏地四下张望，阁楼是毛坯，没有装修，除了地上的棋局和棋局旁边的一把铜酒壶，其他什么也没有。踩着阁楼楼梯往下走，他的角色很快转换成了贼，变得机警而麻利。

这是个小户型，楼下荡漾着新婚的喜庆和廉价装修后的甲醛气味。沙发上方的婚纱照斜向一边，像是被什么东西碰撞后，保持着惊慌失措的姿势。照片框上影楼的标签没有揭去，上面写着安国庆、唐三彩，

5月25日取，皇家新娘影楼。那家影楼在德村敬老院对面，诺米从门口走过几次，是两间简陋的沿街房。照片上唐三彩穿着紫色的婚纱，朝诺米笑，她的眼间距很宽，显得脸上的笑很茫然。安国庆则侧脸看着她，露出耳朵下方一块紫色的胎记。诺米很想跟他们坐下来研究研究那个残局，像战场上的对手那样。门口响起了钥匙的叮当声。

门开了，耳朵下方有紫色胎记的安国庆进来了，没有任何悬念，唐三彩跟在后面。唐三彩把两个鼓囊囊的超市袋子吃力地放在地板上，又叉着腰喘粗气。如果不是她的眼间距很宽，诺米几乎认不出她是照片上的新娘。她的下巴比照片上更尖了些，头发还奇怪地遮住左边脸，像小时候看的港片中的女鬼。诺米很快就知道她为什么要弄这个鬼发型，因为她侧过脸看墙上的钟表时，诺米发现她左半脸上有一块新鲜的淤青，像一条壁虎趴在那里。诺米蹲在阁楼上从扶梯间隙里看着他们的一举一动。他不想走。身后的窗户很安全地敞开着。

手机在他手里一闪一闪的，屏幕上出现"祖宗"两字，他挂断了。一会儿"祖宗"给他发来条微信，"下班回来带两根莴苣"。他回个"嗯"。

安国庆在楼下就跟被大象踩了脚那样"嗷"的一声，诺米打了个激灵，他以为自己被发现了。可事实上是安国庆在打电话。安国庆朝电话里嘶吼，什么钱你也敢欠！我这条贱命不要了，送你了！唐三彩用手轻轻碰了碰安国庆的胳膊肘，示意他别那么激动。没等诺米反应过来，唐三彩就被安国庆一脚踹在地上。诺米精神一振。

"祖宗"的微信又进来了，让他再买半斤肉，并且牢骚一句，肉越来越贵了。诺米回个嗯。眼睛没有离开楼下。

诺米觉得唐三彩很傻，被踹那么一大脚，爬起来打扑一下身上，居然像没事人一样，还扒开超市袋子，把馒头、罐头往冰箱里放。安国庆挂断电话，上前把超市袋子摔在地上。袋子里传出一阵稀里哗啦的瓷瓶破碎声。唐三彩说，你想干吗？安国庆说，干吗？揍你！什么钱你也往外欠啊！边说边抓过她的头就往冰箱门上撞。冰箱被砰砰撞得一颤一颤的。

外面的风裹着黏糊糊的热浪涌进阁楼，一股浓烈的花香让诺米差点忍不住打喷嚏。他得赶紧离开这里，这不是他想看到的，虽然他也不知道自己想看什么。

诺米走时把铜酒壶揣在了怀里，又看了一眼象棋。外面的风刮得越来越大，乌云转眼堆在了窗外的四方天空。诺米的一条腿刚跨出窗外。楼下传来女人尖锐的叫声，仿佛被什么东西扎在了身上。于是，诺米挂在窗外的腿定住了。伴随着男人的咆哮和"砰砰砰"的撞击声。诺米想象到唐三彩正在像一袋粮食那样被安国庆甩来甩去。诺米第一次想到110。唐三彩会死的。

看着屏幕上110这串数字，诺米又赶紧删除了。他把窗外的腿抽了回来。

唐三彩的鼻子破了，呱嗒呱嗒往胸前滴血，薄纱上衣前襟被染得像个车祸现场。她没有管这些，正举着一个破碎的啤酒瓶子，似笑非笑地跟安国庆对峙。蹲回到老地方的诺米心里暗骂愚蠢的女人，因为他能料到，这个距离的威胁安国庆一脚就能解除。果然，安国庆一脚蹬在唐三彩肚子上。这一脚和铜酒壶飞向他后脑勺几乎是同时进行的。

不跑不行！诺米像一道闪电，从涓水家园飞奔而出。下雨了。牛毛似的雨浩浩荡荡跟在诺米身后，诺米觉得跟来了千军万马。铜酒壶飞下阁楼时，唐三彩抬头看了他一眼。安国庆会不会被砸死？这个念头像闪电劈过他的脑海。

德村敬老院的少白头门卫举着一把黑雨伞，拦住他说，小米，跑什么？下雨还来看你二姨啊？诺米气喘吁吁地抹了抹脸上的雨水，口罩不知道什么时候掉了。远处有隆隆的雷声传来。诺米含糊地说，对。门卫说，你母亲安葬了吗？诺米说，对，对。

母亲的骨灰还在家里那台老式空调机上面放着。母亲住进敬老院不到一年就去世了，跟她住同房间的二姨哭天喊地的，抱着骨灰盒十多天不松手，是被诺米强行夺回去的。为怕引起"祖宗"的怀疑，诺米把骨灰盒换成网上买的瓷坛子带回了家。他对"祖宗"神秘地说，这是请大师做的法，可以保佑年底发大财，一定不要动，否则就失灵了。"祖宗"鲜有地听话。

　　"祖宗"是个好女人，勤快节俭，除了脾气火爆跟母亲相处不来，和不想生孩子外，其他也没什么毛病。她在一家快递公司干出纳，公司很小，忙起来连老板都得去送快递，她这个出纳更得干活，可她回家从不跟诺米抱怨。诺米问过她为什么不想生孩子，她回答得很干脆，把孩子生在四面透风的筒子楼里，这么缺德的事我做不出来。丝毫不给诺米商量的空间。

　　诺米好几次梦到母亲。在梦里母亲跟他说，小米啊，我脚下老是冷飕飕的，你来给我掖掖被子。诺米就醒了，一时弄不明白母亲在敬老院，还是已经过世了。直到抬头看到空调上面那个孤零零的瓷坛子。他就想等买块墓地把母亲安葬了。

　　门卫推了推诺米说，有老师正在教老人们跳广场舞，你进去看看吧，你二姨跳起舞来一点不像老年痴呆的样子，不过，门卫惋惜地说，你母亲跳得那可真叫好。诺米看到远处有辆车朝这边驶来，雪亮的车灯劈开飘荡的雨帘，直刺他的眼睛。诺米抹了把脸，像一阵风跑了。安国庆趴在地上，头下渗出一片血，流淌的像张世界地图。诺米一个趔趄差点趴在地上。

　　诺米家不在德村，在离德村不远的电厂第五宿舍，是母亲退休前买下的单位福利房。母亲临终前乞求诺米给她买块墓地，不要把她送回祖坟跟"那个死货"葬在一起，被他打了一辈子，不想做鬼还被欺负。对于母亲将要咽气这件事诺米并没有多么悲伤，可是听母亲这么说，他的眼泪就下来了。他可怜母亲，从嫁到这个家，就被男人打，一直打到男人去世。那天诺米站在母亲床前流泪，恍惚看到了十五年前那个把"天鹅"扔进涓河，回来站在头裹纱布躺在床上一动不动的母亲跟前无声流泪的少年。

诺米刚进门，"祖宗"冲上来就用敲背的硅胶拍子劈头盖脸地抽他。他边躲边喊，你再动我一下试试，你再动我一下试试。硅胶拍甩得更响亮了，莴苣呢？肉呢？你干吗去了？去找野女人养孩子去了？打着打着"祖宗"发现诺米今天不对劲，他不光浑身滴水，怎么穿成这副鬼样子？诺米这才想起酒店发的工作服在电动车后备箱里，电动车还在涓水家园。

晚上躺下，诺米想，明天下午再去一趟涓水家园，把车子骑回来，看看安国庆到底有没有事，这么计划明白，他反倒轻松起来，很快就睡着了。他睡着以后，"祖宗"几次起身看他。她觉得诺米今晚反常，精神恍恍惚惚的。她掏出他的电话检查了一遍，没发现可疑的情况。她打算明天抽空去德村大酒店看看。

半夜打雷把诺米惊醒了，他去了趟卫生间再也睡不着了，坐在黑暗中的沙发上抽烟。他想起唐三彩举着破酒瓶子似笑非笑的样子。"祖宗"在黑暗中磨牙。诺米想，如果自己进去了，"祖宗"一个人住肯定会害怕。还有空调上面的瓷坛子该安置了。诺米抬头看了看空调方向。"祖宗"不是没有问过母亲的骨灰安置到哪里去了，诺米轻描淡写地说，敬老院统一存放在殡仪馆。"祖宗"脸上有些不忍，可也没说什么。诺米又抽了两根烟。他没有发现"祖宗"赤脚站在卧室门口看他。

吃早饭的时候，雨停了，蝉声一阵比一阵凄厉，搅和得空气黏糊糊的。诺米发现瓷坛子的盖似乎错到了一边，你动了？诺米问"祖宗"，"祖宗"放下粥碗，紧张地说，是不是这就不灵了？诺米说，我问你是不是动了？"祖宗"用筷子抽诺米的头顶，你说我会去动？！你说我会去动？！诺米的头顶梭梭地疼，"祖宗"抽得很用力。诺米走上前把盖子扶正。心里说，老老实实的，别折腾，早晚会给你置块地的。

"祖宗"找出一套新工作服递给诺米，看着诺米拎着半干不湿的运动服走了，她没吭声。诺米也没有解释。

诺米在酒店待到两点半，就伺机去涓水家园。他经常这样，节假日踩好点，趁上班的空去，即使事发，他也有上班的记录，不至于被怀疑。

诺米在外面的公共厕所换上运动服，把换下来的酒店工作服用黑塑料袋拎着，就跟去买菜了一样。他步行到涓水家园门口，衣服被汗水浸透了，散发出酸味。有个老太太推着婴儿车从里面出来，眼睛湿漉漉的，就像哭过。诺米拿出口罩手套戴上，很自然地从她身边过去。由于天气炎热，小区里没人，显得破败的楼房有种灾后的空旷。诺米一眼就看到了自己的电动车，还在原地方，被雨水冲刷得澄明瓦亮。他过去把黑塑料袋塞进后备箱。

诺米没有贸然上楼，他围着那栋楼悠闲地走着，像在散步。当他转到3单元门洞的时候，有个老太太从里面出来盯着他看。诺米的心抽抽起来，没等他躲开，老太太上前问，你是那个清洗油烟机的师傅？诺米摇摇头，老太太失望地朝大门口走去。

这次诺米没有从楼后的直梯爬上去，而是像个正常人那样，走的楼梯。楼梯上的水泥掉得斑斑驳驳的，踩上去就像驾着七彩祥云。整栋楼里静悄悄的，不像发生事故的样子。即使这样，每走一层诺米都觉得是在自投罗网。走到第四层，他停住了脚步。他仿佛看到自己在五楼刚露面，唐三彩就诡异地推门而出，后面跟着德村派出所的老刘（受后勤部经理的委托，他曾经给老刘家修过客厅的瓷砖），老刘威严地问他是不是用铜酒壶杀过人，并且要他的身份证看。诺米不甘心地大声说，我是见义勇为，你们不能抓我！唐三彩尖锐的哭声响彻楼道，你这个天杀的贼！我们无冤无仇，你居然下得了这样的黑手！

诺米最后还是放弃走楼梯，他觉得从阁楼的窗户跳进去更安全。多年的盗窃的生涯，让他产生了诸多迷信心理。比如上次用什么形式入户顺利，这次也会再次启用；上次穿什么衣服出入安全，这次也不会轻易改动。即使是时间，这次他也是力求跟以前一样的三点十五分。诺米转到楼后的直梯那里。楼后常年不见太阳，一股阴冷从他的裤管往上钻，他打了个寒战。

从屋顶滑到阁楼的小露台上，诺米看到那扇窗户像个虎口正在等待他填进去。他掀开口罩使劲呼了一口气，朝楼下看了看，小区的路上一个人影也没有。转头的时候，他看到对面楼上有个小孩趴在窗玻璃上看他。诺米朝他挥了挥手，小孩转身跑了。

诺米在公共厕所里换衣服的时候，"祖宗"就到德村大酒店后勤部门口了。接下来的时间，后勤部所有的人都配合她找诺米。后勤部经理是个一米八的女人，被酒店上下称为大个。大个不在意地跟她说，小刘，你放心吧。诺米可能去楼顶了，他去楼顶电话都是关机的。"祖宗"说那你带我去楼顶找呗。大个笑了。谁愿意为这么个疑神疑鬼的女人去费劲呢。大个耐心地劝解说让她放心，诺米不是胡搞的人，是她派的单，去楼顶修理水箱去了。"祖宗"一屁股坐在修理部的排椅上说，我等着。

"祖宗"没有在排椅上等多久。当修理部的人找各种借口出去以后，她一个人转悠到了客房区，一个门一个门地偷听，她想知道里面是不是有诺米的声音。从结婚以来，她第一次意识到，她跟诺米的婚姻并不牢固，虽然诺米口口声声称她"祖宗"，把挣来的钱都给她拿着，酒店发了什么好吃的夜宵也给她留着，可昨晚诺米的恍惚和沉默让她产生了怀疑，那种不能掌控性比没有钱还令她不安。

诺米的一条腿和上身刚从阁楼的窗户伸进去，就听到唐三彩说，来了？诺米觉得腿死了，变得僵直不能动弹。

诺米跨坐在那个狭小的窗户上，不知道自己该跑还是该进。唐三彩盘腿坐在象棋残局前的地上，毫不在意地说，进来吧。诺米碰了碰口袋里的尖刀。

诺米没下窗台，他保留着那个有利于自己的姿势说，安国庆怎样了？唐三彩说，你会下象棋吗？诺米问，这个残局是谁留下的？唐三彩说，我。你？还有谁？诺米听到自己的心在怦怦直跳，他太想知道这个残局怎么走下去了。唐三彩说没人知道怎么走，我跟自己走了十年，它依旧是个残局。

这个窗户没有修，就是为了抓我吗？唐三彩笑了，她一笑，左脸上的"壁虎"显得诡异可怖。看到唐三彩不接茬，诺米想离开这里，他意识到自己简直是魔怔了，接二连三地自投罗网。看到他挪动身子，唐三彩说，安国庆没事，只是右耳朵被打聋了，你那一下还是没有打准。诺米一时没反应过来，什么没打准？唐三彩说，如果酒壶长眼睛的话，就该把他的左脸也打青，让他没脸见人。唐三彩笑起来眼间距变窄了，就像变了一个人。诺米说，我，我该走了。唐三彩说，安国庆现在在医院呢。你下来我们来一盘，自己跟自己下棋太没劲了。诺米以为自己听错了，他有些慌乱地说，我可以出点钱给他当营养费，不过没有多少。唐三彩没有继续这个话题，她用细长的手指把棋局打散了。

他们俩围着棋盘席地而坐。唐三彩漫不经心地说，你是客，你走红，我走黑。诺米拿棋子的左手微微颤抖。

诺米不想浪费时间，像多年前那个少年一样举炮就冲，他很兴奋自己还记得那次比赛的攻势。唐三彩根本不看诺米的阵地，她只专心对付自己，四个卒被她先后推上最前线，时间不长，马和炮也过河了。这个直白的布局，让诺米不得不停下来研究一番。局面上虽然一派岁月静好，可诺米还是嗅到了三步之外的杀气。他现在相信残局是她留下的了。她具备那个实力。诺米想起那场比赛，最后他是跟个女孩对决，女孩的棋风也是这样油滑直白。在领奖台上，屈居亚军的她歪头看着"天鹅"的诺米，就跟看仇人一样。夜深人静的时候，诺米经常想起那个女孩和她的眼神，恍若隔世。

诺米抬头看了一眼唐三彩。唐三彩正在朝他笑。他心头一颤。

诺米问唐三彩，你小时候参加过象棋比赛吗？唐三彩大笑起来，笑出了眼泪。诺米耐心地等她笑完。唐三彩擦了眼泪说，我的象棋是在少管所学的。教官说我有这方面天赋，从小到大，第一次听到有人跟我谈天赋，我就认真了，在他的指导下死命背棋谱。诺米觉得胸口憋闷，可是他没有摘口罩。

下到最后，唐三彩的心思就没有全部在棋盘上了，她有时会站起来用苍蝇拍子打苍蝇，或者站在阁楼的窗前往外看，最后她居然从楼下举着两片西瓜上来。诺米没有吃，他的"帅"被唐三彩的两个卒围困得丝毫不能动弹，用不到两步，残局就会变成结局，可唐三彩的黑子一颗没少，完好无损。诺米没有挫败感，相反他心里充满喜悦和崇拜。这么个杀伐决断的女人，象棋下得这样好，为什么要忍气吞声地挨打？诺米抬头问唐三彩。唐三彩没想到诺米会忽然问这个，她瞪着眼睛茫然地看他，就像没有听懂。诺米左手摩挲着那颗无用的"相"（他唯一可用的了）没有落下。唐三彩说，因为我送给他很多绿帽子。诺米有些尴尬。

为什么要给他绿帽子？

因为他打我。

那，为什么不离开他？

因为我爱他。

……

这是个走不出去的死局。

诺米把"相"落到棋盘上，站起来说，我得走了。唐三彩靠上前说，谢谢你那天救我。沐浴液的香气和汗酸味夹杂在一起，闷热的阁楼上立时变得暧昧起来。没等诺米想好如何应付眼前的局面，唐三彩把手搭在了他肩膀上。诺米想也没想靠后退了两步说，别作践自己。唐三彩说，象棋是我的命，皮囊不算什么。诺米感觉身子像被电打了一下，定格在原处。那个每年都会脱光衣服沉到涓河底打捞"天鹅"的少年，第一次大白天浮现在他面前。诺米的嘴唇不受控制地打哆嗦。他恍然明白自己为什么要一次次地跳进来，因为他的命也在象棋上，剩余的只是个皮囊行走于世。唐三彩像个母亲，轻轻地抚摸诺米裸露在外面的眼睛和额头，嘴巴伏在他的耳边软软地说，你右手食指怎么了？

诺米哭了。

诺米的眼前是汪洋的涓河水，那个少年一次次沉到河底，又一次次浮上水面……在象棋旁边布满灰尘的水泥地上，唐三彩热烈地回应戴口罩的诺米，如同相爱。

"祖宗"在酒店保安室里等着诺米，她是被保安从客房部走廊押送到保安室的。看到诺米，"祖宗"一反常态，没有问他去哪里了，也没有对保安的偷窥指控做出刚烈的解释。她沉默地坐在诺米的电动车后座上，快到家的时候，她说，诺米，我们生个孩子吧。"祖宗"的声音干涩沙哑。诺米一声没吭。

诺米没吃"祖宗"做的晚饭，他躺在床上盯着天花板。天花板上出现了唐三彩的长胳膊，然后是两眼间距很宽的脸，还有滴满鼻血的衣襟。"祖宗"也没有吃晚饭，她坐在外面的沙发上不知给谁打电话，不时很虔诚地点头称是。就在诺米快要睡着了时，"祖宗"过来推了推他说，我们要个孩子吧。诺米迷迷糊糊地没有听明白，他说，要谁的孩子？"祖宗"媚笑着说，要别人的孩子你不是戴绿帽子了？诺米恼火地说，睡觉！

半夜的时候，诺米回身把"祖宗"搂在怀里。

诺米警告自己忘掉阁楼上那个会下象棋的女人，也忘掉涓河底的"天鹅"，这是些跟眼下生活风马牛不相及的东西。他要一心一意地配合"祖宗"生孩子的计划。可不管上班还是下班，他还是会不由自主地去涓水家园附近，骑着车子转来转去，当然是在不戴口罩的情况下。他一次也没有遇见过唐三彩。

那天黄昏，诺米在涓河边坐了很久。当年扔"天鹅"的地方长满了无际的芦苇。在那片芦苇梢上，挂着蛋黄一样的落日。唐三彩趴在他耳边软软地问，你的右手食指怎么了？诺米盯着蛋黄，直到被它的余光刺得泪流满面。诺米决定去涓水家园找唐三彩。

是安国庆开的门。他阴鸷地看诺米，一声没吭，好像在琢磨什么心事。诺米这才想起安国庆。跟唐三彩分开的这一个月，他已然忘了这个被自己打聋耳朵的男人。他摸了摸脸，没有戴口罩。他今天不是贼，而是个跟安国庆和大街上所有的男人一样的正常公民。很快唐三彩出现在安国庆身后，加入了这个对峙。诺米贪婪地看着她，希望她记起自己，记起那个燠热潮湿的午后。可他从唐三彩的眼神中看出，她根本不认识自己。安国庆回身看唐三彩。唐三彩朝他摇摇头。安国庆回过身子对诺米说，你找谁？诺米怔怔地看着唐三彩，她脸上的"壁虎"消失了，就像什么也没发生过。安国庆伸手推了一把诺米，重新问，你他妈找谁？诺米很想指着唐三彩说，我找她下盘象棋。可他听到自己说，你们家需要清洗油烟机吗？门砰的一声关上了。

诺米在唐三彩楼下坐到很晚，他不甘心就这么被"抛弃"。他一遍遍回想那个被他和唐三彩蒸熟了的午后，他们像祭品那样奉献给对方，旁边是散乱的象棋，红子和黑子。可如今这个午后跟"天鹅"一样，沉向水底。他后悔当时没有摘下口罩，没有亲吻她。

"祖宗"的称呼从诺米手机里变回她的名字"刘丽霞"。刘丽霞又去了一次德村大酒店。她默默坐在诺米的工位上，没有再满世界地找诺米。大个给诺米打电话，诺米关机。大个只好安抚刘丽霞说，小刘，我派小米上楼顶修水箱了，你等会啊，他上楼顶总是关机。刘丽霞说，大个经理感谢你这么多年对诺米的关怀，他的手有点残疾，可是你们还是给他那么高的工资和奖金。大个人在暗处，脸却明明白白地红了，她一度认为刘丽霞在调侃自己。因为诺米的工资在后勤部是最低的，更别提还有什么奖金了。刘丽霞没有管大个的脸色，她自顾自说起这些年诺米对家的支撑，每个月挣那么多钱，还能容忍老婆不给他生孩子，她现在才体会到诺米的好，诺米的不容易。说着说着，刘丽霞哭起来，她哭了很长时间。大个接了个电话走了。哭累的刘丽霞趴在诺米工位上睡着了。诺米坐在唐三彩家楼下也睡着了。两人在睡梦中去领了离婚证。

诺米决定再一次戴上口罩从阁楼窗户跳进去找唐三彩。离开唐三彩，他已经做不成任何事了。为避免遇见安国庆，他直直在小区花坛后面等了一个礼拜，才等到安国庆骑着摩托车走了。诺米戴上口罩和手套，麻利地爬上楼后面的直梯。从阁楼窗户跳进之前，他特意等了一会儿，等唐三彩说，来了？可是里面没有任何声音。诺米回头看到对面楼上的男孩趴在窗玻璃上看他。他没有朝他招手。

唐三彩躺在床上，看到诺米进来她没有吃惊，只是遗憾地说今天不能下象棋。诺米奔过去盯着唐三彩说，他又打你了？诺米听到自己的声音有些颤抖，唐三彩也听出来了，看了他一眼。诺米没有等唐三彩回答，掀开毛巾被查看唐三彩的身体。唐三彩的身体光滑无缺，像一枚象棋那样凹凸有致。唐三彩双臂缠住诺米的脖子，声音甜腻地说，我只是感冒。诺米想叫她起来，他要跟她讲一讲自己断掉的右手食指，讲一讲涓河底的"天鹅"，讲一讲他对她的思念。可是他的身子却很快爬上了唐三彩的床，仿佛这些日子的期待就是为了这一刻。完事后，诺米像当年在领奖台上抱着"天鹅"那样虔诚地抱着唐三彩说，你离婚吧，我娶你。唐三彩有些好笑地看着他说，我为什么要离婚，我过得好好的。诺米觉得唐三彩撒起娇来很可爱，跟棋局上那个手段诡异的女人大相径庭。他想摘下口罩亲吻她，被唐三彩按住了。唐三彩摇摇头。

诺米走出唐三彩的卧室，太阳已经变成昏黄色，恹恹地爬在窗台上。安国庆不知道什么时候回来了，正坐在沙发上看他，头顶上是那帧歪斜的婚纱照。诺米觉出右手掌中的断指在隐隐发疼。

安国庆没有理会诺米，他拎起手边的药袋子，从诺米身边过去，进屋扔给了唐三彩。诺米看到安国庆耳边的胎记颜色加深了，才记起今天没有带尖刀。可是很快他就冷静下来，他愿意付出任何代价，只要安国庆同意离开唐三彩。安国庆出来后，把两个大拇指插进腰带里，上下打量诺米。诺米站在那里，等待安国庆提条件。时间一分一秒过去了，安国庆对他呆滞的样子终于不耐烦了。他轻蔑地说，放下钱滚蛋，别他妈站那里膈应人。诺米没有听懂。屋子里传出唐三彩的声音，老公，感冒药吃几粒？

诺米身上带的钱不够支付这次消费，在安国庆的威逼下，他把抽出手机卡的手机，和腕上结婚时刘丽霞送他的手表，全部放在了桌子上。诺米奔跑在德村的中心街，眼前和耳边交替出现空调上面的瓷坛子和"祖宗"的磨牙声。他跑过德村敬老院，跑过皇家新娘影楼，跑过德村大酒店，跑过无数高楼，直到嘴里出现铜腥味，他才看到涓河。

没有溅起多大的浪花，那片白花花的涓河水让他瞬间变得澄澈。他用一种从未有过的轻盈潜入水底。从初始的呼吸憋闷到顺畅只隔了很短一段时间，他就从容地融进了水里，像一滴水一条鱼一块鹅卵石或者一朵云那样自然。隔着水面，阳光不再刺眼，广袤的水底到处是它淡蓝色的光芒。诺米看到躺在水中央的"天鹅"被水草包围着，宛若多年前那个讷言的少年。诺米喜欢这一刻。他如同回到了母亲的子宫。

原载《北京文学》2021 年第 5 期

食蚁兽

仲文娜

一

从野生动物园回来之后，魏朵的情绪彻底崩溃。她坐在沙发上，抱着怀里的龙猫靠枕，竟然大哭起来。家里就她一个人，她哭得很放心，也很放肆。哭着，哭着，她才想起来，今天才大年初三，这样哭下去太不吉利了。于是，她擦掉眼泪，渐渐停止了抽泣。

魏朵仔细回想着在动物园里发生的一切，到底是什么事情让她受了刺激？从头至尾，她认真想了一遍，根本没有任何事情嘛。整个游玩的过程，他们三个说说笑笑，还算开心。若非得要说有点什么，确实有几件细微小事，比如在看狒狒的时候，被一位游客不小心踩了一脚，那可是她新买的小白鞋；背包上的灰色小毛绒球不知丢在了动物园的什么地方，第一次从包里拿水杯的时候，它明明还挂在上面；还有，在观光车上，她竟然被一个看上去比她大好几岁的女人叫了一声大姐。如此种种，她并没有真的放在心上，不过是当时惹得她心里一丝不快。这种不快不过持续了几秒钟，远不至于让她情绪崩溃。这时，她脑海里忽然闪现出那只走来走去的大食蚁兽。

对，就是那只食蚁兽。它给她留下了深刻的印象。在此之前，她从未见过食蚁兽，她甚至以为食蚁兽是一种已经灭绝的物种。在她的记忆里，食蚁兽只存在于某些网络小说和儿童故事里。她没想到，食蚁兽竟然这么庞大，吻部又尖又长，身后的尾巴也足足有一米多长。它被关闭在一个二三十平方米的室内空间里，其中一面临墙，其他三面是落地的厚玻璃。里面有一个土堆，一个树桩，土堆和树桩上有人工仿制的蚂蚁洞。游客们大概和魏朵一样，对食蚁兽充满了好奇，把三面玻璃围得严严实实。食蚁兽不停地走来走去，看上去有些焦急。由于空间狭小，它只能来来回回地转圈儿。魏朵心里也替它着急，它能不焦躁吗？本来应该生活在广阔的丛林里，眼下却被关在如此狭小的空间里。大概是走累了，食蚁兽停下来，低头朝"蚂蚁洞"拱去，里面当然没有蚂蚁。它拱了几下，自觉无趣，便放弃了。尽管食蚁兽的眼睛那么小，魏朵分明还是看到了一丝颓然。

她不忍再看下去，转过身子要离开。身后却挤满了观看食蚁兽的游客，里里外外好几层，甚至还有小孩骑到了大人的脖子上。魏朵惊讶地看着人群，费了半天力气才挤出来。

也就是从这一刻开始，魏朵的心情忽然有点低落。她觉得自己像极了那只食蚁兽——一只被困住的、无助的，时刻被人注视的食蚁兽。它毫无自由可言，却还得忍受人们好奇打量的目光。一路观看了这么多动物，不说那些常见的孟加拉虎、美洲豹、长颈鹿等，即便是鬣狗、獴哥、狒狒跟前，也没见这么多人围观。魏朵正胡思乱想着，姜苗拉着老公也从人群里挤了出来。姜苗一开口说话，氛围立马活跃了起来。魏朵不得不把那些坏情绪压下去，与他们一起说说笑笑。魏朵不知道，那些情绪却在内心深处悄悄发酵。一等有了合适的时机，便冒出来恣意释放。

二

姜苗是魏朵的闺蜜。两个人是大学同学，在校期间就挺合得来，随着毕业、参加工作，两人关系不但没有疏远，反倒越来越亲密。特别是姜苗还没结婚的那几年，两个人整天腻在一起。最开始，两个人相处起来，魏朵更像姐姐，对姜苗总是照顾有加。这几年，反过来了，姜苗对魏朵关心至极，什么事情都替她想着。特别是找对象这件事，姜苗给魏朵介绍的男人少说也有一箩筐。

大年初三，本应是走亲访友、相聚团圆，一片其乐融融的景象。可魏朵最害怕的就是这几天，啊，天哪，光想一想，七大姑八大姨那关切的眼神，魏朵就想找个老鼠洞钻进去。人家并无恶意，作为晚辈总不能没有礼貌，魏朵只能强作欢颜。这时候，姜苗向她发出一起去野生动物园的邀请。没有比这个邀请更合时机的了，她终于可以远离他们、出去透透气，魏朵想。市里的动物园，她去过几次，可野生动物园，她的确有些陌生。据说，今年整整一年，野生动物园受疫情影响，一直处于门前冷落、人烟稀少的局面。为了挽回野生动物园昔日火爆的局面，不惜在网络上大肆宣传，并通过巨多优惠活动吸引观众。魏朵在微信公众号上几次看到野生动物园的推送广告，但从没兴趣点开看过一眼，那种地方难道不是更适合孩子吗？姜苗说，野生动物园是个宝藏地方，不光有很多稀有罕见的动物，风景环境也好，门票平时贵得很，她好不容易熬夜才秒杀到三张低价票，不能退，不去就浪费了。还没容魏朵说话，姜苗又说，就这样说好了啊，明天早上九点去你家门口接你。姜苗和老公结婚多年，因为没要孩子，蜜月还在持续当中。魏朵感到有点儿不好意思，她一个超大龄剩女，又要去当电灯泡，但最终还是去了。

事实上，姜苗邀请魏朵去野生动物园还有一个原因。几个月之前，姜苗给魏朵介绍了一个相亲对象，一位离异的中年男子。姜苗并不认识这个人，他是老公的同事的朋友。姜苗听了老公对男方的介绍，觉得除了离异过，别的条件尚可，能配得上魏朵。于是，赶紧把联系方式发给了魏朵，督促魏朵一定要见见面，千万别跟以前一样任性，高兴就见，不高兴就不见。

魏朵并不在乎男方是否离异，只要两个人相互看着顺眼、谈得来即可。可是，能同时满足这两个条件，还真是挺难。到了魏朵这个年龄，对男方外貌要求已经不高，只要长相还能说得过去，她都愿意进一步去了解。可是，这个谈得来就复杂多了，魏朵觉得首先两个人三观要一致，而三观是否一致主要取决于彼此的家庭环境、学历背景、工作环境等，当然也有性格因素。所以，这些年，她相亲相了几十个，也认真地处过几个男朋友，却没有一个能走到底。魏朵感到很苦闷，自己有学历，有工作，长相也说得过去，除了矮点儿，其他都挺好的，怎么找个合适的对象竟如此艰难？

期间，姜苗三天两头地问魏朵，两个人见面了吗？感觉如何？赶巧，魏朵那阵子特别忙，男方约了几次，魏朵不是加班工作，就是出差在外地。等到魏朵忙完，男方却又出差了。所以等到两个人见面，已经是两个多月之后。姜苗问起魏朵，魏朵自然没什么可汇报的。姜苗还以为魏朵故意躲起来不见，跟老公说起这事，老公却说，咱俩就牵个线，见不见，行不行，那是他们的事情。姜苗只好无奈地点点头。姜苗这次把魏朵叫出来，想问问这件事。再说了，她们已经很久没见面了。这一年多，魏朵明显跟她联系少了，每次都是姜苗主动找她。姜苗隐隐觉得，魏朵好像越来越宅，她不只是不想见她，她是不想见任何人。

在动物园里，三个人一直兴冲冲地看动物。姜苗每次提到这个话题，魏朵总是三言两语地应付了之。姜苗猜测，魏朵或许是没看上男方，碍着老公的面，没好意思直接说。姜苗想，毕竟男方离异过，魏朵看不上也情有可原。后来，她们干脆不再提及此事，一心玩乐。姜苗一点儿也未察觉魏朵有什么不高兴的，所以当晚上接到魏朵电话的时候，姜苗大吃一惊。魏朵告诉她，刚才大哭了一场，她感到自己压力好大，压得自己快要透不过气了，虽然整日说顺其自然，可还是焦虑！隔着电话屏幕，姜苗听到了魏朵心碎的声音。

三

　　大哭和倾诉之后，魏朵渐渐趋于平静。窗外天色已暗，父母出门还没有回来。她正犹豫着是否打个电话，母亲却发来信息，说晚饭在外面吃。魏朵顿时又舒了一口气，难得一个人清静。没有了母亲走来晃去的身影，家里显得空荡了一些。

　　前几年，母亲为魏朵找对象一事没少操心，她不光是嘴上唠叨，还付诸实际行动。比如，她经常发动家庭聚会或者朋友聚会，甚至连那些平日来往较少的亲戚朋友，她也总有办法叫出来，目的无非是让大家帮忙给魏朵张罗对象。还有，她几次瞒着魏朵去了相亲大会，甚至把魏朵的联系方式悄悄给了她看中的小伙子。这让魏朵觉得很丢人，于是赌气不搭理母亲。魏朵想，自己难道就这么差劲吗？沦落到母亲上赶着人家小伙子。这两年，母亲消停了很多。用她自己的话说，她认命了，她命里该有一个感情不顺的女儿。母亲有一次严肃而认真地说，她能接受魏朵一辈子跟他们生活在一起，只是等魏朵老了，身边没个说话的人太可怜。

　　魏朵心里万分愧疚，不敢直视母亲的眼睛，扭过头去，眼眶子红了。这么多年过去了，魏朵对婚姻虽然仍旧渴望，但是早就没有了先前的那份急切。她无时无刻不在劝慰自己，一切顺其自然就好，即便一辈子独自生活也是可以接受的。只是，她不想让父母难过，不想让父母为自己操心。

前阵子，一天晚饭后，她陪母亲在楼下遛弯，碰巧遇到前面楼上的李阿姨。李阿姨没看见魏朵，她落在母亲身后一段距离，正逗一只流浪猫。只听见李阿姨刻意压低了声音，神秘兮兮地问："你家魏朵找到对象了吗？"

"谈着呢，谈着呢。"母亲淡淡地回应。

"那就好，那就好，越大越不好找，再拖下去，孩子都不好生。"李阿姨又说。

母亲尴尬地笑了笑，"嗯啊"应付了两句，然后灰溜溜地走开了。魏朵真想冲上去，骂一句，"关你屁事啊！"魏朵心里又气又恼，她替母亲难受，她能想象得出母亲脸上的表情有多难堪。

"真是为难母亲了，这都怨我啊。"她在心里默默说。

在这样的一个夜晚，魏朵的思绪飘飘散散。母亲以前是一个多么开朗的人啊，见了人老远就打招呼，现在却因为我，总是刻意回避。这两年，母亲明显苍老了很多，全是因为我啊。想到这里，魏朵的心里一阵阵难受。

夜色渐深，魏朵望着窗外灯火阑珊，心情万分复杂。她明显感到自己这两年性情变了，变得越来越敏感、焦躁和易怒。甚至每隔一段时间，情绪还会崩溃一次。崩溃的起因可大可小，有时是参加完一场婚礼，有时是一次失败的相亲，有时是一次简单的聚餐，也常有像今天这种情况，见到了什么特别的东西。意识到这一点，魏朵感到惶恐极了。她害怕再这样下去，自己真的会变成一个不正常的人。好几次，她曾暗自下决心，等到下次相亲，要不就凑合一下，赶紧结了，大不了以后再离呢，免得别人觉得我不正常。结果等到见了面，她就没了决心。"找个对象怎么如此艰难？"她时常在心里一遍又一遍地问自己。

四

第二天，魏朵收到了那个离异男人发来的微信。除夕晚上，他们相互发了祝福的信息，离异男一看就是转发的，长长的一段，有文字，有鲜花、红包、气球的图案。魏朵觉得这样的信息毫无诚意，还不如简简单单地说，魏朵，祝你春节快乐。截至目前，魏朵和他仅见过一次。见过之后，两个人不咸不淡地聊过几回。魏朵觉得男方对自己没有多大兴趣，否则早就再次约她见面。当然，魏朵同样觉得男方普普通通。但是，两个人都没有明确说不合适，大概都有骑驴找马的想法，所以才这样耗着。这也是魏朵没有跟姜苗明说的原因。

离异男叫高志远，微信上用的名字是"远方"。他是市畜牧兽医局的一名工作人员，比魏朵大四岁，马上进入不惑之年。对于体制内的工作身份，若放在前几年，魏朵还会觉得相当不错。现在，魏朵早已习以为常。她相亲相过从事各式职业的人，除了体制内的工作人员，还有金融行业的业务经理、医生、铁路系统的乘警、建筑行业的设计师、IT男、房屋销售、个体老板……甚至还有一位话剧演员。这些相亲对象的质量一路下跌，直至目前的离异男。没办法，年龄相仿的小伙子差不多都结婚生子了，二十七八的小伙子谁愿意找三十多岁的女人呢？

咦？"远方"的头像换成了一张醒目的长颈鹿图片。魏朵清晰地记得前几日还是一片绿草地的风景图。魏朵喜欢根据头像，猜测人的性格。除非工作需要，对于那些用本人真实照片的人，魏朵总是喜欢不起来。他们过分关注自己的外貌，也希望得到别人的关注。魏朵情不自禁地点开图片放大看，不像是电脑上下载的，更像是自己拍摄。图片里的长颈鹿正仰着长长的脖子，目不转睛地注视着远处。难道他也去野生动物园啦？长颈鹿身后的背景像极了野生动物园。

远方先是很有礼貌地询问她年过得怎么样？有没有外出？待确定她在家时，又问她是否有时间一起去野生动物园？魏朵心里一惊，野生动物园竟如此火爆？魏朵如实相告，说太巧了，她今天刚刚去过。远方连发三个竖起大拇指的表情，一副欣喜的样子。他问她体验如何？她说，挺好的，看到了几种平时从未见过的动物。远方接着问，看到食蚁兽了吗？魏朵心里不禁咯噔一下，他怎么会问这个？魏朵说，当然看了，它是那么特别。远方似乎在思考，过了一会儿才回复，是的，它很特别。魏朵不知道再说什么，打算结束聊天，远方却又说，哪天还想去野生动物园告诉我，我手里有几张票。魏朵打了一个大大的问号，跟了一句，买这么多票干什么？远方发了一个微笑的表情，里面相识的一个朋友给的，工作上经常和他们打交道。

　　魏朵不禁思索了一下。这难道意味着，他经常去野生动物园？他经常见到那只食蚁兽？头像上的那只长颈鹿就是在野生动物园拍的？魏朵正犹豫着说点什么，远方却匆忙结束了聊天，像是有什么紧急的事情。

五

　　年假还没结束，魏朵盼着赶紧去上班。在家这几天，她时刻感到有一股无形的压力。每一天早上睁开眼睛，她都会感到头顶上有一层荫翳笼罩，甚至整个家里也是如此。母亲并没提过一句找对象的事，跟她说话甚至都小心翼翼的。亲戚朋友的关怀和慰问也是充满善意的，他们措辞谨慎，注意分寸。即便如此，她还是感到浑身不自在。她劝慰自己，大过年的，要开开心心，别想那么多。可是，她心里总是不安宁，控制不住地胡思乱想。

　　魏朵忽然意识到，她很久没有像这次年假在家待这么长时间。每逢假期，她要么抢着留在公司值班，要么一个人出去旅行。她在一家大型国有企业办公室做行政工作，上面有一位四十多岁的部门领导，下面就是她和其他两个年轻人。她资历算是老的，毕竟工作十几年了。熟悉办公室工作的人都知道，他们的工作跟着领导的节奏走，领导忙，他们也跟着忙；领导闲，他们也跟着清闲。

忙的时候，像迎接上级检查、接待、组织会议等工作时，魏朵经常加班加到深夜。魏朵刚参加工作的时候，最讨厌的就是加班。她经常找理由，比如来大姨妈等，趁机早点溜走。三十岁之前，她也不喜欢加班。年轻人嘛，业余生活很丰富，逛街、聚会、看电影，或者相亲，她忙着呢。这两年不同了，魏朵总是主动加班。魏朵发现，她只要休息在家，浑身就各种不舒服，有时头疼，有时发烧，有时肠胃不好，但是一上班，各种症状就消失不见。只有把全部精力投入工作之中，没有多余的闲暇时间胡思乱想，她才觉得自己是个正常的人。否则，她总是有一种错觉，觉得自己不正常。她很在意外界对自己的评价，担心人们会因她这么大不结婚对她有偏见。所以，她总是小心翼翼地跟领导和同事相处，尽量在大家面前展示一个正常的自己。其实，她的领导和同事何尝不小心翼翼？到了这个年龄还未结婚的女人，肯定是敏感而脆弱的。

有一次，魏朵在洗手间方便，无意听到外面洗手池旁的两个女同事嘀咕，一位说，女人三十岁是一道槛，过了这个槛就不好找对象啦。另一位说，三十五岁才是一道槛呢，过了这个槛，十有八九要找离过婚的男人。说完这一句，两个人咬起耳朵，魏朵已经听不清楚。但是魏朵心里明白，她们肯定议论自己呢。魏朵坐在马桶上，又气又恼，竟然掉下泪来。可有什么办法呢？嘴长在人家身上，她又管不了。

这件事情之后，魏朵比以往任何时候都感到焦虑，因为那时她刚过完三十四岁生日，眼看着离三十五岁的门槛越来越近。对于男人，对于婚姻，她越来越觉得是一种奢望。

六

自从上次和"远方"聊天之后，魏朵心里莫名对他产生了一丝亲近感。也只是一丁点儿亲近感，其他的她也没多想。她经历过太多次失败的相亲，早就不敢轻易抱有奢想。

昨晚，魏朵差一点主动和他联系。她想跟他聊聊那只食蚁兽。它是从哪儿来的？它平时吃什么呢？难道工作人员要给它准备足够多的蚂蚁？魏朵思来想去，没有联系。尽管他主动邀请魏朵去野生动物园，但魏朵却感觉不到他的诚意，像是恰好他手里有门票，很顺便的一件事情。

又熬了几天，年假终于结束了。魏朵早早起床，好好收拾了一番。她的心情有点愉悦，她发现镜子里的自己，嘴角竟是微微扬起的。这几天，每天早上起来，她都是一副苦大仇深的样子。还是去上班好啊，忙起来什么也不想，魏朵不禁自言自语。

透过阳台上的窗户玻璃，外面天空湛蓝，阳光明媚，一副春日暖洋洋的气息。今年冬天虽然冷，但年前就立春了。春节这几天，气温一路飙升至十几度，让人感到温暖又舒适。魏朵以为，春天就这么悄然来临。等到她走出家门的那一刻，却迎来一股刺骨的寒风。"哦，一副假象啊！"她一边嘀咕，一边裹紧大衣外套。

到了单位，一切如常，就像昨天刚来过一样。因为疫情，各部门不再相互走动拜年。魏朵很庆幸，她越来越不喜欢乌泱泱的人群，不喜欢说言不由衷的话。一上午很清闲，魏朵时不时浏览微信朋友圈。她竟然看到"远方"在朋友圈发的照片——一组食蚁兽的照片。天哪！魏朵想，真是想什么来什么，他们竟然同时挂念着、关注着那只食蚁兽。

魏朵不禁留言，你去野生动物园啦？远方说，前阵子拍的，不过这几天要去野生动物园一趟，检查动物的疫病防疫工作。魏朵顿时恍然大悟，难怪他如此关注那只食蚁兽。魏朵像是遇到了知己，情不自禁地把那天看到那只食蚁兽的感受告诉了他。他表示感同身受，说自己看到那些假蚂蚁洞的时候，心里特别难过，野生动物园就不该费那么大的力气把它从墨西哥引进过来。远方还向魏朵普及了食蚁兽的一些知识，比如它的视力很弱，但是嗅觉特别发达，能够通过闻气味，准确地找到蚂蚁洞的位置。虽然长得看上去有点儿凶猛，但性情还是很温和的。

魏朵正和远方聊得意犹未尽，忽然被领导叫走了。等到下班回家，魏朵心里感到前所未有的轻松和愉悦。魏朵不忘告诫自己，这说明不了什么，走一步看一步，顺其自然吧。他应该也是这么认为的吧？慢吞吞的，不冷不热的，永远那么理性。

七

这一天傍晚时分，天空忽然零零星星地飘起雪花。虽然天气预报早有预测，但很多人还是感到出乎意料。天气预报已经连续报了两次有雨雪天气，但每次只有雨，没有雪。魏朵想，这倒春寒可真够凶猛的。

到了晚上，地上的雪花竟然有厚厚的一层了。魏朵望着窗外漫天雪花，竟然产生了外出散步的冲动。她本来打算看会心理学方面的书，书已经从书架上抽出来，铺了桌子上。外出散步纯粹是临时起意，不知道为什么，她觉得外面冰天雪地里，似乎有什么东西在召唤她。她冲着还在厨房忙活的母亲说了一句"妈，我出去走走"，便抓起衣帽架上的外套，跑出屋子。

走在冷冷清清、冰雪覆盖的街头，魏朵心里感慨万千，她忽然觉得生活同样如履薄冰。日复一日，她忙于工作，忙于相亲，高兴、悲伤、希望、欲望无时无刻不在心中纠缠。在她冰冷的外表之下，内心依然波澜壮阔。身边的人，甚至包括母亲，都认定她性格当中的某一方面肯定有问题，或许是因为追求完美，显得过于挑剔；或许是看上去不易亲近，让人不自觉地产生疏离感；也或许是常常话不饶人，让人觉得不近人情。事实上，她的灵魂比他们都要火热有趣。在她看似平静的外表之下，永远隐藏着一颗躁动的心。而他们，她们，根本不了解她。

她走了很久，又冷又累，心里满是孤独。此刻，她多么渴望有一个男人，能让她靠在他的肩头歇一歇。她不知道自己怎么了，走着，走着，眼里竟然噙满了委屈的泪水。她忽然加快脚步，朝着公园的方向走去。公园里有一个面积很大的人工湖，她经常来这里夜跑。这些年，为了对抗孤独，她养成了夜跑的习惯。为了给自己留出充裕的时间做其他事情，她一周跑三到五次。每次跑完，她都大汗淋漓，从头到脚感到说不出的通透。在这个风雪夜，湖边一个人也没有，四周一片安静。她伫立在一旁，望着雪花一片片落在水面上，然后迅速地融化掉。

她感到越来越冷，不得不转身返回。她不顾路面上的积雪，几乎奔跑着回到了家。等一到家，她迅速躲进卧室，抓了一只枕头抱在怀里。她用枕头紧紧抵住胸膛，并把头深深埋进去。泪水再一次涌出来，弄湿了枕头。她小声地嘀咕："老天啊，我做错了什么？为什么这么对我？请对我仁慈一点儿吧。"

八

经历过这个风雪夜之后，魏朵又像往常一样，白天忙于工作，偶尔加班，闲下来看会书、追追剧、跑跑步。对于这种反反复复的情绪崩溃，她已经习以为常。每次只需要好好睡上一觉，第二天早上太阳便照常升起。

只是每一天的某个瞬间，她会突然想起"远方"。上次聊天匆匆结束，她以为他会很快再跟她说点什么，解释一下。但几天过去了，她没有收到他的任何信息。她时刻关注着他的朋友圈，并没有任何变化，更新日期停留在上次发布的那组照片。魏朵不知道为什么竟会如此在意，难道对他有了幻想？有了期待？"不可能"，魏朵晃晃脑袋，只是因为他们同时对那只食蚁兽有兴趣。

魏朵一直很被动，在她以往的相亲经历中，但凡她主动的，最后总会被拒绝，所以她不想再次陷入这个魔咒当中。她打电话找姜苗，装作若无其事的样子，从食蚁兽聊起，自然而然地提到了高志远。在姜苗跟前，魏朵叫他高志远。她说没想到高志远的工作还蛮有趣的，经常去野生动物园，和动物打交道。

姜苗忽然想起了什么，说她老公听同事说起高志远，他所在的动物疫病防治中心最近忙坏了，野生动物园由于春节期间接待游客量过大，卫生防疫措施又不到位，导致园里的食蚁兽感染了一种病毒。"不会是新冠肺炎病毒吧？"魏朵脱口而出。"没听说具体是什么病毒，动物也会感染新冠肺炎吗？"电话里传来姜苗的笑声，她把问题又抛给了魏朵。魏朵若有所思，脑子里全是那只食蚁兽焦急地走来走去的模样。或许，那时它就感到身体不舒服了吧。

挂掉姜苗的电话，魏朵再顾不上矜持，直接给高志远打电话。她非常挂念那只食蚁兽，急于想知道它的情况。高志远很意外，寒暄了几句，便说自己正在野生动物园检查呢。魏朵迫不及待地问他："食蚁兽怎么样了？有没有生命危险？"

高志远很吃惊："你怎么知道的？"

魏朵说："听姜苗说的，姜苗老公的同事不是和你是朋友吗？"

高志远呵呵笑了两声："这曲里拐弯的关系呀，以后想知道什么事问我。"

魏朵心里不自由自主地漾开了一层笑意。

高志远又说："食蚁兽的情况不是太好，如果恢复良好，打算给它换个生活环境，不能再关进狭小封闭的空间了。"

　　"太好了，但愿它很快康复吧。"

　　"对了，野生动物园已于昨日全部封闭，现在急需一批志愿者帮助工作，每一只动物都要进行排查，只要检查稍有异常都要进行隔离，工作量非常大，你想来帮忙吗？明天正好是周六。"

　　魏朵使劲点点头，她当然愿意去。

　　挂掉电话，她开始想象着，明天到底穿什么衣服去合适呢？

原载《山东文学》2021 年第 5 期

X 先生在海边

杨　袭

不，就我自己。

戴渔夫帽的男人看看四周，确定了 X 先生是和他说话后点了点头说，可以，可以。

X 先生放下盘子，在他对面坐下来。

两个陌生的中年男人互相点头致意，各自盯着盘中的食物，默默吃起来。几分钟后，当他们意识到自己咀嚼吞咽食物的响声，又几乎同一时间放缓了进食速度，改变了咀嚼方式。也是在同一时间，很明显地又意识到了这种一致——X 先生观察到对方极短的咀嚼停顿时帽檐儿动了一下，并且，他知道对方注意到了他的观察。

从入住当晚，X 先生就注意到戴渔夫帽的男人了，后者是在 18 楼进的电梯，穿着件宽大的灰色棉质 T 恤和拖鞋，头上一顶土黄色渔夫帽，手和胳膊皮肤白皙。须臾的眼神接触后，他们礼仪性地互相点了下头。到了一楼的自助餐厅，他们先后报了房号，先后取了餐具去取餐。两个人逐一在餐台前选取食物，他越过辣炒的蛏子和牛肉，往盘中夹了一大块豆腐干，他也夹了一块，他取了番茄炒蛋，他也来了一点，他越过煎的鱼块取了些西芹百合菜心，他也来了一些——最后，除了他取了红茶，X先生来了一碗小米粥外，他们取的食物，其他都相同，多是一些素菜和面食。

那天，人很少，取完菜后，他们各自找了餐桌。几乎在同一时间吃完，离开了餐厅，到外面遛弯儿。一个出门向东，一个向西。X先生向东走了几百米往北去了海边，在海边逛荡了四十分钟，感觉有点疲了之后往回走，还未走到门口，就看到渔夫帽几乎在离酒店门口相同距离的地方相向而来。

连着三天，除了一个午餐，他们在餐厅和散步时都相遇过。虽然，他们除了点个头，连句话都没说过。也没有——反正X先生没有——要招呼或聊几句的意思。不是不想，是确实不知道怎样开始。X先生隐约感觉到，渔夫帽也和他一样。

但今天有些不同了，酒店入住了一个大型日本旅行团，大约是充塞了各楼层空出来的房间吧，不定在哪一层，就看到他们进去电梯，在大堂里弯腰鞠躬，互相致意。对于一楼并不太阔绰的餐厅，显然是人太多了，X先生往角落里取了小米粥，转了两圈，在渔夫帽停下，哦了一声，做出突然或者说终于发现了一个空位子的样子。

他们的盘子里，又几乎是同样的食物，偏素，量也不大。X先生吞咽下一口炒牛河，无端地想，这个晚上，又要一个人过了吗？这样想着他抬头，看到渔夫帽的帽檐，又抖动了一下。X先生终于在心里与自己讲和了，他想，该怎么和他打招呼呢？是嗨一声？那不行，这个年纪，有点轻佻了；要不，说你好，又显得过于严肃，毕竟，已经点了好几天头了；递个烟？显然不行，公共场所，再说，他口袋里也没装，出来时倒是带了一包烟，但到现在，仍然躺在拉杆箱中间的网袋里——在晚上和清晨，午饭后，他都看它几眼，但一直没有取出来，他在和自己角力。要是有杯酒就好了，X先生想，但是，没有酒，不是酒店没有，自助饮料区有几种啤酒和小瓶装的白兰地，是他俩这几天，都没有喝酒。

怎么开始，对X先生成了难题。年轻时追女孩搭讪，都没有这么难，似乎。

X先生绞尽脑汁，一时想不出好主意。这时候，有个看上去二十多岁的年轻人双手把几杯饮品拢在怀里走过对方身边，X先生甚至想象其中一杯或全部翻在他身上，就好了，他可以抽几张纸巾给他。可是，眼看着，年轻人稳稳地走过去了。

这段时间，渔夫帽一直低着头，对付盘中的食物。牙签盒和纸巾盒在桌子中间、他们都方便拿到的地方，这里的殷勤是没得献的。餐厅里相对安静，人们在进食，或在小声交谈，一切很有秩序，找不到一点不正常到足以让他们为此搭上话的机会。

X看看四周，有点气馁了，在对方盘中还剩一小块玉米棒子的时候，他取了纸巾擦了下嘴和手，站起来出了餐厅，朝酒店门口走去。他明显能感觉到渔夫帽也出了餐厅，正在向门口走来，但他没法让自己无端地停下脚步，转身跟他打招呼——他硬着头皮走向旋转门。

阴天吗？

在X先生一只脚踏入旋转门拼花的地面时，听到身后的人说话了。

没有，没有，X先生退了一步，转过身说，是玻璃。渔夫帽噢了一声，把刚刚取在手里的一把黑色雨伞重新挂回到门边伞架上。

很自然地，他们一起走出酒店了，像熟人那样。

他们出了门，并肩走向海边，一路上评论着酒店的房间和饭菜，还有对刚入住的日本游客彬彬有礼的印象。酒店周围的阔叶树和草坪，以及路面上铺的花砖、柏油和标志线，等等，他们几乎把看到的东西，都评论了一遍。最后，连他们坐定的海边的长椅，都评论了一下，渔夫帽说，嗯，这里很干净，X先生也说，嗯，干净。

一时找不到别的话了，渔夫帽不说话时，眯着眼，紧抿着嘴唇，让X先生感觉他仿佛刚刚吞咽下什么很难咽的东西。

他们坐着，面向大海，大大的红太阳挂在海面上方，晃晃悠悠的，感觉稍不慎咳嗽声都要把它震落下去。X先生望着海面浮荡着的金光，想说很久没有这样看落日了。但他只是想想，并没有说出来，因为他很快就想起昨天，前天，这几天，他看了好几次了。于是，他继续沉默，望着海面，或天空，或脚下的沙滩，好像这一切都是值得人深思的东西。

X先生后悔没有在评论街边景物时顺带问下对方姓名，或哪里人等等，按照以往的经验，这样的话题，才是进一步交谈或交往的开始。可惜，错过了，突然再问，就有些突兀。

过了好久，渔夫帽两只手把住长椅坐板的边缘，往上撑住身体，鼻子发出嗯的一声。X先生也把身子往后靠过去，两只胳膊举起努力朝后折。两肩处有些酸麻后，他开始用大腿的力量支住椅板，把腹部挺起来，背部紧压在椅背上，听到背部骨骼的脆响，成就感就来了。

唉，身体不行了。

他们几乎是异口同声地说，说完一怔后，不无尴尬地笑了几声。渔夫帽双手离开椅板边缘，朝前伸去。

他们这样各自伸展扭伸着自己因缺少锻炼而有些发僵的肢体，生硬而认真。

海边人很多，大部分都穿着泳衣，晚饭后散步的人们还没来得及把遮阳帽和墨镜摘下来。X先生站起来双手叉在腰上转了两圈，说，颈椎、腰椎，唉，各种椎，都在闹上访。渔夫帽也站起来晃了几下看不到腰线的腰，说，上访是好的，真要罢工那天，才坏事儿了，咱们去那边转转？

X先生几乎要用感激的眼神看渔夫帽了，他整理了下并不必整理的衣服，走在了沙滩上。

沙子很细，沙滩很软，但走了没一会儿，X先生鞋里就进了沙子。鞋子里进了，很快袜子里也就有了，细沙很快遍布整个脚底，填塞在趾缝中，不痛不痒，却让人心烦。X先生余光中的渔夫帽，眯着眼向前，丝毫看不出受到了什么烦扰。

但其实，这算什么事呢，沙滩上的人，不但露着脚，还露着腿，甚至好多女人，半边屁股都露了出来。

但他们都向自己和世界隐瞒了鞋子里沙子的问题，而是沿着健康话题，聊起了职业对身体的影响，各自小心地措着词，X先生说长期伏案，对颈椎腰椎特别不好，严重影响了他的脑供血，间接影响他的情绪和工作效率。渔夫帽说，唉，我也是因为身体原因来休养的。他告诉X先生，他呼吸系统太脆弱，而他在的城市空气不好，时常咳嗽、气闷——

于是，他们就过敏问题，展开了讨论。基本上，是渔夫帽对X先生进行科普。X先生由此知道，原来，竟然有人对石头过敏，不能住在水泥和石头建造的房子里；还有人对棉花过敏，终生不能用棉质的衣物和被褥；有人对白纸过敏，终生不能看纸质的书，不能用纸写字；还有人对手机辐射过敏，不能用手机。对前几项X先生只表示惊叹，但对手机这一项，引起了他长时间的讨论，当下，不能用手机，就不能用手机支付，出门就得先到银行提出现金，还得用起他们早就舍弃掉的皮夹子，购物时，还要找零，唉，真麻烦哪，不能用手机，就不能与远方的亲人视频，要儿女远在国外，那可很久都见不到面了，只听声音，见不到真人儿，怎么也感觉差着一层。关键的是，不能用手机，现在出门，住个酒店，乘火车飞机，都要验证健康码，没有手机可怎么办？估计得去街道居委会什么的办纸质的相关证明吧。唉，真是麻烦哪。他们又一次异口同声地说。渔夫帽说，网上早已有了相关的研究和讨论文章，这已经构成了对不用手机的群体，特别是老年人的歧视。

那些沙子早已轻易地钻过 X 先生的棉质袜底，钻入他的脚趾之间，虽然不痛不痒，但这种不洁净感让他极不舒服。他们之间的交谈，确切地说 X 先生的聆听，被鞋里的沙子搅乱了，他几乎没有把对方从对老年人的歧视开始引发的对特殊人群歧视的感叹和议论听到心里。而渔夫帽，很快发现了他的心不在焉。

渔夫帽及时收住话题。两人沉默地往前走了一段。X 先生突然发现渔夫帽已经不再说话时他们已经走到了向南拐的台阶处，再往前走的话，就没有沙滩了，只能沿台阶通到海边的路上，继续向东南方向走，这是 X 先生这几天想走一直没有走的路。

他们停住脚，互相看了一眼。X 先生拿不准提议再往前走合不合适。渔夫帽抬头看了眼台阶那一边一棵枝丛茂密的榕树，下巴朝台阶处晃了晃，X 先生在前面，走上台阶。

站上台阶的花砖地，X 先生下意识地跺了几下脚，抖落着粘在鞋底和从编织运动鞋面中冒出来的沙子。X 先生往边上移动了半步，暗红色的花砖上，立时出现了两个由沙子围成的鞋底形状。X 先生想起他女儿小时候经常翻的一个绘本上的大脚印，越看越像，就是想不起那册绘本的名字了。

进了沙子吗？

渔夫帽问，接着又说，嗯，真是进了沙子。他自问自答着，也在路上转着圈儿跺脚。

呵呵，我当只有我的鞋里进了。X 先生尽量笑得谨慎，平着拉起两只嘴角。

真难受，渔夫帽说着又跺了几下脚，同时手扶在街边的一棵树上，要不，我们——说着看了看 X 先生的鞋子。

嗯，袜子里全是。X 先生松了一口气。

两个人，环视了下四周，看到了路对面的公交站亭。于是小步过去，同时坐下来，俯下身，脱了鞋，轮番在椅腿上磕抖着里面的沙子，X 先生注意到渔夫帽也穿了一双黑色棉质短筒袜，和他的一样，脚底边缘，浮着一圈浅褐色薄薄的沙子。X 先生把鞋垫抽出来，在椅板上抽打了几下。但袜子最难清理，看来，渔夫帽也想到了这个问题。不约而同地，他们把清理好的鞋子并排着放到面前，开始脱袜子。

他们终于裸露出了双脚，毫无新意地一只手捏着两只袜筒，另一只手朝袜身弹了几下，看到效果并不明显之后，开始抓住袜子，在椅板边缘抽打。啪啪啪，啪啪啪，抽打得欢快又过瘾，要不是 X 先生突然转头，很可能，他们会一直抽打下去。

——是崩起来的沙粒让他把头扭了过去。

渔夫帽一条腿蜷着，另一条直直伸出去，末端棱角分明的脚板，蹬在路沿上，由于上身在用力，脚趾本能地紧蜷着，脚背上卷曲或伸长着稀拉拉的黑毛，骨节凌厉突出，脚板外边缘和后跟处有明显的没及时清理掉的死皮——

他收回目光，转向自己相同姿势的那只脚 ——他从来没有发现，他的脚竟然也这样丑陋，还散发着腐臭。恍惚间，他又讶异于这竟然是他身体的一部分，流淌着从他的心脏里流出来的血，他竟然带着这么难看、肮脏、恶心，甚至，甚至，是什么呢，X 先生想，甚至是可耻的东西，在光天化日下走来走去，吃饭，睡觉，工作，约会，做爱，天哪，他想，他每天，竟然把它和他自己放在同一条被子里——他从没认真看过和想过，甚至没有意识到存在过的东西。

渔夫帽好像觉察到了他的眼神，几乎和他同一时间，嗖地把脚缩到了椅子下。

两个男人，迅速套好袜子和鞋，陷入了安全而又长久的沉默。

X先生向西望望,太阳像个大气球,比刚才晃晃悠悠的安妥了许多,稳稳浮在海面上,无论如何都沉不下去的样子。相比袜子和鞋,此刻他更需要黑夜的保护,适才暴露的腿脚让他有种失血过多后的虚弱,他怀疑渔夫帽已经发现了这点。他立时又有了种被人窥穿了什么不良心思后的不适,后背都是刺痒的。好在,这时候,渔夫帽右手扬起朝左胸口摸了一下,接着双手捂向臀部两侧。

　　嗯,要有支烟就好了。X先生说,边说话边把背靠在椅背上,紧紧地压了几下。

　　是啊,是啊,渔夫帽说,我也带了,但在箱子里,一直没拿出来。

　　哦! X先生想要说,我也一样。但终没说出来,想了一会儿,说,不抽也好,不抽也好。

　　接着,他们聊起各自的吸烟史,聊这些年来,怎样想戒,又没彻底戒掉的多次戒烟事件。由吸烟,又聊起喝酒、打麻将、熬夜,甚至聊起了吸毒。

　　啊,让我们快乐的东西,终究都有点不利于健康呵。

　　渔夫帽看着海面说。

　　X先生感觉好多了,他很快想起在家时,与要好的同学朋友聊起这些,后面往往还要聊一下女人。但这样的场合,这样的关系,聊这个,是有点不合适,但没聊到,就好像在大澡堂子里泡澡搓背,热烘烘地泡了个透,趴在按摩床上,全身都搓得舒贴过瘾,却独留下了一截小腿,怎么感觉都不是个事儿。

　　是呵,是呵,X先生回应道,人就是这样一种怪东西。

　　待多久?

　　渔夫帽问出了和X先生相同的问题。

　　明天回,你呢?

　　真巧,渔夫帽说,我也计划明天回,也不能出来太久,家里,还有一大堆事儿要处理。

X先生看着渔夫帽嘴角的法令纹心想，他也是一大堆事儿，处理得了的和处理不了的。也许，不是一大堆事儿，他还不会跑出这么远呢。X先生张了张嘴，没说出来。好多年前，他就发现，比之年轻时，他的话，没有那么快了，常常到了嘴边，又咽回去。他倒没有认为是自己更谨慎或具有了某种前所未有的智慧，而是想这更多的是接受了生活和人生中有太多太多无奈的结果。

太阳好不容易沉到了海里，路对面的树和远处的海浪，都蒙上了一层轻灰色，渐渐地有了些风，从路的那一头穿过来，比在沙滩上时，凉爽了许多。

路上不断走过游人，大部分沙滩鞋，短衣裤，抱着游泳圈或冲浪板，提着酸奶饮料水果薯片。看起来，都是些情侣，老年人，要不，就是夫妻俩不知想了多久的理由请了假，带着孩子出来开阔下眼界，自己也放松放松。

X先生心想，这些人的生活，他好像都过过。刹那，他仿佛看到了年轻夫妻一个在厨房忙着炒菜，一个在客厅大声吆喝孩子，看到刚刚走过的年老男子，在掌声中最后一次走下讲台，看到头发花白的阿姨，身着大红色对襟上衣，在鞭炮声中跳下接她的自行车，她旁边的新郎，涨红了脸——他们的心情，他感同身受。

一个人和另一个人，也没有多少不同。所有的生活，加在一起，也不过是一种生活，而已。X先生继而又想，此刻，在这里，和在家里，和在别的地方，也没有什么不同。

这个地方真不错。

X先生扭头对渔夫帽说。

嗯，渔夫帽点了点头，街道也干净，空气湿润，人也少，适合退休后过来闲居养老。

嗯，X先生也点了点头，房价也不高。

聊起房价，他们又聊起地产经济对整个国民经济的影响，聊起中美打了这么许久的贸易战，聊起新冠疫情改变了人们的生活。

老百姓的日子，越来越难过了。渔夫帽说起他的城市，稍微偏一点的商业街，空置出大量的门头房，营着业的，也有很多是勉强维持着不死而已。

关了门，靠什么生活呢，坚持下去，还有点盼头。

X先生摊开手说。

嗯，我们这样的，算好的。渔夫帽说。

嗯，算好的。X先生点了点头。

尽管，他们都不知道，对方是什么样的。

夜幕缓缓落着，沙滩上笑闹声却越来越响了，两边的路灯光把他们和身下的椅子，往不同的方向拉得老长。

X先生看渔夫帽，后者蜷起一条腿搭在椅子上，轻出着一口气。一些话，突然海浪样推至胸口，他看了看路灯，三支玉兰花型的灯盏外面围着一团蚊蚋，再往上，是烟灰色的虚空，再往上，是黑得层层叠叠的天，坠着几颗星星。他胸口的东西，慢慢地挤到喉间。

很久没有这样看看天了。

他说完，很大声地清了下嗓子，艰难，缓慢地，将就要涌出嗓子眼儿的东西，咽了回去。

嗯，渔夫帽刚要说话，一个背着山大的旅行袋的人，从路对面朝他们走过来问可不可以给他二十块钱。

我——

背旅行袋的人用肘部擦了擦额头上的汗。

不用说了，渔夫帽站起来抬手制止了他，我扫给你，说着往外掏手机，但三掏两掏，没有掏出来。说，哎呀，我忘了，这次出来，我是特意给自己立了个规矩，不随身携带手机的。说着看向 X 先生。

X 先生也没带手机，和渔夫帽竟然是同样的理由，但他没说出来。只站起来说，我也没带手机。背旅行袋的人倒没看出失望，说，好吧，我到沙滩上问问别人，说着走出几步，又转回来。X 先生与渔夫帽对视了一眼，X 先生想，是要我们回酒店取手机？

你们真幸福，有朋友约着一起出门。

说完，扭头下了朝向沙滩的台阶。

X 先生看得出，渔夫帽和他一样，有些小小的不适。但很快，他们不约而同站起来，说再往那边走走吧。

他们聊着这个背旅行袋的人，说这样的方式，真不错，能体验更多。但很快，X 先生心想他自己体验的人情冷暖，还不够吗？噢，不，他想，他体验的是熟悉的人之间的，和这个年轻人体验的，不一样。但话又说回来呢，世间的体验太多太多，也不见得，非要刻意去体验什么。这样一想，好多事，不做，也没有什么遗憾的。

年轻真好。

渔夫帽说。

是，可以说走就走，不顾一切。X 先生说。

是，一切都可以重来。渔夫帽说着，推了推眼镜。

一切重来，X 先生喃喃地重复了一句，脑海里立即闪过一张面孔，他吓了一跳，心里立时渗出一丝一缕的不安。他抖了下头，努力抖掉什么的样子。

很快，他像修改作业的小学生那样重新想了一遍"可以重来"的事：会遇见不同的人，做不同的事，在不同的地方，今天，也在另一条没想过的路上，与另一个渔夫帽或者棒球帽走啊走。X 先生想，那，也会感觉到与人交流的困难吗，会聊不同的事儿吗，会见到另一个背着旅行袋或者背别的什么东西的人吗？这样想着，X 先生警惕地悲哀起来，为什么是背着，不是拖着，举着，为什么非是一个人而不是一条狗，一只鸟，一片云，由此，他开始想，人的想象力，真的是太有限了，人的可能性，也太有限了。

如果真能重来，就好了。渔夫帽轻叹口气。

X先生也叹口气。

他们就这样走着，各怀着不同的又是相同的心事，有一搭无一搭地聊着重新活过一遍的各种可能及本质上的荒谬和不可能。再往前走，就是下坡路了，紧靠着海边，变成了柏油路面，浪头已经泼到路面上，没有了路灯，黑漆漆一片。但他们都没有停下来的意思，一直朝前走，走着无数人走过的海边花砖路，照过今人古人无数人的月光洒在他们身上，头上，脸上，脚上，他们一直走，走啊走。

路越来越窄，海浪已经溅上他们的腿脚，但他们没有停下，步伐里有了些义无反顾的意思，他们左手边，是一米左右的不锈钢栏杆，海浪扑进栅栏，跌在路面上，嚓嚓有声；右手边，是逐渐高峭起来的山崖，渐渐伸进海面。小路在他们认为已到尽头时，恶作剧般突然折进山壁，他们已行至尖角处，他们对望了一眼，蹚着海水走到栏杆前，海面是高低深浅的黑，疾奔的浪头朝他们扑过来，海的碎沫，溅上他们的头脸。他们像坚守着什么似的，紧把着栏杆，不躲避，不后退，也不再说话。

有远远经过的轮船，看得见几层客舱闪着灯光的窗口。上面的人，都很欢乐。X先生想。

东南方有港口，灯光闪烁，几道霓彩射灯，刺上无边夜空。

海还是海，天还是天。

渔夫帽突然说。

X先生不明白这话的意思。夜晚的海，海天相接处太近了，海和天，如近在眼前的巨口，朝他俩张开。

真想跨过去，渔夫帽突然大力拍了拍栏杆，指着黑漆漆的大海，说，一直朝那里走，走进去。

X先生咽下去的那一肚子话又翻上来，海浪般拍打着他的胸口，但终究，翻拣不出一句回应眼前人。他迎着风，咳嗽起来，大声咳嗽，直到要呕吐了，才直起腰，往后退了两步，说，回吧，有些冷了。

他们蹚着海水，回到干爽的路面上，鞋子里流不尽的海水让他们每迈一步，都发出欻嗤一声响。

不如把鞋脱下来，X先生停了脚说着弯腰利落地脱了鞋袜拎在手里。渔夫帽犹豫了下，也脱了。他们提着鞋子往回走，踩在柏油路上，X先生心想，夜晚真好，多少年没有光着脚走过路了。他的脚底痒丝丝的，又变成他的脚了，成了不必在乎它的颜色、形状和气味的东西，不再是让他感觉诧异、陌生和可怕的东西，除了从世界传达给他的痒丝丝，再无其他，这感觉非常不错，像什么呢，X先生最后想，好像踩着了世界上所有的秘密。他不得不小心翼翼，唯恐惊醒它们。

是热乎的。

渔夫帽说。

X先生嗯了一声，他知道他说的是路面。接着，他们又感叹了一小会儿太阳。他们对话的时候，他脚底那种痒丝丝的感觉，偷偷地溜掉了。他很沮丧地想，他的脚底，这么短的时间，就对路面失去了新鲜感。

人真是种奇怪的东西啊。

X先生感叹起来。

但这一次，渔夫帽没有附和，而是说，要真是奇怪，就太好了，可怕的是，并没有那么奇怪。

X先生想了想，点点头由衷赞同了渔夫帽的话，说，嗯，也是，没那么奇怪。

奇怪是与众不同吧，人与人，哪有那么多不同。渔夫帽说。

这下，X先生感觉渔夫帽说得更有道理了。

已经看到他们住的酒店了，再过十来分钟，他们就要在18层电梯口分手了，X先生想，明天，将各奔东西，当然，也许是南北。对于这个夜晚，这样的渔夫帽，和这样的相互陪伴，X先生总感觉缺些什么。

夜织成了一张结结实实的网，罩起大海和高楼，罩起男人和女人，罩着道路和路上的渔夫帽和X先生。这张网，看不到纲绳，也没有铅坠，没有谁提得起，也不会落下。两个男人，在这张网中走啊走，此刻咫尺，再回首天涯。

X先生知道，明天，他们不会道别，甚至更可能的情况，是刻意彼此回避。他们共同经历的这半个夜晚，也许，会很快忘记。忘记使人伤感，尽管，他时常想忘记好多东西。这样想时，他又感觉，忘记，其实就是另一种铭刻。他很想对此来个巧妙的比喻，最终放弃了。比喻可能是另一种无奈，他来到海边，就是个比喻。

由此，他又想到，他与渔夫帽的散步，谈话，他们的脚，都是比喻，甚至太阳，沙滩，那个背着旅行袋的年轻人——一切，都是。他不敢想得更多，他想，那样的话，他就会掉进虚浮的深渊里，明天的行李，会比来时更沉重。

他这样乱七八糟地想着，突然发现酒店的玻璃门已在眼前。

他与渔夫帽进了玻璃门，他甚至，回头看了眼出门时被后者挂在伞架上的那把黑雨伞——那把伞没有和没动过的伞一样齐整地排在一起，而是斜着挂在伞架的一端，再见，他心里默默地说。

他们与站在大厅一侧的前台经理点头致意，而后进入了电梯。

电梯的视频广告中，播着酒店疗养项目，SPA广告画面中，按摩床下的地面上，撒满红色的玫瑰花瓣，一个面容姣好的女郎露出雪白的肩背，一滴又一滴金黄色精油，由背部滑进腰窝里。这也是个比喻，X先生想。

电梯在18停住，渔夫帽转身和X先生点头致意，接着走出梯门，X先生摁了他的楼层，就在电梯门将要合拢的刹那，渔夫帽突然插进两只胳膊强行分开梯门。

你看，渔夫帽在梯门外一把抓下帽子朝他低了下头又扬起脸大声说，他们不该这样对我，我这样的人会干那种事吗？

X先生看得清楚，他的光头上，赫然趴着一道紫红色伤疤。

原载《人民文学》2021年第5期

牛慧的十年

魏思孝

　　牛慧大学毕业后的第一份工作，是在济南的一家传媒公司当策划助理。十多年后，她已经忘记这个只工作过半年的公司的名字。策划主管朱庆贺是老板从别处挖来的，年轻，大家都喊他小贺，有亲和力，受器重，一天只上两小时班。牛慧的工作内容是做一些资料统计和数据分析，朱庆贺来到公司，整合下思路，和老板汇报完工作，就走了，零碎的活交给牛慧和另外一个同事小周。推广方案确定后，交给设计部。

　　设计部主管李普晖是个胖子，和老板认识多年，称兄道弟。除了设计部，李普晖也对别的部门指手画脚，以老板自居，看哪个部门的同事不顺眼，提点两句，为自己赢得了一个讨嫌的口碑。李普晖出身卑微，早年在社会上摸爬滚打的经历，让他有一种什么都懂的错觉。公司电梯里贴着"全球通""我能"的广告语，大家私底下以我能来代称李普晖。公司当时的重头工作是在济南推广崂山啤酒，竞争对手是当地的趵突泉啤酒。日常会议上，朱庆贺提出的任何设想，老板都说，花钱没事，尽管花，主要是效果要好。在设计和制作的环节，李普晖具体黑了多少钱，可以从秀秀的身上看出端倪。身为公司前台，月薪三千左右的秀秀，挎包换成了爱马仕，搬进公司附近的高层公寓楼。午休，有人多次目睹李普晖和秀秀前后脚从公寓楼走出。嗅觉出众的同事小周，在他俩的身上闻到了同一款香水的味道。

公司路演，从济南当地请的主持人和模特。刚踏入社会，稚气未消的牛慧，对这些当地边缘娱乐从业人员的评价是花枝招展。男主持人平时主持省台的一档民生节目，家长里短婆媳矛盾，言辞激烈，是公俗良序的坚定实践者，可念的最多的是赞助栏目的莆田系医院的广告，以亲民风格成为中老年妇女的心头爱。在路演候场的时候，他喜欢给模特艺校的学生们指导形体，言传身教，眼手并用，在她们单薄高挑的身体上游走。

在不停的路演中，牛慧在公司的朋友小珂，与那些演员和模特在穿衣打扮上有更多共同的话题。这份友谊的淡化，让她心生难过，也多少有些自惭形秽。牛慧皮肤白皙，穿着保守，牛仔裤和运动衫是标配。从青春期时就上身的肉，在踏入社会一番艰难的找工作中，没有甩掉，又丰满了一层。她还没学会穿衣打扮，经济上的拮据是一方面，观念上去接受那些所谓的花枝招展，是个更漫长的过程。拿到第一个月的工资，牛慧从远方亲戚的家中搬出来。她不用每天下班后偷摸走进卧室时，遭受表姨语气嘲讽的盘问。不用在厨房做饭时，手忙脚乱，边做边打扫，随时提防污渍喷溅在瓷砖上，饭菜做不出来，也不应心。实际上，牛慧做饭，菜板一片狼藉的习惯终生保持，不知道是否和这位表姨洁癖式的指责有关。这是牛慧温和的性格中，少见的执拗的一面。

牛慧搬到前男友的学校附近，和其他人合住一套房，三室二厅，她住在背阴的单间，天气晴朗时，能看到远处的天主教十字架。她经常路过和前男友去过的餐馆和网吧，心中预演过多次如果遇到他会怎么办，越是如此想，越期盼能遇到，让生活本身来告诉自己，究竟会怎么去面对。回到住处，关上门，夜里隔壁房间的那对情侣发出的娇喘声，穿过墙壁，在房间里滋生，美好和痛苦纷至沓来。有天，牛慧下班回来，放在书桌上的那支前男友送的钢笔不见了。她还没舍得用过，就这么丢了。

工作半年，听完牛慧的遭遇，好友李东升在电话中以开玩笑的口吻让她辞职来青岛，她毫不犹豫就收拾好了行李。性格温和的牛慧，有着和其表面不符的决绝。同事间令人心累的钩心斗角，合租室友的道德败坏，这两者并不足以让牛慧离开济南。她心里清楚，是入秋后的一天，和前男友在街上偶遇，擦肩而过，她却没勇气和他说话。生活交到牛慧手里的答案，是无望的沉默。

相比牛慧在青岛稳定的工作（她在卓悦广告工作六年，直到离开青岛去淄博），她的居所总是因各种原因变动，一如她的感情状态。七月份，初到青岛，牛慧投奔李东升。清水沟的普通楼房，简装，一室一厅，因打通，是视觉空旷的一间。一百多米外是菜市场，房间全部朝阳。十多年后，早上推开窗户，阳光泄进来，鸽子从窗口飞过，是牛慧心中这段时期为数不多的点滴记忆。

牛慧从附近的农贸市场买了一块灰色床单，它挂在中间李东升扯好的铁丝上。牛慧睡床，李东升睡垫子。夜晚，呼噜声从床单的一侧传进牛慧的耳朵里，在失眠的夜晚，床头的月光把桌子上收集的招聘的报纸照亮。牛慧半年积攒下的一点积蓄，一个多月没找到工作，所剩无几。李东升在银行实习，因在政府就职的亲属介绍，颇受重视，经常随部门经理出差。出差前，他把钱放在大厅抽屉里，让牛慧用。他俩都喜欢吃辣椒炒肥肠，那几个月牛慧吃了这辈子最多的辣椒炒肥肠。

有次李东升出差，短信向牛慧表白，言语简洁，一如他平日，夹起肥肠吃进嘴巴里的点头应和的好吃。牛慧慌忙澄清，没有那方面的意思，又担心等他回来，会不会对自己做什么。李东升再没提过这件事，像从没发生过一样。牛慧心目中认为他正派，也许从另一方面也可以说，李东升只是一次渴望温暖时的不经意试探。这对年轻人，都有各自的困扰。牛慧迟迟找不到工作，尤其是不久大学同学高准飞来投奔，一女两男短暂的混居，没有个人的隐私空间，异性身体不时展露，无法回避的内心的欲望，伴随着她性格中羞怯的部分，让她感到羞耻。李东升大学时沉迷网游，多门挂科，迟迟拿不到毕业证，入职转正一再找借口拖延，愧对亲人的期望，他一声不响丢下工作，和家人失去联系。在杳无音讯的几个月中，李东升跑回老家潍坊，和游戏中认识的网友住在一起。千家万户欢度春节，李东升站在空地，听着不时传来的鞭炮声，遥望西北方几十里外的家，忍不住给家里打了电话，电话那头的母亲听到儿子的声音，几个月来对儿子生死不明的担忧，化为十几分钟的痛哭。此后，李东升听从家人安排，在潍坊老家工作，结婚生子，这是后话。

李东升离开青岛，房租到期。牛慧隔着两栋楼，又租了房子，四楼，一室一厅，住在北屋，阴冷潮湿。早晨，牛慧从清水沟出发到芝罘路的公司，十几公里，倒两次公交，车厢人满为患，总也抢不到座位。高准飞做房产销售，在青岛的半年里，西装革履去上班，一单生意也没做成。青岛高低起伏树权般的道路，总是让他分不清，多数时间消耗在永不休止的迷路和问路上。离开青岛，他又辗转到过广东、浙江，最后去了湖南长沙。一直做房产销售。

十几年后，牛慧大学毕业第一次回长沙，参观校园，和同学见面。一天夜里，他们驾车来到郊区高准飞的别墅，三层楼，大家席地而坐，喝酒，追忆过去。身材发福的高准飞和同样快到中年的牛慧，回忆起在青岛的日子，记忆中的潮湿、阴冷和苦闷，再次被谈及，很快被别墅里飘荡的酒味吸纳。高准飞不时拿出自己的藏酒，给同学们续杯，脸庞微醺，他试图清醒地看着周遭属于自己的这一切，再次确信艰难的日子是永不再来了，才洒脱地在牛慧的讲述中，适当填缺补漏。

破旧的房子，冬天没有暖气，湿冷，被子没地方晾晒。牛慧在窗户上蒙上塑料布封住，周末她缩在被窝里看书，冷得受不了就去网吧。从住进这间房子，牛慧总是不停做噩梦，鬼压床。楼道没有感应灯，四周贴满了各种小广告，黑色字迹，阴森恐怖。下班后总是加班，牛慧回来不敢走楼梯，等高准飞下班，两个人一起去吃碗面。牛慧问他，为什么非要吃面。他说，四块钱只有面可以填饱肚子。偶尔，牛慧也会带他去吃排骨米饭改善伙食。高准飞点头，在青岛的这段日子，是他最落魄的日子。最后那一天，钱包和唯一的一套西装都被偷了。退掉房子，没钱住旅馆。高准飞说，我去牛慧那边凑合了一晚。牛慧说，我那床一米二，俩人睡得特别挤。同学们起哄。高准飞忙说，我们没那方面的意思。牛慧说，我们以前又不是没一块住过。

高准飞走后，大学同学林娜来了青岛。林娜家庭殷实，来青岛不是为了工作，单纯为了陪男友。牛慧在清水沟另租了间两室的房子，房子平摊，她住最小的北间卧室，只能放一张床，林娜和男友住在主卧。一楼带小院，牛慧的房间挨着窗户，经常被聊天的老太太吵醒。房东是个老太，势利，虽是清水沟的农民出身，却看不起外地人，言语间总是加上：你们这些外地农村人。林娜不上班，牛慧下班了张罗买菜做饭。林娜和男友时常争吵，吵完又和好。四个月后，男友毕业，离开青岛。林娜回了贵州，在父亲的公司帮忙。搬走的时候，电饭锅是林娜买的，她一并带走。一回到贵州，林娜催要牛慧欠她的两百块钱，生怕她不还，后来又陆续让牛慧给她寄青岛的鱼片、鱿鱼丝等特产，不说给钱。牛慧总是抹不开面子索要。后来林娜结婚，牛慧随份子。等牛慧结婚时，林娜没任何的表示。楼下的小院，有一只花猫，花猫生了一窝的小猫。天气好的时候，花猫领着小猫在院子里晒太阳。这是牛慧心中，那段时期为数不多的温馨时刻。

牛慧在清水沟又住了一年多，精装，空间独立，冬天也有暖气。在卓悦广告工作三年，因经常加班、老板小气等不同原因，牛慧每年都有几次想离职。小公司的员工多有流动，也因为公司小，上下关系简单，同事都是同龄人，氛围轻松。收入每年增长，牛慧熬过了艰难时期，成了这个城市里的小白领，恢复了过去多年的亲和力。她和过往的同事们都成为了朋友，定期聚餐，这些不同时期出现在公司的人，通过牛慧又互相认识。牛慧成了朋友口中的慧姐。扣除生活费，她定期给老家的父母汇钱。乡邻从牛母的口中了解到，牛慧在青岛的工资不低，几年大学没白上。牛慧每周会买几件衣服，她也学会了化妆，身上褪去学生气，再也没人说她是农村来的。空暇时间，她看书，逛摇滚论坛，认识了天南海北热爱摇滚乐的年轻人，假期相约去迷笛音乐节，从那时候留下的照片里，牛慧戴着太阳镜在一群张扬的年轻人当中毫不突兀。挥洒青春，永远年轻，永远热泪盈眶，是他们经常挂在嘴边的话。

在青岛的第四个年头，牛慧和新来的同事邹颖，成为要好的闺蜜。她们搬到延安路，合住一间，精装带暖气。住在一起的两年，她们没红过脸，性格互补，邹颖喜欢收拾东西，牛慧擅长做饭。在钱上也没相互计较，彼此帮衬。邹颖刚毕业，大学时的男友挂科留级，不敢和家里说，学费都是她出的。邹颖不舍得买衣服，牛慧以过生日和节日为借口，让她挑好了，送给她。邹颖的男友家在青海，想让邹颖跟着他过去，双方经过了漫长的纠葛。夜晚，牛慧总是被邹颖的哭声吵醒，打开灯，陪着她坐在床头谈心，等窗外见亮，洗漱后，拖着愁容去上班。公司离海几公里，咸湿的海风，扫过这些清晨中的青年男女的身体。

邹颖分手后，和公司合作的一个客户的项目经理结婚。几年后，当牛慧和卫华邦结婚时，邹颖当的伴娘。

认识卫华邦时，牛慧大学毕业五年，也是来青岛的第四个年头，她在卓悦公司成了总监。有了相对稳定的感情生活，同时也打破了牛慧后续的生活规划。当后来，牛慧跟着卫华邦回到淄博，寄居在店面二楼，睡在沙发床时，她总会想，生活的另一种可能性。比如，跟随朋友的步伐，去北京或者上海。在4A广告公司上班，是她的职业理想。再不济，留在青岛，总比如今的困顿和无望要好一些。卫华邦的出现，拉低了牛慧的生活水准，一份工资两个人花。在青岛最后的日子，他们住在延安路的一个阁楼，七楼，二十来平米的房间，抬不起头。更多的时间，牛慧和卫华邦躺在床上，望着对面的小窗口，试图看清未来，又被当下拮据的生活困住，无法从容面对。

原载《山东文学》2021年第5期

局里新来了年轻人

小　咩

　　钟诚永远忘不了去市局报到的那个晚上。

　　当天下午下了一场大雪，市区披上了一层柔顺的白毯。这个雪夜里，在县分局马同志的陪同下，钟诚前往市里，既是正式报到，也是一次实践锻炼的汇报。他大学毕业后，直接考选到市局办公室，正式上班前先被派到某县分局参加专项问题整治。这个县是个农业大县，随着国家脱贫攻坚战的号角吹响，县里脱贫任务比较重，主抓农业的县分局也就忙碌起来。钟诚一来，就跟着专项整治组挨个乡镇转。他知道自己是个新兵，放下了思想包袱，从最不起眼、最零碎的小事做起，谦虚低调，很快就和同志们打成了一片。三个月来，他累瘦了，也晒黑了，但他仍觉得不过瘾、不解渴。他第一次接触到机关，没想到和他在网上看到的、学校里听说的那么不同：什么茶水一端，一张报纸看半天；香烟一点，待到晚上推杯换盏云云，他怎么没有一点如此感受呢？相反，每个人都忙忙碌碌，"5+2""白加黑"成了常态，这也成了他步入社会领教到的第一堂课。但这些对他来说都不是事儿！

年轻人刚踏入社会，正是经受风雨的时候，吃点苦受点累算什么呢？况且，毕业前，他刚刚加入中国共产党，入党誓言犹在耳畔，他对未来憧憬满怀，干劲十足。他曾向局里提要求，请给他压担子，让他多参与中心工作，局里领导不置可否。马同志曾跟他开玩笑："你着什么急？以后有你干的！"他笑笑，倒觉得马同志有些矫情了。

"农业农村工作是市里的重头戏，回到市里，平台高了，工作的要求和标准也提高了，一定要少说多做，时时学习，处处留心。"临下车，马同志送给了他最后一句话，带出一簇浓浓的烟气。他坚定地点点头，打开车门，一股冷风袭来，脚一落地，便被厚厚的积雪掩埋，不知是因为激动还是紧张，还差点打了个哧溜滑。

市政府办公大楼就伫立在眼前，二十层高，像一座奋斗者的纪念碑。"市局在八层。"马同志向上指了指。他看见，在这个最适合吃火锅或烤鱼的雪夜里，八层的房间还都齐刷刷亮着灯，夜幕映衬下，像系在高楼腰间的一条金丝带。怀着这样一种复杂心情，他跟紧脚步，来到了市局办公室房间门口。

"秦主任在吗？"马同志轻轻敲门。

"请进。"很粗的声音传出来。

马同志推门进去，微笑着对一个梳着背头一脸严肃的人说："秦主任，在我们县接受锻炼的钟诚圆满完成任务，我把他送回来了！"

"哦，欢迎归队！"这个名叫秦少信的办公室主任向钟诚伸出右手。钟诚赶紧迎上去，谦卑地握手、点头。马同志对钟诚称赞一番，来不及坐下就摆摆手准备回去："秦主任，以后得常去县里指导呀！""不着急，先坐下歇歇嘛！""不了，你们也挺忙的，就不打扰了！"马同志说完转身就走，两人送他到门口，望着那渐渐远去的背影，钟诚的眼神也拖得很长很长。

"我带你去见见分管办公室的侯局长吧。"秦少信边说边往外走，钟诚赶紧跟上。走廊里，不时出现忙碌的身影，有的一闪而过，有的和他们打个招呼，也是急匆匆的。下车前马同志的那句话，开始在他心里变得沉甸甸的：是啊，刚到市里，他已切身感受到了市一级的工作状态和氛围。不说别的，就秦主任这严谨严肃的态度，都是自己未曾见过的，何况局里的领导呢？钟诚正茫然时，秦少信敲开了侯局长办公室的门，一推门，屋内烟气袅袅，桌上文件成堆，侯局长正埋头批阅，听见秦少信的招呼头也没抬。秦主任介绍钟诚的情况时，他才抬起头来，慈眉善目中透露出一股威严——这倒符合了钟诚心目中局领导的形象。他笑着冲钟诚点点头，算是打了招呼，继续埋头工作。就在两人意会后准备出去时，侯局长忽然抬头说："少信，下周人才科的工作调研，一直没抽满人，催了我好几次了。年底各个口的事太多，都缺人手，怎么办？你抓紧提出意见。对了，小伙子叫什么？对对，钟诚，可以参与进来嘛！"

"好的局长，我落实好！"秦少信点点头，油亮的背头在灯光下一闪一闪，仍然没有任何表情。钟诚心想，可能他就这么个人吧，不光见到下属不笑，见到领导也不笑。回到办公室，秦少信说："既然局长安排了，那就参与一下吧，正好了解一下基层情况。"他翻了翻材料，接着说，"你去调研六组吧，组长是苟向东，人才科副科长。这人脑子活泛，业务也好，跟着他多学学！"他说完打印出一份名单交给钟诚，名单上除了苟向东之外，还有一个女的，是老干部科的薛海燕。

走出市府大楼，钟诚如释重负，深吸一口气。

他没想到这么快就见到了局里分管的领导，更没想到一来了就能参与中心工作。摸摸额头，不知不觉渗出了些汗珠，是屋内温度太高，还是自己太紧张？不好说，但他感觉收获不少。侯局长的敬业、秦主任的严谨、同事们的忙碌，都给他留下深刻印象。外面冷风阵阵，他却浑然不觉，甚至解了解脖颈的纽扣，吐出的一口热气在夜空中拖出一股白花花的气流。他又想到自己，不过一个新来的年轻人，能在这个大舞台上扎根成长，难道不是最幸福的事情吗？至于即将到来的调研任务，他虽不熟悉，但他相信自己的热情和毅力，能把这件事情做好。想到这里，他坚定地冲进雪地里，一步一个脚印向宿舍区奔去。

第二天，他主动去找苟向东。这是他上学时养成的习惯，主动一点热情一点，总是没错的。人才科就在办公室斜对面，他过去时还早，苟向东还没过来，一个女同志和他打了个招呼，就留他在沙发上等着。十多分钟后，进来一个留着分头腮帮子鼓鼓的人，嘴里像塞进去了两个核桃。女同志说："苟科长，办公室的同志来找你。"

"哦，你好。"苟向东笑眯眯的，腮帮子更鼓了，"你是钟诚吧，秦主任和我说了，感谢你来支持我们工作！"钟诚赶紧客气说："哪里哪里，我是个新人，还请您多多关照！""呵呵，互相学习，还是你们年轻人好呀！"苟向东说完就不再说话了，打开电脑热上茶，和女同志一句一句闲聊起来。钟诚见状识趣地离开了。

拜访完苟向东，他又准备去找薛海燕，走到半路停住了。单独为这个事过去，会不会像方才那样，唐突了些？他沉思片刻，感觉还是先不去的好；想到这里，他又为自己能静心虑事而暗自高兴。果然，不一会儿苟向东就来了电话，商量下午调研的事。他过去后，发现薛海燕已经在屋里等着了。

薛海燕是个中年妇女，微胖，圆脸，烫着一头时髦的波浪。苟向东给钟诚介绍后，笑着说："薛科长可是咱局里的颜值担当呀！""呀，我都多大岁数了，还颜值担当，哈哈。"薛海燕声音很脆甜，惹得苟向东继续说："那就是资深美女！""你这家伙，论嘴皮子我是说不过你！"

苟向东简单介绍了调研安排，把任务要求一口气说了一大串。薛海燕说："农村人才队伍建设，我和钟诚都是外行，你自己掌握好就行了，对吧钟诚？"钟诚和她一对眼，竟然有些脸红，赶紧点点头。苟向东继续笑笑，两个腮帮子一起一伏。

雪未融尽，车开得慢慢腾腾。调研行程开始了，苟向东忽然严肃起来，路上一直皱着眉头，若有所思；薛海燕还是嘻嘻哈哈，打了一路电话。调研单位离市区挺远，车越走越偏，越走越深，一路坑坑洼洼，远处秃山寂寥。就在他被颠簸得迷迷糊糊快要睡着时，车嘎一下停住了，一抬头，模糊地看见竖牌上写着"明白乡人民政府"几个大字，赶紧抹一把脸让自己清醒些。根据调研安排，这是先到乡上座谈哩。

乡党委书记首先作了全乡经济社会发展情况汇报，说得滔滔不绝，但明显文不对题，农村人才情况只字未提。钟诚本想打断提醒下，但瞥见苟向东听得专注，记得也仔细，也就作罢。谈完了，苟向东先是客套一番，什么大冬天的来打扰啦，什么明白乡去年发展进步很快啦，什么基层干部奋战一线精神可嘉啦，客气得很，说得一屋子人眉开眼笑。末了，苟向东才问："现在，各村的农村人才储备如何？""各村人才储备都很好，具体请我们乡组织委员来汇报吧。"书记指指旁边一个戴眼镜的小伙子，小伙子清清喉咙，不紧不慢地念起稿来，声音有点颤，节奏有点紧，全程低头，和书记的激昂慷慨相比差距不小。

钟诚又抓紧记录起来。里面数字很多，他笔疾如飞，基本一字不落地记下来。其间苟向东插空问："每个村3到5名年轻人，有台账和培养措施吗？""有！"书记抢先说，一挥手，叫人搬来一摞材料。苟向东看了钟诚一眼，钟诚赶紧过去翻阅台账，里面每个村人才的姓名、联系方式、培养记录等，都填得满满的。谈话结束后，苟向东、薛海燕也凑过去，象征性地翻了翻资料，薛海燕赞叹道："真齐全，真齐全！"书记赶着话说："都是上级指导得好嘛，我们只是做了应该做的！"

接下来，三人又去两个村转了转。"冬天冷啊，村里没人，都躲到屋里取暖了。"书记边走边说，将三人领到几个年轻人家里访谈。访谈中，这些人的回答基本都一个套路，皆是感谢乡政府、培养很得力、现在很满足之类，神态从容，对答如流，这完全出乎钟诚意料。钟诚虽然基层工作经验少，但对农村并不陌生，他老家就在农村，现在还经常回老家走亲戚，老家的山水房田，他都带着感情的；但他也发现了，如今村里像他这样的年轻人，肯留下来的也越来越少了。他看着访谈对象和乡书记的默契，心里想起前阵子电视里曝光的一些地方调研"走过场、看盆景"现象，心里忽然冒出个想法，趁出来上厕所的空儿，他溜到一个角落，拨通了台账中另外几个村的"人才"的电话，对方对自己被纳入储备情况一问三不知；又拨通几个电话，结果更糟糕，有的不仅不是年轻人，性别都弄反了，更别提培养措施了——这不是典型的弄虚作假吗？他回到屋里，看见苟向东和对方聊得火热，心里有些不是滋味；又偷偷看看薛海燕，她倒是安静，一直低头摆弄手机。

访谈结束，调研行程暂告一段落。时间太晚，只能住下，县里安排了车辆回宾馆。上车前，钟诚看见苟向东将组织委员拉到一旁，以不容置疑的口吻说："你把你们乡农村人才队伍现状、存在问题和对策措施整理好给我，我参考一下。"组织委员赶紧点头。苟向东又和乡党委书记握手告别，仰着头说了好几句，手还在空中比比画画，车子才启动起来，仿佛早就不耐烦了。车里的氛围，和上午来时已大不一样，苟向东的严肃、薛海燕的无所谓，都被一团和气取代。薛海燕望着闷不作声的钟诚，打趣道："怎么闷闷不乐呀，还在忧国忧民呢？你这小孩还真认真哩！"钟诚也意识到失态，强颜欢笑道："哪里哪里，有点困了，差点睡着了。""噢，那就是苟科长的不是了，你看你安排得这么紧张，都把小钟同志累着了！""好、好，我赔罪，怪我都怪我！"苟向东连连作揖，车内一阵大笑，空气流动得都快乐无比。钟诚暗中吐吐舌头，但紧锁的眉头依然没有舒展开来。这个年轻人呵，正陷入巨大的心理矛盾之中。

钟诚的优点是专注、投入，这是他在大学时各方面表现都名列前茅的原因。但问题也是有的，比如爱钻牛角尖，这是有过教训的。有次语文课，为了一个偏僻字的读法，他和任课老师争论起来，不惜赌上自己的学分也不让步。但事实证明他错了。老师和同学都原谅了他，学分也没扣，但他此后很长一段时间才缓过劲儿来。辅导员最了解他，毕业前听说他要考报社记者，专门找他谈过心。

"你去做记者，不如卖红薯去。"

"记者是个良心职业，我有热情和动力！"

"有良心的职业多了去了，你干这个，风险太大！"

"我也考虑过……"

"希望你慎重。当记者只有敢怒敢言是不够的，还需要客观、公正、谨慎。从你自身情况看，只能说具备了记者的基本条件，但光凭天真热情，是远远不够的。"

他不说话了。辅导员说的，他其实都考虑过，但没有说服自己，或者他需要另外一种声音，来打破内心深处的某种平衡。最终他报考了公务员，而且一下子考进了市直部门，辅导员既惊又喜，又不忘叮嘱他："机关里的水，也深着哩……"

他心里又"咯噔"一下。上学时连个班干部都没干过，贸然冲进官场，能吃得开吗？"你这爱钻牛角尖的毛病嘛，倒是有救，就是把棱角磨平了，磨得光溜溜的，扎不到人了，一切问题就迎刃而解了。"

"棱角没了，还怎么解决问题？"

"解决问题的路径千万条，非得一棵树上吊死？"最后这句话，他想记住，但总是记不牢；记不牢，便教训不断。在县里参加专项整治，他曾因为一件琐事和贫困户顶起牛来，引起部分村民围观，后来发现，还是自己没有把事情弄清楚，还是自己太年轻冲动，最后受到了局领导严肃批评。之后他幡然醒悟：万事皆有定法，岂能凭个人好恶？学校与社会间那条模糊的界限便愈发清晰。但如今，因为调研，他又陷入了一种莫可名状的混沌之中：他在努力磨平"棱角"，但现实却如针刺。问题很真实，苟向东的表现却很虚幻，他一时手足无措了。

在回县城宾馆的路上，他本想说出来，碍于县里的同志在场不方便讲。回到宾馆，苟向东饭后出去散步又迟迟不回来，太晚了就不方便打扰了，心事便一搁再搁。几天后，苟向东把他和薛海燕叫过去，一起商量汇报提纲。薛海燕开门见山："乡里的材料不都给你了，还让我们这些外行来凑啥热闹？""那怎么行，集思广益，人多力量大！""那好，我没意见！"薛海燕嘴一噘，做出无可奉告的模样。苟向东摇头笑笑，说："那好，我先大体捋一下汇报内容。第一部分是总体情况，就是明白乡农村人才队伍现状和主要做法。从了解情况看，明白乡还是不错的，农村人才力量充足，数量成规模，措施也比较完善……存在问题嘛，可以含糊着说，比如培养措施不够精准，有些人才质量不高等，对策措施嘛……"

"苟科长，我想提个建议……"

"嗯？"苟向东顿了下，发现是钟诚后略显惊讶，说："对了，还没征求钟诚意见呢，你说吧！"

钟诚没客气，把调研发现的问题，特别是基层弄虚作假、形式主义的问题一口气讲完，并提出，这些问题要在汇报中体现出来，坚决整改；如有必要，甚至可以再下去进行更深入调研，把问题彻底弄清楚。他略带颤抖地把意见说完后，苟向东没说啥，倒把薛海燕逗得"咯咯"

直笑："苟科长，遇到对手了吧？"苟向东没接着回答，皱了皱眉头，许久才说："钟诚的提议，有一定道理，薛科长，你觉得呢？"

"你说咋办就咋办！"

"好！能看出来，钟诚这位同志很仔细也很尽责。不过，基层有些情况，可能和我们看到的不太一样。从我了解的情况看，明白乡总体是不错的，这是其一；其二，台账中个别地方有错误，是允许的，毕竟这个乡村庄多，五十多个；其三，钟诚同志也不要老是戴着有色眼镜看问题，轻易否定基层工作，容易以偏概全呀！"他慢悠悠地说完，点上一支烟，意味深长地吸起来。

一席话，把钟诚火热的心浇个透凉——这是对自己想法的全然否定了，但存在的问题可是实实在在的呀！他心里不服气，但又不好发作，轻轻自语道："那这些问题，就这样放过去了？"

"怎么能放过去呢？我们这里不提，县里也会发现督促解决的。你说的问题，根本不算问题，基层的台账、数据，有一定偏差很正常，不要小题大做嘛！还有，你提出要进行二次调研，不是开玩笑吧？你知道搞一次调研，要耗费多少人力物力财力！"苟向东这次明显带上了情绪，语气局促了些，脸也有些发红，"我看，小钟还是需要加强学习呀！"

钟诚感觉到了麻烦，意料之外的麻烦。他没想到苟向东反应会如此激烈。还好有个薛海燕，见状道："我们都是给你扛活，没有功劳还有苦劳，犯不上给我们甩脸子！再说，钟诚也是好心嘛！"一席话，苟向东又嬉皮笑脸起来，脸色转变之快，令红透脸的钟诚愕然。"行了行了，你就别欺负这个弟弟了，怎么写你定，我们双手赞成，好不好？"苟向东摊摊胳膊："归根结底，还不是听大姐你的？"薛海燕"哼"一声，转身对钟诚说："跟我出来，和你说个事哩！"

钟诚听完赶紧跟出去，他正愁没台阶下呢。他忽然挺佩服眼前这个女人，她无处不在地给自己"救场"，又不像那个调研时心不在焉、一无是处的女人了。他的拳头一直紧紧攥着，从开始讨论就紧紧攥着，手心都渗出了汗珠。走出屋，出去好远了，拳头还是紧紧攥着，没有一丝要松开的样子。

钟诚上班久了，认识的人多了，适应得就越来越快了。办公室里加上他一共四个人，他每天都是第一个上班，不客气地讲，也是局里最早的一个，倒垃圾、拖地、洗茶杯、打开水，一套下来，浑身也就冒了热气。

同事对他都挺客气，尤其秦主任，别看他不苟言笑，人还是不错的。听闻几年前他的妻子患乳腺癌做了手术，钟诚心里对他尊敬的同时，又添了几分心疼。是啊，家庭不如意了，谁还能一直保持笑脸呢？

钟诚的心事，本来可与秦少信倾诉，希望他能扮演大学辅导员或马同志的角色，但每每看到那张没有表情的脸，他原本并不灵巧的嘴，无论如何也张不开了。

那天薛海燕把他叫出去，原以为是安慰他，没想到问了半天他的家庭啊年龄啊学校等，绕了好几个弯才说："我有个侄女，在市烟草公司上班，比你小一岁，工作、长相没的说，要不要见见？"

钟诚一下红了脸。他是单身，说媒的又是刚刚给自己解了围的薛大姐，自然没理由推掉；想礼貌地客气下，谁知喉咙里黏黏的，说不出话，只得局促地点点头。"那择日不如撞日，就今晚吧，我约个地儿！"

到了下班的点，他看看四周人都在忙碌，一开始不好意思走。薛海燕发短信催了又催，才鼓起勇气跟秦少信说："主任，我今晚有点私事，能不能早点走？"秦少信像那天的侯局长一样，头也没抬，只是摆摆手。他内心窃喜，准备出屋了，秦少信又问："你们调研任务结束了吗？"

"结束了，已经讨论完汇报材料了。"

"哦，那就好，多学习啊，把发现的问题汇报好。"

秦少信这句话不疼不痒，却像一颗手榴弹，在他内心深处炸开了花。

到了吃饭的地方，女方已经到了，出乎意料的是，女方妈妈也来了，穿戴比薛海燕都时尚，看钟诚的眼神，明显居高临下的感觉，让他浑身不自在。女孩五官倒也端正，但脑腆得很，吃饭说话都随着妈妈，从不多说一句；加上两个妇女房子车子的聊得火热，自己也插不上嘴，倒也落个清静，只顾低头扒饭。薛海燕看在眼里倒不着急，仿佛这一切都是她意料之内的，看来她陪着女孩不知相了多少次亲、吃了多少次类似的饭了。

但一直不说话也太尴尬了。钟诚好不容易逮着空儿，赶紧插话问薛海燕："大姐，我今天讨论材料提意见，是不是有点过？"

"没有呀，我觉得挺好，提意见，说明有自己的主见，采不采纳就另说了。你们俩多吃点，刚才光顾着我们聊了，都忘了两位主宾了，呵呵。"

钟诚对女孩笑笑，女孩还是低头不说话。他嚼两口饭，又说："可是，他明显不高兴了。"

"不高兴怎么了？这几年呀，他的脾气见长了，官不大架子不小，别往心里去。你呀，就是太认真了，啥也往外说，可不行。"

"有问题，不能不管吧？"

"问题多了去了，都提出来，解决得了？苟向东上午说，有些问题你不提，县里也会解决的，这倒不全是推脱之词。有时候，糊弄也是一种工作方法。"钟诚惊讶地瞪圆眼。女孩和妈妈正好要去卫生间，薛海燕见状，压低声音说："我和你说个故事吧。苟向东还在乡里工作的时候，有次上级领导下村检查，正好到了他负责的片区。检查过程很顺利，领导没发现问题也挺满意。结束前，领导心血来潮，问乡党委书记全乡有多少个电线杆子，一下子把书记问住了。你想想，谁平时会在意这个，再说这和检查也没关系呀！但如果被问住了，就可能给你扣上对基层了解不够的帽子，就可能要做查摆整改，那就麻烦了。你猜怎么着？人家苟向东关键时刻挺身而出，高声回答：'257个！'"

"他怎么这么清楚？"

"哈哈，他清楚个屁，纯粹蒙的！但当时领导就信了，还很满意，还表扬了他，一句话化解了所有危机，你说厉害不厉害？"

"可这，也是弄虚作假呀！"

"是啊，但结果呢，皆大欢喜。在机关，你很难一把尺子去评价一件事、一个人的对错，所以与其复杂化，不如简单化，何苦去较真呢。"刚说完，女孩和妈妈回来了，几个人又聊了起来。

钟诚听完彻底沉默了，饭局最后也草草收了场。薛海燕临走前拍拍他的肩膀，他努力对她笑笑，这是真心真诚的笑，从上午到现在，他对她一直是心存感激的。他准备回宿舍歇息，但走着走着，仿佛一股力量在身后拉拽他，他慢慢停下了。冬夜的马路行人稀疏，夜空挂着几颗寒星，孤零零的，多么像此刻的自己呀！他又忍不住钻进了调研的"牛角尖"里，这里面温暖无寒，却装满了剪不断的思绪。是呵，就这样结束调研任务，他心有不甘。解决问题的办法确实千万条，但原则能轻易抛弃吗？事实能轻易否定吗？形式主义、弄虚作假的问题是上面坚决反对的，自己能故意回避吗？

他满脑子都在思考问题，不知不觉一抬头，竟然到了市府大院里，想起办公室有点小事没处理完，就径直走上去了。

办公室里空空荡荡，人都走了。他想处理完手头的事，却怎么都静不下心来。他又想给大学辅导员打个电话，给马同志打个电话，让他们来评评这个理，但电话在手中仿佛千斤重，根本无力拨出。过往调研的时光，如影带一样在他脑海播放，音容真切、点滴触肤。这就是所谓的调研？这种调研，和在办公室里拍脑袋有什么两样？他忍不住打开电脑，把调研的来龙去脉、发现的问题，都一一敲打下来，坚定地署上自己的名字。他不信，偌大的市局，还没有讲真话、听真话的地方了？他顾不上那么多了，鼓足勇气，打了鸡血一般，打印出一份纸质稿，放进信封，用胶水粘好，塞进了市局局长的信筒里。这一切，一气呵成；这一晚，他睡得格外香甜，就像睡在大学时的宿舍里，一切都梦回从前了。

他第二天醒来就后悔了。一大早，他悄悄来到局长信筒旁，发现里面的文件已经清空了。这就意味着，他的署名信，将很快报到局长手中。

但他也就踌躇不安了一上午。从下午开始，他就把自己淹没进了繁复的工作中去了。他发现，周围的同志都没有变化，秦少信、苟向东也都没有任何异样。他以为，局长日理万机，怎么会重视他这封信？不过石沉大海罢了，权当啥也没发生过吧，那倒也省心了。

他不会想到，这封信其实一早就报到了局长手里，局长还一字不落地看完了。他没有作任何批示，单独把侯局长叫过去，交给他，也没多说一句话。

这一切，新来的年轻人钟诚怎么会知道？

侯局长回屋看完后，也没有说话。沉思片刻，将秦少信叫过去，并当场让他把信看完。

"说说你的意见，少信？"

"局长的意见？"

"局长没作任何批示。"

"这个钟诚，光给我们惹事端……"

"这就是你的看法？"

"我水平有限，没领会领导意图，请您指点……"

"局长没说什么，但我却觉得声音振聋发聩。问题都摆在眼前了，还需要局长再批示？这么多年了，我们受到形式主义危害的教训还少吗！"

侯局长站起来，边说边来回踱步。几丝头发在头顶翘起来，也像是愤愤不平的样子。"远的不说，前阵子市直机关工委来局里检查机关党建工作，不就指出了我们机关党建'灯下黑'、个别学习笔记造假问题？如果不是因为这事，你这个办公室主任，不早就提拔县级干部了？"

"是的局长，您说得对！"仿佛点到了痛处，秦少信双眉紧锁，双手反复地搓着衣角。

"现在上级旗帜鲜明地反对形式主义、官僚主义。在这时候，我们依然出现这种错误，还能继续视而不见吗？局长没表态，我恰恰感觉到，他要与形式主义歪风斗争到底的决心。这个问题，我想亲自抓起来，从办公室做起，从你做起！"

"我双手赞成！不过，钟诚擅自给局长写信？"

"给局长写信怎么了？我们每名同志，都有权利和局长进行沟通，而且他是实名写信，不造谣不编事，客观反映问题，这是需要担当和勇气的！我们要讨论的是，他作为新来的年轻同志，为什么非要采取这种方式来反映问题？我们这些老家伙，有没有给年轻人创造沟通的条件和环境？"

秦少信开始抹额头的汗珠了。此刻，他的背头凌乱，完全没了往日油亮的风采。

"我万万没想到，我侯光荣在机关混了大半辈子，临近退休了，却被一个孩子给上了一课。连一个刚毕业的孩子都比不上，惭不惭愧？"

"我明白，局长。"

"对钟诚，先不要和他讲太多，敏感时期，容易惹出是非。我的意见是，既要保护好年轻同志的积极性，又要以本次调研为切入点，向我们身边的形式主义问题开刀。明天下午召开局长办公会，听取各组调研情况汇报，研究钟诚等5名新来的同志关系转正问题。届时你也参加，会后我们向局长作一次专门汇报。"

"我回去就把落实意见整理出来！"秦少信使劲往后拢了拢头发。

"少信啊，你这些年兢兢业业，任劳任怨，但我要提醒你，你最近是不是过分在意一些外在的东西了？我当然不是说你的发型，我想说的是，过分在意一些外在的事情，难免会对工作、对人际、对抓班子带队伍带来影响。人的精力，总是有限的嘛！"

"局长教诲，少信都记在心里了。"

秦少信回去后没有声张，翌日上午，他破天荒地开了一次办公室全体人员会议，这与以往分摊安排工作的做法大不一样，同志们觉得挺新鲜。秦少信在会上少见地进行了自我检讨，全程努力保持微笑，尽管只字未提调研的事，但钟诚还是嗅出了一些别样味道。

中午，他从薛海燕那里打听到，下午局里将开会研究他们关系转正事宜，联想到秦少信反常的神情，心里忽然打起鼓来。他给局长署名写信，没有事先和苟向东、秦少信沟通，感觉终究是不妥的。薛海燕不了解情况，来电话问："周末有空吗？再约约女孩出来吃饭吧，人家对你印象还不错哩！"

钟诚苦笑一声"谢谢"，真不知道怎么答复她了。薛海燕以为他装矜持，干脆说："先这么定了，到时候再联系！"

"哎大姐……"

"咋了？"

"今下午不是研究我转正的事？"

"是啊，你们表现都很好，都将转正，周末正好给你祝贺下啊！"

"嗨，你不知道呀……"

"你这小子，还跟我绕弯子，怎么，对我的消息怀疑呀？你们五个人的转正汇报材料，就是我起草的！"

对方挂了，钟诚瘫坐在椅子上，整个下午，他魂不守舍，六神无主。

他怎么会知道，那封勇气爆棚的署名信，已经在会议室掀起了一场思想的碰撞和灵魂的触及。会前，局长首先提到的，就是这封信。局长的态度和要求，让参会的侯光荣、秦少信吃下了定心丸。第一项汇报调研议程，直接取消了。局长要求，调研重新开始，要突出问题导向，坚决反对形式主义；对因落实责任不力出现问题的，要严肃追责。而这些，会议室之外的钟诚都毫不知晓。他心里依然紧张、忐忑、焦虑。

会议结束了，他忽然发现，侯局长、秦主任一直没有出来。或许，两人正在接受局长严厉的批评？

他再也忍不住了，一口气从楼梯冲到楼下，蹲在广场上大口喘气。夜幕中，徐徐下班的人流似涌动的时间长河，令他恍若隔世。

他想起不久前那个报到的晚上，他心潮澎湃，信誓旦旦。这才过几日，那个热血青年，怎么变得顾虑重重起来？

他俯身抓起一把残雪，看着这些雪一点一点在手心融掉，剩下些黑乎乎的泥渣，却点亮了他的眼睛：白雪融尽，唯有泥渣泥土是真实的、接地气的，也是最踏实的。虚无的白色过后，真正沉淀下来的东西，往往是最珍贵的。为了工作，实事求是，自己不丢人！

他又重燃了彼时心境，他要做泥渣泥土，留存下最真实、最珍贵的东西。

办公大楼的灯陆续灭去，他的心却越来越明了。他要去找侯局长，把事情的来龙去脉说清楚，他相信组织，相信侯局长。

可侯局长的办公室，始终未亮起灯。他便痴痴地在下面等。下班的人流继续在他身旁窜过，像风，风如刀割，割碎了他身边墨一样的夜色。

楼上，侯光荣和秦少信终于汇报完毕，从会议室走出来。

"少信，去通知钟诚写转正材料吧。另外，找个合适的机会，把局长要求、会议精神稳妥地转告给他，不要给他太多压力。要让他感到，组织是信任他的，是肯定他的，当然，他也有不成熟的地方，以后再慢慢引导吧！"说完，他进屋开灯，热烈的光芒映红了楼下钟诚的脸庞。

此刻，市府办公大楼，八楼的房间都还齐刷刷亮着灯，像一条围在楼腰的金丝带。年轻的钟诚，正一步步向大楼走去。他的心情还是复杂的，但相比报到的那个夜晚，脚步更加坚定果敢。他已经准备好了，无论前方发生什么事情，他都义无反顾地听从组织安排，接受组织评判。

原载《时代文学》2021年第3期

《小说月报·大字报》2021年第7期转载

封闭和弦

刘　磊

一

　　掠过窗台上那盆硕大的仙人球，黑石看到一只炸梨鸟死在了树上，它可能是被昨夜肆虐的寒风和锋利的雪片合谋杀死的。它一只爪子蜷缩着，另一只爪子紧紧地抓住最高处的那根树枝。大树即将褪去皲裂，露出温滑的骨骼。另一只炸梨鸟一大早就在枝头哀鸣，扇动翅膀上下翻飞，声音焦虑得像密密麻麻的针。黑石睁开了沉重的眼睛，卧室里影影绰绰，他趿拉着棉拖下地，顺便给睡得正香的女儿杉杉掖了掖被角。

　　其实他整个晚上都没怎么睡好，梦境里满是黑色的花朵和炽热的风。他时而置身高考考场，刚刚做完两道未曾谋面的选择题，抬头一看，还有十分钟就要交卷了，他急得想跺脚。等再一抬头却来到了乐队排练室，还有几分钟就要上场了，作为吉他手兼主唱，他连基本的 B 和弦都忘记了，乐队其他成员都像看外星人一样看着他，音响里传出几声凄厉的高分贝噪音，快把耳膜刺破了，他扔了吉他夺门而出，却又来到医院的手术室里。他被三个白大褂摁在医院的手术椅上，其中一个正往他的下身插着尿管——生疼。几个助手左右穿梭，手里举着各式各样明晃晃泛着寒光的器械，他想起了小时候家里宰猪的刀，猛地吓醒了，一下坐了起来，窗外树影摇曳，月冷风清。

月眉走后的九天里，曾经驾轻就熟的生活突然变得生涩起来，他连睡眠这种基本的生理技能也退化了。黑石穿着睡衣来到厨房，点起昨晚剩下的半支烟，趴在窗台上怔怔地出神。厨房是由北侧阳台改造而成，这些厨具都是黑石和月眉结婚时选的，月眉喜欢大海，所以除了大理石台板外，厨具和柜台都是蓝色的。如今它们又旧又脏，曾经晶莹的表面敷着一层苍蝇屎一样的黑色斑点，密密麻麻，让人看了起一身鸡皮疙瘩。他抽完烟，终于接受了这个现实，今后一段时间，一切都要靠自己了。洗衣做饭、扫地拖地、辅导作业，还有性生活，一切都要靠自己的双手解决。他下意识地看了一下他的手，因为长期弹吉他的原因，指头肚上蒙上了坚硬厚实的老茧，他两只手交替剔了剔指甲里的污物，又反复看了几遍。其实这时候，阳光已经透过玻璃照进来了，把阳台上的物什都涂上了淡粉色的光晕。黑石伸了伸腰，做了几个扩胸运动，撅得指头咔咔作响。他打开冰箱门一看，冷藏区只有两根茄子，蔫不拉唧地躺在里面，浑身泛着让人反酸的褶皱。他把两根茄子用方便袋装好，轻轻地关上了房门。他决定下楼去买点油条豆浆对付一顿，顺便买些馒头、青菜和鸡蛋补充一下营养。

走到楼门口，他突然发现不对劲，一高一矮两名身着制服的社区人员正忙着封锁楼道。他们抬着一张条形桌，横在单元门口，桌子上放着消毒液和消毒湿巾，还有一包医用口罩和一把额温枪。

怎么了这是？黑石问。

要封楼了，你们这个楼发现一例确诊病例。高个儿说。

啊？黑石身子一震，不敢相信那种只存在于电视上、手机里的新型冠状病毒突然出现在身边，一种莫名的不安感袭来，黑石裹了裹衣服。那我能先把早饭买回来吗？孩子等着吃饭。

饭重要命重要？矮个儿点起一支烟说，扫码，加这个群，把需要的东西告诉群主，会有人帮你买。说完又补充了一句，钱你直接转给群主。

那我这兜垃圾……

放这儿吧，有人帮你扔。

得嘞，谢谢。黑石转身要走，突然又想起什么似的，扭头问了一句，确诊病例在几楼？

你怎么那么多话？不该问的别问。高个儿有些不耐烦。

黑石扭头上楼去了，这是他上楼最快的一次。他一口气爬上四楼，打开门跨进去，又砰地关上门，倚在门上大口喘着气。

确诊病例是谁呢？黑石瘫坐在沙发上，左脚担在茶几上，右脚又担在左脚上。他愣愣地望着天花板，把这个单元的住户挨个儿捋了捋。是一楼东户那个操着南方口音，满头银发的老太太？要么是二楼那个整天喝得醉醺醺，像是刚从涂料罐子里爬出来的建筑工人？莫非是三楼那个整天纵论国际形势指点江山激扬文字的退休老干部？不会是对门那个身材高挑、皮肤白皙、大卷儿披肩发、耳环叮当响，整天戴着墨镜的气质美女吧？

正想着，杉杉从卧室走了出来。她已经五岁了，穿着没膝的睡衣，打着哈欠睡眼惺忪，头发茂盛得跟黑缎子一样——这点倒是像月眉。

爸，我饿了。她说完就进厕所了。

黑石赶紧把脚拿下来，他愣了一会儿神，似乎有什么东西想不起来，他划开手机，加入了那个微信群。他是最后一个进群的。

他对群主说，要一份豆浆，五根油条。再买十个馒头、一把豆角、半斤冷鲜肉、一箱方便面。半晌，群里毫无动静。黑石有些急躁，他想是不是群主没有看到，现在都人心惶惶的，可想起自己和杉杉还饿着肚子，便有些不悦。他在群里连续打了几长串问号，要不是看群主头像是个穿校服的女孩，他早就出言不逊了——玩乐队的人性子都跟炮仗一样。

一刻钟左右，门铃响了。黑石开门一看，一个强壮的社工一手扛着一箱方便面，另一只手拎着豆浆油条和其他物品。他戴着口罩，浑身一股消毒酒精的味道。看不见他的脸，只看到他两道粗黑的剑眉，像是加粗过。黑石赶紧接过他手里的东西，本想问一句您是不是群主，可那人把购物票塞到黑石手里，转身就走。黑石看着他下了楼才关上了门。

黑石把馒头、冷鲜肉和豆角放进冰箱里，便招呼杉杉洗漱吃饭。这家的豆浆很实惠，差不多能装满两只碗。

妈妈什么时候回来？杉杉问。

不知道。黑石并没有撒谎，因为月眉只说她离开一段时间，至于去哪里，干什么，她一概没说。她还说，如果三个月之内回来，就在小区拐角处的咖啡厅见面；如果三个月之后回来，就在民政局离婚登记处见面。

杉杉端起碗，大口喝着豆浆，把脸整个儿都挡住了。

慢点，又没人跟你抢，别呛着你。黑石把她的碗从手里夺下来的时候才发现，女儿这样喝豆浆，是为了掩饰她水汪汪的眼窝。等她发现掩饰不住时，哇的一声哭了出来。

妈妈呢？我要妈妈。杉杉哭着向卧室走去。

对父母来讲，孩子哭声的威力远胜于枪炮声。科学家做过实验，最响的炸雷也唤不醒一位熟睡的母亲，但孩子轻若蚊鸣的抽泣声却可以。黑石把这个故事讲给月眉时，月眉哂笑着说，当妈的是这样，当爹的就不一定了。黑石说都一样。比如现在，黑石满嘴油条，拿着手机跟在后面说，要不咱给妈妈发视频吧，这样你不就能看到妈妈了吗？

我不要视频，我要妈妈。杉杉一把夺过手机，摔在了地上。啪的一声，世界顿时安静了。那可是刚买了不到一个月的华为新款啊。

这都什么毛病？怎么跟你妈一样动不动摔东西！黑石怒了，他捡起手机说，再这样别怪我揍你。杉杉也仿佛知道理亏似的，扭过头不说话，只是抽抽搭搭。

小孩就不能惯！他气呼呼地走到餐桌前，吃完了封楼后的第一顿早餐。

二

五年前，"莲花"乐队只有两个人，吉他手黑石和键盘手亮子。周末晚上，两人在小公园里卖唱挣点零花钱。连续两个晚上两人都很卖力，撸胳膊挽袖子青筋暴露面目狰狞，可以说使尽了浑身的本事，声音震得夜晚的杨树叶子哗啦啦地响，可是一个听众都没有，路人纷纷侧目，唯恐避之不及。第一天晚上，一分钱没挣着，琴箱经历了一晚的喧嚣之后依旧空空如也。第二天晚上快散场的时候，一个姑娘往琴箱里扔了十块钱，这是它第一次进食。她就是月眉。酒吧里，月眉说，能怪谁呢？你们选的歌不行啊，你们老唱什么《昨天晚上我可能死了》《高级动物》《垃圾场》这种重口味摇滚，谁爱听啊。别说是人，就是狼都得让你俩吓跑了。

那我们该唱什么呢？那些个你情我爱的靡靡之音？

普通人可不就爱这个吗？月眉是个看上去饱满紧致的姑娘，骨架大，胳膊大腿都很浑实，头发像黑绸缎一样茂盛，但是只要一笑起来，眼睛弯得像月亮。

黑石抽着烟，傻傲傻傲地说，我们还准备唱《一颗不肯媚俗的心》《我的睫毛都快被吹掉了》。

那你们会饿死的。月眉笑着说。

饿死事小，失节事大。黑石和亮子异口同声、一本正经地说。

在洗手间里，亮子说，这妞儿不错。黑石说，跟我有什么关系？亮子说，别装了，咱们玩音乐为的啥，不就是名利和女人吗？

瞎掰，咱们是为了情怀，要不咱干吗起这么个名字，干脆叫"孔方兄"乐队得了。

别闹了，情怀能当饭吃？陶渊明要是真想当隐士，他就不会费劲巴拉地写那些歪诗，他就应该跟我爷爷似的，一辈子职业种地，业余放羊。几千年都是曲线救国那一套，虚伪着呢。说完，亮子像打寒战一样抖落了几滴残存尿液，脸上带着排泄结束后的快感。

听着亮子，咱们现在是落魄了一点儿，可是将来咱们要灌唱片，出专辑，巡演……要像那些伟大的乐队一样，唱人类之心声，没有我们，那些孩子会迷路的。

老拿自己当人类导师那么要求自个儿，累不累啊？没我们之前，人家不也活得挺好的吗？

我其实有点烦你了，你怎么这么庸俗啊！

这样的对话他们不知道进行过多少次，黑石都有点恍惚了。亮子说，两码事，国外音乐家都阔着呢。艺术和金钱不是火和水，而是火和风。他们从洗手间一直争论到酒桌，像是两只互不相让的公鸡。等他们回来的时候，月眉已经结账走了，桌子上留了一张纸条：雨要滋养万物，必须先落到地上。

第二天，黑石和亮子扯上电线，摆好音响，却遇到了更大的麻烦。一位花衬衣大妈豪横地走了过来，她指着黑石的鼻子说，你们不能在这儿唱，这是我们跳舞的地方。黑石说，总得有个先来后到吧。她说，我们在这跳舞的时候，你估计还没断奶呢，这周中考，街道不让我们跳，我们才休息了一星期，没想到被你们趁火打劫了。说话间，两个老头儿推出一台半人多高的英国猛牌音响，像头威风凛凛的黑金刚。黑石认识那个牌子，它以黄金高音和C-CAM铝镁合金金属振膜举世闻名。黑石再看看自己那台小音响，它像害羞的小奶猫一样匍匐在脚边。

愤怒的情绪涌到嘴边，黑石张了张嘴，说，这地方卖给你们了？大妈显然有些生气，她回过头，甩手跺着脚撒娇喊道，杰克、约翰，这儿有人欺负我。那两个推音响的老头儿闻声而来，其中一个瘦高个儿揪住黑石的衣领说，怎么着小子，找碴儿是吗？黑石听见他的胸腔里像藏着一个大风箱，呼噜呼噜地响。愤怒引发了他的哮喘。正在这时，月眉来了，她像个和平鸽一样飞到他们中间说，我领你去个地方吧。说着，不容分说地拉着黑石和亮子离开了这个是非之地。黑石听见杰克在后面安慰大妈说，现在的年轻人就是不知天高地厚，咱还就不惯他们这些臭毛病。约翰拉着大妈的手说，燕儿，咱不怕，有我们哥儿俩在，谁敢欺负你我们就吡谁。

月眉把黑石领到一个烧烤摊前。这是一排烧烤摊中的一个。摊子不大，屋里屋外各有十张四方形的小桌子，几个光膀子的中年男子正在豪饮着扎啤谈笑风生。月眉指着一个穿着背心站在烤炉旁烤串儿的男人说，这是我爸，里面柜台上等着结账的那是我妈。你们就在这唱，权当给我拉拉生意。黑石看着这一排乌黑油亮的桌子，皱起了眉头。月眉又笑吟吟地说，唱几首歇一歇，一人两百外带管一顿烧烤。亮子对黑石说，还愣着干吗？赶紧啊！

三

第五天下午，冰箱里的存货又消耗殆尽了。黑石走到阳台上，对着天空发了一会儿呆。人的嘴真是一个填不满的无底洞，眼睬着那些食材顺着咽喉次第滑进胃里，中间也不知经历了什么，第二天就变成了一坨坨秽物排出体外。他抚摸着自己日渐隆起的"中原地区"，又拍打了几下，脸上掠过一丝无可奈何的表情。他对群主说，劳烦再给 402 室买点蔬菜、冷鲜肉和馒头。不到一刻钟，群主回复，因为确诊病例到过附近集贸市场，所以附近菜市场全部关门，歇业两周。现在买菜要去五公里外的一家超市，新鲜蔬菜要一早才有，下午就买不到了。

咱今晚下方便面吃吧。黑石对女儿说。

我妈从来不让我吃这些垃圾食品。

偶尔一两次没事。

我妈说了，新鲜的水果蔬菜最有营养。

你妈说你妈说，什么都是你妈说，你什么时候也听我说一句啊？黑石有些不耐烦，你以为我不想给你做？这不是买不到嘛！就方便面，吃完赶紧上你的网课。

本来乐队就没多少通告，这疫情一闹更是让原本惨淡的演出市场雪上加霜。黑石了解到，其他乐队也好不到哪儿去，"大红袍"乐队主唱绵绵成了小学音乐老师，她笑着跟大家说有编制，是正式的；"屎壳郎"乐队鼓手团子成了一名外卖小哥，整天骑着摩托飞一样进出各种小区；"含羞草"乐队贝斯手老四去了工地搬砖，业余时间拍些短视频挣点流量费；"丝瓜"乐队的键盘手丽丽干脆去了洗脚房给人家踩背。

已经是知名主播的亮子说，我见过最硬的蛋是鸵鸟蛋，从一米多高的桌子上滚下来完好无损。可是鸵鸟蛋再硬，也硬不过石头。所谓的"诗和远方"也无非是鸵鸟蛋，一旦碰上冰冷的现实，再硬的蛋都得成为一种蛋——"完蛋"。海子说得对，远方除了遥远，一无所有，都是忽悠人的把戏。

黑石站在窗前听着电话里亮子絮絮叨叨，窗外那只死去的小鸟依然倒挂在树枝上，保持着那个姿势。它看起来比昨天更瘦小了。

做直播吧哥，你弹得一手好吉他，在直播间卖力一点，挣点散碎银子糊口呗！如果成了网红，挣得还多。你知道吗？二十年前王菲在工人体育场开演唱会，十万人的现场座无虚席，那时候觉得牛得不行了。可现在，一个三流网红直播间的观众远超这个数儿。人家李佳琦的直播间，动不动几千万人同时在线。听我的，不丢人！

黑石说，我不会直播。

没吃过猪肉你还没见过猪跑吗？晚上你来我直播间，我给你打个样儿。

晚上，黑石点进了亮子的直播间。可能是时间太早的原因，直播间里也就几十个人。只见亮子穿着一件小背心，面前摆着一只烧鸡、一瓶高度白酒。他倒上一杯白酒仰脖饮尽，又撕下一只鸡腿狼吞虎咽地啃了起来，两片嘴唇上像上了釉彩一样泛起油光。这时，直播间有人问，你喝的是酒还是水？亮子抹了一把嘴上的油说，当然是酒，喝水有什么意思。网友说，肯定是水，要不这么大杯你早醉了。亮子笑着洒了一些酒在桌子上，用打火机一点，蓝色火苗便跳起了欢快的舞蹈。老铁们，行走江湖诚信为本，咱从来不骗人，低度酒是点不着的。这时候，网友纷纷给他点赞，刷礼物。亮子大声喊着，谢谢，谢谢各位爸爸，一会儿我再干一杯。不一会儿，直播间的气氛开始活跃起来，人数越来越多，大家纷纷让亮子再干一大杯白酒。亮子却故意端着架子说，老铁们稍等一会儿，小礼物先走一走，这酒可六十多度呢。

下播后，黑石给亮子打电话说，你怎么这么贱？喊人家爸爸！亮子说，小时候我爸养活我，现在网友养活我，就是喊祖宗也行。黑石说，你直播一次挣多少钱？亮子说，碰上大方的网友，一晚上挣个四五百很轻松，平常也就两三百吧。黑石说，就算四五百吧，也不能喊人家爸爸呀。亮子说，其实也就第一次难以启齿，往后喊顺了张口就来，现在不喊几声浑身就不舒服。

真贱！黑石挂了电话。

<h1 style="text-align:center">四</h1>

曾经的"莲花"乐队让月眉的烧烤摊人气爆棚，月眉也出手阔绰，每晚都甩出几张百元大钞给黑石和亮子，然后让他俩在饭桌上大快朵颐。亮子私下开玩笑地说，每一次从月眉那里接过钱，都有一种傍富婆的感觉，这就叫软饭硬吃吧。黑石也觉得，那段日子像烤串一样有滋有味，生活泛着扎啤一样黄澄澄的色泽。过了中秋，天气转凉，烧烤摊客流量骤降。月眉说，放你们三天假，三天后再来上班，这里会改造成火锅店。

三天后，黑石和亮子发现月眉的烧烤摊像违反了物理规律一样凭空消失了。严格说，不光月眉的烧烤摊，是那一整排小饭店全消失了。取而代之的是一排紧张忙碌的挖掘机，像是移植过来的外来物种一样。一个硕大的戴着红色安全帽的啤酒肚挺在成堆的瓦砾上，像一面雄赳赳的旗帜。黑石认识他，烧烤摊一个酷爱吃腰子的常客。因为鼻毛特别茂盛，他呼吸总带着尖细鸽子哨的声音。他拍着黑石的肩膀说，不久这儿将长出一排高档商铺，有一个词怎么说来着——"雨后春笋"，雨后春笋一样。怎么样？有没有兴趣入手一套？下半辈子让你躺着挣钱！黑石说，我们去哪儿唱歌啊？啤酒肚说，你傻呀，有钱人谁还亲自唱歌？想听了就雇个人给你唱，想听什么就听什么。黑石头也不回地走了。亮子问啤酒肚，啥时候能建好啊？啤酒肚说，你想买啊？亮子说，我想来做销售。

黑石给月眉打电话的时候，月眉还在睡觉，那已经是下午三点多了。黑石来到月眉在郊区的一所出租屋里，两居室，一间是卧室，另一间乱七八糟地堆着一些颜料和纸张。

原来你还是位画家？黑石有些惊讶。

想不到吧，月眉饶有兴趣地介绍，这是水粉纸，画水粉画用的；这是油画纸，画油画用的；这是素描纸……

画素描用的。黑石接着说。

你也学过画画？

听名字也知道是干吗的。黑石点了根烟说，今后有什么打算？

去艺术学院当人体模特。月眉跟黑石要了一根烟，有个教授说，我给他当模特，他会收我为徒。月眉顺手抽出一幅画说，那个教授特别欣赏我这幅画作，你看怎么样？

这是一幅乡村题材的油画，远处是低矮错落、银装素裹的村庄，近处的雪地里，一个梳着两根大辫子的姑娘正凝视着你。姑娘穿着大红棉袄，像雪地里燃起的篝火。月眉说，这就是我们村子，这女孩就是我。

黑石不懂美术，但仍然喝着她沏的齁苦的荞麦茶，耐着性子听她从欧内斯特·比勒讲到布鲁诺·布鲁尼。黑石很烦躁，他问，那个教授不会让你去做裸体模特吧？月眉说，那怎么了？你以为做裸模容易？一个姿势要保持俩小时，比工地上搬砖都累。黑石说，我不希望你去做那行。月眉说，那我能干吗呢？黑石说，我教你吉他吧，以后咱俩组乐队，我跟亮子已经分道扬镳了。

黑石把月眉揽在怀里，手把手地教她弹吉他。从最简单的乐理知识开始，到基本的和弦转换。月眉上手很快，一下午的时间，她已经能断断续续地拨弄出《小星星》。月眉笑着说，这也太简单了。黑石说，你到封闭和弦的时候，就知道有多难了，左手食指要整个按住六根弦，俗称"大横按"。月眉试了试，果然只发出了弹棉花一样闷闷的声音。她吐了吐舌头。

你知道吗？新手要想突破封闭和弦，至少得拿出半年的时间不间断地练习。

看来三百六十行，行行不容易呀。月眉叹了口气说。

答应我，不要去当什么人体模特。黑石说。

可是我已经一无所有了。月眉说。

我给你唱一首《至少还有我》吧。

你不是最烦这些靡靡之音吗？月眉笑着说。

那天下午，黑石唱了平生最多的歌曲，甚至还唱了鲍勃·迪伦和约翰·列侬的歌曲。

想象一下抛开天堂，一切就那么简单。

也没有什么地狱，头顶只有蓝天。

想象一下所有的人们，在当下真实地活着。

想象一下抛开国别，其实就那么简单。

没有杀戮牺牲的借口，没有需要皈依的神祇。

想象一下所有的人们，平静中自在地生活。

……

月眉说，我们结婚吧。

五

婚后的日子冗长而乏味，房贷像山一样压在他们肩上。月眉不止一次地要求解散乐队。月眉说就是送外卖也比饥一顿饱一顿的演出强。黑石这个不善言辞的人，只是不断地用"再等等，再等等吧"这样的托词敷衍。这个冬天，月眉没有添置新羽绒服，她依然穿着结婚那年母亲一针一线缝制的大红的棉袄。能怎么办呢？他热爱音乐，甚至到了把他的骨头抽出来做把琴，他都愿意的程度。

可就在前几天，月眉说，再这样下去，我真的要去艺术学院给人家当模特了，裸模也行。

黑石正在阳台上运指如飞，弹奏着最疯狂的《野蜂飞舞》和《魔笛》。

弹完了，他依然是那句话，再等等，再等等吧。

你除了会摆弄这些没用的破音乐，你还会干什么？月眉一下子把水杯摔在地上。

黑石有些不理解，婚前喜欢自己的理由，竟然成了婚后讨厌自己的借口。黑石正要说些什么，月眉摔门而去并扔下一句话："以后你就跟你的吉他过日子吧！"不一会儿，黑石又收到一条微信："如果三个月之内回来，就在小区拐角处的咖啡厅见面；如果三个月之后回来，就在民政局离婚登记处见面。"

月眉走后，黑石养成了撕日历的习惯，生活随着一张张日历纸斑驳落下。

小区封闭的第十天，月眉走后第十九天，黑石有些绷不住了，思念像网一样缠住他。这十天他整天窝在家里陪着女儿上网课，然后就是看电视、睡觉，他觉得连脚趾头都变粗变木了。

下午，亮子打来电话说，你要的货到了，你打开窗户，我用无人机给你送到家。黑石打开窗户，无人机像一只白色的大鸟一样飞了进来。黑石收到了他的直播设备。亮子说这是最新黑科技，直播爽到爆。

晚上，黑石调试好了设备，一本正经地弹起了吉他。他先弹了《梦中的额吉》，又弹了《天空之城》和《太阳照常升起》，直播间里门可罗雀。亮子说，人家听你弹这些还不如去音乐软件上听，你得来点不一样的。黑石关了直播，气呼呼地躺下睡觉了。

第二天一早，群主说未来三天将是最困难的三天，是黎明前的黑暗，是触底反弹的前夜。因为三天后，集贸市场将重新开放。而现在，他不得不跑到很远的超市采购，那些绿叶菜一开门就被抢个精光，仿佛它们从未上架一样。群里有人说确诊病例其实是六楼那个喜欢烫头的老太太，她去南方看过孙子，是去海鲜市场给孙子买鱼的时候被传染的。但黑石已经不关心这些事了。

杉杉依旧想吃点新鲜的蔬菜。黑石想了想说，包在爸爸身上。果然，到了晚上她吃到了一种从未吃过的蔬菜。黑石炒了一大盘，又用番茄酱拌了一小盘。每次都盛出一小碟给杉杉吃，毕竟这是她三天的口粮，而黑石只好吃馒头就辣酱了。

晚上，黑石悄悄地关上门做起了直播。他在桌子上摆了油盐酱醋花椒大蒜等调料，谁刷礼物，他可以挑一种东西现场吃掉。网友见黑石玩真的，纷纷叫好，也刷了不少礼物。这时一位叫"雪儿"的网友说，你吉他弹得不错，给我们来一曲吧。黑石说，行啊，说着拿起了吉他，弹了一首《卡农》。吃播见过不少，这么多才多艺的吃播，大家是第一次见，直播间人气越来越旺了。

一会儿杉杉敲门问黑石，你在给爷爷打电话吗？

没有啊，黑石边说边流眼泪。可能是被大蒜辣的。

那怎么听见你在屋里喊爸爸。杉杉问。

你听错了吧，快做你的作业去吧。

两周的封闭期终于结束了。群主说确诊病例已经治愈，但还是希望大家出门戴好口罩，勤洗手多通风。黑石一大早就领着杉杉散步去了，室外的空气松软香甜，迎春花已经按捺不住地露出了花苞。

自由真好！

那几天，雪儿一直陪伴他直播，给他刷礼物，帮他涨人气。一天，雪儿说她明天就不能来直播间了。

为什么？黑石怅然若失。

因为我要看"Live"。

月眉是在解封第二天回的家。那天，她像画里走下来的一样，穿着大红的棉袄，梳着两条油光水滑的大辫子，手里拎着两大包冷鲜肉、蔬菜、年糕和速冻水饺。杉杉一下子跳到月眉的身上。黑石说，这几天你去哪儿了？先给我倒杯热水，月眉说，还能去哪儿？刚回了趟老家就封村了，村主任整天拎着个高音喇叭普及防疫知识，村里路也堵了，串门走亲戚的只好待在家里。

村里刚解封我就出来了，月眉喝着热水说，你瞧，我们一家人都平平安安，不是吗？

是啊，挺好。黑石望向窗外，那只死去的鸟不见了，取而代之的是一只喜鹊，正衔着一根树枝在树杈间搭窝。它显然不是筑巢高手，那根树枝它放了三遍才算放好。

你知道吗？你弹吉他的时候很帅，但你做直播的时候很男人。

雨要滋养万物，必须先落到地上，黑石有些尴尬地笑着问，爸妈都挺好的吧？

挺好的，月眉说，窗台上那盆仙人球呢？

在女儿的肚子里，黑石说。

说，想吃什么，我给你做。月眉一下子扑到黑石怀里。

原载《时代文学》2021 年第 3 期

《小说选刊》2021 年第 7 期转载

严禁烟火

倪晨翡

一

"晚安，儿子。"

邓科熄灭了卧室里的灯，客厅的光涌了进来。小邓在昏暗里冲着我俩挥了挥手，被子提得高高的，只露出他小小的半张脸。我留意到小邓的眼神，他自觉地往床的一旁看了看，但那里除了一双摆得规规矩矩的鞋子什么都没有，一切稀松平常。

我和邓科在客厅里各自喝了一瓶啤酒，准备送他上夜班。出门前，我让他等我一会儿，我独自走进小邓的卧室。很快，我走了出来。邓科问我干吗去了，我说没事，就是忘记跟小邓道声晚安了。嗨，我以为啥事，这么神秘，邓科拍了拍我的肩膀，我们先后走了出去。

2005 年初中毕业以后，我和邓科就再没见过。毕业一年后他结了婚，新娘是隔壁班的班花。邓科做了父亲，我们还是一群稚气未脱的孩子。邓科长得不帅，家里更是穷得叮当响，我俩曾经做过一学期的同桌。毕业后我偶然问起过他，回想起来，我可能是以一种狐狸馋葡萄的语气。我问他为什么小洋会嫁给他，那时他在我眼里一文不值。其实想想，我并不喜欢小洋，我只是出于好奇，并希望与大多数人为伍，好让我自己觉得我正处在一个正确的位置。当时小洋的美好形象主要是通过班里男生口头渲染出来的，我在他们不远处，认真听着。我想在他们的梦里，小洋也许是另一种形象。这是康康告诉我的。

康康说，你见过女生的裸体吗，我见过。

穿过楼下的棋盘、方塘、圆石头、教堂和俱乐部门前的夹道，再上一个又一个小小的陡坡，一阵大风吹来，直至灯火通明的"禁区"。那天，你就是这样找到我的。

你说你不仅见过，还用手摸过。

妈妈的不算。

你不说话了。

你会和我进行各种各样稀奇古怪的比赛，我不会拒绝你。五岁那年，你要和我比赛扮猴子，你和几个同伴裹着浓浓的妆站在台上，台下坐着你的爸爸、妈妈，以及太多熟悉但却无法一一辨识的人。你唱不出来，怯了场，脸涨红得的确像是个猴屁股，你赢了，但你却哭得大雨倾盆。在后台，你正被一个女人抱着，你昂起你那颗小小的脑袋，扮了个鬼脸。女人笑得很好看，你被她丰腴的胸部包裹着，就像一只缚茧的蚕。你听见小洋跟你说，让你离那女人远一点，她毕竟还是危险的。但你觉得没有关系，你很享受这一刻，你感到莫名的安全。

二

我妈当初得知我的同桌是邓科，曾经连续找了班主任一个星期，从请求到逼问，她的目的没有达成，我和邓科的同桌生涯还是持续到了学期末。当时班主任的话是，我和邓科是阴阳调和。我妈嚷了一句，你说谁是阴。班主任笑着解释道，小胡妈妈，阴并不是你想的那个意思。

邓科结婚三个月时，日子还算如胶似漆，他坐在我对面，听完这个问题后撸了一串山羊肉，给我使了个眼神。我问她小洋的预产期快到了吧，邓科闷了一口酒，脸上满是笑意，他说干，不知不觉又给自己满上了，原来马上要做父亲的人这么能喝。我有一种感觉，孩子降生后，邓科会改掉他酗酒抽烟的习惯，他要做一个好爸爸，勤勤恳恳，脚踏实地，就像我脑袋里预想的好爸爸那样。只不过，这段婚姻只维持了一年多，小邓出生半年后，小洋去了美国进修。临走前，邓科说知道会有这样一天，小洋嫁给他是自己捡了个大便宜，可这世上，大便宜即便不是陷阱，往往也不会长久。我和她根本不是一路人，邓科在孩子的满月宴上，偷偷跟我说过这么一句，我当时并未多想，被所有的热闹和欢喜冲刷，脑袋里只剩下祝贺的客套话。

我呢，在外面自诩是摄影师，拍了很多风景人物照，存在移动硬盘里孤芳自赏，无人问津。为了谋生，我偷偷接了不少人体写真的单子。我不知道在一旁的康康有没有坚持到底，我猜他的小士兵早已经缴械投降，而我面不改色地站在她们面前，用一枚镜头偷窥般观察着她们的身体，在潜隐的网格内用尚不精通的构图技巧将她们安排妥当。我如此理性，并且礼貌，赢得了业内的赞誉。

康康说，你不是同性恋，也不是性冷淡，你只是为了赢得这场比赛。

你喜欢数学，喜欢那些可以被字符明确的答案，这使你觉得存在这样一条路，只要一直走下去就一定有一个所以然的结果。有些时候你希望被安置，以至于不会那么无所适从，同样，有些时候你又异常决绝，你要插手原本与你无关的事。所有这些，都是你。

悠扬而缥缈的女高音在楼体内向外渗透，要将德国教会的原貌，那些两三层高、灰砖红瓦的尖顶建筑从地底撅起重塑，要将冀北解放后被解放军留下的红色五角星印章盖在冷冰冰的水泥墙上。

后来男声加入，绝美的二重唱。你站在最底，仰望，觉得他们都乘着那歌声悬在旗布星峙的夜空，仿佛要去寻找一颗没有人的星星，而你也想乘着歌声飞起来。你爬上大楼前的一段漫长的阶梯，伴随着楼上人的歌声、吵嚷声、朗诵声，月亮在头顶俯瞰着你，他们七嘴八舌地高声催促着：快点儿，东倒西歪，我们要开始了。

三

回来的第一天，我爸我妈恐怕还不知道，现在的我已经又站在园子外了。

从拥有第一台智能手机到攒钱买下单反，我没少给园子拍照。我喜欢站在我家的阳台上，朝左，按下快门键，那个方向的万事万物都成为过我的底片。园子是战争年代遗留下来的，后来成了景区，但由于地理位置偏狭，人烟罕至。海拉尔河横贯了整个园子，延伸至我摄影的右边方位，那个口耳相传的"禁区"。

晚上十点多，我和邓科两个人沿着河岸往园子的大门处走，路过一片向日葵田，天黑的时候向日葵也还开着，花在这点上比人要好，只要还开着，就很难看出它的心思。我俩是从小的玩伴，所以我妈知道他，知道邓科的性子。我是园子里长大的孩子，邓科不是，他家在县里，父母都在化肥厂务工，每天下了课他都会和他同在县里的几个小男孩跑到园子里来。园子里有一个供医生和职工们健身休闲的场所，名叫"怡院"。每天五点多，除了几个打门球的老大爷，场所几乎被我们这些孩子占领。直到那天，邓科来了，他混入其中，并未引起我的注意。几天后，他带着一群——大概七八个孩子来到了这里。我才注意到这个人不知不觉中早已触摸过场所里所有的器械，熟知它们的位置和使用方法。他丝毫不见外，挥了挥手，带着那些野孩子侵占了我们的领地。怡院沦陷了，我感到了愤怒和委屈。当时我瘦得像根豆芽菜，而邓科的胳膊上已经能看出发育中的肌肉组织，我知道我打不过他，我们院里的四五个孩子也根本不是他们的对手，所以，我必须要往那儿跑。

这次你们换了新地点，邓科偷来了赵叔的钥匙。石头剪刀布或黑白配之后，他们躲进了电梯之内，倒计时开始，这次轮到了你当鬼。

只有我知道，你作弊了。康康在我耳边说道。

在电梯门关上后，你睁开了眼睛，看着电子屏上闪烁的数字"4、5、7、8"。

四层到了，你走了出去，这次你要跟我比的是，猜想每一层躲着的人会是谁。

你并没有找他们的打算，你只是在脑袋中默想今天老师布置给你的数独练习。这一层你猜是邓科，因为只有他最懒最没有耐心，他会选择四层，其中最低的那个。

四

已经不在了，五年前，园子历经了一次大换血，车库、筒子楼以及保卫室都被推成一堆碎石，赵叔也在那一年退了休。邓科摸了摸保卫室泛着冷光的门把手，看着它，发出了一声弹舌的"der"，保卫室对他来说是个美差，户口落定在园区，分了住房，小邓的上学问题也有保障。

去年九月，时值每三年一次的人员信息采集，在我妈的说动下，医院指派我给他们每个人拍一张照片用来更新档案。接到通知到拍摄，一个周里，我每天所做的事情并不是尝试着走近他们，和他们聊聊天，让他们尽量别摆出那么狰狞古怪的表情，我只是上网查阅尽可能多的关于他们的资料。这是出于我的胆怯。后来每每想起，我都觉得羞愧不已。

拍摄当天，他们的脸上仍旧是各种我所无法理解的表情，我说放松，看这里。但他们没有任何改善，手舞足蹈或者乐呵呵地冲我笑，我心里默默骂了句疯子，这是我第一次骂他们。

拍摄结束，我正要走出园子，赵叔拦住了我，他抱着我，兴奋地拍着我的后背，跟我说，想死你赵叔了，小东西。他喜欢叫我小东西，现在我这么大了，他还是没有改口。他说进来坐坐，好久没来了。我确实很久没来了，稍微大了点，跟邓科达成和解，就再没往保卫室跑过。那天下午，赵叔说了一堆有的没的，我猜他是一个人守着保卫室将近二十年，攒了一肚子话，无从倾泻。赵叔老伴死得早，这些年一直独身，所以我耐心地听着，但他的那些话我几乎都忘了，却记下了一个潦草的故事。

赵叔说邻村有个婆娘非要跟他处对象，我说挺好啊，但赵叔摇摇头，跟我说，她老头还在呢。我满脸问号，等着赵叔讲下去。赵叔呷了口茶，指了指脑袋，说这有问题。一个人凌晨三点多，大黑天，骑着破自行车，二十多里路，到了隔壁村，你猜他去干啥。我说，找婆娘？哈哈哈，是吧，正常人都会这么想，赵叔笑了笑。不是吗？我问。赵叔意味深长地看了看我，说，他把车子停在村口的路边摊，然后找了个角落坐下来，吃早餐，吃完就再骑着车回村。我很费解，为什么啊？我问。赵叔停了几秒后，说道，他觉得村子里的人都要害他。几年前他来过咱院住过一段时间，住了大半年，后来查出结肠癌，被家里人接了回去。赵叔你说这是为什么。为什么，谁知道，他可能觉得那些陌生人才是最安全的吧。

道别了赵叔，我出了院门。微微泛雨，路上人不多，我开始有意观察起那些打着伞的路人，他们行色匆匆地走，就像在逃离什么，但后面并没有洪水猛兽，只是天空正在下雨，雨越下越大，很快我的鞋就湿透了。

邓科在这里，你又赢了。康康说。

你看着他撅着屁股，眯着眼睛，趴在门上。他没有察觉你，你觉得他就像一只发情的母猫，空气里都是警惕和欢跃的气味。你没有说"抓到你了"之类的话，只是悄声走到他身旁，因为你觉得他透过门缝看到了你一直想看的东西。

你想起了几个月之前，你也是以这样的姿势伏在医院的厕所门缝，那天妈妈陪你去打针，你肚子痛想上厕所，却发现三个隔间，两个故障，另外一个显示红色，已经有人。你着急地来回打转，不得不敲了门，但却无人回应，你趴下了身子，从底下看到，没有一双脚，空空如也，但你能感受到空气里的酝酿着的气息，和在邓科身后的你感受到的一模一样。此时，门打开了，你看到了门内的景象，这使你联想到很久以前你丢失的玩具水枪，玩水枪的是个胡子铁青的男人，你发现他就站在你面前，两脚着地。那是你第一次拉了裤子，你看着男人笑呵呵地提起裤子，将水枪藏了起来，从你面前走过。你走进隔间，脱下又脏又臭的内裤，光着屁股。你注意到狭窄的隔间内并没有可供支撑的物体，你很想知道男人是怎么做到两脚离地的。

五

"大花菜还在？"

"喏，再往前走会儿就是了。"

"我知道它在哪儿。"

邓科笑了笑，随之我也听出了语气中的倔强和一丝丝不易被察觉的惶恐。

往年是暑假，恰好能碰上它短暂但绚烂无比的花期。今年不巧，入了秋。走了没多远，我便看见它正坐在冷冷清清的园子中央，颔首低眉，零星挂着几株残花的枝干好似掬着一捧坠殒的星辰。它不是在等我，也不是在等任何人。赵叔退休前曾跟我说，人生在世，飘飘荡荡，总好过一朵花、一棵树的命运。赵叔蹲踞在保卫科半辈子，也蹲出了诗人般的生命感悟，他这是不甘，我看得出来。

在我们准备沿着海拉尔河往园子深处走的时候，一束光打了过来，晃在我和邓科的身上以及脚下。打着手电筒跑来的人是医院的门卫，他喘着粗气，一句话断断续续地，说不清楚。

"你慢点。"邓科没好气地看了门卫一眼。

"跑……跑了。"

"跑了？谁跑了？"

"她……还是她。"

这是我选择在今晚回来的原因，实际上，我并不知道她会在今晚出逃。

邓科临时调动了整个院区的保卫队，我看着夜幕下的他举手投足，那身形态势，跟小时候霸占我们的场地几乎一模一样。

"你，你，你们俩去西门和东门方向检查。"

"是，邓队。"

保卫队的人分散行动了，又只剩下我和邓科两人。

"跑出来的是谁？"我问道。

"咳，一个疯婆子，每个月都能叫她溜出来一次，也不知道她哪来的本事。"

"疯婆子？"

"昂，你见过，那个水萝卜。"

你听说走钢索的人专吃猫肉，这样即便掉下来也不会摔断骨头。所以那天下午当你看到一个男人从三楼窗口跳下来，结果只是轻微擦伤时，你觉得他一定也吃过猫肉。你好奇猫肉真的是酸的吗，你没有去问那个男人，而是踩住了一只野猫的尾巴。

它是只母猫，断了后腿，它用两只前爪拼命抓地，发出耸人听闻的嚎叫，它在向你求饶。你踩着它，看着我，你在跟我比赛，比谁会先心软，你还是赢了。

你总是赢，每一次的博弈，我总是先败下阵来。我不是故意输给你的，但我输得心甘情愿。

我以获胜者的傲然姿态揣测出康康没说出口的话。

六

"你看，那个人。"邓科小声说道。

"我看不见，你让让。"

"哦，好，我忘了。"

邓科给我让开了最佳观景位置，我撅着屁股，趴在门缝，看见了门内的景象。

是她，几年前在后台抱着我的女人。

"她是精神病吗？"我问。

"肯定是，正常人谁穿成那样，像根水萝卜一样。"

她瘦了，全身上下只有一件黑色吊带，和一条微微泛黄的白色三角内裤，她的身体轮廓清晰可见。我看到她的胸部瘪了下去，腹部突出，臀部下坠，看起来的确像根水萝卜。

邓科挤了挤，我退到一边。然后，我看见邓科摸了摸他的裤裆，我在我妈揉面时见过类似的动作。

"你看她在干吗？"邓科说。

我伏在他身下，佝偻着身子，透过门缝看见了那个女人从内裤里掏出了一个扁平的东西，多少年，我始终猜不到那个东西到底是什么。

邓科看起来并没有心急寻找水萝卜，他从裤兜里掏出了烟盒，预备抽今天晚上的第三根。

"怎么？不去找她？"

"不急，"邓科点上了烟，烟头明灭了一次，"她不是要逃出去。"

月光透了出来，整个园子开始呼吸。邓科看我没再说话，吐出了一个完整的烟圈，跟我略有些添油加醋地讲起了水萝卜的故事。水萝卜原名叫王月，第一次来院里那年我只有两岁。那年，她是自己一个人来的，但当天就回去了，医院说她问题不大，给开了几副药，回家按时吃药就没问题。邓科说水萝卜的病是妄想症，释义性妄想，水萝卜来院里的那天上午就犯了病。她看见会诊大楼斜坡上干结的红色血迹，指着说是自己的血，非要医生用针管给她输进去。那些血迹是前天晚上一个犯了躁狂症的病人留下的，情况紧急还未来得及清洗。何况，是没有办法凭空造出一个人的血再给她输进体内的，这在生物学上都是个难题。过了一个月，水萝卜正式住了进来。这次是她的叔叔送她来的，水萝卜的叔叔说，王月又犯病了，药也压不下去，没用了，家里的井都让她给造了。水萝卜产生了耐药性，不得不入了院，接受新药、艺术以及劳动疗法。半年后，家里给水萝卜介绍了个对象，张罗着结婚，冲冲喜，也许水萝卜病就彻底好了。但实际上是老辈着急，水萝卜当年已经二十五岁，按当地的习俗，女人过了二十二岁再嫁就会搅扰风水。医生说水萝卜病情尚不稳定，况且，她的精神疾病是有很大概率遗传的，能不能生育还是个问题。但家里人不肯，院外一切都办好了，只等着水萝卜迈出大门。

后来，婚结成了，新郎是个鳏夫，住在邻村，家里有房有地，就缺个热炕头的女人。婚后两个多月，离了，水萝卜肚里的孩子怀了一个月。新郎找上了水萝卜的娘家，朝着大门泼了好几桶红油漆，骂他们丧尽天良。听水萝卜说，那天她是去镇上买正月十五要放的烟花才忘了吃药，导致晚上发了病。离婚前新郎说孩子不能留，水萝卜不愿流掉，瞒着父母借住在了同学家，住了将近两个月，同学说不能再留她了，这件事迟早要有一个了结。水萝卜离开了同学家，她的肚子已经看出雏形了，回村路上，她看见河上运转着的水车，突然就跳了下去。事后被问起，水萝卜说水车的水斗里坐着一个小男孩，她猜他不会游泳，于是跳下去救他，但却忘记自己也不会游泳。路过的村民救起了她，淹了水的水萝卜将胸腔内的积水吐了出来，看了一眼水车，小男孩消失了，她觉得他也被救了。水萝卜的孩子就这样没了。

没了也好，没了也好。邓科兀自念叨着。

后来的事情，你今晚也看到了，药物的效用对于水萝卜已经很有限了，她间歇性地发作，趁着监管松懈时溜出来，但她只是沿着海拉尔河游荡，不定停在哪里，她从不打算逃出去，所以，每月特定的几天，我就会睁一只眼闭一只眼，纵容她。

邓科讲完了，我问这些故事是从哪儿听来的，他笑了笑，说是接班那天，赵叔讲给他的，让他留点心。我讶异于邓科讲故事的能力，我问他为什么对王月的事这么了解，邓科苦笑了一下，说了三个字，不得已。

起风了，沿岸的洋槐抖擞着淡黄色的花瓣，洋洋洒洒飘在海拉尔河之上。我想起来小时候在台上怯了场，台下坐的精神病人们从各自兜里掏出同样的花瓣，抛撒在我的身上。我像是沐浴在一道圣光之下，心想，这是比赛获胜的奖励。

康康说，正因为你始终是获胜者，所以我才始终存在。

你看着图画书里的海底世界，认为那是三维的森林，你羡慕成群结队的游鱼，羡慕吞云吐雾的乌贼，羡慕一片断了半截仍漂流在海里的水藻，你羡慕它们能飞起来，你始终在寻找飞翔的感觉。你指着一只正在换气的鲸鱼，说你有一天会梦到它，你会躲进它巨大的嘴里，像是一艘潜水艇，带你飞起来。

你飞起来的那天我也在场，你看着我，笑着将一个女人压在身下。你们也在比赛，也在角逐，很快女人占了优势，她钳在你的身上，扭动着，不断大叫给自己鼓舞士气。不过后来获胜的还是你，女人瘫倒在一旁，奄奄一息。你的身上都是晶莹透亮的汗液，你笑得很开心，我想你一定飞起来了，你的双脚离了地，你终于知道了厕所里那个男人的奥秘。但没多久，你的笑容就消失了，你变得苦恼、烦闷，你发现飞翔的感觉原来只有短暂的三秒。

七

"我一直有个问题，捉迷藏的那天晚上她从……内裤里拿出来的是什么东西？"

"管她呢，反正不会是你那玩意儿。"邓科往我的腰下瞅了一眼。

看了一眼手机，已过零点，我和邓科沿着海拉尔河岸一路找寻。邓科走在前面，距我半人远，他看起来漫无目的，而我却内心焦急。随后，我察觉到他的脚步一点点加快，坚定而仓促，就像是知道水萝卜在哪儿藏着一样。

"在那儿呢。"

邓科停在一片阴影下。我们在暗处，她在明处。果然，她根本就没想藏起来，她蹲在河岸，背对着我们，穿的是一件黄色的打底衫，黑色的裤子。

"我倒要看看她在搞什么鬼。"

邓科蛰伏在一棵柳树后面，像是个伺机而动的猎手。我弯着腰，在邓科身后，观察着水萝卜的一举一动。她将手臂伸进河水里，像是在用肌肤感受水温。难道她要跳下去吗，我的身体往前迈了一步，随时做好了冲出去救她的准备。海拉尔河经过园子的这段虽说不深，但也足够淹死一个不识水性的女人。但没有，水萝卜将手臂缩了回来，随之，她从上衣口袋里掏出了一个东西，即便夜色昏暗，视线模糊，我也无比确定，我认得那个东西。

突然有这样一种感觉，我觉得水萝卜根本不是一个精神病人，她看起来那么像一个正常人，如果不是依仗着先入为主的判断，我可能只会想，这是一个满腹愁绪、深夜入园的寂寞女人。

"嘿，你，别动！"

喊叫的人是刚才的门卫，他正挥着手冲着水萝卜跑来。

"操，这个二货。"邓科骂了一句，对着树干猛踢了一脚。

我和邓科走上前的时候，门卫已经将水萝卜的双手扣住。水萝卜呜呜咽咽地想说话，但却什么都没说出来，她只是怔怔地看着掉落在草地上的东西。出于好奇心，我先于邓科一步，走上前捡起了它。

十几年之后，一个月明星稀的夜晚，我终于看清了那个扁平的东西。

水萝卜光着脚，盯着我手里的东西，平静，安宁。它是一艘纸船，不过是一艘纸船，还是用医院的体检宣传单叠成的。这一时刻，我近距离地看见了她的眼睛，两年前给病人们拍照时我曾注意过，它们看起来温沉，却又飘忽；坚决，却又脆弱。她的样子变了，拍照时快速的过场我并没有察觉出，那是她。

现在她站在我面前，我恍惚以为，是康康通过他的眼睛循着这十几年，将留在我记忆里的四个形象串联起来，就像小学时的连线题，老虎不能长出狐狸的尾巴，不想被扣分，只能本能地连接起正确的选项。但我不服，老虎为什么不能长出狐狸的尾巴，在我的梦里，它这样活过。

"走吧。"邓科挥了挥手。

水萝卜站在原地一动不动，眼神聚焦在我手上平躺着的纸船。

"怎么，不走？"门卫拽了拽她的胳膊。

"别。"我抬起了另一只手，跟门卫说道。

我将扁平的纸船撑了起来，船的内侧露出了检查的费用说明以及日期——2000 年 5 月 23 日，距今已过去十三年。裸体，纸船，频繁地出逃。我依据现实生活的逻辑，在脑中迅速构想出了水萝卜的过去种种，我企图通过一己之愿补足邓科故事中的空白。但很快，我意识到了我的问题。

走近河岸，我将手里的纸船小心放进了汩汩流动的河水中，漂浮的洋槐花瓣包住了船体，小船摇摇晃晃，漂远了。起身时，我再次遇上了水萝卜的眼睛，还是同样的夜晚，我只觉得它黯淡了。

"这傻娘们，早该给她整个笼子关起来。"

临走前，其中一个门卫满含恶意地骂了这么一句，毫不费力地溜进了我的耳朵。

你很想问她问题，关于纸船在她大脑里的释义性妄想，关于那个小男孩的事，关于我。但你什么都没有问，你只是看着水萝卜被两个门卫带走，你不确定她认不认得你，而你也几乎认不得她。那一刻，你有一种想要走到她身边的冲动，可惜现在的你已经不能被她抱在怀里，你也许只是想轻轻环抱她一下，一下就好，告诉她你就是当年在台上哭花了脸的小猴子。

你怕她听到猴子又想到了什么，你不愿勾起她的伤心事。

在那一瞬间，你似乎跟她达成了默契。你认出了她，而她也好像认出了你，但你们什么都没有提，你们彼此心照不宣，一起丢掉了熟识之人的危险，保留着陌生人间的安全。

八

"对了，临走前你跟我儿子说了什么？"邓科问道。

"什么也没说。"

"那你进去干啥了？"

我犹豫了片刻，摇了摇头："还是不说了。"

"咋了？"

"我怕说出来你把我也给抓进去。"

"不说，我现在就把你给逮进去。"

邓科起势要来抓我，幼稚鬼，我暗想。

"好，我说，我把他床边的鞋子踢乱了。"

这句话像是一个被剔干净果肉的核，飞快地吐了出来。我迈开大步，逆着河流的方向走去。

"啊？就这？"

半晌后，邓科在我身后发出了这句简短的迷惑。

我想他一定觉得，小邓无比正常，因为那是他的儿子，跟他所理解的完全一样。我没有告诉邓科为什么我会这么做。

小时候我纠结于两只鞋之间的毫米之差，将它们按将士征战的阵仗，摆得严丝合缝，认定只有这样，那些地府的鬼怪才不会钻入房间，我像这样做，睡得安稳。直到有一天，起床后我发现两只拖鞋分散开来，一只在床底下，另一只在花盆旁，我担心是不是鬼怪冲破了封印。晚上我依然将拖鞋摆放好后才入睡，但我留了个心思，只是假装睡去。我发现了，那不是什么鬼怪，而是我妈。她偷偷进到我的卧室，我没有出声，屏气，眯着眼用余光看着这一切。等到我妈走出去，我想起身将拖鞋重新摆好，却无论如何都找不到它们了，我慌了。

康康在那个夜晚第一次出现了。

他站在我的床前，穿着跟我一模一样的睡衣，要跟我比赛。我看着他就像在照镜子，很快我对他产生了一种特别的情感。我怕他，我对他一无所知，即便他长得那么像我；我又非常需要他，丢失了拖鞋的封印，他成了这个房间里唯一可以令我产生安全感的，事物。那时候我还不认为他是一个人，我觉得他只是我的幻觉，是大脑本能性地生成的影像，在帮助我克服恐惧。

后来的日子里，在我需要的时候，康康都始终在场。我从来都未曾跟人提起过康康，康康以一种特别的方式陪伴我至今，他一直在保护我，用他略带挑衅性的温柔目光注视着我，见证了我坠落、飞翔最终直立行走的生命时刻。我逐渐热衷于这种博弈的方式，康康的眼睛会在落败后表现出垂丧的目光，我赢了，我打败了他，可他究竟是谁。他并不是虚幻之物，也不是我，而是一个客观存在的朋友，一个敌对的朋友，一个能看透我所有不可一世的傲气、讳莫如深的邪恶和天马行空的幻想的存在。

一直以来，我对康康的事绝口不提，他只活在我的世界之中。我想，这也许是对康康最好的保护。

九

跟邓科道了别，说明日再见，我走出了园子。

突发奇想，我想去病房楼的后面去看看，从前那里是个坡地，杂草丛生，但却被密布的铁丝网隔在了外面。小的时候我和邓科几个人会偷偷跑去那儿，站在坡地上，轮流用望远镜朝着楼内望，望远镜内的世界被放大，清晰可见，但却无法触碰。我们连着几天都没有发现新奇之事，最后失望地离开了，很少再去。

现在我想，当时的我是想看到什么呢，关于里面的一切，我也许早已经借助康康的眼睛悉数了解，但我要比康康知道得更多一些。

我一步步往那里走，越走越荒凉，灯光越昏暗，最后几乎是黑色，只有惨淡的星光施舍给大地。我亮起手机的闪光灯，发现靠近病房楼的坡地已被夷平。走近铁丝网，小时候听大人说会有高压电，始终不敢碰，但后来我知道，那都是唬人的。我用两根指头捻着一根，锈蚀的铁皮脱落了，冰冰凉凉，有些扎手，感觉无比真实。就在不远，我看见了一块标示，像附着在铁丝网上的一块巨大的口香糖。走近一看，上面醒目的几个大字——严禁烟火。

我很纳闷，这里不是锅炉房，不是药品库，坡地和杂草都不见踪影，为什么会有这块标示。

四个字很新，跟周遭一切迥然相异。闪光灯明灭一次，它掉入了我的相册。

我突然很想知道，十几年前的正月十五之夜，水萝卜买的烟花最后绽没绽放，这件事，康康想必也不知道。倘若这个夜晚康康出现在这儿，我要跟他比赛。他也许不知道我有求于他，所以他会继续像从前一样等着落败。

但这次，我输了。

我想象康康挺着湿漉漉的身子，离开水车，走在岸上，身后是正在被抢救的水萝卜。他小小的一个身影，要去到那个鳏夫的家里，看看被撕成碎片的体检咨询单，看看房子的角落里一堆受潮的化学物质。

不到十分钟，对面熄了灯，康康没有出现，我决定回家。夜凉如水，地上小小的影子，穿过棋盘、方塘、圆石头、教堂和俱乐部门前的夹道，再上一个又一个小小的陡坡，一阵大风吹来，灯火通明。

原载《天涯》2021 年第 3 期

纸棉袄

东　紫

　　余婶回老家的时候，正是英东北路 7 号院的人赶着上班上学的点，人们看见身材矮瘦的余师傅，把两个拴在一起的大尼龙袋子，一前一后搭到余婶肩上，顺手往下拽拽。余婶还不放心，叮嘱说：弄结实点。

　　余师傅说：太鼓囊了，路上转身的时候，小心点，别碰着人呀车的。

　　余婶说：都是衣裳，碰着也不疼。余师傅扯着嘴角说：那要是车碰着你呢，刮一下子，就不轻快。余婶看他一副疼的模样，也皱了眉，扯了嘴角问：你腿还疼？余婶说着，抬头看了看天。

　　余师傅去年在卖废品的路上，被车撞断了小腿，大半年一直腿疼，尤其是变天的时候。刚被撞的时候，余师傅唉声叹气，后来知道保险公司能赔他两万五千块钱时，默算了半天，发现能顶他干将近三年的，反倒觉得有些赚了。他把那笔钱带回老家，单独存了定期，想等孙女上大学的时候，再提出来。他觉得只有那样，那笔钱才花得值。

　　余师傅给余婶肩膀上绳子底下塞进块破布说：立秋后好一些了。

　　余婶到家后，余师傅在扫地整理垃圾时，嘴角总带着笑，那两个尼龙袋子的旧衣裳让他的两个小孙女高兴得又蹦又跳又打又闹。那两个丫头，嘴甜着唻，高了兴，能蹦起来挂你脖子上，在腮帮子上吧嗒吧嗒地亲。那些成人的衣裳，也够儿和儿媳穿一阵。余师傅收回嘴角的时候，又想到等老伴回来时背回来的煎饼。虽然来省城二十一年了，最喜欢吃的还是煎饼。抹上酱，卷上葱，再不新鲜的饭菜也能咽得顺溜。

家委会田会长站在传达室的门口，朝正整理垃圾桶的余师傅喊：有电话。

余师傅在衣服上蹭着手，走到传达室门外的桌子旁抓了抹布再擦下手，方从开着的窗户里抓起话筒。

喂——你赶紧回家来，余伟住院了！

咋住院了？昨天打电话不好好的么？！什么病？

什么脑干出血。

余师傅腿一软，人像被泡进了浑水里。呆呆地抓着嘀嘀响的电话。脑干是个啥，他不知道。脑干出血这个病，危不危险他也不知道。他只知道她的声变了。那个三岁丧父十岁丧母，十七岁跟他结婚的女人，天塌了都不怕的女人，声变了。

余婶的话，田会长听得清楚，她在手机里搜脑干出血。极凶险的病。出血20毫升就能死亡，即使抢救回来也是植物人。她琢磨着20毫升的量，一小口，那么点儿。抬头看余师傅蜡黄着脸发呆，她装着没听见，问：咋了？

儿子脑干出血，让我回家去。余师傅放了话筒，捏下裤鼻上挂着的钥匙说：这突然的，上哪里找人帮忙啊。

田会长说：你赶紧回去，先把钥匙给我。

余师傅忙不迭地说着谢谢，抬腿就往外跑。田会长从窗户里伸手拿了他的塑料水杯，喊他：四五个小时的路，你不带上杯水。余师傅回头拿杯子，才想起来拿路费。哦，还有去年赔偿他腿的钱。儿子肯定要花很多钱。他又进了屋，在床板下摸到用胶带纸粘住的信封，撕下来。里面是那个定期存折。

英东北路 7 号院的传达室锁门了。没了余师傅老夫妻俩的身影和笑容，整个院子都空荡了。

从这个院子建成，余师傅就在这里。他老家的亲戚跟这个局里当年的办公室主任熟悉，知道他们想找个看大门打扫卫生的，就荐了他来。钱虽不多，余师傅却干得认真、起劲。三栋楼的院子，一百零八户人家，虽不大，但一个人干还是很忙碌。看大门，收发报刊，打扫院子，浇花拔草，清理垃圾，后来又兴了快递，每天进进出出不止百件，只得把余婶也叫了来。好在，门卫南边还有一间几平米的小屋，可以做饭。局里人活得讲究，衣服旧了不时髦了，粮食陈了，食物药品过期了，或蔬菜不新鲜，都扔。余师傅都捡着。吃还花点钱，穿就一分也花不着。捡的纸壳酒瓶子啥的，也能卖些钱。

一直到去年，新选的家委会想引进正规的物业管理，辞退了余师傅。但那三班倒，每班两个人，每人月工资两千五百元的物业，只试行了一个星期。谁家也不愿多花钱。当家委会再叫回余师傅的时候，也把余婶聘用了。两个人干六个人的活，另外加了打扫楼梯。工资由原来的七百五十元，涨到两千。余师傅和余婶欢喜异常。

三天，垃圾桶就满得四处漾。讲究的人，路过时要捏鼻子。传达室门口的桌子上也堆满了各种信件报刊和快递。人们相互打听，都知道了余师傅儿子脑干出血的事。

三号楼的老魏从去年得知门卫涨了工资，就心下乱活动。他的亲戚常有找他安排活的。尤其中美贸易战以来，经济不景气，原本在城里有活干的，都回了老家。正巧，前些天去局里开会，副局长跟他打听老余两口子，说被老两口找烦了：多少年的旧账，前几任的事了，咋给他解决？在什么条目里列支？谁来签字担责？让人头疼。老魏听了，心下窃喜，想等机会来个一石两鸟。应该是三鸟。一来给领导解决了难题，领导必定对他另眼相看；再就是能把两个亲戚安排进来；三嘛，也能监视某些人。尽管住在这院子里的某些人已越来越少。

提起某些人，老魏就有点别人吃瓜子他吃皮的不爽。如果不是某些人，他老魏也是某些人，早就是啦。

想当年，老魏大学毕业后，留在省城，在同学和家乡父老的眼里荣光了很长一段时间。同学的羡慕和父老乡亲的赞美，尤其是父母脸上那笑容，组合成他脚底板看不见的风火轮。无论是清扫厕所还是干本职工作，他都抢在前头。一时间，他成了所里人见人爱花见花开的好青年。

就在老魏，不，那时的他还是小魏，就在小魏渴望更大的进步和成功时，他看见了拿着厚厚一叠材料哭丧着脸的人。同办公室的人，一个端了水杯去水房，一个捂着肚子去了厕所。只留他，面对那个人和那叠材料。他认真地翻看，翔实、完整、控诉有理。尤其是上面满满的好几张纸的红手指印子，每一个都让他心生豪情——他要把这个案子办了，办漂亮！他要让全所，不，全局的人，看到他的能力。让那些使劲向下按的红指头，提起他来就竖大拇指。怕同事们参与进来争功，他赶忙收下材料，紧紧地握了握"哭丧脸"的手，让他放心等消息。

小魏开始了单兵深入的调查，材料记录了半尺厚，一切都明了显白，让那张哭丧脸笑起来的愿望即将实现！让那些红指印为他竖起拇指即将实现！他捧着自己两个月的辛苦成果，微颤着双手，来到所长面前。出乎他预料的是，所长没有欣喜，没有夸赞，只是把脸上的零部件动了又动。良久，所长叹口气，哑下嘴说：你直接给局长吧。

好！小魏心里暗叫一声。直接让局长看见自己的能力和努力，真是千载难逢的好机会。他把材料装在书包里，斜挎着，为了让自行车跑得更迅速，他的屁股屡屡从车座上抬起，把全身力量都压到脚底的车镫子上。寒风，吹起他的头发，他感觉自己就是快马驰骋疆场的勇士。即将拔得头筹。一个小时后，他赶到局里。尽管蹬了二十多公里起起伏伏的路，他脚底的风火轮还能让他身轻如燕，嗖嗖嗖地就奔上三楼。

突然，他闻见棉袄里窜出的热气，酸臭味的。他赶紧止了脚步，到走廊的窗户前吹风。两个多月了，他为了节省时间没进过一次浴池，只是每周在宿舍里烧一壶热水，洗个头。他站在离局长室九米远的窗前，愉悦地想到该去泡个热水澡了。请个搓澡工从头到脚来一遍。有点奢侈。但做了这么大的努力，不该奖赏一下自己吗？或许，他还应该请"哭丧脸"去泡个热水澡，他身上的味儿比他还重得多。

请他？！

如果得了局长的表扬甚至提拔，那就该请。毕竟，是人家提供的机会。他这么畅想着。等脸上的汗吹干，后背上一片湿冷时，他扯起秋衣领，使劲低头闻了闻，酸臭味隐身了，他系好脖颈下的棉袄扣子，敲响局长的门。

出乎他所有的想象，局长只斜睨了他一眼，连他叫什么名哪个所的为啥事来都没问，只用下巴颏指了指沙发前的茶几，说了三个字：放那吧。

一放，再无下文。开始小魏还多方打听。被他询问的人，不管是微笑摇头还是面无表情，都回答说不清楚。小魏大着胆子想亲自去问问局长，还没进大门，就被门卫拦下，说局长不在。偶尔的，全局大会，他也被留在所里值班。

小魏的澡一直没洗。他没心思洗。"哭丧脸"一次次去所里找他要回复，他开始还给他鼓劲，让他耐心等。后来，他只得躲。但他最终在下班回宿舍的路上，被捉住。"哭丧脸"把他拉进酒馆，又拉进澡堂。他趴在搓澡的小床上，任由汗水和泪水同泥灰柱柱，一起掉落。

从此，小魏，也像那叠材料一样，被放在了所里。一个又一个所，一个比一个偏远的所，一放，就是小三十年。同事换了一茬又一茬。所长换了一茬又一茬。局长换了一茬又一茬。只有他父母脸上的期待没换。每次回家，父母都用期盼的话语和眼神问他的进步。逐渐的，话语删去，只用眼神。他不接他们的目光，只是一样样掏各种补品出来。父母，尤其是父亲，也不接他这种逃避。父亲不屑地说：乱花钱，吃了顶啥用？！还不是变成屎拉出来！又不能贴脸上！

　　小魏逐渐变成老魏。意气风发的胸膛也逐渐被臃肿的脂肪和郁闷淤堵起来。

　　直到五年前，原来的局长被别的案件牵扯进了局子里，才有人告诉老魏当年他单兵深入调查的案子，背后真正的主角是局长的老婆。

　　当年，除了你，所有人都知道。说话的人，哈哈一笑。像笑一件很可笑的事。

　　老魏怔在那里，五十多岁的脑袋里一阵电闪雷鸣。所有人都知道！三十年！老魏顿觉周身如浸冰窖。

　　害了几天冷的老魏，胸膛里越来越热，热成了炸药包。他咬着牙，紧闭着嘴，目不斜视地穿行在局大楼里。他要找到书记再张口，他很清楚"所有人"的目光都是点炸他的火焰。但他不能乱炸。炸了，他就成为更大的笑话。他只能炸在书记那里，为自己伸冤性地炸。

　　他跷着腿坐在沙发上等待被接见的时候，突然意识到前三十年是因为不了解内幕造成的，不能再来个后三十年。谁知道眼前的人，会不会拐几个弯就拐到了旧人那里。他冷静下来，委屈起来，把腿放下，摩挲自己的膝盖。

　　书记出现的时候，他一阵鼻塞眼涨。他哭了。很久。也止不住。

　　他被提拔为所长。

　　所有人都认为是安抚。他自己认为是补偿。

可是，补得过来吗？！他回家给父母上坟，想把这个喜讯告诉他们，却发现更大的委屈梗阻着喉咙，他默默地坐在坟前，看着生死轮回的野草黄绿相间，把手边的黄土块捏碎，成粉，一遍又一遍。

好在，这三十年里，他也有他的膏药。他早就意识到他的工作本身和局的大名都能让他在局外人面前挺着腰杆。就像旧时代穷人无法更换的假棉袄，里面装着芦絮，就格外在意外皮的完整。有时，跟不相干的人坐一起，啥都说不上时，他会问人家住在哪里，然后说离自己住处不远或比较远。当别人听到他的住所名字时，看他的眼神都会有些微妙的变化。人家眼角的这点点改变，像小手指甲尖挑起的一点点清凉油，抹在他的淤堵上。

不承想，好好的，国家竟然就允许单位宿舍自由买卖了。这一改革不要紧，先是官大的都卖了房住到别处，紧接着中层们也卖的卖，走的走。老魏心里琢磨，他们是怕迎来送往被本局的职工知道。毕竟现在对当官的管得紧了，如若被举报了，乌纱帽不掉也得破个洞。但是，搬出这个小区，别人就不知道了？除非搬出国，搬出地球去！

老魏的房子是三号楼最顶层且把头，冬不暖夏不凉，但有个好处，就是可以当瞭望哨。每到逢年过节，他最按捺不住的就是站窗帘后。但他只能看见对面二号楼的情况，三号楼的他要抻着脖子斜着眼，使劲地看。一号楼就完全白搭了，只能看见人或车往那去，详细的，要靠想象。尤其是他当了所长后，根据自己受到的尊崇情况，类推出去，也就更有了想象甚至弄清的欲望。

没想到，机会还真就来了。如若，门卫是自己的亲戚，那一切都将了如指掌。

老魏在窗子前侧扭着脖子留意田会长的动静，看见她牵着外甥女走来，就装着下楼扔垃圾。这个田会长，也是允许单位宿舍买卖的受益者，要不，她能住进局里的宿舍来？听说只是个买断工龄的内部退休工人。她肯定是发现了局宿舍的好处，没两三年，就张罗五六户亲戚都来买了房。听说，街道要求成立家委会的时候，局里人都怕操心，她竟然毛遂自荐。唉，英东北路7号，再也不是当年的英东北路7号了。

老魏叼着烟卷，沓沓地走下楼，目不斜视地从田会长身边走过，将手里的垃圾袋子隔着七八米扔进垃圾桶，转过身，用突然想起的口吻跟田会长说：唉，听说余师傅儿子出事了，从遗传学上来说，他老婆和他儿同质同材，她那么胖，血压肯定也低不了，她要是和她儿一样，哪天也来个脑干出血啥的，那责任可是咱全小区。如果你们家委会不换他们，真出了事，谁来打这官司？我家可一分也不负担！告诉你，局里的这些人，哪个都不是好糊弄的！

田会长说：每个月90元的卫生清理费，你家也一直没交过。

老魏说：没交的又不止我一家，我住局里的房，你找局里要去。

田会长说：局里五年前就没这块费用了，都是个人交。老余夫妻俩的工资、路灯、花草的维护、清扫工具，什么都指着这点钱……

老魏打断她的话，瞪眼问：局里的钱，都弄哪去了？！

田会长冷笑一声说：你这局里的人都不清楚，我这局外的人咋知道。说完，牵了小外甥女的手就走。

不知道是不是老魏串通的，二号楼一单元的老张媳妇和三单元的老赵媳妇也去找田会长，说：余师傅儿子肯定好不了，老年丧子哪能受得了，要是也跟着倒下，咱们全体可是要负责任的呢。老张媳妇说的时候，伸出手指把三栋楼指点了一遍。老赵媳妇跟着频频点头。

田会长不忍心趁人之危，但也觉得还是要先给老余夫妇打个预防针，别哪天真辞退时，怪罪到她个人头上。

重症监护室门口不准留人，家属们只能在走廊的两端或楼梯上，贴边站着，远远地盯着监护室的门口。即使这样，也时不时地有护士来撵。余婶从眼见儿子倒下后，她全身的筋骨仿佛就被砍断了，起坐都需要人搀扶。余师傅还能拖拉着腿走路，每隔三五分钟，他就去监护室门口，趴门缝和窗户上瞅。什么也看不见。可他觉得往门窗上那么一靠，离儿子就近一下，心里就好像能冒出双手来，托举托举儿子。

等他回来，余婶就拿眼问他：儿子怎样了？

他摇下头叹口气：严严实实的，看不见。余婶就想自己去看。这个家里的事，别人不能的，一直都是她能。

余师傅并不接余婶伸出的手。他说：等能看见的时候，你再去。余婶的那个位置可不是轻易能得到的，走廊最尽头的角落，面对着厕所，挨着垃圾桶，当走廊里所有的人都被撵的时候，也能缩在那里，屁股底下还能垫块纸板坐着。一离开，就被人占了。没了这个位置，万一俩人都被撵到楼外面，那儿子可就太孤单了。

余师傅的手机响了。余师傅自己没听见，是别人告诉他的。他慌慌地在裤兜里摸手机。手机壳上的胶带纸已经不黏了，翘起来，在余师傅的呼吸里哆嗦。余师傅一下没听出是田会长的声音。只听对方问：你儿子怎么样了？

他刚想说儿子的情况，对方又问他：什么时候能回来？

余师傅茫然地问：回哪里？

对方说：如果你们一时半刻回不来，我们就考虑临时雇人，院里垃圾都堆得妨碍走路过车了，住户们有意见。余师傅这才恍然大悟，愧疚着连连道歉。

他不知道如何回答这个问题，眼巴巴地看着余婶说：院里垃圾满了。

余婶伸手接了电话，鼻子骤然酸了，像是久困孤岛的人听见亲友的呼唤，憋了三天的泪从她布满血丝的眼睛里浑浊地涌出。

田会长听她的动静，就知她儿子情况不妙。田会长说：这时候，本不该……唉，我也是为公……有些话不得不说，有住户反映，怕你孩子生病这事影响到你和老余的健康。你们也多理解，人嘛，都怕担责任……毕竟，现在局里不管了，雇主属于住户了……本来他们就担心你身体胖，血压高……他们建议换人……你放心，只要你和老余身体好好的……

田会长磕磕绊绊地把想说的话说完，就挂了电话，长舒一口气。总算给他们打了预防针。也总算既问候了他们，又没让他们把儿子的情况说出来。

余婶反复琢磨田会长的话，眼里的泪就止了。把手机递给余师傅，一手抓窗台一手抓垃圾桶，想把自己拉起来。余师傅迈过另一人的腿，抓住她的胳膊，把她拽起来。余婶说：以后儿家得靠咱俩了，说啥也不能把英东北路的活丢了，你现在就赶回去。

余师傅说：儿这样，我咋回得去？！

余婶说：回！不回，那事也就更没指望了。余婶顿了顿，迟迟疑疑地说：儿一病，那事，就更要紧了。

余师傅知道余婶说的那事。去年被辞退再返聘时，才听人说他每个月七百五十块的工资，远远低于有关部门规定的城市最低工资。人家规定一千五呢，还有休班。更惊讶的是，人家还规定必须给交养老金啥的呢。他统统没有，余婶更没有。两人，从去年就幻想：如果局里能把工资给补得向"最低工资"看齐，能给补交上养老保险……

他们去局里十多趟，屡屡被各种理由和借口打发出来。但只要局还在，他们俩还干着原来的活，就应该还有希望。

一号楼去年新搬来的小李，是个律师，曾跟他俩说，这种情况，可以起诉，他可以帮忙。当时，他俩就吓得一齐摆手。告人家局里，咋行？！得罪了人家，人家还给咱解决问题？再说了，人家可能也不是故意的。

余婶想了想，让旁边的小伙子帮忙把刚接的电话调出来，拨回去。

她抓着窗台，看着外面的天，等待着。从儿子在她面前昏倒，她就常这样看天。在心里祈祷老天睁眼，照看照看她的儿。

手机里传来田会长警惕而短促的喂，余婶声音干干地说：田会长，老余明天就回去打扫卫生。您放心，我血压一点没问题！

余婶话音刚落，监护室的门就开了，所有的人一起扭头看着出来的护士。护士喊：余伟的家属。余婶惊得手脚瘫软，手机啪地掉地上。余师傅奔向护士，连连说：我是我是。

病人情况有好转，进来看看吧，注意安静。护士给了余师傅一个一次性口罩。余师傅回头看余婶。余婶一听儿子有了好转，全身像通上了电，活起来。她接过别人帮忙捡起的手机。田会长还在电话里喂喂。余婶重新放到耳边，响亮亮地说：我儿好转了！我儿好转了！

她跑过去，余师傅把口罩递给她。护士看看余婶，对余师傅说：只能一个人进，还是你进。说着又递给他一双鞋套。

余婶扒着门说：也让我看看吧，就看一眼，我是他娘啊。

护士说：有规定，只能一个人进。

护士开始关门。余婶在门即将关上的时候，朝里喊：余伟，娘一直在门口守着你呢！护士皱眉说：不能喧哗。

门关上了。余婶抓着门把手，侧耳听着监护室的动静。或许，儿子能回应她一声呢。监护室里静悄悄的，偶尔听见嘀嘀的响声。有时，好不容易听见有人低声说话，却听不见说啥。

终于，余师傅木呆呆地出来了。那些同病相怜的人都围过来。余婶审读着他的脸色问：儿子跟你说啥了？他没说头还疼不疼？

余师傅嘴巴张了几张，半天说不出一个字。余婶说：你要急死我啊，儿到底咋着个情况？

余师傅低了头绞着手指头说：挠挠脚心，左腿能动一下，挠手心，左手二拇指头会动动。

余婶刚通上的那点电，被余师傅一句话耗光了。多亏旁边有人，及时扶住了她。走廊尽头，占了她座位的人看见这情况，赶紧让出来。人们扶着余婶坐回垃圾桶旁。

余师傅扶着垃圾桶站着，回想了半天，又补充说：儿子眼角这里有一滴泪，好像是。余师傅忍着，不让儿子浑身插满管子那句话跑出来。

余婶一听，眼泪就如河决了口子。她坚信儿子那滴泪，是因为听见了她的声音。

儿跟娘亲。一点也不假。余伟都小四十的人了，看见娘回家，还欢喜得跟个孩子似的。把她背回来的衣裳试了好几件，又忙不迭地去买肉包饺子。饺子出锅，他也跟小时候一样，直接用手捏起来，笑嘻嘻地往嘴里填。直着脖子，连填进去三个，把腮帮子撑得鼓囊囊的。从小，就爱吃娘包的饺子。从小就是先填几个进嘴，过了瘾，才坐下来稳当当地吃。

吃完饺子没一会儿，余伟就说头疼。

余婶说：累着了，睡一觉就好了。

哪承想，儿子这次头疼不同于她一辈子感受过的头疼。一疼，就把活蹦乱跳个大男人给疼昏了。

余伟没有更多的希望给父母和妻女。那滴似是而非的泪和微微动了动的左腿和左手食指，成了他和亲人最后的告别。当晚，余婶和余师傅合披着一床被在垃圾桶旁守候时，他们的儿子就被一床白旧的床单遮盖了。

安葬了儿子的次日，余师傅就回了省城。临行，在急救室挂吊瓶的余婶反复叮嘱他：记着泪往肚子里咽……实在憋不住了，就说迷了眼。除了田会长，别人要是问，就说咱儿在一天天好转……唉，说瞎话对不住那些平日里照顾咱的人，可咱也不知道是谁在告咱……我给儿子过了头七就回去。

余师傅到达英东北路 7 号的时候，田会长已等在传达室门口，远远地看见他，放下钥匙说自己家里炉灶上正煮着菜，就走了。

余师傅埋头苦干了两天，院子里才恢复了以往的洁净。闲下来的时候，余师傅就坐在传达室外的桌子旁。这是家委会的规定——不清扫的时候，人要在门口，从早晨 7 点到晚上 9 点（夏天到 10 点）。没人的时候，他就呆呆地出神。有人的时候，他就赶忙咧嘴，堆笑。当人问起他儿子时，他的笑就变大变硬，说：我儿在一天天好转呢！

人们再问具体情况，他就说：开头啥也不知道了，慢慢的，会动手指头，会动腿，会说话，会吃东西，医生说，很快就能好起来！

每每，余师傅说到会动腿的时候，就低下眼，整理手边的东西。手边若没东西，就抠黑黑的指甲。说到最后，那声音就突地高上去。

人们总觉得他有点异样，尽管他还穿着走之前的那套衣服。老张媳妇眼尖，她发现余师傅那张脸和一周前不一样了，跟熟鸡蛋受了磕打似的，横竖的都是裂纹。田会长说：唉，白发人伺候黑发人，那心里能不消耗吗。

余师傅一直想跟田会长单独说一说儿子去世的事，但每当他开口，刚说出我儿，田会长就说：一天天好转就是最好的，别着急，病去如抽丝么。田会长这么说着，就转头跟远处的人招呼，或掏了手机打电话。无法跟田会长说清楚，让余师傅很是愧疚，只能在田会长四岁的外孙女从幼儿园回来时，隔老远就笑着招呼那个头顶的小黄毛辫没一棵麦苗粗的娃娃。

半个月后，余婶也回来了。看见余婶的人都惊讶余婶的瘦。二十天不见，瘦了将近一半去。也还是走之前的那身衣服，原本紧绷绷地裹在身上，此时竟有了飘荡之感。暴瘦的余婶，比以前笑得更多了。

见谁都笑。

那动用了身心的双重努力才完成的笑，在窄缩了一半的地盘上呈现时，格外醒目和陌生。

当人们问起她的儿子，她就笑着说：我儿在一天天好转呢！

一句话总不能满足询问者的疑惑，她就继续解释：开始，啥也不知道，慢慢地，会动手指头，会动腿，会说话，会吃东西，我来的时候，人扶着能坐了，大夫说很快就能下地了！余婶说到这里，声音和笑容都格外大。人们听完了她儿的情况，也总要感叹一下她的瘦。余婶再仰脸笑着说：瘦瘦，健康，干活利索。

没人的时候，或者看见胖壮的中年男子时，余婶就特别容易被"迷了眼"。她不允许眼泪流下来，总及时地用块柿子红的旧秋裤布，擦眼。擦得里外一个颜色。

老张媳妇研究了一段时间余婶的笑，找田会长反映说：我总觉得她那笑有点瘆人，好像不是她儿病了，而是捡了个儿一样欢喜。她瘦得那么厉害，别是也得了什么不好的病吧？老张媳妇说着，脸上就罩上了阴沉的忧虑。

余婶和余师傅觉得瞒谁也不能瞒田会长，毕竟工资从七百五十涨到两千，有她的功劳。虽然是她张罗着引进正规的物业，把他们老两口炒了一回鱿鱼，但结果却是好的。再说，田会长是家委会会长，是领导，哪能瞒领导。

余婶终于在儿子"五七坟"的前天，跟田会长告假时，直接说了出来。田会长愣了下，说了几句安慰的话，然后再三强调：你就当没跟我说过，也别跟别人说，好几个人来我这里吵吵，要换你俩呢。唉，你也瘦得忒厉害了，还是要多保重身体。

一句话暖得余婶的泪瞬间填满了面颊上的沟坎。她拿手去抹，它们又把她手上那些黑红相间的皲裂纹填满，她摸不到擦眼的秋裤布，把手在衣襟上蹭干，再去脸上抹。她说：要不是想到老余可怜，两个孙女还小，真想跟着儿去。

余婶一再在电话里嘱咐儿媳：余伟的"五七"尽力办好，把他在那边的家当置办好，穿的，用的，全套的，兴什么扎什么。余婶知道儿媳心疼钱，再三强调：钱，我出。

上坟那天，余婶发现儿媳并未照她的话办，扎彩很是糊弄，连件棉衣也没有。余婶决心自己给儿子扎棉衣。儿子，身体胖，又不舍得花钱买衣服，一辈子的衣服都穿得糊弄。到那边去了，再不给件合身的衣服，怎么行。余婶买了上好的彩纸和棉花，从老家背回省城。

夜深人静时，余婶就在传达室的床上，拉严床前的帐子，就着床头灯的光，缝制余伟的寒衣。偶尔有深夜回来的人或车，余婶听到动静就从帐子里伸头辨认，确定是院里的人，就按下电动门的开关。

寒衣节前夜，余伟的寒衣到了最后的工序，上领子，缝纽扣。纸的衣服，比布的难缝，稍不注意就会坏。最近，余婶的眼花得厉害，为了找准下针的地方，要远远近近地眯了眼瞅好几遍，才扎一针。不争气的眼泪，每到晚上拿起针线，就跟水管子坏了龙头似的，一个劲地淌。脑子里净是儿子吃水饺的情景。也许，不吃那顿水饺，就没事了。余婶这么想着，后悔着。曾听老辈人说，人一生吃的饭有定数。如果余伟不吃饺子，永远不吃，也就可能永远活着吧……

突然，窗子咚咚地响。余婶伸头看见是陌生的青年，拉开窗玻璃，隔着防盗窗问他找谁。青年人说：我给三号楼 601 的魏所长送东西。

余婶说：这都十一点多了，估计他休息了。

青年说：没有，刚打电话了，说让放门卫，他一会儿从外边回来拿。

余婶按开电动门，等她走出来，青年把一大袋子四塑料盒水饺塞到她手里说：魏所长就喜欢我们店里的水饺，他要明天早晨吃，所以赶着做了送过来。

就着传达室屋檐上的惨白灯光，余婶望见了水饺。那形状酷似她包的，余伟吃下的。一排排，一行行。余婶登时天旋地转，头疼欲裂，伸手慌乱地抓依靠。

魏所长的水饺掉在了地上。

余婶的胃突地翻了底，随着眼前一黑，积攒了一个多月的苦水喷了出来，人也跌坐下去。

已经骑上电动车的青年，听见动静，折返回来问余婶：你咋了？要不要打 120？

余婶定醒了片刻，努力睁下眼说：没事，可能是刚才起猛了，头晕。

余婶听见青年踢了踢塑料袋。等她眼前清楚些的时候，发现自己吐出的东西全喷在了塑料袋子上。余婶慌慌地抬手往旁边桌子上摸抹布。

青年掩了口鼻说：别擦了，魏所长不可能要了。

余婶仰脸说：真对不住！多少钱，我买下来。

青年边按手机边说：扔了吧，我跟魏所长说一声，改天再给他送。

青年刚离去，就见一辆车驶来停下，铮亮的远光，探照灯一样照着坐在地上擦塑料袋的余婶。魏所长出现了。魏所长皱着眉，喷着浊臭的酒气，瞅瞅地上的水饺和余婶的呕吐物，仰着脖子说：你病得不轻快啊！你都这样了，还赖在这里，等着我们局里这些人拿钱给你治病？还是等着最后讹上一把？想得美！赶紧打包走人。要是不走，我就找家委会！找局里！好好的早饭，被你糟蹋了！晦气！

眼见委曲求全咽泪装欢想保住的工作就要丢了，余婶心里登时喷出一股鱼死网破的火气，她朝着老魏的背影喊：那些交了卫生清理费的人，才有权让我离开，独独你这样的，没有！五年了你家一分都没交，我已经免费给你服务五年了！你就是找谁我也不怕！找谁我都奉陪！找局里，最好不过了，我正愁着找不到局里的人解决我的事呢！

老魏停住脚，转回身，用左手食指点着余婶，冷笑着说：你有种！咱走着瞧，我让你看看，我到底有没有权力让你走！

在北边小屋里睡地铺的余师傅，被吵醒，出来埋怨余婶说：你得罪谁不好，单单得罪他。

余婶慢慢站起身，拢拢头发，进到传达室说：儿的寒衣还差一个扣子就做好了，一会儿咱俩到大路口给他送去。明天不回去上坟了，找一号楼小李帮着写状子！

余师傅提了塑料袋子放到桌子上。余婶皱眉说：拿远点，别让我看见。

余师傅把水饺放到屋后的三轮车里，进来说：你消停消停吧，俗话说，胳膊拧不过大腿，咱在人家眼里，连个小拇指都算不上。

余婶刷地拉开床前的帐子，拿了针线，缝着扣子说：只要没废，小拇指也能戳戳。

戳！戳！戳！一辈子了，你脾气还是这么刚，戳断了手指头咋办？！

余婶说：不戳咋办？你没听见么，咱都被人家说成想讹大家伙了。一辈子没干过亏心事，我可不允许人家往头上扣屎盆子。我宁愿要饭去，也不在这里顶屎盆子！

余师傅长长地叹口气，在门口蹲下去，茫然地看着他打扫了二十一年的院子。他多么稀罕这个院子和这个院子里的人啊。大人，他从年轻看着变老。孩子，从幼小看到成人，尽管他们从未和他坐下来拉过呱聊过天，最多匆匆一声爷爷或大爷，他的眼就热热地追着他们的背影。他知道他们哪个从小乖巧，哪个学习好，哪个淘气……这个院子，他哪天不走上个十遍八遍呀，脚印子垒摞起来，恐怕比他人还高呢。角角落落，每棵花草树木，都是他侍弄大的，就像他的孩子。想到孩子，余师傅的肩塌下去，整个人看起来更加干缩。

余婶剪断纽扣上的线，把余伟的"棉衣"提溜起来，左右前后地看了一遍。然后，小心翼翼地叠起，抱在胸前，拿了大门的遥控器和打火机，跟余师傅说：找个木棍儿，给儿送棉衣去。

夜深人静，夫妻俩的脚步刺啦刺啦地摩擦着地面，疲惫而沉重。

来到路口，余师傅问：哪里？

余婶说：哪里都行。

余师傅蹲下身，打算用木棍画圈的时候，余婶又说：那边吧，石凳那里。余师傅站起身，往前边走。

余婶解释说：儿子每次来，就愿意坐那石凳上抽烟，看人，说越看越有意思呢。到现在，我也不知道他看出来的那个意思是个啥。

余师傅走到石凳前，蹲下，画圈，突然想起头顶的电线杆上就是监控摄像头，停了手说：监控正对着呢，换个地儿吧。

余婶固执地说：又不是杀人放火，怕个监控干啥？余婶说着，弯下腰，吹石凳上的灰尘，又用手扑扫一遍，在裤腿上把手擦净，方把余伟的纸棉袄放上，轻轻展开，低声对余伟说：儿啊，你看看娘给你做的这棉袄，三表新，棉花厚厚的，保准暖和，赶紧来穿上。边说边用袖子拭泪，生怕滴到余伟的棉袄上。

余师傅在地上画了个开口朝向老家的圈，余婶提着棉袄的两肩，放进圈里。余师傅按下打火机，用手拢着，慢慢地让火苗挨上纸棉袄的衣角，说：余伟，来收棉袄啊，余伟……

灿烂残酷的火苗，快速地生发，瞬间就蒸腾着黑烟蹿到纸棉袄的脖颈处，烤着余婶的手和瘦了一半的脸，她坚持提着，仿佛只有这样，才能让她的儿看清棉袄的样子，才能喜欢穿它。仿佛只有这样，她和老伴发向另一个世界的包裹才能完整结实，顺利抵达。不得不放手了，余婶将棉袄袖子折向前，余师傅用木棍接住，仔细地挑着，让棉袄充分燃烧。

余婶蹲下来，从余师傅手里接过木棍儿，继续翻挑着说：这是浮来村余伟的棉袄，谁都不许抢他的，也不许欺负他，否则我和他爸可是跟你们不客气呢！余婶的话说得坚决霸气，仿佛她真就能对付鬼似的。

火焰越来越小，最终成火星。肥大厚实的纸棉袄在苍白的未合口的圆圈里，变成一堆苍白的颤抖的灰烬。就在这时，有飒飒的声音响起，十几米处平地里旋出一个盆大的旋风，一路旋来，卷了纸棉袄的灰烬，漫过他们而去。老夫妻俩都愣在原地，被风扑了满身满脸的灰也没感觉。余婶先顿过神来，朝着远去的旋风哭喊：余伟！余伟！

余师傅抹把脸上的泪和灰，说：回去吧，别让人家来逮着。他说着仰头看眼摄像头，又赶紧垂下，催促余婶：走了走了。

余婶叹着气，一步一回头，看早已消失不见的风，心里对余伟说：娘知道你来了，你跟娘回屋去，这大冷的天，黑灯瞎火的别着急往回赶。

英东北路7号院的传达室里，余婶真切地感觉余伟就在跟前，只是阴阳两隔看不见他。想儿子三百多公里跑了来，她抻平了被子，让他躺下休息。自己坐在椅子上，絮絮地把他生病住院以来的事说给他。包括他打工的单位里给的丧葬费，借他钱的人头七那天上门还钱，亲戚们随的人情钱，他爹断腿挣的钱，都一一说给他：加起来，差一千一百四十，就够十万了，我和你爸全交到你媳妇手里了，够她们娘仨花两年了……

临天亮前，疲乏至极的余婶打了个梦盹。看见余伟穿着她做的新棉袄，满脸堆着憨笑，大声说：以后就靠娘了！说完，头也不回地走向一片一眼望不见边的荒野。余婶伸手去拽，着急地说：这说的啥话，明明是娘的将来要靠你啊！

手里空空的。微露的晨曦里，余婶怅然地看着一双空拳。

余师傅的扫把又开始刷刷地响。余婶按下电动门的开关。英东北路7号院的人迎来了新的一天。余婶在传达室门口等着一号楼的小李。这个小区里最和善的人。三十露头的年纪，进进出出都笑眯眯地和余婶老两口打招呼。

小李骑着电动自行车，棉衣领口处露着雪白的衬衣领和藏蓝色的领带结。余婶不等他问好，就摆手让他下车，悄声说：婶想问问，你去年说的……

电话急促响起，余婶跟小李说：我先接下电话。

电话里她的小孙女哭哭啼啼：奶奶，我和姐姐只能吃咸菜喝水！

余婶莫名其妙地问：咋只能吃咸菜喝水呢？让妈妈做饭吃呀。

小孙女说：妈妈说，我们家没有钱了，奶奶你要是不给钱，我和姐姐以后，就只能天天吃咸菜，喝水。

是喝凉水！妈妈说没有钱，煤气都点不着火！大孙女在旁边提醒妹妹。

余婶说：你妈怎么会没钱了呢？！余婶夜里跟儿子念叨过的账目，又涌到嘴边，她叹口气把到嘴的话，吹散。

小孙女不耐烦地说：我咋知道！反正我妈说没钱！大孙女插进来说：我妈说奶奶要是不给钱，我和妹妹学也上不起，大学更没门儿了。小孙女说：我妈说奶奶有的是钱，奶奶的钱不给我们就会给别人。

放屁！儿媳妇的呵斥声，拍打皮肉声，小孙女的哭喊声，混合着梦里余伟的话，一起冲进余婶的耳朵，把她积攒了一夜的那点刚气戳散了。她放下电话，苦苦地对小李一笑说：你赶紧上班去吧，婶儿没啥事了。

看着小李的背影，余婶艰涩地咽着唾沫，压着心口里的难过。她知道，以后，胸膛里不管堵着啥，都要硬咽下去了。她要努力守在这里，为了每个月的两千块。她要用这些钱，养她的孙女。

把她们都养成小李那样的人。余婶想着，拿起了扫把，到三号楼前开始每天的清扫。

原载《长江文艺》2021 年第 9 期

《作品与争鸣》2021 年第 11 期转载

.

山　歌

刘致福

南山山半腰过去有一座庵子，现在只剩下一堆球球蛋蛋的碎石，算是庵子的遗址。遗址前边有三座坟，两大一小，分别埋着一条狗和两个男人。

川子和董腾

川子被一种嘶哑而陌生的说话声吵醒。川子睁开眼，外屋灯还刺眼地亮着，一股很浓的劣质烟草的焦糊味儿顺着门帘的缝隙呛进来。

川子拨开门帘，见西屋一个穿一身土黄的军用棉衣裤，满脸络腮胡子的红脸汉子蹲在父亲跟前，仰脸盯着父亲的脸，似乎在央求什么，声音嘶哑，压得很低，说的什么一点也听不清楚。

父亲似乎刚刚发过火。蜡黄的脸扭向一边，夹烟的手一抖一抖，看也不看那汉子。

那汉子竟然"扑通"一声跪到地上。

父亲仍旧没有动。

那汉子的膝下忽然传出一阵尖利的"昂唧""昂唧"的狗叫。那汉子慌忙低下头，抱起一只通黑透亮的小狗崽，紧紧抱在胸前。

"你走吧！"父亲头也没有回，气哼哼地挥手撵那汉子。

那汉子依旧那样跪着，直愣愣地看着父亲，很久，站起来，转身向外走。

这是一个高大、魁梧，比父亲强壮不知多少倍的汉子。二十年后川子想起那个从黑影里向他走过来的汉子，心里仍旧有些胆怯。那个夜晚的董腾在川子心里一直是可怖的。川子当时趴在炕沿上，直担心这黑汉子会猛转身向残弱的父亲扑过去。

发现汉子是向他走过来的时候，川子险些叫出声来。那汉子完全成了一尊正向他倾压过来的高大无比的黑岩石，川子慌忙放开撩起的门帘，浑身冒汗。

听见父亲低喝了一声，川子掀开门帘再看时，那汉子已经走出了院子。临出门口向回看了一眼，眼神白灿灿的。川子心里不禁一冷，在眼光相碰的一刹那，他感到那目光里充满了冷森的杀气。

后来川子才知道，那黑汉子就是董腾，刚从东北回来。父亲安排他到南山看山，住在山口那座破庵子里。

庵子是早先的尼姑庵，紧傍着进山的小路，川子那时和他的小朋友们经常从这里进山拾柴、挖菜。知道庵里住了董腾，从那里经过时，便都放轻了步子，走得飞快。

董腾却早等在那里。

川子和他的小伙伴们刚刚走出山庵的东房头，董腾便端枪走出来，直盯着川子喊："川子！"

川子盯着那黑洞洞的枪口，心里不禁一颤，脚下跑得飞快，嘴里却回了一句："呸，死腾！"

董腾气得脸紫黑，眉梢立刻拧起两粒蚕豆大的疙瘩，孩子们"嗷"

地一声跑起来，一边跑，一边转过头来一齐喊："操你妈，死腾！"

董腾两眼冒火，脸上的胡子"刷"地一下子炸起来。倏地端起枪，冲孩子们瞄（实际瞄的却只是川子一个，川子跑在最前头），嘴里咬铁嚼钉地骂："操你奶奶，嘣了你这个狗崽子！"

那头小黑狗顺着董腾枪口的方向，一扑一扑地冲孩子们吠。

董腾的模样在川子的记忆里已经有些模糊，但一想起来，心里仍旧隐隐有些怕。黑红的方脸，长满了猪鬃般的胡子，似乎从来也不曾剃过。一双窄而细的眼睛总是射出两束刀一样的寒光。

牛羊归圈，万鸟投林，家家户户围着夜火温温地吃夜饭的时候，川子看到董腾蹲在院中央，川子心里一激灵，心想他是来找父亲告状的，便猫腰藏在门后不敢往里走。父亲背手站在猪圈旁边的石条前，嘴噘着，脸板得铁青，审犯人似的喝斥："谁让你下来了？"说着走到董腾跟前，踢一脚，"拿走！"川子看到父亲脚下滚出两只毛茸茸的死山兔，心便放下来了，知道董腾不是来告状的，蹑手蹑脚跑进屋。

董腾看父亲一眼，却并不动，也不说话，仍旧那样手按住两腿蹲着。好一会儿才站起来，头也不回地往外走。父亲喊一声："你拿走！"

却并没有听到回应，只有踢踏踢踏的脚步声。

董腾高大的背影被夜色吞没了，好一会儿，父亲才转回身，走到那两只兔子跟前，又踢了一脚，然后弯腰拾起来，从门前拾起一块麻绳，将兔头勒紧。绑在院中间那株榆树上，将马灯拴到另一棵树上，回屋里找出一把小刀，开始收拾。

夜深了，父亲端着满满一碗热腾腾的兔肉进里屋将川子推醒。父亲让川子吃，自己却并不吃。川子闻到香味还没睁开眼睛便抓一块放进嘴里，吞到肚里才睁开眼睛，见父亲不吃，便再不动手。父亲把碗放到炕上，推他眼前，"你吃，我吃不来那玩意儿，膻。"

川子知道父亲是不舍得吃，吃起来便不再那么得意。

董腾那只小黑狗渐渐长大了，毛色变成了草灰色，个头很大，长长的尾巴拖在地上，人们都传说是狼种。

　　川子和他的小伙伴们再进山便想法绕开山庵，那条狗越来越凶，真有点儿像狼。但绕开了山庵，却绕不开董腾。只要到了南山，不管你到哪儿，最终总能碰上董腾带着狗扛着枪在林子里逡巡的身影。

　　一见到孩子，那狗便张开血红的大口"汪汪"地狂咬。董腾跟过去，大声喝住，低下身子拍拍狗的脑袋，那狗便"呜——"地一声蹿出去，冲孩子们扑过去。

　　孩子们吓得"哇哇"叫着四散奔逃。川子刚跑了几步，脚下便被树枝绊倒，那狗"呼呼"喘着直冲他扑过来。一闻到那温热的腥气，川子心想完了，"哇"地一声哭起来。那狗似乎被哭声震住了，站在川子的头前，一动不动，嘴里竟还叼了一条灰色的野兔，眼睛温乎乎地看着川子。

　　川子抬起头，那狗竟又向他逼过去，一对毛茸茸的大爪子按住川子的衣袖，嘴里"呜噜呜噜"叫着，摆动着那只兔子。川子刚刚放下的心又提起来，一动不敢动。那狗"呜呜"叫了一阵儿，似乎很生气，爪子从川子衣袖上松开，叼着兔子围着川子转圈，转过三四圈，这才停住，将那只早已死了的兔子扔到川子的跟前，然后"呜呜"叫着，几步一回头地跑回去。

　　董腾拄着枪站在远处的一棵大橡树下，一动不动地冲着这边看。

　　父亲对川子的"收获"似乎并不高兴，反倒有些生气的样子。川子知道父亲不愿意他拿别人的东西，便反复申明是董腾的狗送他的。父亲仍旧不言语，瘦小的身子一拐一拐地捡起兔子，用麻绳拴了头，挂在院里的树杈上，默不作声地拾掇。

　　川子记得，那以后，只要川子一走近那山口，那狗便会冲他跑过来。这样，在饥馑困饿中，川子便经常可以吃到山鸡、野兔之类的美味。

那狗渐渐跟他熟了，只要他一呼哨，便会随他"呼呼"地跑。

村里便有人说，书记的儿子有福。

父亲自然越来越不高兴了，不许川子再到南山去。几天不出门，那狗竟找来了，叼着一只野鸡。正是中午吃饭的时候，父亲见了竟一下从炕上跳下来，抄起地上的镰刀柄便撵着打狗。那狗往后一顿，还是"哼唧"一声挨了一棍，扔下野鸡便跑。父亲挥动着镰柄，一拐一拐地直追到大门口。

董腾再一次来的时候还是晚上，村里人大多睡了，父亲坐在街上月亮地儿里搓麻绳。董腾背了半麻袋板栗和花生，手里提着两只兔子和几只野鸡走过来，轻叫一声"凯哥"，父亲像没听见，拾起脚下的麻绳，一瘸一拐地向院里走。

董腾又低声叫了一声"凯哥"，见父亲仍不答应，便背着口袋跟在父亲的后头往里走。

川子那时正在院里趴在油灯底下做作业。听见他们进来，慌忙将灯吹灭。川子感到十分奇怪，那么凶的一个董腾到了晚上竟那样怕又瘸又小的父亲。他闹不明白董腾到底要求父亲做什么，抑或董腾有什么把柄在父亲手里攥着。

连狗也夹着尾巴极小心地跟着董腾身后往里走。父亲"呃——"地咔了一口痰，狗吓得一哆嗦，抬起眼皮白了父亲一眼便乖乖地停住了，就地坐下。

父亲喊川子到屋里睡觉。川子夹起作业和笔极不情愿地往里走，手伸在身后唤那狗。狗却没看见似的，坐在那里眼睛一眨一眨地看看父亲，看看董腾。

川子趴在炕上的时候，听见父亲在院子里说："东西放下滚吧，从今往后再看见你下来就打断你的腿！"

川子禁不住浑身一哆嗦。

董腾好久没有一点动静，只听见狗"昂唧""昂唧"像有尿憋着似的叫唤。

好一会儿才听董腾说了一句："好吧。"说过便"啪嗒""啪嗒"地走了。

川子听见那狗在门口"昂唧——"叫了一声，便跳下炕，董腾和那狗已经不见影了。父亲蹲在院里石条上抽烟，扭头见川子出来，猛喝了一声：回去！

事情就是从这儿开始变坏的。

那狗和董腾都极有耐性。父亲不准来，那狗便专瞅父亲不在家的时候，叼着一个旧袖筒做的装着烧熟的野物或山货的小口袋溜进来。不等父亲回来，川子便与要好的朋友吃光了。

终于还是让父亲撞上了。

父亲攥起棍子要打狗出去。那狗竟长了反骨，牙一呲向父亲扑过来。川子急了，大喊："灰子，灰子！"那狗根本不听。父亲毕竟瘦小无力，又有一条腿残废，竟让狗扑倒了。不过狗并没有伤父亲，扑倒以后便扭头跑了。

川子慌忙跑过来扶父亲起来。父亲气坏了，破口大骂。一把甩开川子，自己爬起来，转身进屋，摘下墙上的步枪便往门外追。

川子知道坏了，慌慌地后边追着叫爹。父亲根本没听见，一瘸一拐地跑出去，那狗早已经没影了。

父亲喊来了总是穿一套洗得发白的旧军装的民兵连长兴，要他带人把董腾那条疯狗打死。

民兵连长兴领几个人走了，只一会儿便又转回来。父亲瞪大眼睛问："打死了？"

民兵连长摸摸头，苦笑道："董腾死活不叫打，嗐，也可怜的，拉倒吧，凯哥！"

父亲眼瞪得快要凸出来，"拉倒？"气呼呼地一把从民兵连长手里夺过枪，把枪刺扳起来，一个人一拐一拐地冲出门，气冲冲地向南山走。

川子和民兵连长紧跟着父亲跑出来。父亲一瘸一拐走得飞快，两个人小跑着才撵上来。

董腾正在院里整理篱笆，见父亲杀气腾腾地走上来，愣怔了好一会儿才反应过来，叫了一声"凯哥"，父亲好像没听见，也没看见他站在那里，径直向院里走。

这时那条狗"呜"地一声从屋里蹿出来，箭一般向父亲扑过去。

父亲机敏地持枪向旁一闪，回过身就持枪要向狗刺过去。

董腾慌了，一步冲到父亲跟前，死死抓住枪："凯哥，你饶了这畜生吧……"

父亲看也不看董腾一眼，"饶了它？哼，我饶了它！"手肘向后一拐将董腾推到一边，又迎着冲回来的狗刺过去。

董腾呆立在那儿，任父亲和狗撕打。

狗见董腾呆立不动，似乎也没了勇气。夹起尾巴就要往屋里逃。父亲趁机扑上去，猛地向狗的后胯刺下去，狗"唧——"地尖叫了一声，跳出去一丈多远，血从大腿根儿流出来。狗转回头"呜呜"叫着舔那伤口，眼皮一抬一抬哀哀地瞟着父亲，似乎没有想到父亲会动真的。

父亲喘了口气，又冲狗刺过来。狗浑身一抖，"嗷"地向旁边跳了一下，眼也红了，"汪汪"叫了两声，呲起牙，脊毛倒竖起来，趁父亲扑空转身的当儿，猛一跃向父亲脖子扑过去。

父亲似乎早有准备，向旁边一闪，手一拉，勾响了扳机，"砰""砰"两枪，狗"呜噜"了一声，像一下被抽了骨头，"扑通"一声跌落下来。躺倒的一刹那，眼白一翻看了董腾一眼，便凝住不动了。

董腾立在那儿，一动不动，两只小眼睛滚圆地瞪着父亲。父亲似乎累了，把枪扔给呆立在一边的民兵连长兴，拍拍手转身要往山下走。

董腾猛喝了一声："凯哥！"

父亲和川子一齐颤抖了一下，转过身，只见董腾毛发倒竖脸色紫涨，眼睛瞪得滚圆，似乎要喷射出来。

"你够狠呐，凯哥！"

父亲"哼"了一声，转身又要走。

董腾喝了一声："等等！"

父亲停住，董腾却转身向屋里走去。一会儿出来，端着他那杆乌黑油亮的从东北带回来的双筒猎枪。

在场的人都吓呆了。民兵连长慌忙跑上去攀住董腾的胳膊，"老腾，你干吗——"

董腾手一挥，民兵连长被他拨出去老远。

董腾端着枪直冲父亲和川子走来。川子紧紧抓住父亲的衣襟，紧贴在父亲大腿上，身子有些发抖。父亲却毫不示弱，把川子拨拉到一边，一瘸一拐地迎上去。

董腾停住了，却把枪递给父亲："凯哥，有种你连我一起打死吧！"

在场的人都悄悄松了口气。父亲却嘴角一抽，看了董腾一眼，冷笑一声，没有接枪，转过身扯起川子的手就往山下走。刚走出几步，身后便"砰""砰"响了两枪。

川子吓得一抖，差点栽到堰下的沟里。父亲好像没有听见，头都没回，只是拉紧川子的胳膊，继续向山下走。

董腾在后边嘶哑着嗓子喊："川！"

川子不由得转回头，董腾正端枪向他瞄准。川子吓得"哇"地一声栽到父亲怀里，民兵连长猛地跳到董腾跟前，双手抓枪向上推，枪"砰"的一声冲天响了。川子惊得"哇哇"哭起来，父亲将他扶起来，紧紧揽在怀里，不慌不忙地向山下走。川子听见身后董腾狼一样地嗥。

狗死了，董腾抱回屋守了一天一夜。之后，在院里挖了一个坑，埋了。这条狗，是董腾从东北带回来的，回来以后一直没有离开过他，形影不离。

　　川子回家便病倒了，昏睡了三四天。

　　后来川子才知道，他昏睡的那几天，董腾一直扛着枪在他们房前屋后转悠。父亲只好让兴带了几个持枪的民兵，在房子周围守候了几天几夜。

　　川子醒来的时候，天竟下起了雪。雪很大，一气下了十几天。雪一下川子的病便好了。董腾也似乎一下子消失了，再也没有见到他。

　　雪晴的时候，人们发现那间山庵塌了。有人上山看看，董腾连个影子也没有。有人说他又回东北了，有人则说他是不是死了，自杀了。川子相信他不会死。一想到他没有死便不自觉地害怕。害怕有朝一日董腾端着猎枪冲到家里横扫。

　　从此以后，川子便感到父亲脸上落了一层灰，再也见不到一点笑意。父亲心里可能也在暗暗地担忧。

　　这一冬，父亲没有上山打猎。往年，一到冬天父亲便到山上猎狐子。这时候正是猎狐的最好季节。这一冬，父亲似乎忘了，枪挂在墙上，落了厚厚一层灰。

　　直到第二年春末，情况才有了好转。

　　村里人到南山伐橡树，从山腰深沟里发现了董腾的尸首。董腾是从雪面上沉进沟底的。那时雪大概将沟埋平了。董腾在雪里埋了一冬。

　　那身不知穿了多少年的土黄的军用棉衣棉裤湿漉漉的，浸透了雪水。脸上倒是显得十分红润、细嫩，胡子仍旧很黑，只是眼窝和鼻孔周围有雪水沉积下的黑灰。

　　那天夜里，父亲喊上川子，扛起枪向山里走。走到南山口，父亲停下来，领着川子向董腾原来的院子里走。川子心里不自觉地一阵阵害怕，头皮"铮铮"地麻炸。

白天人们把董腾抬回来，埋在狗坟的旁边。父亲拉着川子在那儿站了好一会儿。

天很冷，父亲也有些打战，双手紧紧按住川子的肩，像要说什么，却没有说出口，手按得很用力，像要把川子按倒在地上。最后还是松开了。

夜很黑，很静。房顶已经坍塌的山庵黑洞洞的。

山上，风吹着树林"呜呜"地响，不时传来山狸子"嗷嗷"的怪叫。站在那儿，川子心里无法抑制地想董腾。董腾的坟就在眼前，说不准那一刻他便会从里边拱出来，川子浑身不住地打战，心里抖抖地盼望父亲早些领他离开这里。

这时，北面山庵里一阵窸窸窣窣的响，像有人在撕扯什么。川子躲到父亲身后，紧紧扯住父亲的衣襟。

父亲也警觉起来，端着枪向北屋跟前走。一会儿里边响起"吱吱"的叫声，父亲停住，直起腰杆，轻舒了口气，轻声骂："骚货！"原来是黄浪子。

就是在这时候，川子惊奇地发现，站在山庵的院里看山下村里竟是那样漂亮。黛青的云幕下，稀稀落落的橘黄的灯光一闪一闪，那么温暖迷人而又显得那样遥远。

川子不由得又打了一个冷战，抬起头冲父亲说："回去吧，爹？"

父亲也在出神地看山下的灯火，似乎没有听见川子的话，"三年，哈哈，董腾这小子在这儿蹲了三年，哈哈……"

父亲端起枪做出要放的样子，一会儿又放下，递给川子："来，你放，放个响儿爹听听。"

川子黑影里看着父亲的脸有些异样，眼睛里有一种吓人的亮光。川子胆怯地接过枪，闭上眼睛，用力地勾动扳机，冲天"砰"地放了一枪。枪响的一刹那，川子感到山下村子里一盏盏温温的灯光一齐颤抖了一下，川子的心里也跟着颤抖了一下。

川子也在想父亲刚才那句话。三年，董腾这小子在这儿蹲了三年！

不知怎么，父亲这时竟蹲下来，抱住头，"呜呜"地哭了。

父亲和赤狐

冬天又来了。

第一场雪下得就很大。父亲显得有些兴奋。回家后把好久不动的枪从墙上摘下来认真地擦拭。一边擦一边对蹲在一边的川子说："明儿早起我带你去打狐子。"

川子说："好咪。"高兴得不知怎么好。一年多来头一次见父亲这么高兴。还有，父亲带他进山打狐子，这是头一次。

进山打狐，这是多么诱人的事。

崤嵛山的这一带（东坡），山虽不高，却是连绵起伏，山山岭岭，纵横交错，加上气候温和，干湿均匀，最适宜小动物生长繁殖。其中一种小兽，这一带的人们称作"小皮子"，书上叫赤狐，皮毛呈火红色，十分名贵。据说旧时一张皮可以卖到十个现大洋。这种"小皮子"似乎与书上说的赤狐还不太一样，个头比赤狐小，大约只有五六十公分，比一只猫稍大一点。这种小动物十分狡猾，一般人打不了它，弄不好还会让它给耍死。

这一带对"小皮子"传得很神。

村子里能打狐的就是两个人：父亲和董腾。两个人都是川子姥爷的徒弟。

父亲枪法好，尽管一条腿瘸了，撵起小皮子却十分在行。而董腾不仅枪法好，腿脚也快，打狐子对他来说是极其轻松、平常的事。往年，一到冬天，大雪封山以后，漫山里就是两个人，一个在东坡，一个在西坡，穿着自己绑起来的生猪皮乌拉撑"皮子"，各不相犯。

一大早，父亲收拾好自己的乌拉，便过来帮川子绑。

生猪皮是经过晒、泡、再晒三道工序处理的，很硬，里边塞上龙须草，很难绑，但绑得结实了却极暖和，而且十分轻便，最适宜在雪地里奔跑。

川子和父亲扛着枪往外走的时候，天还没有亮，大概有四五点钟，很冷。"小皮子"一夜出来搜寻吃食，这时候吃得饱饱的，懒洋洋地往外走，这是"小皮子"一天里精力最分散的时候，所以最易打。

雪这时候又下起来，倒显得暖和了。

走过山口董腾那间房子，两个人都不说话，"咯吱""咯吱"，一前一后，踏着雪往前爬。

川子第一次踏雪进山，既感到新奇、神秘，又为眼前的雪景所陶醉。漫山遍野都是平坦坦、白茫茫的雪，夜里雾蒙蒙的没有一颗星星，被雪映着，倒像月夜一般明亮。山里黑麻麻的一片树林竖在雪地里，看不到边际，越往里走，林子越密，很难找到道眼儿。

这时候，林子里多数动物都沉浸在黎明前的甜睡中，偶尔有鸟儿被"咯吱""咯吱"的踏雪声惊醒，"扑棱""扑棱"闹腾一阵。远处不时可以听见斑鸠"咕——""咕——"的啼叫。

父亲在前面踏着雪"扑腾扑腾"走得很快，闭着眼他也能摸进山来。路慢慢变得宽了，雪也浅了，川子高兴地跳了跳，父亲一把按住他，躬下身子趴在雪地上看。

川子也蹲下来，只见雪面上隐隐约约有两行小蹄印儿，不仔细看根本看不见。

父亲几乎是在嗓子眼里说："刚刚过去。"说着把枪从肩上摘下来，平端着慢慢往前走。走了一会儿，眼前一亮，已经走出了林子，眼前一片开阔平展的雪地。川子用力地吸了几口凉丝丝的空气，父亲又轻按了他的肩膀一下，川子这才看到前边二三十米远的地方有一只黑乎乎的东西在东一头、西一头地移动。

川子心里一跳，叫："爹，快开枪！"

父亲回头瞪了他一眼，低声说："别作声！"再回头看，那小东西已经没了。

真是怪了，眼看着在前边，白茫茫的一片雪，它能到哪儿呢？

父亲直起腰，快步走到刚才那小东西消失的地方，只见雪面上一个斜斜的拳头稍粗的小洞。父亲用枪筒探探，很深。转过身来，"走吧，这是条沟。"

川子说："到哪儿呀？我们在这等它出来不行？"

父亲拉着川子一边走一边解释："这是条大沟，'小皮子'早顺着沟底钻到那边去了，'皮子'不会走回头路的，你等一天也等不出来。"

川子随父亲顺着林子的边缘向右转过去，又斜穿过一座林子，这才又向东转过去。快到沟东沿儿天已经亮了，只是太阳还没有出来。

川子感到很累，浑身都被汗湿湿了，两只脚插到雪里，很吃力才能拔出来。父亲回头拍拍他的肩膀鼓励："就到了！"

果然，顺着沟沿儿有一条很细的蹄印儿。川子禁不住又一阵兴奋。回头看看。这条沟足有一百多米宽，川子又想起董腾的死，大概就是这样被领进了沟底下去的。

川子心里感到不能理解，董腾在东北老林子里闯荡了那么多年，怎么就这样容易地死在一条沟里？

这时父亲已经蹲下来，正屏住气端着枪瞄准。川子顺着父亲瞄的方向看，只见十几米外真有一条小狗一样大小的火红色的"小皮子"，正摇摇晃晃往前走。

父亲半蹲着端枪跟着往前走。

川子低声叫父亲："快开枪呀！"

父亲似乎没有听见，仍旧端着枪半蹲着往前走。

那"皮子"大概发现有人跟踪，转回头看了一眼，然后不慌不忙地撒开腿猛跑。父亲端着枪弓着腰走得也快了，距离越来越近，已经看得见毛色了，长长的尾巴尖上有一点白。

川子听见父亲嘟哝了一句："好啊姣子。"

姣子是母亲的名字，第一次听父亲喊母亲的名字，川子不解地看父亲，这"小皮子"与母亲有什么关系？

川子一出生母亲便死了，父亲从东北赶回来，一手把他拉扯大。

父亲半蹲下来，却仍旧不扣扳机。"小皮子"越跑越远了，川子又催父亲："开枪呀！"

父亲又嘟哝了一声"姣子"，枪口却忽然向上一挑，只听"轰"的一声，川子只感到一片红光随着灼人的气浪向他掀过来，川子一屁股坐在雪地上。几乎是同时，听见父亲"噢"的一声，一头栽倒在雪地上。

川子抹把脸，黏乎乎的满手是血，却不痛。睁眼一看父亲，心便慌了。父亲栽在身前的雪地里一堆山棘上，枪扔在两步外的雪地上，枪筒折成两截儿，靠近枪托的地方，已经折得粉碎。

川子知道"枪鼓了"。川子吓蒙了，头"嗡"地一下便大了。站在那儿愣了好一会儿才去抱父亲。父亲满头满脸都是血，川子心里一冷，知道自己脸上是溅的父亲的血。父亲一只手紧紧护住脖子，另一只手僵硬地垂着，手指大都不见了，露出白惨惨的骨茬子。血正大股地从父亲护住的脖根上冒出来，顺着父亲枯瘦的手指流下来，落在白花花的雪地上。雪一会儿便被血浇化了，"腾腾"地冒热气儿。

川子哭叫："爹，爹——"

父亲吃力地翻着白眼，看着川子，嘴一张一张像要说什么，终于没有说出来。嘴一张动，脖子上的伤口便"咝咝"地向外冒血泡儿。

川子这才想起应该赶紧把伤口包起来，慌忙从衣襟上撕下一块布，去缠父亲的脖子。

父亲又睁开眼睛，双手一抖一抖又要说什么。父亲脸纸一样煞白，眉头紧紧地拧着。川子一边为父亲包扎脖子，一边哭叫着要父亲不要说。

父亲闭上眼睛，将所有的力量都集中到嘴上，嘴唇十分沉重地翕动："姣子……懂……"

父亲努力地想说清楚，却怎么也连贯不起来，只翻动着眼白哀哀地看川子。川子仍旧不明白父亲说的是什么意思，仍旧哭泣着点头。

川子要扶父亲起来，怎么也扶不动。父亲身子软得像泥，川子急得围着父亲一个劲地哭叫，最后只得转回身哭叫着向山下村里跑。

父亲就这样死了。

川子领来村里人，父亲已经硬了，手却仍旧捂着脖子，躺倒在雪地上。身子周围一片一片的血块与雪冻在一起。那匹小红狐早已钻入另一条沟里。

五二年的太阳

后事是民兵连长帮着料理的。

父亲死后的第三年的一个早晨，川子要到山外县城读高中，民兵连长领着川子来到南山口董腾的坟前。

这时候坟上的雪几乎化完了，露出惨白的枯草。山庵已经全塌了，轮廓也看不出，只见一堆被残雪花花点点盖着的乱石头。

沉默了好一会儿。民兵连长手扶住川子的肩膀问："你爹是哪一年去的东北？"

川子转回头："不是五二年吗？"

民兵连长尖黑的嘴唇一撇："鬼话，五二年他已经在那儿挖了两年煤了……"

川子蒙了，眼前一阵晕眩。川子是五二年生人，也就是说，父亲走了以后二年多母亲才生下了川子。川子心里大叫，我的天！

"你应该姓董！"民兵连长干瘦的黑长脸极其严肃，川子的头像被猛敲了一棍，迅速地膨大起来。

川子抓住民兵连长的胳膊嘶叫："你胡说……"

民兵连长浑浊的老眼木木地看着眼前的废墟，一句话也不说。好一会儿，把川子的手从他的衣袖上拿开，用力按住川子的肩，川子不自觉地跪下来。

逝去的岁月正如上午的阳光，一幕幕地从川子的眼前铺展开。

川子什么都明白了，心里努力地想他们两个的模样，却怎么也想不清楚，眼前只看到那两具尸体。

父亲——

川子俯下身子抓起一把被雪水泡黏的泥土，慢慢地培在坟上。

爹——

川子颤声嘶叫。

太阳这时候已经爬上了山口。白炽炽的，十分刺目。满山的雪都在"咝咝"地化。绛紫色的地气在慢慢升腾。五二年，五二年的太阳也是这么亮吗？川子泪流满面。

慢慢升腾的地气把大山淹没了。远处林子里野鸡"咕咕"的啼鸣和小皮子在哪条沟里"呃呃"孩子般的哭叫，在寂静的雪野里汇成一首有些古怪的歌谣。但是，有谁能猜得透那是一种怎样的歌谣？

原载《山东文学》2021 年第 10 期

《小说选刊》2021 年第 12 期转载

小黑是一只羊

冯伟山

　　爹从集市上买来两只白色的小山羊，但一只头上有一撮黑毛，我喊它小黑，另一只我喊它小白。两只羊都长得可爱，皮毛一样的光洁，眼睛一样的清澈，脾气更是乖巧温顺。爹笑着对娘说：等它俩大了卖掉，咱家的日子就好些了。

　　自从有了小黑和小白，下午放学后，爹就让我赶着它们去村东边的小山坡上吃草。每次小黑和小白都快乐极了，在山坡上奔跑，也头抵着头嬉闹。玩累了，就静静地吃一回草。这时，我就挎着柳条筐在一旁不停地拔草，为它俩准备"夜宵"。

　　晚上的"夜宵"，除了新鲜的青草，也有一点奢侈的玉米面。用水拌了，弄成糊糊，用料盆端给它们吃。每次小黑总是一副不饿的样子，让小白先吃。小白饱了，"咩咩"叫两声，小黑才慢腾腾地到料盆前吃几口剩的。有时没了，它就舔几下料盆或吃一把青草。然后，在我家简陋的羊圈里，小黑挡在小白的外面相拥而眠，极尽温馨。小黑完全是以哥哥的样子在呵护着小白。每次瞧见这些，我都觉得不可思议。

但接下来的事情更让我惊诧不已。

冬天里，娘突然病了。家里没钱，爹只好在村里到处借钱，并承诺过年时还清。说归说，可家里除了两只羊，拿啥还钱呀？爹在羊圈前大口吸着自己手卷的劣质烟，一声叹息，决定先请村里的卢屠夫来看看羊帮着参谋一下。

卢屠夫刚到羊圈前，就嚷起来：哎哟，这只白羊好肥呀，过年时宰了，足够你还债了。他朝小白指指点点时，小白睡得正香呢。我看到小黑一脸的惊慌，那眼睛也一下暗淡了许多。

自此，小黑成了一只蛮横的羊。

我再去圈里添草料时，小黑总和小白抢。小黑身架大，力气也大，每次的好草好料基本都进了它的肚子，小白只好捡点碎草剩料吃。小黑的反常让小白明显感到了失望，不再和它嬉闹，更不和它相拥而眠，自己常常站在羊圈的一角发呆。

我也是从那时起，对小黑产生了一种厌恶。添料时，我总拿一根小棍去戳小黑的头。边喊着：叫你横！叫你横！看我在场，小黑稍稍收敛了它的霸气。小白怯怯地刚到料盆前，小黑"咩"地大叫一声，眼睛放出一股凶光。小白慌忙停住脚，又慢慢退了回去。

要过年了，卢屠夫又被爹请到了羊圈前，他又大嚷起来：怪了，这白山羊怎么瘦成这样了？黑山羊倒是够肥的，就宰这只黑羊吧！

小黑被拽走时，我挤到跟前，想瞅瞅它的蛮横劲儿还有没有。小黑没有惊慌，竟一脸的淡定。它走到小白面前，用头轻轻地抵了抵它的脸，咩了两声，两眼竟一下湿润了。

我突然明白了什么，心里颤了一下。

小黑走后，小白再没吃一口草料，没白没黑地叫，撕心裂肺般。

原载《北京文学》2021 年第 5 期

《小说选刊》2021 年第 6 期转载《作家文摘》2021 年 5 月 21 日转载

一碗阳光

冯继芳

天高云淡的秋日，妮儿喜欢趴在窗台上看云。

天空的云总是很轻盈，它们飘呀飘的，不紧不慢，像老家后山坳里的羊群，这儿两只，那儿三只的，还喜欢聚堆。

一团薄云被风推搡着，游移过来，悬在窗前。

"妈妈快看，好大的棉花糖呀！"妮儿指着窗前的棉花云兴奋地喊道。

妈妈停下手里的活儿，抬头看天，一团被风撕薄的云絮，悬在窗前，形状真的很像棉花糖。

"妮儿，想吃棉花糖了？"妈妈的声音有些沙哑。昨天，妈妈从爸爸的单位回来后，嗓子就变成了这样。

"妮儿要想吃，妈妈明天去给你买。"

"不，我想吃爸爸买的棉花糖，爸爸什么时候才能回来？"

"爸爸……"

妈妈给妮儿拽一拽扭曲的衣襟，转头看着铺满阳光的窗台。

窗台的罐头瓶里插着几枝野菊花，一片半枯的叶子，落在一个粉色花纹的小碗里，被碗里的阳光包裹着。

"妮儿，妈妈想跟你说件事。"妈妈把头扭回来，脸上的疲倦掩饰不住。

"你爸爸，你爸爸他……"

"妈妈，你也想爸爸，是吗？"

"我……嗯。"妈妈点点头。

"我就知道，你肯定也想爸爸。"妮儿钻进妈妈的怀里，仰头去看妈妈的脸。

"妮儿，你有理想吗？"妈妈摸着妮儿的小脸，转移了话题。

"妈妈，我有理想，我的理想是当一名外交官。"

"外交官？"妈妈有点儿惊讶，没想到妮儿会有这么远大的理想。

"嗯。"妮儿笑着点头。

"为什么想当外交官？"

"外交官口才厉害呀，还能谈判。"

"为什么要谈判呢？"

"谈判能解决很多平时解决不了的问题呀，其实，我现在就特别想谈判。"

"和谁谈判？"

"和爸爸，还有……"妮儿勾下身子去摸自己纤细的小腿。

"为什么要和爸爸谈判？"妈妈的神情有些恍惚。

"我想和爸爸谈判，想让他早点儿回家。"妮儿的身子重新坐直。

妈妈咬着嘴唇没说话，扭头又去看窗台上的阳光。

"妮儿，如果，我是说如果，万一爸爸有事，回不来了……"

"不，爸爸一定会回来的，他和我拉过钩，说执行完任务就回来，和我去阳光下，玩跳格子。"

妈妈听完，愣怔了几秒钟，才缓缓抬起手摸着妮儿的头轻声说："妮儿，既然你和爸爸拉过钩，他肯定记得，爸爸一定会回来的。"

妮儿笑了，眼睛弯成月牙。

"妈妈，你知道吗？昨晚，我做了一个梦，梦见爸爸穿着警服，戴着大盖帽，开着直升机飞回来的。"

妈妈听完，突然站起身，踉跄着跑到外屋的厨房。

妮儿在里屋问："妈妈，你怎么啦？"

"妮儿，妈妈没事……"妈妈的声音沙哑而低沉，还伴着压抑的哽咽。

"妈妈……"妮儿趴在炕沿，探出身子。

过了一会儿，妈妈揉着眼睛回到里屋。妮儿看着妈妈红红的眼睛，知道一定有大事发生，不然妈妈不会这么伤心。妮儿看着妈妈，乖巧地不再说话。

后来，妮儿还是知道，爸爸在执行任务时失踪了。

从那之后，妮儿就不再提棉花糖，即便心里再想吃棉花糖，妮儿也不提，妮儿害怕看到妈妈红红的眼睛。

妮儿长大后，没能成为外交官，却成为一名专写儿童文学的作家。

妮儿喜欢绾着发髻，穿着粉色的碎花裙子，坐在窗前写作。妮儿还偏爱在文学作品里写父女情，每个慈祥的爸爸，都特别爱女儿。

窗台的花瓶里插着几枝小雏菊，它们喜盈盈地开在阳光下，朝气蓬勃。窗台上那个粉花小碗，此时也盛满了阳光。

这个小碗是妮儿五岁生日时爸爸送给妮儿的，自从爸爸执行任务牺牲后，这只小碗就一直搁在窗台上。每当太阳爬上窗户，碗里就装上一些阳光，太阳爬得越高，碗里的阳光也就越多。

妮儿伸出双手，捧起那碗阳光，轻声说："爸爸，我已经不是那个敏感胆小的跛女孩儿了，虽没能在阳光下玩跳格子，却写过很多儿童故事，故事对孩子的童年，就像这碗阳光对我的童年，你知道我有多想你吗？"

有风吹来，窗边的窗帘随风摇摆，小碗里的阳光也跟着摇晃起来。

原载 2021 年 7 月 30 日《溧阳时报》

《小小说选刊》2021 年第 20 期转载

环湖路上的粉笔画

吴　建

　　那天，我在环湖路上散步，看到前边拐弯处有一片花花绿绿的东西。我快走几步近前一看，原来是一幅粉笔画。

　　画面上，左边是一个低矮的农舍，院子里长着一株花。右边是楼房，楼房的门上歪歪扭扭地写着：幸福小区 56 号。楼前同样歪歪扭扭地写着：妈妈我爱你！是哪个调皮孩子把公路当成画板了？这多危险呀。爱摄影的我用手机拍下了这幅画。

　　没想到，几个月以后，在那个拐弯处，我又见到了一幅画。一看画就知道出自同一人之手。还是那个农舍、楼房。不同的是，这幅画比上次那幅有些改动。楼房的前边长出了一株花。"妈妈我爱你"这几个字也变得方正多了。汉字的旁边还画着一张奖状。奖状上面写着：王子寒同学……被评为三好学生……从这张奖状可以看出，这幅画的作者是一个一年级的小学生……我又用手机拍下了这幅画。

　　以后的日子里，我天天来这里散步，希望有一天能见到那个画画的孩子。可是几个月过去了，连孩子的影子也没见到。

一天，我看到那个拐弯处围了一圈子人，在喊喊喳喳议论着什么。我心一紧，不会又是那幅画吧？我快步走近一看，果真又是那幅画。不同的是，画上又画了一只手。这是一只只有一个大拇指的手，手的上面画了一把刀。那只手上写着"爸爸"。这到底发生了什么呢？我有些紧张。忙用手机又把这幅画拍了下来。

　　以后的日子里，我每天都去那儿散步，希望有新的发现，希望能见到那个画画的孩子。

　　可是我失望了。那幅粉笔画再也没有出现，更别说那个画画的孩子了。

　　一天，我去开家长会。我去得早了些。坐在我前边的一个男人让我一愣。他的右手只有一个大拇指。其余四个手指哪去了？这使我想到了粉笔画上的那只手。这难道是巧合吗？

　　我把我手里的那支铅笔悄悄地丢到了他的凳子下面，然后凑上去说："大哥，你的笔掉地上了。"他听了，一转身。我忙拾起递给他。

　　"谢谢你，这不是我的。"他用右手下意识地挡了一下。我趁机问："大哥，你的手怎么了？"他笑了一下："刀剁的。"

　　"谁给你剁的？这得多大的仇呀？"

　　"我自己剁的。"他又笑笑。

　　我一惊："为什么？你对自己怎么下手这么狠？"

　　他咬了咬牙，说："因为我好赌。我把手剁了，以后就不能赌了。"

　　我趁机拿出手机，翻出那三张照片给他看。

　　他瞪大了眼，说："这三张都是我女儿画的！"

　　我一下子来了精神，"大哥，你能给我聊一聊孩子为啥画这些画吗？"

"好。"他说。

他指着第一幅画说："因为我好赌，输光了家里的一切，只剩下三间老屋和一个院子。院子里有一株美人蕉，那是我老婆种的。也是她最喜欢的花。老婆在我身上看不到什么希望，一气之下，就撇下我和刚满六周岁的女儿走了，连微信和手机号都换了。后来，湖区搬迁，我家的老房子被拆了，开发商给我家补了一套新楼房。有人对我女儿说，你妈妈每天去新城上班，天天从这条环湖路上过。我女儿听说后，天天放了学就去那条路上等妈妈。可能是她妈妈知道女儿在那儿等她了，就故意不再从那儿路过了。所以，女儿等了很久也一直没等到。我女儿不但很聪明，而且手还特别巧，她从小就喜欢画画。"他指了指教室后墙上的黑板报说，"你看，这些都是我女儿画的。"

"女儿等不到妈妈，就决定在那儿画画，希望妈妈能看到，或者别人看到后能告诉妈妈。那天她在环湖路上画了第一幅粉笔画后，回来给我说，她要告诉妈妈，我们已经搬进了新家，住上了楼房。"

"这孩子真聪明！"

"没想到，几天后，有一个女人给我女儿捎来了一大包好吃的。她说是我老婆买的。她们是工友。我女儿很高兴。她知道妈妈看到她的粉笔画了。"

"那第二幅呢？"

"第二幅画她是想告诉妈妈，妈妈最喜欢的美人蕉已经被爸爸移栽在新家里了，期中考试，她还被评为了'三好学生'。"

"几天后，我老婆又让那个女工友给我女儿捎来了一身漂亮的连衣裙。说是奖励孩子的。我女儿高兴得一连几天又唱又跳，睡不着觉……但我老婆还是没有回来的意思。原因我知道。"

"那第三幅呢？"

刚提到第三幅画，他一个大男人，立马满脸笑容："第三幅画，女儿是想告诉妈妈，爸爸戒了赌，已经重新做人了……我老婆看到第三幅画之后，当天上午就赶回了我们的新家……"

原载 2021 年 8 月 25 日《枣庄晚报》

《小说选刊》2021 年第 12 期转载

裂　缝

关　山

不进入这个房间，她似乎都忘记了自己在这里住过。都是陌生的样子，或者说是自己选择了陌生感，用以遮盖那些涌动不止的情绪。

这是她的婚房。第一处，也没有第二处了，十几年过去，她没有再婚。

这房间里从前还有一个男人的。初恋，也没有再恋过。后来的经历中，有的接近了恋爱，有的接近了床，这时，她陡然生出恐惧，挣扎而出，逃避恋爱比逃避床更彻底。

房子要出售了。她来看一下。没有什么可收拾的，随身物品早就带走，扔掉一些，剩下一些旧家具，经历了几次短租，已经破损。后来索性就让它闲着，好几年的灰尘像是黄色的棉絮，密密地覆盖着。收旧货的人马上要来，保洁员也要来。然后是房子的新主人。

县城的房子价格涨得慢，十年前一千多一平方米，现在不过三四千，而同样的时间，自己所在的城市已经由数千涨至数万。她离开这里之后，重新进入学校，硕士博士一路读下去。并不是对学位有兴趣，也不想借此寻处高位平台，只是不想离开学校，最后如愿留校任教。

她慢慢地在屋子里走，步子轻缓，不惊动那些浮灰。也许自己早些进来，就是为了看这些，旧物，陈灰，还有些别的什么。她在等着敲门声。

门上有处裂缝，那是将重物扔过去时砸出来的。扔的是大幅水晶照片。两人的结婚照。当时没有碎，轮番用脚踏过之后也没碎。搬动起来很重，但是扔进小区外那条河里时，一时也没有沉，在水面上漂浮半晌。照片上，两人仰面朝上，瞪着蓝天白云，过往行人。两人身穿结婚礼服，笑容可掬，在河面上打了处旋，缓缓沉入水里，再也看不见了。

她收回心神，必须收回来，按下遗忘键，启动陌生感，像是在看别人的故事。她博士的研究方向是植物，越来越细，比树叶要小，比细胞要小，她开始关注细胞内部的电流。只有钻进这样一个极小的缝隙之中，才能在业界立足，也才能找寻到自己的出口。她感觉自己的身体不断向内部塌陷，收缩进细胞电流之中。眼前这一粒灰尘，比自己大多了，那些旧物上的伤处，是一座座无顶之山。

清点完毕，旧货公司来了两位搬运工，拆卸家具。床是最后一件拆解的物品。两人满头大汗，想找处地方休息一下喝口水。

"不要坐床。"她说。

"哦，"一位工人环顾了一下空空荡荡的房间，对另一位说，"那加点劲干完再歇吧。"

开始拆解。

"这是什么？"一位工人嘟囔了一句，从地上捡起一件小东西，吹了吹灰。

"像是个老手机。"另一位说。

她快步走过去。

手机。是了，就是它。套着浅蓝色仿牛皮手机套，系着织绳，套子顶部绣着一朵菊花。

里面是枣红色的机身，翻盖，十几年前的流行款。花了他三个月的工资。三个月，不吃不喝的积攒。

"不，不，不。"她扑了过去。

两个工人呆怔着。

她将手机捧在手里，慢慢地坐到床上。过了会儿，对工人说："你们，先回吧。"

那段生活中，最后一次争吵，也是最激烈的一次，就是因为这部手机。

这是他半年前送给她的结婚礼物。她的单位与通信公司合作，搞优惠活动，给每个员工发了部手机，建立了内部系统，相互之间用小号打电话，不需话费。她已经和母亲说过，要将手机送给她，母亲正想买一部，却又疼钱。她说这是他的心意。母亲对她的婚事本就不满，嫌他家在山区农村，是个无底洞。自己这么做，也算是在两人之间加加温。而当时，他的母亲正在住院，手头紧张，他想将手机卖掉，还是九成新呢，当时二手机市场挺好。

灰尘坐上去软绵绵的，像是可以无限下陷的样子，窗外的阳光倒是尖利带刺。她打开已经成了灰黑色的机套，当年自己的手工如此精致，恨不得把手机裹在三层海绵里。里面的枣红依然闪烁，仍然是九成新。仿佛经过这些年，它更新了，红得耀眼。

争吵是怎么起来的？因为手机没了。原来，它是潜伏在十几年后，静听那场浩大的破碎之声。

"手机呢？"

"问你自己呀。"

"没了。"

"找啊。"

"你不想说点什么吗？"

"什么，你什么意思？"

"你想卖，也用不着这种手段吧。"

"胡扯！要这么说，应该是你自己拿了，给了你妈，反来和我闹。"

……

持续了不知多久，也许是一夜。

不知道他是何时离开的，医院里打电话催。

再也没有回来。她也没有回来。

两人办离婚手续时都隔得远远的，仿佛中间有一块烙铁。

工作人员例行劝解，机械而生硬，最后高声叫："本子，拿好。"

打开手机，自然早就没电了。她在电线中找寻了一番，还有可以兼容的充电插头。充电缓慢，等待开机的这段时间，她像是突然记起了他的手机号码。与她的这部老手机号只差一个数字。她换了若干部手机，启用了新号，这个老手机号中的关键部分一直是她的银行密码。

照片，像素不高，但已经是当时最好的，彩色。她笑得花团锦簇，年轻的脸，放着光，是向着他笑，每张照片都是他照的。桃花，梨花，月季，那个春天，她与所有能看到的花合了影。她已经忘记这些花许久了。两人的合影在那场争吵中全部毁掉，残留的部分也在残留的怒火中被扔掉或是从电脑里删除。他留在她记忆中的样子，是一张因愤怒而变形的脸。除此之外，都是美好的样子，却被这张脸遮挡了，被自己选择的遗忘关闭了。手机里保留着所有的阳光灿烂。当时，他们手头紧张，家具是到批发市场上购买的地摊货，也没有购置家电，家里最值钱的就是这部手机了。在争吵发生之前的某时某刻，它掉落进床上的裂缝，处于关机状态，从此，静静地镶嵌其中。

原载《山东文学》2021 年第 9 期

《小小说选刊》2021 年第 21 期转载

中篇小说

水手结

张　毅

一

　　王海生是在水手街长大的。水手街靠近码头，石板横七竖八铺在地上，凹凸不平，油光锃亮。周边散落着二十世纪初的德式、日式建筑，铁路与港口在此交会，货轮和火车笛声此起彼伏。租界时，两边有很多卖丝绸、烟土和洋火的老字号店铺。新中国成立后，政府把店铺拆了，盖了几排二层楼，灰砖红瓦。因为潮湿，门前长了青苔，房门声响起的时候，混浊的吱嘎声在街上回荡。晴天时，家家户户在窗口横根竹竿，人们把衣服从箱子里搬出来，在太阳下晒。路过会闻到一股陈旧的气味，那是衣服和樟脑的混合气味。

　　王海生家窗外常看见码头上的货轮，挂着五颜六色的旗帜。少年时，他经常梦到一艘货轮，像一只巨兽，黑黢黢地伏在海上。不远处是一个码头，夕阳时，海面漂来一艘木船，妇女们急匆匆朝码头走去，她们手搭凉棚遮挡下落的太阳，海风吹黑她们的面孔。码头上，几根腐朽的木桩立在那里，旁边有几条陈旧的木船，被乌黑的粗麻绳拴着，在水面上晃晃悠悠。人们把船拖上岸，系住缆绳，收好帆和桨，背起渔网朝岸上走去，那里有条石子路，通往老旧楼梯或幽暗的木门。

孔燕子家是夏天搬到水手街的。那天下小雨，王海生从窗上看见对面楼下有人搬东西，家具的碰撞声不断传来。他很快知道新来的女孩叫孔燕子。孔燕子的母亲是市剧团演员，王海生叫她孔姨。夏天，孔姨穿一套翠绿色的衣裙，倚在楼道门口吊嗓子。天气好时，孔姨常在院子里晒棉被，半导体收音机传出《看花灯》的唱腔，温婉的声音在街上飘荡。她左手腕上戴着一只黛色玉镯，见人就露齿一笑。孔姨爱看小说。她房间有个书架，满满五层书，一部分是纸张陈旧的文学书籍，另一部分是武侠小说。平时，孔燕子的母亲不让她和水手街的孩子玩，说那是一群没教养的野孩子。开始，孔燕子家里的门总是关着。孔燕子的母亲去上班，就把她锁在屋里。孔燕子每天都听见门锁"叭"的一声响。有一天，她母亲关门那一刻，孔燕子没听见"叭"的一声，门没锁上。孔燕子溜出了门，看见对面二楼站着一个男孩，比自己大两岁，大概十五岁吧。她朝二楼的男孩招手，那个男孩走下楼梯，朝她走来。

你叫什么？

孔燕子。

你呢？

王海生。

你是在海里出生的吗？

你为什么这么问？

因为你的名字啊。

孔燕子仰脸看着王海生。看见他嘴边长了一层绒毛，在太阳光下亮晶晶的。

那你是燕子生的吗？王海生反问她。

你为什么这么问?

因为你的名字啊。王海生没说完,孔燕子从后面捶了他一下。

不许跟人家学,讨厌。说完用眼睛示意王海生跟着她走。他跟着孔燕子来到屋里。屋子里摆放着一些日常的东西,五斗橱,弓墩桌。地上有一把小竹椅,竹条磨得有许多光亮,坐上去发出"吱吱嘎嘎"的声音。一只猫躺在竹椅上,蜷缩着身体,似乎睡着了。铺着垫枕的沙发前有一张圆桌,桌布是刺绣的。墙上挂着木质镶边的镜框,镜框里有一些影像模糊的旧照片,大大小小的,尺寸不等,也有一些照片斜挂在墙上。

孔燕子的父亲是远洋公司的船员,常年在海上漂着。那是个英俊的男人,铁青色的脸上永远没有微笑,身上带着淡淡的烟草味。每次他从海上归来,孔燕子都会悄悄告诉王海生,我爸回来了。然后,孔燕子在他眼前展示父亲带回的新奇东西:带锡纸的烟盒和水果糖。水果糖的玻璃纸光泽黯淡,像海面细碎的波纹,一缕缕映在她脸上。孔燕子家有架钢琴,在进门右侧靠墙位置,一排琴键黑白分明,仿佛一群鸟静卧在幽暗处,黑键像乌鸦,白键像天鹅。她的手指在黑白交错的琴键上轻轻叩击着,钢琴发出一阵金属的震颤,在房间里久久不散。

上初一时,孔燕子已出落得如花似玉了。她个子高挑,身穿一件带花点的连衣裙,走路挺胸抬头,那双眼睛像一汪秋水。孔燕子的学习成绩中等偏上,但因为会弹钢琴,是学校的文艺积极分子。每天晚上,王海生都会听到孔燕子窗口传来的琴声,袅袅琴声在夜色里扩散着。每当听到琴声,王海生不由得走出楼道,朝孔燕子窗口久久凝望着。一天中午,他见孔燕子窗口竹竿上有一件衣衫,是粉红色的。隔着玻璃,他看见孔燕子走动的影子,他觉得自己被某种东西带走了。那天晚上,孔姨参加市里的演出了。孔燕子窗口像往常一样,传来悠扬的钢琴声。他蹑着脚走下楼梯,鼓足勇气敲响了孔燕子家的门。钢琴声停了。她开了门。她穿着领口大开的粉色睡衣，站在门厅昏暗的光影里，手扶着门框，吃惊地望着他。她的身体离他那么近，近得好像已经贴在他身上。他脑子里"轰"的一声响。慌乱中，他一把抱住了孔燕子，抱得那么紧，那么笨拙。惊恐让孔燕子大声喊了起来。他放开孔燕子，气喘吁吁地跑下楼，一口气跑到海边的沙滩上。他躺在沙滩上大口喘气。

那是他和孔燕子唯一近距离接触的一次。

高中毕业后，王海生就业进了东风食品厂，成为加工车间一名工人。那时，他个子蹿到一米八，奇瘦，穿一身洗得发白的工装，袖口处有几处污渍。食品厂在郊区，骑车要两个多小时。进入工厂后，他把自行车锁在车棚里，回宿舍换下蓝色的工装，穿过叮当作响的工具，走过冒着水蒸气的厂房，径直来到加工车间高大的厂房前。他们厂生产各种肉食产品，几台高大的排风扇在"隆隆"运转着，车间里充满动物的腥臭气味。这里是加工车间的分解工序，车间的操作台上，两排黝黑乌亮的铁链子悬挂着刚被电死的猪，污水顺着猪身滴落在操作台上，又顺着操作台流到地上。

二

那一年，孔燕子考进了省艺术学院。毕业后，孔燕子被分在市南文化馆。王海生性格内向，知道自己是个工人，与孔燕子的身份有了差距，那种两小无猜的关系渐渐疏远。但他心里总有一个影子在晃动，那就是孔燕子。每到周末，他的心情都有几分激动，因为可以见到孔燕子了。而这种"见到"不过是远远地观望。孔燕子到市南文化馆工作后，晚上依然经常弹琴，只是她不在家里弹了，而是在文化馆二楼的琴室弹。

市南文化馆是一座德式建筑，砖石结构，罗马风格，墙上长满郁郁葱葱的爬山虎。每到周末，王海生都匆匆吃完饭，跨上自行车，往市南文化馆方向骑去。那是一些初春的黄昏，蔷薇花开遍斑驳的石墙，淡雅的花香让他陶醉。来到市南文化馆后，他把自行车斜倚在墙上，站在一棵法桐树下朝二楼望去。文化馆二楼的灯光穿过玻璃，在地上投出一道暖色的光晕。窗口传来孔燕子弹琴的声音。他倚在树上，点一支烟，烟蒂在夜色中一明一暗。有个周末，因为工厂加班，王海生没回市区。厂办有一部拨号电话，他利用晚上间休的时间，急匆匆地跑到厂办，拨通了市南文化馆琴室的电话。他听见了孔燕子的声音。

孔燕子在电话里轻轻地问，请问你找谁？

王海生本来想说，我是王海生，我很想你……但是他什么也没说。他听到孔燕子在电话里喘息的声音，她嘴里好像还含着一块糖果。王海生心脏"咚咚"跳着，似乎快要跳出胸口了。

请问你找谁？怎么不讲话？孔燕子在电话里问。

王海生突然把电话扣下了。这个瞬间，他的整个身体都在颤抖。他扣下电话后，在路上突然跑了起来。那一刻，他感觉自己快要窒息了。他跑到一棵梧桐树下，抱着树干低声哭了起来。

另一个周末晚上，王海生跨上自行车，再次往市南文化馆方向骑去。来到市南文化馆后，他依旧把自行车斜倚在墙上，从那棵法桐树下朝二楼望去。窗口依旧传来孔燕子弹琴的声音。那天，她弹的是贝多芬的《命运交响曲》。一个小时后，路上来了一辆轿车，那辆轿车颜色乌黑，灯光闪亮。他知道那是一辆凯迪拉克牌轿车。凯迪拉克从他眼前驶过后，停在文化馆门前的树下。孔燕子仿佛听到汽车的声音，她在二楼窗口往下看了一眼，然后，二楼的灯光一下灭了。王海生听到二楼传来关门的声音，随后是有人下楼的脚步声。之后，孔燕子从门口拐出来，朝那辆黑色轿车走去。汽车的门开了，孔燕子上了车。马达的声音很轻，瞬间在夜色里消失了。

那个夏天特别热，云层匆匆从天空划过，可总是不下雨。后来的几个周末，王海生吃完饭后，都怀着忐忑的心情，跨上自行车，往市南文化馆方向骑去。文化馆二楼琴室一直黑乎乎的。他在楼下看了很久，既没看到孔燕子的身影，也没看到那辆黑色凯迪拉克轿车。

一个月后，他听说孔燕子离开青岛了。王海生去文化馆打听了几次，没人知道她去了哪里。

两年后，王海生结婚了，妻子叫王小琳，是工厂食堂的炊事员。

和王小琳认识那年，他二十六岁，正是最能吃的年龄，一顿饭能吃四个馒头，外加一饭盒炒菜。每天中午的开饭铃声响过，厨房飘出馒头和炒菜的香味，下班的工人手里拿着饭盒、瓷碗或茶缸，争先恐后地跑进食堂，一个贴一个地沿走道挤向窗口。整个食堂就像一个小市场，传来人们"叽叽喳喳"的说话声、"吧唧吧唧"的吃饭声以及勺子敲击饭盒的声音。每次去食堂买饭，王小琳都会在他饭盒里多添半勺菜，或多舀两块肉。

他和王小琳第一次约会是在库房里。库房在工厂最偏僻的西北角，那里有一片小树林，是食堂存放各种物品的仓库。王小琳有一把库房的钥匙。那个初冬，来自西伯利亚的寒流不断袭击位于北方的这座半岛城市。库房屋顶上，一群麻雀飞来飞去，地上落了一层灰白色的鸟粪，水泥地面显得破败不堪。王小琳用报纸包着两个馒头，站在一堆废纸盒前问王海生，你今天吃饱了吗？王海生说吃饱了。但他还是接过王小琳递来的馒头，三口两口就吃完了。库房门缝透进的光线反衬出王小琳的侧影，她圆润的脸庞抹了一层雪花膏，香味顺着风向吹过来。王海生刚吃完馒头，王小琳笑嘻嘻地问，馒头好吃吧？王海生点头说好吃。好吃以后我就常带给你吃。王小琳说着凑过来，把王海生的手拉到她胸前说，这里还有两个馒头。王海生开始很害怕，但几分钟后，身体突然膨胀起来。王小琳外面穿了一件外衣，里面套了一件毛衫，王海生忙活半天才把她的衣服脱完，他把衣服扔在旁边，把她按在纸盒堆上。王小琳奶子挺大，一把抓不过来。王海生第一次做爱，心里既兴奋又紧张。完事后，他坐在纸盒堆上掏出一支烟，刚点上，王小琳伸出两个指头说，给我一支。两人躺在纸盒堆上抽烟。

库房从此成为他们约会的地方。

一年后，王海生和王小琳结婚了。

王海生家里房子小，结婚前，厂里给他们腾出一间房。房子是一个旧车间改造的。结婚晚上，他和王小琳做爱，高潮时喊出了孔燕子的名字。王小琳立马停住了，孔燕子是谁？王海生一脸尴尬。他嗫嚅着说，是一个小说中的人物。那时他开始喜欢文学，口袋里经常装着一本小说。次日，两人继续做爱，高潮时，王海生又喊出孔燕子的名字。王小琳翻过身，一脚把他踢到床下。王海生穿上衣服，在阳台上抽了半包烟，抽完后，把两条木凳并起来，回到屋里抱着被子，在木凳上睡了一夜。

三年后，东风食品厂被一个香港商人收购了。那个下午，厂长在会上宣布完这个消息后，几十名老工人把厂长围起来，有人撕扯厂长的衣服，有人往他脸上吐痰。很多职工得知自己将被转岗或辞退回家后，在工厂门口长时间抱头痛哭。王海生和王小琳买断工龄离开了那里。两人用买断工龄的钱，在水手街路口租了套房子，又在服装市场赁了一个摊位，做起了服装生意。他们每个月要去广州进服装。那辆绿皮车傍晚从青岛出发，一路"咯噔咯噔"响着，火车第三天黄昏到达广州。下车后，他们在最便宜的旅馆住一个晚上，次日去批发市场拿衣服，再坐绿皮车往青岛赶。那些年，绿皮车常人满为患，一个厕所往往挤了五六个人。回青岛后，两人筋疲力尽。但王海生心里踏实。他觉得普通人的日子就是这样，一点一滴，鸡毛蒜皮。

一次，王海生去广州拿货，被一个老客户下了套，他和王小琳几年来赚的钱，被老客户骗了个精光。

那个夏天，他像一只热锅上的蚂蚁。辗转反侧后，他觉得虽然钱没了，好在自己身体结实，凭体力也能生存。他找到发小侯增平。侯增平是他的邻居，比他大两岁。小时候，他俩曾多次去码头仓库偷糖吃。

那时，侯增平已经是一艘货轮的二副。

王海生对侯增平说，我被人家骗了。

侯增平说，你被人家骗了关我屁事！

王海生说，咱们是一起长大的，我要是吃不上饭了，你能看着不管吗？

侯增平说，我又不是政府，我管得了吗？

王海生说，你不管是不是？你现在好了，忘了咱俩一起偷东西的事了？

侯增平说，小时候的事怎么能忘呢？

王海生说，看在咱们小时候的面上，你得帮我。

侯增平说，你能干什么？

王海生说，我什么都能干。

侯增平想了想说，那我跟我舅说说，你跟着我去跑船吧。侯增平舅舅是远洋公司的副总。

王海生说好，那我就跟着你去跑船。

三

王海生在远洋公司培训了三个月就去跑船了。

他第一次出海是去曼谷。出海那天，王小琳给他包了一顿饺子，吃得他满头大汗。他右手提着柳条箱，肩上背了一个背包，里面盛着需要更换的衣服。出门后，他坐5路电车来到码头，穿过一段沙石路，走到即将出海的货轮前。"企鹅号"是一艘小吨位货轮，船体有些旧了，甲板新刷了油漆，有一股刺鼻气味。王海生一步步走上舷梯，脚下传出鞋底的摩擦声。甲板将船体分隔成上、中、下层，水手休息室在中层。门开着，他走进房间，把背包放在床头位置。床架是铁管焊的，床头有几块黑渍，坐上去"吱嘎吱嘎"响。二十分钟后，水手陆续到齐了，货轮内外一阵嘈杂。随后，船头传来柴油机低沉的轰鸣声，"企鹅号"货轮离开码头，岸边的建筑仿佛默片镜头，从灰色背景下渐渐隐去。货轮经过团岛灯塔时，船头发出一阵汽笛声，他的眼泪差点掉下来。王海生经常早晨五点起床，说是锻炼身体，其实是为了去赶小海。他常去的地方是团岛附近的海滩，落潮以后，海边礁石上会有一些蛤蜊、海带，运气好的话还会捡到野生海参。王海生水性好，一个猛子扎进水里，再从海面冒出来，差点就到防鲨网了。他把捞到的海鲜拿到水手俱乐部，那里常有一些外国船员。他们伸出毛茸茸的手，把闪着暗光的硬币撒在他手里，然后提起尼龙网里的海鲜，笑嘻嘻地走了。回家后，他把硬币从湿漉漉的衣服里掏出来，装在一个罐头瓶里。硬币在罐头瓶里渐渐升高，一个月后，罐头瓶的硬币塞满了。他把罐头瓶捧给母亲，让母亲去买油盐酱醋。

　　远处海空一色，云朵垂在天上，像要掉下来一样。货轮离开黄海后一路颠簸，窗外传来海浪的声音。王海生是甲板部的，负责甲板清洁保养，包括敲打油漆、船靠岸时调整缆绳等。"企鹅号"货轮吨位小，重量轻，船行海上，颠得厉害。一小时后，他开始呕吐。他怕被甩到海里，用绳索打了一个水手结，把自己拴在栏杆上，朝着大海狂吐不止。开始是小吐，很快胃里就有翻江倒海的感觉，他扒在栏杆上，差点把肠子吐出来。几小时后，眩晕感慢慢消失。

　　小郭在栏杆旁边，弯下腰，把一个漂流瓶放进海里。小郭也是甲板部的，年龄比王海生小了几岁，高鼻梁、单眼皮，一头长发，模样好看。他蹲在甲板上，看着瓶子在海水里晃晃悠悠地漂了一会儿，很快被船体卷起的波浪吞没。后来王海生知道，小郭每次出海都要放一个漂流瓶。有一次他问，里面写了什么？小郭说，这是我个人的秘密。

货轮进入公海后，许多大鱼从海里腾空跳起，鳞片在空中闪着光，有的落到甲板上，有的落在海里。不知谁在外面突然喊道，快来看鲸鱼了。哇，快来看啊。王海生赶紧朝喊声方向跑过去，一群鲸鱼像潜艇一样从海面浮出，渐次露出深色脊背，喷着高高的水柱，从货轮的侧前方列队游过。鲸鱼溅起的海水被风吹落在甲板上，沙子一样"啪啪"响。

自从看过一个电视片后，王海生就喜欢上这种海洋动物了。

鲸鱼体形庞大，吃食的时候，张开大嘴，把海水和小鱼小虾吞到嘴里，用鲸须把海水弄到鳃里，再把海水喷出去。蓝鲸主要吃磷虾，它们能吃饱吗？王海生不相信鲸鱼是靠吃磷虾生存的，那么小的磷虾能填饱它们巨大的胃吗？鲸鱼的叫声响亮，而且略带悲伤，它们在海上没有对手，它们实在太孤独了。王海生查过资料：鲸鱼被认为是陆地动物的后裔，它们在陆地上生活了数百万年，大约五千万年前回到海里。鲸鱼的耳垢能显示它们的年龄，类似于树木的年轮。鲸鱼是哺乳动物，不能像鱼类一样大量繁殖，大多数鲸鱼三五年才生一胎，还要经历漫长的成长期。抹香鲸可以潜入水中两英里深，它们的身体有独特的适应能力，能在潜水的强烈寒冷和强压力下生存下来。蓝鲸是世界上最大的动物，成年蓝鲸体重可达两百吨。蓝鲸的叫声比喷气式发动机更响亮，它们的心脏和汽车一样重，舌头和大象一样重。蓝鲸的寿命可达九十年。它们一生迁徙的路程，相当于从地球到月球的往返距离。

王海生看见一条鲸鱼正从自己眼前游过，他们的眼神对视片刻，鲸鱼很快从海面消失了。望着鲸鱼消失的影子，小郭叹口气说，哥，你知道吗？这世上曾经有一条鲸鱼，生了一种疾病，它永远也发不出正常的声音频率，它发出的每一声都无法被同伴听见，从此就和别的鲸鱼失去了联系。可是它并不知道自己有问题，所以一直到死之前，它都拼命地在海中呼唤着，直到最后，都没有一条鲸鱼理它。于是它就这样，在大海里，孤独地痛苦地重复着错误的频率，然后在期待回音的过程中，独自老去。

小郭的眼睫毛很长，像海豹的眼睛一样。他家是黑龙江漠河的，他的东北话有一股老白酒和松油的混合味道。王海生不知道这个故事。他把一支烟递给小郭，小郭摆手说，谢谢哥，我不抽烟。戒了。

侯增平和两个水手在打牌。船晃得厉害，谁都没法站起来。他们坐在地板上，把牌塞在胳肢窝里，用另一只手出牌。外面传来东西的碰撞声，如同保龄球道上球瓶倒下的声音。几只海蟑螂从船板上跑来，在灯光下露出乌黑油亮的脊背，用一对小眼睛望着王海生。他用手拍了一下船板，它们迅速在船板缝隙中消失了。

当年，他和王小琳的房子阴暗、潮湿，蟑螂经常出现。白天，蟑螂不知躲到哪里，晚上，许多蟑螂在屋里四处乱窜。一天夜里，王小琳被什么惊醒，王海生赶紧开灯，发现枕头上有两只蟑螂，正瞪着眼睛与他对视，他赶紧举起苍蝇拍，蟑螂迅速跑到枕头下面，他翻开枕头，蟑螂又跑到床下。他翻身跳到床下，蟑螂继续用挑衅的眼睛看着他。王海生用苍蝇拍扑打过去，蟑螂却消失了。他翻开纸箱、暖水壶，目光所到之处，都有蟑螂用挑衅的眼睛看着他。王海生决定彻底消灭这些蟑螂。他到商店买来蟑螂药，放在它们出没的地方，但很快发现，蟑螂们丝毫不见减少，甚至还有增多的趋势。王海生和蟑螂的斗争直到搬到单位宿舍才结束。

王海生不喜欢打牌，他习惯躺在床上，把收音机音量调到最低，听穿过大海的电波带来的《新闻和报纸摘要》："本期节目的主要内容有：受厄尔尼诺现象影响，格陵兰岛冰山开始融化，而且有越来越严重的趋势；今年夏天以来，我国南方六省洪水泛滥，北方地区干旱严重；各地物价小幅波动，政府号召群众不传谣，不信谣，不进行恐慌性囤积购买……"

小郭抱着一只大鸟走进船舱。

这个小东西落在甲板上了。小郭笑嘻嘻地说。

大家放下手里的扑克牌，一下把小郭围了起来。

这是一只斑头雁，大概是迁徙途中被逮鸟的人弄伤了。老陶看了一眼说。初冬正是候鸟迁徙的季节，这些来自欧洲、阿拉斯加或北美洲其他地区的候鸟喜欢去北方越冬。

在船上，凡是带"长"的，水手都把他们叫"水头"。老陶在船上年龄最大，平常很爱护年轻人，大家叫他"陶水头"。老陶在北海舰队当兵时是个炮手。左胳膊上留着一块弹片，下雨天常隐隐作痛。老陶因为长期在船上，退役后不习惯陆地生活，一上了岸就头晕目眩，如同喝醉了酒一样。他找到在远洋公司当领导的叔叔，要求到货轮当海员，叔叔不解地望着这个刚从部队退伍的侄子，用一口胶东话说，我看你这个小子是脑子进水了，人家都是求爷爷告奶奶，要求从海上回到地面，你怎么想再回到海上？老陶说，叔叔，我一到地面就头晕，一上船就好了，你说我怎么办？叔叔摸着自己的秃头说，上船以后你小子可别后悔啊。老陶说，叔叔，我就这命，不会后悔。他叔叔说，那你就去跑船吧。十天后，老陶就到船员公司跑船了，一跑就是二十多年。除去休息时间，他一年四季在海上漂着。

小郭把斑头雁抱进盛工具的箱子里，里面放了一只碗，在碗里倒满水，斑头雁伸着脖子，很快把水喝光了。喝完水后，"嘎嘎"叫了两声。

小郭说，我从小就喜欢鹅。我好想有一只大鹅，在一个雪天，骑上大鹅，朝天空飞去。看到小郭的样子，人们笑了。笑完，侯增平和两个水手继续在地板上打牌。

四

太阳照在甲板上，从东向西移动，光线逐渐减弱，货轮进入夜航时间。船头方向，两道巨大光柱照亮茫茫夜海。夜里，除去货轮的灯光外，海上一片黑暗。远处偶尔有零落的灯光，那是一些不知名的岛，像萤火从窗口飘过。王海生从窗口向外望去，看见一片神秘而可怖的黑暗，海浪好像一群被追赶的野兽。大海神秘的声音愈加响亮，有时像大炮轰鸣，有时像森林呼啸，有时又像人声嘈杂。

哥，你去过漠河吗？那里冬天整天下雪，像是要把世界给埋了。

王海生说，我去过绥芬河。我在那里待了一段时间。

王海生离开食品厂后，跟一个做贸易的朋友去过东北。那时正是中国和俄罗斯贸易最火的时期，他在绥芬河一个林场住了两个月。绥芬河冬季天寒地冻，最冷时，他不敢在外面小便，担心尿液没落地就冻成冰棍。那年春节前，绥芬河下了一场大雪，外面一片雪白。狂风裹着雪花，在街上横冲直撞，因为不适应那里的严寒，他不久就回了青岛。

绥芬河离我们那里还有一千多公里呢。小郭说。

王海生问，你是怎么从漠河来青岛跑船的？

小郭说，我老家是即墨的。我爷爷那辈去闯东北，在那里成家了，就再没回来。

东北这几年经济不太好，很多当年闯东北的老乡，开始又拖家带口地回了山东。王海生眼里带着几分同情。

小郭说，我们家生活还可以。

你父母是干什么的？王海生问。

我父亲是一个车站的客运员，母亲在一个林场打工，他们两人经常为些小事情吵架。一天夜里，父亲不知为什么打了母亲，我听到母亲一直在哭。早晨醒来，我看见父亲一个人在屋里抽烟。我问父亲，我妈去哪儿了？父亲说，你妈走了。

你母亲去哪里了？王海生问。

不知道。小郭摇着头说。

我母亲走了以后再没回来。我一直不明白她为什么独自离开家。难道只是因为父亲打过她吗？后来听说她跟着一个木头贩子来青岛了。我初中毕业后就不上学了。我来青岛一边打工，一边找母亲。我快十年没见到母亲了。去年有人对我说，你母亲去东南亚了。今年春天我接到两个电话，电话里的人不说话，光在里面哭。

我问，你是谁？你怎么不讲话？你是不是妈妈？电话就断了。

小郭说到这里回过头，背对着王海生。

你知道是哪里的电话吗？

我查了一下，是一个从菲律宾打来的电话。

只是，那个电话再没有打过。那是一个深夜。外面下着大雪。

小郭说完望着远处，他的眼睛里有一层雪。

货轮在夜色里航行着，空中弥漫着一层海雾，雾气像一张巨大的幕布，在大海之间不断移动着。王海生不知啥时睡着了，他梦见了父亲。那一年，父亲打鱼回来说，我今天差点打到一条大鱼，那条鱼有咱家房子这么大。父亲站在屋里，伸开胳膊比画着。要是能打到那条鱼，足够咱吃好长时间的。我一定得打到那条大鱼。初夏一天，父亲再次驾着小船去打鱼。那片海离岸边只有十几米，但父亲就这么消失了。事后，有人说看到了父亲消失的瞬间，但是他们没看到鱼鳍，只看到一股鲜血漂到岸边。几天后，有人捕到一头虎鲨，肚子里发现了父亲的毛衣……王海生突然醒了，他从床上跳起来，望见外面黑乎乎的。看看闹钟，已是深夜两点，外面风声很大。货轮正在通过东南亚航线，一些不知名的星座在海的上空出现。

货轮在海上航行了四天，日落时接近曼谷港。王海生走到窗前，望见曼谷的夕阳有些慵懒。海滩孤零零的，弥漫着海草的腥味，海鸥在沙滩上抢夺残留的食物，近岸的地方，海浪在石头上泛起白色泡沫。许多货轮从四面八方驶来，在引水员的引导下逐渐靠近泊位。"企鹅号"货轮装的是散货，要在这里卸下货，再装满大米，然后返回国内。水手们陆续走出船舱，有的在栏杆上伸懒腰，有的在甲板上抽烟。侯增平把一支烟丢给他，他接过来点上，使劲吸了几口。侯增平乜斜着眼说，晚上下船后带你去个地方玩。王海生吐了一口烟，没说什么，他在看落日。曼谷的落日似乎比青岛海滩的更大，颜色也更深一些。

货轮抛锚后，四周被小船围得水泄不通。王海生和小郭放下引水梯，水手们走下舷梯，开始拿东西跟他们交换。小郭用两块肥皂换了一堆香蕉，侯增平用两瓶啤酒换了半麻袋椰子。侯增平来过曼谷好多次，和很多人都熟，他给一个小姑娘两包方便面，顺手摸了她一把。王海生第一次跟泰国人这么近距离接触，很想跟他们交流一下，但他什么都不懂，只好站在远处看。

泰国是允许船员免签登陆的国家。码头路口停着许多三轮车，车夫是深棕色面孔、个子矮小的泰国男人，他们或在三轮车上，或站在路边招呼过往的客人。侯增平朝一个车夫招招手，车夫马上蹬着三轮车过来了。侯增平和车夫嘀咕了几句，车夫有些不情愿的样子，侯增平又对车夫嘀咕了几句，车夫的表情立刻有了笑意，他做出一个上车的动作，王海生和侯增平上了车。三轮车驶出码头后进入街道，路边坐落着泰式风格的建筑，许多说日语、韩语、马来语的男女，穿着色彩鲜艳的衣服，大摇大摆地从他们面前走过。王海生第一次来泰国，一切都觉得新鲜。吃过晚饭，王海生随侯增平来到一条街上。路旁有一家歌舞厅，门口有一个很大的橱窗，里面放着一种缓慢的音乐。一个女郎随着音乐缓慢地脱衣服，她浓妆艳抹，边脱边朝路人做着飞吻的动作。女郎很快脱得只剩一层薄纱，里面的内衣清晰可见。王海生初次见到这种场面，心里觉得很不自在，侯增平看他一眼说，这里只是广告，里面还有过瘾的。侯增平在窗口买了两张门票，他把门票朝王海生面前一晃，说，今天让你开开眼界。说完神秘地朝他笑笑。

舞厅入口很多人在排队。他俩随着观众慢慢走进场地，表演还没开始，两人找到自己的位置坐下。幕布是一块半透明的薄纱，后面闪着忽明忽暗的光线，能隐约看到半裸女郎在里面走动。音乐渐渐响起来，一种奇怪的声音混杂其中，王海生听了一会儿，觉得是像蛇一样的女声，在断断续续地喘息。一会儿，表演开始了。灯光渐渐暗下来，音乐停了，场地瞬间一片寂静。几分钟后，灯光突然亮了，音乐重新响起来，舞台的帷幕向两侧徐徐拉开。一群小姐伴着音乐陆续从后台走来，她们身材苗条，浓妆艳抹，耳上佩戴着蓝宝石耳环，胸前挂着水晶项链，衣裙缠绕着莲步，步态轻盈优美。小姐的领口开得极低，人人一对雪白的酥胸，不时在台上朝观众搔首弄姿。观众席不时传出阵阵尖叫，王海生四处张望一下，周围有来自非洲的黑人、欧洲的白人、黄皮肤的东亚人以及褐色皮肤的南亚人，人们在台下用不同语言表达着内心的激动。

王海生挣扎着从自己位置站起来，一步步走到场地外面。他走到一棵高大的棕榈树下，从口袋里掏出烟，点了一支烟，大口吸了起来。他觉得刚才自己进入一种幻境，仿佛海上的一层云雾。烟很快抽完了，他又点了一支。曼谷的夜晚异常香艳，夜空的星星仿佛女人的眼睛在向他眉目传情。

一会儿，他觉得身后伸来一只手，回头一看，是侯增平。

次日，侯增平在码头早市买了两只暹罗猫。他把猫装进包里，偷偷带回船舱，想回青岛后去宠物市场卖掉。水手到了世界各地，都会带些当地特产，"带货"是他们的收入来源。两只暹罗猫身材修长，四肢和躯干比例均衡，气质高雅，活像夜场灯光下的人妖，妩媚鲜亮。侯增平把猫放在事先准备好的笼子里，给它们添了水和猫粮。一天后，猫就学会了在沙堆里撒尿屙屎。两只猫很乖，侯增平睡觉时，它们安静地待在一边。其中一只猫会撒娇，四脚朝天仰头看着侯增平，慢慢地扭动身体，翻过去，再把头倏地转过来，动作让人忍俊不禁。吃饱后，两只猫喜欢颠着猫步，大摇大摆地在库房里逡巡，仿佛把库房当成了秀场。

小郭买了一只大蜥蜴。这种来自史前的动物瞪着一对冰凉的眼睛，望着两只暹罗猫。一只暹罗猫悄悄走过去，在蜥蜴背上闻闻，发出"呲"的惊叫，胸毛立刻竖起来了，空荡荡的库房多了几分紧张气氛。小郭走上前去，想阻止猫做出危险动作。蜥蜴却对猫的行为视若无睹，它慢慢扭动身子往前爬去，一直爬到库房门口，用冰凉的眼睛望着幽暗的走廊。

五

"企鹅号"返回青岛是个上午。货轮临近港口前，城市由远而近，圣弥厄尔教堂的尖顶、海关大楼的轮廓逐渐清晰。王海生第一次离家这么长时间，一切都觉得亲切。货轮在泊位停下来。侯增平提着两只暹罗猫，小郭抱着那只蜥蜴，一前一后走下货轮。王海生的脚刚着地，恍然觉得高楼和马路仿佛海上的波浪，在脚下起伏着。第一次出海的人，都有这样的感觉。

水手们陆续走出码头。码头外面的梧桐树下停着一辆红色宝马车，小郭抱着那只蜥蜴，走到红色宝马车前。侯增平用眼神朝王海生示意着，他顺着侯增平的眼神看去，宝马车的车门开了，开车的是个中年女人。小郭抱着蜥蜴上了车，宝马车沿海边的柏油路开走了。

小郭傍了一个富婆，听说这个女人有背景。侯增平说。

王海生望着宝马车远去的影子，在路边愣了半天。

第一次出海，王海生连工资带补贴，一共领了一千多块钱，是他在食品厂收入的几倍。这可是靠体力挣的钱啊。想起以前在食品厂上班时，一个月才三百多块钱，总是不舍得花。有次陪王小琳逛利群百货，看见有人在柜台前大把花钱，专挑贵重的东西买，他既羡慕又嫉妒。他想，啥时候自己有钱了，一定来利群百货显摆一次。离开码头后，他打了一辆出租直奔利群百货。那天，他也体验了一次有钱的感觉。他给自己买了一件衬衣、一瓶摩丝，给王小琳买了一件羊毛衫和一双高跟鞋。买完后，又打了一辆出租，兴冲冲地回到家。

在海上漂了十几天后，王海生太累了。他回到家倒在床上就蒙头大睡，醒来时已经是下午时分。见离天黑还有段时间，王海生提包去市场买菜。公交车一路摇摇晃晃的，下车后，他径直朝市场走去。摊位有各种蔬菜、猪肉、牛肉，还有卖活鸡的。他觉得自己有钱了，买菜就很大方。买完后，他提着蔬菜和海鲜，再坐上2路车回家。回到家，他放下菜和海鲜，开始拾掇厨房。王小琳平时卖服装，很少有时间收拾家。他把灶台和碗筷一一清洗了一遍。天色渐渐昏暗，一群麻雀从半空中落下来，对面楼上的灯一盏盏亮了。

王小琳回家已经晚上七点多了。进门后，见王海生回来了，问，啥时回来的？

上午回来的。王海生在厨房边收拾东西边说。

回来怎么也不告诉我一声？她口气里有些责怪。

在海上晃了十几天，一直睡不好。回来就睡了。他说。

又站了一天，快累死了。王小琳说完，把包挂在衣帽架上，开始在椅子上清算账目。她卖服装有个习惯，每天都要清算一遍当天的账目。王海生在厨房里开始做饭。他边做边想，两人在食品厂时，每次约会都要做爱。那时不知道为什么有那么多激情，结婚一年后，那种激情就像一堆火苗，忽然熄灭了。他一直不明白这是为什么，大概就像人家说的，爱情这玩意儿是来得快，去得也快。他有时甚至想，自己和王小琳年轻时的性爱是爱情吗？

吃完饭后，王海生心里嘀咕，和王小琳很久没有做爱了。想到这里，他伸手去抱王小琳，被她一把推开了。

王小琳问，这次出去挣了多少钱？

王海生说，连工资带补贴，总共一千多块呢。

王小琳满脸高兴地说，真的？跑船原来能挣这么多钱。拿来我看看。

王海生不高兴了，说，钱的事明天再说吧。他又想去抱王小琳，又被推了一把。

王小琳把手伸到他面前说，今天的事今天就做。明天还有明天的事。

听到这里，王海生刚才的念头一下没了。

他把钱从包里掏出来，一把甩到王小琳面前，拎起被子走出房间。他躺在沙发上，怎么也睡不着。外面传来流浪猫的叫声。他望着走廊反射进房间的月光，心里突然一阵烦恼。他轻轻把门掩上，悄悄退到走廊，又慢慢走到楼下。入夜后，水手街很安静，灯光在石板上一闪一闪的，一只猫正慢悠悠地穿过有月光的马路。他独自在路上走着，不觉走到一座建筑附近，一股蔷薇花淡雅的花香扑鼻而来。他抬起头，见二楼的灯光穿过玻璃，在地上投下一道暖色的光晕，窗口传来一阵琴声……他突然想起来，这里是市南文化馆的琴室。他让自己镇静了一会儿，慢慢离开那座建筑，朝街头一家发廊走去。

一辆电车驶来，灯光照在树木和墙上。电车驶过后，树木和墙变得幽暗起来，只有发廊昏黄的灯光在夜里闪烁。王海生不觉走到发廊门口，见一个发廊女在给一个年轻人做按摩。他走进去时，发廊女抬头朝他看了一眼，示意他在椅子上坐下，又朝里屋叫了一声，冉冉，倒杯水。随后从里屋走出一个女孩。女孩看上去像中学生，齐眉刘海儿下有一双大眼睛，眼影是淡粉色的。叫冉冉的女孩倒了一杯水，翘着兰花指的手里捏着一个茶盅，走到他面前笑着说，大哥，喝茶。女孩说完仰了一下头，他看出女孩眉宇间露出一丝风尘气。

他一边喝茶，一边朝前打量着。发廊女让年轻人的头挨近自己胸前，十指在他头上、面部、脖子上像蛇一样缠绕着。收音机传出一首流行歌曲：雪在烧……雪在烧……风中的花朵……绝望地奔跑……年轻人做完按摩刚走出门，又进来一个中年男人。发廊女朝中年男人走过去，在他耳边说着什么。中年男人听完坏笑了几声，随后和她去了里间。半小时后，中年男人做完按摩后走出房间，把钱塞到发廊女领口，顺手摸了一下她的胸，转身往门口走去。

发廊女转身对王海生说，帅哥，你想按摩吗？

王海生犹豫了一会儿说，不，我不要。

王海生扭头往回走。夜深了，路上行人很少，路灯把路面照得闪闪发光，树木上空却漆黑一片。他回家时，刚走到楼梯口，听到王小琳在床上鼾声大作。

六

货轮去菲律宾时，侯增平从马尼拉港带回一个女人，她叫特里奥娜，侯增平给她起了个中国名字——娜娜。

侯增平一直单身。最早有人给侯增平介绍对象，他母亲挑三拣四，不是嫌人家颧骨高，就是嫌人家屁股小。侯增平母亲说，女人颧骨高克夫，屁股小生不出孩子；男人一辈子最重要的是找个好老婆；女大三，抱金砖，你看我比你爹大三岁，你爹找了我享一辈子福……侯增平三十八岁了，还是条"单身狗"，他的婚事完全是砸在他母亲手里。

货轮到马尼拉后，王海生跟着侯增平去过一个巷子。那里有个红灯区，房子外面贴着炫目的招贴画，窗玻璃透出闪亮的灯光，不时有男人女人晃动的影子。

这个叫娜娜的菲律宾女人会说汉语，她说自己祖上是江苏南通人，早年，她曾祖父跟着一伙人下南洋，最终留在了马尼拉。她曾祖父曾经在马尼拉有几个店铺，但因为吸毒，家族很快败落了。侯增平和娜娜在船舱里亲热，王海生只好走出货舱，来到外面甲板上。他随身带了一本《心经》，是姨妈送的。他姨妈离婚后皈依佛教，成了一名居士，每日在家烧香拜佛。姨妈每次见到王海生就说，人生就是一场空幻，海生，信佛吧，一切万物皆归无常，只有佛能渡所有苦厄。那几年，王海生刚离开食品厂，生活压力很大，哪有心思信佛。这本《心经》在他床头几年了，落了一层灰。上次和侯增平在曼谷看过表演后，他反复告诫自己，不管遇到什么疑惑，都要守住心性。这次去菲律宾前，他抹去《心经》的尘土，把它带在身边，得空翻上几页，心里果然静了许多。

异国的月色洒在甲板上，雪一样白。这个夜晚，在一片茫茫大海上，他望着暗蓝色的夜空，嘴里轻声念道：舍利子，色不异空，空不异色，色即是空，空即是色……一片片冰凉的东西落在他的脸上，他用手拭了一下，是几滴雨水，哦，外面下雨了。空中传来大雁的声音，"嘎嘎""嘎嘎"，叫声时大时小，断断续续。王海生抬头朝夜空望去，水星在南，北斗在北，群星在天空中闪动着。夜空充满暗蓝色的天光，那是来自宇宙的光芒。

又一阵叫声传来，他仔细朝声音方向寻找着，却什么也没有看到。

侯增平把娜娜带到青岛，在服装市场为她租了一个摊位，和王小琳的摊位很近。娜娜很有经商天赋，很快就和大家混熟了。有一次，娜娜认识了一个俄罗斯船员，那个船员长得虎背熊腰，一脸络腮胡子，名字叫瓦西里。侯增平知道，许多俄罗斯船员来青岛，都会去服装市场带货，带的大都是中国的纺织品。那次，瓦西里一次带了三十套衣服，仅这笔生意，娜娜就赚了两千多块钱。瓦西里家是海参崴的，他和娜娜建立了一种贸易关系。为了感谢瓦西里，侯增平请他吃过一次饭。后来，娜娜干脆从青岛纺织厂拿货，去海参崴做纺织品贸易。她坐火车从青岛出发，到绥芬河中转，第二天乘大巴去海参崴。瓦西里在海参崴已经找到购货商，两天后，娜娜带的纺织品很快就出手了。

一次出海途中，侯增平对王海生说他不想跑船了，想和娜娜去市场卖服装。侯增平说，卖服装比咱们跑船来钱快多了。在船上晃悠半年才能挣一万块钱。王海生想，跑船虽然辛苦，可比自己在食品厂时挣得多。他看了侯增平一眼说，跑船是挣钱不多，可都是自己辛辛苦苦得来的，这样心里踏实。侯增平说，踏实个屁，你没听人家说吗？现在这个年头，出力的人不挣钱，有钱的人不出力。撑死胆大的，饿死胆小的。你知道有个叫牟其中的人吗？王海生说不知道。侯增平说，人家牟其中用国内的纺织品，去俄罗斯换了一架飞机。王海生说，他换他的飞机，咱跑咱的船，这事之间没关系吧？侯增平说，你这人是猪脑子，和你永远说不清。

那天货轮回到码头，天已黑了下来。侯增平从码头回家，见房门开着一条缝。他推门进去，娜娜裸着身子坐在床上，床在轻轻晃动。娜娜的眼睛闭着，随着床的晃动，她的奶子像一对灯笼，在灯光下跳动着。侯增平看见娜娜身下有个男人，仔细一看是瓦西里。他放下背包，快步跑上前去，刚把娜娜拉下床，瓦西里一下从床上跳起来，顺手打了他一拳。这一拳打得挺重，侯增平晃了两下倒在地上，眼前直冒金星。等他醒过神来，瓦西里已经走了，娜娜已经穿好衣服，正坐在床边抹眼泪。侯增平狠狠抽了娜娜两巴掌，问，你和那个浑蛋怎么勾搭在一起的？娜娜哭着说，是他勾引的我。侯增平问，你说的可是真的？娜娜哭着点点头。

次日，侯增平叫上王海生和小郭，一起去码头找瓦西里，想好好教训他一顿。早晨八点多，仨人打了一辆出租车，一路朝码头赶去。码头泊着几艘装满集装箱的货轮，几个外国船员正从舷梯上往下走，沿海边的水泥路走出码头。最深泊位停着一艘万吨级货轮，上面挂着俄罗斯国旗。一个年轻水手正在用水龙头冲洗甲板，见三个中国人气势汹汹地走来，年轻水手用笨拙的中国话问，请问你们找谁？侯增平气冲冲地说，我们找瓦西里。年轻水手朝货轮底舱指了一下说，他在下面。侯增平朝前走了两步，被年轻水手挡住了。他说，你们不能随便下去。侯增平说，那你把瓦西里叫出来。年轻水手放下水龙头，朝货轮底舱方向哇啦哇啦地喊了几句，随后，舷梯传出一阵"咚咚"的脚步声。一会儿，那个叫瓦西里的船员从舷梯走上来。他朝年轻水手叽里咕噜地说了几句，回头看见侯增平身后站着两个男人。他从口袋里掏出一包俄罗斯香烟，想给侯增平递过去，被侯增平一把打掉了。瓦西里自己掏烟点上，朝侯增平吐出一口烟，用蔑视的眼神看着他。

王海生站在侯增平后面，感觉这个叫瓦西里的船员不太友好。你在别人的国土上，睡了人家的女人，不但不道歉，还用这种态度对待人家，真是有些欠揍了。他听到瓦西里说，你们是来打架的？三个人打一个人可不公平。你们知道普希金为自己老婆和丹特士决斗的故事吗？那可是一对一的。侯增平说这个我不知道，我就知道我们是来揍你的。说着抢先一步，把瓦西里手里的烟夺下来，踩在地上，又顺手打了他一巴掌。这一巴掌力气挺重，把瓦西里打得退了两步。侯增平顺势往前跨了一步，使足力气，又朝瓦西里打了一巴掌，瓦西里一闪身躲过了。侯增平又往前跨了一步，朝瓦西里打了一巴掌，瓦西里顺势抓住侯增平的手，往后猛地用力，把侯增平"啪"的一声摔在地上。侯增平趴在地上，半天没爬起来。瓦西里转过身，用长满黑毛的手指着王海生和小郭说，你们真是没有骑士精神。要不要你们三个人一起上？他说着朝小郭身前跨了一步，一把抓住小郭的衣领，把小郭举了起来。小郭的手像一只鸟一样，在空中胡乱比画着。这时，王海生大喊一声，把他放下。瓦西里在喊声中停下了，他回头打量一眼这个瘦高个子、皮肤白皙的年轻人，说，你们真想三个人一起上？好，我给你们个机会。

王海生往前走了一步，对瓦西里说，你刚才不是说普希金和丹特士决斗的故事吗？那咱们两人就来个一对一，怎么样？瓦西里冷笑一声说，年轻人，你不是开玩笑吧？王海生说，大白天的，我没时间和你说废话。瓦西里又冷笑一声说，你不怕我一拳把你打残了？你要是现在后悔了，还可以把话收回去。王海生说，君子一言，驷马难追。

王海生和瓦西里说话的时候，周围陆续来了一些围观的人。瓦西里晃着膀子，朝王海生大摇大摆地走来，他的手在空中握了几下，手指发出"咯吧咯吧"的声音。然后一个跨步朝前扑来，王海生身体轻轻一闪，躲开了瓦西里。他知道如果被瓦西里抓住，以自己的体力是斗不过他的。王海生是在闪躲时出手的，那只是瞬间的事，他听到瓦西里扑倒在地时，身体发出骨头断裂的声音。

王海生舅舅是胶东半岛著名的拳师，新中国成立后隐姓埋名，长期隐居崂山。王海生初中暑假跟舅舅练过拳击，他曾二十天打破三个沙袋。

瓦西里倒地后半天没起来。侯增平从旁边走过来，把瓦西里的头按在地上，在他背上踢了两脚。王海生把侯增平推开，把瓦西里从地上扶起来。瓦西里站起来后，不断晃着脑袋，嘴里不断用俄语说着什么，王海生在他脸上看到一股不服气的表情。他走上前，用手拂去瓦西里身上的沙土。他闻到瓦西里身上有一股尿臊味道。瓦西里下身一片潮湿。

后来想起那天和瓦西里的打斗，王海生心里着实有些害怕。

码头派出所的警察来了。侯增平认识这个警察。他走到警察面前掏出烟，警察对他摆摆手。警察让他们几个人到派出所录口供。在派出所里，警察询问他们为什么打人时，侯增平说，瓦西里和我老婆乱搞，被我当场逮住了。他不但不道歉，还出手打了我。我就是想当面好好教训一下这个老毛子。侯增平气愤地说。警察朝他说，那也不能跑到码头来打人啊，你们这样万一把他打残了，弄不好就会影响咱们和俄罗斯的关系，那样事情就搞大了。警察回头责问瓦西里，你是和人家的老婆乱搞了？瓦西里说，我们那不是乱搞。我们是……两厢情愿。瓦西里的中国话越说越溜了，连"两厢情愿"都会说。侯增平一听又来气了，他朝前一步刚抡起拳头，被警察挡住了。警察让瓦西里给侯增平道歉，发誓再也不和娜娜见面。瓦西里当场发誓，再也不和娜娜见面。侯增平的怒气渐渐消了。

一个月后，货轮从马来西亚回来，侯增平发现屋里空荡荡的，娜娜把他的东西全卷走了，只剩一张床。王海生去看他时，侯增平四仰八叉地躺在床上，眼里空空的。半晌，他摊开双手说，没了。我半辈子的家业没了，什么都没了。

七

"企鹅号"货轮去神户港是个冬末。货轮进入日本海不久，在距神户港不远的海上遇到残留的海冰。

王海生在食品厂时经历过海冰。那一年天气奇寒，大雪一场接着一场，风像刀子割得皮肤生疼。很多老狗因为天气寒冷，夜里冻死在路上，一些夜行的鸟在空中哀鸣几声，突然从瓦蓝的夜空坠落。整个胶州湾完全被海冰覆盖，来自外国的货轮开不进来，一直停在很远的海上。那是胶州湾有文字记载以来最大的海冰。往日波涛汹涌的海水不见了，取而代之的是大片冰面。巨大的冰块在海水作用下形成奇怪的形状，层层叠叠地堆积在一起，堆成一座座小冰山。白天，蓝幽幽的冰块发出坚硬刺目的光芒，海面一片死亡气息。夜里，海岛的灯塔不断闪烁着，向船只传递海冰的信息，数百条渔船被牢牢地冰封在海里。后来，海军的破冰船来了，破冰船如同一头巨大的蓝鲸，在冰面上喷云吐雾。海冰被粉碎了，冰块被崩射到空中，又一块块落进海里。破冰船在"咔嚓咔嚓"的响声中迅速向前推进，冰封的海面被辟出一条宽宽的航道……

为了避免海冰对船体造成损坏，"企鹅号"货轮行进速度很慢，傍晚才渐渐靠近神户港。

神户港位于日本本州南部的兵库县芦屋川河口西岸，濒临大阪湾，是日本最大的集装箱港口。王海生在甲板上远远看见神户港塔，塔顶的灯光在傍晚闪着寒光。虽然冬季即将过去，但神户的温度要比青岛冷了许多。下船前，他穿上那件蓝色面包服，那是他当水手第一次发工资买的，已经跟随他两年多了。他把自己裹得严严的，跟着侯增平慢慢走出货轮。因为娜娜的离开，侯增平心里很郁闷。吃完饭后，他想带着王海生去神户港附近的夜市玩，王海生说想自己走走。侯增平在码头门口打了一辆出租车，很快消失在朦胧的夜色里。

王海生第一次来神户，他不能走远，必须待在离港口不远的水手区。神户的夜晚，路灯下晃动着穿和服女子的身影，风中不时传来委婉阴柔的日本音乐，他心里不免有一种身在异国的孤独感。王海生沿着街道漫步到一个广场，这里正有一支小乐队在演奏。他在一旁观望了一会儿，便随懒散的人群继续往前走。两天来，海上的颠簸使他有眩晕的感觉，为了清静一点，他拐进旁边一条小巷，在这里，那种喧哗声渐渐消退了。他在小巷走了大约一刻钟，忽然听到一阵钢琴声。他放慢脚步，从一条巷子到另一条巷子仔细打量着。走了一会儿，他觉得每条小巷都有轻柔的音乐声，那些从夜的深处发出的声音，在周围四处弥漫着。正当他以为钢琴声就在附近时，琴声又忽然消失了，只见红黄相间的灯光在闪动。

王海生觉得是自己出现了幻觉。其实，他只想找个地方喝一杯咖啡，或者一杯红酒。他看见前面有家居酒屋，他在门口犹豫了片刻，轻轻推门进去。门上的铃铛"当啷"一声，提醒有客人进来，一年轻女子迎上来，对他俯首说了声"空尼几瓦"（日语你好的汉语谐音），王海生随着一声"空尼几瓦"走进去。里面比较安静，几个客人或倚靠沙发，或斜倚吧台。王海生找了一个僻静位置坐下。一个男人坐在吧台椅子上喝酒，看样子是日本人；一个女人在嚼冰，冰块被她不断塞进嘴里，咬碎时发出锐利的声音。房间拐角有一台唱机，旁边摆着一叠唱片。日本男人喝过几杯酒后，朝女招待打了个响指，女招待用日语和他嘀咕了几句，随后，女招待走近唱机，将一张唱片放进去。唱机沙沙响着，传出邓丽君的《襟裳岬》。

从第一次听开始，王海生就喜欢这首歌。他了解到襟裳岬是日本北海道一块伸向太平洋的海岬，长达一百多公里，在山脉间形成许多岩礁，断续延伸到海湾数公里远的洋面上。襟裳岬是寒流与暖流的汇合点，经常大雾升腾，海浪翻滚，构成一幅充满律动的景观……他随着音乐轻轻哼唱着：

海边掀起浪涛

激荡了我的心

记得就在海边

我俩留下爱的吻

那样美又温馨

如今只有我一个人……

他一边哼唱，一边向四周巡视，发现靠窗位置有一架钢琴。他想，也许刚才听到的琴声就是这里发出的。

随着一艘邮轮到达，酒吧的客人逐渐多了起来。邓丽君的歌声停下后，一个欧洲客人点了一首钢琴曲。几分钟后，一个女人从灯光暗淡的位置上站起来，缓缓走到钢琴前。女人在钢琴前坐下，伸出双手，轻轻敲击了琴键，钢琴发出一阵轻柔的旋律，是柴可夫斯基的《四季》。王海生觉得弹琴女人有些面熟，他不禁从座位上起身，往前走了几步。借着昏黄的灯光，他似乎认出了坐在钢琴前的女人，觉得眼前一阵恍惚。不知道是自己脑子出了毛病，还是时间在倒转，眼前竟出现了八年前的景象：市南文化馆琴室的灯光下，一个女人从门口进来，缓缓走到钢琴前……

他定睛一看：是孔燕子？

王海生不相信自己的眼睛。他不相信会在神户遇到自己暗恋多年的孔燕子，她可是消失好多年了啊。这是不可能的，上帝不会这样安排的。他又仔细看了几眼，嗯，这个弹琴的女人确实是孔燕子。

孔燕子穿着一条紫色百褶长裙，白色羊毛衫上镶着一串黑色的珠片，脚上是一双天鹅绒面的高跟鞋。她看上去有些发福，不过身材依然优雅。她显然没看到正在暗中端详自己的王海生。孔燕子端坐在琴凳上，双手在琴键上起伏着，表情伴随着钢琴的旋律，沉浸在柴可夫斯基《四季》的情境里。

王海生想起八年前那个晚上，市南文化馆外面出现的黑色轿车。那是一辆凯迪拉克牌轿车，当年，市南区只有两人有凯迪拉克，一个是在海上走私原油的暴发户，另一个是做纺织品出口的日本商人。

日本商人？凯迪拉克牌轿车？

王海生突然把孔燕子当年消失，与那个做纺织品的日本商人联系起来。他在心里画了一条虚线：孔燕子——凯迪拉克车——日本商人——神户……不知为什么，孔燕子弹完《四季》后，他突然想听《命运交响曲》，那是孔燕子八年前反复弹的曲子。他把女招待叫到面前，用汉语说出《命运交响曲》，女招待朝王海生一边点头，一边说着"哈依"，然后走到孔燕子面前。几分钟后，《命运交响曲》在酒吧里响了起来。

八年后，王海生再次听到孔燕子弹的《命运交响曲》，心里悲喜交集，泪水一下涌了出来。

他怕被别人看见，把脸转到暗处，轻轻拭去眼角的泪水。随后，他向女招待要了一杯芝华士。

先生想要哪个牌子的？女招待俯身问他。

普通的芝华士就好。加一点冰。王海生说。

一会儿，女招待托着不锈钢盘子站在他面前，盘子里是一杯苏格兰芝华士，43度。他审视了一眼酒杯，里面有两块形状精致的冰块，漂在橙色的玻璃杯里。他端起来喝了一口，然后眯起眼看着不远处的孔燕子。孔燕子一直在弹琴。只是看起来她的技艺比八年前更成熟，曲调却多了几分悲怆。时间不仅能改变一个人，也能改变一首钢琴曲的曲调。《命运交响曲》弹完后，他朝坐在钢琴前的孔燕子走去。

孔燕子就是这个时刻认出了朝她走来的王海生。

八

次日，神户下了一场雨夹雪。细雨夹杂着雪花，从上午开始不停地下着。下午三点多，王海生从码头出来，看到在门口等他的孔燕子。这时，雪已经变成了雨，细雨纷纷扬扬，不断落在他们身上。见面后，俩人相视笑了笑。孔燕子撑开一把紫色雨伞，王海生躲进伞下，慢慢走在柏油路上。几只海鸟掠过低矮的房子，朝海面方向飞去。

好久不见了，没想到会在这里遇到你。孔燕子语气里有一丝喜悦。

我也没想到，真是天意。如果货轮不来神户，就不会遇到你。王海生说。

我请你一起去吃中餐吧？孔燕子终于打破沉默。

中餐？这里有吗？王海生问。

孔燕子说，我听说"南京町"附近有家中餐馆挺不错。

俩人在伞下走着，身体偶尔碰在一起，又立刻避开。他们拐过两条街，前面出现"南京町"字样的牌匾。

"南京町"是一条华人街，许多来自国内的华人住在这里。孔燕子边走边说。

王海生见"南京町"和青岛的中山路差不多，路边有许多老式建筑以及商品专卖店和咖啡馆。孔燕子在一家中国餐馆前打量了一番，朝王海生说了一句，"大概就是这里"，然后扭头走了进去，王海生也跟着走进去。

餐馆墙壁上挂着梅兰竹菊四扇红木挂屏，另一面墙上挂着两幅书法卷轴。侧面是一道两米长的屏风，绣着几团硕大的牡丹。餐桌上铺着蓝色印花桌布，托盘、茶具都是中国的水墨风格。他们找了一个临窗位置坐下，一个二十多岁的年轻人走过来，递上一个菜单。孔燕子接过菜单，点了一瓶红酒和几个小菜，还回菜单时问：会说汉语吗？

年轻人的眼神忽然亮了起来。他高兴地问，你们也是中国人吗？孔燕子微笑着点头。年轻人几步跑到楼梯口喊道：老板娘，快来呀，有中国人来了。他刚喊完，楼梯立刻响起一阵脚步声。随着脚步声越来越近，一个老板娘模样的女人下来了。她可能在三十五到四十岁之间，穿一套紫色裙装，头发盘在脑后，一副干练的样子。她绕过餐桌走到孔燕子跟前，微笑着问，朋友，从哪里来？孔燕子说我是青岛的。老板娘笑了一声，我是济南的。王海生心里一热，没想到在这里遇到山东老乡。前几年看《北京人在纽约》，经常想起青岛人在日本的故事，因为很多青岛人越过大海，去了与之毗邻的日本。老板娘站在一旁继续介绍自己，她来日本十几年了，最早是在一个老乡餐馆当服务员，攒了些钱后，就开始自己做餐馆了……她的普通话带着一股乡音，让王海生和孔燕子感到特别亲切。老板娘说完就去招呼别的客人了。很快，年轻人端来一瓶红酒和几盘小菜。孔燕子开了红酒，他们开始谈起往事，说起水手街的邻居、几个共同认识的人……

一晃八年多了……王海生说。过得真快，不是一般的快，像是……我实在想不出恰当的比喻。

像是做了一个梦。孔燕子说。

王海生问，这些年，你一直在这里？

我去了很多地方……孔燕子说。

你当年为什么……他想问，你为什么离开了青岛？但话到嘴边却问道，你过得好吗？随即，他看到她在摇头。

我来日本后，想过和你联系，但是……孔燕子欲言又止。

我可以问一个问题吗？王海生问。

孔燕子说，你想知道我为什么离开青岛？

王海生点了点头。孔燕子喝了一口酒，望着窗外叹口气说，你还是不要问了。

王海生看见她眉宇间闪现过一丝痛苦的表情。

王海生和孔燕子吃完饭，结了账，和老板娘道了再见。出门走了很远，看见老板娘还在和他们招手。走出餐馆，天上依然飘着雨丝。街上，一对情侣在雨中接吻。雨伞落在地上。

你晚上可以不回船上吗？孔燕子边走边问。

王海生没想到她会这样问，他当然明白孔燕子的意思。他反问一句，你方便吗？

孔燕子说，我没有什么不方便的。

孔燕子带着王海生来到一个小宾馆。前台坐着一个女孩，深色皮肤，留着长发，前额烫出了一点发卷，唇膏带一点紫色。孔燕子用日语和她对话。说完，女孩带着他们来到一个房间前，她把钥匙递给孔燕子。女孩走远后，孔燕子开门走进房间。客房很简单，一张榻榻米，一个茶几和一个双人沙发。外面的冷空气冲淡了房间里的味道，暖气没有完全暖起来。孔燕子打开空调后，脱去外面的毛衣，转身走进卫生间。不久，里面传出水流的声音。王海生走到窗前推开窗户，外面是两层楼的日式老房子，远处是神户港的海面，海上停着几艘货轮。他想找到"企鹅号"的位置，却一直没有看到。一会儿，孔燕子围着浴巾走出卫生间，她头发的水珠顺着脖颈流下来，身上散发出沐浴露的香味。王海生下身一阵发烫。他努力控制着自己。

孔燕子走到他身边，轻轻地说，海生，过来抱抱我。

他走上前去，用双手把孔燕子环抱在怀里。他的身体在颤抖。大概过了十分钟，他像一只饥饿的猎豹从草丛突然跳了起来，露出一副野蛮的样子。他们挤在那张榻榻米上疯狂地做爱。

完事后，王海生借着昏黄的灯光，看见她背上有一些不规则的紫色印迹，像是瘀青，其中有几道像是几天前留下的。他盯着她背上的痕迹，百思不解。孔燕子知道他在端详自己，便转过身来说，那些地方是香烟烫的。

他一时无语。谁干的？他的声音有些干涩。

她没有回答，却说了一句，你没必要知道太多，睡吧。

孔燕子说完很快就睡着了。海上的汽笛一声声从夜空传来。王海生一直难以入睡，他心里非常困惑，究竟是什么让一个美丽的女人变成现在的样子？

王海生是在闹钟声中醒过来的。醒来后，发现天早已亮了，孔燕子已经离开了。他感觉自己做了一个梦，当然那不是梦。他胳膊上的咬痕以及枕头边几根黑色的长发，实实在在地留在眼前。

他走出宾馆，望着湛蓝的穹顶下，万物晶莹闪烁，心情却平添了几分忧郁。他在宾馆外面叫了一辆出租车。车窗外的建筑慢慢从眼前滑过，海湾一片蔚蓝，海滩显得孤零零的，到处弥漫着海草的腥味。他走进"企鹅号"货轮的船舱时，侯增平正在洗澡，船舱泛着沐浴液的味道。侯增平洗完澡，穿好衣服后笑眯眯地问：昨天晚上去哪儿了？也不说一声。我一直等你回来。

哦。我碰到一个老朋友。他淡淡地回答。

是女人吧？你可是从来没有女人的。

女人？啊……他不置可否。

货轮返回青岛途中，他眼前不断出现孔燕子背上那些紫色印迹……那是香烟烫的……孔燕子淡淡地说。

九

货轮再次去日本是个初夏。这次出海，王海生怀着一种忐忑的心理。他希望再次见到孔燕子，又担心这次相见会使自己生活产生变化，他不断通过收听广播来消减心中的忐忑。他的海燕牌收音机虽然旧了，但可以收到清晰的频道信号。

货轮在神户港靠岸是个上午。和往常一样，货轮靠岸后，水手们陆续走出码头，在水手区购物的购物，找乐的找乐。

王海生一路惦记着孔燕子。他走出码头后，径直朝那家居酒屋走去。神户的夏天和青岛有点像，暖风带着潮湿的气息从海上吹来，海鸟在天空"呱呱"叫着，鸽群呼啦啦从房顶飞过。他走进那天晚上去过的巷子，发现这些巷子都各不相同，这一条平和温顺，另一条则风情万种。他记不起居酒屋是在哪条巷子了，他在附近来回走了很长时间，也没找到。他恨自己当时没有留孔燕子的电话。王海生使劲拍着脑袋，心里暗暗骂着自己。

当他想转身往回走时，附近传来一阵钢琴声。他的心"咚咚"跳了起来。他转身朝琴声方向走去，走了不远便看到居酒屋了，他这才发现，原来它就在离自己不远的地方。他推门进去，依然有个年轻女子迎来，对他俯首说了声"空尼几瓦"。王海生认出这个年轻女子，他也朝她说了声"空尼几瓦"，年轻女子却没有认出他。他朝里面张望了两眼，看见钢琴前坐着一个女人，她弹的一首日本曲子。这个女人却不是孔燕子。

他意识到在这里弹琴的一定有两个人。既然白天是这个陌生女人，晚上一定是孔燕子了。

他问年轻女子：孔燕子什么时间来弹琴？

年轻女子摇着头说：孔燕子已经离开了。

哦？她离开了？她去哪里了？

年轻女子摇着头说，不知道。先生，你还有别的事情吗？

没有，我没别的事情。王海生神情慌乱地说。

他不记得自己是怎样离开那家居酒屋，又是怎样回到货轮的。

孔燕子再次从他的世界消失了。

"企鹅号"货轮返回途中遇到一场飓风，当时货轮离青岛只有八十海里，这是王海生当水手以来遇到最大的风暴。侯增平在整理甲板物品时，被飓风吹倒在甲板上。在即将被掀到海里时，王海生从背后抓住他。侯增平回头瞬间，王海生被一排海浪吞没了。

侯增平知道王海生水性好，但半个小时过去了，却一直没看见他的身影。船长不停地在甲板上喊王海生的名字，船长对失去一个好水手而伤心。货轮回到码头后，人们站在岸边，希望王海生能像鲸鱼一样，从海面突然冒出来，但他一直没有出现。

晚上，侯增平梦见王海生变成一条大鱼，从出事地点朝码头方向游来。开始时，王海生是跟着"企鹅号"货轮游的，他游着游着，体力渐渐不支了。过了一会儿，侯增平看见王海生被一条魔鬼鱼追赶着，那是一条脊背闪着黑色光亮的魔鬼鱼，他在海里从来没见过这种鱼。他使劲喊着，王海生，快点游啊，你快被追上了。这时，侯增平突然醒了。他坐在床上看着外面夜色深沉，半天没睡着。

三天后，人们在礁石上发现一具尸体。一大早，死人的消息很快传遍了水手街。侯增平听说后，放下手里的碗，一口气跑到事发地点。他看见前面围着一圈人，几只水鸟正在海面低飞。他跑过去扒开人群，看见礁石上横躺着的尸体，已经用帆布盖了起来。旁边站着两个警察，几名街道干部蹲在石阶上抽烟。侯增平走过去，弓下身，掀开帆布。他的手一直在抖。他看见尸体胳膊上有几道血迹，像是礁石划破的，脸被鱼咬得已经没了模样。两只眼睛睁着，好像死鱼的眼一样。

是王海生。侯增平从尸体胳膊的疤痕认出了他。

王海生的尸体是从八十海里外的海域漂回来的。

人们都觉得这事太神奇了。人们说这是王海生的灵魂带着他的尸体回来的。

上午，人们慢慢从四面八方朝海边聚集。"企鹅号"的同事和水手街的邻居都来了，王海生的脸上蒙了一块白布，他的遗体被人们抬着，一步步走出沙滩。路口停着一辆小型卡车，载着他去了位于郊区的火葬场。火化时，侯增平望着那座高耸的烟囱，一缕黑烟袅袅升起，瞬间消失在天空里。

"头七"过后，"企鹅号"货轮为王海生举行了海葬。

那天早晨，船长安排租了一条机帆船。船主把船靠近"企鹅号"平时出海的泊位，水手和家属们陆续登上船。侯增平坐在船头位置，双手捧着王海生的骨灰。机帆船发动起来后，船尾扬起一片水花，船慢慢离开码头。机帆船一直朝东南方向驶去，船到达王海生出事海域后，船主把船在海面停稳。水手和家属们朝大海鞠躬，王海生的骨灰被缓缓撒向大海。

原载《山东文学》2021 年第 4 期

《小说月报》2021 年第 6 期转载

茶 王

钱 幸

  请喝茶。这是她一天中说得最多的话。每次说这句话时，她的头都低垂着，刘海轻轻地绕过她额头，紫砂壶被她珍重地握在手里，绸褐色茶汤浩浩荡荡地冲出来，准确地落在茶杯中。

  黛笙，拿八八青饼给客人，结账。

  老老板把钥匙给她，屏风后面是个宽达一间屋的博古架，像放骨灰盒似的端庄虔诚地摆着一本正经的茶饼，从下到上，参照人间阶级划分，身价少则过百，多则过千上万，甚至百万。她抬头仰望了一下最高处的那个柜子，玻璃反射着凛冽的光芒，锁孔被阳光照得金灿灿，里面端庄地摆着那饼茶。那饼紫色包装的、整个店里最贵的，是一枚班章。她看它一眼，便心安了，舒坦了。好像它是她的一样。等客人走尽了，她要做她一天中最享受的事——踩着红木的梯子走上高处，双手端着板板正正地摆在架子上，好像站在了云端，用最轻柔的掸子把玻璃上的尘埃扫落，也许根本没有尘埃，毕竟店铺太干净了，而每一样器物都是精挑细选的，包括她。她喜欢这个仪式过程中散发出的醇熟香味，她喜欢这种讲究，在讲究的清晨和夜晚，穿着讲究的黑长衫系红腰带。

它给她一种有尊严，一种体面的感觉。你知道尊严和体面是什么感觉，它就像条蠕动的虫子寄生在体内，越是卑贱的人体会得越深。所以她常觉得，到茶店之前，她过的是日子，之后，过的是岁月。在她看来，活得有尊严、活得体面才叫岁月，仅仅活着只能叫作挨日子。从日子到岁月，就是有了质感，有了生的凭证，不算枉为人一场。

但回到家她就离这两个词远了，当然一定程度来说感触得也更深了。在家里，她不叫黛笙，她叫庄翠红。叫庄翠红的时候，她不太体面，她和赶集卖石头的丈夫、29 岁的儿子住在小区深处的平房里面，很多人以为那里是别人家的配房。其实一开始她的家更小，只有配房的一半那么大，两间顶顶小的屋子，一间客厅兼餐厅兼卧室，一间儿子的书房兼卧室。后来丈夫把前面一块空地也圈了进来，盖上了泥瓦和塑料布，这样他们就多了一间房，不下雨的时候，总算是拥有了一个独立的客厅兼餐厅。

那一天，儿子说，我想相个媳妇。儿子有点胖，腿脚不太好，五岁时跟她到她上班的宾馆玩，她洗一捆一捆的床单，儿子钻进滚筒，她一如平常地开机，听见吱扭一声，然后是哗哗啦啦放水的声音，她一如平常地发呆，最后才听到儿子在洗衣机里剧烈的哭声和拍打声。从那以后，儿子腿脚就不利索了，走路时一只脚向外委屈地扭着，手也跟着哆哆嗦嗦地外翻，身子像打了个波浪，如果你乐观地想，他走起来真的像单只手划着船。但父母没有几个是乐观的，生活把他们压塌了。丈夫开始酗酒，她换了好几次工作，干过卫生院的清洁工，也做过病人的护工和出院家属的钟点工。即便狼狈，她穿着依旧一丝不苟的干净，后来老老板相中了她，她总算可以舒一口气，在英雄山书市这种清雅地方，换上宽衣大褂，白天能雍容地倒茶，老老板见她沉静，晚上有时也带她跟茶商周旋，反正她是这么跟丈夫说的。

那天儿子说了想要媳妇的事儿，她捧着咸糊豆的手一抖，粥弄脏了衣服，她的心也往下坠着。她说行，丈夫没搭腔，放下筷子，抱着一块石头，绑在他二手自行车的后座上。先撤了，他说。丈夫赶早市，两人不一块。她摸摸儿子的头，有些亏欠地说，好。

进店时卷帘门已半开，有交谈的声音越来越急躁地洇出来。声音嗤嗤吭吭，有来有往的，像是吵架，又像斗嘴。她进去后，小老板和老老板爷俩像各挨了一锤子不说话了。

来这么早，黛笙。老老板扫了她一眼，到屏风后面拿了两饼茶交给小老板，拿去吧，你小时候它们就来了，按说你该叫它们个哥哥。

您能不能换个说法，瘆人。小老板把那两饼陈年易武茶随意地扔进斜肩挎的牛皮包里，抬眼看了她一眼，哟，今天来晚了。

是你来得早，老老板说，你快去吧，我多见你一面就少活好多天。眼不见心不烦。

我抓紧滚。他出门时又回头看了她一眼，想说什么，嘲讽的语气呼之欲出了，但还是舔了舔嘴唇，抬头望着云朵，天干物燥呀，他说。

小老板是今年刚从加拿大回来的。三年前，老老板老婆作古，他出现过一次，打着伞戴着幽蓝的墨镜，一种游离在画面外的样子。老老板当着他的面总是很严肃，是个没什么新意的古板父亲形象。但儿子一走，一脸老态的他会暂时地眉飞色舞起来，说起儿子小时候多么天资聪颖，手一放琴上，完整的乐章就会飞出来；跑得又特别快，全校的运动会拿第二呢；还会画画，画爸爸像笑口常开的慈祥弥勒。

老老板一直都很有钱，小老板从来都会花钱，后来，小老板自费加拿大留学，学阳春白雪的艺术。学成后，老老板给他几十万糟践着，让他由着兴趣爱好闯荡闯荡。他一个月就闯荡完了，伸手又要。老老板继续给，但是这次小老板搞了一个小剧团，脱口秀、相声、乐队，花样新潮，属于荤七素八的杂烩，有时候也在店里讲两段，顺便直播带货。那都是极新潮的东西——离翠红有闪电雷雨的距离。老老板似乎认为这也是出息，虽然与翠红理解得不同。有钱人怎么挥霍，日子都那么丰盈，穷人怎么紧缩，日子还这么干瘪，这就是与生俱来的。

每次碰上小老板，她会不自觉地盯着他的腿部，他的腿那么修长完整，走起路来像弹琴般协调，两条腿单是支棱在地上，都有一种不慌不忙的优雅，这让她觉得很刺目。他跟她儿子一般大。

老老板已经端坐在茶桌旁，她焚好香。照例开始打扫，在打扫的时候，她抬头去确认那枚最最昂贵的班章，或者说，是他们相互确认——它正正儿八经地坐在最高处，像个睥睨一切的皇上，它值得，老老板刚从拍卖会上将它捧回来时，眼里都是流星，刚刚起飞的那种。老老板说，黛笙，我拥有它了！你知道吗，这个数。她捂着嘴说，天哪，七万。老老板说，不长眼！我说的是位数。

有客人推门进来，转了几圈，不住流连。老老板只把前面低柜摆着的拿出来。客人说，不错呀，好着呢，顶级的！哎哟，就是价格贵了，再便宜点，800！800卖我，我还来买。

她想，像这种千儿八百的你都觉得不错，你还没识过真好货。那人跟老老板推来搡去很不像样，老老板说，不识货！大袖一甩，上街去了。客人悻悻地吐了一口唾沫，她皱着眉头上前拿白雪样的拖把清理。客人耷拉着下巴瞅她，老板娘吗？能给便宜点不？您说了算呐。

她把拖把往他脚底下伸，头也不抬，我是打工的，老板定价了，不能变，我们家的普洱，它值那个钱。

对方说，那也不能这么贵啊，这么一泡就没了，钱可是真金白银，这汤汤水水顶什么用。

她把手握在拖把头上，端起身子认真地看着他，声音里透出不客气：爱买不买，没折扣，出门右转过两个铺，有便宜的，请您那就便。

嘿，客人眉毛一挑，眼白多得像险些掉出来的塑料珠子，把外穿的褂子一甩，衣服下摆正好扫过她的脸，一股淡淡的烟味搅扰着空气。

神气个鬼，又不是你家的，你就是个打工的。这句话从风里递送过来，客人出门又是一啐。

在袅袅的炉香中，她冲着门外发呆。她拍了拍自己清爽整洁的大褂，尘世间的一切烦恼都暂停了、消弭了，茶香慢慢弥漫出来，都变成明亮玻璃后的烟幕，而她在时间中乘烟而去，茶香是普洱在呼吸，它们有着磅礴而安静的生命，并且妥帖地怜悯她，比起人的怜悯，它们的怜悯更生动，更巨大，它们像她的娘家，使她从卑微变得尊贵，她才不怕什么。

那天晚上老老板留她吃饭，他们去见一位云南的茶庄主。席间，他们说的专业术语、行话飘荡在飞沫中，像病菌一样传来传去。但是这天她心思没装在兜里，心里想的都是待会怎么开口。眼睛又被桌子上的饭菜吸引了去，一个个烟雾缭绕的盘子，精致的菜品做出各种造型，只占了盘子四分之一处。两个老板每样都挑一挑，品一品，筷子似乎是用来摆着的。老老板的牙是假牙，不喜吃肉，翠红也没怎么舍得。饭后，老老板照例说，这些菜倒了可惜，让黛笙拿回去喂狗吧，她养了一条大型犬呐。这又是话题引子，云南茶商有意示好，谈兴浓起来，非要跟她交流养犬心得。她不胜烦扰，敷衍几句，低头不说话了，只是使劲装着菜，直到服务员拿来的塑料袋不够了才收手。

晚上茶商送他们回去，她和老老板坐在后排，外面夜已经深沉得像一只被打昏的熊。老老板枯枝般的手攀上她的手。他自然没醉，他只醉茶，不醉酒。她低着头，一手小心地被握着，一手拎着菜汤，菜汤滴滴答答落在茶商整洁的车厢里，听起来像犯罪的声音。她知道老老板对她的那点意思。男女之间，这种暗潮汹涌很常见，她并不以此为意。但是今天她还要跟他借钱，这就使得关系复杂了，像裙子染着红，很不好看，不像样子。

车停在店前，茶商走了。她半拉开卷帘门，把饭菜挂在屋内门把上，两个人斜着身子弯进来，又开了夜灯，老老板鼻息已经过来了，叫她黛笙，让她给他捶背。她点了香，又把屏风后面的罐子柜子都一一检查好。她想选择一个开口的机会，就像在绵密的绸缎里插进一根针。老老板双手环抱起来，她一弯腰钻出来说，我家屋顶最近需要修缮，现在天冷呢，过几天北风一刮，在屋里跟街上一般冷！她拣了一个最无关紧要的理由。

老老板不说话，闭着眼睛，香炉的烟只是笔直地往上走。

需要多少？他睁开眼。

能提前给我预付几个月的吗？她低着头问，手又游到他后背上按捏。

黛笙，你家是个无底洞啊。

那有什么办法，她的叹气把香炉的烟吹倒了，像魂魄散了似的。

你得让你男人出去混钱。男人不出去混钱，女人就没法跟着男人混日子。

她手上加了一把劲，您说得容易，挣钱哪像你们这么简单，他原是个做木工的，吃手艺饭，现在都是机器生产，哪里还能用他？那手艺也是给村里做做凳子、柜子，当年是我非要农转非，让他没有营生，村里收了房子又回不去了，又是我把孩子耽搁下，到底都是我的错……

唉，你也不容易。老老板总结说，大概也是不想听她翻来覆去的唠叨，他又道，这些年你进步很快，跟着我也见了世界，不行你就跟他离，我再给你找个人家。

哪有那么容易。她说的是实话。儿子的残疾、丈夫的无用都跟她有关，像是长在她身上的两个疮。两个疮平时会肿会疼，但是藏在衣服底下，看不见不代表不存在。

明天我给你取，老老板翻过身搂住她，反正我没了，这个店也带不走……

她惦记着手里的饭菜。挂在车把上一荡一荡，汤汁不时就洒落在她的长裤上。回到家，她没着急洗裤子，先把盘子都端出来，把菜都倒在一块，往锅里倒油，热了热端到屋里。两人果然在看电视，丈夫说，嗬，你又享福去了，带什么好吃的了？

儿子的头就伸过来，在她周围作势闻闻味，说，有荤菜的味儿。

他们家没有大型犬，小型犬也没有。他们家只有人，偶尔吃不上肉的人。三个人在客厅的小茶几上坐下来，吃着剩菜，外面呜呜的风丝丝入扣、不依不饶地钻进来，丈夫缩着肩膀，拿出白塑料袋装的土茶泡了，汤混浊浊的。儿子剔完牙，躺在沙发上说，今天邻居大婶来找她，她不在，就给他看了张小照片，对方有眼疾。儿子补充一句，瞎子不好。

丈夫说，你还想要什么样的。瞎子反而是好。不嫌你。女的不嫌你才能过好日子。说完拿眼瞥她。一副上下端详她的样子。

她说，儿子你去吧，看看再说，要不拒绝一次，以为你眼光高，再不好给你介绍了。

第二天小老板又来了。胳膊上挂着的小女朋友像个俄罗斯的白娃娃，穿着贵气的貂皮，细长的腿笔直地露在外面。小老板对老老板说，我想南下搞个投资，你不在南方也有店吗？把这儿一卖，去哪不能开个更敞亮的店？再说我们乐队在网上搞直播，一小时就给您卖出20饼，那可是上好的冰岛呀。您守着这，几天能卖一饼。

你不懂，就算几天一饼，那也是缘分到了，人和茶的牵手，人懂茶，茶才稀罕人。老老板把茶水倒进茶盘中，热气熏着他皱巴巴的脸，再说这里有烟火气。我喜欢这，茶得和人在一块才有茶味。离得远了就只有植物的味儿了。

你管它什么味，价格在那，有的是人要捧着，就是个屎味，也是几十万、上百万的屎，人们也得围着闻、抢着闻。

我一跟你说话就生气，你赶紧走。

小女朋友娇娇俏俏地搂着小老板走了。

她以为老老板会又生气地踱出门去，结果老老板看着她打扫橱窗，又叹口气，说，我这孩子就是嘴皮子气人，他最近把茶开始推向直播了，黛笙——直播你知道吗？他要搞包装，还搞了一场茶演唱会，哈哈，他还跟加拿大一个公司联系上了，说要远销出去。唉，远销出去。也不知道是什么人在品这些茶，也不知道会不会品。黛笙啊——现在我们的时代要结束了。

她一愣，喃喃道，我感觉我的时代还没开始呢，怎么就结束了。

老老板突然站起来，眉头拧起来，你抓紧换衣服，怎么裤子上这么多油。

那天她回家，丈夫早早卖完了石头，在昏暗的客厅看电视，一杯茶一杯茶不断溜地喝着。屋里的穿堂风又开始穿过了她的身体，她觉得膝盖疼得有点像插了把刀子。她进厨房做饭，让混着油烟的热气捂着自己。白天她多暖和，在橱窗里面，被冬日的暖阳烤着，一身簇新的衣服，浑身散发着凌冽的茶香、檀香、沉香，晚上她就跌落到了地狱，家里没有暖气也没有壁挂炉，生生挨着冻。早先时候，他们烧过蜂窝煤，有一天早上，蜂窝煤将熄未熄，冒出的一氧化碳险些要了他们三口的命。那时候她还没去老老板那上班，她做清洁工，干一天累得整个人像是狂奔了六七里的骨架子，当她拖着沉身子从里屋爬出来，爬到大口喘气的丈夫和儿子身边时，感觉头疼得要炸掉，邻居们都在场，有的帮他们开窗扇风，有的在拉她，而她的睡衣上破着两个大洞。那时候她想的是，为何我们没有死去，要是煤气再汹涌一点，我们就能名正言顺地死掉。

她没有死掉，后来遇到了老老板，总算是尝到了冬天暖气那沁人心脾的滋味。

她正想着，丈夫呼啦一下拉开厨房门，问她要钱买石头。她不愿意，她"借"的钱是用来给儿子谈朋友的。丈夫狠狠捶了一下厨房的案板，说你又躲到这里开炉子烤热舒服呢。她眼里蒙上一层泪说，要不你做饭！

儿子回来了，搓着那只不大管事的手。她从里屋拿来被子给他盖上腿，儿子脸拧巴着，她没敢问，看来是相得不成功。后来丈夫又挤进厨房，立在门口说，又吃白菜啊，天天醋溜白菜帮。你的钱都去哪了？她正拿着菜刀，去哪了也没给我自己花。菜刀落下来，噔噔噔响着。

当晚他们吃饭时，开始起风了，院子改的客厅开始嗤啦作响，西北风到了他们家里，似乎转了向，似乎从每个方向吹进来，但是吹进来又不吹出去，冷风把他们捏着攥着。风还不要紧，到了晚上，开始下起了雨。大雨像尿急似的，一声急似一声。她把她和丈夫的旧棉服都加盖在儿子身上。后半夜，突然听到一阵巨响，哐当当，风放肆地夹着冷雨往人耳朵里吹。客厅里噼噼啪啪，好像灌进了雨。她叫醒丈夫，丈夫连忙披了雨衣挪动沙发，两个人拿来家里所有的盆、罐子接雨水。一阵风掀掉了顶棚的玻璃板，两个人淋得像被冰雹砸中似的。丈夫捂着头说得上去盖住，他去找梯子了。她进里屋也想找点盖的东西，却看见床头老年机一闪一闪。

在家呢？老老板在吼。

当然了，她捂着手机下端的话筒说，怎么了？

茶！我的茶遭殃了，这个雨太大，西窗没关。我留了道缝，这下可好，车被堵里面了，赶不过去。小孩打不通电话，黛笙——你！你快去看看店里，都怕潮怕淋，把西墙根的都挪到东边晾着，路上买些蜡烛，这个天小心灯管坏了短路。

老老板是一点儿都不会想到她有什么困难。她的房子正在雨里被压塌，她的丈夫正在房顶缩成一个黑色的小球鼓捣着。她的儿子梦里还在因为没有相上媳妇而痛苦地呻吟。她听见丈夫喊她，让她别傻站着，快过去给他递个家伙什。她木愣愣地递过去，手机又响，老老板的声音也像是浸泡到了水里——快点黛笙，还有别忘了蓝票和红印还在盒子里！

第二天一早，她在地板上睡着了。地板也温暖的，那枚贵重的班章就在她怀里。蜡烛像是不死鸟似的永远都没有燃尽的时候，无精打采地看着她。清晨从天而降，吵嚷落到了早市里，温暖的人声起起伏伏。半开的卷帘门下面，清晨的小风龇牙咧嘴地钻进来。老老板进来把她抱到屏风后面的贵妃圈椅里。她醒了。

又是一天。所有的茶都各归各处，所有的茶都意气风发。班章终于像个老佛爷似的端坐在橱窗里面，锁还是明亮亮的。这里没有雨水的痕迹。

老老板说，我把茶放进去了。辛苦了，然后看着她棉服里面旧旧的睡衣。眼神里有一种可怜她的模样，又看着门口处的泥脚印。说，赶紧换衣服，一会客人来了。

我马上打扫，她赶紧钻进里间，在换衣服的时候，对着旧衣裳踩了一脚。她原来觉得她在上流的地方，可以像那枚自知不菲的班章似的睥睨别人，她以为在这里她就能忘掉贫穷和寒酸。但你瞧，多么容易，这些衣服就出卖了她。

隔板后面，她听见老老板叹气说，昨天多谢你了。

小老板下午才赶到店里说，嗨，没事吧，我昨晚在马来西亚跟小孟度假呢。这是赶最早的航班过来的。您还行吗？

老老板说，又出去鬼混。

小老板说，旅游，顺道儿约了个印尼茶商，跨国生意，好过您在这憋嗤憋嗤忙活。

老老板说，你就败吧。

小老板翘着腿，对着黑色的手机屏幕捋额前的鬓角，我就说您这生意手段过时。现在是什么？信息化，产业化，商业化，您这就是抱残守缺，明日黄花。

行，你翅膀硬也有本事了。你闯就是，小心扑棱翅子断了才知道安生。

翅子断了不还有您兜着网呢，怕啥，咱家随便抖一抖，总是能撑个十年二十年的。

她听不下去，也觉得心躁，撒了个谎，早些回家。

回到家，客厅第一次这么明亮，因为有一个贯穿的大洞，屋里湿漉漉的像沼泽地。到处都是旧衣服和盆子。丈夫被儿子搬上床了。儿子抖抖索索地端了一个深盘子给丈夫喂水。

她问怎么了，儿子说，爸爸掉下来，腿折了。

她心里一阵酸楚。她当时咬着牙在风里雨里纠结过、犹豫过，最后纠结和犹豫都随风散雨而去。她挂了电话，裹了棉服，举起伞，骑上自行车就冲了出去。比起丈夫在暴雨里能怎么遮风避雨，她更在意的是那些茶不要受一点潮气。

而这会儿，她终于该履行她为妻的责任，她在床前照顾丈夫。丈夫不仅是腿受伤了，胳膊那原来肿着一个大包，眼见着发黑发紫，慢慢钻了一个洞，脓水就从洞里面钻出来，现在丈夫散发着恶臭。她说，我们得去医院了。丈夫没有推辞。

好在她原先在医院干卫生工时做得不错，护士长们都认可她，把他们一家安排在医院一楼一间杂物室住着。在满走廊都是举着点滴、包着胳膊的病人堆里，儿子走路的样子显得也不那么孤独了。不少病人还认识她，喊她翠红。

你听，在这里，她不是黛笙，她是翠红。

剩下的钱，她拿出来找师傅把房子屋顶修缮。她看着屋顶那个大洞，以及满屋遭到水浸泥沤的破旧物件，想起当初跟老老板借钱时的借口，想这世道真是荒谬，穷人连撒谎都一语成谶。

就是那时候，她萌生了要偷一饼茶的念想。之前，她从来没有偷过一分一厘，有时候上万、上十万的现金就经过她的手，她只会轻轻地感慨，自己数过这么多钱，却从来没有拥有过。说这话时，老老板还笑她，说都是身外之物，多和少的区别罢了。当时她反驳，她说多和多也许区别不大，但少和多绝对是死与生的区别，至少也是苟且和生活的区别。

那几天她一直盯着橱窗里的茶，她不是在想拿走哪一饼好，她只是在审阅它们，不，她卑微地跟它们商量，谁能跟我走？这些有生命的灵物，在她看它们的时候，她觉得它们也在审阅着她，因为悉心地、手把手地照料过，她似乎能听到它们的呼吸、它们的喜乐，以及它们的哀伤。最上头那饼班章还俯视着她，她怯怯懦懦地说，我只是拿走一饼，我从小长到大，不管经历多少苦，我都熬着，但是我只拿走一饼。一饼量产的、并非无可替代的。

在眼神逡巡时，她突然想起来，上回有个买家把其中一饼古树昔归贬得一钱不值，然后无缝链接地提出要买走它。那个买家似乎是个领导，所以老老板不敢拂袖。老老板不肯拂袖，不代表她不敢。她手捧着那饼茶，淡淡地说，这个年份的喝起来发酸，汤色也不清亮，您看看别的吧，或者别的年份的。她在博古架上寻找它。

那天老老板又出去逛了。客人买走了一饼红印。她把钱放进保险柜里，然后踩上红木梯子，从倒数第三排拿下那饼。换衣服时，她把它珍放在裤子里面的兜里。那条裤子是老老板送她的，阔腿裤，宽松，她前一晚在里面精心地缝了一个不大不小的口袋，外面看不出来，小饼茶放在里面正好。她做这些事情时，心跳得像是经历了一场小型地震，天旋地转。当她从屋里出来时，却正好碰上老老板盯着她。

黛笙，你没看见客人吗？

她赶紧泡茶倒茶介绍茶。在做这些常规事项时，大脑出现了一片空白。然后她发现老老板脸色并无异常，她捏起的那把汗滚落了。在该走的时候，她换好了衣服，却发现老老板并没有走的意思，也没有让她走的意思。老老板拉了卷帘门，让她给他捏背，她犹豫了下，知道自己不会违逆。想去换衣服，那饼茶揣在兜里太沉了。但是老老板说，过来。

她过去蹲下来，老老板躺在榻榻米坐垫上，她给他捏背，汗反而从她的背冒出来。

老老板说，小孩想把班章卖了，就是咱们上了三道锁的那饼。

她心里揪起来，就好像要把她割了肉一般。

老老板说，也许我老了，孩子总说我情怀太多了，当年我师傅去西双版纳勐海县，他谈价格，我们包茶、采茶，就是这么一点点过来的，我们这么走过了普洱的历史，就慢慢地给普洱浸染了，给它滋养了，觉得它是个道，一生二二生三三生万物的道。那时候觉得茶在枝干尖上都美得很，香啊，那种匀齐和整细，真的像一个珠圆玉润的美人，要说啊，茶就是我唯一仰慕的女人。

她没说话。感觉到一阵失落。

老老板没有看她的脸色，继续说，现在不一样了，现在喜欢茶的人是真的喜欢茶吗？他们喜欢它的贵，喜欢它稀少。现在茶都不是用来品，用来闻的。现在的茶不过就是乱世的金子，闹市的玉，我们的时代大势已去了，然后，老老板说，小老板你觉得如何？

她说，小老板有本事，通达聪明，是个商人。

老老板说，对，他是个不错的商人。而我是个收藏者，说到底是个文人。过去文人卖书，文人卖茶，文人卖灵魂，现在都是商人在做这些事情。你看时代是不是在变？

她说，我是发现了，不管时代怎么变，我们是被甩到时代外面的人，我们感受不到的。

老老板说，你呀，就是心思太琐碎了些。

她想说点什么，但是忘记了。她只顾着手里的肉和兜里的茶。老老板抚摸她。她觉得自己滑落到被发现的边缘，但是又不敢动，老老板的手粗略地攀过她的腿，又捏捏她的肚子。她的汗已经从额头冒出来，凉掉后，啪嗒掉在地板上。

老老板一声不吭，末了，笑了一下，褶子都往眼角跑，呵，还热呢。

她说，热。天开始热了。

她好歹是撑到老老板让她走。老老板走了，她把班章拿出来，轻轻地兜在手里，她在闻它，然后眼泪下来了，她没有擦，看着眼泪浸润到了茶饼中。你不该走，她对它说，你属于这里。

她回家，客厅的顶正在敲敲打打地简单贴补。邻居大娘也抬着头看，扭头看见她，说，哟，这是要大兴土木？

她说，哪有那个钱，就是补一下屋顶。

邻居眯着眼睛上下看她，一副看到她骨子里去的眼神，有本事呀，听说你干了茶商。

她低着头，能有啥，不就是混口饭。

邻居说，混饭和混饭不一样呐，邻居大娘的身子挨过来，一股风油精味往人鼻子里钻，那天你大哥看见你，说是上了辆奔驰，奔驰呀，老妹，啧啧啧，我说瞧着你真是保养得好呀。

她想骂人，但是口袋里的那饼茶在晃，她叹口气，要是没事我走了。

那邻居说，哎，有事，有事，我跟你说正事。我又给你儿子说了个媳妇，浓眉大眼，细杆长条可好，卫校的小护士。

还有哪里不济？她低头问。

瞧你这话！怎么还都得不济才给你家找嘛。人全毛全翅着呢，就是家里底薄点，还有两个弟弟。

那挺好。她说，那真是谢谢您了。

不谢呀，给你们介绍好了，别忘了咱们，咱们跟着喝喜酒。

她点头。她没有说，前两天她还听到这位邻居对另一个邻居说，什么叫干了茶商，明明是让茶商"干了"。那些话很不好听，她也由他们说去。但是可笑的是，他们比以前更热络了，仿佛他们也有资格怜悯她似的。

后来，丈夫的脓水被大夫抽干净了，又打了包扎，剩下的就是等着痊愈。儿子跟"全毛全翅"的小护士相处得不错，这事出乎她的意料。两个喜讯让她觉得生活有了那么一点点的指望和盼头。

她始终揣着那饼茶，就像揣着一个巨大蓬勃的秘密，有了它做底，她敢做很多原来自卑到不敢做的事情，比如讨饶，比如承认自己的穷酸，比如求援。所以，在给丈夫结算时，她第一次费尽口舌、把自己的境况反复诉说，给儿子申请残疾补助，申请低保（被拒绝了），她托熟人转面子，又跑医保，算是撑了过来，她没有卖掉那饼茶，没有把它换成庸俗的钱，她知道，卖掉它，她就跨入了另一种境况，她实锤了"偷"这个字眼。

她没拿出它来还有一层原因——不想让它看到她是这个处境，他们之前共同享受过人们的仰慕不是吗？所有那些进店的人不是都在奉承她，都在赞美她——她记错了，他们是在奉承老老板，赞美茶饼。

但是这不重要。谁说这重要呢?

接下来就到了这一天——对于她来说,往年不重要,今年却变得有些重要的一天。这一天是她的生日。

出院的丈夫比往日白胖了许多,一改往日的懒散,一大早就搬石头绑在车座上。她说你胳膊刚好,还虚着呢,小心些。

丈夫用和悦的声音说,不打紧,今天你生日。两个人都有一种"郑重其事"的默契。

丈夫以前从没给她过过生日。他们都心照不宣地觉得,像过年、生日、端午这样的时候都是花钱的日子。如果不说破,就不用破费,反正穷人的日子,有肉吃有盼头就是年和节,省略能挨过日子的漫长。

只有对儿子,不管多窘迫,她都会给他买一只用透明塑料盒子装着、订书机封口的那种简略蛋糕。小时候儿子自然开心,后来儿子长大了——是那一天他们认为那是儿子长大的时刻——一家人围坐在以2代表26的蜡烛旁许愿,被烛光烤得温暖而安静时,儿子把残腿抱在怀里,深沉地叹了一口气说,以后我再也不要过生日了。

丈夫问为啥。

儿子把蜡烛拔出来,儿子说,我许愿了,要腿好起来,要有钱,要能娶个心上人。可是承愿的神仙也嫌贫爱富。我们厂长的儿子搂着他女人逛街,为了找零钱随便买了一张彩票,中了三十万。他跟我们说,太好了,又能换辆车了。唉,三十万——儿子的眼睛发直发呆,看着蜡烛,烛光像夕阳似的那么安详地躺在他眼里,可他说的是——三十万呐,要是我,我都能换个人样了。

她低下头,两只手不知道往哪里放才好,胸口有点疼。丈夫一跃而起,上去就踹了孩子一脚,这就是世道。别跟别人比,给你自己找不自在,给你娘姥找不自在。以后蛋糕不买了。丈夫一拳头砸了桌子,甩手进了里屋。只留下满桌无辜的筷子在刚才愤怒的余波中乒乒乓乓地颤动。

丈夫就是这个脾气，因为不知如何安慰，反而拼命隐藏，因为挣扎没有用，所以宁愿自暴自弃。就像猪掉进泥淖里，反而对岸上嘲笑的同伴说，你瞧我玩得多带劲。

当然，那之后，连儿子的生日都俭省了。一年和一周和一天，区别变得越来越模糊，日子长着孪生的面孔，至少对他们而言。但是今天，今天不一样，因为今天丈夫的伤好些了，丈夫还罕见地发了宏愿要给她过一个生日。而儿子和小护士近期聊天能到晚上八九点，被窝里亮着旧手机昏黄的光，儿子的眼睛放着神采。你能不说这是时来运转吗？

所以，她全心全意地期盼着，期盼到每一根汗毛都为此而生。

那段时间，老老板跟小老板在店里相遇的时刻变多了，相遇这个词就是解释这个状况的——就像一颗顽石撞上另外一颗，它们擦出花火，还兴许乒乓作响。他们就是这样，不是在眼里滚着火，就是乒乒乓乓吵。内容总是翻来覆去，无非老老板还想守着店，守着他的古城和他说的那种文人的方式卖茶——求知音。小老板却已经嗅到了潮流和市场萌发的鲜味，说是不肯放过这个机会大展身手，他也不想被守困在一间小小的100平方米的店铺里，一条瘦瘦的英雄山路，一个土里土气的二线城市。

就在那天早上，小老板又来了，点评几句老老板的生意经，然后叉着修长的腿，开始数点那些名茶。数来数去，他说怎么少一饼。

老老板说，怎么少，一点不少。

小老板说，我原先在最下面一排那用小茶饼摆了一个英文字母，现在看着，斜了歪了。我瞧您账本，最近也没卖出小饼啊。

那可能是收拾过。老老板把蜡梅插进烫金的花瓶里。

不可能，组成的那个字母间距我是清楚的，我看啊，小老板还想说什么，老老板拿起把空白面的折扇，扇子头打在他嘴上，算是封了他的口。

我还没老，老老板喘起气来又松又垮，像是撑大的裤腰带，你少管点吧。

他们说的话，以及比说话更重要的语气，都已经明白无误地传递给了她。她有些无措了，手攥紧了又松开，里面都是汗，脚也挪不动，似乎是被地板粘住了。

老老板没有看她，小老板嘴角不怀好意地微笑，早晚呀，他托着长腔，像在对着老老板发出预言，我瞧您守不住这摊，还得跟着我干。

你这不孝子！老老板大怒，又操起折扇来，作势要打儿子，你老子我还没驾鹤西去，少给我打你那新潮算盘，我在云南采茶起步时，你还不知道鼻屎什么味！如今倒要你老子给你打工！

小老板把脸贴上去，您原先不也是打工的，思路得转变呀，您怎么打起的第一桶金呀。文人，文人的方式能行吗？您可是知道的。小老板嘴上笑着，眼里也漾着笑意，双手一举，投降似的小碎步往外溜。

老老板像被掐住喉咙似的，噤了声。

小老板走出去后，老老板才敢摇头，指着门外，冲她叹口气，你说他！黛笙，你说他呀。他看了她一眼，眼神里有很多的不自在，这个孩子，怎么打起第一桶金，靠的是一步步的打拼呀。

也许他忘记了——有一天，在他醉酒的时候，她照顾他，在把装满呕吐物的盆子端出去倒掉时，他支起半个身子扯她的袖子，她听到他剧烈的喘气，然后是呜呜的哭泣声，她回过身来，看到他身体蜷缩起来，好像一个瘦弱的小孩子。他说，黛笙，我睡不好，晚上我睡不好，我的时辰也许到了，我得去见我的师傅了，他要我，他想让我谢罪呐。你知道吗？他是个拼配师，是真的有才能啊，读了许多的书，写了很多茶的文章，像你一样黛笙，他生不逢时啊。而我在他收我为徒之前，注定只是个卖豆腐的，我很小的时候，他路过我们家，我爸妈给他一杯水，往后他好了时，他又来，就说收我为徒。我一直跟着他找茶、做茶，十多年。有一天——他混浊的眼白飘远起来——师傅家里来了许多兵，老老板说到这，突然往上一挺，把身子翻过来，整个匍匐着，屁股撅在后面。我就这样，黛笙，我就这样藏在床底下，眼睁睁地看着他们冲进来，他们穿着统一的制服、戴着袖章，把他的书、他的文章都撕个稀巴碎。有人拿着木枪，几下将师傅捅倒。他刚倒地，又有人拽着头发将他拖起来。他们把他拎出去，让他当众低头、罚跪、脚踢，反捆了双手，用地上的污泥往嘴里塞，往脸上抹，他们朝他吐唾沫。我听到最后，他在院子里凄凉地喊——我是狗崽子，我是渣滓，我该死——我捂着自己的嘴，蜷缩着，黛笙，就像这样蜷缩着。我没有站出来，在他们走了之后，我趁着夜色跑了。不，老老板眉头的褶子像被绳子穿在一起，我跟他们是一样的，我也打劫了他，我把他的拼配秘方偷走了。在地板下面，老老板突然爬起来，像条狗一样趴在地上抠地板砖，他情绪激动地冲黛笙指，那是师傅的，而我把它偷了，我把它偷了，然后卖掉了，假装那是我的，我靠着这个发了家呀。后来，后来师傅死了。我心安理得地靠着配方干起了营生。他突然再次呕吐起来，老泪纵横着，鼻涕和呕吐物一起流淌在深夜漆黑的地板上。她突然泛起一种巨大的怜悯，一种温柔的宽恕，一种同命相连的错觉，她突然觉得他们中间无形的壁垒在融化，她靠近他，抱住他。那是第一次，她在屏风后面抚摸着这具苍老、虚弱的身体。

他真的忘记了吗？庄翠红此刻看着他，不置一词。

嗨，他看着窗外，声音突然柔软了，像是被热水泡过的——当然，他也有他的手段，也许我终于要跟着旧时候一起淘汰了，黛笙，你说我会不会被淘汰？

她擦着桌子，心不在焉地说，不会。时代不会放弃一个还在挣扎的人。

老老板背着手，走到近处看着她，阳光在他们中间筛起一扇粼粼的隔膜。老老板说，黛笙，你说你看过很多书，我是信的，你呀，该走上人上人的道儿。

说那些没有用，我家里姐妹七个，人多钱少，活下来就是不错了。

你妈妈呀，不该生那么多。老老板很有见地地分析。

老板，见识少是遗传的。就像你们有钱，也是遗传的。

老老板像是在岔开话题，他说，算了，又不是你的错——今天小孩联系了一个团购会。一会你可能要忙了，黛笙。我这个店，全靠你呀。

她今天心情被新、老老板的猜疑和窥探，不，更多的是被那种举重若轻的安慰给刺痛了。她的那颗柔软脆弱的自尊心像一只膨胀过大的气球，正在踽踽地飞到天上去，气压变低了，到了快要爆炸的临界时刻，冲淡了也冲毁了她对这一天的期待。一会，来客了，都是商旅人士、中年精英的打扮，穿着黑色、灰色、藏蓝色的低调夹克、羽绒服、风衣。在高高低低的架子前，点评欣赏着每一饼保存完好的古茶。他们在小声交流或者沉默。屋里挤满了他们的贪婪、物欲和享乐。一股掩盖在香水味道下的腐烂气息无声地漫溯。她想吐。她机械地报着各饼茶的年份、口感、收藏价值，听着他们啧啧称赞或者叹奇。有一个男人，从她说欢迎光临开始，就用一种鄙夷的眼光看她，在她荐茶时，眼中透出一万个不信任。他穿着锃光瓦亮的皮鞋，点评着一饼宋聘号茶，说这茶口感涩，发乌。然后他问了价格，问了价格后，他语调变得酸溜溜，说，发涩的茶不值得一买。几个人没有主见的，跟在他身后点头称是。

在介绍了采茶、品茶、存放茶的讲究后，最后一个环节，便是让他们掏钱购入自己相中的茶饼。小老板带着他的小剧团，从天而降般出现在翠红眼前，整个屋子被他们填满了，像一个聒噪的桑拿房。他们衣着时尚，手里操着笛子和萨克斯，不伦不类地吹《梁祝》，成功地把《梁祝》的凄美毁于一旦。

她给那个看上去衣冠楚楚的人推荐了一饼1983年的昔归，有字号。那人的脸色更是不好看了许多，他身边走着一位真正的贵妇——高冷得就像翠红希望自己成为的样子——穿着长及膝的大衣，料子细腻得像是某种水波纹，身形款款，面容并不算年轻，但是已经有了阅历的韵味。正抱着胳膊看着橱窗，偶尔地，捂着嘴对着那人微笑，说话。小拇指娉婷地翘着。翠红看她有点发呆，声音像被风刮走似的，断断续续。后来她说，大家自己看看，有喜欢的我单独给大家推荐。

她挨到那女人旁边问，您想要什么。挨近的那一秒钟，她便失魂落魄。因为她只顾着往前靠近，却慌张地踩住了那女人长长的衣梢。女人轻轻哎哟一声。她不住地道歉，那女人皱着鼻子点头，并不说话，两只白嫩的手，从皮包里轻轻翻出一瓶口香糖，啪嗒开了口，手。她对庄翠红说。

嗯？

我说手，她的声音温柔得好像一个仙子。

她不好意思地伸出来，她的手关节粗大，手掌纹皱得像一个诅咒，上面铺满横七纵八的失衡的命运。像枯柴，说枯柴还是好些，倒像是冷冻的红烧鸡脚。那女人玉似的手轻轻一点，点在她的手上，旋即拿开，好像一道柔和的白光从皲裂的土地上消失。

三颗口香糖。

她不说话了，手颤抖着，把口香糖轻轻攥起来，一会儿，在别人看不到的时候，她把口香糖尽数倒进了簸箕中。

小老板高亢的声音越过伴奏飘荡在屋里，现在是普洱的年代，大家知道吗？最近一饼古树易武茶拍到多少钱了吗？（他举起手来，翠红不想看，也不想听，但是声音躲不过去）普洱是什么？可以入口的古董，它是隐形资产，是保险投资，亲人们，它具有只涨不跌的耐久性。你们可以品饮，可以送礼，可以收藏，它们就像成功的男士，越陈越香！

一阵哄笑。

很多人付款，买的多是千元级以下的。每饼茶为了彰显身份，都有着精细的包装。她为此手脚不停，从来都没有这么忙碌。但是一边包装，她一边愤恨地想，这样下去，这里真的就是个百货商店了，她再也不是端坐在明亮橱窗里焚香，轻轻安放自己长袍上的褶皱的黛笙了。再这样下去，她又要打回原形，变成忙碌、庸俗、疲于奔命的庄翠红。不，在包装的时候，她再也不能自如了，她觉得自己的手粗糙、干瘪，上面刻满了穷人的卑微。她想起女人的手，那只手，像是无形中的一个耳光，啪的一声在打醒她。

有人递给她一饼 7532 雪印。那是那天下午所有卖出的——在千元和百元中独占鳌头的一份，八万。她调整出一个恰到好处的笑容，抬起脸来看到的，却是那个女人。

我买了，在隔着她很远的地方，女人说，脸侧过去，并不看她。

她怅然地盯着女人离去的背影。

小老板领着他们鱼贯而出，说是去给他们买赠品书画去了，乐队也跟着收拾好东西。乐队里有个胖子喝完矿泉水，把瓶子扔在正在打扫的翠红的脚底。矿泉水瓶咣咣当当地砸了她穿着布鞋的脚尖。一阵钻心刺痛。她抬头一脸愠怒地看他们。

小女朋友下巴一抬，声音俏俏的，下回我们来，给倒点热水成不，声音又压下去，带着自以为是的幽默感——别光伺候老的。

她撇撇嘴。胖子说，哎，跟你说话呢，这位大娘。

知道了。她轻声应，弯了一个 90 度的腰，把矿泉水瓶捡起来，躲到一边去。

他们哄哄闹闹地抱着乐器往外出。她听见那胖子问女孩，谁呀这是，这不你家浩哥的店吗？

小女朋友说，没长眼神，打工的，乡下女人都这样。担待儿点。老头选的，你知道老头那审美。

她呼出一口气，颤抖就像一阵潮水，哗啦一声盖过她，然后眼泪就随着颤抖被甩下来，像打碎在潮水深处。

老老板回来，见她这个样子，也不言语，黛笙啊，老老板咳嗽着，我这身子骨也不大行了，没几天好日子喽。瞧这天，阴冷下雨，晚上得给我捏捏背。

晚上不行。她终于说，今天，今天儿子带媳妇回来。

老老板用那种幽深的眼神又看了她一眼，说，我倒忘了你还有个儿子。去吧。

她以为她这一天，总算是挨到了傍晚，挨到傍晚，该是万物归息，天神该停止捉弄她的一刻。她千算万算，没有想到会在这一刻看到丈夫。

是她最后擦着橱窗的时候，看到丈夫把自行车远远地停在他们门店外面。她还没有反应过来，丈夫就一脸喜悦地大步走过来，进门。她欢迎光临没说。他们只是面面相觑。

老老板在茶桌后面倒茶，她放下了洁白的抹布。绕到前面，看着他，你来干什么？她低声地问。

丈夫满脸发红，她这才发现他穿着最整洁干净的衣服，那是他们结婚时他穿的。丈夫手抹着头，背也挺直得不自然，他不对她说话，声音是冲着老老板来的：嗨，老板，我来买茶，对，买茶。

他侧脸给了翠红一个俏皮的眨眼，用手指指自己挎着的腰包。翠红更是紧张了。

老板有什么好茶。就单单是这一句话，他就说得很生硬。

老老板根本没有站起来，摇头吹了吹茶梗，把手里陆羽的《茶经》

放到一边。

哎，有什么好茶吗？丈夫又搓着两只红烫烫的大手问。他穿着西服太荒唐、太僵硬，像《摩登时代》里的卓别林，翠红不忍心看。

老老板抬眼看了一眼，只是一眼，翠红心像钻了一个风口子。老老板是外面逛得烦了，往常只这一眼，他便会离开那张茶桌，躲到外面去。这会儿他倒慢慢悠悠说，你有什么想要的吗？声音像一堆碎纸屑铺满一地。

要个好的。丈夫像苍蝇似的继续搓着手，好点的，咱也尝尝。哎，不是，咱喝惯了的，嗯，来个普洱。不是，我是说，来个陈年的普洱。有啥样的呀？

老老板笑了，翠红想逃掉。在老老板低头的瞬间，她轻轻在后面拉了拉丈夫的衣服，她想告诉他，别这样——别这样出丑，别这样寒碜，别这样丢人，别这样。但是丈夫今天高兴，特别倔地向老板走去，并不理她。

老老板并不认识她丈夫，但她觉得老老板此刻有意捉弄似的，说，要好点的还是一般的？

丈夫脸更燥了。当然好点的。

她后悔，她不曾跟丈夫通过气，关于她到底在怎样的茶店卖怎样的茶。她焦急，不知道承认这是她的丈夫会不会很难。在丈夫终于开口点了一个橱窗上的茶叶时，拿来我看看，丈夫说，我可是识货的呀，咱给人买礼物，不差那点钱。

她立刻摒弃了承认这是她丈夫的想法。

果然，老老板亲自给他拿来了两饼茶，都是小克数的，她有一刹那希望老板拿出来的是陈年古树易武，带字号的——干脆丈夫就买不起，但是老老板今天很有兴致，他只需要打量一眼便可知道来人几斤几两，所以他拿出的两饼茶，总数不过一千元。

丈夫打听了成色、问了口感，听她向他慌慌张张报了特点和生产年岁，最后才像从线团里拎出一个线头似的，小心翼翼地触及那个话题：到底多少钱？

老老板只是一沉吟，抿了一口茶，800 元，他说，报的竟是底价。

我，我就要这一个。我不要一斤呀。丈夫惶恐的错愕真是让人难堪。

这是一饼茶的钱。她终于开口了，低着头不敢看他们中的任何一个。丈夫双手端着那饼茶，眼睛好像掉了进去，又好像是几天没吃饭的人望着一只热腾腾的烧饼。他看着它，手渐渐颤抖起来，整个身体像是轻微地被风吹拂着，只有也许离身体重心偏差一度的颤抖，但是她还是发现了，因为发现了，所以更加怜悯，但是她怎么说是怜悯呢？他们分明是同一款同一个，他们该共同承担着此刻的丢人现眼才对。而丈夫甚至不敢抬头，他眼里有太多的内容，像诧异、震惊、羞赧，最残忍的还是那种无地自容。

最无地自容的时候，在于老老板满含体谅地说，是有点贵，但是贵有贵的好，喝过贵的，就真正懂得了什么叫品茶，你说是吗兄弟？

丈夫最后还是夺门而出，算是仓皇而逃。而她也站在那里，久久喘不过气。直到老老板轻轻说，生日快乐，黛笙。

生日快乐。儿子说，这是冯玲，妈妈。

女孩个子矮矮的，脸有一种土气的高原红，穿着臃肿的棉服，脚上踩着两只船也似的雪地靴。声音倒是铿锵有力，吃起饭来也很皮实，不做作。翠红有点喜欢。

他们——她和丈夫几乎是慌乱地表演了一个窘迫的家庭如何满腹盛情地去接待另一个窘迫的姑娘。他们吃了相对来说丰盛的晚餐，四菜一汤，荤素有序。他们说了很多有咸有淡的话语，她亲切，丈夫和蔼。或者丈夫幽默，她温情。总之，他们尽量地把家庭气氛调节到一个他们认为温馨，并且不寒酸的境地。冷风还是不羞不臊地从窗户缝里挤进来。窗外已经下了雪，有些地方白得发亮。雪花掉落在他们的新盖的房顶上，掉在他们的窗棂上。五个人交谈的声音都高昂，虚张着声势，像是在空中打着架。最后，儿子双脚像打着波浪，勉强着要送冯玲回家。他们老两口给儿子架上电动车。那是一个星期前新买给儿子的，总不能让儿子在走路中一遍遍露拙吧，每一次露拙都是一次惊心动魄被人嫌弃的过程。这样的过程就是遭罪。他们在路口目送着儿子。丈夫轻轻地叹口气说，唉，结婚呀，还得准备万里挑一。刚才儿子说退休金，你我谁有退休金？

她咬了咬牙，不说有，谁跟你儿子呢？卖石头卖到死吧，只要活着总会有法子不给孩子添负担。

丈夫说，算了，船到桥头自然直。这自然是他这类人得以浑噩过日子的绝佳理由。

她不自觉地握了握裤兜深处的那饼茶，感觉它在她手心里微微地发酵，在呼吸。

回到家里，她洗碗，丈夫突然油腻腻地凑上来，来吧，丈夫在她耳边说，儿子一会半会回不来。她扬起带着洗洁精泡沫的手挡着他的脸。

丈夫不由她分说，把她横起来抱到床上，急火火地脱去衣服，他毛躁躁的手像只猫一样上蹿下跳，突然停下来，黛笙？他在黑暗中轻声叫，你在那叫黛笙？谁他娘的给你起的这鬼名？

你别问。

我怎么就不能问了。然后丈夫开始央求，央求她穿上她前一天在家里洗的另一套工作服。他说你穿那个显得特别像个贵妇。

拧不过丈夫的难缠，或者说，不想去跟丈夫的难缠费任何口舌。她穿了，部分袖子还湿漉漉的，丈夫很兴奋。他嘴也不闲着，絮絮叨叨着问老老板的来龙去脉，咋会那么有钱呢？丈夫问，你们一个破茶，看着旧成那个样子，还宰人哩。

她扭过头去，窗外的路灯把丈夫的身子照得像一具明晃晃的尸体。她说，你今天下午就不该去。

丈夫的呼吸泼在她脸上，冷水似的，我怎么就不该去？我不是攒了一千块钱，想给你买块茶，让你也享用享用。我怎么就不能去？我还就得去，咋？你那是皇宫？故宫还买票能进呢，就那破地方，我怎么就去不得？

丢脸。她说。丢脸，她又说了一遍，然后开始哭起来，一边哭一边撕扯着那身长袍大褂。

黑暗中，他们像是在无声搏斗。

丈夫叫她黛笙，黑暗中她的泪终于伴随着耻辱一起流出来。一个人怎么会分裂成了两个人？黛笙这个名字，响彻在她漆黑、阴湿、凉透的房间，不再是属于光明、尊严和体面，她的上流梦想离她远了，像是一艘漂流的船，从她的一头，泊向了遥远的对岸，而对岸没有她，只有漫无止境的荒芜。

很久以后——当然也不是很久，总超不过半辈子的时间。她老了，老了的她喜欢穿着过时的民族风大袍子，上下一般粗，腰间系着一个口袋。总会想起那场大火，以及在大火之前，她的分裂的人生。当然，大火之后，她的人生不再分裂了，她的人生——永远只归于了卑微。

大火发生于那年的春天——那年春天来得格外早，儿子的女朋友再来他们家做了两次客。春天就毋庸置疑地到了。天气暖和了，他们家也显得不那么困窘了，唯一困窘的是儿子。30岁的儿子吵着要房子要票子，做着很空很大的梦。那天，翠红卖掉了那饼昔归。她是从过去的熟悉的客户那里，卖了一个相对合理的价格，正好够儿子万里挑一的礼金。昔归，昔归，她把它递给客人的时候想，往昔的岁月再也不可归了。

她在包茶的时候，听到老老板跟小老板在屏风后面吵架，内容还是一成不变的关于时代变与不变、思想更与不更，老老板捂着自己的胸口，气得拼命咳嗽，像是风吹过祠堂的哼哼声。这回，是小老板从屏风后面站出来，然后潇洒地甩手而去。天已经黑下来了，她目送着小老板的那双腿上了宝马车，然后看着宝马车优雅地转过一个弯，从拥挤的人群中开出一条道来。老老板还捂着他的胸口，拿着一杯茶可怜巴巴地望着她。

他念叨，黛笙，他说，我们的班章，唉，我们的班章要卖掉了。他点数着，他们一块抬头看着那饼茶，好像遗憾地目送它。但是老老板往青花瓷的痰盂里吐了一口痰，语调又清扬起来，也许并不是坏事，把它卖到国外去，你说可是好？

我不知道好不好，她垂着眼睛，看着自己的脚，我知道的并不多，老板，我原先觉得，我跟您共同经营这个店，认识了茶，知道了它的来源、它的口感、它的价值，然后给它们找了一个新的家，在这中间，我见识到了另外一个世界，在那个世界，你们一掷千金、随心所欲。原先我想，我们没钱的世界和有钱的世界终究是一个世界，所以我也愿意忧愁您的忧愁，哀伤着您的哀伤，但是现在我觉得好像不一样了。我们是一个世界，但你们发生着的、哀愁着的、斗争着的，我像是隔着玻璃在看，我知道发生了什么，但是闻不到切实的气味、听不到真正的声响、看不到具体的内容，我只是隔着玻璃在看啊看，闻啊闻，听啊听，到头来，我还是玻璃另一边的人，我们头挨着头，只能窥探着、好奇着、向往着。又有什么用呢？我真的懂您吗？我真的懂茶吗？我真的能有钱吗？我能有什么呢？

老老板嘴角拉扯着，他老了，白发已经把他装点得像岁月的遗址。

他摇摇头，黛笙，你啊。你还记得吗？他问她，我第一次看到你的时候。你就不年轻了，好像是周末打了个闲工，出现在早市上，浑身都是面粉味。你一看见我，就拼命兜售。我问你卖的面包有什么特别，看得出，那天把你累得够呛，脚来回地踮着，换着站，但你依旧神采奕奕，你说你卖的面包好吃，又韧又嫩，什么用东北优质麦碾的面，特别细滑，水是长白山水，特别清冽，揉的时候三道打面，面发得柔韧温和，过程加了牛奶和晶糖，入口鲜甜可化，怎么说呢，像嚼着云朵，保我干吃、蘸吃两相宜，怎么吃都如坐云颠。当时我一边试吃你递给我的面包，一边想，这个娘们不简单啊，能把这鬼难吃的面包描绘得有滋有味，我的茶要是有这个娘们照应着，也许不赖。我能看出生活在糟蹋你，你穿得又土又简朴，但是你不邋遢，你还有一种渴望，那种还向往着生活的渴望。后来你说你看点书，就是家里孩子多没上学我就明白了。看过点书的人都不安分。这是好呢还是不好？这些年我也想，我把你带过来，经手这些昂贵的茶，看我们这群并不比你强的人，在生活中享乐——也许对你很不公呢。

她鼻腔里突然就堵上了一股酸味，道，那时候我还傻咧，现在不了。

老老板问，现在不了吗？老老板叹口气，他明天得一早来，比你我来得还早，咱们的镇店之宝可能要远渡重洋，不知哪日再见了。

那，她低着头，它走了，我们的店还会在吗？

老老板拿起一顶黑色的帽子戴在头上，春天就是风不好，他喃喃地看着外面，又心不在焉地说，会呀，店嘛，总是要开的。

老老板走了。老老板一走，就剩下她收拾这间屋子。

一开始，只是一支蜡烛。停电了，她点起了蜡烛，好把所有的锁都检查一遍，把茶都各归各处，把尘埃都清扫干净——老蜡烛像是恍惚了一下，眨了眨眼，她也冲着蜡烛眨了眨眼，后来她想，算了，点着吧，天还没晴好，万一又下雨，晚上还要骑车狂奔来。如今还有没有那个劲儿，她还真是说不准了。

关了卷帘门，她拖着身子回家，儿子这段时间都很兴奋，每天往头发上抹着油，要是不动的话，像个真正的绅士。有时候她和丈夫出去把儿子搬到电动车上，有时候丈夫一如既往地摊在沙发上，每天石头也就那么堆在门口，像是荒冢似的越来越多。

儿子架在电动车上说，妈，快成了。儿子很喜悦，脸上肉都凝在一块，笑得那么开。

她也微笑，行，成了就好。

儿子低头，突然想心事似的说，可是婚结在哪呢?

她舔了舔自己的嘴唇，这个问题她也问过自己，问过丈夫。问丈夫的时候，丈夫说，嘿，哪儿还不能凑合个窝啊，把咱俩屋让给他们就是了，我们睡客厅。她早该知道他达人知命，争论是徒劳。

她说，真不行，我和你爸搬去乡下住，这里给你俩，我们去乡下租间屋。

儿子放心地点点头，还是妈疼我，他说，他说的时候，下嘴唇往里包着，把下颌骨的形状都暴露出来了，手不自觉地打了一个转，走了妈，他说，我去找玲玲。

那晚起火时，夜晚已经很深了，很深的夜晚只剩下街灯的影子，偶尔有车流从街头穿过去。她没睡着。她在犯愁，愁钱，愁儿子，愁丈夫，愁自己。愁一旦泛上来，像苦胆似的，她起来给自己倒杯水，杯底是丈夫买的凉茶，街灯不偏不倚地透过一楼狭小的窗户伸进来，她正倒映在杯里，她看自己，也喝着自己，直到茶渣攒到她牙齿边。这时候她想起来——班章没有上锁。那枚尊贵的古树班章，她的精神偶像，在三道锁的橱窗外面。她当时抱着它，进行一场不为人知的吻别。这本是属于她俩的秘密，她心惊胆战，若是小老板看到了，不知道又将怎么想。

丈夫睡得熟，呼噜正起劲。她慌忙穿上衣服，骑上车子又去了。风把她推着走，她不知道，她正急匆匆地奔赴她自己的命运。她的命运就是那场大火。一转过街角，进了早市的巷子，就弥漫着风的哀号。她撂下车子，跑到前，看到浓烟滚成了密不透风的实体物。一根椽掉下来了。火苗蹭上去，红色的、橙色的、赤日样的火，呼啦啦全爬起来，风不停不休地助纣为虐。卷帘门四周流泻着轻盈的火苗。她想拉起卷帘门，但是手瞬间烫肿了。一阵疼撕咬了她。热气从里面喷出来，扑在她怀里。她往后撤了一步，把外面的衣裳脱下来，蒙到自己头上，胳膊上。隔着衣服，她颤颤巍巍地开了锁。卷帘门哗啦一声掉下来，她想冲进去，但是浓烟和火舌反而冲了出来，把她拥倒在地，她再起身，空气中是一种寂静的噼啪声响，火正在一寸一寸吞着他们的店——她的店。她啊——一声喊着，她哭着，叫着，没有人应她。她摸手机，兜里什么也没有。

班章，我的班章。她想。

她冲了进去。在黑暗和火光中，她感觉自己已经融化了，变成了炽热的一股液体。她在黑暗中跟火光近身肉搏。她感觉自己的脸滚烫，自己的手熟透。火已攀上博古架，浓郁的茶香把整个屋子变成一只巨大蒸笼，茶香无处可躲，肆意弥漫。那些古茶——它们一个一个，亭亭玉立在博古架上，拼尽全力地散发着妖冶的香，它们似乎在等待这一刻，回到过去，在成为茶之前，在成为叶子之前，在成为树苗之前，在成为种子之前，它们回去。

在火光映衬中的玻璃橱柜里，它们拼尽全力成了她心里的遗址。她为它们竖起了墓碑。墓碑上刻：黛笙——生于2004，死于2019。

这是在杀青，这是在揉捻，这是在蒸压，她终于明白它们经历了什么，在巨大的蒸笼中，她好像变成了普洱的一部分，她抱起那枚班章，她抱起它，然后看着那根椽踩着火的翅膀轰隆隆地掉下来。一阵热火扑来，她往后跳，后面热腾腾的像是火舔了她。她用还没有熟透的手攥住班章，她感觉皮肤已经开始化了进去，她哭着，在火中喊着，准备好了吗？班章！

准备好了吗——黛笙，准备好了吗——茶王。

她抱住它，冲了出去。

很久之后，也不算很久。她半边脸的烧伤还没有完全好，纱布在她脸上跟结起的痂难分难舍。她眯着眼睛看着外面，外面是寂静的早市，太阳升起来了。太阳透过斑驳掉落的窗户把光不遗余力地打进来。丈夫蜷了蜷腿，她推醒他。你快去卖石头吧，她说，一会就都来人了，发现我们可不好。

丈夫从褥子上爬起来，穿上裤衩，出门把尿盆倒进临近的下水道口，再从破烂的卷帘门下面钻进来，庄翠红正用铁皮炉子烤着烧饼。两个人围着炉子，流着汗，闷热从屋外绵延到屋内。丈夫说，再卖些石头，咱们就租间小屋吧。

她说，反正没人收这地方，先过着吧。

丈夫喝口水，叹着气，你们老板就这么走了？这么一烧，得是多少钱啊。好几辈子的钱呀。好几辈子。

是你的好几辈子的钱。她低着头吃着饼。出事后，她再也没有见过老老板。他知道她住在哪里，但并没有找过她。大火事件上了当地新闻的头条。女主持人顶着一个纹丝不动的卷发机械地播报着新闻：3月4日夜间，英雄山早市一间茶室起火，火势凶猛。早上，环卫工人报警，消防救援人员赶到现场扑救，火势最终被扑灭。该商铺所在整栋楼被烧严重，现场无人伤亡。相关部门表示，火灾初步估计是停电后燃烧蜡烛引起，现场过火面积76平方米，具体原因待调查。

她接到过老老板问她安危的电话，老老板在电话中长叹气，说一宗跨洋生意毁了，幸而都有保险。事实上，她听到他抽噎的声音了。话筒里抽噎声伴着一种老年人特有的胸腔的嗡鸣传递过来，他在喃喃道，黛笙，我们树倒猢狲散吧，也没有什么能留给你的了。

老板，她强忍着脸上狰狞的疼痛问，你去哪？

我要去南方，跟着儿子干了，我老了。我明白了，也不是时代在变，只不过我老了。时代不能适应我，除非我去适应时代。突然老老板的声音又温柔起来，黛笙，你还要跟着我吗？我们能重来，去南方，重新开一家店，你还做茶，有你照顾，我放心。

庄翠红眼前突然像帘幕一样闪回着许多的往事，她怎样跟随老老板学茶，怎么日复一日擦着橱窗，直到每饼茶都在玻璃后熠熠生辉。怎么让香轻悠悠地飘荡在每一寸地板上，怎么跟来的贵客交谈、周旋，看着钱大把流入，大把流出。她想起了在幽暗干净的屏风后面，他们暧昧的呼吸和茶的味道凝成一炷香。然后她就想起了熊熊的火，想起了破落的家里屋顶上那个龇牙咧嘴的大洞，想起了儿子失落的眼神——对了，儿子相的小护士跑了，带着那一万块钱。他们怎么会想到呢——他们应该想到的，穷人首先要避开穷人，穷人不要结合，穷人不要扎堆，但是不跟穷人结合，不跟穷人扎堆，又能有什么办法呢？一万元。

突然她清醒过来，对电话那边的老老板说，不了。我们还有自己的路要走。

后来有一天，当她站在废墟旁边，她听到旁边的书店老板和卖煎饼果儿的老板闲聊，他们说老老板命好啊，亏得儿子买了保险，获赔上千万，这下也甭纠结了，跟小老板一起去了波士顿，开了一家茶铺，在国外也颇受欢迎。两个人说话间，艳羡的滋味刺刺地往外钻，又说起这家店算是遗址了。风吹过来荡过去，买果子的说，这就是命，有钱儿，怎么玩都挣钱，玩兴趣爱好挣钱。着火了毁了店也还挣钱着。

她不作声了。

他们并不知道，她是来考察这里的。儿子近日又跟厂里一个离过两次婚的女人走在一起，那女人已经有两个孩子了。他们发展得还不错，女人不嫌弃儿子的残疾和穷困，儿子不嫌弃还要做两个孩子的继父。女人在儿子上班的地方炸臭豆腐，也倒互相有个照应。下了班两个人就一起回，儿子坐在女人的电动车上，两个孩子塞在电动车的中间。只是，没有地方住。孩子吵，孩子闹，不知道怎么样是好。后来儿子提醒她，老老板的店看来人去楼空，目前行市不好，两个月来也没人接手。外面看着焦黑透风，里面倒也敞亮，只是破烂些。

她明白儿子的意思。

搬家的时候——嗨，也不能说是搬家，无非就是把旧被褥和一些换洗衣服拿过去，外再添个尿盆和火炉。那时候她回头看了一眼她过去的家，然后目光轻柔地落在她的书架上，她看过的那些徒劳的书籍，以及最上方那枚睥睨一切的班章。她想问它，在这过得还好吗？是不是有点潮湿？她想问它，要不要跟我走，后来想想，算了。

她好像听到它微微地散发着它的余香，在阔别她。他们像是一对老朋友。于是，他们最后一次互相确认，它仍旧端庄，而她仍旧贫瘠。

丈夫抱着褥子看了她一眼，还拿上吗？他问。

不了，她轻声说，没有什么用的。

黑夜里他们就像老鼠一样蜷缩到茶店烧毁的遗址里。天未明，他们再像老鼠一样钻出来。你瞧，她不是庄翠红了，这会，她又能做她的黛笙。跟茶的余烬永远在一起。

在前护士长的照顾下，她还做了卫生工，只不过是不受人待见的卫生工。她的脸实在太丑了，好像把半张皮从上面活活揭了下来，她看上去也老极了，腰是弯的，手是颤的，脚是崴的。病人们看到她，远远都躲着，久而久之，她的胸膛再也不为外面的世界、为快乐而跳动。

她只是活着。任由自己活着。

还有她不知道的事情。

11月份的一天，天深沉地阴着，白天，在她和丈夫都像老鼠一样讨生活的时候，有人给烧毁的店铺贴上了封条。上面写了重新开工的时间。她和丈夫小心地揭下还没粘牢的封条，食之无味地嚼着聊以饱腹的食物。晚上下了雨，屋里到处都漏着。没有地方躲雨的两个人用一条旧棉花被子紧紧裹在一起。头上盖着两个盆，丈夫盖的尿盆子，她盖的洗脸洗脚盆。丈夫说，不知道什么时候停哟。

她也望着外面。

丈夫说，哎，你瞧，竟然还有月亮哎。他们偎在一块，丈夫伸出那只愈合后拱起一个大瘤子的胳膊搂着她，他们都闻到了一种湿漉漉的焦香。月亮正无私地照耀着，即便是雨也没有将它遮掩，即便是乌云也没有使它暗淡，它公平地泼洒着温柔的光辉，他们就被这光辉笼罩。

丈夫说，不知道儿子怎么样了。家里还漏雨吗？

她往丈夫怀里缩了缩，几滴凉飕飕的金黄色液体轻盈地滑落了下去。

她不知道儿子正在家里招待他未来的岳父母。岳父母来了，吃过饭后要走，正好这场雨留住了他们。

屋里还是原先的样子。经过庄翠红和丈夫一番努力，外墙勉强刷上了一层薄漆。屋内依旧的暗无天日，挂满了塑料花。在里屋的最深处，有一个崭新的书架，上面叠满了庄翠红看过的小说。最上面是一个红色绸缎的盒子。盒子90度开着，由左右两根黑色的缎带连接着，里面摆着那饼骄傲的班章。骄傲的班章，在昏暗潮湿的屋中，仍旧挺拔地端坐在自己的精巧的架子上，潮湿令包它的纸面泛黄、起皱，它的味道开始混杂着人间的气味。

儿子的岳父母坐在沙发上，面无表情地看着电视打发着雨夜。儿子站着，脚底下垫着一块红砖头，这样站着的时候，跛脚的一边反而高了一些。他的女人一手搂一个孩子，两小儿头凑在一起看手机上的小猪佩奇。

这时候岳父说，刚才吃得有点咸，有些渴了。

儿子发着呆，没有听见，女人腾出一只手，从后面扭了他大腿一把，他立刻醒来似的，满面红光地搓着手，到里屋去了。

很快，女人烧好了水。两个孩子在客厅接雨的盆子里玩起水来。儿子泡了茶。屋里一片浓厚的茶香。

茶汤肥厚，醇美。金黄色的汤水，像是晶莹的琥珀。岳父母端着并不凑对的茶杯，一杯接一杯地不住嘴。

儿子端着一只碗，依旧站在他的红砖上，嘴里吸着茶，发着呆，他的另一只手摆弄着，像是优雅地划着船。外面的雨下得更大了，纷纷扬扬地落下来，落在平凡世界里每一个人脆弱的天空中，落到满地无声的灰色里，落到魂飞魄散的废墟中。

他又低头喝了一口已经变冷的茶汤。他跟女人说，我妈说这个茶是很好很好的，可是，我喝着，也不怎么好。

他把视线投出去，女人也随他往外望。他们望去很远的地方，在那里，孩子逐渐成长，生活日益富足，一切充满希望。

原载《时代文学》2021 年第 2 期

《小说月报·大字报》2021 年第 2 期、《北京文学·中篇小说月报》

2021 年第 2 期、《海外文摘》2021 年第 8 期转载

蚂蚁王国

王秀梅

一

那是某年夏天的事情了。

我们家院门口有一棵老槐树，我和田小刀在树底下玩蚂蚁。田小刀只有三岁，他最喜欢干的事情是，把各种饼干搓成碎屑，撒在老槐树旁边的泥地上，引诱那些蚂蚁成群结队地来驮运。

蚂蚁竭尽所能，肩扛头拱，卖力地来回奔波。那些天降的食物，洋溢着钙奶的芳香，从田小刀的指缝里漏出一点点，就足以把它们累个半死。田小刀的手指头肉乎乎的，缝隙很小，他努力地扎煞开五根指头，把指缝尽可能地撑大。田小刀不仅手指头长得胖，其他地方也胖。他之所以长得胖，是因为我们的母亲葛贰总是喂给他很多好吃的。可以这么说，家里如果只有一块糖，它是田小刀的；只有一块肉，它是田小刀的；只有一个苹果，它是田小刀的；只有一盘饺子，它们这一顿是田小刀的，下一顿还是田小刀的；只有一盒钙奶饼干，我趁他玩蚂蚁的时候，才能从他指缝里抢一点。

当然，我并不是一个嘴馋的人。在村里所有的七岁女孩子中，我是最让街坊邻居们夸赞的。瞧瞧，老田家这闺女多乖顺；啧啧，小镰这丫头，不吭不响，看看，像个小大人似的，把弟弟看顾得多好；她娘葛贰可就省心了，你看那娘们天天多么逍遥自在；喂，小镰，将来给我家当儿媳妇好不好啊？

给你们家当儿媳妇？像你们一样，背着一只用尿素袋子拼缝的大包，里面装着青草、化肥、农具，穿过大街，灰头土脸，从家里到地里，从地里到家里？哦，当然，你们也有闲散的时候，农活不忙时，你们连饭都顾不上好好做，胡乱往嘴里塞点食物，就一路小跑来我家的小卖部打麻将。你们边跑边把鼻涕往大街上甩，甩不脱，就往裤子上抹。你们奔跑着，不是在开运动会，而是为了占座位。毕竟一台麻将只需要四个人。抢不到座位，你们就付出极大的耐心，站在旁边围观，一旦空出座位，就迅速抢坐上去。我才不要给你们家当儿媳妇，将来变成你们这样的女人。

当然，这些话我从来没跟她们表达过。我是全村最乖顺的女孩，我从来不闹情绪，从来不跟人吵架，从来不说不友好的话。

那年夏天的某个傍晚，我们的母亲葛贰正在屋里跟一帮老娘们玩麻将，我和田小刀在老槐树底下玩蚂蚁。我们家开了一间小卖部，葛贰不知从什么地方捡来一张别人废弃的麻将桌，安置在小卖部里。她自掏腰包买了一副麻将，从此小卖部里就终日人来人往，络绎不绝。葛贰招人打麻将并不是为了赌博，她是个守法村民，态度坚决地拒绝黄赌毒。她主要为了我们家小卖部的生意。特别是夏天，那些人来玩麻将，一坐就是半天或者一天，哪个女人不得买几根雪糕吃，哪个男人不得买包烟抽？自从小卖部里摆上那张麻将桌，我们的香烟和雪糕销量比往常翻了好几番，我们的母亲就愈发忙碌了。

那天，傍晚时分，午后的闷热已经散去，老槐树上的蝉喊叫得风生水起，麻将被拍在桌上的声音啪啪作响。我们就是在这样的背景下，见到了那个变魔术的人。

"喂，小朋友，你们好啊？"

这是那个变魔术的人对我们说的第一句话。

这个人最初引起我注意的，不是他文质彬彬的长相，以及鼻梁上架着的那副眼镜，也不是他脚上那双擦得锃光瓦亮的皮鞋，而是他的口音。他说的不是我们槐花洲村的口音，也不是旁边岘上村、半埠店村的，甚至再远些的鲍家泊村的口音。

他说的是城里人的话，我的堂哥那时候说的就是那样的话。我的堂哥在城里的港务局工作，他每年春节时回村看望一下他的父亲——我的伯父。他坐在炕沿上跟人说话，用的就是这样的口音。

"喂，小朋友，你们在玩什么呀，可以告诉叔叔吗？"戴眼镜的人在老槐树下蹲下来。他抬头看了看老槐树，说："这棵树可真大，真老。得有一百岁了吧？这么老的老槐树，底下肯定生活着一亿只蚂蚁。"

这个人一说到蚂蚁，我的弟弟田小刀就把注意力转移到他身上来。那时候，田小刀刚满三岁，语言表达功能尚未全部开启。他呜噜不清地说：

"我要蚂蚁，我要很多蚂蚁。"

戴眼镜的人笑着说：

"每一棵老槐树下面都有一个蚂蚁王国，那里生活着几亿、几十亿、几百亿只蚂蚁。"

我的弟弟露出一副幼稚的无知相，问：

"叔叔，你知道怎么去蚂蚁王国吗？"

"当然了。我是一个变魔术的人。"戴眼镜的人说。

变魔术的人为什么能找到去蚂蚁王国的路，这两者之间有什么必然的联系——我对此持迷茫态度。大人的很多话，都让我感到迷茫困惑，因此，我有时候对大人是不信任的。

"叔叔，你会变什么魔术？"田小刀热切地看着这个陌生的叔叔。

"我嘛，我会变很多魔术，简直是太多太多了。比如说，我能把鹌鹑蛋变成鸡蛋，把鸡蛋变成鹅蛋。"他说。

我觉得这一点都不难，他只要在袖筒里藏好鸡蛋和鹅蛋，到时候趁我们不注意，把鹌鹑蛋或鸡蛋藏进去，把鸡蛋或鹅蛋拿出来就行了。因此，对他声情并茂的描述，我并未给予相应的兴趣。相反，我表现出见过世面的那种不屑一顾。

他大概是觉得我比较聪明，太简单的魔术糊弄不了我，于是，他开始胡诌一些高难度的：

"我能把长木凳变成大蜈蚣；把大雁变成鸽子；从水龙头里变出汽水。我还能让蚂蚁王国里的蚂蚁都列队听话，表演节目。"

我的单纯幼稚的弟弟一听蚂蚁就两眼放光，他执拗地追问戴眼镜的人，能让蚂蚁表演什么样的节目。于是，戴眼镜的人又胡诌了很多更离谱的，比如，能让蚂蚁比赛摔跤，能让它们唱"小燕子穿花衣"，还能让那些长得苗条些的蚂蚁伴舞。他还能让蚂蚁们比赛吃饼干屑，谁的肚子撑得最大，谁就是第一名。

这些天花乱坠的画面，足以让一个三岁的蚂蚁控发狂。我冷静（甚至带点嘲讽）地看着戴眼镜的人，以及我那一脸蠢相的弟弟。这时候，戴眼镜的人问我弟弟：

"你想不想看看，我能不能把姐姐变到蚂蚁王国去？当然了，这个时间不会很长，也就几分钟吧。"

说完，戴眼镜的人嘴角含着一丝笑意，还有几丝我说不上来的莫测高深的神秘之意，看着我。多年以后，我无数次回忆他当时的眼神，天啊，他怎么可以那么笃定，仿佛猜透了我会配合他一样。

的确，当时，我完美地配合了他。他让田小刀把眼睛闭上。田小刀听话地闭上了眼睛。田小刀使出了吃奶的力气，紧紧地闭着眼睛。过了一会儿，他让田小刀睁开眼睛，田小刀刷地睁开了眼睛。

　　那天接下去的事情是，戴眼镜的人又让我闭上眼睛，他要把田小刀带到蚂蚁王国去。我也闭上了眼睛。过了一会儿，没有人喊我睁开眼睛，我就闭着眼睛，坐在老槐树底下的一只小马扎上，倚靠着那棵足有一百岁的老槐树。

　　然后，我睡着了。

二

　　是的，在那个夏天的傍晚，我的弟弟田小刀失踪了。

　　当我们的母亲葛贰从小卖部里走出来，打算回家做晚饭的时候，发现我睡在老槐树旁。

　　我们家一共六间房，我父亲在西山墙上凿开一扇门，把最西头的那间房变成了小卖部。不得不说，他们很有生意头脑，因为我们家在村子最西边，紧靠着一条宽阔的公路。沿着那条公路，往北可以到达县城，往南可以到达临县。村头最老的那棵老槐树就在我们家旁边，它是我们村的标志。实际上，它到底存在了多少年，是不是只有一百岁，谁也说不清楚。

　　简而言之，我们家的位置具备开小卖部的最佳条件，它不仅给村里人提供柴米油盐酱醋茶，那些开各种大车小车的司机，也经常把车停在路边，到小卖部来买烟买雪糕，或者买礼品。他们买完东西，如果时间比较充裕，有些人还喜欢在老槐树底下坐一会儿，抽根烟再走。我们的母亲葛贰在老槐树底下放了几只小马扎，就是给南来北往的司机们准备的。

　　我描述了这些之后，你们就会明白，一个戴眼镜的陌生人出现在老槐树下，并不是什么稀罕事，不会引起任何人的特别注意。

因此，田小刀失踪之后，人们并没有过多地怪责葛贰，也没有过多地互相怪责。实际上，在小卖部里玩麻将和围观的人中，有三个人目睹戴眼镜的人在老槐树底下跟我们姐弟俩搭讪，但谁能想到，这个人会把我弟弟变没了呢？

是的，我就是这样如实跟大人们交代的。当葛贰把我推醒，问田小刀去哪儿了时，我揉揉惺忪的睡眼，说：

"让变魔术的人变走了。"

母亲不耐烦地踹了我一脚，说：

"好好说话！"

她踹我那一脚并没用太大的力气，但我依然有点伤心。我希望我的母亲不要动不动就踹我，呵斥我。我希望她公平对待我和田小刀，不要厚此薄彼。

我清了清喉咙，很清楚地说：

"我弟让变魔术的人带走了。"

母亲又踹了我一脚：

"天还没黑呢，就乱说梦话。"

"是真的。"我说。

母亲开始在房子周围走动，寻找，边找边喊：

"小刀，妈的好儿子，你跑哪儿玩去了？该回家啦！"

母亲甜腻而焦急的声音回荡在房前屋后，却没有得到他儿子的响应。于是，她重新走回到老槐树下面，踹了我第三脚：

"别闹了，好玩吗？"

母亲一共踹了我三脚。我从马扎子上站起来，垂手立着。关于我弟弟的去向，我确实不知道。我无法给她一个答案。

于是，母亲在继续追问了一会儿后，发现事情有些不对劲。她开始寻找我的父亲。她在房前屋后问村里的人，见到田丰收了没有？你们谁见到田丰收了？

我的父亲田丰收在大约半小时后回到家中，母亲气急败坏地问他去哪儿了，父亲还没回答，母亲立即挥手打断他，简明扼要地说：

"小镰把小刀弄丢了。"

对这句话，我竟想不到任何反驳的理由。没错，的确是我把田小刀弄丢了，因为，看顾田小刀是母亲交给我的任务。

我把对母亲交代的那些话对父亲又重复了一遍。母亲焦急地说：

"别问了，赶紧报警吧。"

于是，他们报了警。

怎么说呢，那天以及此后的两三年里，我无数次地被迫讲述那天傍晚的情景，每一个细节，他们都不厌其烦地问来问去，特别是我被变到蚂蚁王国里的细节，他们听得耳朵都生出老茧了，还是问。

关于我被变魔术的人变到蚂蚁王国里后的那些细节，对它们的第一次讲述，是在派出所里进行的。当时一共有两名警察，一人负责询问，另外一人负责记录。负责询问的人先从那个傍晚我和田小刀玩蚂蚁开始问，我都如实说了，包括田小刀一共搓碎了几块饼干。

之后，我便讲到了戴眼镜的人。我描述了他的眼镜，他的皮鞋，以及他的眼神。当然，我那年只有七岁，无论他的形象在我内心里是如何地鲜活，我所掌握的词汇和表达能力，也不足以支撑我对他进行更进一步的描述。

我只能按照时间的推进，一点一点把傍晚的事情还原。接下去我讲述了他对我们说过的那些胡诌的话，警察问我，为什么不回家拿一只鸡蛋，看他能不能真的变出一只鹅蛋。我说，我当时根本就不相信他能把鸡蛋变成鹅蛋。

接着，我讲到了重要的环节：他让田小刀闭上了眼睛。

"他让田小刀闭上眼睛，这段时间有多长？"警察问。

"我不知道。我不认识时间。"我老老实实地说，"但是，他让田小刀唱一首歌，随便唱什么都行，唱完这首歌，他就会把我变回来。田小刀就唱了，他唱的是《小燕子穿花衣》。"

"唔。这首歌顶多不过五分钟。"警察说。

然后，我被要求讲述一下，在田小刀唱歌的那几分钟时间里，到底发生了什么。我先是哭了一会儿，警察见我情绪不是很好，便安慰我，让我大胆地讲。这时候，母亲又踹了我一脚，警察批评她说：

"你这样做是不对的，不能对孩子拳脚相加。她的弟弟丢了，现在她是最害怕的那个人。"

于是，母亲没再踹我。但是她看我的眼神很不友好。如果允许大人的眼睛里可以射出暗器，我相信那时候我一定瞬间万箭穿身。

我给他们讲述了变魔术的人提着的那只小箱子。它比书包大，但也大不了多少，是个长方形的，姜黄的颜色，还上着锁。他旋转和摁动那只亮晶晶的锁，把箱子打开，从里面取出一面镜子。它跟普通镜子没有什么不一样，由一个椭圆形的镜面加一个手柄组成。但是戴眼镜的人说它是一面魔镜，对着魔镜念动咒语，魔术就会开启。

警察打断我，仔细地询问那面镜子的样子，比如，多大，颜色，形状。我一一说了，负责记录的警察画了一幅草图，问我怎样，我说，就是这样的。不过，我告诉他，手柄不是那么光秃秃的，而是雕刻着一只凤凰。警察不会画凤凰，于是他把这一段变成文字，记录下来。

接着，我讲述道，戴眼镜的人手执魔镜，照向老槐树的根部，嘴里念念有词。我听不懂他念的是什么，众所周知，那是只有魔术师本人才能掌握的秘密。然后，我就看到一束亮光嗖地一下，一晃而过；再然后，我的视线里就是漆黑一片了，但是，我能明显地感觉到，我在土里穿行。柔软的、湿乎乎的泥土摩擦着我的脸和身体，但是，并没有感觉到疼。最后，我们到达了蚂蚁王国。

警察让我讲慢一点，他要把关于蚂蚁王国的记录做得详细一些。于是，我放慢速度。但我只是尽可能地放慢速度，因为，讲述的欲望是那么强烈，它们像火一样灼烤着我的喉咙。我给他们讲述了蚂蚁王国那阔大得让人目瞪口呆的宫殿，鳞次栉比的各式各样的宫室，小巧精致的生活用具，让人眼花缭乱的各种乐器。除了口琴、手风琴、小提琴、吉他、号，其他那些乐器，我都不认识。但我数了数，大概有一百多种。这么多的乐器，充分证明戴眼镜的人所言非虚——这个蚂蚁集体是一个爱好音乐的集体。果然，他们迅速集结队形，给我和戴眼镜的人表演了《小燕子穿花衣》。我详细描述了演唱的蚂蚁、奏乐的蚂蚁、伴舞的蚂蚁的衣着打扮，警察听得入了迷。

但是，警察始终没有忘掉他们的职责。他们及时把我从癫狂状态中拉回来，问我，这场演唱会开了多长时间。这时候我也冷静下来，我说，大概开了很长时间，但是我们没待太久，因为我弟弟还在上面唱着歌等我们呢。变魔术的人说了，我弟弟唱完那首歌，睁开眼睛，就会发现我们已经回来了。要是我们坚持把整场演唱会都听完，那我弟弟该着急了。

三

我的童年生活，从那个夏天的傍晚开始，发生了重大的转折。

首先当然是，我的弟弟失踪了。其次，槐花洲全村的人看我的眼神都变了，包括那些成天夸赞我乖顺懂事的爷爷奶奶，大爷大妈，叔叔婶婶。特别是那些追着喊着要预订我将来当他们家儿媳妇的跟我母亲同龄的女人们。她们不再认为我是她们心目中理想的儿媳妇，相反，她们紧紧地护着自己的儿子，叮嘱那些臭小子们离我远点，不要跟我接近。

老田家那丫头，平时没看出来，竟然是个精神病。

她们说。

田小刀失踪了。我好像一个保姆忽然间失业了一样，有点无所事事，有点茫然。当你习惯于某一件事情，尽管这件事情并不令你愉快，但它一旦忽然不再属于你，你还是会感到身体和心灵的某一部分被掏空。

我身体和心灵的某一部分被掏空了，这种疼痛是确确实实存在的。因此，当全村人都认为我是精神病患者时，我默认了。我不愿意为自己辩解，我认为那没有意义。这些人起初给予了足够的善意，说我当时肯定是被人贩子迷晕了。他们说，人贩子的手段多着去了，随便让你闻一种气味，就能把你迷晕。晕了之后，会像个傻子一样地听其摆布。田小镰当时一定是被人贩子迷昏了，睡着了。

但是后来，我仍然讲述蚂蚁王国的故事，村里人就逐渐收回了他们的善意。他们说，再厉害的迷药，也不可能把人迷这么些天吧？田小镰是得了精神病了。

我的母亲葛贰后来也看不惯村里人那些诡异的眼神，她有一次控制不住地发飙，把麻将桌掀翻，指着全屋子的人，说：

"我家小镰不是精神病！"

接着，她转而面向我，逼问道：

"你说，你是不是精神病？"

我沉默不语。

她更加恼火，抓起一把麻将朝我投掷过来，说：

"你倒是说句话！不争气的丧门星！丢人鬼！"

由此，我认定母亲并非为了维护我的尊严而对村人发飙；她有一万个发飙的理由，但这些理由里，没有一个是属于爱我的。

葛贰的脾气与日俱增。她早已忘记在派出所时警察对她的批评，而且，她对我拳脚相加的程度比过去严重多了。说实话，我都已经习惯了。那天，她抓起一把麻将，劈头盖脸地朝我投掷，我没有躲闪。反正麻将也不会把我的头打破。但是它们因为携带着母亲的怒气，落在我头上脸上和身上时还是有相当力道的，其中有一个五饼砸在我的左眉骨上，那力量沿着眉骨迅速传导到大脑深处，在那里发生了络绎不绝的回响。好一阵子，我的头都是蒙的。

类似于这种时候，村人就转而指责葛贰去了，他们为我辩护，说，一个七岁的孩子，懂什么事？人贩子既然打定主意要把小刀偷走，他就一定能偷走。一个七岁的孩子，无论如何也是斗不过一个人贩子的。

旁边有人会接上话茬，说，对呀对呀，何况，这个人贩子还会变魔术，那就更加厉害了。

这些人在替我辩护的时候，都承认戴眼镜的人会变魔术。但是内心里，他们并不这样认为。他们认为，那只是个普通的人贩子，他所说的那套会变魔术的话，无非就是临场发挥，用来糊弄我和小刀的。众所周知，有哪个孩子不喜欢魔术这种迷人的把戏呢？他用这套把戏，成功地把小刀偷走了。

因此，话题无论如何兜兜转转，都改变不了一个事实：我成了全村人眼里的精神病。他们不相信一个人贩子会把我带到蚂蚁王国去，也因此，他们认为，关于蚂蚁王国的那些描述，都是假的，是我杜撰的。而我杜撰那一套的理由是，我太害怕了，我弄丢了我的弟弟。

不过，村里有一些孩子不那么看。这些孩子对我描述的蚂蚁王国保持着极大的兴趣和热情，并忠心耿耿地相信我说出的每一个字。而另外那些孩子却不这么看，他们的看法跟大人们一样。因此，我们村里的孩子就分成了两派，一派是挺我的，一派是反对我的。那个夏天，他们毫无疲倦地进行着各种争执，到最后，不知哪个恶作剧的大人给他们提议：

"想知道老槐树下到底有没有蚂蚁王国，挖开土瞧瞧不就行了？"

孩子们都认为这个提议可以考虑。于是，有一天，他们各自从家里带来铁锹、镢头等农具，浩浩荡荡地来到村头，开始挖掘老槐树下的泥土。那些农具对于他们来说过于高大，他们气喘吁吁地试图降伏它们，花在这上面的时间几乎占据了整个工程的时间，以至于让人误以为他们只是在跟那些农具玩耍。

大人们肯定不会帮他们做这件可笑之事，他们在小卖部里一边哗啦哗啦地推洗着麻将牌，一边好笑地看着孩子们胡闹。他们只在洗牌时才有时间往外瞄几眼，一旦开始摸牌和打牌，就不再理会外面了。

工程进展得非常缓慢，一整个上午过去，除了老槐树下原本平展展的地面被霍霍得坑坑洼洼，关于蚂蚁王国的迹象没有展现出分毫。当那些孩子的家长来喊他们回家吃饭时，葛贰朝他们嚷嚷了一通，让大人们把坑坑洼洼的地面恢复原状。他们当然不会听葛贰的支使，相反，他们指问葛贰：

"如果你们家田小镰没有胡诌什么蚂蚁王国，这些孩子能变得这么魔怔吗？我们没找你算账就不错了。"

我的母亲哑口无言，只好自己拿着铁锹去平复那千疮百孔的地面。她边干活边说：

"我还真想把这里挖出一个大洞，然后继续使劲往下挖，到下面去看看，下面到底是个什么样子。"

我的父亲田丰收看了看那棵老槐树，说：

"谁要是想在这里挖坑，谁就会不得好报。"

"为什么？"葛贰问。

"因为老槐树是神树。"田丰收说。

"迷信。"葛贰撇撇嘴说。

那年夏天，我的父母频繁地往派出所跑，追问田小刀失踪案的进展。他们像任何一对丢失了孩子的父母一样焦急，有的时候情绪失控，在派出所里喊叫，质问。当然，发泄完情绪后，他们又会很诚恳地跟派出所里的人道歉。回家的路上，他们会互相埋怨，说，失踪人口又不止咱们家田小刀一个，派出所里的同志们已经够忙的了。他们说完这些比较理性的话之后，又会给彼此打气：要相信派出所，相信公安，一定会抓住人贩子，把咱们的小刀送回来。

在这样的期盼中，夏天过去了。秋天来临的时候，我成了一名小学生。

我们的学校在邻村，半埠店村。因为附近几个村庄规模都不大，所以，孩子们都集中到半埠店小学去上学。开学没几天，我就成了学校里的名人，全校的孩子都知道了，我曾经去过蚂蚁王国。

我的拥趸者和反对者，都比在村里时的数量有了大幅的增长，以至于我无论在校园的什么地方行动，周围都簇拥着至少五六位同学。拥护我的，自然是我的粉丝；反对我的，自然不放过任何课间时间对我恶语相加。没多久，这两派同学就发生了第一次打架，接着，第二次和第三次群架相继发生。

班主任把田丰收喊到学校，很严肃地说，这样下去的话，很有可能会劝你的女儿退学。田丰收当然不能让我退学，他虽然是一介农民，却深知知识的力量胜过一切。他是骑自行车去学校的，老师跟他谈完话之后，还不到放学时间，他就把自行车支在校门口，等我放学。平时我是步行上学的，半埠店离槐花洲总共只有一千米。那天，我坐在他的自行车后座上，本来以为他会骂我一顿，但是没有。他沉默地蹬着自行车，说：

"车链子该上油了。"

除此之外，他没再说一句话。回到家之后，葛贰很生气地说：

"要不然干脆退学算了，省得在外面丢人。"

我的父亲田丰收啪地一声把筷子拍在桌子上，说：

"你给我闭嘴！"

在我的印象中，那是田丰收第一次对葛贰说那么重的话。当时葛贰有些惊慌，她识相地闭上了嘴。

四

此后，整个小学和中学期间，我成了一个孤独的人。

为了不再引起群架事件，我把我的一个反对者和一个拥趸者都揍了一顿。我把他们（两个男孩）喊到操场上，说：

"打完这一架以后，我跟你们就没有任何关系了。"

我的拥护者问：

"田小镰，你打他也就算了，打我是什么意思？"

我二话不说，上去就把我的拥护者摁倒在操场上。操场上铺着厚厚的黑色煤渣，我们不明白为什么锅炉工要把煤渣一车车地运到操场上。我和我的拥护者都穿着浅色小褂，我们抱着彼此，难分难解地滚来滚去，一会儿我把他压在下面，一会儿他把我压在下面。后来，我的拥护者喊道：

"田小镰，咱俩别打了，我不想和你打了，我也不再拥护你了。"

听了他这句话，我就松开了揪住他头发的手。我的反对者目瞪口呆地看着我们俩翻滚，他不明白为什么我们要内讧。当我和我的拥护者从操场上站起身后，我的拥护者最后看了我一眼，头也不回地走了。他的整个后背变成了黑色。当然了，前面也好不到哪里去。我对我的反对者说：

"来吧，轮到你了。"

我的反对者虚张声势地朝我亮了亮拳头，我刚要扑上去，他却闪开了。他说：

“算了。田小镰，你这个人，不分好赖，不知好歹，连自己人也打。”

我的反对者不屑于跟我这个不分好赖的人打架。

于是，学校里彻底太平了。我付出的代价就是，我成了一个彻底孤独的人。从此，再也没有人前呼后拥地围着我，给我背书包，为我踢走路上的小石子。上学和放学时，也只有我一个人踽踽独行。

对于这种孤独，我说不上是喜欢，还是讨厌。好像有时候喜欢，有时候厌恶。

小学结束后，我升到离家六千米的一所学校读初中。从此我开始住校，每星期回家一次。那一年，我的母亲葛贰关掉小卖部，和田丰收一起离开了槐花洲。

他们离开槐花洲的原因，自然还是跟我的弟弟田小刀有关。截至他们离开槐花洲，田小刀一直没有被找到。时间一年一年地过去，跟田小刀同龄的孩子已经进入半埠店小学读书了，我的父母不想再徒劳地等待派出所给他们好消息，他们决定去云市，一边打工，一边寻找田小刀。

对于他们两人的做法，村里人议论纷纷。小卖部忽然不开了，他们没有地方玩麻将了，这对于他们来说是件难以接受的事情。我的父亲田丰收说：

“放心吧，我的小卖部不开了，很快就会有人再开一家小卖部，你们还是有地方玩麻将的。”

我父亲说得没错，实际上，就在他们开始处理货品的时候，村东头有户人家的小卖部就开业了，那户人家是我的大伯田丰登。我的父亲跟他的哥哥商量了一下，把所有的货品低价转给了这位新任小卖部老板。

我的大伯很心疼自己的兄弟，他最后问道：

“一定要走吗？”

父亲还没说话，葛贰就抢先说道：

"一定要走，千真万确。"

"大人好办，到哪里都能有口饭吃，但是，小镰怎么办？毕竟你们还没安顿好，还不能把她转到云市去上学。"我的伯父问。"我的意思不是说，我不想照顾小镰。你们放心，我会照顾她的。"他补充道。

"小镰平时住校，周末的时候，她可以坐车去云市。我们安顿好了，就会告诉她地址。"葛贰说。她的口气有些不太友好，大约是觉得我的伯父在推卸，不愿意在周末照顾我。

他们把货物装在一辆手扶拖拉机上，一趟一趟地从村西往村东搬运。我的伯父装完最后一辆车，坐上去，对我说：

"小镰，周末的时候回家来，到大伯家里。或者，我可以开手扶拖拉机去学校接你。"

我说：

"我喜欢骑自行车。我哪儿也不去，就回自己家。"

"随你的便。"母亲说。

母亲恨恨地瞪了我一眼，嫌我在伯父面前没有给她面子。但我知道，彼时彼刻，我已经成为她去城里的绊脚石。她一方面觉得，如果没有我，她早就去城里找田小刀了；而另一方面，她觉得，即便我那时候长大了，可以照顾自己了，她也落下了抛弃我的恶名。乡邻们虽然多数没有去过云市，但他们起码知道，槐花洲离云市有八十千米远。

八十千米呢，就算田小镰周末可以回云市——大不了黑天以后到家；但是，周一早晨是不可能按时赶到学校的，公共汽车毕竟得用四个轮子跑，它不是火箭，嗖地一下就到了。

这是乡邻们的说法。他们这么说的言下之意就是，田丰收和葛贰把他们的女儿抛弃了。

他们是在一个星期一的上午离开槐花洲的。在此之前，一个经常在公路上南来北往跑生意的老板曾经跟父亲许诺，让父亲去他在城里的海水养殖场工作。这个客人每次开车经过，都要下车在老槐树底下坐会儿，跟田丰收天南海北地胡侃。这个顾姓老板是一名退伍军人，这个身份听上去还比较可靠，父亲便选择了去城里投奔他。

他们选择去云市打工的一个重要原因是：那个戴眼镜的人贩子很可能就生活在云市。他们这样推断有着十足的理由，那就是，我曾清楚地告诉他们，戴眼镜的人说的话，跟我堂哥的口音一模一样。

我的堂哥田埂，也就是我伯父的儿子，在外面生活和工作了几年，完全不再说家乡话，而是说着一口地道的云市话。每次他回乡，用云市话跟乡邻们打招呼，背后都要遭受他们的鄙夷和耻笑。他们认为他忘了本。

我的父母在某个星期一启程，去了云市。他们之所以选择星期一，是要先把我送到学校去。父亲骑着他的自行车，沉默地跟在我的后面。我不清楚他为什么不像个骄傲威猛的父亲那样，在前面为自己的女儿开路，虽然道路平坦，不需要披荆斩棘。他像一个做错了事儿畏畏缩缩跟在家长身后的孩子那样，沉默地骑行着，一声不响。其实，我是不需要他去送我的，自从九月份开学，我已经这样骑行了好几次，对路况已经非常熟悉了。

是的，他们是在那年金秋时节离开槐花洲的。在校门口，父亲见我没有回头的意思，他喊了我一声。

"小镰！"他说。

我依然没有回头。我飞快地把自行车推进大门，飞快地拐到车棚里。到了车棚里之后，我就看不到外面的公路了。

周末，我像往常那样，骑着自行车回到槐花洲。小卖部门框子上的招牌已经摘下来了，面朝公路的门被父母用一把大铁锁紧紧地锁着。

我握着一串钥匙，其中应该有小卖部的门钥匙。我看了看那扇被他们刷了绿漆但已经陈旧了的门，暗自做着将来万不得已就重新打开它，自己当老板的打算。

我从那串钥匙里找到大门钥匙，打开门，走进院子。在过去的十几年中，我也有过一个人站在院子里的时候，比如父母到地里去了，或是他们带着田小刀串门去了。但那些情况都跟那天不同——那天，我完全地、彻彻底底地独自拥有了那个院落。

五

几年以后，当戴眼镜的人再次出现，我好像才忽然明白，我为什么要坚持留在槐花洲。

是的，我一直坚持周末回到槐花洲。我顺利地读完了初中，又顺利地读完了高中。高中是在县城读的，离槐花洲不过十五千米。我依然骑着自行车，在周末往返于县城和槐花洲之间。

田丰收和葛贰隔几个月回一趟槐花洲，看看我的生活情况。实际上，我的生活情况完全用不着父母操心：我们的土地由伯父耕种，菜园子也由他照管，因此，他负责了我的粮食和蔬菜供应。我的伯父田丰登一直希望我周末回来后去他家里，那样，我就不用自己生火做饭了。但是，我不想那么做。我自己生火做饭，自己洗衣服，自己烧水洗头洗澡，自己收拾需要带到学校的行李。

无数个周末，我坐在老槐树下的一把老藤椅上，晒太阳，看公路上来来往往的车辆，像一个安详的老人。老藤椅是我的父亲田丰收从云市带回来的，我不知道他从哪里弄了那么把老藤椅，为什么他不留在云市自己用。他们去了云市的最初那些年里，每次回来，都带回一些物品，以旧物居多，可以猜测是在云市得到的馈赠。我想，当时他们还是抱着有朝一日回到槐花洲的打算的。随着时间的逐渐延长，他们带回的东西一次比一次少，回来的次数也一次比一次少。我隐隐地感觉，他们可能不打算再回来了。

那个夏天的傍晚，我坐在老藤椅上，听头顶上的蝉鸣。我听了一会儿蝉鸣，又俯身去看蚂蚁。一群蚂蚁簇拥在一块看不清材质的食物周围，正在焦虑万分地团团乱转。那粒食物太庞大了，像一座大山一样，它们徒劳地转来转去，也无法撼动分毫。我起身回屋拿了一块饼干，搓得碎碎的，撒在地上，蚂蚁们立刻放弃了那座大山，开始有序地搬运饼干屑。

就在我出神地观看那盛大的劳动场面时，戴眼镜的人再次出现在我的生活里。我并不知道他在老槐树下站了多久。他站在老槐树下，背后是那条车来车往的公路，公路对面是一片苹果园，苹果园后面，远处起伏的山峦上，夕阳正在缓缓下沉。因为他背对着那缓缓下沉的夕晖，脸色就隐在模糊暗淡的光线里，看不太真切。但我还是马上断定了他的身份。我在心里飞快地计算了一下，从多年前的那个傍晚，到彼时彼刻的那个傍晚，时间足足过去了十二年。我从一个七岁的孩子，长成一名高三女生。夏天过去后，我就要去读大学了。

而他，带走田小刀时约莫有四十岁，再次出现时已经是一个标准的中年人了。他依然戴着眼镜，依然文质彬彬，你无论怎么看，他都不像一个人贩子。

我站起身，看着他。他打量了一下周围，似乎在跟自己记忆中的那个傍晚做一下比照。

"这里原来有一个小卖部吧？"他问。

"是的。"我说。

我没想到他开口后的第一句话是说这个。但是，我又一细想，他能说什么？难道直截了当地说，我是当年偷走了你弟弟的人？

我直到现在都想不通，为什么当时我没有问他，你为什么偷走我的弟弟，你把他给弄到哪儿去了。

事实上，我开口了，但说的却是无关紧要的话，我说：

"小卖部早就不营业了。"

"为什么呢？"他问。

"不为什么。我父母不想在村里待了。"

"是这样啊。"他说。

"他们去了云市。"我说。

说完这句话后，我观察着他的反应。我希望看出他眼神里的慌乱，但是却没有。天色渐渐暗下来，他的眼睛本来就隐藏在厚厚的镜片后面，此刻更看不清楚了。我又说了一句——这句话是怎么说出来的，我自己都不知道。我觉得，如果让我仔细思考的话，我是不会说这句话的。我说：

"我秋天就要读大学了。毕业后，我也要回云市工作。"

他伸手捶了捶树干，答非所问：

"这棵老槐树，年头不小了吧？"

我说：

"村里人说它有一百多岁了。你知道这些蚂蚁把饼干屑都搬运到哪里去了吗？"

"老槐树下面。"他说。

"老槐树下面有一个蚂蚁王国，你相信吗？"

"当然相信。"他说。

"蚂蚁王国特别大，仿佛一个宫殿。蚂蚁们会唱很多歌，还会跳舞。我听过它们唱《小燕子穿花衣》。那里有精美的家具和厨具，蚂蚁们把饼干屑和其他食物搬运到王国里，会有专门的蚂蚁厨师把它们制成美味的食物。通往蚂蚁王国的路非常曲折，像走迷宫一样。"我说。

戴眼镜的人静静地听着我说，没有打断我。我说着说着，忽然哭起来。我边哭边说：

"这些关于蚂蚁王国的描述，在七岁以后的那几年我曾经讲过很多次。你知道吗，我一次比一次讲得熟练，一次比一次讲得生动。世上再也没有人可以像我那样描述蚂蚁王国。直到在学校里，我把我的拥护者和反对者都打跑了。把他们都打跑以后，我彻底变成了一个孤独的人。算起来，我已经有十年以上没有讲述蚂蚁王国的故事了。我不想跟任何人讲，因为他们不相信我。起初，他们以为我是做了一个梦，我只是在讲述那个梦而已。但是，我讲的次数多了，他们就觉得不是做梦那么简单了。他们认为我是精神病患者，认为我是幻想狂。"

我一口气说了这么多的话，把我自己都吓着了。我感觉，只有在学校里背题的时候我可以一口气说上这么多话，除此之外，我大概是学校里最沉默的人。

"到县城读高中之后，了解我历史的人就少了。你大概不知道，我读的是全县最棒的学校，能考上那所学校的人不多。所以，高中老师和同学们都不了解我的过去，也就无从知道我为什么那么沉默。我的班主任老师曾经三次跟我谈心，他问我，田小镰，为什么你没有喜怒哀乐？"

戴眼镜的人走近我。我看了看周围，离我最近的武器，是我伯父不久前倚靠在老槐树上的一把锄头，他本来要扛着它去地里除草，走到村头，发现忘了带包。他家里养了十只长毛兔，需要给它们提供新鲜的青草。于是，我的伯父返回家去拿那只由尿素袋子拼缝的大包，等他返回来时，看到我正握着他的锄头，站在老槐树底下。还有一个男孩，跟我站在一起。

那个时候，戴眼镜的人刚刚离开，他钻进停在路边的一辆小汽车，很快地把它开走了。我的伯父看看那辆车，又看看我，问：

"那人是谁？"

我说：

"没谁。一个问路的人。"

伯父看了看跟我站在一起的那个男生，问：

"秦卯年，刚才那人是谁？"

秦卯年说：

"大伯，我也是刚到。我来的时候，那人刚走。小镰说是问路的，那就肯定是问路的呗。"

我的伯父要拿锄头去地里除草，天色越来越暗了，再不去，兔子就没晚饭可吃了。他拿了一下，没有成功，我把锄把紧紧地攥在手里。他说：

"小镰，你怎么了？松手啊！"

我松开了手。他凑近看了看我的脸色，问：

"你是不是哪里不舒服？"

"没有，我很好。"我说。

那天晚上非常燥热，我躺在老藤椅上，回忆着那不可思议的一幕——戴眼镜的人走近我，突然拥抱了我。当时我已经把锄头攥在手里，我应该毫不留情地朝他打过去，把他打倒，然后大喊大叫，喊村里的人出来擒他，把他扭送到派出所。但是，谁也无法告诉我，我为什么没有那么做。他拥抱着我，就像拥抱着自己的女儿，我竟然一动不动地站在他的怀抱里，忘记了所有该做的事情。

六

此后的几天，我数次沿着屋前的那条大街，到我的伯父家里去。田丰登非常高兴，甚至有点激动——长期以来，他一直苦于无法用任何办法化解我的冷漠。

我的伯母也殷勤备至，梆梆地在一个由一圈树干做成的菜板上剁馅，给我包饺子吃。我坐在他家的小卖部里，看似无所事事，其实一直在盯着柜台上的那架电话机。村里有电话的人家并不多，多数人家有需求的时候，会到小卖部打电话，我的伯父因此又多了一份收入。

我盯着那架电话，脑子里无数次地督促自己：田小镰，打呀！报警呀！你还在等什么！

同时，又有另外一个声音在对我说：田小镰，不要乱想！你不能报警，因为，你并不能确定他到底是不是多年前的那个人。毕竟时间已经过去了这么久，他的样子肯定变化很大。还有，你没有记住他的车牌号，也不知道他去了什么地方，报警有什么用？

是的，另外这个声音说的每一句话都极具道理，令我无法反驳。万一我认错人了呢，万一他是另外一个陌生人，只是跟我印象中的那个人长得有点像呢？这个世界上长相相似的人太多了不是吗？毕竟当年我只有七岁，我的记忆有多可靠呢？

我坐在伯父的小卖部里，思绪万千，难以平静。而表面上我依旧不动声色。那些到小卖部里买东西的村里人，都很友好地跟我打招呼，我一律以沉默应对。这些人并不认为我没有礼貌，因为许多年下来，我的境遇让他们无比同情，所有村人都认为我虽然弄丢了自己的弟弟，但那时候我也是个小孩子，而且也经受了这么多年的被抛弃，我罪不至此。

总之，我难以把那天我的思想表述清楚。我的伯母包了韭菜馅饺子，放了很多肉，她不停地催促我多吃几个，仿佛多吃几个饺子就能弥补我这些年遭受的一切。这让我越发迷惑：我的伯父和伯母对我如此之好，我这么多年都从来没有在他们面前哭过，为什么那个诡异的傍晚，我会站在戴眼镜的陌生人的怀里哭泣。而且，那个陌生人，很有可能就是多年前偷走我弟弟的人。

那个漫长的暑假，我还谈了一场不大不小的恋爱。对方是半埠店村长的儿子秦卯年，多年前曾经是我的反对者。当年在半埠店小学，当我跟我的拥护者在操场上滚作一团之后，他鄙夷地对我说：

"田小镰，你这个人，不分好赖，不知好歹，连自己人也打。"

我本来特别想把他摁倒在操场上，跟他打一架，哪怕打输了也在所不辞。但是他观望了我跟我的拥护者滚作一团之后，不屑于跟我打那一架了。他鄙夷地带着他的那帮子小兄弟离开了我，当时我跪坐在操场上，满头满脸都沾着黑色的煤渣屑，他还回头对我说了一句：

"你真丑。"

天知道，他的这两句话多么地伤害我。我孤零零地坐在操场上，看着他的背影，说：

"田小镰，你记住，早晚有一天，你要让这个人好好地看看你到底丑不丑。"

在整个半埠店小学期间，秦卯年一直是我的死对头，他虽然不屑于跟我打架，却处处针对我，挑衅我。我那么希望能跟他打一架，哪怕头破血流，可是他根本不接招。有一次我忍无可忍地用一块石头打了他，那块尖尖的三角形的石块是我早就物色好的，它躺在学校门口一棵银杏树的下面，每次经过校门口，我都要看看它还在不在。

我准确地把那块石头投掷到他的头上，左侧部位。他用手捂着那里，过了一会儿，把手拿下来看看，说：

"田小镰你这个丫头片子，你把我的头打破了！"

他的那帮子小兄弟立即把我围起来，嗷嗷叫着，要把我碎尸万段。秦卯年朝他们呵斥道：

"还不赶紧把我扶去包扎！"

我平静地等待着秦卯年给我的惩罚。他爸是半埠店的村长，我知道，等待我的没有好果子。但是，我等待了一整天，也没有等来什么惩罚，只有班主任把我喊到办公室，浅尝辄止地教育了我一顿。

第二天早上，头上缠着一圈白色绷带的秦卯年出现在教室里，那时候全班鸦雀无声，秦卯年说：

"怎么了，都哑巴了？"

他们以为秦卯年会对我动手，对我实施最严厉的报复。但是秦卯年说完这句话后，就坐到座位上去了。

我记忆中最深刻的，是那天上午的课间操。我们做操的时候，下起了那年冬天的第一场雪，秦卯年站在我右前方的队列中，雪花飘飘洒洒地落在他缠着绷带的头上，使他看起来特别扎眼。

在我的印象中，秦卯年在那个飘雪的冬天，开始显现出他作为焦点的特质。升上初中之后，他的这种特质更加明确地发挥出来；伴随着这种焦点特质同时显现的，还有他火速蹿起来的个头，这使他成为学校里比较令女孩子青睐的那种男生。

他有多么受女生青睐——学校历史上最漂亮的两个女生都是他的追求者。女生们大抵都喜欢秦卯年那样的纨绔子弟，他越是吊儿郎当，她们越是喜欢。那些戴着厚厚的眼镜，把化学公式倒背如流的男生，不太受女生们喜欢。

因为秦卯年，这两个史上最漂亮的女生成为史上最敌对的女生。说实话，我特别瞧不起她们。我想不通女生为什么要为了男生而那么有失矜持。秦卯年骑着自行车在校园里横冲直撞，他把那耍得溜溜转的自行车吱地一声停在我跟前，挡住我的去路，我说：

"滚。"

秦卯年说：

"你是学校里唯一一个对我说滚的女生。"

"那又怎么样？"我说。

有一次，他把我堵在水塔后面。那天轮到我值日，我提着水桶去厨房后面打热水，秦卯年骑着自行车突然出现在我面前，把我吓了一跳。我说：

"我的水桶掉了！"

他说：

"掉了就掉了，待会儿我帮你重新打热水。"

"走开。"我说。

秦卯年并不走开。那时候，开水房里还有两个同学，他拽住我的胳膊，把我拉到开水房旁边的水塔后面。他一只腿搭在自行车上，另一只腿支着地，把我堵在那里，说：

"你要怎么样？田小镰，你到底要怎么样？"

"我不想要怎么样，我只要你滚开。"我说。

"是不是我说，我相信你曾经去过蚂蚁王国，你就会对我好一点？"他说。

我抬起脚就朝他的自行车踹过去。我发疯般地踹他的自行车，他的腿。他一声不吭。后来，我把自己的脚给崴着了。我疼极了，背靠着水塔蹲坐在地上。秦卯年慌张地把我扶到自行车后座上，要驮我去医务室。我说：

"我的水桶落下了！今天我值日！"

"真是个傻丫头。"秦卯年说。他让我先待着别动。他捡起水桶，帮我打了热水，把水桶挂在车把上，驮着我去医务室。

他驮着我绕过厨房，经过老师宿舍，又经过两排教研室。无数同学看到了他驮着我、车把上挂着水桶的那一幕。我还相继看到了那两名史上最漂亮的女生，她们一个正在宿舍门口刷牙，一个在校园里袅娜多姿地走着。她们当时看我的目光，差不多能把我撕碎。

秦卯年越是这样，我越是对他很冷淡。这导致他学习成绩越来越差。不过，他本来就是差等生，这跟我几乎没什么关系。

初中毕业后，我如愿以偿地考到县一中，他勉强考到五中，又勉强高中毕业。他在五中上学的时候，隔三差五就骑着自行车，跑上十多千米，到县城去。为此，他结识了我班里多名男生，跟他们成了死党。

高中毕业之后那个夏天，秦卯年开始骑着自行车频繁地来槐花洲。村里人都知道他在追求我。他们觉得我应该答应他，毕竟他爸是村长。我的伯父最希望我答应秦卯年的追求——他的侄女成为半埠店村长的儿媳，他觉得自己的腰杆子也能硬朗起来。我的伯母对他的看法并不苟同，她说：

"咱们小镰秋天就要读大学了。那个秦卯年，我听说没考上大学，咱小镰不能嫁给他。"

我的伯父说：

"真是妇人之见！秦村长在方圆一百里都是响当当的人物，他难道不能给秦卯年找到一份好工作吗？"

我的伯母说：

"反正我觉得，咱小镰嫁给秦卯年，是一朵鲜花插在牛粪上。再说了，咱们操什么心都没用，得让小镰自己选择。"

我一直不给秦卯年好脸色，我说，你们五中一定有很多漂亮女生，你追她们去。秦卯年说，都毕业了，我追她们干吗？再说了，她们无论怎么漂亮，我也看不上，我就喜欢你。我说，可我看不上你。秦卯年凑近我，盯着我的眼睛，问，真的吗？你盯着我的眼睛说，你看不上我。我说，滚。

戴眼镜的人在那个傍晚再次出现之后，过了没几天，当秦卯年再次骑着自行车跑到我家去找我时，我跟他恋爱了。那天我特别孤独，我说：

"秦卯年，我需要拥抱。"

七

我的母亲葛贰，是一个跟命运抵命顽抗了大半生的人。她年老时终于不打算再跟命运顽抗，计划搬回槐花洲。她计划跟我父亲搬回槐花洲时，距离我弟弟被偷走的那个傍晚，已经足足过去了三十年。

那天是个周末，母亲破天荒地打电话来，让我回家吃饭。

母亲所说的家，是她在云市的家——城乡接合部的一处平房。她跟我父亲搬到云市之后，共计换过三次住处。第一个住处是父亲投靠的那个养殖场老板帮忙找的，很简陋。父亲在养殖场里当"水鬼"，帮老板养殖海参，经常穿着连体防水衣，在海水里进进出出。母亲则当上了厨师，给养殖场里的工人做饭。这样工作了十年，四十多岁的父亲体力不再胜任当水鬼，于是他换了工作，住处也随之更换。第二份工作他干得不是很顺心，两个月后就再次更换工作。他们的住所这期间也处于动荡不安之中。这时候我已经大学毕业回到云市有几年了，刚刚跟一个大学老师结婚，贷款买了一套房。我们计划把他们接回家里一起住，但是母亲抵死不肯。不过，他们倒是找到了城乡接合部某个村落里的那个心仪的住处。我跟爱人翟立地去帮他们搬家，那是我第一次去，但差点误以为回到了槐花洲——那个名叫幸福村的村子紧挨着宽敞的幸福路，父母租的那个院落在村西，就在路边，屋子西山墙那里生长着一棵茂盛的老槐树。他们就在这个酷似槐花洲老屋的地方，又生活了接近二十年。

接到母亲的电话后，我受宠若惊地买了许多好吃的，回到幸福村。母亲躺坐在老槐树下的一把藤椅上。这把藤椅，跟父亲曾经带回槐花洲的那把有点像，因为使用的年月有点久，很多地方有程度不一的破损，父亲用藤条修补了那些破损处，使得它看起来颜色不一，织工百变，看久了，倒像一件艺术品。

母亲躺在藤椅上，盯着老槐树下面，说：

"蚂蚁真多。"

我看了看西天的晚霞，说：

"可能明天要下雨了。"

母亲闭了一会儿眼，再睁开，说：

"我现在知道你弟弟为什么那么喜欢看蚂蚁了。"

"为什么？"我问。我特别害怕他提起田小刀，但她终于提起来了。事实上，自从我们一起生活在云市，这么多年来，她提起田小刀的次数并不多。

"我看得久了，多了，觉得蚂蚁很不简单。我现在相信了，它们在地下一定有一个很大的王国，那里跟人间一样，有各种规矩，所以蚂蚁在地面上才会这么拼命地干活，把好吃的东西搬进去。"

"哦，我也是这么认为的。"我说。

母亲抬起头，目光像火炬一样射向我：

"田小镰，你跟我说实话，那年夏天，你是真的去了一趟蚂蚁王国吗？"

"是的。"我说。

"那你把那个鬼地方的样子再给我说一遍，说得仔细一点。"她说。

我仔细地看了看母亲的表情，以判断她是真的想听，还是出于对我的又一次考验。在漫长的几十年里，她一直保持着理智清醒的思维，从来都不相信有蚂蚁王国的存在。

西天上，晚霞的炙烈颜色正在逐渐淡去，我从葛贰的脸上看不出她让我讲述蚂蚁王国的真实意图。但我必须得讲，我不能拂逆她。于是我再次讲述了我七岁时在蚂蚁王国的见闻。三十年过去了，在这漫长的人生之路上，我掌握了比七岁时更多、更复杂、更完善的科学知识，特别是关于蚂蚁这种生物的知识，我不敢说可以跟生物学家相比，但起码算是一个很精通的研究者。我的前夫翟立地——我们后来离婚了——曾经非常不解，因为我学的专业明明是中文，却对生物学特别感兴趣。他曾经问我，既然那么喜欢生物学，为什么当初不考这个专业。我没有回答他。因为我不知道如何回答，我实际上内心里对生物学既向往又惧怕，那种惧怕远远地超过了喜欢。翟立地是教生物学的，在我们离婚的时候，他做出了一个定论：我之所以选择和他结婚，就是因为那该死的蚂蚁。他认为，我对蚂蚁的关注近乎病态，甚至找爱人都要找一个学生物学的。我们结婚之后，他才知道田小刀被偷走的事情，这使他觉得自己被骗了。他很想要一个孩子，每次他提出这个要求，我都会绝望地问他，如果孩子将来丢失了怎么办？如果孩子将来喜欢蚂蚁怎么办？如果他去了蚂蚁王国再也不想回来了怎么办？

晚霞越来越淡，映照着与家乡那棵老槐树酷似的老槐树。我在这棵老槐树下，再次娓娓地讲述蚂蚁王国的故事。我用到了很多的生物学知识，把在蚂蚁王国的见闻讲述得非常精彩。我在讲述故事方面具备天赋异秉，这大概是我成为一名作家的原因吧。当然，这也大概是翟立地选择跟我离婚的原因所在。他受够了跟一个脑子有毛病的作家在一起生活，还拒绝给他生孩子。

在七岁时第一次讲述蚂蚁王国的基础上，我丰沛地糅合了三十年的所有经验和知识，再度给葛贰讲述了蚂蚁王国。我重点讲述了那个地下王国扩大无比、四通八达，却又犹如迷宫一样的建筑的规模和迷人之处，讲述了那里的等级和制度，以及蚂蚁们快乐的生活，包括它们的娱乐、繁殖、饮食、生老病死。

我的母亲突然打断我，问道：

"蚂蚁会不会走丢？"

我犹豫了一下。我不知道该跟葛贰说实话，还是撒一个善意的谎言。蚂蚁当然是会走丢的，这是显而易见的事情！我想了想，很坚定地说：

"不会。"

"可是，我坐在这儿看了这么多年蚂蚁，是看到过走丢的蚂蚁的！有时候一群蚂蚁正忙活着，我一觉醒来，那些蚂蚁都不见了，只剩下一只蚂蚁在焦急地转圈圈，这不就是走丢了吗？"葛贰说。

"那只是暂时的迷失，"我说。我拼命地调度着我所掌握的关于蚂蚁的知识，"同窝的蚂蚁是有独特气味的，前面走掉的那些蚂蚁会留下独属于它们的气味。暂时落单的蚂蚁慢慢会找到这种气味，然后顺利回到它的王国。那只是一个时间问题。"

母亲似乎相信了我的话，她又放心地眯缝上眼睛。这时候，我的父亲田丰收从屋里走出来，他看看已经睡着了的葛贰，指着她的头部，小声对我说：

"你妈妈这里可能有点坏了。"

我不太相信这一点。因为母亲这时候只有62岁。一个62岁的、身体很健康的女性，在如今这样富足的时代，严格来说，还不算货真价实的老年人。我向父亲提出了我的疑问，父亲说：

"她以前从来不相信地下有那么天花乱坠的蚂蚁王国，现在不但相信，而且还相信你弟弟在下面当了国王。她时不时地叨叨着要到蚂蚁王国去，跟你弟弟团聚。你说，这不是脑子有问题了，又是什么？"

我无法给父亲一个合理的答案，只能说：

"我妈这是思念田小刀过度。"

父亲叹息着，说：

"要不是你当年胡编了那么一个故事，你妈也不会有今天。"

我说：

"我没有胡编。"

"你觉得我能信蚂蚁王国的鬼话吗？"父亲忧虑地看看母亲，又看看我，"我只能相信，你妈的脑子确实有问题，只不过以前没表现出来而已。如果你没有胡编，那只能说明，你和你妈大概是同一类人。"

"爸，难道说，几十年来，你真的跟其他所有人一样，一直认为我的脑子有问题？"

"除非你承认蚂蚁王国是胡编乱造。"父亲说，"现在说这些有什么意义？没意义。现在最重要的事情是，你妈非要搬回槐花洲。我估摸着，她是想挖个地道，去老槐树底下找你弟弟。"

八

母亲执意要搬回槐花洲，实际上跟屋头那棵老槐树有关。父亲说，大概在一个月前，他和母亲看到一辆车停在路边，从车上走下几个人，他们搬下几样父亲看不懂的测量仪器，支在路上开始工作。他们不停地把那台仪器搬到不同的地点，一个工程技术人员观察仪器，另一个技术人员负责记录。在他们休息的时候，父亲好奇地走上前去，从近处观摩了一下那台他看不懂的仪器，跟那些人搭讪了一下。通过搭讪，父亲得知，幸福路很快就要进行一场大规模的改造——尤为重要的是，那位观察仪器的技术人员很具权威性地推测道，老槐树可能保不住了，要把它挖掉，否则，它会影响将来的施工。

母亲据理力争，说那是一棵几百年的树，没人有权利把它挖掉。父亲拽拽母亲挥舞的胳膊，悄声告诉她：政府要修路，为老百姓谋福利，他们有权利把它挖掉。

父亲花费了数日时间，才把母亲的思想工作做通。实际上，母亲只是哀伤和发牢骚而已，她懂得事理。她叹了口气，对父亲说，幸福村的村长都保不住这棵树，我能有什么办法呢。

就是在这种情况下，母亲动了返回槐花洲的念头。

那天晚上，我们边吃饭边讨论是否搬回槐花洲的事。我试图劝她留下来——有没有老槐树并不重要，起码我们生活在一个城市，我可以对他们有个照应。母亲的态度非常执拗，在遭到我和父亲的两次劝阻之后，她的情绪极度激动，以至于嘤嘤哭泣起来。

母亲哭泣的时候，看起来像一个跟大人索要玩具而不得的赖皮的孩子，既不讲道理又无助可怜。父亲大约是目睹母亲这种表现已经多次，已然知道满足她的要求是唯一出路。他潦草地剔着一块鱼肉，把鱼刺小心地剔除干净，夹到母亲的碗里，说：

"小镰，要不然，我们就搬回去吧。叶落总要归根，我们这两把老骨头，无论怎样还是死在槐花洲最好。几十年下来，我也干不动了，现在就算干保洁也力不从心了，我们总不能在这里坐吃等死。"

"不是还有我吗？我养你们。"我说。

"你？你婚也离了，还是好好照管自己吧。"父亲说。

父亲的话，顿时让我羞愧不已。是啊，我照管自己还尚且力不从心，又怎么能保证他们老两口的生活所需呢。父亲来到云市之后所从事的工作是分阶段的，这些阶段性工作都跟他的体力和身体状况紧密相关——他先是做了几年水鬼，大概肺部呛了海水，不能再胜任这个工作，遂经老乡介绍进入一个建筑队，在工地上当了几年建筑工人；随着年岁增长，他又被这个工种淘汰，重新谋求到一份看守停车场的工作；随着智能扫码收费设备的使用，父亲再度失业；此后，他应聘到公司当门卫；不久，那家小公司宣布倒闭，父亲不得已又找了一份保洁工作，在某个高档小区清扫地下车库……

至于母亲，她的状况比父亲也好不到哪里去。年龄尚可的时候，她还能找到在麻辣烫店里端盘子的工作；中年以后，她转移到后厨，负责洗碗洗碟子；更年期到来的那些年里，她的情绪一度起伏不定，手脚也不听使唤，经常打碎饭店里的餐具厨具，曾经遇到过接连被两家饭店辞退的事情。后来，父亲就不再让她出门工作了。

他们选择的大多数工作具备一个共同的特点：能接触到形形色色的人。就是说，他们选择工作具备明显的目的性，一是糊口，二是打听田小刀的下落。父亲当门卫和保洁的那些年、母亲在饭店端盘子的那些年，他们常常主次颠倒，把寻找和打听田小刀的下落当成主业，把真正的工作当成副业。

但是，尽管如此，他们也没打听到田小刀的下落。那个操弄着一口云市话的戴眼镜的人，始终没有被他们找到。我不敢说云市所有戴眼镜的人都曾经被他们二人查问过，至少他们不会放过任何一个他们见到的戴眼镜的男人。

"太难了。"母亲说。

这是他们搬回槐花洲之前，母亲留给云市的最后一句话。那天是个阳光和煦的金灿灿的秋天，跟二十多年前他们离开槐花洲的那个日子很像。只不过，当初他们离开时，是背着两只编织袋子，袋子里简单地装了一些衣物，这回，编织袋子变成了一辆中型箱式货车，林林总总地装着父母这些年里置办的家当。

事实上，他们的临时家当在我看来大多数可以丢弃，但是，母亲坚持全部带回去，包括那把被父亲修理了无数次的老藤椅。

"反正咱们有车。"母亲说。

母亲很满意她可以这么风光地搬回槐花洲，为此，她当场给我下了一道命令，让我不要拖延下去了，尽早答应秦卯年的追求。因为那辆箱货是秦卯年的财产。

我仰头看着秋日的金色阳光，眼睛里忽然涌上湿漉漉的泪水。二十多年过去，父母要搬回槐花洲，这种从起点回到起点的悲伤和茫然，我真的不想重复发生。我不想在经过了这么多年后，重新再跟秦卯年谈第二场恋爱。

司机开着那辆中型箱货，秦卯年开着另外一辆小车，载着父母和我，一前一后回到槐花洲。

"田小镰，你不要总是对我板着脸，我欠你啊？"秦卯年说。

"我不想说话。"我说。

"你别以为你这样对我，我就会退缩。"他说。

父亲插话道：

"对，不能退缩。"

"你们别管。"我回头对父亲说。这时候，母亲也插进话来，她说：

"秦卯年哪里不好？你有什么看不上的？"

是啊，我有什么看不上秦卯年的？他开公司，能赚钱，还对我好。虽然他也曾跟别的女人结过婚，但他离婚之后第一个想的还是我。

我不再吭声，闭上眼睛。七岁那年的夏天，若干年后的今天——这中间所有的日子就像电影画面一样，在我的脑海里一一闪过。我们的老屋还在，秦卯年提前派人来进行了修缮，使它看起来跟二十多年前没什么两样，甚至墙面比过去还鲜亮。老槐树也还在，虽然又苍老了很多，但依然长得很茂盛。

母亲下车后的第一件事不是看她的老房子，而是蹲在老槐树下寻找蚂蚁。她很顺利地找到一些正在忙碌的蚂蚁，立即吩咐父亲给她找一块饼干。父亲非常默契地从口袋里拿出一个方便袋，那里装着几块动物形状的小饼干。他把它们递给母亲，于是，我们全都蹲在老槐树下，看母亲给蚂蚁们投食。

九

父母离开云市之后，我感到空落落的，像失去了写作灵感一样。

那段时间，我不知道自己应该做些什么。我在城市的街道上逛荡，像一个无家可归的人。秦卯年给我打电话，我一律不接。有一天，他给我发了一条微信：

到幸福村来。

我不知道他让我去干什么，那里已经人去房空。我回复他道：

二十多年了，你为什么不能从我的生活中消失？

他说：

如果我消失了，这个世界上还有谁能够懂你？

这个坏人，他永远知道哪句话最能戳中我。从在半埠店读小学时，他就知道。因为他这句话，我在大街上忽然哭起来。我边走边哭，边哭边走。走了一会儿，我还是抬手叫了一辆出租车。我跟司机说，去幸福村，老槐树那里。司机居然说，老槐树，我知道。他接着又问，大姐，你为什么哭？哪里不舒服吗，要不要先去医院？我说，蚂蚁王国要被挖出来了，我为这个而哭。

我的话应该把司机吓着了。他从后视镜里仔细地看了看我，我想，他可能觉得我精神有问题，说不定以为我是从精神病院里偷跑出来的。

不过，疑虑归疑虑，司机还是把我送到了目的地。秦卯年正坐在老槐树底下的一把藤椅上，他说：

"我就知道，你肯定要来。"

司机警惕地看了看秦卯年，问：

"你认识她吗？"

秦卯年说：

"当然了，她是我媳妇。"

"滚。"我说。

司机打开车门下来了：

"大姐，他到底认不认识你？你有什么需要，我可以帮你；你要去哪里，我免费送你。"

"行了，谢谢您。"我朝司机摆了摆手，"他不是坏人，我也不是精神病患者。你走吧，我没事。"

司机听我这么一说，觉得有点自讨没趣。"这棵树可真大。"临走前，他悻悻地说。

我看了一眼老藤椅上的秦卯年，说：

"这不是我爸的藤椅。"

"我新买的。"他说。

"房子都已经退租了，买把新藤椅干什么？"我问。

"退租了可以重新租啊。"他说。

"你这是什么意思？重新租？你租它干吗？谁来住？"我问。

"进来看看就知道了。"他说。

秦卯年欠起身子，离开那把崭新的藤椅。老实说，这把藤椅我一眼就相中了。

我跟着秦卯年拐过屋角，跨进院子。这个过程中，我发现大门重新刷了油漆，院子也修整过，房门口墙根处移植了几丛菊花，粉粉黄黄白白，大概五六种颜色。

我蹲在墙根处，观赏了一下那几丛菊花。等我抬起头来的时候，看到房门口倚站着一位老人。

"老白！"我说，"你怎么在这里？"

秦卯年说：

"是我把他接来的。我觉得他住在这里比住在楼房里好。对于一个七十岁的老人来说，三楼有点高。而且，你去照顾他，上上下下也不方便。"

我想站起身，却觉得双腿发软，两眼发黑。秦卯年及时把一只小马扎塞到我屁股底下，说：

"小心，起身太急容易眩晕。"

"滚！"我说。

我坐在小马扎上，两手揉着太阳穴，待了足有一个世纪那么长。

"老白，你想吃什么，我去给你做。"我对老白说。老白不知什么时候搬了另外一只小马扎，坐在院子中间，盯着厢房顶上的一只麻雀发呆。厢房顶上是晒粮食用的平顶，周围安装了一圈铁栏杆，那只麻雀停落在铁栏杆上，朝着院子张望。

厨房也被秦卯年重新装修了。被我父母用得油渍麻花的抽油烟机、灶台、冰箱都换了新，甚至墙砖也重新贴了，是我最喜欢的深咖啡色。秦卯年嬉皮笑脸地说：

"田小镰，我想吃饺子。"

"吃风去吧！"我从置物架上抽出一把菜刀，"你今天要是不把事情说清楚，就别想活着从这间厨房里走出去。"

"你这是意欲谋杀亲夫。"秦卯年说。

"不要跟我说笑！"我厉声喝道。

"好吧，我们好好谈谈。"秦卯年说。

我们俩面对面坐在一张小圆桌旁，我让秦卯年说一说，这几年来他是如何跟踪我的。如果他没有跟踪我，就不会知道我一直在照顾着老白。以此推断，他一定知道老白就是当年那个戴眼镜的人。除了这些事情，秦卯年还知道些什么……想想这一连串的事情，我有点后背发冷。

"这几年，你难道就不想知道，是谁把老白的线索告诉你的？"秦卯年问。

我目瞪口呆地看着秦卯年，不敢相信几年前我在信箱里拿到的那封信竟然来自于他。严格来说，那算不上信件，只是一张白纸，上面写着老白的名字和家庭住址。那张白纸装在一个信封里，安静地躺在我的信箱中。它下面和上面分别是两个更大一点的信封，里面装着两本杂志社每月寄给我的赠刊。

信封很不起眼，以至于我把那摞报纸杂志拿回家后，放了两天才把它从中找出来拆开。我清楚地记得，看到老白的名字和住址后，我几乎没怎么思考，就肯定了一件事情：老白就是多年前那个戴眼镜的人。

作为一名作家，我深知人类太渺小，太多无解之事远比人类的存在要坚硬。我从来没有疑惑自己为什么那么诡异地断定老白就是戴眼镜的人。总之，我按照地址找到了老白。那一年，老白已经68岁了，他孤僻，阴郁，很难接近，而且身患多种疾病——这跟他大半生四处漂泊有关。我七岁那年的夏天，他原本是某个工程单位里的一名卡车司机。那个年代，卡车司机是让人羡慕的职业。但随后他的生活发生了翻天覆地的变化，他不得不离开单位，远远地去往偏僻的外地谋生——带着我的弟弟田小刀。

为避人耳目，他东躲西藏，专门应聘在荒僻野外工作的工种。他给田小刀取了一个名字，叫白天赐。田小刀被老白带走的时候，只有两岁，他的前额叶皮质——这个脑部的命令和控制中心还没有发育好，尚处于没有激活的状态。随着时间的流逝，田小刀不再哭喊着找自己的爸爸妈妈。当他开口喊老白爸爸之后，就成为了一个彻彻底底的白天赐。等他的前额叶皮质逐渐发育完全，两岁之前的记忆早已荡然无存。

老白应该庆幸的是，那一年他开着卡车在槐花洲带走田小刀的时候，我们的生活中还没有摄像头的存在。细细数算一下，从那个傍晚到现在，时间足足过去了三十年。由于槐花洲紧挨公路，由于卡车司机们特别喜欢在那里歇脚，由于没有摄像头，由于我在游戏中一直闭着眼睛……老白拥有了带走田小刀的天时地利人和。他就那么轻而易举地带走了一个两岁的孩子，从此将之据为己有，让其喊自己爸爸，将其改头换面，从田小刀变成白天赐。当然，他也为白天赐付出了全部，他带着白天赐逃离云市，四处转移，供他吃喝和上学，并在那样的环境中，把白天赐培养到了国外。

是的，我的弟弟田小刀——确切地说应该是白天赐，他的学习成绩特别好，好到把自己考到了国外一所非常著名的大学。他修完学业之后，跟老白商量想回国择业，但老白建议他在国外定居。于是，白天赐定居在国外。一直到白天赐在国外正式定居，老白才从外地回到云市。

老白为什么对我的弟弟这么好，而不是像其他人贩子一样，把田小刀拐走以后卖掉——这个疑惑，可能是我接近老白最初那段时间的动因。我用心地跟老白相处，付出了我所有的耐心和智慧，当然，它们也得到了应有的回报，那就是我终于为我的疑惑找到了原因：在老白带走田小刀的半年之前，他刚刚两岁的儿子因病夭亡。他的妻子郁郁寡欢，有一天忽然买上一张火车票回到西宁老家，誓死不再返回云市，也不想再见到他。老白在那个傍晚看到田小刀时，一瞬间灵魂出窍，觉得田小刀一定是上天派来拯救他的孩子。于是他带走了田小刀。

老白那天的确带了一只姜黄色的小箱子，它的确是用来变魔术的，那是他的祖父留给他的遗物。他多次用那只小箱子给儿子变魔术。他的儿子也非常喜欢蚂蚁，他每天晚上都虚构着蚂蚁王国的故事哄儿子入睡。他的儿子病夭之后，他无论开着卡车到哪里出工，都要把小箱子随身带在车上。那个诡异的傍晚，它诡异地派上了用场。

十

为了不让老白疑心，那天傍晚，我还是满足了秦卯年想吃饺子的要求。起初，我和秦卯年唇枪舌剑，以至于数次想拿擀面杖把他拍死。

"你是怎么找到老白的？"我问秦卯年。

"其实，高三那年暑假，在老槐树下，我看到你跟一个戴眼镜的人说话，心里已经起了疑心。我记下了他的车牌号。跟你说吧，此后我一直在找他，到处找。"秦卯年说。

当年，秦卯年没有考上大学。如我伯父所说，高中刚毕业的那个夏天，他的父亲就为他安排了很好的工作，去县城发动机厂上班。他吊儿郎当地上着班，三天两头旷工跑回槐花洲追求我。由于鬼使神差的原因，我跟秦卯年谈了一场短暂的恋爱。到外地上大学之前，我提出分手，但秦卯年从发动机厂辞职，跟到了我读大学的城市。我记不得跟他说了多少个"滚"字。他说，田小镰，我们虽然分手了，但我要再次追求你。

秦卯年再度追求了我四年。大学毕业后，我选择了回到云市，他也忠实地跟了回来。几年后我跟翟立地结婚，秦卯年说，田小镰，你以为只有你才会结婚啊？我也会。于是，秦卯年跟一位特别迷恋他的姑娘结了婚。

怎么说呢，人生是无解的数学题、哲学题、化学题、物理题、语文题。

"田小镰，我想问你一个问题，高中毕业那年，你究竟为什么跟我谈了一场恋爱？"秦卯年问。

"不为什么。我当时脑子坏了。"我说。

"我记得你说，你需要拥抱。"秦卯年很认真地看着我，又很残忍地说，"其实，是因为在那之前，老白刚刚拥抱了你，是不是？你被那个拥抱感动了，你长期被你爸妈冷落的心得到了温暖——说白了，哪怕那个拥抱来自老白，来自那个制造了你所有困境的陌生人，你也乐意接受，是不是？"

我把手中刚包好的一只饺子掷到他脸上。秦卯年从腿上捡起它，把摔破的一只角重新捏好，放回到盖帘上。

"你不要恼羞成怒。你不小了，还是个作家。一个作家，难道不应该直面自己的内心吗？"秦卯年的这番话，跟他高中毕业生的学历委实不太搭配。只能说，是社会这所大学培育了他。回到云市的十多年里，他干了很多事情，过几年就会换一部新车。他去看我的时候，手机总是响个不停，有一次我听到他说这个项目八百万如何如何的话，还以为他在吹牛皮，后来有一次他非要请我去看电影，在黑漆漆的电影院里，他告诉我说，那一整栋娱乐餐饮大楼都是他盖的——后来我专门查证了此事并非吹牛皮，从那以后，他在我心目中才不再是吹牛皮的顽劣形象。

"别以为能赚点钱就是商业奇才。居高临下地对我说教，你还不够。"我说。

"但是不管怎么说，伯父伯母、你，你们找了老白几十年，一直没有找到，还不是被我找到了？"他说。

他这句话倒是让我无以应对。

"但是，你也有过人之处。我始终不明白的是，像老白这么一肚子心事、孤僻、阴郁的人，你是怎么获得了他的信任，跟他相处了两年的。"秦卯年问。

是的，老白孤僻，阴郁，难以接近。他回到云市后的这两年时间，跟任何人都不建立往来关系。至于我是如何一点一点地接近他，最终获得了他的部分信任，这些过程，我一点都不想赘述了。

"不是百分百的信任，只是部分信任，有选择性的。"我纠正道，"正像你所说，他藏着一肚子心事。你知道这有多痛苦吗？他总得找个合适的人，多多少少倾诉一部分。而我就是那个相对合适的人。"

"那你有没有想过，为什么偏偏你是那个相对合适的人？为什么那个人不是老白的左邻右舍？"秦卯年问。

"别这么拐弯抹角！你不就是想说，老白不是傻子，他可能已经猜到我就是三十年前的那个女孩？"我觉得那天的面团揉得不太理想，有点硬，擀起来有点吃力。也或许是秦卯年的这些话有些尖锐，扎到我的心脏上，让我虚弱无力。

秦卯年引出了这个话题，他却闭嘴了。我等了两秒钟，他没有回答的样子，我更加虚弱无力了。

"秦卯年，你说，老白是不是早就认出了我，或者猜到了我是那个女孩？告诉我，我好累。"我说。

"我认为，这个答案不重要。我们需要很多答案，但所有答案通通不重要。"秦卯年说，"比如，你照顾了老白两年，却一直没跟伯父伯母透露。你为什么要这么做？这也是一件没有答案的事。比如，你难道不应该让你们全家跟田小刀相认吗？你却迟迟没有这么做，这件事也没有答案。比如，你似乎更应该让老白得到应有的惩罚，但你也没有这样做，这件事也没有答案。还有一个更大的谜，需要答案。"

"什么更大的谜？"我已经有气无力了。

"三十年前的那个傍晚，你是真的睡着了吗，还是故意装睡，故意让老白带走田小刀？你讨厌田小刀，因为你的父母重男轻女。自从有了田小刀，你就失去了一切。再进一步说，你是不是老白的同谋？你意识到了他是一个危险的人，他也看出你可能希望田小刀消失，你们默契地把那件事推动到了最后的结局。几十年后，你找到了老白，发现他已经是一个标准的老人，正在走向人生最终的消亡。他身体羸弱，性格孤僻，终生被带走田小刀这件事折磨。你动了恻隐之心，你想让他就这么安静地走向终点。特别是去年，他摔了一跤，不仅摔跛了一条腿，脑子也摔坏了，时常痴痴呆呆。他忘掉了很多事。你的弟弟生活得很好，老实说，如果他跟在你父母的身边，不一定能有如今的生活。他安然富足，以为自己的人生没有发生过任何意外，你不想改变这一切。"

"你闭嘴！"我说。

"蚂蚁王国并不存在。你不想承认这一点。"秦卯年非但没有闭嘴，他还极其残忍地说出了这句话。

"完全是一派胡言！"我抖嗦着声音，"我想杀了你，秦卯年。"

"如果你的心能够从此宁静，我的命不算什么。"他说，"你有什么自责的呢？那一年你也不过只有七岁，不就是一念之差的事吗？大人都会犯错，更何况一个小女孩。"

我用尽平生最大的力气，使用了我词库里所有骂人的词汇，咒骂着秦卯年。他一声不吭。我告诉自己，田小镰，不要哭。一定不要哭。但是我没能管住那些争先恐后想要流出来的液体。秦卯年站起身，绕过桌子，走到我身边，抱住我的头。他轻声地说：

"田小镰，在这个世界上，你还能找到谁像我这么懂你。"

"小学时，你总是跟我作对，为什么？"我问。

"傻不傻？"他说，"无非是想引起你的注意。无非是，那时候我就看透了你。"

"你才几岁，那时候就看透了我？"

"我也不想那样。但我就是看透了你。你是作家，难道不知道人类有多么渺小，根本无法解释这个世界和整个宇宙吗？"

最后，秦卯年忽然说：

"去年我出国，顺便去看了一眼田小刀。"

我吓了一跳，立即从刚才的迷蒙状态中清醒过来：

"你要干什么，秦卯年？！"

"你放心吧，我没打扰他，只是远远地看了看他。他过得很好。我拍了照片，你要不要看看？"

"不要，求求你。"我呻吟着说。

我们吃了一顿满腹心事的饺子。吃饭的时候，有那么一刹那，我跟老白的目光对接到了一起，这让我猛然想起七岁那年，我也是跟他的目光那么对接了一下……我被一只饺子噎得流下了眼泪。但是，等我再去看他的目光时，熟悉的那种感觉已经荡然无存，我只看到了两只昏黄无神、已经忘记了人生当中某些事情而且正在忘记更多事情的迷茫的眼睛，像两潭被困住的、不再流动的浑水。

十一

考虑到老槐树年代久远，他们修改了筑路计划中关于老槐树的原有设计，改挖掉为圈起来，为它修一个花坛，让它成为一个供车辆绕行的环岛。据秦卯年说，幸福村现有的一处农田在未来几年内要建起一座休闲中心，到时候，路口比现在要多，设计环岛是迟早的事。

秦卯年说得这么有鼻子有眼是因为，筑路工程是他们公司承接的。我埋怨他，如果之前没有决定挖掉老槐树，说不定我的母亲葛贰就不会那么执拗地要搬回槐花洲。秦卯年说，莫非你真的想让他们老两口客死异乡？

我当然不想。

现在，那棵老槐树下坐着的，不是我的母亲葛贰，变成了老白。幸福村没有任何人知道老白的来历，秦卯年跟房东说，老白是他的舅舅。

秦卯年这么说，等于又在占我的便宜，因为一直是我在照料老白。既然老白是他的舅舅，那就是说，我在照顾秦卯年的舅舅，进一步就等于说，我在跟秦卯年谈恋爱。

当然，秦卯年说老白是他的舅舅，也不是只说不做——他为老白雇了一个二十四小时保姆。每个周末，我都会到幸福村去看看老白，中午阳光暖和的时候，跟他一起坐在老槐树下晒太阳。秦卯年曾经当着房东的面喊过老白舅舅，老白没答应，也没反驳。此后秦卯年就把这个称呼固定了下来。

有一次，秦卯年蹲在老白跟前，问他：

"老白，我是谁？"

老白睁开混浊的双眼，辨认了他一番，说：

"你是我外甥。"

秦卯年得意地对我说：

"你瞧，很多事情就是这样弄假成真的。"

老白看起来的确是老糊涂了。

但让我迷惑的是，当白天赐打电话给他的时候，他就显得很清楚明白。他跟白天赐聊着天，回答着白天赐的问候，口齿清楚，思维清晰。他每次都对白天赐说，我很好，能吃能喝能睡；没事干了，就跟老头老太太们打扑克下棋。我老是赢，他们水平都很差。

他绝口不提保姆，不提秦卯年和我的存在。我问秦卯年：

"你觉得老白到底是真糊涂还是假糊涂？"

秦卯年答非所问：

"这不是糊涂与否的问题，是有没有智慧的问题。"

为了弄清楚他有没有把三十年前的事情忘掉，我经常引导他看蚂蚁。我把饼干搓碎，撒在地上，让他跟我一起看蚂蚁搬运食物。我告诉他：

"老白，这棵大槐树底下有蚂蚁王国。"

"唔。"他说。

我给他讲蚂蚁王国有多么雄伟，那里纵横交错，是微型的建筑奇观。我给他讲蚂蚁家族的各种规矩，蚂蚁的各种习性。他平静地听着，没有什么特别的反应。我说：

"老白，咱们把土掘开，往下挖，一直挖，看看蚂蚁王国，怎么样？"

老白依然不为所动，这时候，他就开始表现出注意力不集中的样子，甚至呵欠连天，昏昏而睡。

又有一次，我大着胆子对他说：

"老白，我有一个弟弟。"

他说：

"唔。"

"我弟弟去了蚂蚁王国。"我说。

我紧紧地盯视着他的眼睛，我认为我看到了那里闪过一丝慌乱，但它转瞬即逝，重归平静。

与老白全然不同的是，我的母亲葛贰几乎天天都在跟家乡的那棵老槐树较劲。我每天晚上跟父亲通话，问问葛贰的情况。我的父亲田丰收不想让我过于担心，每次他都轻描淡写地说葛贰没事。

"她能有什么事，除了脑子不好使，胡思乱想。胡思乱想又要不了命。"我父亲说。

我大约一个月回一趟槐花洲，葛贰的表现在我看来，跟父亲的描述基本一致。那年他们搬回去的时候是秋天，天气渐渐转凉，父亲只在中午时候允许她去树下坐一会儿。秋天过去之后，冬天来临，父亲减少了允许母亲出去的频率，只在某一天中午阳光极盛的时候，他才允许她出去。

母亲穿着厚厚的棉衣，戴着绒线帽子，在树下寻找蚂蚁。每当看到她佝偻着腰的样子，我都要想起三十年前，她作为小卖部老板娘那风风火火的样子。我回家之后逃避不了的一件事，是给她讲蚂蚁王国。为了不致内容雷同，失去吸引力，我虚构了很多蚂蚁王国里的故事，什么蚂蚁打架又和好啦；蚂蚁老了以后总是说胡话啦；蚂蚁站岗打瞌睡被罚倒立啦；蚂蚁爬到槐树叶子上玩耍，被风吹到天上去了；蚂蚁在冬天爬到水桶里，冻成冰蚂蚁啦……

这些故事，我完全用不着提前构思。每次只要站在老槐树下，那些故事就纷至沓来，充塞着我的大脑。冬去春来，我记不清自己讲述了多少个蚂蚁的故事，如果整理一下，写出来，拿到出版社去，可能会一下子出十本书。

春天过去了，槐树上的知了开始鸣叫。父亲给我打电话说，第一声知了开始鸣叫的那天，母亲坐立不安，到处寻找工具，说要刨开老槐树下面的土，去看看蚂蚁王国，去找我弟弟。父亲把工具藏起来，母亲就失魂落魄地在街上找人问。她逢人就问：

"我家的镢头是不是让你借走了？还有铁锨？"

几天下去，左邻右舍远远看到母亲，全都绕路躲着走了。我的伯父田丰登想了一个主意，他回家找了一把很小的小镢头，让父亲拿它糊弄一下母亲。反正那把镢头跟儿童玩具似的，忙活一天也挖不了几捧土。

父亲采纳了他哥哥的建议。于是，我回家之后就看到了母亲蹲在地上挥舞镢头刨挖地面的劳动场景。母亲看到我，站起身擦擦汗，脸上流露出劳动者的自豪。她把小镢头递给我，让我试试。

"马上就要挖到目的地了。"她说。

父亲偷偷告诉我：

"一天也挖不了多少土。她白天挖了，我晚上再偷偷填上。"

"那她能答应吗？"我忧虑地问。

"她不知道。我把坑填上了，第二天，她又兴致勃勃地重新开始挖。"父亲说。

对于母亲的这种状态，我感到忧心忡忡。我觉得，迟早有一天，她要失去耐心，对那个永远挖不出的坑道感到失望，乃至于绝望。而且，我担心父亲的小动作被母亲发现，到那时，恐怕就不太好处理了。

我的担心果然不是多余的。两个星期之后，父亲很无奈地打电话告诉我，他偷偷平整土坑的时候，终是被母亲发现。母亲爆发了激烈的情绪，并且，为了杜绝父亲的卑鄙行为——她用了"卑鄙"这个词来辱骂父亲——她开始寸步不离地守护着她的劳动成果。我赶回家时，看到母亲把一张凉席铺展在土坑旁边，她本人坐在凉席上，前面摆着饭碗。

这胶着的局面委实让人一筹莫展。最后，秦卯年想了一个主意，他带来公司里的工人，给那个土坑竖上了一圈篱笆，安装了一个活动门，还给门上了锁。

"伯母，这是钥匙，您好好收着，千万不要给任何人。"秦卯年故作神秘地把母亲喊到旁边，把钥匙交给她。

"你这不是糊弄人吗？这么矮的篱笆，抬腿就迈过去了。"我指责秦卯年。

"你别管糊弄不糊弄，只看对老太太是否管用就行了。"秦卯年笃定地说。

不得不说，秦卯年这幼稚的方案竟然奏效了，母亲听任我把凉席卷好，拿回了家。她把钥匙用红绳穿上，挂在脖子上。那天夜里，母亲睡了许多日子以来最沉实的一觉。

……

后来……

曾经有一段日子里，我对秦卯年翻了脸。我认为是他的那个安装篱笆的馊主意害了葛贰，致使她离奇消失。过了几天之后，没等秦卯年辩解，我就主动放弃了这个想法。我觉得，就算没有篱笆，葛贰也是会失踪的。

简单说吧，就在前些日子，父亲打来电话，说母亲不见了。我们赶回去的时候，看到她挖掘的那个土坑已经具备了相当的规模，不仅有宽度，还有深度。土坑旁边丢弃着那把小镬头。

在此之前，父亲和伯父已经找遍了整个槐花洲，甚至他们组织了十几个青壮年，到东边大山里寻找了一天。他们没有找到母亲。

我的母亲葛贰就这样失踪了。我们报了警，并且仍在四处寻找。

与此同时，一个说法悄悄地在村庄里弥漫，那个说法是，母亲在刨挖坑道的时候，忽然打通了蚂蚁王国和外面沟通的秘密通道，她沿着那个通道，去往了蚂蚁王国。尽管很多好奇的人站在坑道里探看，并拿着各种工具朝下试探，都没有发现什么秘密通道，但都无法阻止那个说法的蔓延。

有好几次，我都想把母亲失踪的消息告诉老白。有一次，我差点说出口，被秦卯年制止了。他说：

"田小镰，不要说。你说了，他会死的。"

原载《小说月报原创版》2021 年第 5 期

《中篇小说选刊》2021 年第 4 期转载

灌汤包子与绿菊

张锐强

一

人的一生中，会有各种不同的荒唐梦想。比方我的少女时代，便曾经梦想坐在幽暗的电影院里，身边堆着满满的灌汤包子。我可以一直坐在里面不出来，谁都不理，笑着哭着看电影。什么电影倒不重要，只要别太水，但灌汤包子得是友和庄的。

我们家，确切地说是我父母的家，紧靠着县城的西关桥，邻近先前的老码头，当然在城门以外。增修于北宋的城门其实早已拆除，我一眼都未曾亲见，但依旧清楚其确切位置，因为姥姥整天跟我念叨。友和庄在城门以内，西关桥的另外一侧。城内城外卖灌汤包子的很多，但没有谁能比得过友和庄。他们号称创始于北宋，苏轼知密州时曾经来吃过，并且大加赞赏。那时这里有个市舶司，是重要的外贸口岸，苏轼来过有可能，但吃灌汤包子则只能视为传奇。慢说当时未必有灌汤包子，就是有，上层社会也不大吃猪肉。《水浒传》里的众好汉，沦落到了底层、要落草的境界，也得吃牛肉，对吧？苏轼大吃大赞猪肉，主要是因为他后来倒了霉，牛羊肉显得贵。不过这种自吹无伤大雅，因为友和庄的灌汤包子确实地道：都用后腿肉，三分肥七分瘦，剁碎之后加小磨香油、料酒、精盐、酱油和生姜末调味。起初不加味精，味精是这些年才有的。小磨香油得新鲜，因陈油味硬，香气透不出来；酱油得用上好的绍兴母子油，色纯味正。

配料加好，然后打馅儿。双手在馅儿中有顺序有节奏地击打，直到馅料稀稠如粥，但又能拉出长丝而不断。和面更有门道，一和二揉，搓甩拉拽，几次贴水几次贴面，经过三软三硬，直到面团光滑、面质精柔，扔到案板上发出只有掌案师傅才熟悉的特殊声响，再下剂子。五十克面粉分成五个剂子，大小均匀。皮外薄心厚，不偏不倚，讲究包嘴不厚、包底不漏。包的时候下手要浅，速度要快，边捏边压，封口严密且匀称，褶子十八到二十一个，此外绝无疙瘩，包嘴总体跟包底一般厚。这样蒸好出锅后，提起一绺线，放下一蒲团，皮像菊花心，馅似玫瑰瓣。若有破皮，致歉更换。夏天笼底铺着荷叶，油珠在上面滚来滚去，颇有清露的意趣；冬天则铺着松针，散发着山野气息。

对灌汤包子的美好记忆，并非仅仅因为美味。父辈的童年无疑笼罩着饥饿的阴影，但我的记忆已经温饱。花瓣一般的褶子，荷叶上滚来滚去的油珠，其实是最深刻的印象，远甚于滋味本身。今天，姥姥百岁冥寿前夕，当我在日记本里写下这段文字，在纸上洇开的仿佛还不是墨水，而是灌汤包子的油珠，然后叠加幻化成青春的泪，生命的血。

我的，爸爸的，姥姥的。

二

如果真有精神故乡一说，那么我的精神故乡不在跟友和庄一水之隔的出生地，而是城东头的姥姥家。那才是我童年与青春记忆的背景。我就是在那里长大的。父母都得上班顾不上孩子，姥姥主动请缨或者义不容辞，这解释失于表面俗套，甚或虚伪。真实原因不是妈妈抛弃了我，便是我抛弃了妈妈。或者双方相互抛弃，但都不动声色。我是无所谓的。只要有瘦成一根枯枝但依旧挺立的姥姥，手掌粗糙得如同砂纸但依旧温热的姥姥，眼神锋利得像苍鹰但见了我立即满含笑意的姥姥。那个无声地倔强着的老太太。

姥姥也是苦出身，后来成了大户人家的姨太太。民国时期我姥爷便在青岛开纱厂，大概可以算作资本家一流。我见过他的照片，戴着眼镜，面貌和善，不像买卖人，多有书卷气。不过姥姥不愿提这些虚妄的荣光。断断续续地拼接她和我舅舅、妈妈的只言片语，可以确认他们并没有跟着沾多少光。根本原因倒不在于姥姥是妾而非妻，而是时代变迁。

日本人掠夺、接收大员盘剥、金融崩溃洗劫，这三板斧下来，姥爷的资产大大缩水，随即一病归西。那时我妈妈还小，惊惶地追问"死"是什么东西，结果挨了两巴掌。虽不敢再问，但疑惑一直存在，因而后来她最先学会的字不是"大、小、多、少"，而是"死"。如果姥爷还活着，提倡一夫一妻的新政府肯定会干涉，但那时已不存在这个问题，二十四岁的姥姥得以延续生活的惯性，带着年幼的子女原地不动，努力适应合作化后的平民生活，用锦衣玉食的虚幻记忆，对抗前途未卜的忧虑。

家有千口，主事一人。当家人当然只能是正妻。一切财产都在太太手里，象征物便是钥匙，无数的钥匙。家庭内部依旧延续过去的习惯，除了一日三餐和按季添补的衣服，每人每月的零花钱都有数。这个数目当然日渐微薄，尤其是在子女年幼的时候。半大小子赛母猪，成长阶段，他们的胃口比谁都大。终于有一天，舅舅饿不过，领着我妈妈，用我姥姥偷偷给的私房钱买了两个芝麻烧饼。他们当然没有边走边吃。这个习惯属于下等人，但不是要害，要害是保密。按照我姥姥的嘱咐，他们在铺子里当炉吃饼，吃完才回家。可蛋糕脱手时总是奶油多的一面着地。越想躲开谁，便越会碰见谁。刚刚进门，便跟当家太太不期而遇。

草枯鹰眼疾。当家太太敏锐地发现了我妈妈嘴角上残留着的那粒芝麻。先前谁都不会在意这芝麻大小的事儿，可惜世易时移。毕竟荒草已枯，纤毫的利益都会被无端放大。

当家太太慈眉善目地招呼我妈妈道："过来，亲亲娘。"

当家太太是我妈妈和舅舅口中的娘，我姥姥只能是姨娘，私下里他们喊妈。

妈妈怯怯地走过去，但正要亲吻，却被当家太太拦住。

"你嘴里好香。芝麻香。芝麻烧饼很好吃吧？"

"好吃。不，我没有吃芝麻烧饼。没有！"

"还敢犟嘴，这是什么？"当家太太戳下那粒芝麻，然后翻转手指，转向我姥姥："你怎么管教的孩子？偷嘴犯贱，败坏家风！老爷虽然走了，但规矩还在！"

人赃俱获，姥姥无法辩驳。君子不迁怒，但姥姥显然不是夫子心目中的君子。她抬手就给了我妈妈一巴掌：

"我平常怎么嘱咐你的？叫你偷嘴！"

芝麻大小都是个事儿，这样的日子不好过，但还不是最难的时候。后来有一天，当家太太带着自己的子女回娘家，将我姥姥他们三个撇在家里。清锅冷灶，所有的抽屉都上着锁，那种黄澄澄凉冰冰沉甸甸的铜锁。这三个可怜的弃儿饿了两天。饥饿中的姥姥做了此生最艰难也最重要的决定：带着两个未成年的孩子，回娘家。

姥姥从未在我跟前说过婆家的半句不好。包括那个听起来相当可恶的当家太太。那些记忆完全来自我妈妈和舅舅。每当我愤怒地求证，姥姥总是或微笑或皱眉，将话题岔开。我不解地纠缠道："你还怀恋那时的生活？"姥姥抿嘴一笑："我又不傻！穷日子富日子，都不比自己当家的日子。"顿了一顿，又补充道："那时我房里有一盆菊花，倒是个稀罕物。花是绿色的，像嫩蚕豆的颜色。你姥爷给我打捞的。说是很名贵，我反正再没见过。"

虽然说得轻松，但自己当家哪有那么容易。不可能得到正式工作的姥姥，独自一人把两个孩子拉扯大的过程，对我来说起初是个谜，如今则近乎传奇。然而这些细节姥姥同样不愿提。她恨不得拿起笤帚，把那些没有我的存在的生活痕迹全部扫除。我印象里只有这样模模糊糊的关键词：糊火柴盒儿、洗鱼、捡破烂。

日子虽然艰难，却意外地整洁。姥姥总是把家和孩子们拾掇得尽可能地干净利索。衣服可能有补丁，但绝对不会脏。她的口袋里永远装着手绢和套袖。有个邻居磨豆腐，姥姥总是讨他们家过滤后的水洗脸。说这样洗得干净，节省香皂，还能让皮肤细嫩。这个说法有没有道理我无力判断，但她和我妈妈的皮肤都算出众，却是事实。姥姥家里家外四季都有花，月季金鸡菊之类；尽管稀松平常，只有零星几株，没有花园也算不上花圃。每当邻居或者客人上门，她都会当着人家的面清洗茶杯茶碗，然后再泡茶奉上。因此缘故，她很受尊重。西关一带，无论认识不认识，大家都知道有这么个寡妇，人称"魏讲究"。

三

根据姥姥的安排，我妈妈后来没怎么读书，机会留给了我舅舅。可惜舅舅的成绩虽好，但高考正巧中断，他没有考大学的机会。最终凭着文化程度还算高，回到了青岛，有了更体面的生活，而他的妹妹、我的妈妈，终此一生，只能栖身于陋巷。

妈妈从不责怪她哥哥。矛头永远对着自己的妈妈。对当年那一巴掌耿耿于怀。说破天去她也是妹妹，不可能是买烧饼的主谋，何况她的烧饼还被我舅舅骗了一口。那时她和我舅舅都吃不饱，因为不敢盛第二碗，否则当家太太就会摔摔打打。可男孩子更能野，饭量到底要大些。对于女儿的这些责难，姥姥并不接招。她总是安静地听着，面色沉静，面无表情，或者面带淡笑，却从不回应，就像根本未曾听见。

我猜姥姥对自己的女儿内心多半是有愧的。不过她的补偿只肯转移支付，更多地体现在我身上。我几乎可以说不是妈妈，而是姥姥养大的。就物质条件而言，这可能有点失真，但从精神层面来说毫不夸张。我跟姥姥的感情、对姥姥的依恋，是妈妈没法比较的。少年时期我第一亲姥姥，第二亲爸爸，而妈妈并没有排名第三，因除此之外并无第三人。至于跟她关系淡远至无的发展过程，我并不是忘怀，而是根本就没多少记忆。比较深刻的印象，是一次无预谋的被动偷听。

当时我正在客厅写作业，忽听在厨房拾掇饭的姥姥对我妈妈嚷道："你怎么能这样对她？女儿不也是孩子？"

"女儿也是孩子？你当年怎么对我的？"咔哒一声，妈妈摔下了手中的什么东西。

姥姥这样高声大嗓十分罕见，我不由得竖起了耳朵。可等了半天，那边再无下文。我眼睛直勾勾地盯着那扇靠近厨房的窗户，冬日的阳光将玻璃上的一只壁虎涂抹得色彩斑驳，近乎虚幻。它趴在那里，尾巴不时晃动一下，似乎要保持平衡。我起身过去，将手抬起，但并没有骚扰壁虎，而是摁住了它下面的那盆仙人球。片刻之后，疼痛感经过眼和手传导入心。那种疼痛并不强烈，但广阔而且耀眼。

这是在姥姥家。学校在县城中间，与我家和姥姥家差不多呈等腰三角形。起初放学后我总不惜南辕北辙，先到姥姥家扎一头；后来不用我跑路，姥姥会恰好在学校附近办事儿，小小的衣袋简直就是个百宝囊，总有宝物：花生、大枣、大白兔奶糖，等等等等；再后来我干脆重回幼年，直接住到她家里，从小学四年级直到初中毕业。我们俩睡一张床，无论季节。

比起自己的出生地，我还是更喜欢姥姥家。尽管我们家离卖灌汤包子的友和庄更近，出门过桥往左一拐就到。姥姥家比我们家要清爽得多。这说的不止是花草，还有卫生。我的衣服换洗之后，姥姥总要叠好搁在凳子上，上面铺块板子，她坐过两天，压出笔挺的棱角，然后再给我，像是洗衣店刚刚熨烫过。

这次少见的争吵在饭桌上毫无痕迹，她们母女俩举止如常。爸爸在工地吃饭，中午不回，弟弟小，啥都不知道，而我又小心翼翼地严守机密，好像一旦说开，我就会被无情遣返。当初我住过来的契机是弟弟的出生，而那时弟弟已经四岁，眼看着也要上学。所以事发当晚，我上床之后借口犯困，几乎没跟姥姥交流。我害怕图穷匕见。如果一定要摊牌，也宁肯来得晚些再晚些，不惜耍赖。

入夜之后，风声越发凄厉，封窗户的塑料薄膜微微颤抖。黑暗逐渐稀薄，露出物品的轮廓。小时候爸爸教我背诵古诗，我最先会背的是《和张仆射塞下曲》，因而获得了这个五个字的漫长外号：月黑雁飞高。

月黑雁飞高，说的就是此刻的景象吧。爸爸工作忙，总是早出晚归。如果回到家中，那就必须跟妈妈日复一日地面对面，这个情景我无法想象。那个理论上我应当最亲的人，其实却最为疏淡，我无法解释，更无力纠正。

正着急呢，姥姥用脚戳了戳我的肚皮。以往的冬夜，我经常这样给她暖脚，但那天没有。

直到现在，我还感觉姥姥那些话不是说出来的，而是一字一句地涂抹在黑暗中对面的墙上。我对它们的色彩与形状有很直观的印象，类似阳光下的壁虎和仙人球。

"别胡思乱想，早点睡吧。明天我带你去友和庄吃灌汤包子。"

"不！我不回家！"果然要摊牌。只有生日才能去友和庄，而明天并不是。我的声音里立即带出哭腔。

姥姥的脚缓缓向前，作势要用脚指头给我擦眼泪。这是童年常有的游戏。她还会用脚指头夹我，力道不比手差。

"傻丫头！谁说叫你回家？吃完灌汤包子咱们再回来。大冬天的，你还得给姥姥暖被窝暖脚，想跑也跑不掉啊。"

"真的？"我呼啦一下子坐了起来。

姥姥迅速收回脚，身子一缩："快躺下快躺下！再不躺下我就撵你回家！冷死我了！"

我浑身燥热，她竟然还感觉冷，真是奇怪。我不肯老老实实地就势躺下，而是从被窝里钻到她那头，脑袋靠到她胸前，还要吃奶一般。

姥姥搂了搂我："孩子，别怪你妈。"

我觉得这话好奇怪。我对妈妈只是冷漠，从来没有过责怪。我干吗要责怪她呢？她又没有虐待过我，只是不大理睬。好像我不是她的女儿，只是随手种在门前的一棵菜，管不管都会长大。这样其实挺好，井水不犯河水，至少我没看出来害处。反正我心里有姥姥和爸爸两根支柱，肯定不会塌方。

四

次日是周日，全家一起去友和庄吃灌汤包子。虽然饥饿年代早已过去，但这种奢侈还是只能偶一为之，因而我很高兴。点好包子和几样小菜，姥姥问我爸爸："俊元，喝点？白酒还是啤酒？"

爸爸飞速地摇头摆手："不不不！不喝酒。"

"来瓶啤酒吧。"

"不要不要！"爸爸还是摇头。

"听说你最近酒量见长嘛。"姥姥笑着，眼角带出层层皱褶，表情有点怪。

"妈，你啥时候看见我自己在家喝过酒？又不是在外应酬。"

"他呀，跟家人从来不喝。没兴致。跟外人才喝！"妈妈突然插了话。

"男人嘛，你也要理解。"姥姥说完，把菜单递还服务员。

上菜很快。香气弥漫，激发食欲，我立即全速开动，好险没烫着。妈妈自己吃，也给我爸爸和弟弟布菜，但从来不管她的闺女与老娘。好像我们是两家人，中间隔着曲曲弯弯的楚河汉界。当然我并不在意，当时也并未察觉，都是后来记忆叠加印证的结果。

这是姥姥请客，不知道她为何要破费，在照理可以安享孝敬的年纪。她甚至还有点讨好自己女婿的意思。我爸爸盘子里的包子还没吃完，她又夹去一个："你工作累，多吃点儿。"

爸爸迅速端起盘子，并点头致谢："妈你不用管我。你也多吃！"

"多吃包子，少喝酒。"姥姥面带微笑，看着自己的女婿。

"是啊是啊，还是包子滋味好。"包子似乎热红了爸爸的脸，有点微醺的意思。

"包子有肉，不在褶上啊。"姥姥似乎话里有话。

爸爸显然意识到了什么，但没有立即回应。他看看丈母娘又看看自己的老婆，用筷子指指包子道："友和庄的生意这么好，我觉得这跟褶子有关。不多不少十八到二十一个，匀称！先入眼再入口，当然入心。"

妈妈哼了一声，戳起一个包子丢进我弟弟的餐盘，带着油星的汤汁儿立即溢出："再好看，还不是嚼得稀烂！建军，你吃！"

建军就是我弟弟。至于我，芳名王建国。你没有看错，就是这三个字：王——建——国。这是我出生之前妈妈已经确定了的，我爸爸拗不过。小学时无所谓，进入初中以后我越来越不喜欢。至于道理，你当然懂。

姥姥自言自语般抢在我爸爸之前接过话头："该将就将就，该讲究讲究！"

五

爸爸来到这个家，回头再看也像个偶然导致的错误。从模样上看，他跟我妈妈倒是般配，彼此都不出众，甚至可以说，我妈妈比他还强点儿，毕竟他个子不高，而我妈妈皮肤很好。但当时我妈妈很主动。她恨不得赶紧把自己嫁掉，越快越好，不惜降价处理。否则黄花菜不是要凉，而是会烂在地里。年龄越大，她越不像我姥姥的女儿，姥姥越干净她就显得越邋遢，或者倒过来。魏讲究养了个闺女马将就，奇谈也好笑谈也罢，总之扩大了姥姥的影响。马将就的换洗衣服从来不让魏讲究动手，更不准她坐得笔挺光洁。只是那时还是姑娘，尚未出阁，表面还算差强人意，而今可谓原形毕露：脏衣服堆在那里，很长时间不洗，偶尔还直接拿出来救急；洗好晾干的衣服从不分类，顺手丢进橱柜；如果要找某件衣服，得把全部衣服一股脑抱出来丢到床上。优点当然也有，就是麻利，动作快。拾掇一顿饭的效率高过常人。至于口味嘛，你只能看在效率的份上。

爸爸曾经满脸无奈地问自己的妻子："你是咱妈的亲闺女吗？你哪怕有她的十分之一也好啊。"

妈妈的反驳掷地有声："我为啥要像她？我就是不要像她！"

爸爸叹道："我娶亲着眼的是魏讲究，不承想到手的是马将就！"姥姥姓魏，妈妈姓马。我发小脾气时，爸爸戏称我是马王爷的闺女。

"劳动人民就这样！嫌我不好，你滚啊！谁拦着你！"妈妈把一抱衣服劈面丢到我爸爸身上。

爸爸基本上是从来不跟他老婆争吵的。他尽可能地抱住衣服，免得落地，等脑袋露出来，苦笑着冲我连连摇头。

妈妈识字，但没有读书的习惯，可能也没有那样的能力。爸爸则不同。虽只读过高中，却有点儿博览群书的样子。除了小说，书橱中甚至还有几本哲学美学方面的书。我还不认字的时候，他便教我背诵古诗，边塞诗为主。不破楼兰终不还、不教胡马度阴山之类。我格外崇拜他，很高兴有"月黑雁飞高"这样的外号。只是没有想到，等进了课堂，我的抢跑不仅没有赢得表扬，反倒遭受奚落。

课本上这首诗的题目叫《塞下曲》，但我记得清清楚楚，爸爸那本书上白纸黑字地印着《和张仆射塞下曲》字样。他还特意提醒我，"射"是个多音字，这里读"夜"，仆射是个大官儿，但通常情况下都读"设"，是动词，比方射箭。他说到这里时，还特意做了一个拉弓的动作。

做人要实诚，我当然得指正。老师吃惊地看着我，好像不相信那些话出自我口。顿了一顿，他才从遭遇袭击的慌乱中醒过神来，脸上带出越来越明显的讥笑："你爸爸是干什么的？什么学历？"

"我爸爸是吊车司机……不是我爸爸说的。他的那本书上就是这么写的！我亲眼见过！"虽然我把"高中毕业"四个字吞回了肚子，但还是未能浇灭同学们的哄笑。

"他那本书是什么书？我们这是课本，课本！哪有比课本更严肃更准确的书？"

我突然意识到，爸爸的书不过一本，但课本却足足五十多本，同学们人手一册。那么，想必是爸爸和他那本书错了吧。我意兴阑珊地坐下，但牵引力却不是地心引力，而是耻辱，深深的耻辱。那一刻，我内心满是对爸爸的不解甚至责怪。后来他闻听原委，搂着我哈哈一笑："月黑雁飞高，你做得对！说得也没错。课本上之所以少印了四个字，主要是考虑到孩子还小吧。多音字，有点难。"

爸爸告诉我，小学课本上这样做很常见，并不是疏忽，有些诗甚至只印一半。比方白居易的《赋得古原草送别》。课本上只印前面四句，但省略了后面四句：远芳侵古道，晴翠接荒城。又送王孙去，萋萋满别情。不仅因为前面四句便是高潮，"萋"字笔画也实在太多。

这首诗爸爸没有教过我。他几乎从来不教这种缠绵悱恻的诗句。他教的诗向来都是如钢似铁，寒光闪闪。他把我的课本翻开，然后对照那本书，果然如此。我立刻来了劲："哼，明天我就去告诉老师。错的是他，不是我！"爸爸摇了摇头："你知道就好，不要再提。不是所有的老师都有为师者的雅量。有些人面子上挂不住，会不高兴，甚至忌恨。再说好为人师本来就是病。如果面对的是虚荣心强于上进心的人，这病的后果会更加致命。"

爸爸反复强调不必迷信老师，也不必迷信书。兼听则明，广泛求证。这话我能听得进去，便没再跟老师较劲，只悄悄告诉了几个要好的同学，比方张立培和周玉松。这当然是两个男生。很奇怪，从小学开始，我就很少有同性的好伙伴。

尽管形式上的耻辱未能消除，但我跟爸爸的关系却更加紧密。我们仿佛已结成危险的同盟，守着共同的秘密，对立面则是整个世界。明我意味着树敌，树敌自然也可以明我。你想想那是什么感觉。

六

在外人眼里，我们家一定是幸福安乐的。爸爸妈妈都有工作，子女双全，姥姥又被人高看一眼。尽管爸爸不是城镇户口，但那时户口已不值钱。然而鞋子合脚与否，与品牌或者价位无关，只在穿鞋者的感觉。我很清楚，爸爸妈妈之间没有爱情。可能曾经有过，但它的半衰期实在太短，那时已经耗散殆尽。我很同情经常醉酒的爸爸，初三时甚至悄悄鼓动他离婚。假设是我，娶了个衣服乱扔乱放、年龄还比自己大几岁的老婆，也一定要休了她的，无论她是不是我的亲妈。

爸爸闻听很是吃惊："你胡说什么呢？我们不是过得好好的吗？"

"爸，你就别骗我了吧。你根本不爱我妈。换作我，也不会爱她。这么邋遢！"

爸爸顿时醒了酒。他眯起眼睛，朝窗外看去，仿佛是要再校对确认一遍自己的口供，然后签字画押。沉默片刻，他终于想好了遁词："你没见过你妈当姑娘的时候，还是很有味道，很讲究的。"

"我不信！即便真是那样，也是假象。你不可能爱她。你不准爱她！"

爸爸收回眼神，抚摸了一下我的头。婴儿时期我的尿布都是爸爸洗的。我长出第一颗牙齿、喊出第一个清晰的字、走出第一步，都是他发现的。我坚信如果他身上有设备，喂奶的肯定是也只能是他。反正我最先会喊的是爸爸，哭的时候也总是叫爸爸，偶尔喊姥姥，从来不叫妈妈。每当我哭鼻子，爸爸总会学着我的样子，瘪着嘴皱着眉，颤抖声音拖出漫长的哭腔："闺女……闺女……"刚开始情绪的虚假共振会加剧我的哭声，但我很快就会被逗笑。从断奶开始到三岁，我白天由姥姥照看，晚上则跟着爸爸睡。他说睡着前我会揪住他的耳朵不放，让他讲故事，不准走掉。他说那时最有效的放松休息就是抱着我，抚摩着我细腻柔软的皮肤。仿佛那是块巨大的海绵，能吸收全世界所有的疲惫与不快。

初中以后我的身材逐渐发育，爸爸便再没有过亲昵的举止。他一定不知道我多么渴望他的拥抱。比方那一刻。但他还是没有。顿了一顿，他笑道："什么爱不爱的。都是过日子。生活可不是言情小说婉约派诗词。千万不要混淆。将来，你只要找个懂你的人就好。"

爸爸依旧持续地酗酒。那时我已经在读高中，课程紧，而且学校在城西，离姥姥家太远，我无法像藤缠树那样缠她，只能回家。现在回想，我得感谢学校突然的西迁，否则爸爸在我记忆中会有更多的缺失。醉酒后的爸爸还是爸爸，并不吵闹，更不会跟我妈妈动手。相反，酒精仿佛促进了他们的和解，爸爸经常笑，甚至傻傻地笑，有时会冒出一两句唐诗，比方虚负凌云万丈才、一生襟抱未曾开，或者仰天大笑出门去、我辈岂是蓬蒿人云云。妈妈不懂这些，但也不嫌弃。确切地说，一边埋怨，一边给丈夫沏茶或者泡蜂蜜水，甚至洗脚，扶他上床安歇。说来好笑，这可能是他们俩交流最多的时刻。清醒的时候，妈妈对她丈夫埋怨指责，爸爸对他老婆惜言如金。只有醉了酒，才会跟她说几句话，哪怕只是闲磨牙。

虽则经常醉酒，但爸爸已经算是有所节制。我在家的大周末他一般不会出去，总会留在家中给我做饭。他的厨艺并不比我妈妈高明很多，但有拿手绝活蛋炒饭。这本来是他的个人爱好，影响到了我却也仅限于我，妈妈和我弟弟依旧保持着山东人的吃面本色。大周末每月不过两回，平常他还是出去的，但会掐着点儿，在我回来之前到家，跟我说几句话；万一哪天回来太晚我已经睡下，次日早晨他会早早起来等我，在我还不甚清醒、懒得开口时，便没话找话。睡眼惺忪时最怕灯光刺眼，那时厕所绝对不会开灯，只有爸爸买的手电筒对着窗户发出昏黄的光，而我的牙膏已经挤好。

从那时至今，无论何时心生豁然开朗眼前一亮的感觉，我脑海中浮现的，似乎都是凌晨时分厕所发出来的手电筒的反光。柔和，温暖。

七

高一下学期，我下夜自习时曾经巧遇过刚出酒场的醉爸爸。我们这边有三个人，我和始自小学的同班同学张立培、周玉松，骑着自行车；他们那边也是三个人，爸爸、他的徒弟小邓哥哥和一个阿姨，步行。确切地说，是他们俩扶着我跟跟跄跄的爸爸朝前挪。老远我便认出了爸爸，招呼一声立即下了车子。张立培和周玉松见状，也下意识地将车子停了下来。

但人行道上的爸爸没有应答，也不再吵吵嚷嚷地说醉话。我又叫了一声，他依旧没有转身，醉意醺醺地冲后面摆摆手，怪声怪气地道："走走走！认错了！"

我支住自行车，上前揪住他的耳朵："爸——爸！"

爸爸终于回过头，笑着一把将我搂住："哟，闺女！"随即冲小邓他们道："你们回吧你们回吧。宝贝闺女接我呢。"小邓哥哥道："师傅，您没事儿吧？"爸爸的语调格外清醒："笑话，我能有什么事儿。走吧走吧。明天还得早上班。"

那个阿姨我不认识，不由得多看了两眼。路灯的光线就像天然的柔光镜，一定优化了她的容貌，给我的印象不错。她冲我微微一笑，随即跟小邓哥哥一东一西地离开。我朝在旁边傻笑的两个同学摆摆手，他们也蹬起车子，一溜烟而去。

路灯如昼，马路笔直，但阒无一人。凉风吹来，将衣裙糊到身上然后再吹开，让人通体舒泰。爸爸的动作语调完全正常，丝毫不像醉汉。我推着车子跟他一起步行，内心因洋溢着亲切而格外柔软。那是种从未有过的感觉，就像在寂寥的江湖中邂逅了久无音讯的同道。二手酒气常常带有臭味，那是混合着食物甚至胃酸形成的腐败气息，年龄越大越明显，而我竟甘之如饴。

"闺女，给你丢脸了吧？"见那两个同学已经走远，爸爸停下脚步，扭脸看着我，表情竟然有点羞怯。

同学多年，张立培和周玉松慢慢成了我的倾慕者。虽然他们各有优点，但实打实地说，他们只是哥们儿，我并没有看上任何一个。我总觉得他们好幼稚，像枚青果。好像就因为我老早就知道某首诗的题目其实比课本上多四个字，便历经过无数的沧桑，在他们跟前有天然的永恒的优越感。

"哼，他们敢！"

爸爸放心地哈哈一笑，扶在我肩头上的手用了用劲："那就好，那就好！"

"可是爸，您干吗喝那么多呢？"

"今天高兴！替你姥姥找到了绿菊！绿菊！马上就能搬回家！"

"真的？"

"那还能有假！"

"那也别喝太多嘛。伤肝！"

"酒能解乏呀。不伤肝，就得伤感！"说完这些，爸爸突然身子一软，好险没倒在我身上。酒精到底还是战胜了理智。我没法既扶着爸爸又推自行车，只能将他扶上后座，再跨进车子，把他的两条胳膊环于我腰间，用左手抓牢，然后使劲蹬车。

用轻便自行车带爸爸这样的成人，肯定有点费劲，但我却格外高兴。他的脑袋顺势靠到我的背上，不像爸爸，倒像个充满依赖感的孩子。这是从未有过的体验，我心中感动莫名，不觉使劲捏了捏他的手。那个瞬间，仿佛闸门被捏开，温暖的潮水喷涌而来，从他粗糙的手进入我细嫩的手，经心脏抵达眼窝。我多么希望能为他做得更多，然而将记忆的箩筐全部倒空，翻捡出来，也只有这么一丁点儿痕迹。

八

然而一辆宝马车的凄厉制动，让所有的清欢全都戛然而止。半年多后，酒后归家的爸爸在街道转角被车撞倒。

肇事者是一个不大不小的老板的公子，当年十三岁。无证驾驶肯定违法，尽管未成年人不可深责，但总有监护人。只是当时谁还顾得上这些，在，我亲爱的爸爸，躺在雪白的病床上昏迷不醒的时刻。

起初妈妈、姥姥也守在旁边，后来我坚决地把她们赶了回去，不管马上就要考试。事后再想，这举动中暗含着一层独占爸爸最后记忆的意思。我很庆幸这个选择。期间爸爸苏醒过，而且非常清醒。他动动嘴角，似乎那里还压着重物，他得用舌头顶开。

　　"月黑雁飞高？"爸爸甚至还带着微笑。

　　如此局面，单于哪敢恋战，只能逃逸。我顾不上接头暗号，叫声爸爸，泪已成河，但竭力控制着，不敢哭出声。仿佛声波的振动会加剧他的伤痛，仿佛哀声会惊动死神，而这样自欺欺人的隐忍便能蒙混过关，脱离危险。我把脑袋慢慢贴近爸爸，轻轻亲了亲他的脸。那上面似乎有药味儿。不，应该是被纱布包裹许久后的鲜血干结的气息。

　　爸爸抚摸我的脸："没事。别哭。"

　　我一下子哭出声来，然后又硬生生地切断，身体剧烈地抽搐。爸爸摸摸我的后背："爱你妈。考大学。"

　　这话本身并不新鲜。考大学是共同愿望，不必多说，关于爱妈妈，他曾经多次向我强调过。他总是说，无论我跟你妈妈发生什么矛盾，你都要无条件地支持她。妈妈应该是你最亲的人，毕竟你是从她肚子里出来的，妈妈的恩情永远比爸爸多一分。而且男人在家里多数处于强势地位，子女如果再站到爸爸一边，会导致失衡、激化矛盾。孩子要学会充当稳定器，设法制衡。他要求我不但自己执行，将来还要这样教育子女。包括弟弟。

　　我当然不服气。理由是养育之恩大于生育之恩。精神影响是养育的重要内容。但那个时刻哪能辩驳。我意识到这是他的遗言，每一个字都无比金贵，因而希望越多越好。哪怕是荒诞谬误。但是很遗憾，只有这些。

　　一声河满子，双泪落君前。书上说唐武宗死的时候，最受宠爱的孟才人歌哭一曲，随即肠断而死。起初我总以为是胡说，是虚词美化君王，后来才意识到未必。因为医生宣告我爸爸生命终结的时刻，昏过去的不是我年迈的姥姥、盛年的妈妈，而是正当青春的我。我直挺挺地倒下，额角砸于床头，眉间至今还有伤痕，所幸眉毛尚密，粗可掩盖。事后回想，那已不是疼痛，而是无边的疼痛后遗症。你感觉到的是麻，密密麻麻的麻，甚至有点痒的感觉，就像心头肉贴在仙人球上，将扎未扎。我意识到脐带已被切断，此后只能自主呼吸，对此恐惧莫名。妈妈小时候不懂"死"的含义，我比妈妈那时大，但又何尝懂得。

爸爸在我脑海中的最后形象，几乎算得上完美。化妆师的手法很专业。爸爸脑后的伤完全看不出来，模样甚至比平时还要好看。平常他总是皱着眉头，而那时化妆师竟能让他满面平和，如果没有周围的参照，未必能一眼就看出是遗容。这是小邓哥哥的功劳。化妆师是他的发小。昔日的朋友都嫌弃他的职业，唯独小邓哥哥待他如初。

我走近爸爸，伸手欲探。小邓哥哥一把抓住我的手，用指甲掐了掐我。我深深地盯着他的眼睛，点点头道："放心。"

这两个字像屋檐间冬雨的雨珠，干脆地滴下。小邓哥哥放开了我。我的手指伸向爸爸，当然没有触摸他的脸。那是他最后的形象，不能破坏。我只是摸了摸他的手指。

好凉好凉，透心地凉。

比起十三岁的肇事者，我似乎更恨妈妈。我总是将爸爸的死因归咎于她。逻辑是如果她不那么邋遢，爸爸就会一直爱她，就不会在外酗酒，不会出车祸……这个推论当然不值得辩驳，但在给爸爸立碑的时候，还是足以点燃矛盾。我和弟弟的名字当然都要作为立碑人刻在上面，这没有争议，争议是署名方式：我坚持署名月黑雁飞高，而不是王建国。

"月黑雁飞高叫什么名字？刻在上面像话吗？"妈妈的语气除了愤怒，还有无奈。

"王建国叫什么名字，刻在上面像话吗？"我原样回敬，丝毫不肯退让，直到胜利。

九

那时周玉松已经分到理科班。他是运动健将，有点风流倜傥的意思，遗憾的是，个子比张立培矮。张立培实诚厚道，成绩也好，我缺课期间的所有笔记向来由他提供。女孩儿心目中的理想爱人，肯定都是身材高大的。浪漫的初吻应该是女生踮着脚仰面向上，如同葵花向日；或者男生略微低头俯身朝下，就像雨润大地。所有的电影海报好像都是这样的。当然我并没有答应任何一个，原因如前所述。他们只是比一般同学距离近些，例如知道我还叫月黑雁飞高。而立碑风波之后，我内心的天平忽然向周玉松倾斜。因为他明确支持我，而张立培算是妈妈的同盟。

这事儿过去大约一月之后，某次自习课期间，周玉松忽然来到教室门口喊我出去，说是外面有人找。此前他的行动都比较隐秘，比方在操场或者食堂堵我，请同学们转告，纸条约定，等等。像这样当众召唤还是第一次，教室内不觉有些骚动，张立培的眼睛瞪得溜圆。

周玉松补充道："是个女的。就在外面。你赶紧出来吧。"

出来一看，是那个夜晚偶遇的阿姨，白衣白裙，甚至皮鞋都是白的，将她的皮肤映衬得更白，更有细腻的质感。此刻再看，她算不得多么漂亮，但确实会打扮，能将成熟女性的风韵最大限度地展现出来。

我正要询问来意，她已经试探着开了口："月黑雁飞高？"

我大吃一惊。这个秘密我只告诉过姥姥，如果没有立碑争端，妈妈都未必清楚。我立即反问道："你是谁？你怎么知道的？"

"我是谁，并不重要。我可以说是受你爸爸的委托，来找你的。

我是你爸爸的朋友……女朋友。他跟我约定，等你十八岁成人，我们就结婚。"

我瞪大眼睛，上下打量她一番，忽然心生欢悦。我很高兴爸爸有这样的女朋友。她身上也有某种超拔于县城的格调，配得上爸爸书橱中那两本封面崭新但上侧落满灰尘的哲学和美学书。如果她能让爸爸在沉重的生活之下轻松地呼吸片刻，当然是我乐于见到的。

但她显然误会了我的目光，脸色泛红，语气也有些趔趄，如同醉了酒："请你不要这样看我。我绝对是正派人，在这事儿上绝不亏心。我是自由身。认识你爸爸之前就是自由身。"

"不不不。阿姨，我不是这个意思。您想跟我说什么？"

她的转达竟然跟爸爸的临终嘱托高度雷同，只不过更加详细。她说爸爸放心不下我。担心我跟妈妈的关系会影响今后的生活。至于弟弟，男孩子本来就心大，弟弟的性格更没问题——的确，在我眼里，王建军就是个棒槌。而且我十八岁时，姥姥正好八十四，这是道坎儿。姥姥讲究了一辈子，他可不希望她到了最后关头，再碰上这事儿。

"也许我不该现在就说这些。你心里一定很难过。但是我想，你很快还得高考，得赶紧从伤痛中出来。"她的声音微微颤抖，眼圈红着。

我走上前去，彼此都给了对方一个拥抱。那个拥抱深情而且漫长，因为我们拥抱着的都不是对方，而是同一个人，那就是我逝去的爸爸。这算是个代偿的告别，从此再不相见。

离开之前，她从包里摸出一张名片递了过来："我开了家花店。你喜欢什么花，随时来找我。奉送。就算不要花，有什么事儿也都可以找我。"

"谢谢。但我不会再见您的。"我没有接下那张彩色的带着香气的名片。

"为什么？"她的表情很惊讶。

"如果我爸爸还在，那您是他的朋友，我支持您；而今我爸爸已经不在，那你就是我妈妈的对头。"

她仿佛被针扎了一下，无法迅速反应，片刻后才苦笑摇头："你可是真听你爸的话呀。"说完黯然而去。

她离开之后，我才意识到她身上好香。似乎不是工业香水，而是鲜花的气息。

十

爸爸的去世对我姥姥显然也是个巨大的打击。丈母娘疼女婿本来就渊源有自，爸爸对她不仅有半子的孝敬，更有发自内心的尊重，因而他们俩的感情并无隔阂。她虽有儿子，但毕竟不在身边，这些年来女婿在她心目中早已不是半子的分量。可是……

在生活持续的淬火与锻造下，姥姥越发像一柄剑。葬礼前后她没掉过一滴泪，只是满脸严霜，眼中满是刀剑的光芒，甚至嘴角都带着刀锋的犀利。她紧紧扶着自己的女儿，像农夫试图扶起一株在暴风雨中倒伏的庄稼。

自从上了高中，我每周都会接到姥姥的两次电话。爸爸周年之前的一个大周末，姥姥喊我过去看那盆绿菊。爸爸好容易帮她打捞回来，却未能亲眼看见它开花。如果姥姥不提，我几乎已经忘记还有这回事儿。既然放假一天，就去看看吧。过去一看，真是绿色的，像嫩蚕豆的颜色，格外清新。当年这是名贵品种，而今经过科学繁殖，已经平民化，爸爸买得起。除了绿菊，水仙也已开放，窗前还吊着姥姥制作的萝卜花：红萝卜尾巴上的肉挖掉，种上蒜，用铁丝箍住，悬在窗前。蒜发出青苗，映着萝卜的红皮和翻卷向上的萝卜缨，颇为养眼。在这下面复习功课，自然比在课本和练习册堆成密密麻麻的碉堡的教室里强。

"姥姥，你手真巧！"

"温书吧。我去做饭。"笑容如同轻微的波纹，在姥姥脸上一闪而过。

我知道姥姥会做几个好菜犒劳我，却没想到她还炒了蛋炒饭。于我而言，蛋炒饭有格外的意义，因而爸爸出事之后便再也没吃过。我决心一口都不再吃。

越喜欢，越不吃。

我看着姥姥，姥姥也看着我。

"不知道我炒得好不好。你尝尝吧。"姥姥脸上似有淡笑，但眉宇间却充满刀兵气象，好像这不是劝慰，而是将令。千营共一呼，就是这样的感觉吗？我好像突然看到了那些根本没有我的岁月里，她独自拉扯两个孩子时的情景。

"姥姥！"我嗓子里带着哭腔。

"孩子，你觉得你爸爸希望你这样吗？"姥姥扭头看看窗外，好像习惯于皱着眉头的爸爸就在那里。皱眉是爸爸惯常的表情，且微微驼背。可一旦跟我的目光相接，便会挺直胸膛，浮起微笑，如同两盏可以感应的灯，彼此照亮对方。

我下意识地跟着姥姥回过头。那里自然没有爸爸，只有沐浴在冬阳之中的萝卜花，红绿相间，热烈地开放，丝毫不管人间的季节与悲欢。

姥姥开始吃饭。她像往常那样吃得很慢，仿佛不是吃饭，而是数日头一般地数米粒。

"越想他，越要吃。你吃得越好，他越高兴。"

眼神不断模糊。我使劲眨眨眼，希望将眼泪挤掉，不要动手，以免惊动姥姥。

"他不是叫你爱你妈吗？你要是听他的话，就要好好吃。给你做蛋炒饭，是我和你妈商量过的。"

这话成功地转移了我的注意力。我很好奇，姥姥被我妈妈顶撞了一辈子，哪儿来的雅量，竟能毫不在意。姥姥停下筷子，冲我笑道："傻孩子，家人之间都是千万年修得的缘分，进入一个家门，是为了相互成全，可不是相互伤害。要不是你妈妈和你舅舅拖拉着我，我哪能活到今天。我早就借助三尺白绫，去找你姥爷了。"

我吃了不少菜。都是我爱吃的。但就是没动蛋炒饭。

十一

人死之前十有八九会有预感。至少在姥姥身上像这么回事。那年她已经八十四岁。这是谁都不敢想象的数字。因她年轻时候身体并不好，在鬼门关前溜达过好几回的。都觉得她没有寿相，谁知道六十岁过后竟越来越硬朗，甚至连感冒都不上门。可话虽如此，虽然她看起来没什么毛病，一天浓似一天的虚弱还是显而易见。故而尽管头顶高悬着高考之剑，短暂的寒假里我跟弟弟还是去了她家。

这个岁数的老人，见一面，少一面。

我无论如何也想象不到，那个假期是人生最低落的阶段。并非因为姥姥近乎突然地辞世，而是因为她辞世之前对我显然是刻意的冷淡，没有任何形式的道别。我很想知道自己做错了什么，却没机会求证解释。因她并未发怒或者训斥，对我只是冷淡，冷淡，视而不见的冷淡。就像那些年至今的妈妈。

那个冬天前所未有地冷，舅舅新买的大彩电上说南方有严重的冰灾。妈妈来时带着两笼友和庄的灌汤包子，嘱咐姥姥道："建军最喜欢吃灌汤包子。中午热热给他吃，可以少炒一个菜。"

姥姥没接包子，盯着绿菊出神。本来只有一盆，是最常见的雄蕊，去年春节舅舅回来，又给她买了一盆雌蕊。雌蕊更高大，会结实。仔细观察，这复瓣长桃型飞舞状的花蕾，并非一色的绿。外面的花瓣其实是白色的，基部偏黄，越朝里越绿，尤其是内瓣的尖端。形状如丝绦，也像豆芽。那个冷而且冷淡的冬天，不搭理我的姥姥，经常这样对着绿菊出神。

妈妈又重复一遍，姥姥方才醒过神来。她没有顺势答应，却像孩子一般嘟嘟囔囔："你眼里只有你宝贝儿子，就没有你老娘吗？"这个罕见的对话令我心生瀑布般的失落。妈妈没有提我再正常不过，但姥姥不为我争取，委实意外。此前她很少抢白自己的女儿，态度多是隐忍；而今开了金口，竟全然将我忽略。

这算怎么回事？姥姥还是我的姥姥吗？

可这只是开始。最可气的还是午餐。两笼包子十二个，我帮着热好端上桌，姥姥给建军夹了一个，然后又夹起一个放进自己跟前的盘子，依旧嘟囔道："就知道你儿子，你老娘呢？"

王建军这个饭桶刷刷一口气儿吞了八个，也不怕噎着。姥姥吃了两个。我就那么眼睁睁地看着他们吃，而他们全都视若不见。最后还剩下两个，我当然不会动。廉者不受嗟来之食。没有姥姥的一句话，我就是饿死也不吃。

真是记忆深刻的最后的午餐。我吃了几筷子菜，但没动一粒米。我觉得好冷好冷，胃里冷，心里也冷，后背更冷，而所有的饭菜似乎都是凉的，无法提供热量。我拼命喝水，好险没有烫伤食管。就在那个瞬间，我确定了自己的人生理想：不是爸爸鼓励的考大学，也不是姥姥提倡的做生意干大事，像姥爷那样富甲一方，而是提着两笼友和庄的灌汤包子钻进电影院，谁都不理，看电影，吃包子；吃包子，看电影。

这话当然无人可以诉说。我也不想诉说。如此丢人，能说给谁听？

我想姥姥一定老糊涂了，忘了我们之间太多太多的过往。老小孩儿老小孩儿，老了就跟小孩儿一样不懂事儿吧。

两天后姥姥让我打电话喊舅妈回来一趟。我迟疑道："舅舅舅妈不是小年儿才回来过的吗？雪天路滑，高速公路可能已经封闭，再说她肯定还要忙年，让他们过年再回不行吗？"

姥姥的语气像冰块一般："就是下刀子，她也得回来。叫你打，你就打。"

舅妈的身份虽是儿媳，但主妇的意味早已消失，远客的意味更浓，因此我妈妈也赶了过来。吃完饭，姥姥吩咐我舅妈准备一下，给她洗个澡。先前这都是我妈妈的活儿。她虽然几十年如一日地顶撞自己的老娘，但每周伺候她洗一回澡，还是雷打不动。

"妈，还是我来吧。淑红刚跑了路，让她歇歇。"

姥姥嘴唇紧闭，不容置疑地摇了摇头。舅妈向我妈妈使个眼色，随即开始动手。姥姥洗完澡，又让拿出为她过年准备的大红袄。照理这衣服应该是大年初一上身的，但她坚持要穿，说要看看合不合身。

这衣服是我和妈妈领着姥姥买的。我忍不住道："姥姥，您当时不是试过吗？"

妈妈在我脚上踩了一下，然后顺势去取红袄。姥姥眼睛微闭，根本不理我。她穿上红袄，喃喃自语道："穿上新衣服，就算过了年。我八十五啦，够本儿啦。把镜子拿来，我看看怎么样。"

这话像流弹一般将我击中。先前姥姥是从来不准我晚上照镜子的。说是夜晚阴气重，容易看见很多不该看见的东西，精灵游魂之类。我虽不信，可她不是忌讳嘛，此刻这算怎么回事？

惊异之间，舅妈已将镜子递了过去。姥姥仔细打量打量，满足地微微一笑："是这样啊。还不错。"

妈妈和舅妈帮腔道："当然啊妈，挺好的。喜气！"

十二

太阳每天都照常升起，生活一切照旧，只是姥姥未能醒来。论阴历，是腊月二十八。

按照科学的说法，姥姥应当死于心脑血管疾病，但在传统语境下，她就是老死的。她死得很安详，表情恬然，如同沉睡。妈妈和我舅妈都没有流泪，也没有强烈的悲伤，甚至连意外的感觉都没有，仿佛这一切都在掌握之中。毕竟这是再正宗不过的喜丧。他们有条不紊地安排后事，打电话通知亲友，指挥我帮着给姥姥换寿衣。

安排停当，我看着姥姥恬淡的面容，内心虽然充满遗憾甚至不乏埋怨，却也如释重负。二十四岁守寡，八十四岁辞世，她的一生委实不易，这算是最好的结局。就像一个赶考的学生，六十年来，生活每天都在对她摸底模拟，而她已做完所有的卷子，背过所有的单词，完成所有的作业，不再怕任何一个老师，任何一场考试。

作为平民的姥姥，葬礼有点儿备极哀荣的意思。虽是年关，依旧有很多人来给魏讲究送行，绝大多数我都不认识。我站在姥姥的遗体旁边，向长长的人流依次回礼，感觉世界已空。是的，没有知音的江湖再广阔也是寂寥的。不是鱼龙寂寞秋江冷，便是关塞萧条行路难，只有老杜才知道其中三昧。

后来我多次梦见过姥姥。她穿着那身大红袄，要我陪她走走，而我总是拒绝，从来没有答应过。每当梦醒，我总为之遗憾后悔，但下一次依旧如此。我感觉内心空荡荡的，百无聊赖中抄起一本爸爸留下来的闲书，结果正好看见这个用楷体字突出出来的戏院的对联：

功名富贵尽空花，玉带乌纱，回头了千秋事业。

离合悲欢皆梦幻，佳人才子，转眼消百岁风光。

作者作品全都籍籍无名，以至于今天已不能确指，但当时的感觉却是字字扎心。好像它们处心积虑地躲在那里，就是要定向伏击我急需痊愈的伤口。我放下书，感觉走投无路，不能释怀。

好在还有高考，繁重的高考。我拼命做卷子，拼命温书，希望将所有的空隙全部挤满，这当然不可能。所以周玉松安排的告别酒，我丝毫没有推辞。这家伙真是幸运，通过了空军招录飞行员的体检，可以省略高考，直接进入某一所飞行学院。虽然肯定还有选拔考试，但难度岂能比拟高考。驾驶作战飞机对于身体素质的要求极端严苛，据说招飞是万里挑一，文化课自然得松一点儿。

我为周玉松高兴，也格外羡慕。飞行员，不就是今天的飞将军嘛。《和张仆射塞下曲》是组诗，一共六首，我得名于第三首，但第二首最为有名，据说原型是李广，赫赫有名的飞将军。我跟未来的飞将军喝得格外开心，身边堆了一溜啤酒瓶。那时才发觉，我可能遗传了爸爸的饮酒基因，竟然如此海量，总也喝不醉，令我心焦。我很后悔，当年没有陪爸爸喝两杯。陪父醉笑三万场，那种感觉不必想象，肯定很美。

突然的初吻丝毫谈不上浪漫，只有缺憾。不仅因为既没有葵花向日又没有雨润大地，更因为它简直就是一场彼此心照不宣的阴谋。一方蓄谋已久，一方半推半就。周玉松得手之后试探着乘胜推进，我也没有拒绝。身体贴在一起，我清晰地听见了自己的心跳。这种感觉令我庆幸不已。我仿佛刚刚确认，自己的心脏还能跳动，我还活着。撕裂的疼痛也让我放心。我确信身体还属于自己，跟世界的联系并未中断，证据就是疼痛，可以击退麻木的包围。我紧紧搂住他，似乎那样就能深入一些，再深入一些，最终深入内心，将坍塌的灵魂重新撑起。

然而很遗憾，这个注定虚妄的精神愿景，最终只能沦为需要掩饰的人生疤痕。

周玉松撞击的速度越来越快。骨头碰在一起，疼。他在我耳边喃喃自语一般叫道："建国，建国，我爱你，初二就爱上了你……"

那个瞬间我突然醒了酒，感觉这一切无聊而且荒诞。我确信此生不会跟他牵手。我们对于彼此都是旅途中的过客，缘分也有，但已用尽。我闭着眼睛，看见他戴着飞行员的专用墨镜咧嘴大笑，操纵着锃亮的先进飞机，在我头顶盘旋往复。气流吹动我的裙子头发，以及五月的花海，但我始终低着头；等我将头抬起，飞机已经远去，红色尾气拖出的两个大字，已经开始变形，但还依稀可辨。

成长。

十三

那段时间我迷上了王安忆，希望用她的絮絮叨叨治愈心灵，睡前都要读一段，治疗失眠。妈妈竟然注意到了这个细节，白天偷偷看过。我发现后很是愤怒，抗议她的监视窥测，态度颇为激烈。我很想跟她大吵一架，越激烈越好，然后顺势离家出走。但是，她没有接下战表。她的态度格外冷静，甚至不乏谦卑委屈。

"你误会了。我……你姥姥说……当妈的，总得了解自己的女儿嘛。"

这话瞬间浇灭了我的阴谋。我咣当一声将门摔住，然后趴到床上，用枕头堵住嘴，放声痛哭。妈妈没有试图推门。她站在那里，不时轻轻敲门，同时柔声道："建国……建国！"

良久之后，我冲外面喊道："别吵了！我要复习！"

从此以后，我跟妈妈和平共处，互不干涉内政。高考的头一天，她问我道："明天高考？"我心说这不废话嘛，嘴里嗯了一声。她说："中午回来休息？我请个假，给你做饭吧。"

那时高考虽然紧张，但还不到如今的程度。多数都是就地考试，在本校不同的教室，由外校老师监考。反正高一高二早已放假，考场足够。考生可以在学校食堂就餐，在原来的寝室休息。当然，也有家长送饭，或者接学生回家。但我不希望那样。倒不是麻烦，而是不希望妈妈打破平衡。我还不能适应。

我连连摇头，坚决拒绝。

妈妈叹口气道："是啊。我做的饭不好吃。"我们俩的想法总是不能合拍，这很正常。我打枪一般来了个长点射："好吃我也不能回来。一来一回，至少得半小时，耽误事儿。"

头天上午考试结束。我交卷后下楼来到操场，只见外面等着不少家长。摩托车自行车为主，也有几辆轿车。其中有个白底红字的牌子，格外醒目。仔细一看，竟似乎是直接冲着我来的：

金榜题名

王者建国

我大吃一惊，赶紧走过去，越过门口的警戒线，来到那人跟前。果然是找我的，一个不认识的姑娘。她随身带着个方便袋，里面有个套装的高级饭盒，以及一束鲜红的郁金香，水珠晶莹。我追问谁叫她来的，她笑着看过我的准考证，答曰她也不认识，反正送到就算任务完成，随即将东西留下，转身离去。

旁边有人啧啧赞叹我的家长别出心裁，我心里却只有苦笑，将牌子的正面朝下扔在地上，提着东西逃跑一般来到学校门前。把门的警察查验过我的准考证和身份证，又吩咐把那袋子东西打开。是个三层联装的保温饭盒。下面两层是友和庄的灌汤包子，旁边撒着豆腐皮和咸菜丝；最上面是一碗小米粥。

警察微笑着挥手放行："不要紧张，好好发挥，考出好成绩，报效父母。"

已有同学们过来围观。张立培也在其中。我可不想跟他们谈考试，他们的成绩都比我好。万一得知哪道题做错，不仅于事无补，反倒影响后面的发挥。

我把保温饭盒朝张立培眼前一推："友和庄的灌汤包子，送给你。"

张立培："无功不受禄。再说父母的心意，怎么能送人？"

"你替我整理过那么多笔记嘛。我嫌油腻，没胃口。"

处置掉包子，我把花带进了寝室，插进瓶子里，搁在窗台上，算是让全体室友共沾喜气。

考试还算顺利。最终成绩虽然刚过专科线，但我已很满足。那时高校还没有全面扩招，录取率比现在低很多。好歹的，我算是考上了大学。

舅舅一家回来庆贺，请我们去友和庄吃饭。席间妈妈还是只给王建军布菜。我从来没有敌视过弟弟，尽管他哭的时候也叫爸爸。这倒不是因为我宽宏大量，恰恰相反，是因为我气量狭小：我的心胸无法同时容纳两个敌人。既然已经聚焦主要目标，便只能忽略其他。

可尽管如此，我还是忍不住表达了抗议。毕竟那天我是法定的主角儿，人生中这样的机会并不多。

"妈，你好像从来没有给我布过菜。你从来都只顾建军。"

"你，你不是自己会吃吗？"妈妈有点语无伦次，表情语气都满是惊讶。

没有人反驳这话里显而易见的逻辑错误。舅舅舅妈哈哈一笑，争着为我布菜，将争论转换为笑谈。

遥远的大学生活给了我全新的视角，可以从容地审视过往。距离也有助于增加亲情。大一结束那年，我用打工赚来的钱请妈妈和弟弟吃灌汤包子，主动给他们俩布菜。妈妈夹起一个包子，咬开小口，迅速吸溜进汤汁儿，然后边赞叹边吃，好像此前从未吃过。我看他们俩吃得那么欢，欣慰之余，不觉又心生遗憾。遍插茱萸，栏杆拍遍。

　　大家吃好，正准备结账离开，妈妈忽然若无其事地开口道："建国，你留在你爸爸墓碑上的名字，我已经叫人磨去了。"

　　"月黑雁飞高吗？为什么？！"我的语气颇为愤怒。

　　"知道你姥姥去世之前，为什么对你那么冷淡吗？"妈妈的声调并未同步提高。

　　"谁说姥姥冷淡过我？你胡说！从来没有过！"我砸了一下桌子。

　　妈妈平静地看着我，嘴角的微笑里带着嘲讽。这表情我很熟悉。抓住我开小差看《长恨歌》的语文老师，脸上常有。

　　"是我嘱咐她的。免得你受不了。那段时间她总跟我念叨你姥爷，说老是梦见他。几乎眼睛一闭，便能瞧见。"

　　我瞪大眼睛盯住妈妈，拳头慢慢松开。那个假期的确是她催促我和弟弟去陪姥姥的。

　　我低下头，抓起纸巾，遮住双眼，肩膀微微耸动。

　　"其实我不该这么早告诉你的。你姥姥特意提醒过我，要等你大学毕业。"妈妈的声音有些哽咽。

　　"但是我想，大学生终究会有大学生的样子。到底不是中学生。"

　　我把手伸出去，抓住妈妈的手。她的手没有砂纸的感觉，是跟爸爸的手不一样的粗糙。有着水锈的质感与气息。

　　"你要是愿意，明天就把本名刻上去。"妈妈捏了捏我的手。这是多年未曾有过的感受。我有点惊慌，还有点儿害羞。

十四

　　妈妈当然是不会养花的。我在外面读书工作四年多，姥姥留下的那两盆绿菊竟然还活着，已经可以算作她的不世功勋。那年我回到家时，见刚刚开花的它们竟然在日光下暴晒，不觉有些上火。我强调过多次，开花初期绿菊要避光，否则花瓣会提前褪色，但她总是记不住。

"妈，你怎么回事，我不是跟你说过多次，绿菊开花初期要避光吗？"

"跟你说个事儿。当年撞死你爸爸的那个人，前几天也被撞死了。还在那个街角，离你爸爸出事的地方顶多一百米。"

那段经历郁结于心，就像一根刺扎进心肌，已经浑然一体，拔与不拔都痛。而今唰啦一下，记忆伤疤的拉链被突然拉开，我不觉浑身一震，好险没有倒下，眼前一片模糊。片刻之后，我眨眨眼，依靠繁复的绿色花球，将模糊的视力治愈，这才确认伤口已经痊愈，没有流血，而那疼痛更多的只是陈旧的记忆性伤痛。

"算起来，他正好十八岁吧？真可惜。愿他和我爸爸、姥姥一样，在彼岸安息。"

"哼，一命抵一命，活该！"

"当年他还是孩子。责任在父母。"

"反正我觉得这就是天意。等他十八岁成人，然后还债。"

我没再说话，感觉如释重负。好像心头的千钧重担突然卸下，而墓碑上的名字刚刚换掉。我心满意足地半躺半靠在沙发上，仿佛那个沙发的拐角，便是家，便是故乡。

既然如此，还有一件事便不能继续虚悬，需要交代。

"妈，我爸爸曾经决定，等我十八岁就跟你离婚，你知道吗？"

"是那个开花店的吧。你怎么会知道？"妈妈嘴角的微笑里充满轻蔑。

"你都知道？你就不担心，不生气？"我觉得自己是鼓足了平生的勇气，但没想到她的表情是了如指掌。这反应多少有点让我失望，好像精心准备的包袱抖出来却没响。

"担心什么？白天里狗难免四处游逛，寻找母狗。但到了晚上，一定会回家。"

"姥姥知道吗？"这个侮辱性的比喻有点令我心痛。这可不是我向她交底的动机。我无力反击，只能继续用问题掩饰遮盖。

"哼，你真以为我傻？"妈妈冲我笑笑，表情有些狡黠。

原载《长江文艺》2021 年第 5 期

《中篇小说选刊》2021 年第 4 期、《北京文学·中篇小说月报》

2021 年第 4 期转载

嫂　子

解永敏

一

嫂子死在那个酷热难耐的中秋之夜。得到消息之后，我急急忙忙赶到师医院临时战地病房，看到嫂子很安静地躺在一副简单的担架上。嫂子身上什么东西也没有盖，一眼就能看到她身体弯曲的样子。嫂子五指张开，血流过她那瞪大的两只眼睛，早先瀑布般的满头秀发已经没了，代之的是战前剪成的齐耳短发，流过两只眼睛的血已把许多头发凝固成了酱紫色，而嫂子的那张漂亮的脸蛋看上去还依然漂亮，只是她那瞪大的眼睛再也不能望我一眼了。

那一刻，我实在忍不住了，冲着嫂子放开喉咙大声地喊叫起来：嫂子，嫂子——

我的喊声显然已经扭曲变形，师医院围在旁边的人，包括院长和政委，谁都没搭理我，任由我歇斯底里地喊叫。但我也不搭理他们，只是目光灼灼地盯着躺在担架上的嫂子，盯着嫂子瞪大了的两只眼睛：为什么不抢救？抓紧抢救，抢救啊……

我再一次喊叫过后，转过身来盯着站在旁边的院长和政委，也盯着外科主任林志海，还有外科护士长何慧慧，还有……任我怎么喊叫，任我放着愤怒之光的眼睛盯着谁，他们依然没人搭理我，好像那一刻的我已经不是师医院宣传股的宣传干事，而是一个十足的疯子了。

是啊，不是疯子，为什么会如此歇斯底里呢？不是疯子，为什么会冲着院长和政委喊叫不止呢？然而，那一刻的我不可能去管这些，依然我行我素地喊叫。后来，竟然又转过身来继续冲着躺在担架上的嫂子喊叫起来：嫂子，你醒醒，你醒醒啊……

小于，别喊了，再喊你嫂子也听不见了。我抬起头来，脸上挂着汹涌的泪水，望着那个劝我的人像是喃喃自语，又像是在冲着她发问：她，真的……死了？是啊，她真的死了。她说。没办法救了？没办法救了。

回答我问话的是师医院的外科护士长何慧慧。怎么也没想到，回答完我的问话，何慧慧竟然也"哇"的一声大哭起来。何慧慧随哭，还随一把将我抱住，抱得我很紧很紧，并对着我的耳朵呢喃般地说：你嫂子，怎么就死了呢……

是啊，我嫂子怎么就死了呢？她完全可以不死，却因为一次选择，走上一条赴死之路。

当然，嫂子之前根本没想到过自己一定会死，她想到的是能够通过自己那双灵巧的医术高超的手，救治更多的负伤人员，更好地完成上级赋予的战斗任务。

何慧慧还在对着我的耳朵呢喃，但我却越来越听不到了，因为我的耳朵开始发出一种从未有过的震耳欲聋般的鸣叫。那样的鸣叫，一会儿像优美的歌谣，一会儿像狂躁的喧闹，一会儿又像惊天动地的爆炸。于是，我晕乎乎了，晕乎乎的我只知道泪流满面，却不清楚接下来应该怎么办。出乎意料的是，在那样的晕乎乎中竟然有一个画面闪现在我的脑海里。画面异常清晰，似乎是死去的嫂子又重新活了过来。

画面很逼真，是嫂子上战场前对着镰刀和锤头的旗帜举起右手的样子：我宣誓，一定按照誓言去实现自己的心愿，坚决完成上级交给的任务，即便献出生命，也在所不辞。生命诚可贵，祖国利益高……

嫂子的每一句话，都清晰地在我耳际回响，真切，坚定，有力量。

这时候，何慧慧继续对着我的耳朵呢喃，我却已经听不清她在说什么了。

何慧慧人长得很漂亮，是师医院公认的一枝花，师机关里有多少年轻干部都曾在她身上动过心思，但她那高傲的姿态使无数人没有办法近前。而这一刻，她却紧紧拥抱住了我，她的泪水蹭到我的脸上，她的头发撩拨着我的鼻子和眼睛。说实话，尽管何慧慧是师机关里很多年轻干部的心仪之人，但之前我却一直对她很厌恶，原因是她曾与嫂子为一个护士长的职位争来争去，以至于争到了打小报告的地步，使我和嫂子在师医院的日子一度暗淡无光。当然，护士长的职位何慧慧还是争到了，但争到之后她却再也不愿意搭理嫂子。即便是嫂子找她说话，她也依然像高傲的公主，无数次做出带搭不理的样子。我曾对嫂子说，理她做啥？不就是一个破护士长的职位被她争去了吗，她值得如此装模作样吗？嫂子笑笑说，小弟，还是与人为善好，她来当这个护士长也许比我更合适，再说一个护士长的职位，落到谁头上都是一件值得祝贺的事。

听嫂子这样无原则地说，我便气不打一处来，冲冲地喊了一声：嫂子，你善良得有些过头了吧？对坏蛋之人某些行为的纵容，有时候比坏蛋还坏蛋！

嫂子听后笑笑，啥也没再说，她却依然和原来一样与何慧慧说话，而何慧慧依然趾高气扬，看上去嫂子有点热脸贴人家的冷屁股，使得我一度挺生嫂子的气，嫂子却没事人一样，每一次见到我依然是小弟长小弟短，从没听她说过何慧慧的坏话。

正是嫂子的"善良过头"，换来了何慧慧这样大声的哭泣吗？我这样想着，不由悲上心头，再一次大声喊叫起来：嫂子，你咋不醒过来呢……

嫂子在宣誓，看到了吗？我说。嫂子是第八次对着镰刀锤头之旗表达自己的决心，听到了吗？谁有过第八次宣誓？

我是在说给何慧慧听。

何慧慧一边哭，一边冲我点头。

于是，我也伸开双手，紧紧地拥抱住了何慧慧……

二

望着躺在担架上的嫂子，望着嫂子血流满脸瞪大两只眼睛的样子，我的思绪飞一样往回撤，撤回到了这些年与嫂子相处的每一个细节，甚至嫂子的每一个动作，每一个微笑，每一声话语。当然，嫂子第八次在镰刀锤头旗帜前举起右手的样子，最漂亮，最惹眼。

十几天前的一个晚上，我与外科主任林志海核对完师医院救治伤员的具体数字返回住处，发现嫂子在临时病房门口蹲着，她两眼直勾勾地望着远处。处于亚热带地区的边境气候炎热，夜晚更是闷热难耐。远处浓重的白雾包裹着夜色下的山峦，一丝久违的彻骨阴冷随着雾气在四处蔓延着。那一刻，昆虫与飞鸟的鸣叫仿佛被要凝固的雾气所阻断，湿漉漉的丛林里死一般沉寂，听不到一丝声响。

这样一个时刻，嫂子为何一个人蹲在这里？我禁不住心生疑惑。

这场保卫边境的战争开始不久，我们师医院按照上级要求，紧跟师前线指挥部行动，下辖各团的伤员在团卫生队稍作处理后都送来师医院救治，然后再根据情况转到后方医院治疗。后来，好像是某一次战役的需要，师医院化整为零，被分解成三部分，分别配属到了所辖三个团队。这样，我们作为部队医护工作者，同样战斗在前沿一线，常常身边响着隆隆的炮弹爆炸声，头上有"嗖嗖"的子弹飞过。

我和嫂子分在一起，紧随院长和政委带领的师医院机关人员和几个重要科室配属一团行动。一团是师里的主攻团，有什么难啃的骨头，差不多都要交给一团。因此，每一次战斗一团的伤员最多，师医院配属给一团的战场救护人员任务也就最重。一团攻下164山头时，伤员躺了一大片，师医院的医生护士连续工作了四十多个小时。用嫂子的话说，再怎么也不会想到，抢救伤员时的感觉是满世界飘溢着难闻的脂粉味儿。因为是夏季，处于亚热带地区的前线每天温度都在四十摄氏度以上，住进临时设置的战地救护病房的很多伤员，因为出汗太多，裆部腰部和腹部均有大面积溃烂，医护人员只好先给他们消毒，再用爽身粉擦洒身子。嫂子告诉我，战士们的"烂裆病"医学上称为"阴囊皮炎"，山岳丛林地作战因为始终处在潮湿的环境中，许多干部战士便患上这种非传染性疾病。一天，我跟着师医院的宣传股长去救护所了解情况，在临时病房里看到七八个战士，一个个裆部奇烂，有的淌着黄水，有的翻着白肉，那情景惨不忍睹。但那一刻，他们一个个把双腿分开，接受着嫂子和另外一个二十岁左右女卫生员的治疗。嫂子和女卫生员手里都端着医疗托盘，拿着镊子，一会儿用双氧水给伤员们擦洗患处，一会儿又给他们上药。面对着一个个异性的裸体，嫂子和女卫生员脸上呈现着的是迷人的笑靥，她们不时关切地问道：疼吗？我轻一点擦，多擦几次就会好起来，您忍一忍好吗？七八个裸着身体的伤员脸上显着严肃、感激的表情，嫂子和女卫生员给他们用碘酒消毒时，都疼得龇牙咧嘴，却谁都没有喊出声。

看到那样的场面，我和宣传股长禁不住心生感慨。

有一句话这样说：战争让女人走开！

还有句话这样说：战争中没有性别！

唯有真正上过战场,有过战争体验的人,才真正理解这两句话的内涵。

后来,宣传股长在一篇文章中写过这样的话:在战场上,被女护士和女卫生员细心擦洗过烂裆处的男人们,最知道军人的职责是什么……

嫂子,咋一个人在这蹲着?我走到嫂子跟前说。

小弟,你来干啥?嫂子说。

刚写成一篇通讯报道,来和林主任核对救治伤员的具体数字。

核对了?

核对了。

伤员每天都在增加。

是不是又被那难闻的脂粉味儿呛着了?

没有,想着下午抢救的几个伤员,心里难受。

嫂子说,下午她协助外科林主任为九个伤员动了手术,有的手术大些,有的手术小些,但每一台手术都令人心寒。从战场上送下来的伤员,其英勇坚强的表现,令人为之动容。

嫂子作为师医院的护士,这些天在战场上经历了很多。一团接连攻下几个山头,陆续抬下几十名伤员,很多伤员的脚被地雷炸掉了。天气太热,为了不被感染,也为了保住他们的性命,有的只能先将小腿锯掉,然后再往后方医院转送。那几天,每到傍晚嫂子都要带着女卫生员去山坡上掩埋手术切下来的小腿。总共掩埋了多少根小腿,嫂子说都算不过来了。起初,她还记着第一天掩埋了几根,第二天又掩埋了几根,后来根本记不清多少了,但那些令她感慨的伤员,她却一直记着。有的伤员小腿被切掉后嚎啕大哭,有的却无奈地仰天长笑。一位年龄只有十七岁的伤员,一场战斗刚刚开始右小腿就被炸飞,被送到医院截肢后他破口大骂,嫂子试图上前安慰,他竟一拳打在嫂子的胸脯上，嫂子一下坐在地上，而他一边流泪一边冲着嫂子大骂：你他妈的还老子的腿，老子还、还……还没找媳妇呢，就把腿弄没了……

小战士的那一拳打疼了嫂子，嫂子却依然和蔼地劝着小战士：比比牺牲的战友，你是不是算……幸运的？嫂子一把将小战士抱在怀里，像哄一个不懂事的婴儿。后来，小战士不闹了，把头埋进嫂子怀里嘤嘤地哭，右手却猛劲儿地抠着嫂子的脊背，指甲都抠进了肉里。嫂子忍着疼痛，脸上显现的却是与她年龄不相称的慈祥。

一天傍晚，嫂子和女卫生员每人提一个竹篓，每个竹篓里放着三条小腿，又跑去山坡上进行掩埋。那一刻，嫂子分明感觉到了那些小腿像是突然动了起来，继而又活蹦乱跳地走起了路。嫂子有些怕了，再也不愿意去掩埋那些被锯下来的小腿了。回到临时病房，她说了自己恍惚的感觉，外科主任林志海说还是交给男同志去做吧。嫂子摇了摇头，又咬了咬牙，说不，还是俺们去吧，女人心细，掩埋时手脚很轻，也算是为伤员身体部件做最后的祭奠吧。

看到嫂子又一次难受地陷进沉默中，我想安慰几句，却不知道说啥，只好轻轻咳嗽了两声，像是清了清嗓子，又像是给自己一点思考的时间。然后，试探性地凑近嫂子，转换了话题：嫂子，龙哥有信来吗？嫂子一听我问龙哥，说话的声音有点变：自从来到前线，他就像和我断绝了关系一样。我一愣：前线不好收信，也许他的信在哪里压住了。不是，他根本就没写！怎么会呢？当然会！

嫂子又一次陷进沉默中，从她的目光里我感受到了一种从未有过的寒冷。

尽管身处亚热带的边境一线，每天的温度都在四十摄氏度以上，但所感受到的那种寒冷却不由自主爬上心头。

我打了一个哆嗦，想再和嫂子说点啥，却找不着词了，禁不住再一次想起转业回到地方的龙哥。这时候的龙哥，一定在宽敞的办公室里坐着，而嫂子却在前线一次又一次奋力抢救伤员。对于他们两口子，我曾说过珠联璧合，嫂子却纠正了我的说法，她称和龙哥走到一起完全是阴差阳错，不是珠联璧合，是两股道上跑的车。

从那时起，我这个从没谈过恋爱的男人，明白了夫妻二字有时仅仅是一个外壳，能够达到珠联璧合程度的所占比例甚少，而许多夫妻正是在这样的碰撞中蹒跚走过多年，甚或走到人生的尽头。到前线后，很少与嫂子提起龙哥，尽管龙哥对我如亲兄弟，在部队和他后来转业回到地方，都没少给予我帮助。但嫂子对龙哥有看法，我也就注意回避这个话题。

嫂子深深吸了一口气，嘴里又干呕出些什么，看上去很难受。

嫂子轻轻咳嗽了两声，说小弟，受不了啦！我说这是战时，情况总是出乎预料。

嫂子所说"受不了"不是龙哥不回信的问题，而是临时病房那种难闻的味道和一刻也不停的忙活，还有伤员被锯掉小腿或锯掉胳膊的情景，都令她悲恸难忍。很多人只知道战争是残酷的，丢条胳膊丢条腿似乎没什么，丢不了性命就是不幸中的万幸。嫂子每天看着一条条年轻的生命逝去，看着一条条活力无限的胳膊或腿脚被从年轻躯体上锯下来，再掩埋进山坡上的泥土里，那是怎样一种感受啊！

你不知道那滋味……

嫂子又把话题一转，说你光报着写稿子？

我说你们医生护士这么辛苦，俺得写稿子表扬一下。

嫂子说俺们忙得裤子都提不上，你却光转悠着采访！

我想调整一下氛围，逗笑般地说，你裤子穿得好好的，咋说提不上？

嫂子突然黑下脸，冲我大吼一声：滚！都什么时候了，还这么没正经!

记忆中，嫂子从没对我大吼过，哪怕她和龙哥闹了别扭，我去他们家说和时有点向着龙哥，她依然温和地和我说话，今天她听了我的玩笑话竟然发怒了。我突然意识到事情的严重性，在战场上面临生与死的时候，有些玩笑开不得。但我还想让情绪有些过渡，也依然顾忌着嫂子难以平静的情绪。

是你自己说的裤子都提不上……我嬉皮笑脸着，话声轻了很多。

去采访一下那些伤员吧，他们的事迹着实让人感动。

嫂子深沉地说着，很不经意地抚弄了一下乱糟糟的头发，攻山头时有的战士掉了胳膊，有的掉了腿，动手术时那么疼他们都不吭一声。你和我，还有我们机关里的很多人，有多少人能做得到？

嫂子又激动了，她瞪大了眼睛望着我。

真的？我说。

这样的事，还会和你瞎说？她说。

可那些伤员不是咱们医院的人啊。我说。

不能光把眼睛盯着师医院，任何一个单位里的英雄事迹，都能激励大家。她说。

俺是师医院的宣传干事，报道外单位的事，妥吗？我说。

部队本来就是一个大单位，战时根本不分你我他。她说。

嫂子的话点醒了我，我的目光还真不能光盯着师医院。师医院从领导到卫生员，也不过五六十个人，还包括我们这些与救治伤员无关的勤杂人员。再说师医院分了三摊，我也仅仅盯着配属一团行动的这一摊，能有多少新闻好写呢？即便是宣传战场上的动人事迹，那也得去作战团队。

嫂子，你是俺的老师！我"啪"地给嫂子敬了个标准的军礼。

瞎说，俺怎么又成你老师了？嫂子说。

你让俺找到了新闻干事的突破点,你就是俺老师!说着,我冲嫂子挥挥手,跑走了。

三

嫂子的牺牲出乎很多人的预料,大家都没想到她会强烈要求跟随侦察小组深入敌后。

要说有家庭背景的人,怕是我们师医院没谁能与嫂子相比,她却抛弃了自己的背景,以一个军人和党员的标准要求自己。她说作为一名入党十几年的军人,什么时候都不能忘记军人的担当,更不能忘记党员的先锋作用。当时我曾劝她说,医院那么多男护士和男医助,还有一些男外科医生,跟随侦察小组深入敌后,再怎么也轮不到你一个女人上阵!

嫂子听后很严肃地对我说,小弟,女人和男人,是不是仅仅性别不同?我说不是,除了性别,还有很多方面不同,比如体力。嫂子说你错了,女人和男人也就性别上的不同,许多男人的体力还不如女人,科学研究表明,女人的耐受力比男人强几倍,再说在咱们师医院,有几个人的战场救护技术赶得上我?不谦虚地说,几个科室主任在我面前也甘拜下风。你也看到了,最近的几次战斗,有些伤员如果早一分钟得到救治,可能性命就不会丢,像我这种战场救护技术全面的人参与敌后救援,是不是很难得?

天知道嫂子是在哪里看到的这种科学研究,不过在师医院她的战场救护技术全面真是出了名,之前的全院临战救护技术比武,每一次都是她拿第一。我也清楚,嫂子主意已定的事九头牛也拉不回,龙哥就曾告诉过我,因为嫂子脾气犟,他们多次闹过别扭,有一次甚至闹到离婚的程度。当然,用嫂子的话说她和龙哥不仅是性格脾气上的差异,还有成长经历的不同,对问题的认识也不同。

这里需要清晰地介绍一下嫂子了。

嫂子叫刘云青，是我的老乡兼战友姜小龙的妻子。姜小龙比我大五岁，早我六年当兵，来到部队与他认识后就一直喊他哥，而他的妻子刘云青，也就很自然地成了我的嫂子。老家有风俗，说"好吃不过饺子，好亲不过嫂子"，因而平时和嫂子说话也就比较随便。许多时候，战友之间的情谊胜过亲兄弟，特别是我们这些有机会参加边境保卫战的老乡战友，同在一条战壕里摸爬滚打，老家相距不过三华里，又一起跑到离家千里之外的边境当兵，自然就有点亲上加亲的味道。平时我亲热地喊姜小龙哥，外人还以为我们是亲兄弟。师作训科一个参谋就曾说，你父母真行，竟然把你们两兄弟都送到了咱们师。我笑笑，说俺父母与咱们师首长是老战友，送子当兵是他们人生的最高境界！那位参谋点点头，冲我竖起了大拇指。后来，我把这事讲给嫂子听，嫂子笑弯了腰。她说你不愧是宣传干事，真能编，竟然编得把作训参谋给哄住。

嫂子和我同在师医院，她是外科护士，我是宣传股的干事。而龙哥，之前是师政治部宣传科的副科长。如今想起来，好像还是龙哥头脑灵活，保卫边境的战争刚打响那会儿，他就有了转业去地方的想法。期间，龙哥也到了前线，还亲自跑到前沿进行采访，写出过几篇很有震动性的新闻消息，引发了军内外很多媒体的关注。但当前线战事刚一消停，他就要求转业离开部队去了一家地方报业集团。之后，又活动着从报业集团调了省外事办公室，再后来竟然当上了外事办的副主任。

部队再一次开赴前线之前，龙哥听到消息从省外事办回他依然在部队安着的家。正值周末，嫂子下班时专门跑到宣传股，告诉我龙哥回来了，说在家做了一大桌子菜，让我务必过去一起吃。嫂子还笑着说，姜小龙对你比对俺都好，作为他的妻子都嫉妒了呢。我也笑笑，逗乐般地说，嫂子不会怀疑俺和龙哥是同性恋吧？嫂子回头捶了我一拳，说不正经的话你咋张口就来呢?

去龙哥家里吃饭是经常的事。龙哥还没转业时,师医院食堂的饭菜稍有不好,我就跑到他家去蹭饭。那时候,龙哥和嫂子刚结婚,部队分配的两间平房被他们布置得很温馨。每一次从龙哥家吃完饭,我都会酸溜溜地感叹,说龙哥你和俺一样,也是穷里巴唧的农村孩子,当兵后咋就这么有福气呢? 龙哥笑笑,说俺有啥福? 渣豆腐(福)! 我说才不是呢,看看你娶的媳妇,高干子女不说,人还这么漂亮! 龙哥依然笑笑,说今后你照样能娶漂亮媳妇。我说先做着梦,什么时候梦成真了俺才信。嫂子一旁插话说,小弟前途无量,找个比嫂子漂亮的媳妇是分分钟的事。

其实,龙哥能够娶到刘云青,很是让部队里的年轻干部们羡慕了一阵子。

龙哥到师宣传科任副科长之前,曾是军宣传处的新闻干事,而龙哥的岳父,也就是嫂子的爹,是军里主管干部工作的副政委。面容娇美、家庭显赫的刘云青,能嫁给农民家庭出身的姜小龙,自然让许多人羡慕。羡慕过后,有人就纳闷了,说姜小龙这咋会如此有福气,竟能娶到一个公主般的女人? 后来,龙哥转业到地方当上省外办的副主任,有人依然说这小子耳朵垂子厚,离开部队还能继续沾着老岳父的光。对此,我曾说给龙哥听,龙哥笑笑说,你相信俺沾了老岳父的光吗? 我说你沾不沾老岳父的光俺不知道,但感觉你沾了嫂子的光,嫂子不仅长得漂亮,脾气还这么好,而且温柔贤惠,有她站在你背后,什么样的奇迹你都可以创造出来。

龙哥听我夸他很受用,说还是兄弟你了解哥,放心,哥将来发达了,也会让你沾沾光。

龙哥当上省外办副主任后,我一点光也没沾上,毕竟他在地方,我在部队,他手再长也管不着部队的事。不过,我也曾动过转业的念头,梦想着转业去了地方，求龙哥安排个好工作，吃香的喝辣的，甚或娶个漂亮温柔的媳妇，真就是分分钟的事呢。

梦还没做完的时候，已经随部队再一次开赴到了前线。之前，龙哥专门布置任务，说任何情况下都得帮他照顾好嫂子，嫂子在前线发生点啥，他就拿我是问。我知道，龙哥所说的"发生点啥"，还是对嫂子有些不放心，毕竟嫂子长得漂亮，周围又有那么多年轻帅气的男军官。我说龙哥心眼小，龙哥死不承认，说只是想让我帮着照顾嫂子，毕竟是在前线，毕竟嫂子是女人，身边有自己的兄弟照顾，他作为丈夫心里踏实些。

正是龙哥布置下的这种任务，有时弄得我很尴尬，甚至有人怀疑我和嫂子关系不正常。

收复 164 高地几天之后，伤员们被稍做救治，大多转移到了后方医院。此时，前线没再有大的行动，师医院那几天出现了少有的清静。一天傍晚，嫂子跑到宣传股所在帐篷找我。嫂子没有进到帐篷里面，她知道如此闷热的天气里，每一顶帐篷里的男人裸露得厉害，能将一条军用短裤穿得像模像样，就已经不错了。

小弟，你在吗？

于锐，你在帐篷里吗？

嫂子接连喊了好几声我才听到，急忙忙往外跑。

我们股长听到外面嫂子的喊，他逗乐般地说：你那漂亮嫂子来了，是不是挺激动？

我笑笑说：嫂子找俺是家常便饭，有啥好激动的？再说她是龙哥的媳妇，又不是俺媳妇。

股长听后笑了笑，继续逗着说，前线这么苦这么累，还常常生死难料，谁都想找个机会放松一下，你小子可别掉进嫂子的温柔陷阱里！

我同样笑着说，股长一向知道俺胆小，再说嫂子是俺龙哥的媳妇，即便是有什么想法，俺也没那样的胆子！股长没有善罢甘休，望着我走出帐篷的背影又丢过来一句话，姜小龙这狗日的还真放心，转业到了地方，却把个漂亮老婆丢在了部队里！

嫂子站在离帐篷十几米远的地方，看上去格外精神，与头几天晚上见到她时的样子判若两人。她外衣的军装没扣，里面穿了一件白色衬衣，扎着外腰，头上乌黑的秀发虽然被一条好看的红色头绳束着，却依然活泼地在脑后晃来晃去。

转眼到前线已半年有余，酷热的天气和艰苦的条件使很多人不再注重外表，平时只要说得过去，首长们也不再说啥，毕竟是在前线，最重要的是完成任务。嫂子作为师医院里的外科护士，完成好战场救护和伤员救治任务就行。她却无论什么时候，都不忘把自己打扮得精精神神。当然，嫂子的打扮不是涂脂抹粉，而是按照部队的条令要求，有模有样地着装。我曾说过嫂子，前线条件这么差，天气又如此闷热，每天不需要周吴正王地在军容仪表上下功夫。嫂子说既然是军人，什么时候都得有个军人的样子，战场上更应该如此，敌人看到我们在如此艰苦的条件下依然军容严整，也会对我们的战斗力有所胆怯。

多么深刻的见解！

见嫂子肩上背着军用挎包，挎包里装得鼓鼓囊囊，我笑嘻嘻凑过去，说是不是又有好吃的给俺送来了？嫂子说，想得美！哪有那么多好吃的给你送！我盯着她的挎包，说这鼓鼓囊囊的挎包里是什么？嫂子笑了，说这让你吃，也没办法吃！我摇摇头，说打开看看？嫂子朝我扮了个鬼脸，说挎包里的东西，你吃不得，也看不得。我有点不依不饶，说是不是怕我把好吃的都给你留下？嫂子依然逗笑般地说，真想看？我说不仅想看，还想吃呢！

自从部队开赴前线，因条件所限，常常不能吃上正常的饭菜，大多时候是压缩干粮充饥。刚开始吃压缩干粮时还挺新鲜，感觉味道不错，后勤方面也说部队的压缩干粮是一种科研产品，看上去虽然不太像样，其营养成分和热量俱佳。但吃了一阵子，这俱佳的食品却再也没吸引力了，有时候看到都反胃，甚至饿着都不想再往嘴里填。对了，部队当时装备的是 761 压缩干粮，据说是在原来 701、702 军用压缩干粮的基础上研制出来的。因每个人口味不同，吃起来有的觉着好，有人觉着不好，基本都有的感觉是够硬，够干，需要与大量的水共食。但携带方便，保质期长。因此，每一次从嫂子那里弄到点花生、饼干等小零食，我都高兴得像过年。还常常吃惊般地问嫂子，怎么你总有好吃的？嫂子笑而不语。我知道，嫂子家庭背景好，每个月工资随她花，不像我们这些家里很穷的农村兵，发了工资或津贴都想着往家寄。所以，嫂子经常会让后勤部门的人帮着从后面买些零食过来，这也是后勤女兵的共同特点，我也就经常能沾上嫂子的光。

看看，这你能吃？嫂子很逗，经常抽楞子戏弄我一把。

见我双眼一直盯着她鼓鼓囊囊的军用挎包，她便把手伸进挎包里，轻轻拉出一个白色小布角让我看。我往前凑了凑，仔细观望，发现是女人的胸罩，立马闹了个大红脸，说你也太会调戏人了吧？嫂子又一次笑弯了腰，说谁让你这么馋，以为每次俺这挎包里都有好吃的！

我不再逗笑，认真地说，嫂子，找俺有事？

嫂子说有大事，跟俺走，一会儿告诉你。

我跟着嫂子顺着帐篷旁边的一条小路慢慢往前走。嫂子在前面，我在后面，她不说话，我也不再问，就那么一直往前走。天色渐渐暗了下来，我沉不住气了，便说让俺跟你去干啥？嫂子驻下脚步，很认真地说，小弟，陪俺去洗澡吧？我一惊，两眼琉璃球一般盯着嫂子，说嫂子，你说啥？嫂子突然伸手在我额头上弹了一下，笑着说，看你那出息！来前线半年多没洗过澡，身上的泥巴都能当衬衣了，想趁着天黑让你陪俺去那边河里洗个澡，不行？

我站在原地不再往前走，说绝对不行！嫂子严肃起来，说你还真是出息了，以为让你和嫂子一起洗？我脸上挂不住了，说让龙哥知道了，非扒了俺的皮不可！嫂子把脸一拉，说你想哪去了？河边有一大蓬竹丛，你给俺站岗，你的位置至少要离俺五十米。我笑了，说吓了俺一大跳，以为叫俺去给你搓背呢。嫂子装着生气的样子，说知道你脑子里老想些歪歪扭扭的东西！别说你，姜小龙到现在还没享受过给俺搓背的美差呢！我眨巴了一下眼睛，说不会吧？嫂子又伸出手在我额头上弹了一下，说俺说会就会！

我突然又想逗嫂子了，说给你站岗，俺眼睛往哪里看？嫂子说，主要看河岸上，不到万不得已不能往河里看。我说什么叫万不得已？嫂子说，自己领会！

亚热带地区的夜晚虽然很闷热，但清亮的夜空颇具穿透力。抬头仰望，那一潭清澈得近乎见底的天空，能够看到每一颗星星向我们眨着眼睛，还有几只蝙蝠在不知疲倦地上下翻飞着，有的边飞边发出吱吱的叫声。儿时在老家曾听老人们说过，蝙蝠是老鼠吃盐巴变的，所以也叫盐老鼠。我跟着嫂子往前走了一会儿，伸手指指天空，说知道这是什么鸟吗？嫂子抬头望望，说那是鸟吗？我说这不正在飞吗，能飞的东西不是都叫鸟吗？嫂子笑笑说，你就知道瞎掰，谁说能飞的东西都叫鸟？我说只有鸟才会飞啊。嫂子说飞机能飞，咋不叫鸟？我说嫂子啥时候学会抬杠了？好像你没这方面的专长啊！嫂子说抬杠的专长早就有，只是平时不和你抬就是了。

我们说笑着往前走，不多时就到了河边。河面虽然不宽，河水却清澈见底。因为是在战时，又是亚热带气候，一天到晚热得难受，往河边一站，望一眼荡漾着碧波的河面，吸几口透着湿润的新鲜空气，感觉很舒服。

医院有规定，任何人不准下河洗澡，一来是战时，多有抢救伤员的任务，跑到河里洗澡怕误了事；二来那条河表面温顺，实则狂怒不羁，水平面下有一个连着一个的旋涡，稍不注意就会葬身河底。据说前线各部队均有偷着去河里洗澡丧命的战士，甚至有一个团里的参谋还因违反规定下河洗澡被淹死了。不过规定归规定，师医院里的干部战士常因受不了天气的闷热，偷偷跑到河边的僻静处洗上几回。院长和政委虽然知道这事，但也理解大家的心情和举动，常常睁只眼闭只眼，但每次开会都要强调一下规定。不过，作为女同志敢违规夜晚跑到河里洗澡，嫂子还是第一个。

嫂子穿着小背心和短裤走进河里的时候，天色几近朦胧。我忠于职守地站在河边的一丛郁郁葱葱的风竹旁边，两眼专注地观察着四周的动静。我知道，嫂子之所以找我来站岗，是她对我很信任，但信任终也无法改变一个青春似火的未婚男子的本能和冲动。站在风竹旁边的我，在那样一个时刻也同样有些浮想联翩。

老家的夏天同样酷热难耐。村头有个大水塘，水塘一头通着不远的赵牛河，一头通着东大洼。每年到了夏天，水塘都是孩子们重要的活动场所，白天在里面嬉水玩耍，夜晚跑到水塘边的树林里捉知了。而村子里的大闺女小媳妇，也同样对水塘里的水喜欢得不得了。晚上男人们在水塘洗过澡回家后，夜也有些深了，她们便结伴跑去水塘，找个隐蔽处把衣服脱个精光，痛痛快快地洗上一阵。有一年夏天，二坏媳妇带着几个妯娌夜晚跑去洗澡，正好被我们几个在旁边树林里捉知了晚归的孩子们看到。我们都是"七岁八岁万人嫌"的年纪，虽然不太懂事，却也对脱光衣服的女人很新奇，便趁不注意，偷偷把她们脱在水塘边的衣服抱走挂到不远处的小树上，结果弄得二坏媳妇和那几个妯娌很难堪。第二天，二坏媳妇找我老爹告了一状，老爹硬硬的巴掌对着我的屁股好一顿问候。

这样想着，突然看到嫂子在朦胧夜色中慢慢向河里走去。河水泛着光亮，嫂子优美的身躯同样泛着光亮。我揉了揉眼睛，终有一片灼人的白色跃入眼帘。夜色的朦胧虽然增强了某种感觉，却难掩我对嫂子那美丽身躯的想象。不大会儿，嫂子就撩起了一片水花，水花激出悦耳的响声，响声掩盖了那片灼人眼目的白色。于是，我那颗年轻的心有些荡动了。

嫂子，嫂子……

有人来吗？

没有！

没有就别动，也别喊！

水里有鱼吗？

有，鱼很大。

摸一条，咱回去炖鱼吃。

馋着吧，鱼儿在畅游呢。

俺往前走了……

别动，不许动……

嫂子的声音无比坚定，坚定的如同她撩起的水声一样清晰。于是，记起嫂子赋予我的职责，便在想象和朦胧的观望中，给自己克制着的欲望一次难以饱和的满足。这时候，嫂子的声音再一次从河里传来，虽然更多的是嗔怪，却也多了些许情趣。

小弟，你是坏蛋！

俺坏吗？

坏，十足的坏呢！

嫂子这样说着，一串银铃般的笑声和她那款款的身姿已来到面前。我猛一抬头，看到了夜色中的嫂子换上一件碎花衬衣，军装很随意地搭在她的胳膊弯上。那一刻，我稍稍有些愣怔，便就闻到一股奇香。那香和着亚热带河边潮湿的气息，冲得我晕晕乎乎。

真香!

香吗?

香!

香你就多闻闻。

明天,还来给你站岗?

明天不行,后天。

龙哥知道,会不会揍俺?

会揍,会狠狠地揍!

一阵咯咯的笑,又一次被嫂子抛掷在亚热带夏日夜晚的河边。

我们有了一阵轻松的感觉,真想大声唱歌,可这是前线,离敌人太近,随时会有枪声和炮声传过来,不允许我们弄出太大动静,内心的愉悦冲撞着胸膛,感觉很舒服。

四

嫂子牺牲后,师医院院长和政委都找我谈了一次话,要我好好总结刘云青的事迹,把她这样一个典型树起来,宣传出去。政委还专门嘱咐了几句,说你熟悉刘云青,她的许多情况你都了解,好好发挥一下你写文章的专长,把她身上的亮点挖出来。

作为军人,服从命令是天职,可对院长和政委的话,我却有些抵触。

按说我不应该抵触,毕竟是宣传嫂子,树立嫂子这样一个英雄典型,我应该有多大力出多大力,可想起因嫂子洗澡喊我去站岗惹出的麻烦,心里不觉有些别扭。政委当时为啥就不调查清楚了再下结论?非要把很简单的事情弄复杂了,难道别人说一句"男女同浴",就成了真相吗?

我原来比较佩服政委这个人,他曾是一团的政治处主任,后来提拔到师医院当了政委。我刚到师医院宣传股时,他找我谈过一次话,他说知道调你到师医院是谁的动议吗？我不假思索地回答不知道，又说好像是稀里糊涂地就被调过来了。政委笑笑，说你小子怎么就不动动脑子呢？从一团调到师医院，难道会是稀里糊涂吗？我说那是什么？他说你得知道，师医院离师首长的距离和一团离师首长的距离完全不一样。我有些蒙，说有啥不一样？政委有点生气，说亏你还在一团当过副指导员，咋这么不开窍？师医院离师首长那叫一个"近"，一团离师首长那叫一个"远"。远和近的关系，你应该明白是咋回事吧？

接下来，政委又给我讲了几个例子，说谁谁从一团调到师医院，原来也是在宣传股当干事，后来水平提高很快，一下就被提拔到了师政治部，成了干部科副科长，干部科副科长是干什么的你知道吧？是管师直属队和各团干部的，那样一个位置，不是谁想干就能干的。他又说，二团谁谁也是调到师医院宣传股后，仅仅干了半年多，你明白吗？满打满算一百八十多天，就被提拔成了师政治部宣传科副科长。当然，宣传科副科长和干部科副科长没法比，干部科副科长那叫一个位置重要，宣传科副科长只是解决了级别，从正连成了正营，那小子一下跳了两级，这在全师都为数不多。

说实话，之前虽然知道政委做思想政治工作水平不低，却不知道他说话这么能绕弯子。

那次谈话过了两天，我才明白过来他是在告诉我，从一团调到师医院宣传股，完全是他的动议。没有他的动议，师首长根本不认识我是何方人士。我不开窍的是，政委这样和我谈过话，我却没事人一样，连句感激的话都没说，估计政委很不高兴。后来，我把这事说给嫂子听，嫂子差点儿笑喷，她说你可真行，表面上的感谢都不知道说一句？再后来，还真想找机会对政委表示一下谢意，却一直没找到机会。没想到的是，这次嫂子去河里洗澡我给站岗的事，政委又找我谈话了，他反而弄得我很不高兴。当然，再怎么政委也是领导，他交代的任务我不高兴也得好好干。

那天在河里洗完澡返回营区的路上，嫂子像是有些不高兴，脸子突然沉下来，一句话也不再说。我以为自己开玩笑把嫂子惹着了，就想解释，没想到刚一张嘴就被嫂子拿话堵了回来。嫂子说俺知道你想说啥，其实任何事都没有。我说你刚才还笑呢，这会儿分明就是不高兴呢。嫂子说没有不高兴，只是突然想到一件事，心里有些堵。我纳闷了，嫂子想到什么事会突然心里堵？嫂子性格开朗，不太拿事当事，竟然有什么事能让她心里堵，这事一定不是小事。于是，我继续追问，想把给嫂子添堵的事一探究竟。

嫂子说，政委找我谈了三次话。我说为啥？她说前两次为我提拔护士长的事，后一次是关于咱们的关系问题。我一愣，咱们的关系有啥问题？嫂子没再吱声。

嫂子从不说别人坏话，即便是有人欺负到她头上，她依然会把人家想得很好，甚至还会站在别人的角度想问题，这件让她心里添堵的事就是如此。政委开始找她谈话，说院里准备提拔她当外科护士长，后来政委又找她谈话，说开始的谈话仅仅是摸一下底，事情成与不成还得看上级如何考虑。

嫂子当然相信政委的话，后来她发现事情不是那样的，何慧慧突然成了她的竞争对手，而且何慧慧竞争的方式还有些卑劣。即便何慧慧竞争的方式卑劣，嫂子依然善良地站在何慧慧角度想问题，她说你知道何慧慧吧？我说当然知道，前几天不是刚刚被提拔为外科护士长吗。嫂子说对，就是她。我说她怎么了？嫂子说不久前，何慧慧告了她一状，正是她被何慧慧告过状后，政委才又对她说开始的谈话仅仅是摸底，但过了没几天，提拔何慧慧为外科护士长的任命就宣布了。我说何慧慧告你什么状？嫂子说也没大事，说是咱们两个的关系有点不正常。

嫂子说过，不再吱声，我却急了，张口骂道，放她妈的屁！一会儿找她问问清楚。嫂子一听也急了，说绝对不行！我说为啥不行？嫂子说不为啥。政委找你谈话说的？嫂子点点头。我说政委太扯蛋，何慧慧说咱们关系不正常，咱们就不正常了？嫂子驻下脚步，再也不往前走。听到被别人栽赃陷害，我气不打一处来，想着一定要找何慧慧问清楚。这时候，不远处传来隆隆的炮声，我一惊，意识到又有战斗打响，便对嫂子说，好像164高地旁边又开打了，快走！

别走！嫂子说。

再有伤员运过来咋办？我说。

炮声刚响，伤员不可能马上运下来。嫂子说。

那我们也得尽快归队，别忘了这是战时！我说。

别走！嫂子说。

嫂子……我跺了跺脚，这时候不在岗位上，来了任务后果不可想象。

答应我，绝对不能去找何慧慧？嫂子说。

为啥？我说。

政委不让找，何慧慧也本没坏意。嫂子说。

她还没坏意？我说。

那一刻，我突然感觉嫂子善良得有些过头。人家背后栽赃陷害，为啥就不能问问清楚？政委说不让找，咱们就不找？政委的话是圣旨？政委不把这事当回事，我们能不把这事当回事？俗话说得好，脚正不怕影子歪。我急得直跺脚，可望着嫂子一脸的真诚，也就没再说啥。

嫂子还在不停地劝我不能去找何慧慧，弄得我很崩溃。嫂子说，过后想想也没啥，何慧慧告状告得也有道理，毕竟有时候咱们走得太近，好像超出了战友之间的关系，今后咱们多注意就是了。

崩溃！崩溃！

我脑子里充斥着这样的字眼，完全不知道嫂子是咋想的。

对别人的栽赃陷害，为啥能够如此容忍？嫂子再一次丢过来几句话时，我真的怀疑她的人格是不是扭曲了。嫂子说，小弟，答应我，绝对不能去找何慧慧，这是在前线，无论她说什么，咱们的人品在这里摆着，领导绝对不会相信，而且何慧慧平时人也很好，可能突然思想上没转过弯来，也就把咱们之间的关系给扭曲了。换个角度想，也许她无意中说了啥，让领导当真了。

嫂子就是如此诚实善良的一个人，她的诚实善良有时候让人不理解。

这场边境保卫战刚刚爆发时，执行穿插任务的一团四连被几个化装成老百姓的敌方女特工抄了后路，造成伤亡，还差点耽误了穿插时机。四连只好迎头痛击，才将其彻底消灭。当时，几个女特工衣衫褴褛地横尸在三岔路口。那里是后续部队过往之地，师医院也正好从那里经过。大家看到敌方女特工横尸的样子，都说四连打得好，就该让她们尝尝中国军人的厉害。嫂子称赞四连的同时，却跑到路旁芭蕉棵上掰下几个叶子给敌方女特工盖上了。有人说嫂子多管闲事，敌方女特工不需要她如此同情。嫂子却一脸真诚地说，她们虽然是敌人，可她们也是人啊，而且是女人！如今已经死了，为啥不可以给她们一点做人的尊严？之后，有人批评嫂子敌我不分，嫂子诚恳地接受了批评，却依然喃喃地说战争很残酷，为啥不能让在战争中死去的女人保持一点应有的形象？

想着嫂子的善良，面对她那双诚实的眼睛，我无奈地点了点头。

对于何慧慧，刚开始我对她的印象很好。她和我同年入伍，来自贵州一个偏远的山区。刚调到师医院宣传股那会儿，她经常找我聊天，说虽然当兵就在师医院做业务工作，后来又去军医学校学习了两年，但比较喜欢弄点文字的东西，比如写报道或文学类的稿子，感觉那才是自己最想干的事。我说文字工作不好干，文学类的东西更不好干，能在部队成为有影响的作家很难。她说正是为这，才不得不安下心来搞业务，否则连干部都提不了，还得复员回到那偏僻的小山村。我说你已经是正排职护士了，这不很好吗？她笑笑，说正排还想正连，正连还想正营，有句话不是说得好吗，人往高处走，水往低处流！

我能理解，何慧慧从贵州山区走出来不容易，出人头地的愿望很强烈，既然在部队提了干，谁不想好上加好呢，可你也不能为了自己往上爬，就把莫须有的事情安在我和嫂子头上吧？当然，嫂子和她都是护士长人选，说起来她的条件比嫂子差了一个档，一般情况下外科护士长的位置有嫂子的没她的，谁想到为了这样一个位置，她竟干出如此下作的事！

这样想着，我对何慧慧也就生出一些恨，对她那姣好的面容再也感觉不到姣好了。虽然答应嫂子不再去找何慧慧，却也暗下决心，适当的时机要损她一顿，不能让她这个外科护士长当得太顺当。还得提醒她，别忘了，她的入党介绍人是嫂子。

我又记起了嫂子说过半月一宣誓的事。

她到前线后，和何慧慧几个人自发地做了一件事，每半个月站在党旗前举起右手，庄严宣誓。嫂子她们的宣誓并不像很多人那样背诵宣誓词，是默念自己心中想要达到的目标。嫂子说，每到那一刻，内心便就波澜壮阔，大有即将驾驶一艘冲锋舟，迎着风浪冲锋陷阵的感觉。内心既充满豪情，又充满悲壮。之后，她们便忘我地工作，默默地奉献。

好在那一阵炮声与我们师没啥关系，是友邻部队的一次佯攻行动。那天晚上，回到驻地我心绪难平，何慧慧竟然如此扭曲我和嫂子的关系，不能不说将一盆子屎尿扣到我们头上，嫂子却祈求般地让我容忍，也真的不好再发作。没想到的是，事情还没完结，随后发生的一切气得我差点儿骂娘。

是第二天的晚些时候，医院政委找我谈了一次话。紧接着，宣传股长又按照政委的旨意喊我和他聊天。听股长喊我和他聊天，我笑笑说，咱们可是每天都聊天，还需要单独抽出时间聊天吗？股长很是善解人意，他知道我是什么样的人，同样笑笑说，不叫聊天，叫谈心行吗？股长也是从一团调来的，曾在一团指挥连当过指导员，比我早当几年兵，调来师医院的时间也比我早两年。

师医院是正团级单位，股长是副营职，而我这个宣传干事，虽然干的时间不短，至今还是个副连职，和从一团指挥连副指导员任上调来时一个级别。曾有朋友玩笑般地说，好好的副指导员不当，跑来师医院干个宣传干事，要是一直在连队，怕是正连甚至副营都当上了。对此，我只能笑笑，心里想的却是任何事情都能扛，唯独命运这东西不能扛，再大的本事也得服从命运的安排。来师医院任宣传干事，也许就是命运使然呢。

算起来从一团指挥连副指导员任上调师医院当宣传干事，也有两年半的时间了。两年多来，成绩虽然不算突出，却也写出过近百篇新闻稿件，还获得过军区报纸的优秀通讯员称号，师宣传科也连续两年给予奖励。医院政委就曾说过，自从于干事到了宣传股，咱们师医院知名度提高了不老少，军区报纸上不能说天天有咱们的新闻，起码每周都能上头版或二版。然而，这次找我谈话时政委却忘了他曾经说过的话。

你们太不像话！这是政委对我说的第一句。

政委说过这句话，我便有些丈二和尚摸不着头脑。望着政委那张很不好看的脸，还是意识到有问题发生了，便怯怯地问怎么了？

能怎么了？违反规定下河洗澡不说，还男女……同浴！

政委做思想政治工作虽然挺会绕弯子，这次找我谈话却有点沉不住气了，上来就直奔主题。后来想想，也许因为他与我太熟悉，毕竟他从一团调来，又把我也从一团调来，表面看我是他的人，所以和我说话不需要绕弯子。不过师医院很多人知道政委喜欢绕弯子，却也有人趁机反其道而行之拍马屁。之后，被人说拍马屁拍到了马蹄上，弄得马和自己都不舒服。不过这次政委谈话，上来就把"男女同浴"四个字断续地说出了口，还是把我弄得有些蒙。

愣怔了片刻，依然懵懵地望着政委那张不是太好看的脸，我说什么叫男女同浴？政委说能什么叫男女同浴？你必须在全院军人大会上做出深刻检查！我说政委，能听我解释吗？政委说，还需要解释吗？我说当然需要解释，你不了解情况！政委说有人了解情况，人家看得很清楚。

像是突然之间，我没了辩解的欲望。

望着政委的满脸怒容，我心中骤然生出无限的茫然。

我咬紧嘴唇，任政委怎么说，怎么问，不再有半句解释或辩解，甚至想骂一句娘，再问问政委咋能如此做思想政治工作？当然，我什么也没说，只是愤怒地盯着政委那张不太好看的脸。片刻之后，我抬脚走了，只听到政委在背后吼叫般地冲我喊，你回来！你回来……

那些天，感觉师医院里的男男女女均在用异样的目光望着我和嫂子刘云青。

刚开始无所谓，过了两天心里就有些慌了，慌得几乎失去控制。一天早晨，大家都忙忙地走出帐篷端着脸盆去河边洗漱，嫂子紧走几步与我保持了同行状态。对了，虽然上级规定不准下河洗澡，但每天早晨大家都要去河边洗漱，一来那条河里的水清澈见底，看一眼就让人喜欢，所以谁都想去河里洗一洗，即便是不能洗澡，能够在炮声隆隆中洗洗脸漱漱口也是一种享受；二来部队有讲究卫生的传统，医院更是如此，只要条件允许，即便在战时，大家也都会把自己捯饬得清清爽爽。

抬起头来，没什么好怕的！嫂子说。

我们的行为只能叫违反规定，别的什么也不叫！嫂子说。

别那么窝囊，什么事都有个是与非！嫂子说。

嫂子满脸精神，那飘柔的秀发被她梳理得格外清凉。她左右看了看，见有几个女兵在望着我们，便挥手拍了拍我的肩膀，又亲热地叫了一声小弟，笑着朝前面跑去了。

嫂子是在鼓励我，不能因为政委的一次谈话影响情绪，更不能影响工作。

政委找我谈话之后，我听说之前嫂子也被政委叫去谈了一次。政委和嫂子谈了什么，嫂子没告诉我，我也没找嫂子问，政委更不会对我说。再后来，听说嫂子把事情都揽到了自己身上，说违反规定是她的事，与我没有半点关系，她仅仅是让我去为她站岗而已。但对嫂子这样的说辞政委不太相信，而且第二天院长又和嫂子谈了话，一方面让嫂子认识到战时违反规定的严重性，另一方面让嫂子不能背上思想包袱。作为军人，即便是受到纪律处理也得正确对待。之后，医院里的另一位老乡战友文淘淘悄悄告诉我，给嫂子站岗去河里洗澡的告密者是何慧慧，否则院长和政委根本不会知道。我听后有些纳闷，陪嫂子去河边的时候天色已晚，而且我们是悄悄离开的驻地，何慧慧咋会知道呢？

五

文淘淘就是文淘淘，她很会分析问题，也很会认识问题，她说何慧慧不会跟踪？我说有那必要吗？文淘淘说太有必要了，大家都知道她无端把护士长的职位争到了手，做梦都盼着刘护士出点事呢！我想了想，说有这种可能？文淘淘说，有一万种可能！

文淘淘是个精明能干的现代女孩。虽然是老乡战友，却不是同年入伍，她年龄小了我六七岁，是从地方参加高考直接考入部队院校的，毕业后分配到了师医院。刚到部队那会儿，她还是个爱哭鼻子的小姑娘，每每与她聊起家乡，聊起家乡的吃食和风俗，她总是因为想家情不自禁地流下眼泪来。再后来，随着部队经历的增多和实战救护方面的历练，她逐渐变得成熟了，渐渐也成了师医院的主力干将。

望着文淘淘嘟着的那张小嘴，我知道她也挺厌烦何慧慧，可再厌烦如今人家也是师医院的外科护士长了。对此，我无奈地摇了摇头，又咬了咬牙，故意含混不清却也是恶狠狠地骂出了四个字：奶奶个球！

文淘淘不可能听清我的骂，追问道，你说啥？我说没啥。她说听你在说啥啊？我说是想说啥，但却没说出啥。文淘淘见我如此模棱两可，冲我笑了起来。我知道，她一定感觉我的样子有点傻，这也是如她这般年轻漂亮的女大学生军官对我等农村兵的无言评价。之前，她就曾对我说过，咱们虽然年龄相差六七岁，可这六七岁隐藏着的却是两条代沟，两条代沟决定了我们在认识问题分析问题方面相差甚大。见我有些惊异，她又说，你如果不当兵，是不是至今还在农村面朝黄土背朝天地干活？我说父辈们的路走不完，后辈只能继续走，难道你不也是？她说当然不是，父辈们走不完的路是父辈们的事，俺想走自己的路，也就会有自己的选择，不喜欢的路即便是通向罗马的光明大道，俺也不会选择，也许这就是咱们之间的代沟效应。如今能在对何慧慧的认识上有所一致，我不免有点沾沾自喜。

下午，又一场战斗打响了。一团接到上级命令主攻一个山头时，遇到敌人强有力的火力阻击，不到两个小时，师医院简易病房里先后运来二十多名伤员。医院干部战士全上阵，能干什么就干什么，像我这种不懂医的行政人员也忙着给各科室打下手，一会儿帮护士给伤员脱衣服（有时直接用剪刀剪），一会儿帮医生按住在行军床上不断翻滚乱叫的伤员动手术。那一刻，医院里像是炸了营，伤员们乱喊乱叫，医护人员东奔西忙。嫂子像一个指挥官，一会儿指挥护士解绷带，一会儿叫来医生对某个伤员采取急救措施。嫂子虽然只是一名护士，却一直干着护士长的活。之前，医院的护士长调往军区总医院，护士长的职位一直空缺，本来院长和政委有意将嫂子提拔为护士长，中间却杀出个何慧慧，而且还很没来由地告了嫂子一状，护士长的位置没几天也就落到了她头上。可她业务比嫂子差得不是一星半点，一下子还很难挑起护士长的担子，关键时刻还得由嫂子支撑着。接下来，嫂子不时给伤员清洗伤口，又像哄娃娃一样哄那些乱喊乱叫的伤员安静下来。其中，有一个小伤员破口大骂起来。小伤员右胸中弹，疼得挥着拳头到处乱打，弄得女护士和女卫生员不敢近前，只有嫂子一次又一次跑过去安慰他。

老子要死了，要死了……你们他妈的倒自在，我操……

小伤员骂着，从行军床上滚了下来，又一把拽住嫂子的脚。嫂子极力挣脱，脸上有两行泪水缓缓往下滚着。

别急，会治好的，战争就是战争，只能想开些。

嫂子说着，将小伤员抱在怀里，一只手抚弄着小伤员像抹桌布一样脏兮兮的头发，似在哄一个不懂事的婴儿。

后来，嫂子告诉我那个小伤员牺牲了。我说不就是右胸中弹吗？这在战场上并不少见，咋就牺牲了呢？嫂子说送来太晚，虽然没伤到重要部位，但流血过多，能早一点得到救治，哪怕早上一两个小时，也许就能活下来。嫂子说，他才十六岁！我说这么小，应该不够当兵的条件？嫂子说当兵时隐瞒了年龄，刚刚到部队四个月，还没来得及参加新兵训练，直接分到了战斗连队。

嫂子说着哽咽起来，以至于后来她竟蹲在地上，把头埋在两腿之间，呜咽咽地哭出了声。

一团那场攻坚战，许是人员伤亡惨重或其他什么缘故，后来被列为一场名战，参战部队也因此受到各方重视，战评时医院破例给了百分之三十的立功名额。我和嫂子尽管在抢救伤员时表现突出，但因了"男女同浴"之说，均被判作"戴罪立功"，功与过抵消了。自然，我"深刻的检查"没有写，上级也没再追究，但我和嫂子的关系以及陪嫂子洗澡的事，却被人为地罩上一层阴影。平时，我再也不敢像原来那样很随意地接近嫂子，望见嫂子那张时刻现着温暖的脸却也慌得站不住脚。再后来，连和嫂子说话的勇气都没有了。那天，医院召开庆功会，每个立功人员胸前都戴着艳丽的大红花，红花下边有条缎带，上面写着"人民功臣"几个字。功臣们在前排就座，功臣后面是没立功而受到医院党委嘉奖的人。再后面，就是什么也没有的"裸体兵"。医院本来人就不太多，除去立功和嘉奖的，真正坐在最后面的"裸体兵"寥寥无几。

雄壮的乐曲之后，医院领导和师首长讲话。师首长先向功臣们表示祝贺，继而又高度评价了师医院从干部到战士，救死扶伤的英雄精神。会场上飘起激越的掌声，人们的热血随着庆功的浪潮澎湃沸腾。我和嫂子却像遭霜打了的地瓜秧，蔫头耷耳地提不起精神。虽然我和嫂子平时都不争强好胜，可在荣誉面前落得如此下场也心有不甘。

庆功会之后，师医院按照惯例组织了一次专题聚餐。酒过三巡，菜过五味，嫂子端着一杯酒朝我走来，她那美丽的双眼放着莹莹的光芒。我突然感觉嫂子是那么亲切，她那慈祥的笑意望一眼就让人很舒服。于是，我在心里默默喊了一声：嫂子，亲亲的嫂子！

我内心里的喊声嫂子不可能听见，但我却看到嫂子手里端着的那杯酒抖来抖去。我知道，嫂子同样心绪难平，虽然她心态一直很好，但经受如此打击却也很难承受。虽然我一次又一次喊她嫂子，可她毕竟还年轻，才刚刚过了二十六岁生日。她端着酒杯走到我面前，脸上洋溢着的是很少见的一种笑。嫂子说，小弟，我敬你！喝下嫂子这杯酒，你就是一条铮铮的汉子！我毫不犹豫，从嫂子颤抖的手中接过那杯酒，一仰脖子喝了下去。

平时我几乎不沾酒，嫂子那杯酒的烈性却也使我难耐，被呛得大声咳嗽起来，眼里还呛出汪汪的泪。嫂子见状，突然大笑起来，随笑她还随用手一下一下拍着我的肩膀，她说，小弟，好小弟哩……

聚餐快要结束的时候，医院政委要求大家唱歌，能出节目的出节目，体现庆功的本意。

政委话音刚落，就见嫂子站了起来，她手里依然端着酒杯，说先敬功臣们一杯酒，再给大家唱一首歌，好不好？大家马上鼓起了掌，有的催着嫂子快唱，说刘云青唱歌有范儿，可与歌星相媲美。嫂子谦虚地说过奖了，请大家喝下这杯酒，里面藏着我对功臣们的祝福！

嫂子一仰脖子先喝下那杯酒，然后放开喉咙唱起了歌。那是一首悠扬动听的歌，虽然没有乐器伴奏，嫂子却唱得很动情。嫂子嗓音好，歌声像美丽的风铃声，轻轻灌进了每一个人的心田：

美酒飘香歌声飞，

歌声飞出人心醉；

今日共聚唱英雄，

英雄出了一辈又一辈。

……

我从来没听过这首歌，不知道嫂子什么时候学会的这样一首歌，而且这首歌在这样一个场合唱出来很合适。嫂子唱完，整个聚餐场上有了片刻的宁静。紧接着，就响起雷鸣般的掌声，连师首长和院长政委都站起来喊好。政委是做思想政治工作的，不会放弃任何鼓励大家的机会。雷鸣般的掌声将要结束时，政委以拉歌的方式冲大家喊，刘云青唱得好不好？大家回应说太好了，政委又喊，再来一个要不要？大家再次回应，坚决要！

谁也没想到，聚餐的场面竟然因为嫂子的一首歌，弄得如此热烈。而嫂子在这个时间里却突然趴在桌子上呜呜地哭了起来，而且哭声越来越大。

是乐极而泣？

还是悲极而泣？

想必在场的每一个人都能感觉到。

大家沉默了，沉默得整个聚餐场上好像只有嫂子的哭声和嫂子的泪水。

后来，嫂子被人搀扶着走了，大家再也没能热烈起来，尽管政委为打破这有点尴尬的场面，对着所有功臣们赋诗一首，可聚餐还是在寥寥无几的掌声中结束了。

六

我是流着泪水把嫂子的事迹材料写出来的。

写完之后，我又流着泪水看了三遍，生怕哪里写得不合适，有损嫂子的英雄形象。

把嫂子的事迹材料交到政委手里时，我看到政委刚刚溜了几眼，眼眶里就溢出晶莹的泪花。之后，政委伸手拍了拍自己的脑袋，说多么好的刘云青啊！咋就错怪了她呢……

政委没说错，在师医院谁都没我了解嫂子。不仅嫂子平时的工作情况，还有嫂子的一些思想波动，我都能明白几分。但我也很内疚，之前龙哥说过，把你嫂子交给你了，到前线后帮我好好照顾着。我却没能照顾好嫂子，竟让嫂子把命丢在了异国他乡。

内疚啊，内疚！

内疚的时候最想嫂子，会想起嫂子的一点一滴。脑子里像放电影，一幕又一幕，不是蒙太奇，而是一个又一个真实的画面。164高地之战几天后的那个充满温馨的傍晚，医院里又出现暂时的消闲，嫂子再一次喊着我到了那条清凌凌的河边。月亮升起来了，四周的山川、河流、树木被罩在泡沫似的纱帐中。远处，仍有隆隆炮声和子弹啸叫声传过来。起初，我和嫂子谁也不说话，只默默地沿着河边走。后来，嫂子停下脚步，两眼望着荡起碧波的河面，似在沉思，又似在陶醉。

小弟，你说堵枪眼儿是啥滋味？嫂子喃喃地说。

什么？我一惊。

堵枪眼儿，是啥滋味？嫂子转过头来，夜幕中的眼神让我感觉到些许茫然。

咋会想起这事儿？我说。

你龙哥真有本事，今儿下午把电话打到前线来了！嫂子说。

有事？

在心里闷好久了，早想对你说，就是开不了口。

嫂子，你说。

你龙哥去年转业到地方后，像是有了一些变化。

啥变化？

当上省外事办副主任后，他身前身后总有女人围着转，我担心……

嫂子，吃醋了？

感觉他真的有些变化，今儿下午又打电话来说要去考驻外使馆翻译。

你怕他跑了？

你知道，他外语水平很高。

这对他的发展有好处，你应该大度些。

我也这么想，做起来可就不容易了，心里总像有什么放不下。

唉！女人啊，女人！

是啊，你体会不到女人的难处和心理承受力。

月亮被一片云彩遮住了，四周出现少有的暗淡。嫂子朝我靠了靠，一只手挽起我的胳膊，携着我又沿着河边迈动了脚步。我感觉到了嫂子脚步的沉重，但也生出了些许惶恐，生怕有谁看到嫂子挽着我的胳膊，我们之间的关系就更说不清了。

你在电话里怎么回答的龙哥？我没话找话，并趁机从嫂子手里抽出胳膊。

我告诉他了，他真要考上驻外使馆翻译，我就去堵枪眼儿！当然，是用开玩笑的口气和他说的。

玩笑背后是不是也有你的真实想法？我说。

说不准。

你呀，真是个女人！

我下意识地伸出手，轻轻抚弄了一下嫂子的头发，便听到嫂子嘤嘤的哭泣。那哭泣声，在我的感觉中似歌，似火，似一股奔涌不息的热流。只是，这热流泼洒在前沿一线，不是壮烈，更多的是几分凄然。

一个星期后，为给炮兵寻找目标，一团要组织侦察小组深入敌后，上级要求师医院派两名战场救护技术过硬的医护人员随往。医院领导要求大家报名，有二十几个人写了请战书，却只有嫂子咬破手指写了一封血书，坚决要求随侦察小组前往。

嫂子的那封血书写得很独特，没有任何字迹，只有一幅画，是用血液画出来的一条河和一片土地。意思很明了，她坚决要求随侦察分队深入敌后，哪怕血染祖国山河。

动员会上，嫂子没等政委说完，就急急地站起来表态，说那个右胸中弹的小兵就死在自己怀里，他才十六岁，本来能够活下来，却因为得不到及时救治而死去了。如果他早一个小时，不，早十分钟，或者早一分钟得到救治，也许他就不会死去。嫂子说，那是一条鲜活的生命，多留住一条生命，我们这支军队就多一份无往而不胜的精神！

嫂子近乎歇斯底里了。她举了右手，说在师医院，有几个人赶上俺入党早？入党早不能白早，要冲锋在前。

作为外科护士，嫂子的战场救护技术十分纯熟，加之她同别人不一样的请战方式，很自然地就被批准了。听说被批准跟随侦察小组深入敌后时，嫂子十分激动，她跳跃着热烈地在政委额头上亲了一口，把政委弄了个大红脸，一边怯怯地后退，一边着急地说，刘云青，你，你怎么了……

政委嘴唇嚅动着，用一种难以理解的目光望着嫂子。嫂子却冲着政委咯咯一笑，欢蹦乱跳地跑走了。跑走的时候，嫂子还回头对政委说了一句话："政委，相信俺能完成任务，俺是女人，但更是军人！"

七

师医院的壮行酒会是在外科主任林志海的一声调侃中拉开的帷幕。

谁也没想到，平时文质彬彬的林志海，竟然说出一句很不雅的调侃：现在，咱们屁股眼儿里插钥匙——开始（屎）！

那一刻，嫂子刘云青与林志海站在一起，全副武装，只待一杯壮行酒下肚，便立马往敌后开拔。

大家举起酒杯，都一脸严肃地望着林志海和嫂子刘云青。

林志海没想到，他有些粗俗的调侃丝毫没哄起任何愉悦的气氛。他不好意思地笑笑，又伸手拉了拉旁边同样举着酒杯的嫂子。嫂子马上意识到了什么，与林志海一起将酒杯换成一只碗，又拿起酒瓶各自倒上半碗酒，一仰脖子咕咚咚灌了下去。

有这碗酒垫底，再恶劣的战斗也能对付！林志海说。

有这碗酒垫底，再难救治的伤员也得救活！嫂子说。

好！大家同声齐喊，我看到嫂子和林志海已是满脸泪花。

嫂子和林志海轮流和大家握手，嫂子两片薄薄的嘴唇咬出了血。那鲜艳的血，染红了她的嘴唇，看上去像刚刚抹上的口红，分外娇美。与我握手的时候，嫂子的手握得很紧，她使劲握着，久久不放。之后，她又突然放开我的手，转身拉住旁边院长和政委的手。政委刚想和她说点什么，她又一下拥抱住了政委。然后，她放开政委，"啪"地来了个立正，举起右手敬了一个很标准的军礼。再然后，嫂子转身对着旁边墙上挂着的一面军旗和一面党旗，大声喊道：我再一次宣誓，对党忠诚，不忘初心，积极工作，永不叛党……

一般来说，喝过壮行酒也就奔赴战场了，而嫂子的这一举动完全出乎大家的预料。

见嫂子突然对着军旗和党旗进行宣誓，根本没有思想准备的林志海有些慌了，他忙忙地往嫂子跟前跨了两步，同样举起了右手。这时候，嫂子已经朗诵过宣誓词，虽然没有完全按照标准的党员宣誓词朗诵，却也庄重威严。而院长和政委以及在场的每一个人，也像是瞬间被调动起了情绪，都不由自主地举了右手。之后，政委激动地握住嫂子的手说，相信刘云青是好样的！嫂子一脸严肃，说俺本来就是好样的！政委又说，等着你们的好消息！嫂子再一次敬了个军礼，说定会捷报频传！

……

接下来，嫂子就和外科主任林志海跟随侦察小组深入敌后了。

一团侦察小组很负责，在最艰难的时候不忘完成任务，更不忘向师医院通报配属他们行动的两名医护人员的情况。嫂子和林志海在敌后表现英勇，他们的事迹通过电波传回医院，院长和政委读着他们发来的电报，随流眼泪随伸大拇指。

既然是战争，情况自然难以预料，后来三天三夜没有侦察小组的音讯，从师首长到我们院长、政委和每一个医务人员，都急得满嘴生泡。但战争本来就是残酷的事，对一些突发事件任何人都没办法。

又过了几天，正值中秋节的晚上，难以预料的事情发生了。

那几天，侦察小组在敌后为炮兵寻找到六处目标，指挥我方炮火将其摧毁后，他们与敌人的搜索小队遭遇了。苦战五个多小时，侦察小组终以三死四伤的代价撤回到前沿指挥所。没想到的是，三个死者中竟然有嫂子刘云青。

侦察小组专门派人到师医院汇报情况，说与敌人遭遇后，敌人用冲锋枪、轻机枪、高射机枪夹杂着迫击炮、手榴弹，把他们死死压在一处山脚下。不一会儿就出现了人员伤亡，师医院派出的两名战场救护人员十分英勇，一次次冒着炮火救护伤员。一个战士小腹被打穿，肠子流了出来，刘云青帮那战士将肠子塞进肚子里进行过简单包扎，又将那战士背到安全地带。

就人类的道德来说，战争中交战双方不能击杀医疗兵，但敌人的做法着实残忍，他们一次又一次朝着臂戴红十字袖章的嫂子和林志海开枪。嫂子再一次冒着弹雨抢救伤员时，不幸胸部中弹，她却坚持为两名战友进行包扎。后来，又一发迫击炮弹打过来，她一下扑倒在伤员身上，壮烈牺牲……

八

那场边境保卫战结束的时候，烈士陵园里多了一座空墓，墓碑上清晰地写着一行字：

二等功臣、陆军某部医院外科护士、中共党员刘云青之墓。

我先后几次去给嫂子扫墓烧纸钱，每一次都有撕心裂肺的感觉，而且晚上又一次次地做梦，梦到嫂子那美好的笑容和翩翩的身姿。后来，我就不太敢去了，生怕自己这样的感觉惊扰了已安息的嫂子，但我却每天都在想念嫂子。

部队将要撤出边境返回营房时，我想念嫂子想得更厉害了，几次恍惚地感觉嫂子又在帐篷外面喊我了，那声音十分清晰，清晰得我竟然以为嫂子真的活了过来。于是，我给股长请了假，再一次去到边境的烈士陵园。

去往烈士陵园的路上，我感觉四处飘动着嫂子的歌声，那歌声唤来的无数花开，装点着郁郁葱葱的边关。我多想跪在地上，冲着嫂子的墓碑磕上三个响头，再亲亲喊上一声嫂子！

我心情沉重地走到嫂子墓前时，烈士陵园的管理员跟了过来，他问是不是要给死者烧纸钱？我说当然要烧纸钱，难道不可以吗？他说可以，但必须到那面的烧纸区去烧，不能在墓碑前面烧。我问为啥？他说为了防火，陵园里郁郁葱葱的松柏很好，可这样的松柏很容易被点燃，稍不注意就会引发山火。我说烧纸钱的时候注意一下不就行了？他说原来可以，只要不烧太多纸钱就行，现在不行了。我问为啥？他说前几天有人来过，要在这座墓穴前将一堆用五颜六色的彩纸扎成的东西烧掉。为了防火，管理员劝说不能在这里烧太多东西，可来的人置之不理。管理员只好喊来保安，来人依然不理。保安只能强制停止再烧东西，来人却一下跪在地上给保安磕起了头，随磕还随祈求般地说，让俺烧吧，俺对不起她，俺这是在赎罪呢。

从那之后，陵园就规定任何人不准在墓碑前烧纸钱。管理员说。

来的人烧了些什么东西？我说。

都是用五颜六色的彩纸扎起来的东西，有骏马，有小轿车，还有电视机和洗脸盆，都扎得很逼真，也很好看。管理员说。

是谁来烧这些东西呢，知道来人的姓名吗？我说。

不知道，听说是一个穿四个兜上衣的军官。管理员说。

男的，还是女的？我说。

当时我不值班，这事是后来听说的，是男是女还真没问。管理员说。

来人说和死者是战友？我说。

是，说今后还要来，有赎不完的罪。管理员说。

听管理员这样说着，我脑子里出现了何慧慧的影子。嫂子牺牲之后，我像霜打了的茄子，何慧慧同样无精打采。164高地攻下之后，面对那么多牺牲的战友，她说按照老家风俗，应该给这些死去的战友扎纸马扎纸车，扎漂亮的生活用具，然后一个一个烧掉，那样他们到了天堂才能过上安生的好日子，他们的灵魂才不至于在外面没着落地乱游荡。

何慧慧说过这话，大家谁都没在意。作为军人，某种意义上血洒疆场是至高无上的荣誉，怎么能相信民间的一些说法呢？对了，政委好像也说过类似的话。那场战斗中有很多战友牺牲，政委说"三七"和"五七"的时候，应该给他们烧些纸钱，扎些祭品。

还有龙哥，据说师里专门派出工作组去给烈士家属做工作，嫂子牺牲的消息龙哥应该早知道了，他要考上驻外使馆翻译去了国外，还怎么来给嫂子烧纸钱？

我脑子里乱乱地想着，心像针扎了一下，又扎了一下，生疼，生疼。

不管谁来过，今天我来了，得好好给嫂子磕几个头，上几炷香。于是，我跪在嫂子墓穴前，将头深深埋在地上……后来，我跑到烧纸区给嫂子烧了纸钱。我带的纸钱不多，却也足足塞满一个军用挎包。烧纸钱的时候，我没有一下子烧，而是一张一张地慢慢烧。老家有风俗，给亡者的纸钱必须要烧彻底，绝不能留有没燃烧的纸片。因此，我一张一张地从挎包里把纸钱掏出来，又一张一张地点燃，望着蝴蝶一样升腾起来的纸灰，似是看到了嫂子美丽的身影。于是，我喃喃自语，嫂子，亲亲的嫂子，没钱花的时候托梦给俺，俺走再远也会来给你送纸钱……

烧完纸钱，我再一次想到了何慧慧，想到了政委，想到了龙哥。

他们是不是都知道老家有这样的风俗？

那些纸扎的骏马、小轿车、电视机和各种生活用具，随着青烟袅袅升腾的时候，是在向嫂子的亡灵致敬，还是在向嫂子的亡灵告别？

我脑子依然很乱，没敢继续想下去，却感受到了很多人内心的波澜奔腾。

这时候，耳边突然响起嫂子说过的话，无论什么时候，都得学会站在别人的角度想问题……

别人的角度，是什么样的角度呢？

原载《红豆》2021 年第 6 期

《长江文艺·好小说》2021 年第 7 期、《作品与争鸣》2021 年

第 7 期转载

墨池记

阿　占

1. 不是尾声

冬天把人间剧场镇得哑口无言。枯枝，冷街，瘦云，万物清简。只有大风是满格的。在海边，大风夹杂着暗器或铁物，带来杀意深冷。还好，还好，下一个寒流到达之前，有那么三两日，风会停下，气温回升几度，过了正午，暖意渐显。

"多晒晒后背，通督脉的阳气，补命门火，散风寒。"

是日师父高兴，先讲了冬阳之补，又逐一叫出白术、鬼卿和山奈的名字，叫得三个壮年人也相跟着高兴，不像前几日，师父记不得名，认不得人，可把他们沮丧坏了。

冬阳补而不燥，艾条温熏一般，不多时，背上开始酥麻，板结的腰肩也松软开来。随着身体坚冰的融化，气血寸寸充盈，正是触发积滞点的好时候，拍一拍，打一打，散寒化淤，扶正祛邪。

师父身体微倾，白术上前拍打其后背，许是下手谨慎，欠了力道，师父不满，闭着眼嗔怪，用力些，再用力些。鬼卿和山奈，笑在一旁，怕师父经不起你的飘雪穿云掌不成。

既然师父高兴，何不再凑凑兴致。鬼卿做懵懂状，师父，为什么晒了这么久不觉刺眼，反倒神清目明啊？师父答，太阳之力补足了睛明穴的阳气。山奈做懵懂状，师父，为什么晒过之后晚上睡觉双脚不冷啊？师父答，太阳之力补足了膀胱经的能量。

三人更加高兴起来。

白术发长齐肩。鬼卿胡子连腮。山奈两鬓铲青。三人皆行头不俗，场面也自成。再看他们的师父，一身皂，发如白雪，眼含精光，面上褶皱徐缓，坐在轮椅上，拐杖抚于身前，细看竟是九节长箫。

明眼人或许会懂，这箫是紫竹的，取四年半老结，细密紧实。师父以前说过，三年以下的太嫩，过了五年已逐渐衰老，无法打磨出理想的内径。至于九节为贵，是因为一定长度之内，节越多，竹越是接近根部。接近根部的竹，密度大，两端管径差也大，利于共鸣。

跟随得久了，三人已摸透师父的喜好脾性。师父慕竹，却不喜竹笛，嫌它太闹，太急。相比之下，箫的愁绪恰到好处。师父腰椎不好，连带着左腿乏力，医生让拄拐，师父就弄来一把与拐杖比长的箫，自我揶揄，吹拐人。

吹也只吹一曲《鹧鸪飞》。师父说了，多吹露怯，惹行家笑话。其实，民乐团的首席听过师父的箫声，赞其弱音处口锋精细，高昂处铁马秋风，舒美与遒厉，都有了。师父不信。对于好听的话，师父向来持几分犹疑。旁人的善意可以领，自己的样子，自己最知道。

又一日。仍是正午。海面上升起某种银亮。山奈帮师父捶肩，还想继续让师父高兴。师父说过，风平浪止乃正，微起波澜如行，狂风巨浪似草。今天的海，有正书之气啊。

我说过吗？师父眼睛半闭，爱搭不理的。

师父还说过，唱念通笔法。京剧的声腔，书法的运笔，都是一回事。

用喉阻音似涨墨枯墨，行腔共鸣便是中锋走笔。鬼卿也想让师父高兴。

我说过吗？师父眼睛半闭，不耐烦起来。

师父，我都记得真真儿的，京剧讲程式，书法讲法度，书法的神韵在于元气淋漓而绵绵不绝，京剧的神韵在于……

打住，打住！师父的闷吼惊起几只鸥鸟。鬼卿，少些虚晃吧，人品书品要中正，不潜心，不临池，不酌理，只追名慕利，会很难看。喝上酒，持拖把状毛笔，以桶盛墨，又杀又砍，好不气派，还净收漂亮的女弟子……体统何在啊！

怎敢怎敢……鬼卿连说六个怎敢，脸已涨成绛紫。忤逆书法的事绝不敢做，至于女弟子，我最后娶了她，您证的婚啊，师父。

我怎会给你等不周之人证婚。师父怒着，鬼卿只好退下。白术和山奈在旁示意，消停吧鬼卿，浪子是回了头，风流债总归没还完，还委屈个甚。

再一日。还是正午的大海边。师父罩了顶藏青色八角帽。立春已过，南风从海上吹往陆地，湿冷反倒重了几分。北风才会吹开云层，南风只带来雾气，阳光像蒙了一层灰。不远处，鸥鸟的鸣叫升了起来，清影倏然。师父忽地开口，鸥将在仲春产卵。

三人惊喜不已。急切地俯下身，凑到近前。再看，师父已经睡着。

总有一年了，师父的脾气越来越坏，怒起来如火车头，直喷浓烟。

三人起初不信，师父乃岁月包浆之人，温润通达，不激不厉，怎么摔一跤就变了呢。暴躁发作之后，时发谵妄，认不得人记不得事，三人找来本市最好的医生会诊，都说病得离奇。

一年前，师父气色尚好。瘦归瘦，风骨不倒。腰腿都是老毛病了，凭一把九节长箫，照旧行得急，不拖沓，一步是一步，或三步并两步。弟子们个个叹服，八十耄耋，仍能写蝇头小楷，体力心力功力神力，一样也不缺，更不消说鼎盛时，大开大合入境，笔法纵横奇崛。

除了书法，师父还有两样沉迷之事，京剧和武术，对中医也略通三四。师父常跟弟子们说，世间事物，同类者有许多相异之处，异类者亦有许多相同之处。以书体流派做比，颜真卿楷书庄严持重，宛如舞台上的铜锤花面姚期。《三岔口》任堂惠，《十字坡》武松，这类短打武生，又会让人想到柳公权的矫捷与干练。

师父无子嗣，师母走得又早，弟子们个个孝顺有加，再是虚名浪高，到了师父面前都得收声做事。师父最在意人品，张狂不得，谄媚不得，诡诈更不得——没有人品何来书品。

师父过了八十，白术、鬼卿和山奈，每天早晚轮番来探，有时单个，有时约同，备好时令吃食，不聊世间纷扰，只听戏看碑帖。师父不喜大鱼大肉，三人只好跟着一起吃菜馄饨，混汤面，南瓜粥，糖醋蒜，吃着吃着，也离不开这口了。师父哪天头痛脑热，三人其中的一个必会住下，陪着过夜，侍候左右，才能心安。

去年惊蛰日，师父依旧早起，给房前的二分地松了土，翻了新。又站在那棵梅树下，沉肩坠肘，含胸拔背，上下相随地兜转了几轮，微汗渐出。若再往前二十年，是可以打一套内家拳的，师父笑着摇摇头，似已服老。就在一转身准备回屋喝杯茶的当口——也许转急了，也许脚下不平，突然就摔倒了。

师父从未住过院。这是第一次。花篮堆满整个病房。师父乏力说话，只在看到心爱的弟子时，眼里会划过流星一样的灼光，外人根本不会发现。师徒原本就是心意相通的，朝夕请益，不言之教，如父如子几十载。

不久便出了院。那一跤，不用说轻微骨折，连扭伤也没发生。各项指标稳定，几乎查不出什么差错。出院后，第一个月尚好，第二个月有点不对劲，到了第三个月，师父脾气大变，变得暴躁、健忘，再过半年，看见白术、鬼卿和山奈，偶尔会问你们是谁。三人听了，脸色瞬间惨白。

师父一生勤于墨耕，家里除了碑帖善本，老毛笔老砚台，就是创作的立轴、中堂、横幅、长卷、对联、扇面、斗方，历来追随收藏者众，有传言价值连城。师父偏羞于出手，总觉得不够好，流得越多，越难为情。师父说，废纸一堆，博物馆肯收，已是最好的去处。

师父让三人去博物馆接洽。三人问，师父真的想好了？

你们的，小辈的，留念几件便好，多了无益，捐出去吧。

三人想给师父出传记。书学生涯八十余年，师父诸体兼擅，小楷的古雅，行书的流丽，都达到了极高境界。山奈说，师父在书法教育方面也成就斐然，培养了众多精英书家。鬼卿说，师父案牍劳作，念兹在兹的艺术本心更像一面镜子，让我辈时时自照，以正衣冠。

打住，打住！师父又发病了，几日暴怒，三人只能作罢。

三人还是不死心，等师父缓和下来，开始说服出版《隶草诀歌》。师父早年的手稿驳杂，装订也粗疏，愈显学问不易，独创诀歌每每相赠晚辈，功德足以流泽书法史册。

这不是您一个人的事啊，师父。这回您得听我们的。

师父不置可否。

师父越不认得，三人越是守在师父身边，从早到晚。后来，干脆在师父的厅堂里又添一张大案，既可守着，又能写大字，就像少年时候。

除了陪师父去海边晒太阳，也陪师父听戏。三人原本无此爱好，直到师父说京剧里藏着书法的魂儿，三人才留了心，竖起耳朵。如此数年下来，也能听出个文生的褶子，武将的开氅，谋士的戏装。索性买来全套的京剧名段唱碟，在师父家里咿咿呀呀地响。西皮紧，紧在欢快或坚毅；二簧缓，缓在浑厚和沉郁。

下了一场春雪，又是惊蛰。师父的状态时好时坏，好三日，坏五日，再好一日，坏两日。一个月下来，只有三分之一的时间里，是那个好端端的师父。三人紧着整理手稿诀歌，甚至做起了口述实录之类的事情。三人自认为最明白师父，包括师父的家学、成长史和艺术观念，只可惜从未留下什么音像资料。师父一向不肯，不配合——现在，若知道弟子在录音，师父还会不肯。白术行事谨慎，将录音笔藏在离师父最近的地方。山奈、鬼卿的任务是引出话题，尽可能地自然而然，聊家常一般，让师父在不知觉间重提往事。

师父，听说您父亲是个大家，看墙上那些照片，您和他一个模样。

师父，说说您的师父吧。一个藏家有他写的牌匾，弟子见过，那真叫面目大方。

师父若好端端的，便会说，家父并非成名成家，旧时是个账房先生，楷书过硬，如此而已——师父每每这样提及，淡而化之。至于师父的师父，自幼受教于前清秀才，研读四书五经。二十世纪四十年代，由内地辗转半岛，初落脚时，曾以书法、篆刻润例收入为生，不凡的书法气度和鲜明的自家面目，很快在青岛港打开了局面。

师父，北屋挂着方帖，字字出奇，落款是"松庵"。松庵像个居士的名字。师父，东屋还有一幅松庵写辛弃疾的《静夜思》。

"云母屏开，珍珠帘闭，防风吹散沉香。离情抑郁，金缕织硫黄，柏影桂枝交映，从容起，弄水银塘。连翘首，惊过半夏，凉透薄荷裳。"山奈读了一半，被鬼卿抢了过去，"一钩藤上月，寻常山夜，梦宿沙场。早已轻粉黛，独活空房。欲续断弦未得，乌头白，最苦参商。当归也，茱萸熟，地老菊花黄。"

松庵并非居士，乃一介中医，远近闻名，至少在我小时候是这样的。十六岁那年，松庵告诉我，辛公当年军营思妻，用药名连缀成词，足足用了二十五味。已经太久了，很多事很多人我都忘了，不过，这首词里的中药我记得妥妥的，云母，珍珠，沉香，硫磺，桂枝，连翘，半夏、薄荷、钩藤、常山，独活，乌头，苦参，当归，茱萸，熟地，菊花……你们看，都在词里藏着呢。

三人连连称奇。除了一首奇妙的词，还有松庵的字，写成这样，胜过一代书家。

师父说，不奇怪。悬壶济世，化心迹于纸上，修成了那种独有的书卷气，最后是书如其人。

松庵可有后？不知谁问的，师父陡然沉默下去。

三人大气不敢出了。时间的声音覆盖下来，那是一大段的静，却带着巨量轰鸣。山奈起身换了泡新茶，这才有了茶叶舒展的声音。白术、鬼卿也回过神来，听见几句西皮散板，"到此来还恍惚衣香人影，一霎时禁不住神思昏腾"，其实那张唱碟一直没有停。

师父沉默良久，方才开口：很多事，说不清楚。师父看看三个弟子，还是讲了起来。

2. 少年不老

少年俊朗，力气也多的是，悠单杠嗖嗖带风，这还不算，硬要在单杠上翻跟头，叠罗汉，把旁人看呆，看到冒汗。有一年市京剧团招武生，少年险些就考上了。

考不上的真正原因，据说是父亲做了手脚。少年从考场上回来，见父亲逆光而立，好像专门等在那里的。外面阴着天，老屋暗极，很快，父亲就完全黑掉了，变成一块大石头。

太野易闯祸，写大字吧，收收心性，日后也可做一技之长。这些话，父亲平时说过，且不止一回——独独这回，少年听了脊背发冷，晚饭没吃几口，就爬到吊铺上偷哭去了。

老屋南北纵深，南门临街，三间穿堂，便是北门。北门开在天井里，做日常出入，前门常年不走，从里面反锁着。写上大字以后，父亲把北门外上了锁，营造一种家里没人的假象，日常出入改为前门，出入频次减至最低，里面仍然反锁着。发小们来喊少年一起去撒野，每吃闭门羹，时间一长，就不再来了。

外面似乎不太安生，父亲怕少年跟着瞎胡闹，想用写大字拴住他。父亲下令，写满三小时方可吃饭，写满八小时方可睡觉。一开始，少年觉得无趣，满心委屈，甚至恼怒。父亲说，日日练，日日功，一日不练百日空。少年左耳朵进了，右耳朵出去。父亲在，装装样子，父亲不在，乱写一气，那字，不是上轻下重，就是左右分离。

少年总归又是怕父亲的——父亲不苟言笑，不事务，很少过问姐姐们的事情，两只眼睛都盯在少年身上，单传第三代，对这个独子，父亲似乎有着用不完的疼爱与严苛。

老屋只几扇东窗，太阳偏西，即刻糊成一片，须开灯照明。可没人舍得这电钱。少年的记忆里，四周时常像个黑洞，高兴的时候，少年和蜘蛛、壁虎一起飞檐走壁，不高兴的时候，少年做墙角的霉斑。

写上大字就不一样了，灯早早地亮起来，纸墨笔砚，都笼罩在昏黄的光晕里。少年扑身其中，染了一层浅金，随后研墨，泼笔，铺开纸，写。

父亲从外面回来，铁青着脸。父亲的日子应该不好过。少年未敢抬头，只用力写着。父亲浑身拍打几遍，下的都是狠力——少年甚至怀疑父亲在惩罚什么。这些做完，父亲才拖过高腿马扎子，在少年身旁缓缓坐定，两手端放在膝盖上，脸色渐渐回暖，偶有不被觉察的微笑。少年当然不会懂得，那难以觉察的微笑，是父亲在滞重的生活里，看到了希望。

南门北门一关，穿堂风堵死了，八月里闷热难当，一老一少只好光起脊梁，父亲打着蒲扇的手已经起了青筋，少年的骨骼是正在抬升的青山。提。按。顿。收笔。父亲一遍遍示范着基本笔画。逆。折。回。转。父亲一遍遍敲打着书写要领。

少年自有少爷脾气，写完一张，不甚满意，胡乱团起，随手一掷，毫不可惜。偶然回头，那纸团却不见了，原来父亲早已捡起，细细地摊平，留着，字缝里再写。少年当时只道父亲吝啬，亟待体味了父亲敬惜字纸的苦心，已是备尝生活艰难的中年人了。

大字刚写半年，笔墨故事已经让少年听出了老茧。颜真卿和柳公权，父亲以为二人风神骨气居上，不唯书法如斯，人品尤然。至于赵孟頫，大约是做了元的降臣的缘故，字虽圆转遒丽，父亲却不太推崇。

又过半年，某天父亲心情好，从五斗橱的底层取出一块墨条，蜡染布包了几层，父亲打开的时候，缓慢而谨慎，似乎在打开什么家传宝物。少年一看，黑不溜秋的，上面却有仨字，金不换。父亲把那只缺了角的端砚放在面前，看好，墨是要这样研的。

墨身垂直平正于砚台。父亲端坐着。看好，不要斜，更不要乱。看好，不能轻也不能重，不可快也不可慢。轻了，慢了，墨就浮了。重了，急了，墨就粗了。看好，粗而生沫，色亦无光。

父亲边磨边问，可记住了？少年点头。还有，磨墨端庄者，才有书写手法的平稳。少年再点头。

父亲像个吝啬鬼，消磨着那压箱底的黑金。口中始终念念有词，研墨之法，重按轻推，远行近折。父亲显然很享受这个过程，似乎多研几遍，便多几分满足。何谓金不换？少年不想听父亲的长篇大论，可又实在压不下好奇，还是问出了口。

《墨经》里讲，凡墨日日用之，一岁才减半分，如是者万金不换。清代有一种药墨，内含熊胆、蛇胆等五种动物的胆，还有麝香、朱砂、珍珠等八种珍贵的中药材，俗称八宝五胆。书写之外，可治皮肤病、关节痛，以珍贵的材料和精良的做工受人赞誉……

这么神奇？少年问。就是这么神奇。父亲答。

还有呢，父亲再接着讲。田横岛那边有一种"即墨侯"，明嘉靖年间已为御用，是鲁砚中的上品。岛的西南方，那些制砚的石材，大部分时间藏于海底，立冬节气过了，大潮退到底，才能开采。每年只有一次机会，每次总共那么七八天，数量稀少，就越发珍贵了，不是寻常人家买得起的。那墨啊，磨之无声，涩不留笔，下墨颇利。上面的浮雕多为梅和莲，也有无雕饰的，便是"墨海"。

父亲讲着，已经眯起了眼。少年发现，父亲满脸期盼的表情，竟与自己想起红烧肉时一个样儿，瞬间，少年就口中垂涎不止。

好墨千金不换呐。父亲发出指令，墨均匀地走着，由远到近，由外到内，走成了圆形、椭圆形。

父亲是个吝啬鬼，至少母亲这样说。

五年里生了三个女儿。第三个姐姐出生的时候，父亲已经耐心全无，急需一个儿子。如果还生不出儿子，宁愿再娶。母亲从此恨之入骨。

少年之前，有一个夭折的哥哥，属虎。算命的说，与属龙的母亲命盘相尅，有煞气。母亲从此茹素积德，想不到，哥哥还是死了。少年的到来，对于父亲母亲都是一种解救，不然日子真的过不下去了。

少年四岁，父亲与母亲越发生分，吃饭还在一张桌，睡觉绝不上一张床。少年六岁，开始与父亲同睡，夜里呼噜声四起，少年不明所以。第一次，少年问什么声音。是火车，父亲说。第二次，少年又问什么声音。是涨海，父亲说。第三次，少年还问什么声音。是恶风，父亲说。

后来少年就不问了。少年渐渐知道，呼噜声是父亲活着的一部分。

父亲读过六年私塾，《古文观止》倒背如流。父亲13岁走出鲁西南，跟着族亲闯青岛港，学徒经商，用毛笔帮商号记账，字是写了半辈子的。少年从没见父亲有什么嗜好，不抽烟，不喝酒，不乱交往——可母亲就是不高兴。

姐姐们都漂亮。乌黑的辫子在腰间荡来荡去。父亲不教姐姐们写大字。也奇怪，不教，姐姐们却个顶个写得好。间架结构都是天生的，秀气，也英气。少年匍匐在纸墨之间，姐姐们不屑一顾地走过去，轻飘飘丢下的总是一句话：写来写去，还是没个样子。

姐姐们也会偷偷谈论父母的过去。姐姐们说，父亲曾经有过一房。少年装作没听见，却早已竖起了耳朵。父亲早年闯青岛港，20岁上一表人才，又写一手漂亮楷书，被第一任开油坊的岳父相中，说此人了得，若在从前最起码是个秀才，女儿嫁他，有个好姑爷，再给一笔钱入股宏泰土产公司，不愁他不养老。

婚后两年，父亲做上二掌柜；也管账，俗称账先生。婚后五年，生下一儿一女，原本好好的，第六年两个孩子就相继夭折了。油坊家的女儿伤心过度，抑郁而死。父亲27岁成了单身。那时的宏泰在业界名声很硬，做土产买卖的都来进货，凤门路赵家有五个闺女，清秀端庄，大闺女17岁已到出嫁年龄，父亲知道了消息，就在进货、结账的当口，常给赵家送两瓶好酒。老赵嗜酒如命，一来二去三回头，很快答应了父亲的求婚……

姐姐们赌气似的，书读得一个比一个好。父亲明说供不起大学，中专随你们去读。大姐考上了卫校，二姐三姐考上了师范，一下子都住校去了。老屋忽然空荡下来，外面嘈杂喧嚣，关上门就是深山，做点不时兴的事情，不会有人知道，父亲锁上门，也是护少年于周全。

写字不临帖不行。只是那个时候，书店里已无帖，家里的也烧掉了，清末民初的几幅翰林条幅总算还在，父亲把它们剪了，剪成单个的字，次序打乱，读不成句，单字不成文，落不下什么把柄。父亲命少年照此单字临摹。

父亲还从大街上捡过法院的判刑公告。当年的重要公告都请人用毛笔书写，满大街张贴。坊间有高手，写得尤其好，父亲对高手的字很熟悉，一眼就能认出来。父亲似乎比任何人都关心公告，一有高手所写，就盼望刮风下雨，公告破损了，没法看了，赶紧捡回来让少年当字帖用。

父亲也跑到废品站找旧字帖。废品站隔了两条马路，有个熟人在里面管事，父亲带上少年，定期去找字帖找好书。一待一下午，父亲怕打扰废品站的工作，就和熟人说好，将粗选的书刊字帖过磅，通常有上百斤，用地排车拉回去，在老屋里一边读一边挑一边剪。剪完后，过过秤，所缺分量用家里的废书报顶上，最后再拉回废品店。

少年越来越遵从父亲，父亲却不肯教下去了。问缘由，一说父不教子，一说执百家礼。

父亲开始带少年四处请教。老先生们大都隐没在世道的纷杂之中，尘埃不扫。又或者，尘埃就是老先生们搭建的一道硬壳，甲胄似的保护层。老先生们过于安静了，过于沉寂了，安静和沉寂变做老茧，掩埋了无数秘密。

想找到老先生，难啊。

父亲自有办法。逢过年，父子二人就出了门。三代单传，没有什么叔伯堂亲需要走动，加之父亲不喜交往，又瞧不上母亲家的几位连襟，所以，父子二人出门绝不是拜亲访友，而是去看各家各户贴出的对联。

看到好的，父亲就说与少年，好在哪里，妙在何处。有时同一副对联要看好几次，实在妙不可言，父亲心里惦记，夜里睡不实，忍不住，第二天终于敲开了人家的门，先说上一大堆吉利话，再请教对联出自哪位高手。一旦问到了写联人的地址，即刻带少年去拜访，从不耽搁。

3. 松庵其人

就这么来来回回，少年14岁那年，父子二人一路打听着，找到了松庵。

从城市的中部往西，坡路渐多，父亲说西城属丘陵之地，有的谷壑填平，成了路，有的依谷势而修，也成了路。松庵家在谷底，去和回，都要经过一条陡峭的大台阶。去时，那大台阶从天而降，悬挂感十足，似乎一个闪失，就会滚翻下去。回时则像爬山，父亲拼上脚力和腰力，爬完这段大台阶，早已气喘吁吁。

野猫听见了陌生人的到访，在错落的屋脊之间，嗖地探出头颅，拱起脊背。走近一些，它们又倏忽转身，或钻入密道，或蹿上高墙，身形清奇似无骨，好像从来没有出现过，妖异至极。

沿地势而建的老房子，墙皮剥脱，门窗寒酸——破归破，欧式坡顶和花岗岩基座，都是少年不曾见过的。父亲说，殖民时期遗留下来的，已经换了数不清的房主。少年还想再问些什么，父亲制止一般地，说声到了。

这应该是所有老房子里面最破的一栋。松庵住在阁楼上。楼梯吱呀作响，有些地方已经腐烂，少年生怕下一脚就会坠落到底。各种各样的杂物沿墙壁堆砌，少年甚至能听到头顶的横梁上，老鼠正窸窣而过。尽管已经将动作竭力放轻，抖落的灰尘还是让少年打了几个响亮的喷嚏。再看脚下厚厚的一层，少年皱着眉头，心疼起自己的新棉鞋。

阁楼像个黑洞，充满了迷乱和危险——可内心里，少年分明感到一种探险的兴奋感正隐隐荡起。

敲开门，父亲蓦然一怔。松庵其人，瘦高个子，头发灰白蓬乱，绝不肯归顺。穿的是深色对襟袄，臂肘上打了两块补丁。少年觉得，松庵和自己见过的所有长辈都不一样。

父亲奉上桃酥二斤，油纸包着的，纸绳活结。桃酥里的猪油已经汪了出来，盖在上面的红纸也是油润润的，一路上父亲像提着盏灯笼。松庵接了。少年奉上习作，松庵也接了。

松庵并不急着看字。松庵拽开纸绳，摊平油纸，一手拿起桃酥往嘴里送，另一只手接着碎末子，边吃边念叨，万福临的，地道地道。

万福临老字号，创立于二十世纪三十年代，以京式糕点为主，当年请客送礼，若不是万福临，就好像不够档次。二十世纪五十年代中期，万福临完成了公私合营，新厂子离凤门路不远，逢上东南风，站在老屋门口，香甜的味道可以闻个饱。为此少年一度盼望每天都是东南风。

一起吃，一起吃。松庵执意让给父亲和少年。父亲推脱牙疼，不敢碰甜食。松庵说，替你父亲吃掉。少年有点慌。父亲示意，恭敬不如从命。

后来，父亲与松庵谈起书法，什么欧阳公于平正中见险绝，什么颜公化瘦硬为雄浑，少年一旁佯装谦恭，实则在偷偷地四处打量。入眼皆匪夷所思。裸露的木质房梁，横着竖着倾斜着，大部分为深褐，也有焦黑色，似是过火所致。还有几根，显然断裂过，修补的结果并不让人放心。墙壁多棱，切割出许多几何形状。越往高处越尖锐，少年抬头望去，阁楼顶部是一块烧灼过的巨大疤痕。

窗户很小，圆形的。窗前，破砖垒出高度，架着两张拆下来的旧门板，门板上杂草成堆，兜在瓦片中的，藏在木盒子里的，也有的铺满一块白布，四周黢黑，白布托衬，愈显郑重，好像被捧着的宝贝。少年不知此乃药草。少年只是闻到一股幽香，内心即刻明净许多。

旧门板斜对角是床。床上老妪皱巴巴的，像一块缩水的亚麻土布堆放在那里。

少年每周来见松庵一次。立春过了，谷底泛起淡淡的酵母味道，老树的新桠伸向虚空，墙头一丛连翘，已是蕊黄点点。

松庵写了一辈子欧体，父亲赞其左收右放，笔法穿插挪让极有法度。也是听父亲说的，松庵先祖世代行医，明洪武二年，从蜀地迁往莱州府，精研医术，单方尤妙。

少年不解。松庵到底是写字的还是行医的？

父亲说，好中医先有好字，好字透着医者的恬淡和慈心。患者见方知医，一手好字，赏心悦目，患者的病先好两成，心里起了敬重和信赖，觉得自己有救了。从方中就可看出一个医者之修为，字不正必术不精，严谨失度，只能沦为庸医。

少年似懂非懂。父亲又说，自古医儒不分，记着便是，日后会明白的。

松庵看病，早年有大方，动辄一二十味，一沓沓方子，都在老妪床底下的木头箱子里。落款、签署、钤印，诚诚恳恳，认认真真，这回已然成了少年的字帖。少年照着写，越写越觉得好，松庵的药方书法，走笔不紊，风格自成。

求诊求救的病人，都是应口碑所传而来——否则，这个天外黑洞一般的阁楼不会有人喜欢。少年亲眼所见，松庵单方治病，数次力挽沉疴。一次是病人感冒，呛咳不止，遍医无效。来求松庵时，已羸弱不堪，松庵为之细细诊脉，思量良久，在处方笺上居然只写了一味药：冬瓜子30克。后面是一个括号，内有六字，炒熟研末冲服。病人回去依方服了，随后狂吐，吐出了大量涎沫，咳便好了。

一次是病人全身浮肿，肿得张不开眼，转了几家医院都束手无策。松庵一问，是个油漆匠，属油漆过敏所致。陪同的家属在旁等那精妙的方子，松庵大笔一挥，无肠公子3斤，捣汁遍敷。病人回去照办，浮肿也慢慢消去了。

少年问无肠公子是何物。松庵说，古人给蟹取了四个名字，以其横行，则曰螃蟹；以其行声，则曰郭索；以其外骨，则曰介士；以其内空，则曰无肠，所以蟹便有了"横行介士"和"无肠公子"的称号。

再一次，是遭家暴的女人，被丈夫打得瘀血青肿不散。来时用头巾捂着脸，只露两只眼。松庵这次没开方子，转身到旧门板前，取了留种的老茄子，撕成条状，用瓦片在炉子上焙干，皮、肉、籽俱全，研为细末，包了三包。写了一张方子，临睡前用黄酒冲服，取微醉为度。过了三日，女人传回话，全消退了。

没有病人的时候，少年就在破桌子上写起来。松庵在圆窗那里站桩，他不需要回头，便可知少年的书写状况，好像脑后长眼。不可太忙，不可太缓，不可太瘦，不可太肥。松庵只说十六个字，少年就被打醒了似的，赶紧稳住六神，继续写。

松庵也会留少年吃饭。都是粗食，吃了走，路上不冷。葱拌马蜂菜，荠菜土豆汤，味道鲜甜而陌生，另有一股泥土香气。少年吃出了汗。松庵说，上山采药草，顺手挖的春野菜。

老妪不喜交谈，只自言自语。有时候小声地说着话就睡着了。有时候在暗部一动不动，像个影子。

松庵不求章法而自得章法。写方子，他多用行楷，笔起稳健，笔断意不断，点画安排妥当，前后照应，揖让原则不失。

多年以后，少年悟得了笔墨真谛，方能理解那些方帖雅正何来。书卷气其实是修来的。药方的背后，松庵研磨了半生，加之先祖的气场延续，不知挽救了多少患者。松庵修养到了，好的气息必跃然纸上。

少年起初也揣了份私心。来一次，要穿半个城，松庵却写一行两行，十个八个，就收了笔，不像在为人师父。

松庵装糊涂，只说，气到意到，意到力到，我虽写得少了，心里从来没有放下。写字不一定就是写字，写字也是日常的每一刻。

少年心里不屑，日常是什么？摇摇欲坠的阁楼，还是四壁獠牙一样的火痕？外面的人们都在低声谈论这里的不祥，是个闹鬼的凶宅。

炉火正旺，补过的铁锅里炖着豆腐和鱼骨，松庵揭开盖子往里面放了数片白菜帮子，少年瞥见那是一锅奶白的汤。这难得的温润热腾说明不了什么。因为朔风正无孔不入，墙缝，窗棂，门边，哨音打着旋儿，尖利地划过——少年不相信如此破败的日常能与好书法画上等号。

惊蛰那天，一场大雨浇灌而下。少年正在破桌子上写字，光线忽然更暗了，头顶几声春雷滚过，整个房子开始颤摇，仿佛要咔嚓一声倒下去，土崩瓦解似的。随后就开始漏雨，能用的器皿都派上了，越发不可收拾。少年替松庵着急，替阁楼着急，松庵倒是一副自若神态。

雨没有要停的意思。松庵将塑料布披在老妪身上，用另一块塑料布罩住药草。又跟少年说，挥毫似急雨，雨天写雨字，自然就是老师，来吧。说话间，松庵写了数个雨字，逐一告与少年，小篆，章草，简帛，甲骨，金文，米芾行草。少年看见墨迹氤氲，奇妙的雨字与屋外屋内的雨重叠在一处，或骤急，或天真，都是从遥远的地方开始的。

师于物，得于心，悟于象。松庵说惊蛰雨是天作之美，地下的动植物被叫醒了，它们正在伸展胳膊腿，你听见了吗？

少年果然就听出了不一样的雨声。可看看眼前这一屋狼藉，少年实在不明白松庵为什么总是跟所有的人都不一样——明明该救雨了，却在赏雨；明明房子要塌了，还乐在其中。

又一阵雨声骤急，但见松庵脸泛欣喜，眼里精气十足，好像身处的并非寒家陋室，而是百草丰茂的山野。

4. 还有茱萸

有时会碰到一个女孩，与少年同岁，鼻子挺直，很有主见的样子；再一双凤眼，梢尾上扬，掩不住的清冽。女孩苍白，泛出了青青血管。辫子有些细黄，不比三个姐姐那般乌亮，加之身形纤瘦，左脚微跛，令少年无缘地生出几分怜爱。

第一次碰到女孩，是晚春。玉兰和丁香已经开过了。芍药花苞渐起。老墙头上爬出了蔷薇。少年带着习作去见松庵，是为例行的周课。约好了下午两点半，咚咚咚，少年轻敲，来开门的便是女孩。

少年冲女孩点了点头，算是打招呼，女孩没有任何反应，似乎什么也没看见，好像进来的不是一个人，而是一阵风，一团空气。又或者，随便进来的是什么，与自己何干。

原来女孩是来学中医的。女孩抄方，书法流利周正，很有些功底，少年便不敢小看了。摊开纸笔，少年也一道写起来。松庵和女孩在写自然之神妙，少年在写笔墨之冲突，一时间，三支笔从纸上划过，逆行而上，似直通天涯。

师徒三人，整个下午都在写。少年感到一种从未有过的静谧，外面的世界已经不存在了，时间也停住了，只有阳光从西窗照进来，很多翅膀在逆光舞动。

松庵告诉女孩，不要趋附于大方。那种一张方子几十味药的用药方式，实在有失中医悬壶的初衷。况且，像鱼腥草与板蓝根之类，若复方使用，效果却不如一味单方。茱萸啊，这世道，想配齐大方药草，是不可能的事情。

少年便记住了女孩的名字，茱萸。

茱萸从未正眼看过少年。茱萸如淡墨，氤氲着水汽；如长霜，凝结着冰花。即便在流火的八月，茱萸仍然寒气未消，令少年不敢靠近。

八月里，茱萸穿灰色长裤，大约为了遮掩那只跛脚。一件月白的短袖衬衫，空空荡荡，不像姐姐们那样，胸前已经鼓起了小丘。

少年看茱萸，茱萸从来不与少年对眼光，板着脸，不悲不喜。茱萸的眼睛望向某个不知名的地方，似乎有个世界存在于这个世界之外。观察了几次，少年发现，除去对松庵毕恭毕敬，茱萸再对谁也没了动静。松庵留吃晚饭，茱萸鞠两个躬，转身便走了。有时候，二人一起下课，茱萸虽跛，行动仍轻俏，少年跟在身后，发现茱萸一路无视而过。

终于有一天，少年忍不住，追了上去，并肩搭话：茱萸家离得远吗？

茱萸兀自走着，竟没做任何停顿。少年尴尬，又问了一遍。结果无二。少年不知如何是好。忽然少爷脾气就上来了，你我都跟松庵学，也算同门，这样冷淡，是为何故。

茱萸还是那般。少年脸红了，鼻孔丝丝出气，脑门也开始冒汗。少年侧着脸，两只眼盯住茱萸，正要问个究竟。忽然，迎面来了辆三轮，车上装满杂物，由北而南，一路下坡。闪开，闪开，刹车失灵了，车夫嘶叫着。

路原本就窄，少年走在马路牙子下面，只顾诘问去了，全然不觉危险将至，亟待反应过来，倒有些傻了。茱萸刷地一把扯过少年，扯上了马路牙子，几乎同一时间，三轮车呼啸而过，往路边的梧桐老树撞去，最后别在两棵树之间，这才停了。车夫没什么大碍，只脸侧手背蹭出了血。

走路当心，总好过说些无关紧要的。茱萸没看少年，扔出几句话，转身跑向车夫。车夫已经挣扎着下了车，人群渐渐围拢上来。过三个路口有药店，马上调配中药生粉，大量撒在伤口上，大黄，黄柏，黄芩，黄连，连翘，金银花，这六样，只管有什么，买什么。

一个黄毛丫头的话，谁会信。少年这时已挤进人群，看热闹的都把注意力转移到了茱萸身上。少年不知该如何力挺茱萸，着急，又无措。明明是热心肠，却被嘲笑，少年在心里鸣起不平。

茱萸这边倒是没生气。我是松庵的女弟子，你们应该知道松庵吧？

松庵是谁？哪个庙里的？人们笑起来。小丫头痴话连篇。

信不信由你们，该说的我已经说了，若装作不见，我会心里不安。说完，茱萸的眼前空无一物，或者，又恢复到视若不见的老样子，急速地消失在人群中，只留少年，原地愕然。

人群里冒出几句话。松庵，莫不是鬼楼上的那个？是他是他，听说他家床底下有死人骨架。听说疯老太太是他爹的小老婆，第五个。还听说，他吃自己的药草，吃疯了。

随松庵浮山采药草，茱萸最是欢喜，关于这一点，少年再木讷，也看得出。

"津润始萌，未充枝叶，势力淳浓。""至秋枝叶干枯，津润归流于下。"松庵面授，少年在写，茱萸也写在。少年不解其意，茱萸侃侃道，古人采集药草以阴历二、八月为佳，又说春宁宜早，秋宁宜晚，师父，这秋到底晚至何时？

茱萸的嗓音，匀净里起着筋骨，像上等宣纸，少年听了脸红心跳。

松庵掐指一算，再二日霜降，霜以杀木，叶落苗枯，正是采集牡丹皮、地骨皮、苦楝根皮的好时候。松庵转身点拨少年，不师自然之法，怎解一个点仿佛高峰坠石，一道横竟如千里阵云，一根竖莫过万岁枯藤。

少年心向往之，却不知浮山所以然。怕茱萸瞧不起，少年不便多问。在茱萸面前，少年常常无端自卑。

回到家里，少年顾不上吃晚饭，拽着父亲，打听起浮山。父亲得知原委，兴兴头头地讲起来。浮山，东南往西北走向，长约 5 千米，宽约 2 千米，高处 368 米，属市区最高的山峰了。浮山妙在一个浮字，从海底升起来的，山南既是洋洋黄海，山脚下沿海岸线几进几出，都是小渔村。

彼时交通是个大问题。去一趟浮山，颇费周折，天亮就得出发，为省时间，头天晚上只能睡在松庵处。睡前，松庵将柞木把柄的小镐浸入水桶，以令其膨胀，明天用起来带劲儿。

夜里少年梦见鬼影绕梁，哭泣声男女莫辨，远近不明，似有异物贴下来，端详自己，<u>丝丝凉气喷在脸上</u>，少年骇然惊醒，大汗透湿。四周并无什么异样，少年看了看，老妪拧成一团，像黑夜里的一个死结。松庵大作的鼾声，与父亲完全一样，如火车，如涨海，如恶风，少年便又躺下，这一觉安然直到天亮。

师徒三人倒了四趟公交车，剩下的，那些不能称其为路的路，只能步行。松庵将麻袋捆成卷，和小镐绑在一起。少年的书包里装着玉米饼子和咸菜，还有父亲放进去的六个煮鸡蛋。茱萸单肩斜挎一只条状布袋子，里面竟是把竹箫。

黛蓝的山影越来越近，越来越具体，一种气势围裹上来，牵引着少年的目光往高处抬升，但见苍石青松，陡崖峭壁，幽静和险峻叠加在一处。啾啾鸟鸣传来，闻其声妙，不见踪影。少年震慑于自然之美，也为茱萸的跛脚担心。

茱萸倒是自在，脸泛红晕，眼里映着大海的波光。茱萸笑起来——认识了这么久，少年第一次看见茱萸笑，笑得像飘在山腰的那朵胭脂云。师父，快看，桔梗。前边，板蓝根。还有那里，甘草！山谷里都是茱萸的声音。

少年识甘草，还得从一个月前说起。早晨睁开眼，父亲母亲就吵个不停，锅灶一直冷着，少年悻悻地出了门。那天偏不刮东南风，闻不到万福临的糕点香，少年心情愈加沮丧。凤门路上来回走了几遍，少年再无去处。自从写上大字，便跟撒野的发小断了交情，发小在做着什么，少年似乎知道，又不能确切地知道，只听说乔三打群架断了两条肋骨，王小的脑门缝了十多针，险些破相。

寂寥当街，少年唯一能去的地方，只有松庵的鬼阁楼。少年甚至开始想念墨汁、药草、炭焦混合在一起的复杂味道，包括游荡其中的诡异气氛。

饿着肚子，少年穿过半个城，终于潜入谷底，踩着摇摇欲坠的朽木，每往阁楼上迈一步，少年都感到虚幻更强烈几分——松庵一定在熬制中药，味道之浓烈，几乎要把少年从歪斜的楼梯上掀下去。人们总在嘀咕的那些话忽然清晰起来，关于松庵尝试秘药，关于松庵把自己药成了疯子。

敲了许久，松庵才开门。药味扑面而来，将少年击倒，瞬间头痛眩晕，几乎人事不省。松庵连忙取甘草浓煎，灌下去，少年这才渐渐醒来。松庵说，没吃早饭，胃气虚弱，是扛不住药气郁蒸的。甘草能调和诸药之性，解百药之毒，是慈悲的草，中庸的草。

愣着作甚？没见师父累着。茱萸一阵冷语，少年才回过神儿来。

甘草根深，松庵必须深挖，少年赶忙上前，松庵嘱其不可刨断或伤根皮，少年领悟，挥动小镐自有分寸，形同习练悬腕控制笔力。

甘草挖出，松庵和茱萸紧着整理，趁新鲜湿润，分出主根和侧根，去掉毛须枝杈，整个过程忌用水洗。松庵说，荒山里，一时不会有人来，找块平坦石头，晒至半干，只管先去采集别的，回途经过，再捆成小把，带回晒成。

山路兜转，兜出沟沟坎坎。茱萸的跛脚并无不妥，少年放下心来。又翻出一个沟坎，三人皆汗湿了脊背。

松庵忽然大喜，前方树树红艳，浆果累累然，由远至近，由近至远，密匝挤挨，比天上的繁星还多。山茱萸！茱萸面露傲骄。原来这些浆果和茱萸有着相同的名字。少年近看，茱萸果似樱桃，较其长；如枸杞，较其饱。几只候鸟刚刚结束盛宴，鸟喙四周还沾着果浆。

松庵说山茱萸雅号"辟邪翁"，晋代周处《风土记》中有"九月九日折茱萸以插头，避除恶气，以御初寒"的记载。到了唐，佩戴茱萸的习俗更是盛行，折枝插于发髻，也作香囊随身佩带。

经了松庵点化，再看秋野上的根根草草，少年觉得一件件正透出风雅墨香。午时已过，三人口干舌燥，复行数百步，溪水声响起，都是从山顶流下来的，洁净如初，峰回急下。

师徒三人手捧山泉，一口气喝了个饱。茱萸环顾四周，拔出几棵薤白，其实就是野蒜，用山泉洗净，白绿相间，很是好看。薤白温中散结，宽胸通阳，健胃祛湿，野餐在此，最取薤白的抗菌消炎。对吗师父？茱萸脸露得意。

漏掉一样，对味下饭呐！再有一碟炸酱，就美上天了。松庵脸上已藏不住为师的满足感。少年则羡慕茱萸什么都懂。

饭后，茱萸吹箫。空谷只此三人。箫声回荡，上跃云端，下达幽径。少年看茱萸似一棵玉树，如此瘦削，却又如此挺秀。少年的心，起了温柔的悸动。

少年以为，这一天，已经好过一生。虽然少年并不清楚一生意味着什么。

少年陶醉之时，茱萸的箫声却断了。茱萸为什么总要跟自己过不去。少年刚刚不过问了一句，箫声这么美，跟谁学的？

茱萸不答。不答就不答，少年已经习惯了。可茱萸脸色大变，从绯红变回苍白，一股寒气，逼得少年节节后退。刚才那句话似乎是个毒引子，让好好的一切都坏掉了。少顷，茱萸开口，师父，一味封喉的毒草，怎么没见？

药不对症都是毒。松庵有点不快。茱萸任性，与时间结着怨仇，松庵当然知道。

茱萸不依不饶。天仙子是致幻的佼佼者，始见《神农本草经》，"多食令人狂走。久服轻身，走及奔马，强志，益力，通神。"

找不到的。永远找不到。松庵厉声说话。这座山上到处都是地肤子，与天仙子很像，呈颗粒状，功效却迥异。从前我接诊，碰到过几例误将天仙子为地肤子配方引起的中毒患者，轻则舌硬谵语，下肢无力，重则抽搐昏迷，麻痹而死。

为何要找天仙子？松庵嗔声质问。

想要走及奔马。茱萸答而不快。

5. 甘草慈悲

秋气肃降，转眼立冬，天地寒气渐重。松庵早早地备好了仙方活命饮，体质不同，方子不同，其实都是围绕着甘草做文章。咽喉肿痛，甘草与桔梗同用；清热解毒，甘草与金银花配伍；脾胃气虚，甘草与桂枝组合。

浮山回来，少年自觉见了世面，有豁然开朗之感。从前松庵所说的那些大道理，什么人即本草、本草即人，什么药理即事理、药性即人性，少年一度觉得像绕口令，浮山回来，才有了真切感悟。忽一日，少年说，黄连清苦，赤芍热情，白芍含蓄，甘草中庸——师父，我虽有姓有名，至今却无字，不如字甘草，可好？

松庵笑了笑，未置可否。

少年主意似已打定。师父，我发现，不论名贵或寻常，不论烈性子暴脾气，即便像茱萸那样冷冷的性子，只要和甘草一起慢慢煎熬，都会变得温和平缓。师父不是说，甘草如和风细雨，能将自己的甘平之味慢慢渗入，润物细无声。

松庵听出来了，少年的所有铺垫，都是为了茱萸。

茱萸今天没来？再去上课的时候，少年看似不经意地，向松庵问起茱萸的事情。她的字比我好，又会吹箫，甚至，很勇敢。

松庵正在研墨，没有抬头。

少年想继续问问茱萸的腿，是小儿麻痹后遗症，还是其他什么原因。话到嘴边，又觉不妥，涉及别人隐私，少年的家教不允。父亲常说君子讷言。

松庵开始边书边讲。甘草，看好。末点之锋遥指首点之驻，意思是说第三个点的锋芒要指向第一个点停驻的位置。如此以虚对实，尖起，顿起。尖起之撇，尖起尖收，故称兰叶撇。该撇始于行草和绘画，欧阳公大胆引用将其楷化，成为欧体的代表性笔画，细微变化，效果非常，区区小处，最能体会大师之妙啊，甘草。

少年惊喜。松庵在叫自己的新字。更惊喜的是，松庵竟然拿出一本欧阳公字帖，尽管那上面满布的霉点就像老妪手背上的锈斑。

冬阳透亮。下午，松庵坐在破案子前喝茉莉花茶，很受用的样子。松庵行医不挂牌，不收钱，答谢之物都会接下。中秋节，少年提了二斤月饼，松庵还了一小袋花生和栗子，说是某病人乡下亲戚送的，带回去让少年的父亲尝鲜。师生情谊愈浓。松庵是喜欢少年的。少年更对松庵充满景仰。松庵比父亲大十多岁，性格上有和父亲相像的地方，也有相反的地方。父亲独善其身，松庵仁心悬壶，这一点最不同。

茶不耐冲，很快乏了。松庵又换一泡。松庵喜浓茶，为之神采焕发。就像此刻，少年觉得松庵眼里有两把火。人们常嘀咕这是鬼火，少年却愿意被这两把火照亮，因为眼里有火的松庵，是灵光闪现的松庵，再遥远的事情也能打捞起来。

松庵喝了一口茶，缓缓说话。欧阳公曾留给晚辈一个运笔秘诀，是贞观六年七月十二日写的，"询书付善奴授诀"，现在看来，这段话是欧阳公写给一个叫"善奴"的人的。

使人身之所及，每秉笔必在圆正，气力纵横重轻，凝思静虑。当审字势，四面停均，八边俱备；长短合度，粗细折中；心眼准程，疏密被正。最不可忙，忙则失势；次不可缓，缓则骨痴；又不可瘦，瘦当枯形，复不可肥，肥即质浊。细详缓临，自然备体，此是最要妙处。

松庵摇头晃脑，诵到行云流水处，眼里的火越发旺了。

茉莉花香和茶香萦绕在一起，雾气腾腾，真是一个温柔的冬日下午啊，少年心里软软的，好像茱萸也在旁边似的。

下次见了，就告诉茱萸，我有字了，甘草。少年想。

还是下午。松庵审阅少年的习作——不，是甘草的。

松庵手中毛笔圈圈点点，满意多过不满意。甘草一旁站立，比从前笃定了许多。老妪的床头有袋橘子，父亲让甘草带来孝敬松庵的。老妪在兀自剥橘子，很久了，还是没有剥好，老妪好像在认真地做着某种游戏。

一切都好端端的。忽然，叫骂声大起，楼梯被踩得乱响，污浊之气随之四处冲撞，少年能感觉到阁楼在摇晃。说时迟那时快，一帮野蛮人破了门。松庵漠然，眼皮抬也没抬，似乎所有的悲剧早已发生了一遍。

野蛮人破口大骂，一个老鬼指使一个小女鬼，害人性命。把小女鬼交出来！野蛮人掀翻了门板，药草满地散落，野蛮人又在上面狠狠地踩脚，直踩成粉屑。野蛮人砸掉砚台，折断老毛笔——砚台原本就是碎过的，这次之后应该不会再有修复的可能了。

松庵将眼里的火熄灭，一脸死灰。甘草心疼松庵，想起门后有把挖药草的小镐，拿来握在手上，两只胳膊架起，气势初生。野蛮人更怒了，火力急转，原来还有一个小鬼，狠狠地打！

叫声未落，老妪的床边就蹿起了火光，伴随着浓烟弥漫，势头迅猛，一股莫名的浓烈味道让人头昏胸闷，野蛮人大喊鬼火啊，四散逃去。

松庵和甘草忙着救火。水泼，棉被捂，笤帚扑打……烟里火里闪躲腾挪，人物皆飘渺，魔幻得很，不知道的，还以为师徒二人身怀绝技。

总算消停下来。松庵和甘草背靠着床边，瘫坐在地，连同床上老妪，三张涂炭黑脸，四面狼藉疮痍，内心之苍凉自不必多说。

松庵挣扎着爬起来，浓煎了不知什么汤药，三人灌下，这才清醒。确切地说，老妪是被喂进去的，甘草两手扶住，松庵掰开嘴巴。老妪让甘草第一次意识到，生命可以轻薄无力得像一张受潮的纸。甘草只觉两手虚无，又不得不控制力道，否则老妪随时会被折断。甘草的后脊爬满了汗珠，因为紧张，谨慎，也因为震惊和悲伤。

等做完这一切，老妪和甘草的脸上都有了冲刷的痕迹，如黑泥滩上的河道。甘草的混沌，老妪的分明，汗渍和泪痕是两种不同的质感。松庵还是那张炭脸，如完好的面具，又或者，那层黑灰已结成硬茧，揭不下来了。

松庵不想洗。甘草用瘪掉的脸盆打来了水，松庵还是不想洗。甘草那时不会懂得，松庵正急需这副面具。黑脸总好过白脸，松庵冷笑一声，包公戏里的包拯，三国戏里的张飞，水浒戏里的李逵，不都是黑脸嘛。

甘草拿起笤帚收拾凄怆，灰烬打着旋儿，飞往阁楼的尖顶，鬼气十足。少年赶忙洒水，将地打湿了，那些黑风才消失。甘草扫到老妪床头，发现一团灰烬，结而不散，甘草猛然反应过来，老妪刚才点燃了迷魂的药草，才让局面得以扭转的。老妪非同一般，深不可测。甘草再看，老妪早已睡着，经了此番折腾，似元气大伤，比平日里更枯瘦了。

师父，刚才烧着的是何物？

多问无益，写好你的字即可。

茱萸呢？刚才那些人是不是来抓茱萸的。

多问无益，写好你的字即可。

一瞬间天就黑了。四壁也是黑的。日常道具好像被陈墨浸染过，再也辨不出本来颜色。灯光制造出更多的暗部。松庵坐在灯下，变成了一尊锈掉的铜雕像。

茱萸到底在哪里。少年仍不死心。松庵见少年情深义重，愈加不忍，只好说了原委。

茱萸这孩子，心气太高，命也硬。老生子，父亲早死，留下万贯家学，也埋下了祸根。茱萸母亲在民乐团，世家出身的女才子。茱萸五岁，已经识字了，冰雪聪颖惹人疼爱。茱萸母亲清高，本来就招妒忌，又不善圆通，得罪了小人……说到底，都是宁死不苟活的烈性子啊！那年茱萸母亲抱着茱萸跳了楼，一个当场气断，一个瓷娃娃碎成了八瓣儿。

我与茱萸父亲一同长大，亲如手足，茱萸的名字还是我起的呢，农历九月生人，王维有诗《山茱萸》，清香寒更发。市立医院的大夫们用了十几个小时才把茱萸缝补起来，命是保住了，却说下肢可能瘫痪。我无法接受，发誓拼上老命也得把茱萸治好。

茱萸真咬牙啊，治疗的痛，药汤的苦，那么小的年纪，竟忍得住，从来没掉一滴泪。想必父母基因里的优良都传给了茱萸，我暗暗高兴。边治病边学医，茱萸天赋极高。可是茱萸也传了那高傲的心性，仇恨从未消失，伺机报复，每次上浮山都跟我打听一味封喉的药草……茱萸的姑丈昨天来过，说茱萸跑了，我便已料到会有畜牲打上门来。

甘草急急地问茱萸现在可有危险，藏身何处。

松庵看着甘草，充满疼爱。茱萸是个鬼精灵，又从小随我习武学医，你不必担心。松庵起身，帮甘草拍了拍灰尘，捋了捋头发。又见甘草的衣服上烧出了几个火窟窿，松庵一脸歉意和无奈。走吧，这里以后不能来了。记住，人有骨头，字就不会孬。

甘草被松庵推出了门。

甘草在谷底站了许久。屋顶剪出天幕，寒星悄然跌落，万事沉寂的样子。刚刚发生的一切，有种不真实感。一只三脚猫跑过，甘草想象不出，它是如何从劫难里活过来的。

站了许久，直至错过了最后一班公交，甘草只能步行回家。父亲母亲都没睡。甘草一进门，母亲就扑了过来，见甘草满脸黑灰，衣服上有过火的痕迹，母亲不知发生了什么，登时哭出了声。母亲一哭，甘草也跟着哭了起来。

父亲好像心里有数，叹了口气，并不愿多问。炉火一直留着，锅里是白菜炖豆腐，甘草哭完，摇头说不想吃。其实甘草饿得发慌，只是一想到松庵和茱萸也饿着，就决定不吃了。母亲烧好热水，甘草洗脸洗头，两遍下来，水还是黑的。最后又烫了脚，第一次走这么远的路，脚上起了血泡。

自此甘草沉默许多，似乎一夜之间便长大了，开始苦心学书。之前，甘草是为父亲学，为松庵学，或者不知道为什么学，从那以后，甘草开始为内心而学。

春节过完，甘草整十七，到了下乡的年纪。临行，父亲准备了两个箱子。一个樟木箱，母亲陪嫁带来的，里面装着衣服被褥，纸书字帖；另一个药箱，里面放着笔墨砚台。父亲边收拾边嘱咐，字一定不能丢，要坚持写，写好字，总有有用的那一天。

甘草去跟松庵道别，特意买了万福临的桃酥，桃酥里的猪油已经汪了出来，盖在上面的红纸也是油润润的，一路上像提着盏灯笼。

楼梯的状况只能更糟糕。踩在上面，一步步通往阁楼，甘草的心跳乱了，紧张，暗喜，很复杂。这个旁人眼里的鬼地方，竟是自己牵挂的所在，甘草第一次意识到世间的事情说不清楚。

甘草已经想好了怎么跟松庵打听茱萸的近况——甘草不希望茱萸恰巧也在，那样的话，甘草会掩饰不住心底的秘密。甘草又希望茱萸恰巧也在，像之前的无数次，正在破桌子前抄写方帖。或者像第一次那样，甘草轻敲，茱萸开门，冷若冰霜，视而不见，甘草仍将是欢喜的。

这么想着，便到了房门前，一抬头，一把锈锁。甘草愣住了。松庵无处可去，两年来，松庵从不出远门，除了到浮山采药草。大半天过去了，没能等来松庵。甘草无奈，把桃酥挂在门把手上，怅惘而回。回家就病了，高烧三天，直到出发前才好起来。

务农的地方在 200 千米以外。劳作非常艰辛。再晚再累，还是要写大字。甘草想父亲，也想松庵，想茱萸。茱萸让甘草心痛，爱了就会痛。甘草当时并不知道，爱是人间最痛的滋味。一边想着茱萸，还一边恨着茱萸，越恨越想，越想越恨。村后有小丘，丘上山茱萸成片，春天里开稠密黄花，伞状丛生，等到万物凋零之时，又挂满剔透红艳的珠果。甘草常常流连忘返，发誓日后娶茱萸为妻，茱萸如果不答应，甘草就天天去找茱萸，任其打骂，冷脸，甘草相信自己会把茱萸捂热。

农活枯燥，重复，累到浑身酸痛，同学们不适应，唯甘草兴致饶有。松庵师法自然的样子时有浮现，不知不觉间，甘草就对这大地上的事物起了敬重。春来丘上苦菜生发，甘草用劳力跟老乡换来一碗面酱，苦菜蘸酱让同学吃得满口鲜香。甘草则仿着松庵的口气，一旁摇头晃脑，苦菜乃一味中药，名作败酱草，最是清热解毒，功效与蒲公英、地丁相似也。干农活儿，有人割破了手，甘草会找来七七菜，松庵说过，这种止血草药学名小蓟……靠着回忆和幻想，许多意义就这么产生了。也似乎只有这么做，松庵和茱萸才能不停地显现。

接骨草四五月开花，起初花苞淡绿如小米状，夏风刮起之前，纯白的碎花便如繁星了。和着药草与庄稼，一起风吹日晒，甘草黑了，也高了，骨骼坚硬起来，肌肉膨胀起来，再看天地万物日月星辰，甘草已经看出跟从前不一样的意味。农人在高粱地里唱茂腔戏，闻声不见人，"噢嘀罕"，在风中兜转的尾音，夹杂着悲凉哀怨。甘草听见了，会在埂子上发一个长呆。有时候，甘草从地里直起腰擦汗，看看天空，在云阵中发现了一朵独特的云，水汽浓涵，甘草便确信这朵云来自海边。

甘草不敢闲。闲下来，心会被思念咬痛。甘草一有工夫便写大字，两个箱子摞起来就是桌子。同学们起初不解，农活那么累，回来还写字，耍什么文气。有人开始捣乱，趁甘草不在，拿起毛笔乱比画，糟蹋毛边纸和墨汁子。要知道，甘草练字都是用报纸，舍不得毛边纸。甘草心疼得一夜没睡。

过几天从田里回来，甘草发现砚台也两半了，原来有人在墙上钉钉子，拿砚台当锤子使。甘草大恼，气血上顶，拳头握在半空，愤愤然准备打架——奇怪的是，甘草忽然停住了。

甘草似乎听见松庵在唤自己的字号，甘草，甘草。

是啊，甘草如和风细雨，能将甘平之味渗入躁急与暴烈。

6. 师徒墨耕

不知为什么，甘草有一种预感，那就是再也不会见到松庵和茱萸了。

下乡的集体生活，让甘草越发觉得，鬼阁楼的一切像场清梦。而松庵和茱萸，是一缕风，一片云，是寂空的两颗孤星，与众人皆不同，与世俗都不入。

两年后回了城。一天也没耽搁，甘草放下行李便去找松庵。还是跟从前一样，买了万福临的桃酥，桃酥里的猪油已经汪了出来，盖在上面的红纸也是油润润的，一路上像提着盏灯笼。

这一回，甘草的心跳更乱了——上一次的乱，是紧张和暗喜，这回，慌慌的，沉沉的，似乎每一次跳动都能砸断肋骨。

下了大台阶，沿谷底向东，再往北折，就看见了那座德式老房子。每次远远地看，阁楼变坡陡峭，老瓦零落凋敝，缝隙之间蒿草密集，别人眼里的鬼气十足，甘草却能看出一份孤傲，一份倔强。

北折之后，才走两步，甘草便愣在原地，满脸愕然无措。甘草不敢往前了，以为走错了地方，前后左右张望，重新核定坐标，没错啊。甘草只能怀疑自己的眼睛出了问题，为看清真相，便又往前了几步。

甘草还是不能相信自己的眼睛，因为阁楼只剩下半截儿，另一半好似被大风刮走了，被大雨冲垮了，总之是瓦解的，粉碎的。甘草胸口冰凉，脚下瞬间被抽空，整个人沦陷在虚无里。甘草感到内心的某个地方正在塌陷下去，且永不可修复。

甘草跌坐在马路牙子上。桃酥的香甜气味引来了成群的蚂蚁。不知过了多久，甘草嗖地站起来，逮住一个遛小孩的胖老太。那个阁楼里发生了什么？

哪个？是说鬼阁楼吗？哦，老早就是那个样子啊。

里面不是住着两个人吗？

哪有什么人。一直空着。有个鬼吆。

甘草又逮住一个摆摊儿的瘦男人。瘦男人说，里面是住过两个人的，疯老头儿和疯老头儿的养母，一场大火之后，就都不见了。警察来过，没发现尸首。

什么时候起的火？

一年前。也可能再早些。

甘草最后逮住一个戴眼镜的中年男人。阁楼上的老中医去了哪里？

中年男人扶了扶眼镜，也许是习惯性动作，也许为了掩饰什么，扶眼镜的同时，迅速打量了甘草几眼。甘草听见中年男人在叹气，很轻微。中年男人脱口而出的，只有三个字，不清楚。

半截儿阁楼，像一具焦骸站在那里，杀戮似乎已经结束，只剩地老天荒般的沉静。站在废墟之间，和枯蒿一起疯长，甘草甚至能捕捉到一股永不驯服的野力。

甘草想留下来，变成废墟的一部分。这里符合神话的所有气质，瑰丽又虚幻，悲伤而至尊。穿过那些残垣断壁，甘草好似来到了浮山的峭崖。一种声音响起，是茱萸在吹箫。彼时，茱萸盘腿团坐，坐在一块倾斜的大石头上，身后一株五针松，疏影横斜。茱萸回头看了看松庵，隐隐得意，师父，吹一曲《鹧鸪飞》可好？

都好，都好。松庵盘腿坐在另一块石头上，身后是一株虬枝奇异的老梅树。箫声一起，甘草偷偷湿了眼眶，为了掩饰自己，只好眺望山下——其实什么也看不到，生活的悲欢离合远在地平线以外。

天黑之前，桃酥被留在一个虚拟的位置。甘草固执地认为，从前学字的破桌子就在那里。甘草从废墟中找出一块被火燎黑的石头。在别人看来，这块石头混沌如路边荒野的随便哪一块，可在甘草看来，这是一块有灵魂的石头。他将它带回了家。

甘草顶替父亲在土产批发站就业，从学徒做起。那个时候，甘草已是玉树临风的青年，高出父亲半个头。没人知道甘草叫甘草，人们都叫他李可真，或者小李。李可真有了秘密，秘不告人。成年人都是有秘密的，李可真得守住。

父亲身体大不如前。才两年时间，父亲便老了，李可真不能相信，也无法接受。父亲不再与母亲争吵。母亲一个人吵，越吵越没意思，老屋里终于安静下来。父亲基本不说话，饭也吃得极少，神采暗淡。李可真没有提起松庵。李可真不想让父亲再对世事心凉。况且，父亲若真的细问起来，李可真也是没有勇气说明白的。奇怪的是，父亲再也没有问及松庵。不知是忘记了还是在逃避什么。也许在父亲那里，松庵的故事不过是寻常故事。

姐姐们一瞬间就嫁了。姐夫都是老实人。母亲的择婿标准首选厚道，疼老婆，至于书读多少，会不会写大字，不重要。姐姐们照办了。过年过节，姐姐们一起回娘家，乌黑的辫子已经不见，脸上多出一层戾气。凑在一起说悄悄话的习惯倒还保留着，李可真从那里经过，会听见姐姐们说，嫁给自己喜欢的人，那得有多好的运气啊！喜欢是一回事，结婚是另一回事。

李可真白日埋头工作，行事懂避让。8点上班，李可真从来都是早到半个小时，洒扫一番，打好开水。谁喊帮忙都应声儿，反正年轻人有的是力气，李可真想。

晚上回到家，便一头扎进纸墨笔砚。墨耕本无涯，李可真像反刍的牛，揣摩临习之时，松庵当年对于欧阳公运笔秘诀的诠释，不断浮现。"细详缓临，自然备体"，强调的是以虚静心态达到审美创造的境界。四"不可"，追求的是中和法度，至于如何才能掌握好这个"度"，就像做人一样，全看努力和悟性了。秘诀所云，看似是笔法，又关笔势，连书写者应具备的心态也涉及了，真乃大妙。

时间到了二十世纪七十年代后期。李可真已经写了整十年。从少年写到青年，一天都没停，即便年除夕，也要写上两个小时。因为会书法，李可真成了土产系统的名人。小到写通知写板报，大到写横幅写标牌，领导都会点名找他来。同龄人也羡慕得紧，都说小李有两把刷子。单位的会计与大姐同龄，为人随和，每每赞赏有加，可真的字漂亮。会计叫他可真，比小李亲切许多。可真是否还想再与高手切磋一下？会计说起话来总是文绉绉的。

会计说，结婚之前，母亲家有个邻居，写牌匾的，早年闯青岛港，书法、篆刻的名气很大。这个礼拜天我正好回娘家，可以带你过去看看。此人姓庐，也是老先生了，人称庐老。

庐老的年纪与松庵相仿，六十出头，穿一身灰色中山装，脚上是黑布鞋，个头不高，却神完气足，一口浓重的青州腔，悠悠地慢。初登门拜访，李可真就从暗沉的色调里找到了熟悉的感觉。包括几样老家具，樟木、榉木、松木，和自家老屋里的一个模样，都是木筋显露，都是风斑深刻。

一张大桌，占去了半个屋，至少扮演三种角色：全家人的饭桌，庐老的工作台，两个儿子的床。李可真带了习作，庐老在桌前逐一看过，只说了句有点皮毛。后来的许多年里，李可真每一次请教，都听不到什么过激的批评，也没有过头的表扬，若写得尚还入眼，庐老只一句"有点皮毛"，算是肯定了。

一箪食，一瓢饮，陋室如斯，庐老苦中作乐。上门求书者络绎不绝，好多匾额碑碣、古文诗词楹联就此存留民间。庐老是京剧迷，尤爱三国戏，凡来闯码头的名角儿，庐老都能想方设法弄到票子，实在不行，也要找门路进去。懂字画的行家，拿戏票来换字，诸如此类没少发生。

桌子上方的墙壁，凿出一方空间，是专门放收音机的。礼拜天下午两点到五点，播放固定的戏曲节目，这个时间段的庐老，写字篆刻，举手投足，都有藏不住的神采。这个时间段的庐老甚至不愿意说话，知道内情的，也不会去打扰。

五点钟节目结束，庐老好像忽然从戏院回来了似的，逮着李可真，大谈尚小云的《玉玲珑》，程砚秋的《春闺梦》，马连良的《空城计》，黄桂秋的《春秋配》，顾正秋的《生死恨》，云燕铭的《打金枝》。唱念通笔法，京剧的声腔，书法的运笔，都是一回事。说到意犹未尽处，庐老也会唱上两句，"我本是卧龙岗散淡的人，论阴阳如反掌保定乾坤……"

转眼就是初夏，天光越发悠长，蔷薇绕满了花墙，风一吹，甜了半条街。

下班后，李可真从单位步行到庐老家，有时买点时令水果，有时空着手。晚饭就在庐老那里吃，都是家常，庐老不会让妻子额外准备。饭后，师徒二人去散步，沿老街起伏，走过梧桐树的密匝，一路上无话不说——看见什么说什么，想起什么说什么，但具体说了什么，李可真又觉得模糊不清。直到物理性的时间起了化学反应，有了时光况味，李可真方才意识到，那一路路走下来，都是庐老给予的不言之教，关于做人关于写字，最终在笔墨之间留下了深痕。

礼拜天更是要在庐老家从早待到晚的。大桌子上各据一角，师徒二人，抬头是写字，低头还是写字。说话是写字，不说话还是写字。大桌子本来就大，这样一来，就被师徒写成了无边无际，从魏晋写到隋唐，又从两宋写到元明，师徒二人仿佛正背负着虚拟的天下。

庐老乃人间通人，篆隶真行草五体皆能，运笔圆润坚挺，处世也端庄沉稳，所谓人字合一，庐老是真的做到了。朝夕请益之中，李可真逐渐拼凑出庐老的书艺脉络：幼时随前清秀才研读四书五经；20岁前主攻楷体；大字从颜真卿入手，小字师从二王兼及赵孟頫；来青后，常向书画名家孙沾群、前清名宿张公制、山东大学教授黄公渚等前辈名家请教，书艺更臻成熟；从此再也没有离开书法。

庐老有句口头禅，要凭写字吃饭，先按规矩做人。盖印章的时候，这话就起了仪式感。庐老自己做了一个专用的皮质小垫板，平整且稍有弹性；用印时，仔细垫于宣纸下面；印章是否饱蘸印泥，也要检查几遍；最后用无名指先找位置，才盖下去；同时，嘴上必振振有词，规规矩矩地写字，规规矩矩地做人。一枚饱满、清晰的印章，方才摆在那里。

李可真自小得了父亲家教，得了松庵的自然法理，又浸染于笔墨，这份颐养与天成，让李可真面相周正举止有度，庐老看在眼里，越发喜欢这个弟子，时常送出几支老毛笔。老毛笔如同墨耕的老犁，笔杆上浸染的墨迹叠加在一处，浓淡深浅，更显道劲。毛笔也是祝福的信物。一杆毛笔足以撑起无数文人的傲骨，让汉字如月照千秋。

只要来了兴致，庐老就会带着弟子去文物商店和古籍书店转转，里面的陈设经常换，李可真有生第一次看到了齐白石的原作珍品，明清对联和条幅。每次去，庐老都要与店员聊上一阵子，经理也一定会从办公室出来，声声庐老叫得紧，很是恭敬。文物商店的经理是个中年人，戴眼镜，世家出身，通常会告知一些书坛新动态。末了还要加几句庐老的美谈，似乎是说给李可真听的，似乎另有别意。比如，经理说，庐老的小楷书签真是一绝啊，长十厘米，宽仅一厘米半，庐老在上面微书鲁迅诗词、毛主席诗词，极尽精到，得其一帧则幸，在齐鲁传为佳话。庐老您有时间再多写点啊！

眼花了，不行啦！庐老指指身边的李可真，让年轻人写！

在庐老家，李可真常会碰到几位老先生，都是书画界的大人物，却也低调得很。那时没有电话，问安谈艺，只能靠频繁走动。老先生们都是不约而来，坐坐就走，如行云洒脱，君子之交的淡泊，李可真都看在眼里，记在了心上。

其中有位林老先生，也是六十出头，穿中山装，提着黑色皮包，两眼灼灼，头发灰白蓬乱。庐老说，林兄的魏碑那叫一个悲伤。李可真不解。庐老接着说了下去，魏碑美在气象浑穆，点画峻厚，意态奇逸，骨法洞达，这些我做不到，也写不出，林兄此生倒是尽兴，把悲伤变成了巨大的力量。

这番话，让松庵的样子忽然闪现出来。松庵平生所为，大抵也是离不开意态奇逸和骨法洞达，原来，这样的人叫作悲伤的人。李可真一直想问庐老，可否听说过城西有个老中医，欧体绝世，几次话到嘴边，又咽了回去。

林老先生来得愈加频密，每一次待的时间也长，原来在与庐老商量书法培训的事情。刚刚改革开放，老爷子们意气风发，决意为书法传统延续光大做贡献。李可真眼见着林老越说越激动，满头乱发横在当空，那意思，就是被后生们不解书理真道给急的。

"职工书法短训班"很快在工人文化馆开了课。庐老带头，几位老先生齐上阵，授课没有报酬，听课也不需要学费，此举开一方书法教育之先河，更奠定了青岛地区新时期书法发展的格局，日后的精英书家都与这个培训班脱不了干系。

后生们年龄参差，有的与李可真相仿，有的已经三十好几胡子拉碴。每天下了班，他们从城市的四面八方往文化馆汇聚，一时间，文化馆仿佛成了地球上的最大磁场。庐老融通各派自成一家，另几位老先生各领翘楚，后生们全都傻了眼，字，原来是这样写的，不禁群情燃燃，眼界大开。

李可真边打下手边随堂研习。"书法以运笔为上，而结字亦须工。盖结字因时相传，用笔千古不易。"庐老讲到赵孟頫书法观念时，后生们运笔最见端庄，点划与牵丝重轻分明，墨汁也蓄得紧，随运笔之轻重快慢而注出，湿而不胀，枯中有润，不设色却墨呈五彩。

培训班三个月为一期。第二期开课，有了女后生。李可真负责核对名单，猛然看到登记表上有个"朱玉"，心便颤起来。等到朱玉进了教室，李可真的后背已经暴汗，他把双手关节捏得噼啪作响，强作镇定。这个朱玉，竟与苿英如此相像：鼻子挺直，很有主见的样子；再一双凤眼，梢尾上扬，掩不住的清冽。当然，朱玉不是跛脚，穿一双红色半高跟鞋，走起路来哒哒作响，像匹骄傲的小马。头发也是刚刚烫过，乌黑油亮。

整整一晚上，李可真都在走神儿。朱玉就是朱玉，人家是和新婚夫婿一起来的，跟那个茱萸没有任何关系。但是，朱玉的出现，让李可真再也无法逃避，他知道自己一直爱着茱萸那个鬼精灵，爱得要死。

这两年，介绍对象的没断下。小李一表人才，又行事稳妥，有对象了吗？同事大姐和邻居大姨，问得越来越频密。母亲也跟着催促，只有父亲会出面帮腔，先立业后成家，字没写出个门道，结婚急什么。一言不合，父母又吵了起来。

李可真不肯去相亲。他在等茱萸。这是谁也不知道的秘密。那个鬼精灵，脾气臭，脚还跛，没人敢娶，她迟早会出现的。漫长的等待中，李可真已经习惯了心痛。

似乎只有痛，才能衬得起爱。

既然学了书法，就要坚持到底。培训班上，或师徒独处时，庐老这样说。庐老从未高声大嗓，以不变应万变，淡泊于世，优游于艺，再平常不过的事了——平常事还需要敲敲打打吗？

李可真以此学范，深得精髓，主攻蝇头小楷，三年后一举成名，在全国首届书法大赛中拔得头筹，是获奖者中最年轻的。各方关注如海啸爆发，李可真蒙了，这么多年，他只跟自己比，跟庐老朝夕请益，跟二王和晋唐大家学，并不知道外面的世界是怎样的。

媒体蜂拥而至。去过土产批发站还要再去老屋和母校。有的记者让李可真谈感受，李可真说，大赛的消息知道得很迟，交了一幅小楷习作而已，获奖是个意外。这段话让记者很不满意，认为李可真对国赛有掉以轻心之嫌，非要重新采访，李可真推辞了。

那些日子里，亲朋好友纷纷登门祝贺，父亲却淡淡一笑，提笔写了"学无止境"四个正楷大字，贴在案头墙上。不久春节，父亲素有写对联的习惯，便写一副"勤谨传家久，诗书继世长"，除夕夜，同李可真一道贴在新油漆的门扇上。

过完春节，父亲就病了。父亲一生平淡，像一块墨，一点一点地磨尽了自己。到了中秋，父亲几乎不再醒来。还有多久？父亲难以闯过明春。李可真心里明白，却不愿意相信。

父亲临走的前一晚，忽然来了精神，两眼放光，从床上坐了起来，真儿真儿，唤个不停，大谈处世规矩和做人准则，也谈做小买卖的不易，生活之维艰。真儿，父亲唤，随后开始提及小时读书情形，难得的一脸满足，甚至有些快活，不由得诵起《古文观止》中的文章来。这时，老屋也似乎明亮些许，父亲微眯着眼，轻声而又流畅，抑扬略带顿挫："庆历四年春，滕子京谪守巴陵郡。越明年……"直至"沙鸥翔集，锦鳞游泳；岸芷汀兰，郁郁青青……"李可真便知，父亲又回到了童年的私塾里。

天亮时分，父亲走了。

7. 仍然不是尾声

师父絮絮而谈，直把弟子三人听傻。鬼卿快语，最藏不住心思：怪不得师父有一枚闲章，"甘草记"，还有一枚"遍插茱萸少一人"。

师父这次没有嗔怪什么，只眼睛半闭，似乎累了。

山奈指着那排老毛笔，北狼，南羊，每一支笔都饱蘸沧桑和心血，现在总算知道它们的出处了。还有博古架上的那块石头，之前还纳闷它到底有什么独特呢。

白术接着说，只道庐老爷子的书迹刻石在崂山留存颇多，真行草隶皆精彩纷呈，为重修太平宫书《重修太平宫记》，为下清宫所书魏体碑铭《海印寺遗址》，都是其刻石书法的代表之作，却不知庐老爷子还这么迷恋戏曲。

是啊，好字儿换戏票，送戏票的真是赚大发了。鬼卿说完自觉失言，吐了吐舌头。

还好，师父面容平和，已经起了微鼾。

三人对自己的密谋相当满意。亟待取出事先藏好的录音笔，白术骤然两眼圆睁，脸色大变——不知何时录音笔没电了！三人即刻慌了神儿，蹑着手脚来到隔壁，关上门，重启录音笔，回放后发现，从师父下乡返城去探望松庵，惊呆于谷底，往后的全没录上。

白术被山奈和鬼卿一顿埋怨。鬼卿夺过笔，恨不能掰断了解恨。山奈打圆场，急有何用，想办法补救是关键。这时师父的声音响了起来：人呢？

三人复又围绕到师父身边，装作什么都没发生。

师父好像休息过来了，兴致再起。既然山奈刚才说到老笔，我就再多说一点，每次啊，握住这些老笔，似能感受到师父们运笔之后的余温正在自己手中。父亲，松庵，庐老，留给我的老笔都有余温。

庐老一直在写，写到90多岁，看不见了，才停下来。师父说。无论何种书体，到了庐老手上，总能流露出典雅秀劲之气，想来也是品格所致，正所谓人书俱老。

弟子三人连声称是，亦颇有感触。白术说，每次看庐老爷子的书法，人会立刻安静下来，写得极干净利索，没有一丝飞扬跋扈，内敛且有韵味，耐看啊。鬼卿说，现在某些书家，水平没见有多高，看作品便知其人已是傲得没边了。山奈说，应该好好看看老爷子的东西，哪怕学习一下如何用印也是极好的。

三人当然见过庐老爷子。那年冬至，书法百年大展，老爷子黑袄黑裤，鹤发白雪，干练而利落，是个人间的老神仙。自己的师父和众师伯师叔簇拥左右，书坛上的前辈都齐了，气场扑面震人，却又都行事老派，个个儒雅温润，足见庐老爷子书法品德皆高尚，才教出这般厉害的弟子。都说老爷子一生践行君子之道，讷言慎行而古道热肠，人有所求，不论贵贱皆尽力帮衬却不求回报，书界同道无不尊崇。

白术、山奈和鬼卿还记得，庐老爷子走的时候，葬礼上没有哀乐，是《空城计》。"我本是卧龙岗散淡的人，论阴阳如反掌保定乾坤。"马连良的唱腔，婉转中不失苍劲，高峰坠石，又着地无声，那一刻，生死纵有顿挫，阴阳也已无界。

庐老爷子仙逝一周年，捐赠展同时启幕。按照生前夙愿，其50幅精品无偿赠予市博物馆。无私的家国情怀引发了全社会的深深谢意和敬意，前来瞻仰捐赠作品的人们，亦是对方寸精微的笔墨造诣的膜拜。白术、山奈和鬼卿，甚至不能相信自己的眼睛，老爷子90岁书写的精品，无不气力饱满，生动醇厚。尤其珍贵的是一幅小楷扇面，气韵如此高古，如若不是神来之笔，一个90岁的人如何抵达。

庐老爷子活了99岁，始终保持着天真与淳朴，良善的心志为老爷子带来了福寿与好身体。白术、山奈和鬼卿曾在展览现场一起感叹，庐老爷子那一代完整地解读了古典书道，重学养，重功力，重襟抱。

说话间天色已经黑透，师父情绪不减，白术想到科技城买支新录音笔，怎奈一直脱不开身。三人着急，也惋惜，今天这些话，师父以后能否再提起，真的不好说了。三人只恨自己没有过耳不忘的本领，又恨自己没学过速记。

审世间事物，居精神所安，遇不顺亦能委婉处之，澹然不事张扬。

鬼卿不解，刚才师父说的这句，是戏里的词，还是自己的话？

白术嫌弃鬼卿，师父在说自己的师父呢，这都听不出来？

山奈认为，师父说的是从艺标准。写字者，写志也。

师父讲完故事，沉睡了两天，醒来沉默不语，只专心临池。

弟子三人围拢在旁边，不放过师父如何运笔。师父将三人赶走。说了多少回，不要学我，篆隶真行草，秦尚象、汉尚形、魏晋尚韵、唐尚法、宋尚意，样样都是经典。

弟子三人商量好了似的，谁也不肯走。师父没再说什么，继续写了下去。这两年，师父已经写不了蝇头小楷，行草风格倒有突变，传统面目里多出当代意味。尤其是病情稳定以后，运笔不拘法度，偶有涂抹——当然，涂抹也是运笔，好似高手月下舞剑，一收一放一凝霜，唯性情与自我。遥想王羲之与友雅集，饮酒作诗，心怀喜悦，微醺之际，一口气写出《兰亭序》，虽有八处涂抹，恰是心情流露处，反而成为天下第一行书。

醒时，弟子三人继续陪师父去海边晒太阳。谷雨将至，花事稠密，有的刚开过，有的打着骨朵。鸥鸟开始北迁，海边安静了许多，喂鸟的游客也散了。

这一天，师父看着海平线不说话，弟子三人也看着海平线不说话。师父好像意识到了什么：我是不是太严厉，看你们个个拘谨的，连句话也没有。

鬼卿第一个开口。师父，我哪敢说啊，怕您生气。

往后，师父再也不生气了，只管说吧。师父似乎回到了从前的样子。

鬼卿放下心来。师父，徒弟见您近来喜用狼毫间毫，偶有老笔秃笔，有时下笔全凭心意，水迹太肥，全无字形，细看倒也别有生趣散淡，洇开的都是原始与天真。

山奈说，我也感觉到了，师父，您乘兴产生笔势，一派天然。

白术说，写到一半，侧锋逆行，违背笔性，又能在收笔时归于中锋，挽危局，出奇制胜。

师父哈哈大笑着，真是这样吗？我竟没有觉察，感谢诸位方家点评。好啦，回去做顿好吃的吧。小院里的蟾蜍草再不吃就老喽，坊间管它叫蛤蟆皮，别看表面疙疙瘩瘩，倒也是一味消炎解毒的中药，专治慢性支气管炎。今晚用它裹上玉米面糊糊，平底锅里煎一煎，两面金黄，蘸蒜泥。

师徒四人，一派从容淡定，谈笑不止，恰时夕阳染金，他们走在里面，好像披挂着金甲。回到家，白术陪师父听京剧，清凌凌的京胡声中，送出唱念做打，霓裳翻飞。山奈、鬼卿在厨房准备晚饭。

山奈一向有雅兴，食不厌精，鬼卿负责打下手。不知怎的，就说到了故去的师母。三十年前，白术、山奈和鬼卿还是顽劣少年，被各自的父亲拎着来拜师，师父仪表堂堂，正是三人现在的年纪。师母总在厨房里忙着，做一手好菜，却不太爱说话。

鬼卿说，初二那年暑假，我调皮闯了祸，怕父亲揍我，来跟师父求救。师父就在客厅里给我支上床，我住了整一礼拜。师母每天变着花样做好吃的。饺子分荤素，荤有荤的包法，素有素的造型。师母最拿手的是单饼卷芽菜，那饼筋道，有嚼头。

山奈也对师父的家宴赞不绝口。还记得吗？大学的第一个寒假，你带回来的是北京烤鸭，白术带的是稻香村糕点，你们都在北京读书。我从杭州回来，带的知味观醋鱼。师父请吃饭，都是师母的手艺。一道清蒸红加吉，一道海浦大虾，器皿也是成套的骨瓷，釉色雅致。凉菜里有春卷……

忽然，山奈、鬼卿停住了，互相对望着，幡然醒悟一般：那个茱萸，就是师母？

不对啊，我记得师母的脚不跛。

师母清瘦，气质优雅，像个大家闺秀。

你再仔细回忆一下，师母的脚是不是有点异样？

大学毕业后，在外闯荡了几年，再回来的时候，师母已经走了。那时我们各自忙着结婚生子，后来又忙着索取功名，早就把师母忘了。

记忆中，师母像一幅淡墨，是用最轻的笔勾勒的，一抹轻轻的寒，一笔袅袅的烟，却又有种说不出的从容和淡定……

厨房里的水汽渐渐蒸腾，鬼卿和山柰的记忆，终究一片模糊。

往事还有许多许多，李可真没提。或许累了，或许忘了——或许，苍茫此生又如何讲得清楚呢。

年龄越大，李可真的心上越写满了辽阔寂静，岁月在别处是堆积的褶皱，在李可真这里，则是无尽平和；每一次回头，都是对命运的宽容。

父亲最后，已经不认得人了。许多年后，庐老也不认得人了。他们都问李可真同样的话，你是谁？不停地问。

庐老住院期间，李可真日夜守护，跟当年守护自己的父亲一样。一天，昏睡多日的庐老醒了，床头被摇起，庐老斜靠着，嗓音低沉沙哑，用的是昔年与弟子对谈时的目光。往事流淌，说着说着，庐老忽然问，你是谁？

我是可真啊！

可真啊！你真是我的好学生啊！

庐老竟涕泪不止，仿佛枯井涌出了泉水。李可真慌措了，流泪了，嗓门大开看似很兴奋，实则是在掩饰内心的悲伤——李可真不愿错过这片刻的虚妄。只一会儿工夫，床头摇落，庐老又开始了漫长昏睡。

庐老走了以后，李可真一直想梦到他。真正清晰地梦到，却也只有一次。庐老穿中山装，脚上一双黑布鞋，还是初见时的模样。梦非常短，随后便惊醒了。

好些个下午，李可真枯坐于书斋，太阳斜斜地照着，所有物件都变得明透起来。在书案边，李可真感到庐老又回来了，正坐在自己对面，逆光里递来一支老毛笔，笔杆上的墨迹，浓淡深浅。

因为毛笔，墨耕得以延伸，神话不至残缺。在这师徒二人身上，一个时代的传承与文化都凝聚在笔锋上，李可真仿佛从师父那里继承了一笔巨额的遗产。不，它们是无穷无尽。李可真甚至希望自己也能作为庐老的一件作品，作为"全豹"之"一斑"，让世人得以管窥庐老的高洁之境。为了这样一件作品，李可真始终在践行君子之道。

每念庐老，李可真都会想起父亲——就像每念父亲，都会想起庐老一样。书房北墙，挂了三幅肖像，分别是父亲的中年，父亲的老年，庐老的老年。李可真四五十岁时，人们说他与照片中的父亲一模一样。李可真七八十岁时，人们说他与照片中的父亲一模一样，也与照片中的庐老一模一样。李可真望着镜子，满意地点了点头，发现自己终于长成了自己想要的样子。

至于三幅肖像旁边的那张，人们只道是寻常的黑白风景，石头与树而已。人们不知这是浮山上的一株老梅，虬枝奇异，沧桑深刻；人们更不知，老梅便是李可真心中的松庵，在柔软又坚硬的生命深处，李可真始终掩藏着一个不需要倾诉的秘密。

想当年，斩获大奖，一夜成名，李可真越发想念松庵，私下里没少打听，结果都是查无此人。松庵不属于谷底。松庵心向自然，不会在俗闹市井停留，去那种地方找，除了触及伤感，李可真认为再无意义。

松庵一定把情致留在了浮山。那里云罩峰顶，雾漫叠嶂，还有松庵心爱的药草和山泉。松庵生死不见，李可真只能提二斤桃酥上浮山，盘坐于树下，替松庵吃将起来。入口香甜酥脆，还是老味道。回想起第一次拜见松庵，仙风道骨的老中医竟像个馋鬼，李可真便笑了，笑中飞着泪。自此李可真每年都要上几回浮山，七十岁之后，腿脚不灵了，才罢休。浮山也是模样大变，从前山脚下灌木丛生，碎石满坡，周围田野空旷；现在，高楼大厦逼至山腰，车水马龙的轰鸣里，再难听到泉水欢唱了……

也算前缘再续，李可真中年以后迷上了京剧，若非父亲阻拦，或许当初就去了京剧团。真儿，该写大字了。父亲跟庐老一样，从无高声大嗓，却也不容抗拒。整个夏天，老屋密不透风，父子俩光了脊梁，还是大汗尽出。少年李可真在赌气地写，父亲在一边打着蒲扇。姐姐们从旁边走过，撇撇嘴，哎呦，少爷！

父亲的日子并不好过，只是装作什么也没发生。人生无常，父亲没有把这句话早早地告诉他的真儿。人生无常，本是每个人迟早要发出的感慨、面对的挫折，何必那么早让真儿知道呢。父亲忍了又忍。

老年的李可真，经常犯矛盾：一边想早点到另一个世界与师父们相见；一边又想替师父们在这人世多活几年。时间泅散，唯有借《鱼肠剑》里的两句唱词释怀：一事无成两鬓斑，叹光阴一去不回还。日月轮流催晓箭，青山绿水常在面前。

后来，世人喜欢这样谈论李可真，字甘草，书法界大名鼎鼎的人物，讷言敏行，功夫都在手上心上，三十岁拔了全国书法比赛的头筹，从此一发不可收。青年时期钟情小楷，中年以后多以洒脱的行草书示人，书法与生命相互补充，彼此制衡。甘草先生爱书法就像爱着他的命，自称是"因书法而荣幸"的人。

那些晨光的熹微，那些月黑的暗沉，四周都是浑然的静。宣纸展开，老笔逆行，李可真便听见了启幕的声响。幕一启，就是几派大家气象，不用开口，亦不用抬手，已经样样都有了。老戏骨的金玉之声，唱尽人间的幽咽恨意，寥寥数句，满场的浑厚铺张，仿如天地泼墨啊，李可真在深处叫起了好。

原载《中国作家》2021 年第 8 期

《小说月报》2021 年第 10 期、《长江文艺·好小说》2021 年

第 10 期转载

地平线

留　待

一

　　乔小卉再次说到那个自杀的男人是在一个小镇的路边饭店里，离我们要去的仙女洞还有九个小时的路程。乔小卉半年前才从监狱里放出来。十年的牢狱生活并没有毁掉她的容颜，淡定的神情让人以为她刚完成了一次漫长的修行。说到那个男人，她突然打了个寒战，双手紧抱在胸前，眼睛里带着惊恐，仿佛看到那颗布满疤痕的头颅正吊在她家大门口。乔小卉的眼泪流了下来。其实那人自杀是在七年前的春天，当时乔小卉已经关在监狱里。她得知那人的死讯是在出狱之后，她想去找他，她父亲不得已说出了那人死时的惨状。乔小卉一听，像突然被抽去全身筋骨一样瘫倒了。

　　乔小卉的眼泪总也止不住，我心里有点犯堵。出北京时我还奢想着跟她发生点什么，如今眼看就要到达仙女洞，然后我们就要天各一方，很可能此生再也不见，她却为了另一个男人冲着我哭，我感觉被她当成了倾倒垃圾情绪的容器。我不想再听，起身就走又不太好，我匆忙吸了一口香烟，转头望着窗外我们乘坐的那辆房车，尽量使自己的口气里带有一丝安慰：

"幸好有了这次行动，你可以把套在那人脖子上的绳扣解下来。"

乔小卉像是从梦中突然醒了过来："你真相信'诺亚'能做到？"

我说："当然相信，不信的话就不会来了。"

"诺亚"是一台时光机，看上去像一口蓝色玻璃棺材。我在北京的会议中心第一次看到它的影像资料时便断定这是一场骗局。讲解员小金介绍说，"诺亚"的发明人是美国的詹姆斯博士，研制的灵感源自他与死去的祖母在梦中的一次相聚。祖母在壁炉的缝隙里掏出一枚戒指，他醒来时发现那枚戒指竟然在自己手上。詹姆斯由此确定梦境和过去都是以另一种形式真实地存在着，人们之所以觉得虚妄是因为被时间概念限制了。"诺亚"研制出来之后，詹姆斯是第一个乘坐的人。他回到了一岁生日的场景，坐在祖母腿上，眼望着蛋糕上刚刚点燃的蜡烛，闻到了她身上的香水味。祖母轻轻咬了一下他的耳垂，笑着说，你就是在梦里跟我要戒指的那个男子汉吗？小金介绍说，"诺亚"不是一台在时间隧道里任意穿梭的游戏机，詹姆斯觉得只有真正地改变了过去才能使今天更加美好。他希望将更多的人送回到其有生之年的某一特殊时刻，改正当时犯下的重大错误，从而改变现在的人生。听到这里我不由暗笑，这哪是高科技产品，简直就是后悔药。都说世上没有卖后悔药的，詹姆斯却不远千里送来一服。想吃后悔药的人还真不少，会议室的空气有些污浊，不时响起交头接耳的喊喳声。

我明知道是一场骗局却依然加入进来，是因为我想离开时在会议室门口看到了乔小卉。

"诺亚之旅"对参加人员的审核非常严苛，在一百三十六个报名并观看了影像资料的人中，只选中了我、乔小卉、孙秋水和李文治。

孙秋水也觉得进入了骗局。他是河北一个市级文化类内刊的副主编，再有两年退休。他的面相比实际年龄苍老得多，整张脸像个干裂的肉包子。骗局的基本特点是收钱，"诺亚之旅"却是免费，这勾起了老孙强烈的好奇。

他右手夹着香烟，皱紧了眉头："能骗我们什么呢？"

这话是他在森林公园北区的一张石桌旁边说的。吃过晚饭，老孙把我们从宾馆叫出来，准备找出"诺亚"骗局的蛛丝马迹。我们四个人通过审核之后，被安排住下来检查身体，还要学习乘坐"诺亚"所应注意的各种事项。小金反复叮嘱我们不要互相走动，吃了饭最好是闷在屋里别出门，多回味自己人生中最后悔的那一刻。她说得固然有道理，但对"诺亚"的不信任还是使我们悄悄聚在了一起。公园里非常寂静，枝叶间穿行的夜风越发加深了寂静。我坐在乔小卉身边，痴痴地看着她光洁的脸庞，想着怎样甩开老孙和李文治，约她在公园里走一走。虽然才认识一个星期，但我已经离不开她了。"离不开"是内容极其丰富的三个字，一旦说出口，她可能当成玩笑，也可能当成简单的示好，还可能把我当成见色起意的流氓。我心里只想着如何把握跟她说话的语气和神情，没听清老孙说什么。

老孙的疑问也是李文治正在想的问题，他的思考却更深了一步："不收费的东西往往是最贵的。"

李文治是河南一个民营印刷厂的老板，今年四十四岁。十二岁辍学到郑州打工。少年的坎坷造就了他多疑的个性，在他看来，天上掉下来的每个馅饼里都包着秤砣。他像我一样看"诺亚"的影像资料时便打算离开，之所以没走是因为从来没听说过如此明目张胆的骗局，他想看看骗局会如何进行下去。他觉得无论什么样的骗局都骗不了他。有这个想法在心里垫底，反倒激活了他探究的欲望。他的手探到石桌上，从老孙的烟盒里抽出一根烟，又从自己裤兜里掏出打火机点燃。

他无暇顾及老孙脸上闪过的一丝不悦，将目光转向了乔小卉："你觉得呢？"

乔小卉说："也许是拿我们当实验品吧，就像试验室里的小老鼠。"这话把我们三个男人吓了一跳，不约而同地看着她。乔小卉有点尴尬，急忙摆着手说："我是开玩笑的。"

老孙仰头望着夜空："不能把小卉的话当玩笑。"

"诺亚"是第一次来中国，据说在北美洲和欧洲已经转了一大圈，有近千个肤色各异的人因乘坐它而受益。小金手上有份名单，都是些本来默默无闻，乘坐"诺亚"之后突然声名鹊起的人。老孙想把名单要过来看一看，小金没给他。

夜风愈来愈凉，屁股下的石凳渗出了寒意，不知不觉中我们已经在公园里坐了两个多小时，依然没找到证实"诺亚"骗局的痕迹。这种结果让我很欣慰，我生怕这次行动突然黄了，失去跟乔小卉相处的机会。

老孙问："小刘，你怎么一直不说话？"

我急忙从乔小卉身上收回目光："我觉得应该相信'诺亚'，不试一试怎么知道灵不灵？反正咱们也没什么损失。"

老孙和李文治同时点了点头。乔小卉很认真地看了我一眼，意识到我的话是专门对她说的，急忙将目光闪开了。

我们出了公园东门朝宾馆走，孙秋水突然在路灯下停住了脚步，面色严肃了许多："咱们四个现在是拴在一根绳上的蚂蚱，关键是不被他们分开，防止被逐个击破，无论遇到什么麻烦都要群策群力。"

这话很像战前动员，"诺亚之旅"仿佛是一次前途未卜的探险。我看了一眼乔小卉，心里涌满了保护她的欲望。

"诺亚"被安置在仙女洞里。仙女洞在长江北岸的一座山上。房车出了北京之后，如果走高速应该早就到了，不知出于什么原因偏偏选择了走国道。经过鲁西这个叫八里屯的小镇时，房车竟然出了毛病。

我透过窗玻璃看到司机站在车门前打电话，老孙像个哲人似的双手抱臂凝望着路边无际的麦田，李文治冲我招了一下手，我以为可以重新上路。出了门才知道是走不了了，司机正在叫救援车。

乔小卉随着我从饭店里走出来，抬手轻轻裹了一下紫色披肩，脸上已经没有了哭过的痕迹。

她问："你的耳朵里还有键盘声吗？"

二

我的耳朵里经常回响起敲打键盘的声音，这种噪声就像一把钩子伸进耳朵正在钩出脑袋里的神经。各大医院的耳科大夫都对我的症状毫无办法，我到处打听偏方，吃过许多稀奇古怪的药物。偏方并不治病，只是在身上催生出另一种病痛来转移患者的注意力，就像用一颗钉子顶出另一个钉子。我因服食偏方掉了许多头发，身上长过一层又一层疖子，有一回我的脸肿得像挨了几十个耳光。领略了数种差点将人致残的偏方之后，我终于无奈地决定与键盘声和平共处。我逐渐感觉到了键盘回响的规律，白天轻得若有若无，半夜十二点之后特别响亮。

我曾打算将乘坐"诺亚"当成另一种偏方。我以为只要找到声音第一次响起的时间，便会找到病根。在北京的会议中心观看"诺亚"影像资料是下午两点半，我听到詹姆斯通过时光机重新坐在祖母的大腿上，觉得有点意思，正想听他第二次回到过去消除当年制造的一起命案，键盘声突然响了起来，噼噼啪啪，好像敲键盘的人跟键盘有着不共戴天的仇恨。我闭上眼睛，想用意志将那声音逼退。刚一凝神，我就打了个寒战。我脑海里依稀浮现出一双女人的手。手指细长白嫩，右手的小拇指指甲长得超过了无名指。十根手指灵活地闪动，像在弹钢琴。我正想顺着她的手指看到她的手腕，再顺着手臂找到她的脸。这时，旁边有人轻轻碰了一下我的胳膊："填表了。"孙秋水将表格传给我一张，然后盯着自己手上的表格，说这辈子还没见过如此复杂的表。我没顾上理他，从椅子上匆忙站起身，紧贴着一张张椅背来到过道上。我想离开，同时又知道无论走到哪里也逃不开耳边的声音。深深的绝望感使我的脚步有些跟跄，走到门口时差点跌倒。有双手轻轻扶住了我。乔小卉说："小心一点。"我站直身子正要表示感谢，一看到她的脸，我立刻呆住了。她淡定的表情里隐约透出一丝灵动，给人一种想亲近又只能敬而远之的感觉。我紧盯着她，心里忽然涌动着一股跃跃欲试的冲动，就像面对着可口食品特别渴望吃下去。乔小卉被我看得脸稍微一红，连忙拿起手中的表格："你填了吗？"我当时便决定留下来，并不是我相信了"诺亚"穿梭时间的能力，而是面对着乔小卉，键盘声突然消失了。

当天晚上我敲响了她的房门。她住在1509，从窗口可以看到五环路上的车水马龙。她已经穿戴整齐，正准备连夜离去。我又敲了敲门。她的头从门边探出来，问我有什么事。从她诧异的表情中我看出她已经把我忘了。我急忙说："表格，想跟你商量一下怎么填。"她轻轻一笑："是你呀。"我虽然借口表格来搭讪，说的却是实话。表格上最重要的一项是想回到过去的哪一刻，我填的是键盘开始敲响的时候，可我已经记不清键盘声是从什么时候开始的。进了门我看到了她那只整理好的红色行李箱，我有点蒙："好不容易入选，何必要走呢？"我的挽留完全是为了自己，键盘声折磨得我生不如死，一见她竟然消失了，她简直就是我的灵丹妙药。我在靠窗的沙发上坐下之后发现她还站着，她不时瞟一眼自己的行李箱，脸上带着一丝不耐烦，好像急着要走却又不知怎么打发我。我早已做好长聊的准备，最起码要待到十二点以后。我要检验一下，当着她的面键盘声是否真的会消失。

我问："有水吗？"

她只好在我对面的沙发上坐了下来，并且因为刚才的不耐烦稍显尴尬。接下来我提到了敲打键盘的女人。我今天下午是第一次在想象中看到她的手，但不知道她长什么样。我跟乔小卉说的时候把她描述成了熟悉的陌生人。她留着长发，戴着眼镜，年龄在三十岁左右，下巴上有一颗若隐若现的灰痣。每当她敲回车键时会紧抿一下嘴巴，那颗痣便清晰地显现出来。我还说到了她灵动的手指，根据她右手无名指上婚戒的印痕，可以判定她刚离过婚。我这样说是为了引起乔小卉的兴趣，以便延长说话时间。此刻才八点零五分。我的话在乔小卉听来可能太像胡言乱语，她不时惊讶地看我一眼，然后端起咖啡轻呷一口。她的惊讶并不是因为有个女人在我脑海中敲键盘，而是搞不懂我为什么贸然上门讲给她听。看到她的眼睛又在瞟行李箱，我一时语塞，不知再怎么编下去了。

我说："我又不认识她，你说她为什么老是跟我过不去呢？"

乔小卉微笑着摇了摇头，没有说话。

我问："你觉得我在瞎编吗？"

乔小卉急忙说："没有。"

有时候说话就是这样，你明明在瞎编，听的人也知道你在瞎编，当你大胆地问对方是否认为你在瞎编时，对方出于礼貌和修养会突然生出一种很奇怪的心理，不但不便于承认你在瞎编，还会变着法地说明对你的话坚信无疑。乔小卉一时被这种心理控制了。

她若有所思地说："那女的不停地敲键盘，她面前应该有电脑屏幕，你可以看看屏幕上写了什么。"

这话无异于送给我一个展开话题的切入口，我心里一阵欣喜，手指顶在太阳穴上出神地想了想，不但没想象出电脑屏幕，连那个女人的手也想不起来。看到乔小卉将手掩在嘴上轻轻打了个哈欠，我急忙装出一副恍然的样子："她的电脑屏幕上写着'诺亚之旅'。"乔小卉显然不相信我的说法，嘴角轻轻一抽，像是冷笑。我一时陷入谎言被戳破的尴尬中，感觉就像被当众剥去了衣服。于是，我问她最想回到过去的哪一刻。参加"诺亚之旅"的人都是满肚子心事，我对她的过去并不感兴趣，这样问只是为了让她的注意力从我身上转向别处。没想到她的身子微微一震，像是面对逼供一样眼睛里透出一丝恐慌。

我离开她的房间时已是深夜一点，能够坐这么久是因为我扮演了一个合格的倾听者。她说到了那个自杀的男人。她的老家在苏北一个县城，住在供销社家属楼的一楼，楼前空地圈了小院，上了一道狭窄的铁门，铁门上刷了棕色防锈漆。小卉的父亲靠着下海经商很早便发达起来，却依然在小城里过着低调的生活。他想等乔小卉完成了学业，确定在哪个城市安家，他再搬到女儿所在的城市里。只要小卉喜欢，他可以去世界上任何一个城市，他能保证让她体面地过一辈子。乔小卉的入狱击碎了他的梦想。他的身体和精神骤然垮了下去。七年前春天的一个凌晨，他在睡梦中隐约听到了轻轻的敲门声。那声音没有明确的节奏，像是树枝被风吹得扫到了铁门上。他披上衣服走到院子里，拂面的凉风让他打了个冷战。拉开大门，迎面看到大门横梁上吊着一个人。那人的脸就像动画片里的厉鬼，舌头伸出来像半截腰带一样贴着下巴。尸体轻轻晃动着，好似悬在架子上的一根大丝瓜。

乔小卉没想到他会自杀。他是她的男朋友。她蹲监狱时每周都要给他寄一封很长的信，而她写的比已经寄给他的还要多得多。她在信中回味着跟他第一次牵手，第一次接吻，第一次感受他火辣的身体。光是各种"第一次"她便写了三年，每一个"第一次"的种种细节都像用刻刀刻在她的脑子里，每回想一次都会生出崭新的感觉。乔小卉不愿让思绪一味沉浸在过去，随即用七年时间畅想着他们的未来：热闹的婚礼，怀孕时的反应，孩子出生时所引来的赞扬，孩子长大后因教育问题出现的纠纷……她靠着对过去的回味和对未来的想象熬过了监狱生活。她没有收到过回信，却相信她的信他全部收到了，甚至想到她出狱时他正站在监狱门口等着她。

我很想问她怎么会爱上一个满脸疤痕的人，问她为什么蹲了十年监狱。我忍住了。我躺在床上回想着她说到那个男人时的神情，忽然觉得那人可能不存在，乔小卉说到他时太淡定，好像在说一个与己无关的人。难道她像我杜撰敲键盘的女人一样故意杜撰出一个丑陋的男人？这念头让我从床上坐了起来。我好多年没有专注地想过女人了，由于常年陷在键盘声的折磨里，身为男人的欲望早已被扼杀得一干二净，我妻子八年前离家出走我都没顾得上痛苦，更没心思对其他女人感兴趣。乔小卉不但使我的耳朵清静下来，还让我全身都通透了，这让我对她有了进一步的需要。

我从她的房间走出来时看了一眼她的行李箱。她把我送到了门口，说："谢谢你。"我站在走廊上懵懂地看着她，搞不懂她谢我什么。她说如果不是明天就走了，是不会把那个男人说给我听的。我右手轻轻抚在门框上，想为下次见面敲定一个时间。若想再见到她，必须打消她退出"诺亚之旅"的念头。于是，我提到了"诺亚"发明人詹姆斯回到三十年前挽回的那起命案。

詹姆斯新婚不久便发现妻子跟她的前任迈克依然藕断丝连，崭新的绿帽子让他几乎发了疯，他想拿剪刀剪掉迈克的生殖器。这办法固然痛快，可难度太高，别说自己不一定打得过迈克，即使干成了也将面临漫长的刑期。詹姆斯选择了制造车祸。他瞅准机会，在盘山公路上将迈克撞进了山涧。打那之后迈克消失了，詹姆斯却陷入了长久的不安，忏悔和祷告都无法让他平静下来。直到研制出"诺亚"，詹姆斯才得以再次坐进当年那辆越野车里，他看到迈克还像原来一样站在盘山公路上，正举着双手想拦下一辆车。詹姆斯一扭方向盘，从他身边绕了过去。詹姆斯虽然利用时光机放过了迈克，却又不敢相信"诺亚"真的能将迈克的性命挽回。第二天晚上，詹姆斯从妻子口中得知了迈克的消息。她的口气里透着惊喜：原以为迈克被车撞死了，谁想到他这么多年一直生活在大阪。詹姆斯为了验证迈克真实存在，当天晚上坐飞机从西雅图去了日本。迈克跟他一起喝咖啡时，竟然提到了当年的那条盘山公路，迈克的车坏在了路边。他问詹姆斯，那天明明看到他在求助，为什么不停下来。

乔小卉对我的讲述不置可否："你信吗？"

我问："为什么不信呢？"

乔小卉苦笑："我觉得不靠谱。"

我说："凡是最先进的东西刚出现时都给人不靠谱的感觉，我们小时候能想到人工智能吗？宋朝人根本不相信会有电视和手机。'死马当活马医'经常被人挂在嘴上，就是因为在最不可能的情况下依然有着一丝可能。"

三

房车被拖走修理了，我们不得不在八里屯住下。十字街头的旅馆倒是挺干净，午间的寂静却让人感到无聊。我站在窗口看着路边正在发芽的柳树，想着用什么理由去乔小卉屋里坐一坐。自从认识她，我耳边的键盘声没再响起过。病痛的基本特点就是临身时无法准确说出它带来的痛苦，离身而去之后又无法想象出曾经的痛苦。我忽然觉得键盘声消失跟乔小卉并没有直接关系，原来被噪声困扰只是一种幻觉。乔小卉在我心里的地位发生了变化，她由我急需的一服药变成了我想时刻与之待在一起的人。这让我在她面前变得有些拘谨，我的眼睛却愈来愈大胆，总是不由自主地从她的脸庞看向她的脖颈。目光被粉色毛衣的领口挡住时，我的眼神会变得非常急切，恨不能像剪刀一样把她的毛衣豁开。

乔小卉敲响了我的房门，问我能不能陪她去孟营村。

孟营村是孟同的老家。孟同就是那个上吊的男人。

从八里屯到孟营村只有三千米。乔小卉说："车坏在这里，可能就是为了让我去他的老家看一看。"她想到了第一次跟着孟同回老家的情景，脸上闪过一丝少女般的羞涩。那次孟同的母亲给了她一千元的红包。此时我们坐在一辆电动三轮出租车上。我本来不想跟她来，她提到孟同就哭，让我心里生满了醋意。我反复劝她坚信"诺亚"的魔力，说来说去我自己竟然信了，一想到她通过时光机把孟同从上吊绳上解下来，我便感到绝望。我最终决定跟她去孟同的老家是想做到知己知彼，把孟同从她心里彻底踢出去。乡村公路上布满了被卡车碾出的大坑，三轮车司机像玩杂技一样不停地急拐弯，我和乔小卉好似筲箩里摇动的元宵。身体的每次碰撞都让我有一点兴奋，每次分开她都会略显慌乱地理一下头发。我觉得三千米路程太短了，盼着三轮车能够在糟糕的路上一直开下去。

孟同的母亲是盲人。她正坐在大门口的马扎上，腿上放着一只白色塑料盆，盆里盛满了黄豆。她穿着颜色模糊的夹袄，满头白发剪得很短，乍一看像个干瘦的老头。她的左手从盆里捡起一颗黄豆放在右手里，右手的食指和拇指轻轻一捻，放下，又接过左手递来的一颗。黄豆在初春的阳光下闪动着淡淡的油光，她那干枯的手指就像是干裂的筷子。有人对她说，等她把盆里的黄豆数完，孟同就回家了。

她的眼睛不好，耳朵却很灵，我提着两箱牛奶还没走到她身边，她的脸便直直地对着我，双手匆忙拢了一下头发，又正了正夹袄的领口，问："你是孟同的同学吧？"此时街上正有几辆农用三轮车冒着黑烟驶过，她不光在嘈杂的声音里听到了我的脚步声，还知道我是来找她的。我急忙朝前走了两步，说自己是孟同的同学。这是乔小卉刚给我安排的一个身份。她固然想见一见孟同的母亲，到了村口却又不敢从出租车上下来。我觉得这样也好，给了我一个了解孟同的机会。我在老太太面前蹲下身，她笑着伸出手来摸我。我怕被摸到脸，急忙把手递到她的手上。她的手上像是蒙了一张砂纸。她笑着说："那你跟我家小卉也是同学了。"我还没答话，她的笑容忽然一僵，问我多大了。我说三十七。老太太脸上显出了匪夷所思的神情："我家孟同和小卉才二十二，怎么会有你这么大岁数的同学？"我这才知道时间已经在她的感觉里停滞了。我正要给自己找一个晚入学的理由，她又问："你是从济南来还是从美国来？"我说从美国来。我觉得把来处说得愈远愈好，以便应付她头上一句脚上一句的说话方式。

她笑了："这就难怪了，美国人念书晚，有的女人生完孩子还在念书呢。"

回八里屯的路上，我的心情非常沉重，孟同的母亲仿佛一个坚硬的雕像横在我的脑海中。我跟她聊了半个多小时，从她的话语里我一再看到儿时的孟同。他背着书包回到家的第一句话总是"娘，我饿了"。家里的墙壁上贴满了他的奖状。村里的人对我说，老太太的眼睛是孟同死后哭瞎的。失明之后她反倒开心起来，用混乱的思维安排孟同和乔小卉去美国留学，然后每天数着黄豆等待他们回来。我还从村里人口中得知了孟同的死因，心里涌动着一股悲愤。该死的人固然很多，孟同却不该死。

我上了三轮车之后没再说话。乔小卉想问点什么，我扭过头去不看她。孟营是个贫穷的小村庄，红色砖瓦房和土黄色泥坯房混杂在一起，看上去像一块被拍瘪的劣质蛋糕。三轮车驶出村口时，乔小卉回头看了一眼，她那次跟孟同一起离开时，孟同的母亲站在村口一直望着他们。为了给未来的儿媳留个好印象，她特意染了头发。这次乔小卉当然不可能看到她，即使她再站在村口，乔小卉也认不出来。

乔小卉紧抿了一下嘴唇："怎么样？"

我说："你该自己去看看。"

我怕被她缠着问这问那，回到旅馆直接去了孙秋水的房间。李文治正在跟他商量乘坐"诺亚"回到过去的哪一刻。桌上的烟灰缸里塞满烟蒂，他俩商量了许久，愈是往内心深处挖掘发现后悔的事愈多，竟然不知冲哪件事下手了。根据詹姆斯的设计，乘坐者一生中只能回到过去一次。任何一个人都与许多人存在牵扯，不限次数势必给当今世界造成极大的混乱。孙秋水本来想回到当年的高考考场上，把数学试卷重新做一遍。他小时候听算卦的说他将来可以封王拜相，如今都快退休了才混到科级。他觉得人生很失败，究其原因就在于当年没能上个好大学。老孙盘腿坐在床上，手指头抠着脚趾缝，眼睛偶然看到了手机推送的一条反腐消息，忽然又觉得没当上大官是自己的幸运。

他诚恳地说："我是个贪财的人，如果真当了官，很可能还没到正处就进了监狱。"

李文治有点纳闷："要是真当了官，何必贪污呢？"

他觉得只有没钱的人才以为钱重要，有了钱会发现钱的作用并没有想的那么大，并且更多了些想不到的麻烦。他刚离开老家去城市打工时，大家以为他去讨饭了，回到村里面对的都是同情的目光。等他有了点钱，老家人的目光里多了一些嫉妒。再后来，他感觉到了老家人的仇恨。终于有一天，他家祖坟的墓碑上抹满了大粪。他去上坟时粪便还散发着新鲜的臭气，显然是故意抹给他看的。这事的最终处理方式是由村委会出面向派出所报案寻找抹粪便的人，李文治捐钱在老家的村口建了一座桥。李文治捐款建桥倒是无怨无悔，可是跟家族墓碑上的粪便联系在一起让他觉得很窝囊。所以，李文治特别渴望回到十二岁那年决定退学的那一天。他要把书继续读下去。他知道自己天生不是做学问的人，只想努力考上税务学校，毕业后到税务所上班。李文治想到这里脸上带着一丝笑意，好像已经坐在基层税务所的办公室里。

他说："每个企业都做假账，随时可以罚他们。"

老孙有点吃惊，原以为做企业的都不容易，互相之间会惺惺相惜，李文治居然想着找同行的麻烦。他不由怀疑李文治的人品，继而又觉得李文治说这些是对他的信任。他正拿不准怎样接话，恰巧我进了门。我是来跟他们道别的，我决定退出"诺亚之旅"。孟营村之行让我很失落，我发现乔小卉竟然是个恶毒的女人。老孙递给我一根香烟，问我想乘坐"诺亚"回到哪一刻。

我反问道："你不是说这是一场骗局吗？"

老孙笑了："知道是骗局。可我为什么要来？我一路上都在想，终于想通了。我愈是觉得不可信，说明我信得愈真。"

李文治被绕得有点蒙："你到底信不信？"

老孙吸了一口香烟，微闭着眼睛仰靠在床头，淡淡的烟雾从两个长满鼻毛的鼻孔里轻飘飘地流出来。李文治转头问我最后悔的事是什么。我说没有后悔的事，这次参加"诺亚之旅"本来想找到耳边键盘声第一次敲响的时间，现在没必要了。李文治觉得我不想说实话，冷笑一下，闷头抽起了烟。

我确实想不起最后悔的事是什么。我记得妻子出走是八年前的一个下午，她说回四川老家，当时正下着一场秋雨，窗外的树叶在雨水中瑟瑟颤抖。我被键盘声折磨得都快疯了，没有听到她推着行李箱出门的声音。后来我发现她留下了所有的房间钥匙，才知道她不会回来了。最后悔的事一般都包含着对别人的伤害，可我只是被伤害过，不记得伤害过别人。我忽然想，在妻子出走之前我都做了些什么？我像是发现了一条了解自己的线索，正要深想，键盘声突然响了起来。我急忙用双手捂住耳朵，眼神变得像是被蝇拍追打的苍蝇。这次的声音比以前任何一次都更响亮，敲打键盘的手指仿佛足有二十多根。

李文治担心地问："你病了吗？怎么出了这么多汗？"

我求助似的说："键盘又响了。"

老孙从床上坐了起来，在屋子里看了一圈，又侧耳听了听："哪有键盘？要不要送你去医院。"

我刚要说话，键盘声突然消失了，我感觉就像刚从浴室出来一样满身舒爽。我抹了一把额头上的汗水，听到了轻轻的敲门声。我知道是乔小卉来了。李文治打开房门，请她到屋里坐。乔小卉站在门口直直地看着我。

她说："请你出来一下。"

四

如果不是我脑海中浮现出那个敲打键盘的女人，我不会跟着乔小卉去徒骇河边。她说话的口气像下一道命令，我何必听命于她？她在我心里已经是随时可以置人于死地的女人。我宁肯忍受键盘声的折磨，反正已经忍受了许多年。听到她叫我时，我反倒坐在了床上，从桌上摸起一根烟。这时，我的神思一阵恍惚，依稀看到敲键盘的女人在电脑桌前挺了一下腰，紧抿了一下嘴唇，下巴上那颗小巧的灰痣清晰地显现出来。她点上一根细长的香烟，吸了一口，双手重新凑到键盘上。我心里立时抽搐了一下。她这次打字的动作特别轻柔，就像在抚摸婴儿的脸蛋儿。随即，我在她的电脑屏幕上看到了一行字：他决定跟她谈一谈死去的孟同。

我和乔小卉朝徒骇河边走去时好像在梦游。我尾随在她身后，像一条驯服的狗。傍晚的阳光映红了河水，岸边的柳树枝条正在发芽。

乔小卉走不了几步便回头看一眼，怕我没有跟上来。我一直在想着敲键盘的女人，她本来是我接近乔小卉时瞎编出来的一个人，如今却清楚地映现在我的脑海。她的形象愈来愈真切，我发现了她的一个习惯动作：每当她审视电脑屏幕时，左手会揪一下厚厚的耳垂。我还知道了她的名字叫罗小曼，这是因为她又点燃一根烟时身后有人叫她。那人问："写完了吗？"她说："还早着呢。"我看到乔小卉在一棵柳树下停住脚步，从兜里掏出纸巾铺在地上。她坐下之后扭头看着我，又掏出一张纸巾铺在身旁。我忽然有点毛骨悚然，并不是因为乔小卉确定我会坐过去，而是我在罗小曼的电脑屏幕上又看到了一行字。

我后来想到与乔小卉的此次对话时感觉非常诡异。我根本不用思考，只把电脑屏幕上的字念出来就行。我在乔小卉和罗小曼之间成了传声筒。我发现罗小曼有点刁钻，所提的问题连我都有点猝不及防。

罗小曼问，你为什么往孟同脸上泼硫酸？

我念出这句话先把自己吓了一跳。这句话自从孟营村回来便憋在我的心里，可我宁肯退出"诺亚之旅"也没敢问乔小卉。我的口气很冲，仿佛有另一个人正在代替我说话。如果让我来问，语气会轻得多。我说完之后不安地看着乔小卉，以为她会很受打击。没想到她十年之前便为这个问题准备好了答案，并且在狱中写信时一再明确地告诉了孟同。

乔小卉说："我那样做是为了爱他一辈子。"

我又念道："你后悔吗？"

乔小卉说："他如果没死，肯定会原谅我的。"

罗小曼说："他上吊就是要告诉你，死都不会原谅。"

乔小卉愣怔着望向我："你这样以为？"

罗小曼突然停止了打字，我有些慌乱，面对乔小卉略显可怜的神情，我不得不用自己的方式处理罗小曼留下的烂摊子。我觉得乔小卉大胆地承认泼硫酸已经很不容易了。

我说："我当然不那么以为。你肯定有难言的苦衷。"

乔小卉脸上掠过一丝欣慰："孟同也像你这么想就好了。"

这时，河里有一条小船划过。船头站着一个红衣女孩，微风拂动着她的长发，她出神地凝望着岸边的八里屯小镇。我恍惚中感觉正身处一幅古老的画面里。红衣女孩很像二十年前的乔小卉。我朝河心一指，正想提醒她看一看，罗小曼忽然又跳了出来。

她急速地在电脑上写道："你不觉得自己太霸道吗？"

乔小卉惊异地看着我："你觉得我霸道吗？"

罗小曼说："孟同无非是想跟你分手，何必搞得两败俱伤？"

乔小卉说："我那么爱他，他怎么能不爱我呢？"

罗小曼说："你爱他，他就必须爱你吗？"

乔小卉说："他爱的是我，跟我说分手只是一时鬼迷心窍。"

罗小曼说："你一开始便把对他的感情当成了恩赐，你觉得他没有资格再对爱情做出选择。"

乔小卉沉默了。

我们离开徒骇河边回旅馆时天已擦黑，罗小曼终于从我的脑子里退了出去，我像是得了"撞客"刚被神婆治过来似的满身疲惫。乔小卉的思绪沉浸在孟同身上，并不知道刚才跟她说话的是两个人，她像是自我辩白一样说到了那个改变命运的夜晚。

那天晚上临近十一点了她还在中山公园北门外徘徊，不时摸一下提包里的小瓶硫酸。她和孟同在青岛一所大学毕业之后来到济南当老师，正计划着把家安在这里，孟同却被一个叫江美影的女孩缠上了。硫酸本来是给江美影准备的。乔小卉觉得江美影给孟同下了蛊，要不然孟同绝不会刚跟她认识三个月便对她爱得要死要活。孟同提出分手之前，身体已经对乔小卉进行了拒绝。原来他在她身上像一只饥饿的豹子，如今躺在她身边像一只骟过的公羊。乔小卉刚开始以为他得了病，想带他去看男科大夫，后来是孟同手机里的一条信息让她知道事情没有那么简单。女人打架第一个动作便是冲上去抓对方的脸，乔小卉想把孟同重新拉进自己的怀抱，首先想到的是让江美影毁容。化学老师的身份恰好给了她获取硫酸的方便。她知道毁容带来的后果，制订方案时总是把自己想象成一个特工。她盯了江美影两天，没找到下手的机会。此时孟同正跟江美影在公园里，乔小卉觉得这是个天赐良机。公园北门正对着纬五路口，路边全是粗壮的法桐树，她朝江美影脸上甩过硫酸之后，可以先藏在一棵法桐树后，然后从容地向北走上十几米，拐进一条向西的胡同里。她这次不光要毁了江美影，同时还会验证孟同的心。当江美影惨叫着倒在地上，只有孟同能够认出那个匆忙隐到树后的身影是乔小卉。乔小卉相信孟同不会像抓罪犯一样冲上来追她。乔小卉站在一棵法桐树下看着公园北门，门口愈来愈冷清了。公园十一点半关门，乔小卉掏出手机看了看时间，先是愣了一下，随即眼睛里涌上了泪水。她忽然发现自己是如此懦弱，制订详细的袭击方案其实只是一种可怜的自我安慰。她早就知道孟同和江美影根本不可能从公园北门出来，他们会出南门去坐 101 路电车。也就是说，她在精心计划惩治江美影的同时，潜意识中已经饶过了江美影。乔小卉暗恨着自己，当看到公园的电动门缓缓闭合时，她竟然长舒了一口气。她知道今晚的行动失败了，正想着如何说服自己再将计划执行下去，突然，两个身影从即将关闭的大门里冲了出来。

乔小卉觉得把硫酸泼在孟同脸上纯属意外。她看到孟同和江美影站在公园门口拦出租车，夜风吹乱了江美影的头发，江美影看上去像个披头散发的女鬼。乔小卉又摸了一下包里的硫酸瓶，已经没有了冲上去的力气，她的手抚在法桐树的树瘤上，闭上眼睛想等待他们离去。当她睁开眼睛时，却看到孟同背着江美影正顺着经三路朝东走，他的左手伸到背后托住她的屁股，右手替她拎着一只断了跟的白皮鞋。江美影仿佛正骑在一匹骏马上，双手像紧抓缰绳似的揪着孟同的耳朵。乔小卉的怒火再次被点燃了，她从包里掏出了硫酸。她冲过去的脚步有些急促，一边走一边拧开了瓶盖，瞄准了江美影的头。她的脚步声让孟同感觉到了危险，就在硫酸像密集的雨滴一样洒向江美影的左脸颊时，孟同忽然扭过身来，用自己的脸接纳了所有的硫酸。乔小卉永远记得孟同看到她时的表情，那是她最后一次看到他。他的眼睛里同时闪过了惊异、不解、诘问、失望，却没有痛恨。孟同惨叫着倒在地上，乔小卉没有跑，而是蹲下身抱住了他。一个个带着刺鼻气息的气泡像花朵一样盛开在孟同脸上。乔小卉心里忽然掠过一丝欣慰，她终于可以永远地抱着他了。她看到江美影光着一只脚傻站在旁边，感觉自己终于成了一个胜利者。她像搂着重病的孩子似的将孟同搂得更紧了一些。

乔小卉扭头看了我一眼："你说得很对。"

我愣了一下："我说什么了？"

乔小卉说："细想一下，我刚开始确实把对他的感情当成了恩赐。"

她第一次收到他的情书时很惊异，随即感觉像是被苍蝇叮了一口。孟同考上大学在老家人眼里犹如鲤鱼跳龙门，进了大学却成了不起眼的小虾米。乔小卉并不是看不起他，而是像走在街上不会留意路边乞丐一样根本没正眼看过他。孟同用一种常人难以理解的毅力追了她两年。两年里乔小卉虽然没有答应，却逐渐把他的追求当成了习惯。孟同因为追求她而努力让自己变得优秀，进了学生会担任了部长，还收到了另一个女孩子的情书。乔小卉看到孟同展示的情书时，心里的滋味很是复杂。孟同却当着她的面把情书撕碎扔进了垃圾箱。乔小卉记得孟同第一次跟她接吻时的庄重神情，那一吻有些匆忙，孟同就像刚完成一项重要的任务似的长舒了一口气，说："终于可以了。"

我想说关于"恩赐"的观点并不是我说的，却又一时拿不准要不要把罗小曼的事告诉她。

我问："你不觉得我今天说话有些反常吗？"

乔小卉稍微想了想："确实有点。"

她这是第一次对着他人把孟同的事情全部说出来，像是终于卸掉了大包袱，神情清爽了许多。

我说："我看到那个敲键盘的女人了。"

乔小卉以为我在开玩笑："说说看，她长什么样？"

我说："今天跟你说的话，都是我照着电脑屏幕念出来的。"

乔小卉笑道："你别吓唬我好不好？"

小镇的十字街头变得热闹起来，各类小贩的叫卖声在扩音喇叭里此起彼伏。乔小卉在一个水果摊前买水果，我远远地看到孙秋水和李文治正站在旅馆门口东张西望，可能是在等着我们一起吃饭。乔小卉一边将挑出的橘子放进塑料袋里，一边跟小贩讲价。一个饭馆的服务生骑着三轮车刮了一辆轿车，他傻站在那里，静等着气鼓鼓的车主从车门里钻出来。两个初中生从人群中走过，男孩轻轻揪了一下女孩的辫子，女孩正要生气，男孩从她的肩头摘下了书包挎到自己的肩上。乔小卉经过一番讨价还价，最终还是以比实际价格更多的钱买下了一袋橘子。眼前的种种景象让我忽然有了一种虚幻感，近些日子我的意识里塞满了"诺亚"时光机和罗小曼的键盘声，几乎搞不清哪里才是自己寄身的真实世界。

乔小卉掏出一个橘子递给我："我相信那个敲键盘的女人确实存在了。"

我问："你以为我原来在说谎？"

乔小卉说："既然相信'诺亚'，就没有理由怀疑她。"

我有点担心地问："你想回到七年前把他从上吊绳上解下来？"

乔小卉说："我要回到十年前的中山公园北门口，让他背着江美影安静地离开。"

五

从八里屯去往仙女洞的路上，我的脑子里同时装着两个女人。我将罗小曼和乔小卉进行了比较，乔小卉更是我心仪的人。罗小曼比乔小卉年轻，我却没见她从电脑桌前起过身，怀疑她是个瘫子。她的烟瘾挺大，用不了一会儿烟灰缸里便塞满烟蒂，一只苍老的手总是及时伸过来将烟灰缸拿走，清洗之后再放回她的面前。庆幸的是她敲打键盘的动作愈来愈轻柔，轻得几近于无。我本来可以不再想她，专心跟乔小卉说话。没想到罗小曼竟然成了阻断我回忆的一道墙。

乔小卉问到我的工作，我说在北京一家文化公司。她问我何时从老家去北京的，我一时说不上来。我最早的记忆停留在妻子出走的那个下午，再往前想只能看到罗小曼坐在电脑前。乔小卉脸上显出一丝不悦。去北京的具体时间并不是什么私密问题，我不回答显得缺乏起码的坦诚。我只好把话题停留在妻子出走的那一刻。

我说："那天下着雨，她走的时候我居然没听见。"我说完之后心里陡然一惊，这相当于向乔小卉亮明了我是单身。乔小卉问："你想她吗？"我说："没顾得上想。我只忙着找偏方治耳鸣了。"乔小卉问："你不爱她？"我说："应该不爱吧，不然我怎么会不想她？"乔小卉问："你不爱她怎么会跟她生活在一起？"我笑道："所以她才走呀。"乔小卉说："你这次可以乘坐'诺亚'回到那个下午，把她留下。"我苦笑："如果能留下，她当初就不会走了。"

我们的话很像兜圈子，绕来绕去都说不到核心点上。她想搞清楚男人不爱女人为什么还要跟女人在一起，我则是不愿让她看出我的记忆受阻。如果不是孙秋水及时插话，我几乎不知道怎样跟乔小卉说下去了。绕圈子说话比撒谎还累，说谎无非是说出第一句之后想着后面怎么圆，属于创造性工作。绕圈子则相当于咀嚼甘蔗渣。

孙秋水说："男人不爱女人也可以生活在一起。"他说完叹了口气，好像在特意提醒别人他有切身体会。他刚才躺在房车后排的沙发床上看电视，被我们的话题挑起了说话的欲望。乔小卉说："那只能是女人特别爱那个男人，才会甘愿忍受他的不爱。"孙秋水说："不一定。"乔小卉糊涂了："谁也不爱谁为什么还要在一起？"孙秋水说："两个蚂蚱拴在一根绳子上，你说它们会相爱吗？"乔小卉说："人又不是蚂蚱。"孙秋水说："人还不如蚂蚱。蚂蚱过得再不舒服顶多也就活两三个月，人却要熬一辈子。"乔小卉纳闷："不好就分开，为什么要熬？"孙秋水问："你还没结婚吧？"乔小卉的脸稍微一红，点了点头，随即又急忙摇了摇头。孙秋水本来还要说点什么，乔小卉的表情让他把话咽了回去。他转头看了我一眼："小刘的妻子倒是个有勇气的人。"我笑了一下，冲他竖了一下大拇指，连我都不知道是在赞同他的说法正确还是敬佩我出走的妻子。乔小卉冲我笑道："你太逗了，老婆跑了，你不恨她，也不伤感，简直够得上麻木不仁。"老孙说："我倒是盼着我老婆出走，可她硬是赖在家里，估计她也无处可去吧。"

老孙昨天晚上曾在我房间里说到他的老婆像一块滚烫的年糕，粘在手上甩不掉又没法吃。他找我本来是商量一下乘坐"诺亚"回到过去的哪一刻，说了没几句竟然将话题落在他老婆身上。当时我正想去隔壁房间找乔小卉。我知道了她和孟同情感的来龙去脉之后，她在我心里又成了清爽的女人。我觉得她泼硫酸只能算一时冲动，孟同顶着满脸疤痕过了三年不想活了纯属自己想不开。有许多比他更惨的人还坚韧地活着，如果他看到了乔小卉写的信，应该会原谅她。对我来说，孟同的死倒是一件好事。我原来担心乔小卉借助时光机把他救回来，徒骇河边的对话让我明白了她的心迹。她入狱那年二十三岁，在监狱的十年里她的情感几乎处于封闭状态。她既然决定回到十年前放过孟同，说明她准备重新敞开二十三岁的心迎接新的爱人。我很希望自己成为那个新人。又想到二十三岁的女孩眼光很挑剔，我很怕自己配不上她。我在房间里不停地来回走动着，不时揉搓着有些稀疏的头发，又去卫生间看一看自己粗糙的脸。我想在身上找到一点可以打动她的特长。特长迟迟没有找到，老孙却来了。

　　孙秋水虽然是个在城市里生活了四十年的文化人，却依然保持着进门就脱鞋上炕的习惯。他老家在河北中部一个偏远的村庄，家里种着一大片棉花。村里有早婚的风俗，他高中还没毕业便订了婚。孙秋水长得老相，刚上初中便常常被陌生人以为是他父亲的亲弟弟。跟他订婚的那个邻村女孩叫小凤，长得挺漂亮，她跟孙秋水订婚并不是无视他的相貌，而是知道他念书还可以，有可能考上大学。孙秋水上了大学之后几乎每隔两天便会收到小凤的来信。小凤只有初中学历，写的信却很长。信里没有孙秋水渴望看到的绵绵情话，通报的全是孙秋水父母的身体状况和地里庄稼的长势。孙秋水最不感兴趣的就是这个。当时他的父母才四十来岁，父亲壮得像头牛，母亲是出了名的母老虎，介绍他俩的身体状况纯属多此一举。孙秋水随即从信中看出小凤如今已经顾不上尚未过门的羞涩，经常到他家帮着干农活，信里的意思是说她将是个既孝顺公婆又勤俭持家的好媳妇。孙秋水念的是工科，班里的男生占到了百分之九十二，几个长相一般的女生在众星捧月的局面里过早地学会了忸怩作态。孙秋水觉得小凤比她们强得多。春节去小凤家拜年，小凤的父母特意躲出去让他俩说说话。孙秋水按捺不住烈火一般的欲望，把小凤抱到了炕上。小凤的神情显得挺慌乱，对他的举动倒是心中早就有了数。孙秋水匆忙脱了衣服之后有点不知所措，小凤拽过被子捂在了他的身上。事毕之后，小凤将脸埋在枕头上哭了。孙秋水有点蒙。小凤说："都说你上了大学就会变心。"孙秋水一听感觉遭受了不白之冤。当时他以为大学毕业会分配到县机械厂当技术员。他替小凤轻轻揩着泪水，用坚定而绵软的口气一再声明自己的忠贞。小凤终于笑了。她说："你要是变了心，我就拿镰刀把你那个割掉。"孙秋水双手下意识地往裆间一捂，小凤又笑了。

老孙叼着香烟盘腿坐在我的床上，说到小凤的笑容，神情猛然一亮，脸上的每道皱褶都散发着光泽。随即脸色一暗，他又陷入了伤感："结果我还是变了心。"

老孙变心绝不是蓄谋，是被逼得无奈。他现在的老婆是他的大学同学，也就是当时班里那几个忸怩作态的女生之一。孙秋水看着她不怎么顺眼，她更不可能看上他。老孙有幸跟她打上交道是因为她失了恋。她失恋怎么偏偏找他倾诉呢？老孙为此纳闷了许多年，直到去参加"诺亚之旅"的前一天晚上他才想明白，她遵循的是那句"找个老实人嫁了"。孙秋水上了大学依然对小凤不离不弃已经成了同学间的佳话，被公认为彻头彻尾的老实人。当她找他商量毕业分配去哪儿好时，孙秋水并不知道这是个圈套，反倒有点受宠若惊。她的姨夫是学校的系主任，孙秋水很想趁着替她参谋去向时，顺便请她求一下姨夫，把他分配回老家。孙秋水跟她说话是在市中心的公园里，说了没几句她便哭了起来，随即骂那个抛弃她的人。那人是他们的同学，孙秋水跟他平日里稍有不睦。孙秋水觉得很有必要随着她骂几句，便说："早就看他不对劲，果然不是个好东西。"共同的敌人骤然拉近了两人的距离，她用泛着泪花的眼睛看着他，口气里带着一丝嗔怪："你早就看出他的狐狸尾巴，为什么不告诉我？"孙秋水被撩得心里一麻，说："那时候我哪敢跟你说话呀。"她问："你现在怎么敢了？"孙秋水嗫嚅了一下，说："你能不能替我求你姨夫帮个忙？"她心里很失望，嘴上倒是挺痛快："你怎么不早说？"当天晚上她带他去了姨夫家，姨夫家没人，她掏出了房门钥匙。孙秋水后来每次回想到在她姨夫家住的那个夜晚都感觉像做梦。怎么就迷迷糊糊地跟她上了床？因为那半瓶价格不菲的进口葡萄酒，还是那张诱人的席梦思床？想来想去，孙秋水恨不能抽自己的嘴巴子，恨自己当时冒出了有便宜不占白不占的鬼心思。孙秋水不以为她会看上他，她那么主动只能是在感情最脆弱的时候被红酒支使得有点犯迷糊。接下来孙秋水照常跟小凤通信，计划着在老家县城即将开始的新生活。二十一天后的一个下午，孙秋水接到了一个霹雳般的消息，她怀孕了。她在告诉孙秋水之前，已经悄悄写信把怀孕的事通知了小凤。小凤一气之下喝了敌敌畏。

老孙说到这里非常气愤："你说她干的这叫人事吗？"

我以为又听到了一个因爱情而死亡的故事："小凤死了？"

老孙说："她倒是被救了过来，可她哪还有脸待在老家？"

小凤去天津投亲了，随后嫁给一个在天津做建材生意的福建人。老孙再次见到她时，她已是一个金属公司的副总。二十二年前一个春天的下午，他跑到一家新成立的金属公司去给杂志拉赞助，没想到这是小凤的公司在市里设的分部。面对着满身贵妇气息的小凤，老孙想到她说的"拿镰刀把你那个割掉"，忽然想哭。

老孙不喜欢老婆是有道理的。她当初怀孕是假的。老孙觉得情有可原，毕竟是为了嫁给他。没想到她的名字也是假的，她当年是顶替另一个女孩上的大学。老孙随即又发现她是个撒谎成性的人，经常撒一些没必要的谎。比方说她明明从东风市场买的菜，偏说是从西关菜市场买的。有段时间家里接二连三收到寄给她的信，她作势把信藏起来，却又故意让老孙看到。老孙懒得看。过了一段时间，她自己沉不住气了，说那个当年抛弃她的同学最近老是找她。老孙暗自冷笑，那同学早就在深圳被车撞死了，她竟然不知道。老孙劝她可以跟那人联系一下，也许能碰撞出意想不到的好事。她惊异地看着他："你真这么想？"老孙觉得这些年一直生活在上当受骗的屈辱之中。他曾经怀疑她生出的孩子也是假的，偷偷领着一对双胞胎儿子做过三次DNA。儿子确实是他的，却也成了拴住他的绳索，绳索的另一头紧紧地抓在他老婆的手心里。老孙近日思来想去，终于认定这辈子最大的失败不是高考时做错的那张数学试卷，而是娶错了人。所以，他乘坐"诺亚"的心情尤为迫切。他想回到他老婆找他商量毕业分配的那个下午，他不会跟着她去公园，更不会随她去姨夫家，他要安静地回到宿舍里，给小凤写一封长信。

老孙拍了拍因为抠脚遗留在床单上的粉末，穿好袜子，从床上跳下来舒展了一下腰身。对前半生的回忆似乎耗去了他太多的力气，他从我的房间往外走时神情显得有些疲惫。

他说："什么封王拜相、日进斗金，全是假的，最重要的是跟自己爱的人过一辈子。"

老孙走到了门口又回过身来："你想乘坐'诺亚'回到什么时候？"

他这话只是随口一问，我却觉得被问到了一个棘手的问题。自从我的脑海中出现罗小曼的身影，敲键盘的声音几近消失，我已经没有了乘坐时光机的必要。我没有退出"诺亚之旅"是想跟着乔小卉。可我不愿把追求乔小卉的想法告诉他。

我说："还没想好呢。"

老孙说："你得抓紧想一想，时间不多了。"

老孙离去时已经半夜十二点二十分，我打开窗户释放着他和我抽烟制造的烟雾，想着进一步接近乔小卉的办法。我对她念念不忘，她还一无所知。她心里原来装满了孟同和硫酸，我根本挤不进去。如今她心里有了空间，我依然不知怎么进去。追求一个女人怎么这么难？如果我是个笨蛋，当初怎么还会娶到妻子？我想在上次的恋爱中吸取一点经验，结果又想到了妻子出走的那个下午。我在响亮的键盘声中依稀听到她在收拾行李，听到她说回四川老家，却总也看不到她的身影。我正要回忆一下跟她交往的情景，脑海中浮现出了罗小曼的电脑屏幕，她写道：他决定先向她介绍自己。我觉得罗小曼说得有道理，电视上的相亲节目都是从介绍男方开始的。我住在北京朝阳区的一个小区里，上班的文化公司离家只有两站地，我一般都是穿过河边的公园走过去。办公室里的人叫我刘总。公司像一台运转良好的机器，根本不用我操心，每周一、三、五下午我会去办公室里坐一坐，没人向我请示什么，我也没安排过别人做什么，我自顾自在电脑上寻找治疗耳鸣的偏方。有一回我在办公室睡着了，像做梦一样听到外屋有两个人说话。女的说："你发现没有，老刘有点傻了。"男的说："他是被老婆出走刺激的。"女的说："看上去老刘挺不错，他老婆为什么要走？"男的笑道："你现在有机会嫁给他了。"我轻轻咳嗽了一声，外屋的人噤了声。我走出去时发现外面一个人都没有。

房车里回响着老孙和李文治的呼噜声，乔小卉半躺在沙发椅上闭眼假寐，不知她想到了什么，脸上浮着淡淡的笑意。我心里有点焦虑，眼看离仙女洞愈来愈近，我却迟迟不知怎样博得她的好感。她感觉我在看她，睁开了眼睛，冲我笑了一下。我也笑了一下。她问："那女的又在打字？"我说："没有，她这会儿可能在睡觉。"乔小卉说："你以后可以把作息规律调整得跟她一样，她睡你也睡，她打字的时候你就看她写了什么。"她的话忽然提醒了我。我说："昨天晚上她写的是让我向你介绍自己。"乔小卉笑了："你倒是挺会借坡下驴。"说着很认真地看了我一眼，"可是你并没有听她的话。"我说："她横在我的脑子里，那个下午之前的事，我真的想不起来。"我有点担心地看着她，很怕她以为我在隐瞒不可告人的事情。乔小卉说："看来她是你生命里非常重要的一个人。"我说："她的重要只体现在用键盘给我制造了太多痛苦。"乔小卉说："能够给你制造痛苦的女人，说明更重要。"我感觉到她的口气有点不对，急忙问道："你不会以为我对她日思夜想吧？"乔小卉说："你不想她，怎么老是说起她？"我说："这次明明是你先提到了她。"乔小卉说："如果你不想，我提到她你也不会说。"乔小卉扭过脸去不再看我。我一时找不到话说，感觉就像掉进了自己挖出的一个坑里。

　　我终于知道乘坐"诺亚"回到哪一刻了。我要冲破罗小曼的影像，回到妻子出走之前。只有打通记忆，我才是一个完整的自己。我拉开窗帘看着窗外，绿树和村庄交替闪过。我闭上眼睛刚要想象自己坐进玻璃棺材似的时光机里，却依稀看到罗小曼坐在电脑前握了一下拳头，她的上齿紧咬着下唇，好像在生气。她的电脑屏幕上显示着一行用括号括起来的小字：下一节必须让他大胆一点。我无暇理会这话的深意。乔小卉怪我老是想着她，我就不该再想她。如今的罗小曼在我感觉里成了电影里的人物，想看就看一眼，不想看就把她屏蔽。我继续想着时光机。坐在里面，是像做梦一样只有意识回到过去，还是像宇航员一样去到另一个空间？这时，我有了一种飘忽感，仿佛正站在一个高高的铁塔上，伸手几乎可以摸到天上的星星，一阵风吹过来，我摇摇晃晃像是一个纸人，风声中有个莫名的女人轻柔地说道："跳下去！"

　　傍晚的平原像是一个烧红的大饼铛。房车从一个村庄旁边经过，几个孩子站在路边冲着房车指指点点。我们坐的这辆车造型有点怪异，乍一看很像旱地上行走着一艘轮船。孩子们好奇的目光将我的思绪拉回现实中，我不由苦笑了一下。如果"诺亚"真有穿梭时光的能力，老孙回到过去就不会跟他的女同学去公园，她也就成不了他老婆，那他现在的双胞胎儿子从哪儿来？乔小卉回到十年前不再冲着孟同泼硫酸，她就不会蹲监狱。没有十年的监狱生活，她就不会跟我同坐在一辆车里。过去的任何一丝变化都会给现在带来无数种可能，过去如果真的能改变，今天的我们还是我们吗？心念及此，我的精神一振，感觉终于抓住了"诺亚"的漏洞。突然，我的脑袋里铮然一响，像是有根弦崩断了，随即听到了激烈的键盘声。我急忙想象罗小曼，想让她停下来。她没有出现，我的头有点发闷，好似被摁进一只水桶里。键盘声更响了。

　　我像落水的人一样伸着双手张皇地乱抓，竟然摸到了乔小卉的乳房。她吓了一跳，坐直身子吃惊地望着我。我用力撕扯着自己的耳朵。她有些慌乱："还是她？"我说："这次我没想她。"乔小卉急忙回身叫老孙和李文治，准备送我去医院。我说："原来响的时候只要看到你就不响了。"乔小卉说："那你就看着我。"于是我大胆地看着她。她的眼睑垂了下去，又急忙抬了起来。老孙和李文治看到我们对视的一幕又重新躺了回去，他们觉得我这次犯病不严重，头上连汗都没出。乔小卉问："还响吗？"耳朵里的声音已经消失了，我说还响。她的脸忽然一红："你又骗我。"我说："没骗你。"她说："我真想拿刀子把她从你脑袋里剜出来。"

六

　　我和乔小卉再次单独说话是在一个县城医院的急诊室门前。我坐在光滑的台阶上，身旁停着四辆随时待发的救护车，不远处的白求恩雕像在灯光映照下显得特别透亮。乔小卉站在我旁边，不时扭头看一眼急诊室，一个喝了农药的年轻女人正在发出撕心裂肺的叫声。我又说到了罗小曼。她现在成了横在我跟乔小卉之间的最大障碍，我急切地想把她清除掉。此地距仙女洞只剩了七十千米。

　　我说："我又不认识她，你说她为什么老是跟我过不去呢？"

乔小卉诧异地看着我："你知道你这是第几次说这话吗？"

我有点蒙："我说过吗？"

乔小卉没言语，突然像怕冷似的瑟缩了一下身子。

我说："咱们先去住下吧。"

她问："要不要跟老孙说一声？"

我问："你想跟他说吗？"

在医院门外的一家宾馆，我要过她的身份证，登记了一个房间。她站在我身后没有反对，心安理得的神情就像随着丈夫旅游的妻子。

我非常感激李文治肚子里那节突然溃烂的盲肠，使得房车不得不急忙拐进医院里。如果一直开下去，我今生很可能与乔小卉擦肩而过。我们一旦到了仙女洞，坐进了时光机，重新走出来时都已经变成另一个人。我固然想回到妻子出走之前的随便一个时间点来打通记忆，如果在那个时间点上偶然发现她的一点好处，那在她出走的那天下午我就不得不挽留她。她不离去，我就没有机会遇到乔小卉。我坐在房车里反复想着用什么理由让乔小卉放弃此次"诺亚之旅"，脑子里像装着一盆煮沸的水。乔小卉的头靠在窗玻璃上，用手拉开窗帘一角，静静地看着窗外。一辆大卡车紧贴着房车驶过，吓得她身子一缩，闭着眼睛靠在椅背上，右手轻拍着胸口。这时，李文治从后排探过身来："你们是从哪儿得到'诺亚'的信息的？"这本来不算什么问题，我们随即却感觉到了诡异。我们四个人都接到了同一个手机号码打来的电话，从而得知了"诺亚"。李文治按照那个号码拨回去，居然是空号。车里陷入了死一般的寂静，他们心里可能涌动着一丝不祥之感，我却有点欣慰，觉得李文治的疑虑来得正是时候。我恨不能让"诺亚之旅"马上停下来。李文治闷头在手机上操作着，想查一查那个号码是不是刚注销。我对老孙说："你不觉得愈来愈不对劲吗？"老孙一笑："一个空号码算不了什么。"我说："我觉得我们被人卖了。"老孙脸上的皱纹突然一紧："卖了？卖给谁？"乔小卉冲着我板起脸："你别胡说。"她的口气像训斥一个恶作剧的孩子。突然，李文治惨叫一声从椅子上跌落下来，身子缩成一团，脸色像个死人，额头上渗出黄豆大的汗珠。我和老孙从车里把他抬下来时不知道他得了急性阑尾炎，他那痛苦的样子很像是要暴毙。

沉浸于自我情感的人很容易对别人的病痛不管不顾。我和乔小卉进了宾馆房间，立马把躺在手术室里的李文治和守在手术室外的老孙给忘了。乔小卉在打量房间里的布局，我一把紧紧地抱住了她，动作迅猛得就像是完成一次擒拿。我进门之前还没打算这么做，插好房卡之后脑子里忽然闪过一句话："大胆一点。"乔小卉的身子在我怀里刚开始像是一根木头，随即便像气球一样柔软了。我的下巴紧挨着她的脖颈，吸嗅着她身上温暖的香味，心里忽然涌上一阵莫名的委屈，不知不觉眼泪流了下来。我抱着她，全身仿佛陷入了沉睡。不知过了多久，她轻轻拍了拍我的后背："好了，你不是有话对我说吗？"我确实有许多话要对她说，此时却觉得什么都不用说了。那些话无论变换多少种说法也无非为了拥有此刻。我把她抱得更紧了一些，她的身子在我怀里挣了挣："被你勒得汗都出来了。"

我后来回想到这个夜晚总感觉有点不可思议，我在前台登记一个房间时她没反对，我当成了她对深化关系的默许，却没想到进展这么快，仿佛她早就在等待这一刻。她去洗澡了，我坐在沙发上听着卫生间里传出轻微的水声，心里忽然一紧，觉得从卫生间里即将走出来的是罗小曼。此时想到她实在不是时候。我急忙闭上眼睛，想凝神把她的形象逼出去，脑海中却回响起了轻轻的敲门声，随即我像看电影一样看到罗小曼从电脑桌前站起了身。

她住在一套略显逼仄的精装修公寓里，拉着暗紫色的窗帘，看不出是白天还是黑夜，靠床的沙发上摞满了书，门旁边酒柜里搁满了红酒。罗小曼抬手理了一下有些散乱的长发。打开房门，一个年轻女人抱着一瓶白酒走了进来，这人跟罗小曼长得很像，猛一看像是双胞胎。从她们简单的寒暄中可以听出她俩是大学同学，那女的是一家报社文体部的记者。她说："你的小说写完了吧？来给你祝贺一下。"罗小曼说："还没收尾呢。"记者问："那男的直到最后还在失忆？"罗小曼的眉头轻轻一皱："本来想让他傻乎乎一直被情欲支配着，现在他竟然学会了思考，总想着找到失忆前的自己。"记者笑道："他的死活都由你掌握，难道还不能让他继续傻下去？"罗小曼说："人一旦开始思考自己的过去和将来，哪怕他是虚构的人，也会变得难以掌控。"记者不置可否地笑着，从酒柜里拿下两个高脚酒杯，将白酒倒了进去。她端起一杯递给罗小曼："写完这个小说，你可以把他放下了。"罗小曼端着酒杯看着细碎的泡沫："我感觉被他缠得更紧了，他已经开始虚构我。"那女的愣了一下："你别说得这么玄乎好不好？他不是早就死了吗？"罗小曼说："他现在又活了，就像此刻，我清楚地感觉他正在偷听我们说话。"

卫生间的门轻轻打开了，乔小卉先伸出一只手摁了一下电灯开关。屋子里陷入一片黑暗。床头灯亮起时，她已经将自己的身体埋进雪白的被子里，一堆黑发衬托着一张光洁红润的脸。这是我期盼了许久的情景，我以为自己会像豹子一样直接扑到床上，从沙发上站起身时却有点无所适从了。我感觉罗小曼正在注视着我的一举一动。被一双想象中的眼睛监视是一种很不好的感觉，我冲着乔小卉尴尬地笑了一下，匆忙去了卫生间。等我洗完澡出来，乔小卉已经睡着了。我小心翼翼地在她身边躺下，又想了一下罗小曼，刚才她与另一个女人对饮的场面就像久远的梦。确定不会被罗小曼干扰了，我的手朝乔小卉的身体轻轻探过去，正好触到她伸过来的手。两只手握在一起，她的手忽然猛一用力，她的指甲几乎扎透了我的掌心。乔小卉幽怨地说："你跟我在一起时总是想着她。"她把话挑明了，我反倒轻松了许多："刚才我听到她跟另一个女人说话了。"乔小卉问："是不是说到我？"我说："没有，她说的是正在写的一本书。"我生怕她问起书里的内容，我并不知道书里写了什么。幸好她没问。她有点走神，紧抓着我的手慢慢松开了："也不知道李文治的手术做完了没有。"她这时提到另一个男的让我有了一点醋意，我急忙紧紧地抱住了她。

乔小卉身上的一切都让我有种似曾相识之感。等到我坐在沙发上抽烟时，这种感觉更加强烈。她下床去洗手间时我留意了一下她的后腰，果然如我所想，她后腰上有一块蝴蝶状的胎记。

我说："我好像早就认识你了。"

她回身一笑："你的意思是好还是不好呢？"

七

我和乔小卉从宾馆重新回到医院已是半夜一点。李文治躺在病房里昏睡，孙秋水正坐在病房门外的椅子上发呆。老孙没有找我们是因为被刚才诡异的经历惊住了。李文治从手术室推出来之后，老孙觉得有必要通知他的亲友，阑尾炎手术再小毕竟也是手术，总不能交给我们几个萍水相逢的人。老孙打开了李文治的手机，发现通信录里只有十一个没有名字的人，老孙一时搞不清这些只有姓氏的人跟李文治是什么关系。他用自己的手机拨了一个号码，竟然是李文治的手机响了起来。老孙试遍了所有的号码，打通的都是李文治的手机。李文治留给老孙的那个号码在通信录里是一个姓马的。我在老孙身边刚一坐下，他紧皱着眉头问道："他为什么要这样做？"我也猜不出李文治的目的。乔小卉却想到了另一个问题："他既然有十一个身份，那他到底是谁？"这话太容易让人浮想联翩，随即又让人心里发紧。几个偶然聚在一起的人，谁都有隐瞒身份的可能。李文治不一定是李文治，孙秋水就一定是孙秋水？想到乔小卉也不一定是乔小卉，我身上忽然起满了鸡皮疙瘩。我们三个分别对视了一眼，目光里充满了怀疑，由于不愿让对方看到自己的怀疑，又不安地避开了眼神。身份是假的，那原来说过的话可能是真的吗？老孙毕竟年长几岁，面对如此令人心悸的残局，首先掏出身份证和工作证递给了我。我接过来没有看，转手给了乔小卉。她也掏出自己的身份证给了老孙。互验证件的一幕让我觉得有点滑稽。老孙的目光转向我，我才意识到有必要让他验证一下。我掏出身份证时先把自己吓了一跳。我一直觉得自己是山东人，身份证上却写了沈阳和平区的一个住址。乔小卉没有看我的身份证，我感到欣慰的同时又陷入了另一种困惑：我跟沈阳有什么关系？

老孙说："现在拴在一根绳上的只剩咱们三只蚂蚱了。"

李文治不知道老孙暗自将他踢出了我们的群体，醒来之后第一句话竟然是："终于想清楚坐上'诺亚'回到什么时候了。"他不想再回到十二岁那年努力学习考税务学校，而是要回到十六岁那年农历腊月二十七的下午，当时他打了母亲一个耳光。母亲当天晚上就病了，死在次年的三月初三。李文治懊悔地哭道："我如果不打她那一下，她就不会死。"李文治现在的家里专门辟出一个房间供奉着母亲的牌位，桌上常年摆放着鸡鸭鱼肉，还数次请大师招魂，可母亲一次也没回来。李文治抬手揩着泪水："她一天好日子都没过上。"一个中年男人的眼泪本来可以引起许多同情，孙秋水却懒得看他。老孙的情绪依然沉浸在被假身份欺骗的沮丧中。李文治开始夸赞母亲的善良，老孙平静地说："你给家里打个电话吧。"李文治一听，突然忘了哭，匆忙伸手朝枕头下摸去。他将手机紧握在手里，担心地问："孙老师，你们要丢下我吗？"

丢下李文治是"诺亚之旅"主办方做出的决定。李文治的盲肠虽然切除了，肚子里依然隐隐作痛，他怀疑大夫粗心大意把剪刀或手套落在了里面，一再要求重新切开看一看。老孙不愿看他疼得脑袋上流汗，便去院子里站在花坛前抽烟。老孙对于要不要举报李文治的身份问题很是犹豫，他平生最恨打小报告的人，他吃过许多亏，年轻时每次要被提拔都有人向上级反映他跟个别女作者纠缠不清。恰巧小金来电话催问行程。小金在北京的会议中心是讲解员，后来是我们的联络员。她没有跟我们同行是因为需要提前赶到仙女洞。老孙顺便把李文治的急性阑尾炎和假身份一并说了。说了之后才觉得很有必要，不然的话他还得继续照顾李文治。我和乔小卉像度蜜月的新婚夫妇一样要么待在宾馆里，要么逛街，根本没心思去病房里看一眼。李文治迟迟不肯主动坦白身份，我们感觉他是很危险的人。老孙也想离李文治远一点，可他既不便跟着我和乔小卉，又不忍心眼看着李文治躺在病床上没人管。他每次扶着李文治去厕所时心里都涌起严刑拷打的冲动。老孙跟小金通过电话之后，又站在花坛前等了一个多小时，小金来电话通知了总部的决定，要求我们丢下李文治抓紧时间赶往仙女洞，"诺亚之旅"的第二批乘坐者已经从北京出发了。李文治的身份让总部很是震惊，正常的守法公民根本没必要假造那么多身份。

我笑道："犯罪分子更有必要坐进时光机里，以便他有机会终止犯罪。"

老孙说："并不是每个犯过罪的人都会后悔。最可怕的就是犯过罪没被逮住的人，他们总是误以为自己是天生的漏网之鱼。"

说这话时我们已经重新坐在了房车里。我和乔小卉的目光总是不自觉地缠绕在一起，表情里涌动着紧紧拥抱的欲望。我们的情愫弥漫让老孙很压抑，他躺在椅子上想装睡，脑细胞在压抑中反倒变得异常活跃。不知他想到了什么，要么轻轻咳嗽一声，要么长叹一口气。乔小卉冲我使了个眼色，要我坐到后排李文治原来的位子上。我不愿动，乔小卉闭上眼睛不再理我。老孙看到我坐到了他身边，眼睛里闪过一丝感激。

他说："也不知小金通知了他的家人没有。"

为了不让李文治有所察觉，小金要求我们坐进房车直接出发。老孙觉得李文治无论以前干过什么，眼前毕竟是个需要照顾的病人。监狱里还有医院，把他随手一丢很不像话。这一路上老孙跟他聊天最多，觉得李文治虽然心胸有点狭隘，却也算不上坏人。老孙上车之前特意去了病房一趟，想对李文治暗示一下身份造假已经被发现，有什么问题最好早点坦白，以免酿出无可挽回的噩梦。他进了病房看到李文治正坐在床上闷头落泪。老孙以为他又在懊悔打母亲的那一耳光，李文治却是想到了今年正月初八的下午跑到了晴雯家。他说："我真不该去。"老孙有点蒙："晴雯是谁？"李文治急忙抹了抹眼泪："我终于知道坐上'诺亚'回到什么时候了。"这个话题被说了无数遍，之所以屡说不厌，是因为在倾听别人的同时可以满足自己窥探的欲望。此时老孙却有点伤感，李文治被"诺亚之旅"清除了自己却不知道。老孙连晴雯的事也不想听，只想赶紧离开，如果李文治发现他是来告别的，硬要带着尚未痊愈的伤口爬进房车里，真不知道怎么办才好。李文治突然抓住了老孙的手："孙老师，我说了你不会笑话我吧？"

李文治跟晴雯的故事可以讲上三天三夜，老孙没来得及听完，趁着李文治陶醉地描述晴雯的相貌时，借口上厕所从病房溜了出来。李文治这些天一直穿着灰色高领毛衣，热的时候便揪着领口往里扇一扇风，却不肯换下来。原来他是为了掩饰脖子里那道被老婆砍出的刀疤。李文治本来没觉得离婚非常困难，两口子都分房睡了，再过下去实在没什么意思。他对老婆说的时候很平静，不像在商量，更像下达一份通知。他老婆的神情也很平静，既不说同意也不说反对，只是略显冷漠地看着他。当天夜里，他老婆抄起菜刀摸进了他的卧室。她早年跟李文治一起打工，李文治发达后她就成了全职太太。她想专注厨艺把李文治照顾得更好，他却不着家了，有时候十天半月都见不着人影。她渐渐习惯了这种在外人看来很幸福实际上并不幸福的生活，对李文治持一种放任态度，他只要不把另一个女人领进家门，她就对他的一切睁一只眼闭一只眼。现在李文治连这种日子也不想让她过了，她心里生出一股狠劲，自己得不到的东西宁肯砸烂了也不给别人。她举起菜刀时力道十足，想把李文治的脑袋剁下来。李文治也没想到脖子的柔韧性这么强，竟然把菜刀弹开了。他挨了一刀，离婚便变得简单起来。他没有追究老婆故意杀人的罪名，他老婆当然也无法再赖着他。李文治拿到离婚证时脖子上还缠着纱布。他找到了晴雯，自豪地说自己是为爱情流过血的人。晴雯哭了。她哭不是心疼他挨了刀，而是她的婚离不成。晴雯是另一个印刷厂的业务员，嫌老板给的提成低，经常把接到的业务转给李文治。他们的爱情从互相保密业务信息衍生出来，很快发展得如火如荼。如今李文治已经拥有公开爱情的资格，晴雯一时不忍心把离不了婚的原因告诉他。她比李文治提前两天向丈夫提了离婚，丈夫说只要离了，就把九岁的儿子送回农村老家，让她一辈子也见不着。一想到再也见不到儿子，她的心像被三只猫同时撕咬一样难受。李文治后来知道了她的难处，也没再催她。今年正月初八是晴雯丈夫第一天上班的日子，晴雯感冒了，李文治下午去找她，却被突然回来的丈夫堵了在了屋里。晴雯在床上赤身面对李文治时很有激情，有一股天不怕地不怕的劲头，面对不期而至的丈夫，却像一只被逼到角落里等待屠刀的羔羊。晴雯的丈夫问她是不是遭到了强暴，她缩在床角只是哭。她的丈夫是个狠角色，当时给了李文治两条出路，一个是自宫，再就是以强奸犯的身份进监狱。李文治本来在晴雯丈夫刚进门时可以迎面冲出去跑掉，当时没跑是担心晴雯惨遭毒打。听到晴雯丈夫给的两条出路，他才意识到不跑不行了。

老孙冲着我感慨道："爱情赶对了点儿才叫爱情，时机不对就成了奸情。"

我心里的滋味有些复杂，李文治如果因为晴雯被逼得伪造身份东躲西藏，确实有点冤。

老孙问："你猜他坐着时光机想回到哪一刻？"

我说："他应该想回到今年正月初八，不再去找晴雯。"

老孙说："我觉得他最想回到晴雯还没结婚的时候。"

与老孙和李文治相比，我和乔小卉幸运得多。我出走的妻子早在八年前便为今天的乔小卉留好了位子，乔小卉虽然对孟同的自杀有过愧疚，自从跟我在一起便把他忘了。住在医院门口的宾馆里，如果不是饿得太难受，我们连房门都不出。她身体的每一寸皮肤，脸上的每个细微表情，都让我觉得跟她生活了许多年。她对此也有同感，并且因为我第一次找她时没有留我在她屋里过夜而遗憾。她说："我们白白浪费了那么多时间。"傍晚我们出去吃饭时在路边看到一个老头给人算卦，乔小卉凑过去算了一卦。不知她听到了什么，心情变得尤其好，拉着我跑到了城中心湖边的一座土山上。她指着湖对岸的一座庙宇："你说那里边的和尚是真的吗？"我并不关心和尚的真伪，一直在想着自己身份证上的住址。我纳闷地问："怎么会在沈阳呢？"时间若是倒退几天，我肯定会将这个疑问隐藏起来，如今我和乔小卉的身心已经像卯榫一样严密融合，我觉得有必要让她帮我搞清楚我是谁，身份证是我找回记忆的新入口。

乔小卉一笑："你是谁对我来说一点也不重要。我只知道你是我爱的人，就足够了。"

我苦笑道："跟一个不了解的人在一起，你不觉得恐怖？"

乔小卉说："跟我在一起你觉得恐怖吗？也许我不叫乔小卉，也许我根本不认识一个叫孟同的人，也许我对你说过的一切都是假的。

无数的'也许'早就被时间掩埋了，跟此刻的我们有什么关系？"

我诧异地看着她，从来没想到一个人可以彻底斩断过去让自己的生活从此刻真正开始，更没想到这话会从她的嘴里说出来。她见我发愣，抬手在我脑门上轻轻一弹。我们沿着湖边回宾馆时路过一处大门紧闭的古宅，茂盛的树枝从高墙上探出来，里面隐约传来一片鸟声，大门前的石阶上长满了青苔。乔小卉拉住我，推着我靠在布满铜钉的深棕色大门上，退后几步，举起手机给我拍了一张照片。

她说："从现在开始，你就把这儿当成你的家，你这是第一次走出家门，然后你把自己交给了我。"

她的说法让我感觉骤然轻松起来。回身看了一眼大门，我竟然有了一种亲切感。是呀，跟过去较什么劲？凡是想不起来的就应该是注定忘记的，如果在记忆里找出什么不好的东西反倒把眼前的美好破坏了。我们拐进古宅旁边一条狭窄的小巷，两侧的高墙像是壁立的悬崖，光线幽暗的巷子静得像是另一个世界。

我说："咱们不去仙女洞了吧？"

乔小卉问："为什么不去？"

我说："既然决定跟过去一刀两断，还有什么必要再回去？"

乔小卉说："这就是我正想跟你说的，我们应该回去一次，让咱俩的好在生命里变得更多。"

我有些不安，以为她又想回到过去收回那一小瓶泼出去的硫酸。

她却说："我要回到高中开学的那一天。"

我有些蒙。

她说："咱俩一起回去。"

她的意思是我们从她升入高中的第一天便开始偷偷地恋爱。那样一来，她就不会遇到孟同，我也不会遇到其他女人。从情窦初开就是我们俩，直到现在。

我笑了："你入学的时候我已经毕业了。"

她愣了愣，抬手挠了一下头发，好像我们相差的四岁让她感到很意外："这可怎么办呢？"

接到孙秋水催促我们重新上路的电话时，我和乔小卉正在宾馆里说到结婚的事。我坐在床边的沙发上，她裹着浴巾坐在床沿伸出双脚搭着我的腿。她的脚过于娇小，跟她的身高很不相符。我在她的脚心挠了一下："为什么不行？"她的态度是不结婚，一起生活七年之后如果互相不讨厌再说。我担心没有婚姻她随时都会走掉。她笑着说："一张纸真的能约束两个人？该走的，留不住；该来的，也赶不走。"我说："不结婚怎么生孩子？"她有点吃惊："你居然还想生孩子？"她笑得倒在床上，好像我说了一个笑话。我想到她在狱中给孟同写信时无数次想象过他们的孩子，心里涌上一股醋意。乔小卉从床上坐起来，面色认真了许多："你跟原来的妻子为什么没有生孩子？"我不知道为什么，如今我连她的相貌都想不起来。她在我的记忆里只是一个符号。乔小卉用脚轻轻捅了一下我的肚子："问你呢。"

她的话将我的思绪又推回到妻子出走的那个下午。我看到雨滴在窗玻璃上像蚯蚓一样缓慢地往下爬，隐约听到她说回四川老家。我急忙一回头。以为可以看到她的背影，没想到看到的是一块硕大的屏幕。罗小曼在屏幕上放大得像个巨人。她将手里的酒杯轻轻放下，慢慢走到电脑桌前。她那略显焦虑的目光像聚光灯一样照在我的脸上。

八

仙女洞不只是一个山洞，也是一个景区的名字。半山腰有一处商务中心，目前是旅游淡季，大多数店铺关着门，我们坐过的那辆房车是停车场里唯一的点缀。安置"诺亚"的仙女洞在近山顶处。刚吃过午饭，我和乔小卉便随着小金向仙女洞进发。昨天刚下过一场雨，古老的石阶有些湿滑。我们三个人穿着统一的橘色衣裤，每人手中握着一根拐杖，看上去像是景区的清洁工。小金说，通往仙女洞本来有一条盘山公路，小轿车可以直接开到洞门口，三天前的子夜一点，空中突然落下一块直径足有两米的陨石，把公路砸断了，现在许多科研人员正围在陨石坑旁边。

乔小卉不关心空中飞来的石头，只想探问孙秋水的案情。她本来不是好打听闲事的人，可老孙被警察带走得太突然。我们昨天坐着房车到达商务中心已是傍晚，房顶的琉璃瓦闪动着明亮的橘光，空阔的停车场里停着一辆警车。我下了车还没来得及搞清到了什么地方，先看到迎面站着四个警察。乔小卉下车时吓了一跳，朝我身旁一躲，搂紧了我的胳膊。警察冷峻着面孔并不看我们，依然紧盯着车门。孙秋水走到车门口刚要下，突然像受惊的兔子似的又跳了回去。两个警察冲进车里。我像做梦一样看着孙秋水戴着手铐在我面前走过，他羞愧地低着头。警车离开时，他的脸紧贴在警车的铁栏上，抬起戴着手铐的手冲我摇了摇。关于老孙被捕的原因，我和乔小卉分析了大半夜，愈分析愈觉得警察抓错了人。

乔小卉用拐杖挑开拦在身前的一根树枝，紧跟在小金身后，气喘吁吁地问："他到底犯了什么事？"小金是个挺健壮的东北女孩，大学刚毕业，给我的印象是心直口快。面对乔小卉的问题她却有些不耐烦："不是说过了吗，我也不知道。"说着加快了脚步，不一会儿便把我们甩开了。眼前只有一条路，她一点也不担心我们走岔。乔小卉非常失落地站下来等我。我觉得她犯不着纳闷，从老孙见到警察时的慌乱神情可以看出，他早就想到会有这一天，只是没想到来得这么快。跟孙秋水的交往已经属于我们的过去。我学会了乔小卉那套随时斩断过去的理论，每过一天都像从日历上撕掉一张纸，无可挽回，也没必要挽回。我看到乔小卉的脸色不好，劝她坐下来歇会儿。她赌着气说：

"不去了。"我点上一根烟,透过树枝看着远处的群山:"不去也好。本来四个人一起来,现在只剩了咱俩,我觉得咱们正在被一双无形的手操纵着。"乔小卉说:"老孙被抓和李文治伪造身份也是被人操纵?"我笑了笑,没有说话,我怕说出来吓着她。

我今天凌晨在梦里又看到了罗小曼。她还在和那个女记者对饮。两人的酒量都不错,一瓶白酒已经喝光了,罗小曼又打开了一瓶红酒。记者调亮了沙发后的壁灯,看着手里的一沓打印稿:"为什么让孙秋水和李文治从'诺亚之旅'中退出?"罗小曼说:"他俩对时光机产生了怀疑。"记者说:"孙秋水并没怀疑,他明明一直很热衷。"罗小曼说:"他在内心深处怀疑。"记者问:"心里怀疑也不行?"罗小曼说:"对时光机的怀疑就是对我的怀疑。"记者问:"他被抓的理由是什么?"罗小曼说:"他用调换常见药物的方式给他老婆投毒。他老婆有慢性病。"记者苦笑了一下:"乔小卉和小刘也要从'诺亚之旅'中消失?"罗小曼说:"这就看他们的造化了,如果按照我的设计坐进时光机,我会给他们一个好前景,若是也像孙秋水和李文治一样……"罗小曼略显苦恼地拍了拍脑门,"但愿他们老实一点,别怀疑。"记者笑道:"好不容易让他在你的小说里又活了一次,你忍心再让他死去?"罗小曼举起酒杯来干掉半杯红酒,情绪忽然有点激动:"你觉得他当初的死真的是因为我吗?"记者说:"不为你,你说他为什么从铁塔上跳下来?"罗小曼说:"我没有让他爬到铁塔上,我只是说一年不联系,让他安心复习,第二年考到北京来。"记者苦笑:"你那样说是真打算在北京等他?还是分手的另一种说法?"罗小曼摇了摇头:"我也不知道。"记者将手中的打印稿放在沙发扶手上,推了一下罗小曼:"先不说了,快去写完吧。"说着她将抱枕朝沙发角落里推了推,躺了下去,"白酒和红酒一掺,劲头太猛了。"罗小曼两只手握在一起轻轻搓了搓:"放心吧,我要让他一直活着,来北京找我。"

我正想看一看罗小曼坐到电脑前再写些什么，一阵敲门声把我扰醒。我浑身是汗，呆望着室内被粉色窗帘染红的阳光，一时不知身在何地。我从来没有如此清晰地梦到别人说话。我一直以为罗小曼是我幻想出来的一个人，她的话代表着我潜意识中的一些看法，此时却觉得她在另一个空间里真实存在着。她的话很明显地牵扯到了我，难道我就是她说的那个从铁塔上跳下来的人？想到这里我不由打了一个寒战，我依稀记得曾经梦到自己站在一个高高的铁塔上，伸手几乎可以摸到天上的星星，一阵风吹过来，我像一个飘摇的纸人。房门又响了两下。我刚一开门，乔小卉将新发的橘色衣裤塞进我的怀里。为了不被人发现我们已是情侣，我们刻意睡在了两个房间。她说："快点吧，小金让我们吃了饭马上出发。"

我和乔小卉坐在石径边的一块粗糙的石头上，说着乘坐"诺亚"的事。小金见我们没有跟上去，又顺着石阶走了回来。乔小卉装作没看见她，继续对我说："我觉得没必要坐了。"她这话是故意说给小金听的。小金作为带队的人，如果连一个人也没有带进"诺亚"里，应该不好向上级交差。乔小卉刚才把她老家的住址以短信的方式发到我的手机上，逼着我背诵了好几遍。她让我坐着时光机回到读高二的时候，给正在读初三的她写信。我以为让我写情书，她说不能写情书，如果是情书她当时看了肯定会讨厌我。我问："那写什么？"她说："你可以写对一本小说的看法。"我说自己不喜欢看小说，太假。她有点着急："你不看怎么能行？你必须看。"她小时候想当作家，自己也不知道为什么阴差阳错学了化学。

小金从包里掏出两个橘子递过来："咱们快点吧，'诺亚'已经开机了。"乔小卉吃着小金送的橘子，依然装作没听见她的话。我没想到她还有这样的小性子，站起身拉了她一下，她挣开我的手："再坐一会儿。"小金笑了笑："小卉姐，孙秋水被带走跟他的老婆有关，我只知道这么多。"我忽然发现小金之所以不愿提到老孙被抓，是不愿让人知道她向警方通报了消息。谁都可以看出来，警察只能从她嘴里得到我们到达仙女洞的准确时间。至于孙秋水跟老婆之间到底发生了什么事，警察也不可能告诉她。乔小卉站起来舒展了一下腰身，冲着小金一伸手："还有橘子吗？"小金又给了她一个，乔小卉没有吃，像接到一个玩具一样拿在手里抛着玩。她问："你跟我们一起坐'诺亚'？"小金说："我没有资格，你没发现？资格审查挺严的。"乔小卉笑道："那怎么连罪犯都没审查出来？"

　　仙女洞的洞口非常狭窄，仅可容一个人侧身挤进去。洞口向北，显得有些阴森，一扇厚重的铁门已经吊了起来，洞的深处隐约可见一点灯光，剧烈的轰响声从洞里传出来，好像有几架直升机正准备起飞。洞口外是个方圆二十多米的平台，我们刚站在平台上便感觉到了脚下的震颤。乔小卉望着洞口惊得瞪大了眼睛，随即恐惧地搂住了我的胳膊。小金已经站在洞口，回身招手让我们跟上去。我轻轻拉了一下乔小卉的手，她将我搂得更紧了："我不去。"她的口气像个执拗的孩子。我说："已经到这儿了，不体验一下实在太可惜。"乔小卉脸上没了血色，就像即将面临一次生死未卜的手术。我说："那我先去吧。"乔小卉说："你也不许去。"

　　我们在平台上坐了半个多小时，乔小卉一直翻看着小金新送给她的有关"诺亚"的资料，其中包括那份乘坐"诺亚"之后声名鹊起者的名单，孙秋水曾经跟小金要过这份名单，小金没给他。此时拿出来，可能是诱导我们尽快坐进时光机里。小金从洞里走出来，看到乔小卉还没有起身的意思，冲我笑一下，又回到了洞里。乔小卉没有理会她的来去，目光一直紧盯着资料。我看到她脸上的神情逐渐平和下来，恢复了淡然。她将资料在地上仔细地码齐，拿起一块小石头压住。

她说："这是假的。"

我问："你怎么看出来的？"

她说："回头告诉你，现在咱们赶紧走吧。"

说着，她自顾自起身向山下走去。我走到平台边沿下台阶时，她已经走出了十多米，急促的脚步就像在逃离一场险境。我正要追上去，一阵山风猛烈吹来，我的身子晃了晃，感觉自己像个风中飘摇的纸人。大朵乌云好似一只魔掌遮住了太阳，天地间陷入一片灰暗。我愣在石阶上，恍惚中又站上了梦中那个高高的铁塔，有个莫名的女人在我耳边轻柔地说道："跳下去。"我一听，脑子突然变得异常清醒，就像终于从一条阴暗湿冷的沟渠里爬了出来。我想起我是谁了。那年罗小曼考到了北京，我憋足了劲准备复课来年再考，却意外地接到了她的信。她说一年不联系，让我专心复习。在她看似合理的话语中我却嗅到了被抛弃的味道，我又给她写了一封信，她没有回，一股深深的绝望感让我想到了死。我爬上铁塔只是想让自己的死法跟别人不一样。我本来就要跳了，那个莫名的女人又在我耳边轻柔地催促。我忽然想到了我姥姥上吊的经历。她年轻时有一次跟我姥爷生气，决定死给他看。她将绳子扔到房梁上，顺手从灶台边拿过烂条筐踩了上去，给绳子挽出一道死扣。她的头就要伸进绳扣时突然打了个冷战，不由低头看了一眼，烂条筐本来已经腐朽得随手一碰便会粉碎，此时在她脚下却坚硬得像一只木凳。她觉得自己踩到的并不是烂条筐，而是有个看不见的东西正在顶着她的脚。我像我姥姥一样，面对被催促的死亡，心里陡然生出一股恨意。你们让我死，我偏要活着。于是，我从铁塔上慢慢爬了下来。我的脑子里全是罗小曼，根本无法再读书。我到了北京，在罗小曼读的那所大学附近住了下来。我每天都去学校里转一圈。校园里的树叶黄了，落了，又绿了，我一次也没看到她。

我不知道罗小曼出于一种什么心理，在她的小说里一再写到我的死亡。我被设计得死法特别惨。她说我从一百五十米的高塔上跳下，身子在坠落过程中被三股高压线斩成了四截，到最后着地时，只有我的脑袋还算完整。我那双死也不肯闭上的眼睛凝望着远方的一条路。这条路无限延伸，一直接入遥远的地平线。罗小曼在小说里说，我在盼着她回来。她当初就是顺着这条路去了北京。

　　此时我仿佛看到罗小曼又沉浸在意淫式的写作里。她坐在电脑前正在给她的小说收尾。那个女记者从沙发上坐了起来，打了个哈欠，又给自己倒了一杯红酒。她起身轻轻踱到罗小曼身后，看着电脑屏幕吃惊地问："你要让他再次死掉？"罗小曼说："他总也不肯坐进'诺亚'里。"记者说："那你何必让他遇到乔小卉？他们的好日子才刚开始。"罗小曼说："不服从我的塑造，只能让他死了。"

　　她的狠话像一根针猛地刺到我的心上。我打了个激灵，意识终于从她的公寓里跳了出来。我看到乔小卉正站在远处的石阶上。她见我像傻子似的发呆，匆忙走了回来。乌云过后的太阳显得更加炽烈，乔小卉在斑驳的树影里朝我一步步靠近，山风吹得她的头发飘了起来。罗小曼一再提到我和乔小卉，让我一时搞不清此时的我们是否真实存在。乔小卉离我只剩五级台阶了，我忽然觉得她一旦到了我身边，立刻就会被罗小曼安排进凄惨的死亡。

　　我喊了一声："站住，别动。"

　　乔小卉弯腰捡起上山时丢在路边的拐杖，问："你脸色这么难看，键盘又响了？"

　　我问："咱们真的活着吗？"

　　乔小卉眉头一皱："是不是那女的又在你脑子里胡说什么了？"

　　我说："她说我就要死了。"

　　乔小卉冷笑："在她让你死之前，我要先在你的脑子里杀死她。"

看到她攥紧了手中的拐杖，我浑身僵硬的关节变得灵活了一些。

乔小卉说："别疯疯癫癫了，你好好想一想，这次跟我回去见了我爸说什么。"

我的后背忽然发冷，已经顾不上跟她说话了。我清楚地看到罗小曼在电脑上敲下最后一个句号，小说跳回到了第一页：地平线。

原载《芙蓉》2021 年第 4 期

《小说选刊》2021 年第 9 期转载

在人间

夏立君

冷血动物那么冷，热血动物这么热，中间是透明的万水千山。

——题记

上阕：话说老王

一

日升月落，开门见山。群山拱卫一池泱泱大水。方塘万亩成一鉴，天光云影共徘徊。天高任鸟飞，池大王八多。

那团寂寞灰云似的影子，哐当动了起来。老纪元猛吃一惊，接着就看清那影子了。

那影子是个大得吓人的老鳖。这么大一个老鳖，就像纪元的一个梦。

巨大老鳖将一副小嘴脸举在空中。身躯与头脸大小比例如此悬殊，大约没有哪种生灵更甚于鳖类的了。

人类面对形象各异的动物，会自动配制出相应表情。人类是需要无数表情亦能制造出无数表情的物种。面对老鳖，纪元只好如面对神明。

鳖眼猛然对上人眼，冷血动物依旧冷，热血动物则变得相当热。热血沸腾的老纪元，好像猛然陷落进了一个哄哄乱响的宇宙。

——天底下还有这么大的王八，像一辆坦克车呀。俺活到七十多，从没见这么大的王八呀。

纪元的膝盖软下来，正要跪下给老鳖磕头，那老鳖却抬起骇人的身躯，用它们才有的姿势，稳稳当当开步走。

它离水面不远。

人类喜欢用鳖、王八、王八羔子等词来骂同类，有意思的是，一个王八若寿命足够长，个头足够大，人类就会来上一套世界观大翻转，直接将那鳖奉若神明。被奉若神明，当然是件比较高级的事。鳖是否与人一样有此理想，不在纪元的思考领域，面对老鳖，他第一反应就是：这是个王八王、王八精、王八神啊。

老鳖的小嘴里忽然发出一阵啪啦啦啦声。说不定，纪元一思考，老鳖就冷笑呢。

沂蒙山区吕县牛头崮水库惊现大王八。老纪元可以肯定，这是一只全吕县没人见过、吕县周边也没人见过的大王八，全省、全国、全天下，有没人见过这么大的王八，那是纪元不能判断的。在这个信息以无限数量产出的时代，信息的命运大都只能是出生入死，马上会被汹涌而来的信息潮淹没。而"吕县发现大王八"这信息甫一诞生，就呈现飞速繁殖—反馈—繁殖这一蝴蝶效应，引发信息流瀑，成为信息中的巨无霸。

一场信息雪崩静悄悄地开始了。

二

这一天，阳光把牛头崮水库东岸这个湾照得暖洋洋的。

这个地方少有人来，纪元也很久没来了。纪元夜里做了一个怪梦，梦里他来到了这个湾，梦中景象总是儿时，是儿时还没建成水库前的样子。在梦里，纪元的姥爷又给小纪元讲故事了。

纪元醒来就想：好久没去那湾了，该去瞅瞅了。天好蓝啊，蓝得水汪汪的，蓝天之下，大水咣漾咣漾，絮絮叨叨，似有款款深意。那水好像要飞到天上去。湾到了。做梦也梦不着，竟猛然遭遇了这位进入人间晒盖的大王八。王八是纪元自小就熟悉的生灵，纪元却并不清楚，王八们祖祖辈辈把水域之外的一切地方，全都看作是可怕的"人间"，即使仅把头探出水面一下，它们也认为那是对人间的一种冒犯。王八们都清楚这一点：生而为王八，最大的生存危险，就是不得不使用一下人间来晒盖。纪元也不知道，他是这只老王八见过次数最多的一个人，每回都是没等纪元发现它，它就悄悄缩回水里了。日升月落，时光飞逝，王八越来越老，小纪元也成了老纪元。当王八的都知道，它们与人一样，并非越老越神，而是越老越迟钝。这些年，老王八常自言自语——不服老不行啊，从前，咱那嗅觉听觉味觉，简直就是与宇宙同一频道啊，臭氧层的变化也逃不过咱。

今天的阳光真好，把老王八晒晕乎了，不知不觉就打盹了。老王八实在太老了，心里着急，走路却快不起来，连躯体都抬不到从前的高度了，肚皮带动沙石唰啦唰啦响。纪元顾不上磕头了，他喊一声：老王，您别怕俺啊，俺可不敢祸害您老人家！老王不听他的，继续朝水族所在方向爬。水面就在眼前了。纪元猛地放下肩上的铁锨，插在老王前面。老王那小烙铁似的头伸到铁锨上，碰得锨头当当响。纪元握锨的手，感受到了老王的力量。老王调整方向，避开铁锨，再往前冲，纪元又移动铁锨挡住它的去路。老王一声不吭，缩头入盖。大小王八遇见人类这等诡异可怕动物，若逃不掉，便只剩缩头入盖这一招。

纪元双手握紧锨柄，心脏呼通呼通响。热血与冷血的对峙，该是一件历史悠久的事情了。

老鳖一动不动，纪元的世界已天地变色。他望一眼身后永远波光荡漾的水库，望一眼老王，一时手足无措。这么大的老鳖现身人间，实在是太骇人了。纪元蹲下，仔细观察这位大神，伸手试探着抚摸那鳖盖，感觉就像摸一块千年万年的顽石。

您老多大年纪了啊？一百多岁了，还是几百岁了？

您老肯定在这水库建成前就活在世界上了吧？

纪元的一腔激情碰在了顽石上。老鳖有的是耐心。纪元腿一软，跪下给老鳖磕了个头。

纪元继续自言自语：老王，是俺冲犯了您。可是，既见面了，就是缘分，既见面了，俺就不能不报告给俺领导。您可得宽谅俺啊。

这水库是大跃进时建的，六十多年了。建水库前这里是一条山涧，涧底是条河，河到了湾这个地方就形成了一个吓人的淹子。淹子就是水又深又稳的潭。水从高处砸下来，千年万年就砸出了一个淹子。水族生灵很喜欢这样的淹子，而人类却害怕这样的淹子。淹子跟前这个村就叫淹子村，纪元就是淹子村人。水库建成后，淹子村人作为库区移民全迁走了。纪元留下来，成了合同工，当了一辈子水库看护员。工资从最初的每月三元，变成了现在的每月三千元。纪元儿时，大人告诫他的第一件事就是：不许到淹子里洗澡。

纪元的姥爷是个常年走街串巷的铁匠，他给纪元讲了好多与淹子有关的故事。那故事里总有老爷的影子。

——小元，姥爷讲的是真的假的，你自己想。

那一回，老爷打铁回来，走到淹子跟前，就见一白胡子老汉蹲在淹子边那块大蛤蟆石上，嗡嗡地朝俺开了腔：嘿，打铁的伙计唉，借个火吃口烟吧。你看俺这日子过的，火石、火镰、火绒全湿了，连口烟也吃不成了。我就问：您贵姓啊？老汉说：不贵，姓王。我朝那老汉大喊一声：你是人王的王，还是王八的王？一听俺这话，那老汉一个咕噜滚下大石头。一个咕噜又一个咕噜，扑通一声，滚回淹子里去了。

——姥爷，你遇到了个王八精吧？你咋知道它是王八精？

——姥爷不是鼻子好使吗。它还没开口，俺就闻着它身上那股鳖腥味了。它再会变，也没法把鳖腥味变没了。

……

纪元老了，比当年给他讲故事的姥爷还老。可是这老鳖一定比纪元更老，有可能比纪元的姥爷都老。纪元伸手从鳖屁股部位往前拃，拃了五拃才拃到鳖头那部位。——俺那娘，有三尺长啊。纪元说：老王啊，您老家就是从前那个淹子吧？俺老爷给俺讲故事时你就在那淹子里住着了吧？那淹子落入水库底六十多年了，那淹子现在咋样了啊？一见俺，您就往水里跑，俺知道您最嫌弃的活物就是人。可是，俺可不敢待您孬啊。您到我家里去吧。凭您这大个头，凭您这把子年纪，俺保证人类中没有哪个敢不敬着您。

老鳖听纪元嘀里咕噜说了不少话，就勉强把头从盖里拿出来，停驻在空中，观察了一下人类中这个老者。鳖眼一对上纪元的老眼，老鳖又把头缩回去了。鳖眼里射出的那股冷光，令纪元的热心一颤。纪元伸手到鳖盖两侧裙边，使劲把它抱了起来。纪元估摸，这老鳖差不多有五十斤重。从前，别说五十斤的，他连十斤八斤的野生鳖也没见过。

看护水库一辈子，纪元遇到了许多怪事奇事，与鳖有关的，最奇的有两件。一件当然就是这回遇见这老鳖。另一件，发生在二十多年前。那天，是个好天，纪元正在水库边开一小片荒地，打算种点菜，那地方离湾不很近。他忽然感到身后冷飕飕的，回头一瞅，无风无浪的水面上，齐刷刷冒出大大小小一片鳖头，喋喋不休地朝天空吐水泡，恍惚有一只奇大无比的老鳖在鳖群中间一冒又一冒。一次看见三只鳖五只鳖，都不稀罕不可怕，一下子冒出这么多鳖，可把纪元吓得不轻。有一年，水库大坝上忽然集结了无数青蛙蛤蟆，乌泱乌泱的，平时总是喜欢聒噪不停的它们，这回却全体一声不吭，可把纪元吓坏了，纪元以为要闹大地震或有什么其他大灾难将临了，不少人见此景象，就担忧没好日子过了。有好几个老头老太闻讯赶来，向这青蛙蛤蟆大军磕头呢。群众的力量是无穷的，一点不假。这一大片鳖头比那回那一大群青蛙蛤蟆，给纪元的震慑更厉害。纪元扔下锄头就跑。跑远了一点，又回头瞅那片水，竟连半个鳖头鳖影都不见了。纪元以后再去那块地，总是先瞅瞅水面。需打水浇地了，水桶往水里按时，也总是先看看水面。那地方不但再也没一下冒出那么多鳖，连一只鳖也没再遇见过。纪元想，它们——它们那样齐刷刷地露面，是什么意思呢？它们，它们一定也是有组织有领导有章程的。

纪元亲切地望着老鳖：老王，那一回那一大片鳖中，是不是就有您呢？您就是那群鳖的领导吧？俺这辈子能见上您这么年长的生灵，该是件吉利事吧？老王，您一定是个级别特别高的领导吧？这水库里大大小小的鳖都归您管着吧？

纪元纵有千言万语，这当鳖的就是一言不发。

从第一眼看到老鳖，纪元就浑身热烘烘的。热血动物的心事，冷血动物的心事，隔着千山万水呢。

三

老鳖来到了水库边纪元家。纪元设法给它称了重：48斤8两。这分量可够吓人的。

第二个看见老鳖的人，是牛头岢水库管理局局长老孙。水库管理局是科级单位，在县行政序列里，科都叫局，叫局好听，有分量。同样的道理，局里本该叫股的，便都叫成科。什么都不用付出，听上去就升了一级，是个好事。老孙的上级及平级领导，只要互相熟悉了有交情了，都喜欢戏称老孙为库头、孙库头，无级别或级别比老孙低的人，若与老孙关系好到很好的程度，为了显得更亲热，也会这样戏称他一下。当然，大部分人都要恭敬地称他为局长。

纪元第一时间把发现老鳖的情况报告给孙局长，老孙立马赶来会见老鳖。见多识广的孙库头吃惊不小：做梦也梦不着啊，我这里还有这么大的王八，这是咱水库咱吕县生态环境好的最直接证明了。他回头对局办王秘书安排道：小王，你抓紧查资料，这么大的王八，全省全中国别的地方有没有发现过。若有，就查明这个大王八处在什么位次上。

很快，纪元院子里就里三层外三层地围满了人。孙库头蹲下，朝窝着鳖头的部位瞅，瞅了又瞅，人家就是没反应，再伸手到那里摸，摸了又摸，人家还是没反应。老孙拍了拍巴掌，说：热烈欢迎您老人家的光临！大家也一起鼓掌。老孙又说：您老人家从没见这么多人是吧，别害羞别害怕呀，伸出头来让大家看看吧，要是看不见您的光荣首脑，怎么能算真正看见了您呢？今天来了这么多人，我保证，没一个人敢小看您啊。老鳖晃了晃身子，竟把头拿到空气里，貌似瞄了瞄孙库头，立马又窝回去。大家喊喊喳喳议论开了：面子大就是面子大，这老鳖知道孙局长是个不小的官啊。

一个蹲在鳖头跟前的小孩接连大喊：老鳖老鳖您伸伸头，让俺也看看中不中？老鳖没反应。一位看客说：小屁孩的话，人家咋会听，人家只听领导的。好好刨吧，刨好了，将来当上个大官，鱼鳖虾蟹都归你管，都听你的。

众人的阵阵哄堂大笑，快把纪元的老屋给掀翻了。纪元心里既有满足又有不安——他的单调人生，忽然与老鳖与一个大事件关联了起来。

接着赶来看鳖的，是吕州通讯报与吕县电视台的记者。他们的任务是报道老鳖。老鳖已迅速成为"老鳖事件"。

闻风而动来看老鳖的人，滚雪球一样增加。

同样一个事件，对不同的人意义当然不会一样。

吕县桃花源大酒店老板钱来勤，与孙库头是多年好朋友了。孙库头这种官，不大不小的，正适合老钱这种人来结交。再高个一级半级，结交难度就会大不少，再低个一级半级，结交价值又要大打折扣。所以，老钱对与孙库头的交情一直是精心维护的。你看吧，这回真遇上了交情发挥作用的关键时刻了。老钱一得到关于老鳖的消息，立马驱车往水库赶，立马给老孙打电话：亲爱的大库头唉，你一定要把大王八给我留着，谁也别给，一定一定的。

老钱一见老鳖，就跺脚瞪眼地喊道：俺那皇天神，俺那皇天神，这么大呀。这是个王八王、王八神啊。老王，您好！

老钱望向老孙：大库头，你打谱拿它咋办？

老孙：这老人家来咱人间来得有点突然，我一时还拿不定主意呢。这是件大事，不是玩的。不用你老钱瞎操心。

老钱：还是给我吧，库头。

老孙：咋，你还想把它给炖了？

老钱：好你个大库头来，你看你，当着人家老王的面，这话也敢说。就算我姓钱的敢炖，孙库头你敢吃？李镇长敢吃？赵县长敢吃？王书记敢吃？李市长敢吃？还是其他什么人物敢吃？我敢说，有胆吃这老王八的人物，这天底下可不好找。你问问今天这些人，谁敢？哎呀，想一想都是罪过。

老孙：那你要它干啥？当老祖伺候着？

老钱：库头英明，真英明，咱就是这么想的。我计划专门为它建一座豪华鳖宫，把它当神仙当老祖供起来。你想想，不这样还能咋样？咱虽然知识有限，但这么大的王八，不论在人类历史上还是在鳖族历史上，肯定是极少见的。库头你竟然那样说。俺那老天爷，库头你可真敢想啊你，不怕天打五雷轰啊。

这时，老鳖好像鼓踊了几下。

老孙：可以考虑。

老钱一把抓住老孙的手：大库头，俺那好库头，一言为定，一定一定的。

老钱从身上掏出一个信封：库头，这是五千，奖给发现老鳖的老纪吧。贵局对我若有什么要求，当库头的尽管开口。

一旁的纪元直往后退：俺可不敢要，那不成了卖老鳖吗。再说它住在水库里，它是公家的，谁敢把它私有化呢。

老孙：这样吧。老纪你的确有功，拿着吧。老纪啊，这没有卖老鳖的意思，这老鳖的价值是不能用金钱来衡量的。钱老板这是奖励你的发现之功，他不差钱。按说，咱局里也得奖励你呢。

老钱一拍巴掌：库头真会当领导。

老钱拽老孙离开人群，来到屋外。屋外就是烟波浩渺的水库。群山环绕中的水库，真是一方胜景。

老钱心情好极了，对老孙说：你这个库头，论起级别来也算不上什么大官，可真是个美差。不仅管不少人，还管着广大的鱼鳖虾蟹。老鳖的横空出世，首先给你长脸了。老鳖个头这么大，头脸却这么小。你这库头，可真是好大的面子呀。

老钱这么说着，还两手一个劲地在自己脸上比画呢。

老孙：你净说些屁话。老钱，我跟你说明白，老鳖是在我局发现的，我免不了要成为第一责任人。老鳖只是先在你那里放着，必须绝对保证它的健康与安全。马上，我是说马上，就会有县领导、市领导，乃至更高级别的领导及其他重要人物来观赏老鳖。我要跟他们一一汇报。马上，会有许多人为了看老鳖而到你那里消费。你以为我不知这一层啊。你这土豪的那堆花花肠子我还不懂。你简直比"中华鳖精"还精啊。

老钱：再精也精不过库头。库头，实话实说，我一听说你这里发现了这么大的老鳖，马上想到我要时来运转了，我急着得到它，确实有为我那酒店增加点人气的念头。这段时间，桃花源大酒店可让老郑新开张的吕州大酒店给糟蹋毁了，我这营业额直线下跌啊，上点档次的宴请都到老郑这鳖羔子那里去了。吕州大酒店是我这酒店的克星啊，我没咒念啊。

老孙：土豪，有言在先——大鳖所有权归水库管理局归吕县，你只有供养权。好好供着它养着它，不能出任何意外。

老钱：对，我就是要全心全意供着它养着它。库头英明，库头那个真英明。

四

桃花源大酒店营业额迅速蹿升。

老钱心里真是个恣呀：老鳖啊老鳖，您真是俺的大救星。

老钱迅速建好了一座鳖宫。桃花源大酒店院内假山前面，挖地成池，池内水草鲜美，上罩以钢化玻璃，前面是不锈钢栅栏。砌有多级石台，便于老鳖晒日头。

老鳖刚入住鳖宫，赵县长的一次宴会就安排到老钱这里了。老钱推掉所有事，专门等候县长。老钱微信县府办周主任：周大主任，今晚的县长宴，你该作陪吧？我想敬个酒，表达个小心情，哪个钟点过去合适，届时给我下指示啊。

不一会儿，周主任回复：好的。

傍黑时分，赵县长的车开进院里，开到鳖宫前。老钱小跑着出来，迎接一方父母官。周主任先从车里冒出来，接着赵县长从车里冒出来。冷淡的老鳖一映入县长的热眼，县长立即涌起一股十分喜悦温柔的感情，一天的冗杂事务烟消云散。对他这当县长的来说，这老鳖简直具备天外来客的意义。这只被囚禁的老鳖，似乎仍能向空气中散发出大自然的气息，面对老鳖，县长的心情越来越好。陪同县长的人不多，除了有一张陌生面孔，其他几张面孔老钱都熟悉，而赵县长对那位老钱不熟悉的人，显然并无特别恭敬，也没向老钱介绍。不用打听，老钱已清楚——今晚无重要客人，县长是专门为"瞻仰"老鳖而来，老鳖才是今晚真正的主角。

　　作为一方父母官，县长看老鳖，当然不同于一般人看老鳖。赵县长看鳖看得格外仔细慎重。赵县长说："这是一只中华鳖。这些年来，全国发现的中华鳖老鳖，比这个个头更大的，只有长江以南有一例，那个老鳖比这个重十斤多一点。这个老鳖在全国可是数一数二的啊，在长江以北发现这么大的中华鳖，可是了不起的大事。中华鳖虽未列入国家珍稀保护动物，但像这么大的老鳖，那是不能当一般鳖一般野生动物看待的。"看来，县长来看老鳖前，已备了备课呢。

　　县长把脸转向老钱：老钱，你可得好好供养着它，不能出问题。

　　老钱猛一弯腰，脸笑成一朵菊花：请父母官放心，这些日子，俺这心思全都放在这老鳖身上了。

　　县长看过老鳖，就往宴会厅走。那个陌生人却落在后面，还趴在栅栏上一个劲瞅老鳖。县长扭头朝那人喊一声：老吴啊，你就别瞅了，再瞅也是白瞅。

　　老钱早就对县长宴的菜品作了精心安排。他回到办公室耐心等着。半小时后，周主任来了信息：来吧。老钱整理整理衣服，酝酿酝酿表情，窝约窝约嘴，眨巴眨巴眼，手里握着一个酒杯，小跑着来到了县长跟前。

县长这才指了一下主宾位置那张陌生面孔，说这是我中学同学老吴。并无更多介绍。其他人都称老吴为吴总。老钱敬了县长，再敬县长的同学。赵县长是吕南县人，他的中学同学当然也应是吕南县人。老钱与老吴一握手，一寒暄，看老吴面对一桌饭菜的神情，看他品尝饭菜的架势，就有了清楚的判断：这家伙与咱同行，开酒店的。想到县长那句话"你就别瞅了，再瞅也是白瞅"，心中豁然开朗：这家伙找当县长的同学，是打老鳖的主意来了。

老钱的判断一点不错。老吴得知吕县发现老鳖消息，立即联系赵县长，说非常想念老同学，想到吕县看望多年不见的老同学。电话里，赵县长说欢迎老同学前来瞻仰吕县老鳖，不欢迎来看我这个破县长。一句点破，双方哈哈大笑。老吴打电话给赵县长前有些担心：虽然一直没断了联系，但人家毕竟当上县长了啊，会不会拿官腔官调打发他呢？听到老赵那十分亲切的玩笑话，老吴不禁感慨：老赵这人不孬，老同学本色未丢。

老吴一见老同学赵县长，就说：我想请走贵县新发现的老鳖，多少钱请开价。老同学你怎么着也得帮我这个忙。要不是恰好你当这个县长，我是根本不敢指望啊。

赵县长：土豪，穷得光剩钱了，张口就是钱。你想歪了。正因我当这个县长，你才更没有指望。我不是说了吗，你瞅也是白瞅。你若是想在吕县买一百亩地、一千亩地，买一座山，或许能办到，想弄走这老鳖，根本没门。要是让你把它弄走了，就陷我于不义之地了。

话说到这份上，老吴清楚，老同学没给他留一点余地。老吴很失望，也只好表示理解。老吴说，是啊，是啊，这老鳖不是普通鳖，老同学也早已不是普通人了啊。

宴会气氛差不多已进入高潮。洞若观火的老钱，再次举杯敬老吴：吴总，老鳖现身我们吕县，是我们县长县领导和全县广大人民的一大福报一大吉兆。这么老的老鳖，是个仙物灵物了，它不是哪个人的，它是全吕县的，甚至也不是吕县的，而是全中国乃至全人类的。下一步，要是父母官同意，我们就带着老鳖到外地举办巡回展览，第一站，理所当然得去我们县长老家，在吕南县展览个十天半月的。这是宣传吕县生态环境美好的一个不错的途径。吴总，这第一场展览，是不是该由您来承接落实啊？

一直基本默默无言的老吴，应付式地露了一下笑模样：谢谢钱总。

老吴转眼望向赵县长：老同学若同意，我还不得效犬马之劳啊。

这当口，桌上的吕县人竞相尽地主之谊，老吴接连被敬了数杯。他们对赵县长只是一个劲地嘴上脸上表达恭敬，不敢劝他多喝酒。

老吴进入了兴奋状态，滴里嘟噜说了又说：到时候，最好老同学能亲自陪着老鳖衣锦还乡。刘邦说得好哇，富贵不还乡，就好比穿着绫罗绸缎却摸黑走夜路，没人看得见啊。这话好像是刘邦说的。到底是刘邦说的，还是项羽那家伙说的，我记不准了，反正是《史记》里的。老赵，你一直是班里学习尖子，记性特好，你记得那话是项羽说的，还是刘邦说的？我永远忘不了咱语文老师高老头，讲到这个埝时，那手舞足蹈眉飞色舞的样子啊……

赵县长清楚记得，那话是《项羽本纪》中没出息的项羽说的。赵县长不说话了。赵县长的脸有点晴转多云。县长对面副主陪位置上的周主任坐立不安起来，他侧过身，瞒过旁边一个人，伸手拽了拽老吴的裤子。老吴低头把周主任的手拨拉了一下，继续他的演说：我回忆啊回忆，差不多回忆起来了，那话八成是项羽说的，这个政治上不成熟的失败的家伙，到末了拔刀自杀时，身边就只剩下乌骓马和他那爱姬啦……

赵县长站了起来：喝得差不多了，安排我这老同学到房间里醒醒酒吧。

老吴喝酒易激动，一激动就易陷入失人失言状态。今天又犯了这错。几杯酒下肚，似乎就把这官宴当成同学聚会了。不过，需到第二天早晨醒来，他才会意识到这一错误。

宴会有点不欢而散的味道了。

周主任搜肠刮肚找话打圆场，最后在心里这样安慰自己：去他娘的，反正今晚无重要客人。

送走客人，老钱来到鳖宫。为老钱又"工作"了一天的老鳖，无声无息地趴在那儿。老钱望着那一团暗影，想跪下给它磕个头，抬头望了望周围，又打消了这一念头。他朝大鳖拱拱手，弯弯腰，说了一番心里话：老王，您是俺桃花源大酒店最最重要的员工，更是最最重要的贵宾，俺永永远远把您当神来供着，俺衷心祝您永远健康！

这些天，老钱发现，老鳖在人来人往的白天，基本都是取坐北朝南姿势趴着，偶尔会把头拿出来环视一圈。老钱还发现，与入鳖宫前老鳖总是把头缩在壳内不同，入鳖宫数日后的老鳖，面对前来瞻仰它尊容的各色人等，常常半伸半缩地露出头来，小眼幽冷地转动着，似乎在随时观察思考这些芸芸众生。从前老鳖过着水底下望人的日子，现在不得不与人面对面了。老鳖一天见到的人，比它从前一生见到的人大约都多得多。老钱想，它肯定十分纳闷——世上究竟有多少人类这种两足怪物啊？他们咋像潮水一样来了一波又一波。

这时暗影里老鳖鼓踊了一下。老鳖又拿出鳖头在空中慢慢巡视了一圈，罕见地发出吐泡泡的声音。

老钱又想：莫非这是对我的祝福表示感谢？

五

一家欢乐一家愁。

这些日子，轮着吕州大酒店的老郑心里不是个滋味了。他做梦也想不到，他这新开张即红红火火的吕州大酒店，竟然因一只老鳖来到人间而变得冷清了不少。

老郑靠干建筑捞了第一桶金，接着又靠房地产捞了第二桶第三桶第 N 桶金。他没想到这辈子会赚那么多钱，并且还不得不继续赚更多的钱，想停都停不下。老郑跟老钱不是朋友，却是很熟的熟人。桃花源大酒店是八年前老郑的建筑公司给老钱建的，老钱对建筑质量及老郑的建筑费要价，都是满意的。桃花源建成这八年来，一直是县里最好的酒店。老钱依托这酒店，不但发了财，还培育了越来越深的人脉。老钱论财富无法跟老郑比，论人脉却不比老郑差。人脉是资本，也是生产力。这年头孙猴子似的，一蹦十万八千里，县领导很快觉得桃花源大酒店档次低了，吕县接待场所迫切需要更新换代。说了算的领导就说，接待也是生产力，必须迅速建设一座档次更高的酒店。这事就落在吕县最大房地产老板老郑头上了。领导动员他时，他嘴上说开酒店太麻烦，不想干，但还是很快开工了。县里给了老郑一些配套优惠政策，给敲定店名为"吕州大酒店"。吕县是古吕州地。

人人都想看老鳖，老郑也不例外。来看老鳖的，基本都是不请自来，也有少数来者是老钱的特邀嘉宾。老钱专门列了一个名单，只要上了名单的，不管人家有没有来看过老鳖，老钱都会单独发信息或打电话请人家来，请人看老鳖当然同时就请吃饭。他还专门列进去一些从前想接近却不太好接近的人物，以看老鳖之名义邀请人家来，简直太有趣又光明正大了。看老鳖与请人吃饭结合在一起，就比单纯请吃饭多出了一些意义、趣味与价值。不论什么事，意义多一点，与意义少一点，那是很不一样的。很快，在许多人的口头上，"看老鳖"与去桃花源大酒店吃饭就成了同义词。"看老鳖去""得看看老鳖了""你也不请我去看老鳖""你连请看老鳖这么点血都不愿出啊""不请我看老鳖你就死了那条心吧"……诸如此类的话，在有头有脸的人之间不断说来说去，越说含义越丰富。在吕县，老鳖成了多义词，既敞亮又含蓄。老鳖的影响力越来越大，创造的意义也越来越多。

老钱的邀请名单越列越长，最后一面骂骂咧咧，一面把老郑也列上了。列是列上了，电话却迟迟没打。过了三天，老钱又把老郑从名单上删除了：去你娘的，爱来不来，我相信，老鳖肯定不喜欢你这家伙。

老郑心眼不比老钱少，但却不会把老钱的心思咂摸得那么细。老钱不邀请，老郑也要来，好奇心加上其他因素，决定他非来不可。老郑要看老鳖了，掂量着给不给老钱打电话，最后决定不打：去你娘的，我是去瞻仰老鳖，又不是去瞻仰你祖宗。

老郑选择上午九点多钟来到桃花源。这时的酒店人最少。老郑想，最好别遇着老钱，遇着了就打个哈哈，看老鳖又不是看他爹他娘。老郑的豪车来到桃花源大门口，他控住车，想把车停在门外，步行进去，一想到无处不在的摄像头，就打消这念头，一加油门进去了。老郑看到了鳖宫，看到了老鳖。老郑看老鳖整整看了十五分钟，其间老郑不自觉地抬头瞭望上下周围三次。老郑使劲往前凑，想把老鳖尽量看清楚，还因此让栅栏碰了一下额头。

老郑看了十五分钟、瞭望周围三次，不是老郑自己记下的，而是老钱给记下的。老郑的吕州大酒店建成前，来桃花源吃饭的次数也不少，知道老钱的办公室就在假山后面。那办公室本来是正对着大门对着马路的，一位风水师说这样不好，太冲。老钱就听从风水师建议，在窗前十多米的地方修了假山。风水师说这样就藏风聚气了。老钱也感觉不错，抬眼看到的是假山，恰到好处地遮一下视线，一下子幽静起来。

老郑的一举一动皆在老钱视线内。

桃花源大酒店从建成起就安装了监控系统，八年时间就将系统更新了五次。从大门外到酒楼内，全方位监控。但除了发生特别的事件，老钱从不关心监控。两眼盯紧监控，那是小保安的苦差。从前老郑来这儿，来三回老钱未必知道一回，人家就是个消费者。鳖宫开张后，老钱对监控突然热衷起来，不时就到保安室调出监控录像看，不看别的，专门看那些来看老鳖的人——你在鳖宫前看俺的老鳖，俺在楼上看你们这些看俺老鳖的人。老钱识字不多，但听读高中的女儿，朗诵过一位名叫卞什么的诗人那首有点弯弯绕味道的诗，就仿造了这句子。老钱在与家人吃饭时，说起那些络绎不绝的看客，十分得意地把他的创造朗诵给老婆孩子听，女儿直夸老爸有才太有才。

　　老钱觉得，直接看与借助监控看大不一样。这回老钱看老郑，就没借助监控，而是亲眼直接看的。是啊，对任何事物，看影子与看原物，怎么会一样呢。——老钱开辟了第二办公室。他选了侧面一个看鳖宫视线最好的房间，基本就在那办公了。众生来看老鳖时自然流露出的"众生相"，深深吸引了老钱——你趴在鳖宫前看老鳖，人家在幕后看你这看老鳖的人。比县长更大的官来了，比老钱比老郑更有钱的人来了，形形色色的人都来了。除了老郑面对老鳖心事重重左顾右盼，其他人差不多都是直奔主题——瞻仰老鳖。绝大多数人面对老鳖时自然流露出来的，都是一种瞻仰或敬畏或好奇的表情。面对老鳖，有打拱作揖的，有垂手而立默默许愿的，有跪下磕头的，有烧香的，偶尔有向池内扔食物或钱币的，也有默默看看就走的。老钱知道，所有来看老鳖的，起码都会对老鳖生敬畏之心，即使不把它当神当仙，也会把它看成一个鬼里鬼气不敢轻侮的罕见老生灵。来看老鳖，若心怀鬼胎，那是自作自受。老钱想，你老郑差不多就是心怀鬼胎。

　　瞻仰过老鳖的老郑，驱车离去。老郑手拍方向盘，心里苦笑不已：想不到，这老钱与这老鳖竟成了黄金搭档。吕州大酒店这项目在老郑的财富结构中，并不十分重要，也不指望靠它赚什么大钱，之所以同意建，一是县领导的旨意难以违抗，二是期待借酒店另开一条深化人脉关系的通道。想不到，竟让一只天外来客般的老鳖给搅了局。

老鳖入住鳖宫十天了。从老鳖入住第一天起，老钱就是十分关注看鳖客的人数，监控系统会自动统计。人数一直在快速攀升，已达每天上千人了。有不少人从数百里乃至上千里外赶来，就为一睹著名老鳖风采。酒店一名副手郑重建议收门票：钱总你想想，一人收十块，不多吧？只收光来看鳖不就餐的，你算算一天收多少？一月收多少？一年收多少？这收入是净的，差不多零成本啊，一只老鳖就是另一座大酒店啊！

老钱早已掂量过这问题，但心里老是犯忌讳。老鳖是棵摇钱树，一开始他就认准这一点了，让老鳖起个招揽人气的作用，这摇钱树毕竟还有点隐蔽性，若收门票，那就是直接把老鳖当成摇钱树来摇了。可是，金钱从门外哗哗往里淌的景象实在诱人啊。老钱打电话给县府办老周：周大主任，我这里人满为患了，从保护野生动物角度出发，我想借助收一点门票——象征性地收一点门票，控制一下人数，你看行还是不行？老周说：这个我也不清楚，你挨个去问问林业局森林警察、司法局、法制办、水产局、环保局、公平交易局、物价局、上边的野生动物保护协会等等部门去。老钱一头雾水。老钱想，他娘的，先收收试试，看看反响再说，不行就停，怎么着也不至于犯罪，世上那些大大小小动物园，哪个不是靠野生动物赚钱，门票还死贵死贵的。

老郑闷闷不乐地在办公室想事，秘书小钱进来了。钱秘书知道老板为何不高兴。小钱说：郑总，我有一计，既可除掉老鳖，还能让老钱难逃罪责。老郑望了一眼小钱，没搭腔。小钱又说：郑总，只需一小块肉或一条小鱼，里面裹上一点点什么药，握在手里，手往那栅栏上一扶……神不知鬼不觉啊，你想想，老鳖若是出了意外，政府还有舆论不得剥老钱的皮啊。老郑猛地站起来，显然有些激动：细节决定成败——好，好，你连细节都设计好了，这事看来只有你去干最合适了。小钱吓一跳：郑总，我干不是不可以，但老钱那里认识我的人不少，我和老钱又是一个村的，风险不小，不是我怕事，是怕一旦暴露了连累咱公司，最好物色个穷乡僻壤谁也不认识的人来干。

小钱论辈分要叫老钱老爷。人在江湖，各为其主，哪还顾得上是老爷还孙子。

老郑重新坐回老板椅，朝红木老板桌猛击一掌，吼道：你跟我五六年了，永远是这智商这情商这水平？

小钱直接筛了糠，嘴巴与身体一起打开了哆嗦。

老郑对小钱：通知吕州通信的铁真理，今晚请客。

六

老郑看过老鳖之后第二天，老钱就在鳖宫前立起一块警示牌：

文明观赏野生动物

1. 天降祥瑞，罕见大甲鱼现身吕县。
2. 保护野生动物，人人有责。
3. 文明观赏，心存敬畏。严禁向池内投掷钱币及任何食物。

老钱挑选了一名最机灵保安，专门为老鳖站岗，时刻盯紧每一位看客。老钱想，害人之心不可有，防人之不可无啊，要是有哪个坏家伙悄没声地祸害老鳖，麻烦可就大了。

桃花源大酒店开始试收看鳖费了，一人次十元。不少看客一听收费，会愣一下，但基本无人嫌贵。确实也不贵，鳖这么大、这么老，才收十块钱。当天下午五点钟，有关人员报告老钱：今天收看鳖费已突破五千元，到晚上关门，当能突破七千元。这基本已在老钱预料之中，但老钱还是兴奋得直拍大腿：摇钱树，真是摇钱树啊。老钱想，今晚一定要给老鳖烧炷香。

夜深了，最能闹腾的食客也已散去，喧嚣了一天的酒店沉寂下来。老钱找出盒藏香，来到鳖宫。这香是去西藏旅行时在拉萨大昭寺买的，味道不错，一次买了不少。不论在家里在办公室里，老钱不时就点上几支。心理上好像就是为了图个吉利。他将一管二十支香一次点好，一一插入盛满细沙的盘子里。老钱蹲下抽烟，抽完三支烟，香才燃尽。老钱梳理了一下老鳖到来后他的生活经历，感慨不已。黑影里的老鳖一直没一点动静，待老钱起身要离开，老鳖却扑啦一声下了水，接着又稀里哗啦爬上石阶。然后，再没动静。——它因何蹚这一次水呢？它一定有它的理由。这些日子，老钱异常兴奋，又相当不安。老钱望着影影绰绰的老鳖说：老王呀，俺难知将来的日子里会有些啥，您该能知吧？哪个人不是提心吊胆地活着，就您能沉着应战啊。

夜更深了，整个县城都沉寂下来。最沉寂的，似乎永远是这位老鳖。老鳖是个沉默家。老鳖的沉默，或许会部分化为老钱的不安呢。一句顶一万句是怪厉害，有时候一言不发，却也足够吓人。

这一天，看鳖费果真突破了七千。当店员报上这数时，老钱兴奋之余，心里也咯噔了一下。

向来能吃能睡的老钱，今晚却怎么也睡不踏实。似乎到凌晨时分，才迷迷糊糊睡去。

一个十分严重的情况发生了：一只无头老鳖，梗梗着一根红通通的血脖子，重型坦克般朝老钱碾压过来。爬上他的脚，爬上他的腿，爬上他的胸膛，爬上他的头，两只前爪扼他咽喉，两只后爪猛掏他的大肚子。老钱想动动不了，要喊喊不出，老钱感到自己死到临头了。

老钱从梦魇中挣扎着醒来时，天还没亮透。老钱坐起身，梦境似还在持续，那根血脖子仍然梗在他心头，一个似乎从来都没念叨的词忽然冒了出来：血债。血债？老王啊，俺靠您赚点钱，这不能被当作血债吧？

老钱穿戴好，来到鳖宫前。今天真是少见的好天气。晨曦初露，天上的云絮好像都要开口说话。老鳖照旧默默地趴在石台上。老钱朝老鳖鞠一躬。老钱在心里唠叨：老王啊，是人就免不了有毛病，不像您老，找不出缺点来。您多担待点俺吧，别和俺这当人的一般见识。

酒店大门还没开，最早来看老鳖的人却已等在门外。人就是这样，若见过了别人没见过的稀奇事物或人物，就会认为拥有高人一等的资本了。见过老鳖，无疑是一件值得炫耀的事。从老鳖现身那天起，吕县人就被分成了两种——见过老鳖的与没见过老鳖的。

这一天，老钱分外小心。

上午十点多，酒店大门口忽然吵了起来。一个老汉直冲冲地往里闯，门卫拦住让交看鳖费，他从怀里掏出一个纸包扔过去：兄弟，这是俺的看——鳖——费，够吧？门卫被吓蒙了，那真是一大包钱啊。值班经理跑过来，同样被弄蒙了。随即老钱来了。

老钱老远就认出纪元了，急忙上去双手握住纪元的手：老纪，是您来了，俺心里还真是常念叨您啊。

纪元：俺成了老混蛋了，不知念叨人，光念叨这老鳖。听说您靠老鳖赚了不少钱，还收看鳖费。俺专门来看老鳖，专门来向大老板上交那个看——鳖——费……

值班经理急忙把那包钱展示给老钱。包钱的纸袋还是那个。老钱推了一把那位经理，把人家推了个趔趄。

老钱：老纪大哥啊，您这不是打俺脸吗。

纪元：知道您是有头有脸的人啊，俺没脸没皮，俺不要脸，这脸俺早就不要了。

纪元伸手在自己脸上使劲拍了一下。

纪元看见鳖宫了，看见窝泱泱泱的看鳖客了。他撇下老钱，奔鳖宫而去。老钱小心地陪纪元。纪元抓住栅栏，两眼定定地望向老鳖，一言不发。纪元就那样望了很久。

老钱凑近纪元：老纪大哥，您大老远赶来，该累了，屋里喝口水吧。

纪元：俺不害渴，水库里满满一水库干净水。

纪元蹲下，面朝老鳖，两行老泪从纪元那昏花老眼里流了出来。

老钱也蹲下了：老纪大哥，俺知道对不住您。

纪元抹了把老眼：您这情俺可担待不起。俺对不住老鳖。

老钱：哎，咋说呢。收点钱也是为了改善老鳖的生活条件。

纪元：人会说好话，老鳖不会。老鳖生活条件最好的埝，就是它老家牛头崮水库。你把它放回去。

老钱：老纪大哥，你说得对。可是，这已是县里的大事，要放回去，也得领导发话。

纪元：俺这辈子，行下的最缺德事，就是逮了老鳖，还报告给领导。

纪元扭头往外走。老钱拽住他，说陪他吃了午饭再派车送他。纪元坚决不从。老钱只好松手。

纪元出了大门，往汽车站方向走。走了没多远，一辆豪车贴近他身边缓缓停下，接着老钱从里面冒出来。老钱想亲自把纪元送回去。纪元不上车。老钱就说那就把您送到汽车站吧。纪元同样拒绝。老钱叹了口气，从车里拿出备好的酒茶等礼品，往纪元手里塞，纪元没好气地给扔在地上。纪元迈开老腿，赶他的路。

老钱站在那儿望了一会纪元的背影，坐回车里继续望，直到纪元从眼前消失。

七

纪元的背影在老钱大脑里不停晃荡。

午休时老钱补了一觉，醒来后心情有所好转。一看手机，见在县城西大佛山开茶庄的一位初中同学微信他，约他去喝茶。老钱想，正好该拜拜大佛了。

老钱先奔大佛寺，烧香磕头许愿，往功德箱里投钱。正双手合十许愿呢，电话微信接连响起。不接不看，直到把愿许圆乎了，才看手机。酒店值班经理打不通老钱电话，发来了微信：钱总，老鳖异常，情况危急，速回！速回！几张照片把老钱吓了个半死：老鳖的头耷拉在地，头前似有一堆呕吐物。老钱猛拍头，努力让大脑保持清醒。老钱第一个电话打给县动物疫病防控站马站长。马站长说："钱总你昏了头了，俺这里哪来的急救中心？老鳖八成是中毒了，你问问能不能送县人民医院，那里保险系数高。"老钱与老鳖差不多同时赶到县人民医院急救中心。往医院赶的途中，老钱本想给县人民医院牛院长打电话，又急中生智，先将情况紧急报告给县府办周主任，周主任立马给牛院长打电话，代表县领导要求院方全力抢救这位特殊病号。牛院长接完电话就苦笑：唉，老钱早就邀请过俺了，俺还没顾上去瞻仰这大名鳖呢，这大名鳖却要来人民医院就医了。

果然是有人投毒。急救中心立即对老鳖催吐、灌肠胃、输解毒液……一系列措施之后，数小时之后，负责抢救的大夫说：问题不大，吃进去的毒药量不大，投毒者大约不想致老鳖于死地，它自己吐出来一部分，也很重要。大夫还说老鳖是误食了灭鼠药"鼠甘伏"。大鳖趴在一幅印有桃花源大酒店字样的床单上。当时值班经理得到老钱指示后，拔腿跑进就近客房，抽下床单、包起大鳖、塞进轿车、开启双闪、疾驰医院。老鳖的异常是看鳖客们先发现的。他们看到老鳖将头举在空中摇来摇去，吐出几口东西后，鳖头就耷拉石台上不动了。

大夫说问题不大，老钱心里却直打鼓：那鳖头仍耷拉在床单上一动不动。老钱凑近老鳖，实在看不出它是死是活。他伸手将鳖头小心抬起，鳖头竟缩了一下，又缩了一下，缩到平时在鳖宫里常取的那种半露不露状态，就不再动了。老钱松了口气，极盼老鳖能睁一下眼，但人家就是不睁。

老钱报了警。大夫说投毒时间大约在老鳖到医院前三小时以内。刑警来到桃花源大酒店，对现场作了侦查，调取了相应时段以及近五天监控录像。

老鳖又回到了鳖宫。老钱发现，被放稳后的老鳖终于探头睁了下眼。大夫嘱咐近一两天内要对老鳖加强观察，熬绿豆汤加上点维生素C，多灌几次。酒店谢绝了一切看鳖客，安排专人侍候老鳖。老钱不敢离开酒店半步，隔不长时间就去鳖宫看看。看样子老鳖不会有什么危险了，老钱还是不能摆脱心惊肉跳的状态。

对老鳖下毒手的，是谁呢？心可是够狠啊。老钱脑子里过了几个怀疑对象。他亲自查看监控录像，特别是对三小时关键时段录像的查看，一分一秒都不放过。他实在看不出投毒行为的任何迹象。

老钱又过了一个辗转难眠的夜晚。

第二天上班时间一到，老钱就来到县公安局刑侦大队。负责此案的邢警说，应是团伙作案，有人掩护有人投毒。老钱吞吞吐吐地说了他念叨的几个怀疑对象，第一个就是老郑。刑警漠然地说：你说这个无用，老鳖又没死，这案只能算一般刑事案件，破案难度却不小。压在我们头皮上的案子多得很啊。

老钱嗫嚅着嘴，没说出话。刑警望一眼老钱，苦笑道：想不到这辈子还会碰上你这种"鳖案"。

老钱知道了公安对这个案的态度，临离开时，陪着小心对刑警说：

警官同志，我说的怀疑对象，可要注意保密呀。

刑警咔嚓瞪了老钱一眼。

八

老钱清楚，刑警没有必须破这个案的压力，若自己不追不做工作，这个案肯定就只能不了了之了。想到刑警说出"老鳖又没死"那话时的轻松表情，不禁有些生气：人命关天是不错，鳖命就不关天了吗？这个老鳖的命，就是能关天啊，还不是一般的关天啊。

这样一想的时刻，手机响了，是县府办老周的，急忙接听，抢先喊道：周大主任，你好。

老周：老钱，老鳖的命是保住了，你又有保不住的麻烦事啊。

老钱：咋了？

老周：看来你还不知。上网搜搜这几个字——吕县桃花源大酒店钱老板……

老周接着把电话挂了。

老钱急忙上网，立即搜到这样一条标题很长的报道：

吕县桃花源大酒店钱老板见钱眼开 非法利用罕见野生大甲鱼招揽顾客

文中点名道姓，时间、地点、事件、人物皆准确无误，且图文并茂。作者署名为不求闻达。《野生动物保护》及网站，省城多家报社及网站，皆登载了。信息以几何级数迅速蔓延。老钱知道，报纸都是晚上连夜印刷，白天投送。这稿子应是前天发去，昨天上版，昨晚印刷，今天面世的。相关网站在发布时间上取与报纸同步或略提前。所以，文中尚未提收取看鳖费之事。酒店不少员工比老钱更早一点得知这消息了，他们见老钱仍然得意扬扬，还以为人家胆识超群，不在乎呢。

老钱又搜了搜网络，的确还没有他收取看鳖费的消息。但此刻没有，并不意味下一刻没有，很可能立刻就会有。那条报道走的是主流媒体路子，没有随便往其他媒体发。

果然，第二天，重磅炸弹响了。这条报道吸引眼球的力量比上条大多了：

救救吕县野生大甲鱼
桃花源大酒店老板钱来勤钱迷心窍 吕县罕见野生大甲鱼已成摇钱树

署名还是不求闻达，登载媒体还是那些家。这回是重点报道收"看鳖费"之事了。这一报道的投稿时间，应该就是酒店收"看鳖费"的当天。仍然是图文并茂。先交钱再放人进酒店的场面，也登出来了。栅栏里的老鳖探头观望的特写大幅照片，很有触目惊心的效果。

这属负面新闻，吕县媒体、市内几家媒体都不会登的。不登不等于不重要，不登不等于没人管。库头、镇长、县长及相关领导都行动开了。

老钱寻思，不求闻达是谁？肯定是本地人。市里的，还是县里的？十有八九是县里的。老钱想到了铁真理。会不会是这家伙干的？铁真理一个月前找他拉赞助，目标是十万，不算多也不算少，老钱没有拒绝，也没痛快答应。老钱当时心想，起码让你这个吃新闻饭的多跑两趟。打发要饭的，不能太痛快了。

很快，老鳖中毒事件，微信圈、自媒体皆有披露了。

老钱拨通了铁真理手机：铁大记者，请你来观赏老鳖呀。

中毒事件后，鳖宫关闭，看鳖费自然停收，毕竟老鳖的身体健康最重要。在这种情况下邀请铁真理，属非常之举。

小记者腿不值钱，风快，铁真理马上赶来了。他看老鳖有多次了，以前都是不请自来。他虽然贵为记者，但在老钱眼里，却不具备列入受邀名单的资格。这回是有求于铁记者了。小铁心眼水小，每次看鳖都很规矩，连照片都不拍。他需要什么照片，自然会有人提供。

一则对负面事件的正面报道，很快出现在了那几家铁真理经常打交道的媒体上。老钱明确要求铁真理署真名，他就署了真名。铁真理觉得这文章署真名无妨。老钱不轻不沉不咸不淡地说：行不改名坐不改姓，老祖宗就是这么教的，个别记者却今天用这个名，明天用那个名。铁记者想了想，没流露半点反感，还附和着哈哈了几下。

报道很快见诸媒体。

桃花源大酒店精心呵护野生动物
罕见野生大甲鱼有力证明吕县生态环境美好

老鳖转危为安了。老钱虽仍惊魂未定，新的妄想却不断产生。老鳖身上蕴藏的财运之大，实在令老钱难以平静。

老鳖事件继续在发酵升温，中毒却使事件发生了本质性变化，不仅老钱被吓了个半死，不少领导也吃惊不小。吕县主要领导专门召集了一次碰头会，就事件及舆情等作了简要分析判断，下令在相关部门监督下，立即将康复后的老鳖放归原地，责成县内各媒体再配合相应正面报道，让老鳖事件尽快平息。

九

下午日落时分，老钱接到了第二天放归老鳖命令，虽已在预料之中，却忽又觉得天地变色。老钱望向天空——怪了，天确实猛然阴得很重。老钱想，接电话前，天还是好的呀，咋一下就阴了？老钱心里也像这天空一样阴沉。

夜深了，下起了小雨。老钱撑着雨伞在鳖宫前徘徊，一遍遍望向暗影里的老鳖。这是老鳖在人间的最后一个夜晚了。

凌晨时分，梦中老钱被一声巨响震醒，好像不是天塌了就是地陷了。一股十分诡异的焦煳味，如无数飞虫乱窜。老天爷从来没有与老钱如此近距离亲近：一个严重情况发生了，窗前那棵树龄逾百年，主干两人才能合抱的银杏，被一个炸雷劈去半边树头，一根挂满青果的树枝咔嚓戳碎寝室窗户，枝叶横扫床上白白胖胖的老钱。老钱扒拉扒拉树枝，爬起身，光脚溜到地上，人已恍恍惚惚，近乎魂飞魄散了。这树是酒店刚建成时，老钱花大本钱购买移植来的。雨半夜里就停了，这是一个干雷，无风无雨的干雷。老钱好歹把鲜血淋漓的肉身，转移到一片狼藉的院里，看到了半生从未亲眼看到的一个"雷劈现场"。"遭雷劈的"，这句老钱自小就熟知的民间咒语，在老钱心里纠缠不休。没有比这更厉害的咒语。不少员工已围了上来，110、120电话全打了。老钱虚虚地挪到鳖宫前，老鳖正好探出头来——老鳖看上去安然无恙。老钱直直地盯着老鳖：老王，这霹雳是您老招来的吧？

老鳖又缩回头。

桃花源大酒店突遭雷劈，吕县著名老鳖安然无恙。

桃花源大酒店横遭雷劈，著名老鳖毫发未损，酒店老板钱来勤受轻伤。

这些信息的传播速度，比炸雷还快。

在一位副县长率领下，县环保局局长、孙库头、老钱等关键人物，分乘数辆车护送老鳖回家。吕州通讯、吕州电视台的记者乘采访车跟随。最好的那辆车是老钱的越野，老钱亲自开。老鳖当然坐老钱的车，有资格与老鳖同乘一车的是副县长、县环保局局长、孙库头。

老钱受了点皮外伤，当时看上去血头血脸的，其实离伤筋动骨很远。老钱受的主要是内伤，他的灵魂伤得不轻。你看，他好像不是在转动方向盘，而像是在摩弄鳖盖似的，豪华越野跑起来就有点像鳖爬了。

孙库头打量一眼老钱，果断地说：老钱，这车你别开了，让别人开。这些日子，你为老鳖可是操碎了心啊。

老钱很听话，停车坐到副驾驶位上去了。

从酒店出发时，副县长及众领导都看到了雷劈现场。"遭雷劈"这类故事大家都听说过，亲眼看到活生生的惊人雷劈现场，却差不多是所有人平生第一回。"遭雷劈的"，一代一代人挂在嘴边的最狠的这句骂人话，无人提，人人心里却都在一遍一遍过这句话。每个人的心理都发生了一点真实变化——对老鳖的敬畏又增加了几分。大家一路小心地看老鳖谈老鳖，讲自己一生所知道的鳖故事。

副县长说：县里决定将老鳖放归原地是正确的，及时的。

孙库头似在自言自语：感天动地啊。

中心话题是老鳖，默默无言是老鳖。不久前，孙库头在老家与族人一起为一位去世的亲人守灵，守灵情景此时此刻忽又浮现脑海。那一夜，那具热血已冷魂魄已散的躯体，似仍控制着在场所有人的心灵与话语。即使从前对逝者曾怀不敬之心乃至仇恨之心的人，守灵时也不敢不敬了。老孙伸手在自己头顶上抓挠了几把，努力把那情景赶走——面对活生生的老鳖，怎么就跟给死人守灵似的呢？老孙不禁这样想。

老鳖是人间的逃避者，自小到老，它遇见人的第一反应总是逃避。这些日子，它被猛然带进这个无比喧嚣的世界，在人间这样走了一遭，见了无数人，经历了一连串稀奇古怪事。人总是将老鳖视为鬼怪或神灵，具有某种不可思议的能量。不少人会关心狗怎么想，猫怎么想，甚至能与猫狗产生一些交流，同时，又可以随便打猫骂狗。凡宠物，必定意味着受宠与受辱同在，没有只受宠不受辱这等便宜事。宠物实际上是人性某一部分的投影。可是，无人敢把老鳖当作猫狗似的宠物随便对待，一般也不会关心老鳖怎么想，就像不关心神怎么想一样。热血与冷血之间的千山万水，反而有利于一腔热血的人类，去神化一腔冷血的老鳖。

老钱的心事别人似懂非懂。只有老钱与老鳖不说话。与老鳖相处这段日子，老钱兴奋莫名，心眼里全是老鳖老鳖。老钱心里，"遭雷劈"已成为与"老鳖事件"相连，却又比"老鳖事件"严重百倍的事件。

经过夜晚风雨雷电的洗礼，宇宙又献给这方人间一个美好的白日。这一行肩负特殊使命的人，越过村庄，越过田野，越过一片又一片树林，朝目的地奔去。越接近隐在深山里的水库，大自然就越美好。采访车里的铁真理打开车窗，探出头去，使劲吸鼻子。铁真理感慨道：这空气里的负氧离子，浓得让人都快醉了啊。

纪元老汉早就等候在发现老鳖的地方了。

那个特大号塑料盆从车上抬下来。老鳖趴在盆里。

又见老鳖的纪元十分激动：老王啊，俺可把您盼来了，您老可回老家了。夜里俺就梦着您了，可是俺刚往您跟前凑，您就从您盖底下伸出两个大翅子拂天拂天地飞起来了。俺心里一急，也跟着您飞起来，您朝俺头顶猛踢了一下，俺就啪嗒掉地上摔醒了。在梦里俺就知道，您那是恨俺啊。您恨得对呀。

铁真理插话道：纪大爷这个梦有意思。

大家合力将大盆抬到水边，小心放下。纪元轻轻掀起大盆一侧，想让老鳖从盆里滑出来。

副县长忽然产生了一个灵感，说慢着慢着。他抬手指指离水边有十多步远的一块平地，说：咱们应该目送一下老鳖，看它亲自走回它老家去。

大家完全理解副县长的心意，且全都感到那正好也是他们心里所想却无权说出的话。大家把老鳖抬到那个地方，把它从盆里搬出来。

老鳖探出头，闻到了水腥味。大家都以为它会迫不及待地往水里爬，它却把头又收回去，不动了。大家十分纳闷：为何到了家门，却不急着往家走呢。

纪元：老王啊，到老家了，回老家吧。金窝银窝赶不上自己的老窝呀。

纪元在鳖盖屁股处拍了拍，催它走。

它还是不走。

副县长朝老鳖郑重拱了拱手：老王啊，作为鳖族的老领导，这些日子，您的子民一定盼星星盼月亮一般，盼着您回去呢。老领导，祝您一路走好。

大家都觉得副县长的话十分有水平。

鳖头终于又从鳖盖里拿出来了。它望一望天空，望一望浩瀚的水面，四肢划动沙土，往前拱一下，再拱一下……

老钱痴痴地望着老鳖。老钱并不清楚，一连串事件，特别是那声霹雳，已令他灵魂出窍了。这时，老鳖扭头望了望目送它的这一撮人，唯独老钱的热眼与老鳖的冷眼咔嚓撞在了一起。老鳖紧瞅住老钱，张嘴吐出一串泡泡，发出只有老钱能听到的掀天揭地般的怒吼：去你妈的吧，滚回你的人间吧！

老钱再次如雷轰顶，大喊一声俺那鳖神唉，扑通跪在地上，朝老鳖猛烈磕头，一面磕头，一面四肢并用十分逼真地模仿老鳖才有的走路姿势，奋不顾身朝老鳖爬去。老钱的额头磕出了一股鲜血，那鲜血咕咕尖叫着钻进沙土，混进沙土下的清澈甘甜的水，并裹挟着那些水呼啸着冲入水库。老钱夜里听到的霹雳声又破空而来，雷鸣电闪，地动山摇。恍惚之间，老钱十分真实地体验到，他的肉身发生了开天辟地般的巨变：他整个肉身咯吱咯吱块块碎裂，又重新排列组合，脊背上迅速生成一张坚硬无比的巨盖，把他五脏六腑四肢百骸一下子全保护起来了。老钱感到，他已脱胎换骨了，有生以来第一次获得了彻底的安全与自信。

亲眼目送老鳖的人们，先是忽然看见老钱大喊着跪地磕头，并匍匐四肢往前冲，接着看到老钱额头血流如注。他们的第一反应，就是赶紧把接连受到异常精神刺激的老钱从地上拉起来。老钱瘫坐在地，两眼痴痴地盯着有条不紊爬向水面的老鳖。

老鳖一下子沉到了水里。

水面上的这个涟漪，一圈一圈延伸开去。大家静静地站在那里，望着那越来越大越来越柔和的涟漪……

下阕：老王说话

一

"杀吧。快杀吧。老头子。水开啦。"厨房里的老太太朝院里的纪元大喊。

"好。好。杀。杀。这就杀。这就杀呀。老嬷嬷，你还用着使这么大劲喊了，不就杀个鸡吗，好像要杀俺这老头子似的。"老纪元这嗓门也不低。

日升月落，开门见山。水落石出，鱼鳖亮相。咱是一只鳖，一只无奈成为人间一看客的老鳖。开篇这情景，就发生在咱被捉来人间第三天。咱看在眼里，记在心里。任你卷起八尺浪，咱心如止水卧一旁。

像每个早晨一样，纪元五脏六腑吭吭咳咳一阵乱响后，方才起床，起床后第一件事照旧是打开鸡窝，第一只探出头来的鸡照旧是那只大公鸡。大公鸡支棱着大红冠子，在窝门一冒一晃，一晃一冒，眼都来不及眨一下，就被纪元那老爪一下卡住脖子，麻绳捆了鸡腿，扔到地上。一直热情高涨趾高气扬的公鸡，看样子要告别一饮一啄的日子了。安置咱的木栅笼，距那鸡窝不远。

老太太发出一溜"勾勾勾勾"唤鸡的怪叫后，照旧往地上撒了几把粮。众母鸡嘀嘀咕咕一哄而上，马上就是一片白茫茫大地真干净。母鸡们这样开过早餐，便一哄而散，全然不顾一直对它们宠爱有加却陷入绝境的公鸡。公鸡什么风度都不顾了，使劲伸长脖子，企图啄食几粒蹦到它眼前的粮。蹲在地上磨刀霍霍的纪元，伸脚把公鸡拨拉一下，让它够不着那几粒粮：你呀，就别吃了，吃进去也来不及消化了，你吃到头了，什么事都得有个头吧。一只母鸡发现了秘密，立马冲回来，在即将赴死的丈夫眼睁睁的深情凝视下，十分无情地吃掉了那几粒粮。鸡们显然对生死无知无觉。就在昨天，这公鸡竟将头伸进咱所在的笼里，试啄了几下咱这顶坚不可摧的巨盖。咱自忖一口就能咬断它的脖子或腿，但咱不能那么干，它是纪元的一份财产呢。

纪元笑嘻嘻的，伸出一根爪试试刀锋，另一爪抓起公鸡，从上面捏紧鸡脖，下面的鸡毛就扎煞起来，皮肉就暴露在刀锋之下，刀锋贴上去了——不用说，刀锋一定是凉的，比冬天的水都凉。炉灶边的老太太，将一只爪举起，对着马上就要告别人间的公鸡，一指一戳地唱道：鸡，鸡，鸡，你别怪，你本是人间一道菜，旧命不去，新命不来，来年托生一个金凤凰，梧桐树上把屏开呀把屏开。鸡，鸡，鸡，你别怪……这样看来，人类是把鸡仅看作一种会喘气的菜，杀掉它们的理由太好找了。

老太太以她的歌唱，伴随这只鸡的短暂死亡过程。纪元将淌了半碗血的公鸡朝远处一扔，公鸡闭紧双眼，梗梗起被割断一半的血脖子，在地上蹦了又蹦，一直蹦到咱眼前，才倒地不起。一滴鸡血正好溅到咱嘴角。咱活了这把子年纪，鸡血味还是第一次尝到呢。鸡血与水族活物的血，味道很不相同，有股尘土气烟火气。纪元耐心看着那公鸡，直到它慢慢停止挣扎。纪元道：这条鸡命，一岁半，正当年，光挣命就挣了这半天啊。鸡被扔进盆里，老太太提着水壶，将热气腾腾的水慢慢往鸡身上浇。纪元提一提鸡翅，放下，提一提鸡腿，放下，让开水把鸡身的每个毛孔都烫遍。一股只有屠宰生灵才能产生的味道，再次在纪元家弥漫开来。每条命，都有它告别世界的方式，这条鸡命的告别方式，也算别具一格了。

"老头子，咱当着它——它的面，杀这个、杀那个的，它——它会不会觉着咱这些当人的，心忒狠了吧。"老太太朝咱努了努嘴。

"你钻它肚子里问问去吧，老嬷嬷。"纪元也朝咱努了努嘴。

"没正经，老东西。以后再杀活物时，咱别当着它的面了。你看它，平时不伸头，咱杀活物时它就探头探脑瞅啊瞅的。怪吓人，怪瘆人。你说是吧？老头子。"老太太又朝咱瞅了瞅。

"中。中。今后咱不当它的面杀活物了。不过，我看，虽说人没有什么不敢杀的，可是，应该没人敢杀它。你以为它不知道哇？"纪元瞅瞅咱。

咱大多数时间都缩头入盖，人类就认为咱缩头时就不知外面情况了，其实只要咱愿意，咱就能洞若观火呢。

昨天，也就是咱来到纪元家第二天，纪元杀了一头羊，一头刚断奶的小羊羔。咱这一生，基本过着"水底下望人"的生活，鸡狗鹅鸭牛羊等生灵，咱全都认识。咱眼里，它们都不可怕，最可怕的是人类。小羊临死前那咩咩的喊声，咱可是头一回听到。那声音，像水一样柔啊。

披一身嚣张长毛的公鸡，很快被剥得一根不剩。一只有毛生灵在咱眼前如此由生到死，实在魔幻极了。纪元爪起刀落，那个光溜溜的鸡头，像个小鸟一样嗖一下飞出老远。鸡头在地上打着滚跑了一阵，才停下。老太太弯腰伸爪捏起冒着热气的鸡头，笑眯眯望向纪元：老头子，把这个给它吃吃吧？老太太朝咱努了努嘴。纪元说：好好，犒劳犒劳老王吧，老王大约觉得这几天快叫咱人类给聒噪煞了，从前它住在水底下多清净、多安逸啊，这人间对它来说应该不是个好地方。

老太太把鸡头送到咱嘴边，朝咱作个揖，念叨着：您啊，是水中仙，在俺这里受屈了。多担待点啊。

这已是咱第二次看纪元杀鸡了。被捉来第一天，纪元就杀了一只鸡，一只母鸡。那回，老太太伸爪指着那只母鸡，说老头子，就杀这个芦花，光长得怪好看，三天五天都不下个蛋，早该死了。

在人间，咱这看客看到的都是奇迹。

咱已活得足够长，长到令咱不好意思了，长到令咱没见过一个比咱活得更长的同类。用视死如归那种豪情哄一哄自己，是人类才喜欢干的事。死就是死，死就是没有水、没有光、没有蛤蜊与螺蛳、没有一切了。咱很早就明白这点。随波逐流浮浮沉沉一生，阅历不可谓不多。再多的阅历又有什么用呢？总有你逃不掉的那一刻。咱出生在哪儿，父母是谁，全是一片混沌。失踪或死亡，是咱漫长一生中最寻常阅历。只是，失踪或死亡的，从来都不是咱。这回，终于轮到咱了。由咱的年纪与领导地位决定，咱的失踪，当然是族类眼中一起极重大事件。不过，咱已管不了那么多了。

二

这几天，纪元家客人多如过江之鲫。有些客人纪元还需管饭，纪元不得不天天杀个活物。

那天杀羊时，老太太面对咩咩叫的小羊，不停抹眼泪。杀鸡时她不但不流泪，还用人类的惯用伎俩，哄一哄那鸡。老太太那歌谣，是让死到临头的鸡明白，它不能因被杀就记恨杀它的人，它天生就是被杀被吃的命，被杀可能还是件赚便宜的大好事呢。鸡是怎么想的，老太太可不管，她只关心自己那颗曲里拐弯的心。以咱眼光看，人类最主要心理特征就是自欺欺人。自欺比欺人更加普遍，欺人操作起来有难度，人号称万物之灵长，人人有预防欺骗之心，却少有预防自欺之心。明白这个道理的人，看样子不多。对他们来说，自欺的好处是显而易见的：不论多么荒唐的事，他们都能在心理上滑过去。

　　纪元家忽然多出一窝毛茸茸的鸡雏。它们与咱一样，也是卵生，区别是它们一定会长出满身毛来。老太太望着鸡雏，满脸欢喜，把盛鸡雏的筐子放在树底下。距咱很近。鸡雏叫起来像水一样柔，像空气一样轻，刚刚来到人间的它们，连路都走不稳呢。那个才刚会走路的小人歪歪扭扭过来了。咱对这个小人有点喜欢，满身清新气息，就像咱族中的小雏一样可爱。这小人对咱倒没什么兴趣，只在咱跟前站了站，看了看，就再不过来了。他可能觉得咱不好玩。这么小的小人，显然理解不了咱这庞然大物。小人围着那筐鸡雏转。老太太放下一个板凳，让小人挨着鸡筐坐下：好孙子，好好给奶奶守着，别让老猫把小鸡给抢走了啊。老太太转身去了屋里。小人一心一意与小鸡玩。小人伸爪抓起一个小鸡，按到自己脸上，小鸡伸嘴啄了一下小人那小鼻子，把小人啄得一愣一愣的。小人瞅瞅小鸡的小嘴，就用力捏小鸡——捏肚子，捏头，捏脖子。小鸡唧唧了几声，就耷拉下头，不动了。小人晃了晃小鸡，还是不动，就把小鸡扔地上，又伸爪抓那会跑会动的。不一会儿，所有小鸡全都不动了。小人的小爪手里攥着只耷拉着头的小鸡，朝屋里大喊：奶奶，奶奶。

　　家里那条老狗却先跑来了，它立即清楚小人犯了一个相当严重的错误，是它这当狗的自小就想犯却不敢犯的错误，老狗立即朝屋里猛烈单调地喊道：王，王，王，王……狗这东西，上蹿下跳的，管事之多仅次于人类，却就会这一句话。咱刚进纪元家门时，这狗乍一见咱，就毫无必要地作出十分嚣张的姿态，一蹦老高，张着大臭嘴要对咱下口，却又不敢真咬，只是对着咱一个劲地王、王、王……什么意思？狗对咱很快失去了兴趣，连那个单字单词也不对咱喊了。人类对狗的态度令咱十分纳闷，一会儿笑眯眯地伸爪摩弄狗，一会儿抬脚就踢狗，一会儿像哄小人一样对狗轻言细语，一会儿又对狗破口大骂——那些千奇百怪的脏词，亏人类想得出来。当狗的，得具备何等狗格，才能成为人类眼里一条合格的狗啊。咱真替狗害臊。

老太太听出老狗叫得不平常，就过来了。老太太一愣怔，弯腰把那一地鸡雏摸了个遍——一只会喘气的也没有了。她像把喉咙撕碎一样大吼一声，伸出老爪抓起小人，在小人屁股上狠拍了好几爪，然后与小人一块嗷嗷大号。老太太一面嚎，一面说：俺那小祖宗唉，小王八羔子唉，小王八蛋小鳖蛋唉，鳖养的唉，长大了不得出息成个杀人犯啊，俺那活生生的小鸡唉，疼煞俺了唉。

这样骂自己的孙崽，你说有多扯蛋多荒诞啊。老太太分明对咱十分敬畏，可是，你看老太太那忘我的样子，根本就没念及咱这个老王八、老鳖就在现场，咱就是从鳖蛋里爬出来的，就是小王八崽子长大的。人类心灵的分裂，好像是正常现象。

这一群小鸡，可是老太太心目中一笔不小的财产啊。

虽然同为卵生，鸡雏比咱的雏脆弱多了。这么小的小人，不可能用小爪捏死咱的雏，可是一会儿就把这么多鸡雏全弄死了。对人类这两脚妖怪，咱有很多想象，他们的有些表现，没超出咱百年来在水底下的判断。可是，在人间这几天看到的一切，证明咱的想象力还真是不够用。这么一个小人就如此凶残，你想想，那些大人先生干出你想象不到的事，就一点不必奇怪了。

当首次听到人类用王八蛋来骂人，可把咱笑煞了。没错，天经地义，实事求是，王八都是卵生的，王八蛋与狗蛋猫蛋鸡蛋等词一样，就是个普通名词，人类怎么就喜欢用这词来骂他们自己呢？不光用这个词，与咱王八有关的骂人词还很多呢。骂人堪称是人类特色的癖好。据说，还专门有专家学者研究"骂人文化"。一位这方面的著名专家有此论断：骂人之方式、词汇及与此方式、词汇所关联之所指能指，既是地域、族群表层文化之外在旗帜又是其深层文化之隐秘架构……俺那娘，仅默念一遍这一句，就能把咱这最擅长憋的老鳖憋个半死。

公鸡肉的香味刚刚飘进空气，瞻仰咱尊容的人群，就一拨连着一拨来了。咱水底下望人上百年，窥见人类无数。这回被迫来到人间，不得不与众多两脚妖怪面对面，真可谓一日长如百年。人类千奇百怪嘴脸与魔幻的心灵风景，如天空投在水中的倒影，一幕幕呈现在咱眼前。

三

前天，就是咱被抓的那天，一个很好的天气。阳光在天空中走了那么远的路，亲切地降临在咱身上。

天空这个最可信赖的宇宙之盖，永恒地笼罩着咱家园。这宇宙之盖与保护咱肉身的躯体之盖，是多完美的结合呀。自咱钻出蛋壳那一天，咱就看见并理解了这一微妙的宇宙大象。咱不能不承认这一点：宇宙的结构，完全是以咱族为中心设计的。咱在水下那么多年，屡次望见头戴苇笠或帽子的纪元，也望见过其他戴苇笠或帽子的人。这莫非是出于对咱族之盖的羡慕与模仿？这些两脚怪物，热衷于占有一切。每个人，无不是从头到脚，披挂得滴里当郎，只留出那张变幻不定的脸，东张西望瞻前顾后。两个爪里还经常抓着件东西，并用那东西干些匪夷所思之事。实在找不出另一种与他们有相同癖好的活物。

咱的生理特点决定，咱虽主要生活在水下，但也必须经常在阳光灿烂的日子里出来晒盖，不晒盖就会生病。要晒盖就必须使用水外空间，而水外空间及空间里的事物，全被人类占有了。所以，咱祖祖辈辈一代一代传下的忠告就是：水外空间就是可怕人间，到那儿晒盖时务必高度警惕。

咱的警惕性向来很高，不论晒盖多长时间，不论阳光多么温暖，咱都能做到不打瞌睡。日出日落，四季轮回，周而复始，宇宙总是可信赖的。这一天，咱却犯了致命错误：打瞌睡了。年纪大了，不仅活动能力差了，思考问题略久就会头晕目眩，有时还阵阵恶心呢。自从六十多年前那位大姐忽然失踪，咱族中就再也没有比咱年长的了。大姐生育子女无数，可是，一辈一辈的子孙大都先后失踪了。活在咱身边的族类，最大的也不过十岁八岁。这样，许多问题都需咱来思考。阳光真好，把咱五脏六腑晒得暖洋洋的。这个湾少有人来，连那个喜欢到处瞎逛的纪元也来得不多。咱打瞌睡了，还做梦了，梦中回到了六十年前，并且梦见了那位大姐。大姐说它被人类抓到后，用大锅炖着吃了，一百多人一人分了一碗呢，那个时候的那些人全都饿红了眼，什么都吃，逮着什么吃什么。炖汤喝，是人类吃掉鳖类的方法之一，还有其他许多吃法呢。

梦中的咱正沉溺在哀伤情绪中，一阵人类之声惊醒了咱。咱睁眼就看见了纪元。

纪元面对咱，显然比咱面对他更加惊恐，嘴唇哆嗦不止，两腿都打哆嗦。

纪元的声音竟然像是哭泣：老王，对不住您老人家了。俺得报告给俺的上级领导哇。

凡活物，大都有组织有纪律有领导。这好理解。

纪元一阵激动的呼叫后，牛头崮水库管理局局长老孙率领部下迅速赶来了。他从来不单独出现，一出现就前呼后拥的，动静不小。

老孙伸爪握住纪元的老爪：老纪啊，你可立了一大功啊。等着看好戏吧。

纪元显得有些慌乱。

四

老孙他们刚走，纪元的儿孙就都来了。接着是纪元的另一些亲戚朋友及乡邻，还有不少陌生人也闻讯而来。他们最喜欢与咱合影，或给咱照相。不断有人把手机、相机里的照片塞到咱脸前让咱看，张嘴就是胡说八道：

老鳖，你认识这个大王八吗？

老王八，你认识这个老鳖吗？

老王，你认识这个大甲鱼吗？

其中有个不大不小的人说：俺那妈，这么大，要是炖炖，全班同学吃也够分的了。旁边一个大人拧了他一爪：闭上你那臭嘴。

人类偶尔用甲鱼这个文绉绉的词来称呼咱。人类在任何一件事物上都无不以穷尽花样为能事。他们当着咱的面就会互骂起来，骂着骂着又可能互相握爪或抱在一起。真是岂有此理。

常有人在咱跟前下跪磕头，嘴里念念有词。这种动作对他意味着什么，咱马上就明白了。刚刚在咱面前说了些不恭言辞的人，竟也给咱磕头。他是怕那言词给他带来灾祸呢。

窃窃私语，七嘴八舌，喋喋不休，交头接耳，嘟嘟哝哝，大喊大叫……人类需要那么多语言，那么多表达方式，令咱眼界大开。人类如此能说，概括起来基本就是用一些话掩盖另一些话。人类有个弱点，他们追求语言及表情的欺骗性，可是连他们自己都承认，经常是欲盖弥彰。特别是他们那魔幻般的表情，在咱的绝对面无表情之下，可说是一览无余。

太阳落山了，天黑了，天地安静下来。老太太从屋里搬出个香炉，摆在栅栏外咱眼前，点上香，还烧了几张纸。咱第一次闻到香火味。老太太跪下磕头，说了一大堆话，哀求咱保佑她全家，保佑她子子孙孙呢。

事情明白得很：对小王八，人类会像对待鸡羊一样随便处置，一个王八若活得足够长，个头足够大，人类就会将其奉若神明。人类任由各种野心疯狂生长，又滋生很多禁忌。只要面对他们以为是神是鬼，或有能力为邪为魔的事物，他们就会向那事物屈服。他们既可能一直将某物奉若神明，又可能待某物到某阶段后再奉若神明。以鳖眼观之，当然相当滑稽。鳖族中从无一只想成神成仙之鳖。若有哪只鳖宣布自己成仙，咱首先考虑它是犯神经病了，会立即将它踢出鳖群。道理很简单，宇宙间若有神，只能是那本来是神的去做神，而不是由本不是神的，变成神或化妆成神。对鳖族来说，此乃天经地义常识，就像鳖只是能鳖人只能是人一样。鳖的寿命比较长，活得再长也只能仍然是鳖，老鳖而已。比如咱，侥幸活过百岁，就是个老鳖老王八，只因多些历练多些常识，才获得鳖族群众尊重。看样子，人类大约不会认可这等常识的。

五

咱能在人间活多久？不好说。不过，咱心里有底了——由人类心理结构与现实欲望共同决定，没人敢随便处死咱。

今天是咱来到纪元家第四天。纪元抓了咱，纪元一家人却待咱格外好。纪元自己对咱说他问心有愧呢。

昨天深夜时分，鸡狗鹅鸭都睡了，纪元蹲在咱面前，蹲了很久，一支接一支抽烟。看样子心情很不平静。人就是这样，经常会心情不平静。他们心脏的动静太惊人了，与咱这心脏有天壤之别，人人肚子里就像拴着只狂躁的狗或其他什么顽劣的动物。心脏如此猛烈地跳来跳去，跳得全身无一处不动，却不会爆炸，真是个奇迹。

纪元：老王，您这个哑巴神，俺也不知您心里咋想的。肯定您是不情愿来这个人间。要是当时不挡您道、不报告给俺领导，看着您走就好了。现在俺又无权放您了。请您老原谅俺啊。

今天又来了一拨纪元视为贵宾的人，其中有孙局长。一位是县府办周主任，一位是吕县桃花源大酒店老板老钱。

周主任端详着咱，还伸爪到栅栏内敲了敲咱的盖：孙局，这个大王八，可给牛头崮水库、给你这当库头的长脸了。它称得上是无价之宝，你可是第一责任人。你看它这架势这风度，不知在鳖族中级别有多高呢。

老孙：周大主任啊，这几天，俺无时无刻不在挂念老王。

那个老钱一见咱，就蹲在咱跟前。他望咱的那表情，既像面对神明，又像面对一块闪闪发光的金子。老钱也伸爪到栅栏内，像老周一样敲了敲咱的盖，敲了咱盖之后，不但不及时收爪，反而张开全部爪指，在咱盖上摩弄过来摩弄过去。咱的恶心感越来越重。

老钱这家伙，似乎对咱头部之盖特别有兴趣，他用他那无比油腻的脏爪，在咱那儿又摸又捏的，臭嘴里更是送出阵阵轰轰烈烈的油腻气息：老王，亮一亮您那尊贵的首脑吧，县领导专程来看您了。

人类早就将咱及同类看作忍者典范，他们还创造了"忍者神龟"形象。可是，他们做人的，对待众生，总是缺乏必要的界限感。这几天来，还没有人胆敢像老钱这样，如此放肆地骚扰咱腻歪咱呢。

这回，咱这头不能不伸一下了。咱伸出头来。人们热烈地朝咱拍爪跺脚，又喊又叫。咱伸头，绝非为满足什么领导看咱的愿望，咱是为了看清老钱的脏爪。咱平生首次主动出击人类了——咱一口咬住了老钱那根脏爪。咱这利齿是什么滋味，此时此刻老钱这张丑陋至极的脸就是证明。

老钱大喊一声俺那娘唉，扑通一下坐在地上。他本能地往回抽爪，抽了一下就不敢再抽了。他明白，若要强行抽，就意味着要留半截爪指在咱口腔里了。人群就像炸了锅，气度不凡的周主任也慌了神。

钱总啊，您小心点，看我把这鳖头给剁了！老钱的一位部下，迅速从纪元厨房里找来一把刀，伸进了栅栏。那刀就是纪元杀鸡的刀。

老钱龇牙咧嘴地喊道：滚一边去，把刀给我扔了。

老钱十分小心地跪起来，如鸡吃米般朝咱磕头：老王饶命，老王饶命啊！俺再也不敢了啊！啊啊啊……

从老钱爪中流出的人类之血，已塞满了咱喉咙。人类之血真是世上最脏最难闻的血。咱强忍着不把那血咽下去。可是，什么都能忍，恶心却是忍不住的。人类中的智者明白，恶心不仅是生理问题，还是个哲学问题。对同一件事，恶心还是不恶心，那可是道德与智慧高下的一道分水岭。有对不论什么肮脏事物都不恶心的生灵吗？咱没见过。对了，狗是不是可勉强算是呢？——不深究了吧，咱目前对狗也所知不多。咱咬住老钱那脏爪的瞬间，强烈的恶心感就来了。自咱长大成鳖，咬碎水族中蛤蜊、螺蛳之类无数，咬断人类之爪断非难事。可咱并不想把老钱那脏爪咬断，更不想咽下半星人肉人血。

在恶心感的驱使下，咱不得不把那脏爪吐了出来。吐出脏爪，脏味仍在，咱使劲甩头，使劲呕吐，努力把人类的血腥味打扫干净。

老钱的受伤之爪很快包扎好了。老钱惊魂未定。

老孙：老钱啊，这回你还想不想把老鳖弄到你那里了？现在，你把老鳖剁巴剁巴炖汤喝的心都有了吧？

老钱举着那根滴血之爪，环视一圈，又望向老孙：库头你可真敢想啊。你要是敢喝，我就敢……俺那娘来，真疼啊。

老钱将伤爪放在另一只爪里。老钱两眼虚虚地瞅了瞅咱。

老孙：能被资历这么深的老鳖亲自咬一回，也算是件相当光荣的事啊。这老伙计没把你爪子咬断，大约是嫌你那肉太腥太臭吧。

老钱：什么肉也没你这库头的肉香，鱼鳖虾蟹都会喜欢。

老孙：周主任，暂时把老鳖放到老钱酒店吧。那里条件不错。老钱何时想让老鳖尝尝人肉味，也挺方便。

……

在人间，咱无奈当看客。咱眼里，人类生活相当无聊，可是咱这一鳖看人类众生的看客生涯，又不能不打发。咱别的本事没有，气定神闲是能做到的。

六

咱来到了桃花源大酒店。酒店所在地就是人类所谓的县城。

老钱天天开车进进出出。有些人常把这种车称作"鳖盖车"。真是岂有此理。

老钱在酒店院内专门建了一座他所说的鳖宫。可是对咱来说，这就是一个监狱。咱眼里，自然与不自然，自由与不自由，界限太分明了。

咱身处人类县城，不得不增加新的人间阅历。纪元家里来人之多，已令咱不堪其苦，县城的人类之众，更不可思议了。从日出到日落，到日落之后很久，乌泱乌泱的全是人啊。据人类自己的标准，县城还算不上正规城市，能盛下更多人的地方，窝泱窝泱程度更高的地方，才能叫城市。人间有多少人？为何会有这么多人？是不是比夜晚天空里的星星还多？真是令咱纳闷。这人，每人揣着颗热气腾腾的心脏，这里瞅瞅，那里瞧瞧，动脚动爪，动鼻动眼，寻寻觅觅，喋喋不休，一会儿亲密无间,一会儿勾心斗角。咱听到有个人说出"心怀鬼胎"一词,感觉妙极。胎生的人类,最喜欢做些心怀鬼胎之事。

一群又一群人,都是为瞻仰咱而来,咱却不能拒绝任何一个。他们有统一的嘴脸,又有各个不同的嘴脸;他们有统一的气味,又有各自不同的气味;他们有统一的语言,又好似有无穷多的语言。

所有来人都是看客。看客,是他们一种状态与心态,他们活着,好像就是为了这里看一看那里听一听。据称,人类有十分发达的看客文化。咱明白,他们看咱与看他们同类,其心态是不一样的。面对咱,每个人的心理又会有所不同,但他们向咱表达的基本就是"瞻仰"之情。瞻仰是人类眼里的好词,他们全都认为咱具备重要的瞻仰价值。人类的这种习性,对鳖族极力避免一切与人类照面可能的习性,是一个相当严峻的挑战。他们冒犯的事物太多了。咱从小就知,人类不但没啥好看的,还特恐怖。见再多的人也是这样,不会有例外。

咱如今落到这步田地,也只好无奈当一名孤独看客,以一老王八之心眼,看这乌泱乌泱无穷无尽的人类。在人间,咱才称得上是超级看客呀——他们一群又一群在鳖宫前把咱当一道风景,咱孤身一个看他们这些把咱当风景看的人。

有时,咱真感到快要被人类聒噪煞了。从前虽也经常看见人类,但数量总是不多。水族里不乏乌泱乌泱现象,小鱼小虾之流就是那样。想象不到啊,令咱恐惧万分的人类,竟也像小鱼小虾一样,以这种窝泱窝泱的方式活着,而聒噪程度远超小鱼小虾。

<h1 style="text-align:center">七</h1>

来瞻仰咱的人,第一个愿望就是盼咱能伸头看看他。无一例外。

咱这一生,最讨厌的事,就是出头露面。除非生存必需,比如观察环境、吃点喝点、照应族类,或判断一下天气等等,其他的咱是不露头的。咱就在咱的盖下，做个忍者、隐士，连心脏都懒得多跳一下。这与人类的寻寻觅觅、坐立不安、时刻以为有鸿鹄将至的心理完全相反。"鳖仙鳖仙您伸伸头，让俺看一看您的脸。""老王，有大领导来看您了，赏个脸吧。""鳖王鳖王，亿万富翁来瞻仰您了，伸伸头吧。""老鳖仙啊，俺孙子今天刚满月，俺就抱着来瞻仰您了，赏个脸吧。"……一天又一天，类似聒噪不绝于耳。大喊让咱露头最起劲的，往往是那些小人。咱本来有点喜欢人类中的小人，现在也不喜欢了。让咱当演员，不可能。咱可不是他们养的那狗那猫，让表演啥就表演啥。纪元朝他家那狗一摇手，那狗就立马倒地打滚，爬起来后，又将尾巴摇得像风中树叶。哎哟，身为天地间一个物种，竟堕落至此种境地。总而言之，只要是人豢养的物种，多多少少都会沾染一些人类习性。

纪元家的老狗，已足以令咱瞧不上狗了。老钱养的那条小狗所表达出来的狗格，又彻底刷新了咱对狗的认知。

自咱来到桃花源大酒店，老钱的幸福指数就直线上升。咱从看客身上，从酒店员工身上，从老钱的小狗身上，也能明白地看出这一点。当然，老钱自身是最直接证明。老钱一见咱就眉开眼笑，被咱狠咬一口那事，不但不记仇，还成了他的光荣。他一再伸出那被咬之爪，向人炫耀："看，已经结疤了。人最易犯的错，是好了疮疤忘了痛。事实证明，对老王，必须有发自内心的敬畏。乍一见老王，咱确实有点忘乎所以，竟暂时忘记了敬畏，踩着人家的底线了。所以，我承认，咱被老王亲自咬一口，应该说基本是活该，活该呀。老王那样做是正确的。不论做什么事，无底线思维是不行的。"

咱还得说狗。狗这东西，用人类的话说，也是篇大文章。咱在老钱酒店里过这种被瞻仰的日子有十多天了，当然是见人最多，其次就是见狗最多了。好多看客都带着狗来。有时是人牵着狗，有时是狗牵着人。千奇百怪的狗，狗的千奇百怪，令咱大开眼界。

咱第一天到酒店，就见到了老钱那只小得可笑的狗。后来咱阅狗无数，就觉得平常了。老钱经常伸开一爪，让小狗站在爪掌上跳舞。那天咱一到酒店，一被抬下车，那小狗就像纪元家那只老狗刚见咱一样，对咱乱喊乱叫，乱蹦乱跳。老钱对它嘘了一声，老钱对咱做了个揖，那小狗立即噤声，且立即对咱作揖不止。狗是这样作揖的：用后腿撑起身躯，像人那样站起来，用两个前爪模仿人类作揖动作。老钱对谁作揖，小狗就对谁作揖。那小狗绝对不会随便对哪个人作揖的。老钱只要在酒店里，每天都必到鳖宫转悠几趟，经常带着小狗。老钱叫小狗"明珠"。在既没见人也没见狗的时候，咱却经常会听见阵阵明珠、明珠的呼唤。酒店员工若是见了老钱与明珠，不但对老钱毕恭毕敬，对明珠亦如是呢。人类最爱计较地位了，小狗明珠在酒店里的地位，好像不比有些人差呢。

老钱十分注意观察看客。对前来的看客或食客，老钱将他们分为普通、中级、高级等级别。明珠的观察效法能力，似乎不比主人差。对老钱敬重的看客，明珠会眼巴巴地紧随其后，作揖不止。明珠作为一条狗的狗格，比纪元家那狗的狗格，真是精致多了，能在更高水平上满足主人的需要。据说，它是很值钱的名狗呢。可是，在咱眼里，这狗的狗格也更卑贱多了。卑贱能力越强，竟然就越值钱。看了明珠的各类滑稽表演，咱就想：把这明珠看作老钱放到外面的一个小鬼胎，也未尝不可呀。

人类说，狗是学习能力最强的动物。跟谁学呀，还不是跟人学。明珠还与人一样穿衣服呢，那衣服还整天换来换去的。

人是胎生，狗也是胎生，与人关系密切的狗，具备些心怀鬼胎的能力，似也不用奇怪。人模狗样，人模狗样，真是一点不假。

八

所有来看过咱的人，都会获得某种满足感、愉悦感，与他们吃了顿好食或赚了一笔钱的感觉，大约有点类似。

他们个个都是背着一个虚空无形的巨囊，奔波于世，寻找一切可塞入囊中之物。可是，填入再多的东西，他们感觉那囊仍是虚空的。甚至填得越多，虚空越大。

咱一无所有，缩头于盖下，过着他们在明处咱在暗处的日子。有一天，咱感觉要变天，就伸头到空气中再判断一下。这时，恰好来了一个重要人物。

"快看，快看，老鳖伸头了！"是老钱在喊。"赵县长啊，这老鳖一天都不一定伸一回头，县长一来人家就伸头了。俺这面子真大啊。"——嘿，咱老王伸一下头就给老钱长脸了。县府周主任及一干人马跟随着。赵县长照例来了一通演说。明明是把咱捕捉来的，却说成似乎是咱主动现身吕县，证明吕县这个好那个好。还说什么要利用好宣传好老鳖，借助咱将吕县环境美好这张名片擦得更亮。还要求部下"做足做好老鳖这篇文章""深入研究自古至今的鳖文化""中国最早的文字是甲骨文，甲骨不就是鳖骨吗"，等等。哈哈，咱竟也与文章、文化挂上了钩。你看看各人的表情，人人都巴不得成为虚构大师啊。

一天，两个人当着咱的面吵了起来。一个说：东屋里卖骡子，西屋里伸出根鳖脖子，关你什么屁事！另一个说：罢，罢，罢，你这种犟驴，俺浑身是嘴也说不过您啊。这些曲里拐弯的骂人话，把咱鳖族又扯进去了。人啊，人人巴不得浑身都是嘴。人只有一张嘴，只好将这一张嘴当很多张嘴使用。

那些小人，有的还比较好玩，基本上心口如一。可是，小人会长大的，会长成心怀鬼胎的大人的。

到桃花源大酒店去看老鳖，看了老鳖再吃吃喝喝一通，成了无数人的乐事。酒店营业额因咱而大增呢。营业额是啥？就是钱啊。

夜已深了，食客们都散去了，院门关了，酒店安静了下来。老钱又照例来鳖宫看咱，照例蹲下默默抽烟，心里却翻江倒海的。临离开时，老钱说：老王啊，俺手下哪个员工，都没有您创造的效益高，俺对您真是无以为报哇，俺这当人的，就这个熊样啊，您多担待点啊。老钱不说咱也明白他为啥对咱好。他忽然跪下给咱磕头数个。磕头这个滑稽动作，是人类表达祈求或感激的最隆重方式。

老钱离开不一会儿，过来一个青年员工。咱见过他好几回了。头一回见他时，他身上那味道一飘过来，咱就明白，这是个挺辛苦的小厨师。小厨师点上一支烟，狠狠地抽了几下，把烟嘴朝向咱搁在栅栏上。那烟就自己在那里冒烟了。这是小厨师对咱表达膜拜之情的一种方式，意思是让咱也抽口烟。

小厨师环视一圈又一圈，然后朝暗影里的咱瞅了瞅，以压抑的声调倾诉开了："老王啊，您那回咋不一口把他那鳖爪子给咬断呢，这王八羔子剥削人忒狠了，我恨他恨得牙根痒痒。前天晚上食客从我做的菜里吃出了只苍蝇，姓钱的王八蛋就罚我五百块呀。苍蝇会飞，谁知哪个环节弄进菜里的？老钱这鳖蛋，像我一样当小厨师时，食客也从他做的菜里吃出了苍蝇，那食客将苍蝇举在筷子头上，大喊要投诉饭店，小老钱瞅了瞅那苍蝇，伸爪捏住，塞进嘴里，品咂品咂，以一种十分愉快的表情将苍蝇咽了下去，还笑眯眯地喊道，喷香的一点五花肉吗，哪来的苍蝇啊。老钱还常拿这例子现身说法，对员工进行励志教育呢。这个大鳖蛋。"哎呀，小厨师的骂人词汇，未免有点贫乏，真叫咱哭笑不得呀。就在昨天，咱还亲眼看见，小厨师一遇到老钱，就满脸堆笑高喊：钱——总——好。小狗明珠忽然窜了出来，小厨师又弯下腰朝明珠喊：明——珠，明——珠，你好漂亮耶。那狗很清楚小厨师的地位，绝不为他的语言贿赂而动心，半点不理会他。小厨师呀，你要是自己去咬老钱一口，或当面骂老钱一顿，咱才佩服你，在这黑影里朝咱发狠算什么本事。

像小厨师这样，能让自己随时随地变成另一个人，是人类特有功能。每一个人，都似乎又是另一个人，甚至是另无数个人。明明只有一张脸，却可以当无数张脸使用，两面人、多面人、无数面人，都正常。人类这种超级表演技能，最善于学习的小狗，也只能学点皮毛。对了，人类还喜欢极随便地用"不要脸"来骂人。有意思吧。咱还听见有人以"不要个鳖脸"来骂人呢，这就太扯淡了。鳖这张脸，或许不够美观，但咱一张脸就是一张脸，绝不使用两张脸多张脸，绝不当两面鳖多面鳖。

九

与小厨师在咱面前类似的人类表演，时时刻刻在进行。不断有人用语言或动作贿赂咱，并向咱吐露他们的隐秘欲望，他们以为咱有能力帮助他们实现那不可告人的目的呢。

说到人类欲望，不能不说人类的厨房——厨房大约是展示人类欲望的最好场所了。咱一到酒店就知道了，老钱就是厨师出身，他隔段时间就需下厨操劳一番，过一过厨师瘾。若长时间不亲自舞刀弄勺，他骨头缝里都会奇痒难耐呢。

鳖宫左后方就是人类厨房。咱没进过厨房，但是仅凭从那里传出的声音与气味，人类特有的厨房景观，咱就仿佛能彻底看见了。在纪元家里，咱对人类厨房就有了初步认识，与老钱的厨房相比，纪元那厨房简直就不能叫厨房了。

在咱面前冠冕堂皇喊喊喳喳的看客食客，对来自厨房的惊心动魄嘈杂无比的声响，似没一点感觉，那与他们的牙齿肠胃紧密相连的一切，就像不存在一样。刀剪飞舞，利斧铿锵，烈火烹油，沸水腾空，胎生者尖叫，卵生者尖叫，水生者尖叫，陆生者尖叫，有毛者尖叫，无毛者尖叫，大生灵尖叫，小虫子尖叫，个体的尖叫，群体的尖叫，案板上的尖叫，油锅里的尖叫，大小厨师的笑骂呐喊，传菜员的踢踏穿梭，组合成一曲百味杂陈的人类厨房交响乐。屡次在纪元老汉家里所目睹的屠杀场景，与此相比，不过小菜一碟。每天夜里，交响乐收尾时，咱会听见厨工们的总结：用羊五只计重 255 斤，用狗两条计重 67 斤，用野生蛇四条计重 3.8 斤，用养殖蛇十三条计重 18.6 斤，用野生山蝎七份计重 1.1 斤，用养殖蝎十五份计重 3.8 斤，用野生甲鱼六只计重 8.1 斤，用养殖甲鱼十八只计重 26.8 斤，用野生……

听说宇宙间有炼狱这种机构，炼狱大约就近似人间厨房吧。

咱天天听交响乐、听总结，你说咱是啥心情？咱心如止水呀，咱看那看不尽的喜气洋洋的食客、看客们呀。

有一天，来了一个特殊看客。来者气度不凡，却无一个随从。这是反常现象。气度不凡者现身时，必定会前呼后拥。那人直奔咱来。他那眼神，在咱身上刷刷地扫来扫去。咱立马感知来者不善。这时桃花源大酒店一名老厨师走过,看见那人,打了个愣怔,讪讪地小声喊道:郑总好。郑总朝那老厨师点点头，又扬扬手，意思是让他离开。原来，这位厨师曾在郑总私人会所里当过大厨。咱立即作出判断：这郑总，必定是吕州大酒店的老板——老郑。老郑，未见其人早闻其名，是个比老钱更有钱的富翁，据说是吕县首富。咱已能明白，一名首富在人们心目中的地位与分量。

老郑望向咱的眼神如此毒辣，不止在其他生灵中见不到，在人类中亦十分罕见。咱对老郑不能不另眼看待。咱正了正身子，朝老郑猛地伸出头颈，瞪眼直视。老郑十分吃惊，急忙努力向咱化妆出一种善良表情。老郑啊，老郑，你这套技术骗骗人类可能还行，对咱无用，你的毒辣就像你的呼吸，是无法与空气隔绝的。咱高举头颅，左看看右看看，前看看后看看，老郑那方正巨大的头也随着咱摆动开了。鳌宫右方二楼，是老钱的一间办公室，那是观察鳌宫与众看客的最佳位置。自咱入住鳌宫，躲在那里窥视就成为老钱人生一大乐事。此刻，老钱正在幕后观察老郑呢。

来到人间，咱首次面对一个人这样长时间不缩头。面对咱绝不躲闪的眼神，老郑那毒辣眼神只好躲躲闪闪了。陆续来了几位看客。一名看客道："今天这老王这是咋了，就跟与谁有仇似的？俺来过多少回了，头一回见它这样啊。吓人，怪吓人。"那看客作个揖，溜走了。老郑气度也不得不萎靡下来，毒焰如风中火苗摇摆不定。他与咱对峙了一会儿，又望了一圈桃花源大酒店，钻进车溜走了。咱对老郑本无成见，老郑与老钱互掐互恨，那是他们人类的事。老郑因恨老钱而恨咱，这是有违物理、有违天意的。咱怒目而向，只是反击其对咱的歹毒而已。到人间以来，还没人敢对咱露如此凶残之相。

老郑落荒而逃，老钱看得分明。老钱经常对咱倾诉衷肠，对人不说的话却对咱说，咱对老钱的了解就比较及时彻底了。老钱会念叨很多人，无非就是他的亲密者、对他有用者、他所痛恨者等等，老郑是老钱经常恶狠狠念叨的重要人物之一。老钱把咱弄到手，导致老郑新开张的吕州大酒店人气大跌，老郑就觉得是咱天天撕咬他。难道咱老王愿意干这等无聊事吗？

老钱的厨房关联着老郑的厨房，老钱的钱袋关联着老郑的钱袋。老钱厨房的交响乐越高亢，老郑厨房的交响乐就越萎靡。

夜深人静之时，老钱又对咱诉衷肠了：老王啊，俺看到姓郑的瞻仰您之后那个熊样了，俺真解恨啊。

咱只是淡漠地想：你老钱也绝对不是什么好东西。

十

在人类气息熏蒸之下，在人类厨房交响乐震撼之下，咱挨过一天又一天。

那个名叫铁真理的家伙又来了，这是个喋喋不休、人小鬼大的家伙。他个子小，却习惯高挺胸，迈大步，努力制造出一副武装到牙齿的堂皇之态。正巧无看客，小铁便趁机也对咱也诉一诉他的衷肠："老王啊，俺围绕您写的几篇报道，社会效益经济效益都不错呀。老钱老郑这些财大气粗的老板都有求于我呢。老钱让我写表扬稿，老郑呢就让我写揭露稿，那咱就两种稿都写。有人利用咱，那是好事，人就怕无利用价值呀。跟您老交个底：单位压给俺的全年创收任务，俺已超额完成了，俺个人提成也不错。首先要感谢的就是您老啊。小铁有得罪您老之处，还望海涵。您在人间掀起的风浪，真是不小哇。俺这做小记者的，见风浪也不少呢。"

咱不禁呸了一下：小铁，你就是你们人类所说的摇唇鼓舌之徒，不过，你只能算个微型摇唇鼓舌之徒罢了。

咱在人间的第十五天，也就是收取看鳖费第二天，中午时分，门口忽大闹起来。老钱一面接听手机，一面向门口跑去——是纪元老汉来了。纪元一把推开亲热的老钱，奔向咱。纪元扑通跪下，抓住栅栏，两眼痴痴地打量咱。纪元来了，咱可得有所表示。咱伸出头，向纪元点头致意。这是咱能给出的最高外交礼节，在鳖族中当然需要经常使用，在人间则是首次使用。没人值得。纪元似乎理解了，立马老泪纵横。对这个改变了咱命运的人，咱却不生半点恨意。满身山野气息的纪元，令咱一下子十分想念老家。

纪元：老王，您果真被当成了摇钱树啊。俺从根上就错了，俺是第一个该遭天罚的恶人啊。

咱目送纪元离开。咱看不见纪元了，只见老钱在门口向纪元离去的方向张望又张望。

这一天，太阳西斜时分，咱肚子里忽然难受起来。听见看客们一阵惊呼后，咱就啥也不知道了。

不知过了多长时间，咱又醒过来了。这回的醒来，与一生中任何一次醒来都不一样。不是睡了一觉的感觉，像是死了一回的感觉。咱睁眼就看到，咱身处一个陌生环境。原来，咱被人投毒了，差点丧命。平生第一回有这种身体被彻底掏空之感。浮浮沉沉、随波逐流的一片树叶，却又回到了树枝上。

老钱被咱中毒这事吓了个半死。咱醒来第一眼，就看到了他那张因意外惊吓而变得更加丑陋的脸。

咱这老命捡回，又入鳖宫。老钱仍惊魂难安，下令暂时谢绝参观。夜深了，老钱又来向咱倾诉衷肠。

老钱：老王啊，您命大，俺有福。您要是出了意外，俺这罪可大了。您当时吃下啥了？俺怀疑是姓郑的那家伙设计害您，那人歹毒无比呀。您同意这种观点吗？同意，您就朝俺点个头吧。听说，纪元来时，您就朝他隆重点头致意了。

让咱朝你老钱点头，不可能，你老钱不值得。是谁投毒并不重要。重要的是，只有你们人类才会投毒。

老钱：老王，您真是个沉默家呀。俺向来是个不信鬼不信神的中国男人，俺现在却坚决把您当神来待了。俺今天必须跟您彻底交心。人跟人，是没法彻底交心的。老王，俺的确不能算是好人，只是装成好人。假如老郑先将您弄到手，很可能投毒的就是俺啊。别人看咱怪有钱，是人上人，可是咱这心里哪天不是七上八下一惊一乍呢。唉，当个人，真不容易啊。谁知明天后天有什么事等着咱呢。

这个老钱，快要成哲学家了。人类把世界划分为很多国家，每个国家都有很多人。这好理解。这国与那国的区别，也就是这汪水与那汪水的区别吧。这国人与那国人，亦当如这汪水之鳖族与那汪水之鳖族吧。老钱，你不必聒噪了。今晚，你那已如惊弓之鸟般的心脏，还会受一场意外惊吓。但愿你扛得住。

老钱当然不会知我此意。要是两个物种能对话能交流，宇宙大约就得乱套了。

老钱离开了。

十一

今晚要变天。咱伸头到空气里，再判断一下天气。可以肯定，下半夜将有罕见大雷电。咱是自由鳖时，每遇这种天气，就率领族群深藏水底，雷声到达水底时，就成洞、洞、洞、洞之音，听上去醇厚有味。若是在水面或水面之外，那雷电之声可真是恐怖。有一回，咱在沙地上突遇雷电，恰似天庭暴怒，震得咱四肢百骸颤抖不已。如今咱身在鳖宫，无处可逃，只好听天由命。

大雷电来了。咱趴在鳖宫那点浅水里，缩紧头颈。雷在头顶爆炸。大地摇动，水花四溅，鳖宫咔嚓作响，酒店鬼哭狼嚎，所有灯光一下子全熄灭了。大雷将院内那棵大树一侧斩断，半个树头扑向老钱寝室。

惊恐万状的老钱呐喊着冲下楼来，高呼老王老王没事吧，奔向鳖宫。住在店内员工陆续冲出，以手电筒照向老钱，高呼钱总钱总钱总没事吧。老钱半裸着身子，头顶上落满树叶，身上多处流血，就像个野人。

这雷实在奇怪，滴雨未落，干雷炸空。好像这雷就是专为打酒店打老钱而来。

咱安然无恙，出水上岸，静卧石板。雷电之后，空气格外清新。雷电总是能打出一个新世界。

老钱愣怔愣怔地望着咱：你这老鳖，这么说，这雷是你招来的？你是要让这雷劈死俺？你说，是不是？

血淋淋的老钱转身而去。老钱从厨房里提出一把大刀，挥舞着来到咱面前。老钱把大刀咔嚓咔嚓砍在栅栏钢架上：老鳖，我告诉你，俺不怕神、不怕仙、不怕魔、不怕鬼，俺天不怕、地不怕，俺剁了你这老鳖炖汤喝……

员工们交头接耳：毁了，钱总八成精神失常了……

老钱忽然软绵绵倒地，马上又鼾声如雷。

十二

天亮了。真是个好天气。

天刚亮，老钱就又来看咱了。他的神情像是在梦游，看到栅栏上的刀砍痕迹，喊道：咋回事？让雷劈的吗？

一员工实事求是地向他说了。老钱朝咱扑通跪下：老王，饶了俺，饶了俺吧。俺有罪，俺有罪，罪上加罪。

围绕咱的舆论在持续猛烈发酵，惊动的人类领导级别也越来越高。

很快，上级下达了将咱放归的命令。

这一天，一群人陪同着咱，向咱老家奔去。老钱紧挨咱坐着，一直眼巴巴瞅咱。老钱伸爪小心地戳一下咱的盖，缩回爪去，再戳一下，再缩回去，嘻嘻而笑：好盖，好盖，真是一顶好盖呀！有这样一顶盖罩着，才会有自信，什么风雨雷电都不怕，天上下雹子下刀子，也不怕。这样说着，老钱就伸爪到他自己脊背上，摸索来摸索去，好像他那里正生长出一个盖来似的。老钱一再重复这动作。这老钱羡慕咱的盖，想拥有咱这样一顶盖呢。人类很喜欢以各种动物皮毛为衣，可是咱虽已阅人无数，还从没见哪个人以鳖盖为衣呢。

他们都以为老钱精神失常了。

带队的副县长叹了口气，伸爪轻轻拍了拍老钱。

老家到了，咱又闻到纯粹的山水气息了。到水库后，老钱从下车就一直哈哈着腰，两爪使劲朝后平伸着。副县长说，老钱，把身子站直了，这姿势可不像话。老钱说，那可不行，俺背上正生长出坚不可摧的盖呢，坚不可摧呀，县长，俺可没见你背上也长啊。

老钱不能像正常人那样走路了，走三步退两步的，真像背着个大盖似的。

副县长又叹了口气。

随从采访的铁真理望望副县长，望着老钱，俩眼珠乱转：钱总，你放心吧，放归后的老王会永远保佑你的。老钱嘻嘻而笑：铁记者，铁大记者，今年的创收任务已完成否？提成已到手否？实事求是地说，我心里对你很矛盾，有时盼你说真话，有时怕你说真话，更可怕的是，你真话假话都说得水平怪高。我有很多钱，我什么都缺，就是不缺钱，你还要不要？老钱一面这样说，一面伸爪使劲拍打自己的脊背，拍得嘭嘭响，似真有一顶大盖。铁真理不敢接言了。副县长再次叹息。老钱又嘻嘻而笑：县长，你必须明白地告诉我，你有信心吗？我可以明白地报告县长：我有信心了，有自信了。

老钱又把脊背拍得嘭嘭响。

纪元老汉小心地把咱从大盆里掀出来。

副县长望望天望望地望望老钱，若有所思，对咱拱手作揖一番。

咱刚在沙滩上走了几步，就闻到了十分熟悉亲切的味道，那是小鳖蛋的味道啊。——小王八蛋，亲爱的小王八蛋们，咱终于又和你们在一起了。咱一眼就看出沙滩一角隐藏着一窝王八蛋，正孵着呢，鳖雏在壳内已蠕蠕而动了，一群可爱的小王八，不久就会从那里爬出来。在咱沦落人间的这段时间里，咱鳖族又有大变化呀。

老钱忽然趴下，头拱地，嗷嗷叫，拙劣模仿着鳖族的走路姿势朝咱奔来。好危险，眼看老钱那油腻肥躯就要压着那窝小王八蛋了，咱不顾一切朝老钱冲过去，一口咬住他一条裤腿，使劲把他拉离那窝小王八蛋，竟把他的裤子给扯了下来。老钱一下子热泪盈眶，激动异常，伸开两爪挣命般三扯两扯，扒光衣服，哼一声扔到远处。天地之间出现了一个光溜溜的新鲜无比的老钱。老钱以头抢地，磕得鲜血直流，张大臭嘴继续嗷嗷叫：老领导，老领导，这么说，您答应领导俺了，您答应领导俺了！俺已彻底洗心革面脱胎换骨了，俺绝对服从您，绝对绝对的。

老钱，滚回你那人间吧，咱才不稀罕领导你呢。咱的天职就是领导大小王八羔子。

咱朝那片泱泱大水走去。到了水边，咱先喝一口故乡水。老钱仍然嗷嗷叫着，挠动四爪跟上来，他的一只爪已探进了水里。他们慌忙冲过来，把老钱拽住按住，七手八脚给他穿衣服。人类忍受不了不穿衣服丧失装模作样能力的人。

咱纯粹是为了保护那窝小王八蛋，老钱却误会成咱愿意领导他了。真是自作多情。

咱又能与亲爱的王八蛋们在一起了。这里才是我们鳖族可以下蛋的地方。老钱们，滚回你们老窝，下你们想下的蛋去吧。

王八蛋，小王八蛋，世上最好的蛋就是王八蛋。

原载《大家》2021 年第 6 期

《北京文学·中篇小说月报》2021 年第 2 期转载

编后记

　　编辑出版《山东作家作品年选》，是山东省作家协会按照省委、省政府关于加快新时代社会主义现代化强省建设的部署要求，为繁荣发展山东文学事业设立的一项系统工程，旨在全面展示全省作家年度创作成果，促进文学精品创作，为广大读者和文学评论工作者研究齐鲁文学和山东作家作品提供系统的翔实的资料。《山东作家作品年选》每年度选编一套，包括当年度山东作家发表的优秀中篇小说、短篇小说、诗歌、散文、报告文学和儿童文学等。

　　省作协领导对《山东作家作品年选》工作非常重视和支持，为《山东作家作品年选》的编辑出版给予了有力指导。编委会对作品的入选原则、入选条件、体裁布局、风格形式等进行了认真研究，制定了编辑出版办法，确定了编选方案，制定《山东作家作品年选编辑出版办法》，为《山东作家作品年选》编辑出版工作确立了标准和规范。

　　《山东作家作品年选（2021）》编辑出版工作，得到了各团体会员单位的大力协助和支持，由他们推荐了一批优秀作品。在广泛征集作品的基础上，对推荐作品进行认真审议论证。同时，对省内知名作家本年度创作情况进行调研摸底，确保重要作品不出现遗漏。最终，才确定了本年度入选篇目。入选作品既有在重要文学评奖中获奖的精品，也有在重要文学选刊上发表、转载的佳作。很多作品发表后，产生了良好的社会反响，受到文学界的广泛关注，比较全面地展示了全省作家 2021 年的创作成果。

山东省文学院全体同志在作品征集、调查摸底、统稿、对接联系出版社等过程中做了大量工作。济南出版社对本书的出版给予了大力支持，从编辑、排版到封面设计、装帧等，济南出版社都做得非常精细和细致。在此，对所有为《山东作家作品年选（2021）》编辑出版工作给予大力支持和付出辛勤努力的单位和个人，表示诚挚的谢忱。

　　《山东作家作品年选（2021）》分为小说卷和综合卷，小说卷主要包括中短篇小说，综合卷主要包括诗歌、散文、报告文学和儿童文学。入选作品按发表、转载和获奖的时间顺序排列，时间相同者，按作者的姓名笔画排列。

　　《山东作家作品年选（2021）》在编选过程中，尽量做到全面、客观，但难免会有各种疏漏，恳请大家批评指出，以利于在以后的编选工作中不断改进完善。我们愿意与全省广大作家、评论家一起，认真汇集全省的优秀文学作品，不断提高《山东作家作品年选》的编选质量和水平，努力把《山东作家作品年选》打造成经得起时间检验的文学品牌，为再创"文学鲁军"辉煌，建设社会主义文化强国做出新的贡献。

2022 年 11 月 28 日